El Terror

El Terror

Dan Simmons

Traducción de
Ana Herrera

Rocaeditorial

Título original: *The Terror*
© 2007 by Dan Simmons
Published in agreement with the author, c/o BAROR INTERNATIONAL, INC., Armonk,
New York, U.S.A.

Primera edición: abril de 2008

© de la traducción: Ana Herrera
© de esta edición: Roca Editorial de Libros, S.L.
Marquès de l'Argentera, 17. Pral. 1.ª
08003 Barcelona
correo@rocaeditorial.com
www.rocaeditorial.com

Impreso por EGEDSA
Rois de Corella, 12-16, nave 1
Sabadell (Barcelona)

ISBN: 978-84-92429-11-0
Depósito legal: B. 8.663-2008

Este libro está dedicado, con amor y mucho agradecimiento por los imborrables recuerdos del Ártico, a Kenneth Tobey, Margaret Sheridan, Robert Cornthwaite, Douglas Spencer, Dewey Martin, William Self, George Fenneman, Dmitri Tiomkin, Charles Lederer, Christian Nyby, Howard Hawkes y James Arness.

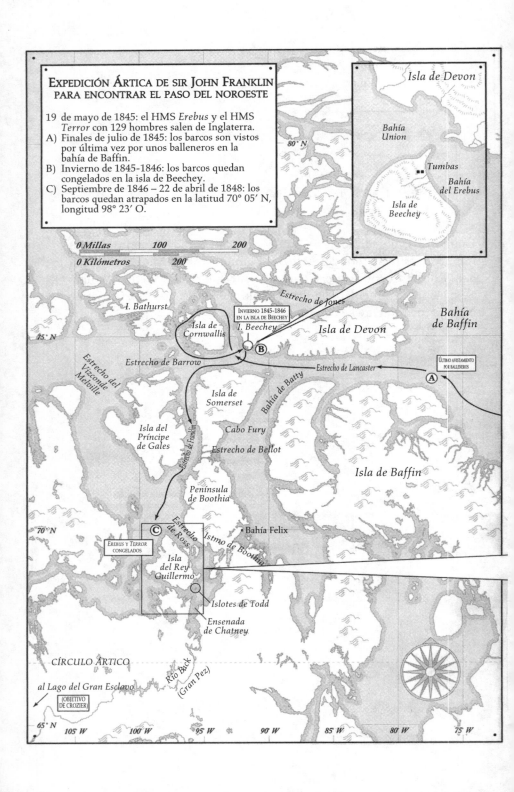

EXPEDICIÓN ÁRTICA DE SIR JOHN FRANKLIN
PARA ENCONTRAR EL PASO DEL NOROESTE

19 de mayo de 1845: el HMS *Erebus* y el HMS *Terror* con 129 hombres salen de Inglaterra.
A) Finales de julio de 1845: los barcos son vistos por última vez por unos balleneros en la bahía de Baffin.
B) Invierno de 1845-1846: los barcos quedan congelados en la isla de Beechey.
C) Septiembre de 1846 – 22 de abril de 1848: los barcos quedan atrapados en la latitud 70° 05' N, longitud 98° 23' O.

Isla de Devon

Bahía Union

Tumbas

Bahía del Erebus

Isla de Beechey

0 Millas   100   200
0 Kilómetros   200

I. Bathurst

Estrecho de Jones

Isla de Cornwallis

INVIERNO 1845-1846
EN LA ISLA DE BEECHEY

I. Beechey

Isla de Devon

Bahía de Baffin

80° N

75° N

Estrecho del Vizconde Melville

Estrecho de Barrow

B

Estrecho de Lancaster

ÚLTIMO AVISTAMIENTO POR BALLENEROS

A

Isla de Somerset

Bahía de Batty

Estrecho de Franklin

Isla del Príncipe de Gales

Cabo Fury

Estrecho de Bellot

Isla de Baffin

Península de Boothia

70° N

EREBUS Y TERROR CONGELADOS

C

Estrecho de Ross

Bahía Felix

Istmo de Boothia

Isla del Rey Guillermo

Islotes de Todd

Ensenada de Chatney

CÍRCULO ÁRTICO

Río Back (Gran Pez)

al Lago del Gran Esclavo

(OBJETIVO DE CROZIER)

65° N

105° W   100° W   95° W   90° W   85° W   80° W   75° W

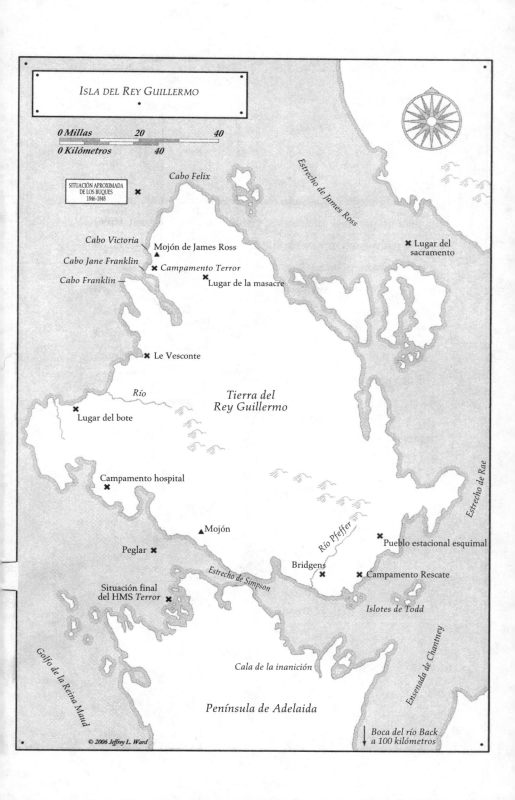

ISLA DEL REY GUILLERMO

0 Millas   20   40
0 Kilómetros   40

SITUACIÓN APROXIMADA
DE LOS BUQUES
1846-1848 ✖

Cabo Felix

Estrecho de James Ross

Cabo Victoria
Mojón de James Ross ▲
Cabo Jane Franklin
✖ Campamento Terror
Cabo Franklin
Lugar de la masacre

✖ Lugar del
sacramento

✖ Le Vesconte

Río

Tierra del
Rey Guillermo

✖ Lugar del bote

Campamento hospital
✖

▲ Mojón

Estrecho de Rae

Río Pfeffer

✖ Pueblo estacional esquimal

Peglar ✖

Bridgens

Estrecho de Simpson

✖ Campamento Rescate

Situación final
del HMS Terror ✖

Islotes de Todd

Golfo de la Reina Maud

Cala de la inanición

Ensenada de Chantrey

Península de Adelaida

↓ Boca del río Back
a 100 kilómetros

© 2006 Jeffrey L. Ward

Esta cualidad elusiva que causa el pensamiento de la blancura cuando se divorcia de asociaciones más amables, y unida a cualquier objeto terrible por sí mismo, eleva el terror a sus límites más lejanos. De ello dan testimonio el oso blanco de los polos y el tiburón blanco de los trópicos, ¿qué otra cosa más que su suave y rara blancura los convierte en unos horrores tan trascendentes? Esa espantosa blancura es lo que confiere una detestable afabilidad, más odiosa que terrorífica, al mudo deleite de su aspecto. De modo que ni el tigre de fieros colmillos con su heráldico manto puede hacer que el valor se tambalee tanto como el oso o el tiburón envueltos en su blanco sudario.

HERMAN MELVILLE,
Moby Dick (1851)

1

Crozier

Latitud 70° 5' N — Longitud 98° 23' O
Octubre de 1847

El capitán Crozier sube a cubierta y encuentra su barco atacado por fantasmas celestiales. Por encima de él (por encima del *Terror*) se ciernen unos pliegues de luz resplandeciente que rápidamente se retiran, como los brazos coloridos de algún espectro agresivo, pero indeciso. Unos dedos esqueléticos y ectoplásmicos se extienden hacia el buque, abiertos, dispuestos a agarrarlo y a tirar de él.

La temperatura es de cuarenta y cinco grados bajo cero, y bajando rápidamente. A causa de la niebla que hubo antes, durante la única hora de débil semioscuridad que ahora pasa por día, los palos escorzados (los tres masteleros de gavia, juanetes, obencadura y palos superiores se han quitado y guardado para reducir el peligro de desprendimiento del hielo y las posibilidades de que el barco vuelque debido al peso acumulado en ellos) se yerguen ahora como árboles groseramente podados y sin copa, reflejando la aurora que baila de un horizonte apenas entrevisto al otro. A medida que Crozier observa, los escarpados campos de hielo que rodean el barco se vuelven azules, luego color violeta sangrante, y luego resplandecen tan verdes como las colinas de su niñez, en el norte de Irlanda. Casi a un kilómetro y medio por la amura de estribor, la gigantesca montaña de hielo flotante que oculta de la vista al barco gemelo del *Terror*, el *Erebus*, parece durante un momento breve y falso irradiar color desde dentro, como si ardiese con sus propios fuegos internos y fríos.

Subiéndose el cuello y echando atrás la cabeza por la fuerza de la costumbre de cuarenta años de comprobar el estado de palos y jarcias, Crozier observa que las estrellas arden frías y fijas, pero las que se hallan más cerca del horizonte no sólo parpadean, sino que se desplazan al mirarlas, y se mueven en breves ráfagas hacia la izquierda y luego hacia la derecha, y luego se agitan de arriba abajo. Crozier ya vio antes ese fenómeno, en el lejano sur, con Ross, así como en estas mismas aguas en anteriores expediciones. Un científico de la expedición polar al sur, un hombre que pasó el primer invierno en el hielo lijando y puliendo lentes para su telescopio, le dijo a Crozier que la perturbación de las estrellas probablemente se debía a rápidos cambios en la refracción en el aire frío que se acumulaba, pesado pero inestable, por encima de los mares cubiertos de hielo y masas de tierra helada e invisible. En otras palabras: por encima de nuevos continentes jamás vistos antes por los ojos de hombre alguno. O al menos, piensa Crozier, en esta llanura ártica del norte, por los ojos de ningún hombre blanco.

Crozier y su amigo y entonces comandante James Ross habían encontrado un continente nunca descubierto, la Antártida, menos de cinco años antes. Dieron el nombre de Ross al mar, a las ensenadas y a la masa de tierra. Pusieron a las montañas los nombres de sus patrocinadores y amigos. Dieron a los dos volcanes que se veían en el horizonte el nombre de sus dos buques, los mismos que ahora; llamaron a esas montañas humeantes Erebus y Terror. A Crozier le sorprendió que no pusieran a ningún accidente geográfico importante el nombre del gato de a bordo.

No pusieron su propio nombre a nada. O sea que esa tarde de un oscuro e invernal día de octubre de 1847, ningún continente ártico o antártico, isla, bahía, ensenada, cordillera montañosa, plataforma de hielo, volcán o maldito témpano acabó llevando el nombre de Francis Rawdon Moira Crozier.

A Crozier le importa un bledo todo eso. Ya mientras lo piensa se da cuenta de que está un poco borracho. «Bueno —piensa, ajustando automáticamente su equilibrio a la helada cubierta escorada doce grados a estribor y ocho grados a proa—, estos tres últimos años he estado más veces borracho que sobrio, ¿no? Borracho desde lo de Sophia. Pero sigo siendo mejor marinero y capitán, estando borracho, que ese pobre hijo de puta desgraciado de Franklin cuando está sobrio. O ese perrito faldero ceceante de Fitzjames con sus mejillas rosadas.»

Crozier menea la cabeza y recorre la helada cubierta hasta la proa y se dirige hacia el único hombre de guardia que puede distinguir a la luz parpadeante de la aurora.

Es el ayudante del calafatero, Cornelius Hickey, bajito y con cara de rata. Los hombres parecen todos iguales cuando están fuera, de guardia en la oscuridad, porque todos llevan la misma ropa de abrigo: capas y capas de franela y lana cubierta con un sobretodo pesado e impermeable, unos protuberantes mitones que sobresalen de unas mangas voluminosas, las «pelucas galesas» (gruesos gorros con orejeras) bien metidas, a menudo con largas bufandas o pañoletas envueltas alrededor de la cabeza, hasta que sólo resulta visible la punta de su nariz congelada. Pero cada hombre combina la ropa de una forma ligeramente distinta, añadiendo una bufanda casera, quizá, o una gorra más encasquetada encima de la primera, o a lo mejor unos guantes de colores tejidos con mucho cariño por una madre o una esposa o una novia que asoman por debajo de los guantes reglamentarios de la Marina Real..., y Crozier ha aprendido a distinguir a los cincuenta y nueve oficiales y hombres supervivientes, aun a distancia y fuera, en la oscuridad.

Hickey mira fijamente hacia fuera más allá del bauprés decorado con carámbanos, los primeros tres metros del cual se encuentran incrustados en un caballón de agua de mar congelada, ya que la popa del HMS *Terror* se ha visto empujada hacia arriba por la presión del hielo y, por tanto, la proa está más baja. Hickey está tan sumido en sus pensamientos o en el frío que el ayudante de calafatero no se da cuenta de que se acerca su capitán hasta que Crozier se une a él en un pasamanos que se ha convertido en un altar de hielo y nieve. La escopeta del vigía está apoyada en el altar. Ningún hombre quiere tocar nada de metal allá afuera, con el frío, aunque sea a través de los guantes.

Hickey se sobresalta un poco cuando Crozier se acerca a él en el pasamanos. El capitán del *Terror* no puede ver el rostro del joven de veintiséis años, pero una nubecilla de aliento (que al momento se convierte en una nube de cristales de hielo que reflejan la aurora) aparece más allá del espeso círculo de los múltiples pañuelos y bufandas y gorras del hombrecillo.

Los hombres tradicionalmente no saludan durante el invierno en el hielo, ni siquiera con el informal golpecito de los nudillos en la frente que recibe un oficial en el mar, pero el abrigado Hickey mueve un poco los pies y encoge los hombros y baja un poco la cabeza con esos extraños movimientos con los cuales los hombres reconocen la presencia de su capitán cuando están fuera. A causa del frío, las guardias se han reducido de cuatro horas a dos. «Dios sabe —piensa Crozier— que tenemos los hombres suficientes para hacerlo en este buque superpoblado, aunque doblen el número de vigías», y por los lentos movimientos de Hickey se da cuenta de que está medio congelado. Por muchas veces que les diga a los vigías que deben mover-

15

se sin parar en cubierta, caminar, correr en el sitio, saltar incluso, si es necesario, todo mientras mantienen su atención fija en el hielo, todavía tienden a permanecer inmóviles durante la mayor parte de sus guardias, como si estuvieran en los Mares del Sur con su uniforme tropical de algodón y contemplando las sirenas.

—Capitán.

—Señor Hickey. ¿Hay algo?

—Nada desde los disparos..., bueno, el disparo..., casi hace dos horas, señor. Hace un rato he oído, me ha parecido oír... quizás un grito, algo, capitán..., que venía de ahí fuera, de la montaña de hielo. He informado al teniente Irving, pero me ha dicho que probablemente era el hielo que crujía.

Habían informado a Crozier del sonido del disparo procedente de la dirección del *Erebus*, y había salido rápidamente a cubierta hacía dos horas, pero el sonido no se repitió y no se envió mensajero alguno al otro buque ni hizo bajar a nadie al hielo para investigar. Salir al mar helado en la oscuridad con esa... «cosa» esperando en el rompecabezas de crestas de presión y elevadas sastrugi era la muerte segura. Ahora sólo se intercambiaban mensajes entre los buques durante esos minutos de luz menguante en torno al mediodía. Al cabo de unos pocos días ya no habría día en absoluto, sólo noche ártica. Una noche que duraría las veinticuatro horas. Cien días de noche.

—Quizás era el hielo —dice Crozier, preguntándose por qué no habría informado Irving del posible grito—. El disparo también. Sólo el hielo.

—Sí, capitán. Es el hielo, señor.

Ningún hombre se lo cree... Un disparo de mosquete o de escopeta tiene un sonido muy especial, aunque sea a kilómetro y medio de distancia, y el sonido viaja sobrenaturalmente lejos y con excepcional claridad tan al norte..., pero es cierto que el hielo que se aprieta cada vez con más fuerza contra el *Terror* siempre está resonando, quejándose, restallando y chasqueando, rugiendo o gritando.

Los gritos molestan sobre todo a Crozier, despertándole de la hora de sueño profundo que consigue tener cada noche. Suenan de forma muy parecida a los lamentos de su madre en sus últimos días... y a lo que relataba su anciana tía de las almas en pena que gemían en la noche, prediciendo la muerte de alguien en la casa. Las dos cosas le mantenían en vela, de niño.

Crozier se da la vuelta, lentamente. Sus pestañas ya están cubiertas de hielo, y en el labio superior tiene una costra de aliento y moco congelado. Los hombres han aprendido a mantener la barba bien metida bajo los pañuelos y jerséis, pero frecuentemente deben recurrir a cortar el pelo que se ha helado y pegado a la ropa. Crozier, como la mayor parte de los oficiales, sigue afeitándose todas las mañanas, aunque como hacen un esfuerzo por economizar carbón, el «agua caliente» que le trae su mozo suele ser apenas algo más que hielo derretido, y afeitarse se convierte en una operación muy dolorosa.

—¿Todavía está en cubierta Lady Silenciosa? —pregunta Crozier.

—Ah, sí, capitán, casi siempre está aquí —dice Hickey, en susurros, como si eso importase algo. Aunque Silenciosa los oyese, daría igual, no entiende el inglés. Pero los hombres creen, más firmemente con cada día que pasa la cosa del hielo acechándolos, que la joven mujer esquimal tiene poderes secretos.

—Está en el puesto de babor con el teniente Irving —añade Hickey.

—¿Con el teniente Irving? Su guardia debería haber acabado hace una hora.

—Sí, señor. Pero allí donde va Lady Silenciosa estos días, está también el teniente, señor, si me permite que lo mencione. Si ella no baja, él no baja tampoco. Hasta que no tiene más remedio, quiero decir... Ninguno de nosotros puede estar tanto tiempo aquí fuera como esa mal..., como esa mujer.

—Siga con los ojos puestos en el hielo y la mente en su trabajo, señor Hickey.

La brusca voz de Crozier hace que el ayudante de calafateo se sobresalte de nuevo, pero agita los pies con su indiferente saludo y vuelve su nariz blanca de nuevo hacia la oscuridad que se encuentra más allá de la proa.

Crozier recorre la cubierta hacia el puesto de vigía de babor. El mes anterior preparó el buque para el invierno después de tres semanas de falsas esperanzas de huida en agosto. Crozier ordenó entonces que los palos inferiores se giraran en redondo a lo largo del eje paralelo del buque, usándolos como cumbreras. Luego montó la tienda en forma de pirámide de modo que cubriese la mayor parte de la cubierta principal, y volvió a colocar las vigas de madera que se guardaron abajo durante las pocas semanas de optimismo. Pero aunque los hombres trabajaban horas y horas cada día abriendo caminos con la pala a través del palmo de nieve que se había dejado para aislar la cubierta, desmenuzando el hielo con picos y escoplos, quitando la espuma que se había metido debajo del techo de lona y finalmente echando arena para una mayor adherencia, siempre quedaba una capa vidriada de hielo. El movimiento de Crozier hacia la parte alta de la cubierta inclinada, a veces, es más una especie de patinaje que una caminata.

El vigía de babor nombrado para aquella guardia, el guardiamarina Tommy Evans (Crozier identifica al hombre más joven a bordo por la absurda gorra de punto verde, obviamente tejida por la madre del chico, y que Evans lleva siempre metida encima de su abultado gorro con orejeras), se ha desplazado a diez pasos a popa para dejar algo de intimidad al tercer teniente Irving y a Silenciosa.

Al darse cuenta el capitán Crozier querría darle a alguien una patada en el culo, o a todos.

La mujer esquimal parece un pequeño osito regordete, con su parka de piel, la capucha y los pantalones. Tiene la espalda medio vuelta hacia el alto teniente. Pero Irving está muy cerca de ella, junto al pasamanos, sin tocarla, pero lo más cerca que se atrevería a estar un caballero de una dama en una fiesta o un crucero de placer.

—¿Teniente Irving? —Crozier no quiere poner tanta agresividad en el saludo, pero no está nada contento cuando el joven da un respingo como si le hubiesen pinchado con la punta de una espada muy afilada, casi pierde el equilibrio, se agarra a la barandilla congelada con la mano izquierda e, insistiendo en ello a pesar de conocer el protocolo adecuado en un barco en el hielo, saluda con la mano derecha.

Es un saludo patético, piensa Crozier, y no sólo porque los gruesos guantes, el gorro con orejeras y las capas de ropa superpuestas hacen que el joven Irving parezca una morsa saludando, sino también porque el chico ha dejado que la bufanda cayera de su rostro bien afeitado, quizá para mostrarle a Silenciosa lo guapo que es, y ahora, dos largos carámbanos cuelgan debajo de los agujeros de su nariz, haciendo que se parezca más aún a una morsa.

—Vuelva a lo de antes —ladra Crozier. «Maldito idiota», añade mentalmente.

Irving permanece firme, mira a Silenciosa, o al menos la parte trasera de su capucha peluda, y abre la boca para hablar. Evidentemente, no se le ocurre qué decir. Cierra la boca. Tiene los labios tan blancos como su piel helada.

—Ésta ya no es su guardia, teniente —dice Crozier, oyendo de nuevo el restallido del látigo en su propia voz.

—Sí, señor. Quiero decir que no, señor. Quiero decir que el capitán tiene razón, señor. Quiero decir que... —Irving cierra la boca herméticamente de nuevo, pero el efecto de esa acción lo estropea un poco el castañeteo de sus dientes.

Con ese frío, los dientes pueden castañetear durante dos o tres horas seguidas, y de hecho llegan a explotar, haciendo que la metralla de huesos y esmalte vuele en el interior de la caverna de las mandíbulas apretadas de uno. A veces, Crozier lo sabe por experiencia, se oye cómo se agrieta el esmalte justo antes de que explote el diente.

—¿Por qué está todavía aquí fuera, John?

Irving intenta parpadear, pero sus párpados están literalmente congelados.

—Usted me ordenó que vigilase a nuestra invitada..., que la acompañase..., que cuidase de Silenciosa, capitán.

El suspiro de Crozier emerge como cristales de hielo que quedan colgando en el aire durante un segundo y luego caen a cubierta como otros tantos minúsculos diamantes.

—No me refería a cada minuto, teniente. Le dije que la vigilase, que me informase de lo que hace, que la mantuviese alejada de todo problema o perjuicio en el barco, y que procurara que ninguno de los hombres hiciera nada que pudiera... comprometerla. ¿Cree que está en peligro o que alguien puede comprometerla aquí fuera, en la cubierta, teniente?

—No, capitán. —La frase de Irving parecía más una pregunta que una respuesta.

—¿Sabe cuánto tarda la carne expuesta al frío en congelarse aquí fuera, teniente?

—No, capitán. Quiero decir que sí, capitán. Bastante rápido, capitán, creo.

—Debería saberlo, teniente Irving. Ya ha sufrido congelaciones seis veces, y ni siquiera estamos en invierno oficialmente, todavía.

El teniente Irving asiente acongojado.

—Cuesta «menos de un minuto» que un dedo sin protección, un pulgar o cualquier apéndice carnoso se congele completamente —continúa Crozier, que sabe que todo eso no son más que paparruchas. Cuesta muchísimo más que eso, a sólo cuarenta y cinco grados bajo cero, pero espera que Irving no lo sepa—. Después, el miembro expuesto se cae entero, como si fuera un carámbano —añade Crozier.

—Sí, capitán.

—De modo que ¿cree usted realmente que existe alguna posibilidad de que nuestra invitada pueda verse «comprometida» aquí fuera, en cubierta, señor Irving?

Irving parece estar pensando en su réplica anterior. Es posible, se da cuenta Crozier, que el tercer teniente haya pensado demasiado ya en esa ecuación antes.

—Vaya abajo, John —dice Crozier—. Y que el doctor McDonald le examine la cara y los dedos. Juro por Dios que si tiene congelaciones graves de nuevo le descontaré un mes de paga del Servicio de Descubrimientos y escribiré a su madre, por añadidura.

—Sí, capitán. Gracias, señor.

Irving empieza a saludar de nuevo, se lo piensa mejor y se mete debajo de la lona hacia la escala principal, con una mano todavía medio levantada. No se vuelve a mirar a Silenciosa.

Crozier suspira de nuevo. Le gusta John Irving. El chico se presentó voluntario, junto con otros dos compañeros del HMS *Excellent*, segundo teniente Hodgson y primer oficial Hornby, pero la *Excellent* era una maldita nave de tres cubiertas que ya era vieja antes de que a Noé le saliese pelusilla en los huevos. El barco ya estaba desarbolado y amarrado permanentemente en Portsmouth, según sabe Crozier, desde hacía más de quince años, y servía como barco de entrenamiento a los artilleros más prometedores de la Marina Real. «Desgraciadamente, caballeros —había dicho Crozier a los chicos el primer día que pasaron a bordo, y el capitán estaba más borracho de lo habitual aquel día—, si miran a su alrededor observarán que mientras el *Terror* y el *Erebus* fueron construidos como buques de bombardeo, caballeros, no hay un solo cañón en ninguno de los dos. Nosotros, jóvenes voluntarios del *Excellent*, a menos que contemos los mosquetes de los marines y las escopetas que se guardan en la sala de Licores, estamos tan desarmados como un bebé recién nacido. Igual de desarmados que el puto Adán con su puto traje de cumpleaños. En otras palabras, caballeros, sus expertos en artillería son tan útiles en esta expedición como las tetillas a un jabalí.»

El sarcasmo de Crozier aquel día no había apagado el entusiasmo de los jóvenes artilleros. Irving y los otros dos seguían más ansiosos que nunca de congelarse en el hielo durante varios inviernos. Por supuesto, todo eso fue un cálido día de mayo en Inglaterra, en 1845.

—Y ahora este pobre cachorro está enamorado de una zorra esquimal —murmura Crozier, en voz alta.

Como si comprendiera sus palabras, Silenciosa se vuelve lentamente hacia él.

Normalmente su rostro resulta invisible bajo el profundo túnel de su capucha, y sus rasgos están enmascarados por el espeso collar de pelo de lobo, pero esta noche Crozier ve su diminuta nariz, sus enormes ojos y su boca carnosa. El pulso de la aurora se refleja en los ojos negros.

La joven no resulta atrayente para el capitán Francis Rawdon Moira Crozier, tiene demasiado de salvaje para que la vea como plenamente humana, no es atractiva físicamente, y menos aún para un irlandés presbiteriano, y además la mente y las regiones inferiores del hombre están todavía llenas de luminosos recuerdos de Sophia Cracroft. Pero Crozier comprende por qué Irving, lejos de su hogar y su familia y de una novia propia, puede enamorarse de esa mujer pagana. Sólo su rareza, y quizás incluso las sombrías circunstancias de su llegada y la muerte de su compañero, tan extrañamente ligadas con los primeros ataques de la monstruosa entidad que acecha fuera, en la oscuridad, deben de ser como una llama para la vacilante polilla de un joven tan perdidamente romántico como el tercer teniente John Irving.

Crozier, por otra parte, como descubrió tanto en la Tierra de Van Diemen en 1840 como de nuevo en el último tiempo que pasó en Inglaterra en los meses anteriores a que zarpara esta expedición, es demasiado viejo para el romance. Y demasiado irlandés. Y demasiado corriente.

Justo en ese momento desea que esa joven salga a dar un paseo por el hielo en la oscuridad y no vuelva.

Crozier recuerda el día, cuatro meses atrás, en que el doctor McDonald los informó a Franklin y a él, después de examinarla, la misma tarde que el hombre esquimal que iba con ella murió, atragantado en su propia sangre. McDonald dijo que, según su opinión médica, la chica esquimal parecía tener entre quince y veinte años; aunque era difícil decirlo con los pueblos nativos, había experimentado ya la menarquia, pero seguía, según todas las indicaciones, *virgo intacta*. También, según informaba el doctor McDonald, el motivo de que la joven no hubiese hablado ni emitido sonido alguno, ni siquiera cuando su padre o marido fue abatido y yacía moribundo, era porque no tenía lengua. Según la opinión del doctor McDonald, la lengua no estaba cortada, sino que fue arrancada de un mordisco cerca de la raíz, o bien por la propia Silenciosa, o bien por otros.

Crozier se había quedado asombrado, no tanto por el hecho de que le faltase la lengua, sino al enterarse de que la joven esquimal era virgen. Había pasado el tiempo suficiente en el Ártico, especialmente durante la expedición de Parry, que invernó junto a un poblado esquimal, para saber que los nativos locales se tomaban las relaciones sexuales tan a la ligera que los hombres ofrecían a sus esposas

21

e hijas a los balleneros o a los exploradores del Servicio de Descubrimientos a cambio de la baratija más sencilla. A veces, según sabía Crozier, las mujeres se ofrecían simplemente por diversión, riendo y cantando con otras mujeres o con los niños incluso mientras los marineros se esforzaban, bufaban y gemían entre las piernas de las mujeres sonrientes. Eran como animales. Los pellejos peludos que vestían podían ser su propia piel peluda, por lo que concernía a Francis Crozier.

El capitán alza la mano enguantada hasta la visera de su gorra, bien sujeta por dos vueltas de una gruesa bufanda, y por tanto imposible de quitar o levantar incluso, y dice:

—Saludos, señora. Le sugiero que piense en retirarse abajo a su cuarto. Aquí hace ya un poco de frío.

Silenciosa le mira. No parpadea, aunque sus largas pestañas no tienen nada de hielo. No habla, claro. Le mira.

Crozier, simbólicamente, se toca de nuevo el sombrero y continúa su vuelta por la cubierta, trepando hacia la popa elevada sobre el hielo y luego bajando por el lado de estribor, y haciendo una pausa para hablar con los otros dos hombres de guardia, para darle tiempo a Irving a llegar abajo y quitarse su ropa de abrigo, de modo que no parezca que el capitán va siguiendo al teniente pisándole los talones.

Acaba su conversación con el último vigía que tirita, el marinero de primera Shanks, cuando el soldado Wilkes, el más joven de los infantes de marina de a bordo, sale corriendo de debajo de la lona. Wilkes sólo se ha puesto dos capas de ropa encima del uniforme y le empiezan a castañetear los dientes antes de entregarle el mensaje.

—Con los saludos del señor Thompson al capitán, señor, el ingeniero dice que el capitán debería bajar a la bodega tan rápido como pueda.

—¿Por qué? —Si al final se ha acabado rompiendo la caldera, Crozier sabe que están todos muertos.

—Ruego que me perdone, señor, pero el señor Thompson dice que se requiere al capitán porque el marinero Manson está muy cerca del motín, señor.

Crozier se pone tieso al momento.

—¿Motín?

—«Cerca del motín», han sido las palabras del señor Thompson, señor.

—Hable claro, soldado Wilkes.

—Manson no quiere llevar más sacos de carbón más allá de la sala de Muertos, señor. Ni quiere bajar a la bodega. Dice que respetuosamente se niega, capitán. No quiere levantarse y está sentado en lo más bajo de la escala y no piensa llevar más carbón abajo, a la sala de la caldera.

—¿Qué es esa tontería? —Crozier siente los primeros pinchazos de la familiar ira irlandesa.

—Son los fantasmas, capitán —dice el soldado Wilkes, entre los dientes castañeteantes—. Todos los hemos oído cuando llevamos carbón o cuando cogemos algo de los almacenes más hondos. Por eso los hombres no quieren bajar más de la cubierta del sollado, a menos que los oficiales se lo ordenen, señor. Hay algo ahí abajo en la bodega, en la oscuridad. Algo que ha estado arañando y golpeando desde dentro del barco, capitán. No es sólo el hielo. Manson está seguro de que es su antiguo compañero, Walker, y..., y los otros cadáveres guardados allí, en la sala de Muertos, que quieren salir.

Crozier controla su impulso de tranquilizar al soldado con hechos. El joven Wilkes no encontraría los hechos demasiado tranquilizadores.

El primer hecho y más sencillo de todos es que el ruido de rascar que procede de la sala de Muertos es, casi con toda seguridad, el de los centenares o miles de enormes ratas negras que se están dando un festín con los camaradas congelados de Wilkes. Las ratas noruegas, como Crozier sabe mucho mejor que el joven guardiamarina, son animales nocturnos, cosa que significa que están activas día y noche durante el largo invierno ártico, y esas criaturas tienen unos dientes que crecen sin cesar. Eso a su vez significa que los asquerosos bichos tienen que roer siempre. Él las ha visto roer barriles de roble de la Marina Real, latas de dos centímetros y medio de grosor e incluso forros de plomo. Las ratas no tienen más problemas para comerse los restos congelados del marinero Walker y sus cinco desgraciados camaradas, incluyendo tres de los mejores oficiales de Crozier, de los que tendría un hombre cualquiera para comerse una tira de buey salado fría.

Pero Crozier no cree que sean sólo las ratas lo que oyen Manson y los demás.

Las ratas, como sabe Crozier por su experiencia de trece inviernos en el hielo, tienden a comerse a los amigos de uno de una forma tranquila y eficiente, excepto por los frecuentes chillidos que lanzan cuando esas voraces y enloquecidas alimañas se vuelven las unas contra las otras.

Hay algo más que produce esos ruidos de rascar y golpear abajo, en la cubierta de la bodega.

Lo que Crozier decide no recordarle al soldado Wilkes es el segundo hecho, el más sencillo: mientras la cubierta inferior normalmente estaría fría pero segura allí, debajo de la línea del agua o la línea invernal del mar helado, la presión del hielo ha forzado la proa del *Terror* más de cuatro metros más arriba de lo que debería estar. El casco en esa zona todavía está atrapado, pero sólo por varios centenares de toneladas amontonadas de hielo irregular, y por las toneladas añadidas de nieve que los hombres han apilado a sus costados a unos pocos centímetros de la barandilla para proporcionar un mayor aislamiento para el invierno.

Algo, según sospecha Francis Crozier, ha excavado a lo largo de esas toneladas de nieve y ha hecho un túnel a través de la masa de hielo, dura como el hierro, hasta llegar al casco del buque. De alguna forma, esa cosa ha notado qué partes del interior a lo largo del casco, como los tanques de almacenamiento de agua, están forradas de hierro, y ha encontrado una de las pocas zonas de almacenamiento huecas, la sala de Muertos, que conduce directamente al barco. Y ahora está golpeando y arañando para entrar.

Crozier sabe que sólo existe una cosa en la tierra que tenga tanta fuerza, una persistencia tan mortal, y una inteligencia tan malévola. El monstruo del hielo está intentando llegar hasta ellos desde abajo.

Sin decir ni una palabra más al guardiamarina Wilkes, el capitán Crozier se dirige abajo a intentar arreglar las cosas.

2

Franklin

Latitud 51° 29′ N — Longitud 0° 0′ O
Londres, mayo, 1845

*E*ra y sería siempre el hombre que se comió sus zapatos.

Cuatro días antes de echarse a la mar, el capitán sir John Franklin contrajo la gripe que corría por ahí. Se contagió, estaba seguro, no de uno de los marineros y estibadores corrientes que cargaban los barcos en los muelles de Londres, ni de ninguno de los ciento treinta y cuatro miembros de su tripulación y oficiales, porque todos estaban sanos como caballos de tiro, sino de algún enfermizo adulador de alguno de los círculos de amigos de la alta sociedad de lady Jane.

El hombre que se comió sus zapatos.

Era tradicional entre las mujeres de los héroes del Ártico coser una bandera para plantarla en algún lugar del lejano norte, o en este caso, para izarla en el punto en que se completase el tránsito de la expedición del paso del Noroeste, y la esposa de Franklin, Jane, estaba terminando de coser una Union Jack de seda cuando él llegó a casa. Sir John entró en el salón y se dejó caer medio derrengado en el sofá relleno de pelo de caballo, cerca del lugar donde ella estaba sentada. Más tarde no recordaba haberse quitado las botas, pero alguien debió de hacerlo, ya fuese Jane o uno de los sirvientes, porque pronto se encontró echado de espaldas y medio dormido, con un fuerte dolor de cabeza y el estómago más inquieto que si estuviera en el mar, y ardiendo de fiebre. Lady Jane le hablaba de lo ocupada que había pasado el día, sin hacer una pausa en su relato. Sir John intentaba escucharla mientras la fiebre le arrastraba en su incierta marea.

Él era el hombre que se comió sus zapatos, y así fue durante veintitrés años, desde que volvió a Inglaterra en 1822 después de su primera y fracasada expedición por tierra atravesando el norte de Canadá para encontrar el paso del Noroeste. Recordó las risitas y las bromas que se hicieron a su regreso. Franklin se había comido sus zapatos y cosas peores en aquel viaje malhadado de tres años, incluyendo *tripe-de-roche*, unas gachas asquerosas hechas con liquen rascado de las rocas. Dos años después de partir, muertos de hambre, él y sus hombres (Franklin los había dividido en tres grupos, dejando que los otros dos sobrevivieran o murieran por su cuenta) habían hervido la parte superior de sus botas y zapatos para sobrevivir. Sir John, que entonces era simplemente John, ya que fue nombrado caballero por su incompetencia después de un viaje posterior por tierra y una frustrada expedición polar por mar, había pasado muchos días en 1821 sin comer otra cosa que restos de piel sin curtir. Sus hombres se comieron los camisones de piel de búfalo. Y luego algunos habían empezado a comer otras cosas.

Pero nunca se comieron a otro ser humano.

Hasta aquel día, Franklin dudaba de si los otros de su expedición, incluyendo a su buen amigo y teniente jefe el doctor John Richardson, habrían conseguido resistir esa tentación. Habían ocurrido demasiadas cosas cuando los grupos estaban separados e iban dando tumbos por las inmensidades árticas, intentando desesperadamente volver al pequeño e improvisado Fort Enterprise de Franklin y a los auténticos fuertes, Providence y Resolution.

Nueve hombres blancos y un esquimal muertos. Nueve muertos de los veintiuno que el joven teniente John Franklin, de treinta y tres años de edad y por entonces chato y ya algo calvo, había conducido saliendo de Fort Resolution en 1819, más uno de los guías nativos que recogieron por el camino. Franklin se había negado a dejar que el hombre dejase la expedición para buscar algo de comer para sí mismo. Dos de los hombres fueron asesinados a sangre fría. Al menos uno de ellos, sin duda, fue devorado por otros. Pero sólo murió un inglés. Sólo un hombre realmente blanco. Los demás sólo eran *voyageurs* franceses o indios. Fue un éxito relativo, sólo un inglés muerto, aunque todos los demás se vieron reducidos a tartamudeantes esqueletos barbudos. Aunque los demás sobrevivieron sólo porque George Back, ese maldito guardiamarina hipersexuado, caminó por la nieve unos dos mil kilómetros para traer suministros y, más importante que los suministros aún, más indios para que alimentasen y cuidasen a Franklin y su moribunda partida.

Ese condenado Back. No era un buen cristiano, en absoluto. Arrogante. No era un verdadero caballero, a pesar de que después le nombraran sir por una expedición al Ártico navegando en el mismísimo HMS *Terror* que ahora comandaba sir John.

En aquella expedición, la de Back, el *Terror* fue levantado por el aire hasta una altura de quince metros por una torre de hielo que se elevó de pronto y luego lo dejó caer tan violentamente que todas las cuadernas de roble del casco se abrieron y se formó una vía. George Back llevó el barco con sus grietas a la costa de Irlanda, consiguiendo que encallase pocas horas antes de que acabase hundido. Todos los hombres padecían el escorbuto: encías negras, ojos sangrantes, dientes que se caían, y la locura y los delirios que lo acompañan.

Después de aquello nombraron sir a Back, desde luego. Es lo que hacían siempre Inglaterra y el Almirantazgo cuando uno volvía de una expedición polar que había fracasado miserablemente, con el resultado de una terrible pérdida de vidas. Si uno sobrevivía, te daban un título y celebraban un desfile. Después de que volviese Franklin de su segunda expedición al extremo norte y más alejado de Norteamérica para hacer mapas de la costa, en 1827, el rey Jorge IV le nombró, personalmente, caballero. La Sociedad Geográfica de París le entregó una medalla de oro. Fue recompensado nombrándole capitán de la preciosa y pequeña fragata de veintiséis cañones HMS *Rainbow* y le destinaron al Mediterráneo, un destino por el que todos y cada uno de los capitanes de la Marina Real rezaban cada día. Él pidió en matrimonio a una de las mejores amigas de Eleanor, su esposa muerta, la enérgica, bella y desenvuelta Jane Griffin.

—Así que le expliqué a sir James, tomando el té —estaba diciendo Jane—, que el honor y la reputación de mi querido sir John son infinitamente más queridas para mí que cualquier deseo egoísta de regodearme en la compañía de mi marido, aunque deba ser por cuatro años... o cinco.

¿Cómo se llamaba aquella chica india copper por la cual Back estuvo a punto de pelear en un duelo en sus cuarteles de invierno, en Fort Enterprise?

Medias Verdes. Sí, eso era. Medias Verdes.

Esa chica era mala. Sí, muy guapa, pero mala. No tenía vergüenza. El propio Franklin, a pesar de todos sus esfuerzos por no mirarla siquiera, la había visto quitarse sus ropas de pagana y atravesar desnuda la mitad de la cabaña, una noche de luna.

Él tenía treinta y cuatro años por aquel entonces, pero ella era la primera criatura humana femenina desnuda que veía, y la más bella. Aquella piel oscura. Esos pechos ya hinchados como un fruto maduro, pero todavía de adolescente, con los pezones todavía no erectos, con esa areola extraña, suave, como unos círculos de un marrón oscuro. Era una imagen que sir John no había podido erradicar nunca

27

de su recuerdo, por mucho que lo intentase, en el cuarto de siglo transcurrido desde entonces. La chica no tenía la clásica uve de vello púbico que Franklin había visto posteriormente en su primera esposa, Eleanor, atisbada sólo una vez cuando ella se preparaba para el baño, ya que Eleanor nunca permitió que la más mínima luz los iluminara las escasas veces que hacían el amor, ni el nido de vello más ralo, pero también más agreste y rubio que formaba parte del cuerpo envejecido de su actual esposa, Jane. No, la muchacha india, Medias Verdes, tenía sólo una franja estrecha, pero de un negro impoluto, encima de sus partes femeninas. Tan delicada como una pluma de cuervo. Tan negra como el mismísimo pecado.

El guardiamarina escocés, Robert Hood, que ya había engendrado un bastardo con otra mujer india durante aquel interminable primer invierno en la cabaña que él había bautizado como Fort Enterprise, se enamoró rápidamente de la squaw adolescente Medias Verdes. La chica se había acostado previamente con otro guardiamarina, George Back, pero como Back se había ido a cazar, ella trasladó sus preferencias sexuales a Hood con la facilidad que sólo conocen los paganos y los primitivos.

Franklin todavía recordaba los gemidos de pasión en las largas noches..., no la pasión de unos pocos minutos, como la que él había experimentado con Eleanor, sin gemir ni hacer ruido alguno, por supuesto, ya que ningún caballero haría semejante cosa, ni tampoco los dos breves brotes de pasión como en aquella memorable noche de su luna de miel con Jane; no, Hood y Medias Verdes lo hacían al menos media docena de veces. En cuanto los ruidos de Hood y la chica cesaban en el cobertizo adjunto, empezaban otra vez... risas, cuchicheos, luego quejidos suaves, que conducían de nuevo a los gritos más altos a medida que la descarada muchacha apremiaba a Hood.

Jane Griffin tenía treinta y seis años cuando se casó con John Franklin, recién nombrado sir, el 5 de diciembre de 1828. Se fueron de luna de miel a París. A Franklin no le gustaba especialmente aquella ciudad, ni tampoco el francés, pero su hotel era muy lujoso y la comida excelente.

Franklin había experimentado cierto temor de que durante sus viajes en el continente pudieran toparse con ese tal Roget, Peter Mark, el que había conseguido cierta notoriedad literaria preparando para su publicación no sé qué estúpido diccionario o lo que fuese, el mismo que en tiempos pidió la mano de Jane Griffin y fue rechazado igual que todos los demás pretendientes de juventud de su esposa. Franklin había curioseado en los diarios de Jane de aquella época, racionalizando después su delito al pensar que ella quería que los encontrase y leyese aquellos volúmenes encuadernados en piel de ternera, porque, si no, no los habría dejado en un lugar tan obvio, y vio, pergeñada con la impecable letra de su amada, la frase que ella escribió el día que Roget finalmente se casó con otra: «todo el romanticismo de mi vida ha desaparecido».

Robert Hood siguió haciendo ruido con Medias Verdes durante seis interminables noches árticas, y entonces su compañero guardiamarina George Back volvió de su partida de caza con los indios. Los dos hombres dispusieron un duelo a muerte al amanecer, en torno a las diez de la mañana siguiente.

Franklin no sabía qué hacer. El corpulento teniente era incapaz de ejercer ninguna disciplina sobre los hoscos *voyageurs* o los desdeñosos indios, y mucho menos controlar al testarudo Hood o al impulsivo Back.

Ambos guardiamarinas eran artistas y cartógrafos. Desde aquella época, Franklin no confió nunca más en un artista. Cuando el escultor de París hizo unas manos de lady Jane y el perfumado sodomita de Londres vino durante un mes seguido para pintar su retrato oficial al óleo, Franklin no dejó a aquellos hombres a solas con ella ni un momento.

Back y Hood se iban a enfrentar en duelo a muerte al amanecer, y John Franklin no podía hacer nada salvo esconderse en la cabaña y rezar para que la muerte o herida resultante no destruyese los últimos vestigios de cordura de aquella expedición, ya bastante comprometida. Sus órdenes no habían especificado que tuviera que llevar «comida» durante la caminata de dos mil kilómetros por la tierra, la costa y el río árticos. De su propio bolsillo había pagado los suministros suficientes para alimentar a los dieciséis hombres durante un día. Franklin había asumido que los indios a partir de entonces cazarían y los alimentarían adecuadamente, igual que los guías les llevaban los paquetes y remaban en sus canoas de corteza de abedul.

Las canoas de corteza de abedul habían sido un error. Veintitrés años después estaba dispuesto a reconocerlo..., al menos para sí. Al cabo de unos pocos días en las aguas congeladas a lo largo de la costa norte, alcanzadas más de un año y medio después de su partida de Fort Resolution, las endebles barquitas habían empezado a deshacerse.

Franklin, con los ojos cerrados y la frente ardiente, y la cabeza latiendo, medio escuchando la ininterrumpida corriente del parloteo de Jane, recordó la mañana en que él estaba echado en su grueso saco de dormir y cerraba los ojos con fuerza mientras Back y Hood daban quince pasos en el exterior de la cabaña y luego se volvían para disparar. Los malditos indios y los malditos *voyageurs*, igual de salvajes en muchos aspectos, trataban aquel duelo a muerte como un simple entretenimiento. Medias Verdes, recordaba Franklin, estaba radiante aquella mañana, con un resplandor casi erótico.

Echado en su saco de dormir, con las manos apretadas encima de las orejas, Franklin seguía oyendo el grito que marcaba los pasos, el grito para que se dieran la vuelta, el grito para apuntar, la orden de fuego.

Y luego dos clics. Y las carcajadas de la multitud.

Durante la noche, el viejo marinero escocés que había gritado las órdenes, ese hombre duro y nada caballeroso, John Hepburn, había quitado las balas y la pólvora de las pistolas cuidadosamente preparadas.

Desinflados por la incesante risa de la multitud de *voyageurs* e indios que se daban palmadas en las rodillas, Hood y Back echaron a andar en direcciones opuestas. Poco después Franklin ordenó a George Back que volviese a los fuertes para comprar más provisiones de la Compañía de la Bahía de Hudson. Back estuvo fuera la mayor parte del invierno.

Franklin se comió sus zapatos y subsistió a base de liquen rascado de las rocas, una comida que era como fango y que podía haber hecho vomitar a un perro inglés con un mínimo de dignidad, pero no quiso aceptar la carne humana.

Un año largo después del duelo impedido, en la partida de Richardson, después de que el grupo de Franklin se hubiese separado de ella, ese hosco y medio loco iroqués de la expedición, Michel Teroahaute, disparó al artista y cartógrafo Robert Hood en el centro de la frente.

Una semana antes del crimen, el indio había traído un trozo de carne, un anca de gusto muy fuerte a la partida muerta de hambre, insistiendo en que procedía de un lobo que había acabado corneado por un caribú o muerto por el propio Teroahaute con un cuerno de ciervo, la historia del indio variaba por momentos. El grupo hambriento cocinó y se comió la carne, pero no antes de que el doctor Richardson observase unas ligeras trazas de tatuaje en la piel. El doctor confesó más tarde a Franklin que era seguro que Teroahaute había vuelto sobre sus pasos a recoger el cuerpo de uno de los *voyageurs* que habían muerto aquella semana en la caminata.

El indio hambriento y el moribundo Hood estaban solos cuando Richardson, que había salido a rascar liquen de las rocas, oyó el disparo. «Suicidio», insistió Teroahaute, pero el doctor Richardson, que había atendido a muchos suicidas, sabía que la posición de la bala en el cerebro de Robert Hood no procedía de una herida autoinfligida.

Ahora, el indio iba armado con una bayoneta británica, un mosquete, dos pistolas bien cargadas y medio amartilladas y un cuchillo tan largo como su antebrazo. Los dos únicos no indios que quedaban, Hepburn y Richardson, tenían sólo una pistola pequeña y un mosquete poco fiable para los dos.

Richardson, uno de los científicos y cirujanos más respetados de toda Inglaterra, amigo del poeta Robert Burns, pero que entonces era sólo un cirujano y naturalista prometedor, esperó a que Michel Teroahaute volviese de una expedición de búsqueda, se aseguró de que llevaba los brazos bien cargados de leña y luego levantó su pistola y, a sangre fría, disparó al indio en la cabeza.

El doctor Richardson posteriormente admitió haberse comido la camisa de búfalo del muerto Hood, pero ni Hepburn ni Richardson, los únicos supervivientes de su partida, mencionaron nunca qué más habían comido en la semana siguiente de ardua caminata de regreso a Fort Enterprise.

En Fort Enterprise, Franklin y su partida estaban demasiado débiles para ponerse de pie o andar. Richardson y Hepburn parecían fuertes, en comparación.

Quizá fuese el hombre que se había comido sus zapatos, pero John Franklin nunca...

—La cocinera está preparando buey asado esta noche, querido. Tu favorito. Como es nueva, y estoy segura de que esa mujer está inflando nuestras facturas, porque robar es tan natural como beber para los irlandeses, le he recordado que tú insistes en que debe estar muy poco hecho, de tal modo que sangre al tocarlo el cuchillo de trinchar.

Franklin, flotando en una marea de fiebre, intentó formular alguna palabra como respuesta, pero las oleadas de dolor de cabeza, náusea y calor eran demasiado grandes. El sudor empapaba su ropa interior y el cuello, que todavía llevaba puesto.

—La esposa del almirante sir Thomas Martin nos ha enviado hoy una deliciosa tarjeta y un maravilloso ramo de flores. La verdad es que es lo único que he sabido de ella, pero debo decir que las rosas quedan preciosas en el vestíbulo. ¿Las has visto? ¿Has tenido tiempo para conversar con el almirante Martin en la recepción? Desde luego, no es demasiado importante, ¿verdad? ¿Aunque sea controlador de la Marina? Ciertamente, no es tan distinguido como el primer lord o los primeros comisionados, mucho menos que tus amigos del Consejo Ártico.

El capitán sir John Franklin tenía muchos amigos; a todo el mundo le gustaba el capitán sir John Franklin. Pero nadie le respetaba. Durante décadas, Franklin había aceptado el primer hecho y evitado el segundo, pero ahora sabía que era verdad. A todo el mundo le gustaba. Nadie le respetaba.

No después de lo de la Tierra de Van Diemen. No después de la prisión de Tasmania y de cómo había estropeado aquello.

Eleanor, su primera esposa, se estaba muriendo cuando la dejó y partió a su segunda expedición importante.

Él sabía que se estaba muriendo. Ella sabía que se estaba muriendo. La tisis, y el hecho de saber que moriría mucho antes de que su esposo muriera en batalla o en una expedición, les había acompañado como un tercer integrante de su ceremonia nupcial. En los veintidós meses de su matrimonio le había dado una hija, su única hija, la joven Eleanor.

Su primera mujer, que era frágil y pequeña de cuerpo, pero con un espíritu y una energía que casi asustaban, le había dicho que debía partir a su segunda expedición para encontrar el paso del Noroeste, un viaje por tierra y mar siguiendo la línea de la costa norteamericana, aunque ella tosía sangre y sabía que el fin se acercaba. Dijo que era mejor para ella que él se encontrase lejos. Él la creyó. O al menos, creía que sería mejor para sí mismo.

Al ser un hombre profundamente religioso, John Franklin había rezado para que Eleanor muriese antes de la fecha de su partida. Pero no fue así. Él se fue el 16 de febrero de 1825, escribió a su amada muchas cartas mientras estaba en tránsito hacia el Gran Lago de los Esclavos, las envió en Nueva York y en Albany, y supo que había muerto el 24 de abril, en la estación naval británica de Penetanguishene. Ella había muerto poco después de que su barco partiese de Inglaterra.

Cuando volvió de su expedición en 1827, Jane Griffin, la amiga de Eleanor, le estaba esperando.

La recepción del Almirantazgo había sido menos de una semana antes, no, justo hacía una semana, antes de su maldita gripe. El capitán sir John Franklin y todos sus oficiales y suboficiales del *Erebus* y del *Terror* habían asistido, por supuesto. Y también los civiles de la expedición, el patrón del hielo del *Erebus*, James Reid, y el patrón del hielo del *Terror*, Thomas Blanky, junto con los pagadores, cirujanos y sobrecargos.

Sir John tenía un aspecto muy elegante con su nueva casaca con faldones, los pantalones azules con franja dorada, las charreteras con flecos dorados, la espada ceremonial y el sombrero de tres picos de la época de Nelson. El comandante de su buque insignia *Erebus*, James Fitzjames, que a menudo se consideraba el hombre más apuesto de la Marina Real, parecía tan magnífico y humilde como el héroe de guerra que era. Fitzjames había seducido a todos aquella noche. Francis Crozier, como siempre, tenía un aspecto tieso, envarado y melancólico, y ligeramente ebrio.

Pero Jane estaba equivocada..., los miembros del «Consejo Ártico» no eran amigos de sir John. El Consejo Ártico, en realidad, no existía. Era una sociedad honoraria, más que una institución real, pero también era el club más selecto de ex alumnos de toda Inglaterra.

En la recepción se mezclaron Franklin, sus oficiales y los altos, esbeltos y canosos miembros del legendario Consejo Ártico.

Para conseguir ser miembro del consejo lo único que había que hacer era comandar una expedición al lejano norte ártico... y sobrevivir.

El vizconde Melville, el primer noble de la larga fila de recepción que había dejado a Franklin sudoroso y cohibido, era primer lord del Almirantazgo y patrocinador de su patrocinador, sir John Barrow. Pero Melville no era un veterano en el tema del Ártico.

Las verdaderas leyendas del Consejo Ártico, la mayoría ya en la setentena, eran para el nervioso Franklin aquella noche más parecidos al aquelarre de brujas de *Macbeth* o a un grupito de fantasmas grises que a seres vivos. Todos y cada uno de esos hombres habían precedido a Franklin en la búsqueda del paso, y todos habían vuelto vivos, pero no del todo.

Franklin se preguntaba aquella noche si alguien «realmente» volvía vivo del todo después de pasar el invierno en las regiones árticas.

Sir John Ross, con su rostro de escocés mostrando más facetas recortadas que un iceberg, tenía unas cejas que saltaban como las plumas de aquellos pingüinos que había descrito su sobrino, sir James Clark Ross, después de su viaje al Ártico Sur. La voz de Ross era tan áspera como la piedra de arena restregada por una cubierta astillada.

Sir John Barrow, más viejo que el mismísimo Dios y dos veces más poderoso. El padre de la exploración británica seria del Ártico. Todos los demás que asistían aquella noche, incluso los septuagenarios de cabello blanco, no eran más que chicos..., los chicos de Barrow.

Sir William Parry, caballero entre caballeros, incluso entre la propia realeza, que había intentado cuatro veces encontrar el paso y sólo había visto morir a sus hombres y su *Fury* aplastado, destrozado y hundido.

Sir James Clark Ross, recién nombrado sir, y también recién casado con una esposa que le había hecho apartarse de las expediciones. Habría tenido el cargo de comandante de Franklin en su expedición, si lo hubiese querido, y ambos hombres lo sabían. Ross y Crozier permanecían ligeramente separados de los demás, bebiendo y hablando en voz baja, como conspiradores.

Ese maldito sir George Back; Franklin odiaba compartir su título de caballero con un simple guardiamarina que en tiempos sirvió a sus órdenes, y que además era un mujeriego. En su noche de gala, el capitán sir John Franklin casi deseó que Hepburn no hubiese quitado la pólvora y las balas de las pistolas de duelo, veinticinco años antes. Back era el miembro más joven del Consejo Ártico y parecía mucho más feliz y pagado de sí mismo que todos los demás, aun después de que el HMS *Terror* sufriera una verdadera paliza y casi se hundiera.

El capitán sir John Franklin era abstemio, pero después de tres horas de champán, vino, brandy, jerez y whisky, los otros hombres empezaron a relajarse, las risas a su alrededor sonaron más intensas y la conversación en el gran vestíbulo se hizo menos formal, y Franklin empezó a sentirse más calmado, dándose cuenta de que toda aquella recepción, los botones dorados, las corbatas de seda, las brillantes charreteras, la buena comida, los cigarros y las risas eran por «él». Aquella vez se trataba de «él».

De modo que fue toda una conmoción cuando el viejo Ross le apartó a un lado casi abruptamente y empezó a hacerle preguntas a través del humo de su cigarro y el resplandor de las velas reflejado en el cristal.

—Franklin, ¿por qué, en nombre del Cielo, se lleva usted ciento treinta y cuatro hombres? —La piedra de arena raspó ásperamente la madera basta.

El capitán sir John Franklin parpadeó.

—Es una expedición importante, sir John.

—Demasiado importante, si quiere mi opinión. Ya cuesta mucho meter a treinta hombres por el hielo en los barcos y devolverlos a la civilización si algo sale mal. Ciento treinta y cuatro hombres... —El viejo explorador emitió un ruido grosero, aclarándose la garganta como si fuera a escupir.

Franklin sonrió y asintió con la cabeza, deseando que el viejo le dejara solo.

—Y a su edad —continuó Ross—. Tiene usted sesenta años, por el amor de Dios.

—Cincuenta y nueve —replicó Franklin muy tieso—, señor.

El viejo Ross le sonrió vagamente, pero con mayor aspecto de iceberg que nunca.

—¿Y cuánto tiene el *Terror*? ¿Trescientas treinta toneladas? Y el *Erebus* unas trescientas setenta, ¿no?

—Trescientas setenta y dos mi buque insignia —respondió Franklin—. Trescientas veintiséis el *Terror*.

—Y un calado de seis metros cada uno, ¿verdad?

—Sí, milord.

—Es una mierda, una locura, Franklin. Sus barcos serán los buques de mayor calado jamás enviados a una expedición ártica. Todo lo que sabemos de esas regiones nos ha enseñado que las aguas a las que se dirige son poco hondas, y están llenas de bajíos, rocas y hielo escondido. Mi *Victory* sólo tenía un calado de una braza y media, y no pudimos pasar la barra del puerto cuando atracamos para el invierno. George Back casi arranca todo el fondo de su *Terror* con el hielo.

—Ambos buques han sido reforzados, sir John —dijo Franklin. Notaba que el sudor le corría por las costillas y el pecho hacia su rechoncho abdomen—. Ahora son los barcos de hielo más fuertes del mundo.

—¿Y qué es esa locura de vapor y motores de locomotora?

—No es ninguna locura, milord —dijo Franklin, notando la condescendencia en su propia voz. No sabía nada de vapor en realidad, pero llevaba dos buenos ingenieros en la expedición y a Fitzjames, que formaba parte de la nueva Marina a Vapor—. Son motores muy potentes, sir John. Nos sacarán del hielo cuando las velas no lo consigan.

Sir John Ross bufó.

—Sus máquinas de vapor ni siquiera son marítimas, ¿verdad, Franklin?

—No, sir John. Pero son los mejores motores de vapor que nos ha podido vender el Ferrocarril de Londres y Greenwich. Trans-

35

formados para su uso marítimo. Unas bestias muy potentes, señor.

Ross bebió un sorbito de whisky.

—Potentes si lo que planea es tender unos raíles a lo largo del paso del Noroeste y llevar una maldita locomotora por ellos.

Franklin lanzó una risita afable al oír aquello, pero no vio rastro de humor en el comandante y la obscenidad le ofendió gravemente. A menudo no sabía cuándo los demás hablan en broma o no, y él mismo carecía de sentido del humor.

—Pero no son tan potentes, en realidad —continuó Ross—. Esa máquina de 1,5 toneladas que han embutido en la bodega de su *Erebus* sólo produce veinticinco caballos. El motor de Crozier es menos eficiente aún..., veinte caballos de potencia, como máximo. El barco que lo remolcará más allá de Escocia, el *Rattler*, produce doscientos veinte caballos con su pequeño motor de vapor. Es un motor «marítimo», hecho a propósito para el mar.

Franklin no tenía nada que decir ante todo esto, de modo que sonrió. Para llenar el silencio que siguió hizo señas a un camarero que pasaba con unas copas de champán. Luego, como iba contra sus principios beber alcohol, no pudo hacer otra cosa que quedarse allí de pie con la copa en la mano, mirando de vez en cuando el champán que se iba quedando sin gas, y esperando la menor oportunidad para librarse de él sin que nadie se diera cuenta.

—Piense en todas las provisiones extra que podría haber almacenado en las bodegas de sus dos barcos, si no estuvieran ahí esos malditos motores —insistió Ross.

Franklin miró a su alrededor, como buscando socorro, pero todo el mundo estaba en animada conversación con otras personas.

—Tenemos provisiones más que suficientes para tres años, sir John —dijo al fin—. Cinco o seis años, si debemos racionarlas. —Sonrió de nuevo, intentando seducir a aquel rostro pétreo—. Y tanto el *Erebus* como el *Terror* tienen calefacción central, sir John. Algo que seguramente usted habría apreciado en su *Victory*.

Los claros ojos de sir John Ross relucieron con frialdad.

—El *Victory* quedó aplastado como un huevo por el hielo, Franklin. Un maravilloso sistema de calor por vapor no habría impedido eso, ¿verdad?

Franklin miró a su alrededor, intentando captar la mirada de Fitzjames. O la de Crozier, incluso. Cualquiera que pudiese acudir a rescatarle. Nadie parecía fijarse en sir John, *el Viejo*, y sir John, *el Gordo*, que estaban allí juntitos y sumidos en una conversación tan seria, aunque fuera sólo por una parte. Pasó un camarero y Franklin dejó su copa de champán intacta en la bandeja. Ross examinó a Franklin con los ojos entrecerrados, como rendijas.

—¿Y cuánto carbón se gasta para calentar uno de sus barcos un solo día por allí? —inquirió el viejo escocés.

—Bueno, en realidad no lo sé, sir John —dijo Franklin con una sonrisa seductora. Y era verdad, no lo sabía. Ni le importaba especialmente. Los ingenieros estaban a cargo de los motores de vapor y del carbón. El Almirantazgo lo habría planeado todo bien, suponía.

—Yo sí lo sé —dijo Ross—. Consumirá usted setenta kilos de carbón al día sólo para mantener el agua caliente en movimiento y así calentar los alojamientos de la tripulación. Media tonelada de su precioso carbón al día sólo para que siga habiendo vapor. Si va avanzando, esperemos que a unos cuatro nudos con esos feos buques de bombardeo, quemará dos o tres toneladas de carbón al día. Mucho más si intenta abrirse camino por encima del hielo. ¿Y cuánto carbón se piensa llevar, Franklin?

El capitán sir John agitó la mano en un gesto que sabía displicente, casi afeminado.

—Ah, alrededor de unas doscientas toneladas, milord.

Ross bizqueó de nuevo.

—Noventa toneladas cada uno, el *Erebus* y el *Terror*, para ser más preciso —gruñó—. Y eso cuando estén al máximo en Groenlandia, antes de cruzar la bahía de Baffin, mucho menos en el hielo real.

Franklin sonrió y no dijo nada.

—Digamos que llega al lugar donde tiene que pasar el invierno en el hielo con el setenta y cinco por ciento de sus noventa toneladas sin quemar —continuó Ross, siguiendo implacable como un barco a través del hielo blando—, eso le deja, ¿cuántos días de vapor en condiciones normales, sin hielo? ¿Una docena? ¿Trece? ¿Quince?

El capitán sir John Franklin no tenía ni la menor idea. Su mente, aunque profesional y náutica, sencillamente no trabajaba de aquella manera. Quizá sus ojos revelaron un pánico súbito, no por el carbón sino por aparecer como un idiota ante sir John Ross, porque el caso es que el viejo marino puso una garra de acero en el hombro de Franklin. Cuando Ross se acercó más aún, el capitán sir John Franklin notó que su aliento olía a whisky.

—¿Qué planes tiene el Almirantazgo para su rescate, Franklin? —gruñó Ross. Hablaba en voz baja. A su alrededor sólo se oían las risas y parloteos de la recepción, a aquella hora tardía.

—¿Rescate? —dijo Franklin, parpadeando. La idea de que los dos buques más modernos del mundo, reforzados para el hielo, movidos con vapor, aprovisionados para pasar cinco años o más en el hielo y tripulados por hombres seleccionados por sir John Barrow pudiera requerir un rescate simplemente no era concebible para la mente de Franklin. La idea era absurda.

—¿Tiene algún plan para ir dejando depósitos a lo largo del camino, por las islas? —susurró Ross.

—¿Depósitos...? —dijo Franklin—. ¿Dejar provisiones a lo largo del camino? ¿Por qué iba a hacer eso, por el amor de Dios?

—Para poder llevar a sus hombres a un lugar con comida y refugio, si tiene que saltar al hielo y echarse a andar —dijo Ross con los ojos resplandecientes, furibundo.

—¿Por qué íbamos a tener que volver andando a la bahía de Baffin? —preguntó Franklin—. Nuestro objetivo es completar el tránsito del paso del Noroeste.

Sir John Ross echó la cabeza hacia atrás. Su presa en el hombro de Franklin se hizo más intensa.

—¿Entonces no habrá ningún barco de rescate ni planes in situ?

—No.

Ross agarró el otro brazo de Franklin y lo apretó tan fuerte que el corpulento capitán sir John casi hizo un gesto de dolor.

—Entonces, chico —susurró Ross—, si no he oído hablar de ti hacia 1848, iré a buscarte yo mismo. Te lo juro.

Franklin se despertó de golpe.

Estaba empapado de sudor. Se notaba mareado y débil. El corazón le saltaba en el pecho, y con cada reverberación su dolor de cabeza repicaba como la campana de una iglesia contra el interior de su cráneo.

Miró hacia su cuerpo con horror. La seda cubría la mitad inferior de su cuerpo.

—¿Qué es esto? —chilló, alarmado—. ¿Qué es esto? ¡Me han puesto una bandera encima!

Lady Jane se puso de pie, horrorizada.

—Parecía que tenías frío, John. Estabas tiritando. Te la he echado para taparte, como manta.

—¡Dios mío! —gritó el capitán sir John Franklin—. ¡Dios mío, mujer! ¿No sabes lo que has hecho? ¡La Union Jack sólo se pone encima de los cadáveres!

3

Crozier

Latitud 70° 5' N — Longitud 98° 23' O
Octubre de 1847

El capitán Crozier baja la corta escala hacia la cubierta inferior, empuja las dobles puertas cerradas y casi se tambalea ante la súbita bofetada de calor. Aunque la calefacción mediante agua caliente circulante lleva apagada horas, el calor corporal de más de cincuenta hombres y el residual de la cocina han mantenido la temperatura de la cubierta inferior bastante alta, justo por debajo de la de congelación, más de cuarenta grados más caliente que fuera. El efecto en alguien que lleva media hora en cubierta es el equivalente a meterse en una sauna completamente vestido.

Como va a continuar bajando hacia el sollado, que no tiene calefacción, y hacia las cubiertas de las bodegas, y por tanto se quedará con la ropa de abrigo, Crozier no se entretiene demasiado allí, en el calor. Pero sí que hace una pausa momentánea, como haría cualquier capitán, tomándose el tiempo suficiente para mirar a su alrededor y asegurarse de que las cosas no se han ido al Infierno en la media hora que lleva fuera.

A pesar del hecho de que es la única cubierta del buque con literas, comedor y espacio para vivir, está tan oscura como una mina galesa en pleno funcionamiento, con sus pequeños tragaluces cubiertos de nieve durante el día y por la noche que ahora dura veintidós horas. Lámparas de aceite de ballena, linternas o candiles arrojan pequeños conos de luz aquí y allá, pero en su mayor parte los hombres se abren camino por la oscuridad de memoria, recordando dónde esquivar las innumerables pilas de cacharros invisibles y las masas colgantes de comida, ropa y utensilios almacenados y otros hombres durmiendo en sus coys. Cuando todos los coys están montados (se permiten treinta y cinco centímetros para cada hombre) no queda espacio para andar, excepto dos pasillos de unos cuarenta y cinco cada uno a lo largo del casco, a cada lado. Pero ahora sólo hay unos cuantos coys puestos, hombres que quieren dormir un poco antes de sus guardias tardías, y el barullo de las conversaciones, risas, maldiciones, toses y los inspirados ruidos y obscenidades del señor Diggle es lo bastante fuerte como para ahogar los ruidos y quejidos del hielo.

Los planos del buque muestran un espacio de altura de más de dos metros, pero, en realidad, entre las gruesas cuadernas del buque por arriba y las toneladas de trastos y madera extra almacenadas en estantes que cuelgan de esas cuadernas, hay menos de dos metros en la cubierta inferior y los pocos hombres verdaderamente altos del *Terror*, como el cobarde Manson, que le espera abajo, tienen que caminar en una postura perpetuamente encogida. Francis Crozier no es tan alto. Ni llevando el gorro y las bufandas puestas tiene que agachar la cabeza.

A su derecha y corriendo a popa desde el lugar donde está Crozier se encuentra lo que parece un túnel bajo, oscuro y estrecho, pero en realidad es la escalera de cámara que conduce a los «alojamientos de los oficiales», una madriguera con dieciséis cubículos diminutos para dormir y dos salas minúsculas para los oficiales y los contramaestres. El camarote de Crozier es del mismo tamaño que los demás, uno ochenta por metro y medio. La escalera de la cámara está oscura y apenas tiene medio metro de ancho. Sólo puede pasar un hombre cada vez, encogiendo mucho la cabeza para evitar los objetos almacenados que cuelgan, y los hombres gruesos tienen que pasar de lado para embutirse en el estrecho pasadizo.

Los alojamientos de los oficiales están apelotonados en dieciocho metros de los treinta que tiene el buque de longitud, y como el *Terror* sólo tiene ocho metros y medio de ancho, allí, en la cubierta inferior, la estrecha escalera de cámara es el único acceso en línea recta a popa.

Crozier ve luz desde el camarote Grande de proa, donde, incluso con aquel frío y aquella oscuridad infernales, algunos de sus oficiales supervivientes descansan sentados a la mesa larga, fumando sus pipas y leyendo la biblioteca de 1.200 volúmenes que allí se guarda. El capitán oye música: uno de los discos de metal para el órgano de mano toca una tonada que fue popular en los music-halls de Londres cinco años atrás. Crozier sabe que es el teniente Hodgson quien toca aquella melodía. Es su favorita, y pone al teniente Edward Little, oficial ejecutivo de Crozier y amante de la música clásica, loco de exasperación.

Como todo parece ir bien en el alojamiento de los oficiales, Crozier da la vuelta y mira hacia delante. El alojamiento de la tripulación ocupa el tercio restante de la longitud del buque, once metros, pero en ese espacio se apiñan cuarenta y uno de los marineros y los guardiamarinas supervivientes y sanos, de los cuarenta y cuatro que formaban la tripulación original.

No hay clases esta noche, y falta menos de una hora para que desenrollen sus coys y se acuesten, de modo que la mayoría de los hombres están sentados en sus baúles o montones de material apilados, fumando o hablando a la débil luz. El centro del espacio está ocupado por la gigantesca estufa Frazer, en la cual el señor Diggle está cocinando unos bizcochos. Diggle, el mejor cocinero de la flota por lo que respecta a Crozier, y un verdadero botín, literalmente, porque Crozier robó al escandaloso cocinero del buque insignia del capitán sir John Franklin justo antes de que partiese la expedición, siempre está cocinando, normalmente galletas, y maldice, golpea y da patadas y reprende a sus ayudantes mientras tanto. Los hombres, literalmente, se escabullen de la gigantesca estufa y desaparecen por la escotilla, buscando provisiones en las cubiertas inferiores o apresurándose para evitar la voluble ira del señor Diggle.

La estufa Frazer en sí misma parece, a ojos de Crozier, casi tan grande como el motor de locomotora que llevan en la bodega. Además de su gigantesco horno y de seis grandes quemadores, el enorme artefacto de hierro tiene un desalinizador incorporado y una prodigiosa bomba de mano para sacar agua, o bien del océano, o bien de las hileras de enormes tanques de almacenamiento de agua que hay abajo, en la bodega. Pero tanto el mar exterior como el agua de la bodega están ahora completamente congeladas, de modo que las enormes ollas que burbujean en los quemadores del señor Diggle están muy ocupadas fundiendo enormes trozos de hielo cortados de los tanques de agua de abajo y subidos para ese fin.

El capitán ve, más allá de la mampara que forman los estantes y las alacenas del señor Diggle, donde antes estaba la amurada delantera, la enfermería en el pique de proa del buque. Durante dos años no hubo enfermería. La zona estaba repleta de arriba abajo con cajas y barriles, y los hombres que tenían que acudir al cirujano o a su ayudante a las 7.30 lo hacían junto a la estufa del señor Diggle. Pero ahora, como había más provisiones gastadas y el número de enfermos y heridos se multiplicaba, los carpinteros habían creado una parte más permanente y separada del pique de proa para que sirviera de enfermería. Y el capitán también veía la entrada como un túnel entre las cajas donde habían creado un espacio para que durmiese Lady Silenciosa.

Esa discusión había ocupado la mayor parte de un día en el pasado mes de junio. Franklin había insistido en que no se permitiese subir a la mujer esquimal a su buque. Crozier la había aceptado, pero su discusión con su oficial ejecutivo, el teniente Little, en cuanto a dónde alojarla había sido casi absurda. Hasta una esquimal puede helarse y morir en cubierta o en las dos cubiertas inferiores, y eso lo sabían, de modo que sólo quedaba la cubierta inferior principal. Ciertamente, ella no podía dormir en la zona de la tripulación, aunque hubiese coys vacíos por entonces, gracias a la cosa de afuera en el hielo.

En los tiempos en que Crozier era un marinero adolescente, y luego como guardiamarina, a las mujeres que conseguían introducirse a bordo a escondidas las colocaban en el cuarto de la guindaleza, sin luz y casi sin aire, en la parte más baja a proa del barco, al alcance del castillo de proa, para el hombre u hombres afortunados que conseguían subirlas. Pero ya en junio, cuando apareció Silenciosa, en el cuarto de la guindaleza del HMS *Terror* estaban a bajo cero.

No, alojarla con la tripulación era una idea que no se podía ni considerar.

¿Con los oficiales? Quizá. Había camarotes vacíos, ya que algunos de los oficiales estaban muertos y descuartizados. Pero tanto el teniente Little como su capitán habían estado de acuerdo al momento en que la presencia de una mujer sólo unos pocos tabiques endebles y unas puertas deslizantes más allá de los hombres dormidos no sería nada saludable.

¿Dónde, entonces? No podían asignarle un lugar donde dormir y luego colocar un guardia armado delante de ella todo el tiempo.

Fue Edward Little quien dio con la idea de trasladar algunas mercancías y formar un pequeño hueco con una zona para dormir para la mujer en el pique de proa, donde habría debido encontrarse la enfermería. La única persona que estaba despierta toda la noche y todas las noches era el señor Diggle, cocinando sus bizcochos como Dios manda y friendo su carne para el desayuno, y si el señor Diggle había tenido algún día gusto por las damas, era evidente que aquel día había pasado hacía tiempo. Del mismo modo —razonaron el teniente Little y el capitán Crozier—, la proximidad de la estufa Frazer ayudaría a mantener caliente a su huésped.

En eso tenían razón, desde luego. Aquel calor excesivo ponía enferma a Lady Silenciosa, y la obligaba a dormir completamente desnuda encima de sus pieles, en su pequeña caverna hecha de cajas y barriles. El capitán lo descubrió por accidente y la imagen se le quedó grabada.

Ahora Crozier toma una linterna de su gancho, la ilumina, levanta la trampilla y baja por la escala hasta la cubierta del sollado para no empezar a fundirse como uno de los bloques de hielo de la estufa.

Decir que hace frío en la cubierta del sollado es un eufemismo que el mismo Crozier usaba antes de su primer viaje ártico. En el recorrido de un metro y ochenta centímetros bajando la escala hacia la cubierta inferior, la temperatura ha caído al menos treinta grados. La oscuridad aquí es casi absoluta.

Crozier se toma el habitual minuto del capitán para mirar a su alrededor. El círculo de luz de su linterna es débil, ilumina sobre todo la niebla que forma su aliento en el aire. A su alrededor se encuentra el laberinto de cajas, toneles, latas, barrilitos, barriles grandes, sacos de carbón y bultos cubiertos de lona y apiñados de arriba abajo, con las provisiones que quedan en el buque. Aunque no llevase la linterna, Crozier podía abrirse camino entre la oscuridad y los chillidos de las ratas. Conoce cada centímetro de ese barco. A veces, especialmente muy tarde por la noche, cuando se queja el hielo, Francis Rawdon Moira Crozier se da cuenta de que el HMS *Terror* es su esposa, madre, novia y puta. Ese conocimiento tan íntimo de una dama hecha de roble y de hierro, estopa y lastre, lona y latón, es el único matrimonio verdadero que conocerá. ¿Cómo se le ocurrió pensar otra cosa con Sophia?

En otros tiempos, aunque sea tarde por la noche, cuando los quejidos del hielo se convierten en gritos, Crozier piensa que el barco se ha convertido en su cuerpo y su mente. Allá fuera, fuera de las cubiertas y del casco, se encuentra la muerte. El frío eterno. Aquí, aunque estén congelados en medio del hielo, continúan los latidos, por muy débiles que sean, del calor, la conversación, el movimiento y la cordura.

Pero viajar hacia lo más profundo del barco, observa Crozier, es como viajar demasiado adentro del propio cuerpo o de la propia mente. Lo que uno encuentra allí puede no ser agradable. La cubierta del sollado es el vientre. Allí es donde se almacenan la comida y los recursos necesarios, cada cosa bien empaquetada en el orden en que se supone que se necesitará, fácil de encontrar para los que deben bajar aquí acosados por los gritos y los golpes del señor Diggle. Más abajo, en la cubierta de la bodega adonde se dirige, están los intestinos y los riñones, los tanques de agua y la mayor parte del carbón almacenado, y más provisiones. Pero es la analogía con la mente lo que más molesta a Crozier. Perseguido y asediado por la melancolía gran parte de su vida, sabiendo que se trata de una debilidad secreta empeorada por sus doce inviernos pasados en la helada oscuridad ártica ya de adulto, exacerbada recientemente hasta convertirse en una pura agonía por el rechazo de Sophia Cracroft, Crozier piensa en la cubierta inferior, parcialmente iluminada y ocasionalmente caliente pero vivible, como la parte más sana de sí mismo. El mundo mental inferior de la cubierta del sollado, inquietante, es donde pasa la mayor parte del tiempo ahora, escuchando los gritos del hielo y esperando que los pernos de metal y las sujeciones de las vigas se suelten y exploten por el frío. Y la cubierta inferior de la bodega, con sus olores terribles y su sala de Muertos, es la locura.

Crozier aparta de sí esos pensamientos. Mira hacia abajo, al pasillo de la cubierta del sollado que corre hacia delante entre los barriles apilados y las cajas. El resplandor de la linterna queda bloqueado por los mamparos de la sala del pan, y los pasillos a ambos lados se constriñen hasta convertirse en túneles más estrechos aún que la escalera de cámara del alojamiento de oficiales, en la cubierta que tiene justo encima. Allí, los hombres deben apretujarse entre la sala del pan y las fundas que sujetan los últimos sacos de carbón del *Terror*. La habitación de almacenaje del carpintero está más adelante, en el costado de estribor; y el almacén del contramaestre, al otro lado, a babor.

Crozier se vuelve e ilumina con su linterna a popa. Las ratas huyen de la luz, algo letárgicas, y desaparecen entre los barriles de carne salada y las cajas de provisiones que van menguando.

A la luz mortecina de la linterna, el capitán ve el candado bien seguro en la sala de Licores. Cada día uno de los oficiales de Crozier baja aquí para coger la cantidad de ron necesaria para repartir el grog de mediodía a cada hombre, un cuarto de pinta de ron de setenta grados con tres cuartas partes de pinta de agua. En la sala de Licores también se guardan el vino y el brandy de los oficiales, así como doscientos mosquetes, machetes y espadas. Como siempre se ha hecho en la Marina Real, las escotillas conducen directamente desde el comedor de oficiales y el camarote Grande de encima a la sala de Licores. Si hubiese un motín, los oficiales serían los primeros en llegar a las armas.

Detrás de la sala de Licores se encuentra la santabárbara, con sus barriles de pólvora y su munición. A cada lado de la sala de Licores se hallan varios espacios de almacenamiento y casillas, incluyendo los pañoles de cables; la sala de Velas, con su fría lona, y el ropero, del cual el señor Helpman, el amanuense de a bordo, saca las ropas de abrigo.

Detrás de la sala de Licores y la santabárbara se encuentra la despensa del capitán, que contiene un suministro privado, y pagado de su bolsillo, de jamones, quesos y otros lujos. Todavía es costumbre que el capitán del buque invite a la mesa de vez en cuando a sus oficiales, y mientras las vituallas de la despensa de Crozier palidecen al lado de las lujosas golosinas almacenadas en la despensa privada del difunto capitán sir John Franklin en el *Erebus*, el almacén de Crozier, casi vacío ya, ha aguantado durante dos veranos y dos inviernos en el hielo. Y además, piensa con una sonrisa, tiene la ventaja de contar con una bodega de vino bastante decente, de la cual todavía se benefician los oficiales. Y muchas botellas de whisky de las cuales él, su capitán, depende. Los pobres comandantes, tenientes y oficiales civiles a bordo del *Erebus* se las han tenido que arreglar sin licores durante dos años. Sir John Franklin era abstemio, y, por lo tanto, mientras él estuvo vivo, también lo fue su comedor de oficiales.

Una linterna oscila hacia Crozier en el pasillo estrecho que conduce hacia abajo desde la proa. El capitán se vuelve a tiempo de ver algo parecido a un oso negro y peludo que introduce su bulto entre las fundas del carbón y el mamparo de la sala del pan.

—Señor Wilson —dice Crozier, reconociendo al ayudante de carpintero por su rotundidad y por sus guantes de piel de foca y los pantalones de piel de ciervo regalados a todos los hombres antes de la partida, pero que sólo unos pocos habían preferido a sus ropas de lana y de franela. En algún momento del viaje, el carpintero había cosido unas pieles de lobo conseguidas en la estación ballenera danesa de Disko Bay y se había hecho una especie de abrigo muy abultado, pero, según insistía él, cálido.

—Capitán. —Wilson, uno de los hombres más gordos a bordo, lleva la linterna en una mano y varias cajas de herramientas de carpintero metidas debajo del otro brazo.

—Señor Wilson, salude al señor Honey y pídale que venga a verme a la cubierta de la bodega.

—Sí, señor. ¿En qué parte de la cubierta de la bodega, señor?

—En la sala de Muertos, señor Wilson.

—Sí, señor. —La luz de la linterna se refleja en los ojos de Wilson mientras el ayudante mantiene su mirada curiosa clavada un segundo más de lo necesario.

45

—Y dígale al señor Honey que traiga una barra para hacer palanca, señor Wilson.

—Sí, señor.

Crozier se aparta a un lado, apretándose entre dos barriles para permitir al hombre grandote que suba por la escala hasta la cubierta superior. El capitán sabe que quizá despierte a su carpintero para nada, y que el hombre quizá se tome la molestia de ponerse sus ropas de abrigo mucho antes de que haya luz por ningún motivo en especial, pero tiene un pálpito, y prefiere molestar al hombre ahora en lugar de hacerlo más tarde.

Cuando Wilson ya ha conseguido meter su enorme bulto por la escalera y subir a la escotilla superior, el capitán Crozier levanta la trampilla inferior y baja hacia la cubierta de la bodega.

Como todo el espacio de la cubierta se encuentra por debajo del hielo exterior, la cubierta de la bodega está casi tan fría como ese mundo ajeno que hay más allá del casco. Y más oscuro, sin aurora ni estrellas ni luna que alivie la negrura omnipresente. El aire está cargado de polvo de carbón y humo de carbón, y Crozier ve las partículas negras girar en torno a su linterna chisporroteante como si fuesen las garras de un aparecido, y apesta a aguas residuales y a sentina. Un ruido como de algo que rasca, roza y se desliza viene desde la oscuridad de popa, pero Crozier sabe que sólo es el carbón que están cargando a paletadas en la habitación de la caldera. Sólo el calor residual de la caldera mantiene líquidos los siete centímetros de agua sucia a los pies de la escala y evita que se conviertan en hielo. Adelante, donde la proa se sumerge mucho más honda en el hielo, hay casi treinta centímetros de agua helada, a pesar de que los hombres trabajan en las bombas seis horas al día o más. El *Terror*, como cualquier ser viviente, exhala humedad mediante sus funciones vitales, incluyendo la estufa del señor Diggle, siempre en funcionamiento, y mientras la cubierta inferior siempre está húmeda y cubierta de hielo y la cubierta del sollado está congelada, la bodega es una mazmorra con el hielo colgando de todas las vigas y agua que es hielo fundido hasta la altura de los tobillos. Los laterales negros y planos de los veintiún tanques de agua que forran el casco por cada lado añaden más frío aún. Llenos con treinta y ocho toneladas de agua fresca cuando la expedición zarpó, los tanques son ahora verdaderos icebergs blindados, y tocar el hierro es perder piel.

Magnus Manson espera al pie de la escala, como le había dicho el soldado Wilkes, pero el marinero grandote está de pie, no sentado. La cabeza y los hombros del hombretón están agachados debajo de los baos. Su cara pálida y desigual y sus mejillas sin afeitar le recuerdan a Crozier una patata blanca podrida y pelada, metida bajo el gorro. El hombre no responde a la mirada de su capitán en el crudo resplandor de la linterna.

—¿Qué es esto, Manson? —La voz de Crozier no muestra el tono áspero que tenía cuando hablaba con el vigía y el teniente. Su tono es monótono, tranquilo, firme, con el poder de los azotes y el ahorcamiento bien claro detrás de cada sílaba.

—Son los fantasmas, capitán. —Para ser un hombre tan grandote, Magnus Manson tiene una voz de tono alto, suave, como un niño.

Cuando el *Terror* y el *Erebus* pararon en Disko Bay, en la costa occidental de Groenlandia, en julio de 1845, el capitán sir John Franklin consideró adecuado despedir a dos hombres de la expedición, un soldado y un velero del *Terror*. Crozier hizo la recomendación de que el marinero John Brown y el soldado Aitken de su barco también fuesen liberados, porque eran poco menos que inválidos y nunca tendrían que haberse embarcado en aquel viaje, pero después también deseó haber enviado a Manson a casa con aquellos cuatro. Si el hombretón no era débil mental, estaba tan cerca que era imposible notar la diferencia.

—Sabes que no hay fantasmas en el *Terror*, Manson.

—Sí, capitán.

—Mírame.

Manson levanta la cara, pero no fija los ojos en los de Crozier. El capitán se maravilla de lo pequeños que son los ojos claros del hombre en medio de aquel borrón blanco que es su cara.

—¿Desobedeciste las órdenes del señor Thompson de llevar unos sacos de carbón a la sala de la caldera, marinero Manson?

—No, señor. Sí, señor.

—¿Sabes cuáles son las consecuencias de desobedecer cualquier orden en este barco? —Crozier tiene la sensación de que está hablando con un niño, aunque Manson debe de tener al menos treinta años.

La enorme cara del marinero se ilumina cuando comprende que esa pregunta sabe contestarla correctamente.

—Ah, sí, capitán. Azotes, señor. Veinte latigazos. Cien latigazos si se desobedece más de una vez. Y ahorcamiento si desobedezco a un oficial, en lugar de al señor Thompson.

—Correcto —dice Crozier—, pero ¿sabías que el capitán también puede administrar el castigo que crea conveniente para la transgresión?

Manson le mira de reojo, con la confusión reflejada en sus ojos claros. No ha comprendido la pregunta.

—Digo que puedo castigarte de la forma que a mí me parezca oportuna, Manson —dice el capitán.

Una oleada de alivio se refleja en la cara abotargada.

—Ah, sí, claro, capitán.

—En lugar de veinte latigazos —dice Francis Crozier—, pues hacer que te encierren en la sala de Muertos durante veinte horas, sin luz.

Los rasgos ya pálidos y helados de Manson pierden tanta sangre que Crozier se dispone a apartarse de en medio, por si el hombre se desmaya.

—Usted no..., no haría... —La voz infantil del hombre tiembla hasta convertirse en un gallo.

Crozier no dice nada durante un largo y frío momento, en el que sólo se oye el susurro de la linterna. Deja que el marinero capte su expresión. Finalmente, dice:

—¿Qué es lo que crees oír, Manson? ¿Alguien te ha estado contando historias de fantasmas?

Manson abre la boca, pero parece que le cuesta un poco decidir qué pregunta debe responder primero. El hielo se acumula en su grueso labio inferior.

—Walker —dice al final.

—¿Tienes miedo de Walker?

James Walker, un amigo de Manson que debía de tener la misma edad del idiota y no era mucho más espabilado, fue el último hombre en morir en el hielo, hacía una semana. Las reglas del barco requerían que la tripulación hiciera pequeños agujeros en el hielo junto al barco, aunque el hielo tuviese tres o cuatro metros de espesor, como ahora, para poder coger agua y apagar un incendio, si se producía uno a bordo. Walker y dos de sus compañeros estaban realizando una perforación de ese tipo en la oscuridad, reabriendo un antiguo agujero que se helaría en menos de una hora a menos que lo fuesen golpeando con pinchos de metal. El terror blanco salió desde detrás de una cresta de presión, desgarró el brazo del hombre y convirtió sus costillas en fragmentos en un instante, desapareciendo antes de que los guardias armados de la cubierta pudiesen disparar las escopetas.

—¿Walker te contó historias de fantasmas? —dice Crozier.

—Sí, capitán. No, capitán. Lo que hizo Jimmy fue decirme la noche antes de que le matara la cosa, va y me dice: «Magnus, si la cosa esa del hielo me coge algún día —dice—, yo volveré con una sábana blanca y te susurraré al oído y te contaré lo frío que es el Infierno». Y Dios me proteja, capitán, eso es lo que me ha dicho Jimmy. Ahora le oigo intentando salir.

Como si le hubiesen dado el pie, el casco se queja, y la frígida cubierta gime bajo sus pies, las escuadras metálicas de las vigas gruñen también en simpatía y se oye un ruido de rascar y rozar en la oscuridad en torno a ellos que parece correr todo a lo largo del barco. El hielo está inquieto.

—¿Es ése el ruido que oías, Manson?

—Sí, capitán. No, señor.

La sala de Muertos está a unos nueve metros a popa del costado de estribor, justo detrás del último tanque de hierro quejumbroso, pero cuando el hielo exterior cesa en sus ruidos, Crozier sólo oye el ahogado roce de las palas en la sala de la caldera, desde popa.

Crozier ya ha oído bastantes tonterías.

—Sabes que tu amigo no va a volver, Magnus. Está en la sala de almacenamiento de lona extra, bien metido dentro de su coy y cosido junto con los otros hombres muertos, congelado y tieso, con tres capas de nuestra mejor lona enrollada a su alrededor. Si oyes algo que viene de ahí, son las malditas ratas que intentan llegar hasta ellos. Lo sabes perfectamente, Magnus Manson.

—Sí, capitán.

—No se desobedecerá ninguna orden en este barco, marinero Manson. Tienes que decidirte ahora mismo. Lleva el carbón cuando te diga el señor Thompson. Coge la comida cuando el señor Diggle te mande aquí abajo. Obedece todas las órdenes rápida y respetuosamente. O si no te enfrentarás a un consejo de guerra..., te enfrentarás a mí... y a la posibilidad de pasar una fría noche sin linternas en la sala de Muertos.

Sin una palabra más, Manson se llevó los nudillos a la frente como saludo, levantó un pesado saco de carbón desde el lugar donde lo había dejado en la escala y se lo llevó a popa, hacia la oscuridad.

El ingeniero se ha quitado la camiseta de manga larga y los pantalones de pana y está paleando carbón junto a un fogonero de 47 años llamado Bill Johnson. El otro fogonero, Luke Smith, está en la cubierta inferior, durmiendo entre turno y turno. El fogonero jefe, el joven John Torrington, fue el primero de la expedición en morir el día de Año Nuevo de 1846. Pero fue por causas naturales. Al parecer, el médico de Torrington había aconsejado al joven, de diecinueve años, que viajara por mar para curarse la tisis, y éste sucumbió después de dos meses de invalidez, mientras los barcos permanecían helados en la bahía de la isla de Beechey, el primer invierno. Los doctores Peddie y McDonald dijeron a Crozier que los pulmones del chico tenían tanto polvo de carbón como los bolsillos de un deshollinador.

—Gracias, capitán —dice el joven ingeniero entre palada y palada. El marinero Manson acaba de dejar allí un segundo saco de carbón y va en busca de un tercero.

—No importa, señor Thompson. —Crozier echa una mirada al fogonero Johnson. El hombre tiene cuatro años menos que el capitán, pero parece que sea treinta años más viejo. Cada arruga de su rostro estragado por la edad está subrayada con negro carbón y suciedad. Hasta sus encías sin dientes están negras de hollín. Crozier no quiere regañar a su ingeniero, que es un oficial, aunque sea civil, delante del fogonero, pero dice—: Supongo que procurará no usar a los marines como mensajeros, si hubiese otra circunstancia parecida en el futuro, cosa que dudo muchísimo.

Thompson asiente, usa la pala para cerrar la rejilla de hierro de la caldera, se apoya en el mango de la herramienta y le dice a Johnson que vaya arriba a pedirle un poco de café para él al señor Diggle. Crozier se alegra de que el fogonero se haya ido, pero se siente aún más feliz de que hayan cerrado la rejilla; el calor que hace allí le da un poco de náuseas, después del frío que tiene que soportar en todos los demás sitios.

El capitán se pregunta por el destino de su ingeniero. El contramaestre James Thompson, ingeniero de primera, licenciado de la fábrica de vapor de la Marina de Woolwich, el mejor lugar de entrenamiento del mundo para la nueva raza de ingenieros de vapor, está allí, despojado de su sucísima camiseta, paleando carbón como un fogonero normal y corriente en un barco encallado en el hielo que no se ha movido ni un centímetro por sus propios medios desde hace más de un año.

—Señor Thompson —dice Crozier—. Siento no haber tenido la ocasión de hablar con usted hoy después de que fuese andando al *Erebus*. ¿Ha podido conversar con el señor Gregory?

John Gregory es el ingeniero a bordo del buque insignia.

—Sí, capitán. El señor Gregory está convencido de que con el comienzo del verdadero invierno, no serán capaces de llegar al árbol de transmisión estropeado. Aunque pudiesen perforar un túnel a través del hielo para sustituir la última hélice y poner la que han aparejado, con el árbol de transmisión tan estropeado y doblado, el *Erebus* no conseguirá ir a ninguna parte con el vapor.

Crozier asiente. Al *Erebus* se le estropeó su segundo árbol de transmisión mientras el barco se incrustaba desesperadamente en el hielo, hace más de un año. El buque insignia, más pesado, con un motor más potente, dirigía el camino a través del hielo espeso aquel verano, abriendo el paso a ambos buques. Pero el último hielo que encontró antes de quedar congelado durante los últimos trece meses era más duro que el hierro de la hélice y el árbol experimentales. Los buceadores, que, por cierto, acabaron todos sufriendo congelaciones y casi murieron, confirmaron aquel verano que no sólo se había roto la hélice, sino que el propio eje estaba doblado y roto también.

—¿Carbón? —pregunta el capitán.

—El *Erebus* tiene suficiente para... quizá... cuatro meses de calefacción en el hielo, a sólo una hora de circulación de agua caliente por la cubierta inferior por día, capitán. Nada en absoluto para el vapor del verano próximo.

«Si es que conseguimos liberarnos el verano próximo», piensa Crozier. Después del último verano, en que el hielo no falló ni un solo día, se muestra pesimista. Franklin había consumido el suministro de carbón del *Erebus* a una velocidad prodigiosa durante las últimas semanas de libertad, el verano de 1846, seguro de que si podía hender los últimos pocos kilómetros de témpanos, la expedición llegaría a las aguas abiertas del pasaje del Noroeste a lo largo de la costa norte de Canadá, y que estarían bebiendo té en China a finales del otoño.

—¿Y nuestro propio carbón? —pregunta Crozier.

—Quizá nos quede suficiente para seis meses de calefacción —dice Thompson—. Pero sólo si pasamos de dos horas al día a una. Y yo recomiendo que lo hagamos enseguida..., no más tarde del primero de noviembre.

Eso significa dentro de menos de dos semanas.

—¿Y el vapor? —dice Crozier.

Si el hielo cede el próximo verano, Crozier planea embarcar a todos los hombres supervivientes del *Erebus* en el *Terror* y hacer un esfuerzo ímprobo por retirarse por donde habían venido, arriba, por el estrecho sin nombre entre la península de Boothia y la isla del Príncipe de Gales, bajar por donde subieron hacía dos veranos, más allá del cabo de Walker y el estrecho de Barrow y luego salir por el estrecho de Lancaster como un corcho de una botella, y luego correr al sur hacia la bahía de Baffin con todas las velas desplegadas y el úl-

51

timo carbón quemando en las calderas, como el humo y la estopa, quemando incluso los remos extras y los muebles si era necesario para conseguir hasta el último átomo de vapor, cualquier cosa que los llevase a aguas abiertas fuera de Groenlandia donde pudiera encontrarlos algún ballenero.

Pero también necesitaría vapor para abrirse camino hacia el norte y a través de los hielos flotantes del sur hacia el estrecho de Lancaster, aunque ocurriera algún milagro y fuesen liberados del hielo allí. Crozier y James Ross, en tiempos, navegaron con el *Terror* y el *Erebus* por los hielos polares del sur, pero viajaban «con» las corrientes y los icebergs. Aquí, en el maldito Ártico, los barcos tenían que navegar durante semanas «contra» el flujo del hielo que bajaba desde el polo hasta llegar a los estrechos, donde podrían escapar.

Thompson se encoge de hombros, indiferente. El hombre parece exhausto.

—Si reducimos el calor el día de Año Nuevo y de alguna manera conseguimos sobrevivir hasta el verano próximo, podríamos conseguir... ¿seis días de vapor sin hielo? ¿Cinco?

Crozier se limita a asentir de nuevo. Es casi con toda seguridad una sentencia de muerte para su buque, pero no necesariamente para los hombres de ambos buques.

Se oye un sonido afuera, en el corredor oscuro.

—Gracias, señor Thompson. —El capitán descuelga su linterna de un gancho de hierro y abandona el resplandor de la sala de la caldera, y luego se dirige hacia delante, entre la nieve semiderretida y la oscuridad.

Thomas Honey le espera en el corredor, con su linterna con una vela chisporroteando debido a la pobreza del aire. Lleva la palanca de hierro delante de él, como si fuera un mosquete, agarrada con unos gruesos guantes, y no ha abierto el cerrojo de la puerta de la sala de Muertos.

—Gracias por venir, señor Honey —dice Crozier a su carpintero.

Sin explicación alguna, el capitán abre los cerrojos y entra en la habitación de almacenaje, donde reina un frío helador.

Crozier no puede resistir levantar la linterna hacia los mamparos de popa, donde se han apilado los seis cadáveres con su común sudario de lona.

El montón se agita. Crozier ya lo esperaba, esperaba ver el movimiento de las ratas bajo la lona, pero se da cuenta de que está mirando una masa de ratas que se encuentran también «encima» de la lona. Hay un montón compacto de ratas que se alza a más de un metro por encima de la cubierta, y cientos de ellas se empujan entre sí buscando la mejor posición para llegar a los hombres muertos y congelados. Los chillidos son muy agudos allí dentro. Hay más ratas por el suelo, escabulléndose entre sus piernas y las del carpintero. «Corriendo al banquete», piensa Crozier. Y no muestran miedo alguno a la luz de la linterna.

Crozier vuelve la linterna hacia el casco, sube por el suelo ligeramente inclinado a causa de la desviación del buque a babor y empieza a caminar por la pared curvada e inclinada.

Ahí.

Sujeta la linterna más cerca.

—Vaya, que me condenen al Infierno y que me cuelguen por pagano —dice Honey—. Perdón, capitán, pero no creía que el hielo hiciese eso tan pronto.

Crozier no responde. Se agacha a investigar más de cerca la madera del casco doblada y forzada.

Las cuadernas del casco están dobladas hacia dentro por aquel lugar, sobresaliendo casi treinta centímetros de la graciosa curva que tiene todo el resto del lateral del casco. Las capas más interiores de la madera se han astillado, y al menos dos cuadernas cuelgan, sueltas.

—Dios Todopoderoso —dice el carpintero, que se ha agachado junto al capitán—. Ese hielo es un monstruo hijo de puta, con perdón, capitán, señor.

—Señor Honey —dice Crozier, añadiendo con su aliento cristales al hielo que ya cubre las cuadernas y refleja la luz de las linternas—, ¿podría haber causado esos daños algo que no fuese el hielo?

El carpintero suelta una agria carcajada, pero se para en seco cuando se da cuenta de que su capitán no está bromeando. Los ojos de Honey se abren mucho y luego se cierran hasta quedar guiñados.

—Le ruego que me perdone otra vez, capitán, pero si quiere decir que..., es imposible.

Crozier no dice nada.

—O sea, capitán, que este casco tenía siete centímetros y era del mejor roble inglés, señor. Y para este viaje, o sea, para el hielo, se reforzó con dos capas más de roble africano, capitán, cada una de apenas un centímetro de grueso. Y el roble africano se colocó en diagonal, señor, para darle mucha más fuerza que si lo hubiesen puesto recto, sin más.

Crozier está inspeccionando las cuadernas sueltas, intentando ignorar el río de ratas que pasan debajo de ellos y en torno a ellos, así

53

como los sonidos de masticación que proceden de la dirección de los mamparos de popa.

—Y además, señor —continúa Honey, con la voz áspera por el frío y su aliento teñido por el ron helado en el aire—, encima de los siete centímetros de roble inglés y los siete centímetros de roble africano en diagonal, pusieron dos capas más de olmo canadiense, señor, cada una de cinco centímetros de grosor. Eso son diez centímetros más de casco, capitán, y colocado en diagonal con respecto al roble africano. Son cinco capas de madera buenísima, señor..., veinticinco centímetros de la madera más fuerte de toda la Tierra entre nosotros y el mar.

El carpintero se calla, dándose cuenta de que está aleccionando a su capitán sobre detalles del trabajo en los astilleros que Crozier había supervisado personalmente en los meses anteriores a la partida.

El capitán se pone de pie y coloca su mano enguantada contra las cuadernas más inferiores, en el sitio donde se han soltado. Hay unos tres centímetros de espacio libre por allí.

—Baje la linterna, señor Honey. Use la palanca de hierro para soltar eso. Quiero ver lo que ha hecho el hielo en la capa exterior de roble del casco.

El carpintero obedece. Durante varios minutos el sonido de la barra de hierro haciendo palanca en la madera y los gruñidos del carpintero casi consiguen ahogar el frenético mordisqueo de las ratas que tiene detrás. El olmo canadiense se rompe y cae. El roble africano hecho trizas queda apartado. Sólo el roble original del casco, doblado hacia dentro, sigue incólume, y Crozier se adelanta y se acerca un poco, sujetando la linterna de modo que ambos hombres puedan ver.

Fragmentos y carámbanos de hielo reflejan la luz de la linterna en los agujeros de treinta centímetros que hay en el casco, pero en el centro se ve algo mucho más inquietante: negrura. Nada. Un agujero en el hielo. Un túnel.

Honey dobla un trozo del roble astillado hacia fuera para que Crozier pueda iluminar aquello con su linterna.

—Madre de Dios, me cago en la puta —jadea el carpintero. Esta vez no ha pedido perdón a su capitán.

Crozier tiene la tentación de humedecerse los labios resecos, pero sabe lo doloroso que resulta ese gesto cuando están a cincuenta bajo cero en la oscuridad. Pero el corazón le late con tanta fuerza que casi está tentado de apoyarse contra el casco, igual que acaba de hacer el carpintero.

El aire helado del exterior entra a raudales con tanta rapidez que casi apaga la linterna. Crozier tiene que protegerla con la mano libre para que siga encendida, proyectando las sombras danzarinas de ambos hombres contra los baos, la cubierta y los mamparos.

Las dos largas cuadernas exteriores del casco están destrozadas y dobladas hacia dentro por alguna fuerza inconcebible e irresistible. Claramente visibles a la luz de la linterna, que tiembla ligeramente, se aprecian unas marcas veteadas de garras con manchurrones helados de una sangre de un color intenso, absurdo.

4

Goodsir

Latitud 75° 12' N — Longitud 61° 6' O
Bahía de Baffin, julio de 1845

*D*el diario privado del doctor Harry D. S. Goodsir:

11 de abril de 1845

En una carta dirigida a mi hermano escribo hoy: «Todos los oficiales esperan encontrar el paso y estar en el lado del Pacífico para el próximo verano».

Confieso que por muy Egoísta que parezca, mis expectativas sobre la Expedición me llevan a creer que nos costará algo más alcanzar Alaska, Rusia, China y las cálidas aguas del Pacífico. Aunque he recibido instrucción como anatomista y me he enrolado con el capitán sir John Franklin como simple ayudante de cirujano, yo, en Verdad, no soy un simple cirujano, sino un Doctor, y confieso además que por muy aficionados que puedan resultar mis intentos, espero convertirme en una especie de Naturalista en este viaje. Aunque no tengo ninguna Experiencia personal con la flora y la fauna árticas, tengo la intención de familiarizarme personalmente con las formas de vida de este Reino Helado hacia el cual nos hicimos a la mar hace sólo un mes. Estoy especialmente interesado en el oso blanco, aunque la mayoría de los relatos que he oído contar a balleneros y antiguos Lobos de Mar Árticos tienden a ser demasiado fabulosos para concederles algún crédito.

Reconozco que este Diario personal es poco habitual, ya que la Bitácora Oficial que debo iniciar cuando partamos el mes que viene registrará todos los acontecimientos profesionales pertinentes y observaciones de mi tiempo en el HMS *Erebus*, en mi calidad de Ayudante de Cirujano y como miembro de la expedición del capitán sir John Franklin para hallar el paso del Noroeste, pero siento que se debe hacer algo más, algún otro registro con un relato más personal, y aunque jamás deje que ningún otro ser humano lea esto después de mi Regreso, es mi

Deber (ante mí mismo, ya que no ante los demás) llevar estas notas. Lo único que sé hasta el momento es que mi Expedición con el capitán sir John Franklin promete ser la Experiencia de mi Vida.

Domingo, 18 de mayo de 1845

Todos los hombres están a bordo y aunque siguen los preparativos de última hora ininterrumpidamente para la Partida de mañana, especialmente en el almacenamiento de lo que el capitán Fitzjames me informa de que son más de ocho mil latas de comida envasada que han llegado justo a tiempo, sir John ha dirigido un Servicio Espiritual hoy para nosotros a bordo del *Erebus* y para todos los miembros de la tripulación del *Terror* que han deseado unirse a nosotros. He observado que el capitán del *Terror*, un irlandés llamado Crozier, no estaba entre los asistentes.

Nadie puede haber asistido al largo oficio y oído el sermón verdaderamente largo de sir John de hoy sin haberse sentido profundamente conmovido. Me pregunto si algún Buque de otra Marina de cualquier otra nación habrá sido capitaneado jamás por un hombre tan Religioso. No hay duda alguna de que estamos verdadera e irrevocablemente en Manos del Señor para el viaje que se avecina.

19 de mayo de 1845

¡Qué Partida!

Como nunca antes había estado en Alta Mar, y mucho menos había sido miembro de ninguna Expedición tan Anunciada, no tenía ni Idea de lo que debía Esperar, pero Nada podía haberme preparado para la gloria de un Día como el de hoy.

El capitán Fitzjames estima que más de diez mil curiosos y Personas de Importancia se apiñaban en los muelles de Greenhithe para vernos partir.

Los discursos resonaban hasta tal punto de que pensaba que no podríamos partir mientras todavía la Luz del Sol llenase el Cielo Veraniego. Las bandas tocaban. Lady Jane, que había subido a bordo con sir John, bajó por la pasarela entre una serie de calurosos hurras de los sesenta y tantos tripulantes del *Erebus*. Las bandas volvieron a tocar. Entonces empezaron los vítores, mientras se largaban las estachas, y durante varios minutos el estruendo fue tan ensordecedor que no fui capaz de oír la orden que el propio sir John me gritó al oído.

La noche pasada, el teniente Gore y el Cirujano Jefe Stanley fueron tan Amables de informarme de que es costumbre durante la navegación que los oficiales no Muestren Emoción alguna, de modo que aunque sólo soy oficial técnicamente, permanecí en postura de firmes con los oficiales, con sus bonitas casacas azules, e intenté reprimir toda Exhibición de emociones, por muy varoniles que éstas fuesen.

Éramos los únicos en hacerlo. Los Marineros gritaban y agitaban los pañuelos y colgaban de los flechastes, y pude ver a muchas Mujeres de la Vida de los muelles, con su colorete, que los saludaban y les decían adiós. Incluso el capitán sir John Franklin agitaba un pañuelo de vivos colores rojo y verde a lady Jane, a su hija Eleanor y a su sobrina Sophia Cracroft, que le devolvieron el saludo hasta que la visión de los muelles quedó obstruida por el *Terror*, que nos seguía.

Nos están arrastrando unos remolcadores de vapor, y en esta etapa de nuestro viaje nos sigue el HMS *Rattler*, una fragata de vapor muy potente y nueva, y también un barco de transporte alquilado para llevar nuestras provisiones, el *Baretto Junior*.

Justo antes de que el *Erebus* se alejase del muelle, una Paloma se posó en el palo mayor. La hija del primer matrimonio de sir John, Eleanor, bastante llamativa con un vestido de un verde intenso y un parasol color esmeralda, chilló entonces, pero no pudo ser oída entre los Vítores y las Bandas. Entonces señaló hacia arriba, y sir John y muchos de los Oficiales levantaron la vista, sonrieron y también señalaron a la Paloma a otros que iban a bordo del buque.

Combinado con las Palabras pronunciadas en el Oficio Espiritual de ayer, asumo que éste es el Mejor Presagio Posible.

4 de julio de 1845

Qué terrible Travesía la del Atlántico Norte a Groenlandia.

Durante treinta tormentosos días, aun siendo remolcado, el Buque estuvo cabeceando, oscilando y bamboleándose, y las Portas de cada costado, herméticamente selladas, apenas quedaban un metro y veinticinco centímetros por encima del agua durante las oscilaciones hacia abajo, a veces casi sin Avanzar. He estado terriblemente mareado Veintiocho de los últimos Treinta días. El teniente La Vesconte me dice que nunca hemos hecho más de cinco nudos, cosa que, según me asegura, es un tiempo Terrible para cualquier buque que navega simplemente a Vela, y mucho menos para un Milagro de la Tecnología como el *Erebus* y nuestra embarcación amiga, el *Terror*, ambos capaces de progresar mediante vapor bajo el Impulso de sus invencibles Hélices.

Hace tres días doblamos el cabo Farewell, en el extremo sur de Groenlandia, y confieso que atisbar ese Enorme Continente, con sus acantilados rocosos y sus glaciares sin fin que bajan hasta el Mar, oscureció de forma tan pesada mi Espíritu como el cabeceo y bamboleo hicieron con mi Estómago.

¡Buen Dios, qué lugar más inhóspito y frío! Y en el mes de julio...

Nuestra moral está por las Nubes, sin embargo, y a bordo todos confiamos en la Habilidad y el Buen Juicio de sir John. Ayer el teniente Fairholme, el más joven de todos los tenientes, me dijo Confidencialmente: «Nunca he sentido que ningún capitán con los que he navegado antes fuese tan buen compañero».

Hoy hemos llegado a la estación ballenera Danesa de la bahía de Disko. Toneladas de suministros se han transferido desde el *Baretto Junior*, y diez bueyes vivos transportados a bordo de ese buque fueron sacrificados esta misma tarde. Todos los hombres de ambos buques de la Expedición se darán un festín de carne esta noche.

Cuatro hombres han sido despedidos hoy de la Expedición, siguiendo el consejo de cuatro de nuestros cirujanos, y volverán a Inglaterra con el barco de remolque y de transporte. Son un hombre del *Erebus*, un tal Thomas Burt, el armero del buque, y tres tripulantes del *Terror*, un soldado de la Marina llamado Aitken, un marinero que se llama John Brown, y el velero del *Terror*, James Elliott. Eso deja el número total de hombres en los dos buques en 129.

El pescado seco de los Daneses y una nube de Polvo de Carbón se ciernen encima de todos nosotros esta tarde. Centenares de sacos de carbón se han transferido hoy del *Baretto Junior*, y los marineros a bordo del *Erebus* están muy atareados con las piedras suaves que llaman Piedras de Arena, frotando y volviendo a frotar las cubiertas para dejarlas bien limpias mientras los oficiales les gritan dándoles ánimos. A pesar del trabajo extra, Todos los Marineros están de Excelente Humor a causa de la promesa del Festín de esta Noche y gracias a raciones extra de Grog.

Además de los cuatro hombres inválidos que se han devuelto a casa, sir John también enviará las inspecciones de junio, los despachos oficiales y todas las cartas personales con el *Baretto Junior*. Todo el mundo estará muy ocupado escribiendo los próximos días.

¡Después de esta semana, la próxima carta que llegue a nuestros seres queridos la enviaremos desde Rusia o China!

12 de julio de 1845

Otra partida, esta vez la Última antes del paso del Noroeste. Esta mañana hemos soltado amarras y nos dirigimos hacia el oeste desde Groenlandia, mientras la tripulación del *Baretto Junior* nos dirigía tres entusiastas hurras y agitaba las gorras. Seguro que éstos son los últimos Hombres Blancos que vemos hasta que lleguemos a Alaska.

26 de julio de 1845

Dos balleneros, el *Prince of Wales* y el *Enterprise* han anclado cerca del lugar donde nosotros nos habíamos sujetado a una Montaña de

Hielo flotante. He disfrutado muchas horas de charla con los capitanes y la tripulación acerca de los osos blancos.

También he notado el horror (mezclado con Placer) de subir a ese enorme iceberg esta mañana. Los marineros ya subieron ayer y tallaron unos escalones en el hielo vertical con sus hachas y luego colocaron unas sogas fijas para los menos ágiles. Sir John ordenó que se colocara un Observatorio en la cúspide de la montaña gigante, que se alza más de dos veces por encima de nuestro Palo Mayor, y mientras el teniente Gore y algunos de los oficiales del *Terror* toman allí algunas medidas atmosféricas y astronómicas, han erigido una tienda para aquellos que quieran pasar la noche en la cima de la Escarpada Montaña de Hielo. Nuestros Patrones de los Hielos de la Expedición, el señor Reid del *Erebus* y el señor Blanky del *Terror* han pasado todas las horas de luz solar mirando hacia el oeste y hacia el norte a través de sus catalejos de latón, buscando, según se me informó, el camino más probable entre el mar de hielo ya casi sólido formado allí. Edward Couch, nuestro Primer Oficial Responsable y Locuaz, me cuenta que es «muy tarde» en la Estación Ártica para que los barcos busquen un paso, y mucho menos el Mítico Paso del Noroeste.

La visión del *Erebus* y del *Terror* al ancla en el iceberg que tenemos «debajo», un laberinto de cuerdas que debo recordar llamar «cabos», ahora que soy un auténtico lobo de mar, sujetando ambos barcos a la Montaña de Hielo, las elevadas cofas de ambos buques «por debajo» de mi precario observatorio de hielo, tan alto por encima de todo lo demás, creaban una suerte de Vértigo emocionante en mi interior.

Me sentía eufórico de pie, muchos metros por encima del mar. La cumbre del iceberg era casi del tamaño de un campo de críquet, y la tienda que albergaba nuestro Observatorio Meteorológico parecía bastante incongruente en el cielo azul, pero mis esperanzas de tener unos cuantos momentos de Tranquila Ensoñación se vieron destrozadas en mil pedazos por los constantes Disparos de Escopetas, ya que los hombres que estaban en la Cumbre de nuestra Montaña de Hielo disparaban a las aves, golondrinas árticas, según me dijeron, a centenares. Esas montañas de aves recién cazadas se salarían y se almacenarían convenientemente, aunque sólo el Cielo Sabe dónde se guardarán esos barriles, ya que ambos buques van ya Gimiendo y muy hundidos bajo el peso de tantos Víveres.

El doctor McDonald, ayudante de cirujano a bordo del HSM *Terror*, mi homólogo de ese buque, en resumidas cuentas, tiene la teoría de que la comida fuertemente salada no resulta tan eficiente contra el escorbuto como las vituallas frescas o no saladas, y como los marineros normales a bordo de ambos buques prefieren su Cerdo Salado a cualquier otra comida, al doctor McDonald le preocupa que esas aves tan saladas añadan poco a nuestras Defensas contra el Escorbuto. Sin embargo, Stephen Stanley, nuestro Cirujano a bordo del *Erebus*, descarta esas preocupaciones. Señala que además de las 10.000 cajas de comida en conserva a bordo del *Erebus*, nuestras raciones en lata incluyen cordero hervido y asado, ternera, todo tipo de vegetales, incluyendo patatas, zanahorias, chirivías y verduras diversas, muchas variedades de sopas y 4.250 kilos de chocolate. Llevamos también un peso similar (4.180 kilos) de zumo de limón como principal medida antiescorbútica. Stanley me informa de que aunque el zumo se halla endulzado con generosas porciones de azúcar, los hombres odian su ración diaria y que uno de nuestros Principales Deberes como cirujanos de la Expedición es asegurarnos de que se la tragan.

Resultó interesante para mí que casi toda la caza de los oficiales y hombres de ambos buques se hizo casi exclusivamente mediante Escopetas. El teniente Gore me asegura que cada barco contiene un arsenal completo de mosquetes. Por supuesto, sólo tiene sentido usar Escopetas para cazar aves en el caso de que se maten a cientos, como hoy, pero aun en la bahía de Disko, cuando pequeñas partidas salían a cazar Caribúes y Zorros Árticos, los hombres, incluso los marinos que obviamente han recibido entrenamiento en el uso de los mosquetes, preferían llevarse Escopetas. Esto, por supuesto, puede ser producto del Hábito tanto como de la Preferencia, ya que los oficiales tienden a ser Caballeros Ingleses que jamás han usado mosquetes o Rifles en la caza, y excepto por el uso de armas de un solo tiro en el Combate Naval Cuerpo a Cuerpo, hasta los marines han usado Escopetas casi exclusivamente en sus pasadas experiencias de caza.

¿Bastarán las Escopetas para cazar al Gran Oso Blanco? No hemos visto todavía a ninguna de esas asombrosas criaturas, aunque todos los Oficiales y Marineros con Experiencia me aseguran que deberíamos encontrarlas en cuanto entremos en el Banco de Témpanos, y si no, ciertamente cuando tengamos que Pasar el Invierno..., si es que nos vemos obligados a ello. Realmente, las historias que los balleneros me han contado de los elusivos Osos Blancos son Maravillosas y Terroríficas.

Mientras escribo estas palabras, me informan de que la corriente, o el viento, o quizá las necesidades del negocio de la caza de ballenas se han llevado a ambos balleneros, el *Prince of Wales* y el *Enterprise* lejos de nuestras amarras aquí en nuestra Montaña de Hielo. El capitán sir John no podrá comer con uno de los capitanes de los balleneros, el capitán Martin del *Enterprise*, creo, como había planeado para esta noche.

Quizá de forma más Pertinente, el Oficial Robert Sergeant me acaba de informar de que nuestros hombres están bajando ya los instrumentos astronómicos y meteorológicos, plegando la tienda y enrollando los metros y metros de cuerda (quiero decir, de cabo) fijas que me permitieron el Ascenso esta misma mañana.

61

Evidentemente, los Patrones del Hielo, el capitán sir John, el comandante Fitzjames, el capitán Crozier y los otros oficiales han decidido cuál es Nuestro Camino más Prometedor entre el banco de témpanos siempre en movimiento.

Vamos a zarpar de nuestro pequeño Hogar en el Iceberg dentro de unos minutos, y navegaremos hacia el Noroeste mientras el que parece interminable Crepúsculo Ártico nos lo permita.

Estaremos más allá del alcance de los Resistentes Balleneros a partir de este punto. Por lo que respecta al Mundo Exterior a nuestra Intrépida Expedición, como dijo Hamlet: «El resto es silencio».

5

Crozier

Crozier está soñando con el picnic del estanque del Ornitorrinco y con Sophia, que le acaricia por debajo del agua, cuando oye el sonido de un disparo y se despierta de golpe.

Se sienta en su litera sin saber qué hora es, sin saber si es de día o de noche, aunque ya no hay ninguna línea que separe el día y la noche, desde que el sol ha desaparecido, aquel mismo día, para no volver a reaparecer hasta febrero. Pero antes incluso de encender la pequeña lámpara que tiene en su litera para comprobar el reloj, sabe que es «tarde». El barco está más quieto que nunca; silencio total, excepto los crujidos de la madera torturada y el metal helado en su interior; silencio total, excepto los ronquidos, los murmullos y las ventosidades de los hombres que duermen, y las maldiciones del cocinero, el señor Diggle; silencio, excepto por el incesante gemir, golpear, crujir e hincharse del hielo en el exterior; y aparte de esas excepciones al silencio de aquella noche, silencio, excepto por el gemido de alma en pena del viento.

Pero no ha sido el sonido del hielo ni del viento lo que ha despertado a Crozier. Ha sido un disparo. Un disparo de escopeta... ahogado por capas y capas de cuadernas de roble y nieve superpuesta y hielo, pero un disparo de escopeta, sin ninguna duda.

Crozier estaba durmiendo con la mayor parte de la ropa puesta, y ahora se ha acabado de poner las otras capas y está ya preparado para colocarse la capa final de abrigo cuando Thomas Jopson, su mozo, llama a la puerta con su característico golpecito triple. El capitán la abre.

—Problemas en cubierta, señor.

Crozier asiente.

—¿Quién está de guardia esta noche, Thomas? —Su reloj de bolsillo le demuestra que casi son las tres de la mañana, hora civil. Su recuerdo del calendario de guardias del mes y del día le da los nombres un instante antes de que Jopson los pronuncie en voz alta.

—Billy Strong y el soldado Heather, señor.

Crozier asiente de nuevo, coge una pistola de su aparador, comprueba el cebo, se la mete en el cinturón y pasa apretándose junto al mozo, pasa por el cubículo donde comen los oficiales, que está junto al diminuto camarote del capitán en el costado de estribor, y luego avanza rápidamente pasando por otra puerta hacia la escala principal. La cubierta inferior está casi a oscuras del todo a esa hora de la madrugada, con la única excepción del resplandor que desprende la estufa del señor Diggle, pero se han encendido algunas lámparas en varios alojamientos de los oficiales, suboficiales y mozos, mientras Crozier hace una pausa en la base de la escala para coger sus pesadas ropas de abrigo del gancho y ponérselas.

Las puertas se abren. El primer oficial Hornby se dirige a popa y se coloca firmes junto a Crozier, al lado de la escala. El primer teniente Little corre hacia delante por la escalera de cámara, con tres mosquetes y un sable. Le siguen los tenientes Hodgson e Irving, que también llevan armas.

Delante de la escala, los marineros gruñen desde las profundidades de sus coys, pero un segundo oficial ya está formando una partida, volcando literalmente los coys de los hombres para sacarlos del sueño y empujándolos a popa, hacia las ropas y las armas que los esperan.

—¿Ha subido ya alguien a cubierta para comprobar el disparo? —pregunta Crozier a su primer oficial.

—El señor Male estaba de guardia, señor —dice Hornby—. Ha salido en cuanto ha enviado a su mozo a buscarle.

Reuben Male es el capitán del castillo de proa. Un hombre sensato. Billy Strong, el marinero de la guardia de babor, ya había navegado antes, según saber Crozier, en el HMS *Belvidera*. No habría disparado a ningún fantasma. El otro hombre de guardia es el más viejo y, según estima Crozier, el más estúpido de los marines supervivientes: William Heather. Con treinta y cinco años y todavía soldado raso, frecuentemente enfermo, demasiado a menudo borracho y la mayor parte de las veces inútil, Heather casi fue enviado a casa desde la isla de Disko dos años antes cuando su mejor amigo Billy Aitken fue relevado del servicio y enviado de vuelta al HMS *Rattler*.

Crozier se mete la pistola en el enorme bolsillo de su pesado sobretodo de lana, acepta una linterna de Jopson, se envuelve un pañuelo en torno a la cara y encabeza la marcha hacia arriba por la escala inclinada.

Crozier ve que fuera todavía está tan oscuro como el vientre de una anguila, no hay estrellas, no hay aurora ni luna, y hace muchísimo frío; la temperatura en cubierta registraba algo más de cincuenta grados bajo cero seis horas antes, cuando el joven Irving fue enviado arriba a tomar registros, y ahora un viento salvaje aúlla por encima de los muñones de mástiles y por el puente inclinado y congelado, arrastrando la nieve por él. Al salir del helado recinto de lona que se encuentra encima de la escotilla principal, Crozier se lleva la mano enguantada al rostro para proteger los ojos y ve el brillo de una linterna a estribor.

Reuben Male está con una rodilla encima del soldado Heather, echado de espaldas con el gorro y la gorra de orejeras caídas, y parte del cráneo también desaparecido, según ve Crozier. Parece que no hay sangre, pero Crozier ve los sesos del marine brillar a la luz de la linterna..., y el capitán se da cuenta de que brillan porque ya hay una capa de cristales recubriendo la pulposa materia gris.

—Todavía está vivo, capitán —dice el jefe del castillo de proa.

—¡Cristo y la puta de...! —dice uno de los hombres de la tripulación detrás de Crozier.

—¡Basta! —grita el primer oficial—. Nada de blasfemias. Habla cuando te pregunten, joder, Crispe. —La voz de Hornby es un cruce entre el gruñido de un mastín y el bufido de un toro.

—Señor Hornby —dice Crozier—. Envíe al marinero Crispe abajo volando y que traiga su coy para llevar abajo al soldado Heather.

—Sí, señor —dicen Hornby y el marinero a la vez.

Se nota la vibración de las botas que corren, pero no se oye debido al gemido del viento.

Crozier se queda de pie, haciendo oscilar en círculo la linterna que lleva.

El pesado pasamanos en el cual hacía guardia el soldado Heather en la base de los helados flechastes ha sido destruido. Más allá del hueco, como sabe Crozier, la nieve y el hielo amontonado corren hacia abajo, como una rampa de un tobogán, durante nueve metros o más, pero la mayor parte de esa rampa no es visible con la nieve ce-

65

gadora. No hay huellas tampoco en el pequeño círculo de nieve iluminado por la linterna del capitán.

Reuben Male levanta el mosquete de Heather.

—No se ha disparado, capitán.

—Con esta tormenta, el soldado Heather no habrá visto nada hasta que se le haya echado encima —dice el teniente Little.

—¿Y Strong? —pregunta Crozier.

Male señala hacia el otro lado del barco.

—Desaparecido, capitán.

—Elija a un hombre y quédese con el soldado Heather hasta que vuelva Crispe con el coy, y llévelo abajo —le dice Crozier a Hornby.

De pronto, ambos cirujanos, Peddie y su ayudante, McDonald, aparecen en el círculo de luz de la linterna. McDonald es el único que lleva la ropa de abrigo.

—Jesús —exclama el jefe cirujano, arrodillándose ante el marinero—. Aún respira.

—Ayúdele si puede, John —dice Crozier. Señala hacia Male y el resto de los marineros congregados a su alrededor—. El resto de ustedes, vengan conmigo. Tengan las armas dispuestas para disparar, aunque tengan que quitarse los guantes para hacerlo. Wilson, lleve esas dos linternas. Teniente Little, por favor, vaya abajo y elija a veinte hombres buenos, con traje completo, y ármelos con mosquetes..., no con escopetas, sino con mosquetes.

—Sí, señor —grita Little por encima del viento, pero Crozier ya está dirigiendo la procesión hacia delante, en torno a la nieve apilada y la temblorosa pirámide de lona en medio del buque, y sube por la cubierta inclinada hacia el puesto del vigía de babor.

William Strong ha desaparecido. Una larga bufanda de lana ha quedado allí hecha jirones, y los fragmentos, cogidos entre las estachas, ondean salvajemente. El sobretodo de Strong, su gorra con orejeras, escopeta y un guante están tirados cerca del pasamanos, al abrigo del retrete de babor donde los hombres de guardia se acurrucan para guarecerse del viento, pero William Strong no está. Hay un churrete de hielo rojo en el pasamanos, donde debía de encontrarse de pie cuando vio la enorme forma que venía hacia él por encima de la nieve.

Sin decir una sola palabra, Crozier envía a dos hombres armados con linternas a popa, tres más hacia la proa, otro con una linterna a mirar debajo de la lona en la mitad del buque.

—Apareje una escala aquí, por favor, Bob —dice al segundo oficial.

Los hombros del oficial están ocultos bajo un rollo de cabo fresco, es decir, no congelado todavía, que acaba de traer desde abajo. La escala baja por el costado en cuestión de segundos.

Crozier dirige el descenso.

Hay más sangre en el hielo y nieve amontonada a lo largo del costado de babor del buque. Unas rayas de sangre que parecen negras a la luz de la linterna se dirigen hacia fuera, más allá de los agujeros del fuego en el laberinto siempre cambiante de las crestas de presión y las agujas de hielo, más intuidos que vistos en la oscuridad.

—Quiere que le sigamos ahí fuera, señor —dice el segundo teniente Hodgson, inclinándose hacia Crozier de modo que éste pueda oírle a pesar de los aullidos del viento.

—Por supuesto —dice Crozier—. Pero, de todos modos, vamos a ir. Strong todavía podría estar vivo. Ya lo hemos visto antes, con esa cosa.

Crozier mira tras él. Sólo tres hombres más aparte de Hodgson le han seguido por la escala de cuerda. Los demás están, o bien registrando la cubierta superior, o bien muy ocupados llevando al soldado Heather abajo. Sólo hay otra linterna más, además de la del capitán.

—Armitage —dice Crozier al mozo de la armería, cuya barba blanca ya está llena de nieve—, dele al teniente Hodgson su linterna y vaya usted con él. Gibson, usted quédese aquí y dígale al teniente Little hacia dónde nos dirigimos cuando venga con el destacamento de búsqueda. Dígale que, por lo que más quiera, no deje que dispare ninguno de sus hombres a menos que esté completamente seguro de que no nos apunta a nosotros.

—Sí, capitán.

Y Crozier le dice a Hodgson:

—George, usted y Armitage diríjanse a unos veinte metros hacia allí, hacia la proa, y vayan en paralelo a nosotros mientras buscamos por el sur. Intente mantener su linterna a nuestra vista.

—Sí, señor.

—Tom —indica Crozier al hombre que queda, el joven Evans—, usted viene conmigo. Mantenga preparado su rifle Baker, pero sólo medio amartillado.

—Sí, señor. —Al chico le castañetean los dientes.

Crozier espera hasta que Hodgson llega a un punto a veinte metros a su derecha, cuando su linterna ya sólo es un puntito muy débil de luz entre la nieve que se arremolina y encabeza la marcha con Evans hacia el laberinto de seracs, picos de hielo y crestas de presión, siguiendo las manchas periódicas de sangre en el hielo. Sabe que un retraso, aunque sólo sea de unos minutos, bastará para que el débil rastro quede cubierto de nieve. El capitán no se preocupa de sacar la pistola del bolsillo de su sobretodo.

A menos de cien metros de distancia, justo en el lugar donde las linternas de los hombres en la cubierta del HMS *Terror* se vuelven invisibles, Crozier alcanza un cresta de presión, una de esas montañas de hielo que surgen formadas por las placas de hielo que se rozan y se empujan unas a otras por debajo de la superficie. Ahora que ya llevan dos inviernos en el hielo, Crozier y los otros hombres de la expedición del difunto sir John Franklin han visto esas crestas de presión aparecer como por arte de magia, elevarse con un estruendo ensordecedor y un sonido desgarrador, y luego extenderse por la superficie del mar helado, a veces moviéndose más rápido de lo que puede correr un hombre.

Esta cresta es de al menos nueve metros de alto: un enorme muro vertical hecho de losas de hielo cada una tan grande como un coche de caballos.

Crozier camina por la cresta, levantando la linterna todo lo que puede. La linterna de Hodgson ya no resulta visible al oeste. La visión en torno al *Terror* ya no es fácil. Por todas partes, los seracs de nieve, ventisqueros, bloquean la vista. Hay una gran montaña de hielo en el kilómetro que separa el *Terror* del *Erebus,* y media docena más a la vista, a la luz de la luna.

Pero esta noche no hay icebergs, sólo esa cresta de presión de tres pisos de alto.

—¡Ahí! —grita Crozier por encima del viento.

Evans se acerca con el rifle Baker levantado.

Una mancha de sangre negra en el blanco muro de hielo. La cosa se llevó a William Strong hacia la cima de esa pequeña montaña de escombros helados, tomando una ruta casi vertical.

Crozier empieza a trepar, sujetando la linterna en la mano derecha mientras busca con la mano libre enguantada, intentando hallar grietas y rendijas para sus dedos congelados y sus botas ya cubiertas de hielo. No ha tenido tiempo de ponerse las botas en las cuales Jopson había introducido unos largos clavos en las suelas, de modo que agarrasen en superficies heladas como aquélla, y ahora sus botas normales de marinero resbalan y patinan en el hielo. Pero encuentra un poco más de sangre congelada siete u ocho metros más arriba, justo debajo de la cumbre llena de hielo de la cresta de presión, de modo que Crozier mantiene la linterna fija con la mano derecha mientras da unas patadas a un bloque de hielo inclinado con la pierna izquierda y se afianza en la cima, con la lana de su sobretodo raspándole la espalda. El capitán no nota la nariz y tiene los dedos entumecidos.

—Capitán —le llama Evans desde la oscuridad de abajo—, ¿quiere que suba?

Crozier jadea con demasiada fuerza para poder hablar durante un segundo, pero cuando recupera el aliento grita:

—¡No, espere ahí! —Ve el débil resplandor de la linterna de Hodgson, ahora hacia el noroeste. El equipo no está todavía a treinta metros de la cresta de presión.

Agitando los brazos para permanecer en equilibrio contra el viento e inclinándose bastante a la derecha mientras la ventisca azota el pañuelo que cubre su cabeza hacia la izquierda y amenaza con tirarle de su precaria posición, Crozier sujeta la linterna hacia el lado sur de la cresta de presión.

La caída es casi vertical, de unos diez metros. No hay señales de William Strong ni signo alguno de manchas negras en la nieve, ni tampoco indicios de que nadie, ni vivo ni muerto, haya pasado por allí. Crozier no imagina cómo podría haber bajado alguien por aquella cara de hielo cortada a pico.

Meneando la cabeza y dándose cuenta de que tiene las pestañas casi congeladas y pegadas a las mejillas, Crozier empieza a bajar por donde ha venido. Dos veces está a punto de caer sobre las bayonetas alzadas del hielo, y resbalando los últimos dos metros y medio por la superficie hacia el lugar donde espera Evans.

Pero Evans ha desaparecido.

El rifle Baker yace en la nieve, todavía medio amartillado. No hay huellas en la nieve remolineante, ni humanas ni de ningún tipo.

—¡Evans!

La voz del capitán Francis Rawdon Moira Crozier está avezada al mando desde hace más de treinta y cinco años. Puede hacerse oír por encima de un ventarrón del sudoeste o mientras el buque corre a todo trapo por el estrecho de Magallanes entre una tormenta de nieve. Ahora, pone todo el volumen que puede en el grito:

—¡Evans!

No hay respuesta, excepto el aullido del viento.

Crozier levanta el rifle Baker, comprueba el cebo y dispara al aire. El disparo resuena ahogado hasta para él, pero ve que la linterna de Hodgson súbitamente se vuelve hacia él y tres linternas más se hacen vagamente visibles en el hielo, en dirección al *Terror*.

Algo ruge a menos de seis metros de él. Puede ser el viento que

69

ha encontrado una nueva ruta a través de un pináculo helado o en torno a él, pero Crozier sabe perfectamente que no es así.

Deja la linterna en el suelo, rebusca en su bolsillo, saca la pistola, se quita el guante a tirones con los dientes y, sólo con un guante de fina lana entre su carne y el gatillo de metal, sujeta el arma inútil ante él.

—¡Vamos, ven aquí, maldito seas! —chilla Crozier—. ¡Sal y métete conmigo si te atreves, engendro peludo, rata asquerosa de mierda, hijo de la gran puta sifilítica!

No hay otra respuesta que el aullido del viento.

6

Goodsir

Latitud 74° 43' 28" N — Longitud 90° 39' 15" O
Isla de Beechey, invierno de 1845-1846

*D*el diario privado del doctor Harry D. S. Goodsir:

1 de enero de 1846

John Torrington, el fogonero del HMS *Terror*, ha muerto esta mañana temprano. El día de Año Nuevo. Al principio de nuestro Quinto Mes atascados en el hielo aquí en la isla de Beechey.

Su muerte no ha sido una sorpresa. Era obvio desde hacía varios meses que Torrington sufría un grado avanzado de Tisis cuando se enroló en la expedición, y si los Síntomas se hubiesen manifestado unas pocas semanas antes el Verano Pasado, lo habrían enviado a casa en el *Rattler* o en alguno de los dos buques balleneros que encontramos justo antes de navegar hacia el oeste, a través de la bahía de Baffin, y por el estrecho de Lancaster hacia las Inmensidades Árticas, donde ahora nos encontramos pasando el invierno. La triste Ironía es que el médico de Torrington le había dicho que viajar por Mar sería bueno para su salud.

El Jefe Cirujano Peddie y el doctor McDonald, del *Terror*, trataron a Torrington, por supuesto, pero yo estuve presente varias veces durante el estadio de Diagnóstico y he sido escoltado a su barco por varios tripulantes del *Erebus* después de que muriese el joven fogonero, esta mañana.

Cuando su enfermedad resultó Obvia, a principios de noviembre, el capitán Crozier relevó al joven de 20 años de sus deberes como fogonero abajo, en la cubierta inferior, mal ventilada, ya que el polvo de carbón que flota allí en el aire basta para asfixiar a una persona con los pulmones normales, y John Torrington entró en una Espiral Descendente de invalidez debida a la tisis a partir de entonces. Aun así, Torrington podría haber sobrevivido muchos meses más de no haberse interpuesto un Agente Intermediario en su muerte. El doctor Alexander McDonald me dice que Torrington, que se había puesto demasiado débil en las última semanas incluso para permitir sus breves Paseos Reglamentarios por la cubierta inferior, ayudado por sus compañeros, cayó con Neumonía el día de Navidad, y desde entonces fue una Carrera contra la Muerte. Cuando he visto el cuerpo esta mañana me he quedado conmocionado al ver lo Descarnado que ha quedado el joven John Torrington, pero tanto Peddie como McDonald me han explicado que su apetito fue disminuyendo desde hace dos meses, y aunque los cirujanos del buque alteraron su Dieta y la hicieron más consistente mediante Sopas y Verduras enlatadas, siguió perdiendo peso.

Esta mañana he visto a Peddie y MacDonald preparar el cadáver: Torrington estaba sin camisa, con el pelo recién cortado con cuidado, las uñas también recortadas, le han atado la habitual tira de tela por debajo de la cabeza para evitar que la mandíbula se abriese y luego le han sujetado con más tiras de algodón blanco los codos, manos, tobillos y dedos de los pies. Lo han hecho para que los Miembros permaneciesen unidos mientras pesaban al pobre muchacho (¡sólo 40 kilos!) y preparaban su cuerpo para el enterramiento. No ha habido discusión en el Examen post mórtem, ya que ha quedado muy claro que la Tisis, acelerada por la Neumonía, ha matado al muchacho, de modo que no existe la preocupación de que nada contamine a los demás miembros de la tripulación.

Yo he ayudado a mis colegas cirujanos del HMS *Terror* a colocar el cuerpo de Torrington en el ataúd cuidadosamente preparado por el carpintero del buque, Thomas Honey, y su ayudante, un hombre llamado Wilson. No había rígor mortis. Los carpinteros han dejado un lecho de Virutas de Madera en la base del ataúd, cuidadosamente construido y formado con caoba normal procedente del buque, con un Montón más Hondo de virutas bajo la cabeza de Torrington, y como todavía persistía un ligero olor a Putrefacción, el aire quedaba bastante perfumado con las virutas de madera.

3 de enero de 1846

Sigo pensando en el entierro de John Torrington, que tuvo lugar ayer tarde.

Sólo un pequeño contingente del *Erebus* asistió, yo hice la Travesía a Pie desde nuestro buque al suyo y de ahí los menos de doscientos metros más hasta la Costa de la isla de Beechey.

No puedo Imaginar un invierno peor que el que hemos sufrido, congelados en nuestro pequeño fondeadero al abrigo de la propia isla de Beechey, situada en la cúspide de la isla de Devon, de mayor tamaño, pero el Comandante Fitzjames y otros me han asegurado que nuestra Situación aquí, a pesar de las Traicioneras crestas de presión, la Terrible Oscuridad, las Tormentas Aullantes y el Hielo Constantemente Amenazador sería mil veces peor fuera de este fondeadero, allá fuera donde flota el Hielo del Polo como una lluvia de Fuego Enemigo de algún dios Boreal.

Los compañeros de la tripulación de John Torrington bajaron con suavidad su ataúd, ya cubierto con una fina lana azul, por encima de la borda de su buque, que está Apretado muy Alto encima de una columna de hielo, mientras otros marineros del *Terror* ataban el ataúd a un Trineo grande. El propio sir John colocó una Union Jack encima del ataúd, y luego los amigos y compañeros de Torrington se colocaron los Arneses y tiraron del trineo los menos de doscientos metros que hay hasta la costa de la isla de Beechey, de guijarros y hielo.

Todo eso fue realizado en la casi Absoluta Oscuridad, por supuesto, ya que incluso al mediodía el sol no hace su Aparición aquí en enero, y no lo ha hecho desde hace tres meses. Debe pasar otro mes o más, me dicen, antes de que el Horizonte del Sur acoja de nuevo a nuestra Estrella Roja. En todo caso, esa procesión: ataúd, trineo, hombres que lo llevaban, oficiales, cirujanos, sir John, Marines Reales con su uniforme completo ocultos bajo los mismos ropajes contra el frío que los demás, se vio iluminada solamente por unas lámparas oscilantes mientras nos dirigíamos por el Mar Helado hacia la Costa Helada. Los hombres del *Terror* habían cortado y nivelado con la pala las diversas crestas de presión aparecidas recientemente y que se interponían entre nosotros y la playa de guijarros, de modo que hubo pocas Desviaciones en nuestra triste Ruta. En un momento más temprano del Invierno, sir John ordenó que un sistema de Recios Postes, cuerdas y Linternas Colgantes uniese la ruta más corta entre los Barcos y el istmo de guijarros, donde se habían construido diversas Estructuras, una para albergar gran parte de los recursos de los buques, extraídos por si el hielo destruía nuestros bajeles; otra como barracón de emergencia y Estación Científica, y una tercera albergando la forja del armero, colocada allí para que las Llamas y Chispas no hicieran ignición en nuestros Hogares flotantes de madera. He sabido que los Marineros temen el fuego en el mar más que ninguna otra cosa. Pero ese Camino de Postes de madera y Linternas tuvo que ser abandonado ya que se movía constantemente, alzándose y destrozando o desperdigando todo lo que se colocaba en él.

Nevaba durante el entierro. El viento soplaba con fuerza, como hace siempre aquí en estas Llanuras Árticas dejadas de la mano de Dios. Al norte de la tumba se alzan los Acantilados Negros, tan inaccesibles como las Montañas de la Luna. Las linternas encendidas en el *Erebus* y el *Terror* eran sólo débiles resplandores encima de la nieve. Ocasionalmente un fragmento de Fría Luna aparecía entre las nubes que se desplazaban con rapidez, pero hasta esa débil y pálida luz de luna

73

se perdía rápidamente entre la nieve y la oscuridad. Dios mío, ésta es una negrura verdaderamente digna del Estigio.

Algunos de los hombres más fuertes del *Terror* trabajaron sin pausa desde las horas posteriores a la muerte de Torrington, usando las piquetas y la pala para excavar su tumba, una fosa reglamentaria de metro y medio de hondo, como ordenó sir John. La Fosa se excavó en el hielo más Severamente Endurecido y en la roca, y una mirada hacia ella me reveló el Trabajo que había representado su excavación. Se quitó la bandera y se bajó el ataúd con cuidado, casi con reverencia, en la estrecha abertura. La nieve cubrió de inmediato la superficie del ataúd y Brilló a la luz de las diversas linternas. Un hombre, uno de los oficiales de Crozier, colocó la lápida de madera en su lugar y la introdujeron en la grava congelada con unos cuantos golpes de un mazo gigante de madera enarbolado por un marinero gigantesco. Las palabras que se habían tallado cuidadosamente rezaban:

CONSAGRADO

A

LA MEMORIA DE

JOHN TORRINGTON

QUE DEJÓ

ESTA VIDA

EL 1 DE ENERO

DE 1846 D. C.

A BORDO DEL

HMS *TERROR*

A LA EDAD DE 20 AÑOS

Sir John dirigió el Servicio y pronunció el Panegírico. Tardó algo de tiempo, y el suave zumbido de su voz sólo fue interrumpido por el viento y el ruido de los pies al golpear el suelo mientras los hombres intentaban evitar que se les congelasen los pies. Confieso que oí poca cosa del Panegírico de sir John, entre el viento aullante y mis propios pensamientos que divagaban, oprimidos por la soledad del lugar, por el recuerdo del cuerpo sin camisa y con los miembros atados con tiras de tela, que acababan de bajar a la Fría Fosa, y oprimido sobre todo por la negrura eterna de los Acantilados por encima del istmo.

4 de enero de 1846

Otro hombre ha muerto.

Uno de los nuestros, aquí, en el HMS *Erebus*, John Hartnell, de veinticinco años, marinero de primera. Justo después de lo que sigo creyendo que eran las seis de la tarde, mientras se bajaban las mesas con unas cadenas para que cenasen los hombres, Hartnell ha chocado con su hermano Thomas, ha caído en cubierta, ha tosido sangre y antes de cinco minutos había muerto. El cirujano Stanley y yo estábamos con él cuando ha muerto en la parte despejada de la proa de la cubierta inferior, que usamos como Enfermería.

Esta muerte nos ha dejado anonadados. Hartnell no había mostrado síntoma alguno de escorbuto ni de tisis. El comandante Fitzjames estaba con nosotros y no podía ocultar su consternación. Si había alguna Plaga o inicios de Escorbuto entre la tripulación, debíamos saberlo de inmediato. Hemos decidido en aquel preciso momento, mientras las cortinas estaban corridas y antes de que nadie se dispusiera a preparar a John Hartnell para el ataúd, que le haríamos un Examen post mórtem.

Hemos despejado la mesa de la Enfermería y disimulado nuestros Actos moviendo algunas cajas entre los Hombres apiñados y nosotros mismos, y hemos corrido la cortina en torno a nuestro Trabajo lo mejor que hemos podido, y yo he ido a buscar mi instrumental. Stanley, aunque era el Cirujano Jefe, ha sugerido que yo hiciera el trabajo, puesto que yo había estudiado anatomía. Así que he hecho la Incisión inicial y hemos empezado.

Inmediatamente me he dado cuenta de que debido a la Precipitación había usado la incisión en forma de Y invertida que solía usar al entrenarme con cadáveres, cuando tenía prisa. En lugar de la Y más común, con los dos brazos de la incisión bajando desde los hombros y encontrándose en la base del esternón, mi incisión en forma de Y invertida tenía los brazos de la Y llegando hasta las caderas, de modo que se reunían junto al ombligo de Hartnell. Stanley lo ha comentado y yo me he sentido algo avergonzado.

—Lo que sea más rápido —le he dicho a mi compañero cirujano—. Debemos hacerlo con rapidez..., a los hombres no les gusta nada que abran los cuerpos de sus compañeros de tripulación.

El cirujano Stanley ha asentido, y yo entonces he continuado. Como para Confirmar mis afirmaciones, el hermano menor de Hartnell, Thomas, ha empezado a gritar y a llorar justo desde el otro lado de la cortina. A diferencia del lento declive de Torrington en el *Terror*, que dio tiempo a sus compañeros de la tripulación a avenirse a su muerte, para repartir sus pertenencias y preparar cartas para la madre de Torrington, el súbito colapso de John Hartnell y su muerte posterior han conmocionado a todos los hombres de este buque. Ninguno de ellos podía soportar la idea de que los cirujanos del barco estuviesen cortando su cuerpo. Sólo la mole, el rango y la actitud del comandante Fitzjames se interponían entre el hermano furibundo, los marineros confusos y nuestra Enfermería. Oía que los compañeros de Hartnell y la presencia de Fitzjames le sujetaban por el momento, pero mientras mi escalpelo cortaba los tejidos y mi bisturí y separador de costillas abría el cadáver para su examen, yo oía los Murmullos Rabiosos a sólo unos metros detrás de la cortina.

Primero he extraído el corazón de Hartnell, y he cortado también una parte de la tráquea. Lo he levantado a la luz de la linterna y Stanley lo ha cogido y le ha quitado la sangre con un trapo sucio. Ambos lo hemos inspeccionado. Tenía un aspecto bastante normal, no parecía enfermo. Mientras Stanley todavía sujetaba el órgano a la luz, yo he hecho un corte en el ventrículo derecho, y luego otro en el izquierdo. Quitando la parte dura del músculo, Stanley y yo hemos revisado las válvulas. Parecían sanas.

Tras echar de nuevo el corazón de Hartnell en su cavidad torácica, yo he procedido a diseccionar la parte inferior de los pulmones del marinero de primera con rápidos cortes del escalpelo.

—Ahí. —Ha señalado el cirujano Stanley.

Yo he asentido. Había señales obvias de cicatrices y otras indicaciones de Tisis, así como señales de que el marinero había sufrido recientemente una neumonía. John Hartnell, como John Torrington, estaba tuberculoso, pero aquel marinero de mayor edad y fortaleza, y según Stanley, más duro y resistente, había ocultado los Síntomas, quizás incluso a sí mismo. Hasta hoy, cuando ha caído redondo y muerto unos minutos antes de comerse su cerdo en salmuera.

Tras liberar el hígado, después de cortarlo, lo he examinado a la luz y tanto Stanley como yo hemos creído observar en él la adecuada confirmación de la tisis, así como indicaciones de que Hartnell había bebido mucho durante demasiado tiempo.

Justo a unos metros de distancia, al otro lado de la cortina, el hermano de Hartnell, Thomas, gritaba lleno de furia, contenido solamente por las ásperas órdenes del comandante Fitzjames. Por las voces yo adivinaba que varios de los demás oficiales (el teniente Gore, el teniente Le Vesconte y Fairholme, y hasta Des Voeux, el oficial de cubierta) estaban también intentando calmar e intimidar a la Muchedumbre de marineros.

—¿Hemos visto ya bastante? —ha susurrado Stanley.

Yo he vuelto a asentir. No había señal alguna de Escorbuto en el cuerpo, ni en la cara ni en la boca ni en los órganos. Aunque seguía siendo un Misterio cómo es posible que la tisis o la neumonía o ambas hubiesen podido matar al marinero de primera con tanta rapidez, era obvio, al menos, que no debíamos temer ninguna Enfermedad de tipo Contagioso.

El ruido procedente del Espacio de Literas de la tripulación iba siendo cada vez más Intenso, de modo que yo rápidamente he metido las muestras de pulmones, hígado y otros órganos en la cavidad abdominal junto con el corazón, teniendo mucho cuidado de introducirlos todos en el lugar adecuado, más o menos, y apretándolos bien, y luego he vuelto a colocar la placa pectoral de Hartnell en su lugar, aproximadamente. Más tarde me he dado cuenta de que la había puesto boca abajo. El Cirujano Jefe Stanley ha cerrado entonces la incisión en forma de Y invertida, usando una aguja larga y un hilo de velas grueso con un movimiento rápido y seguro que habría enorgullecido a cualquier maestro velero.

Al cabo de un minuto ya teníamos a Hartnell vestido de nuevo, aunque el rígor mortis empezaba a ser un problema, y hemos abierto de nuevo la cortina. Stanley, cuya voz es más profunda y resonante que la mía, ha asegurado entonces al hermano de Hartnell y a los demás hombres que lo único que faltaba por hacer era lavar el cadáver de su compañero para que pudieran prepararlo para el entierro.

6 de enero de 1846

No sé por qué motivo este Entierro fue mucho más Duro para mí que el primero. De nuevo tuvimos la solemne Procesión desde el buque, sólo con la tripulación del *Erebus* en esta ocasión, aunque el doctor McDonald, el cirujano Peddie y el capitán Crozier del *Terror* se unieron a nosotros.

De nuevo el ataúd se cubrió con la bandera. Los hombres habían vestido la parte superior del cuerpo de Hartnell con tres capas, incluyendo la mejor camisa de su hermano, pero habían envuelto la parte inferior, desnuda, sólo con un sudario, dejando abierta la parte superior del ataúd durante varias horas en la Enfermería vestida con crespones negros, en la cubierta inferior, y luego se clavaron los clavos y se procedió al entierro. De nuevo una lenta procesión en trineo desde el Mar Helado a la Costa Helada, con las linternas oscilando en la negra noche, aunque este Mediodía había estrellas y no caía nieve. Los Marines tuvieron que trabajar, porque tres de los Grandes Osos Blancos vinieron a husmear bastante cerca, alzándose como espectros en los bloques de hielo, y los hombres tuvieron que disparar los mosquetes hacia ellos para alejarlos, e hirieron visiblemente a uno de los osos en el costado.

De nuevo el Panegírico de sir John, aunque esta vez más breve, porque Hartnell no era tan estimado como el joven Torrington, y de nuevo caminamos de vuelta por encima del hielo agrietado que gemía y crujía, bajo las estrellas que bailaban esta vez en el Frío intenso, y el único sonido que se oía detrás de nosotros era el roce cada vez más amortiguado de palas y picos rellenando con la tierra helada el nuevo agujero junto a la tumba de Torrington, perfectamente cuidada.

Quizá fuese la negra cara del acantilado que se Alzaba por encima de Todo lo que perjudicó más mi Moral en este segundo entierro. Aunque yo deliberadamente me quedé de espaldas al Acantilado en esta ocasión, muy cerca de sir John, de modo que pude oír sus Palabras de Esperanza y Consuelo, era consciente en todo momento de aquella mole fría, negra, vertical, estéril y sin luz de Piedra insensata que tenía detrás; un portal, al parecer, hacia ese País del Cual Jamás Hombre Alguno ha Regresado. Comparadas con la Fría Realidad de esa negra piedra sin rasgo alguno, hasta las compasivas e inspiradas palabras de sir John tenían poco efecto.

La moral de ambos buques era muy baja. Todavía no había pasado ni una Semana Completa del nuevo año y ya habían muerto dos de nuestra Compañía. Al día siguiente los cuatro cirujanos habíamos decidido Reunirnos en un Lugar Privado (la sala del carpintero en la cubierta inferior del *Terror*) para discutir lo que se podía hacer para evitar más Mortandad en lo que parecía ser una Expedición Maldita.

La lápida de aquella segunda tumba rezaba:

CONSAGRADO A LA MEMORIA DE
JOHN HARTNELL, MARINERO DE 1.ª DEL
HMS *EREBUS*,
MUERTO EL 4 DE ENERO DE 1846
A LA EDAD DE 25 AÑOS.
«ASÍ HABLA EL SEÑOR DE LOS EJÉRCITOS
CONSIDERAD LA SITUACIÓN EN LA QUE OS ENCONTRÁIS»
AGEO, I, 7

El viento ha arreciado en la última hora, es casi Medianoche y la mayor parte de las lámparas están aquí, en la cubierta inferior del *Erebus*. Oigo aullar el viento y pienso en aquellos dos fríos Montones de Piedrecillas Sueltas afuera, en aquel istmo negro y ventoso, y pienso en los hombres muertos en esas dos frías Fosas, y pienso en la Pared de Piedra Negra y Monótona, y me imagino la descarga de fusilería de los copos de nieve que ya trabajan para borrar las letras grabadas en las lápidas de madera.

7

Franklin

Latitud 70° 03' 29" N — Longitud 98° 20' O
Aproximadamente a 45 kilómetros NNO
de la Tierra del Rey Guillermo.
3 de septiembre de 1846

*E*l capitán sir John Franklin raramente se había sentido tan complacido consigo mismo.

El invierno anterior, congelados en la isla de Beechey, a cientos de kilómetros al nordeste de su posición actual, había resultado incómodo de muchas maneras, y él era el primero en admitir eso para sí o ante algún igual, aunque no había iguales a él en aquella expedición. La muerte de tres miembros de la expedición, primero Torrington y Hartnell, en enero, y luego el soldado William Braine de la Marina Real, el 3 de abril, todos ellos de tisis y de neumonía, había sido una conmoción. Franklin no sabía de ninguna otra expedición de la Marina que hubiese perdido a tres hombres por causas naturales tan al inicio de su empresa.

Fue el propio Franklin el que eligió la inscripción en la lápida del soldado Braine, de treinta y dos años de edad: «Elegid hoy a quién queréis servir», Josué, 24, 15. Durante un tiempo, aquellas palabras les habían parecido un desafío a los desgraciados tripulantes del *Erebus* y el *Terror*, todavía no amotinados, pero ya cerca de ello, como si fuese un mensaje a los inexistentes transeúntes por parte de las tumbas solitarias de Braine, Hartnell y Torrington en aquel terrible banco de grava y hielo.

Sin embargo, los cuatro cirujanos se reunieron en consulta después de la muerte de Hartnell y decidieron que el escorbuto incipiente debía de estar debilitando la constitución de los hombres, permitiendo que la neumonía y defectos congénitos como la tisis se incrementasen alcanzando proporciones letales. Los cirujanos Stanley, Goodsir, Peddie y McDonald recomendaron a sir John que cambiase la dieta de los hombres: comida fresca, en lo posible, aunque no había casi ninguna, excepto la carne de oso polar, en la oscuridad del invierno, y habían descubierto que comer el hígado de esa enorme y poderosa bestia podía ser fatal, por algún motivo desconocido, y a falta de encontrar carne o verduras frescas, recortar las porciones de cerdo y buey en salazón o aves saladas, que era lo que preferían los hombres, y hacer más uso de las comidas enlatadas, como sopas vegetales y demás.

Sir John había seguido sus recomendaciones, ordenando que la dieta en ambos barcos cambiase de modo que no menos de la mitad de las comidas fuesen preparadas con comidas enlatadas de las reservas. Parece que la cosa funcionó. No murió ningún hombre más, ni se pusieron enfermos, entre la muerte del soldado Braine a primeros de abril y el día en que ambos buques se liberaron de su prisión helada en la bahía de la isla de Beechey, a finales de mayo de 1846.

Después, el hielo se rompió rápidamente y Franklin, siguiendo las rutas entre los canales elegidos por sus dos excelentes patrones del hielo, di orden de dar vapor, y navegaron hacia el sur y el oeste, avanzando, como les gustaba decir a los capitanes de la generación de sir John, viento en popa a toda vela.

Junto con la luz del sol y las aguas abiertas, los animales, las aves y la vida acuática volvieron con toda su plenitud. Durante aquellos largos y lentos días del verano ártico, en el cual el sol permanecía por encima del horizonte hasta casi medianoche y a veces la temperatura se elevaba por encima del punto de congelación, los cielos estaban llenos de aves migratorias. Hasta el propio podía distinguir a los petreles de las cercetas, los patos de las alcas, y a los pequeños fraileci-llos de todos los demás. Los canales que se ampliaban sin cesar en torno al *Erebus* y el *Terror* estaban rebosantes de ballenas que habrían sido la envidia de cualquier ballenero yanqui, y también se veía una profusión de bacalaos, arenques y otros peces pequeños, así como las enormes ballenas beluga y boreal. Los hombres sacaron los botes balleneros y pescaron, a menudo disparando a las ballenas más pequeñas sólo por diversión.

Cada partida de caza volvía con piezas frescas para la mesa cada noche: aves, por supuesto, pero también esas malditas focas anilladas y focas arpa, tan imposibles de cazar en sus agujeros en el invierno y que ahora se mostraban descaradas en el hielo abierto, como blancos fáciles. A los hombres no les gustaba la carne de foca, porque era demasiado aceitosa y astringente, pero había algo en la grasa de esos animales viscosos que excitaba sus apetitos invernales. También mataban a las grandes morsas aullantes, visibles a través de los catalejos, que iban cogiendo ostras por las orillas, y algunas partidas de caza volvían con pellejos y carne de zorro blanco ártico. Los hombres ignoraban a los pesados osos polares hasta que esos animales oscilantes parecían dispuestos a atacar o competir con las capturas de los cazadores humanos. A nadie le gustaba la carne del oso blanco, y, ciertamente, no cuando se podían encontrar otros animales mucho más apetitosos.

Las órdenes de Franklin incluían una opción: si «encontraba su camino hacia la aproximación del sur al pasaje del Noroeste bloqueada por el hielo u otros obstáculos», debía volver hacia el norte y seguir el paso de Wellington hacia «el mar Polar Abierto». Es decir, en esencia, navegar hacia el Polo Norte. Pero Franklin hizo lo que había hecho toda su vida, sin cuestionárselo en absoluto: siguió sus primeras órdenes. Aquel segundo verano en el Ártico, sus dos barcos habían navegado al sur desde la isla de Devon, y Franklin dirigió al HMS *Erebus* y al HMS *Terror* más allá del cabo Walker, hacia las desconocidas aguas de un archipiélago helado.

El verano anterior había parecido que tendría que dirigirse navegando hacia el Polo Norte en lugar de encontrar el paso del Noroeste. El capitán sir John Franklin tenía motivos para estar orgulloso de su velocidad y de su eficiencia, hasta el momento. Durante su viaje de verano en 1845, el año anterior, que resultó muy abreviado porque habían partido de Inglaterra y de Groenlandia mucho más tarde de lo planeado, había cruzado sin embargo la bahía de Baffin en un tiempo récord, pasó por el estrecho de Lancaster hacia el sur de la isla de Devon, luego por el estrecho de Barrow, y encontró su camino hacia el sur, más allá de Walker Point, bloqueado por el hielo muy tarde, en agosto. Pero sus patrones del hielo le informaron de que había aguas abiertas al norte, más allá de las extensiones occidentales de la isla de Devon en el canal de Wellington, de modo que Franklin obedeció sus segundas órdenes y se volvió hacia el norte hacia lo que podía ser un paso libre de hielo en el océano Polar Abierto y hacia el Polo Norte.

No había abertura alguna hacia el fabuloso océano Polar. La península de Grinnell, que podía haber formado parte de un continente ártico desconocido por lo que sabían los hombres de la expedición de Franklin, bloqueó su camino y los obligó a seguir aguas abiertas al noroeste, luego casi al oeste, hasta que alcanzaron el punto más occidental de aquella península, se volvieron de nuevo hacia el nor te y encontraron una masa sólida de hielo que se extendía al norte desde el canal de Wellington, aparentemente hasta el infinito. Cinco días de navegación a lo largo de aquel enorme muro de hielo convencieron a Franklin, Fitzjames, Crozier y los patrones del hielo de que no había océano Polar Abierto al norte del canal de Wellington. Al menos no aquel verano.

Las condiciones del hielo, que habían empeorado, les hicieron volver hacia el sur, en torno a la masa de tierra previamente conocida sólo como tierra Cornwallis, pero ahora con el nombre de isla de Cornwallis. Si no habían conseguido nada más, al menos el capitán sir John Franklin sabía que su expedición había resuelto aquel rompecabezas.

Con la banquisa congelándose rápidamente a finales de aquel verano de 1845, Franklin acabó por circunnavegar la enorme y árida isla de Cornwallis, volvió a entrar por el estrecho de Barrow al norte del cabo Walker, confirmó que el camino hacia el sur más allá del cabo Walker estaba bloqueado todavía, y ahora convertido en hielo sólido, y buscó su anclaje de invierno en la pequeña isla de Beechey, tras entrar en una pequeña bahía que habían reconocido dos semanas antes. Habían llegado justo a tiempo, y Franklin lo sabía, porque al día siguiente de anclar en el agua poco honda de la bahía los últimos canales abiertos en el estrecho de Lancaster que estaba más allá se cerraron y la banquisa movible habría hecho imposible la navegación. Resultaba dudoso que aun con esas obras maestras de tecnología reforzada de roble y hierro como el *Erebus* y el *Terror* hubiesen sobrevivido al invierno afuera, en el hielo del canal.

Pero era verano, y llevaban semanas navegando hacia el sur y el oeste, reabasteciendo sus provisiones cuando podían y siguiendo todos los canales, buscando cualquier atisbo de aguas abiertas que pudiesen espiar desde la posición del vigía, muy arriba, en el palo mayor, y abriéndose paso a la fuerza a través del hielo todos los días, cuando tenían que hacerlo.

El HMS *Erebus* continuó dirigiendo el camino en el rompehielos, como era su derecho al ser el buque insignia, y también era su responsabilidad lógica, por ser el buque con el motor de vapor más potente, cinco caballos de vapor más, pero ¡maldita sea!, el largo eje de la hélice se había doblado por el hielo que había debajo del agua; no se replegaba ni funcionaba adecuadamente, y el *Terror* se desplazó a la posición de cabeza.

Y con las costas heladas de la Tierra del Rey Guillermo visibles a no más de ochenta kilómetros por delante de ellos hacia el sur, los buques se habían desplazado y abandonado la protección de la enorme isla hacia el norte, la que había bloqueado su camino directamente hacia el sudoeste, pasado el cabo de Walker, donde sus órdenes le indicaban que debía navegar, y por el contrario le había obligado a ir hacia el sur, por el estrecho de Peel y los estrechos antes inexplorados. Ahora, el hielo hacia el sur y el oeste se había vuelto activo y casi continuo una vez más. Su paso se había hecho mucho más lento, casi parecía que se arrastraban. El hielo era mucho más espeso, los icebergs más frecuentes, los canales más delgados y más separados.

Aquella mañana del 3 de septiembre, sir John había convocado a una reunión a todos sus capitanes, oficiales principales, ingenieros y patrones del hielo. Toda aquella multitud cabía cómodamente en el camarote privado de sir John. Aquel espacio en el HMS *Terror* servía como sala grande para los oficiales, con biblioteca y música incluida, y toda la anchura de la popa del HMS *Erebus* eran los aposentos privados de sir John Franklin: tres metros y medio de ancho por seis metros de largo, algo asombroso, con un inodoro privado «de asiento» en una habitación aparte, en el costado de estribor. El excusado privado de Franklin era casi del mismo tamaño que los camarotes enteros del capitán Crozier y los demás oficiales.

Edmund Hoar, el mozo de sir John, había ampliado la mesa de comedor para poder acomodar a todos los oficiales presentes: el comandante Fitzjames, los tenientes Gore, Le Vesconte y Fairholme del *Erebus*; el capitán Crozier y los tenientes Little, Hodgson e Irving del *Terror*. Además de esos ocho oficiales sentados a cada lado de la mesa, ya que sir John estaba sentado a la cabecera, junto al mamparo de estribor y la entrada a su camarote privado, también estaban presentes, de pie a los pies de la mesa, los dos patrones del hielo, el señor Blanky del *Terror* y el señor Reid del *Erebus*, así como los dos ingenieros, el señor Thompson del barco de Crozier y el señor Gregory del buque insignia. Sir John también había solicitado a uno de los cirujanos, Stanley del *Erebus*, que asistiera. El mozo de Franklin había servido zumo de uva, quesos y galletas del buque, y hubo un breve período de conversaciones y distracción antes de que sir John los llamara al orden.

—Caballeros —dijo sir John—, estoy seguro de que todos ustedes saben por qué nos hemos reunido aquí. El avance de nuestra expedición los dos últimos meses, gracias a la generosidad del Señor, ha sido maravillosamente afortunado. Hemos dejado la isla de Beechey a más de quinientos kilómetros detrás de nosotros. Los vigías y nuestros exploradores con sus trineos todavía nos informan de que hay atisbos de agua abierta hacia el sur y el oeste. Podría estar en nuestro poder, Dios mediante, alcanzar esas aguas abiertas y navegar hacia el paso del Noroeste este mismo otoño.

»Pero el hielo al oeste está aumentando, me parece, tanto en grosor como en frecuencia. El señor Gregory nos informa de que el eje principal del *Erebus* ha quedado dañado por el hielo, y aunque podemos seguir a base de vapor, la efectividad del buque ha quedado comprometida. Nuestros suministros de carbón están disminuyendo. Otro invierno pronto llegará a nosotros. En otras palabras, caballeros, debemos decidir hoy cuál debe ser nuestro curso de acción y la dirección que seguir. Creo que no es injusto decir que el éxito o el fracaso de nuestra expedición quedará determinado por lo que decidamos aquí.

Hubo un largo silencio.

Sir John hizo un gesto hacia el patrón del hielo del HMS *Erebus*, de barba roja.

—Quizá nos ayudaría, antes de aventurar opiniones y discutir abiertamente, oír el informe de nuestros patrones del hielo, ingenieros y cirujano. Señor Reid, ¿puede usted informar a los demás de lo que me dijo ayer acerca de las actuales condiciones del hielo y de las previsiones?

Reid, de pie en el lado del *Erebus* de los cinco hombres y al final de la mesa, se aclaró la garganta. Reid era un hombre solitario, y hablar en una compañía tan elevada hacía que su rostro se sonrojase poniéndose más rojo que su barba.

—Sir John... Caballeros... No es ningún secreto que hemos tenido una suerte mal..., es decir, una extraordinaria suerte en términos de condiciones del hielo desde que los buques quedaron libres del hielo en mayo, y desde que dejamos el puerto de la isla de Beechey, hacia el primero de junio. Mientras estábamos en los estrechos, sobre todo nos encontramos hielo sedimentario. Eso no es problema. Las noches, esas pocas horas de oscuridad a las que llamamos noches por aquí, vamos pasando a través de un hielo en bandejas, que es lo que hemos visto durante la última semana en el mar, siempre a punto de congelarse, pero eso tampoco es ningún problema.

»Hemos podido apartarnos del hielo joven a lo largo de las costas..., eso sí que es un tema grave. Detrás de éste se encuentra el hielo rápido, que destrozaría hasta el casco de un buque tan reforzado como éste y el *Terror*. Pero, como digo, nos hemos podido apartar de ese hielo rápido... hasta ahora.

Reid sudaba, obviamente deseando no haberse extendido tanto, pero sabiendo también que todavía no había respondido plenamente la pregunta de sir John. Se aclaró la garganta y continuó:

—Igual que con el hielo suelto, sir John y la compañía, no hemos tenido tampoco ningún problema con los escombros de hielo y los bancos de hielo más grueso, y los trocitos de témpanos pequeños que se separan de los grandes, los de verdad, hemos podido evitarlos a causa de los amplios canales y las aguas abiertas que hemos podido encontrar. Pero todo eso está llegando a su fin, señores. Como las noches son más largas, el hielo en bandejas está ya siempre aquí, y vamos a tener cada vez más y más gruñones y montículos. Y son los montículos lo que nos preocupa al señor Blanky y a mí.

—¿Por qué, señor Reid? —preguntó sir John. Su expresión mostraba su habitual aburrimiento ante las diferentes condiciones del hielo. Para sir John, el hielo era hielo, algo que había que atravesar para pasar, o bien rodearlo, y vencer.

—Es la nieve, sir John —dijo Reid—. La nieve muy espesa encima de ellos, señor, y las marcas de la marea en los lados. Eso siempre significa hielo viejo por delante, señor, una banquisa muy jodida, y eso es lo que nos puede dejar encallados. Y por lo que se puede ver desde aquí o en trineo hacia el sur y el oeste, todo es banquisa, excepto la posible agua abierta mucho más al sur de la Tierra del Rey Guillermo.

—El paso del Noroeste —dijo bajito el comandante Fitzjames.

—Quizá —dijo sir John—. Muy probablemente. Pero para llegar hasta allí, tenemos que atravesar más de ciento sesenta kilómetros de banquisa..., quizá más de trescientos kilómetros. Me han dicho que el patrón del hielo del *Terror* tiene una teoría de por qué las condiciones empeoran hacia el oeste. ¿Señor Blanky?

Thomas Blanky no se ruborizó. La voz del patrón del hielo de más edad era una explosión entrecortada de sílabas tan penetrantes como fuego de mosquetería.

—Entrar en la banquisa supone la muerte. Ya hemos ido demasiado lejos. El hecho es que desde que salimos del estrecho de Peel hemos estado viendo una corriente de hielo tan mala como ninguna otra al norte de la bahía de Baffin, y cada día se pone peor.

—¿Y por qué, señor Blanky? —preguntó el comandante Fitzjames. Su voz confiada tenía un ligero ceceo—. Ya con la estación tan entrada, entiendo que deberíamos tener todavía canales abiertos

85

hasta que el mar se congele de verdad, y se cierre hacia la tierra, digamos al sudoeste de la península de la Tierra del Rey Guillermo, y deberíamos tener aguas abiertas durante otro mes o más.

El patrón del hielo Blanky meneó la cabeza negativamente.

—No. Esto no son bandejas ni hielo blando, caballeros, lo que estamos viendo aquí es la banquisa propiamente dicha. Baja desde el noroeste. Piensen en ello como en una serie de glaciares gigantes... que van produciendo icebergs y helando el mar durante centenares de kilómetros, a medida que fluyen hacia el sur. Sencillamente, hemos estado protegidos de todo eso.

—¿Qué es lo que nos ha protegido? —preguntó el teniente Gore, un oficial extraordinariamente guapo y afable.

Fue el capitán Crozier quien respondió, haciendo una señal a Blanky de que retrocediera.

—Todas las islas que teníamos al oeste a medida que bajábamos hacia el sur, Graham —dijo el irlandés—. Igual que hace un año descubrimos que la tierra de Cornwallis era una isla, ahora sabemos que la Tierra del Príncipe de Gales en realidad es la isla del Príncipe de Gales. La gran masa de esa isla ha bloqueado la fuerza de esa corriente de hielo hasta que hemos salido del estrecho de Peel. Ahora vemos que todo es banquisa que se ve forzada hacia el sur entre cualquier isla que haya a nuestro noroeste, posiblemente hasta tierra firme. Cualquier agua abierta que haya a lo largo de la costa hacia el sur no durará mucho. Ni tampoco nosotros, si seguimos adelante e intentamos pasar el invierno aquí, en la banquisa abierta.

—Es su opinión —dijo sir John—. Y se la agradecemos mucho, Francis. Pero nosotros decidiremos cuál va a ser nuestro curso de acción. Sí... ¿James?

El comandante Fitzjames parecía, como siempre, relajado y dominando la situación. En realidad había ganado algo de peso durante la expedición, de modo que parecía que los botones de su uniforme iban a saltar. Tenía las mejillas sonrosadas y el largo cabello rubio colgaba formando rizos más largos que en Inglaterra. Sonrió a todos los que se encontraban en torno a la mesa.

—Sir John, estoy de acuerdo con el capitán Crozier en que verse atrapados en la banquisa, tal como parece que va a suceder, sería muy desafortunado, pero no creo que sea ése nuestro destino si seguimos adelante. Creo que es imperativo que nos dirijamos hacia el sur mientras podamos, o bien para alcanzar las aguas abiertas y conseguir nuestro objetivo de encontrar el paso del Noroeste, cosa que creo que debemos conseguir antes de que se afiance el invierno, o sencillamente para encontrar unas aguas más seguras junto a la costa, quizás un puerto donde podamos pasar el invierno en relativa comodidad, como hicimos en la isla de Beechey. A fin de cuentas, sabemos por las expediciones anteriores de sir John a estas tierras y por previas expediciones navales que el agua tiende a permanecer abierta mucho más tarde junto a la costa por las aguas más cálidas que proceden de los ríos.

—¿Y si no llegamos a las aguas abiertas de la costa dirigiéndonos hacia el sudoeste? —preguntó Crozier, sosegadamente.

Fitzjames hizo un gesto de desdén.

—Al menos, estaremos más cerca de nuestro objetivo cuando llegue el deshielo, la primavera próxima. ¿Qué otra alternativa tenemos, Francis? ¿No sugerirá en serio que volvamos a subir el estrecho hacia Beechey o intentemos retirarnos a la bahía de Baffin?

Crozier meneó la cabeza.

—Ahora podemos navegar con la misma facilidad hacia el este de la Tierra del Rey Guillermo o al oeste... más fácilmente, porque sabemos por nuestros vigías y exploradores que hay todavía aguas abiertas bien amplias hacia el este.

—¿Navegar hacia el este de la Tierra del Rey Guillermo? —dijo sir John, con voz incrédula—. Francis, eso sería un callejón sin salida. Estaríamos al abrigo de la península, sí, pero atrapados a centenares de kilómetros al este de aquí, en una bahía larga que quizá no se deshiele la primavera próxima.

—A menos... —dijo Crozier, paseando la mirada en torno a la mesa—, a menos que la Tierra del Rey Guillermo sea también una isla. En cuyo caso tendríamos la misma protección de la banquisa que fluye desde el noroeste que la isla del Príncipe de Gales nos ha estado otorgando durante el último mes de viaje. Es probable que las aguas abiertas al lado este de la Tierra del Rey Guillermo se extiendan casi hasta la costa, donde podemos navegar hacia el oeste a lo largo de aguas más cálidas durante más semanas, quizás encontrar incluso un refugio perfecto, en la boca de algún río por ejemplo, si tenemos que pasar un segundo invierno en el hielo.

Hubo un largo silencio en la sala.

El teniente del *Erebus*, H. T. D. Le Vesconte, se aclaró la garganta.

—Usted cree en las teorías del excéntrico doctor King —dijo sin alterarse.

Crozier frunció el ceño. Sabía que las teorías del doctor Richard King, que ni siquiera era un hombre de la Marina sino un simple civil, no gustaban y se rechazaban de plano, sobre todo porque King creía (y lo había expresado así con mucha vehemencia) que las expediciones navales grandes, como la de sir John, eran estúpidas, peligrosas y absurdamente caras. King creía, basándose en sus mapas y en su experiencia con la expedición por tierra de Back años atrás, que la Tierra del Rey Guillermo era una isla, mientras que Boothia, la ostensible isla, más al este aún, en realidad era una larga península. King aseguraba que la forma más fácil y segura de encontrar el paso del Noroeste era enviar pequeñas partidas por tierra hacia el norte de Canadá y seguir las aguas costeras, más cálidas, y que los centenares de miles de kilómetros cuadrados de aguas del mar del Norte eran un peligroso laberinto de islas y corrientes de hielo que se podía tragar a mil buques como el *Erebus* y el *Terror*. Crozier sabía que había un ejemplar del controvertido libro de King en la biblioteca del *Erebus*, lo había comprobado y leído, y todavía estaba en el camarote de Crozier, en el *Terror*. Pero también sabía que era el único hombre de la expedición que había leído ese libro o que lo leería en el futuro.

—No —dijo entonces Crozier—, no estoy suscribiendo las teorías de King, sino que simplemente sugiero una posibilidad bastante buena. Miren, pensábamos que la tierra de Cornwallis era grande, que quizá formaba parte del continente ártico, pero la hemos circunnavegado en pocos días. Muchos de nosotros pensábamos que la isla de Devon continuaba hacia el norte y el oeste directamente hacia el océano Polar Abierto, pero nuestros dos buques han encontrado su extremo occidental, y hemos visto los canales abiertos al norte.

»Nuestras órdenes nos indican que debemos navegar directamente al sudoeste desde el cabo Walker, pero hemos averiguado que la Tierra del Príncipe de Gales se interpone directamente en el camino..., y lo que es más importante, que casi sin duda alguna se trata de una isla. Y la franja baja de hielo que hemos atisbado al este, mientas nos dirigíamos al sur, quizá fuese un estrecho helado, que podría separar la «isla» de Somerset de la Boothia Felix, demostrando así que King estaba equivocado, y que Boothia no es una península que continúa todo el camino hacia el norte, hasta el estrecho de Lancaster.

—No existe prueba alguna de que la zona más baja de hielo que hemos visto fuese un estrecho —dijo el teniente Gore—. Es mucho más sensato pensar que es un istmo bajo cubierto de hielo, como vimos en la isla de Beechey.

Crozier se encogió de hombros.

—Quizá, pero nuestra experiencia en esta expedición ha sido que las masas de tierra que se pensaba que eran muy grandes o estaban conectadas se ha demostrado que en realidad eran islas. Sugiero que invirtamos la marcha, que evitemos la banquisa en el sudoeste y que naveguemos hacia el este y luego hacia el sur por la costa oriental de lo que podría ser la «isla» del Rey Guillermo. Al final quedaremos al abrigo de ese... glaciar marino del que nos habla el señor Blanky... y si descubrimos lo peor, que se trata de una bahía larga y estrecha, entonces hay grandes probabilidades de que podamos navegar de nuevo hacia el norte en torno al cabo de la Tierra del Rey Guillermo el próximo verano, y volveremos aquí sin haber perdido gran cosa.

—Excepto el carbón consumido, y un tiempo precioso perdido —dijo el comandante Fitzjames.

Crozier asintió.

Sir John se frotó las mejillas redondas y bien afeitadas.

En el silencio que siguió, habló James Thompson, el ingeniero del *Terror*.

—Sir John, caballeros, ya que ha surgido el tema de las reservas de carbón de los buques, me gustaría mencionar que estamos muy, muy cerca de alcanzar, y lo digo literalmente, un punto sin retorno en términos de combustible. En las pasadas semanas, usando nuestros motores de vapor para forzar un camino a través de los flecos de esta banquisa, hemos consumido más de un cuarto de las reservas de carbón que nos quedan. Ahora estamos justo por encima del cincuenta por ciento de nuestra reserva de carbón..., menos de dos semanas de vapor normal, pero sólo unos cuantos días intentando forzar el hielo como hemos hecho. Si debemos quedarnos varados otro invierno, quemaremos gran parte de esa reserva sólo para volver a calentar los buques.

—Siempre podemos enviar a una partida a la costa a que corten árboles para leña —dijo el teniente Edward Little, sentado a la izquierda de Crozier.

Durante un minuto todos los hombres que estaban en la habitación excepto sir John se rieron de buena gana. Fue una forma de romper la tensión que se agradeció mucho. Quizá sir John estuviese recordando sus primeras expediciones por tierra al norte, a las regiones costeras que ahora se encontraban al sur. La tundra de la tierra firme se extendía durante novecientos áridos kilómetros al sur desde la costa, antes de ver el primer árbol o arbusto.

—No hay forma de maximizar las distancias de vapor —dijo Crozier apaciblemente en el silencio más relajado que siguió a las risas.

Las cabezas de todos los presentes se volvieron hacia el capitán del HMS *Terror*.

—Transferiremos toda la tripulación y el carbón del *Erebus* al *Terror* y así escaparemos —continuó Crozier—. O bien por encima del hielo hacia el sudoeste, o bien para reconocer la costa este de la Tierra o isla del Rey Guillermo hacia el sur.

—El todo por el todo —dijo el patrón del hielo Blanky, en el silencio asombrado que siguió—. Sí, me parece lo más sensato.

Sir John se limitó a parpadear. Cuando por fin recuperó la voz, todavía sonaba incrédula, como si Crozier hubiese hecho una nueva broma que no comprendía.

—¿Abandonar el buque insignia? —dijo al fin—. ¿Abandonar el *Erebus?* —Miró a su alrededor como si obligando a los demás oficiales a mirar su camarote dirimiera aquel asunto de una vez para siempre: los mamparos forrados de estantes y libros, el cristal y la porcelana en la mesa, las tres claraboyas patentadas Preston, colocadas en todo lo ancho de la parte superior, que permitían que la bella luz de finales del verano inundase el camarote—. ¿Abandonar el *Erebus*, Francis? —repitió, en voz más alta, pero con el tono de alguien que quiere que le expliquen una oscura broma.

Crozier asintió.

—El eje principal está torcido, señor. Nuestro propio ingeniero, el señor Gregory, nos ha dicho que no se puede reparar, ni replegar más, si no es en el dique seco. Ciertamente, no mientras estemos en la banquisa. Lo único que hará es empeorar. Con dos buques sólo tenemos unos pocos días o unas semanas de carbón para la batalla necesaria para combatir la banquisa. Nos quedaremos embarrancados, ambos buques, si no lo conseguimos. Si embarrancamos en mar abierto, al oeste de la tierra del Rey Guillermo, no tenemos ni idea del lugar hacia donde la corriente moverá el hielo del que formaremos parte. Existe un enorme riesgo de que nos veamos arrojados a los bajíos a lo largo de la costa de sotavento. Eso significa la destrucción de cualquier barco, hasta uno tan maravilloso como éste. —Crozier miró a su alrededor, asintiendo, y a las claraboyas que tenía encima—. Pero si trasladamos todo el combustible al buque menos dañado —continuó Crozier—, y especialmente si tenemos algo de suerte al encontrar aguas abiertas bajando por el lado este de la Tierra del Rey Guillermo, tendremos mucho más de un mes de combustible para recorrer a vapor toda la costa occidental, lo más rápido que podamos. El *Erebus* habrá sido sacrificado, pero podríamos..., podremos llegar al cabo Turnagain y a enclaves familiares de la costa al cabo de una sola semana. Completar el paso del Noroeste hacia el Pacífico este año, en lugar del siguiente.

—¿Abandonar el *Erebus*? —repitió sir John.

No parecía enfadado, sólo perplejo por la incongruencia de la idea que se estaba discutiendo.

—Pero estaríamos muy apretados a bordo del *Terror* —dijo el comandante Fitzjames. Parecía estar considerando la idea en serio.

El capitán sir John se volvió hacia la derecha y miró a su oficial favorito. El rostro de sir John estaba asumiendo poco a poco la fría sonrisa de un hombre al que no sólo han dejado fuera de una broma a propósito, sino que podría ser su objeto.

—Apretados sí, pero no sería intolerable por un mes o dos —dijo Crozier—. El señor Honey y su carpintero, el señor Weekes, supervisarían la demolición de los mamparos interiores... Habría que desmantelar todos los camarotes de los oficiales, excepto la sala Grande, que podría convertirse en camarote de sir John a bordo del *Terror*, y quizá comedor de oficiales también. Eso nos daría bastante espacio aunque tuviésemos que pasar otro año o más en los hielos. Estos antiguos barcos bombarderos tienen una gran cantidad de espacio bajo cubierta, al menos.

—Costaría bastante tiempo transferir el carbón y los víveres de a bordo —dijo el teniente Le Vesconte.

Crozier volvió a asentir.

—He hecho que mi amanuense, el señor Helpman, preparase algunas cifras preliminares. Quizá recuerden que el señor Goldner, el proveedor de comida enlatada para la expedición, no entregó la mayor parte de sus mercancías hasta menos de cuarenta y ocho horas antes de que zarpásemos, de modo que tuvimos que reordenar los artículos de ambos buques en gran medida. Lo hicimos a tiempo para estar listos en la fecha de nuestra partida. El señor Helpman estima que con ambas tripulaciones trabajando mientras haya luz diurna, durmiendo en turnos de media guardia, todo lo que guardamos en uno de los barcos podría transferirse al *Terror* en sólo tres días. Durante algunas semanas estaremos muy apiñados, pero será como si empezásemos la expedición de nuevo: las reservas de carbón al máximo, comida para otro año entero, y un buque en pleno funcionamiento.

—El todo por el todo —repitió el patrón del hielo Blanky.

Sir John meneó la cabeza y lanzó una risita, como si finalmente se hubiese hartado ya de aquella broma particular.

—Bueno, Francis, es una especulación muy... interesante, pero,

91

por supuesto, no abandonaremos el *Erebus*. Ni tampoco el *Terror*, a no ser que su barco sufra alguna desgracia. Ahora bien; lo único que no he oído hoy en esta mesa es la sugerencia de «retirarnos» a la bahía de Baffin. ¿Estoy en lo cierto si asumo que nadie ha sugerido tal cosa?

La habitación quedó en silencio. Por encima se oía el ruido de rascar de la tripulación que estaba restregando la cubierta con piedra de arena por segunda vez aquel día.

—Muy bien, entonces está decidido —dijo sir John—. Debemos seguir adelante. No sólo nuestras órdenes nos impelen a hacerlo, sino que como varios entre ustedes, caballeros, han señalado, nuestra seguridad aumenta cuanto más cerca nos hallemos de la costa del continente, aunque la tierra misma que hay allí es tan inhóspita como las espantosas islas por las que ya hemos pasado. Francis, James, deben ir a decirle a la tripulación cuál es nuestra decisión.

Sir John se puso en pie.

Durante un segundo alucinado, los demás capitanes, oficiales, patrones del hielo, ingenieros y el cirujano no pudieron hacer otra cosa que quedarse mirando, pero luego los oficiales navales se pusieron en pie rápidamente, asintieron y empezaron a salir del enorme camarote de sir John.

El cirujano Stanley tiraba de la manga del comandante Fitzjames mientras los hombres iban avanzando por el estrecho corredor y subían por la escala hasta la cubierta.

—¡Comandante, comandante! —decía Stanley—. Sir John no me ha pedido que le informe, pero yo quería decir que cada vez encontramos más comida podrida en los artículos enlatados.

Fitzjames sonrió pero se soltó el brazo.

—Ya prepararemos una entrevista para que se lo diga usted al capitán sir John en privado, señor Stanley.

—Pero ya se lo he dicho en privado —insistió el pequeño cirujano—. Yo quería informar a los demás oficiales por si...

—Más tarde, señor Stanley —dijo el comandante Fitzjames.

El cirujano iba a decir algo más, pero Crozier pasó de largo y no pudo oír más, e hizo una seña a John Lane, su segundo contramaestre, para que trajera su esquife al costado y así hacer la soleada travesía de vuelta por el estrecho canal hacia el lugar donde la proa del *Terror* había quedado incrustada en el hielo cada vez más denso. Un humo negro todavía surgía de la chimenea del buque insignia.

Dirigiéndose hacia el sudoeste en la banquisa, los dos buques avanzaron con lentitud otros cuatro días. El HMS *Terror* quemaba carbón a un ritmo prodigioso, usando su motor de vapor para avanzar por la banquisa, cada vez más y más espesa. Los atisbos de posible agua libre hacia el sur habían desaparecido, hasta en los días más soleados.

La temperatura cayó súbitamente el 9 de septiembre. El hielo en la larga y delgada línea de agua abierta detrás del lento *Erebus* se cubrió de bandejas y luego se solidificó completamente. El mar en torno a ellos era ya una masa blanca que se alzaba, se movía o permanecía estática, llena de gruñones, icebergs y repentinas crestas de presión.

Durante seis días, Franklin intentó todos los trucos de su inventario ártico: echar polvo negro de carbón en el hielo que tenían ante ellos para fundirlo con mayor rapidez, poner las velas en facha, enviar cuadrillas de faena día y noche con enormes sierras de hielo para que eliminaran el que tenían delante bloque a bloque, arrojar lastre, hacer que cien hombres a la vez picaran con formones, palas, picos y pértigas, enviar boyas hechas con barriles muy por delante de ellos en el hielo grueso y tirar con un cabrestante del *Erebus*, que había recuperado la vanguardia con respecto al *Terror* el último día antes de que el hielo empezase a espesarse de repente, metro por metro. Finalmente, Franklin ordenó que todos los hombres capacitados bajaran al hielo, aparejaran unos cabos para todos y unos arneses de trineo para los más corpulentos, e intentasen tirar de los barcos hacia delante centímetro a centímetro entre sudores, maldiciones, gritos, imprecaciones y esfuerzos inhumanos y deslomantes. Sir John prometía que justo delante estaba la realidad de las aguas costeras abiertas, sólo a otros treinta, cincuenta, ochenta kilómetros por la banquisa delante de ellos.

Pero el agua abierta podía haber estado en la superficie de la luna.

Durante la larga noche del 15 de septiembre de 1846, la temperatura bajó en picado bajo cero, y el hielo empezó a gemir y a crujir en los cascos de ambos barcos. Por la mañana, todos los que salieron a cubierta pudieron ver por sí mismos que en todas direcciones el mar se había convertido en una masa sólida y blanca que llegaba hasta el horizonte. Entre súbitas borrascas de nieve, tanto Crozier como Fitzjames pudieron hacer las adecuadas mediciones solares para fijar su posición. Ambos capitanes estimaron que estaban varados unos 70 grados 5 minutos latitud norte, 98 grados 23 minutos

93

longitud oeste, a unos cuarenta kilómetros de la costa noroccidental de la isla del Rey Guillermo o la Tierra del Rey Guillermo, fuera cual fuese el caso. Ahora ya no importaba demasiado.

Estaban en el mar de hielo abierto, en una banquisa móvil, y encallados directamente frente a la arremetida plena de ese «glaciar movible» del patrón del hielo Blanky, que bajaba hacia ellos desde las regiones polares del noroeste desde el inimaginable Polo Norte. No había abrigo ni refugio alguno, que supieran, en ciento sesenta kilómetros a la redonda, y no había forma tampoco de llegar allí, aunque lo hubiera.

A las dos de aquella tarde, el capitán sir John Franklin ordenó que se bajara la intensidad del fuego de las calderas tanto en el *Erebus* como en el *Terror*. El vapor quedó al mínimo en ambas calderas, sólo con la presión suficiente para mantener en movimiento el agua caliente por las tuberías que caldeaban las cubiertas inferiores de cada buque.

Sir John no hizo ningún anuncio a los hombres. No era necesario. Aquella noche los hombres se metieron en sus coys en el *Erebus* y mientras Hartnell susurraba su oración habitual por su hermano muerto, el marinero Abraham Seeley, de treinta y cinco años, situado en el coy que tenía a su lado, susurró:

—Estamos en un mundo de mierda ahora, Tommy, y ni tus oraciones ni sir John nos van a sacar de aquí..., al menos hasta dentro de diez meses.

8

Crozier

Latitud 70° 5′ N — Longitud 98° 23′ O
11 de noviembre de 1847

$\mathcal{H}$a pasado un año, dos meses y ocho días desde la crucial conferencia de sir John a bordo del *Erebus*, y ambos buques están atrapados en el hielo más o menos en el mismo lugar que aquel día de septiembre de 1846. Aunque la corriente del noroeste desplaza toda la masa del hielo, a lo largo del último año ha hecho girar el hielo, los icebergs, las crestas de presión y los dos buques de la Marina Real atrapados en lentos círculos, de modo que su posición sigue siendo más o menos la misma, encallados a unos cuarenta kilómetros al nornoroeste de la Tierra del Rey Guillermo y dando vueltas lentamente como una mancha de óxido en uno de esos discos de metal de la sala Grande de los oficiales.

Cuatro equipos de cinco hombres cada uno, un hombre para llevar dos linternas y cuatro dispuestos con escopetas o mosquetes, buscan en turnos de cuatro horas. Cuando un equipo llega, helado y temblando, el equipo de reemplazo espera en cubierta con ropa de abrigo, las armas bien limpias, cargadas y dispuestas, las linternas llenas de aceite, y reemprenden la búsqueda en el cuadrante que el otro equipo acaba de abandonar. Los cuatro equipos salen del barco formando círculos cada vez más amplios a través de los laberintos de hielo, sus linternas ahora visibles para los vigías de cubierta a través de la helada niebla y la oscuridad, más oscurecida si cabe por los gruñones, las rocas de hielo, las crestas de presión o la distancia. El capitán Crozier y un marinero con una linterna roja se desplazan de cuadrante en cuadrante, comprueban cada equipo y luego vuelven al *Terror* para echar un vistazo a los hombres y las condiciones allí.

El capitán Crozier ha pasado este día de noviembre, o las horas de oscuridad que antes incluían la luz del día como componente, buscando a sus hombres perdidos, William Strong y Thomas Evans. No hay esperanza para ninguno de los dos hombres, por supuesto, y existe un enorme riesgo de que otros sean atrapados también por la criatura, pero de todos modos siguen buscando. Ni el capitán ni la tripulación habrían aceptado otra cosa.

Todo eso sigue durante doce horas.

A los dos toques en la primera guardia de cuartillo (las seis de la tarde) han vuelto ya todas las partidas de búsqueda, y ninguna de ellas ha encontrado a los hombres perdidos, pero algunos de los hombres se avergüenzan de haber disparado sus armas al oír los chillidos del viento entre las anfractuosidades del hielo o al hielo mismo, pensando que algún serac era un oso blanco que los acechaba. Crozier es el último en llegar, y los sigue a la cubierta inferior.

La mayor parte de la tripulación ha guardado ya sus ropas húmedas y sus botas y se ha dirigido hacia delante, a su alojamiento, a la mesas colgadas con cadenas, y los oficiales se han ido a comer a popa cuando Crozier baja por la escala. Su mozo, Jopson, y su primer teniente, Little, corren a ayudarle a quitarse la ropa exterior, cubierta de hielo.

—Está usted congelado, capitán —dice Jopson—. Tiene la piel blanca por la congelación. Venga a popa al comedor de los oficiales para cenar, señor.

Crozier menea la cabeza.

—Tengo que ir a hablar con el comandante Fitzjames. Edward, ¿ha venido algún mensajero de su buque mientras yo estaba ausente?

—No, señor —dice el teniente Little.

—Por favor, coma, capitán —insiste Jopson. Para ser mozo es un hombre grandote, y su profunda voz se convierte más en un gruñido que en un gemido cuando implora a su capitán.

Crozier vuelve a menear la cabeza.

—Sea tan amable de envolverme un par de galletas, Thomas. Ya me las iré comiendo mientras voy andando al *Erebus*.

Jopson muestra su disconformidad ante esa absurda decisión, pero corre hacia delante, al lugar donde el señor Diggle está muy atareado junto a su enorme estufa. Justo en este momento, la hora de comer, la cubierta inferior está bien calentita, igual que en el siguiente período de veinticuatro horas, y la temperatura asciende a unos cinco grados. Se quema muy poco carbón para la calefacción en estos días.

—¿Cuántos hombres quiere llevarse con usted, capitán? —pregunta Little.

—Ninguno, Edward. En cuanto los hombres hayan comido, quiero que organice al menos ocho partidas para que vayan al hielo y hagan un último turno de búsqueda de cuatro horas.

—Pero, señor, es aconsejable que usted... —empieza Little, pero se detiene.

Crozier ya sabe lo que va a decir. La distancia entre el *Terror* y el *Erebus* es sólo de algo más de tres kilómetros, pero es una distancia solitaria y peligrosa, y a veces cuesta varias horas recorrerla. Si sobreviene una tormenta o el viento empieza a levantar la nieve, los hombres pueden perderse o no hacer ningún progreso en medio de la borrasca. El propio Crozier ha prohibido a los hombres que hagan la travesía solos y cuando hay que enviar mensajes manda al menos a dos hombres, con órdenes de volver atrás a la menor señal de mal tiempo. Además, el iceberg de sesenta metros de alto que ahora se alza entre ambos buques a menudo bloquea la visión hasta de las llamas y antorchas, y el camino, aunque se trabaja y se arregla con palas y se aplana casi cada día, en realidad es un laberinto de seracs, crestas de presión empinadas, gruñones vueltos del revés y montones de hielo apiñados y en constante movimiento.

—De acuerdo, Edward —dice Crozier—. Me llevaré la brújula.

El teniente Little sonríe, aunque la broma se ha desgastado mucho después de tres años en aquellos parajes. Los barcos están encallados, por lo que pueden medir sus instrumentos al menos, casi directamente encima del Polo Norte magnético. Una brújula es tan útil allí como una varita de zahorí.

El teniente Irving se acerca. Las mejillas del joven brillan por la aplicación de algún ungüento en el lugar donde la congelación ha dejado sus manchas blancas y ha causado la muerte de la piel.

—Capitán —empieza a hablar apresuradamente Irving—, ¿ha visto a Silenciosa, fuera, en el hielo?

Crozier se ha quitado el gorro y la bufanda y se está quitando el hielo del pelo humedecido por el sudor y la niebla.

—¿Quiere decir que no está en su pequeño escondite detrás de la enfermería?

—No, señor.

—¿Ha mirado por todas partes en la cubierta inferior? —Crozier está preocupado sobre todo por la posibilidad de que al estar la mayor parte de los hombres de guardia y fuera en destacamentos de búsqueda, la esquimal haya podido meterse en algún lío.

—Sí, señor. Ni rastro de ella. He preguntado por todas partes y nadie recuerda haberla visto desde anoche. Desde antes del... ataque.

—¿Estaba en cubierta cuando la cosa atacó al soldado Heather y al marinero Strong?

—Nadie lo sabe, capitán. Es posible que estuviera. Sólo Heather y Strong estaban en cubierta en aquel momento.

Crozier deja escapar un suspiro. Sería curioso, piensa, que su misteriosa huésped, que apareció justo el día que empezó aquella pesadilla, seis meses atrás, hubiera desaparecido secuestrada por la criatura que está tan ligada a su aparición.

—Busque por todo el buque, teniente Irving —dice—. En todos los rincones, rendijas, armarios y taquillas. Usaremos la navaja de Occam y asumiremos que si no está a bordo es que... se la han llevado.

—Muy bien, señor. ¿Debo elegir a tres o cuatro hombres para que me ayuden en la búsqueda?

Crozier niega.

—Sólo usted, John. Quiero que todo el mundo vuelva al hielo al momento a buscar a Strong y Evans en las horas antes de apagar las lámparas, y si no encuentra a Silenciosa, asígnese usted mismo a un destacamento y únase a ellos.

—Sí, señor.

Acordándose entonces del herido, Crozier va a proa atravesando el alojamiento de los hombres hasta la enfermería. Normalmente a la hora de la cena, aun en aquellos días oscuros, se oye el sonido de las conversaciones y risas de los hombres en sus mesas que levanta los ánimos, pero aquella noche hay silencio, sólo roto por el roce de las cucharas en el metal y algún eructo. Los hombres están agotados, derrengados sobre sus baúles, que usan como sillas, y sólo unas caras cansadas y flácidas levantan la vista hacia su capitán, mientras éste pasa.

Crozier llama con los nudillos en el poste de madera a la derecha de la cortina de la enfermería y pasa.

El cirujano Peddie levanta la vista de alguna sutura que está practicando al antebrazo izquierdo del marinero de primera George Cann en una mesa, en el centro del espacio.

—Buenas noches, capitán —dice el cirujano.

Cann se lleva a la frente la mano buena.

—¿Qué ha ocurrido, Cann?

El joven marinero gruñe.

—El maldito cañón de la escopeta se me metió por la manga y

me tocó el puto brazo desnudo cuando estaba trepando a una mierda de trozo de hielo, capitán, perdone el lenguaje. Saqué el cañón de la escopeta y me llevé quince centímetros de puta carne con él.

Crozier asiente y mira a su alrededor. La enfermería es pequeña, pero hay seis camastros apiñados en ella ahora mismo. Uno de ellos está vacío. Tres hombres, aquejados de lo que Peddie y McDonald dicen que probablemente sea escorbuto, están durmiendo. Un cuarto hombre, Davey Leys, mira al techo. Está consciente pero extrañamente apático desde hace casi una semana. El quinto camastro alberga al soldado William Heather.

Crozier coge una segunda lámpara de su gancho en la partición de estribor y la levanta encima de Heather. Los ojos del hombre brillan, pero no parpadea al acercarle Crozier la lámpara. Sus pupilas parecen permanentemente dilatadas. Le han vendado el cráneo, pero la sangre y la materia gris ya se filtran a través de la venda.

—¿Está vivo? —pregunta Crozier, bajito.

Peddie se acerca limpiándose la sangre de las manos con un trapo.

—Lo está, aunque parezca mentira.

—Pero si vimos sus sesos en cubierta. Los veo ahora mismo.

Peddie asiente, cansado.

—A veces pasa. En otras circunstancias, incluso se podría recuperar. Se quedaría idiota, por supuesto, pero podría atornillarle una placa de metal cubriendo la parte de cráneo que le falta, y su familia, si es que tiene, le cuidaría. Como si fuera una especie de mascota. Pero aquí... —Peddie se encoge de hombros—. La neumonía, el escorbuto o el hambre se lo llevarán.

—¿Cuándo? —pregunta Crozier.

El marinero Cann ha salido por la cortina.

—Sólo Dios lo sabe —dice Peddie—. ¿Siguen buscando a Evans y Strong, capitán?

—Sí. —Crozier coloca la linterna de nuevo en su sitio en la partición, junto a la entrada. Las sombras vuelven a caer sobre el soldado Heather.

—Supongo que es consciente —dice el exhausto cirujano— de que no existe ninguna posibilidad para el joven Evans o para Strong, pero sí que existen muchas posibilidades de que cada búsqueda suponga más heridas, más congelaciones, posibles amputaciones. Muchos hombres han perdido ya dedos de los pies. Y también puede que sea inevitable que alguien acabe disparando a otro, por el pánico.

Crozier mira fijamente al cirujano. Si uno de sus oficiales u hombres hubiese hablado a Crozier de ese modo, habría hecho que lo azotaran. El capitán considera el estatus del hombre, que es civil, y su agotamiento. El doctor McDonald lleva con gripe tres días con sus noches, y Peddie ha estado muy ocupado.

—Por favor, deje que me ocupe yo de los riesgos de la búsqueda continuada, señor Peddie. Usted preocúpese de suturar a los hombres tan idiotas que permiten que el metal desnudo les toque la piel con cincuenta grados bajo cero. Además, si esa cosa de ahí fuera se le llevase a usted por la noche, ¿no querría que le buscásemos?

Peddie ríe sardónicamente.

—Si ese espécimen en particular de *Ursus maritimus* se me llevase, capitán, sólo puedo esperar llevar mi escalpelo. Para metérmelo de inmediato en el ojo.

—Entonces guarde bien cerca su escalpelo, señor Peddie —dice Crozier, y atraviesa la cortina, hacia el extraño silencio del comedor de la tripulación.

Jopson le espera junto al resplandor de la estufa con un pañuelo en el que lleva envueltas unas galletas calientes.

Crozier disfruta su paseo a pesar del frío espantoso que hace que su cara, sus dedos, piernas y pies parezcan estar ardiendo. Sabe que eso es preferible a notarlos entumecidos. Y disfruta del paseo, aunque entre los lentos quejidos y súbitos chillidos del hielo moviéndose por debajo y a su alrededor en la oscuridad y el gemido constante del viento, está seguro de que le acechan.

Cuando lleva veinte minutos de su paseo de dos horas (más que paseo consiste en trepar, andar a gatas y bajar deslizándose de culo, y luego otra vez arriba y abajo de las crestas de presión, durante la mayor parte del camino), las nubes se apartan y aparece una luna creciente, iluminando el paisaje fantasmagórico. La luna brilla tanto que tiene un halo lunar de hielo cristalizado a su alrededor, en realidad dos halos concéntricos, observa, y el diámetro del mayor es suficiente para cubrir un tercio del cielo nocturno oriental. No hay estrellas. Crozier ensordece su lámpara para ahorrar aceite y sigue caminando, usando un bichero que se ha llevado para tantear todos los pliegues negros que se extienden ante él y asegurarse de que son sombras, y no grietas. Ha llegado ya a la zona del lado este del iceberg, donde la luna queda oculta, ya que la montaña de hielo arroja una sombra negra y retorcida a lo largo de medio kilómetro de hielo. Jopson y Little insistían en que se llevase una escopeta, pero él les ha dicho que no quería llevar tanto peso en su caminata. En realidad no cree que una escopeta le sirviera para nada contra el enemigo que tiene in mente.

En un momento de extraña calma, todo muy tranquilo excepto su laboriosa respiración, Crozier de repente recuerda una situación concreta de cuando era niño y volvía a casa tarde, un invierno, después de pasar la tarde en las colinas ventosas con sus amigos. Al principio corría solo a través del brezo lleno de escarcha, pero luego hizo una pausa a algo menos de un kilómetro o así de su casa. Recuerda que se quedó allí de pie contemplando las ventanas iluminadas del pueblo a finales del invierno, con la luz del crepúsculo ya desvanecida del cielo, y las colinas a su alrededor convertidas en moles vagas, negras, sin rasgos, desconocidas para un niño tan pequeño, hasta su propia casa, visible en la linde del pueblo, perdida toda definición y toda tridimensionalidad con aquella luz moribunda. Crozier recuerda que la nieve empezó a caer y él estaba allí de pie, solo, en la oscuridad, más allá de las piedras de los rediles, sabiendo que le darían un cachete por haber tardado tanto, y sabiendo que llegar más tarde no haría más que empeorar el cachete, pero sin tener voluntad ni deseo de seguir andando hacia la luz de casa, todavía. Disfrutaba del leve sonido del viento nocturno y del conocimiento de que era el único niño, quizás el único ser humano, que estaba allí fuera en la oscuridad, en las praderas ventosas con la hierba congelada, aquella noche que olía a nieve que se aproximaba, alejado de las ventanas iluminadas y el cálido fuego del hogar, muy consciente de que él era del pueblo, pero en aquel momento no formaba «parte» de él. Era una sensación muy emocionante, casi erótica, un descubrimiento ilícito de su ser separado de todo el mundo y de todo lo demás en el frío y la oscuridad..., y eso es lo que nota ahora de nuevo, como le ha sucedido más de una vez durante sus años de servicio en el Ártico, en los polos opuestos de la Tierra.

Algo se acerca por el alto risco que tiene detrás.

Crozier levanta la linterna de aceite y la coloca en el hielo. El círculo de luz dorada alcanza apenas a algo más de cuatro metros, y hace que la oscuridad que hay más allá sea todavía mucho peor. Con los dientes se quita los pesados guantes, los deja caer al hielo, dejando sólo un guante fino en cada mano, se cambia la pica a la mano izquierda y saca la pistola del bolsillo del abrigo. Crozier amartilla el arma mientras los roces del hielo que se desliza y la nieve en las crestas de presión se van haciendo más audibles. La línea de sombra del iceberg bloquea la luz de la luna en aquel lugar, y el capitán sólo puede discernir las enormes formas de los bloques de hielo que parecen moverse y desplazarse a la luz vacilante.

Entonces una cosa peluda e indefinida se mueve a lo largo de la cornisa de hielo de la que él acaba de descender, a unos tres metros por encima de él y a menos de cinco metros hacia el oeste, a la distancia de un salto.

—¡Alto! —exclama Crozier, tendiendo la pesada pistola—. ¡Identifíquese!

La silueta no emite sonido alguno. Se mueve de nuevo.

Crozier no dispara aún. Dejando caer el largo bichero, coge la linterna y la coloca delante.

Ve que el erizado pellejo se mueve y casi dispara, pero se detiene en el último momento. La silueta se agacha, moviéndose rápidamente y con toda seguridad sobre el hielo. Crozier quita el disparador de la pistola y se la vuelve a guardar en el bolsillo; se agacha a recoger el guante, con la linterna extendida.

Lady Silenciosa se acerca a la luz, con su parka de piel y sus pantalones de foca, de modo que parece algún animal bajito y regordete. La capucha está muy echada hacia delante, para protegerse del viento, y Crozier no puede verle la cara.

—Maldita sea, mujer —dice, bajito—. Por un suspiro de marinero en celo no te pego un tiro. ¿Dónde demonios has estado, de todos modos?

Ella se acerca, casi hasta una distancia en la que él podría cogerla, pero su rostro permanece velado por la oscuridad, dentro de la capucha.

Nota un súbito escalofrío que le recorre la nuca y baja por la espalda, y Crozier entonces recuerda la descripción que hacía su abuela Moira de la cara y la calavera transparente de un alma en pena, con su capucha negra. Levanta la linterna entre los dos.

La cara de la joven es humana, no de alma en pena, y los ojos oscuros parecen enormes al reflejar la luz. No tiene expresión alguna. Crozier se da cuenta de que nunca ha visto expresión alguna en el rostro de ella, aparte de una mirada levemente inquisitiva, quizá. Ni siquiera el día que dispararon y mataron a su marido o hermano o padre y ella vio al hombre atragantarse con su propia sangre hasta morir.

—No me sorprende que los hombres crean que eres una bruja y que eres gafe —dice Crozier.

En el barco, delante de los hombres, siempre se muestra educado y formal con aquella chica esquimal, pero no están en el barco ni de-

lante de los hombres en aquel momento. Es la primera y única vez
que él y aquella condenada mujer se encuentran alejados del buque
al mismo tiempo. Y él tiene muchísimo frío y está muy cansado.

Lady Silenciosa le mira. Entonces tiende una mano enguantada,
Crozier baja la mano hacia ella y ve que le está ofreciendo algo, un
objeto gris y flácido, como un pez al que hubiesen quitado las entrañas y la espina, dejando sólo la piel.

Se da cuenta de que es un calcetín de lana de un tripulante.

Crozier lo coge, toca el bulto que se encuentra metido en la punta del calcetín y durante un segundo está seguro de que ese bulto
forma parte del pie de un hombre, probablemente sea la parte delantera con los dedos, todavía rosa y caliente.

Crozier ha estado en Francia y ha conocido a hombres enviados
a la India. Ha oído la historia de las mujeres-loba y de las mujeres-
tigre. En la Tierra de Van Diemen, donde conoció a Sophia Cracroft,
ella le habló de los relatos locales que contaban que había nativos
que podían convertirse en una monstruosa criatura a la que llamaban el Diablo de Tasmania..., una criatura capaz de destrozar a un
hombre miembro a miembro.

Sacudiendo el calcetín, Crozier mira a los ojos a Lady Silenciosa.
Son tan negros como los agujeros a través del hielo en los cuales los
tripulantes del *Terror* introducían a sus muertos, hasta que esos agujeros se helaron completamente.

Es un trozo de hielo, no parte de un pie. Pero el calcetín mismo
no esta helado y tieso. La lana no lleva demasiado tiempo allí fuera,
con un frío de algo más de menos cincuenta grados. La lógica sugie-
re que esa mujer lo ha llevado consigo desde el barco, pero por algún
motivo Crozier cree que no es así.

—¿Strong? —dice el capitán—. ¿Evans?

Silenciosa no muestra reacción alguna ante los nombres.

Crozier suspira, se mete el calcetín en el bolsillo del sobretodo y
levanta el bichero.

—Estamos más cerca del *Erebus* que del *Terror* —dice—. Tendrás que venir conmigo.

Crozier le da la espalda, notando de nuevo el escalofrío en su
nuca y en su espalda al hacerlo, y empieza a avanzar contra el viento hacia la silueta ya visible del buque gemelo del *Terror*. Un minuto después oye los suaves pasos de ella en el hielo, siguiéndole.

Trepan por una última cresta de presión y Crozier ve que el *Erebus* está más iluminado que nunca. Una docena de linternas o más
cuelgan de unos remos sólo en el costado de babor visible del buque

103

atrapado en el hielo, absurdamente levantado y muy inclinado. Es un derroche prodigioso de aceite para lámparas.

El *Erebus*, como bien sabe Crozier, ha sufrido más que su *Terror*. Además de acabar con el eje de la hélice doblado el último verano, aquel eje que había sido construido para replegarse, pero que no lo había hecho a tiempo para evitar los daños del hielo submarino durante su travesía de rompehielos en julio, y perdida también la propia hélice, el buque insignia ha resultado mucho más destrozado que su barco hermano durante los dos inviernos pasados. El hielo en el puerto de la isla de Beechey, relativamente seguro, había alabeado, astillado y soltado las cuadernas del casco en mucha mayor medida en el *Erebus* que en el *Terror*; el timón del buque insignia había quedado dañado en su loca travesía del último verano hacia el paso; el frío ha soltado muchos pernos, remaches y abrazaderas de metal en el buque de sir John; gran parte del forro de hierro rompehielos que cubría el *Erebus* ha saltado por completo o ha quedado retorcido. Y mientras el hielo también ha elevado y aplastado al *Terror*, los dos últimos meses de este tercer invierno han hecho que el HMS *Erebus* quede levantado sobre un auténtico pedestal de hielo, y la presión de la banquisa ha astillado un enorme trozo de la proa a estribor, la popa a babor, y la parte inferior del casco, en la mitad del buque.

El buque insignia de sir John no volverá a navegar jamás, Crozier lo sabe y también su actual capitán, James Fitzjames, así como su tripulación.

Antes de entrar en la zona iluminada por las linternas colgantes del buque, Crozier se coloca detrás de un serac de tres metros de alto y empuja a Silenciosa detrás de él.

—¡Ah del barco! —grita con la voz más fuerte que puede, la que usa para dar órdenes en el astillero.

Resuena un disparo de escopeta, un serac a metro y medio de Crozier se desmenuza y una lluvia de fragmentos de hielo chocan contra el débil resplandor de la linterna.

—¡Basta, malditos sean tus ojos cegatos, maldito paleto descerebrado idiota comemierda! —ruge Crozier.

Hay conmoción en la cubierta del *Erebus* cuando algún oficial quita la escopeta al centinela idiota comemierda.

—Ya está —dice Crozier a la chica esquimal, que está encogida—. Ya podemos salir.

Se detiene, y no sólo porque Lady Silenciosa no le siga afuera, hacia la luz. Le ve el rostro a la luz de la linterna y ella está sonriendo. Sus labios gordezuelos que nunca se movían ahora se curvan hacia arriba, aunque ligeramente. Como si ella hubiese comprendido y disfrutado de su exabrupto.

Pero antes de que Crozier pueda confirmar que su sonrisa es real, Lady Silenciosa se vuelve hacia las sombras del laberinto de hielo y desaparece.

Crozier menea la cabeza. Si esa loca de mujer quiere helarse por ahí fuera, que se vaya. Él tiene asuntos que tratar con el capitán Fitzjames y luego le espera un largo paseo de vuelta a casa en la oscuridad antes de poder dormir.

Cansado, dándose cuenta de que no nota los pies desde hace media hora al menos, Crozier sube dando tumbos por la rampa de hielo sucio y nieve que le conduce a la cubierta del muerto buque insignia de sir John.

105

9

Franklin

Latitud 70° 5′ N — Longitud 98° 23′ O
Mayo de 1847

*E*l capitán sir John Franklin quizá fuese el único hombre a bordo de los dos barcos que permaneció exteriormente sereno cuando la primavera y el verano sencillamente no llegaron en abril, mayo y junio de 1847.

Al principio sir John no había anunciado formalmente que estarían atrapados en el hielo durante al menos otro año más; no tenía que hacerlo. La primavera anterior, en la isla de Beechey, la tripulación y los oficiales observaron con ansiosa anticipación no sólo el regreso del sol, sino el momento en que la banquisa se fue rompiendo y formando discretos témpanos y escombros; aparecieron nuevos huecos y el hielo fue soltando su presa. A finales de mayo de 1846, ya estaban navegando de nuevo. No así aquel año.

La primavera anterior, tripulación y oficiales observaron el regreso de las muchas aves, ballenas, peces, zorros, focas, morsas y otros animales, para no mencionar el reverdecimiento del liquen y los brezos bajos en las islas hacia las que navegaban, a principios de junio. Pero aquel año no. Si no había agua abierta tampoco habría ballenas, ni morsas, ni apenas focas, y las pocas focas anilladas que habían avistado eran tan difíciles de coger o de abatir a disparos ahora como a principios del invierno, y no habría nada más que nieve sucia y hielo gris hasta donde alcanzaba la vista.

La temperatura siguió siendo fría a pesar de que había más horas de sol cada día. Aunque Franklin hizo que se colocaran todos los palos, que se aparejaran todas las jarcias y que se tendiera una nueva lona en ambos buques a mediados de abril, no sirvió para nada. Las calderas de vapor siguieron apagadas, excepto para mover agua caliente por las tuberías de la calefacción. Los vigías informaban de que una sólida losa de blancura se extendía en todas direcciones. Los icebergs siguieron en el mismo lugar donde habían quedado congelados el anterior mes de septiembre. Fitzjames y el teniente Gore, trabajando con el capitán Crozier, del *Terror*, habían confirmado por sus observaciones de las estrellas que la corriente estaba transportando al hielo hacia el sur a dos kilómetros y medio «por mes», una velocidad patética, pero aquella masa de hielo en la cual se encontraban atrapados había rotado en el sentido de las agujas del reloj todo el invierno, devolviéndoles al mismo lugar donde habían empezado. Las crestas de presión continuaban emergiendo como madrigueras de roedores. El hielo era más delgado, y los destacamentos que hacían agujeros para el fuego veían a su través, ahora mismo, pero, aun así, tenía más de tres metros de espesor.

El capitán sir John Franklin siguió sereno todo aquel tiempo a causa de dos hechos: su fe y su esposa. El devoto cristianismo de sir John le mantuvo a flote a pesar de la presión de la responsabilidad y la frustración, que conspiraban para hundirle. Todo lo que había ocurrido respondía, él lo sabía, lo creía fervientemente, a la voluntad de Dios. Lo que parecía inevitable a los demás no tenía por qué serlo en un universo administrado por un dios vigilante y misericordioso. El hielo podía romperse súbitamente a mediados del verano, que estaba a menos de seis semanas de distancia, y aunque fuesen unas pocas semanas de navegación y de vapor les llevarían triunfantemente al paso del Noroeste. Irían navegando a vapor al oeste a lo largo de la costa mientras tuviesen carbón, y luego a vela el resto del camino hacia el Pacífico, escapando de las latitudes más septentrionales en algún momento a mediados de septiembre, justo antes de que la banquisa se solidificase de nuevo. Franklin había experimentado milagros mayores a lo largo de su vida. Ser nombrado comandante de aquella expedición, por ejemplo, a la edad de sesenta años, después de la humillación de la Tierra de Van Diemen, ya había sido un enorme milagro.

Tan profunda y sincera como la fe en Dios de sir John era la fe en su esposa, más profunda si cabe, y a veces incluso más aterradora. Lady Jane Franklin era una mujer indomable..., indómita, era la palabra que mejor le cuadraba. Su voluntad no conocía fronteras, y en casi todas las instancias lady Jane Franklin era capaz de doblegar los caminos errabundos y arbitrarios del mundo a la férrea presión de su voluntad. Él imaginaba que después de no recibir noticias durante dos inviernos enteros, su esposa ya habría movilizado su fortuna privada, realmente impresionante, sus contactos públicos y su aparentemente ilimitada fuerza de voluntad y habría persuadido al Almirantazgo, al Parlamento y Dios sabe a cuántas agencias más de que le buscasen.

Este último hecho molestaba un poco a sir John. Por encima de todo, no quería ser «rescatado», que se acercasen a él por tierra o por mar durante el breve deshielo del verano expediciones preparadas a toda prisa bajo el mando de sir John Ross, el del aliento de whisky, o del joven sir James Ross, que se vería obligado a salir de su retiro de las incursiones árticas, de eso estaba seguro sir John, por las exigencias de lady Jane. Tal cosa atraería sobre él vergüenza e ignominia.

Pero sir John seguía sereno porque sabía que el Almirantazgo no se mueve precisamente «rápido» para ningún asunto, ni siquiera mediante una palanca y un fulcro tan poderosos como su esposa Jane. Sir John Barrow y los demás miembros del mítico Consejo Ártico, para no mencionar a los oficiales superiores de sir John en el Servicio de Descubrimientos de la Marina Real, sabían perfectamente que el HMS *Erebus* y el HMS *Terror* tenían provisiones para tres años, o más aún, si se racionaban severamente las provisiones, para no mencionar la posibilidad de pescar y cazar si se les ponía a tiro alguna presa. Sir John sabía que su esposa (su «indómita» esposa) forzaría un rescate, llegada la necesidad, pero la terrible y maravillosa inercia de la Marina Real aseguraba, casi con toda certeza, que tal intento de rescate no resultaría operativo hasta la primavera o el verano de 1848, o más tarde incluso.

De modo que, a finales de mayo de 1847, sir John preparó cinco destacamentos con trineos para que examinasen los horizontes en todas las direcciones, incluyendo a uno con instrucciones de volver por el mismo camino que habían recorrido en busca de aguas abiertas. Salieron el 21, 23 y 24 de mayo, y la partida del teniente Gore, que era la fundamental, salió la última y dirigió sus trineos hacia la Tierra del Rey Guillermo, al sudeste.

Además del reconocimiento, el primer teniente Graham Gore tenía una segunda responsabilidad importante: dejar el primer mensaje escrito de sir John desde el principio de la expedición oculto en la costa.

En ese aspecto, el capitán sir John Franklin llegó tan cerca de la desobediencia de las órdenes como jamás había llegado en toda su carrera naval. Las instrucciones que había recibido del Almirantazgo eran levantar una serie de mojones y dejar mensajes ocultos durante todo el camino de su exploración, porque, si los barcos no aparecían más allá del estrecho de Bering en el tiempo previsto, era la única forma de que los barcos de rescate de la Marina Real supiesen en qué dirección se había encaminado Franklin y qué podía haber causado su retraso. Pero sir John no había dejado ningún mensaje en la isla de Beechey, aunque había tenido casi nueve meses para prepararlo. En realidad, sir John odiaba aquel primer fondeadero helado, y se sentía avergonzado por la muerte de los tres tripulantes por tisis y neumonía aquel invierno, de modo que privadamente decidió dejar las tumbas como único mensaje que necesitaba enviar. Con un poco de suerte nadie encontraría las tumbas hasta años después de que su victoria a la hora de encontrar el paso del Noroeste hubiese sido anunciada en todo el mundo.

Pero ya habían pasado dos años desde su último despacho a sus superiores, de modo que Franklin dictó una actualización a Gore y la introdujo en un cilindro de latón hermético, uno de los doscientos que le habían proporcionado.

Personalmente dio instrucciones al teniente Gore y al segundo oficial Charles des Voeux de dónde colocar aquel mensaje: en el mojón de casi dos metros de alto que sir James Ross había dejado en la Tierra del Rey Guillermo, unos diecisiete años antes, en el punto más occidental de sus exploraciones. Sería, como sabía Franklin, el primer lugar en el cual buscaría la Marina noticias de su expedición, ya que era el último hito que figuraba en todos los mapas.

Mirando el solitario garabato de aquel último hito en su propio mapa, en la intimidad de su camarote, la mañana antes de que Gore, Des Voeux y seis marineros partieran, sir John tuvo que sonreír. En un acto de respeto, diecisiete años antes, para no mencionar un acto que ahora generaba cierta ironía, Ross había bautizado aquel promontorio occidental a lo largo de la costa como cabo Victoria, y luego había dado a las montañas cercanas los nombres de cabo Jane Franklin y Punta Franklin. Sir John pensó, mirando hacia el mapa desgastado y color sepia con sus líneas negras y sus grandes espacios vacíos hacia el oeste del cabo Victoria, cuidadosamente marcado, en si el Destino o Dios le hubiesen llevado a él y a aquellos hombres hasta allí.

El mensaje que había dictado, escrito por Gore, era, según pensaba sir John, sucinto y profesional:

... de mayo de 1847. HMS *Erebus* y *Terror*... Invernando en el hielo en lat. 70° 05' N, long. 98° 23' O. Habiendo invernado en 1846-1847 en la isla de Beechey en lat. 74° 43' 28'' N, long. 90° 39' 15'' O, después hemos ascendido por el canal de Wellington a lat. 77°... y vuelto por el lado occidental de la isla de Cornwallis. Sir John Franklin al mando de la expedición. Destacamento consistente en 2 oficiales y 6 hombres deja los barcos el lunes 24 de mayo de 1847. Gm. Gore, teniente. Chas. F. Des Voeux, oficial.

Franklin ordenó a Gore y a Des Voeux que firmasen la nota y rellenasen la fecha antes de sellar la lata e introducirla bien hondo en el interior del mojón de James Ross.

Lo que no había observado Franklin durante el dictado, ni tampoco le había corregido el teniente Gore, es que había dado las fechas erróneas de su invierno en la isla de Beechey. Fue el primer invierno de 1845-1846 el que pasaron al abrigo de aquel puerto en Beechey; aquel terrible año en la banquisa había sido el invierno de 1846-1847.

Daba igual. Sir John estaba convencido de que dejaba un mensaje sin importancia para la posteridad, quizá sólo para algún historiador de la Marina Real que quisiera añadir algún comentario al futuro informe de sir John sobre la expedición, porque sir John planeaba escribir otro libro y creía que los beneficios que le iba a proporcionar aumentarían su fortuna privada hasta llegar a ser casi mayor que la de su esposa, y no pensaba dictar un informe que pudiese leer cualquiera en un futuro inmediato.

La mañana que partió el destacamento en trineo de Gore, sir John bajó con ellos al hielo para desearles buena travesía.

—¿Tienen todo lo que necesitan, caballeros? —preguntó sir John.

El primer teniente Gore, cuarto en mando general detrás de sir John, el capitán Crozier y el comandante Fitzjames, asintió, así como su subordinado, el segundo oficial Des Voeux, y este último sonrió. El sol brillaba con fuerza y los hombres ya llevaban las gafas de tela metálica que les había proporcionado el señor Osmer, el sobrecargo del *Erebus*, para evitar la ceguera debida al resplandor de la nieve.

—Sí, sir John. Gracias, señor —dijo Gore.

—¿Mucha ropa de lana? —bromeó sir John.

—Sí, señor —respondió Gore—. Ocho capas de hermosas guedejas de oveja de Northumberland bien tejidas, sir John; nueve, si contamos los calzones de lana.

Los cinco marineros se echaron a reír al oír a sus oficiales bromear de ese modo. Sir John sabía que los hombres le querían.

—¿Preparados también para acampar en el hielo? —preguntó sir John a uno de los hombres, Charles Best.

—Ah, sí, señor —dijo el joven marinero, bajo pero muy robusto—. Tenemos la tienda holandesa, señor, y ocho mantas de piel de lobo para dormir debajo. Y veinticuatro sacos de dormir, sir John, que nos ha cosido el sobrecargo con las mejores mantas de la bahía de Hudson. Estaremos más calentitos en el hielo que a bordo del barco, milord.

—Bien, bien —dijo sir John, ausente.

Miró hacia el sudeste, donde estaba visible la Tierra del Rey Guillermo, o isla, si creían la absurda teoría de Francis Crozier, sólo como un ligero oscurecimiento del cielo encima del horizonte. Sir John rezó a Dios, literalmente, para que Gore y sus hombres encontrasen aguas abiertas junto a la costa, ya fuese antes o después de colocar el mensaje de la expedición. Sir John estaba dispuesto a hacer todo lo que estuviese en su poder, y más aún, para obligar a los dos barcos, por muy baqueteado que estuviese el *Erebus*, a pasar a través del hielo blando, si alguna vez llegaba a ablandarse, y llegar a la relativa protección de las aguas costeras y la posible salvación de la tierra. Allí podrían encontrar una bahía tranquila o un banco de grava donde carpinteros e ingenieros pudieran reparar lo suficiente el *Erebus*, enderezando el eje de la hélice, reemplazando la propia hélice, reforzando los refuerzos internos de hierro, que estaban retorcidos, y quizá reemplazando parte del forro exterior de hierro que faltaba, para permitirles seguir adelante. Y si no era así, sir John pensaba, aunque todavía no había compartido esa idea con ninguno de sus oficiales, que seguirían el penoso plan de Crozier del año anterior y acabarían por anclar el *Erebus*, trasladar sus menguantes reservas de carbón y tripulación al *Terror* y navegar a vela al oeste, a lo largo de la costa, en el buque restante, apiñados pero radiantes, de eso estaba seguro, radiantes de alegría.

En el último momento, el ayudante de cirujano del *Erebus*, Goodsir, había implorado a sir John que le permitiese acompañar la partida de Gore, y aunque ni el teniente Gore ni el segundo oficial Des Voeux se mostraron entusiasmados con la idea, ya que Goodsir no era popular entre los oficiales ni entre los hombres, sir John lo había permitido. El argumento del ayudante de cirujano para ir con ellos era que se requería obtener más información sobre formas de vida comestibles para combatir el escorbuto, que era el principal temor de todas las expediciones árticas. Estaba particularmente interesado por la conducta del único animal presente en aquel extraño verano ártico que no era verano, el oso blanco.

Ahora, mientras sir John veía a los hombres acabar de sujetar su equipo al pesado trineo, el cirujano, que era un hombre menudo, pá-

111

lido y de aspecto débil, con la barbilla huidiza y unas absurdas patillas, y una mirada extrañamente afeminada que resultaba antipática
hasta al mismo sir John, siempre afable, se acercó furtivamente para
iniciar una conversación.

—Gracias de nuevo por permitirme acompañar al destacamento
del teniente Gore, sir John —dijo el pequeño médico—. Esta salida
podría ser de inestimable importancia para nuestra evaluación médica de las propiedades antiescorbúticas de una amplia variedad de flora y fauna, incluyendo los líquenes invariablemente presentes en la
terra firma de la Tierra del Rey Guillermo.

Sir John, involuntariamente, puso mala cara. El cirujano podía
saber que su comandante había sobrevivido una vez comiendo una
magra sopa hecha con líquenes de ese tipo durante meses.

—Pues me alegro, señor Goodsir —dijo fríamente.

Sir John sabía que el presumido joven prefería el título de «doctor» al de «señor», una distinción discutible, porque, aunque era de
buena familia, Goodsir había recibido instrucción como simple anatomista. Técnicamente al mismo nivel que los contramaestres a bordo de ambos barcos, el ayudante de cirujano civil sólo tenía derecho,
a ojos de sir John, a recibir el título de «señor» Goodsir.

El joven cirujano se sonrojó ante la frialdad de su comandante,
después de las bromas afables que había hecho con la tripulación, se
dio un golpecito en el sombrero y dio tres pasos inestables hacia
atrás en el hielo.

—Ah, señor Goodsir —añadió Franklin.

—¿Sí, sir John? —El joven advenedizo realmente tenía la cara
muy roja, y casi tartamudeaba por el bochorno.

—Debe usted aceptar mis disculpas porque en nuestro comunicado formal que debe ser colocado en el mojón de sir James Ross, en
la Tierra del Rey Guillermo, nos referíamos solamente a dos oficiales y seis «hombres» en el destacamento de Gore —dijo sir John—.
Había dictado ya el mensaje antes de su petición de acompañar al
grupo. Habría escrito: un oficial, un contramaestre, un ayudante
de cirujano y cinco hombres, si hubiese sabido que usted estaría incluido.

Goodsir pareció confuso un momento, sin estar bien seguro de lo
que intentaba comunicarle sir John; luego inclinó la cabeza, volvió a
tocarse el sombrero:

—Muy bien, no hay ningún problema, lo entiendo, gracias, sir
John —murmuró, y retrocedió de nuevo.

Unos minutos más tarde, mientras contemplaba al teniente

Gore, Des Voeux, Goodsir, Morfin, Ferrier, Best, Hartnell y el soldado Pilkington, que iban empequeñeciendo encima del hielo, hacia el
sudeste, sir John, a pesar de su aspecto sonriente y su serenidad exterior, pensaba en un posible fracaso.

Otro invierno, otro año entero en el hielo podía destrozarlos. La
expedición se quedaría sin comida, sin carbón, aceite, éter piroligneo
como combustible de las lámparas y ron. La desaparición de ese último artículo podía implicar el motín.

Y más aún: si el verano de 1848 resultaba tan frío e implacable
como prometía ser aquel verano de 1847, otro invierno entero u
otro año en el hielo acabaría por destruir a uno de los barcos o a los
dos. Como otras expediciones fracasadas antes de la suya, sir John y
sus hombres tendrían que huir para salvar la vida, arrastrando chalupas, balleneras y trineos improvisados a toda prisa por encima del
hielo, rezando para que hubiese canales abiertos y luego maldicién-
dolos si los trineos caían a través del hielo y los vientos contrarios
arrastraban las pesadas barcas de vuelta a la banquisa, e implicarían
días y noches de remar sin cesar para los hombres hambrientos.
Luego, eso lo sabía sir John, estaría la parte de tierra del intento de
huida: mil trescientos kilómetros o más de hielo y roca sin rasgo
distintivo alguno, ríos de rápidos constantes, llenos de rocas capaces
de destrozar sus pequeñas embarcaciones (las barcas más grandes
no se podrían llevar a los ríos del norte de Canadá, eso lo sabía por
experiencia) y los nativos esquimales que serían hostiles la mayor
parte de las veces, y unos ladrones y falsos, aunque parecieran amistosos.

Sir John seguía contemplando a Gore, a Des Voeux, a Goodsir y
a los cinco tripulantes y el trineo solitario que desaparecían encima
del hielo hacia el sudeste, y se preguntó ociosamente si no tendría
que haber llevado perros en aquel viaje.

A sir John nunca le había gustado la idea de llevar perros en las
expediciones árticas. Los animales a veces eran buenos para la moral
de los hombres, al menos hasta el punto en que había que disparar a
los animales y comérselos, pero a fin de cuentas resultaban unas
criaturas sucias, chillonas y agresivas. La cubierta de un barco que
llevase los perros suficientes para que sirvieran de algo, es decir, para
colocarles arneses y tirar de los trineos como les gustaba hacer a los
esquimales de Groenlandia, era una cubierta llena de ladridos, case-
tas de perro atestadas y un constante hedor a excrementos.

Meneó la cabeza y sonrió. Sólo se habían llevado un perro en
aquella expedición: el chucho llamado *Neptuno*, sin mencionar a un

113

monito llamado *Jocko*, y eso, sir John estaba seguro, ya bastaba como fauna para su arca particular.

La semana después de la partida de Gore transcurrió a paso de tortuga para sir John. Uno a uno los destacamentos de trineos fueron regresando, con los hombres exhaustos y helados, y las capas de ropa de lana empapadas de sudor por el esfuerzo de empujar el trineo por encima o alrededor de incontables crestas. Sus informes eran siempre los mismos.

Desde el este hacia la península de Boothia: nada de agua abierta. Ni la más pequeña abertura. Ni el paso más pequeño.

Desde el nordeste hacia la isla del Príncipe de Gales y el camino de su aproximación a ese desierto congelado, nada de agua abierta. Ni siquiera el más ligero atisbo de cielo oscuro más allá del horizonte, que a veces sugería algo de agua abierta. En ocho días de duro recorrido en trineo los hombres no habían sido capaces de alcanzar la isla del Príncipe de Gales, ni verla a lo lejos siquiera. El hielo estaba más torturado por crestas e icebergs de lo que jamás habían visto.

Desde el noroeste hacia el estrecho sin nombre que conducía la corriente de hielo del sur hacia ellos en torno a la costa occidental y la punta más meridional de la isla del Príncipe de Gales, nada excepto osos polares y mar helado.

Desde el sudoeste hacia la presunta masa de tierra de Victoria y el teórico pasaje entre las islas y la tierra firme, nada de agua abierta ni animales, excepto los malditos osos blancos, centenares de crestas de presión y tantos icebergs congelados y varados que el teniente Little, el oficial del HMS *Terror* a quien Franklin había puesto al mando de aquella partida de trineo en concreto, con gente del *Terror*, informaba de que era como intentar abrirse paso hacia el oeste a través de una cordillera de hielo en lugar de océano. El tiempo había sido tan malo en la última parte del viaje que tres de los ocho hombres tenían graves congelaciones en los dedos de los pies, y los ocho acabaron medio cegados por la nieve, incluso el propio teniente Little acabó completamente ciego durante los últimos cinco días y con terribles dolores de cabeza. Little, que tenía mucha experiencia en el Ártico, según sabía sir John, y había ido al sur con Crozier y James Ross ocho años antes, tuvo que ser trasladado en el trineo y llevado a cuestas por los pocos hombres que todavía veían lo suficiente para empujar.

No había agua abierta en los cuarenta kilómetros en línea recta que habían explorado, cuarenta kilómetros en línea recta ganados en quizás unos ciento cincuenta kilómetros de marcha en torno de obstáculos y por encima de ellos. No había ni zorros árticos, ni liebres, ni caribúes, ni morsas ni focas. Obviamente, tampoco ballenas. Los hombres estaban preparados para tener que llevar sus trineos en hombros y rodear las grietas y pequeños huecos en busca de agua abierta de verdad, pero la superficie del mar, según decía Little, con la piel quemada por el sol y desprendida de la nariz y las mejillas y por encima de los vendajes blancos que llevaba en los ojos, era de un blanco compacto. En el punto más alejado de su odisea hacia occidente, quizás a cuarenta y cinco kilómetros de los barcos, Little había ordenado al hombre a quien le quedaba más visión, un segundo contramaestre llamado Johnson, que trepara al iceberg más alto que había en las proximidades. Johnson tardó horas en hacerlo, tras excavar pequeños escalones para los pies con su piqueta y luego clavando los tacos que le había proporcionado el sobrecargo para las botas de cuero. Una vez en la cima, el marinero usó el catalejo del teniente Little para mirar hacia noroeste, oeste, sudoeste y sur.

El resultado fue deprimente. No había agua abierta. No había tierra. Sólo montones y montones de seracs, crestas e icebergs hasta el distante horizonte blanco. Unos cuantos osos blancos, dos de los cuales abatieron a tiros más tarde para obtener carne fresca, aunque los hígados y corazones no valían para comer, según descubrieron. La fuerza de los hombres se había agotado de verdad a fuerza de tirar del pesado trineo por encima de tantas crestas, y al final redujeron el botín a menos de cuarenta y cinco kilos de aquella carne dura y de sabor fuerte que envolvieron en lona impermeabilizada para llevarla de vuelta al barco. Despellejaron entonces al oso de mayor tamaño para llevarse la piel, dejando el resto de la carne pudriéndose en el hielo.

Cuatro de las cinco expediciones de exploración volvieron con malas noticias y los pies congelados, pero sir John esperaba con mayor ansiedad el regreso de Graham Gore. Su última y mejor esperanza siempre había estado en el sudeste, hacia la Tierra del Rey Guillermo.

Finalmente, el 3 de junio, diez días después de la partida de Gore, unos vigías subidos en los palos más altos avisaron diciendo que se aproximaba un destacamento de trineos desde el sudeste. Sir John se acabó el té, se vistió adecuadamente y se reunió a la multitud de hombres que se agolpaban en cubierta para ver lo que pudieran.

La partida de superficie era ya visible hasta para los hombres de cubierta, y cuando sir John levantó su bello catalejo de latón, un re-

galo de los oficiales y de los hombres de una fragata de veintiséis cañones que Franklin había capitaneado en el Mediterráneo hacía más
de quince años, una sola mirada explicó la confusión audible de los
vigías.

A primera vista todo parecía bien. Cinco hombres empujaban el
trineo, igual que cuando partió Gore. Tres figuras corrían junto al
trineo o detrás, igual que el día que partió Gore. En total ocho, pues.

Y sin embargo...

Una de las figuras que corría no parecía humana. A una distancia de más de tres kilómetros y atisbada entre los seracs y los mojones elevados de hielo que en tiempos había sido plácido mar, parecía
un animal pequeño, redondo y sin cabeza, pero muy peludo, que corría detrás del trineo.

Y peor aún: sir John no distinguía la alta e inconfundible figura
de Graham Gore en cabeza ni el llamativo pañuelo rojo que llevaba
en la cabeza. Todas las demás figuras que tiraban, empujaban el trineo o corrían, y ciertamente el teniente no habría tirado del trineo
mientras sus subordinados estuviesen sanos, parecían demasiado bajitos, demasiado encorvados..., demasiado «inferiores».

Y lo peor de todo: el trineo parecía demasiado cargado para el
viaje de regreso: las raciones incluían comida extra en lata para una
semana, pero ya habían pasado tres días más del tiempo máximo estimado para el viaje. Durante un minuto las esperanzas de sir John
se elevaron al pensar la posibilidad de que los hombres hubiesen
matado a algún caribú o a cualquier otro animal grande terrestre, y
los estuviesen llevando al barco para ofrecerles carne fresca, pero la
formas distantes emergieron desde detrás de la última cresta de
presión grande, todavía a aproximadamente un kilómetro de distancia por encima del hielo, y el catalejo de sir John reveló algo espantoso.

No era carne de caribú lo que iba en el trineo, sino que parecían
ser dos cadáveres humanos colocados por encima del equipo, un
hombre colocado encima del otro de una forma tan insensible que
sólo podían estar muertos. Sir John distinguió con toda claridad dos
cabezas descubiertas, una a cada lado de la pila, y la cabeza del cuerpo que iba encima mostraba un cabello largo y blanco que ningún
hombre a bordo de ninguno de los dos barcos poseía.

Ya estaban tendiendo unos cables por el costado del inclinado
Erebus para ayudar al descenso de su corpulento capitán hacia el hielo elevado de aquel lado. Sir John bajó adentro sólo el tiempo suficiente para añadir su espada ceremonial al uniforme. Luego, colo-

cándose la ropa de hielo encima del uniforme, las medallas y la espada, subió a cubierta y bajó por el costado, jadeando y resollando, y permitió que su mozo le ayudase a bajar la pendiente con el fin de saludar a quienquiera o lo que quiera que se aproximase a su buque.

10

Goodsir

Lat. 69° 37' 42" — Long. 98° 41'
Tierra del Rey Guillermo,
24 de mayo-3 de junio de 1847

*U*n motivo por el cual el doctor Harry D. S. Goodsir había insistido en salir con aquel destacamento de exploración era para demostrar que era un hombre tan fuerte y capaz como la mayoría de sus compañeros de tripulación. Pero pronto se dio cuenta de que no era así.

El primer día había insistido, en contra de las relativas objeciones del teniente Gore y del señor Des Voeux, en hacer su turno a la hora de arrastrar el trineo, permitiendo que uno de los cinco hombres de la tripulación destinados a hacerlo se tomara un respiro y caminara a un lado tranquilamente.

Goodsir casi no lo consigue. Los arneses de cuero y algodón que los veleros y sobrecargos habían construido, ingeniosamente unidos a unos cabos con un nudo que los marineros podían atar y desatar en un segundo, y que Goodsir era incapaz de hacer aunque le fuese la vida en ello, eran demasiado grandes para sus estrechos hombros y su pecho hundido. Ni apretando la cincha delantera del arnés al máximo se ajustaba a su tamaño. Y él, a su vez, resbalaba en el hielo, caía repetidamente, obligando a los demás hombres a detener el ritmo de marcha: tirón, jadeo, tirón... El doctor Goodsir no había llevado nunca unas botas de hielo como aquéllas, y los clavos que llevaba atravesando las suelas le hacían tropezar constantemente.

Tenía problemas para ver el exterior a través de las gruesas gafas de tela metálica, pero cuando se las quitaba y se las ponía en la frente, el resplandor del sol ártico en el hielo le dejaba medio ciego en cuestión de minutos. Se había puesto demasiadas capas de ropa, y ahora varias de aquellas capas de lana iban tan empapadas con su

propio sudor que temblaba al mismo tiempo que se sentía horriblemente acalorado por el extraordinario esfuerzo. El arnés le pinzaba
los nervios y le cortaba la circulación de los delgados brazos y las
frías manos. Se le caían los guantes exteriores. Sus jadeos y resuellos
se hacían tan elevados y constantes que le daba vergüenza.

Al cabo de una hora de aquel absurdo, Bobby Ferrier, Tommy
Hartnell, John Morfin y el soldado Bill Pilkington, los otros hombres que llevaban el arnés, ya que Charles Best iba caminando a un
lado, hicieron una pausa para quitarse la nieve de los anoraks, se miraron unos a otros sin decir nada de que él hubiese sido incapaz de
encontrar el ritmo para trabajar literalmente uncido a los demás,
aceptó la oferta de sustitución de Best y, durante una de las breves
paradas, se quitó el arnés y dejó que los hombres de verdad tirasen
del pesado y cargado trineo con sus patines de madera; ese trineo que
constantemente quería quedarse clavado en el hielo.

Goodsir estaba agotado. Era todavía por la mañana del primer día
en el hielo y estaba tan cansado por la hora tirando del trineo que de
buen grado habría desenrollado el saco de dormir, se habría echado
entre las pieles de lobo y las mantas y habría dormido hasta el día siguiente.

Y eso fue antes de que llegaran a la primera cresta de presión de
verdad.

Las crestas hacia el sudeste del buque eran las más bajas a la vista durante los tres primeros kilómetros, aproximadamente, casi
como si el propio *Terror*, acosado, hubiese mantenido de alguna manera el hielo más suave a sotavento del buque, obligando a las crestas a alejarse. Pero a última hora de la tarde del primer día se elevaron las auténticas crestas y empezaron a bloquearles el camino. Eran
mucho más altas que aquellas que separaban los dos buques durante el invierno que habían pasado allí en el hielo, como si las presiones bajo el hielo cerca de la Tierra del Rey Guillermo fuesen más terribles.

Durante las tres primeras crestas, Gore los dirigió hacia el sudoeste para encontrar algunos lugares más bajos, huecos entre las
crestas por donde pudiesen pasar con menos dificultad. Eso fue añadiendo kilómetros y horas a su viaje, pero al menos era una solución
más fácil que desempaquetar todo su trineo. Pero en la cuarta cresta
no se pudo dar un rodeo.

Cada pausa de más de unos pocos minutos significaba que uno
de los hombres (normalmente el joven Hartnell) tenía que quitar
una de las muchas botellas de combustible pirolígneo de la masa del

119

trineo cuidadosamente ligada, encender una pequeña estufa y fundir algo de nieve en un recipiente para convertirla en agua caliente, no para beber, porque para apagar su sed tenían recipientes que habían guardado debajo de sus ropas exteriores para evitar que se congelasen, sino para verter el agua caliente a lo largo de los patines de madera y liberarlos así de los surcos que se iban congelando y que ellos mismos excavaban en la línea de contacto de la nieve heladiza.

Tampoco aquel trineo se movía sobre el hielo como los que Goodsir había conocido en su niñez moderadamente privilegiada. Había descubierto en sus primeras incursiones en el hielo, casi dos años antes, que no se podía, ni aun llevando buenas botas, correr por el hielo ni deslizarse como se hacía en casa, en la superficie de un río o lago helado. Alguna extraña propiedad del mar helado, casi con toda certeza su contenido de sal, aumentaba la fricción y reducía la capacidad de deslizamiento hasta eliminarla casi del todo. Una vaga decepción para un hombre que hubiese deseado deslizarse como un niño, pero un enorme esfuerzo para un equipo de hombres que intentaban tirar, empujar o transportar a base de fuerza bruta centenares de kilos de equipo apilado encima de más centenares de kilos de trineo por un hielo semejante.

Era como tirar de un montón enorme y pesado de trastos de madera por una superficie de roca moderadamente rugosa. Y las crestas de presión podían consistir en montones de losas de cuatro pisos de alto y grava, por la dificultad con la que se recorrían.

Aquélla, que era la primera más importante, sólo una de las muchas que se extendían en su camino hacia el sudeste, por lo que podían ver, debía de tener al menos veinte metros de altura.

Desatando la comida, las cajas de botellas de combustible, las ropas, los sacos de dormir y la pesada tienda que iban encima y cuidadosamente aseguradas, consiguieron aligerar la carga, acabando con unos paquetes y cajas de setenta kilos que tuvieron que subir por la empinada y escarpada cresta antes de intentar siquiera mover el trineo.

Goodsir se dio cuenta rápidamente de que si las crestas de presión hubieran sido algo discreto, es decir, simples relieves que sobresalían de un mar de hielo relativamente liso, trepar por ellas no habría causado un cansancio tan destructivo como el que causaban. Nada en aquel espantoso mar helado era discreto, sino que de unos cincuenta a cien metros en torno a cada cresta de presión el mar se convertía en un laberinto insensato de nieve áspera, seracs escarpados y gigantescos bloques de hielo, un laberinto que debía ser atravesado antes de empezar a trepar de verdad.

El hecho de trepar en sí no era lineal, sino un recorrido tortuoso lleno de avances y retrocesos, una búsqueda constante de apoyo para los pies en un hielo traicionero o de lugares donde agarrarse en un bloque que podía disgregarse en cualquier momento. Los ocho hombres iban avanzando en zigzag, en ridículas diagonales mientras trepaban, pasándose las pesadas cargas unos a otros, atacando grandes masas de hielo con sus piquetas para crear escalones y huecos, y en general intentando no caerse o que se les cayese algo encima. Los paquetes resbalaban de los dedos enguantados y se aplastaban abajo, levantando cortas pero impresionantes nubes de palabrotas de los cinco marineros de abajo antes de que Gore o Des Voeux les gritasen para hacerles callar. Todo debía ser desempaquetado y vuelto a empaquetar decenas de veces.

Finalmente el pesado trineo en sí mismo, quizá con la mitad de la carga todavía sujeta a él, tuvo que ser izado, empujado, transportado a peso, liberado de seracs donde quedaba atrapado, colocado en ángulo, levantado de nuevo y colocado en la cumbre de cada cresta irregular. No había descanso para los hombres ni siquiera en la cima de aquellas crestas, ya que relajarse durante un minuto implicaba que ocho capas de ropas interiores y exteriores de ropa empapadas de sudor empezarían a congelarse.

Después de atar nuevos cabos de los postes verticales y las barras posteriores del trineo, algunos de los hombres se ponían delante para preparar el descenso, normalmente el corpulento marine, Pilkington, y Morfin y Ferrier cumplían este cometido, mientras otros clavaban los tacos de su calzado y lo iban bajando entre un coro sincopado de jadeos, gritos, advertencias y más insultos.

Entonces volvían a cargar cuidadosamente el trineo, comprobaban dos veces todas las ataduras, hervían algo de nieve para verter en los patines helados, y de nuevo volvían adelante, abriéndose camino entre el laberinto de hielo de aquel lado de la cresta.

Treinta minutos después llegaban a la cresta siguiente.

Su primera noche fuera, en el hielo, fue espantosamente memorable para Harry D. S. Goodsir.

El cirujano no había acampado en toda su vida, pero sabía que Graham Gore decía la verdad cuando el teniente aseguraba, riendo, que todo cuesta cinco veces más en el hielo: desempaquetar las cosas, encender las lámparas y las estufas, colocar la tienda Holland de color marrón con sus clavos de seguridad y las estaquillas en el hielo,

121

desenrollar los muchos líos de mantas y los sacos de dormir, y especialmente calentar la sopa y el cerdo que habían llevado para comer.

Y mientras tanto había que moverse sin cesar, agitar los brazos y las piernas y dar patadas con los pies, o si no las extremidades se congelaban.

En un verano ártico normal, le recordó el señor Des Voeux a Goodsir, mencionando su verano previo rompiendo hielo hacia el sur desde la isla de Beechey como ejemplo, las temperaturas en esa latitud en un soleado día de junio sin viento subirían hasta un grado bajo cero. Pero no aquel verano. El teniente Gore había tomado medidas de la temperatura del aire a las 22.00, en el momento en que se detuvieron para montar el campamento, con el sol todavía en el horizonte del sur y el cielo bastante luminoso, y el termómetro marcaba sólo dieciocho grados bajo cero. La temperatura del mediodía cuando pararon a tomar té y galletas era de catorce bajo cero.

La tienda holandesa era pequeña. En una tormenta les salvaría la vida, pero aquella primera noche en el hielo estaba clara, casi sin viento, de modo que Des Voeux y los cinco marineros decidieron dormir fuera, con sus pieles de lobo y sus lonas impermeables y el único cobijo de sus sacos de dormir hechos con mantas de la Compañía de la Bahía de Hudson. Ya se retirarían a la atestada tienda si soplaba mal tiempo. Después de debatir consigo mismo durante un momento, Goodsir decidió dormir fuera con los hombres en lugar de hacerlo dentro con el teniente Gore, aunque Gore era un hombre muy capaz y muy agradable.

La luz del día resultaba enloquecedora. Menguaba un poco hacia medianoche, pero el cielo estaba tan iluminado como si fueran las ocho de una noche de verano en Londres, y Goodsir no podía dormir ni por asomo. Estaba más cansado físicamente que nunca en toda su vida, y sin embargo no podía dormir. Los dolores, debidos a los esfuerzos realizados durante el día, también le impedían el sueño. Deseó haberse llevado un poco de láudano. Una pequeña dosis le habría aliviado de las incomodidades y le habría permitido dormir. A diferencia de algunos cirujanos con certificado médico para expender drogas, Goodsir no era adicto, y sólo usaba los distintos opiáceos para poder dormir o concentrarse cuando tenía que hacerlo. No más de una o dos veces a la semana.

Y hacía muchísimo frío. Después de comerse la sopa caliente y el buey de las latas y caminar por el hielo para encontrar un lugar donde aliviarse, algo que por primera vez en su vida hacía también al aire libre, y una actividad que, según se daba cuenta, había que realizar con la mayor rapidez para evitar la congelación de zonas importantes. Luego Goodsir se colocó encima de uno de los sacos de dormir grandes, de metro ochenta por metro y medio, con mantas y pieles de lobo, desenrolló su saco de dormir propio y se acurrucó dentro de él.

Pero no lo suficiente para estar caliente. Des Voeux le había explicado que tenía que quitarse las botas y meterlas dentro del saco para que la piel no se quedase completamente congelada y dura, y en un momento dado Goodsir se pinchó el pie con los clavos que llevaba metidos en la suela de una de las botas, pero todos los demás hombres se dejaron toda la ropa puesta. La lana, toda la lana, se dio cuenta Goodsir, y no por primera vez aquel día, estaba completamente empapada de sudor y de exhalaciones por aquel día tan largo. Un día inacabable.

Durante un rato, alrededor de medianoche, la luz se convirtió en cierto crepúsculo, de modo que algunas estrellas, planetas, según sabía ahora Goodsir por una charla privada en el observatorio de la cima del iceberg, dos años atrás, se hicieron visibles. Pero la luz nunca desaparecía.

Ni tampoco el frío. Sin moverse ni ejercitarse ya, el delgado cuerpo de Goodsir estaba indefenso contra el frío que penetraba a través de la abertura del saco, demasiado grande, y que se introducía desde el hielo a través del forro de piel de lobo que tenía debajo, y traspasaba las gruesas mantas de la Compañía de la Bahía de Hudson como si fuesen las garras heladas de algún depredador. Goodsir empezó a tiritar. Le castañeteaban los dientes.

En torno a él, los cuatro hombres dormidos, ya que había dos de guardia, roncaban con tanta fuerza que el cirujano se preguntaba si los hombres de ambos buques, a kilómetros hacia el noroeste del lugar donde ellos se encontraban en el hielo, más allá de las incontables crestas de presión («Dios mío, tenemos que cruzar todo ese espacio de nuevo para volver...») no oirían los ronquidos y bufidos.

Goodsir seguía tiritando. A ese paso estaba seguro de que no sobreviviría hasta la mañana. Intentarían despertarlo en su saco y sus mantas y sólo encontrarían un cadáver congelado y acurrucado.

Se metió en el saco, completamente hecho con mantas cosidas, todo lo que pudo, dejando la abertura bordeada de nieve cerrada por encima de él e inhalando su propio olor acre a sudor y respiración en lugar de verse expuesto de nuevo al aire congelado.

Además de la luz insidiosa y el frío aún más insidioso, del frío de la muerte, se dio cuenta Goodsir, del frío de la tumba y del acantilado negro por encima de las losas de la isla de Beechey, estaba el ruido; el cirujano había pensado que estaba acostumbrado al gemido de las cuadernas del buque, a los chasquidos y crujidos ocasionales del frío metal en la oscuridad de dos inviernos, y al ruido constante del hielo que sujetaba al buque en sus tenazas, pero allí fuera, sin nada que separase a su cuerpo del hielo excepto unas pocas capas de lana y pieles de lobo, los quejidos y movimiento del hielo debajo de él eran terribles. Era como intentar dormir en el vientre de una bestia viva. La sensación del hielo moviéndose debajo de él, por muy exagerada que pareciese, era lo suficientemente real para darle vértigo, más acurrucado aún en posición fetal.

En algún momento, hacia las dos de la mañana, ya que en realidad había comprobado la hora con su reloj a la luz que se filtraba por la abertura del saco, Harry D. S. Goodsir había empezado a derivar hacia un estado de semiinconsciencia vagamente parecido al sueño cuando le despertaron de golpe dos ensordecedoras explosiones.

Luchando con su saco lleno de sudor helado, como si fuese un recién nacido que intenta abrirse paso a bocados en el saco amniótico, Goodsir consiguió liberar la cabeza y los hombros. El aire de la noche, completamente helado, le golpeó el rostro con tal fuerza que su corazón vaciló. El cielo ya estaba iluminado con la luz del sol.

—¿Qué es eso? —gritó—. ¿Qué ha pasado?

El segundo contramaestre Des Voeux y tres de los marineros estaban de pie en sus sacos de dormir, con los largos cuchillos con los cuales seguramente habían dormido en las manos enguantadas. El teniente Gore había salido de la tienda holandesa. Iba completamente vestido y con una pistola en la mano desnuda..., ¡desnuda!

—¡Informe! —gritó Gore a uno de los dos centinelas, Charlie Best.

—Han sido los osos, teniente —dijo Best—. Había dos. Unos hijos de puta enormes. Han estado remoloneando por aquí toda la noche, no sé si recuerda que los vimos a un kilómetro antes de detenernos a montar el campamento, pero seguían acercándose cada vez más y más, como rodeándonos, hasta que finalmente John y yo hemos tenido que dispararles para asustarlos.

«John» era John Morfin, de veintisiete años de edad, el otro centinela de aquella noche.

—¿Ambos habéis disparado? —preguntó Gore. El teniente había trepado al punto más elevado de nieve acumulada más cerca y buscaba la zona con su catalejo de latón. Goodsir se preguntaba por qué las manos desnudas del hombre no se habrían quedado ya congeladas y pegadas al metal.

—Sí, señor —dijo Morfin. Estaba recargando la recámara de su escopeta, metiendo torpemente la munición con sus guantes de lana.

—¿Les habéis dado? —preguntó Des Voeux.

—Sí —dijo Best.

—Pero no ha servido de nada —dijo Morfin—. Con sólo unas escopetas a más de treinta pasos. Esos osos tienen el pellejo muy duro, y las cabezotas más duras aún. Pero les hemos dado lo suficiente para que se alejaran.

—No los veo —dijo el teniente Gore desde tres metros, en su colina de hielo por encima de la tienda.

—Creemos que han salido de esos agujeros pequeños en el hielo —dijo Best—. El mayor iba corriendo cuando John le disparó. Pensábamos que había caído, pero hemos salido hacia el hielo lo suficiente para ver que no había ningún cuerpo ahí. Se ha largado.

El equipo del trineo había observado aquellas zonas blandas en el hielo, no redondas del todo, de metro y veinte de diámetro, demasiado grandes para ser pequeños respiraderos como los que hacen las focas, y demasiado pequeños también al parecer y demasiado separados para los osos blancos, y siempre tapados con varios centímetros de hielo blando. Al principio los agujeros habían despertado la ilusión de encontrar agua abierta, pero al final eran tan pocos y estaban tan lejos entre ellos que sólo resultaban traicioneros. El marinero Ferrier, adelantándose al trineo por la tarde, casi se cae en uno, metió la pierna hasta la rodilla y tuvieron que pararse para que el tembloroso marinero se cambiase las botas, calcetines y pantalones.

—Es el turno de guardia de Ferrier y Pilkington, de todos modos —dijo el teniente Gore—. Bobby, coge el mosquete de mi tienda.

—Se me da mejor la escopeta, señor —dijo Ferrier.

—A mí me va bien el mosquete, teniente —dijo el fornido marine.

—Pues coge tú el mosquete, Pilkington. Hacerles unos picotazos a esos bichos con postas de escopeta habrá servido para ponerlos furiosos.

—Sí, señor.

Best y Morfin, obviamente temblando por sus dos frías horas de guardia y no por los efectos de la tensión, se quitaron las botas, soñolientos, y se metieron en sus sacos. El soldado Pilkington y Bobby Ferrier metieron los pies hinchados en sus botas retiradas de los sacos y fueron caminando lentamente hacia las crestas cercanas para hacer guardia.

Temblando más que nunca, con la nariz y las mejillas ahora entumecidas también, igual que los dedos de pies y manos, Goodsir se enroscó más metido aún en su saco y rezó para que llegase el sueño.

Pero no llegó. Un poco más de dos horas después, el segundo contramaestre Des Voeux empezó a ordenar a todo el mundo que se levantara y saliera de los sacos.

—Tenemos un largo día por delante, chicos —gritó el contramaestre, con tono jovial.

Todavía les faltaban más de treinta y cinco kilómetros hasta la costa de la Tierra del Rey Guillermo.

11

Crozier

Latitud 70° 5' N — Longitud 98° 23' O
9 de noviembre de 1847

—*E*stá completamente helado, Francis —dice el comandante Fitzjames—. Venga a popa, a la sala Común, para tomar un brandy.

Crozier hubiese preferido whisky, pero tendrá que conformarse con el brandy. Precede al capitán del *Erebus* a lo largo del estrecho corredor de la cámara hacia lo que antes era el camarote personal de sir John Franklin, y que ahora es el equivalente a la sala Grande del *Terror*, un lugar con biblioteca y para el esparcimiento de los oficiales fuera de servicio, y sala de reuniones cuando es necesario. Crozier cree que dice mucho a favor de Fitzjames que el comandante haya mantenido su diminuto cubículo después de la muerte de sir John, transformando el espacioso camarote de popa en una zona común, que a veces se utiliza como enfermería.

El corredor está totalmente oscuro, excepto el resplandor que procede de la sala Común, y la cubierta está inclinada más agudamente aún en la dirección opuesta al *Terror*, hacia babor en lugar de hacia estribor, y hacia la popa en lugar de hacia la proa. Y aunque los buques son casi idénticos en su diseño, Crozier siempre observa también otras diferencias. El HMS *Erebus* «huele» diferente; de alguna manera, aparte del hedor idéntico a aceite de lámpara, hombres sucios, ropa asquerosa, meses de cocinar, carbonilla, cubos con orina y aliento humano que queda flotando en el aire húmedo y frío, huele también a algo más. No sabe por qué motivo el *Erebus* apesta mucho más a miedo y a desesperanza.

Hay dos oficiales fumando sus pipas en la sala Común, el teniente Le Vesconte y el teniente Fairholme, pero ambos se ponen en pie, inclinan la cabeza hacia los dos capitanes y se retiran al momento, dejando la puerta deslizante cerrada tras ellos.

Fitzjames abre un pesado armario y saca de él una botella de brandy, y sirve una generosa cantidad de uno de los vasos de agua de cristal de sir John para Crozier, y un poco menos para sí mismo. A pesar de toda la porcelana y el cristal que el difunto líder de la expedición subió a bordo para uso propio y de sus oficiales, no hay copas de brandy. Franklin era completamente abstemio.

Crozier no huele el brandy. Se lo bebe en tres tragos y deja que Fitzjames le vuelva a servir más.

—Gracias por responder tan rápido —dice Fitzjames—. Esperaba un mensaje como respuesta, no que viniera usted mismo en persona.

Crozier frunce el ceño.

—¿Mensaje? No he recibido ningún mensaje suyo desde hace más de una semana, James.

Fitzjames le mira atónito un momento.

—¿No ha recibido un mensaje esta tarde? He enviado al soldado Reed a su barco con uno hace unas cinco horas. Suponía que se había quedado allí a pasar la noche.

Crozier menea la cabeza lentamente.

—Ah..., maldita sea... —exclama Fitzjames.

Crozier se saca el calcetín de lana del bolsillo y lo coloca encima de la mesa. A la brillante luz de la lámpara del mamparo, no se ven en él signos de violencia.

—Lo he encontrado cuando venía hacia aquí. Más cerca de su buque que del mío.

Fitzjames coge el calcetín y lo estudia, tristemente.

—Les preguntaré a los hombres si lo reconocen —dice.

—Podría pertenecer a uno de los míos —dice Crozier, también bajo. Le cuenta a Fitzjames sucintamente lo del ataque, la herida mortal del soldado Heather y la desaparición de William Strong y del joven Tom Evans.

—Cuatro en un día —dice Fitzjames, y sirve más brandy para los dos.

—Sí. ¿Qué es eso de que me enviaba un mensaje?

Fitzjames le explica que han avistado algo bastante grande moviéndose entre los montones de hielo, más allá de las linternas, todo el día. Los hombres han disparado repetidamente, pero las partidas enviadas al hielo no han encontrado ni sangre ni señal alguna de nada.

—De modo que mis disculpas, Francis, por haberle disparado ese idiota de Bobby Johns hace unos minutos. Los hombres tienen los nervios a flor de piel.

—No tanto como para pensar que esa criatura sea capaz de gritarles en inglés, espero —dice Crozier, jocoso. Toma otro sorbo de brandy.

—No, no. Claro que no. Ha sido una pura idiotez. Johns se quedará sin su ración de ron durante dos semanas. Me disculpo de nuevo.

Crozier suspira.

—No, no lo haga. Ábrale un agujero nuevo en el culo, si quiere, pero no le quite el ron. Este barco ya huele demasiado a miedo. Lady Silenciosa iba conmigo y llevaba esa maldita parka suya peluda. Igual Johns la ha visto. Si me hubiese volado la cabeza me habría estado bien empleado.

—¿Silenciosa iba con usted? —Fitzjames levanta las cejas, interrogante.

—No sé qué demonios estaba haciendo en el hielo —grazna Crozier. Tiene la garganta muy irritada por el frío del día y por los gritos—. Yo mismo casi le pego un tiro a medio kilómetro de su barco cuando ha aparecido. El joven Irving probablemente esté poniendo patas arriba todo el *Terror* mientras hablamos usted y yo. Cometí un error enorme cuando puse a ese chico a cargo de la vigilancia de esa zorra esquimal.

—Los hombres piensan que es gafe. —La voz de Fitzjames suena muy, muy baja. Los sonidos viajan con mucha facilidad a través de las particiones en una cubierta inferior tan atestada.

—Bueno, ¿y por qué demonios no iban a pensarlo? —Crozier ya nota los efectos del alcohol. No ha bebido nada desde la noche anterior. Nota una sensación agradable en el estómago y en su cerebro cansado—. Esa mujer aparece el día que empezó este horror con ese brujo de padre o marido suyo. Algo o alguien se le ha comido la lengua entera. ¿Por qué no iban a pensar los hombres que ella es la causa de todos sus problemas?

—Pero usted la tiene a bordo del *Terror* desde hace cinco meses —dice Fitzjames. No hay reproche alguno en la voz del capitán más joven, sólo curiosidad.

Crozier se encoge de hombros.

—No creo en brujas, James. Ni tampoco en gafes, por cierto. Pero sí que creo que si la dejamos en el hielo, esa cosa se la comerá igual que se ha comido a Evans y a Strong ahora mismo. Y quizás a su soldado Reed, también. ¿No era Billy Reed el marine pelirrojo que siempre quería hablar de ese escritor, Dickens...?

—Sí, William Reed —dice Fitzjames—. Era muy rápido cuando los hombres hicieron carreras a pie en la isla de Disko, hace dos años.

Yo pensaba que quizás un hombre rápido... —Se detiene y se muerde el labio—. Tenía que haber esperado a la mañana.

—¿Por qué? —dice Crozier—. Tampoco hay luz. Ni al mediodía tampoco hay mucha luz, que digamos. Día o noche ya no significan nada, y será así durante cuatro meses más. Y no es que esa maldita cosa de ahí fuera sólo cace de noche... o sólo en la oscuridad, tampoco. Quizá su Reed aparezca al final. Nuestros mensajeros se han perdido antes por ahí fuera en el hielo y han llegado al final al cabo de cinco o seis horas, temblando y echando pestes.

—Quizá. —El tono de Fitzjames revela su incredulidad—. Enviaré unas partidas de búsqueda por la mañana.

—Eso es justo lo que la cosa quiere que hagamos. —La voz de Crozier suena muy cansada.

—Quizá —dice Fitzjames de nuevo—, pero me acaba de decir que ha tenido unos hombres fuera en el hielo la noche pasada y todo el día de hoy buscando a Strong y Evans.

—Si no hubiese llevado a Evans conmigo cuando buscaba a Strong, el chico todavía estaría vivo.

—Thomas Evans —dice Fitzjames—. Ya lo recuerdo. Un tipo grandote. En realidad ya no era un chico, ¿no, Francis? Debía de tener..., ¿cuánto...? ¿Veintidós, veintitrés años?

—Tommy cumplió veinte este mayo —dice Crozier—. Su primer cumpleaños a bordo fue el día después de nuestra partida. Los hombres estaban de buen humor y celebraron su décimo octavo cumpleaños afeitándole la cabeza. A él no pareció importarle. Los que le conocían dicen que siempre fue muy robusto para su edad. Sirvió en el HMS *Lynx* y antes en un barco mercante de las Indias Orientales. Se hizo a la mar por primera vez con trece años.

—Supongo que igual que usted.

Crozier se ríe, un poco compungido.

—Sí, igual que yo. Para lo que me ha servido...

Fitzjames mete de nuevo el brandy en el armario y vuelve a la mesa larga.

Crozier se ríe de nuevo, esta vez con más soltura.

—Dígame, Francis, ¿es verdad que se disfrazó de lacayo negro para la damisela del viejo Hoppner cuando se quedaron aquí encallados en el hielo en..., cuándo fue, en el 24?

—Sí, es verdad. Yo era guardiamarina en el *Hecla*, con Parry, cuando nos dirigíamos hacia el norte con el *Fury* de Hoppner, intentando encontrar el mismo endemoniado paso. El plan de Parry era navegar a vela con los dos barcos por el estrecho de Lancaster y luego bajar por la ensenada del Príncipe Regente..., entonces no sabíamos, no lo supimos hasta lo de John y James Ross en el 33, que Boothia era una península. Parry pensaba que podía pasar por el sur alrededor de Boothia y luego como alma que lleva el diablo hasta llegar a la costa que Franklin había explorado desde tierra seis o siete años antes. Pero Parry salió demasiado tarde..., ¿por qué será que esos malditos comandantes de expediciones siempre salen demasiado tarde?, y tuvimos suerte de llegar al estrecho de Lancaster el 10 de septiembre, un mes después. Pero el hielo nos alcanzó el 13 de septiembre, y no hubo oportunidad de atravesar el estrecho, de modo que Parry en nuestra *Hecla* y el teniente Hoppner en el *Fury* corrieron hacia el sur con el rabo entre las piernas.

»Una tempestad nos devolvió a la bahía de Baffin, y fuimos unos cabrones muy afortunados al encontrar fondeadero en la diminuta bahía de la ensenada del Príncipe Regente. Estuvimos allí diez meses. Se te hielan hasta las tetillas.

—Pero —dice Fitzjames, sonriendo ligeramente—, ¿usted de negrito...?

Crozier asiente y bebe un poco más.

—Tanto Parry como Hoppner eran fanáticos de las fiestas de disfraces durante los inviernos en el hielo. Fue Hoppner quien planeó la fiesta que llamó Gran Carnaval Veneciano, que debía celebrarse el primer día de noviembre, justo cuando la moral está más baja y el sol desaparece durante meses. Parry bajó por el costado del *Hecla* con su enorme manto, que no se quitó ni siquiera cuando todos los hombres estuvieron reunidos, la mayoría disfrazados, ya que llevaba un enorme baúl lleno de disfraces en cada barco, y cuando se quitó el manto, vimos a Parry disfrazado de viejo marinero..., ¿recuerda a aquel que llevaba la pata de palo y que tocaba el violín a cambio de unas monedas junto a Chatham? No, claro, no puede acordarse, es demasiado joven.

»Pero Parry..., creo que ese viejo bastardo siempre quiso ser actor en lugar de capitán de barco, de modo que hizo toda la representación, se puso a tocar el violín, saltaba por ahí con su falsa pata de palo y gritaba: «¡Dele una monedita al pobre Joe, señoría, que ha perdido una viga en defensa de su rey y su país!».

»Bueno, los hombres se reían como locos. Pero Hoppner, a quien le gustaba aquella fantasía mucho más aún que a Parry, creo yo, vino al baile disfrazado de dama noble, con la última moda de París de aquel año: un generoso escote, un vestido con una enorme crinolina encima del culo, todo, y como yo en aquella época era un alborotador y un inconsciente, y además era demasiado tonto para pensármelo mejor; en otras palabras, no tenía más que veintitantos años, me vestí de lacayo negro de Hoppner, con una librea de lacayo de verdad que el viejo Henry Parkyns Hoppner había comprado en alguna tienda de Londres y que había llevado sólo para que yo me la pusiera.

—¿Y se rieron los hombres? —preguntó Fitzjames.

—Ah, sí, los hombres se murieron de risa otra vez... Parry y su pata de palo quedaron en nada después de que el viejo Henry apareciera vestido de mujer, y yo detrás llevándole la cola. ¿Por qué no se iban a reír? Un montón de deshollinadores, niñas con cintitas, bailarinas turcas, putitas de Londres... ¡Mirad! Ahí va el joven Crozier, un guardiamarina ya mayorcito que aún no es ni teniente y que cree que algún día llegará a almirante, y se olvida de que no es más que un insignificante negro irlandés...

Fitzjames no dice nada durante un minuto entero. Crozier oye los ronquidos y las ventosidades de los coys que oscilan hacia la proa del oscuro barco. En algún lugar de la cubierta, justo encima de ellos, un vigía golpea con los pies en el suelo para evitar que se le congelen. Crozier siente haber terminado la historia de ese modo, no habla nunca de ese modo cuando está sobrio, pero también desea que Fitzjames vuelva a sacar el brandy. O el whisky.

—¿Y cuándo escaparon el *Fury* y el *Hecla* del hielo? —pregunta Fitzjames.

—El 20 de julio del verano siguiente —dice Crozier—. Pero probablemente ya conocerá el resto de la historia.

—Sé que se perdió el *Fury*.

—Sí —afirma Crozier—. Cinco días después de que cediese el hielo. Íbamos arrastrándonos junto a la costa de la isla de Somerset, intentando mantenernos lejos de la banquisa, intentando evitar esa maldita piedra caliza que cae siempre de los acantilados, y otra borrasca mandó al *Fury* a un cabo de grava. Los hombres consiguieron soltarlo, usando palancas para el hielo y derrochando mucho sudor, pero luego los dos barcos se quedaron atrapados en el hielo, y un maldito iceberg, casi tan grande como ese hijo de puta que está entre el *Erebus* y el *Terror*, empujó al *Fury* contra la costa de hielo, destrozó el timón, hizo astillas las cuadernas, las placas de la cubierta, y la tripulación fue trabajando en las bombas en turno día y noche sólo para intentar mantenerlo a flote.

—Y lo hicieron durante un tiempo —exclamó Fitzjames.

—Quince días. Incluso intentamos remolcarlo hasta un iceberg, pero el puto cable se soltó. Luego Hoppner intentó levantar el buque para llegar hasta la quilla, igual que quería hacer sir John con el *Erebus*, pero la tormenta acabó con esa idea y ambos buques estuvieron en peligro de verse forzados hacia la costa del cabo. Finalmente, los hombres simplemente cayeron allí donde estaban bombeando, porque estaban demasiado cansados para entender nuestras órdenes, y el 21 de agosto, Parry ordenó que todo el mundo subiese a bordo del *Hecla* y soltó amarras para evitar que embarrancase y el pobre *Fury* quedó encallado allí, en la playa, entre un puñado de icebergs que lo aplastaron contra la costa y le impidieron el camino de salida. No hubo ni siquiera la oportunidad de remolcarlo. El hielo lo hizo pedazos mientras mirábamos. Conseguimos a duras penas liberar el *Hecla*; los hombres tuvieron que trabajar en las bombas día y noche sin parar y el carpintero trabajó veinticuatro horas al día para ponerlo a flote.

»Así que en realidad nunca llegamos ni a acercarnos al paso, ni siquiera avistamos nuevas tierras, y perdimos un buque, y Hoppner fue sometido a un consejo de guerra, y Parry consideró que era también suyo el consejo de guerra, porque Hoppner estuvo bajo su mando todo el tiempo.

—Todo el mundo fue absuelto —dice Fitzjames—, al final incluso los felicitaron, creo recordar.

—Sí, recibieron felicitaciones, pero no los ascendieron —dice Crozier.

—Pero todos ustedes sobrevivieron.

—Sí.

—Yo quiero sobrevivir a esta expedición, Francis —dice Fitzjames. Su tono es tranquilo, pero muy decidido.

Crozier asiente.

—Deberíamos haber hecho lo que hizo Parry y meter ambas tripulaciones a bordo del *Terror* hace un año, y navegar hacia el este en torno a la Tierra del Rey Guillermo —dice Fitzjames.

Ahora le toca a Crozier levantar las cejas; no por el hecho de que Fitzjames esté de acuerdo en que es una isla, ya que su reconocimiento mediante un trineo a finales del verano ya lo había establecido, sino en mostrarse de acuerdo en que tenían que haber huido el último verano, abandonando el barco de sir John. Crozier sabe que no existe nada más duro para un capitán de cualquier marina del mundo que abandonar su buque, y especialmente en la Marina Real. Y aunque el *Erebus* estaba bajo el mando conjunto de sir John Franklin, el comandante James Fitzjames era su verdadero capitán.

133

—Ahora ya es demasiado tarde. —Crozier siente dolor.

Como la sala Común comparte varios mamparos exteriores y tiene tres claraboyas patentadas Preston, hace frío; los dos hombres ven su aliento como nubecillas en el aire, pero aun así, hay treinta y cinco o cuarenta grados más que en el hielo, y los pies de Crozier, especialmente los dedos gordos de cada pie, se están derritiendo entre una avalancha de crueles pinchazos y aguijonazos al rojo vivo.

—Sí —asiente Fitzjames—, pero fue usted muy listo al hacer que llevasen en trineo materiales y provisiones a la Tierra del Rey Guillermo, en agosto.

—No era ni una fracción de lo que necesitaríamos llevar hasta allí, si tiene que ser nuestro campamento de supervivencia —dice Crozier bruscamente.

Ha ordenado que unas dos toneladas de ropa, tiendas, equipo de supervivencia y comida enlatada se lleve desde los barcos y se almacene en la costa noroccidental de la isla, por si tienen que abandonar rápidamente los barcos durante el invierno, pero el transporte ha sido absurdamente lento y extremadamente peligroso. Semanas de acarreo laborioso han conseguido dejar allí solamente una tonelada de materiales, tiendas, ropa extra, herramientas y comida en lata para unas pocas semanas. Nada más.

—Esa cosa no nos dejará estar allí —añade, bajito—. Podíamos habernos trasladado todos a unas tiendas en septiembre, yo hice que prepararan dos docenas de las tiendas grandes, como recordará, pero el campamento no hubiese sido tan defendible como los barcos.

—No —dice Fitzjames.

—Si los barcos aguantan el invierno.

—Sí —dice Fitzjames—. ¿Ha oído, Francis, que algunos de los hombres, de ambos buques, llaman a esa criatura «el Terror»?

—¡No! —Crozier se siente ofendido. No quiere que el nombre de su barco sea usado para cosas tan malignas como ésa, aunque los hombres estén bromeando. Pero mira los ojos color avellana del comandante James Fitzjames y se da cuenta de que el otro capitán habla en serio, y que los otros hombres seguramente también.

—El Terror... —dice Crozier, y traga una saliva amarga.

—Creen que no es un animal —interviene Fitzjames—. Creen que es más astuto que nada en el mundo, que no es natural, que es... sobrenatural..., que hay un demonio ahí fuera en el hielo y en la oscuridad.

Crozier casi escupe, tan disgustado está.

—Un demonio —dice, con desdén—. Ésos son los marineros que

creen en fantasmas, hadas, espíritus malignos, sirenas, maldiciones y monstruos marinos.

—Yo le he visto a usted rascar la vela para convocar el viento —dice Fitzjames con una sonrisa.

Crozier no dice nada.

—Ha vivido usted lo suficiente y ha viajado también lo bastante para ver cosas que ningún hombre sabía que existían —añade Fitzjames, obviamente intentando suavizar las cosas.

—Sí —dice Crozier, con una carcajada—. ¡Pingüinos! Me habría gustado que fuesen los animales más grandes por aquí, como parece que ocurre en el sur.

—¿No hay osos blancos en el Ártico Sur?

—Ninguno, que nosotros viéramos. Ninguno, que haya visto ningún ballenero o explorador en setenta años de navegación hacia esa tierra blanca, volcánica y helada.

—Y usted y James Ross fueron los primeros hombres en ver ese continente. Y los volcanes.

—Sí, fuimos nosotros. Y a sir James le fue muy bien. Está casado con una jovencita muy guapa, le han hecho caballero, es feliz, se ha retirado del frío. Pero yo... estoy aquí.

Fitzjames se aclara la garganta como para cambiar de tema.

135

—¿Sabe, Francis?, antes de este viaje, yo creía sinceramente en el mar Polar Abierto. Estaba bastante seguro de que el Parlamento estaba en lo cierto cuando escuchaba las predicciones de los llamados expertos polares. El invierno anterior al de nuestra partida, ¿recuerda? Fue en el *Times*. Todo aquello de la barrera termobárica, de la corriente del Golfo que fluía hacia arriba, bajo el hielo, y calentaba el mar Polar Abierto, y el invisible continente que debía de haber allá arriba. Estaban tan convencidos de que existía que proponían y aprobaban leyes para enviar a los presos de Southgate y de otras prisiones allí a extraer el carbón que debía de haber en enormes cantidades sólo a unos pocos centenares de kilómetros de aquí, en el continente Polar del Norte.

Crozier se echa a reír, esta vez con ganas.

—Sí, a extraer carbón para calentar los hoteles y suministrar a las estaciones para los barcos de vapor que harían viajes regulares a través del mar Polar Abierto hacia 1860 y posteriormente. Ah, Dios mío, ojalá fuese yo uno de esos prisioneros de Southgate. Sus celdas, según requiere la ley y la humanidad, tienen el doble de tamaño que nuestros camarotes, James, y nuestro futuro sería cálido y seguro si no tuviésemos otra cosa que hacer que sentarnos en medio de todo ese lujo y esperar a que llegasen las noticias de que se había descubierto y colonizado el continente del Polo Norte.

Ambos hombres se echan a reír.

Se oye un golpe procedente de la cubierta, encima de ellos, pies que corren en lugar de patalear, y luego voces y una ráfaga de aire helado en torno a sus pies cuando alguien abre la escotilla principal por encima del extremo más alejado de la escalera de cámara y el sonido de varios pares de pies que bajan por las escaleras.

Ambos capitanes se quedan silenciosos y esperan a que llegue el suave golpecito en la puerta de la sala Común.

—Entre —dice el comandante Fitzjames.

Un tripulante del *Erebus* hace entrar a dos del *Terror*, el tercer teniente John Irving y un marinero llamado Shanks.

—Siento molestarlos, comandante Fitzjames, capitán Crozier —dice Irving, a través de los dientes que sólo le castañetean ligeramente. Su larga nariz está blanca por el frío. Shanks todavía lleva el mosquete.

—El teniente Little me envía para que informe al capitán Crozier lo antes posible.

—Adelante, John —dice Crozier—. No estarán buscando todavía a Lady Silenciosa, ¿no?

Irving se queda desconcertado un segundo. Luego dice:

—La vimos afuera en el hielo cuando llegaron las últimas partidas de búsqueda del hielo. No, señor, el teniente Little me pide que le haga venir cuanto antes, porque... —El joven teniente hace una pausa como si hubiese olvidado el motivo por el cual le ha enviado Little.

—Señor Couch —dice Fitzjames al oficial del *Erebus* que estaba de guardia y que ha traído a los dos hombres del *Terror* a la sala Común—, por favor, sea tan amable de salir afuera, al corredor, y cerrar la puerta, gracias.

También Crozier ha notado el extraño silencio: han cesado los crujidos de los coys y los ronquidos. Demasiados oídos del alojamiento de la tripulación están despiertos y escuchando.

Cuando se ha cerrado la puerta, Irving dice:

—Son William Strong y Tommy Evans. Han vuelto.

Crozier parpadea.

—¿Qué demonios quiere decir con que han vuelto? ¿Vivos?

—Nota el primer brote de esperanza desde hace meses.

—Oh, no, señor —dice Irving—. Sólo... un cadáver, en realidad. Pero estaba apoyado contra el pasamanos de popa cuando alguien lo vio, cuando las partidas de búsqueda volvían ya..., hace una hora. Los que estaban de guardia no habían visto nada. Pero estaba ahí, señor. Siguiendo las órdenes del teniente Little, Shanks y yo hemos venido lo más rápido que hemos podido a informarle, capitán. Shanks viene tal como estaba.

—Pero ¿cómo que uno? —explota Crozier—. ¿Un cuerpo? ¿De vuelta en el barco? —El capitán del *Terror* no entiende nada—. Pensaba que había dicho que habían vuelto ambos, Strong y Evans.

Toda la cara del teniente Irving está tan blanca como si se le hubiese congelado.

—Y están los dos, capitán. O al menos, la mitad de cada uno. Cuando fuimos a mirar el cuerpo que estaba allí apoyado en la popa, se cayó y..., bueno..., se separó. Parece ser, señor, que es Billy Strong de cintura para arriba. Y Tommy Evans de cintura para abajo.

Crozier y Fitzjames sólo pueden mirarse entre ellos.

137

12

Goodsir

Lat. 69° 37′ 42″ — Long. 98° 41′
Tierra del Rey Guillermo,
24 de mayo-3 de junio de 1847

*L*a partida del teniente Gore llegó al mojón de sir James Ross en la Tierra del Rey Guillermo muy tarde, la noche del 28 de mayo, después de cinco durísimos días de travesía por el hielo.

La buena noticia, a medida que se aproximaban a la isla, invisible para ellos hasta los últimos minutos, era que había charcos de agua sin sal aptos para beber a medida que se acercaban a la costa. La mala noticia es que la mayoría de esos charcos se habían filtrado desde la base de una serie de icebergs prácticamente ininterrumpida, algunos de ellos de treinta metros de alto o más, y que estaban amontonados contra los bajíos y la costa y ahora se extendían como un castillo blanco lleno de parapetos hasta donde alcanzaba la vista, en torno a la curva de tierra. A los hombres les costó un día entero cruzar aquella barrera, y aun así tuvieron que dejar parte de las ropas, combustible y provisiones ocultos en el hielo del mar para aligerar la carga del trineo. Para añadir más dificultades e incomodidades todavía, varias de las latas de sopa y de cerdo que abrieron en el hielo estaban podridas y tuvieron que tirarlas, dejándoles con menos de cinco días de raciones para el regreso, asumiendo que no hubiese más latas estropeadas. Y por si todo eso fuese poco, encontraron que allí, en lo que tenía que ser el borde del mar, el hielo tenía todavía más de dos metros de grosor.

Y lo peor de todo, al menos para Goodsir, era que la Tierra del Rey Guillermo, o la isla del Rey Guillermo, como averiguaron más tarde, fue la mayor decepción de toda su vida.

La isla de Devon y la de Beechey, hacia el norte, eran inhóspitas para la vida y barridas por el viento, en el mejor de los casos, y estériles salvo por el liquen y las plantas bajas, pero eran un verdadero Jardín del Edén comparadas con lo que encontraron los hombres en la Tierra del Rey Guillermo. Beechey al menos tenía algo de tierra, un poco de arena, imponentes acantilados y una especie de playa. Nada de todo aquello se podía encontrar en la Tierra del Rey Guillermo.

Media hora después de cruzar la barrera de icebergs, Goodsir no sabía si estaban sobre tierra firme o no. Estaba preparado para celebrarlo con los demás, porque sería la primera vez que alguno de ellos ponía los pies en tierra firme desde hacía más de un año, pero el mar de hielo dejaba su lugar, más allá de los icebergs, a enormes montones de hielo costero, y resultaba imposible decir dónde cesaba el hielo de la costa y dónde empezaba ésta. Todo era hielo, nieve sucia, más hielo y más nieve.

Finalmente llegaron a una zona barrida por los vientos y libre de nieve, y Goodsir y varios de los marineros se arrojaron hacia la grava, poniéndose a cuatro patas sobre la tierra, como señal de agradecimiento, pero aun allí las pequeñas piedrecillas estaban completamente heladas, tan firmes como los guijarros londinenses en invierno y diez veces más fríos, y aquel frío se transmitió a través de sus pantalones y otras capas de ropa que cubrían sus rodillas y luego hacia sus huesos y subió por sus guantes hasta sus palmas y sus dedos como una silenciosa invitación a los círculos infernales y helados de los muertos que estaban debajo.

Les costó más de cuatro horas encontrar el mojón de Ross. Un montón de rocas que tenía casi dos metros de alto, en el cabo Victoria o sus alrededores, tenía que haber sido fácil de encontrar, el teniente Gore se lo había dicho a todos antes, pero en aquel cabo tan expuesto, los montones de hielo a menudo tenían casi dos metros de alto, y los potentes vientos habían derribado hacía mucho tiempo las piedras superiores y más pequeñas del mojón. El cielo de finales de mayo nunca acababa de oscurecerse por la noche, pero el resplandor bajo y constante hacía excepcionalmente difícil ver nada en tres dimensiones o juzgar las distancias. Las únicas cosas que sobresalían eran los osos, y sólo gracias a su movimiento. Media docena de esos seres hambrientos y curiosos les habían seguido todo el día. Más allá de ese ocasional movimiento oscilante, todo se difuminaba en un resplandor de un blanco grisáceo. Un serac que parecía estar a un kilómetro de distancia y aparentaba tener quince metros de alto realmente estaba sólo a veinte metros y tenía algo más de medio de metro de alto. Un trozo de grava y arena desnuda que parecía estar a

139

treinta metros de distancia resulta que estaba a kilómetro y medio en la punta barrida por los vientos. Pero finalmente encontraron el mojón, casi a las 22.00 según el reloj de Goodsir, que todavía funcionaba, y todos los hombres estaban tan cansados que les colgaban los brazos como a los simios de los cuentos de los marineros; toda habla había sido abandonada entre su inmenso cansancio, y el trineo había quedado a menos de un kilómetro hacia el norte del primer lugar donde habían tocado la costa.

Gore retiró el primero de los dos mensajes (había hecho una copia del primero para colocarlo en algún otro lugar más al sur, a lo largo de la costa, siguiendo las instrucciones de sir John), rellenó la fecha y puso su nombre. Lo mismo hizo el segundo oficial Charles des Voeux. Enrollaron la nota, la introdujeron en uno de los cilindros estancos de latón que habían llevado, y, después de dejar caer el cilindro en el centro del mojón vacío, colocaron de nuevo las rocas que habían quitado para conseguir acceso.

—Bueno —dijo Gore—. Entonces ya está, ¿no?

La tormenta eléctrica empezó poco después de que hubiesen llegado al trineo para cenar, a medianoche.

Para ahorrar peso durante la travesía del iceberg habían dejado sus pesadas mantas de piel de lobo, las lonas impermeables para el suelo y la mayor parte de la comida enlatada escondida en el hielo. Suponían que, como la comida estaba en unas latas selladas y soldadas, no atraería a los osos blancos que siempre iban por ahí alrededor husmeando, y que aunque lo hiciera, los osos no podrían abrir las latas. El plan era seguir durante dos días con raciones reducidas allí, en tierra, y cazar algo si podían, por supuesto, pero aquel sueño se desvaneció al chocar con la brutal realidad del lugar, y que todo el mundo durmiese dentro de la tienda holandesa.

Des Voeux supervisó la preparación de la comida, sacando la cocina de una serie de cestas de mimbre cuidadosamente embaladas. Pero tres de las cuatro latas que habían elegido para aquella primera comida en tierra estaban estropeadas. Sólo les quedaba la media ración del miércoles de cerdo salado, preferido siempre por los hombres, porque tenía muchísima grasa, pero no suficiente para saciar su hambre después de un día de trabajo tan pesado, y la última lata de comida, que llevaba la etiqueta de «sopa de tortuga fina y superior», y que los hombres odiaban, sabiendo por experiencia que no era ni fina ni superior, y que seguramente ni siquiera llevaba tortuga.

El doctor McDonald, en el *Terror*, llevaba obsesionado el año y medio anterior, ya desde la muerte de Torrington en la isla de Beechey, con la calidad de la comida enlatada, y estaba ocupado experimentando constantemente, con la ayuda de los demás cirujanos, para encontrar la mejor dieta con la cual evitar el escorbuto. Goodsir había sabido por el doctor más viejo que un tal Stephan Goldner, el suministrador de provisiones de Houndsditch que había ganado el contrato mediante una oferta excepcionalmente barata, había engañado casi con toda certeza al Gobierno de su majestad y al Servicio de Descubrimientos de la Marina Real de su Majestad proporcionando vituallas no adecuadas y posiblemente incluso envenenadas.

Los hombres llenaron el aire helado de obscenidades al saber que las latas no contenían más que comida podrida.

—Calmaos, chicos —dijo el teniente Gore, tras permitir el bombardeo de fantásticas obscenidades marineras durante un minuto o dos—. ¿Qué diríais si abrimos las latas de las raciones de mañana hasta que encontremos una comida buena, y sencillamente volvemos a nuestro escondite en el hielo mañana a la hora de cenar, aunque eso signifique medianoche?

Hubo un coro de asentimientos.

Dos de las siguientes latas que abrieron no estaban estropeadas, y eso incluía un extraño «estofado irlandés» sin carne que sólo se podía comer a duras penas, y lo que llevaba la extravagante etiqueta de «carrilleras de buey con verduras». Los hombres habían decidido que la parte de los bueyes debía de proceder de una curtiduría, y las verduras de algún montón de verduras podridas, pero era mejor que nada.

En cuanto pusieron en pie la tienda con los sacos de dormir desenrollados para formar un suelo en su interior, y se calentó la comida en su estufa de alcohol y los recipientes y platos de metal fueron distribuidos, empezaron a verse los relámpagos.

La primera descarga eléctrica dio a menos de quince metros de ellos e hizo que todos los hombres derramasen las mejillas de buey y las verduras y el estofado. La segunda fue más cerca.

Corrieron hacia la tienda. Los rayos y relámpagos caían a su alrededor como una descarga de artillería. Cuando estuvieron literalmente amontonados dentro de la tienda de lona marrón, ocho hombres en un refugio diseñado para cuatro y un equipo ligero, el marinero Bobby Ferrier miró los postes de metal y madera que mantenían erecta la tienda:

—Joder, hay que quitar esto —dijo, y se dirigió a gatas hacia la abertura.

Fuera, un granizo del tamaño de pelotas de críquet caía atrona-

141

doramente, enviando carámbanos de hielo a nueve metros en el aire. La pobre luz de la medianoche ártica se veía sacudida por la explosión de los relámpagos con tanta frecuencia que se superponían, incendiando todo el cielo con una luz cegadora que quedaba parpadeando en la retina.

—¡No, no! —gritó Gore, por encima de los truenos, y agarrando a Ferrier para que volviera, ya en la entrada, y arrojándole hacia la atestada tienda—. Vayamos adonde vayamos en esta isla somos lo más alto que hay por aquí alrededor. Arroja esos palos con metal por dentro lo más lejos que puedas, pero quédate dentro de la lona. Meteos todos en los sacos y echaos bien planos.

Los hombres hicieron eso, y su largo pelo se retorcía como serpientes debajo de los bordes de sus gorras con orejeras o sus gorros, por encima de sus muchos pañuelos. La tormenta aumentó aún más su ferocidad y el ruido era ensordecedor. El granizo los golpeaba en la espalda a través de la lona y las mantas y era como enormes puños que les estuvieran dando una buena paliza. Goodsir empezó a quejarse en voz alta durante el aporreamiento, más por miedo que por dolor, aunque los golpes constantes constituyeron la paliza más dolorosa que había sufrido jamás, desde sus días en el colegio.

—¡Me cago en la puta! —gritaba Thomas Hartnell a medida que el granizo y los relámpagos iban empeorando.

Los hombres con algo de cerebro estaban metidos bajo las mantas de la Compañía de la Bahía de Hudson, más que encima de ellas, intentando usarlas como amortiguadores para evitar el granizo. La lona de la tienda amenazaba con asfixiarlos a todos, y la delgada lona que tenían debajo no podía evitar que traspasara el frío y los calara a todos, quitándoles el aliento.

—¿Cómo puede haber una tormenta eléctrica con tanto frío? —gritaba Goodsir a Gore, que estaba echado junto a él en el apelotonamiento de hombres aterrorizados.

—A veces pasa —gritó a su vez el teniente—. Si decidimos trasladarnos de los buques al campamento de tierra, tendremos que llevarnos una verdadera pila de pararrayos.

Aquélla era la primera vez que Goodsir oía la sugerencia de abandonar los buques.

Los rayos dieron en la roca bajo la cual se habían cobijado durante su abreviada cena, a menos de tres metros de la tienda, y rebotaron por encima de sus cabezas cubiertas por la lona hasta una segunda roca a no más de un metro de donde estaban, y todos los hombres se acurrucaron más aún, intentando traspasar la lona sobre la cual se encontraban, en un intento de fundirse con la roca.

—Dios mío, teniente Gore —gritó John Morfin, cuya cabeza estaba más cerca de la abertura de la tienda—, hay algo moviéndose por ahí fuera, en medio de todo esto.

Todos los hombres oyeron aquello. Gore gritó:

—¿Un oso? ¿Caminando por ahí con esta tormenta?

—Es demasiado grande para ser un oso, teniente —gritó Morfin—. Es...

Y entonces el rayo volvió a caer en la roca, y otra descarga cayó también lo bastante cerca para hacer que la tela de la tienda saltase en el aire debido a la descarga de electricidad estática, y todo el mundo se aplastó más aún contra el suelo y presionó el rostro contra la fría lona, y abandonaron el discurso en favor de la plegaria.

El ataque, porque Goodsir sólo podía pensar en aquello como en un ataque, como el de algún dios griego furioso ante su hubris por haber osado invernar en el reino de Bóreas, siguió durante casi una hora, hasta que los últimos truenos se alejaron y los relámpagos se hicieron más intermitentes y luego se desplazaron hacia el sudeste.

Gore fue el primero en asomar, pero ni siquiera el teniente, que Goodsir sabía que carecía de todo miedo, se puso en pie hasta al cabo de un minuto o más de cesar la descarga. Otros se fueron incorporando y se pusieron de rodillas y se quedaron allí, mirando a su alrededor como si estuvieran alelados o suplicantes. El cielo hacia el oeste era como un enrejado de descargas entre el aire y del aire a la tierra, y los truenos todavía se dejaban oír por encima de la plana isla con suficiente violencia para ejercer presión física sobre su piel y hacer que se tapasen los oídos, pero el granizo había cesado ya. Las esferas blancas caídas estaban apiladas hasta algo más de medio metro de altura, todo alrededor de ellos, por lo que se podía ver. Al cabo de un minuto, Gore se puso en pie y empezó a mirar en torno. Los otros también se levantaron, muy tiesos, moviéndose lentamente y palpándose los miembros llenos de magulladuras, suponía Goodsir, si su propio dolor era una medida del abuso que todos habían sufrido por parte de los cielos. La penumbra de medianoche estaba bastante amortiguada por las espesas nubes hacia el sur, de modo que casi parecía que se avecinaba una auténtica oscuridad.

—Miren esto —dijo Charles Best.

Goodsir y los demás se reunieron junto al trineo. Las latas de comida y otro material estaban desempaquetadas y colocadas junto a la

143

zona de cocina antes de su abortada cena, y sin saber cómo los rayos habían conseguido alcanzar la pequeña pirámide de latas almacenadas, y en cambio no habían dado al trineo en sí. Toda la comida enlatada de Goldner había volado por los aires como si le hubiese acertado una bala de cañón, una jugada magistral en un juego de bolos cósmico. El metal carbonizado y las verduras y la carne podrida e incomible, todavía humeantes, estaban esparcidos en un radio de veinte metros. Junto al pie izquierdo del cirujano se encontraba un receptáculo completamente abrasado, retorcido y ennegrecido con la leyenda: APARATO DE COCINA (1), visible en un lado. Formaba parte del equipo de cocina de viaje, y estaba colocado encima de un hornillo de alcohol cuando corrieron buscando refugio. La botella de metal que contenía una pinta de combustible pirolígneo junto a ella había explotado y envió su metralla en todas direcciones, pero evidentemente había pasado por encima de sus cabezas mientras ellos permanecían agazapados en la tienda. Si el rayo hubiese incendiado los recipientes de combustible situados en una caja de madera junto a las dos escopetas y los cartuchos que había a poca distancia distancia del trineo, la explosión y las llamas los habrían hecho volar a todos.

Goodsir tenía unas ganas locas de reír, pero no lo hizo por miedo a llorar al mismo tiempo. Ninguno de los hombres habló durante un momento.

Finalmente, John Morfin, que había trepado a la cresta de hielo golpeado por el granizo por encima de su campamento, gritó:

—¡Teniente, venga a ver esto!

Todos treparon para mirar al lugar hacia donde él miraba.

A lo largo de la parte trasera de aquella pequeña cresta, viniendo desde el revoltijo de hielo que había hacia el sur y desapareciendo hacia el mar, al noroeste de donde ellos se encontraban, había unas huellas imposibles. Imposibles porque eran mayores de las que podía haber dejado cualquier animal vivo sobre la tierra. Desde hacía cinco días los hombres iban viendo las huellas de las garras de los osos blancos en la nieve, y algunas de esas huellas eran enormes, sí, de unos treinta centímetros de largo, pero estas huellas bien claras eran de más de la mitad de largura que ésas. Algunas parecían tan largas como el brazo de un hombre. Y eran recientes, de eso no quedaba ninguna duda, porque las hendiduras no estaban en la nieve vieja, sino que se habían formado en la gruesa capa de granizo reciente.

El ser que había atravesado su campamento, fuera quien fuese, lo había hecho en el momento culminante de la tormenta de granizos y rayos, tal y como había informado Morfin.

—Pero ¿qué es esto? —dijo el teniente Gore—. No es posible. Señor Des Voeux, sea tan amable de coger una de las escopetas y unos cartuchos del trineo, por favor.

—Sí, señor.

Antes incluso de que el oficial volviese con la escopeta, Morfin, el soldado Pilkington, Best, Ferrier y Goodsir empezaron a caminar detrás de Gore siguiendo las imposibles huellas hacia el noroeste.

—Son demasiado grandes, señor —dijo el marine. Le habían incluido en la partida, según sabía Goodsir, porque era uno de los pocos hombres a bordo de los dos barcos que había cazado piezas mayores que un ganso.

—Ya lo sé, soldado —dijo Gore. Cogió la escopeta que le tendía el segundo oficial Des Voeux y, con toda calma, la cargó con un cartucho mientras los siete hombres iban andando por los montones de granizo hacia las oscuras nubes que había más allá de la línea de la costa, custodiada por los icebergs.

—Quizá no sean huellas de patas sino de algo..., una liebre ártica o algo que saltaba entre la nieve, formando las huellas con todo el cuerpo —dijo Des Voeux.

—Sí —dijo Gore ausente—. Quizá, Charles.

Pero la verdad es que eran huellas de pies de algún tipo. El doctor Harry D. S. Goodsir lo sabía. Todos los hombres que caminaban junto a él lo sabían también. Goodsir, que nunca había cazado nada más grande que un conejo o una perdiz, podía asegurar que aquello no eran las huellas de algún animal pequeño que arrojara su cuerpo a la izquierda y luego a la derecha, sino más bien las huellas de los pies de alguien o algo que caminaba primero a cuatro patas y después, si había que creer a las huellas, casi cien metros con dos. En aquel punto eran las huellas de un hombre caminando, si existiese un hombre que tuviera los centímetros de la longitud de un brazo, y pudiera cubrir casi metro y medio con sus zancadas y no dejara impresión alguna de los dedos, sino más bien las estrías de unas garras.

Llegaron a la zona de piedra barrida por los vientos donde Goodsir había caído de rodillas tantas horas antes. El granizo allí estaba desmenuzado en incontables fragmentos de hielo de modo que la zona permanecía casi desnuda, y allí paraban las huellas.

—Despliéguense —dijo Gore, sujetando todavía la escopeta de una manera informal bajo el brazo como si estuviera dando un paseo por la finca de su familia en Essex. Señaló a cada uno de los hombres

145

y luego hacia el borde de la zona abierta que quería que cada uno controlase. El espacio rocoso no era mayor que un campo de críquet. No había huellas que condujesen fuera de las rocas. Los hombres fueron arriba y abajo durante unos minutos, comprobando y volviendo a comprobar, sin querer hollar la nieve impoluta que había más allá de las rocas con sus propias huellas, y luego todos se quedaron quietos, mirándose entre sí. Estaban de pie casi formando un círculo perfecto. Ninguna huella conducía fuera del espacio rocoso.

—Teniente... —empezó Best.

—Un momento —dijo Gore, bruscamente, pero no de forma grosera—. Estoy pensando.

Era el único hombre que se movía entonces, caminando junto a los hombres y mirando hacia la nieve, el hielo y el granizo que los rodeaba, como si se estuviese fraguando alguna travesura infantil. La luz era más fuerte ahora, a medida que la tormenta pasaba hacia el este y se alejaba. Eran casi las dos de la mañana y la nieve y las capas de granizo permanecían intactas más allá de las piedras.

—Teniente —insistió Best—. Es Tom Hartnell.

—¿Qué le pasa? —exclamó Gore. Empezaba su tercer recorrido del espacio.

—Que no está aquí. Me acabo de dar cuenta... No está con nosotros desde que salimos de la tienda.

La cabeza de Goodsir dio un respingo y se volvió en el mismo momento que las de los demás. A unos trescientos metros de distancia por detrás, la baja cresta de hielo ocultaba la visión de su tienda caída y el trineo. Nada más se movía en la vasta extensión de blanco y gris.

Todos se echaron a correr a la vez.

Hartnell estaba vivo pero inconsciente, y todavía yacía bajo la lona de la tienda. Tenía un verdugón enorme en un costado de la cabeza. La gruesa lona se había desgarrado en un lugar donde la había roto una bola de granizo del tamaño de un puño, y el hombre sangraba por la oreja izquierda, pero Goodsir pronto encontró un pulso lento. Sacaron al hombre inconsciente de la tienda caída, retiraron dos sacos de dormir y le pusieron lo más cómodo y caliente que pudieron. Unas nubes negras se arremolinaban de nuevo sobre sus cabezas.

—¿Es muy grave? —preguntó el teniente Gore.

Goodsir meneó la cabeza.

—No lo sabremos hasta que se despierte..., si es que se despierta. Me sorprende que no hayamos quedado inconscientes algunos más. Ha sido una granizada terrible, de granizos enormes.

Gore asintió.

—No soportaría perder a Tommy después de la muerte de su hermano John el año pasado. Sería demasiado para la familia.

Goodsir recordó haber preparado a John Hartnell para su entierro con la mejor camisa de franela de su hermano. Pensó en aquella camisa bajo el helado suelo y la grava cubierta de nieve, a muchos kilómetros hacia el norte, y el frío viento que soplaría hacia aquel acantilado negro entre las lápidas de madera. Se echó a temblar.

—Todos nos estamos quedando helados —dijo Gore—. Tenemos que dormir un poco. Soldado Pilkington, busque las estaquillas de los palos de la tienda y ayude a Best y a Ferrier a levantar de nuevo la tienda.

—Sí, señor.

Mientras aquellos hombres iban en busca de las estaquillas, Morfin levantó la lona. La tienda había sufrido tantos desgarrones por los granizos que parecía una bandera de batalla.

—Dios mío —dijo Des Voeux.

—Los sacos de dormir están todos empapados —informó Morfin—. El interior de la tienda también.

Gore suspiró.

Pilkington y Best volvieron con dos trozos carbonizados y doblados de madera y hierro.

—Les cayó un rayo a los postes, teniente —informó el soldado—. Parece que el núcleo de hierro atrajo a los rayos, señor. Ya no sirve como poste para la tienda.

Gore asintió.

—Todavía tenemos el eje en el trineo. Córtelo y traiga la escopeta de repuesto para usarlos como postes. Funda un poco de hielo para usarlo como ancla, si tiene que hacerlo.

—La estufa de alcohol está rota —les recordó Ferrier—. No podremos fundir hielo durante un tiempo.

—Tenemos dos estufas más en el trineo —dijo Gore—. Y también agua potable en las botellas. Ahora está helada, pero deben meterse las botellas dentro de la ropa hasta que se funda un poco. Échela en un agujero cavado en la nieve. Se helará enseguida. ¿Señor Best?

—Sí, señor —dijo el robusto y joven marinero, intentando ahogar un bostezo.

147

—Sacuda la tienda lo mejor que pueda, traiga su cuchillo y corte las costuras de dos sacos de dormir. Los usaremos como mantas para encima y debajo de los sacos y nos acurrucaremos todos bien apretados para darnos calor esta noche. Tenemos que dormir un poco.

Goodsir miraba al inconsciente Hartnell buscando algún signo de conciencia, pero el joven estaba tan inmóvil como un cadáver. El cirujano tuvo que comprobar que respiraba para asegurarse de que estaba vivo.

—¿Vamos a volver por la mañana, señor? —preguntó John Morfin—. Para recoger nuestro alijo en el hielo y luego volver a los barcos, quiero decir. No tenemos suficiente comida ahora para volver con unas raciones suficientes.

Gore sonrió y meneó la cabeza.

—Un par de días de ayuno no nos harán ningún daño, hombre. Pero como Hartnell está herido, enviaré a cuatro de ustedes de vuelta al escondite en el hielo con él, en el trineo. Deben acampar allí lo mejor que puedan mientras yo llevo a un hombre hacia el sur, a cumplir las órdenes de sir John. Tengo que dejar una segunda carta para el Almirantazgo, pero más importante aún, tenemos que ir todo lo posible hacia el sur para ver si hay alguna señal de agua abierta. Todo este viaje no habrá servido de nada si no lo hacemos así.

—Me ofrezco voluntario para ir con usted, teniente Gore —dijo Goodsir, y se sintió asombrado al oír el sonido de su propia voz. Sin saber por qué, seguir adelante con el oficial era muy importante para él.

Gore también pareció sorprendido.

—Gracias, doctor —dijo bajito—, pero sería mucho más sensato que se quedase con nuestro compañero herido, ¿no le parece?

Goodsir enrojeció profundamente.

—Best vendrá conmigo —dijo el teniente—. El segundo oficial Des Voeux quedará al mando de la partida en el hielo hasta que yo vuelva.

—Sí, señor —dijeron ambos hombres a la vez.

—Best y yo partiremos dentro de unas tres horas, y seguiremos hacia el sur mientras podamos; nos llevaremos sólo un poco de cerdo salado, la lata de los mensajes, una botella de agua por cabeza, unas mantas por si tenemos que vivaquear y una de las escopetas. Volveremos hacia la medianoche e intentaremos reunirnos con ustedes en el hielo hacia los ocho toques de mañana por la mañana. Para volver a los barcos tendremos una carga mucho más ligera en el trineo, excepto por Hartnell, quiero decir, y sabemos cuáles son los mejores lugares para cruzar las crestas, de modo que apuesto a que volvemos a casa en tres días o menos, en lugar de en cinco.

»Si Best y yo no estamos de vuelta en el campamento hacia la medianoche de pasado mañana, señor Des Voeux, llévese a Hartnell y vuelva al barco.

—Sí, señor.

—Soldado Pilkington, ¿está usted especialmente cansado?

—Sí, señor —dijo el marine, de treinta años—. Quiero decir que no, señor. Estoy dispuesto para cumplir cualquier misión que me pida, teniente.

Gore sonrió.

—Bien. Usted hará guardia las tres próximas horas. Lo único que puedo prometerle es que será el primer hombre al que se permita dormir cuando la partida del trineo alcance el campamento, más tarde. Llévese el mosquete que no esté haciendo las funciones de poste de la tienda, pero quédese dentro de ésta. Simplemente, asome la cabeza fuera de vez en cuando.

—Muy bien, señor.

—¿Doctor Goodsir?

La cabeza del cirujano se levantó.

—¿Serían tan amables usted y el señor Morfin de llevar al señor Hartnell a la tienda y ponerlo lo más cómodo posible? Pondremos a Tommy en el centro de nuestro pequeño grupo para intentar mantenerlo bien caliente.

Goodsir asintió y se desplazó para levantar a su paciente por los hombros sin quitarle el saco de dormir. El chichón de la cabeza del inconsciente Hartnell era ahora tan grande como el pálido puño del cirujano.

—Muy bien —dijo Gore, entre sus dientes castañeteantes, mirando hacia la destrozada tienda que estaban levantando—, el resto de nosotros vamos a coger esas mantas y acurrucarnos bien juntos, como unos huérfanos, e intentemos dormir una hora o dos.

149

13

Franklin

Lat. 70° 05' N — Long. 98° 23' O
3 de junio de 1846

Sir John no podía creer lo que estaba viendo. Había ocho figuras, tal y como había anticipado, pero estaban... «equivocadas».

Cuatro de los cinco hombres exhaustos, barbudos y con gafas que iban en el arnés del trineo sí que eran los que debían: el marinero Morfin, Ferrier, Best y el soldado Pilkington dirigiendo, pero el quinto hombre en el arnés era el segundo oficial Des Voeux, cuya expresión sugería que había ido al Infierno y había vuelto. El marinero Hartnell iba caminando junto al trineo. La diminuta cabeza del marinero estaba pesadamente vendada, e iba tambaleándose como si formara parte de la retirada de Napoleón de Moscú. El cirujano, Goodsir, también iba caminando junto al trineo y cuidando a alguien (o algo) que iba en el propio trineo. Franklin vio el inconfundible pañuelo de Gore de lana roja, ya que medía casi metro ochenta de largo y era imposible de pasar por alto, pero, curiosamente, parecía que la mayoría de las figuras oscuras y titubeantes llevaban versiones más cortas del mismo pañuelo.

Finalmente, caminando detrás del trineo venía una criatura bajita y con una parka peluda cuyo rostro resultaba invisible bajo una capucha, y que sólo podía ser un esquimal.

Pero fue el propio trineo el que hizo que el capitán sir John Franklin gritase «¡Dios mío!».

Aquel trineo era demasiado estrecho para que dos hombres permanecieran echados en él uno al lado del otro, y el catalejo de sir John no le había mentido. Dos cuerpos yacían uno encima del otro. El que iba encima era otro esquimal, un viejo dormido o inconsciente con el rostro marrón y arrugado y el pelo veteado de blanco asomando debajo de la capucha de piel de lobo que alguien había echado hacia atrás y colocado debajo de su cabeza, como si fuese una almohada. A aquella figura era a la que atendía Goodsir a medida que el trineo se acercaba al *Erebus*. Debajo del cuerpo supino del esquimal estaba el ennegrecido, distorsionado y obviamente muerto rostro y cuerpo del teniente Graham Gore.

Franklin, el comandante Fitzjames, el teniente Le Vesconte, el primer oficial Robert Sergeant, el patrón del hielo Reid, el jefe cirujano Stanley y oficiales de menor graduación como Brown (el segundo contramaestre), John Sullivan (capitán de la cofa mayor), y el señor Hoar (el mozo del sir John) corrieron hacia el trineo, así como cuarenta de los marineros o más que habían subido a cubierta al oír el sonido de la alerta del vigía.

Franklin y los demás se detuvieron en seco antes de unirse a la partida del trineo. Lo que había parecido a través del catalejo de Franklin la salpicadura de unos pañuelos rojos de lana en los hombres habían resultado ser grandes manchurrones rojos en sus sobretodos. Los hombres iban manchados de sangre.

Hubo una explosión de gritos. Algunos de los hombres del arnés abrazaban a los amigos que corrían hacia ellos. Thomas Hartnell cayó redondo en el hielo, y se vio rodeado de hombres que intentaban ayudarle. Todo el mundo hablaba y gritaba a la vez.

151

Los ojos de sir John se clavaron en el cadáver del teniente Graham Gore. El cuerpo iba cubierto por un camisón, pero éste se había deslizado en parte, de modo que sir John podía ver el hermoso rostro de Gore, ahora absolutamente blanco en los lugares donde la sangre había desaparecido, y negro y quemado por el sol ártico en otras zonas. Sus rasgos estaban distorsionados; los párpados parcialmente abiertos y los blancos visibles y brillantes de hielo, la mandíbula abierta y colgante, la lengua sobresaliente, y los labios ya retirándose de los dientes en lo que parecía una mueca o una expresión del más puro horror.

—Saquen a ese... salvaje de encima del... teniente Gore —ordenó sir John—. ¡Inmediatamente!

Varios hombres corrieron a obedecer, y levantaron al hombre esquimal por los hombros y los pies. El viejo se quejó y el doctor Goodsir exclamó:

—¡Con cuidado! ¡Tengan cuidado con él! Tiene una bala de mosquete cerca del corazón. Llévenlo a la enfermería, por favor.

La capucha de la parka del otro esquimal estaba ahora echada hacia atrás y sir John observó con asombro que se trataba de una mujer joven. Ella se acercó al viejo herido.

—¡Esperen! —gritó sir John, agitando la mano hacia el ayudante de cirujano—. ¿A la enfermería? ¿Está sugiriendo usted en serio que permitamos que... una persona nativa... entre en la enfermería de nuestro buque?

—Este hombre es mi paciente —dijo Goodsir con una tozudez y una osadía que sir John Franklin jamás habría pensado que pudiera residir en el bajito cirujano—. Tengo que llevarle a un lugar donde le pueda operar, quitarle la bala del cuerpo, si es posible. Al menos parar la hemorragia, si no. Llévenle adentro, por favor, caballeros.

Los tripulantes que sujetaban al esquimal miraron al comandante de su expedición en busca de una decisión. Sir John estaba tan desconcertado que no podía hablar.

—Vamos, corran —ordenó Goodsir, con voz confiada.

Tomando el silencio de sir John como tácito asentimiento, los hombres llevaron al esquimal de cabello gris hacia arriba por la rampa de nieve, y lo introdujeron en el barco. Goodsir, la chica esquimal y varios hombres de la tripulación fueron después, algunos ayudando al joven Hartnell.

Franklin, casi incapaz de ocultar su conmoción y su horror, se quedó de pie donde estaba, mirando todavía el cadáver del teniente Gore. El soldado Pilkington y el marinero Morfin estaban desatando los cabos que sujetaban a Gore al trineo.

—Por el amor de Dios —dijo Franklin—, tápenle la cara.

—Sí, señor —dijo Morfin.

El marinero subió la manta de la Compañía de la Bahía de Hudson que se había deslizado de la cara del teniente durante el rudo día y medio de recorrido por el hielo y las crestas de presión.

Sir John veía todavía el hueco de la boca abierta del guapo teniente a través de la combadura de la manta roja.

—Señor Des Voeux —exclamó Franklin.

—Sí, señor. —El segundo oficial Des Voeux, que había supervisado el proceso de desatar el cuerpo del teniente, se acercó y se tocó la frente. Franklin veía que aquel hombre barbudo, con la cara roja y quemada por el sol y estragada por el viento, estaba tan cansado que apenas podía levantar el brazo para saludar.

—Que lleven el cuerpo del teniente Gore a sus aposentos, donde usted y el señor Sergeant procurarán que lo preparen para su entierro, bajo la supervisión del teniente Fairholm.

—Sí, señor —dijeron Des Voeux y Fairholme a la vez.

Ferrier y Pilkington, aunque estaban exhaustos, rechazaron todo ofrecimiento de ayuda y levantaron el cuerpo de su teniente muerto. El cadáver parecía tan tieso como un leño. Uno de los brazos de Gore estaba doblado, y su mano desnuda, que se había puesto negra por el sol o por la descomposición, estaba levantada en un helado gesto como una garra.

—Esperen —dijo Franklin. Se dio cuenta de que si enviaba al señor Des Voeux a hacer aquel recado, pasarían horas antes de que pudiera recibir un informe oficial del hombre que era el segundo al mando de aquella partida. Hasta el maldito cirujano estaba fuera de la vista, llevándose con él a los dos esquimales—. Señor Des Voeux —dijo Franklin—, después de disponer los preparativos para el señor Gore, venga a mi camarote a informar.

—Sí, capitán —dijo el oficial, cansadamente.

—Mientras tanto, ¿quién estaba con el teniente Gore al final?

—Todos nosotros, señor —dijo Des Voeux—. Pero el marinero Best estuvo con él, los dos solos, durante la mayor parte de los dos días que estuvimos en la Tierra del Rey Guillermo. Charlie vio todo lo que hizo el teniente Gore.

—Muy bien —dijo sir John—. Vaya a cumplir sus obligaciones, señor Des Voeux. Enseguida escucharé su informe. Best, venga ahora conmigo y con el comandante Fitzjames.

—Sí, señor —respondió el marinero, cortando el último trozo de su arnés de cuero, pues estaba demasiado exhausto para desatar los nudos. No tenía la fuerza suficiente para levantar el brazo y saludar.

153

Las tres claraboyas patentadas Preston tenían un aspecto lechoso allá en lo alto, con aquel sol que nunca se ponía, mientras el marinero Charles Best estaba de pie haciendo su informe a sir John Franklin, el comandante Fitzjames y el capitán Crozier, sentados. El capitán del HMS *Terror* había llegado de visita casualmente, muy oportuno, justo minutos antes de que la partida del trineo llegase a bordo. Edmund Hoar, el mozo y a veces secretario de sir John, estaba sentado detrás de los oficiales tomando notas. Best, por supuesto, permanecía de pie, pero Crozier había sugerido que el hombre exhausto tomase un poquito de brandy medicinal, y aunque la expresión de sir John demostró su desaprobación, accedió a pedirle al comandante Fitzjames que le proporcionara un poco de su reserva privada. El licor pareció revivir un poco a Best.

Los tres oficiales interrumpían de vez en cuando con preguntas mientras el tambaleante Best realizaba su informe. Cuando su descripción del laborioso viaje con el trineo por la Tierra del Rey Guillermo amenazaba con extenderse demasiado, sir John apremió al hombre para que hablase de los acontecimientos de los dos últimos días.

—Sí, señor. Bueno, después de la primera noche de rayos y truenos en el mojón, y de encontrar luego... huellas, marcas... en la nieve, intentamos dormir un par de horas, pero no lo conseguimos, realmente; luego el teniente Gore y yo salimos hacia el sur con raciones ligeras, mientras el señor Des Voeux cogía el trineo y lo que quedaba de la tienda y del pobre Hartnell, que todavía estaba ahí fuera en el frío; y nos despedimos entonces y el teniente y yo nos dirigimos hacia el sur, y el señor Des Voeux y su gente se dirigieron de nuevo al mar de hielo.

—Ustedes iban armados —dijo sir John.

—Sí, sir John —dijo Best—. El teniente Gore tenía una pistola. Yo llevaba una de las dos escopetas. El señor Des Voeux se quedó la otra escopeta con su partida, y el soldado Pilkington llevaba el mosquete.

—Díganos por qué dividió el teniente Gore la partida —pidió sir John.

Best pareció confuso por la pregunta durante un momento, pero luego se iluminó.

—Ah, él nos dijo que seguía sus órdenes, señor. Con toda la comida en el campamento del mojón destruida por los rayos y las tiendas estropeadas, la mayoría de los hombres necesitaban volver al campamento del mar. El teniente Gore y yo entonces fuimos a colocar el segundo contenedor con el mensaje en algún lugar del sur, a lo largo de la costa, y a ver si había agua abierta. Pero no la había, señor. Agua abierta, quiero decir. Ni rastro. Ni una pu..., ni un pequeño reflejo de cielo oscuro que sugiriese agua.

—¿Hasta dónde llegaron ustedes dos, Best? —preguntó Fitzjames.

—El teniente Gore creía que habíamos recorrido unos seis kilómetros hacia el sur, por encima de la nieve y la grava helada, cuando llegamos a una gran ensenada, señor..., más bien como la bahía de Beechey, donde invernamos hace un año. Pero ya sabe usted lo que son seis kilómetros en la niebla y el viento y con el hielo blanco, señores, aun en tierra, por aquí alrededor. Probablemente recorrimos quince kilómetros o más para cubrir los seis. La ensenada estaba bien helada, sólida. Como la banquisa de aquí. Ni siquiera ese habitual trocito de agua abierta que hay entre la costa y el hielo en cualquier ensenada durante el verano, por aquí. Así que cruzamos la boca, y luego seguimos otro medio kilómetro o así a lo largo de un promontorio allí, donde el teniente Gore y yo construimos otro mojón, no tan alto ni tan bonito como el del capitán Ross, claro, pero sólido y lo bastante alto para que cualquiera lo viera desde cualquier sitio. Esa tierra es tan plana que un hombre siempre es lo más alto que hay. De modo que apilamos las rocas a la altura de los ojos, más o menos, y metimos allí el segundo mensaje, igual que el primero que me dio el teniente, con aquel bonito cilindro de latón.

—¿Y entonces volvieron ustedes? —preguntó el capitán Crozier.

—No, señor —dijo Best—. Admito que yo estaba muy cansado. También lo estaba en teniente Gore. La caminata había sido muy dura aquel día, y hasta los sastrugi eran difíciles de atravesar, pero había niebla, de modo que sólo veíamos de vez en cuando la costa cuando se elevaba la niebla, así que aunque ya era por la tarde cuando acabamos de construir el mojón y dejar el mensaje, el teniente Gore nos hizo caminar unos nueve, diez u once kilómetros más hacia el sur a lo largo de la costa. A veces veíamos algo, pero la mayor parte del tiempo no. Pero sí que «oíamos» cosas.

—¿Qué es lo que oían, buen hombre? —preguntó Franklin.

—Algo que nos seguía, sir John. Algo grande. Y respiraba... y a veces parecía que engullía un poco..., ya saben, señores, como hacen los osos blancos, algo así como si tosiera...

—¿Lo identificaron como un oso? —preguntó Fitzjames—. Decía que eran ustedes las cosas de mayor tamaño visibles en tierra. Ciertamente, si los seguía un oso, habrían podido verlo cuando la niebla se levantase.

—Sí, señor —dijo Best, frunciendo el ceño tan intensamente que parecía que se iba a echar a llorar—. Quiero decir que no, señor. No pudimos identificarlo como un oso, señor. Podríamos haberlo hecho si fuese normal. Tendríamos que haberlo hecho. Pero no lo hicimos, no pudimos hacerlo. A veces le oíamos toser justo detrás de nosotros, a cuatro metros y medio de distancia entre la niebla, y yo levantaba la escopeta y el teniente Gore amartillaba la pistola, y esperábamos, conteniendo el aliento, pero cuando la niebla se despejaba, veíamos a treinta metros de distancia y allí no había nada.

—Debía de ser algún fenómeno auditivo —dijo sir John.

—Sí, señor —accedió Best, sugiriendo con su tono que no entendía el comentario de sir John.

—El hielo de la costa, que hacía ruido —dijo sir John—. O a lo mejor el viento.

—Ah, sí, sí, señor, sir John —dijo Best—. Sólo que no había

155

viento. Pero el hielo..., sí, pudo ser eso, señor. Siempre puede ser.
—Su tono dejaba bien claro que no podía ser.

Moviéndose como si se sintiera irritado, sir John dijo:
—Ha dicho usted al llegar que el teniente Gore murió..., fue asesinado..., después de que se uniesen a los otros seis hombres en el
hielo. Por favor, explíquenos ese punto de la narración.

—Sí, señor. Bueno, debía de ser cerca de la medianoche cuando
decidimos que ya no podíamos ir más hacia el sur. El sol había desaparecido del cielo delante de nosotros, pero el cielo tenía aquella luz
de oro..., ya sabe cómo es la medianoche por aquí, sir John. La niebla
se había levantado lo suficiente durante un ratito, y entonces trepamos por una pequeña colina rocosa..., bueno, en realidad no era una
colina, sino una punta que estaba a unos cinco metros por encima del
resto de la grava helada y llana que hay allí..., veíamos la costa que
se alejaba dando vueltas y revueltas hacia el sur, hacia el horizonte
borroso, y asomaban algunos icebergs del horizonte, del lugar donde se habían ido amontonando a lo largo de la costa. No había agua.
Todo estaba congelado y sólido. De modo que nos dimos la vuelta y
echamos a andar. No teníamos tienda ni sacos de dormir, y sólo comida fría. Me rompí un diente bueno masticando aquello. También
teníamos mucha sed, sir John. No teníamos estufa para fundir nieve
o hielo, y habíamos empezado con sólo un poquito de agua en una
botella que el teniente Gore guardaba debajo de su ropa y su sobretodo.

»De modo que fuimos andando, de noche, bueno, la hora o dos
de penumbra que aquí llaman noche, señores, y luego, más horas...,
y yo me quedé dormido andando una docena de veces, y habría ido
caminando en círculos hasta caer muerto, pero el teniente Gore me
cogía y me sacudía un poco y me obligaba a seguir un poco más.
Pasamos junto al nuevo mojón y cruzamos la ensenada, y en algún
momento, sobre las seis, cuando el sol estaba de nuevo bien alto en
el cielo, llegamos al sitio donde habíamos acampado la noche antes,
junto al primer mojón, el de sir James Ross, quiero decir..., en realidad había sido hacía dos noches, durante la primera tormenta
eléctrica..., y seguimos andando, siguiendo las huellas del trineo
hasta los icebergs acumulados en la costa, y luego hacia el mar de
hielo.

—Ha dicho usted «durante la primera tormenta eléctrica» —interrumpió Crozier—. ¿Es que hubo más? Tuvimos varias aquí mientras ustedes andaban fuera, pero lo peor parecía ser hacia el sur.

—Ah, sí, señor —dijo Best—. Cada pocas horas, aunque la niebla era muy espesa, los truenos empezaban a retumbar de nuevo y luego el pelo se nos ponía tieso otra vez, como si se quisiera escapar de nuestras cabezas, y todas las cosas de metal que teníamos (las hebillas de los cinturones, la escopeta, la pistola del teniente Gore) se ponían brillantes y azules, y buscábamos un lugar donde agacharnos en la grava y echarnos allí sencillamente, intentando desaparecer pegados al suelo, mientras el mundo explotaba a nuestro alrededor como el fuego de cañón en Trafalgar, señores.

—¿Estuvo usted acaso en Trafalgar, marinero Best? —preguntó sir John, gélidamente.

Best parpadeó.

—No, señor. Por supuesto que no, señor. Sólo tengo veinticinco años, milord.

—Yo sí que estuve en Trafalgar, marinero Best —dijo sir John, muy tieso—. Como oficial de señales del HMS *Bellerophon*, donde murieron treinta y tres de los cuarenta oficiales sólo en esa batalla. Por favor, evite usar metáforas o símiles que están fuera de su experiencia durante el resto de su informe.

—Sssssí, se..., señor —tartamudeó Best, tambaleándose no sólo por el cansancio y la pena, sino por el terror de haber dado un paso en falso semejante—. Le pido disculpas, sir John. Yo no quería..., yo... no debí..., o sea...

—Continúe con su narración, marinero —dijo sir John—. Pero cuéntenos las últimas horas del teniente Gore.

—Sí, señor. Bueno... Yo no podría haber trepado la barrera de icebergs sin que me ayudase el teniente Gore, que Dios le bendiga, pero al final lo conseguimos, y luego salimos al hielo mismo, hasta el lugar que estaba a, aproximadamente, un par de kilómetros del campamento marino, donde el señor Des Voeux y los demás nos esperaban, pero entonces nos perdimos.

—¿Cómo es posible que se perdieran —preguntó el comandante Fitzjames—, si iban siguiendo las huellas del trineo?

—Pues no lo sé, señor —dijo Best, con la voz inexpresiva debido al cansancio y el sufrimiento—. Había niebla. Mucha, muchísima niebla. No veíamos a más de tres metros en cualquier dirección. La luz del sol hacía que todo brillase y todo parecía llano. Creo que trepamos por la misma cresta tres o cuatro veces, y cada vez nuestro sentido de la dirección quedaba distorsionado. Y afuera, en el mar helado, había grandes zonas en las cuales había desaparecido la nieve y los patines del trineo no habían dejado marcas. Pero la verdad, señores, es que creo que ambos, el teniente Gore y yo, íbamos an-

157

dando dormidos, y simplemente perdimos las huellas sin darnos cuenta.

—Muy bien —dijo sir John—. Continúe.

—Bueno, pues entonces oímos los disparos... —empezó Best.

—¿Disparos? —dijo el comandante Fitzjames.

—Sí, señor. Eran de escopeta y de mosquete. En la niebla, con el sonido rebotando desde los icebergs y las crestas a nuestro alrededor, parecía que los disparos venían de todas partes a la vez, pero estaban muy cerca. Empezamos a gritar en la niebla y muy pronto oímos la voz del señor Des Voeux, que respondía a nuestros gritos, y treinta minutos después (nos costó todo ese tiempo que la niebla se levantara un poco) fuimos dando tumbos al campamento marino. Los chicos habían arreglado la tienda en las treinta y seis horas o así que nosotros habíamos pasado fuera, bueno, arreglado más o menos, claro, y estaba montada al lado del trineo.

—¿Los disparos eran para guiarles a ustedes? —preguntó Crozier.

—No, señor —dijo Best—. Estaban disparando a los osos. Y al viejo esquimal.

—Explíquese —dijo sir John.

Charles Best se humedeció con la lengua los labios agrietados y desgarrados.

—El señor Des Voeux puede explicarlo mejor que yo, señor, pero básicamente volvieron al campamento marino el día anterior y encontraron las latas de comida todas rotas y todo desperdigado y estropeado, por los osos, al parecer, de modo que el señor Des Voeux y el doctor Goodsir decidieron disparar a algunos de los osos blancos que seguían husmeando en torno al campamento. Dispararon a una osa y a sus dos cachorros justo antes de que nosotros llegásemos, y estaban preparando la carne. Pero oyeron movimiento a su alrededor, más toses y respiraciones de ésas en la niebla, como las que yo les describía antes, señores, y entonces, supongo, los dos esquimales, el viejo y la mujer, vinieron por encima de una cresta entre la niebla, todos cubiertos de pelo blanco también, y el soldado Pilkington disparó su mosquete y Bobby Ferrier su escopeta. Ferrier falló a los dos blancos, pero Pilkington le metió al hombre una bala en el pecho.

»Cuando nosotros llegamos, estaban llevando al esquimal herido y a la mujer y parte de la carne de oso de vuelta al campamento, dejando unas rayas rojas en la nieve, y por eso nos guiamos durante los últimos cien metros o así..., y el doctor Goodsir intentó salvar la vida del viejo esquimal.

—¿Por qué? —preguntó sir John.

Best no tenía respuesta a eso. Nadie más hablaba.

—Muy bien —dijo sir John al fin—. ¿Cuánto tiempo pasó después de que se reunieran con el segundo oficial Des Voeux y los otros en ese campamento hasta que el teniente Gore fue atacado?

—No más de treinta minutos, sir John. Probablemente menos.

—¿Y qué fue lo que provocó el ataque?

—¿Provocarlo? —repitió Best. Sus ojos ya no parecían enfocados—. ¿Quiere decir, como disparar a los osos blancos?

—Quiero decir que cuáles fueron exactamente las circunstancias del ataque, marinero Best —dijo sir John.

Best se frotó la frente. Abrió la boca durante largo rato antes de hablar.

—No lo provocó nada. Yo estaba hablando con Tommy Hartnell. Él estaba en la tienda con la cabeza toda vendada, pero despierto otra vez, y no recordaba nada desde algún momento en la primera tormenta eléctrica, y el señor Des Voeux estaba supervisando a Morfin y Ferrier, que intentaban que funcionasen dos de las estufas, de modo que pudiésemos calentar algo de carne de oso, y el doctor Goodsir había quitado la parka al viejo esquimal y estaba examinando un feo agujero que tenía el hombre en el pecho. La mujer estaba allí de pie mirando, pero yo no veía muy bien el sitio donde ella estaba porque la niebla se había espesado mucho, y el soldado Pilkington estaba de pie, haciendo guardia con el mosquete, cuando de repente el teniente Gore gritó: «¡Quietos todos! ¡Quietos!», y todos nos callamos y dejamos de hablar y de hacer lo que estábamos haciendo. El único sonido era el silbido de las dos estufas de alcohol y el burbujeo de la nieve que estábamos fundiendo para hacer agua en las enormes ollas, porque íbamos a hacer una especie de estofado de oso blanco, supongo, y entonces el teniente Gore cogió la pistola, la amartilló y dio unos pocos pasos alejándose de la tienda y...

Best se detuvo. Tenía los ojos completamente perdidos, la boca todavía abierta y un hilillo de baba en la barbilla. Parecía mirar algo que no estaba en el camarote de sir John.

—Continúe —dijo sir John.

La boca de Best se movió, pero ningún sonido salió de ella.

—Continúe, marinero —dijo el capitán Crozier con una voz más amable.

Best volvió la cara en dirección a Crozier, pero sus ojos seguían concentrados todavía en algo muy lejano.

159

—Entonces... —empezó Best—. Entonces el hielo... se elevó, capitán. Se elevó y rodeó al teniente Gore.

—¿Qué dice usted? —exclamó sir John, después de otro intervalo de silencio—. El hielo no se eleva. ¿Qué es lo que vio?

Best no volvió la cara en dirección a sir John.

—El hielo se levantó, sin más. Como cuando se ven las crestas de presión que surgen de repente. Pero no era ninguna cresta, no, sólo el hielo que se levantó y cogió una... forma. Una forma blanca. Una silueta. Recuerdo que tenía... garras. No tenía brazos ni puños, sólo garras. Muy grandes. Y dientes. Recuerdo los dientes.

—Un oso —dijo sir John—. Un oso polar blanco.

Best meneó la cabeza negativamente.

—Alta. Aquella cosa se levantó por «debajo» del teniente Gore, y era... demasiado alta. Más de dos veces la estatura del teniente Gore, y usted sabe que era un hombre alto. Al menos mediría unos tres metros de alto, o más incluso, creo, y también era muy grande. Demasiado grande. Y luego, el teniente Gore desapareció... La cosa le rodeaba... y lo único que veíamos era la cabeza del teniente y los hombros y las botas, y disparó la pistola, sin apuntar, creo que disparó al hielo, y luego todos nos pusimos a chillar, y Morfin fue a cuatro patas a buscar la escopeta, y el soldado Pilkington corría y apuntaba con el mosquete, pero tenía miedo de disparar, porque aquello y el teniente eran una sola cosa, y entonces..., entonces fue cuando oímos el ruido, los chasquidos.

—¿El oso estaba mordiendo al teniente? —preguntó el comandante Fitzjames.

Best parpadeó y miró al rubicundo comandante.

—¿Morderle? No, señor. Esa cosa no mordía. Ni siquiera tenía cabeza..., en realidad. Sólo dos huecos negros flotando a unos cuatro metros en el aire..., negros pero también rojos, ¿sabe?, como cuando un lobo se vuelve hacia uno y le da el sol en los ojos..., los chasquidos que se oían eran las costillas y el pecho del teniente Gore y los brazos y los huesos que se rompían.

—¿Chillaba el teniente Gore? —preguntó sir John.

—No, señor. No hizo ni un ruido.

—Y Morfin y Pilkington, ¿dispararon sus armas? —preguntó Crozier.

—No, señor.

—¿Por qué no?

Best sonrió extrañamente.

—Bueno, no se podía disparar contra nada, capitán. En un momento dado la cosa estaba allí, levantándose junto al teniente Gore y aplastándolo como usted y yo aplastaríamos a un ratón en nuestra mano, y al momento siguiente, había desaparecido.

—¿Qué quiere decir con eso de que había desaparecido? —preguntó sir John—. ¿No pudieron dispararle Morfin y el soldado mientras se retiraba entre la niebla?

—¿Retirarse? —repitió Best, y su absurda e inquietante sonrisa se hizo más amplia—. Esa cosa no se retiró. Simplemente, volvió al hielo... como una sombra que desaparece cuando el sol queda tapado detrás de una nube, y cuando llegamos adonde estaba el teniente Gore, él había muerto. Con la boca abierta. Ni siquiera tuvo tiempo para gritar. Entonces se alzó la niebla. No había agujeros en el hielo. Ni grietas. Ni siquiera un agujerito pequeño para respirar, como suelen hacer las focas. Sólo el teniente Gore allí tirado, destrozado, con el pecho hundido, ambos brazos rotos, y sangrando por los oídos, los ojos y la boca. El doctor Goodsir nos apartó, pero no se podía hacer nada. Gore estaba muerto, y se estaba poniendo ya tan frío como el hielo que tenía debajo.

La sonrisa loca e irritante de Best vaciló, los labios agrietados del hombre temblaban, pero seguían apartados de sus dientes, y los ojos se pusieron más nublados que nunca.

—Acaso... —empezó sir John, pero se detuvo porque Charles Best se derrumbó al suelo como un fardo.

14

Goodsir

Lat. 70° 05′ N — Long. 98° 23′ O
Junio de 1847

*D*el diario privado del doctor Harry D. S. Goodsir:

4 de junio de 1847

Cuando Stanley y yo desnudamos al hombre esquimal herido, recordé que llevaba un amuleto hecho con una piedra plana y suave, más pequeña que mi puño, con la forma de un Oso Polar. La piedra no parecía tallada, sino que su forma natural, como si hubiese sido suavizada por el pulgar, captaba perfectamente el largo cuello, la pequeña cabeza, las poderosas patas extendidas y el movimiento hacia delante del animal viviente. Yo había visto el Amuleto cuando inspeccionaba la herida del hombre en el hielo, pero no había pensado más en él.

La bala del mosquete del Soldado Pilkington había entrado en el Pecho del nativo menos de dos centímetros por debajo del amuleto, había perforado la carne y el músculo entre las costillas tercera y cuarta (desviada ligeramente por la más elevada de las dos), pasando a través de su Pulmón Izquierdo, y quedó alojada en la Columna, segando allí varios Nervios.

No podía salvarle de ninguna manera, sabía por un examen previo que cualquier Intento de Eliminar la bala de mosquete habría causado la muerte instantánea, y no podía detener la Hemorragia Interna del Pulmón, pero hice lo que pude, haciendo que llevasen al Esquimal a la parte de la Enfermería que el Cirujano Stanley y yo habíamos preparado para la cirugía. Durante Media Hora ayer, después de mi regreso al Buque, Stanley yo estuvimos limpiando la herida por delante y por detrás con nuestro Instrumental más Cruel y Cortando con Energía hasta que encontramos el lugar donde se encontraba la Bala en la Columna, y confirmamos nuestra prognosis de Muerte Inminente.

Pero aquel Salvaje excepcionalmente alto y de constitución fuerte y con el pelo gris no había aceptado aún nuestra Prognosis. Siguió existiendo como hombre. Siguió esforzándose por respirar a través de su pulmón desgarrado y ensangrentado, tosiendo sangre repetidamente. Siguió mirándonos con sus ojos de un color extraño para ser esquimal, unos ojos que acechaban todos Nuestros Movimientos.

El doctor McDonald vino del *Terror* y, siguiendo la sugerencia de Stanley, tomó al segundo esquimal (la chica) y la llevó al hueco trasero de la Enfermería, separado de nosotros por una manta que servía de cortina, para Examinarla. Creo que el Cirujano Stanley estaba menos interesado en examinar a la chica que en sacarla de la enfermería mientras hurgábamos en las heridas de su marido o padre..., aunque ni el Sujeto ni la Chica parecían preocupados por la Sangre o la Herida que habría hecho que cualquier Dama Londinense y no pocos aprendices de cirujanos se desmayasen de golpe.

Y hablando de desmayarse, Stanley y yo acabábamos de examinar al Esquimal moribundo cuando el Capitán Sir John Franklin se acercó a nosotros con dos tripulantes que llevaban a Charles Best, que, según nos informaron, se había desvanecido en el camarote de Sir John. Hicimos que los hombres pusieran a Best en el coy más cercano y sólo me costó un minuto de Somero Examen comprobar las razones por las cuales aquel hombre se había desmayado: era debido al mismo Agotamiento extremo que sufríamos todos los miembros de la partida del Teniente Gore, después de diez días de Esfuerzos Constantes, hambre (prácticamente no nos quedaba nada que comer, excepto Carne de Oso cruda para nuestros dos últimos días y noches en el hielo), y el resecamiento de toda la humedad de nuestro cuerpo (no podíamos permitirnos perder tiempo para detenernos a fundir nieve en las estufas de alcohol, de modo que recurrimos a la Mala Idea de masticar nieve y hielo, un proceso que reduce rápidamente el agua del cuerpo, en lugar de añadir más) y, un motivo mucho más Obvio para mí, pero extrañamente Oscuro para los oficiales que le estaban Interrogando: el pobre Best tuvo que permanecer de pie ante los capitanes llevando todavía siete Capas de Lana, habiéndole dado tiempo solamente para quitarse su ensangrentado Gabán. Después de diez días y noches en el hielo, a una temperatura media de cerca de veinte bajo cero, el calor del *Erebus* era casi demasiado para mí, y yo me había quitado, al llegar a la Enfermería, todas las capas de ropa excepto dos. Estaba claro que había sido demasiado para Best.

Después de asegurarme de que Best se recuperaría, pues una dosis de Sales de Olor le habían hecho volver ya en sí, sir John examinó con visible disgusto a nuestro paciente Esquimal, ahora echado sobre el pecho ensangrentado y el vientre, ya que Stanley y yo habíamos estado hurgando en su espalda en busca de la bala, y nuestro comandante dijo:

—¿Va a vivir?

163

—No por mucho tiempo, sir John —informó Stephen Samuel Stanley.

Me dio vergüenza ajena hablar así frente al paciente. Los médicos normalmente nos comunicamos unos a otros las prognosis más funestas en un latín de tono neutro en presencia de nuestros pacientes moribundos, pero me di cuenta de inmediato de que era muy improbable que el esquimal entendiese el inglés.

—Denle la vuelta de espaldas —ordenó sir John.

Lo hicimos con gran cuidado, y aunque el dolor que sentía el nativo de pelo canoso debía de ser terrible, ya que había permanecido consciente durante todo nuestro examen y continuaba igual ahora, no emitió ningún sonido. Su mirada estaba fija en el rostro del Líder de nuestra expedición.

Sir John se inclinó sobre él y, elevando la Voz y hablando lentamente, como si hablase con un Niño Sordo o un Idiota, gritó:

—¿Quién... es... usted?

El esquimal miraba a Sir John.

—¿Cuál... es... su nombre? —gritó Sir John—. ¿Cuál... su... tribu?

El hombre moribundo no respondió.

Sir John meneó la cabeza y mostró una expresión de disgusto, aunque no se sabe si era por la Herida Abierta en el pecho del Esquimal o debido a su obstinación aborigen.

—¿Dónde está el otro nativo? —preguntó Sir John a Stanley.

Mi cirujano jefe, con ambas manos ocupadas presionando la herida y aplicando los ensangrentados vendajes con los cuales esperaba disminuir, si no cortar, el pulso constante de la sangre que manaba del pulmón del salvaje, asintió en dirección al hueco tras la cortina.

—El doctor McDonald está con ella, Sir John.

Sir John pasó bruscamente al otro lado de la cortina. Oí varios tartamudeos, unas pocas palabras confusas, y luego el Líder de nuestra Expedición reapareció caminando de espaldas, con la cara de un rojo tan intenso y encendido que yo temí que nuestro comandante de sesenta y un años de edad estuviera sufriendo un ataque.

Entonces la roja cara de Sir John se puso bastante blanca por la conmoción.

Me di cuenta demasiado tarde de que la joven debía de estar desnuda. Unos pocos minutos antes había mirado a través de la cortina parcialmente abierta y observado que cuando McDonald le hizo un gesto de que se quitara la ropa exterior, la parka de piel de oso, la chica asintió y se quitó la pesada prenda exterior, y debajo no llevaba nada, de cintura para arriba. Yo estaba muy ocupado con el hombre moribundo en la mesa, en aquel momento, pero observé que era una forma muy inteligente de permanecer caliente bajo la capa suelta de pellejo peludo, mucho mejor que las múltiples capas de lana que llevábamos todos en el destacamento del trineo del pobre teniente Gore. Desnudo bajo la piel o el pelo de un animal, el cuerpo puede calentarse a sí mismo cuando está helado, y refrescarse adecuadamente cuando es necesario, por ejemplo durante el ejercicio, ya que la transpiración rápidamente se separa del cuerpo entre los pelos de la piel de lobo o de oso. La lana que llevábamos nosotros, los ingleses, se empapaba de sudor casi de inmediato, nunca se secaba del todo, se helaba rápidamente cuando dejábamos de caminar o tirábamos del trineo, y perdía gran parte de su Capacidad Aislante. En el momento que Volvíamos al barco, yo no tuve duda alguna de que llevábamos a nuestras espaldas casi dos veces el Peso que cargábamos cuando salimos.

—Ya vo..., volveré en un momento más adecuado —tartamudeó Sir John, y retrocedió, pasando junto a nosotros.

El capitán Sir John Franklin parecía agitado, pero si era debido a la cómoda Desnudez Edécnica de la joven o por algo que hubiese visto en el rincón de la Enfermería, no puedo asegurarlo. Dejó la Enfermería sin añadir una palabra más.

Un momento más tarde, McDonald me llamó hacia el cuarto posterior. La chica, muy joven, según había observado, aunque se ha probado científicamente que las hembras de las tribus salvajes alcanzan la pubertad mucho antes que las jovencitas de las sociedades civilizadas, se había vuelto a poner su abultada parka y sus pantalones de piel de foca. El doctor McDonald mismo parecía agitado, casi agobiado, y cuando yo le interrogué preguntándole cuál era el problema, hizo un gesto hacia la joven esquimal y le pidió que abriera la boca. Entonces levantó una linterna y un espejo convexo para concentrar la luz y yo lo vi por mí mismo.

Le había sido amputada la lengua junto a la raíz. Le quedaba lo suficiente, según vi y McDonald estuvo de acuerdo, para poder tragar y comer la mayoría de los alimentos, aunque de una manera algo rara; pero, ciertamente, la articulación de sonidos complejos, si se puede llamar al lenguaje esquimal complejo de algún modo, estaba fuera de sus capacidades. Las cicatrices eran antiguas. Aquello no había ocurrido recientemente.

Confieso que retrocedí lleno de Horror. ¿Quién podía hacer aquello a una simple niñita..., y por qué? Pero cuando usé la palabra «amputación», el doctor McDonald me corrigió con sutileza.

—Mire de nuevo, doctor Goodsir —susurró—. No se trata de una amputación quirúrgica circular, ni siquiera con un instrumento tan burdo como un cuchillo de piedra. La lengua de esta pobre joven le fue arrancada de un mordisco cuando era muy pequeña..., y tan cerca de la raíz del miembro que no es posible que se lo hiciese a sí misma.

Me aparté un paso de la mujer.

—¿Tiene alguna otra mutilación? —pregunté, hablando en latín

165

por pura costumbre. Había leído algo de costumbres bárbaras en el Continente Oscuro y que circulan entre los mahometanos, que circuncidan a sus mujeres cruelmente en una parodia de la costumbre hebrea para los varones.

—No, ninguna más —respondió McDonald.

Entonces pensé que comprendía la fuente de la súbita palidez de Sir John y su evidente conmoción, pero cuando le pregunté a McDonald si había compartido aquella información con nuestro comandante, el cirujano me aseguró que no había sido así. Sir John había entrado en el cubículo, había visto a la joven esquimal sin ropa y había salido presa de la agitación. McDonald me empezó a dar los resultados de su rápida inspección física de nuestra cautiva o huésped, cuando nos interrumpió el Cirujano Stanley.

Mi primera idea fue que el hombre Esquimal había muerto, pero no fue ése el Caso. Un tripulante había venido a pedir que fuese a informar ante Sir John y a los demás Capitanes.

Podría decir que Sir John, el Comandante Fitzjames y el Capitán Crozier se sintieron decepcionados por mi Informe de lo que había observado de la muerte del Teniente Gore, y mientras ese hecho de ordinario me habría Alterado, aquel día, quizá debido a mi enorme Fatiga y a los Cambios Psicológicos que quizás hubiesen tenido lugar durante el tiempo pasado con la Partida del Hielo del Teniente Gore, el caso es que la decepción de mis Superiores no me Afectaba.

Primero volví a informar del estado de nuestro hombre Esquimal moribundo, y sobre el curioso hecho de la falta de lengua de la chica. Los tres capitanes murmuraron entre ellos sobre este hecho, pero las únicas preguntas procedieron del capitán Crozier.

—¿Sabe por qué podría haberle hecho alguien eso a esta joven, doctor Goodsir?

—No tengo ni idea, señor.

—¿Podría haberlo hecho un animal? —insistió.

Hice una pausa. La idea no se me había ocurrido.

—Podría ser —dije al fin, aunque me resultaba muy difícil Imaginar a algún Carnívoro Ártico que devorase la lengua de una niña y, sin embargo, la dejase viva. Pero es bien sabido que estos Esquimales tienden a vivir con Perros Salvajes. Yo mismo lo había visto en la bahía de Disko.

No hubo más preguntas acerca de los dos Esquimales.

Me preguntaron por los detalles de la muerte del Teniente Gore y de la Criatura que le había matado, y les dije la verdad: que yo estaba trabajando para salvar la vida del hombre Esquimal que había salido de la niebla y recibió un disparo del Soldado Pilkington, y que sólo había levantado la vista en el instante final de la muerte de Graham Gore. Les expliqué que entre la niebla que se movía, los gritos, el estruendo del mosquete que me distrajo y el sonido de la pistola del teniente que se disparaba, mi limitada visión desde el costado del trineo, donde yo estaba arrodillado, el movimiento rápido y cambiante tanto de hombres como de luces, no estaba seguro de lo que había visto: sólo una forma grande y blanca envolviendo al indefenso oficial, el relámpago de su pistola, más gritos, y luego la niebla que lo engullía todo de nuevo.

—Pero ¿está usted seguro de que era un oso blanco? —preguntó el comandante Fitzjames.

Yo dudé.

—Si lo era —dije al fin—, era un ejemplar de *Ursus maritimus* extraordinariamente grande. Yo tuve la impresión de un carnívoro semejante a un oso: un cuerpo grande, unos brazos gigantescos, la cabeza pequeña, los ojos de obsidiana, pero los detalles no estaban tan claros como parece por la descripción. En su mayor parte, lo que recuerdo es que aquella cosa pareció salir de la nada, levantándose en torno al hombre, y que era dos veces más alto que el teniente Gore. Fue terrible.

—Estoy seguro de que sí —dijo Sir John, secamente, casi con un tono sarcástico, me pareció—. Pero ¿qué iba a ser si no era un oso, señor Goodsir?

No era la primera vez que observaba que Sir John nunca se dirigía a mí con mi título correspondiente de doctor. Usaba el «señor» como lo habría hecho con cualquier contramaestre u oficial no instruido. Me había costado dos años darme cuenta de que el envejecido comandante de la expedición, a quien yo tenía en tan alta estima, no tenía una estima recíproca por un simple cirujano naval.

—Pues no lo sé, Sir John —dije. Quería volver con mi paciente.

—Comprendo que ha demostrado usted cierto interés por los osos blancos, señor Goodsir —continuó Sir John—. ¿A qué se debe?

—Hice estudios de anatomía, Sir John. Y antes de que zarpara la expedición, tenía el sueño de convertirme en naturalista.

—¿Ya no lo tiene? —preguntó el capitán Crozier con ese acento irlandés suyo.

Yo me encogí de hombros.

—He averiguado que el trabajo de campo no es lo mío, capitán.

—Sin embargo, usted ha diseccionado alguno de los osos blancos a los que hemos disparado aquí, y en la isla de Beechey —insistió Sir John—. Y estudió sus esqueletos y musculatura. Y los ha observado en el hielo, igual que nosotros.

—Sí, Sir John.

—¿Cree que las heridas del teniente Gore se corresponden con los daños que podría causar un animal de estas características?

Dudé sólo un segundo. Yo había examinado el cadáver del pobre

Graham Gore antes de cargarlo en el trineo para nuestro pesadillesco viaje de vuelta por la banquisa.

—Sí, Sir John —dije—. El oso polar blanco de esta región es, por lo que sabemos, el depredador más grande de la Tierra. Puede pesar media vez más y medir un metro más erguido sobre las patas posteriores que el Oso Grizzly, el oso más enorme y feroz de Norteamérica. Es un depredador muy fuerte, perfectamente capaz de aplastar el pecho de un hombre y de cortarle la médula espinal, como fue el caso del pobre teniente Gore. Y más aún: el oso polar blanco es el único depredador que acecha a los humanos habitualmente como presas.

El comandante Fitzjames se aclaró la garganta.

—Yo digo, doctor Goodsir —dijo, sosegadamente—, que vi una vez un tigre en la India bastante feroz, que, según los campesinos, se había comido a doce personas.

Asentí, dándome cuenta en aquel preciso momento de lo horriblemente cansado que estaba. El agotamiento obraba sobre mí como una Bebida Poderosa.

—Señor... Comandante... Caballeros... Ustedes han visto todos muchísimo más mundo que yo. Sin embargo, por mis extensas lecturas sobre este tema, parece que todos los demás carnívoros terrestres (lobos, leones, tigres, otros osos) pueden matar a seres humanos si se los provoca, y algunos de ellos, como su tigre, comandante Fitzjames, se convertirán en comedores de hombres si se ven obligados debido a alguna enfermedad o herida que les evita buscar presas en su entorno natural, pero sólo el oso polar blanco, el *Ursus maritimus*, busca activamente presas humanas de forma habitual.

Crozier asentía.

—¿Dónde ha aprendido eso, doctor Goodsir? ¿En sus libros?

—Hasta cierto punto, señor. Pero he pasado mucho tiempo en la bahía de Disko hablando con los locales acerca de la conducta de los osos, y también le pregunté al capitán Martin del *Enterprise* y al capitán Dannert del *Príncipe de Gales*, cuando estábamos al ancla cerca de ellos en la bahía de Baffin. Esos dos caballeros respondieron a mis preguntas sobre los osos blancos y me pusieron en contacto con varios hombres de su tripulación, incluyendo dos ancianos balleneros americanos que habían pasado más de doce años cada uno en el hielo. Tenían muchas anécdotas sobre los osos blancos que acechaban a los nativos Esquimales de la región e incluso se llevaban a los hombres de sus propios buques cuando éstos se hallaban atrapados en el hielo. Un hombre viejo, creo que su nombre era Connors, decía que su buque, en el 28, no había perdido un cocinero, sino dos, ante los osos... Uno de ellos atrapado bajo cubierta, donde estaba trabajando junto a los fogones mientras los hombres dormían.

El capitán Crozier sonrió al oír aquello.

—Quizá no debería creerse todos los cuentos que cuentan por ahí los marineros, doctor Goodsir.

—No, señor. Claro que no, señor.

—Eso es todo, señor Goodsir —dijo Sir John—. Ya le volveremos a llamar si tenemos más preguntas.

—Sí, señor —dije yo entonces, y cansadamente me volví para regresar a proa, a la enfermería.

—Ah, doctor Goodsir —me llamó el comandante Fitzjames antes de que yo saliera por la puerta del camarote de Sir John—. Yo tengo una pregunta, aunque estoy enormemente avergonzado de no conocer la respuesta. ¿Por qué se llama al oso blanco *Ursus maritimus*? No debe de ser por su afición a comer marineros, supongo.

—No, señor —dije—. Creo que el nombre se le otorgó al oso polar porque es más un mamífero acuático que un animal terrestre. He leído informes de que se avistaron osos polares blancos a centenares de kilómetros mar adentro, y el capitán Martin, del *Enterprise*, me dijo que mientras el oso es rápido en el ataque por tierra o en el hielo, viniendo a una velocidad de más de cuarenta kilómetros por hora, en mar es uno de los nadadores más poderosos del océano, capaz de nadar más de cien kilómetros sin descanso. El capitán Dannert decía que una vez su barco estaba haciendo ocho nudos con buen viento, muy lejos de tierra, y dos osos blancos mantuvieron el mismo paso que el buque aproximadamente veinte kilómetros, y luego sencillamente lo dejaron atrás y siguieron nadando hacia unos témpanos que había en la distancia, con la facilidad y velocidad de una ballena beluga. De ahí la nomenclatura... *Ursus maritimus*... Un mamífero, sí, pero sobre todo una criatura del mar.

—Gracias, señor Goodsir —dijo Sir John.

—No hay de qué, señor —dije, y salí.

4 de junio de 1847 (continúa)

El Esquimal murió sólo unos pocos minutos después de medianoche. Pero primero habló.

Yo estaba dormido por entonces, sentado con la espalda apoyada contra el mamparo de la Enfermería, pero Stanley me despertó.

El hombre canoso estaba debatiéndose en el Banco de Cirugía donde se encontraba echado, moviendo los brazos casi como si intentara nadar en el aire. Su pulmón pinchado sangraba y la sangre corría por su mejilla y sobre su pecho vendado.

Al levantar yo la luz de la linterna, la chica Esquimal se levantó de la esquina donde había estado durmiendo y los tres nos inclinamos hacia el hombre moribundo.

El viejo Esquimal dobló un potente dedo y con él se dio en el pecho,

169

muy cerca del agujero de bala. Cada jadeo bombeaba fuera mucha sangre roja y arterial, pero él iba tosiendo lo que sólo podían ser palabras. Con un trozo de tiza, intenté escribirlas en la pizarra que Stanley y yo usábamos para comunicarnos cuando los pacientes estaban durmiendo cerca.

—*Angatkut tuquruq! Quarubvitchuq... angatkut turquq... Paniga... tuunbaq! Tanik... naluabmiu tuqutauyasiruq... umiaqpak tuqutauyasiruq...· nanuq tuqutka! Paniga... tunbaq nanuq... angatkut qururuq!*

Y la hemorragia aumentó tanto que él ya no pudo hablar más. La sangre salía a chorros y se escapaba de su cuerpo, atragantándole, hasta que, aunque Stanley y yo procurábamos levantarlo y ayudarlo a limpiar sus vías respiratorias, acabó por inhalar sólo sangre. Después de un terrible momento final así, su pecho dejó de moverse, él cayó hacia atrás en nuestros brazos y su mirada se quedó fija y vidriosa. Stanley y yo lo dejamos en la mesa.

—¡Cuidado! —exclamó Stanley.

Durante un segundo no comprendí la advertencia del otro cirujano: el viejo estaba muerto y tranquilo, yo no encontraba pulso ni respiración al inclinarme hacia él, pero entonces me volví y vi a la mujer esquimal.

Había cogido uno de los escalpelos ensangrentados de nuestra mesa de trabajo y se acercaba, levantando el arma. Resultó obvio para mí de inmediato que no me prestaba ninguna atención, ya que su mirada fija estaba clavada en el Rostro Muerto y el pecho del hombre que podía ser su marido, su padre o un hermano. En esos pocos segundos, no conociendo las costumbres de aquella tribu Pagana, una Miríada de imágenes delirantes llenaron mi mente: que la joven iba a sacarle el corazón al hombre y quizá devorarlo en algún terrible ritual, o le iba a vaciar los ojos al muerto, o quizá cortarse uno de sus propios dedos o añadir alguna cicatriz más a la telaraña de cicatrices antiguas que cubrían el cuerpo del hombre como los tatuajes de un marinero.

Pero ella no hizo nada de eso. Antes de que Stanley pudiera agarrarla y mientras a mí no se me ocurría más que colocarme protectoramente delante del hombre muerto, la chica esquimal movió el escalpelo con una destreza de cirujano (era obvio que había usado cuchillos muy afilados durante toda su vida) y cortó el cordón de cuero que sujetaba el amuleto del hombre.

Cogió la piedra plana, blanca, salpicada de sangre, en forma de oso, y su cordón cortado, se lo guardó en algún lugar de su persona, bajo la parka, y devolvió el escalpelo a la mesa.

Stanley y yo nos miramos el uno al otro. Luego el cirujano jefe del *Erebus* fue a despertar al joven marinero que servía como oficial de Enfermería, y le envió a informar al oficial de guardia y luego al capitán de que el viejo Esquimal había muerto.

4 de Junio (continúa)
Enterramos al hombre esquimal más o menos a la 1.30 de la mañana, a las tres campanadas; echamos su cuerpo envuelto en lona por el agujero para el fuego en el hielo, a sólo unos veinte metros del barco. Ese solitario agujero del fuego que da acceso a las aguas abiertas a cuatro o cinco metros por debajo del hielo era el único que los hombres habían conseguido mantener abierto aquel frío verano, ya que, como he mencionado antes, los marineros no temen a nada tanto como al fuego, y las instrucciones de sir John eran de echar el cuerpo por allí. Mientras Stanley y yo luchábamos por introducir el cuerpo por el estrecho embudo con unos bicheros, oíamos los golpes y ocasionales exabruptos a unos cientos de metros al este en el hielo, donde una partida de veinte hombres llevaba cavando toda la noche para hacer un agujero más decoroso para el entierro del teniente Gore que se iba a celebrar al día siguiente, o en realidad aquel mismo día pero más tarde.

En medio de la noche todavía había luz suficiente para leer un versículo de la Biblia, si alguien hubiese llevado una Biblia sobre el hielo para leer un verso, cosa que nadie había hecho, y la escasa luz nos ayudaba, a los dos cirujanos y a los dos tripulantes que habían recibido órdenes de ayudarnos, mientras empujábamos, pinchábamos, apretábamos, y finalmente conseguíamos introducir el cuerpo del hombre Esquimal más y más profundamente en el hielo azul, y desde allí a las Aguas Negras de debajo.

La mujer Esquimal estaba de pie, silenciosa, mirando, sin mostrar todavía expresión alguna. Soplaba el viento del oeste-noroeste, y su cabello negro se alzaba de la manchada capucha de su parka y se movía en torno a su rostro como un revoloteo de plumas de cuervo.

Nosotros éramos los únicos integrantes del Cortejo Fúnebre, el cirujano Stanley, los dos tripulantes jadeantes, que maldecían en voz baja, la mujer nativa y yo, hasta que el capitán Crozier y un teniente alto y desgarbado aparecieron entre el viento y la nieve y contemplaron los últimos momentos de nuestra lucha. Finalmente, el cuerpo del hombre esquimal se deslizó el último metro y medio y desapareció entre las negras corrientes, a cinco metros por debajo del hielo.

—Sir John ha ordenado que la mujer no pase la noche a bordo del *Erebus* —dijo el capitán Crozier, en voz baja—. Hemos venido a llevarla al *Terror*.

Al teniente alto, cuyo nombre de repente recordé que era Irving, Crozier le dijo:

—John, ella estará a su cargo. Encuéntrele un lugar fuera de la vista de los hombres, probablemente a proa de la enfermería, en el almacén, y procure que no le ocurra nada malo.

—Sí, señor.

—Excúseme, capitán —dije yo entonces—. ¿Por qué no dejarla volver con su pueblo?

Crozier sonrió al oír aquello.

—Normalmente estaría de acuerdo con ese proceder, doctor. Pero no hay ningún asentamiento Esquimal conocido, ni la más pequeña aldea, a una distancia de unos quinientos kilómetros de aquí. Son un pueblo nómada, especialmente aquellos a los que llamamos los de las Montañas del Norte, pero ¿qué habrá sido lo que ha traído a este anciano y a esta joven aquí, a la banquisa, tan al norte y en pleno verano, a un lugar donde no hay ballenas, ni morsas, ni focas, ni caribúes ni animales de ningún tipo, excepto los osos blancos y esas cosas asesinas en el hielo?

Yo no tenía ninguna respuesta, pero aquello tampoco parecía demasiado pertinente con respecto a mi pregunta.

—Podemos llegar a un punto —continuó Crozier— en que nuestras vidas dependan de encontrar y hacernos amigos de esos nativos Esquimales. ¿Debemos dejarla partir antes de habernos hecho amigos suyos?

—Pero nosotros disparamos a su marido o padre —dijo el cirujano Stanley, mirando a la muda joven que todavía miraba el agujero del fuego, ahora vacío—. Nuestra Lady Silenciosa quizá no experimente unos sentimientos de lo más caritativo hacia nosotros.

—Precisamente —insistió el capitán Crozier—. Y ya tenemos suficientes problemas ahora mismo para que esta joven traiga una partida de guerra de furiosos Esquimales a nuestros barcos a asesinarnos mientras dormimos. No, yo creo que el capitán Sir John tiene razón..., ella debe quedarse con nosotros hasta que decidamos qué hacer..., no sólo con ella, sino con nosotros mismos. —Crozier sonrió a Stanley. En dos años, era la primera vez que recordaba ver sonreír al capitán Crozier—. Lady Silenciosa. Eso está bien, Stanley. Muy bien. Vamos, John. Vamos, *milady*.

Caminaron entre la nieve y el viento hacia la primera cresta de presión. Yo volví por la rampa de nieve al *Erebus*, a mi diminuto camarote, que me pareció el mismísimo paraíso, y a la primera noche de auténtico sueño que había pasado desde que el teniente Gore nos condujo al sur-sureste hacia el hielo, hacía más de diez días.

15

Franklin

Lat. 70° 05' N — Long. 98° 23' O
11 de junio de 1847

El día que iba a morir, sir John casi se había recuperado del impacto de ver desnuda a la joven esquimal.

Era la misma mujer joven, la misma squaw adolescente copper que el diablo le había enviado a tentarle durante su primera y malhadada expedición en 1819, la licenciosa compañera de cama de Robert Hood, de quince años de edad, que se llamaba Medias Verdes. Sir John estaba seguro de ello. Aquella tentadora tenía la misma piel color café que parecía brillar, aun en la oscuridad, los mismos pechos altos y redondos de niña, la misma areola marrón, y el mismo penacho negro como ala de cuervo encima del sexo.

Era el mismo súcubo.

La conmoción que le produjo al capitán sir John Franklin verla desnuda encima de la mesa del cirujano McDonald en la enfermería (¡en su propio barco!) era profunda, pero sir John estaba seguro de que había sido capaz de esconder su reacción a los cirujanos y a los demás capitanes durante el resto de aquel día interminable y desconcertante.

El servicio funerario del teniente Gore tuvo lugar a última hora del viernes 4 de junio. Un numeroso grupo tuvo que trabajar durante más de veinticuatro horas para excavar en el hielo y permitir el entierro en el mar, y antes de que hubiesen acabado, tuvieron que usar pólvora negra para volar los últimos tres metros de hielo duro como la roca, y luego usar picos y palas para excavar un cráter enorme y abrir el último metro y medio, más o menos. Cuando acabaron, en torno al mediodía, el señor Weekes, el carpintero del *Erebus*, y el señor Honey, el carpintero del *Terror*, habían construido un ingenioso y elegante andamiaje de madera de tres metros de largo y metro y medio de ancho, abierto hacia el mar oscuro. Grupos de trabajo con largas picas fueron estacionados junto al cráter, para evitar que el hielo se congelase por debajo de la plataforma.

El cuerpo del teniente Gore había empezado a descomponerse rápidamente en el relativo calor del buque, de modo que los carpinteros construyeron primero un ataúd más sólido de madera de caoba forrada con una caja interior de cedro aromático. Entre las dos capas de madera se encontraba una capa de plomo en lugar de las tradicionales cargas de munición que se cosían al habitual saco de entierro de lona, para asegurar que el cuerpo se hundiese. El señor Smith, el herrero, había forjado, alisado a martillazos y luego había grabado una bonita placa conmemorativa de cobre, que se fijó en la parte superior del ataúd de caoba mediante unos tornillos. Como el servicio funeral era una mezcla entre el entierro en la costa y el más común en el mar, sir John había especificado que el ataúd se hiciera lo bastante pesado para que se hundiera de una vez.

A las ocho campanadas, al principio de la primera guardia de cuartillo (las 16.00 horas), las compañías de los dos buques se reunieron en el lugar del entierro, a medio de kilómetro del *Erebus* en el hielo. Sir John había ordenado que todo el mundo excepto las mínimas guardias para cada buque estuviesen presentes para el servicio, y había ordenado también que no llevasen ninguna capa de ropa encima de sus uniformes, de modo que en el momento fijado, más de un centenar de oficiales y hombres temblando de frío, pero formalmente vestidos, se reunieron en el hielo.

El ataúd del teniente Gore se bajó por el costado del *Erebus* y se sujetó a un enorme trineo reforzado para aquel día y objetivo. La Union Jack del propio sir John se colocó encima del ataúd. Luego, treinta y dos marineros, veinte del *Erebus* y una docena del *Terror*, lentamente fueron tirando del ataúd-trineo medio kilómetro hasta el lugar del entierro, mientras cuatro de los marineros más jóvenes, todavía en la lista como grumetes, George Chambers y David Young del *Erebus*, y Robert Golding y Thomas Evans del *Terror*, tocaban una lenta marcha con unos tambores amortiguados con trapos negros. La solemne procesión fue escoltada por veinte hombres, incluyendo al capitán sir John Franklin, el comandante Fitzjames, el capitán Crozier y casi todos los demás oficiales y suboficiales con uniforme completo, excluyendo sólo aquellos que habían quedado al mando en cada buque, casi vacíos ambos.

En el lugar del enterramiento, una partida de guardias de la Marina Real con sus casacas rojas estaba de pie, en posición de firmes.

Dirigido por el sargento del *Erebus*, de treinta y tres años de edad, David Bryant, el destacamento consistía en el cabo Pearson, el soldado Hopcraft, el soldado Pilkington, el soldado Healey y el soldado Reed, del *Erebus*; sólo faltaba el soldado Braine del contingente de marines del buque insignia, ya que el hombre había muerto el último invierno y fue enterrado en la isla de Beechey, y también el sargento Tozer, el cabo Hedges, el soldado Wilkes, el soldado Hammond, el soldado Heather y el soldado Daly, del HMS *Terror*.

El tricornio del teniente Gore y su espada los llevaba detrás del trineo el teniente H. T. D. Le Vesconte, que había asumido los deberes de mando del teniente Gore. Junto a Le Vesconte caminaba el teniente James W. Fairholme, llevando un cojín de terciopelo azul en el cual se exhibían las seis medallas que el joven Gore había conseguido durante sus años en la Marina Real.

Mientras el destacamento del trineo se acercaba al cráter funerario, la línea de doce marines se separó, abriéndose para formar un pasillo. Los marines se volvieron hacia dentro y permanecieron firmes con las armas a la funerala mientras la procesión que tiraba del trineo, el trineo mismo, la guardia de honor y los demás miembros del cortejo fúnebre pasaban entre sus filas.

Cuando los ciento diez hombres se colocaron en su lugar entre la masa de uniformes de oficiales, en torno al cráter, algunos marineros de pie en las crestas de presión para ver mejor, sir John encabezó a los capitanes y todos se dirigieron a su lugar en un andamio temporal en el extremo este del cráter del hielo. Lenta y cuidadosamente, los treinta y dos hombres que tiraban del trineo desataron juntos el ataúd y lo bajaron por unas tablas colocadas en ángulo preciso hasta su lugar de descanso temporal en la estructura de madera justo por encima del rectángulo de agua negra. Cuando el ataúd quedó en su lugar, descansaba no sólo en las tablas finales, sino en tres robustos cabos que iban sujetos por ambos lados por los mismos hombres que habían sido elegidos para tirar del trineo.

Cuando los tambores amortiguados dejaron de redoblar, todos se quitaron el sombrero. El frío viento alborotó el largo cabello de los hombres, que iba bien lavado, peinado y atado hacia atrás con cintas para aquel servicio. El día era muy frío, no más de quince grados bajo cero en la última medición a las seis campanadas, pero el cielo ártico, lleno de cristales de hielo, era una cúpula de luz dorada. Como si fuera en honor del teniente Gore, al solitario círculo del sol ocluido por el hielo se le habían unido tres soles más, parhelios o falsos soles que flotaban por encima y a cada lado del verdadero sol, que se alzaba al sur, todos conectados por un halo de luz que formaba un arcoiris. Muchos hombres presentes inclinaron la cabeza ante lo acertado de aquella visión.

Sir John celebró el oficio de difuntos, con su potente voz bien audible para los ciento diez hombres reunidos a su alrededor. El ritual les era familiar a todos. Las palabras eran consoladoras. Las respuestas eran conocidas. Al final, el frío viento quedó olvidado para muchos a medida que las frases familiares hacían eco en el hielo.

—Por tanto, entregamos este cuerpo a las profundidades para que se convierta en corrupción, esperando la resurrección del cuerpo, cuando el mar devuelva a sus muertos, y la vida del mundo venidero, a través de nuestro Señor Jesucristo, que a su venida cambiará nuestro vil cuerpo terrenal para que sea como su glorioso cuerpo, y mediante su obra omnipotente someterá a sí todas las cosas.

—Amén —dijeron los hombres convocados.

Los doce hombres del destacamento de honor de la Marina Real elevaron sus mosquetes y dispararon tres salvas, la última sólo de tres tiros en lugar de los cuatro de las dos precedentes.

Al oír el sonido de la primera descarga, el teniente Le Vesconte hizo una seña, y Samuel Brown, John Weekes y James Ridgen quitaron las tablas de debajo del pesado ataúd, que quedó entonces suspendido sólo por los tres gruesos cabos. Al oír el sonido de la primera descarga, el ataúd, se bajó hasta que tocó casi las aguas negras. Al oír la descarga final, se dejaron deslizar lentamente los cabos hasta que el pesado ataúd, con su placa de cobre, y las medallas del teniente Gore y su espada también colocadas encima de la caoba, desaparecieron bajo la superficie del agua.

Hubo un ligero chapoteo en el agua helada, los cabos se izaron y se arrojaron a un lado, y el rectángulo de agua negra quedó vacío. Hacia el sur, los falsos soles y el halo habían desaparecido y sólo un sombrío sol rojo brillaba bajo la cúpula del cielo.

Los hombres se dispersaron silenciosamente hacia sus buques. Sólo eran las dos campanadas en la primera guardia de cuartillo. Para la mayoría de los hombres, era ya la hora de cenar y la de su segunda ración de ron.

Al día siguiente, sábado 5 de junio, ambas tripulaciones se acurrucaron en las cubiertas inferiores de sus buques, ya que se desencadenó encima de ellos otra tormenta eléctrica veraniega ártica. Se llamó a los vigías desde las cofas, y los pocos que hacían guardia en cubierta se alejaron de todo objeto de metal a medida que los relámpagos iban centelleando entre la niebla, resonaban los truenos, caían grandes rayos eléctricos y volvían a caer en los pararrayos colocados en los mástiles y techos de los camarotes, y los dedos azules de los fuegos de San Telmo trepaban por los palos y se deslizaban entre las jarcias. Unos vigías demacrados que bajaban después de las guardias contaban a sus compañeros asombrados que había esferas de luz rodando y saltando por encima del hielo. Más tarde, cuando los relámpagos y los fenómenos eléctricos transmitidos por el aire se hacían cada vez más violentos, los vigías de la guardia de cuartillo informaron de que algo blanco, demasiado blanco para ser un simple oso blanco, iba merodeando y caminando por las crestas entre la niebla, escondiéndose, luego haciéndose visible a la luz de los relámpagos durante un segundo o dos. A veces, decían, la silueta caminaba a cuatro patas como un oso. Otras veces juraban que caminaba con soltura sobre sesenta centímetros, como un hombre. La cosa, decían, daba vueltas en torno al buque.

Aunque el mercurio estaba cayendo, el domingo amaneció claro y quince grados más frío, la temperatura a mediodía era de veintidós bajo cero, y sir John envió recado de que aquel día era obligatorio asistir a un oficio religioso en el *Erebus*.

El oficio religioso era obligatorio cada semana para los hombres y oficiales del buque de sir John. Éste lo celebraba en la cubierta inferior durante todos los meses oscuros del invierno, pero sólo los más devotos tripulantes del *Terror* hacían la travesía sobre el hielo para asistir. Como era obligatorio en la Marina Real, tanto por tradición como por ley, el capitán Crozier también celebraba un oficio religioso el domingo, pero sin capellán a bordo la verdad es que resultaba bastante abreviado, a veces poco más que una lectura de las Ordenanzas Navales, y duraba veinte minutos en lugar de los entusiastas noventa minutos o incluso las dos horas de sir John.

Aquel domingo no había elección.

El capitán Crozier fue con sus oficiales, suboficiales y hombres por encima del hielo por segunda vez en tres días, aquella vez con los abrigos y bufandas encima de los uniformes, y se vieron muy sorprendidos al llegar al *Erebus* y ver que el oficio iba a tener lugar en cubierta, y que sir John pensaba predicar desde el alcázar. A pesar del pálido cielo azul, ya que aquel día no había cúpula dorada ni cristales de hielo ni soles falsos simbólicos, el viento era muy, muy frío, y la masa de hombres se acurrucaban muy juntos para al menos tener una ilusión de calor en la zona que quedaba debajo del alcázar, mientras los oficiales de ambos buques permanecían en pie detrás de sir John en el costado de barlovento de la cubierta como una sólida masa de monaguillos con abrigo. Una vez más se llamó a los marines para que formaran, aquella vez en el costado de sotavento de la cubierta principal, con el sargento Bryant delante, mientras los oficiales de mar se congregaban ante el palo mayor.

Sir John permanecía en pie junto a la bitácora, que estaba cubierta con la misma Union Jack que había envuelto antes el ataúd de Gore, «para hacer las funciones de púlpito», según las normas.

Predicó durante sólo una hora, y no se perdieron dedos de pies ni de manos como resultado de ello.

Como era un hombre del Antiguo Testamento por naturaleza e inclinación, sir John se explayó con varios profetas, concentrándose un tiempo en el juicio sobre la tierra de Isaías: «Y he aquí que el Señor hizo la tierra estéril y la hizo yerma, y la volvió del revés, y sobre ella extendió a sus habitantes...», y lentamente, a través del aluvión de palabras, se hizo evidente hasta para el más lerdo de los marineros entre la masa de abrigos, bufandas y guantes de la cubierta principal que su comandante estaba hablando en realidad de su expedición para encontrar el paso del Noroeste y su actual situación helada en las yermas extensiones de la latitud 70° 05′ N, longitud 98° 23′ O.

—La tierra quedará completamente vacía, completamente yerma, porque el Señor ha dicho su palabra —continuó sir John—. El temor, el pozo y la trampa están junto a vosotros, oh, habitantes de la Tierra. Y ocurrirá que aquellos que huyan del ruido del temor, caerán en el pozo; y que aquel que salga del pozo caerá en la trampa, porque las puertas del Cielo están abiertas, y temblarán los cimientos de la tierra... La tierra quedará rota, la tierra quedará deshecha, la tierra se moverá extraordinariamente. Todos vagarán arriba y abajo como borrachos...

Como para probar aquella sombría profecía, llegó un gran gemido del hielo en torno al HMS *Erebus*, y la cubierta se inclinó bajo los hombres que permanecían de pie. Los palos y mástiles cubiertos de hielo por encima de ellos parecieron vibrar, y luego formaron pequeños círculos contra el débil cielo azul. Ningún hombre rompió la formación ni profirió sonido alguno.

Sir John pasó de Isaías a la revelación, y les mostró imágenes más terribles todavía: lo que esperaba a aquellos que abandonasen a su Señor.

—Pero ¿qué ocurrirá entonces con aquél entre ellos..., entre nosotros..., que no rompa la alianza con nuestro Señor? —preguntó sir John—. Os encomiendo a Jonás.

Algunos de los hombres suspiraron, llenos de alivio. Conocían bien a Jonás.

—A Jonás, Dios le encargó la misión de ir a Nínive y gritar en contra de ella, debido a su maldad —exclamó sir John, con su voz, que a menudo era débil, ahora alzándose con un volumen tan fuerte como la del predicador anglicano más inspirado—, pero Jonás, como todos sabéis, compañeros de navegación, Jonás huyó de aquella misión y de la presencia del Señor, y se fue a Joppa para tomar un camarote en el primer barco que salía de allí, y que casualmente estaba destinado a Tarshish, una ciudad más allá de la frontera del mundo conocido entonces. Jonás, tontamente, pensó que podía navegar más allá de los límites del Reino del Señor.

»Pero el SEÑOR le envió un viento terrible en el mar, y hubo una gran tempestad en el mar, de modo que el buque acabó roto. Y ya conocéis el resto..., sabéis cómo gritaban aquellos marineros, preguntándose por qué les había caído encima aquella maldición, y cómo lo echaron a suertes y la suerte le tocó a Jonás. Y entonces le dijeron: «¿Qué haremos contigo, para que el mar se calme con nosotros?». Y él les dijo: «Llevadme arriba y arrojadme al mar; así el mar se calmará con vosotros, porque yo sé que por mi culpa ha caído esta gran tempestad sobre vosotros».

»Pero al principio los marineros no arrojaron a Jonás por la borda, ¿lo hicieron, compañeros de navegación? No..., eran hombres valientes y buenos marineros, y profesionales, y remaron duramente para llevar su buque en peligro a tierra. Pero finalmente se debilitaron, invocaron al Señor y luego hicieron el sacrificio de Jonás, arrojándole por la borda.

»Y dice la Biblia: «Pues bien: el Señor había preparado un gran pez para que se tragase a Jonás. Y Jonás estuvo en el vientre del pez tres días y tres noches».

»Observad, compañeros, que la Biblia no dice que Jonás fuese tragado por una «ballena». ¡No! No había beluga ni yubarta ni rorcual ni cachalote ni esperma ni aleta como las que podríamos ver en estas elevadas aguas de la bahía de Baffin en un verano ártico normal. No, Jonás fue tragado por un «gran pez» que el Señor había preparado para él, y eso significa que era un monstruo de las profundidades que el Señor Dios Jehová había hecho en el momento de la Creación sólo para este objetivo, para tragarse a Jonás algún día, y en la Biblia, ese monstruo o gran pez a veces se llama Leviatán.

»Y del mismo modo nosotros hemos sido enviados en nuestra misión más allá del extremo conocido del mundo, compañeros navegantes, más lejos que el Tarshish, que en realidad era sólo España; hemos sido enviados fuera, al lugar donde los elementos mismos parecen rebelarse, donde los relámpagos estallan en cielos helados, donde el frío nunca ceja, donde hay bestias blancas que caminan por la helada superficie del mar, y donde ningún hombre, civilizado o de cualquier tipo, podría establecer jamás su hogar.

»Pero no estamos fuera del Reino de Dios, amigos míos. Como Jonás no protestó por su destino, ni maldijo su castigo, sino que más bien rezó al Señor desde el vientre del pez durante tres días y tres noches, así nosotros tampoco debemos protestar, sino aceptar la voluntad de Dios en este exilio de tres largas noches de invierno en el vientre de este hielo, y como Jonás, debemos rezar al Señor, diciendo: «Me expulsaste de tu mirada, y sin embargo yo vuelvo a mirar hacia tu sagrado templo. Las aguas me alcanzaron, hasta el alma misma; las profundidades se cerraron a mi alrededor, las algas envolvieron mi cabeza. Bajé hasta las profundidades de las montañas: la tierra con sus barreras me cubrió para siempre y, sin embargo, tú has salvado mi vida de la podredumbre, oh Dios, Señor mío. Cuando mi alma desfallecía en mi interior, yo recordé al Señor, y mi plegaria se alzó hasta ti, a tu sagrado templo. Aquellos que observan las vanidades y mentiras prevén su propia misericordia. Pero yo te haré sacrificios, oh, Señor, con la voz de la acción de gracias; yo cumpliré aquello que he jurado. La salvación está sólo en el Señor».

»Y el Señor habló al pez, y éste vomitó a Jonás en tierra firme.

»Y, amados compañeros de navegación, sabed en vuestros corazones que hemos hecho y debemos continuar haciendo sacrificios al Señor con el agradecimiento en nuestra voz. Debemos mantenernos fieles a nuestros juramentos. Nuestro amigo y hermano en Cristo, el teniente Graham Gore, que descanse en el seno del Señor, vio que no habría liberación del vientre de este invierno Leviatán hasta el verano. No hay escapatoria posible al frío vientre del hielo este año. Y éste es el mensaje que nos habría traído, de haber sobrevivido.

»Pero tenemos nuestros barcos intactos, amigos míos. Tenemos comida para este invierno, y más aún, si hace falta..., mucha más. Tenemos carbón para quemar y calentarnos, y el calor mucho más profundo de nuestro compañerismo, y la calidez más honda aún de saber que nuestro Señor no nos ha abandonado.

»Un verano más, y luego el invierno aquí en el vientre de este Leviatán, compañeros de viaje, y os juro que la divina misericordia

180

de Dios procurará que salgamos de este lugar terrible. El paso del Noroeste es real; sólo está a unos kilómetros por encima de ese horizonte, hacia el sudoeste, el teniente Gore casi pudo verlo con sus propios ojos hace una semana nada más, y nosotros navegaremos hacia allí y a través de ese horizonte, y pasaremos por él, y estaremos fuera dentro de unos pocos meses, cuando este invierno tan singularmente extenso acabe, porque lloraremos de aflicción ante el Señor y él nos oirá desde el mismísimo vientre del Infierno, porque Él ha endurecido mi voz y la vuestra.

»Mientras tanto, compañeros de navegación, estamos afligidos por el negro espíritu de este Leviatán en forma de malévolo oso blanco, pero es sólo un oso, sólo un animal torpe, por mucho que ese ser se proponga servir al enemigo, y como Jonás, nosotros rogaremos al Señor que también ese terror se aleje de nosotros. Y con la certeza de que el Señor oirá nuestras súplicas.

»Matad a ese simple animal, compañeros de navegación, y el día que lo hagáis, sea por la mano de cualquiera de nosotros, juro que pagaré a todos y cada uno de vosotros diez soberanos de oro de mi propio bolsillo.

Hubo un murmullo entre los hombres reunidos en el combés del buque.

—Diez soberanos de oro a cada hombre —repitió sir John—. No sólo una recompensa para el hombre que mate a la bestia, igual que David mató a Goliat, sino una recompensa para todo el mundo..., compartida por igual. Y además de todo eso, continuaréis recibiendo vuestra paga del Servicio de Descubrimientos y el equivalente de vuestra paga por adelantado en extras, os lo prometo este día, a cambio de pasar un invierno más comiendo buena comida, permaneciendo calientes y esperando el deshielo.

Si la risa hubiese sido algo imaginable durante el oficio religioso, entonces habría habido risas. Pero los hombres se limitaron a mirarse los unos a los otros con los rostros blancos, casi congelados. «Diez soberanos de oro por hombre.» Y sir John había prometido un extra equivalente a la paga por adelantado que había persuadido a muchos de aquellos hombres a alistarse, ya en un primer momento: ¡diez kilos para la mayoría de ellos! En unos tiempos en que un hombre podía pagarse un alojamiento por sesenta peniques por semana..., cinco kilos y medio por un año entero. Y eso además de la paga normal de los marineros del Servicio de Descubrimientos, de sesenta libras por año, más de tres veces lo que cualquier trabajador de tierra adentro podía ganar jamás. Setenta y cinco libras para los carpinteros, setenta para el contramaestre, nada menos que ochenta y cuatro libras para los ingenieros.

Los hombres sonreían, aunque subrepticiamente iban dando con las botas en cubierta para evitar perder los dedos de los pies.

—He ordenado al señor Diggle, del *Terror*, y al señor Wall, de aquí, del *Erebus*, que nos preparen una comida especial de fiesta como anticipación de nuestro triunfo sobre esta adversidad temporal, y la certeza segura del éxito de nuestra misión de exploración —exclamó sir John desde su lugar en la bitácora engalanada con banderas—. En ambos buques he permitido raciones extra de ron para hoy.

Los del *Erebus* sólo podían quedarse mirando con la boca abierta unos a otros. ¿Sir John Franklin permitía que se sirviera grog el domingo... y raciones extra, además?

—Uníos a mí en esta plegaria, hombres —dijo sir John—. Oh, Dios Señor nuestro, vuelve tu rostro en nuestra dirección de nuevo, oh, Señor, y sé misericordioso con tus siervos. Otórganos tu misericordia, y que sea pronto: así nos alegraremos y nos regocijaremos todos los días de nuestra vida.

»Consuélanos de nuevo después de este tiempo en el que nos has probado, y por los años en los que hemos sufrido adversidades.

»Muestra a tus siervos tu obra, y a tus hijos la gloria.

»Y que la gloriosa majestad de Dios nuestro Señor sea con nosotros, que prospere la obra de tus manos sobre nosotros, y que prospere también la obra de nuestras manos.

»Gloria al Padre, al Hijo y al Espíritu Santo.

»Como era en un principio, y es ahora, y será siempre, por toda la eternidad. Amén.

—Amén —respondieron ciento quince voces.

Durante cuatro días y cuatro noches después del sermón de sir John, a pesar de una tormenta de nieve de junio que soplaba del noroeste y convertía en pobre la visibilidad y la vida en un infierno, el mar helado hizo eco día y noche con los disparos de escopeta y las descargas de los fusiles. Todos los hombres que podían encontrar algún motivo para estar en el hielo (una partida de caza, la partida del agujero para el fuego, mensajeros que pasaban entre los buques, carpinteros que probaban sus nuevos trineos, marineros que pedían permiso para pasear a *Neptuno*, el perro) se llevaban un arma y disparaban a todo lo que se movía o daba la impresión de ser capaz de algún movimiento, entre la nieve arrastrada por el viento y la niebla. No murió ningún hombre, pero tres tuvieron que presentarse ante el doctor McDonald o el doctor Goodsir para que les extrajeran postas de escopeta de los muslos, las pantorrillas o las nalgas.

El miércoles, una partida de caza que no había conseguido encontrar focas trajo, atado entre dos trineos unidos, el cadáver de un oso blanco y a un cachorro de oso blanco vivo del tamaño de una ternera pequeña.

Hubo algo de revuelo para que se pagara la recompensa de diez soberanos de oro a cada hombre, pero hasta los hombres que habían matado al oso a kilómetro y medio al norte del buque (había costado más de doce disparos de dos mosquetes y tres escopetas abatir al animal) tuvieron que admitir que era demasiado pequeño, menos de dos metros y medio de largo cuando se estiró en el hielo ensangrentado, y estaba demasiado flaco, y además era una hembra. Habían matado a la hembra pero dejaron vivo al cachorro lloriqueante, y lo arrastraron detrás del trineo con ellos.

Sir John fue a inspeccionar al animal muerto, alabó a los hombres por encontrar carne (aunque todo el mundo odiaba la carne de oso hervida y aquel animal tan huesudo parecía más fibroso y duro que la mayoría), pero señaló que no era el monstruo del *Leviatán* que había asesinado al teniente Gore. Todos los testigos de la muerte del teniente estaban seguros, explicó sir John, de que cuando murió, el valiente oficial disparó su pistola al pecho de la bestia. Aquella hembra de oso estaba llena de balazos, pero no tenía ninguna herida de pistola en el pecho, ni se le encontró bala alguna de pistola. Así, dijo sir John, era como se podía identificar al auténtico oso blanco.

Algunos de los hombres querían guardar al cachorro como mascota, porque el animal ya estaba destetado y podía comer buey descongelado, y en cambio otros querían matarlo allí mismo, en el hielo. Siguiendo el consejo del sargento de Marina Bryant, sir John ordenó que mantuviesen vivo al animal, unido por un collar y una cadena a una estaca en el hielo. Fue el miércoles por la tarde, el 9 de junio, cuando los sargentos Bryant y Tozer, junto con el oficial Edward Couch y el viejo John Murray, el único velero que quedaba en el viaje, pidieron hablar con sir John en su camarote.

—Estamos llevando mal este asunto, sir John —dijo el sargento Bryant, portavoz del grupito—. La caza del animal, queremos decir.

—¿Y cómo es eso? —preguntó sir John.

Bryant hizo un gesto como refiriéndose a la osa muerta que estaba siendo descuartizada en el hielo ensangrentado.

—Nuestros hombres no son cazadores, sir John. No hay ningún buen cazador a bordo de ninguno de los dos barcos. Aquellos de nosotros que cazábamos en tierra lo que cogíamos eran pájaros, no caza mayor. Ah, sí, podríamos abatir un ciervo o un caribú ártico, si viéramos alguno por aquí, pero ese oso blanco es un enemigo formidable, sir John. Los que hemos matado en el pasado ha sido más bien por suerte que por habilidad. Su cráneo es tan duro que puede parar una bala de mosquete. Su cuerpo tiene tanta grasa y músculos que podría ir con una armadura, como si fuera un caballero antiguo. Es un animal muy poderoso, hasta los ejemplares más pequeños. Bueno, ya los ha visto, sir John..., ni siquiera un disparo de escopeta en el vientre o de rifle en los pulmones los abate. Sus corazones parecen difíciles de encontrar. Esa hembra escuálida necesitó una docena de disparos de escopeta y mosquete, todos a poca distancia, y aun así, se habría escapado de no haberse quedado por allí para proteger a su cachorro.

—¿Y qué está sugiriendo, sargento?

—Un aguardo, sir John.

—¿Un aguardo?

—Como si estuviéramos cazando patos, sir John —dijo el sargento Tozer, un marine con una marca de nacimiento morada que le atravesaba el pálido rostro—. El señor Murray tiene una idea de cómo hacerlo.

Sir John se volvió hacia el viejo velero del *Erebus*.

—Podemos usar unas varillas de hierro que nos sobran, piezas de recambio para ejes, sir John, y doblarlos para dar forma a los soportes que necesitamos —dijo Murray—. Así conseguiremos un marco ligero para el aguardo o acecho, que sería como una tienda de campaña.

»Sólo que no tendría forma de pirámide, como nuestras tiendas —continuó John Murray—, sino larga y baja, con un toldo largo que colgase, casi como una caseta de feria de lona, milord.

Sir John sonrió.

—¿Y nuestro oso no se daría cuenta de que hay una caseta de feria de lona ahí en medio, en el hielo, caballeros?

—No, señor —dijo el velero—. Si hago que corten la lona, la cosan y la pinten de blanco nieve antes de que caiga la noche..., o esa medio oscuridad que llamamos noche aquí. Colocaremos el aguardo pegado a una cresta de presión baja, para que se confunda con ella. Sólo sería visible una rendija muy pequeña para disparar. El señor Weekes usará la madera del catafalco del servicio funerario para hacer unos bancos dentro y que los tiradores puedan estar calientes y protegidos del hielo.

—¿Y cuántos tiradores considera que pueden entrar en ese... aguardo para osos? —preguntó sir John.

—Seis, señor —respondió el sargento Bryant—. Sólo una buena andanada de fuego puede abatir a ese animal, señor. Igual que abatió a los subalternos de Napoleón, a miles, en Waterloo.

—Pero ¿y si el oso tiene un mejor sentido del olfato que Napoleón en Waterloo? —preguntó sir John.

Los hombres soltaron una risita, pero el sargento Tozer dijo:

—Hemos pensado también en eso, sir John. Estos días el viento viene sobre todo del nornoroeste. Si construimos el aguardo pegado a la cresta de presión que hay cerca de donde fue abatido el pobre teniente Gore, señor, bueno, pues tendremos una bonita extensión de hielo abierto hacia el noroeste como zona de tiro. Casi cien metros de espacio abierto. Existen muchas oportunidades de que el animal baje por las crestas más grandes contra el viento, sir John. Y cuando llegue adonde queremos, las ráfagas rápidas de balas Minié le darán en el corazón y los pulmones, señor.

Sir John pensó en todo aquello.

—Pero tendremos que retirar a todos los hombres, señor —dijo Edward Couch, el oficial—. Si los hombres andan por el hielo armando escándalo y los vigías disparan las escopetas a cada serac y a cada ráfaga de viento, ningún oso que se respete se acercará a ocho kilómetros del buque, señor.

Sir John asintió.

—¿Y cómo vamos a atraer a nuestro oso a esa zona de disparo, caballeros? ¿Han pensado cuál puede ser el señuelo?

—Sí, señor —dijo el sargento Bryant, sonriendo—. Es la carne fresca lo que atrae a esos asesinos.

—Pero no tenemos carne fresca —dijo sir John—. Ni un filete de foca.

—No, señor —admitió el curtido sargento de marines—. Pero tenemos al osito. Una vez hayamos construido el aguardo y lo hayamos colocado en su sitio, matamos al bicho, sin ahorrar nada de sangre, señor, y dejamos la carne allá afuera en el hielo a menos de veinticinco metros de nuestra posición de disparo.

—¿Así que creen que nuestro animal es caníbal? —dijo sir John.

—Ah, sí, señor —dijo el sargento Tozer, con el rostro sonrojado bajo la marca de nacimiento morada—. Creemos que ese animal se comerá cualquier cosa que sangre o huele a carne. Y cuando lo haga,

le dispararemos a discreción, señor, y entonces habrá diez soberanos por hombre..., y luego el invierno y luego el triunfo y luego a
casa.

Sir John asintió, pensativo.

—Háganlo —dijo.

El viernes por la tarde, 11 de junio, sir John salió con el teniente
Le Vesconte a inspeccionar el aguardo para el oso.

Los dos oficiales tuvieron que admitir que hasta a nueve metros
de distancia el aguardo era completamente invisible, ya que su techo
y su parte posterior estaban construidos tocando la cresta de nieve y
hielo donde sir John había pronunciado el panegírico. Las velas blancas se mimetizaban casi a la perfección, y la rendija de fuego tenía
unos jirones de lona colgando a intervalos irregulares para romper la
línea horizontal. El velero y el armero habían unido la lona con tanta maestría a las varillas y costillas de hierro que aun en el viento
que ahora arreciaba, cargado de nieve, por encima del hielo abierto,
no aleteaba la lona ni lo más mínimo.

Le Vesconte precedió a sir John y bajaron por el camino helado
detrás de la cresta de presión, fuera de la vista de la zona de disparo,
y luego por encima del bajo muro de hielo, y pasaron a través de una
rendija que había en la parte baja de la tienda. El sargento Bryant estaba allí con los marines del *Erebus*, el cabo Pearson y los soldados
Healey, Reed, Hopcraft y Pilkington, y los hombres empezaron a levantarse cuando entró el comandante de su expedición.

—Ah, no, no, caballeros, sigan sentados —susurró sir John.

Se habían colocado unas tablas de madera aromática en unos elevados estribos de hierro curvados hacia las barras de soporte de hierro, a cada lado de la tienda larga y estrecha, permitiendo a los marines sentarse a una altura de tiro, cuando no estuvieran de pie ante la
estrecha ranura de disparo. Otra capa de tablas mantenía sus pies separados del hielo. Tenían los mosquetes listos, delante de ellos. El
espacio atestado olía a madera fresca, a lana húmeda y a aceite de escopeta.

—¿Cuánto tiempo llevan esperando? —susurró sir John.

—No llevamos aún ni cinco horas, sir John —susurró a su vez el
sargento Bryant.

—Deben de tener frío.

—No, ni pizca, señor —dijo Bryant, en voz baja—. El aguardo
es lo bastante grande para poder movernos de vez en cuando, y las

tablas evitan que se nos congelen los pies. Los marines del *Terror*, a las órdenes del sargento Tozer, nos relevarán a las dos campanadas.

—¿Han visto algo? —susurró el teniente Le Vesconte.

—No, todavía no, señor —respondió Bryant.

El sargento y los dos oficiales se inclinaron hacia delante hasta que sus rostros se asomaron al frío aire de la ranura de disparo.

Sir John veía el cadáver del cachorro de oso, sus músculos de un rojo chillón en contraste con el hielo. Habían despellejado todo excepto la cabeza pequeña y blanca, lo habían desangrado, habían recogido la sangre en cubos y la habían desparramado toda en torno al cuerpo. El viento soplaba y arrojaba nieve por la amplia llanura helada, y la sangre roja ante el blanco, gris y azul pálido resultaba desconcertante.

—Todavía tenemos que ver si nuestro enemigo es caníbal o no —susurró sir John.

—Sí, señor —dijo el sargento Bryant—. ¿Quiere unirse a nosotros en el banco, señor? Hay sitio suficiente.

No había sitio suficiente, sobre todo si el amplio corpachón de sir John se unía a los traseros robustos que ya se alineaban sobre la tabla. Pero si el teniente Le Vesconte se quedaba de pie y todos los demás marines se apretujaban al máximo, era posible que los siete hombres se apiñaran encima de la madera. Sir John se dio cuenta de que podía ver bastante bien hacia fuera, hacia el hielo, desde aquella posición privilegiada.

En aquel momento, el capitán sir John Franklin era tan feliz como nunca había sido en compañía de otros hombres. A sir John le había costado años darse cuenta de que estaba mucho más cómodo en presencia de las mujeres, incluso de mujeres de temperamento artístico y nervioso como su primera esposa, Eleanor, o indómitas y fuertes como su actual esposa, Jane, que en compañía de hombres. Pero desde el oficio religioso del domingo anterior había recibido más sonrisas, saludos y miradas de sincera aprobación de sus oficiales y marineros que en cualquier otro momento de sus cuarenta años de carrera.

Cierto es que la promesa de diez soberanos de oro por hombre, para no mencionar el doblar la paga por adelantado, equivalente a cinco meses de salario regular para un marinero, la había hecho llevado por un inusual brote de buenos sentimientos e improvisación. Pero sir John tenía sobrados recursos financieros, y aunque éstos hubieran sufrido durante los tres años que llevaba fuera, estaba bastante seguro de que la fortuna privada de lady Jane se encontraría disponible para cubrir esas nuevas deudas de honor.

En conjunto, razonaba sir John, las ofertas financieras y su sorprendente concesión de raciones de grog a bordo de su abstemio buque habían sido golpes de genio. Como todos los demás, sir John se había visto muy abatido por la súbita muerte de Graham Gore, uno de los oficiales jóvenes más prometedores de la flota. La mala noticia de que no había ningún camino abierto en el hielo y la terrible certeza de pasar otro sombrío invierno allí había pesado muchísimo sobre todos ellos, pero con la promesa de los diez soberanos de oro por hombre y un solo día de fiesta a bordo de los dos buques había remontado aquel problema, al menos por el momento.

Por supuesto, estaba el otro problema, que le habían comunicado los cuatro médicos la semana anterior: el hecho de que cada vez se encontraban más latas de comida podrida, posiblemente como resultado de una soldadura mal hecha de las latas. Pero sir John había dejado aquel asunto por el momento.

El viento arrojaba nieve por encima de la gran extensión de hielo, oscureciendo y luego revelando de nuevo el diminuto cadáver y su X de sangre que se iba congelando en el hielo azul. Nada se movía en las crestas de presión y en los pináculos de hielo que los rodeaban. Los hombres de la derecha de sir John estaban cómodamente sentados, uno masticando tabaco, los otros apoyando sus manos con guantes en las bocas levantadas de sus mosquetes. Sir John sabía que aquellos guantes caerían al momento si su Némesis aparecía sobre el hielo.

Sonrió para sí y se dio cuenta de que estaba memorizando aquella escena, aquel momento, como anécdota futura para Jane y para su hija, Eleanor, y su encantadora sobrina Sophia. Aquello lo hacía muy a menudo aquellos días, observar sus apuros sobre el hielo como una serie de anécdotas, y ponerlas incluso en palabras, no demasiadas palabras, sólo las justas para atraer una atención embelesada, para su uso futuro con sus encantadoras damas y durante las noches en que salían a cenar fuera. Aquel día, el absurdo aguardo para cazar, los hombres amontonados dentro, la sensación de tranquilidad, el olor del aceite de las armas y la lana y el tabaco, hasta las nubes grises que iban bajando y arrastrando la nieve y la leve tensión, mientras esperaban la presa..., todo aquello le resultaría muy útil en los años venideros.

De pronto, la mirada de sir John se clavó lejos, a la izquierda, más allá del hombro del teniente Le Vesconte, en el pozo de enterramiento, ahora a seis metros del extremo sur del aguardo. La abertura hacia el mar oscuro se había helado hacía mucho, y gran parte del propio cráter había quedado lleno de nieve traída por el viento, desde el día del entierro, pero hasta la visión de aquella depresión en el hielo hacía que el corazón de sir John, ahora sentimental, se sintiese dolido al recordar al joven Gore. Pero había sido un entierro precioso. Y él lo había dirigido con gran dignidad y orgulloso porte militar.

Sir John vio dos objetos negros que yacían juntos en la parte más baja de la depresión helada..., ¿quizá piedras oscuras? ¿Botones o monedas abandonadas allí como recuerdo del teniente Gore por algún marinero que pasó por el lugar del entierro precisamente una semana antes? Y entre la oscura y cambiante luz de la tormenta de hielo, los diminutos círculos negros, apenas visibles, a menos que uno supiera exactamente dónde mirar, parecían devolver la mirada a sir John, con algo que podía ser un triste reproche. Se preguntó si por algún capricho del clima habrían quedado dos diminutas aberturas en el mar, aun con todo el hielo y la nieve, revelando así esos dos pequeños círculos de agua negra contra el hielo gris.

Los círculos negros parpadearon.

—Ah..., sargento... —empezó sir John.

Todo el suelo del cráter funerario pareció hacer erupción y ponerse en movimiento. Algo grande, blanco, gris y poderoso explotó hacia ellos, se alzó y corrió hacia el aguardo, y luego desapareció por el extremo sur de la lona, fuera de la vista de la rendija de disparo.

Los marines, sin estar muy seguros de lo que habían visto, no tuvieron tiempo de reaccionar.

Una fuerza poderosa golpeó el extremo sur del aguardo a menos de un metro de Le Vesconte y de sir John, y destruyó el hierro e hizo caer la lona.

Los marines y sir John se pusieron de pie de un salto, mientras la lona quedaba destrozada por encima y detrás de ellos y a su lado, porque unas garras negras de la longitud de cuchillos Bowie desgarraban la gruesa vela. Todo el mundo gritaba al mismo tiempo. Y notaron un espantoso hedor a carroña.

El sargento Bryant alzó el mosquete. Aquella cosa estaba dentro, «dentro», con ellos, entre ellos, rodeándolos con la circunferencia de sus brazos no humanos, pero antes de que pudieran disparar entró una ráfaga de aire entre el hedor del aliento predador. La cabeza del sargento voló de sus hombros y salió por la ranura de disparo, y resbaló por encima del hielo.

Le Vesconte chilló, alguien disparó un mosquete y la bala acabó

189

dando al marine que tenía al lado. La parte superior de la tienda de lona había desaparecido, algo enorme bloqueaba la abertura donde tenía que estar el cielo, y justo mientras sir John se volvía para arrojarse hacia delante, fuera de la lona desgarrada, notó un dolor terrible por debajo de ambas rodillas.

Entonces todo se volvió confuso y extraño. Al parecer estaba cabeza abajo, contemplando a los hombres que quedaban esparcidos como bolos en el hielo, hombres arrojados fuera del aguardo destrozado. Otro mosquete abrió fuego, pero era porque el marine había arrojado el arma y estaba intentando gatear a cuatro patas por el hielo para escapar. Sir John vio todo aquello, algo imposible, absurdo, desde una posición invertida y colgante. El dolor de sus piernas se volvió intolerable, oyó un chasquido como el de un árbol joven que se desgaja, y luego se vio arrojado hacia delante y hacia abajo en el cráter del entierro, hacia el nuevo círculo negro que esperaba. Su cabeza golpeó en la delgada lámina de hielo como una bola de críquet que rompiese el vidrio de una ventana.

El frío del agua detuvo temporalmente los salvajes latidos del corazón de sir John. Éste intentó chillar, pero sólo consiguió tragar agua salada.

«Estoy en el mar. Por primera vez en mi vida, estoy en el mismo mar. Qué extraordinario.»

Luego se agitaba sin cesar, notando los fragmentos desgarrados y jirones de su sobretodo que desaparecían, y sin notar las piernas ni lograr agarrarse con los pies para evitar el agua helada. Sir John usó las manos y los brazos para nadar y remar, sin saber en aquella terrible oscuridad si estaba dirigiéndose hacia la superficie o sumergiéndose más hondo aún en el agua negra.

«Me estoy ahogando, Jane, me estoy ahogando. De todos los destinos que había considerado en estos largos años en el servicio nunca, ni una sola vez, querida, pensé que me ahogaría.»

La cabeza de sir John chocó con algo sólido que casi le dejó inconsciente, obligando al rostro a meterse de nuevo bajo el agua, y llenándole boca y pulmones de nuevo de agua salada.

«Pero, queridas mías, la Providencia me ha guiado hacia la superficie... o al menos hasta un mínimo resquicio de aire respirable entre el mar y cuatro metros de hielo que hay por encima.»

Los brazos de sir John se agitaron salvajemente mientras giraba de espaldas, y las piernas seguían sin funcionarle, y los dedos iban escarbando en el hielo que había encima. Se esforzó por calmar su corazón y sus miembros, por encontrar la disciplina para que su nariz pudiese hallar aquella diminuta fracción de aire entre el hielo y el agua helada de abajo. Respiró. Levantando la barbilla, tosió agua de mar y respiró por la boca.

«Gracias, Jesús mío, Señor...»

Luchando con la tentación de chillar, sir John arañó la parte inferior del hielo como si estuviese trepando por una pared. La parte inferior de la banquisa era irregular, a veces sobresalía hacia abajo en el agua y le daba menos de una fracción de un resquicio de aire para respirar, a veces se alzaba a trece o catorce centímetros, o más, y casi le permitía sacar toda la cara fuera del agua.

A pesar de los cuatro metros y medio de hielo que tenía encima, se veía un débil resplandor de luz, luz azul, la luz del Señor, reflejada en las ásperas facetas del hielo que tenía a sólo unos centímetros de sus ojos. Entraba algo de luz diurna por el agujero, el del entierro de Gore, a través del cual acababan de tirarle.

«Lo único que tengo que hacer, mis queridas damas, mi queridísima Jane, es encontrar el camino de vuelta al estrecho agujero en el hielo, orientarme, pero sé que sólo tengo unos minutos...»

No minutos sino segundos. Sir John notaba que el agua helada le estaba arrebatando la vida. Y había algo terriblemente mal en sus piernas. No sólo no las notaba, sino que percibía una «ausencia» absoluta en ellas. Y el agua de mar sabía a sangre.

«Pero, señoras, mi Señor Dios todopoderoso me ha mostrado la luz...»

A su izquierda. La abertura estaba a unos diez metros o menos a su izquierda. El hielo estaba, allí, bastante alto por encima del agua negra, de modo que sir John pudo levantar la cabeza, sacar la parte superior de su calva helada por el hielo áspero, coger aire, parpadear para quitarse el agua y la sangre de los ojos, y «ver» realmente el brillo de la luz del Salvador a menos de diez metros de distancia...

Algo enorme y húmedo se alzó entre él y la luz. La oscuridad era absoluta. Su espacio de aire respirable le fue arrebatado de súbito, lleno con el hedor a carroña más apestoso respirado ante su propia cara.

—Por favor... —dijo sir John, escupiendo y tosiendo.

Entonces aquel hedor húmedo le envolvió y unos dientes enormes se cerraron a cada lado de su cara, masticando el hueso y la calavera, justo por delante de las orejas, a ambos lados de su cabeza.

16

Crozier

Latitud 70° 5' N — Longitud 98° 23' O
10 de noviembre de 1847

Eran las cinco campanadas, las 2.30 de la madrugada, y el capitán Crozier había vuelto del *Erebus*, había inspeccionado los cadáveres (o trozos de cadáveres) de William Strong y Thomas Evans donde los había dejado la criatura, metidos junto al pasamanos de popa en el alcázar, había dispuesto que se estibasen en la sala de Muertos, y ahora estaba sentado en su camarote contemplando los dos objetos que tenía en su escritorio: una botella nueva de whisky y una pistola.

Casi la mitad del diminuto camarote de Crozier estaba ocupado por la cucheta empotrada, colocada contra la parte de estribor del casco. La cucheta parecía una cunita infantil con los lados tallados y elevados, unos armarios empotrados debajo y un colchón de pelo de caballo lleno de bultos colocado casi a la altura del pecho. Crozier nunca había dormido bien en las camas de verdad, y a menudo deseaba dormir en las hamacas colgantes en las que había pasado tantos años como guardiamarina, oficial joven y cuando sirvió de grumete, de chico. Colocada contra el casco exterior como estaba aquella cucheta era uno de los lugares más fríos para dormir de todo el buque, más frío que las cuchetas de los contramaestres en sus cuchitriles en el centro de la cubierta inferior de popa, y mucho más frío que las hamacas de los afortunados marineros de proa, cerca del fogón y la estufa patentada Frazer siempre encendida en la que cocinaba el señor Diggle veinte horas al día.

Los libros metidos en unos estantes empotrados a lo largo del casco elevado y curvado hacia dentro ayudaban a Crozier a aislar un poco su zona de descanso, pero no mucho. Más libros se amontonaban hasta el techo en el camarote de metro y medio de ancho, llenando un estante que colgaba bajo unas cuadernas curvadas del buque, algo menos de un metro por encima de la cubierta desplegable que conectaba la litera de Crozier con la separación del vestíbulo. Directamente por encima tenía el círculo negro de la claraboya patentada Preston, con su cristal opaco y convexo perforando una cubierta ahora oscura bajo casi un metro de nieve y lona protectora. El aire frío fluía constantemente hacia abajo desde la claraboya como las exhalaciones congeladas de algo muerto hace mucho tiempo, pero que lucha por seguir respirando.

Frente al escritorio de Crozier se encontraba un estante estrecho que contenía su lavabo. No había agua en la palangana porque se habría helado; el mozo de Crozier, Jopson, traía a su capitán agua caliente de la cocina cada mañana. El hueco entre el escritorio y la palangana dejaba en el diminuto camarote de Crozier el espacio justo para permanecer de pie o, como ahora, sentado ante su escritorio con un taburete sin respaldo que se metía debajo del lavabo cuando no se usaba.

Seguía mirando la pistola y la botella de whisky.

El capitán del HMS *Terror* a menudo pensaba que no sabía nada del futuro, aparte de que su barco y el *Erebus* jamás volverían a navegar, a vapor o a vela, pero entonces recordaba que sí sabía algo con toda seguridad: cuando se acabasen sus reservas de whisky, Francis Rawdon Moira Crozier iba a volarse los sesos.

El difunto sir John Franklin había llenado su despensa con porcelana cara, toda con las iniciales y el escudo de la familia, por supuesto, así como cristal tallado, cuarenta y ocho lenguas de buey, lujosa plata también con su escudo grabado, barriles de jamones de Westfalia ahumados, torres de quesos de Gloucestershire, sacos y más sacos de té especialmente importado de la plantación de un pariente suyo en Darjeeling, y tarros enormes de su mermelada favorita de frambuesa.

Y aunque Crozier se había llevado algunas provisiones especiales para las ocasionales cenas con los oficiales a los que tenía que invitar, la mayor parte de su dinero y el espacio que tenía destinado en la bodega estaba dedicado a trescientas veinticuatro botellas de whisky. No era un whisky escocés bueno, pero le bastaba. Crozier sabía que hacía mucho tiempo que había alcanzado ese punto de alcoholismo en el que la cantidad siempre triunfa sobre la calidad. A veces allí, en verano sobre todo, cuando estaba especialmente ocupado, una botella podía durarle dos semanas o más. Otras veces, como durante la última semana, podía beberse una botella entera en una sola noche. La verdad es que había dejado de contar las botellas vacías cuando pasó de las doscientas, el invierno anterior, pero sabía que debía de estar llegando al final de su suministro. La noche que se bebiese el último trago de la última botella, y su mozo le dijese que ya no quedaban más (porque Crozier sabía que sería por la noche), había planeado firmemente amartillar la pistola, llevarse el cañón a la sien y apretar el gatillo.

Un capitán más práctico podía recordarse a sí mismo que quedaban todavía los restos líquidos, nada insignificantes, de cuatro mil quinientos galones («galones» nada menos) de ron concentrado de las Indias Occidentales en la sala de Licores, abajo, y que todas las jarras contenían alcohol de 70 grados, según las estimaciones. Cada día los hombres repartían el ron en unidades de cuarto de pinta, cortado con un cuarto de agua, y quedaban los suficientes galones en total como para nadar en ellos. Un capitán borracho menos quisquilloso y más rapaz podría considerar que el ron de los hombres era su reserva. Pero a Francis Crozier no le gustaba el ron. No le había gustado nunca. Su bebida era el whisky, y cuando se le hubiese acabado, también se acabaría él.

Viendo el cuerpo del joven Tommy Evans serrado por la cintura, las piernas con pantalones sobresaliendo en forma de Y, casi cómicas, las botas todavía firmemente abrochadas en los pies muertos, Crozier había recordado el día en que le llamaron al destrozado aguardo del oso, a medio kilómetro del *Erebus*. En menos de veinticuatro horas, pensó, se cumplirían cinco meses de aquella debacle del 11 de junio. Al principio, Crozier y los demás oficiales que llegaron corriendo no entendían todo aquel caos. La estructura misma de la tienda había quedado reducida a jirones, y las barras de hierro de su marco estaban dobladas y destrozadas. El asiento de tablas estaba reducido a astillas, y entre todas aquellas astillas yacía el cuerpo sin cabeza del sargento de marines Bryant, el oficial de mayor graduación de la expedición. Su cabeza (aún no recuperada cuando llegó Crozier) la habían arrojado a casi treinta metros por encima del hielo, hasta que se detuvo junto al cadáver de un osezno despellejado.

El teniente Le Vesconte tenía un brazo roto, no por el monstruo, al parecer, sino por haberse caído en el hielo, y el soldado William Pilkington había recibido una bala que le atravesaba el hombro izquierdo, disparada por el marine que tenía al lado, el soldado Robert Hopcraft. Este soldado tenía ocho costillas rotas, una clavícula destrozada y el brazo izquierdo dislocado, por lo que él mismo más tarde describió como un golpe de refilón de la enorme zarpa del monstruo. Healey y Reed habían sobrevivido sin recibir heridas graves, pero con la ignominia de haber huido del tumulto llenos de pánico, dando tumbos, chillando y corriendo a cuatro patas por el hielo. Reed se había roto tres dedos en la huida.

Pero fueron las piernas con sus pantalones y con las botas abrochadas y los pies de sir John Franklin, intactas por debajo de la rodilla, pero separadas, una tirada en el refugio, otra caída en algún lugar junto al agujero en el hielo en el cráter de enterramiento, lo que atrajo la atención de Francis Crozier.

¿Qué tipo de inteligencia malévola, se preguntaba mientras bebía whisky en su vasito, le corta las piernas a un hombre por las rodillas y luego se lleva a su presa, todavía viva, hasta un agujero en el hielo, y la deja caer, y la sigue un momento después? Crozier había intentado no imaginar lo que pudo ocurrir después debajo del hielo, aunque algunas noches, después de algunos tragos y mientras intentaba dormir, podía ver aquel horror. También pensó con certeza que el servicio funerario del teniente Graham Gore, una semana antes, no había sido más que un elaborado banquete ofrecido inconscientemente a una criatura que ya esperaba y observaba desde debajo del hielo.

Crozier no se había sentido completamente destrozado por la muerte del teniente Graham Gore. Gore era precisamente ese tipo de oficial de la Marina Real, héroe de guerra, de buena familia, bien educado, anglicano, colegio de pago, que accede de forma natural al mando, está a gusto con superiores e inferiores, es modesto en todo aunque está destinado a grandes cosas, británico bien educado amable hasta con los irlandeses, señoritingo imbécil y chulo de clase alta a quien Francis Crozier había visto promover y pasarle por delante durante más de cuarenta años.

Tomó otro trago.

¿Qué tipo de malévola inteligencia mata pero no se come toda su presa en un invierno en el que no hay caza, como éste, sino que devuelve la mitad superior del cadáver del marinero de primera William Strong y la parte inferior del cadáver del joven Tom Evans? Evans fue uno de los chicos que tocó los tambores enfundados en la procesión funeraria de Gore, cinco meses antes. ¿Qué tipo de criatura arranca a ese muchacho de al lado de Crozier en la oscuridad pero deja al capitán intacto a unos tres metros de distancia... y luego devuelve la mitad del cadáver?

Los hombres lo sabían. Crozier sabía lo que ellos sabían. Ellos sa-

195

bían que era el diablo lo que estaba ahí fuera en el hielo, y no un oso polar especialmente grande.

El capitán Francis Crozier no estaba en desacuerdo con la afirmación de los hombres, a pesar de su absurda cháchara antes, aquella misma noche, tomando brandy con el capitán Fitzjames, pero sabía algo que los hombres no sabían, y era que el diablo que intentaba matarlos a todos en aquel Reino Diabólico no era sólo la cosa blanca y peluda que los asesinaba y se los comía a uno a uno, sino «todo» lo que los rodeaba: el frío que no cejaba, el hielo tenso, las tormentas eléctricas, la extraña ausencia de focas y ballenas y aves y morsas y animales terrestres, el incesante encogimiento de la banquisa, los icebergs que se habían abierto camino a través del mar de hielo sólido sin dejar ni un solo fragmento de agua abierta tras ellos, la súbita erupción como un terremoto blanco de crestas de presión, las estrellas danzarinas, las latas de comida mal selladas y ahora convertidas en veneno, los veranos que no llegaban, los pasos que no se abrían..., todo. El monstruo del hielo no era otra cosa que una manifestación más de un diablo que los quería muertos. Y que deseaba que sufrieran.

Crozier tomó otro trago.

Comprendía la motivación del Ártico mejor que la suya propia. Los antiguos griegos tenían razón, pensó Crozier, cuando decían que el clima formaba cinco bandas que rodeaban el disco de la Tierra; cuatro de ellas eran iguales, opuestas y simétricas como tantas otras cosas griegas, envueltas en torno al mundo como los anillos de una serpiente. Dos eran templadas y hechas para los seres humanos. La banda central, la región ecuatorial, no era adecuada para la vida inteligente..., aunque los griegos estaban equivocados al asumir que no podían vivir allí seres humanos. Sólo que no son humanos civilizados, pensó Crozier, que había visto un poco de África y de las demás zonas ecuatoriales y estaba seguro de que nada de valor podría proceder jamás de ellas. Las dos regiones polares, razonaban los griegos mucho antes de que llegasen a las extensiones árticas y antárticas los exploradores, eran inhumanas en todos los sentidos: inadecuadas incluso para viajar por ellas, y también para residir cualquier período de tiempo.

De modo que ¿por qué, se preguntaba Crozier, una nación como Inglaterra, colocada por la gracia de Dios en una de las dos bandas templadas más amables y verdeantes en las que residía la humanidad, seguía arrojando a sus hombres y sus buques hacia los hielos de los extremos polares norte y sur, adonde hasta los salvajes que vestían de pieles se negaban a ir?

Y más pertinente para la cuestión fundamental: ¿por qué un tal Francis Crozier seguía volviendo a esos terribles lugares una y otra vez, sirviendo a una nación y unos oficiales que nunca habían reconocido sus habilidades y valía como hombre, aunque sabía en lo más hondo de su corazón que algún día moriría en el frío y la oscuridad del Ártico?

El capitán recordó que siendo todavía muy niño, antes de hacerse a la mar a los trece años, ya llevaba en su interior ese carácter profundamente melancólico, como si fuera un frío secreto. Esa naturaleza melancólica se había manifestado en su placer al permanecer fuera del pueblo una noche de invierno, contemplando cómo se apagaban los faroles, y encontrando lugares pequeños en los que esconderse (la claustrofobia nunca había sido un problema para Francis Crozier) y sintiendo un terror tal a la oscuridad, al verla como encarnación de la muerte que había reclamado a su madre y su abuela de una manera tan sigilosa, que perversamente la buscaba, escondiéndose en la bodega del sótano mientras otros muchachos jugaban a la luz del sol. Crozier recordaba aquella bodega, gélida y sepulcral, el olor frío a moho, la oscuridad y la introspección que lo dejaba a uno solo con sus oscuros pensamientos.

Llenó su vasito y tomó otro sorbo. De repente el hielo gimió más fuerte, y el barco se quejó como respuesta, intentando moverse en el mar helado, pero sin lugar adónde ir. Como recompensa, éste se apretó un poco más y gimió. Las abrazaderas de metal de la cubierta de la bodega se contrajeron, y el súbito crujido sonó como disparos de pistola. Los marineros de proa y los oficiales de popa roncaban, acostumbrados a los ruidos del hielo que intentaba aplastarlos. En cubierta, el oficial de guardia en aquella noche por debajo de cincuenta y siete grados pataleaba para renovar la circulación, y los cuatro golpes de sus pies sonaron al capitán como un padre cansado que decía al barco que se callase y no protestase más.

A Crozier le resultaba muy difícil creer que Sophia Cracroft hubiese visitado aquel barco, hubiera estado de pie en aquel mismísimo camarote, exclamando: «Qué ordenado está, qué limpio, qué acogedor, y qué estudioso, con tantas hileras de libros, y qué agradable la luz austral que entra desde la claraboya».

Fue hace siete años casi exactos, semana a semana, el mes primaveral del hemisferio sur de noviembre de 1840, cuando Crozier llegó a la Tierra de Van Diemen, al sur de Australia, en aquellos mismos barcos, *Erebus* y *Terror*, de camino hacia la Antártida. La expedición iba al mando de un amigo de Crozier, aunque superior suyo socialmente, el capitán James Ross. Se habían detenido en Hobart Town para acabar de aprovisionarse antes de dirigirse a aguas antárticas, y el gobernador de aquella isla penal, sir John Franklin, insistió en que los dos oficiales más jóvenes, el capitán Ross y el comandante Crozier, se alojasen en la Casa del Gobierno durante su visita.

Fue una época encantadora, y para Crozier, románticamente fatal.

La inspección de los buques de la expedición ocurrió el segundo día de la visita. Los buques estaban limpios, bien acondicionados, casi totalmente aprovisionados, sus jóvenes tripulaciones aún no tenían barba ni estaban demacrados por los dos inviernos en el hielo antártico que estaban por venir, y mientras el capitán Ross acompañaba personalmente al gobernador sir John y a lady Jane Franklin, Crozier se encontró escoltando a la sobrina del gobernador, una joven morena y de ojos brillantes, Sophia Cracroft. Se enamoró aquel mismo día, y se llevó aquel amor incipiente a la oscuridad de los dos inviernos sureños siguientes, hasta que llegó a convertirse en una obsesión.

Las largas cenas bajo los ventiladores accionados por los sirvientes en casa del gobernador estaban llenas de vivaces conversaciones. El gobernador Franklin era un hombre ya muy agotado de cincuenta y tantos años, desanimado por la falta de reconocimiento de sus logros y más aún por la oposición de la prensa local, los ricos terratenientes y los burócratas durante su tercer año en la Tierra de Van Diemen, pero tanto él como su esposa, lady Jane, revivieron durante aquella visita de sus compatriotas del Servicio de Descubrimientos y, como le gustaba llamarlos a sir John, de sus «compañeros exploradores».

Sophia Cracroft, por otra parte, no mostraba señal alguna de infelicidad. Era ingeniosa, vivaz, alegre, a veces escandalosa en sus comentarios y su atrevimiento, mucho más que su controvertida tía lady Jane, y joven, y bella, y parecía interesada en todo lo referente a las opiniones, la vida y los pensamientos diversos del comandante Francis Crozier, soltero, de cuarenta y cuatro años de edad. Se reía de todas las bromas de Crozier, titubeantes al principio. Él no estaba acostumbrado a aquel nivel de relación social y se esforzaba por comportarse siempre lo mejor posible, bebiendo menos de lo que había bebido desde hacía años, y sólo vino, y ella siempre respondía a sus vacilantes agudezas con niveles cada vez más elevados de ingenio. Para Crozier, era como aprender tenis con un jugador mucho mejor que él. Hacia el octavo y último día de su larga visita, Crozier se sentía igual a cualquier inglés... Sí, era un caballero nacido en Irlanda, pero se había abierto camino y había vivido una vida interesante y emocionante, igual a cualquier otro hombre, incluso superior a la mayoría de los demás hombres, a los ojos de un azul insólito de la señorita Cracroft.

Cuando el HMS *Erebus* y el *Terror* dejaron la bahía de Hobart Town, Crozier todavía llamaba a Sophia «señorita Cracroft», pero no se podían negar las conexiones secretas que habían establecido: las miraditas furtivas, los silencios cordiales, las bromas compartidas y los momentos privados a solas. Crozier sabía que estaba enamorado por primera vez en toda una vida cuyo único «romanticismo» había consistido en burdeles baratos de puerto, sórdidos encuentros en un callejón, chicas nativas que se dejaban hacer a cambio de alguna chuchería, y algunas noches carísimas en casas de putas finas en Londres. Todo aquello ya lo había dejado atrás.

Francis Crozier comprendió entonces que lo más deseable y erótico que podía llevar una mujer eran muchas y modestas capas de ropa, como las que llevaba Sophia Cracroft para cenar en casa del gobernador, con la seda suficiente para ocultar las líneas de su cuerpo, permitiendo que un hombre se concentrase en la atracción excitante de su ingenio.

Después vinieron casi dos años de banquisa, atisbos de la Antártida, el hedor de las colonias de pingüinos, el bautizo de dos volcanes distantes y humeantes con los nombres de sus cansados buques, oscuridad, primavera, la amenaza de quedar atrapados por el hielo, abrirse camino sin cesar, sólo a vela, a través de un mar que se llamaba ahora de James Ross, y finalmente el duro paso del Sur y el regreso a Hobart Town en una isla con dieciocho mil prisioneros y un gobernador muy desgraciado. Aquella vez no hubo inspección del *Erebus* y el *Terror*. Apestaban demasiado a grasa, cocina, sudor y fatiga. Los marineros que habían viajado al sur ya eran casi todos hombres barbudos y de ojos hundidos que no pensaban enrolarse en futuras expediciones del Servicio de Descubrimientos. Todos excepto el comandante del HMS *Terror* estaban ansiosos por volver a Inglaterra.

Francis Crozier sólo estaba ansioso por volver a ver a Sophia Cracroft.

Tomó otro sorbo de whisky. Por encima de él, apenas audible a través de la cubierta y la nieve, la campana del buque tocó seis campanadas. Las tres de la mañana.

199

Los hombres lo sintieron cuando sir John fue asesinado, hacía cinco meses, la mayoría de ellos porque sabían que la promesa de diez soberanos por hombre y de una segunda paga por adelantado había muerto con aquel hombre barrigón y calvo, pero poco cambió realmente después de la muerte de Franklin. El comandante Fitzjames simplemente fue confirmado como capitán del *Erebus*, cosa que siempre había sido, en realidad. El teniente Le Vesconte, con su diente de oro relampagueando cuando sonreía y con el brazo en cabestrillo, ocupó, sin visibles trastornos, el lugar de Graham Gore en la jerarquía de mando. El capitán Francis Crozier asumió el rango de comandante de la expedición, pero como la expedición estaba atrapada en el hielo, no se podía hacer nada distinto de lo que hubiese hecho Franklin.

Una cosa que sí hizo Crozier casi inmediatamente fue enviar más de cinco toneladas de suministros por el hielo hasta un punto no lejano del mojón de Ross, en la Tierra del Rey Guillermo. Ahora estaban prácticamente seguros de que se trataba de una isla, porque Crozier había enviado a unas partidas en trineos (y al cuerno con el oso monstruoso) para que examinaran la zona. El propio Crozier fue también en media docena de esas primeras partidas con trineos, ayudando a abrir unos caminos más fáciles, o menos imposibles, por encima de las crestas de presión y la barrera de icebergs a lo largo de la costa. Llevaron ropa de abrigo extra, tiendas, madera para futuras cabañas, así como pararrayos, unas varillas de latón iguales de la cama de sir John, requisados de su camarote y luego transformados, y todo lo esencial que pudieran necesitar ambas tripulaciones si los buques debían ser abandonados repentinamente en la mitad del invierno siguiente.

Cuatro hombres se habían perdido por culpa de la criatura del hielo antes de que volviera el invierno, dos de ellos en una tienda, durante unos de los viajes de Crozier, pero lo que detuvo los viajes de transporte de los trineos a mediados de agosto fue el regreso de las tormentas eléctricas y una espesa niebla. Durante más de tres semanas, ambos buques permanecieron en medio de la niebla, sufrieron los rayos que los atacaban y sólo salieron al hielo brevemente: se permitieron partidas de caza, sobre todo, y algunos equipos de agujeros para el fuego. Cuando pasó aquella extraña niebla y los rayos, ya estaban a principios de septiembre y el frío y la nieve habían empezado de nuevo.

Entonces Crozier siguió enviando partidas con trineos para guardar suministros a la Tierra del Rey Guillermo, a pesar del clima terrible, pero cuando el segundo oficial Giles MacBean y un marinero murieron a unos pocos metros por delante de los tres trineos, aunque no vieron su muerte porque el viento llevaba mucha nieve y sólo oyeron claramente sus últimos gritos todos los demás hombres y su oficial, el segundo teniente Hodgson, Crozier suspendió «temporalmente» los viajes con suministros. La suspensión había durado ya dos meses, y a principios de noviembre ningún tripulante sano quería ofrecerse voluntario para un viaje en trineo de diez días en la oscuridad.

El capitán sabía que tenía que haber escondido al menos diez toneladas de suministros en la costa, en lugar de las cinco toneladas que había llevado allí. El problema era, como averiguó con su partida de trineo la noche en que la criatura irrumpió en una tienda junto a la del capitán y en la que se hubiera llevado al marinero George Kinnaird y a John Bates si éstos no hubiesen echado a correr para salvar su vida, que cualquier campamento que estableciesen en aquella lengua de grava y hielo llana y barrida por los vientos no era defendible. A bordo de los barcos, mientras éstos durasen, los cascos y la cubierta elevada actuaban como una especie de muralla, convirtiendo cada buque en una fortaleza. En la grava y en tiendas, por muy apiñados que estuviesen, necesitarían al menos veinte hombres armados vigilando día y noche para proteger el perímetro, y aun así, la cosa podía meterse entre ellos antes de que los guardias fuesen capaces de reaccionar. Todo el mundo que había ido en trineo a la Tierra del Rey Guillermo y había acampado allá fuera en el hielo sabía eso. Y a medida que las noches se hacían más largas, el temor de aquellas horas sin protección en las tiendas, como el propio frío polar, iba penetrando más y más en el interior de los hombres.

Crozier bebió un poco más de whisky.

Fue en abril de 1843, a principios del verano del hemisferio sur, aunque los días eran todavía largos y cálidos, cuando el *Erebus* y el *Terror* volvieron a la Tierra de Van Diemen.

Ross y Crozier eran de nuevo huéspedes en la casa del gobernador, llamada oficialmente Casa del Gobierno por los habitantes más antiguos de Hobart Town, pero en aquella ocasión resultaba obvio que aquella vez una sombra se cernía sobre los Franklin. Crozier estaba deseoso de olvidar aquello, ya que su alegría al volver a ver a Sophia Cracroft era muy grande, pero hasta la indomable Sophia estaba entristecida por el humor, los acontecimientos, las conspiraciones, traiciones, revelaciones y crisis que se habían ido incubando en Hobart durante los dos años que el *Erebus* y el *Terror* habían pasado en los hielos del sur, de modo que, en el curso de los dos primeros días en la Casa del Gobierno, él se enteró de los datos suficientes para ir recomponiendo los motivos de la depresión de los Franklin.

Al parecer, los intereses locales y vacuos de los terratenientes, personificados en un rastrero Judas que actuaba entre bastidores, un secretario colonial llamado capitán John Montagu, habían decidido ya desde los primeros tiempos de los seis años que llevaba sir John de gobernador que sencillamente no eran adecuados, ni él ni su esposa, la franca y poco ortodoxa lady Jane. Lo único que oyó decir al propio sir John, y en realidad lo oyó por casualidad, cuando el abatido sir John hablaba con el capitán Ross, mientras los tres hombres bebían brandy y fumaban cigarros en la biblioteca forrada de libros de la mansión, es que los del lugar tenían «cierta carencia de sentido de vecindad y una deplorable deficiencia de espíritu público».

Por Sophia, Crozier supo que sir John había pasado, al menos ante el público, de ser «el hombre que se comió sus botas» a la sediente descripción de «un hombre que no mataría ni a una mosca», y luego rápidamente a una definición que se extendería por toda la península de Tasmania, «un calzonazos». Esta última calumnia, se lo aseguró Sophia, procedía del odio que sentía la colonia tanto por lady Jane como por sir John, y de los intentos de su esposa por mejorar las cosas para los nativos y prisioneros que trabajaban allí en condiciones inhumanas.

—Comprenderá que los gobernadores anteriores simplemente prestaban a los prisioneros para los absurdos proyectos de los propietarios locales de plantaciones y los magnates de los negocios de la ciudad, se embolsaban su parte de los beneficios y mantenían la boca cerrada —explicó Sophia Cracroft mientras paseaban por las sombras de los jardines de la Casa del Gobierno—. El tío John no ha entrado en ese juego.

—¿Absurdos proyectos? —dijo Crozier. Era muy consciente de la mano que Sophia había colocado en su brazo mientras paseaban, y ambos hablaban en susurros contenidos, solos, en la cálida semioscuridad.

—Si el dueño de una plantación quiere una nueva carretera en su finca —dijo Sophia—, el gobernador debe prestarle seiscientos prisioneros muertos de hambre, o mil incluso, que trabajan desde el amanecer hasta después de la puesta de sol, con grilletes en los tobillos y esposas en las muñecas, con este calor tropical, sin agua ni comida, y los azotan si se caen o desfallecen.

—Dios mío —exclamó Crozier.

Sophia asintió. Sus ojos permanecían fijos en las piedras blancas del camino del jardín.

—El secretario colonial, Montagu, decidió que los prisioneros debían excavar el pozo de una mina, aunque no se había encontrado oro alguno en la isla, y los enviaron a cavarlo. Llevaban ya más de ciento veinte metros de profundidad cuando abandonaron el proyecto, porque se inundaba constantemente, ya que aquí las capas freáticas son muy superficiales, claro está..., y se decía que murieron dos de cada tres prisioneros por cada pie excavado en esa detestable mina.

Crozier se contuvo para no volver a decir de nuevo «Dios mío», pero, en realidad, fue eso lo que le vino a la mente.

—Un año después de que ustedes se fueran —continuó Sophia—, Montagu, esa comadreja, esa víbora, persuadió al tío John para que despidiera a un cirujano local, un hombre muy popular entre las personas decentes de aquí, con falsas acusaciones de negligencia. La colonia se dividió. El tío John y la tía Jane se convirtieron en objetivo de todas las críticas, aunque la tía Jane desaprobaba el despido del cirujano. El tío John..., ya sabe, Francis, lo mucho que odia la controversia, y mucho más producir dolor de cualquier tipo, y por eso se dice a menudo que no haría daño ni a una mosca...

—Sí —afirmó Crozier—. Yo le he visto capturar una mosca cuidadosamente en un comedor y soltarla.

—El tío John, tras escuchar a la tía Jane, al final volvió a contratar al cirujano, pero así se convirtió en enemigo de ese Montagu para toda la vida. Las discusiones y acusaciones se hicieron públicas, y Montagu, en esencia, llamó al tío John mentiroso y pelele.

—Dios mío —dijo Crozier. Lo que pensaba en realidad era: «Si yo hubiera estado en el lugar de John Franklin, habría llevado a ese maldito Montagu al campo del honor y le habría metido una bala en cada uno de los testículos y la última en los sesos»—. Espero que despidiera a ese hombre.

—Sí, claro —dijo Sophia, con una triste risa—, pero eso no hizo más que empeorar las cosas. Montagu volvió a Inglaterra el año pasado en el mismo barco que llevaba la carta del tío John anunciando su despido, y desgraciadamente resultó que el capitán Montagu es amigo íntimo de lord Stanley, secretario de Estado para las colonias.

«Vaya, el gobernador está bien, pero que bien jodido», pensó Crozier, mientras llegaban al banco de piedra que había en el extremo más alejado del jardín. Dijo:

—Qué mala suerte.

203

—Más de lo que se podían haber imaginado el tío John o la tía Jane —dijo Sophia—. El *Chronicle* de Cornualles publicó un largo artículo titulado: «El estúpido reinado del Héroe Polar». El *Colonial Times* le echaba la culpa a la tía Jane.

—¿Por qué atacar a lady Jane?

Sophia sonrió sin humor.

—La tía Jane es, como yo, bastante... heterodoxa. Supongo que vería su habitación aquí, en la Casa del Gobierno, cuando el tío John les dio una vuelta por la propiedad, la última vez que estuvieron aquí, ¿no?

—Ah, sí —dijo Crozier—. Tenía una colección maravillosa.

El tocador de lady Jane, al menos en la parte que les permitieron ver, estaba atestado desde las alfombras hasta el techo con esqueletos de animales, meteoritos, piedras fósiles, mazas de guerra aborígenes, tambores nativos, máscaras de guerra de madera tallada, remos de tres metros de largo que parecían capaces de impulsar al HMS *Terror* a quince nudos de velocidad, una plétora de aves disecadas y al menos un mono perfectamente conservado por un taxidermista. Crozier nunca había visto nada parecido ni en un museo ni en un zoo, y no digamos ya en el dormitorio de una dama. Por supuesto, Francis Crozier había visto muy pocos dormitorios de damas.

—Un visitante escribió a un periódico de Hobart que, y cito textualmente, Francis, «las habitaciones privadas de la esposa de nuestro gobernador en la Casa del Gobierno más parecen un museo o un zoo que el tocador de una dama».

Crozier emitió un ruido como un chasquido, sintiéndose culpable por haber pensado algo similar. Dijo:

—¿Así que ese Montagu sigue causando problemas?

—Más que nunca. Lord Stanley, esa víbora, respaldó a Montagu y volvió a colocar a ese gusano en un cargo similar a aquel del cual le destituyó el tío John, y mandó al tío John una reprimenda tan terrible que la tía Jane me dijo en privado que era como si le hubiesen azotado con un látigo.

«Yo le habría pegado un tiro en las pelotas a ese Montagu y luego se las habría cortado a lord Stanley y se las habría hecho comer después de calentarlas un poquito», pensó Crozier. Dijo:

—Es terrible.

—Es peor aún —dijo Sophia.

Crozier buscó lágrimas a la débil luz, pero no vio ninguna. Sophia no era una mujer dada al llanto.

—¿Stanley hizo pública su regañina? —aventuró Crozier.

—Ese... bastardo dio una copia de la reprimenda oficial a Montagu, ¡antes de enviársela al tío John!, y esa auténtica comadreja la envió aquí rápidamente, con el barco-correo más rápido que encontró. Se hicieron copias y se pasaron de mano en mano por Hobart Town, a todos los enemigos del tío John, meses antes de que el tío John en persona recibiese la carta a través de los canales oficiales. Toda la colonia se reía de ellos cuando el tío John o la tía Jane asistían a un concierto o representaban al gobierno en alguna función oficial. Me disculpo por mi lenguaje tan poco digno de una dama, Francis.

«Yo le habría hecho comer a lord Stanley sus pelotas frías, envueltas en su propia mierda frita», pensó Crozier. No dijo nada, sino que inclinó la cabeza perdonando a Sophia la elección de sus palabras.

—Justo cuando el tío John y la tía Jane pensaban que las cosas no podían empeorar —continuó Sophia, con la voz ligeramente temblorosa, pero por la rabia, de eso estaba seguro Crozier, y no por la debilidad—, Montagu envió a sus amigos de las plantaciones de aquí un paquete con trescientas páginas que contenía todas las cartas privadas, documentos de la Casa del Gobierno y despachos oficiales que había usado para presentar su queja contra el gobernador y ante lord Stanley. Ese paquete está ahora en el Banco Central Colonial, aquí, en la capital, y el tío John sabe que dos tercios de las viejas familias y líderes de los negocios de la ciudad han hecho su peregrinaje al banco para leer y oír lo que contienen. El capitán Montagu llama al gobernador «un perfecto imbécil» en esos documentos..., y, por lo que hemos sabido, eso es lo más educado que contiene ese detestable legajo.

—La posición de sir John aquí parece insostenible —dijo Crozier.

—A veces temo por su cordura, incluso por su vida —añadió Sophia—. El gobernador sir John Franklin es un hombre sensible.

«No mataría ni a una mosca», pensó Crozier.

—¿Piensa dimitir?

—Le llamarán en breve —dijo Sophia—. La colonia entera lo sabe. Por eso la tía Jane está casi fuera de sí... Nunca la he visto en un estado semejante. El tío John espera la noticia oficial de su destitución para antes de finales de agosto, si no más pronto.

Crozier suspiró y empujó su bastón de paseo a lo largo de un surco en la grava del camino. Había esperado aquella reunión con Sophia Cracroft durante dos años en los hielos del sur, pero ahora que estaba allí, veía que su visita se perdería entre las sombras de la política y las personalidades. Se contuvo antes de volver a suspirar.

205

Tenía cuarenta y seis años y estaba actuando como un verdadero idiota.

—¿Le gustaría ver el estanque del Ornitorrinco mañana? —preguntó Sophia.

Crozier apuró otro vaso de whisky a solas. Desde arriba llegaba el aullido de los espíritus, que en realidad era sólo el viento ártico en lo que quedaba de las jarcias. El capitán compadecía a los hombres de guardia.

La botella de whisky estaba casi vacía.

Crozier decidió allí y en aquel preciso momento que tendrían que reanudar los viajes en trineos para llevar provisiones a la Tierra del Rey Guillermo aquel invierno, a través de la oscuridad, las tormentas y con la amenaza de la «cosa» en el hielo, siempre presente. No había elección. Si iban a abandonar los barcos en los meses que se avecinaban (y el *Erebus* ya estaba mostrando señales de inminente desmoronamiento en el hielo), no sería simplemente para establecer un campamento allí en el hielo, junto al lugar donde los barcos iban a quedar destruidos. Normalmente sería lo más sensato (más de una desafortunada expedición polar había establecido un campamento en el hielo dejando que la corriente de la bahía de Baffin los llevase a cientos de kilómetros al sur, a mar abierto), pero aquel hielo no iba a ninguna parte, y un campamento allí, en el hielo, sería mucho menos defendible de la criatura que un campamento en la grava helada de la costa, península o isla, cuarenta kilómetros más allá, en la oscuridad. Y ya habían ocultado más de cinco toneladas de material allí. El resto tendría que seguir antes de que volviese el sol.

Crozier bebió un poco de whisky y decidió que él conduciría la siguiente expedición en trineo. La comida caliente era el mayor aliciente moral que podían tener aquellos hombres helados, sin posibilidad de rescate a la vista o de raciones extra de ron, de modo que los siguientes viajes en trineo consistirían en despojar a los cuatro botes balleneros, unas embarcaciones serias aparejadas para una navegación seria, si los barcos auténticos debían ser abandonados en el mar, de sus estufas. La estufa patentada Frazer del *Terror* y su gemela del *Erebus* eran demasiado pesadas y enormes para trasladarlas a la costa, y el señor Diggle la usaría para cocinar sus bizcochos hasta el mismo minuto en que Crozier diese la orden de abandonar el barco, de modo que era mejor usar las estufas de los botes. Las cuatro estufas eran de hierro y pesarían como las mismísimas pezuñas de Satanás, especialmente si los trineos llevaban más material, comida y ropas al escondite, pero estarían a salvo en la costa y podrían encenderse con rapidez, aunque habría que llevar también el carbón por el helado infierno de las cuarenta kilómetros de mar helado y crestas de presión. No había madera alguna en la Tierra del Rey Guillermo, ni en centenares de kilómetros al sur de allí. Las estufas irían en el siguiente viaje, decidió Crozier, y él las llevaría. Irían con los trineos por entre la oscuridad absoluta y el frío más increíble, y que el diablo los persiguiera, si quería.

Crozier y Sophia Cracroft salieron a la mañana siguiente, en abril de 1843, a ver el estanque del Ornitorrinco.

Crozier esperaba que cogieran una calesa, como hacían durante las estancias en Hobart Town, pero Sophia tenía dos caballos ensillados para los dos, y una mula cargada con cosas para el picnic. Ella cabalgaba como un hombre. Crozier se dio cuenta de que la «falda» oscura que parecía llevar, en realidad, era un pantalón de gaucho. La blusa blanca de loneta que llevaba era, de algún modo, al mismo tiempo femenina y tosca. Llevaba también un sombrero de ala ancha para que no le diera el sol en la piel. Sus botas eran altas, brillantes y suaves, y debían de costar más o menos un año del salario de capitán de Francis Crozier.

Cabalgaron hacia el norte, alejándose de la Casa del Gobierno y de la capital, y siguieron un sendero estrecho entre los campos de las plantaciones, pasaron junto a los corrales de la colonia penitenciaria y luego por un trozo de selva tropical, y luego volvieron a salir a campo abierto de nuevo.

—Pensaba que sólo había ornitorrincos en Australia —dijo Crozier. Le estaba costando un poco encontrar una postura cómoda en la silla. Nunca había tenido demasiadas oportunidades ni razones para montar. Era muy embarazoso cuando su voz vibraba, mientras él se sacudía y daba saltos. Sophia parecía completamente a gusto en la silla; ella y su caballo se movían a la vez.

—Ah, no, querido —dijo Sophia—. Esos seres extraños sólo se encuentran en ciertas zonas costeras del continente, al norte, pero los hay en toda la Tierra de Van Diemen. Pero son muy tímidos. Ya no se ve ninguno en torno a Hobart Town.

Las mejillas de Crozier se calentaron mucho al oír lo de «querido».

—¿Son peligrosos? —preguntó.

Sophia se rio con ganas.

—En realidad, los machos sí que son peligrosos en la estación de apareamiento. Tienen un espolón oculto y venenoso en los miembros posteriores, y durante la época de cría se vuelve más venenoso aún.

—¿Lo suficiente para matar a un hombre? —preguntó Crozier.

Lo había preguntado en broma, lo de que aquellas criaturas tan cómicas que sólo había visto en las ilustraciones pudieran ser peligrosas.

—Un hombre pequeño —dijo Sophia—. Pero los supervivientes del espolón del ornitorrinco dicen que el dolor es tan terrible que habrían preferido la muerte.

Crozier miró a su derecha, a la joven. A veces le resultaba muy difícil saber cuándo Sophia hablaba en broma y cuándo en serio. En este caso le pareció que estaba diciendo la verdad.

—¿Y ahora es la estación de cría? —preguntó.

Ella volvió a sonreír.

—No, mi querido Francis. Es entre agosto y octubre. Estaremos a salvo. A menos que encontremos un demonio.

—¿El demonio?

—No, querido. «Un» demonio. Lo que quizás hayas oído describir como demonio de Tasmania.

—Sí, he oído hablar de esos animales —dijo Crozier—. Se cree que son criaturas terribles con mandíbulas que se abren tanto como la escotilla de la bodega de un barco. Y se dice que son feroces, cazadores insaciables, capaces de tragarse y devorar un caballo o un tigre de Tasmania enterito.

Sophia asintió, con la cara seria.

—Todo es cierto. El demonio es todo pelo, y pecho, apetito y furia. Y no sé si ha oído el ruido que producen... No se puede llamar, en realidad, ni ladrido, ni gruñido ni rugido, sino más bien los balbuceos y chillidos que se podrían esperar de un manicomio ardiendo... Bueno, le garantizo que ni siquiera un explorador tan valeroso como usted, Francis Crozier, se adentraría en el bosque o en los campos de por aquí solo por la noche.

—¿Los ha oído? —preguntó Crozier, escrutando de nuevo el rostro serio de ella para ver si le estaba tomando el pelo.

—Ah, sí. Es un ruido indescriptible, absolutamente terrorífico. Hace que su presa se quede helada justo el tiempo suficiente para que el demonio abra esas mandíbulas increíblemente anchas y se trague a su víctima entera. El único ruido igual de espantoso que se puede oír son los chillidos de su presa. He oído a un rebaño entero de ovejas balando y chillando mientras un solo demonio las devoraba a todas, una a una, y dejaba apenas una pezuña.

—Está de broma —dijo Crozier, todavía mirándola fijamente, para ver si era verdad.

—Nunca bromeo con el demonio, Francis —dijo ella. Cabalgaban por otra extensión de oscura selva.

—¿Y esos demonios comen ornitorrincos? —preguntó Crozier. La pregunta iba en serio, pero se alegró mucho de que ni James Ross ni ninguno de los hombres de su tripulación estuvieran cerca para oírle plantearla, porque parecía absurda.

—Un demonio de Tasmania se come «cualquier cosa» —dijo Sophia—. Pero una vez más tenemos suerte, Francis. El demonio sólo caza de noche, y a menos que nos perdamos de una manera terrible, veremos el estanque del Ornitorrinco, y al ornitorrinco mismo, y tomaremos el almuerzo y volveremos a la Casa del Gobierno antes de que caiga la noche. Que Dios nos ayude si nos quedamos ahí fuera en la selva cuando llegue la oscuridad.

—¿Por el demonio? —preguntó Crozier. Quería que la pregunta resultase ligera e insinuante, pero hasta él mismo notó la corriente subterránea de tensión en su tono.

Sophia tiró de las riendas de su yegua y la hizo parar, y le sonrió con una sonrisa auténtica, deslumbrante, total. Crozier consiguió, aunque sin gracia, que su caballo castrado se detuviera también.

—No, querido —dijo la joven, con un susurro entrecortado—. No por el demonio. Por mi «reputación».

Antes de que a Crozier se le ocurriera algo que decir, Sophia se echó a reír, espoleó a su caballo y salió al galope hacia el camino.

No quedaba el whisky suficiente en la botella para dos últimos vasos. Crozier apuró la mayor parte, levantó el vaso entre sus ojos y la parpadeante linterna de aceite colocada en la pared de separación interior y vio bailar la luz a través del líquido ambarino. Bebió lentamente.

No llegaron a ver el ornitorrinco. Sophia le aseguró que el ornitorrinco aparecía casi siempre en aquel estanque, un diminuto círculo de agua de menos de cincuenta metros de diámetro, a medio kilómetro del camino, en una selva espesa, y que las entradas a su madriguera estaban detrás de las raíces retorcidas de algún árbol que corrían hacia la orilla, pero en realidad él no vio el ornitorrinco.

Sin embargo, sí que vio desnuda a Sophia Cracroft.

Tomaron un almuerzo muy agradable en el extremo más sombreado del estanque del Ornitorrinco, con un carísimo mantel de algodón extendido en la hierba y colocada encima la cesta de picnic, los vasos, los recipientes con comida y ellos mismos. Sophia había ordenado a los sirvientes que prepararan algunos paquetes de rosbif envueltos en tela impermeable y que contenían un artículo que era el más caro de todos los que se encontraban allí, y el más barato en el lugar de donde venía Crozier: hielo, para evitar que se estropease durante la cabalgata matutina. Había también patatas a la parrilla y unos cuencos pequeños de sabrosa ensalada. Ella también había puesto una buena botella de borgoña en la cesta, junto con unas copas de auténtico cristal de la colección de sir John, con su escudo grabado al ácido, y bebió casi más vino que el propio capitán.

Después de la comida se echaron a poca distancia el uno del otro y hablaron de esto y de aquello durante una hora, mirando todo el rato hacia la oscura superficie del estanque.

—¿Estamos esperando al ornitorrinco, señorita Cracroft? —preguntó Crozier, durante un breve intervalo en su discusión sobre los peligros y las bellezas del viaje ártico.

—No, creo que tendría que haber aparecido ya, si hubiese querido que lo viéramos —dijo Sophia—. Estamos esperando un rato antes de ir a bañarnos.

Crozier la miró, sorprendido. Ciertamente, no había llevado traje de baño. No tenía ningún traje de baño. Pensó que era otra de sus bromas, pero ella siempre hablaba con tanta seriedad que nunca estaba seguro al cien por cien. Eso hacía que su pícaro sentido del humor le resultase aún más excitante.

Ampliando su estimulante broma un poco más, ella se puso de pie, se quitó unas hojas muertas adheridas a los pantalones de gaucho y miró a su alrededor.

—Creo que me desnudaré detrás de esos arbustos de ahí y me meteré en el agua desde ese repecho de hierba. Puede venir también a nadar conmigo, por supuesto, Francis, o no, según su sentido personal del decoro.

Él sonrió para demostrarle que era un caballero sofisticado, pero su sonrisa era insegura.

Ella se dirigió hacia los espesos arbustos sin volver la vista. Crozier se quedó en el mantel, medio reclinado y con una mirada divertida en su rostro cuidadosamente afeitado, pero cuando vio la blusa clara de ella alzada repentinamente por unos brazos pálidos, y colocada encima de la parte superior del arbusto, su expresión se quedó helada. Pero su polla no. Debajo de los pantalones de pana que llevaba, y del chaleco, demasiado corto, las partes privadas de Crozier pasaron del «descansen» al «presenten armas» en menos de dos segundos.

Los oscuros pantalones de gaucho de Sophia y otras cosas blancas y con volantes de las que no sabía el nombre se unieron a la blusa, encima del grueso arbusto, unos segundos después.

Crozier no podía hacer otra cosa que mirar. Su sonrisa podía ser el rictus de un hombre muerto. Estaba seguro de que los ojos se le salían de las órbitas, pero no podía volver la cabeza ni apartar la vista.

Sophia Cracroft salió a la luz del sol.

Estaba completamente desnuda. Los brazos colgaban a los lados, tranquilamente; sus manos estaban ligeramente flexionadas. No tenía los pechos grandes, pero sí muy erguidos y blancos, coronados por unos pezones grandes de color rosa y no marrón, como era el caso de todas las demás mujeres, las putas del puerto, las prostitutas desdentadas, las chicas nativas, a las que Crozier había visto desnudas hasta aquel momento.

¿Habría visto a alguna mujer desnuda de verdad, hasta aquel momento? ¿A una mujer blanca? En aquel instante pensaba que no. Y si lo había hecho, supo que en realidad no importaba lo más mínimo.

La luz del sol se reflejaba en la joven piel de Sophia, cegadoramente blanca. Ella no se cubría. Todavía congelado en su lánguida postura y su expresión ausente, sólo su pene reaccionaba poniéndose todavía más erecto y doloroso, y Crozier se dio cuenta de que se sentía asombrado de que aquella diosa que tenía en la mente, aquel modelo de feminidad inglesa, la mujer a la que mental y emocionalmente había elegido como esposa y madre de sus hijos, tuviera un vello púbico espeso y lujurioso que parecía decidido, aquí y allá, a saltar fuera de la adecuada V negra de un triángulo invertido. «Rebelde» era la única palabra que venía a su mente, vacía por lo demás. Ella se había soltado el largo pelo y lo había dejado caer sobre sus hombros.

—¿No viene, Francis? —le llamó suavemente desde donde estaba de pie, en el repecho de hierba. Su tono era tan neutro como si le estuviese preguntando si no quería un poco más de té—. ¿O se va a quedar mirando sin más?

Sin una palabra más, ella se sumergió en el agua en un arco perfecto, con las manos pálidas y los brazos blancos hendiendo la superficie como de espejo un instante antes que el resto de su cuerpo.

Por aquel entonces, Crozier había abierto la boca para hablar, pero el habla articulada era obviamente una imposibilidad. Al cabo de un momento cerró la boca.

211

Sophia nadaba con facilidad hacia delante y hacia atrás. Él veía sus blancas nalgas elevándose por detrás de su espalda blanca y fuerte, a lo largo de la cual su cabello mojado yacía separado como tres pinceladas de la más negra de las tintas indias.

Ella levantó la cabeza, chapoteando con facilidad mientras se detenía en el extremo más alejado del estanque, junto al árbol grande que había señalado a su llegada.

—La madriguera del ornitorrinco está detrás de esas raíces —dijo—. No creo que quiera salir a jugar hoy. Es tímido. No sea tímido, Francis. Por favor.

Como en sueños, Crozier se encontró levantándose, caminando hacia los arbustos más espesos que encontró junto al agua en el lado opuesto del lugar donde estaba Sophia. Sus dedos temblaban violentamente cuando intentó desabrocharse los botones. Dobló sus ropas en cuadrados rectos y ordenados, colocándolas en un cuadro más grande de hierba a sus pies. Estaba seguro de que aquello le había costado horas. Su vibrante erección no desaparecía. Por mucho que deseara que desapareciera, por mucho que imaginara que había desaparecido, persistía en elevarse rígidamente hasta el ombligo, subiendo y bajando desde allí, con el glande tan rojo como una linterna de señales y libre varios centímetros del prepucio.

Crozier se quedó de pie, indeciso, detrás del arbusto, oyendo las salpicaduras mientras Sophia seguía nadando. Si titubeaba un momento más, se dio cuenta, ella saldría del estanque, volvería a su cortina de arbustos, se secaría, y él se maldeciría el resto de sus días a sí mismo por ser un cobarde y un idiota.

Atisbando entre las ramas de su arbusto, Crozier esperó hasta que la espalda de la dama quedó hacia él mientras nadaba hacia la orilla más alejada y entonces, rápidamente y con torpeza, se arrojó al agua, o más bien cayó dando traspiés, abandonando toda gracia en su esfuerzo denodado por meter su traicionera polla debajo del agua y fuera de la vista antes de que la señorita Cracroft volviera la cara en su dirección.

Cuando salió a la superficie, escupiendo y resoplando, ella nadaba a seis metros de distancia y le sonreía.

—Me encanta que haya decidido seguirme, Francis. Ahora, si sale el ornitorrinco macho con su espolón venenoso, podrá protegerme. ¿Inspeccionamos la entrada de la madriguera? —Dio la vuelta graciosamente y nadó hacia el enorme árbol en un lugar donde colgaba por encima del agua.

Jurando mantener al menos tres, o no, cinco metros de agua

abierta entre ambos, como un buque zozobrando a sotavento, Crozier nadó a lo perro detrás de ella.

El estanque era sorprendentemente profundo. Al detenerse a cuatro metros de ella y chapoteando torpemente en el agua para mantener la cabeza por encima de la superficie, Crozier se dio cuenta de que aun allí, en la orilla, donde las raíces del enorme árbol bajaban metro y medio de empinada orilla hacia el agua, y altas hierbas colgaban arrojando sombras en la tarde, los pies agitados de Crozier y sus dedos estirados no conseguían tocar el fondo al principio.

De pronto, Sophia fue hacia él.

Debió de ver el pánico en sus ojos; él no sabía si retroceder chapoteando furiosamente o simplemente advertirle de que se apartase de su estado de erección galopante, porque ella hizo una pausa nadando a braza y él pudo ver entonces sus blancos pechos flotando bajo la superficie, y señaló hacia su izquierda, nadando fácilmente hacia las raíces del árbol.

Crozier la siguió.

Se agarraron a las raíces, sólo a algo más de un metro el uno del otro, pero el agua estaba muy oscura al nivel del pecho, afortunadamente, y Sophia señaló lo que podía ser una abertura de una madriguera, o simplemente un hueco en el barro, en la orilla entre el amasijo de raíces.

213

—Es una madriguera de acampada, o de un soltero, no un nido —dijo Sophia. Tenía bonitos los hombros y las clavículas.

—¿Cómo? —dijo Crozier.

Se sentía feliz y ligeramente sorprendido al ver que había vuelto su capacidad de habla, pero menos satisfecho por el extraño y ahogado sonido de aquella palabra, y por el hecho de que le castañeteaban los dientes. El agua no estaba fría.

Sophia sonrió. Llevaba un mechón de cabello oscuro pegado a una de sus angulosas mejillas.

—Los ornitorrincos tienen dos tipos de madrigueras —dijo bajito—, este tipo, lo que algunos naturalistas llaman madriguera de acampada, que usan tanto el macho como la hembra, excepto durante la estación de cría. Los solteros viven aquí. La madriguera de cría la excava la hembra para las crías que tiene en ese momento, y después de hacerlo, excava otra pequeña cámara para que sirva de cuarto infantil.

—Ah —dijo Crozier, agarrándose a la raíz, más fuertemente de lo que se habría agarrado a un flechaste en un buque, a sesenta metros de altura en la obencadura durante un huracán.

—Los ornitorrincos ponen huevos, ya sabe —continuó Sophia—, como los reptiles. Pero las madres secretan leche, como los mamíferos.

A través del agua, él podía ver los círculos más oscuros en el centro de los globos blancos que eran sus pechos.

—¿Ah, sí? —dijo.

—La tía Jane, que es un poco naturalista también, cree que los espolones venenosos de los miembros posteriores del macho se usan no sólo para luchar contra otros ornitorrincos y contra los intrusos, sino también para agarrarse a la hembra mientras nadan, y copular al mismo tiempo. Se supone que él no segrega el veneno cuando está agarrado a su compañera.

—¿Sí? —dijo Crozier, y se dijo que quizá tenía que haber dicho «¿No?». No sabía de qué le hablaba ella.

Agarrándose a las raíces, Sophia se acercó más, hasta que sus pechos casi le tocaban. Ella le puso la mano fría, una mano sorprendentemente grande, plana contra el pecho.

—Señorita Cracroft... —empezó él.

—Chist —dijo Sophia—. Calla.

Ella quitó la mano izquierda de la raíz y la puso en el hombro de él, colgándose de su cuerpo como se había colgado de la raíz del árbol. Deslizó la mano derecha más abajo, presionándole el vientre y tocándole la cadera derecha, y luego se dirigió hacia el centro, y bajó más aún.

—Oh, vaya —le susurró al oído. Ahora tenía la mejilla apretada contra la de él, y el pelo mojado en los ojos de él—. ¿Es un espolón venenoso esto que he encontrado?

—Señorita Cra... —empezó él.

Ella se apretó. Flotó con gracia de modo que de repente sus fuertes piernas quedaron a cada lado de la pierna izquierda de él, y luego ella bajó su peso y su calor, frotándose contra él. Él levantó la pierna ligeramente para subirla y mantener su cara fuera del agua. Ella tenía los ojos cerrados. Movía las caderas, con los pechos apretados contra su cuerpo, y con la mano derecha empezó a acariciarlo.

Crozier gimió, pero sólo fue un gemido de anticipación, no de liberación. Sophia emitió un sonido leve contra su cuello. Él notó el calor y la humedad de sus zonas pudendas contra la pierna y el muslo. «¿Cómo puede haber algo más húmedo que el agua?», se preguntó.

Entonces ella empezó a gemir de verdad, y Crozier cerró también los ojos, sentía no poder seguir viéndola, pero no tenía elección, y ella se apretó con fuerza una vez más contra él, dos veces, una tercera vez apretando hacia abajo, y sus caricias se hicieron más apresuradas, urgentes, expertas, conocedoras y exigentes.

Él enterró la cara en el cabello húmedo de ella mientras latía y se sacudía en el agua. Crozier pensaba que la espasmódica eyaculación no acabaría nunca, y, si hubiera sido capaz, se habría disculpado con ella de inmediato. Pero se limitó a gemir de nuevo y casi se suelta de la raíz del árbol. Ambos oscilaron, con las barbillas por debajo de la superficie del agua.

Lo que más confundía a Francis Crozier en aquel momento, y todo en el universo le confundía en aquellos momentos, mientras que nada de todo el universo le molestaba, era el hecho de la presión que ejercía la dama hacia abajo, con sus muslos bien apretados en torno a él, la mejilla muy apretada contra la suya, y los ojos, que tenía bien cerrados, y sus gemidos. Las mujeres no pueden sentir la misma intensidad que los hombres, ¿no? Algunas de las putas gemían, pero desde luego, lo hacían sólo porque sabían que a los hombres les gustaba..., era obvio que no sentían nada.

Y sin embargo...

Sophia se echó atrás, le miró a los ojos, sonrió con soltura, le besó de lleno en los labios, levantó las piernas casi haciendo una tijera, se dio impulso contra la raíz y nadó hacia la costa donde se encontraban sus ropas encima del arbusto tembloroso.

Aunque parezca increíble, se vistieron, recogieron las cosas del picnic, prepararon la mula, montaron y cabalgaron todo el camino de vuelta a la Casa del Gobierno en silencio.

Aunque parezca mentira, aquella noche, durante la cena, Sophia Cracroft se rio y parloteó con su tía, sir John e incluso con el inusualmente locuaz capitán James Clark Ross, mientras Crozier se quedaba sentado, muy callado, mirando a la mesa. No podía sino admirarla por su..., ¿cómo lo llamaban los gabachos?, su *sangfroid*, mientras toda la atención y el espíritu de Crozier se sentía exactamente como su cuerpo en el momento del orgasmo infinito en el estanque del Ornitorrinco...: átomos y esencia desperdigados por todos los confines del universo.

Sin embargo, la señorita Cracroft no actuó de forma altiva con él, ni pareció mostrarle ningún tipo de reprobación. Le sonreía, le hacía comentarios, e intentaba incluirle en la conversación igual que hacía cada noche en la Casa del Gobierno. Y ciertamente, su sonrisa hacia él parecía un poco más cálida, ¿verdad? ¿Más afectuosa? ¿Incluso enamorada? Tenía que ser así...

Después de la cena de aquella noche, cuando Crozier sugirió que dieran un paseo por el jardín ella se excusó alegando que se había comprometido previamente a jugar a las cartas con el capitán Ross en el salón principal. ¿No le gustaría al comandante Crozier unirse a ellos?

No, el comandante Crozier se excusó a su vez, comprendiendo por los cálidos y afectuosos tonos ocultos en la cálida y afectuosa superficie de sus bromas que todo debía mantenerse perfectamente normal en la Casa del Gobierno aquella noche, y hasta que ellos dos no pudieran reunirse para discutir su futuro. El comandante Crozier anunció en voz alta que le dolía un poco la cabeza y que pensaba acostarse temprano.

Ya estaba despierto y vestido con su mejor uniforme, caminando por los salones de la mansión antes de amanecer al día siguiente, seguro de que Sophia tendría el mismo impulso de reunirse con él temprano.

Pero no fue así. Sir John fue el primero en acudir a desayunar, y se dedicó a charlar interminablemente de cotilleos insufribles con Crozier, que nunca había dominado el insípido arte del cotilleo, y que no se sentía capaz de mantener una conversación en la cual se discutía cuál debía ser la tarifa adecuada para contratar a los prisioneros para cavar canales.

A continuación bajó lady Jane, y hasta Ross vino para el desayuno antes de que Sophia hiciese por fin su aparición. Por aquel entonces, Crozier ya se había tomado seis tazas de café, que según había averiguado durante sus inviernos con Parry en los anteriores años en los hielos del norte prefería al té por las mañanas, pero se quedó mientras la dama, como siempre, se tomaba sus huevos, salchichas, judías, tostadas y té.

Sir John se fue a algún sitio. Lady Jane desapareció. El capitán Ross se alejó también. Sophia finalmente acabó de desayunar.

—¿Le gustaría salir a dar un paseo por el jardín? —le preguntó él.

—¿Tan temprano? —dijo ella—. Ya hace mucho calor ahí fuera. Este otoño no muestra señal alguna de ir refrescando.

—Pero... —empezó Crozier, e intentó comunicarle la urgencia de su invitación con la mirada.

Sophia sonrió.

—Me encantaría pasear por el jardín con usted, Francis.

Caminaron lentamente, interminablemente, esperando que un jardinero-prisionero acabase la tarea de descargar unos pesados sacos de abono.

216

Cuando el hombre se fue por fin, Crozier la condujo al momento hacia el banco de piedra en el extremo más alejado y sombreado del jardín, alargado y clásico. La ayudó a sentarse y esperó mientras ella cerraba su sombrilla. Ella le miró, ya que Crozier estaba demasiado agitado para sentarse y permanecía de pie ante ella, cambiando el peso de un pie al otro, y él creyó ver la expectación en sus ojos.

Finalmente, tuvo la presencia de ánimo para arrodillarse sobre una rodilla.

—Señorita Cracroft, soy consciente de que soy un simple comandante de la Marina de su Majestad, y que usted sólo se merece las atenciones de todo el Almirantazgo de la Flota..., no, quiero decir, de la realeza, de alguien que pudiera estar al mando del Almirantazgo..., pero debe de ser consciente, sé que es consciente, de la intensidad de mis sentimientos hacia usted, y si pudiera encontrar unos sentimientos recíprocos para...

—Dios mío, Francis —le interrumpió Sophia—, ¿no irá a proponerme matrimonio, verdad?

Crozier no tenía respuesta para aquello. De rodillas, con ambas manos extendidas hacia ella como si rezase, esperó.

Ella le dio un golpecito en el brazo.

—Comandante Crozier, es usted un hombre maravilloso. Un verdadero caballero, a pesar de todas esas asperezas que quizá nunca consiga limar. Y un hombre sabio, además..., especialmente, a la hora de comprender que yo nunca me convertiré en la esposa de un comandante. No sería adecuado. No sería nunca... aceptable.

Crozier quiso hablar. No le venía a la mente palabra alguna. Aquella parte de su cerebro que todavía funcionaba estaba intentando completar la frase inacabada de propuesta de matrimonio que llevaba toda la noche componiendo. Había pronunciado ya casi un tercio... más o menos.

Sophia se rio suavemente y meneó la cabeza. Sus ojos miraron a los lados, asegurándose de que nadie, ni siquiera un prisionero, estaba a la vista ni podía oírla.

—Por favor, no se preocupe por lo de ayer, comandante Crozier. Pasamos un día maravilloso. El... interludio... en el estanque fue muy agradable para los dos. Fue una función de... mi naturaleza... como resultado de los sentimientos mutuos de proximidad que sentimos, durante esos pocos momentos. Pero, por favor, no crea, mi querido Francis, que ese hecho arroja sobre usted ninguna carga o una obligación de actuar en ningún sentido a mi favor, a causa de nuestra breve indiscreción.

217

Él la miró.

Ella sonrió, pero no con tanta calidez como él estaba acostumbrado a observar.

—No se trata —dijo, tan bajito que las palabras surgieron en el aire caliente como un susurro apenas— de que haya usted comprometido mi honor, comandante.

—Señorita Cracroft... —empezó Crozier de nuevo, y se detuvo.

Si su barco se hubiese visto arrastrado contra una costa a sotavento, con las bombas estropeadas, metro y veinte centímetros de agua en la bodega y aumentando, las jarcias rotas y las velas hechas jirones, habría sabido qué ordenes dar. Qué decir a continuación. En aquel momento, ni una sola palabra le vino a la mente. Sólo notó un dolor que iba en aumento y un asombro que dolía muchísimo más por ser el reconocimiento de algo viejo y que se comprendía demasiado bien.

—Si yo fuera a casarme —continuó Sophia, abriendo la sombrilla de nuevo y haciéndola girar por encima de ella—, sería con el apuesto capitán Ross. Aunque no estoy destinada a ser tampoco la esposa de un simple capitán, Francis. Él tendría que ser nombrado caballero..., pero estoy segura de que lo será pronto.

Crozier la miró a los ojos, buscando alguna señal de que estaba bromeando.

—El capitán Ross está comprometido —dijo al fin. Su voz sonaba como el graznido de un hombre que lleva días innumerables privado de agua—. Planean casarse en cuanto James vuelva a Inglaterra.

—Ah, bah —dijo Sophia, poniéndose de pie y haciendo girar la sombrilla con mayor rapidez—. Yo también volveré a Inglaterra en un paquebote rápido este verano, antes incluso de que destituyan al tío John. El capitán James Clark Ross volverá a verme.

Ella le miró entonces en la posición en la que estaba, absurdamente apoyado en una rodilla sobre la grava blanca.

—Además —dijo, alegremente—, aunque el capitán Ross se case con esa novia que le espera, de la que él y yo hemos hablado a menudo, y le aseguro que es una verdadera idiota, el matrimonio no es el fin de todo. No es la muerte. No es el «País Desconocido» de Hamlet, del cual no vuelve ningún hombre. Se sabe de muchos hombres que han vuelto del matrimonio y han encontrado a la mujer que era adecuada para ellos desde siempre. Fíjese en lo que le digo, Francis.

Él se puso de pie, al fin. Se quedó de pie, sacudiéndose la grava blanca de la rodillera de sus mejores pantalones de uniforme.

—Debo irme ahora —dijo Sophia—. La tía Jane, el capitán Ross y yo vamos a Hobart Town esta mañana para ver a unos nuevos sementales que la compañía Van Diemen acaba de importar para servicio de cría. Puede venir con nosotros si lo desea, Francis, pero por el amor de Dios, cámbiese de ropa y de expresión antes de hacerlo.

Ella le tocó el antebrazo ligeramente y se dirigió hacia la Casa del Gobernador haciendo girar la sombrilla.

Crozier oyó las apagadas campanas de cubierta tocando las ocho campanadas. Eran las cuatro de la mañana. Normalmente, en un buque en alta mar, los hombres saltarían de sus hamacas media hora después para empezar a pasar la piedra de arena por las cubiertas y limpiar todo lo que estuviera a la vista. Pero allí, entre la oscuridad, el hielo y el viento, que Crozier podía oír todavía aullando entre las jarcias, cosa que significaba que era posible que hubiese otra ventisca, y sólo era diez de noviembre de su tercer invierno, los hombres podían dormir hasta tarde, emperezando hasta las cuatro campanadas de la guardia de la mañana. Las seis. Entonces, el frío barco volvería a la vida con los gritos de los oficiales y los pies enfundados en botas de los hombres golpeando la cubierta antes de que los oficiales llevasen a cabo la amenaza de echar abajo las hamacas con los hombres todavía dentro de ellas.

Aquél era un paraíso de la pereza, comparado con los deberes en alta mar. Los hombres no sólo dormían hasta tarde, sino que se les permitía tomar el desayuno allí, en la cubierta inferior, a las ocho campanadas, antes de haber concluido sus deberes matutinos.

Crozier miró la botella de whisky y el vaso. Ambos estaban vacíos. Cogió la pesada pistola, mucho más pesada por la carga completa de pólvora y balas. Su mano lo notaba.

Se metió la pistola en el bolsillo de su abrigo de capitán, se lo quitó y lo colgó de un gancho. Crozier limpió el vaso de whisky con el trapo limpio que Jopson le dejaba cada noche y lo volvió a colocar en el cajón. Luego, con mucho cuidado, colocó la botella de whisky vacía en la cesta de mimbre tapada que Jopson dejaba junto a la puerta deslizante con ese fin. Una botella llena estaría colocada en la cesta cuando volviese Crozier de sus oscuros deberes diarios.

Durante un momento pensó en vestirse un poco más y salir a cubierta, en cambiarse las botas de pieles por botas de verdad, y en colocarse el pañuelo, el gorro y toda la ropa de frío, y salir a la noche y la tormenta a esperar que se levantasen los hombres, bajar a desayunar con sus oficiales y pasar todo el día entero sin dormir.

Lo había hecho muchas mañanas.

Pero aquélla no. Estaba demasiado cansado. Y hacía demasiado

219

frío para quedarse aunque sólo fuera un minuto de pie con sólo cuatro capas de lana y algodón encima. Las cuatro de la mañana. Crozier sabía que era la parte más fría de la noche, y la hora en la cual la mayoría de los enfermos y heridos rendían el espíritu y eran conducidos a aquel auténtico País Desconocido.

Crozier se introdujo entre las mantas y hundió el rostro en el helado colchón de piel de caballo. Pasarían quince minutos o más antes de que el calor de su cuerpo empezase a caldear aquel pequeño espacio. Con suerte, estaría dormido antes. Con suerte, conseguiría dormir al menos dos horas de sueño embriagado antes de que empezase el día siguiente de oscuridad y frío. Con suerte, pensó mientras perdía la conciencia, no se despertaría nunca.

17

Irving

Latitud 70° 5' N — Longitud 98° 23' O
13 de noviembre de 1847

Silenciosa había desaparecido, y el trabajo del tercer teniente John Irving consistía en encontrarla.

El capitán no le había ordenado que hiciera aquello..., no exactamente. Pero el capitán Crozier sí que le había dicho a Irving que vigilase a la mujer esquimal cuando los capitanes decidieron mantenerla a bordo del HMS *Terror* seis meses antes, en junio, y el capitán Crozier nunca había revocado esa orden, de modo que Irving se sentía responsable. Además, el joven estaba enamorado de ella. Sabía que era una tontería, una locura incluso, haberse enamorado de una salvaje, de una mujer que ni siquiera era cristiana, y una nativa sin educación además, que no sabía ni una palabra de inglés ni de ninguna otra lengua tampoco, por aquel asunto de que tenía la lengua arrancada, pero aun así Irving estaba enamorado de ella. Había algo en ella que hacía que el alto y fuerte John Irving sintiera debilidad en las rodillas.

Y ahora había desaparecido.

La primera noticia de que no estaba en la litera que le habían asignado, aquel pequeño cubículo situado entre las cajas de madera, en la parte más atestada de la cubierta inferior, justo delante de la enfermería, fue el jueves, dos días antes, pero los hombres estaban acostumbrados a las extrañas idas y venidas de Lady Silenciosa. Ella estaba más veces fuera del barco que dentro de él, incluso por la noche. Irving informó al capitán Crozier el jueves por la tarde, 11 de noviembre, de que Silenciosa había desaparecido, pero el capitán, Irving y otros la habían visto afuera, en el hielo, dos noches antes. Luego, después de que encontraran los restos de Strong y Evans, ella volvió a desaparecer. El capitán decía que no había que preocuparse, que ya aparecería.

Pero no apareció.

La tormenta se había desencadenado el jueves por la mañana, trayendo con ella mucha nieve y fuertes vientos. Los equipos de trabajo que faenaban a la luz de la linterna para reparar los mojones del sendero entre el *Terror* y el *Erebus*, unas columnas en disminución de metro y veinte centímetros de alto hechas con ladrillos de hielo cada treinta pasos, se vieron obligados a volver a los buques aquella tarde, y no habían podido trabajar fuera en el hielo desde entonces. El último mensajero del *Erebus*, que llegó tarde el jueves y se vio obligado a quedarse en el *Terror* a causa de la tormenta, confirmó que Silenciosa no estaba a bordo del buque del comandante Fitzjames. Aquel sábado por la mañana se cambió la guardia en cubierta cada hora, y aun así los hombres bajaban cubiertos de una costra de hielo y tiritando de frío. Hubo que enviar a unas cuadrillas de trabajo arriba con hachas cada tres horas para que fueran quitando el hielo de los palos que quedaban erguidos y de los cabos, para que el buque no volcara por el peso. El hielo que caía también era un riesgo para los que hacían guardia, y dañaba la propia cubierta. Otros hombres luchaban también para quitar con las palas la nieve de la helada cubierta del *Terror*, escorado hacia la proa, antes de que cogiera un grosor tal que no pudieran ni abrir las escotillas.

Cuando el teniente Irving informó de nuevo al capitán Crozier aquel sábado por la noche, después de cenar, de que Silenciosa seguía sin aparecer, el capitán dijo:

—Si está ahí fuera, con lo que está cayendo, quizá no vuelva, John. Pero tiene permiso para registrar todo el buque esta noche, después de que la mayoría de los hombres estén en sus hamacas, aunque sólo sea para asegurarse de que no está aquí.

Aunque la guardia de Irving en cubierta había acabado horas antes aquella noche, el teniente volvió a ponerse sus pesadas ropas de abrigo, encendió una lámpara de aceite y subió por la escala de mano de nuevo a cubierta.

Las condiciones no habían mejorado. Incluso eran peores que cuando Irving había bajado a cenar, cinco horas antes. El viento aullaba desde el noroeste, arrastrando la nieve ante él y reduciendo la visibilidad a tres metros de distancia o menos. El hielo había vuelto a recubrirlo todo, aunque había un grupo de cinco hombres con hachas trabajando y gritando en algún lugar a proa de la lona cargada de nieve, que colgaba por encima de la escotilla. Irving luchó por salir a través de más de un palmo de espuma nueva, bajo la pirámide de lona, con la linterna golpeándole el rostro, mientras buscaba a uno de los hombres que no empuñara un hacha en la oscuridad.

Reuben Male, capitán del castillo de proa, estaba de guardia y además era el oficial a cargo del destacamento de trabajo. Irving lo encontró siguiendo el débil resplandor de la linterna de otro hombre a babor.

Male era como un montículo de lana cubierto de nieve. Hasta su rostro estaba escondido debajo de una capucha improvisada envuelta en capas y capas de gruesos pañuelos de lana. La escopeta que llevaba apoyada en el hueco de su abultado brazo estaba también cubierta de hielo. Ambos hombres tenían que gritar para entenderse.

—¿Ve algo, señor Male? —gritó el teniente Irving, que se acercó mucho al grueso turbante de lana que era la cabeza del capitán del castillo de proa.

El hombre más bajo se apartó un poquito el pañuelo. La nariz era un carámbano blanco.

—¿Se refiere a las partidas del hielo, señor? No les veo una vez salen un poco por encima de las primeras vergas. Sólo escucho, señor, mientras sustituyo al joven Kinniard en su guardia de babor. Estaba en el destacamento de la tercera guardia, señor, y todavía no han conseguido descongelarlo todo.

—¡No, quiero decir en el hielo! —gritó Irving.

Male se echó a reír. Era, literalmente, un sonido ahogado.

—Ninguno de nosotros ha visto nada en el hielo desde hace cuarenta y ocho horas, teniente. Usted ya lo sabe, señor. Estaba aquí fuera antes.

Irving asintió y se envolvió el pañuelo más estrechamente en torno a la frente y la parte inferior de la cara.

—¿Nadie ha visto a la Silen..., a Lady Silenciosa?

—¿Cómo, señor? —El señor Male se inclinó más, con la escopeta como una columna de metal forrado de hielo y madera entre ellos.

—¿Lady Silenciosa? —gritó Irving.

—No, señor. Creo que nadie ha visto a la mujer esquimal desde hace días. Se habrá ido, teniente. Habrá muerto por ahí fuera, y que le aproveche, digo yo.

Irving asintió, dio unos golpecitos en el abultado hombro de Male con su propia mano abultada y siguió haciendo la ronda por la popa, apartándose del palo mayor, desde donde caían enormes trozos de hielo entre la nieve que soplaba, y explotaban como proyectiles de artillería en cubierta, y fue a hablar con John Bates, que hacía guardia a estribor.

223

Bates no había visto nada tampoco. Ni siquiera había visto a los cinco hombres con las hachas mientras éstos trabajaban.

—Perdón, señor, pero no tengo reloj, y me temo que no oiré la campana con todo ese hielo que cae y el viento que sopla y los ruidos del hielo, señor. ¿Queda mucho tiempo de esta guardia?

—Ya oirá la campana cuando la toque el señor Male —gritó Irving, acercándose al globo de lana cubierta de hielo que era la cabeza del joven de veintiséis años—. Y vendrá a verle antes de bajar. Siga así, Bates.

—Sí, señor.

El viento intentó echar al suelo a Irving mientras pasaba por delante de la cubierta de lona, esperó que dejaran de caer trozos de hielo, mientras oía a los hombres gritar y maldecir en las cofas y trastear en las jarcias y luego corrió tan rápidamente como pudo por encima del medio metro de nieve que había en cubierta, se metió debajo de la lona helada y saltó por la escotilla, y luego bajó por la escala.

Había registrado las cubiertas inferiores muchas veces, por supuesto, especialmente detrás de las cajas que quedaban ante la enfermería, donde la mujer tenía su pequeño cuchitril, pero entonces Irving se encaminó a popa. El buque estaba quieto a aquella hora de la noche, excepto por el golpeteo y la caída del hielo en la cubierta por encima, los ronquidos de los hombres exhaustos en sus hamacas a proa, los habituales golpes y maldiciones del señor Diggle desde la estufa y el aullido omnipresente del viento y los crujidos del hielo.

Irving se abrió camino a tientas por la oscura y estrecha escalera de la cámara. Excepto la habitación del señor Male, ninguno de los cubículos que se encontraban allí, en la zona de los oficiales, estaba vacío. El HMS *Terror* había tenido suerte a este respecto. Mientras el *Erebus* había perdido a varios oficiales, incluyendo a sir John y al teniente Gore, ninguno de los oficiales o suboficiales del *Terror* había muerto, excepto el joven John Torrington, el fogonero jefe, que murió por causas naturales un año y medio antes, en la isla de Beechey.

No había nadie en la sala Grande. No estaba lo bastante caldeado para permanecer allí mucho rato, y hasta los libros encuadernados en cuero parecían helados en sus estantes; el instrumento de madera que tocaba discos musicales de metal cuando se daba a la manivela permanecía silencioso aquellos días. Irving tuvo tiempo para observar que la lámpara del capitán Crozier todavía estaba encendida detrás de su partición, antes de dirigirse hacia delante a través de las salas de oficiales vacías y volver hacia la escalerilla. Debajo, la cubierta del sollado estaba, como siempre, muy fría y muy oscura. Como había menos partidas para buscar provisiones que bajasen allí, a causa del severo racionamiento obligado por las muchas latas de comida podrida que los cirujanos habían descubierto, y como cada vez bajaban menos hombres a buscar sacos de carbón, ya que los suministros de éste se iban agotando y se reducían las horas de calefacción en el buque, Irving se encontró solo en aquel espacio frígido. Los negros baos de madera y las abrazaderas de metal cubiertas de escarcha crujían a su alrededor mientras avanzaba abriéndose camino hacia la popa. La luz de la lámpara parecía engullida por la espesa oscuridad, e Irving tenía problemas para distinguir el débil resplandor entre la neblina de cristales de hielo creados por su propia respiración.

Lady Silenciosa no estaba en la zona de la popa, ni en el cuarto de almacenamiento del carpintero, ni en el del contramaestre, ni en la casi vacía sala del pan, a popa de estos compartimentos cerrados. La sección media de la cubierta del sollado estaba llena hasta el techo de cajas, barriles y otros paquetes con suministros cuando zarpó el *Terror*, pero ahora gran parte de ese espacio se hallaba vacío. Lady Silenciosa tampoco estaba allí.

El teniente Irving entró en la sala de Licores con la llave que el capitán Crozier le había prestado. Quedaban botellas de vino y de brandy, lo veía a la luz de la lámpara, cada vez más menguada, pero sabía que el nivel de ron en el enorme barril principal estaba disminuyendo. Cuando se acabase el ron, cuando el suministro diario de mediodía de grog desapareciese, entonces, como sabía el teniente Irving y todos los oficiales de la Marina Real, el motín se convertiría en una preocupación muy grave. El señor Helpman, amanuense del capitán, y el señor Goddard, capitán de la bodega, habían informado recientemente de que estimaban que quedaban unas seis semanas más o así de ron, y eso sólo si la medida normal de un cuarto de pinta de ron diluido con tres cuartos de pinta de agua se reducía a la mitad. Los hombres empezarían ya a protestar.

Irving no pensaba que Lady Silenciosa hubiese podido introducirse en la sala de Licores cerrada, a pesar de lo que murmuraban los hombres de sus poderes de brujería, pero de todos modos registró aquel espacio cuidadosamente, mirando debajo de las mesas y de los mostradores. Hilera tras hilera de machetes, bayonetas, espadas y mosquetes en los estantes que había encima brillaban fríamente a la luz de la lámpara.

Fue a popa hacia la santabárbara, con sus adecuados suministros

225

de pólvora y municiones, miró en la despensa privada del capitán, en la que sólo quedaban las pocas botellas de whisky de Crozier en los estantes, ya que la comida había sido repartida entre los demás oficiales en las semanas recientes. Luego buscó en la sala de Velas, en el ropero, en los pañoles de cables de popa y en la despensa del contramaestre. Si el teniente John Irving hubiese sido una mujer esquimal intentando esconderse en el barco, pensaba que habría elegido la sala de Velas, con sus montones casi intactos y rollos de lona sin usar, sábanas y utensilios para velas, no usados desde hacía tiempo.

Pero no estaba allí. Irving dio un respingo en el ropero cuando su lámpara reveló una figura alta y silenciosa de pie al fondo de la habitación, con los hombros sobresaliendo debajo de una abultada cabeza, pero resultó que sólo eran unos cuantos sobretodos gruesos de lana y un gorro colgando de una percha.

Cerrando las puertas tras él, el teniente bajó por la escalera hasta la bodega.

El tercer teniente John Irving, aunque parecía más joven de lo que era por su aspecto rubio y juvenil y sus mejillas que enrojecían con rapidez, no estaba enamorado de la mujer esquimal porque fuese un jovencito virgen y enamoradizo. En realidad, Irving tenía mucha más experiencia con el bello sexo que cualquiera de todos esos fanfarrones del barco que alardeaban en el castillo de proa de sus conquistas sexuales. El tío de Irving le había llevado a los muelles de Bristol cuando el chico cumplió los catorce años, le presentó a una puta muy limpia y agradable de los muelles que se llamaba Mol, y le pagó por la experiencia, que no fue un rápido intercambio de pie en un callejón, sino una tarde entera, una noche y una mañana en una habitación limpia bajo los aleros de una antigua posada que daba al puerto. Así el joven Irving había adquirido un gusto por el placer físico en el que había incurrido muchas veces desde entonces.

Tampoco se trataba de que el joven Irving tuviese mala suerte con las damas en la sociedad educada. Había cortejado a la hija más joven de la tercera familia más importante de Bristol, los Dunwitt-Harrison, y esa joven, Emily, le permitió e incluso inició unas intimidades personales por la que la mayoría de los muchachos jóvenes hubieran dado su huevo izquierdo, por haberlas experimentado a tal edad. Al llegar a Londres para completar su educación naval en artillería en el buque escuela de la artillería HMS *Excellent*, Irving pasó los fines de semana cortejando y disfrutando de la compañía de diversas jovencitas atractivas de la alta sociedad, incluyendo a la servicial Sarah, la tímida pero sorprendente Linda, y la asombrosa (en privado) Abigail Elisabeth Lindstrom Hyde-Berrie, con la cual el teniente de rostro juvenil pronto se encontró comprometido para contraer matrimonio.

Sin embargo, John Irving no tenía ninguna intención de contraer matrimonio. Al menos no mientras todavía tuviera veintitantos, porque su padre y su tío le habían enseñado que ésos eran los años en los cuales podía ver mundo y correrla..., y probablemente tampoco cuando tuviera los treinta. No veía ninguna razón por la que tuviera que casarse tampoco a los cuarenta. Así que, aunque Irving no había pensado enrolarse en el Servicio de Descubrimientos, ya que nunca le había gustado el frío, y la idea de quedarse helado en uno de los polos le resultaba tan absurda como espantosa, la semana después de despertarse y encontrarse comprometido, el tercer teniente siguió la iniciativa de sus antiguos amigos George Hodgson y Fred Hornby y se presentó junto con ellos a una entrevista para pedir el traslado al HMS *Terror*.

El capitán Crozier, obviamente de mal humor y con resaca aquella bella mañana primaveral de sábado, los miró ceñudo, carraspeó con cara de pocos amigos y les sometió a un exhaustivo interrogatorio. Se rio de su aprendizaje como artilleros en un buque sin mástiles y les preguntó cómo podrían resultar útiles en un buque de exploración que sólo llevaba armas pequeñas. Luego les preguntó si pensaban «cumplir con su deber como ingleses», e Irving recordaba que pensó que no sabía qué podía significar aquello, cuando dichos ingleses se encontraban atrapados en un mar helado a miles de kilómetros de su hogar, y rápidamente les asignó sus literas.

La señorita Abigail Elisabeth Lindstrom Hyde-Berrie se sintió muy disgustada, por supuesto, y conmocionada al ver que su compromiso se prolongaría a lo largo de meses o incluso años, pero el teniente Irving la consoló primero asegurándole que el dinero extra del Servicio de Descubrimientos les sería de absoluta necesidad, y luego explicándole su ansia de aventuras y de fama y gloria que podían acabar en la escritura de un libro, a su regreso. La familia de ella sí que entendía esas prioridades, aunque no lo hiciera la señorita Abigail. Entonces, cuando se quedaron solos, él la consoló y enjugó sus lágrimas y aplacó su ira mediante abrazos, besos y expertas caricias. El consuelo llegó hasta unos extremos muy interesantes, de modo que el teniente Irving sabía que quizá fuese padre por aquel entonces, dos años y medio después. Pero no se sentía desdichado al decir adiós a la señorita Abigail algunas semanas después, cuando el *Terror* soltó las amarras y se vio impulsado por el tirón del vapor. La

227

desconsolada damisela quedó de pie en el muelle de Greenhithe con su vestido de seda verde y rosa, bajo una sombrilla rosa y agitando un pañuelo a juego de seda rosa, aunque usó otro pañuelo más barato de algodón para secarse las copiosas lágrimas.

Sabía que sir John esperaba detenerse tanto en Rusia como en China después de sortear el paso del Noroeste, de modo que el teniente Irving ya había hecho planes para trasladarse a un buque de la Marina Real asignado a una de esas aguas, o incluso a pedir la dimisión de la Marina, escribir su libro de aventuras y ocuparse de los intereses de su tío en Shanghai en el comercio de la seda y de los sombreros de señora.

La bodega estaba oscura y más fría que la cubierta del sollado.

Irving odiaba la bodega. Le recordaba mucho más que su helada cucheta o la mal iluminada cubierta inferior a una tumba. Sólo bajaba cuando tenía que hacerlo, sobre todo para supervisar el almacenamiento o amortajamiento de los cadáveres, o de los trozos de cadáver, en la sala de Muertos. Cada vez se preguntaba si alguien supervisaría pronto el almacenamiento de su propio cadáver allí. Levantó la lámpara y se dirigió a popa atravesando el aire espeso y fangoso.

La sala de la caldera parecía vacía, pero el teniente Irving vio el cuerpo en el catre junto al mamparo de estribor. No ardía ninguna lámpara, sólo el débil resplandor rojo a través de la rejilla de una de las cuatro puertas cerradas de la caldera, y con aquella luz tan escasa, el largo cuerpo tendido en el catre parecía muerto. Los ojos abiertos del hombre miraban hacia arriba, al bajo techo, y no parpadeaba. Ni tampoco volvió la cabeza cuando Irving entró en la habitación y colgó la lámpara de un gancho junto al cubo del carbón.

—¿Qué le trae por aquí abajo, teniente? —preguntó James Thompson.

El ingeniero siguió sin mover la cabeza o parpadear. En algún momento del mes anterior había dejado de afeitarse, y ahora la barba brotaba por todas partes en su rostro delgado y blanco. Los ojos del hombre estaban hundidos en unas profundas ojeras. Llevaba el pelo revuelto y erizado por el hollín y el sudor. Casi se congelaba uno allí en la sala de la caldera, con los fuegos tan bajos, pero Thompson estaba echado sólo con los pantalones, la camiseta y los tirantes.

—Busco a Silenciosa —dijo Irving.

El hombre del catre siguió mirando al techo por encima de él.

—Lady Silenciosa —especificó el joven teniente.

—La bruja esquimal —dijo el ingeniero.

Irving se aclaró la garganta. El polvo de carbón era tan espeso allí que costaba respirar.

—¿La ha visto, señor Thompson? ¿Ha oído algo fuera de lo normal?

Thompson, que seguía sin parpadear ni volver la cabeza, se rio bajito. Aquel sonido resultaba perturbador, como si se agitaran unas piedrecillas en un tarro, y acabó en una tos.

—Escuche —dijo el ingeniero.

Irving volvió la cabeza. Sólo se oían los ruidos habituales, aunque más bajos allí que en la oscura bodega: el lento quejido del hielo presionando, el gruñido más intenso de los tanques de hierro y refuerzos estructurales a proa y a popa de la sala de la caldera, el quejido más distante de la ventisca muy por encima, el estruendo del hielo que caía y que transmitía una vibración por las cuadernas del barco, el repiqueteo de los mástiles que se sacudían en sus encajes, ruidos de rasguños esporádicos desde el casco, un siseo constante, chillidos y ruido de garras que arañan desde la caldera y las tuberías de su alrededor.

—Hay alguien o algo respirando en esta cubierta —continuó Thompson—. ¿Lo oye?

Irving se esforzó, pero no oyó respiración alguna, aunque la caldera emitía un ruido como el de alguien jadeando con fuerza.

—¿Dónde están Smith y Johnson? —preguntó el teniente. Eran los dos fogoneros que trabajaban las veinticuatro horas allí con Thompson.

El ingeniero yacente se encogió de hombros.

—Con tan poco carbón que palear estos días, sólo los necesito unas pocas horas. Paso la mayor parte del tiempo solo, gateando entre las tuberías y las válvulas, teniente. Reparando. Reemplazando. Intentando mantener en funcionamiento esta... «cosa». Que trabaje, que mueva agua caliente por la cubierta inferior unas pocas horas al día. Dentro de dos meses, de tres como máximo, ya no tendrá ninguna importancia. Realmente, ya no tenemos carbón para producir vapor. Pronto nos quedaremos sin carbón también para calentarnos.

Irving había oído decir eso mismo en el comedor de oficiales, pero le interesaba muy poco el tema. Tres meses parecían dentro de toda una vida. Ahora mismo, lo que tenía que hacer era asegurarse de que Silenciosa no estaba a bordo e informar al capitán. Luego, tenía que intentar encontrarla, si no estaba a bordo del *Terror*. Y luego tenía que sobrevivir otros tres meses. Ya se preocuparía más tarde por la falta de carbón.

—¿Ha oído los rumores, teniente? —preguntó el ingeniero. La larga forma en la litera todavía no había parpadeado, ni había vuelto la cabeza para mirar a Irving.

—No, señor Thompson. ¿Qué rumores?

—Que esa... cosa del hielo, la aparición, el diablo..., viene al barco cuando quiere y camina por la cubierta tarde, por la noche —dijo Thompson.

—No —dijo el teniente Irving—. No lo había oído.

—Quédese aquí solo en la bodega las guardias suficientes —dijo el hombre de la litera—, y acabará por oírlo y verlo todo.

—Buenas noches, señor Thompson. —Irving cogió su linterna chisporroteante y volvió hacia la escalera de la cámara y a proa.

Quedaban pocos sitios donde buscar en la bodega, e Irving tenía la intención de hacer aquello con toda rapidez. La sala de Muertos estaba cerrada; el teniente no había pedido la llave a su capitán, y después de cerciorarse de que la pesada cerradura estaba bien segura y firme, siguió andando. No quería ver lo que causaba todos aquellos arañazos y extraños sonidos que podía oír a través de la gruesa puerta de roble.

Los veintiún enormes tanques de hierro de agua a lo largo del casco no ofrecían ningún lugar para esconderse a la esquimal, de modo que Irving fue hacia las carboneras, y la luz de su lámpara disminuyó en el espeso aire ennegrecido por el polvo de carbón. Los sacos de carbón que quedaban, que en tiempos llenaban todos los depósitos y se almacenaban desde el fondo del casco hasta los baos de la cubierta de encima, ahora se alineaban simplemente en un lado de cada carbonera, como barreras de sacos terreros. No imaginaba tampoco que Lady Silenciosa hubiese buscado un nuevo refugio en uno de esos agujeros oscuros, apestosos y pestilentes, ya que la cubierta estaba inundada de aguas residuales y las ratas corrían por todas partes, pero tenía que mirar.

Cuando acabó de registrar las carboneras y las salas de almacenaje en mitad del barco, el teniente Irving se dirigió hacia las cajas y barriles que quedaban en el pique de proa, directamente debajo de los alojamientos de la tripulación y de la enorme estufa del señor Diggle, dos cubiertas por encima. Una escala más estrecha bajaba a través de la cubierta del sollado hacia esta zona de almacenaje y toneladas de maderas colgaban de las pesadas vigas superiores, convirtiendo aquel espacio en un laberinto y requiriendo que el teniente fuera medio agachado, pero había muchas menos cajas, barriles y fardos de bultos que dos años y medio antes.

Pero más ratas. Muchas más.

Buscando entre las grandes cajas y dentro de algunas, mirando para asegurarse de que los barriles metidos en el agua residual estaban vacíos o sellados, Irving acababa de pasar en torno a la escalerilla vertical delantera cuando vio un relámpago blanco y oyó una áspera respiración, jadeos, y un roce y un movimiento frenético justo más allá del oscuro círculo de luz de la lámpara. Era algo grande, que se movía, y no era una mujer.

Irving no tenía armas. Durante un breve instante consideró dejar caer la lámpara y correr hacia la oscuridad, hacia la escalerilla de la parte media, no lo hizo, por supuesto, y la idea desapareció casi antes de formarse. Dio un paso hacia delante y, con una voz más fuerte y más autoritaria de lo que pensaba que sería capaz justo entonces, gritó:

—¿Quién anda ahí? ¡Identifíquense!

Entonces los vio a la luz de la lámpara. El idiota, Magnus Manson, el hombre más corpulento de la expedición, luchando por subirse los pantalones, con sus enormes dedos mugrientos trasteando con los botones. A poca distancia, Cornelius Hickey, el ayudante del calafatero, apenas de metro y medio de altura, con los ojos como bolitas y cara de hurón, se colocaba bien los tirantes.

231

John Irving abrió mucho la boca. Le costó unos segundos darse cuenta de lo que veía, así como procesarlo en la mente hasta llegar a la aceptación...: ¡sodomitas! Había oído que existían tales cosas, por supuesto, había bromeado con sus compañeros acerca de ello, incluso una vez había presenciado un azotamiento en la flota, cuando un alférez del *Excellent* había confesado tales hazañas, pero Irving nunca había pensado que estaría en un buque donde..., servir con hombres que...

Manson, el gigante, daba un paso ominoso hacia él. El hombre era tan gigantesco que en todas partes bajo cubierta tenía que caminar encorvado para evitar las vigas, de modo que andaba como un jorobado incluso al aire libre. Ahora, con sus enormes manos brillando a la luz de la lámpara, parecía un verdugo que avanzaba hacia un condenado.

—Magnus —dijo Hickey—. No.

La mandíbula de Irving cayó más aún. ¿Acaso aquellos... «sodomitas»... le estaban amenazando? La sentencia para la sodomía en un buque de la Marina de Su Majestad era el ahorcamiento, de modo que doscientos latigazos con el gato, mientras se recibían azotes en toda la flota (literalmente de buque a buque en puerto) se consideraba una gran indulgencia.

—¿Cómo se atreven? —dijo Irving, aunque si hablaba de la actitud amenazadora de Manson o de su acto antinatural, ni siquiera él lo sabía.

—Teniente —dijo Hickey, las palabras fluyendo con aquel acento aflautado de Liverpool del ayudante del calafatero—, perdone, señor, el señor Diggle nos ha enviado a buscar un poco de harina, señor. Una de esas malditas ratas se le ha subido al marinero Manson por la pernera del pantalón, señor, y estábamos intentando sacarla. Son unos condenados bichos esas ratas.

Irving sabía que el señor Diggle todavía no había empezado a preparar las galletas de la noche, y que había mucha harina arriba, en la despensa del cocinero en la cubierta inferior. Hickey ni siquiera intentaba que su mentira fuese convincente. Los ojillos astutos e inquisidores del hombre le recordaron a Irving los de las ratas que corrían en la oscuridad a su alrededor.

—Agradeceríamos que no le dijera esto a nadie, señor —continuó el ayudante de calafatero—. A Magnus no le gustaría nada que se rieran de él por tener miedo de que una rata se le subiera por la pierna.

Las palabras eran un desafío. Casi una orden. La insolencia exudaba de aquel hombrecillo a oleadas, mientras Manson permanecía allí quieto con los ojos vacuos, tan lerdo como una bestia de carga, con las enormes manos todavía medio cerradas, esperando pasivamente la siguiente orden de su diminuto amante.

El silencio entre los hombres se hizo tenso. El hielo presionaba el barco. Las cuadernas crujían. Las ratas pasaban corriendo.

—Salgan de aquí —dijo Irving al fin—. Ya.

—Sí, señor. Gracias, señor —dijo Hickey. Cogió una pequeña lámpara que estaba en la cubierta a su lado—. Vamos, Magnus.

Los dos hombres treparon por la estrecha escalerilla delantera hacia la oscuridad de la cubierta del sollado.

El teniente Irving se quedó donde estaba largos minutos, escuchando, pero sin oír los gemidos y crujidos del barco. La ventisca era como un canto fúnebre y lejano.

Si informaba de aquello al capitán Crozier, habría un juicio. Manson, el tonto del pueblo de aquella expedición, era querido por la tripulación, por mucho que le tomaran el pelo por su miedo a fantasmas y duendes. El hombre hacía el trabajo pesado de tres de sus camaradas. Hickey, aunque no era especialmente querido por ninguno de los demás suboficiales, era respetado por los marineros por su habilidad para conseguir tabaco extra a sus amigos, o un poco más de ron, o algún artículo de ropa necesario.

Crozier no colgaría a ningún hombre, pensó John Irving, pero el capitán estaba de un humor especialmente malo las últimas semanas, y los castigos podían ser terribles. Todo el mundo a bordo sabía que unas semanas antes el capitán amenazó con encerrar a Manson en la sala de Muertos con el cadáver de su amigo Walker mordido por las ratas, si el idiota se negaba otra vez a llevar carbón a la cubierta de la bodega. Nadie se sorprendería de que llevase a cabo aquella sentencia ahora.

Por otra parte, pensó el teniente, ¿qué era lo que acababa de ver? ¿Qué podía testificar, con la mano encima de la Sagrada Biblia, si estuvieran ante un tribunal? Él no había «visto» ningún acto contra natura. No había cogido a los dos sodomitas en el acto de copular o... en cualquier otra postura antinatural. Irving había oído los resuellos, los jadeos, algo que podía considerarse susurros de alarma al ver que se acercaba su linterna, y había visto a los dos hombres subiéndose los pantalones y metiéndose las camisas.

Aquello podía bastar para que uno de ellos o los dos fuesen colgados, en circunstancias normales. Pero allí, atrapados en el hielo, con meses o años por delante, antes de que hubiese una posibilidad de rescate...

Por primera vez en muchos años, John Irving tuvo ganas de sentarse y echarse a llorar. Su vida se acababa de complicar más allá de todo lo imaginable. Si informaba de los dos sodomitas, ninguno de sus compañeros de tripulación, oficiales, amigos, subordinados, le volvería a mirar jamás de la misma forma.

Y si «no» denunciaba a aquellos hombres, quedaría a la merced de una insolencia interminable por parte de Hickey. Su cobardía al no denunciar a los hombres expondría a Irving a algún tipo de chantaje durante las siguientes semanas o meses. El teniente tampoco podría volver a dormir bien ni a sentirse cómodo en las guardias en la oscuridad fuera, o en su cubículo, bueno, tan cómodo como se podía sentir uno con aquella cosa blanca y monstruosa matándoles uno por uno, ya que estaría esperando, como ya esperaba ahora, que las blancas manos de Manson se cerrasen en torno a su garganta.

—¡Me han dado bien por el culo! —exclamó Irving en voz alta en el frío helador de la bodega. Dándose cuenta de lo que acababa de

233

decir, se echó a reír en voz alta. La risa sonó extraña, débil, pero, aun así, más ominosa que las palabras.

Habiendo mirado en todas partes excepto en unos pocos toneles y en el pañol de cables de proa, estaba dispuesto a abandonar su búsqueda, pero no quería subir a la cubierta inferior hasta que Hickey y Manson estuviesen fuera de la vista.

Irving pasó junto a cajas vacías flotantes, ya que el agua allí subía por encima de los tobillos, al estar en la proa inclinada hacia abajo, y sus empapadas botas rompieron la fina película de hielo. Al cabo de unos minutos se le empezarían a congelar los dedos de los pies, seguro.

El pañol de cables estaba en la parte más delantera del pique de proa, justo donde el casco se unía por delante, en la proa. Realmente no era una habitación, porque las dos puertas que tenía sólo medían noventa centímetros de alto, y el espacio dentro no tenía más de un metro y veinte centímetros de altura, pero era un lugar adecuado para almacenar los pesados calabrotes y guindalezas usados para las anclas de proa. El pañol de cables siempre apestaba terriblemente a río y a barro de estuario, incluso meses o años después de que el buque hubiese levado anclas desde aquel sitio. Nunca acababa de perder aquel hedor, y los macizos calabrotes, enroscados y superpuestos, dejaban poco espacio, o ninguno, en aquel lugar reducido, oscuro y hediondo.

El teniente Irving abrió las puertas del pañol, que se resistían, y sujetó la lámpara ante la abertura. Los crujidos del hielo eran especialmente intensos allí, donde la proa y el bauprés quedaban apretados por la propia banquisa de hielo.

Lady Silenciosa levantó la cabeza al momento y sus oscuros ojos reflejaron la luz como los de un gato.

Iba desnuda excepto por las pieles blancas y marrones extendidas debajo de ella, como si fueran una alfombra, y otro pellejo pesado (quizá su parka) que llevaba envuelto en torno a los hombros y el cuerpo desnudo.

El suelo del pañol se elevaba más de treinta centímetros por encima de la cubierta inundada al otro lado. Ella había empujado y dado forma a los enormes calabrotes abriendo un hueco que formaba una caverna pequeña, forrada de piel, dentro de la maraña de gruesas sogas de cáñamo colgantes. Una latita pequeña de comida llena de aceite o grasa de ballena le proporcionaba luz y calor mediante una llama abierta. La mujer esquimal estaba comiendo un anca de carne roja, cruda y ensangrentada. Cortaba tajadas y se las llevaba directamente a la boca con rápidos cortes mediante un cuchillo corto, pero obviamente muy bien afilado. El cuchillo tenía un mango de asta o de hueso con una especie de diseño grabado. Lady Silenciosa estaba de rodillas, inclinándose hacia delante por encima de la llama y la carne, y sus pequeños pechos colgaban de una forma que recordó al teniente Irving las imágenes que había visto de la estatua de una loba amamantando a los bebés Rómulo y Remo.

—Lo siento muchísimo, madame —dijo Irving. Se tocó el gorro con la mano y cerró la puerta.

Tambaleándose, dio unos pasos hacia atrás en el agua, de modo que las ratas salieron corriendo, y entonces el teniente intentó pensar tras la segunda conmoción que recibía en cinco minutos.

El capitán tenía que saber lo del escondite de Lady Silenciosa. El peligro que suponía una llama abierta, por ejemplo, era algo que había que solucionar.

Pero ¿de dónde había sacado ella aquel cuchillo? Parecía algo hecho por los esquimales, más que un arma o herramienta del barco. Ciertamente, la habían registrado hacía seis meses, en junio. ¿Lo habría escondido quizá ya en aquel momento?

¿Qué más podía estar escondiendo?

Y la carne fresca...

No había carne fresca a bordo, Irving estaba seguro de aquello. ¿Habría estado cazando? ¿En invierno, con aquella ventisca, en la oscuridad? ¿Y cazar el qué?

Lo único que había allá fuera, en el hielo o bajo el hielo, eran los osos blancos y la cosa que acechaba a los hombres del *Erebus* y del *Terror*.

John Irving tuvo una idea terrible. Durante un segundo estuvo tentado de volver y comprobar la cerradura de la sala de Muertos.

Luego tuvo una idea mucho más terrible aún.

Sólo habían encontrado la mitad de William Strong y Thomas Evans.

El teniente John Irving fue tambaleándose a popa, resbalando sobre el hielo y el agua estancada, se abrió camino hacia la escala central y se dirigió hacia la luz de la cubierta inferior.

18

Goodsir

Latitud 70° 5' N — Longitud 98° 23' O
20 de noviembre de 1847

$\mathcal{D}$el diario privado del doctor Harry D. S. Goodsir:

Sábado, 20 de noviembre de 1847
No tenemos la comida suficiente para sobrevivir otro invierno y verano aquí en el hielo.

Deberíamos haberla tenido. Sir John aprovisionó los dos buques para Tres Años con raciones extraordinariamente generosas para todos los hombres, Cinco Años con raciones reducidas, pero aun así adecuadas para hombres que hicieran trabajos duros todos los días, y Siete Años con un racionamiento estricto, pero adecuado para todos los hombres. Según los Cálculos de Sir John, y los de los capitanes de los buques, Crozier y Fitzjames, el HMS *Erebus* y el *Terror* deberían haber estado ampliamente aprovisionados hasta el año 1852.

Por el contrario, agotaremos nuestras últimas provisiones comestibles a finales de la próxima primavera. Y si perecemos por causa de todo esto, se tratará de un Asesinato.

El doctor McDonald, del *Terror*, sospechó de la comida en lata durante algún Tiempo, y compartió sus preocupaciones conmigo después de la Muerte de Sir John. Luego la comida enlatada estropeada y Venenosa en nuestra Primera Salida a la Tierra del Rey Guillermo, el pasado Verano (latas extraídas de la parte más profunda de las Bodegas, bajo Cubierta), confirmó el problema. En Octubre, los cuatro Cirujanos pedimos al Capitán Crozier y al Comandante Fitzjames que nos permitieran hacer un Inventario Completo. Los Cuatro, ayudados por unos tripulantes asignados a ayudarnos a mover los centenares y centenares de cajas, barriles y pesadas latas en ambas cubiertas inferiores, cubiertas del sollado y bodegas, y a abrir y probar las muestras seleccionadas, hicimos dos veces el Inventario, para no cometer ningún error.

Más de la Mitad de la Comida enlatada a bordo de ambos buques es inservible.

Informamos de ello hace tres semanas a ambos capitanes en el enorme y antiguo camarote de Sir John, que estaba helado. A Fitzjames, aunque nominalmente es un simple comandante, Crozier, el nuevo Líder de la Expedición, le llama «capitán», y otros le han imitado. En la reunión secreta estábamos los cuatro cirujanos, Fitzjames y Crozier.

El Capitán Crozier (tengo que recordar que es irlandés, después de todo) se puso tan furioso como jamás había visto. Pidió una explicación completa, como si Nosotros, los Cirujanos, fuésemos responsables de los Suministros y Avituallamiento de la Expedición Franklin. Fitzjames, por otra parte, siempre había tenido sus dudas acerca de los alimentos enlatados y el proveedor que los había envasado (era el único miembro de la Expedición o del Almirantazgo que había expresado tales reservas, al parecer), pero Crozier seguía sin creer que un acto tan fraudulentamente criminal se hubiese podido cometer en unos buques de la Marina Real.

John Peddie, el cirujano jefe de Crozier en el *Terror*, era el que más Servicios Marítimos había realizado de los cuatro Oficiales Médicos, pero la mayor parte de éstos habían sido a bordo del HMS *Mary*, junto con el contramaestre de Crozier, John Lane, y fue en el Mediterráneo, donde muy pocas de las Provisiones del Buque consistían en Comida Enlatada. De forma similar, mi superior nominal en el *Erebus*, el Cirujano Jefe Stephen Stanley, tenía poca experiencia con tan Grandes Cantidades de Provisiones Enlatadas a bordo de un buque. Sensible a las Diversas Dietas que se consideran Necesarias para prevenir el escorbuto, el doctor Stanley se quedó conmocionado y sin habla cuando nuestro Inventario sugirió, mediante el muestreo, que casi la mitad de las restantes latas de comida, verduras, carne y sopa podían estar Contaminadas o bien Estropeadas.

Sólo el Doctor MacDonald, que había trabajado con el señor Helpman, el Amanuense en Ejercicio del Capitán Crozier durante el aprovisionamiento, tenía sus Teorías.

Como registré hace algunos Meses en este Diario, además de los 10.000 envases de comida cocinada y en conserva a bordo del *Erebus*, nuestras raciones en lata incluían cordero hervido y asado, ternera, una amplia variedad de verduras y hortalizas, incluyendo patatas, zanahorias y nabos, diversos tipos de sopas y 4.250 kilos de Chocolate.

Alex McDonald fue nuestro contacto médico de la Expedición con el Capitán Superintendente del Astillero de Abastecimiento de Deptford y con un tal señor Stephen Goldner, Contratista de Abastecimiento de la Expedición. McDonald recordó al Capitán Crozier en Octubre que cuatro contratistas habían pujado para proporcionar los Artículos Envasados para el Buque de la expedición de Sir John, las firmas Ho-

237

garth, Gamble, Cooper & Aves y la del anteriormente mencionado señor Goldner. El doctor McDonald recordó al Capitán y nos asombró a los demás al informarnos de que la puja de Goldner supuso solamente «la mitad» de los otros tres proveedores, Mucho Más Conocidos. Además, mientras los otros contratistas preveían un calendario de entrega de la comida en un mes o al menos tres semanas, Goldner había prometido la entrega inmediata, con empaquetado en cajas y transporte en carro sin cargo alguno. Una entrega tan inmediata era imposible, por supuesto, y la puja de Goldner le habría supuesto perder una fortuna si la comida hubiese tenido la calidad prometida y se hubiese cocinado y preparado de la forma deseada, pero nadie excepto el capitán Fitzjames pareció darse cuenta de ello.

El Almirantazgo y los tres Comisionados del Servicio de Descubrimientos, todos los implicados en la selección excepto el experto Controlador del Astillero de Abastecimiento de Deptford, recomendaron de inmediato aceptar la oferta de Goldner al precio requerido, más de 1.700 kilos. (Una fortuna para cualquiera, pero especialmente para un extranjero, cosa que según McDonald era Goldner. La única fábrica de envasado de ese hombre, según dijo Alex, estaba en Golatz, Moldavia.) Goldner recibió uno de los encargos más importantes de la historia del Almirantazgo, 9.500 latas de carne y hortalizas en tamaños que iban desde medio kilo a siete kilos, así como 20.000 latas de sopa.

McDonald había llevado uno de los folletos de Goldner, que Fitzjames reconoció de inmediato, y lo que vi me hizo la boca agua: siete tipos de añojo distintos, catorce preparaciones distintas de la ternera, trece tipos de buey, cuatro variedades de cordero. Había listas de estofado de liebre, perdiz, conejo (con salsa de cebolla o al curry), faisán y media docena de variedades de caza más. Si el Servicio de Descubrimientos deseaba pescado, Goldner se había ofrecido a proporcionar langosta envasada con su caparazón, bacalao, tortuga de las Indias Occidentales, filetes de salmón y arenques de Yarmouth. Para las cenas de gala (a sólo quince peniques), el folleto de Goldner ofrecía faisán trufado, lengua de ternera en salsa picante y buey a la flamenca.

—En realidad —dijo el doctor McDonald—, estábamos acostumbrados a recibir caballo en salmuera en un barril de arneses.

Yo llevaba en el mar el tiempo suficiente para reconocer aquella expresión: carne de caballo en sustitución del buey, de modo que los marineros acababan por llamar a los barriles «de arneses». Pero se comían también aquella carne en salmuera de buena gana.

—Goldner nos engañó de una forma mucho peor —continuó McDonald frente a un lívido Capitán Crozier y un Comandante Fitzjames que asentía, furioso—. Sustituyó la comida por otra barata, poniendo etiquetas que vendía por mucho más de lo que ponía en el folleto. Había estofado de buey corriente bajo una etiqueta que ponía «Filetes estofados», por ejemplo. Lo primero iba a nueve peniques, pero cobró catorce peniques cambiando la etiqueta.

—Pero, hombre —explotó Crozier—, todos los proveedores hacen eso con el Almirantazgo. Engañar a la Marina es más viejo que el prepucio de Adán. Eso no explica por qué de repente nos hemos quedado casi sin comida.

—No, capitán —continuó McDonald—. Fue la cocción y la soldadura.

—¿El qué? —preguntó el irlandés, intentando controlar su mal genio, obviamente. El rostro de Crozier estaba de color escarlata y blanco bajo su estropeada gorra.

—La cocción y la soldadura —dijo Alex—. En cuanto a la cocción, el señor Goldner alardeaba de tener un proceso patentado en el cual añadía grandes cantidades de nitrato de soda (o sea, cloruro de calcio) a las enormes ollas de agua hirviendo para aumentar la temperatura de procesado..., sobre todo, para acelerar la producción.

—¿Y qué tiene eso de malo? —preguntó Crozier—. Las latas ya llegaban demasiado tarde. Algo había que hacer para prender fuego debajo del trasero de Goldner. Su proceso patentado aceleraba las cosas.

—Sí, capitán —dijo el doctor McDonald—, pero el fuego debajo del trasero de Goldner estaba más caliente que debajo de esas carnes, hortalizas y otros alimentos, que se cocinaron deprisa y corriendo antes de envasarlos. Muchos de nosotros, los médicos, creemos que la cocción adecuada de los alimentos la libra de Influencias Nocivas que pueden causar enfermedades, pero yo mismo presencié el proceso de cocción de Goldner, y sencillamente, él no coció las carnes ni las hortalizas ni las sopas el tiempo suficiente.

—¿Y por qué no informó usted de ello a los Comisionados del Servicio de Descubrimiento? —exclamó Crozier.

—Lo hizo —dijo el capitán Fitzjames, cansado—. Y yo también. Pero el único que nos escuchó fue el Controlador del Astillero del Servicio de Abastecimiento de Deptford, y él no tenía voto en la comisión final.

—De modo que están diciendo ustedes que más de la mitad de nuestra comida se ha puesto mala en los últimos tres años por utilizar un mal método de cocción, ¿no? —El rostro de Crozier seguía siendo una mancha escarlata y blanca.

—Sí —dijo Alex McDonald—, pero hay que culpar también igualmente, según creo, a la soldadura.

—¿La soldadura de las latas? —preguntó Fitzjames. Sus dudas sobre Goldner, evidentemente, no se extendían a los aspectos técnicos.

—Sí, Comandante —dijo el ayudante de cirujano del *Terror*—. Conservar los alimentos en una lata es una invención reciente, un logro asombroso de nuestra Era Moderna, pero sabemos bien, por los pocos años de uso del método, que es muy importante la soldadura adecuada del reborde a lo largo de las costuras del cuerpo cilíndrico de la lata, si no queremos que los alimentos que contienen se pudran.

—¿Y la gente de Goldner no soldó adecuadamente las latas? —pregunto Crozier. Su voz era un gruñido bajo y amenazador.

—No en el sesenta por ciento de las latas que hemos inspecciona-do —dijo McDonald—. Los huecos en la soldadura descuidada al parecer han acelerado la putrefacción de nuestro buey, ternera, verdura, sopas y otros artículos alimenticios.

—¿Cómo? —preguntó el capitán Crozier. Meneaba la gruesa cabeza como un hombre que ha recibido un golpe físico—. Hemos permanecido en aguas polares desde poco después de que ambos barcos abandonasen Inglaterra. Pensaba que hacía el frío suficiente para conservar cualquier cosa hasta el día del Juicio Final.

—Al parecer, no ha sido así —dijo McDonald—. Muchas de las veintinueve mil latas de Goldner que quedan se han abierto. Otras ya se están hinchando por los gases causados por la putrefacción interna. Quizá penetrasen algunos vapores nocivos en las latas en Inglaterra. Quizás exista algún animalículo microscópico que la Medicina y la Ciencia todavía no conocen y que ha invadido las latas durante su tránsito, o incluso ya en la propia fábrica de Goldner.

Crozier frunció más aún el ceño.

—¿Animalículo? Procuremos evitar la fantasía, señor McDonald.

El ayudante de cirujano se limitó a encogerse de hombros.

—Quizá sea fantasía, capitán. Pero usted no ha pasado cientos de horas mirando por un microscopio, como yo. Conocemos muy poco de lo que son esos animalículos, pero le aseguro que si viera cuántos se hallan presentes en una simple gota de agua potable, no se quedaría usted muy sereno.

El color de Crozier se había apaciguado un tanto, pero se sonrojó de nuevo ante el comentario, que podía ser un reflejo de su estado habitual, no demasiado sereno.

—Está bien. Parte de la comida está estropeada —dijo, bruscamente—. ¿Qué podemos hacer para asegurarnos de que el resto sea adecuada para el consumo de los hombres?

Yo me aclaré la garganta.

—Como sabe, capitán, la dieta veraniega de los hombres incluía una ración diaria de tres cuartos de kilo de carne salada con verduras, que consistían en una pinta de guisantes y tres cuartos de pinta de cebada a la semana. Pero recibían su pan y sus galletas diariamente. Cuando estábamos en los cuarteles de invierno, la ración de harina se redujo a un veinticinco por ciento a la hora de cocinar pan, para ahorrar carbón. Si pudiéramos empezar a cocinar más tiempo las raciones de comida enlatada que quedan, y reemprender la cocción de pan, ayudaría no sólo a evitar que las carnes estropeadas en las comidas en lata amenazaran nuestra salud, sino también a prevenir el escorbuto.

—Imposible —exclamó Crozier—. Apenas nos queda el carbón suficiente para calentar ambos buques hasta abril, tal y como vamos ahora. Si lo duda, pregúnteselo al ingeniero Gregory o al ingeniero Thompson de aquí, del *Terror*.

—No lo dudo, capitán —dije yo, con tristeza—. He hablado con ambos ingenieros. Pero si no volvemos a reanudar la cocción de las latas de comida que quedan, nuestra posibilidad de resultar envenenados es muy elevada. Lo único que podemos hacer es tirar las latas que estén estropeadas de manera obvia y evitar las muchas que están mal soldadas. Esto recortaría nuestros recursos de una forma muy drástica.

—¿Y qué pasa con las estufas de éter? —preguntó Fitzjames, animándose un poco—. Podríamos usar las estufas de acampada para calentar las sopas envasadas y otras provisiones dudosas.

Entonces fue McDonald quien meneó la cabeza negativamente.

—Ya hemos probado eso, Comandante. El doctor Goodsir y yo experimentamos calentando algunas de las latas que indicaban «Estofado de buey» en las estufas de alcohol patentadas. Las botellas de éter del tamaño de una pinta no duran lo suficiente para calentar bien la comida, y las temperaturas son muy bajas. Y además, nuestras expediciones en trineo, o incluso todos nosotros, si nos vemos obligados a abandonar los barcos, dependeremos de esas estufas de alcohol para fundir la nieve y el hielo para poder beber, una vez que estemos en el hielo. Deberíamos intentar conservar el alcohol.

»Yo estuve con el teniente Gore en la primera expedición a la Tierra del Rey Guillermo, y usamos las estufas de alcohol diariamente —añadí—. Los hombres usaban el éter y las llamas suficientes sólo para que la comida en lata hirviera un poco antes de comerla vorazmente. La comida estaba apenas tibia.

Hubo un largo silencio.

—Me están diciendo ustedes que la mitad de la comida enlatada con la que contábamos para pasar el siguiente año o dos, si es necesario, está estropeada —dijo Crozier al fin—. No tenemos carbón para cocinar más la comida ni a bordo del *Erebus* ni del *Terror* en nuestras cocinas grandes, y me dicen que tampoco hay combustible suficiente en las estufas de éter. Entonces, ¿qué podemos hacer?

Nosotros cinco (los cuatro Cirujanos y el Capitán Fitzjames) permanecimos en Silencio. La única respuesta era Abandonar el Buque y buscar un clima más hospitalario, preferiblemente en la Costa, hacia el sur, donde podríamos obtener caza fresca.

Como si nos leyera la mente colectivamente, Crozier sonrió. Era una sonrisa loca Irlandesa, pensé en aquel momento, y dijo:

—El problema, caballeros, es que no existe un solo hombre a bor-

241

do de ninguno de los dos barcos, ni siquiera uno de nuestro venerables marines, que sepa cómo cazar o matar a una foca o a una morsa, si alguna de esas criaturas nos vuelven a favorecer con su presencia, ni tenemos experiencia de disparar a caza de mayor tamaño como los caribúes, que ni siquiera hemos visto.

Todos los demás nos quedamos callados.

—Gracias por su diligencia, sus esfuerzos al hacer el Inventario y por su excelente informe, señor Peddie, señor Goodsir, señor McDonald y señor Stanley. Continuaremos separando las latas que ustedes consideren bien soldadas y seguras de aquellas que estén insuficientemente soldadas o hinchadas, con bultos o visiblemente pútridas. Seguiremos con las actuales raciones de dos tercios hasta el día de Navidad, en cuyo momento pondré en marcha un plan de racionamiento mucho más draconiano.

El doctor Stanely y yo nos pusimos nuestras múltiples capas de ropas invernales y salimos a cubierta a contemplar al doctor Peddie, el doctor McDonald, el Capitán Crozier y una guardia de cuatro marineros armados con escopetas empezar su largo camino de vuelta hacia el *Terror*, en la oscuridad. A medida que sus linternas y antorchas desaparecían entre la nieve y el viento que soplaba entre las jarcias, el rugido mezclado con el constante gemido y crujido del hielo que empujaba contra el casco del *Erebus*, Stanley se acercó más a mí y me gritó al oído bien cubierto:

—Sería una bendición si perdieran de vista los mojones y se extraviaran en el camino de vuelta. O si la criatura del hielo se los comiera esta noche.

Yo no pude hacer otra cosa que volverme y mirar con horror al jefe de cirujanos.

—La muerte por inanición es algo terrible, Goodsir —continuó Stanley—. Créame. Lo he visto en Londres y lo he visto en naufragios. La muerte por escorbuto es peor. Sería preferible que la Cosa se los llevase a todos esta noche.

Y así volvimos abajo, a la oscuridad sólo rota por las llamitas parpadeantes de la cubierta inferior y a un frío casi igual al del Noveno Círculo Dantesco de la Noche Ártica.

242

19

Crozier

Latitud 70° 5' N — Longitud 98° 23' O
5 de diciembre de 1847

*D*urante la guardia de cuartillo de un martes, la tercera semana de noviembre, la criatura del hielo subió a bordo del *Erebus* y se llevó al contramaestre Thomas Terry, muy estimado por todos, arrancándolo de su puesto junto a la popa y dejando sólo la cabeza de hombre junto al pasamanos. No había sangre en el puesto de guardia de Terry, a popa, ni tampoco en el hielo que forraba la cubierta, ni en el casco. La conclusión era que la cosa se había llevado a Terry a cientos de metros en la oscuridad, donde los seracs se alzaban como árboles en el hielo en un espeso bosque blanco, lo había matado allí y lo había desmembrado, quizás incluso se lo había comido, aunque los hombres cada vez dudaban más de que la cosa blanca matara a sus compañeros y oficiales realmente para comérselos, y luego había devuelto al cabeza del señor Terry antes de que los vigías de estribor o de babor se dieran cuenta de que el contramaestre había desaparecido.

Los hombres que encontraron la cabeza del contramaestre al final de aquella guardia pasaron toda la semana hablando una y otra vez a los demás de la cara del pobre señor Terry, las mandíbulas abiertas de par en par, como si se hubiesen congelado en mitad de un grito, los labios apartados de los dientes, los ojos saltones. No había ni una sola huella o herida de dientes o de garras en su rostro ni en su cabeza, sólo el desgarro en el cuello, la delgada tubería del esófago que sobresalía como si fuera el rabo gris de una rata, y el muñón blanco de columna vertebral que asomaba.

De repente, los más de cien marineros supervivientes encontraron la religión. La mayoría de los hombres del *Erebus* gruñeron durante dos años por los inacabables oficios religiosos de sir John, pero ahora, hasta aquellos que no hubieran reconocido una Biblia ni aunque se hubieran despertado al lado de una después de tres días de borrachera encontraban una enorme necesidad de alguna especie de paz espiritual. A medida que se corría la voz del descabezamiento de Thomas Terry, ya que el capitán Fitzjames había hecho colocar el paquete envuelto en lona en la propia sala de Muertos sellada del *Erebus*, bajo la cubierta de la bodega, los hombres empezaron a pedir un oficio dominical para ambas tripulaciones. Fue Cornelius Hickey, el de la cara de hurón, quien fue a ver a Crozier un viernes por la noche, muy tarde, con la petición. Hickey había estado en un destacamento de trabajo a la luz de las antorchas para reparar los mojones de hielo entre los barcos, y había hablado con los hombres del *Erebus*.

—Es unánime, señor —dijo el ayudante de calafatero, de pie en la puerta del diminuto camarote del capitán Crozier—. A todos los hombres les gustaría un oficio religioso conjunto. De ambos buques, capitán.

—¿Habla por todos los hombres de ambos buques? —preguntó Crozier.

—Sí, señor, así es —dijo Hickey, ostentando una sonrisa que antiguamente fue deslumbrante, y que ahora sólo mostraba cuatro de los seis dientes que le quedaban. El menudo ayudante de calafatero no carecía de seguridad en sí mismo.

—Lo dudo —dijo Crozier—. Pero hablaré con el capitán Fitzjames y les haré saber lo del servicio. Decidamos lo que decidamos, usted puede ser nuestro correo para comunicárselo a «todos» los hombres.

Crozier había estado bebiendo cuando Hickey llamó a su puerta. Nunca le había gustado aquel hombrecillo tan untuoso. Todo buque tiene sus abogadillos de vía estrecha (como las ratas, son un hecho consumado en la vida naval), y Hickey, a pesar de su mala gramática y su carencia total de educación formal, le parecía a Crozier el tipo de marinero listillo que, en un viaje difícil, acaba por fomentar un auténtico motín.

—Uno de los motivos de que todos deseemos un oficio así es que sir John, que Dios bendiga su alma y le dé el descanso eterno, capitán, solía hacerlo para todos nosotros y...

—Eso es todo, señor Hickey.

Crozier bebió muchísimo aquella semana. La melancolía que solía rondar a su alrededor como una niebla ahora se había posado encima de él como una pesada manta. Conocía a Terry y pensaba que era un contramaestre muy capacitado, y, ciertamente, aquélla era una forma horripilante de morir, pero el Ártico, en cualquiera de sus polos, ofrecía una miríada de formas de muerte igualmente horribles. Y también la Marina Real, ya fuera en tiempos de paz o de guerra. Crozier había presenciado unas cuantas de esas horribles formas de morir durante su larga carrera, de modo que aunque la del señor Terry estaba entre las más extrañas que había vivido personalmente y la reciente epidemia de muertes violentas era más espantosa que cualquier epidemia real que hubiese vivido a bordo de ningún barco, lo que producía una melancolía más profunda a Crozier era más bien la reacción de los supervivientes de la expedición.

James Fitzjames, el héroe del Éufrates, parecía haber perdido fuelle. La prensa le convirtió en héroe antes incluso de que su primer barco hubiese abandonado Liverpool, cuando el joven Fitzjames se tiró por la borda para salvar a un agente de aduanas que se estaba ahogando, aunque el apuesto y joven oficial iba, según decía el *Times*, «entorpecido por abrigo, sombrero y un reloj muy valioso». Los comerciantes de Liverpool, conociendo el valor, como sabía bien Crozier, de un oficial de aduanas que ya estaba comprado y por el cual se había pagado, habían recompensado al joven Fitzjames con una placa de plata grabada. El Almirantazgo supo primero lo de la placa, después se enteró del heroísmo de Fitzjames, aunque según la experiencia de Crozier, que un oficial rescatase a un hombre que se ahogaba era algo que ocurría casi cada semana, ya que pocos marineros sabían nadar, y, finalmente, tomó conciencia del hecho de que Fitzjames era el «hombre más guapo de la Marina», así como un caballero joven y de buena cuna.

No había perjudicado a la creciente reputación del joven oficial que se hubiera presentado voluntario dos veces para dirigir destacamentos de castigo contra bandidos beduinos. Crozier observó en los informes oficiales que Fitzjames se había roto una pierna en una incursión semejante, y fue capturado por los bandidos en la segunda aventura, pero el hombre más guapo de la Marina consiguió escapar, cosa que convirtió a Fitzjames en un héroe todavía mayor ante la prensa de Londres y ante el Almirantazgo.

Luego llegaron las guerras del Opio, en 1841. Fitzjames demostró ser un héroe de verdad, elogiado por su capitán y por el Almirantazgo no menos de cinco veces. Aquel joven deslumbrante, de veintinueve años por entonces, había usado cohetes para echar a los chinos de las cimas de las colinas de Tzeki y Segoan, también con cohetes los había expulsado de Tzapu, había luchado en la costa en la batalla de Wusung, y volvió a su conocimiento de los cohetes durante la captura de Ching-Kiang-Fu. Gravemente herido, el teniente Fitzjames consiguió, con muletas y vendajes, asistir a la rendición china y a la firma del tratado de Nanking. Ascendido a comandante a la tierna edad de treinta años, el hombre más guapo de la Marina recibió el mando del balandro de guerra HMS *Clio*; su brillante futuro parecía asegurado.

Pero entonces, en 1844, acabó la guerra del Opio y, como ocurría siempre con las perspectivas prometedoras en la Marina Real cuando de repente se firmaba una traicionera paz, Fitzjames se encontró sin mando, en tierra y con media paga. Francis Crozier sabía que si el ofrecimiento por parte del Servicio de Descubrimientos del mando a sir John Franklin había sido un regalo del Cielo para aquel viejo desacreditado desde hacía tiempo, la oferta del mando efectivo del HMS *Erebus* fue una segunda oportunidad de oro para Fitzjames.

Sin embargo, ahora, «el hombre más guapo de la Marina» había perdido sus mejillas rosadas y su habitual humor efervescente. Mientras la mayoría de los oficiales y hombres mantenían su peso, aun con dos tercios de sus raciones, porque los miembros del Servicio del Descubrimiento recibían una dieta más rica que el noventa y nueve por ciento de los ingleses en tierra, el comandante, ahora capitán, James Fitzjames había perdido más de doce kilos. El uniforme le colgaba, suelto. Sus rizos juveniles ahora caían lacios bajo el gorro. El rostro de Fitzjames, siempre un poco demasiado rechoncho, ahora parecía demacrado, pálido y con las mejillas chupadas a la luz de las lámparas de aceite o las linternas colgadas.

La conducta pública del comandante, que siempre era una mezcla de modesto buen humor y firme autoridad, seguía siendo la misma, pero en privado, cuando sólo estaba presente Crozier, Fitzjames hablaba menos, sonreía con menos frecuencia y a menudo parecía distraído y desgraciado. Para un hombre melancólico como Crozier, los signos eran evidentes. A veces era como mirarse a un espejo, excepto por el hecho de que el melancólico rostro que veía era el de un caballero inglés con el adecuado acento ceceante en lugar de un don nadie irlandés.

El viernes 3 de diciembre, Crozier cargó una escopeta y recorrió el largo camino solitario por la fría oscuridad entre el *Terror* y el *Erebus*. Si la criatura del hielo quería cogerle, pensaba Crozier, unos cuantos hombres más con escopetas representarían poca diferencia en el resultado. A sir John no le habían servido.

Crozier llegó sano y salvo. Él y Fitzjames discutieron la situación, la moral de los hombres, las peticiones de celebrar un oficio religioso, la situación de las latas de comida y la necesidad de realizar un racionamiento estricto poco después de Navidad, y estuvieron de acuerdo en que un oficio religioso combinado al siguiente domingo podía ser buena idea. Como no había capellanes ni ministro por voluntad propia a bordo, ya que sir John había cumplido ambos papeles hasta el anterior mes de junio, ambos capitanes pronunciarían un sermón. Crozier odiaba aquella función más que ir al dentista del puerto, pero se dio cuenta de que había que hacerlo.

El estado de ánimo de los hombres era peligroso. El teniente Edward Little, oficial ejecutivo de Crozier, informaba de que algunos hombres del *Terror* habían empezado a hacerse collares y otros fetiches con las garras y dientes de algunos de los osos blancos que habían matado durante el verano. El teniente Irving informó, semanas atrás, de que Lady Silenciosa había ido a esconderse en el pañol de cables de proa y los hombres dejaban porciones de su ron y de su comida allí, en la bodega, como si hicieran ofrendas a una bruja o a una santa, esperando su intercesión.

—He pensado en su baile —dijo Fitzjames mientras Crozier empezaba a abrigarse para irse ya.

—¿Mi baile?

—El gran carnaval veneciano que Hoppner organizó cuando estaban invernando con Parry —continuó Fitzjames—. Cuando usted se disfrazó de lacayo negro.

—¿Qué pasa con eso? —preguntó Crozier, mientras se envolvía la cara y el cuello con el pañuelo.

—Sir John tenía tres baúles grandes llenos de máscaras, ropa y disfraces —dijo Fitzjames—. Los encontré entre sus objetos personales.

—¿Ah, sí?

Crozier estaba sorprendido. El avejentado parlanchín que habría celebrado seis oficios religiosos a la semana si se le hubiese permitido y que, a pesar de su risa frecuente, nunca parecía comprender las bromas de los demás, no parecía en absoluto el tipo de comandante de expedición que carga con baúles de frívolos disfraces como había hecho Parry, fascinado por el teatro.

—Son antiguos —confirmó Fitzjames—. Algunos de ellos puede que pertenecieran a Parry y Hoppner..., quizá fueron los mismos trajes entre los que eligió usted mientras estaban helados en la bahía de Baffin, hace veinticuatro años, pero habrá más de cien trajes hechos polvo ahí dentro.

Crozier, bien forrado, se detuvo en la puerta del antiguo camarote de sir John, donde los dos capitanes habían mantenido su reunión en voz baja. Deseó que Fitzjames fuera al grano.

—Pensaba que quizá podríamos hacer una mascarada para los hombres pronto —dijo Fitzjames—. Nada lujoso como su gran carnaval veneciano, por supuesto, con todo eso tan... desagradable en el hielo, pero una diversión, a fin de cuentas.

—Quizá —dijo Crozier, dejando que su tono transmitiese su falta de entusiasmo ante la idea—. Deberíamos discutirlo después de ese maldito oficio religioso del domingo.

—Zí, por zupuezto —dijo Fitzjames a toda prisa. Su ligero ceceo se hacía más pronunciado cuando se ponía nervioso—. ¿Debo enviar a algunos hombres a acompañarle de vuelta al *Terror*, capitán Crozier?

—No. Y váyase a dormir temprano esta noche, James. Parece reventado. Los dos necesitaremos toda nuestra energía si queremos sermonear adecuadamente a la tripulación reunida, el domingo.

Fitzjames sonrió diligentemente. Crozier pensó que tenía una expresión lánguida, extrañamente inquietante.

El domingo 5 de diciembre de 1847, Crozier dejó tras de sí una tripulación mínima de seis hombres al mando del primer teniente Edward Little, que, como Crozier, hubiera preferido que le quitaran las piedras del riñón con una cuchara antes que verse obligado a soportar ningún sermón, así como su ayudante de cirujano, McDonald, y el ingeniero, James Thompson. Los otros cincuenta y tantos tripulantes y oficiales supervivientes se dirigieron andando por el hielo detrás de su capitán, el segundo teniente Hodgson, el tercer teniente Irving, el primer oficial Hornby y otros oficiales, sobrecargos y suboficiales. Eran casi las diez de la mañana, pero habría estado absolutamente oscuro bajo las temblorosas estrellas de no ser por el regreso de la aurora que vibraba, bailaba y se movía encima de ellos, arrojando una larga línea de sombras en el hielo fracturado. El sargento Soloman Tozer, con la llamativa marca de nacimiento en la cara especialmente visible con aquella luz multicolor de la aurora boreal, dirigía la marcha de los marines reales con mosquetes que marchaban delante, a los flancos y detrás de la columna, pero la cosa blanca del hielo dejó en paz a los hombres aquella mañana de sabbat.

La última reunión completa de ambas tripulaciones para un oficio religioso presidida por sir John poco antes de que la criatura se llevase a su devoto líder a la oscuridad bajo el hielo, fue en la cubierta, bajo la luz del sol de junio, pero como ahora al menos estaban a cuarenta cinco grados bajo cero en el exterior, cuando no soplaba viento, Fitzjames había arreglado la cubierta inferior para el servicio. La enorme estufa-cocina no se podía mover, pero los hombres habían levantado las mesas de comedor de los marineros hasta su máxima altura, habían quitado las particiones de mamparos movibles que delineaban la enfermería, y el resto de las particiones que formaban el dormitorio de los suboficiales, el cubículo de los mozos de los suboficiales y los camarotes del primer y segundo oficial y del oficial de derrota. También quitaron las paredes del comedor de los suboficiales y del dormitorio del ayudante del cirujano. El espacio estaría muy atestado, pero sería adecuado.

Además, el carpintero de Fitzjames, el señor Weekes, había creado un púlpito bajo y un estrado. Estaba elevado sólo quince centímetros porque no había altura suficiente bajo los baos, las cuadernas que colgaban y la madera almacenada, pero permitiría que Crozier y Fitzjames fuesen vistos por los hombres desde la parte de atrás del amasijo de cuerpos apretujados.

—Al menos estaremos calentitos —susurró Crozier a Fitzjames, mientras Charles Hamilton Osmer, el sobrecargo calvo del *Erebus*, dirigía a los hombres en el himno inicial.

En realidad, los cuerpos apretados habían elevado la temperatura de la cubierta inferior al máximo desde que el *Erebus* empezó a quemar grandes cantidades de carbón y enviar al agua caliente por sus tuberías de calefacción, seis meses antes. Fitzjames también había intentado iluminar aquel lugar, habitualmente oscuro y ahumado, quemando aceite del barco a un ritmo frenético en no menos de diez lámparas colgadas que iluminaban el espacio más brillantemente que cualquier luz del sol que hubiese podido colarse a través de las claraboyas patentadas Preston que tenían sobre sus cabezas, más de dos años antes.

Los tripulantes hacían vibrar las oscuras vigas de roble con sus cánticos. A los marineros, Crozier lo sabía por sus más de cuarenta años de experiencia, les gustaba cantar en casi cualquier circunstancia. Incluso durante el oficio religioso, si todo lo demás fallaba. Crozier podía ver la parte superior de la cabeza del ayudante de calafatero Cornelius Hickey entre la multitud, mientras junto a él, agachado de tal modo que su cabeza y sus hombros no tocasen las vigas que tenía por encima, estaba el idiota gigantesco Magnus Manson, que au-

249

llaba el himno con un vozarrón tan desafinado que convertía los crujidos del hielo en el exterior en sonidos casi armónicos. Los dos compartían uno de los baqueteados libros de himnos que el sobrecargo Osmer les había tendido.

Finalmente acabaron los cánticos y se oyó un rumor de roce de pies, unas toses y unas gargantas que se aclaraban. El aire olía a pan recién hecho, porque el señor Diggle había acudido unas horas antes para ayudar al cocinero del *Erebus*, Richard Wall, a preparar unas galletas. Crozier y Fitzjames habían decidido que valía la pena gastar aquel extra de carbón, harina y aceite de lámparas en aquel día especial, si aquello ayudaba a levantar la moral de los hombres. Los dos meses más oscuros del invierno ártico estaban todavía por llegar.

Era ya el momento de los dos sermones. Fitzjames se había afeitado y empolvado cuidadosamente y había permitido a su mozo personal, el señor Hoar, que le entallase un poco el chaleco, que le venía grande, así como los pantalones y la chaqueta, de modo que ahora parecía tranquilo y apuesto con su uniforme y sus brillantes charreteras. Sólo Crozier, que estaba junto a él, veía que las manos pálidas de Fitzjames se cerraban y se abrían mientras colocaba su Biblia personal en el púlpito y la abría en los Salmos.

—La lectura de hoy *zerá* del *Zalmo* cuarenta y *zeiz* —dijo el capitán Fitzjames.

Crozier hizo un gesto imperceptible de dolor ante el ceceo de clase alta que se había hecho más ostensible debido a la tensión.

Dioz ez nueztro refugio y nueztra fortaleza
y omniprezente ayuda en el peligro.
Por tanto, no temeremoz, aunque la tierra ze hunda,
y la montaña caiga en el corazón
del mar,
aunque zuz aguaz rujan y ezpumeen
y laz montañaz ze eztremezcan con zu
zurgimiento.

Hay un río cuyaz corrientez alegran
la ciudad de Dioz,
el lugar zagrado donde mora lo Máz Elevado.
Dioz eztá en ella, ella no caerá;
Dioz la ayudará al nacer el día.
Laz nacionez eztán revueltaz, los reinoz caen;
él alza zu voz, la tierra ze funde.

250

El Zeñor Todopoderozo eztá con nozotroz;
el Dioz de Jacob ez nueztra fortaleza.

Venid y ved laz obraz del ZEÑOR,
laz dezolazionez que ha traído a la Tierra.
Él hace que cezen laz guerraz hazta el fin de la lanza,
él hace arder loz ezcudoz con zu fuego.
«Queda en paz, y zabe que yo zoy Dioz; yo zeré
exaltado entre laz nazionez,
zeré exaltado en la Tierra.»

El ZEÑOR Todopoderozo eztá con nozotroz;
el Dioz de Jacob ez nueztra fortaleza.

Los hombres rugieron «amén» y movieron los pies, que tenían bien calientes, apreciativamente.

Era el turno de Francis Crozier.

Los hombres estaban callados, tanto por curiosidad como por respeto. Los marineros del *Terror* reunidos en aquella asamblea sabían que la idea de su capitán de lectura para el oficio religioso era una solemne recitación del Reglamento Naval («si un hombre se niega a obedecer las órdenes de un oficial, aquel hombre será azotado o ejecutado, el castigo será decidido por el capitán. Si un hombre comete sodomía con otro miembro de la tripulación o un miembro del ganado del buque, ese hombre será ejecutado...» y así sucesivamente). Los artículos del Reglamento Naval tenían el adecuado peso y resonancia bíblicos y servían bien para el propósito de Crozier.

Pero aquel día no. Crozier buscó en el estante bajo el púlpito y sacó un libro grueso, encuadernado en piel. Lo colocó con un firme golpe de autoridad.

—Hoy —empezó—, leeré una parte del *Libro del Leviatán*. Parte primera, capítulo doce.

Hubo un murmullo entre la multitud de marineros. Crozier oyó murmurar a un marinero desdentado del *Erebus* en la tercera fila: «Conozco la puta Biblia y no hay ningún puto *Libro del Leviatán*».

Crozier esperó a que se hiciera el silencio y empezó.

—«Y en cuanto a esa parte de la religión que consiste en opiniones concernientes a la naturaleza de los Poderes Invisibles...»

La voz de Crozier y la cadencia del Antiguo Testamento no dejaban duda alguna en cuanto a qué palabras debían ponerse con mayúsculas.

—«... no existe nada con tal nombre que no haya sido estimado entre los gentiles, en un lugar o en otro, como Dios o diablo; ni lugar donde sus poetas no hayan fingido verse animados o habitados, o poseídos por algún espíritu u otro. La materia informe del mundo era un dios, cuyo nombre era Caos. El Cielo, el Océano, los Planetas, el Fuego, la Tierra y los Vientos eran otros tantos dioses. Hombres, mujeres, un ave, un cocodrilo, un ternero, un can, una serpiente, una cebolla, un puerro, deificados. Además, llenaban casi todos los lugares con espíritus llamados *daemons*: las llanuras con Pan y Panises o sátiros; los bosques con faunos y ninfas; los mares con tritones y otras ninfas; cada río y fuente, con un fantasma que llevaba su nombre, y con ninfas; cada casa con sus lares, o familiares; cada hombre, con su *genius*; el Infierno, con fantasmas y oficiales espirituales, como Caronte y Cerbero, y las furias; y por la noche, todos los lugares con larvas y lemures, fantasmas de hombres difuntos y un reino entero de hadas y cocos. También han adscrito divinidad y construido templos a simples accidentes o cualidades, como el Tiempo, Noche, Día, Paz, Concordia, Amor, Contención, Virtud, Honor, Salud, Óxido, Fiebre y cosas semejantes, a los cuales cuando había que rezar por algo, o contra algo, rezaban, como si hubiera fantasmas de aquellos nombres colgando sobre sus cabezas y dejando caer o reteniendo ese bien o mal a favor o en contra de aquellos que rezaban. Invocaban también a su propio ingenio, mediante el nombre de musas; a su propia ignorancia, con el nombre de Fortuna; a su propia lujuria, con el nombre de Cupido; a su propia rabia, con el nombre de Furias; a sus propias partes privadas, con el nombre de Príapo; y atribuían sus poluciones a íncubos y súcubos, ya que no había nada que un poeta no pudiera introducir como persona en su poema, nada que no pudieran convertir, o bien en Dios, o bien en diablo.»

Crozier hizo una pausa y miró a las caras blancas que le contemplaban.

—Y así concluye la parte primera, capítulo doce, del *Libro del Leviatán* —dijo, y cerró el grueso volumen.

—Amén —corearon los felices marineros.

Los hombres comieron galletas calientes y raciones enteras de su amado cerdo en salazón para cenar aquella tarde, y los cuarenta marineros extra procedentes del *Terror* se amontonaron en torno a las tablas bajas o usaron los barriles como superficie y unos baúles como sillas. El ruido era tranquilizador. Todos los oficiales de ambos buques comieron a popa, sentados en torno a la larga mesa en el antiguo camarote de sir John. Además del requerido zumo de limón antiescorbútico de aquel día (el doctor McDonald ya empezaba a temer que los barriles de cinco galones estuviesen perdiendo su potencia) los marineros recibieron una ración extra de ron cada uno, antes de cenar. El capitán Fitzjames había recurrido a las reservas extraordinarias del barco y proporcionó a los oficiales y suboficiales tres buenas botellas de Madeira y dos de brandy.

Sobre las tres de la tarde, hora civil, los del *Terror* se abrigaron bien, dijeron adiós a sus compañeros del *Erebus* y subieron por la escala principal, a la lona congelada de arriba, y luego bajaron al hielo y la nieve hacia la oscuridad, para el largo camino de vuelta a casa, bajo la aurora boreal, que todavía resplandecía. Hubo susurros y comentarios entre las filas acerca del sermón del *Leviatán*. La mayoría de los hombres estaban seguros de que aquello estaba en alguna parte de la Biblia, pero viniera de donde viniese, nadie estaba demasiado seguro de lo que había querido decir su capitán, aunque las opiniones eran diversas, después de la doble ración de ron. Muchos de los hombres todavía toqueteaban sus fetiches de la buena suerte de dientes y garras de oso.

Crozier, que dirigía la columna, estaba casi seguro de que al volver encontrarían a Edward Little y a los guardias asesinados, al doctor McDonald hecho pedazos y al señor Thompson, el ingeniero, desmembrado y repartido por las tuberías y válvulas de su inútil máquina de vapor.

Pero todo estaba bien. Los tenientes Hodgson e Irving les entregaron los paquetes de galleta y carne que estaban calientes aún cuando abandonaron el *Erebus*, hacía casi una hora. Los hombres que habían quedado de guardia pasando frío tomaron en primer lugar sus raciones extra de grog.

Aunque hacía mucho frío, ya que el calor relativo de la atestada cubierta inferior del *Erebus* hacía que el frío exterior pareciera mucho peor, Crozier se quedó en cubierta hasta que cambió la guardia. El oficial al que le tocaba entonces era Thomas Blanky, el patrón del hielo. Crozier sabía que los hombres de abajo estarían pasando su tiempo libre del domingo, muchos ya esperando el té de la tarde y luego la cena con su triste ración de «Pobre John» (bacalao salado y hervido con galleta) con la esperanza de que hubiera una onza de queso con su media pinta de cerveza Burton.

El viento arreciaba, echando la nieve por encima de los campos de hielo con seracs desparramados en aquel lado del enorme iceberg que bloqueaba la vista del *Erebus* hacia el nordeste. Las nubes ocultaban la aurora y las estrellas. La tarde se hacía mucho más oscura. Al final, pensando en el whisky que tenía en su camarote, Crozier se fue abajo.

20

Blanky

Latitud 70° 5' N — Longitud 98° 23' O
5 de diciembre de 1847

*M*edia hora después de que el capitán y los otros hombres que habían regresado del oficio religioso en el *Erebus* volviesen abajo, Tom Blanky no veía las linternas de la guardia ni el palo mayor debido a la nieve que llevaba el viento. El patrón del hielo se alegraba de que hubiese empezado a soplar cuando lo hizo; una hora antes, y el camino de vuelta del *Erebus* habría sido muy jodido.

En la guardia de babor, bajo el mando del señor Blanky, aquella noche oscura estaba Alexander Berry, de treinta y cinco años de edad, un hombre que no era especialmente inteligente pero sí formal y fiable en las jarcias, así como John Handford y David Leys. Este último hombre, Leys, ahora de guardia a proa, acababa de cumplir cuarenta en noviembre y los hombres habían celebrado una fiesta en el castillo de proa para él. Pero Leys no era el mismo que se había enrolado en el Servicio de Descubrimientos dos años y medio antes. A principios de noviembre, justo unos pocos días antes de que el soldado Heather hubiera acabado con los sesos desparramados mientras hacía guardia a estribor y el joven Bill Strong y Tom Evans hubiesen desaparecido, Davey Leys simplemente se había ido a su hamaca y había dejado de hablar. Durante casi tres semanas, Leys se quedó «ido», con los ojos abiertos, mirando a la nada, sin responder a las voces, llamas, sacudidas, gritos o pellizcos. Durante la mayor parte de ese tiempo estuvo en la enfermería, echado junto al pobre soldado Heather, que de alguna manera conseguía seguir respirando aunque tenía el cráneo abierto y había perdido parte de los sesos. Mientras Heather yacía allí jadeando, Davey continuaba echado en silencio, mirando sin parpadear hacia el techo, como si ya estuviera muerto.

Luego, igual que había empezado, el ataque terminó, y Davey volvió otra vez a ser como antes. O casi. Había recuperado el apetito, ya que casi había perdido nueve kilos durante el tiempo que pasó fuera de su cuerpo, pero el antiguo sentido del humor de Davey Ley había desaparecido, y también su sonrisa fácil, juvenil, y su disposición a participar en las conversaciones del castillo de proa durante las tardes libres o la cena. Del mismo modo, el pelo de Davey, que era de un marrón rojizo intenso la primera semana de noviembre, se había vuelto completamente blanco cuando salió de su espanto. Algunos de los hombres decían que Lady Silenciosa le había echado un maleficio a Leys.

Thomas Blanky, patrón del hielo desde hacía más de treinta años, no creía en maleficios. Se avergonzaba de los hombres que llevaban garras, dientes y rabos de osos polares como amuletos contra el mal de ojo. Sabía que algunos de los hombres menos educados, centrados en torno al ayudante del calafatero, Cornelius Hickey, que a Blanky nunca le había gustado ni respetaba, hacían correr la voz de que la Criatura del Hielo era una especie de demonio o diablo («*Daemon*» o «diablo», como su capitán había dicho que se pronunciaban en aquel extraño *Libro de Leviatán*), y algunos en torno a Hickey estaban haciendo ya sacrificios al monstruo, colocándolos en el exterior del pañol de cables, en la bodega, donde, según sabía todo el mundo, estaba Lady Silenciosa, que obviamente era una bruja esquimal, y que parecía ser gran sacerdotisa de aquel culto, o más bien Hickey era el sacerdote y Manson el acólito, que hacía todo lo que decía Hickey, y ambos parecían ser los únicos a los que se permitía llevar las diversas ofrendas abajo, a la bodega. Blanky había bajado a aquella oscuridad, helada y con un hedor sulfuroso recientemente; le dio mucho asco ver pequeños platos de peltre con comida, velas a medio quemar y diminutas copitas de ron.

Thomas Blanky no era filósofo por naturaleza, pero era una criatura avezada al Ártico, tanto de niño como de hombre, y había trabajado como marinero o como patrón del hielo para balleneros americanos cuando la Marina Real todavía no sabía cómo emplearlo, y conocía aquellas regiones polares como pocos más en la expedición. Aunque aquella zona en concreto le era desconocida, ya que por lo que sabía Blanky ningún buque había viajado antes hasta tan al sur del estrecho de Lancaster ni tan cerca de la Tierra del Rey Guillermo, ni había navegado tan hacia el oeste de la península de Boothia, la mayoría de las terribles condiciones del Ártico le eran tan familiares como un verano en Kent, el lugar donde nació.

«Más familiares, en realidad», pensó Blanky. No había vivido un verano en Kent desde hacía al menos veintiocho años.

La aullante nieve de aquella noche le resultaba familiar, igual que la sólida superficie del hielo y los seracs y las resonantes crestas de presión que empujaban al pobre *Terror* cada vez más alto en su cabrestante de hielo elevado, mientras lo iban exprimiendo hasta arrebatarle la vida. El patrón del hielo homólogo de Blanky en el *Erebus*, James Reid, un hombre a quien Blanky respetaba muchísimo, le había informado aquel mismo día, después del extraño oficio religioso, de que el viejo buque insignia no duraría demasiado ya. Además de que sus reservas de carbón estaban todavía mucho más agotadas que las del desfalleciente *Terror*, el hielo había atrapado el buque de sir John en una garra mucho más feroz y menos indulgente, más de un año antes, cuando se quedaron encallados en sus actuales posiciones.

Reid le había susurrado que como el *Erebus* estaba inclinado hacia la popa en el hielo que lo cercaba, lo contrario del *Terror*, que estaba inclinado hacia la proa, la presión incesante constreñía mucho más al barco de sir John, y se hacía mucho más terrible cada vez, empujando al barco que gemía y crujía más arriba, hacia la superficie del mar helado. El timón ya había resultado astillado, y la quilla tan dañada que no se podía reparar, aparte de en el dique seco. Las chapas de popa ya habían saltado, y había casi un metro de agua helada en la popa, que había bajado unos seis grados; sólo los sacos de arena y cámaras estancas impedían que el aguanieve fangosa entrase en la sala de la caldera, y las recias vigas de roble, que habían sobrevivido a décadas de guerras y servicios, se estaban agrietando. Y peor aún: las telarañas de abrazaderas de hierro colocadas en su lugar en 1845 para hacer al *Erebus* impermeable al hielo se quejaban constantemente por la terrible presión. De vez en cuando, algunos montantes pequeños cedían por la juntura, con un sonido como el disparo de un pequeño cañón. Eso solía ocurrir muy tarde por la noche, y los hombres saltaban en sus hamacas, identificaban la fuente de la explosión y se volvían a dormir, lanzando maldiciones en voz baja. El capitán Fitzjames normalmente bajaba con algunos de sus oficiales a investigar. Las abrazaderas más pesadas resistirían, decía Reid, pero desgarrarían las capas de roble y de hierro del casco, que se iban contrayendo. Cuando aquello ocurriera, el buque se hundiría con hielo o sin hielo.

El patrón del hielo del *Erebus* decía que el carpintero de su buque, John Weekes, pasaba todos los días y la mitad de las noches con

257

un destacamento de trabajo de no menos de diez hombres abajo en la bodega y en la cubierta del sollado, apuntalándolo todo con las tablas más recias que habían llevado en el buque, y muchas incluso sustraídas discretamente al *Terror*, pero el laberinto resultante de estructuras internas de madera era sólo un arreglo temporal, en el mejor de los casos. A menos que el *Erebus* escapase del hielo en abril o mayo, decía Reid que había afirmado Weekes, acabaría aplastado como un huevo.

Thomas Blanky conocía el hielo. A principios del verano de 1846, todo el tiempo que guio a sir John y a su capitán al sur por el largo estrecho y el recién descubierto paso hacia el sur del estrecho de Barrow, ya que el nuevo estrecho seguía sin nombre en sus bitácoras, aunque algunos ya lo llamaban «estrecho de Franklin», como si dando nombre al canal que había atrapado al viejo idiota muerto pudiera hacer que su fantasma se sintiera mejor por haber sido devorado por un monstruo, Blanky había estado en su puesto en el palo mayor, gritando consejos al timonel mientras el *Terror* y el *Erebus* cautelosamente iban abriéndose camino entre más de cuatrocientos kilómetros de hielo cambiante, conductos que se estrechaban y canales que acababan en un punto muerto.

Thomas Blanky era bueno en su trabajo. Sabía que era uno de los mejores patrones del hielo y pilotos del mundo. Desde su precaria posición arriba en el palo mayor, y como estos viejos buques bombarderos no tenían cofa, como si fueran un simple ballenero, Blanky podía distinguir la diferencia entre hielo de deriva y escombros de hielo a trece kilómetros de distancia. Dormido en su cubículo, sabía de inmediato cuándo el buque había cambiado del paso que hacía glu-glu-glu por encima del hielo fangoso y había pasado al ruido rasposo, como una lima metálica, del hielo en bandejas. Sabía a simple vista qué fragmentos de iceberg representaban una amenaza para el buque y cuáles se podían enfilar de frente. De alguna manera, sus ojos, ya envejecidos, podían distinguir los gruñones sumergidos de un blanco azulado en un mar blanco azulado repleto de reflejos solares e incluso decir cuál de aquellos gruñones se limitaría a rechinar y gruñir al pasar junto al casco del buque y cuál, como si fuera un iceberg de verdad, pondría en peligro a la embarcación.

De modo que Blanky estaba orgulloso del trabajo que él y Reid habían hecho al conducir a ambos barcos más de cuatrocientos kilómetros al sur y luego al oeste en su primer lugar de invernada, en las islas Beechey y Devon. Pero Thomas Blanky también se maldecía a sí mismo y se llamaba idiota y malvado por ayudar a conducir los dos buques y a sus 126 almas cuatrocientos kilómetros al sur, y luego al oeste del lugar de invernada de Beechey y Devon.

Los buques podían haberse retirado de la isla de Devon, volver por el estrecho de Lancaster y luego bajar por la bahía de Baffin, aunque hubieran tenido que esperar dos fríos veranos, o incluso tres, para escapar del hielo. La pequeña bahía de Beechey podía haber protegido los barcos de aquel desastre sobre el hielo en mar abierto. Y más tarde o más temprano el hielo en el estrecho de Lancaster habría aflojado. Thomas Blanky «conocía» aquel hielo. Se comportaba como se supone que se tenía que comportar el hielo ártico: era traicionero, mortal, dispuesto a destruirte por una sola decisión equivocada o un momento de descuido, pero era predecible.

Pero «este» hielo, pensó Blanky, mientras iba golpeando con los pies por la oscura popa, para evitar que se le congelasen, viendo las linternas que brillaban a babor y a estribor, donde paseaban Berry y Handford con sus escopetas, «este» hielo no era como ninguno del que tuviera experiencia.

Él y Reid habían advertido a sir John y a los dos capitanes hacía quince meses, justo antes de que los buques se quedaran atrapados en su helada posición. «Hay que ir a por todas», había aconsejado Blanky, estando de acuerdo con el capitán Crozier en que necesitaban darse la vuelta mientras todavía hubiese el menor asomo de camino abierto, buscar aguas abiertas lo más cerca posible de la península de Boothia tan rápido como pudieran navegar a vapor aquel septiembre, hacía tanto tiempo. Allí el agua se cerraba hacia una costa conocida, o al menos el extremo oriental de ella era conocida para el antiguo Servicio de Descubrimientos y los veteranos balleneros como Blanky, y casi con absoluta seguridad habría permanecido líquida una semana más, quizá dos, en aquel septiembre que resultó una oportunidad perdida. Aunque hubieran sido capaces de navegar a vapor hacia el norte a lo largo de la costa de nuevo debido a los témpanos como montículos y a la banquisa antigua (Reid la llamaba «esa jodida banquisa»), habrían estado infinitamente más seguros bajo el abrigo de lo que ahora sabían con toda certeza, después de la expedición en trineo del difunto teniente Gore el último verano, que era la Tierra del Rey Guillermo, de James Ross. Aquella masa terrestre, por muy baja, helada, barrida por los vientos y asolada por los rayos que estuviese, habría cobijado a los buques de aquel soplo constante de viento ártico del noroeste enviado por el diablo, de las ventiscas, el frío y el asalto incesante del mar helado.

Blanky nunca había visto un hielo como aquél. Una de las pocas

259

ventajas de la banquisa, aunque tu barco se quedase congelado dentro como una bala de mosquete disparada contra un iceberg, era que la banquisa «se desplazaba». Los buques, aunque aparentemente inmóviles, se movían. Blanky había sido patrón del hielo en el ballenero americano *Pluribus*, en el invierno del 36; el invierno llegó con todo su rigor el 27 de agosto, cogiendo por sorpresa a todos, incluso al experimentado capitán americano tuerto, y dejándolos helados en la bahía de Baffin, a cientos de kilómetros al norte de la bahía de Disko.

El siguiente verano ártico fue malo, casi tan frío como aquel último verano de 1847, durante el cual no se fundió ningún hielo, ni se caldeó el aire, ni volvieron las aves ni la vida salvaje, pero el ballenero *Pluribus* estaba en una zona de la banquisa mucho más predecible y fue derivando más mil kilómetros hacia el sur hasta que, al verano siguiente, llegaron a la línea del hielo y pudieron seguir navegando hacia el sur a través de unos mares con hielo blando y estrechos canales y lo que los rusos llaman *polynyas*, grietas en el hielo que se abren mientras uno mira, hasta que el ballenero americano llegó a aguas abiertas y pudo navegar hacia el sudeste, a un puerto de Groenlandia, a repostar.

Pero aquí no, y Blanky lo sabía. No en aquel infierno blanco dejado de la mano de Dios. La banquisa era, como se la describió a los capitanes un año y tres meses antes, más bien un glaciar inacabable que se veía empujado hacia abajo desde el Polo Norte. Y con el grueso del Ártico correspondiente a Canadá, en su mayoría sin explorar, al sur de donde estaban, la Tierra del Rey Guillermo al sudoeste y la península de Boothia fuera de su alcance hacia el este y el nordeste, no había auténtica deriva del hielo allí, como las repetidas lecturas del sextante con sol y con estrellas hechas por Crozier, Fitzjames, Reid y Blanky les decían: sólo daban vueltas de manera enfermiza en una circunferencia de veinticinco kilómetros. Eran como moscas pinchadas a uno de los discos de metal de música que los hombres ya no usaban en la sala Grande de abajo. No iban a ninguna parte. Siempre volviendo al mismo punto, una y otra vez.

Y aquella banquisa abierta era mucho más parecida al hielo rápido de la costa, según la experiencia de Blanky, sólo que allí, en el mar, el hielo era de un grosor de alrededor de siete metros en torno a los buques, en lugar de la profundidad de casi un metro del hielo rápido normal. Tan grueso que los capitanes no podían mantener abiertos los agujeros del fuego habituales que «todos» los buques varados en el hielo mantenían despejados todo el invierno.

Aquel hielo ni siquiera les permitía enterrar a sus muertos.

Thomas Blanky se preguntaba si él habría sido un instrumento del mal, o quizá sólo de locura, cuando había usado sus más de tres décadas de experiencia como patrón del hielo para hacer que 126 hombres recorrieran unos cuatrocientos kilómetros por el hielo hasta meterlos en aquel lugar imposible, donde lo único que podían hacer era morir.

De repente, se oyó un grito. Luego un disparo de escopeta. Otro grito.

21

Blanky

Latitud 70° 5′ N — Longitud 98° 23′ O
5 de diciembre de 1847

*B*lanky se quitó el guante exterior derecho con los dientes, lo dejó caer a cubierta y levantó su propia escopeta. La tradición era que los oficiales de guardia no fuesen armados, pero el capitán Crozier había acabado con aquella tradición con una simple orden. Todos los hombres que estaban en cubierta debían ir armados, en todo momento. Ahora, sin el guante exterior, el delgado guante de lana de Blanky permitió que sus dedos se curvasen en la guardia del gatillo de la escopeta, pero la mano inmediatamente notó también el frío mordisco del viento.

Era la linterna del marinero Berry, la guardia de babor, cuyo resplandor había desaparecido. El disparo de escopeta sonaba como si hubiese venido de la izquierda de la obencadura de la lona de invierno en mitad del buque, pero el patrón del hielo sabía que el viento y la nieve distorsionan los sonidos. Blanky veía aún el resplandor de la linterna de la guardia de estribor, pero ésta oscilaba y se movía.

—¿Berry? —gritó hacia el oscuro costado de babor. Casi notaba que las dos sílabas corrían hacia la popa llevadas por el viento aullante—. ¿Handford?

El brillo de la linterna de estribor desapareció. En la proa, la linterna de Davey Leys habría sido visible más allá de la tienda del medio en una noche clara, pero ya no era una noche clara.

—¿Handford?

El señor Blanky empezó a dirigirse hacia delante, al costado de babor de la larga tienda de cobertura, llevando la escopeta en la mano derecha y la linterna que había cogido del puesto de popa en la izquierda. Tenía tres cartuchos más de escopeta en el bolsillo derecho del abrigo, pero sabía por experiencia lo mucho que costaba sacarlos y cargarlos con aquel frío.

—¡Berry! —aulló—. ¡Handford! ¡Leys!

Uno de los peligros ahora era que los tres hombres se dispararan unos a otros en la oscuridad e irrumpiesen en la inclinada y helada cubierta, aunque por el sonido parecía que Alex Berry ya había disparado su arma. No tenía un segundo cartucho. Pero Blanky sabía que si se desplazaba al lado de babor de la pirámide helada de la tienda y Handford o Leys de repente aparecían para investigar, aquellos hombres nerviosos dispararían a cualquier cosa, hasta a una linterna que oscilaba.

De todos modos, avanzó.

—¿Berry? —gritó, llegando a diez metros de la estación de la guardia de babor.

Captó un movimiento borroso entre la nieve que caía, algo demasiado grande para ser Alex Berry, y luego oyó un estruendo mucho más intenso que cualquier posible disparo. Una segunda explosión. Blanky se tambaleó hacia atrás a diez pasos hacia la popa, mientras barriles, toneles de madera, cajas y otros artículos del barco volaban por los aires. Le costó unos pocos segundos darse cuenta de lo que había ocurrido: la permanente pirámide de lona helada que corría a proa y a popa a lo largo de la cubierta se había derrumbado súbitamente, arrojando miles de kilos de nieve y hielo acumulado en todas direcciones, arrojando al mismo tiempo a los lados los artículos almacenados en cubierta: brea muy inflamable, materiales de los calafateros, arena para verter para la tracción encima de la nieve, colocada a paletadas deliberadamente en la cubierta, y había destrozado también las vergas inferiores del palo mayor, que se habían hecho girar a proa y a popa hacía más de un año para que actuasen como cumbreras para la tienda, que habían caído sobre la escotilla y la escala principal.

No había forma de que Blanky y los otros tres hombres de guardia llegasen a la cubierta inferior ahora, ni tampoco había modo de que los hombres que estaban abajo pudieran subir a investigar las explosiones en cubierta, no con el palo mayor y todo aquel peso de lona y nieve bloqueando la escotilla. El patrón del hielo sabía que los hombres que estaban debajo pronto correrían hacia la escotilla delantera y empezarían a quitar los sellos invernales y los clavos, pero eso les costaría tiempo.

«¿Estaremos vivos cuando consigan salir?», se preguntaba Blanky.

263

Moviéndose con tanto cuidado como pudo sobre la nieve compacta cubierta de arena que cubría la inclinada cubierta, Blanky se abrió camino entre los montones de restos y fue hacia la parte trasera de la tienda caída, y empezó a recorrer el estrecho pasillo hacia el costado de estribor del montón.

Una forma se alzó ante él.

Sujetando aún la linterna en la mano izquierda, Blanky levantó la escopeta, con el dedo en el gatillo, dispuesto para disparar.

—¡Handford! —dijo, cuando vio el pálido bulto de un rostro entre la masa negra de abrigos y pañoletas. El hombre llevaba el sombrero todo desaliñado—. ¿Dónde está su linterna?

—Se me ha caído —dijo el marinero. El hombre temblaba violentamente, con las manos desnudas. Se apretó mucho a Thomas Blanky como si el patrón del hielo fuese una fuente de calor—. Se me ha caído cuando la cosa ha echado abajo el palo mayor. La llama se ha apagado en la nieve.

—¿Qué quiere decir con eso de que «la cosa ha echado abajo el palo mayor»? —preguntó Blanky—. Ningún ser viviente podría echar abajo el palo mayor.

—¡Pues lo ha hecho! —dijo Handford—. He oído disparar la escopeta de Berry. Entonces él ha gritado algo. Luego se ha apagado la linterna. Entonces he visto algo grande..., muy grande..., saltar encima del palo, y luego todo se ha caído. He intentado disparar a la cosa en el palo, pero he fallado el tiro con la escopeta. La he dejado en el pasamanos.

«¿Saltar al palo mayor?», pensó Blanky. El palo mayor, que se había hecho girar, estaba a casi cuatro metros por encima de la cubierta. No se podía saltar encima. Con el palo revestido de hielo, no se podía tampoco trepar por él. Dijo en voz alta:

—Tenemos que encontrar a Berry.

—Por nada en el mundo pienso ir allí al costado de babor, señor Blanky. Ya puede usted denunciarme y hacer que el contramaestre Johnson me dé cincuenta latigazos, pero por nada en este mundo de Dios voy a acercarme yo allí, señor Blanky. —Los dientes de Handford castañeteaban con tanta fuerza que apenas se le entendía.

—Cálmese —exclamó Blanky—. Nadie le va a denunciar. ¿Dónde está Leys?

Desde aquel punto en el costado de estribor Blanky habría tenido que ver la linterna de David Leys brillando en la proa. La proa estaba oscura.

—Su linterna se ha caído al mismo tiempo que la mía —dijo Handford, entre los dientes castañeteantes.

—Coja su escopeta.

—No pienso volver allí ni aunque... —empezó Handford.

—¡Cójala, maldita sea su estampa! —rugió Thomas Blanky—. Si no coge esa arma en este mismísimo puto momento, cincuenta latigazos de nada será la cosa menos importante por la que tenga que preocuparse, John Handford. ¡Vamos, muévase!

Handford se movió. Blanky lo siguió, sin volver la espalda al montón de lona caído en el centro del barco. A causa de la nieve que caía, la linterna creaba una esfera de luz de tres metros o menos de diámetro. El patrón del hielo mantenía tanto la linterna como la escopeta levantadas. Tenía los brazos cansados.

Handford intentaba recoger su arma en la nieve con unos dedos que obviamente habían quedado entumecidos por el frío.

—¿Dónde demonios tiene los guantes, hombre? —le increpó Blanky.

A Handford le castañeteaban demasiado los dientes para poder responder.

Blanky bajó su propia arma, apartó las manos del marinero y cogió la escopeta del hombre. Se aseguró de que el único cañón no estaba obturado por la nieve, luego abrió la recámara y tendió el arma a Handford. Blanky finalmente tuvo que metérsela al otro hombre bajo el brazo, para que pudiera sujetarla con las dos manos heladas. Tras colocar su propia escopeta bajo el brazo izquierdo, desde donde podía sacarla con rapidez, Blanky buscó un cartucho en el bolsillo de su abrigo, cargó la escopeta de Handford y la cerró de nuevo.

—Si algo más grande que Leys o que yo se acerca a ese montón —dijo, gritando al oído de Handford a causa del rugido del viento—, apunte y tire del gatillo aunque tenga que hacerlo con los putos dientes.

Handford consiguió hacer un gesto afirmativo.

—Voy delante para buscar a Leys y ayudarle a abrir la escotilla de proa —dijo Blanky.

Nada parecía moverse hacia la popa, en medio del helado revoltijo de lona, nieve suelta, palos rotos y cajas caídas.

—No puedo... —empezó Handford.

—Simplemente quédese donde está —le cortó Blanky. Colocó la linterna en cubierta junto al hombre aterrorizado—. No me dispare cuando vuelva con Leys, o le juro por Dios que mi fantasma se le aparecerá hasta que muera, John Handford.

El pálido bulto que era el rostro de Handford volvió a asentir.

Blanky empezó a caminar hacia la proa. Al cabo de una docena

265

de pasos ya estaba fuera del brillo de la linterna, pero su visión nocturna no volvía. Las duras partículas de nieve le golpeaban el rostro como balines. Por encima de él, el viento que iba arreciando aullaba en los pocos obenques y jarcias que habían permanecido en su lugar durante el interminable invierno. Estaba tan oscuro que Blanky tenía que llevar la escopeta en la mano izquierda, la que todavía llevaba todos los guantes, mientras palpaba por el pasamanos cubierto de hielo con la mano derecha. Por lo que podía decir, la verga del palo mayor allí, en la parte delantera, también había caído.

—¡Leys! —gritó.

Algo muy grande y vagamente blanco entre la cellisca avanzó pesadamente desde el montón de escombros e hizo que se detuviera en seco. El patrón del hielo no podía asegurar si aquello era un oso blanco o un demonio tatuado, o si estaba tres metros delante de él o nueve metros más allá, entre la oscuridad, pero sabía que su progreso hacia la proa había quedado totalmente bloqueado.

Entonces la cosa se alzó sobre unas patas posteriores.

Blanky sólo veía el bulto que hacía; sólo percibía la oscura silueta entre la nieve que soplaba y lo tapaba, pero sabía que era enorme. La cabeza diminuta y triangular, si es que había una cabeza allá arriba, en la oscuridad, se alzaba mucho más arriba que el espacio donde se encontraban las vergas. Parecía que había dos agujeros perforados en aquella cabeza en forma de triángulo (¿ojos?), pero estaban al menos a cuatro metros por encima de la cubierta.

«Imposible», pensó Thomas Blanky.

Aquello se movió hacia él.

Blanky se cambió la escopeta a la mano derecha, apretó la culata contra su hombro, la estabilizó bien con la mano izquierda enguantada y disparó.

El relámpago y la explosión de chispas del cañón dieron al patrón del hielo un atisbo que duró medio segundo de unos ojos negros, muertos, sin emoción alguna, como de un tiburón, que le miraban... No, no eran ojos de tiburón en absoluto, se dio cuenta un segundo más tarde, cuando la imagen residual de la deflagración en su retina le cegó. Eran dos círculos de ébano, mucho más malévolos, espantosos e inteligentes que la propia mirada negra del tiburón, y al mismo tiempo era la mirada despiadada de un depredador que no ve en ti otra cosa que comida. Esos ojos como agujeros negros e insondables estaban muy por encima de él, colocados sobre unos hombros mucho más anchos de lo que podían abarcar los brazos de Blanky extendidos, y se acercaban a medida que la sombra imponente iba adelantando.

Blanky arrojó la inútil escopeta a la cosa, ya que no había tiempo para recargarla, y saltó hacia las jarcias mayores.

Sólo cuatro décadas de experiencia en el mar permitieron al patrón del hielo saber, en la oscuridad y la tormenta y sin intentar ni siquiera mirar, exactamente dónde se encontrarían las heladas jarcias. Las cogió con los dedos encorvados de su mano derecha sin guante exterior, echó las piernas hacia arriba, encontró los flechastes con las botas oscilantes, se quitó el guante exterior izquierdo con los dientes y empezó a trepar hacia arriba mientras colgaba casi cabeza abajo en el interior de los flechastes que se curvaban hacia dentro.

A quince centímetros por debajo de su trasero y sus piernas, algo hendió el aire con el poder de un ariete de dos toneladas oscilando a plena potencia. Blanky oyó que tres de los cabos gruesos y verticales de las jarcias mayores chasqueaban, se rompían... ¡Imposible! Colgaban hacia dentro, casi arrojando a Blanky sobre la cubierta.

Se quedó colgado. Pasando la pierna izquierda por alrededor de los obenques que quedaban tirantes, hizo pie en el cabo helado y empezó a trepar más alto, haciendo una pausa durante un segundo. Thomas Blanky se movía como un mono, igual que cuando era un muchacho insignificante de doce años que pensaba que los palos, velas, cabos y jarcias del buque de guerra de tres palos en el que navegaba habían sido construidos por Su Majestad únicamente para que él disfrutase.

Ahora estaba ya a seis metros de altura, aproximándose al nivel de la segunda verga, colocada ésta en el ángulo recto adecuado a la longitud del barco, cuando la cosa de abajo golpeó la base de la jarcia mayor de nuevo, arrancando madera, espigas, clavijas, hielo y bloques de hierro completamente del pasamanos.

La telaraña de cabos por la que trepaba colgó hacia dentro, hacia el palo mayor. Blanky supo que aquel impacto le iba a echar abajo y que caería en los brazos y las mandíbulas de la criatura. Aunque no era capaz todavía de ver más allá de metro y medio de distancia en la oscuridad aullante, el patrón del hielo saltó hacia los obenques.

Sus helados dedos encontraron la verga y sus flechastes debajo de ellos, y en el mismo instante uno de sus pies tocó un cabo. Aquella obencadura de la escotilla se hacía mejor con los pies descalzos, y Blanky lo sabía, pero no aquella noche.

Se impulsó hacia arriba por encima de la segunda verga, a más de siete metros por encima de la cubierta, y se agarró al helado roble

267

con piernas y brazos, como un jinete aterrorizado se agarraría al cuerpo de un caballo, deslizando los pies salvajemente a lo largo del obenque endurecido para encontrar mayor apoyo en los flechastes resbaladizos.

Normalmente, hasta en la oscuridad, con viento, nieve y granizo, cualquier marinero decente podía trepar otros casi dos metros más arriba en la arboladura y las jarcias hasta llegar a las crucetas del palo mayor, desde cuyo punto podía insultar a su frustrado perseguidor como un chimpancé en un árbol alto arrojando fruta o heces desde su perfecta seguridad. Pero no había masteleros ni vergas altas en el HMS *Terror* aquella noche de diciembre. No había ningún punto de perfecta seguridad allí, cuando se trataba de huir de algo tan poderoso que podía abatir un palo mayor. Y no había aparejos altos a los que un hombre pudiera encaramarse.

Un año antes, en septiembre, Blanky había ayudado a Crozier y Harry Peglar, capitán de la cofa de trinquete, a preparar el *Terror* para su invernada por segunda vez en aquella expedición. No fue trabajo fácil, ni carente de peligros. Bajaron las vergas y las jarcias y las almacenaron abajo. Luego los palos de juanete y los masteleros de gavia se bajaron también con mucho cuidado, con cuidado porque un tropezón con un cabrestante o un bloque o un enredo en el aparejo podía hacer que los pesados palos cayeran a peso sobre la cubierta superior, la inferior, la del sollado y el casco como una lanza enorme que perforase una armadura de mimbre. Se habían hundido barcos por errores semejantes al bajar los palos. Pero si los hubiesen dejado puestos, se habrían acumulado demasiadas toneladas de hielo durante aquel invierno inacabable. El hielo habría formado un constante bombardeo de proyectiles para los hombres de guardia o con otros deberes en cubierta y en las jarcias inferiores, pero hasta el mismo peso podría haber hecho volcar el barco.

Cuando sólo quedaban los tres muñones de la parte inferior de los palos, una visión tan desagradable para un marinero como un humano con tres amputaciones para un pintor de cuadros, Blanky había ayudado a supervisar la suelta de todos los obenques y jarcias que quedaban; unas lonas y unos cabos demasiado tirantes sencillamente no podrían soportar el peso de tanta nieve y tanto hielo. Hasta los botes del *Terror*, dos grandes balleneras y dos cúteres, así como la chalupa del capitán, los esquifes y los chinchorros, diez en total, se habían bajado, invertido, atado, cubierto y almacenado en el hielo.

Ahora, Thomas Blanky estaba en los obenques de la segunda verga, siete metros y medio por encima de la cubierta, y sólo le quedaba un nivel superior al que subir, y tantos obenques que conducían hacia arriba que ese tercer y último nivel sería más hielo que cabo o madera. El palo mayor mismo era una columna de hielo con una capa extra de nieve en su curva hacia delante. El patrón del hielo se puso a horcajadas en la segunda verga e intentó mirar hacia abajo entre la oscuridad y la nieve. Abajo estaba negro como la pez. O bien Handford había apagado la linterna que Blanky le había dado, o bien alguien la había apagado. Blanky supuso que el hombre, o bien estaba agazapado en la oscuridad, o muerto; de cualquiera de las dos formas, no le sería de ninguna utilidad. Con los miembros extendidos en los obenques, Blanky miró hacia su izquierda y vio que todavía no había luz adelante, en la proa, donde había estado David Leys de guardia.

Blanky se esforzó por ver el ser que tenía justo debajo de él, pero había demasiado movimiento: la lona desgarrada que gualdrapeaba en la oscuridad, los barriles que rodaban por la cubierta inclinada, las cajas sueltas que se deslizaban, y lo único que pudo distinguir fue una oscura masa que se dirigía hacia el palo mayor, echando a un lado barriles de noventa o ciento treinta kilos de arena como si fuesen jarrones chinos.

«No podrá trepar por el palo mayor», pensó Blanky. Notaba el frío de la verga en las piernas, el pecho y la entrepierna. Se le estaban empezando a congelar los dedos bajo los finos guantes. En algún momento había perdido el gorro y la pañoleta de lana. Se esforzó por oír el sonido de la escotilla delantera al abrirla y soltarla, oír gritos y ver linternas cuando el destacamento de rescate se abriese paso a la fuerza, pero la proa del buque seguía silenciosa y oscura, oculta bajo la nieve que remolineaba. «¿Habrá bloqueado algo también la escotilla de proa? Al menos la cosa no podrá trepar al palo. Nada de ese tamaño puede trepar. Ningún un oso blanco, si es que es un oso blanco, tiene experiencia trepando.»

La criatura empezó a trepar por el difuminado palo mayor.

Blanky notó las vibraciones cuando clavaba las garras en la madera. Oyó el chasquido, los arañazos, los gruñidos..., un gruñido bajo y espeso, mientras trepaba.

Trepaba.

La criatura probablemente llegaba a los jirones desgarrados de la primera verga sólo con levantar los brazos por encima de la cabeza. Blanky clavó la vista entre la oscuridad y creyó ver la masa peluda y musculosa que iba subiendo, con la cabeza primero, unas patas delanteras (o brazos) tan grandes como un hombre que ya subían por encima de la primera verga y se sujetaban con las garras más alto, para equilibrarse, mientras unas patas traseras con sus potentes garras encontraban apoyo en el roble astillado de las vergas.

Blanky avanzó poco a poco a lo largo de la segunda verga helada, con los brazos y las piernas envueltos en torno al grueso palo de veinticinco centímetros de diámetro agitado por el viento, en una especie de frenético abrazo amoroso. Había cinco centímetros de nieve forrando la curva exterior frente a la proa de la verga, cada vez más fina, y luego hielo bajo ésta. Usó los obenques para apoyarse en la medida de lo posible.

La enorme cosa del palo mayor había llegado ya al nivel de la verga de Blanky. El patrón del hielo veía su bulto sólo si se volvía a mirar asomándose por encima de su propio hombro y su trasero, y aunque sólo pudo observar que se trataba de una gigantesca y pálida «ausencia» donde debería estar la barra vertical del palo mayor.

Algo golpeó la verga con tanta fuerza que Blanky se elevó y saltó en el aire, cayendo más de medio metro más atrás, donde aterrizó con dureza sobre sus pelotas y su vientre, y el impacto de la verga y las aristas del obenque helado que le golpearon le dejaron sin resuello. Habría caído entonces si con ambas manos congeladas y la bota derecha no hubiese estado firmemente enredado en los obenques justo por debajo de la parte inferior y helada de la verga. Así, parecía como si un caballo de hierro frío hubiese corcoveado debajo de él, alzándose más de medio metro en el aire.

De nuevo vino otro golpe, y éste habría lanzado a Blanky afuera, a la oscuridad, a nueve metros encima de la cubierta, pero estaba preparado para aquel segundo impacto y se agarró con todas sus fuerzas. Aunque estaba listo, la vibración fue tan intensa que Blanky se deslizó y colgó indefenso «debajo» de la verga, con los dedos entumecidos y el pie que se agitaba todavía sujetos a los obenques. Consiguió subirse de nuevo a la parte superior de la verga cuando sufrió el tercero y más violento de los golpes. El patrón del hielo oyó el crujido, notó que la sólida verga empezaba a inclinarse y se dio cuenta de que sólo tenía unos segundos antes de que él, la verga, los obenques, las estachas, los flechastes y toda la jarcia que colgaba cayesen desde más de siete metros de altura sobre la cubierta y desechos que se encontraban abajo.

Blanky hizo lo imposible. En aquella verga vibrante, inclinada y congelada, se puso de rodillas, y luego de pie, agitando ambos brazos de forma cómica y absurda en busca de equilibrio entre el viento ululante, resbalando con las botas en la nieve y el hielo, y luego se arrojó hacia el espacio con los brazos y las manos extendidos, buscando uno de los invisibles cabos que debía de estar, podía estar, «tenía» que estar allí, en alguna parte, teniendo en cuenta la inclinación hacia la proa del buque, el viento intenso, el impacto de la nieve en los delgados cabos y los posibles efectos de la vibración que provocaba la criatura en sus sacudidas al palo mayor en el segundo nivel de vergas.

Sus manos no consiguieron asirse al único cabo que colgaba en la oscuridad. Su rostro congelado dio en él, y mientras caía, Thomas Blanky agarró el cabo con ambas manos, se deslizó sólo unos dos metros más abajo a lo largo de su helada longitud y luego empezó a subir frenéticamente hacia la altura tercera y final de las vergas en el acortado palo mayor, a menos de quince metros por encima de la cubierta.

La cosa rugió debajo de él. Luego se produjo otro rugido cuando la segunda verga, con sus obenques, aparejos y jarcias, se soltó e impactó en la cubierta. El más bajo de ambos rugidos procedía del monstruo que trepaba por el palo mayor.

Su cabo era una simple soga que normalmente colgaba a unas ocho metros del palo mayor. Estaba destinada a bajar rápidamente desde las crucetas o los masteleros, no era para subir. Pero Blanky subió por ella. A pesar de que la soga estaba cubierta de hielo y el viento llevaba nieve, y a pesar de que Thomas Blanky ya no sentía los dedos de la mano derecha, trepó por el cabo como un guardiamarina de catorce años haciendo el tonto en la arboladura con los demás muchachos de a bordo, después de cenar, una noche tropical.

No podía alzarse hasta la verga superior, porque, sencillamente, tenía una capa demasiado gruesa de hielo, pero encontró allí los obenques y cambió del cabo al obenque suelto y doblado debajo de la verga. El hielo se rompió y cayó abajo, a la cubierta. Blanky imaginó o deseó oír un ruido de golpes y desgarros abajo, como si Crozier y la tripulación estuvieran abriéndose camino por la clausurada escotilla de proa con unas hachas.

Agarrándose como una araña a los obenques helados, Blanky miró hacia abajo, a su izquierda. O bien la nieve que caía había cesado, o bien había mejorado su visión nocturna, o ambas cosas. Pudo ver al monstruo. Trepaba sin parar hacia el tercer nivel, el final. La forma era tan enorme en el palo mayor que Blanky pensó que parecía un enorme gato que trepase por un árbol muy fino. Excepto, por supuesto, pensó Blanky, que no se parecía en nada a un gato, salvo por el hecho de que trepaba clavando las garras muy hondas en el hielo, en el roble de la marina real y las bandas de hierro en las que no podía penetrar una bala de cañón de tamaño medio.

Blanky continuó dirigiéndose hacia fuera a lo largo de los obenques, soltando el hielo mientras avanzaba y haciendo que los helados flechastes y la lona crujiesen como una muselina demasiado almidonada.

La forma gigante que iba tras él había llegado al nivel de la tercera verga. Blanky notó que verga y obenques vibraban y luego quedaban flojos, mientras una parte de aquel enorme peso del palo se movía a las vergas que había a cada lado. Imaginando las enormes patas delanteras colocadas por encima de las vergas, imaginando una garra del tamaño de su pecho liberándose para poder atacar la verga de arriba, más delgada, Blanky trepó mucho más rápido aún, casi a doce metros hacia fuera del palo, y más allá del borde de la cubierta, a quince metros por debajo. Un marinero que cayese desde aquella altura en la verga o los obenques cuando estaba trabajando en las velas caería al mar. Si Blanky caía lo haría sobre el hielo, a unos veinte metros por debajo.

Algo se enganchó en la cara y los hombros de Blanky, una red, una telaraña; estaba atrapado; durante un segundo estuvo a punto de chillar. Luego se dio cuenta de que eran simplemente los obenques principales, los cuadros entretejidos de soga para trepar desde el pasamanos hasta las segundas crucetas, aparejados de nuevo para el invierno en la parte superior del muñón de palo mayor, para que los grupos de trabajo pudieran quitar el hielo que se acumulaba allí. Era el aparejo de estribor, que había quedado suelto de sus múltiples amarras a lo largo de la borda y la cubierta a causa de dos golpes de las garras gigantescas de la criatura. Lo bastante cubierto de grueso hielo para que los cuadros de sogas entrelazadas actuasen como pequeñas velas, los cabos sueltos se habían alejado mucho del costado de estribor del buque.

Una vez más, Blanky actuó antes de tener tiempo siquiera para pensar en sus actos. Pensar en su siguiente movimiento, a veinte metros o más encima del hielo, era decidir no hacerlo.

Se arrojó desde los obenques que crujían hacia el aparejo oscilante de la obencadura principal.

Tal y como era de prever, su súbito peso hizo que oscilasen los cabos hacia el palo mayor. Pasó sólo a escasos treinta centímetros de la enorme y peluda masa situada en el cruce de las vergas. Estaba demasiado oscuro para ver algo que no fuera su silueta general, pero la cabeza triangular, que era tan grande como todo el torso de Thomas

Blanky, se agitó encima de un cuello demasiado largo y serpenteante para ser de este mundo, y se oyó un chasquido monstruoso cuando unos dientes más largos que los dedos congelados de Blanky se
cerraron en el aire por el que acababa de pasar. El patrón del hielo aspiró el aliento de la cosa, una exhalación carnívora y depredadora a
carne podrida, no el hedor a pescado que había notado que procedía
de las mandíbulas abiertas de los osos polares que habían matado
y desollado en la nieve. Era el hedor caliente de la carne humana podrida mezclado con azufre, tan cálido como la llamarada de una caldera de vapor abierta.

En aquel instante, Thomas Blanky se dio cuenta de que los marineros a los que silenciosamente había despreciado por sus tonterías
supersticiosas tenían razón; aquella criatura del hielo era demoniaca
o divina, tanto como carne animal y pelaje blanco. Era una fuerza
que había que «aplacar» o adorar, o, sencillamente, había que huir de
ella.

Había temido vagamente que las jarcias que oscilaban debajo de
él se engancharan en el muñón de los palos que quedaban debajo, o
que se enredase a la vergas o los obenques de babor mientras él oscilaba más allá de los cabos centrales, y entonces la criatura sólo habría tenido que recogerlo como un pez en una red, pero el impulso
de su peso y sus movimientos de torsión le llevaron más allá, a cinco metros o más de distancia y hacia el costado de babor del palo
mayor.

Ahora, las jarcias del palo mayor se disponían a oscilar y hacerle
volver hacia el enorme antebrazo izquierdo que ya veía extendiéndose entre la nieve que caía y la oscuridad.

Blanky se retorció, arrojó todo su peso hacia delante, hacia la
proa, notó que las jarcias torpemente desgarradas seguían su inercia
y luego se quedó colgando con ambos pies libres, pataleando en busca del tercer nivel de vergas a su lado.

Su bota izquierda lo encontró al pasar por encima de él. Las suelas resbalaron sobre el hielo y la bota pasó de largo, pero cuando la
jarcia volvió a pasar hacia la popa, ambas botas tropezaron con la verga cubierta de hielo y él la empujó con toda la energía de sus piernas.

La masa enmarañada de jarcias volvió a girar más allá del palo
mayor, pero ahora en un arco curvado hacia la popa. Las piernas de
Blanky colgaban sueltas, aún pataleando en el vacío a quince metros
por encima de la tienda caída y de las mercancías que había abajo; ar-
queó la espalda cerca de los cabos oscilando hacia el palo mayor, donde ya le esperaba la criatura.

273

Las garras cortaron el aire a menos de, aproximadamente, doce centímetros de su espalda. A pesar de su terror, Blanky se maravilló porque sabía que el arco descrito tras su patada había puesto tres metros de aire entre él y el palo mayor, mientras oscilaba. La criatura tenía que haber hundido las uñas de su garra derecha (o mano o diabólica zarpa o lo que fuera) en el mismo palo y quedar colgando casi libre y balancear casi dos metros de su enorme brazo izquierdo hacia él.

Pero había fallado.

No volvería a fallar cuando Blanky oscilara de nuevo hacia el centro.

Blanky agarró el borde de las jarcias fijas y se deslizó por ellas hacia abajo con tanta rapidez como si hubiera sido un cabo suelto o un flechaste, con los entumecidos dedos desgarrados contra los cabos, cada impacto amenazando con arrojarle fuera de las jarcias, hacia la oscuridad.

Las jarcias habían llegado a su apogeo en el arco exterior, en algún lugar más allá del pasamanos de estribor, y empezaban a volver hacia dentro.

«Todavía demasiado alto», pensó Blanky, mientras el lío de cabos por encima de él volvía a oscilar hacia el palo mayor.

La criatura cogió los cabos con facilidad al llegar a la parte media del barco, pero Blanky estaba a seis metros por debajo de aquel nivel en aquel momento, usando sus manos heladas sobre los flechastes para bajar más aún.

La cosa empezó a arrastrar toda la enorme masa de obencadura hacia arriba, hacia él.

«Esto es espantosamente horrible», tuvo tiempo para pensar Thomas Blanky mientras la tonelada o tonelada y media de jarcias de pasamanos llenas de hielo con el ser humano que colgaba de él eran llevados hacia arriba con la misma facilidad y seguridad que un pescador que saca la red del agua después de su captura.

El patrón del hielo hizo lo que había planeado en los últimos diez segundos de balanceo hacia dentro, se deslizó más abajo aún en las jarcias y al mismo tiempo se desplazó su cuerpo hacia abajo y hacia delante, como si fuera un niño que se columpia en una cuerda, aumentando su arco lateral mientras la cosa tiraba de él hacia arriba. Tan rápido como él bajaba mientras describía un arco, la criatura le subía y le acercaba una distancia igual. Alcanzaría el extremo de las jarcias que actuaban como pasamanos justo en el momento en que la criatura le alzase y todavía estaría a quince metros de altura en el aire.

Pero estaba lo suficientemente flácido para poder formar un arco de seis metros a estribor, con ambas manos en los cabos verticales y las piernas estirándose contra los cabos horizontales. Cerró los ojos y volvió a pensar en la imagen del niño en un columpio de cuerda.

Se oyó una especie de tos de anticipación a menos de seis metros por encima de él. Luego vino un fuerte tirón y toda la obencadura se elevó otro metro y medio, con Blanky enganchado a ella.

Sin saber si estaba a seis metros por encima de la cubierta ahora o a cuarenta y cinco, preocupándose sólo del momento exacto de su balanceo hacia fuera, Blanky retorció los cabos a su alrededor mientras se columpiaba hacia fuera, por encima de la oscuridad de estribor, se soltó ambos pies y se lanzó por el aire.

La caída parecía interminable.

Su primera preocupación era darse la vuelta de nuevo en el aire para no aterrizar de cabeza, de espaldas o de vientre. Aun así, el hielo no tendría más elasticidad, y menos aún si daba en el pasamanos o la cubierta, pero ya no podía hacer nada al respecto. El patrón del hielo sabía, mientras caía, que su vida ahora dependía de la simple aritmética newtoniana; Thomas Blanky se había convertido en un pequeño problema de balística.

Notó que el pasamanos de estribor pasaba a algo menos de dos metros de su cabeza y sólo tuvo el tiempo justo de retorcerse y preparar piernas y brazos extendidos antes de que la parte inferior de su cuerpo diese en el promontorio de nieve y hielo que bajaba desde el *Terror*, levantado por la presión, como una rampa. El patrón del hielo había hecho el mejor cálculo que había podido en su desesperado impulso hacia fuera, intentando colocar el final de su arco de caída justo delante del camino de hielo, duro como el cemento, que usaban los hombres para subir y bajar del buque, pero también para que su punto de impacto estuviese justo a popa de los promontorios nevados donde se hallaban las balleneras envueltas y atadas bajo unas lonas congeladas y casi un metro de nieve.

Aterrizó en la inclinación nevada justo delante de la rampa de hielo, y justo detrás de los botes ahora cubiertos de nieve. El impacto le dejó sin fuelle. Algo chasqueó en su pierna izquierda, un músculo o un hueso, y Blanky tuvo tiempo para rezar a cualquier dios que estuviese despierto aquella noche para que fuese un músculo, y no un hueso, y luego cayó rodando por la larga y empinada rampa, maldiciendo y exclamando, levantando su pequeña tormenta particular de nieve y de imprecaciones dentro de la tormenta mayor que soplaba en torno al barco.

Nueve metros más allá del barco, en algún lugar en el mar de hielo cubierto de nieve, Blanky se detuvo de espaldas.

Se examinó tan rápidamente como pudo. No tenía los brazos rotos, aunque le dolía la muñeca derecha. La cabeza parecía intacta. Le dolían las costillas y le costaba respirar, pero pensó que probablemente era resultado más del miedo y la alteración que de tener las costillas rotas. Pero la pierna izquierda le dolía como el demonio.

Blanky sabía que tenía que ponerse de pie y correr, ¡ya! Pero no podía obedecer sus propias órdenes. Estaba completamente satisfecho allí echado de espaldas, despatarrado en la nieve oscura, desparramando su calor en el hielo que tenía debajo y el aire que tenía por encima, intentando que volvieran a él su aliento y su pensamiento.

Ahora se oían claros gritos humanos en la cubierta de proa. Esferas de luz de las linternas, ninguna de una amplitud mayor a tres metros, aproximadamente, aparecieron junto a la proa, iluminando las veloces líneas horizontales de la nieve arrastrada por el viento. Luego Blanky oyó el pesado golpe y el estrépito cuando el demonio bajó del palo mayor a la cubierta. Sonaron más gritos de hombres, alarmados ahora, aunque no podían ver con claridad a la criatura, ya que estaba mucho más a popa del revoltijo de palos rotos, jarcias caídas y barriles amontonados en mitad del buque. Rugió una escopeta.

Dolorido, destrozado, Thomas Blanky se puso a cuatro patas en el hielo. Ya habían desaparecido hasta sus guantes finos. Llevaba las dos manos desnudas; también la cabeza, y su largo pelo veteado de gris flotaba al viento, ya que se le había desatado la coleta durante sus contorsiones. No notaba ni los dedos, ni la cara ni las extremidades, pero todo lo que quedaba en medio le producía un dolor u otro.

La criatura venía corriendo por encima del pasamanos de estribor hacia él, y su enorme masa estaba iluminada por el resplandor de las linternas. Saltó la baja barrera con las cuatro enormes patas en el aire.

En un instante, Blanky estaba de pie y corría hacia el mar y la oscuridad de los seracs.

Sólo cuando hubo recorrido unos cuarenta y cinco metros, más o menos, desde el buque, resbalando y cayendo, levantándose de nuevo y volviendo a correr, se dio cuenta de que posiblemente acababa de firmar su sentencia de muerte.

Tendría que haberse quedado cerca del barco. Tendría que haber corrido hacia los botes cubiertos de nieve que había a lo largo de la parte de estribor y a proa del casco, trepar al bauprés que ahora estaba hondamente metido en el hielo y dirigirse hacia el costado de babor, gritando a los hombres de arriba para que le ayudasen.

No se dio cuenta de que habría muerto mucho antes de llegar al amasijo de jarcias de proa. La cosa le habría capturado al cabo de diez segundos.

«¿Por qué corro en esta dirección?»

Antes de la deliberada caída desde los obenques tenía un plan. ¿Cuál era, demonios?

Blanky podía oír los roces y golpes en el mar helado detrás de él.

Alguien, quizás el ayudante de cirujano del *Erebus*, Goodsir, le había dicho una vez, a él y a algún otro marinero, con qué rapidez puede correr un oso blanco por encima del hielo hacia su presa... ¿Cuarenta kilómetros por hora? Sí, al menos. Blanky nunca había corrido demasiado rápido. Y ahora además tenía que sortear unos seracs y crestas y grietas en el hielo que no podía ver hasta que se encontraba a poca distancia de ellos.

«Por eso he corrido en esta dirección. Éste era el plan.»

La criatura iba corriendo a paso largo tras él, esquivando los mismos escarpados seracs y crestas de presión que Blanky iba sorteando torpemente en la oscuridad. Pero el patrón del hielo iba jadeando y resoplando como un fuelle, mientras que la enorme forma que corría tras él sólo gruñía ligeramente con... ¿diversión?, ¿anticipación?, mientras sus patas delanteras golpeaban el hielo con cada paso que equivalía a cuatro o cinco de los de Blanky.

Blanky estaba ahora en el campo de hielo, a unos doscientos metros del buque. Saltando hacia una roca de hielo que no había visto hasta que fue demasiado tarde para esquivarla, y al recibir el impacto en su hombro derecho y notar al instante aquel hombro dolorido, uniéndose así a las otras muchas partes de su cuerpo doloridas, el patrón del hielo se dio cuenta de que mientras corría para salvar su vida iba tan a ciegas como un murciélago. Las linternas de la cubierta del *Terror* estaban lejos, muy lejos tras él ahora mismo, a una distancia imposible, y no tenía tiempo ni motivo alguno para volverse y buscarlas. No podían iluminarle tan lejos del barco; sólo podían distraerle de lo que estaba haciendo.

Y lo que estaba haciendo, se dio cuenta Blanky, era correr, esquivar y virar bruscamente a través de su mapa mental de los campos, grietas y pequeños icebergs que rodeaban el HMS *Terror* hasta el horizonte. Blanky había pasado más de un año mirando aquel mar helado con todas sus alteraciones, crestas, témpanos y elevaciones, y durante unos pocos meses de aquel tiempo tuvo la menguada luz ár-

277

tica del día para verlos. Incluso en invierno, había horas de guardia a la luz de la luna, de las estrellas y al resplandor de la danzante aurora boreal en que estudiaba aquel círculo de hielo en torno al buque atrapado con los ojos profesionales de un patrón del hielo.

A unos doscientas metros de allí en el amasijo de hielo, más allá de una última cresta de presión con la que había tropezado y a la que había trepado luego (oía a la cosa saltar tras él a menos de diez metros de distancia), recordó un laberinto de antiguos fragmentos de iceberg, pequeños icebergs separados de sus hermanos mayores, colocados en vertical en una diminuta cordillera montañosa de bloques de hielo del tamaño de casitas.

Como si se diera cuenta del lugar adonde se encaminaba su presa sentenciada, la forma invisible que iba tras él gruñó y adquirió más velocidad.

Demasiado tarde. Esquivando el último de los altos seracs, Blanky se introdujo en el laberinto de icebergs. Allí su mapa mental le falló, porque sólo había visto el campo de icebergs en miniatura desde lejos y a través de un catalejo, y chocó con una pared de hielo en la oscuridad, cayó de culo y corrió a cuatro patas sobre la nieve, mientras la criatura se acercaba a unas pocos metros de distancia antes de que Blanky recuperase su aliento y su presencia de ánimo. La grieta entre los dos icebergs del tamaño de carruajes era de menos de noventa centímetros de anchura. Blanky se introdujo en ella, todavía a cuatro patas, con las manos desnudas tan insensibles y remotas como el hielo negro que quedaba debajo de ellas, justo mientras la cosa llegaba a la rendija y le atacaba con una zarpa gigante.

El patrón del hielo rechazó todas las imágenes de gatos y ratones mientras aquellas garras de un tamaño imposible levantaban astillas en el hielo a menos de veinticinco centímetros de las suelas de sus botas. Se quedó de pie en el estrecho hueco, se cayó, se levantó de nuevo y se tambaleó hacia delante, entre la negrura más absoluta.

No iba bien. El callejón entre el hielo era demasiado corto, menos de dos metros y medio, y arrojó a Blanky a un agujero abierto que había al otro lado. Ya podía oír a la cosa corriendo y abriéndose camino en torno al bloque de hielo a su derecha. Lo mismo daba quedarse en un campo de críquet despejado que allí, y hasta la grieta, con las paredes más de nieve que de hielo, sería sólo un escondite temporal. Era un lugar para esperar sólo un minuto o así en la oscuridad hasta que la cosa ensanchase la abertura y se abriese camino hacia él. Sólo era un lugar en el que morir.

Los pequeños icebergs esculpidos por el hielo que recordaba al haber mirado por su catalejo estaban... ¿hacia dónde? A la izquierda, pensó.

Se dirigió hacia la izquierda, saltó por encima de pináculos y seracs que no le servían para nada, fue dando tumbos por una grieta que caía sólo medio metro, aproximadamente, trepó por una cresta pequeña de hielo aserrado, resbaló, volvió a trepar a gatas de nuevo, y oyó que la cosa trasteaba alrededor del bloque de hielo y se deslizaba hasta detenerse a menos de tres metros tras él.

Los icebergs de mayor tamaño empezaban justo más allá de aquel bloque de hielo. El que tenía un agujero y que había observado con el catalejo estaría...

... Esas cosas se mueven cada día, cada noche, cada día...

... Se derrumban, vuelven a crecer y cogen nuevas formas cuando la presión las empuja de cualquier manera...

... La cosa se está abriendo camino con las garras por el promontorio de hielo detrás de él, hasta aquella plana meseta sin salida donde Blanky se tambalea ahora...

Sombras. Grietas. Hendiduras. Callejones de hielo sin salida. Ninguno lo bastante grande para meterse dentro. Esperar.

Había un solo agujero de algo más de un metro de alto frente a un pequeño iceberg erguido a su derecha. Las nubes se separaron ligeramente y cinco segundos de luz de las estrellas dieron a Blanky la iluminación suficiente para ver el círculo irregular en el muro de hielo oscuro.

Se echó hacia delante y se arrojó hacia allí, sin saber si el túnel de hielo tenía diez metros o veinticinco centímetros de profundidad. No cabía.

Las capas externas de ropa, abrigo y ropa contra el frío hacían que abultase demasiado.

Blanky se arrancó la ropa. La criatura había ido subiendo hasta el promontorio y estaba detrás de él, alzándose sobre las patas traseras. El patrón del hielo no podía verla, ni siquiera perdió un momento para volverse a mirar, pero «notaba» que se estaba poniendo de pie.

Sin volverse, el patrón del hielo arrojó su abrigo y demás capas exteriores de lana hacia atrás a la cosa, despojándose de las gruesas prendas con tanta rapidez como pudo.

Sonó un «buf» de sorpresa, una ráfaga de hedor sulfuroso y luego el ruido de la ropa de Blanky al rasgarla y arrojarla lejos, hacia el laberinto de hielo. Pero la distracción le había conseguido cinco segundos o más.

De nuevo se arrojó hacia delante en el agujero del hielo.

Los hombros cabían muy ajustados. Las punteras de las botas rozaron, se deslizaron y finalmente encontraron agarre. Sus rodillas y dedos lucharon por hacer presa.

Blanky estaba sólo metido algo más de un metro en el agujero cuando la cosa llegó tras él. Primero le desgarró la bota derecha y parte del pie. El patrón del hielo notó el impacto de las garras en su carne y pensó, esperó, que sólo fuera el talón lo que le habían desgarrado. No tenía modo alguno de saberlo. Jadeando, luchando contra una puñalada de súbito dolor que penetró incluso el entumecimiento de su pierna herida, se agarró, luchó por avanzar y se metió mucho más hondo en el agujero.

El túnel de hielo se estrechaba, se hacía más reducido.

Las garras arañaron el hielo y le desgarraron la pierna izquierda, entrando en la carne justo en el mismo sitio en que Blanky ya se había herido en la caída desde las jarcias. Olió su propia sangre y la cosa también debió de olerla, porque dejó de arañar durante un segundo. Luego rugió.

El rugido sonó de forma ensordecedora en el túnel de hielo. Los hombros de Blanky estaban atascados, no podía seguir hacia delante y sabía que la mitad posterior de su cuerpo todavía estaba al alcance del monstruo. Éste volvió a rugir.

El corazón de Blanky y sus testículos se quedaron helados al oír aquel sonido, pero eso no le dejó inmovilizado. Usando aquellos pocos segundos de tregua, el patrón del hielo se retorció y retrocedió en el espacio menos restrictivo por el que acababa de trepar, forzó sus brazos hacia delante y pateó y dio con las rodillas en el hielo con las últimas fuerzas que le quedaban, desgarrando la ropa y la piel de sus hombros y sus costados mientras penetraba en la abertura del hielo que no estaba pensada para un hombre, aunque fuera para uno como él, de tamaño reducido.

Al otro lado de ese punto más estrecho, el túnel de hielo se ampliaba y caía hacia abajo. Blanky se dejó deslizar sobre el vientre, lubricando el deslizamiento con su propia sangre. La ropa que le quedaba estaba hecha jirones. Notaba el creciente frío del hielo contra los músculos agarrotados de su vientre y su apretado escroto.

La cosa rugió por tercera vez, pero el horrible sonido pareció estar ya a poca distancia.

En el último instante, antes de caer por encima del borde del túnel hacia un espacio abierto, Blanky estuvo seguro de que todo aquello había sido para nada. El túnel, probablemente creado por el deshielo muchos meses atrás, había cortado el borde del pequeño iceberg, pero ahora había vuelto a depositarle fuera otra vez. De pronto estaba echado de espaldas bajo las estrellas. Notaba el olor de su propia sangre y notaba cómo ésta empapaba la nieve recién caída. También podía oír a la cosa que corría en torno al iceberg, primero hacia la izquierda, luego hacia la derecha, ansioso por atraparle, confiado, seguro ahora que podía seguir el enloquecedor olor de la sangre humana hasta su presa. El patrón del hielo estaba demasiado herido y demasiado exhausto para seguir avanzando. Que lo que tuviera que ocurrir le ocurriera ya, y que el dios de los marineros se llevase al Infierno a esa jodida cosa que iba a comerle. La última oración de Blanky fue para rogar que uno de sus huesos se le atravesase en la garganta a aquella criatura.

Pasó un minuto entero y media docena de rugidos más, cada uno creciendo en volumen y frustración, cada uno viniendo de un punto distinto de la oscura rosa de los vientos de la noche, a su alrededor, antes de que Blanky se diese cuenta de que la cosa no podía alcanzarle.

Estaba echado en un espacio abierto y bajo las estrellas, pero en una caja de hielo no mayor de metro y medio por dos metros y medio, un hueco creado entre al menos tres de los gruesos icebergs que habían quedado unidos y apoyados unos en otros por la presión del hielo marino. Uno de los icebergs, que estaba inclinado, se cernía sobre él como un muro caído, pero Blanky podía ver las estrellas, aun así. También podía ver la luz de las estrellas que entraba por dos aberturas verticales en los lados opuestos de su ataúd de hielo... «Veía» la enorme masa del predador, que bloqueaba la luz de las estrellas al final de aquellas grietas, a menos de cinco metros de donde él estaba, pero los huecos entre los icebergs no tenían más de quince centímetros de ancho. El túnel fundido que él había ampliado a través del hielo era el único camino por el que se podía llegar hasta su espacio.

El monstruo rugió y corrió durante diez minutos más.

Thomas Blanky se esforzó por sentarse y apoyó su lacerada espalda y hombros contra el hielo. Sus abrigos y ropas habían desaparecido, y sus pantalones, dos suéteres, camisas de lana y de algodón y una camiseta de lana eran sólo unos harapos sangrientos, de modo que se dispuso a helarse hasta morir.

La cosa no se iba. Caminaba arriba y abajo en torno a la caja formada por los tres icebergs como un carnívoro inquieto en uno de los nuevos jardines zoológicos que tan de moda estaban en Londres. Pero era Blanky el que se encontraba en una jaula.

Sabía que aunque la cosa se alejase milagrosamente, no tenía ni energía ni voluntad para trepar y salir fuera por aquel estrecho túnel. Y si de alguna forma conseguía abrirse camino por el túnel, aun así era como si se encontrara en la luna..., una luna que ahora aparecía desde detrás de unas nubes arremolinadas iluminando los icebergs a su alrededor en una suave explosión de resplandor azulado. Y aunque milagrosamente consiguiese salir del campo de icebergs, los aproximadamente trescientos metros hasta el barco eran una distancia imposible. Ya no notaba el cuerpo ni podía mover las piernas.

Blanky hundió su helado trasero y sus pies desnudos más hondo en la nieve, ya que allí había una mayor acumulación, al no llegar el viento, y se preguntó si sus amigos del *Terror* le encontrarían alguna vez. ¿Por qué iban a buscar allí? Él era sólo uno más de un grupo que se había llevado la cosa hacia el hielo. Al menos su desaparición no requeriría que el capitán tuviese que meter otro cadáver o fragmento de cadáver envuelto en buena lona de velas del buque, un desperdicio, en la sala de Muertos.

Oyó más rugidos y ruidos en la parte exterior de las grietas y el túnel, pero Blanky los ignoró.

—Jódete tú y la bruja o diablesa que te parió —murmuró el patrón del hielo por entre sus labios entumecidos y helados.

Quizá no hubiese hablado siquiera. Se dio cuenta de que morir congelado, o incluso desangrado hasta morir, aunque parte de la sangre de sus diversas heridas y laceraciones ya parecía haberse congelado, no dolía nada. En realidad, era muy tranquilo..., apacible. Una maravillosa forma de...

Blanky se dio cuenta de que entraba luz por las grietas y el túnel. La cosa usaba antorchas y linternas para engañarle y hacer que saliera. Pero él no caería en un truco tan viejo. Se quedaría muy callado hasta que la luz se apagase, hasta que acabase por deslizarse un poquito más hacia ese suave sueño eterno. No daría a la cosa la satisfacción de oírle hablar ahora después de su largo y silencioso duelo.

—¡Maldita sea, señor Blanky! —rugió el capitán Crozier con su rotunda voz de bajo por el túnel de hielo—. ¡Si está usted ahí responda, por Dios bendito, o juro que le dejo aquí!

Blanky parpadeó. O más bien, intentó parpadear. Tenía las pestañas y los párpados helados. ¿Sería otra treta o estratagema de aquel demonio?

—Aquí —graznó. Y de nuevo, esta vez en voz alta—: ¡Aquí!

Un minuto después, la cabeza y los hombros del ayudante del calafatero, Cornelius Hickey, uno de los hombres más menudos del *Terror*, asomaron fácilmente a través del agujero. Llevaba una linterna. Blanky pensó débilmente que era como contemplar el nacimiento de un gnomo con la cara afilada como un puñal.

Al final, entre los cuatro cirujanos lo sacaron adelante.

Blanky entraba y salía de su agradable niebla de vez en cuando para ver cómo progresaban las cosas. A veces eran los cirujanos de su propio barco los que estaban trabajando con él, Peddie y McDonald, y a veces eran los matasanos del *Erebus*, Stanley y Goodsir. A veces era sólo uno de los cuatro, cortando, serrando, vendando o cosiendo puntos. Blanky tenía la urgencia de decirle a Goodsir que los osos polares podían correr mucho más deprisa que a cuarenta kilómetros por hora, cuando se lo proponían. Pero... ¿había sido un oso polar, en realidad? Blanky no lo creía. Los osos polares eran criaturas de este mundo, y aquella cosa había venido de otro lugar. El patrón del hielo Thomas Blanky no tenía duda alguna de ello.

Al final, la factura del carnicero no resultó tan mala. No estaba mal en absoluto.

John Handford, al parecer, estaba intacto. Después de que Blanky le hubiese dejado con la linterna, el hombre de la guardia de estribor había sofocado su linterna y había huido por el buque, corriendo en torno al costado de babor para esconderse donde la criatura estaba trepando para coger al patrón del hielo.

Alexander Berry, a quien Blanky creía muerto, fue encontrado debajo de la lona caída y de los barriles desperdigados, justo en el lugar donde se encontraba de pie en la guardia de babor cuando apareció la cosa y destrozó el palo que actuaba de cumbrera de proa a popa. Berry se había golpeado gravemente en la cabeza, de modo que no tenía recuerdo alguno de nada de lo que había ocurrido aquella noche, pero Crozier dijo a Blanky que habían encontrado la escopeta del hombre, y que ésta había sido disparada. El patrón del hielo también había disparado la suya, por supuesto, a bocajarro, a una silueta que se levantaba por encima de él como una muralla, pero no había rastro alguno de sangre de la cosa por ninguna parte, ni en cubierta ni en ningún otro sitio.

Crozier le preguntó a Blanky cómo podía ser aquello, cómo podían disparar dos hombres sus escopetas hacia un animal a bocajarro y que no hubiera sangre..., pero el patrón del hielo no dio ninguna opinión. Por dentro, por supuesto, él «sabía».

283

Davey Leys estaba también vivo e ileso. El cuarentón de guardia a proa debió de ver y oír muchas cosas, incluyendo posiblemente la primera aparición de la cosa en cubierta, pero Leys no hablaba de ello. Una vez más, David Leys sólo podía permanecer en silencio. Primero le llevaron a la enfermería del *Terror*, pero como todos los cirujanos necesitaban aquel espacio manchado de sangre para trabajar con Blanky, Leys fue transportado en litera a la enfermería más espaciosa del *Erebus*. Allí quedó echado Leys, según los habladores visitantes del patrón del hielo, una vez más mirando sin parpadear a las vigas del techo.

El propio Blanky no había salido ileso. La cosa le había arrancado la mitad del pie derecho por el talón, pero McDonald y Goodsir habían cortado y cauterizado lo que quedaba y le aseguraron al patrón del hielo que, con la ayuda del carpintero o del armero del barco, le prepararían una prótesis de cuero o de madera sujeta con unas correas para que pudiera volver a andar.

La pierna izquierda se había llevado la peor parte en el maltrato de la criatura: la carne estaba arrancada hasta el hueso en algunos lugares, y el hueso más largo incluso estaba estriado por las garras; el doctor Peddie más tarde confesó que los cuatro cirujanos habían estado seguros al principio de que tendrían que amputarla por la rodilla. Pero la lentitud de la infección y la gangrena de las heridas era una de las pocas bendiciones del Ártico, y después de arreglar el hueso mismo y recibir más de cuatrocientos puntos, la pierna de Blanky, aunque retorcida y con unas terribles cicatrices, y aunque le faltaban trozos enteros de músculo aquí y allá, se iba curando poco a poco.

—A sus nietos les encantarán las cicatrices —dijo James Reid, cuando el otro patrón del hielo le dedicó una visita de cortesía.

El frío también se había cobrado su peaje. Blanky conservaba todos los dedos de los pies, que necesitaría para equilibrar su pie inválido, le dijeron los cirujanos, pero había perdido todos los dedos excepto el pulgar de la mano derecha, y los dos dedos pequeños y el pulgar de la izquierda. Goodsir, que evidentemente sabía algo de aquellas cosas, le aseguró que algún día sería capaz de escribir y de comer con bastante gracia sólo con los dos dedos que le quedaban en la mano izquierda, y que podría abrocharse los pantalones y las camisas de nuevo con esos dos dedos y el pulgar de la derecha.

A Thomas Blanky le importaba un comino abrocharse los pantalones y la camisa. Entonces no. Estaba vivo. La cosa, en el hielo, había hecho todo lo posible para que fuera de otro modo, pero seguía vivo. Podía degustar la comida, charlar con sus compañeros, beber su ración diaria de ron (con las manos vendadas ya podía sujetar su jarrita de peltre) y leer un libro, si alguien se lo colocaba cerca. Estaba decidido a leer *El vicario de Wakefield* antes de abandonar su envoltura mortal.

Blanky estaba vivo y tenía la intención de seguir así todo el tiempo que pudiera. Mientras tanto, era extrañamente feliz. Esperaba poder volver ya a su cubículo a popa, entre los camarotes igual de diminutos del tercer teniente Irving y el de Jopson, el mozo del capitán, y eso ocurriría cualquier día, cuando los cirujanos estuvieran absolutamente seguros de haber acabado de remendar, coser y olisquear todas sus heridas.

Mientras tanto, Thomas Blanky era feliz. Echado en su litera de la enfermería muy tarde, por la noche, mientras los hombres se quejaban, susurraban, lanzaban ventosidades y se reían en el oscuro espacio, sólo a poca distancia de la partición, oyendo al señor Diggle gruñir órdenes a sus ayudantes mientras el cocinero preparaba galletas en lo más profundo de la noche, Thomas Blanky oía el gruñido y gemido del mar de hielo que intentaba aplastar al HMS *Terror*, y el sonido le acunaba hasta dormir con la misma tranquilidad que habría hecho una nana procedente de los benditos labios de su madre.

22

Irving

Latitud 70° 5' N — Longitud 98° 23' O
13 de diciembre de 1847

*E*l tercer teniente John Irving necesitaba saber cómo entraba y salía Silenciosa del buque sin que la vieran. Aquella noche, un mes después del día en que encontró por primera vez a la mujer esquimal en su guarida, resolvería aquel enigma, aunque le costase perder todos los dedos.

El día después de encontrarla, Irving informó a su capitán de que la mujer esquimal había trasladado su guarida al pañol de cables de proa, en la cubierta de la bodega. No le informó de que al parecer estaba comiendo carne cruda allí, sobre todo porque dudaba de lo que había visto aquel terrorífico segundo en el que miró en el pequeño espacio iluminado por la llamita. Ni tampoco informó de la aparente sodomía que había interrumpido en la bodega entre el ayudante del calafatero Hickey y el marinero Manson. Irving sabía que estaba descuidando su deber profesional como oficial en el Servicio de Descubrimientos de la Marina Real al no informar a su capitán de aquel hecho importante y grave, pero...

Pero ¿qué? El único motivo que se le ocurría a John Irving para su grave infracción del deber era que a bordo del HMS *Terror* ya había bastantes ratas.

Sin embargo, las apariciones y desapariciones que parecían mágicas de Lady Silenciosa, aunque aceptadas por la tripulación supersticiosa como pruebas concluyentes de su brujería, e ignoradas por el capitán Crozier y otros oficiales por pensar que se trataban de un mito, parecían mucho más importantes para el joven Irving que si el ayudante del calafatero y el idiota del barco se daban placer entre sí en la apestosa oscuridad de la bodega.

Sí, era una oscuridad apestosa, pensó Irving, la tercera hora de guardia que hizo agazapado en una caja por encima del barro del suelo, y detrás de una columna, junto al pañol de cables de proa. El hedor en aquella oscura y helada bodega era mucho peor durante el día.

Al menos no había más platitos con comida a medio devorar, copitas de ron ni fetiches paganos en la baja plataforma de la parte exterior del pañol de cables. Uno de los otros oficiales había atraído la atención de Crozier hacia estas prácticas y el capitán se había puesto furioso, amenazando con suspender la ración de ron (¡para siempre!) al próximo que fuese tan estúpido, supersticioso, descerebrado y, en general, tan «anticristiano» como para ofrecer comida o vasitos de ron indio aguado en perfectas condiciones a una «mujer nativa», a una «criatura pagana». (Aunque aquellos marineros que habían conseguido ver a Lady Silenciosa desnuda o habían oído hablar de ella a los cirujanos sabían que no era ninguna criatura y se lo contaban así los unos a los otros.)

El capitán Crozier también había dejado perfectamente claro que no toleraría la exhibición de talismanes procedentes de los osos blancos. Anunció en el oficio religioso del día anterior (en realidad, una lectura del Reglamento Marítimo, aunque muchos de los hombres estaban ansiosos por oír algo más del *Libro de Leviatán*) que añadiría una guardia más a última hora de la noche o dos turnos de trabajo en el vaciado de los orinales a cada hombre por cada diente de oso, garra de oso, nuevo tatuaje o talismán de cualquier tipo que viera en un desventurado marinero. De pronto, el entusiasmo por los talismanes pagados se hizo invisible en el HMS *Terror*, aunque el teniente Irving oyó decir a sus amigos del *Erebus* que allí todavía hacía furor.

Varias veces Irving había intentado seguir a la esquimal en sus furtivos movimientos en torno al buque por la noche, pero, al no querer que ella supiera que la seguía, la había perdido. Aquella noche sabía que Lady Silenciosa estaba en su cubículo. La había seguido mientras bajaba por la escalerilla principal hacía más de tres horas, después de la cena de los hombres y después de que ella hubiese recibido, discretamente y casi de forma invisible, su ración de bacalao y galleta y un vaso de agua del señor Diggle, y se hubiera ido abajo con todo ello. Irving había colocado a un hombre en la escotilla de proa, justo por delante de la enorme estufa, y otro curioso marinero que vigilara la escala principal. Dispuso que aquellas guardias se cambiasen cada cuatro horas. Si la mujer esquimal subía alguna de aquellas dos escalerillas esa noche, porque ya era más de la una de la madrugada, Irving sabía adónde iba y cuándo.

Sin embargo, durante tres horas, la puerta del pañol de cables había permanecido herméticamente cerrada. La única iluminación en aquella parte a proa de la bodega era la mínima luz que se filtraba en torno a los bordes de las puertas bajas y anchas del pañol. La mujer todavía tenía una fuente de luz allí, ya fuese una vela u otra llama abierta. Ese simple hecho habría sido la causa de que el capitán Crozier la hubiese arrancado del pañol de los cables al momento y la hubiese devuelto a su pequeño cubículo en la zona de almacenamiento delante de la enfermería..., o la hubiese arrojado al hielo. El capitán temía el fuego en el barco tanto como cualquier marino veterano, y al parecer no albergaba ningún tipo de sentimiento hacia su huésped esquimal.

De pronto, el débil rectángulo de luz en torno a las puertas del pañol, mal ajustadas, desapareció.

«Se ha ido a dormir», pensó Irving. Podía imaginarla desnuda, igual que la había visto en otra ocasión, envolviéndose con el capullo de pieles a su alrededor. Irving también podía imaginar a uno de los demás oficiales buscándole por la mañana y encontrando su cuerpo sin vida acurrucado allí, en una caja por encima del suelo fangoso, obviamente, como un sinvergüenza nada caballero que se había congelado hasta la muerte intentando echar un vistazo a la única mujer que había a bordo. No quedaría demasiado heroico en el informe de la muerte del teniente John Irving, si tenían que leerlo sus pobres padres.

En aquel momento, una auténtica brisa de aire helado se movió a través de la bodega, ya congelada de por sí. Era como si un espíritu malévolo le hubiese rozado en la oscuridad. Durante un segundo, Irving notó que se le ponía la carne de gallina, pero luego se le ocurrió una idea más sencilla: «Es sólo una corriente, como si alguien hubiese abierto una puerta o una ventana».

Supo entonces cómo salía y entraba mágicamente Lady Silenciosa del *Terror*.

Irving encendió su linterna, saltó de la caja, chapoteó por el barro y abrió las puertas del pañol de cables. Estaban atrancadas por dentro. Irving sabía que no había cerradura alguna en el «interior» del pañol de cables de proa, ni siquiera había cerradura en el exterior, porque no había motivo alguno para intentar robar un calabrote o guindaleza..., por tanto, la mujer nativa había encontrado por sí sola una manera de asegurar las puertas.

Irving se había preparado para aquella contingencia. Llevaba una palanca de hierro de setenta y cinco centímetros en la mano derecha.

Sabiendo que tendría que explicar después los daños al teniente Little, y posiblemente también al capitán Crozier, metió el extremo más estrecho de la barra en la hendidura entre las puertas de noventa centímetros de alto y apretó con fuerza. Se oyó un crujido y un gemido, pero las puertas sólo se abrieron unos centímetros. Sujetando aún la palanca en posición con una mano, Irving buscó bajo sus ropas, su sobretodo, su abrigo y su chaqueta, y sacó el cuchillo que llevaba al cinto.

Lady Silenciosa había conseguido de alguna manera clavar unos clavos en la parte posterior de las puertas del pañol y había colocado un material elástico de algún tipo (¿tripas? ¿tendones?) uniéndolas, de modo que las puertas quedaban bien cerradas, como si las uniera una telaraña blanca. No había forma de que Irving pudiese entrar sin dejar una huella clara de su paso por allí, ya que la palanca se había encargado de ello, de modo que con el cuchillo cortó aquella telaraña de tendones. No era fácil. Los tendones eran mucho más resistentes al cuchillo que el pellejo crudo o las sogas del buque.

Cuando finalmente cayeron los trozos y se soltaron, Irving extendió la linterna siseante hacia el bajo espacio.

La pequeña cueva que había visto cuatro semanas antes estaba, excepto por la ausencia de cualquier llama aparte de la de su linterna, tal y como la recordaba: los calabrotes enroscados se habían apartado y empujado casi hasta ponerlos verticales, creando una especie de caverna dentro de la zona del pañol, y allí había las mismas señales de que ella había comido: uno de los platos de peltre del *Terror*, con algunos restos de bacalao, un vaso de peltre con grog, además de una especie de bolsa de almacenamiento que parecía que Silenciosa había cosido uniendo trozos de lona de vela desechados. En el pañol también había una de las lámparas de aceite pequeñas del buque, de aquellas que tenían sólo el aceite suficiente para que los hombres la usasen para subir arriba a aliviarse, por la noche. Todavía estaba caliente al tacto cuando Irving se quitó el guante exterior y el interior y la tocó.

Pero Lady Silenciosa no estaba.

Irving podía haber tirado de los gruesos calabrotes para buscar detrás de ellos, pero sabía por experiencia que el resto del espacio triangular del pañol estaba lleno de sogas de ancla bien apretadas. Dos años y medio desde que habían zarpado, y aquellas sogas todavía llevaban en su interior el hedor del Támesis.

De todos modos, Lady Silenciosa había desaparecido. No había camino alguno de salida a través de la cubierta y los baos de arriba, ni a través del casco. Así que, ¿tendrían razón los marineros supersticiosos? ¿Sería una bruja la mujer esquimal? ¿Una especie de chamán femenino? ¿Una hechicera pagana?

El tercer teniente John Irving no lo creía. Notó que la brisa ya no fluía a su alrededor. Sin embargo, la llama de su linterna seguía bailando al notar una pequeña corriente.

Irving desplazó la linterna a su alrededor, a la distancia de su brazo, que era el espacio libre que quedaba en el reducido pañol, y se detuvo cuando la llama bailoteaba más: hacia delante, justo a estribor del vértice de la proa.

Bajó la linterna y empezó a mover los calabrotes a un lado. Inmediatamente, Irving vio lo astutamente que ella había colocado allí las macizas guindalezas del ancla: lo que parecía ser otro grueso rollo de soga era simplemente una parte curvada de otra lazada colocada en un espacio vacío, simulando una pila de cables, fácil de echar a un lado en su espacio como una madriguera. Detrás del falso rollo de soga se encontraba la curva de las anchas cuadernas del casco. Una vez más, ella había elegido con mucho cuidado. Por encima y por debajo del pañol de cables corría una compleja telaraña de maderas y refuerzos de hierro colocados en su lugar durante la preparación del HMS *Terror* para el servicio en el hielo, unos meses antes de que partiese la expedición. Allí, junto a la proa, había barras de hierro verticales, refuerzos cruzados de roble, puntales de apoyo de triple grosor, soportes de hierro triangulares, y enormes vigas de roble en diagonal, muchas tan gruesas como las propias cuadernas primarias del casco, enlazándose a un lado y otro como parte del moderno diseño de refuerzo del buque para el hielo polar. Un reportero de Londres, según sabía el teniente Irving, había descrito todas aquellas toneladas de refuerzos internos de hierro y roble, así como el roble africano, más olmo canadiense y roble africano de nuevo que se había añadido al roble inglés de los costados del buque, como suficiente para formar «una masa de madera de dos metros y medio de grosor».

Y eso era casi literalmente cierto para la proa y los costados del casco, Irving lo sabía, pero allí, donde el último, aproximadamente, metro y medio de madera del casco se unía en la proa, y por encima del pañol de cables, sólo quedaban las quince centímetros originales de recio roble inglés de las cuadernas del casco, en lugar de los veinticinco centímetros de maderas duras que se encontraban en todos los demás sitios a ambos lados del casco. Se pensaba que las zonas que estaban a poca distancia inmediatamente a babor y estribor de la reforzada proa debían tener menos capas para tener algo de flexibilidad durante las terribles tensiones de la presión del hielo.

Y efectivamente, las tenían. Las cinco capas de madera a los lados del casco, combinadas con la proa reforzada de hierro y roble y las zonas internas, habían producido una maravilla de la moderna tecnología del rompehielos, que ninguna otra Marina o servicio civil de expediciones del mundo podía igualar. El *Terror* y el *Erebus* habían llegado a lugares donde ningún otro buque en la Tierra podía haber pensado en sobrevivir.

Esa zona de la proa era una maravilla. Pero ya no era segura.

A Irving le costó varios minutos encontrarlo, extendiendo la linterna ante las corrientes y palpando con sus dedos desnudos, ya medio congelados, y pinchando con la hoja de su cuchillo para ver por dónde se había soltado una sección de noventa centímetros de la madera del casco que tenía un pie y medio de ancho. Allí. El extremo de popa de una sola tabla curvada estaba asegurado mediante dos largos clavos que funcionaban como una especie de bisagra. El extremo de proa, a poca distancia de los enormes maderos de la proa y de la quilla que corrían a lo largo de todo el buque, sólo había sido colocado en su lugar.

Irving soltó la madera del casco con la palanca y, preguntándose cómo, en nombre el Cielo, podía haber hecho aquello la joven sólo con sus manos, la dejó caer, notó la ráfaga de aire frío y se encontró mirando en la oscuridad a través de un hueco de algo más de un metro por algo menos de un metro, en el casco.

Era imposible. El joven teniente sabía que la proa del *Terror* estaba acorazada desde seis metros de distancia de la punta con unas placas de unos dos centímetros y medio de grueso templados de hierro especialmente preparado. Aunque la madera interior estuviese algo desencajada, las zonas de proa del buque, durante casi un tercio del camino a popa, estaban acorazadas.

Pero ya no. El frío soplaba desde una oscuridad de caverna, negra, más allá de la tabla suelta. Aquella parte de la proa se había visto forzada bajo el hielo durante la constante inclinación del buque hacia delante, a medida que se iba formando el hielo en la popa del *Terror*.

El corazón del teniente Irving latía furiosamente. Si se reflotaba el *Terror* milagrosamente al día siguiente, se hundiría.

¿Podía haber hecho Lady Silenciosa aquello al barco? El pensamiento aterrorizaba a Irving mucho más que la creencia en su mágica habilidad para aparecer y desaparecer a voluntad. ¿Era posible que

una joven de menos de veinte años de edad desgarrase las placas de
hierro del casco de una nave, abriese las pesadas tablas de la proa que
habían tenido que colocarse en un astillero, clavándolas luego en su
lugar y, sabiendo «exactamente» dónde hacer todo aquello, sin que
los sesenta hombres que iban a bordo y que conocían el buque mejor que la cara de su propia madre se dieran cuenta siquiera?

Ya de rodillas en aquel espacio reducido, Irving se dio cuenta
de que respiraba con la boca muy abierta, y el corazón le latía con
fuerza.

Tenía que creer que en los dos veranos de salvaje combate con el
hielo del *Terror*, a través de la bahía de Baffin, por el estrecho de
Lancaster y luego rodeando toda la isla de Cornualles antes del invierno en la isla de Beechey, el siguiente verano dirigiéndose hacia el
sur por el estrecho y luego por aquello que los hombres ahora llamaban el estrecho de Franklin, en algún momento, hacia el final,
parte del blindaje de hierro de la popa por debajo del agua debió de
quedar suelto, y ese grueso casco de madera se había visto desplazado hacia dentro, sólo «después» de que el hielo hubiese agarrado al
buque y lo tuviera en su poder.

292

«Pero ¿podía haber soltado las tablas de roble algo que no fuese
el hielo? ¿Había algo más..., algo que intentaba "entrar"...?»

Ahora ya no importaba. Lady Silenciosa no podía llevar fuera
más que unos pocos minutos, y John Irving estaba decidido a seguir-
la, no sólo para ver dónde iba, afuera en la oscuridad, sino también
para ver si de algún modo, milagrosamente, dado el grosor del hielo
y el terrible frío, ella era capaz de encontrar y coger pescado o carne
fresca.

Si era así, e Irving lo sabía, aquello podía salvarlos a todos. El teniente Irving había oído lo mismo que los demás acerca del deterio-
ro de los artículos envasados por Goldner. Todo el mundo a bordo de
ambos buques había oído rumores de que se iban a quedar sin provisiones antes del siguiente verano.

Él no cabía por aquel agujero.

Irving probó las maderas del casco alrededor del agujero, pero
todas excepto la tabla con la bisagra estaba firme como una roca. Ese
hueco de cuarenta y cinco centímetros por noventa centímetros en el
casco era la única forma de salir. Y él abultaba demasiado.

Se quitó las ropas impermeables, el grueso sobretodo, la pañoleta, el sombrero y la gorra, y los empujó por el hueco delante de él.
Seguía teniendo los hombros y el torso demasiado anchos, aunque
era uno de los oficiales más delgados de a bordo. Temblando por el

frío, Irving se desabrochó la chaqueta y el jersey de lana que llevaba debajo, metiéndolos también a través de la negra abertura.

Si no podía salir a través del casco, lo pasaría muy mal explicando por qué volvía desde la bodega tras perder toda su ropa exterior. Pero sí que cabía. A duras penas. Gruñendo y maldiciendo, Irving se introdujo en el estrecho espacio, arrancándose los botones de la camisa de lana.

«Estoy fuera del barco, bajo el hielo», pensó. La idea no le parecía real.

Estaba en una caverna muy estrecha en el hielo que se había formado en torno a la proa y el bauprés. No había espacio para volver a ponerse las ropas y los abrigos, de modo que los empujó ante él. Pensó en volver al pañol en busca de la linterna, pero había luna llena cuando le tocó guardia, unas pocas horas antes. Al final, acabó por coger la palanca de hierro.

El túnel en el hielo debía de ser al menos tan largo como el bauprés, más de cinco metros, y en realidad podía haberlo creado el pesado astil del bauprés forzando el hielo allí durante el breve ciclo de deshielo y posterior congelación del verano anterior. Cuando Irving finalmente emergió del túnel, siguió gateando unos segundos más antes de darse cuenta de que estaba fuera: el fino bauprés, la masa de jarcias colgadas y las cortinas de obenques del foque congelados pendían sobre él, bloqueando, se dio cuenta, no sólo su visión del cielo, sino también cualquier oportunidad de que el hombre que hacía guardia a proa le viera a «él». Y allá afuera, más allá del bauprés, con el *Terror* como una enorme silueta negra que surgía imponente por encima, el hielo iluminado sólo por unos débiles rayos de linternas, continuaba el camino hacia delante, entre el laberinto de bloques de hielo y seracs.

Tiritando intensamente, Irving se volvió a poner las diversas capas de ropa. Le temblaban demasiado las manos para poderse abrochar la chaqueta de lana, pero no importaba. Le costó ponerse el sobretodo, pero los botones eran mucho mayores. Cuando acabó de ponerse al fin toda la ropa, el joven teniente estaba helado hasta la médula.

«¿Por dónde?»

El laberinto de hielo por aquella zona, a quince metros más allá de la proa del barco, era como un bosque de losas de hielo y seracs esculpidos. Lady Silenciosa podía haberse ido en cualquier dirección, pero el hielo parecía desgastado en una línea bastante recta que salía del túnel de hielo en dirección al barco. Al final, ofrecía el camino de

293

menor resistencia y mayor ocultamiento alejándose del buque. Poniéndose de pie y empuñando la palanca en la mano derecha, Irving siguió por el hielo resbaladizo hacia el oeste.

Nunca la habría encontrado de no ser por aquel sonido sobrenatural.

Estaba ya a varios centenares de metros del buque, perdido en el laberinto de hielo (el camino de hielo azul que tenía bajo sus pies había desaparecido hacía rato, o más bien se había unido a un puñado de surcos similares) y aunque la luz de la luna llena y las estrellas lo iluminaba todo como si fuese de día, no había visto movimiento alguno ni huella alguna en la nieve.

Y entonces llegó aquel gemido de ultratumba.

No, se dio cuenta de pronto, deteniéndose en seco y temblando todo él, porque aunque temblaba de frío desde hacía muchos minutos, ahora el temblor se había hecho mucho más intenso, no era un «gemido». No era algo que pudiera proceder de un ser humano. Era como la interpretación no melódica de un instrumento musical infinitamente extraño..., en parte como una gaita ahogada, en parte como el soplido de una trompa, en parte oboe, en parte flauta, en parte canto humano. Sonaba lo bastante para poderlo oír a docenas de metros de distancia, pero casi con toda certeza no se podía oír en la cubierta del buque, especialmente dado que el viento, cosa muy inusual, soplaba desde el sudeste aquella noche. Sin embargo, todos los tonos eran un sonido mezclado y procedente de un solo instrumento. Irving nunca había oído nada semejante.

La interpretación, que parecía haber empezado repentinamente, aumentó su ritmo con una cadencia casi sexual y luego se detuvo abruptamente, como si se tratara de un clímax físico, y en modo alguno como si alguien siguiera las notas de una partitura musical. El sonido procedía de un campo de seracs junto a una cresta de presión a menos de treinta metros al norte del camino de mojones y antorchas que el capitán Crozier insistía en mantener entre el *Terror* y el *Erebus*. Nadie trabajaba en los mojones aquella noche; Irving tenía el océano helado para él solo. Para él solo y para quienquiera que estuviese produciendo aquella música.

Trepó por el laberinto de placas azules de hielo y elevados seracs. Cuando se desorientaba, miraba hacia arriba, a la luna llena. La esfera amarilla parecía más bien otro planeta de gran tamaño súbitamente colgado del cielo estrellado, y no recordaba a ninguna otra luna que Irving recordase de sus años en tierra, o de sus breves servicios en el mar. El aire en torno a él parecía temblar por el frío, como si la atmósfera misma estuviese a punto de congelarse y quedar sólida. Los cristales de hielo en las capas altas de la atmósfera habían creado un enorme doble halo que rodeaba la luna, y las bandas más bajas de ambos círculos eran invisibles bajo la cresta de presión y los icebergs que lo rodeaban. Incrustadas en torno al halo exterior como diamantes en un anillo de plata se hallaban tres cruces resplandecientes.

El teniente había visto aquel fenómeno varias veces antes durante sus noches invernales allá arriba, junto al Polo Norte. El patrón del hielo Blanky le había explicado que sólo era la luz de la luna que se reflejaba en los cristales de hielo como una luz se reflejaría a través de un diamante, pero a Irving aquello le producía un efecto de religioso sobrecogimiento y de maravilla, allí, en el campo de hielo azul y resplandeciente, mientras aquel extraño instrumento empezaba a gemir y susurrar de nuevo, sólo a unos metros en el hielo, ahora, y el tempo iba acelerando de nuevo hasta llegar a una paz cercana al éxtasis, antes de cesar otra vez.

Irving intentó imaginar a Lady Silenciosa tocando algún instrumento esquimal desconocido hasta el momento, una variante hecha con astas de caribú de una *flügelhorn* bávara, por ejemplo, pero rechazó la idea porque le pareció tonta. En primer lugar, ella y el hombre que murió habían llegado sin instrumento alguno. Y en segundo lugar, Irving tenía la extraña sensación de que no era Lady Silenciosa quien tocaba aquel instrumento invisible.

Arrastrándose por encima de las últimas crestas de presión entre él y los seracs desde donde procedía el sonido, Irving continuó avanzando a cuatro patas, al no querer que el crujido de sus botas de rígida suela se oyera en el duro hielo o sobre la blanda nieve.

El ululato, que al parecer procedía de detrás del siguiente serac iluminado de azul, tallado por el viento y formando una gruesa losa, había empezado de nuevo, elevándose rápidamente y convirtiéndose en el ruido más intenso, rápido, profundo y frenético que había oído Irving hasta el momento. Para su asombro, notó que tenía una erección. Había algo en el profundo, resonante y aflautado sonido que era tan... «primordial»... que sentía que literalmente le llegaba a la entrepierna, aunque seguía temblando.

Atisbó por detrás del último serac.

Lady Silenciosa estaba a unos seis metros de distancia, en un espacio plano de hielo azul. Seracs y losas de hielo rodeaban aquel lu-

295

gar, haciendo que Irving sintiese como si se hubiese encontrado de pronto en medio de un círculo de Stonehenge, a la luz de la luna con su halo y sus estrellas. Hasta las sombras eran azules.

Ella iba desnuda y estaba arrodillada sobre unas gruesas pieles que debían de pertenecer a su parka. Tenía la espalda en un perfil de tres cuartos con relación a Irving, de modo que aunque él veía la curva de su pecho derecho, también veía la brillante luz de la luna que iluminaba su largo, liso y negro cabello, y ponía destellos de plata en la carne redondeada de su firme trasero. El corazón de Irving le latía tan deprisa que temía que ella pudiese oírlo.

Lady Silenciosa no estaba sola. Algo más llenaba el oscuro hueco entre aquellas losas de hielo druídico al otro lado del claro, justo más allá de donde estaba la mujer esquimal.

Irving sabía que era la criatura del hielo. Ya fuera oso blanco o demonio blanco, estaba allí con ellos..., casi encima de la joven, dominándola. Por mucho que esforzaba los ojos el teniente, le resultaba difícil distinguir su forma: una piel peluda, de un blanco azulado contra el blanco azulado del hielo, duros músculos ante los duros riscos de nieve y hielo, negros ojos que podían estar separados o no de la absoluta negrura que había tras la cosa.

La cabeza triangular sobre el extrañamente largo cuello de oso se agitaba y ondulaba como si fuera una serpiente, ahora lo veía, a casi dos metros por encima y detrás de la mujer arrodillada. Irving intentó estimar el tamaño de la cabeza de la criatura, para su referencia futura, para matarla, pero era imposible aislar la forma precisa o el tamaño de aquella masa triangular con sus ojos negros como el carbón, a causa de su extraño y constante movimiento.

Pero lo que fuese dominaba a la joven. Su cabeza casi se encontraba directamente encima de la de ella.

Irving sabía que debía gritar, correr hacia delante con la palanca en la mano envuelta en los guantes, porque no tenía otra arma, excepto su cuchillo vuelto a introducir en la funda, e intentar salvar a la mujer, pero sus músculos no podían obedecer aquella orden en ese preciso momento. Lo único que podía hacer era seguir vigilando con una especie de horror lleno de excitación sexual.

Lady Silenciosa había extendido sus brazos, con las palmas hacia arriba, como un sacerdote católico diciendo la misa e invocando el milagro de la eucaristía. Irving tenía un primo en Irlanda que era papista, y él había asistido una vez a un servicio católico con él, durante una visita. La misma sensación de extraña ceremonia mágica se estaba representando allí a la luz azul de la luna. La Silenciosa, sin lengua, no emitía sonido alguno, pero sus brazos se abrían de par en par, tenía los ojos cerrados, la cabeza echada hacia atrás, ya que Irving se había arrastrado lo suficiente para poder verle la cara, ahora, y tenía la boca abierta completamente, como una suplicante que espera la comunión.

El cuello de la criatura se lanzó hacia delante y hacia abajo con tanta rapidez como el ataque de una cobra, y las mandíbulas de la cosa se abrieron de par en par y parecieron cerrarse sobre la parte inferior del rostro de Lady Silenciosa, devorándole media cabeza.

Irving casi chilló entonces. Sólo la «pesadez» ceremonial del momento y su propio terror incapacitante lo mantuvieron silencioso.

La cosa no la había devorado. Irving se dio cuenta de que él estaba viendo la parte superior de la cabeza del monstruo, de un blanco azulado, una cabeza al menos tres veces mayor que la de la mujer, mientras ajustaba, pero sin cerrarlas del todo, las mandíbulas gigantescas encima de la boca abierta de ella. Los brazos de la mujer seguían abiertos y erguidos hacia la noche, como si estuviera dispuesta a abrazar a la gigantesca masa de cabello y músculos que la rodeaba.

Entonces empezó la música.

Irving vio que ambas cabezas oscilaban, la de la criatura y la de la esquimal, pero le costó medio minuto darse cuenta de que los orgiásticos sonidos de bajo y las notas eróticas como de flauta o de gaita emanaban... «de la mujer».

Aquella cosa monstruosa, que se alzaba tan alta como las losas de piedra que tenía detrás, fuese oso blanco o demonio, estaba soplando en la boca abierta de ella, tocando con sus cuerdas vocales como si la garganta humana fuese un instrumento de viento. Los trinos, notas bajas y resonancias se hicieron más intensas, más rápidas, más urgentes, y vio a Lady Silenciosa alzar la cabeza e inclinar el cuello a un lado mientras la cosa con cuello de serpiente y cabeza triangular que estaba encima inclinaba la cabeza y el cuello en la dirección opuesta, y ambos no parecían otra cosa que amantes que se esfuerzan por unirse mucho más, mientras buscan el ángulo mejor y más profundo para un beso apasionado boca a boca.

Las notas musicales resonaban cada vez más y más rápido, Irving estaba seguro de que el ritmo debía de oírse en el barco en aquellos momentos, y debía de estar produciendo a todos los hombres del buque una erección tan potente y permanente como la que él sufría en aquellos momentos, y luego, repentinamente, sin advertencia alguna, el ruido desapareció con la misma rapidez del clímax de un salvaje acoplamiento sexual.

La cabeza de la cosa retrocedió y se apartó. El cuello blanco osciló.

Los brazos de Lady Silenciosa cayeron a sus costados como si estuviera demasiado exhausta o transportada para mantenerlos erguidos. La cabeza de ella se inclinó hacia delante, por encima de sus pechos plateados por la luna.

«Ahora la devorará», pensó Irving, bajo todas las capas aislantes de entumecimiento e incredulidad ante lo que acababa de ver. «La desgarrará y se la comerá.»

Pero no lo hizo. Durante un segundo, la masa blanca y oscilante desapareció, deslizándose rápidamente a cuatro patas entre los pilares de hielo azul de Stonehenge, y luego volvió, inclinando la cabeza muy baja ante Lady Silenciosa y dejando caer algo en el hielo ante ella. Irving pudo oír el ruido de algo orgánico que golpeaba el hielo; aquel sonido tenía algo familiar, pero en aquel momento todo estaba fuera de contexto, e Irving no entendía nada de lo que veía ni oía.

La cosa blanca se alejó de nuevo; Irving notaba el impacto de sus enormes pies por el sólido mar de hielo. Al cabo de un minuto había vuelto y dejó caer algo más ante la chica esquimal. Luego una tercera vez.

Y luego se fue, sin más... Se disolvió en la oscuridad. La joven estaba arrodillada y sola en el hielo del claro, con aquellas formas oscuras frente a ella.

Se quedó así durante un minuto más. Irving pensó de nuevo en la iglesia de su distante primo irlandés papista y en los viejos parroquianos que se quedaban rezando en sus reclinatorios cuando el servicio ya había concluido. Luego ella se puso de pie, metió rápidamente los pies desnudos en las botas de piel y se puso los pantalones y la parka de piel.

El teniente Irving se dio cuenta de que temblaba violentamente. Al menos parte del temblor era de frío, eso lo sabía. Había tenido suerte de conservar el suficiente calor y la suficiente fuerza en las piernas para volver al barco con vida. No tenía ni idea de cómo había podido sobrevivir la muchacha así, desnuda.

Lady Silenciosa recogió los objetos que la cosa había dejado caer ante ella y los llevó cuidadosamente entre sus brazos forrados con la parka, como una mujer que llevase a uno o más niños todavía de pecho. Parecía dirigirse de vuelta hacia el buque, cruzando el claro hasta un punto entre los seracs de Stonehenge a unos diez grados a su izquierda.

De repente se detuvo, su cabeza encapuchada se volvió en dirección a él; aunque el hombre no podía ver sus negros ojos, notó que su mirada le perforaba. Todavía a cuatro patas, se dio cuenta de que estaba a plena vista a la intensa luz de la luna, a un metro de distancia de cualquier posible escondite en el serac. En su absoluta necesidad de ver mejor, se había olvidado de permanecer escondido.

Durante un largo momento, ninguno de los dos se movió. Irving no podía respirar. Esperó que ella se moviese, que diese un golpe en el hielo, quizá, y luego el rápido regreso de la cosa desde el hielo. Para ella, su protector, su vengador. Para él, su destructor.

La mirada encapuchada de la joven se apartó y ella echó a andar y desapareció entre los pilares de hielo hacia el lado sudeste del círculo.

Irving esperó unos minutos más, todavía temblando como si tuviera fiebre; luego intentó ponerse de pie. Tenía el cuerpo congelado. La única sensación que notaba procedía de su ardiente erección, que ahora iba desapareciendo, y de su incontrolable temblor, pero en lugar de tambalearse hacia el buque tras la chica, se adelantó hacia el lugar donde ella había estado arrodillada a la luz de la luna.

Había sangre en el hielo. Las manchas se veían negras a la brillante luz de la luna. El teniente Irving se arrodilló, se quitó el guante exterior y el interior, tocó una de las manchas con el dedo y la probó. Era sangre, pero no creía que fuese sangre humana.

La cosa le había llevado carne cruda, caliente, recién muerta. Algún tipo de carne. La sangre le sabía metálica a Irving, como su propia sangre o la sangre humana, pero suponía que también la sangre de los animales recién muertos tenía ese gusto metálico. Pero ¿qué animal? ¿De dónde? Los hombres de la expedición Franklin no habían visto animales terrestres desde hacía más de un año.

La sangre se hiela al cabo de unos minutos, muy rápido. Aquella cosa había matado su ofrenda a Lady Silenciosa hacía sólo unos minutos, mientras Irving andaba dando tumbos alrededor en el laberinto de hielo, intentando encontrarla.

Retrocediendo a partir de la mancha oscura en la nieve iluminada por la luna, como retrocedería al ver un altar pagano de piedra donde se acabase de sacrificar alguna víctima inocente, Irving se concentró primero en intentar respirar con normalidad (el aire le dolía en los pulmones al tragarlo) y luego en apremiar a sus piernas heladas y su mente nublada para que le llevasen de vuelta al barco.

No intentaría pasar de nuevo por el túnel de hielo y la tabla suelta hacia el pañol. Avisaría al vigía de estribor antes de ponerse a tiro de escopeta, y subiría por la rampa de hielo como un hombre, sin responder pregunta alguna hasta hablar con el capitán.

Pero ¿qué le contaría al capitán de todo aquello?

Irving no tenía ni idea. No sabía si la criatura del hielo, que debía de andar cerca, le dejaría volver al barco. Ni siquiera sabía si le quedaban el calor y la energía suficiente para la larga caminata.

Sólo sabía que nunca volvería a ser el mismo.

Irving se volvió hacia el sudeste y se internó de nuevo en el bosque de hielo.

23

Hickey

Latitud 70° 5' N — Longitud 98° 23' O
18 de diciembre de 1847

$\mathcal{H}$ickey había decidido que el alto y delgado teniente Irving tenía que morir y que aquél era el día indicado.

El diminuto ayudante de calafatero no tenía nada personal contra el joven e ingenuo petimetre, aparte de haber entrado en mal momento en la bodega un mes antes, pero aquello bastaba para decantar la balanza en contra de Irving.

El trabajo y las guardias impidieron a Hickey realizar su tarea. Dos veces estuvo de guardia cuando Irving estaba también como oficial en cubierta, pero Magnus Manson no estaba de guardia en cubierta ninguna de las veces. Hickey había planeado el momento y método del hecho, pero necesitaba a Magnus para la ejecución. No es que Cornelius Hickey tuviese miedo de matar a un hombre, ya que había cortado la garganta de uno mucho antes de ser lo bastante mayor para entrar en una casa de putas sin padrino. No, sencillamente, aquél era el medio y el método necesario para aquel crimen, que requería la presencia de su estúpido discípulo y colega de enculamiento en aquella expedición, Magnus Manson.

Ahora todas las condiciones eran perfectas. Había una partida de trabajo de viernes por la mañana (aunque «mañana» significaba poco cuando fuera estaba tan oscuro como a medianoche), con más de treinta hombres, allá fuera en el hielo, reparando y mejorando los mojones entre el *Terror* y el *Erebus*. Nueve marines armados de mosquetes, en teoría, proporcionaban seguridad a las partidas de trabajo, pero en realidad la fila de hombres estaba extendida a lo largo de casi dos kilómetros, con cinco hombres o menos al mando de cada oficial. Los tres oficiales que estaban en la mitad este del oscuro sendero de mojones eran del *Terror*: los tenientes Little, Hodgson e

Irving, y Hickey había ayudado a elegir los grupos de trabajo de modo que él y Manson trabajaban en los mojones más alejados, bajo las órdenes de Irving.

Los marines estaban fuera de la vista la mayor parte del tiempo, supuestamente preparados para salir corriendo si había alguna alarma, pero en realidad haciendo todo lo posible por permanecer bien calentitos junto a un fuego que ardía en un brasero de hierro, colocado junto a la cresta de presión más elevada, a menos de medio kilómetro del barco. John Bates y Bill Sinclair trabajaban también a las órdenes del teniente Irving aquella mañana, pero los dos eran colegas suyos, y perezosos, y tendían a quedarse fuera de la vista del joven oficial para poder trabajar en el siguiente mojón tan despacio como les convenía.

El día, aunque oscuro como la noche, no era tan frío como habían sido algunos recientemente, quizá sólo estuviera a dos grados bajo cero, y casi no hacía viento. No había luna ni aurora boreal, pero las estrellas vibraban en el cielo matutino, arrojando la luz suficiente para que si un hombre tenía que alejarse fuera del alcance de una linterna o antorcha, pudiese ver lo suficiente como para volver luego. Con la criatura del hielo todavía ahí fuera en la oscuridad, en alguna parte, no había muchos hombres que se atrevieran a alejarse. Pero aun así la misma naturaleza de los actos de encontrar y almacenar los fragmentos y bloques de hielo del tamaño adecuado para reparar y ampliar un mojón de metro y medio de alto requerían que los hombres saliesen y entrasen del círculo de luz de la linterna.

Irving estaba comprobando ambos mojones mientras echaba una mano con frecuencia a los hombres con el trabajo físico. Hickey sólo tenía que esperar hasta que Bates y Sinclair estuviesen fuera de la vista, más allá de la curva, en el sendero entre los bloques de hielo, y la guardia del teniente Irving habría concluido.

El ayudante del calafatero podría haber usado un centenar de instrumentos de hierro o acero del buque, ya que un barco de la Marina Real era un verdadero almacén de armas asesinas, algunas de ellas bastante ingeniosas, pero prefirió que Magnus simplemente atacara por sorpresa al oficial dandy y rubio, lo levantara casi veinte metros en el hielo, le rompiera el cuello; luego, cuando estuviera muerto y bien muerto, le arrancase algunas de las ropas que llevaba, le rompiese las costillas, le diese unas patadas en esa cara sonrosada y feliz que tenía y en los dientes, le rompiera un brazo y las dos piernas (o una pierna y los dos brazos) y dejase el cadáver en el hielo para que lo encontraran. Hickey ya había elegido el lugar de la muerte: una zona de altos seracs y sin nieve en el suelo en la cual Manson pudiera dejar huellas de botas. Había advertido a Magnus que no debía caerle sangre del teniente ni dejar señal alguna de que había estado allí con él, y, lo más importante, no debía detenerse a robar al hombre.

La criatura del hielo había matado a los hombres con todo tipo de variantes de violencia imaginables, y si el daño físico al pobre teniente Irving era lo bastante grave, nadie en ninguno de los dos barcos dedicaría una segunda mirada a lo que había ocurrido. El teniente John Irving sería, sencillamente, otro cadáver más envuelto en lona en la sala de Muertos del *Terror*.

Magnus Manson no era un asesino nato, sólo un idiota de nacimiento, pero había asesinado antes a algún hombre para su amo y señor, el ayudante del calafateo. No le molestaría volverlo a hacer. Cornelius Hickey dudaba de que Magnus le preguntase nunca por qué tenía que morir el teniente, era simplemente otra orden que le daba su amo. De modo que Hickey se sorprendió mucho cuando el gigante le llevó a un lado, cuando el teniente Irving no podía oírlos, y susurró con cierta urgencia:

—¿No me perseguirá su fantasma, Cornelius?

Hickey le dio unas palmaditas a su compañero en la espalda.

—Pues claro que no, Magnus. Yo no te diría que hicieras algo para que luego un fantasma te persiguiese, ¿verdad, cariño?

—No, no —gruñó Manson, sacudiendo la cabeza. Su pelo enmarañado y su barba parecían querer salirse de la pañoleta de lana y el gorro. Su pesada frente se contrajo.

—Pero ¿por qué no me perseguirá su fantasma, Cornelius, si le mato sin tener nada contra él en absoluto?

Hickey pensó con rapidez. Bates y Sinclair estaban bastante lejos, donde una partida de trabajo del *Erebus* estaba erigiendo una valla de bloques de hielo a lo largo de una extensión de unos veinte metros donde soplaba siempre el viento. Más de un hombre se había perdido en las tormentas de nieve en aquel lugar, y los capitanes pensaban que una valla de nieve mejoraría las posibilidades de que los correos encontraran los siguientes mojones. Irving procuraría que Bates y Sinclair estuviesen ocupados en su tarea allí, y luego volvería hacia donde él y Magnus trabajaban solos en el último mojón antes del claro.

—Por eso no te perseguirá el fantasma del teniente, Magnus —susurró al encorvado gigante—. Tú matas a un hombre cuando estás muy acalorado, y por tanto hay un motivo para que el fantasma de ese hombre vuelva e intente ajustar las cuentas contigo. Le molesta lo que hiciste. Pero el fantasma del señor Irving sabrá que no hay nada personal en lo que vas a hacer, Magnus. No habrá ningún motivo para que vuelva a molestarte.

Manson asintió, pero no parecía convencido del todo.

—Además —continuó Hickey—, el fantasma no podrá encontrar el camino de vuelta al barco, ¿verdad? Todo el mundo sabe que cuando alguien muere por ahí fuera, lejos del barco, el fantasma se pierde. No puede encontrar el camino entre las crestas de hielo y los témpanos y eso. Los fantasmas no son muy listos, que digamos, Magnus. Tienes mi palabra, cariño.

El hombretón se iluminó al oír esto. Hickey podía ver que Irving volvía a la luz de las antorchas. El viento estaba arreciando y hacía que las llamas de las antorchas oscilasen salvajemente. «Es mejor si hay viento —pensó Hickey—. Si Magnus o Irving hacen algún ruido, nadie los oirá.»

—Cornelius —susurró Manson. Parecía preocupado otra vez—. Si yo me muero ahí fuera, ¿significará eso que mi fantasma no podrá encontrar el camino de vuelta al barco? Odiaría estar ahí fuera en medio del frío, tan lejos de ti.

El ayudante del calafatero dio unas palmaditas al muro inclinado de la espalda del gigante.

—Tú no vas a morir por ahí fuera, corazón. Tienes mi promesa solemne, como masón y cristiano, de que no será así. Y ahora calla y prepárate. Cuando yo me quite la gorra y me rasque la cabeza, coges a Irving de atrás y lo arrastras hasta el sitio que te enseñé. Y recuerda..., no dejes huellas de botas y que no te manche la sangre.

—No lo hará, Cornelius.

—Muy bien, cariño.

El teniente se acercó en la oscuridad, desplazándose al círculo de luz que arrojaba la linterna en el hielo, junto al mojón.

—¿Han acabado con este mojón, señor Hickey?

—Casi, señor. Sólo falta colocar estos últimos bloques aquí y ya estará, teniente. Sólido como una farola de Mayfair.

Irving asintió. Parecía algo incómodo al encontrarse a solas con los dos marineros, aunque Hickey usaba su tono más afable y encantador. «Bueno, que te jodan», pensó el ayudante de calafatero mientras seguía esbozando su sonrisa desdentada. «No vas a seguir mucho tiempo dándote esos aires de señorito, rubito hijo de puta, con tu carita sonrosada. Cinco minutos más y no serás más que un costado de buey helado y colgarás en la bodega, chaval. Lástima que las ratas pasen tanto hambre hoy en día que sean capaces de comerse hasta a un puto teniente, pero ya ves, no puedo hacer nada.»

—Muy bien —dijo Irving—. Cuando usted y Manson terminen, por favor, reúnanse con el señor Sinclair y el señor Bates y trabajen en el muro. Yo voy a volver y traer al cabo Hedges con su mosquete.

—Sí, señor —dijo Hickey.

Captó la mirada de Magnus. Tenían que interceptar a Irving antes de que volviera por la apenas visible línea de antorchas y linternas. No sería bueno que Hedges o algún otro marine anduviera por allí.

Irving se dirigió hacia el este, pero hizo una pausa en el borde de la luz, esperando, obviamente, que Hickey colocara los dos últimos bloques de hielo en su lugar en la cima del mojón reconstruido. Mientras el ayudante del calafatero se inclinaba para levantar el penúltimo bloque de hielo, hizo una señal a Magnus. Su compañero se había colocado en posición detrás del teniente.

De pronto se oyó una explosión de gritos desde la oscuridad, al oeste. Un hombre chilló. Más voces se unieron a sus gritos.

Las enormes manos de Magnus estaban ya alzándose justo detrás del cuello del teniente, el hombretón se había quitado los guantes para sujetarlo mejor, y sus guantes interiores se alzaban, negros, detrás del pálido rostro de Irving, a la luz de la linterna.

Más gritos. Un disparo de mosquete.

—¡Magnus, no! —gritó Cornelius Hickey. Su compañero había estado a punto de romper el cuello de Irving a pesar de la conmoción.

Manson retrocedió en la oscuridad. Irving, que había dado tres pasos hacia los gritos en el oeste, se volvió, confuso. Tres hombres venían corriendo a lo largo del camino helado desde la dirección del *Terror*. Uno de ellos era Hedges. El marine gordinflón iba resollando mientras corría, con el mosquete sujeto delante del bulto sobresaliente de su vientre.

—¡Vamos! —dijo Irving, y dirigió la marcha hacia los gritos.

El teniente no llevaba armas, pero agarró la linterna. Los seis corrieron por el mar de hielo, por los seracs y hacia el claro iluminado por las estrellas donde se congregaban varios hombres. Hickey observó el gorro familiar de Sinclair y de Bates, y reconoció a uno de los tres del *Erebus* que ya estaba allí como Francis Dunn, el ayudante del calafatero del otro buque. Vio que el mosquete que se había disparado pertenecía al soldado Bill Pilkington, que estuvo en el aguardo de caza donde murió sir John el pasado junio, y recibió un tiro en el hombro por parte de uno de sus colegas marines durante aquellos momentos de caos. Ahora, Pilkington estaba volviendo a cargar y apuntando el largo mosquete hacia la oscuridad, más allá de un fragmento caído del muro de nieve.

—¿Qué ha ocurrido? —preguntó Irving a los hombres.

Bates respondió. Él, Sinclair y Dunn, así como Abraham Seeley y Josephus Greater, del *Erebus*, estaban trabajando en el muro bajo el mando del primer oficial, Robert Orme Sergeant, cuando de repente uno de los bloques de hielo más grandes que estaba un poco más allá del círculo de luz de las linternas y antorchas había parecido cobrar vida.

—Ha levantado al señor Sergeant más de tres metros en el aire —dijo Bates, con la voz temblorosa.

—Es la pura verdad, por Dios —dijo el ayudante de calafatero Francis Dunn—. Estaba aquí de pie con nosotros y al momento siguiente volaba en el aire, de modo que lo único que podíamos ver era la suela de sus botas. Y el ruido..., ese ruido de masticar... —Dunn calló y continuó respirando con fuerza hasta que su pálido rostro quedó como sumergido en un halo de cristales de hielo.

—Yo iba hacia las antorchas cuando he visto que el señor Sergeant simplemente... desaparecía —dijo el soldado Pilkington, bajando el mosquete con manos temblorosas—. He disparado una vez mientras la cosa se iba hacia los seracs. Creo que le he dado.

—Podía haberle dado también a Robert Sergeant —dijo Cornelius Hickey—. Quizás estaba vivo todavía cuando has disparado.

Pilkington dirigió al ayudante de calafatero del *Terror* una mirada que era pura malevolencia.

—El señor Sergeant no estaba vivo —dijo Dunn, sin darse cuenta del intercambio de miradas entre el marine y Hickey—. Ha chillado una vez, y la cosa esa le ha aplastado el cráneo como si fuera una nuez. Lo he visto. Y lo he oído.

Los otros llegaron entonces corriendo, incluidos el capitán Crozier y el capitán Fitzjames, que parecía pálido y frágil aun con sus pesadas capas de ropa y su sobretodo, y Dunn, Bates y los demás, todos corrieron a explicar lo que habían visto.

El cabo Hedges y otros dos marines que habían corrido hacia la conmoción volvían de la oscuridad diciendo que no había rastro del señor Sergeant, sólo un espeso rastro de sangre y de ropa desgarrada que llevaba hasta el laberinto de hielo más espeso y en dirección al iceberg de mayor tamaño.

—Quiere que le sigamos —murmuró Bates—. Nos estará esperando.

Crozier enseñó los dientes en algo que podía ser una mueca salvaje o un gruñido.

—Entonces no le decepcionaremos —dijo—. Es un momento tan bueno como cualquier otro para ir de nuevo detrás de esa cosa. Tenemos a los hombres ya fuera, en el hielo, y bastantes linternas, y los marines pueden coger más mosquetes y escopetas. Y el rastro es fresco.

—Demasiado fresco —murmuró el cabo Hedges.

Crozier ladró órdenes. Algunos hombres volvieron a ambos barcos a traer las armas. Otros formaron unas partidas de caza en torno a los marines, que ya iban armados. Se trajeron antorchas y linternas desde las obras y se asignaron a las partidas de caza. El doctor Stanley y el doctor McDonald fueron enviados en ellas, por la remota posibilidad de que Robert Orme Sergeant pudiera estar vivo todavía, o por la probabilidad mayor de que alguien más resultase herido.

Después de que le tendieran un mosquete a Hickey, éste pensó en la posibilidad de disparar al teniente Irving por «accidente» en la oscuridad, pero el joven oficial ahora parecía desconfiar tanto de Manson como del ayudante del calafatero. Hickey captó varias miradas de preocupación que el niño bonito le lanzaba a Magnus antes de que Crozier los asignara a diferentes partidas de búsqueda, y supo que ya fuera porque Irving había entrevisto a Magnus tras él con las manos levantadas el segundo antes de que se oyeran los gritos y los disparos, o bien porque el oficial simplemente notaba que pasaba algo raro, no sería tan fácil tenderle una emboscada la próxima vez.

Pero lo harían. Hickey temía que las sospechas de John Irving le impulsaran al final a informar al capitán de lo que había visto en la bodega, y el ayudante del calafatero no podía permitirlo. No era el castigo por sodomía lo que le preocupaba, porque ya no se solía colgar a los marineros ni azotarlos por ese asunto, sino más bien la ignominia. El ayudante de calafatero Cornelius Hickey no era un simple idiota maricón.

Esperaría hasta que Irving bajase la guardia de nuevo y luego lo haría él mismo, si era necesario. Aunque los cirujanos del buque descubrieran que el hombre había sido asesinado, no importaría. Las cosas habían ido demasiado lejos en aquella expedición. Irving sería simplemente un cadáver más que enterrar cuando llegase el deshielo.

Al final, el cuerpo del señor Sergeant no fue encontrado, ya que el rastro de sangre y de ropa acababa a mitad de camino del elevado iceberg, pero nadie más murió en la búsqueda. Unos cuantos hombres perdieron dedos de los pies por el frío, y todo el mundo acabó tiritando y congelado hasta cierto punto cuando finalmente desconvocaron la búsqueda sesenta minutos después de la hora prevista para la cena. Hickey no vio de nuevo al teniente Irving aquella tarde.

Fue Magnus Manson quien le sorprendió mientras avanzaban de vuelta hacia el *Terror*. El viento empezaba a soplar a sus espaldas y los marines se agachaban, con los rifles y los mosquetes preparados.

Hickey se dio cuenta de que el idiota gigantesco que iba junto a él sollozaba. Las lágrimas se helaban al instante en las barbudas mejillas de Magnus.

—¿Qué te pasa, hombre? —preguntó Hickey.

—Qué triste, Cornelius.

—¿Qué es lo triste?

—El pobre señor Sergeant.

Hickey dirigió una mirada a su compañero.

—No sabía que tenías unos sentimientos tan tiernos por los malditos oficiales, Magnus.

—Y no los tengo, Cornelius. Por mí se pueden morir... Pero el señor Sergeant murió allá fuera, en el hielo.

—¿Y?

—Su fantasma no encontrará el camino de vuelta al barco. Y el capitán Crozier ha hecho correr la voz de que cuando acabemos la búsqueda, todos tendremos una ración extra de ron esta noche. Me pone muy triste que su fantasma no esté allí, eso es todo. Al señor Sergeant siempre le había gustado el ron, Cornelius.

24

Crozier

Latitud 70° 5′ N — Longitud 98° 23′ O
31 de diciembre de 1847

*L*a Nochebuena y la Navidad a bordo del HMS *Terror* eran muy discretas, hasta el punto de la invisibilidad, pero el Segundo Gran Carnaval Veneciano de Año Nuevo pronto compensaría aquello.

Llevaban cuatro días de violentas tormentas que mantuvieron a los hombres dentro durante los días previos a Navidad. Las ventiscas eran tan fieras que las guardias tuvieron que reducirse a una hora, y Nochebuena y el mismo día sagrado se convirtieron en ceremonias en la oscuridad de la cubierta inferior. El señor Diggle preparó comidas especiales, con el último cerdo en salazón cocinado de media docena de formas imaginativas, junto con el último estofado de liebre extraído de sus barriles de salmuera. Además, el cocinero, con la recomendación de los intendentes, el señor Kenley, el señor Rhodes y el señor David McDonald, así como la cuidadosa supervisión de los cirujanos Peddie y Alexander McDonald, eligió entre algunas de las comidas enlatadas Goldner mejor conservadas, como la sopa de tortuga, el buey a la flamenca, el faisán trufado y la lengua de ternera. Para postre de ambos días, los ayudantes de la cocina del señor Diggle habían recortado y raspado el moho de los quesos que quedaban, y el capitán Crozier contribuyó con las cinco últimas botellas de brandy de la sala de Licores, reservadas para ocasiones especiales.

El estado de ánimo seguía siendo sepulcral. Hubo unos pocos intentos de cantar por parte de ambos oficiales en la helada sala Grande de popa, y de los marineros comunes en su espacio a proa, sólo ligeramente más caldeado, ya que no quedaba el carbón suficiente en las carboneras de la bodega para calefacción extra, aunque fuese Navidad, pero las canciones murieron después de unos pocos compases. Había que economizar las lámparas de aceite, de modo que la cubierta inferior tenía la animación visual de una mina galesa iluminada por unas pocas velas titubeantes. El hielo cubría las cuadernas y las vigas, y las mantas de los hombres y toda la ropa de lana estaba siempre húmeda. Las ratas corrían por todas partes.

El brandy levantó un poco el ánimo, pero no lo suficiente para disipar la penumbra, tanto física como emocional. Crozier fue delante a charlar con los hombres, y unos pocos le entregaron regalos: una diminuta bolsita de tabaco reunido poco a poco; una talla con un oso blanco corriendo, con la cara exagerada como de caricatura sugiriendo miedo, entregada en broma casi con toda seguridad, y probablemente con algo de aprensión por si el formidable capitán castigaba al hombre por fetichismo; una camiseta de lana roja remendada de un amigo recientemente fallecido; un queso entero entregado por el cabo de marines Robert Hopcraft, uno de los hombres más tranquilos y poco fantasiosos de la expedición, que había sido promovido a cabo después de romperse ocho costillas, fracturarse una clavícula y dislocarse un brazo durante el ataque de la criatura al aguardo de caza de sir John, en junio. Crozier dio las gracias a todo el mundo, estrechó manos y palmeó hombros, y volvió al comedor de oficiales donde el humor era un poquito más vivaz gracias al donativo sorpresa del primer teniente Little de dos botellas de whisky que había mantenido escondidas durante casi tres años.

La tormenta cesó la mañana del 26 de diciembre. La nieve se había amontonado casi cuatro metros por encima del nivel de la proa y unos dos metros más alta que el pasamanos a lo largo de la aleta de estribor y a proa. Después de despejar el barco y excavar el sendero con los mojones entre los barcos, los hombres estuvieron muy atareados preparándose para lo que llamaban Segundo Gran Carnaval Veneciano, ya que el primero, creía Crozier, era aquel en el que tomó parte él mismo como guardiamarina en aquel chapucero viaje polar de Parry en 1824.

Aquella mañana de 26 de diciembre, tan negra como la medianoche, Crozier y el primer teniente Edward Little dejaron la supervisión de las partidas de excavación y de superficie a Hodgson, Hornby e Irving e hicieron el largo camino al *Erebus* entre los ventisqueros. Crozier se sintió vagamente sorprendido al ver que Fitzjames había seguido perdiendo peso, ya que su chaleco y sus pantalones le iban varias tallas grandes, a pesar de los obvios intentos de su mozo por entallarlos, pero se sintió más conmocionado todavía durante su conversación al darse cuenta de que el comandante del *Ere-*

bus no prestaba atención la mayor parte del tiempo. Fitzjames parecía distraído, como un hombre que finge conversar, pero cuya atención está realmente dedicada a una música que se toca en alguna habitación contigua.

—Sus hombres están tiñendo lona de velas allá fuera en el hielo —dijo Crozier—. Les he visto preparar grandes tinas de tinte verde, azul e incluso negro. Para una vela en perfectas condiciones. ¿Es aceptable esto para usted, James?

Fitzjames sonrió, distante.

—¿Cree usted realmente que la volveremos a necesitar, Francis?

—Espero por Cristo que sí —gruñó Crozier.

La sonrisa serena y enloquecedora del otro capitán siguió inconmovible.

—Debería ver nuestra bodega, Francis. La destrucción ha seguido y se ha acelerado desde nuestra última inspección, la semana antes de Navidad. El *Erebus* no flotaría ni una hora en aguas abiertas. El timón está hecho astillas. Y era el de repuesto.

—Se puede improvisar un timón —dijo Crozier, luchando contra la necesidad de rechinar los dientes y apretar los puños—. Los carpinteros pueden apuntalarlo con maderas. He estado trabajando en un plan para excavar un pozo en el hielo en torno a ambos barcos, crear unos diques secos de unos dos metros y medio de profundidad en el hielo mismo antes de que empiece el deshielo de la primavera. Podemos llegar a la parte exterior del casco de esa manera.

—El deshielo de primavera —repitió Fitzjames, y sonrió de una forma casi condescendiente.

Crozier decidió cambiar de tema.

—¿No le preocupa que los hombres estén ocupados con este Carnaval Veneciano tan elaborado?

Fitzjames desobedeció a su herencia de caballero encogiéndose de hombros.

—¿Por qué iba a preocuparme? No puedo hablar por su barco, Francis, pero la Navidad en el *Erebus* fue un suplicio de ceremonia. Los hombres necesitan algo que les levante la moral.

Crozier no discutió el argumento de que la Navidad era un suplicio de ceremonia.

—Pero ¿una mascarada de carnaval en el hielo durante otro día de total oscuridad? —dijo—. ¿Cuántos marineros perderemos ante la criatura que acecha ahí fuera?

—¿Y cuántos perderemos si nos escondemos en nuestros barcos? —preguntó Fitzjames. Tanto la sonrisita como el aire distraído seguían presentes—. Funcionó muy bien cuando celebraron el Primer Carnaval Veneciano, con Hoppner y Parry, en el 24.

Crozier meneó la cabeza.

—Fue sólo dos meses después de que nos quedásemos atrapados en el hielo —dijo, bajito—. Y tanto Parry como Hoppner eran fanáticos de la disciplina. A pesar de toda la frivolidad y el amor al teatro de los dos capitanes, Edward Parry solía decir: «mascaradas sin libertinaje» y «carnaval sin excesos». Nuestra disciplina no se ha mantenido tan bien en esta expedición, James.

Fitzjames acabó por perder su aire distraído.

—Capitán Crozier —dijo, muy tieso—, ¿me está acusando usted de dejar que la disciplina se relaje en mi buque?

—No, no, señor —dijo Crozier, sin saber si estaba acusando al hombre más joven de aquello o no—. Simplemente, lo que digo es que éste es nuestro «tercer año» en el hielo, no nuestro tercer mes, como ocurrió con Parry y Hoppner. Es lógico que haya una relajación de la disciplina junto con la enfermedad y la moral decaída.

—¿No es motivo de más ése para permitir que los hombres tengan su diversión? —preguntó Fitzjames, con la voz todavía crispada. Sus pálidas mejillas se habían coloreado ante la suposición de la crítica de su superior.

Crozier suspiró. Era demasiado tarde para detener aquella maldita mascarada, y de eso se daba cuenta. Los hombres ya tenían la miel en los labios, y aquellos hombres del *Erebus* que se encaminaban a las preparaciones del carnaval con mayor entusiasmo eran precisamente los primeros que fomentarían un motín, llegado el momento. El secreto de ser capitán, y Crozier lo sabía, estaba en no permitir que llegase nunca ese momento. Sinceramente, no sabía si aquel carnaval ayudaría a esa causa o la perjudicaría.

—Está bien —dijo al fin—. Pero los hombres tienen que comprender que no gastarán ni una gota ni un gramo de carbón o de aceite de lámpara o de combustible pirolígneo o de éter de las estufas.

—Han prometido que sólo habrá antorchas —dijo Fitzjames.

—Y no habrá licores extra ni comida extra ese día —añadió Crozier—. Acabamos de empezar a racionar los alimentos severamente. No vamos a cambiar ese hecho el quinto día por una mascarada de carnaval que ninguno de nosotros respaldaba plenamente.

Fitzjames asintió.

—El teniente Le Vesconte, el teniente Fairholme y algunos de los hombres que son mejores tiradores saldrán en unas partidas de caza la semana antes del carnaval, con la esperanza de encontrar alguna presa, pero los hombres comprenden que sus raciones serán las de costumbre (es decir, las nuevas, más reducidas) si los cazadores regresan con las manos vacías.

—Como ha sucedido en todas las ocasiones en los tres meses pasados —murmuró Crozier. Con una voz más amistosa, dijo—: Está bien, James. Voy a volver. —Hizo una pausa en la entrada del diminuto camarote de Fitzjames—. Por cierto, ¿por qué están tiñendo las velas de verde, negro y los demás colores?

Fitzjames sonrió, ausente.

—No tengo ni idea, Francis.

La mañana del viernes 31 de diciembre de 1847 amaneció fría pero tranquila, aunque por supuesto, no hubo auténtico amanecer. La guardia matutina del *Terror* con el señor Irving registró la temperatura como de cincuenta y ocho grados bajo cero. No había viento registrable. Las nubes se habían desplazado durante la noche y ahora ocultaban el cielo de horizonte a horizonte. Estaba muy oscuro.

La mayoría de los hombres parecían ansiosos por celebrar el carnaval en cuanto acabaron el desayuno, una comida más rápida con las nuevas raciones, que consistían en una sola galleta de a bordo con mermelada y una cucharada más reducida de gachas escocesas de cebada, con una porción de azúcar, pero había que atender a los deberes del buque, y Crozier había dado libertad para la asistencia general a la gala sólo cuando acabase el día de trabajo y cenaran. Aun así, había accedido a que aquellos hombres con deberes específicos aquel día, como pasar la piedra de arena por la cubierta inferior, las guardias habituales, deshelar las jarcias, palear nieve en cubierta, reparaciones del barco o de los mojones, dar clases..., podían ir a trabajar en los preparativos finales de la mascarada, y una docena de hombres, más o menos, salieron en la oscuridad después de desayunar, con dos marines con mosquetes acompañándolos.

Hacia el mediodía y al entregar el grog, más diluido que antes, la excitación de la tripulación que quedaba en el barco era palpable. Crozier dejó que seis hombres más que habían acabado las tareas diarias se fuesen, y envió al teniente Hodgson con ellos.

Aquella tarde, mientras recorría la cubierta de popa en la oscuridad, Crozier podía ver el brillante resplandor de las antorchas más allá del mayor iceberg que se alzaba entre ambos buques. Aún no había viento ni se veía la luz de las estrellas.

313

A la hora de la cena, los hombres que quedaban estaban tan nerviosos como niños en Nochebuena. Se acabaron la comida en un tiempo inverosímil, aun con las reducidas raciones; dado que el viernes no era un «día de harina» con cocción, consistían en poco más que bacalao, unas pocas verduras en lata y dos dedos de cerveza Burton. Crozier no tuvo corazón para retenerlos en el buque mientras los oficiales acababan de comer más relajadamente. Además, los oficiales que quedaban a bordo estaban tan ansiosos como los hombres por ir al carnaval. Hasta el ingeniero James Thompson, que raramente mostraba interés en nada aparte de la maquinaria de la bodega y que había perdido tanto peso que parecía un esqueleto ambulante, estaba en la cubierta inferior ya vestido y preparado para salir.

Así que hacia las siete en punto, el capitán Crozier se vistió con tantas capas de ropa como pudo añadir, haciendo la inspección final de los ocho hombres que quedaban de guardia en el barco. El primer oficial Hornby tenía guardia, pero sería relevado antes de medianoche por el joven Irving, que volvería con tres marineros para que Hornby y su guardia pudiesen asistir a la gala. Luego bajaron por la rampa de hielo hasta el mar helado y caminaron vivamente con una temperatura de sesenta y dos grados bajo cero hacia el *Erebus*. Los treinta y tantos hombres pronto se colocaron en una larga fila en la oscuridad, y Crozier se encontró caminando junto al teniente Irving, el patrón del hielo Blanky y unos pocos suboficiales.

314

Blanky se movía muy despacio, ayudándose de una muleta muy bien acolchada que llevaba bajo el brazo derecho, ya que había perdido el talón del pie derecho y todavía no dominaba bien la marcha con su prótesis de madera y cuero, pero parecía de buen humor.

—Buenas noches, capitán —dijo el patrón del hielo—. No quiero retrasarle, señor. Mis compañeros, Wilson, *el Gordo*, Kenley y Billy Gibson ya me acompañarán.

—Parece que se mueve usted más rápido que nosotros, señor Blanky —dijo Crozier.

Mientras pasaban junto a las antorchas encendidas cada cinco mojones, observó que todavía no soplaba nada de viento y que las llamas parpadeaban verticalmente. El camino estaba bien marcado, los huecos de las crestas de presión rellenados con la pala y abiertos para permitir un paso fácil. El gran iceberg que se encontraba aún a nos ochocientos metros delante de ellos parecía encendido desde el interior por todas las antorchas que ardían al otro lado, y ahora parecía una especie de torre de asedio fantasmagórica resplandeciendo en la noche. Crozier recordó que había ido a algunas ferias regionales irlandesas cuando era niño. El aire de aquella noche, aunque era un poco más frío que una noche de verano en Irlanda, estaba lleno de una emoción similar. Miró detrás de ellos para asegurarse de que el soldado Hammond, el soldado Daly y el sargento Tozer les cubrían la retaguardia con sus armas empuñadas y los guantes externos quitados.

—Es extraño lo mucho que se han alterado los hombres con este carnaval, ¿verdad, capitán? —dijo el señor Blanky.

Crozier no pudo hacer otra cosa que gruñir al oír aquello. Esa misma tarde se había bebido el último whisky que se había racionado. Temía los días y las noches que se avecinaban.

Blanky y sus compañeros se movían con tanta rapidez, con muleta o sin ella, que Crozier les dejó adelantar. Tocó el brazo de Irving, y el larguirucho teniente se retrasó del grupo en el que caminaba, con el teniente Little, los cirujanos Peddie y McDonald, el carpintero Honey y otros.

—John —dijo Crozier cuando estaban fuera del alcance los oficiales, pero todavía lo bastante lejos de los marines para que éstos tampoco los oyeran—, ¿alguna noticia de Lady Silenciosa?

—No, capitán. He comprobado el pañol yo mismo hace menos de una hora, pero ella ya ha salido por su puertecita trasera.

Cuando Irving informó a Crozier de las excursiones misteriosas de su huésped esquimal, unos días antes, el primer instinto de Crozier fue cegar el estrecho túnel de hielo, sellar y reforzar la proa del buque y expulsar a la muchacha al hielo de una vez para siempre.

Sin embargo, no lo había hecho. Por el contrario, Crozier había ordenado al teniente Irving que asignase tres tripulantes a la vigilancia de Lady Silenciosa, y a él le ordenó que la siguiera en sus salidas al hielo en lo posible. Hasta el momento no la habían vuelto a ver salir por su puertecita, aunque Irving había pasado horas escondido entre el hielo, junto a la proa del buque, esperando. Era como si la mujer hubiese visto al teniente durante su demoniaco encuentro con la criatura del hielo, como si hubiese «querido» que él la viera y la oyera allá fuera; parecía que con eso había bastado. Al parecer, ella subsistía con las raciones de a bordo aquellos días, y usaba el pañol de cables de proa sólo para dormir.

El motivo de Crozier para no expulsar inmediatamente a la mujer nativa era sencillo: sus hombres empezaban a morirse de hambre, siguiendo un lento proceso, y no tendrían reservas suficientes para llegar a la primavera y mucho menos para el año siguiente. Si Lady Silenciosa conseguía comida fresca en el hielo, en mitad del invier-

315

no, quizás atrapando focas o morsas, era una habilidad que Crozier pensaba que sus hombres tendrían que aprender, para poder sobrevivir. No había ningún cazador ni pescador bueno entre los ciento y pico supervivientes.

Crozier no había tenido en cuenta el relato avergonzado y lleno de autocrítica del teniente Irving, que explicó que había visto algo que parecía como si la criatura del hielo tocase una especie de música con la mujer y le llevara ofrendas de comida. El capitán, sencillamente, nunca creería que Silenciosa había amaestrado a un oso blanco enorme (si la criatura era tal cosa) para que cazara y le llevara a ella pescado o foca, o morsas, como un buen perro de caza inglés que trae el faisán para su amo. Y en cuanto a la música..., bueno, era absurdo.

Pero ella había elegido aquel día para desaparecer de nuevo.

—Bueno —dijo Crozier, con los pulmones doloridos por el aire frío, aunque fuera filtrado a través de su gruesa pañoleta de lana—, cuando vuelva con la guardia de relevo a las ocho campanadas, vuelva a mirar en el pañol y si ella no está allí... ¿Qué es eso, en el nombre de Cristo todopoderoso?

Habían pasado la última fila de crestas de presión y habían salido a la plana superficie del mar de hielo, en el último medio kilómetro que quedaba hasta el *Erebus*. La escena que encontraron los ojos de Crozier hizo que su mandíbula colgara bajo la pañoleta de lana y los cuellos de sus chaquetas bien subidas.

El capitán había imaginado que los hombres iban a celebrar el Segundo Gran Carnaval Veneciano en la llanura de hielo inmediatamente debajo del *Erebus*, de la misma forma que Hoppner y Parry habían celebrado su mascarada en la corta extensión de hielo entre el *Hecla* y el *Fury* atrapados en el hielo en 1824, pero mientras el *Erebus* permanecía con la proa hacia arriba, oscuro y de aspecto desolado en su sucio pedestal de hielo, toda la luz, antorchas, movimiento y conmoción procedían de una zona a menos de medio kilómetro de distancia, justo delante del mayor iceberg.

—Dios santo —dijo el teniente Irving.

Mientras el *Erebus* parecía un casco vacío y oscuro, una nueva masa de velamen, una verdadera ciudad de lona colorida y antorchas parpadeantes se había alzado en un círculo de hielo, un bosque de seracs, y una zona amplia y abierta debajo del imponente y reluciente iceberg. Crozier no podía hacer otra cosa que quedarse quieto y mirar.

Los aparejadores habían estado muy ocupados. Algunos, obviamente, habían ascendido al mismísimo iceberg, hundiendo unos enormes tornillos en el hielo, a unos dieciocho metros en su cara, introduciendo pernos y poleas, y añadiendo el suficiente cordaje, obenques y garruchas de los almacenes para componer un buque de guerra de tres palos a toda vela.

Una telaraña de un centenar de estachas heladas corría hacia abajo desde el iceberg y luego volvía al *Erebus*, soportando así una ciudad de muros de lona iluminados y coloreados. Estas paredes de lona teñida, algunas de las cuales medían nueve metros de alto o más, estaban ancladas al mar de hielo, al serac y a la banquisa, pero sujetas verticalmente en sus palos con unos estays que corrían diagonalmente al elevado iceberg.

Crozier se acercó un poco, aún asombrado. El hielo de sus pestañas amenazaba con helarle los párpados, pero continuó parpadeando.

Era como si se hubiesen plantado en el hielo una serie de tiendas gigantescas de color, pero esas tiendas no tenían techo. Los muros verticales, iluminados desde dentro y fuera por puñados de antorchas, serpenteaban desde el mar abierto hasta el bosque de seracs y continuaban hacia arriba, hacia la pared vertical del mismo iceberg. Así, resultaba que se habían erigido habitaciones gigantescas o apartamentos coloreados en el hielo, casi de la noche a la mañana. Cada cámara estaba situada en ángulo con la precedente, mediante un giro agudo del aparejo; duelas y lona que asomaban cada veinte metros, más o menos.

La primera cámara se abría hacia el este en el hielo. La lona se había teñido de un azul intenso y vivo, el azul de los cielos no vistos desde hacía muchos meses, de modo que el color puso un nudo en la garganta oprimida del capitán Crozier, y antorchas y braseros de llama situados fuera de las paredes verticales de la cámara de lona hacían que los azules muros brillaran y vibraran.

Crozier pasó al lado del señor Blanky y sus colegas, que miraban abiertamente maravillados.

—Jesús —murmuró el patrón del hielo.

Crozier se acercó más todavía, entrando incluso en el espacio definido por los brillantes muros azules.

Unas figuras vestidas con extraños atuendos de colores saltaban y daban vueltas a su alrededor: traperos con colas de cometa de tela de colores arrastrando tras ellos, altos deshollinadores con colas negras y sombreros de copa negros que bailoteaban, aves exóticas con largos picos dorados caminando con ligereza, jeques árabes con turbantes rojos y babuchas persas picudas que se deslizaban por encima

317

del oscuro hielo, piratas con máscaras azules de la muerte persiguiendo a un unicornio que daba saltos, generales del ejército de Napoleón con máscaras blancas de algún coro griego desfilando en solemne procesión... Algo vestido todo de verde (¿un espíritu del bosque?) corrió hacia Crozier en el hielo y dijo con voz de falsete:

—El baúl de los trajes está a su izquierda, capitán. Vístase y únase al grupo con toda libertad. —Y luego la aparición se esfumó, difuminándose entre los grupos móviles de figuras estrambóticamente vestidas.

Crozier siguió adentrándose en el laberinto de apartamentos coloreados.

Más allá de la sala azul, dando un giro hacia la derecha, se encontraba una enorme habitación morada. Crozier vio que no estaba vacía. Los hombres que habían realizado aquel carnaval habían colocado alfombras, tapices, mesas o barriles aquí y allá en todos los apartamentos, y sus muebles y objetos estaban todos teñidos o pintados del mismo tono que las paredes.

Más allá de la sala Morada, girando agudamente hacia la izquierda en un ángulo tan extraño que Crozier habría tenido que mirar a las estrellas, si éstas hubiesen sido visibles, para averiguar cuál era su situación, se encontraba una larga sala verde. En aquella sala larga todavía había más juerguistas: más aves exóticas, una princesa con cara de caballo, criaturas tan segmentadas y extrañamente unidas luego que parecían insectos gigantescos.

Francis Crozier no recordaba ninguno de aquellos trajes de los baúles de Parry en el *Fury* y el *Hecla*, pero Fitzjames había insistido en que Franklin había traído aquellos mohosos artículos.

La cuarta sala estaba amueblada e iluminada de color naranja. La luz de las antorchas que se colaba a través de la lona fina, teñida de color naranja, parecía que se podía comer. Más lona color naranja, pintada y teñida para que pareciesen tapices, se había extendido sobre el mar helado, y allí se encontraba un enorme cuenco para el ponche, en una mesa toda forrada de naranja, en el centro del espacio interior. Al menos treinta o más figuras estrafalariamente vestidas se habían congregado en el cuenco de ponche, algunos sumergían sus rostros con picos o con colmillos para beber más.

Crozier se dio cuenta con asombro de que una fuerte música procedía del quinto elemento del laberinto de salas. Siguiendo otro giro a la derecha, llegó a la sala Blanca. A lo largo de los blancos muros de lona se habían colocado allí baúles y sillas del comedor de oficiales cubiertos con sábanas, y sonaba el casi olvidado reproductor de música mecánica de la sala Grande del *Terror*, accionado por un hombre disfrazado, en un extremo de la sala. La máquina reproducía los discos de canciones famosas del music-hall. El sonido parecía mucho más intenso allí fuera, en el hielo.

Los juerguistas salían ya de la sexta sala, y Crozier pasó junto a la máquina de música, dio un giro agudo hacia la izquierda y entró en una sala violeta.

Los ojos de marino del capitán admiraron el aparejo que se alzaba de unos palos suplementarios colocados verticalmente hasta un mástil sujeto con sogas que colgaba en mitad del aire. Telarañas de jarcias procedían de las otras salas y acababan atadas allí, y los cabos principales corrían desde este mástil central a unas anclas muy arriba, en el muro del iceberg. Los aparejadores del *Erebus* y del *Terror* que habían concebido y ejecutado aquel laberinto de siete salas obviamente habían exorcizado de aquel modo parte de su terrible frustración al no ser capaces de realizar sus funciones debidamente, al verse atrapados en el hielo y permanecer estáticos durante tantos meses, con los palos, los aparejos y las jarcias de sus buques retirados y almacenados en el hielo. Pero aquella habitación violeta contenía pocos hombres disfrazados que se entretuvieran en ella, y su luz era extrañamente opresiva. El único mueble allí consistía en pilas de cajas vacías en el centro, todas envueltas en sábanas violetas. Las pocas aves, piratas y traperos en aquella habitación hicieron una pausa para beber de sus vasitos de cristal, sacados de la sala Blanca, miraron a su alrededor y rápidamente volvieron a las otras salas.

La última sala, que estaba más allá de la violeta, no parecía tener luz alguna que procediera de ella.

Crozier siguió el ángulo agudo hacia la derecha desde la sala Violeta y se encontró en una sala de casi absoluta negrura.

Pero no, se dio cuenta de que no era cierto. Las antorchas ardían fuera de aquellos muros teñidos de negro, igual que en todas las demás salas, pero el efecto era sólo de un resplandor apagado en un aire color ébano. Crozier tuvo que detenerse para que sus ojos se adaptaran, y cuando lo hicieron, dio dos pasos sobresaltados hacia atrás.

El hielo que tenía bajo los pies había desaparecido. Era como si estuviera caminando por encima del agua negra del mar ártico.

Al capitán le costó unos segundos darse cuenta del truco. Los marineros habían cogido hollín de la caldera y restos de los sacos de carbón y lo habían esparcido por el hielo que había allí, un antiguo truco de marineros cuando querían fundir el agua del mar con mayor rapidez, a finales de la primavera o en un verano recalcitrante, pero aquella noche no había deshielo, con aquellos días sin sol y las temperaturas que caían hacia los menos setenta y cinco grados. Pero el hollín y el carbón habían hecho que el hielo bajo sus pies resultase invisible al resplandor negro de aquel terrible compartimento final.

Cuando los ojos de Crozier se adaptaron más, vio que sólo había una pieza de mobiliario en el largo compartimento negro, pero sus mandíbulas se cerraron, llenas de ira, cuando vio lo que era.

El enorme reloj de pared de ébano de sir John Franklin se había colocado en el extremo más alejado de aquel compartimento negro, de espaldas al elevado iceberg que servía de pared a la sala Negra y al final del laberinto de siete cámaras. Crozier podía oír su pesado tictac.

Y por encima del reloj, surgiendo del hielo como si luchara por liberarse del iceberg, se encontraba la cabeza peluda y blanca y los dientes color marfil de un monstruo.

No, volvió a decirse a sí mismo, no era un monstruo. La cabeza y el cuello de un enorme oso blanco se habían colocado en el hielo, de alguna manera. La boca de la criatura estaba abierta. Sus ojos negros reflejaban la pequeña cantidad de luz de las antorchas que conseguía entrar por aquellos muros de lona teñida de negro. El pellejo y los dientes del oso eran las cosas más luminosas de aquel compartimento negro. Su lengua era de un rojo asombroso. Debajo de la cabeza, el reloj de ébano hacía tictac, como el latido de un corazón.

Lleno de una furia que no sabía describir, Crozier salió del compartimento negro, hizo una pausa en la sala Blanca y aulló preguntando por un oficial, cualquier oficial.

Un sátiro con una larga careta de papel maché y un cono priápico que surgía de su rojo cinturón se adelantó sobre unos cascos de metal colocados debajo de las pesadas botas.

—¿Sí, señor?

—¡Quítese la puta máscara!

—Sí, capitán —dijo el sátiro, y la máscara desapareció y reveló el rostro de Thomas R. Farr, capitán de la cofa mayor del *Terror*.

Una mujer china con enormes pechos junto a él se bajó también la careta y apareció el rostro redondo de John Diggle, el cocinero. Junto a Diggle estaba una rata gigante que se bajó el morro lo suficiente para mostrar el rostro del teniente James Walter Fairholme, del *Erebus*.

—¿Qué demonios significa todo esto? —rugió Crozier.

Diversas fantásticas criaturas retrocedieron espantadas hacia el muro blanco al oír el sonido de la voz de Crozier.

320

—¿Qué exactamente, capitán? —preguntó el teniente Fairholme.

—¡Esto! —aulló Crozier, alzando ambos brazos para indicar los muros blancos, los aparejos de arriba, las antorchas..., todo.

—No tiene sentido, capitán —respondió el señor Farr—. Es sencillamente... carnaval.

Hasta aquel momento, Crozier siempre había pensado que Farr era un hombre responsable e inteligente, y un excelente capitán de cofa.

—Señor Farr, ¿ha ayudado usted con el aparejo? —preguntó, agudamente.

—Sí, señor.

—Y, teniente Fairholme..., ¿sabía usted algo de la... cabeza de animal que se exhibe de forma tan extraña en la sala final?

—Sí, capitán —dijo Fairholm. La alargada y curtida cara del teniente no mostraba señal alguna de temor ante la ira del comandante de su expedición—. Yo mismo lo maté. Anoche. Dos osos, en realidad. Una madre y su cachorro macho, ya casi crecido del todo. Vamos a asar la carne hacia medianoche..., una especie de festín, señor.

Crozier miró a los hombres. Notaba que el corazón le latía con rapidez en el pecho, notaba la ira que, mezclada con el whisky que había tomado aquel día, y la certeza de que no habría más los días venideros, a menudo le había conducido a la violencia, cuando estaba en tierra.

Allí debía tener mucho cuidado.

—Señor Diggle —dijo a la gorda mujer china con enormes pechos—, usted sabe que el hígado de los osos blancos nos sienta mal.

Las mandíbulas de Diggle saltaron arriba y abajo con tanta libertad como los pechos acolchados que había debajo.

—Ah, sí, capitán. Hay algo malo en el hígado de ese animal que no hemos podido quitar calentándolo. No habrá ni hígado ni pulmones en el banquete que prepararé esta noche, capitán, se lo aseguro. Sólo carne fresca..., cientos y cientos de kilos de carne fresca bien tostada, requemada y frita hasta la perfección, señor.

Habló entonces el teniente Fairholme:

—Los hombres están tomando como un buen presagio que diéramos con los dos osos en el hielo y fuésemos capaces de matarlos, capitán. Todo el mundo espera el festín a medianoche.

—¿Y por qué no se me ha comunicado lo de los osos? —preguntó Crozier.

El oficial, el capitán de la cofa y el cocinero se miraron entre sí. Las aves, los animales y los seres mágicos que había cerca también se miraron entre sí.

—Matamos a la osa y el cachorro anoche, capitán —dijo Fairholme al fin—. Supongo que todo el tráfico que ha habido hoy ha sido de gente del *Terror* que venía al carnaval a trabajar y a prepararse, no mensajeros del *Erebus* haciendo el camino inverso. Mis disculpas por no informarle, señor.

Crozier sabía que era Fitzjames el que se había mostrado negligente en aquel aspecto. Y sabía que los hombres que estaban a su alrededor lo sabían.

—Muy bien —dijo al fin—. Sigan. —Pero cuando los hombres se volvieron a colocar las caretas, añadió—: Y que Dios los ayude si el reloj de sir John sufre algún tipo de daño, de cualquier forma.

—Sí, capitán —dijeron al mismo tiempo todas las formas enmascaradas que había a su alrededor.

Con una mirada final, casi aprensiva, al otro lado de la sala Violeta hacia el terrible compartimento negro (casi nada en los cincuenta y un años de frecuente melancolía de Francis Crozier le había oprimido tanto como aquella estancia de color ébano) atravesó la sala Blanca hacia la sala Naranja, y luego de ahí a la Verde, y luego de la Verde a la Morada, y de la Morada a la Azul, y de la Azul que se iba ensanchando hacia el hielo oscuro y abierto.

Sólo cuando estuvo fuera de aquel laberinto de tela teñida, Crozier notó que podía respirar adecuadamente.

Unas siluetas disfrazadas se apartaron ante el capitán cuando éste se dirigió hacia el *Erebus* y la oscura figura muy envuelta que se encontraba de pie en la parte superior de la rampa.

El capitán Fitzjames estaba solo junto al pasamanos del buque. Fumaba en pipa.

—Buenas noches, capitán Crozier.

—Buenas noches, capitán Fitzjames. ¿Ha estado dentro de ese..., ese...? —Le faltaban las palabras, y señaló hacia la ruidosa e iluminada ciudad de muros de colores y elaboradas jarcias que estaba tras él. Las antorchas y los braseros ardían intensamente allí.

—Sí, lo he hecho —dijo Fitzjames—. Los hombres han demostrado un ingenio increíble, diría yo.

Crozier no tenía nada que objetar a eso.

—La cuestión —dijo Fitzjames— es si sus muchas horas de trabajo y de ingenio servirán a la expedición... o al diablo.

Crozier intentó ver los ojos del oficial joven bajo su gorra recubierta de pañoletas. No tenía ni idea de si Fitzjames estaba de broma o no.

—Los advertí —gruñó Crozier— de que no debían desperdiciar ni una sola gota de aceite o de carbón en ese maldito carnaval. ¡Y mire esos fuegos!

—Los hombres me han asegurado —dijo Fitzjames— que sólo usan el aceite y el carbón que han ahorrado en calefacción en el *Erebus* las últimas semanas.

—¿Y qué idea es ésa..., un laberinto? —preguntó Crozier—. Esas salas de colores..., la sala Negra...

Fitzjames exhaló el humo, se quitó la pipa de la boca y lanzó una risita.

—Todo ha sido idea del joven Richard Aylmore.

—¿Aylmore? —repitió Crozier. Recordaba el nombre, pero no al hombre—. ¿El mozo de la santabárbara?

—El mismo.

Crozier recordaba a un hombre menudo, tranquilo, con los ojos hundidos e inquietantes, un tono de voz pedante y un bigotillo negro.

—¿Y de dónde demonios ha sacado todo esto?

—Aylmore vivió en Estados Unidos varios años antes de volver a casa en 1844 y alistarse en el Servicio de Descubrimientos —dijo Fitzjames. La boquilla de la pipa castañeteaba ligeramente contra sus dientes—. Asegura que leyó una historia absurda allí, hace cinco años, en 1842, que describía un baile de máscaras igual que éste, con las mismas salas de colores, y que la leyó mientras vivía en Boston con su primo, en una revistilla muy mala que se llamaba *Graham's Magazine*, creo recordar. Aylmore no recuerda exactamente cuál era el argumento de la historia, pero recuerda que era sobre un extraño baile de máscaras dado por un tal príncipe Próspero... Dice que está bastante seguro de la secuencia de las habitaciones, que acaba con esa terrible sala Negra. A los hombres les encantó la idea.

Crozier no hizo más que menear la cabeza.

—Francis —continuó Fitzjames—, éste ha sido un buque abstemio durante dos años y un mes, con sir John. A pesar de eso, conseguí pasar de contrabando a bordo tres botellas de buen whisky que me regaló mi padre. Me queda una. Me sentiría muy honrado si quisiera compartirla conmigo esta noche. Pasarán otras tres horas hasta que los hombres empiecen a cocinar los dos osos que cazaron. Autoricé ayer al señor Wall y a su señor Diggle para que colocaran en la nieve dos de las estufas de las balleneras, para calentar el acompañamiento, como por ejemplo verduras en lata, y también les permití que construyeran una gran parrilla, en lo que llaman la sala Blanca, para asar la carne de oso. Al menos, será la primera carne fresca que comemos en más de tres meses. ¿Le importaría convertirse en mi huésped con esa botella de whisky abajo, en el antiguo camarote de sir John, hasta que sea el momento del festín?

Crozier asintió y siguió a Fitzjames hacia el barco.

25

Crozier

Latitud 70° 5' N — Longitud 98° 23' O
31 de diciembre de 1847-1 de enero de 1848

Crozier y Fitzjames emergieron del *Erebus* algo después de la medianoche. En la sala Grande hacía un frío espantoso, pero el frío intenso que hacía allí fuera, en la noche, fue como un asalto a sus cuerpos y sus sentidos. El viento había subido ligeramente en las últimas dos horas, y las antorchas y los braseros en forma de trípode (Fitzjames había sugerido, y después de la primera hora de whisky Crozier había accedido, enviar unos sacos extra de carbón y aceite para alimentar los braseros de llama abierta y evitar que los juerguistas se congelaran) ondulaban y chasqueaban en la helada noche por debajo de setenta y cinco grados.

Los dos capitanes hablaron muy poco, cada uno perdido en su propia ensoñación melancólica. Los habían interrumpido una docena de veces. El teniente Irving vino a informar de que iba a conducir a la guardia de relevo de vuelta al *Terror*; el teniente Hodgson vino a informar de que su guardia había llegado al carnaval. Otros oficiales con trajes absurdos vinieron a informar de que todo iba bien en el carnaval mismo; diversos guardias y oficiales del *Erebus* se acercaron a informar que concluía su guardia o que empezaba; el señor Gregory, el ingeniero, vino a informar de que se podía usar también el carbón para los braseros, porque no había suficiente para alimentar la máquina del vapor durante más de unas pocas horas si llegaba el mítico deshielo, y luego se fue a hacer los preparativos para que se subieran varios sacos a la ceremonia en el hielo, cada vez más salvaje; el señor Murray, el antiguo velero, vestido como una especie de enterrador con una calavera bajo su gran gorro de castor, una calavera que no se diferenciaba mucho de su propia cara marchita, se disculpó y preguntó si él y sus ayudantes podían colocar un par de foques más para aparejar un escudo contra el viento de los nuevos trípodes con braseros.

Los capitanes dieron su conformidad y sus permisos, emitieron sus órdenes y sus reprobaciones, sin apartarse en realidad de sus pensamientos inducidos por el whisky.

En algún momento entre las once y medianoche, se envolvieron de nuevo en sus ropas para salir a la nieve, salieron a cubierta y se dirigieron de nuevo al hielo después de que Thomas Jopson y Edmund Hoar, los mozos respectivos de Crozier y Fitzjames, bajaran al camarote Grande con el teniente Le Vesconte y Little, los cuatro con extraños trajes metidos por encima y por debajo de sus capas de ropa, a anunciar que la carne de oso se estaba cocinando ya, y que las mejores porciones se habían reservado para los capitanes, y que si los capitanes querían unirse al banquete.

Crozier se dio cuenta de que estaba muy borracho. Estaba acostumbrado a tomar su licor sin dejar que se notase, y los hombres estaban habituados a que, aunque oliese a whisky, mantuviese el control total de las situaciones, pero llevaba varias noches sin dormir y aquella medianoche, en la que hacia un frío que golpeaba en el pecho, caminando entre las lonas iluminadas, el iceberg iluminado y los movimientos de extrañas siluetas, Crozier notó que el whisky ardía en su vientre y en su cerebro.

Habían colocado la zona principal de la parrilla en la sala Blanca. Los dos capitanes atravesaron la serie de compartimentos sin hacer comentario alguno entre ellos o a las docenas y docenas de figuras estrafalariamente vestidas que saltaban por todas partes. Desde la habitación azul, abierta por un extremo, caminaron hacia las salas morada y verde, y luego atravesaron la de color naranja, y luego llegaron a la blanca.

A Crozier le resultaba obvio que la mayoría de los hombres estaban borrachos también. ¿Cómo lo habían conseguido? ¿Habrían estado ahorrando sus raciones de ron? ¿Guardando la cerveza que normalmente se les servía con la cena? Sabía que no habían irrumpido en la sala de Licores del *Terror* porque había hecho que el teniente Little se asegurase de que las cerraduras estaban firmes, por la mañana y por la tarde. Y la sala de Licores del *Erebus* estaba vacía gracias a sir John Franklin, y lo había estado desde que zarparon.

Pero los hombres, sin saber cómo, habían encontrado mucho alcohol. Como marino que tenía más de cuarenta años de experiencia y que había servido en sus tiempos como simple marinero, Crozier sabía que, al menos en términos de fermentación, almacenamiento o detección del alcohol, el ingenio de un marinero británico no tiene límites.

El señor Diggle y el señor Wall asaban a fuego abierto las enormes ancas y costillares de carne de oso, y un sonriente teniente Le Vesconte, con el diente de oro resplandeciendo, junto con otros oficiales y mozos de ambos buques, pasaba bandejas de peltre de las vituallas humeantes a los hombres que formaban cola. El olor de carne asada era increíble. Crozier notó que salivaba, a pesar de haberse jurado a sí mismo no participar en aquel festín de carnaval.

La cola dejó pasar a ambos capitanes. Traperos, sacerdotes papistas, cortesanos franceses, espíritus y hadas, mendigos variopintos, un cadáver en su sudario y dos legionarios romanos con sus capas rojas, máscaras negras y una armadura dorada que les cubría el pecho hicieron señas a Fitzjames y a Crozier de que adelantaran en la cola e inclinaron la cabeza cuando pasaron los oficiales.

El propio señor Diggle, con los pechos colgantes de dama gorda china ahora bajos y en la cintura, oscilando cada vez que se movía, cortó un buen trozo para Crozier y otro para el capitán Fitzjames. Le Vesconte les entregó cubiertos adecuados del comedor de oficiales y unas servilletas blancas de tela. El teniente Fairholme les sirvió cerveza en dos copas.

—Aquí fuera, el truco —dijo Fairholme— consiste en beber deprisa, picoteando como un pajarito, para que los labios no se queden helados al tocar la copa.

Fitzjames y Crozier encontraron un sitio en la cabecera de una mesa envuelta en blanco, sentados en unas sillas también forradas de blanco, que apartaron sobre el hielo rechinante para que se sentara el señor Farr, capitán de la cofa a quien Crozier había reñido antes, aquella misma noche. El señor Blanky estaba sentado allí con el otro patrón del hielo, el señor Reid, y también Edward Little y media docena de oficiales del *Erebus*. Los cirujanos se apiñaban en el otro extremo de la mesa blanca.

Crozier se quitó los guantes exteriores, flexionó los dedos fríos debajo de los guantes de lana y probó ansiosamente la carne, sin dejar que el tenedor de metal le tocase los labios. La chuleta de oso le quemó la lengua. Entonces tuvo unas ganas irresistibles de reír. A unos setenta y cinco grados bajo cero, allí, la noche de Fin de Año, con el aliento colgando ante él en una nube de cristales de hielo, la cara escondida bajo un túnel formado por sus pañoletas, gorros y sombreros, y él va y se quema la lengua. Lo intentó de nuevo, masticando y tragando en esta ocasión.

Era el bistec más delicioso que había probado jamás. El capitán se sorprendió. Muchos meses antes, la última vez que habían probado la carne de oso, les había parecido fuerte y rancia. El hígado y probablemente alguno de los demás órganos que normalmente son más preciados pusieron a los hombres enfermos. Se decidió que la carne de oso ártico se comería solamente si lo exigía la supervivencia.

Pero ahora, aquel festín..., ese festín suntuoso... A su alrededor, en la sala Blanca, y en los baúles cubiertos de lona, barriles y mesas, en las salas adjuntas naranja y violeta, los hombres de la tripulación devoraban los bistecs. El ruido y parloteo de los hombres felices se alzaba fácilmente por encima del rugido de las llamas de la parrilla o de las sacudidas de la lona al levantarse de nuevo el viento. Pocos de los hombres que estaban allí en la sala Blanca usaban cuchillos y tenedores; muchos, sencillamente, ensartaban los humeantes bistecs de oso y los iban mordiendo de esa forma, pero la mayoría se los comían directamente con las manos enguantadas. Era como si más de cien depredadores se regodeasen en su caza.

Cuanto más comía Crozier, más hambriento se sentía. Fitzjames, Reid, Blanky, Farr, Little Hodgson y los demás que estaban a su alrededor, hasta Jopson, su mozo, en una mesa cercana con los demás mozos, parecían devorar aquella carne con igual entusiasmo. Uno de los ayudantes del señor Diggle, vestido de bebé chino, pasó por las mesas repartiendo humeantes verduras de una sartén calentada en una de las estufas de hierro de las balleneras, pero las verduras enlatadas, por mucho que se calentaran, sencillamente no tenían gusto al lado de la deliciosa carne de oso recién cocinada. Sólo la posición de Crozier como comandante de la expedición le impidió abrirse camino a la fuerza ante toda la cola y exigir otra ración, cuando se hubo acabado su enorme filete de oso. La expresión de Fitzjames no parecía nada distraída entonces; el comandante más joven parecía que iba a llorar de felicidad.

De pronto, cuando la mayoría de los hombres se habían acabado los bistecs y estaban bebiéndose la cerveza antes de que el líquido se convirtiese en sólido, un rey persa que se encontraba junto a la entrada de la sala Violeta empezó a hacer sonar la máquina de los discos.

El aplauso (unas manos con gruesos guantes que resonaban sordamente) empezó casi en cuanto sonaron las primeras notas y salieron de la rudimentaria máquina. Muchos de los hombres que sabían música a bordo de ambos buques se habían quejado de la máquina reproductora, ya que la gama de sonidos que emanaba de los discos de metal giratorios era casi con toda seguridad la misma que la del instrumento de un organillero callejero, pero aquellas notas eran inconfundibles. Docenas de hombres se pusieron de pie. Otros empezaron a cantar de inmediato, y el vapor de su aliento se alzó a la brillante luz de las antorchas, entre los blancos muros de lona. Hasta Crozier sonrió como un idiota, mientras las familiares palabras de la primera estrofa hacían eco en el iceberg que se alzaba ante ellos en la helada noche.

> *When Britain first at Heaven's command,*
> *arose from out the azure main;*
> *this was the charter of the land,*
> *and guardian angels sang this strain;*

Los capitanes Crozier y Fitzjames se pusieron de pie y se unieron al primer coro que ya cantaba.

> *Rule Britannia!*
> *Britannia, rule the waves;*
> *Britons never shall be slaves!*

La voz pura de tenor del joven Hodgson dirigía a los hombres en seis de los siete compartimentos de colores, cantando la segunda estrofa:

> *The nations not so blest as thee,*
> *shall in their turns to tyrants fall;*
> *while thou shalt flourish great and free,*
> *the dread and envy of them all.*

Vagamente consciente de que había cierta conmoción dos salas más al este, en la entrada de la sala Azul, Crozier echó la cabeza atrás y, acalorado por el whisky y la carne de oso, aulló con todos sus hombres:

> *Rule, Britannia!*
> *Britannia, rule the waves;*
> *Britons never, never shall be slaves!*

Los hombres en las habitaciones exteriores de los siete compartimentos estaban cantando, pero también se reían. La conmoción iba en aumento. La música mecánica sonaba cada vez más fuerte. Los hombres cantaban también más alto aún. De pie allí, cantando la tercera estrofa entre Fitzjames y Little, Crozier vio conmocionado que una procesión entraba en la sala Blanca.

> *Still more majestic shalt thou rise,*
> *more dreadful, from each foreign stroke;*
> *as the loud blast that tears the skies,*
> *serves but to root thy native oak.*

Alguien dirigía la procesión vestido con una versión teatral del uniforme de un almirante. Las charreteras eran tan absurdamente anchas que colgaban unos veinticinco centímetros más allá de los hombros menudos del hombre. Estaba muy gordo. Los botones dorados de su chaqueta naval pasada de moda no se podían abrochar. Tampoco tenía cabeza. La figura llevaba la cabeza de papel maché debajo del brazo izquierdo, y su descompuesto sombrero de almirante con plumero bajo el brazo derecho.

Crozier dejó de cantar, pero los demás hombres siguieron.

330

> *Rule, Britannia!*
> *Britannia, rule the waves!*
> *Britons never, never, never shall be slaves!*

Detrás del almirante decapitado, que obviamente quería representar al difunto sir John Franklin, aunque no fue sir John el decapitado aquel día en el aguardo del oso, se alzaba un monstruo de más de tres metros de altura.

Tenía el cuerpo, el pellejo, las negras garras y las largas zarpas y la cabeza triangular de un oso polar blanco, pero caminaba sobre las patas traseras y era de dos veces el tamaño de un oso, y sus brazos eran el doble de largos. Caminaba muy tieso, casi ciego, haciendo girar la parte superior de su cuerpo adelante y atrás, y los pequeños ojillos negros miraban a todos los hombres al acercarse a ellos. Las zarpas colgantes (porque los brazos colgaban sueltos, como badajos de campana) eran más grandes que las cabezas de los tripulantes disfrazados.

—Es su gigante, Manson, el que va dentro —se rio el segundo oficial del *Erebus*, Charles Frederick des Voeux, junto a Crozier, elevando la voz para que se oyese por encima de la siguiente estrofa—: El ayudante de calafatero bajito, Hickey creo que se llama, va subido en sus hombros. Les ha costado toda la noche a los hombres coser los dos pellejos y formar un solo traje.

Thee haughty tyrants ne'er shall tame,
all their attempts to bend thee down,
will but arouse thy generous flame,
but work their woe, and thy renown.

Cuando el gigantesco oso pasó, docenas de hombres de las habitaciones azul, verde y naranja lo siguieron en procesión a través de la sala Blanca, hacia la sala Violeta. Crozier se quedó de pie, congelado literalmente, junto a la blanca mesa del banquete. Finalmente, se volvió a mirar a Fitzjames.

—Juro que no lo sabía, Francis —dijo Fitzjames.

Los labios del otro capitán estaban muy pálidos y apretados.

La sala Blanca empezó a vaciarse de figuras disfrazadas mientras los que allí estaban seguían al almirante sin cabeza y al altísimo y oscilante bípedo, que oscilaba lentamente, y se dirigieron hacia la relativa oscuridad de la sala Violeta. Los cánticos ebrios siguieron en torno a Crozier.

331

Rule, Britannia!
Britannia, rule the waves!
Brittons never, never, never, never shall be slaves!

Crozier empezó a seguir la procesión hacia la sala Violeta, y Fitzjames fue detrás de él. El capitán del HMS *Terror* nunca había sentido nada igual en todos sus años de mando; sabía que tenía que detener aquella sátira, porque la disciplina naval no podía tolerar una farsa en la cual la muerte del antiguo comandante de la expedición se convirtiese en motivo de humor. Pero al mismo tiempo sabía que habían llegado a un punto en el cual simplemente gritar para que cesaran los cantos, ordenar a Manson y a Hickey que salieran del obsceno traje de monstruo, ordenar a «todo el mundo» que se quitara los trajes y volviera a sus hamacas en los barcos sería casi tan absurdo e inútil como el ritual pagano que Crozier estaba contemplando con creciente ira.

To thee belongs the rural reign;
thy cities shall with commerce shine;
all thine shall be the subject main,
and every shore it circles thine!

El almirante sin cabeza, el oso deambulante y los cien hombres o más disfrazados que iban detrás en procesión no se habían detenido mucho en la sala Violeta. Crozier entró en el espacio coloreado de violeta, con las antorchas y los fuegos exteriores en los trípodes agitándose en el extremo norte del muro de lona teñido de violeta, y las velas mismas chasqueando en el viento creciente, y llegó justo a tiempo de ver que Manson, Hickey y la turba que los seguía hacían una pausa ante la entrada de la sala Ébano.

Crozier resistió el impulso de gritar: «¡No!». Era una obscenidad que la efigie de sir John y el enorme oso representaran aquel papel en cualquier escenario, pero resultaba de una vileza impensable que lo hicieran en aquella sala negra, opresiva, con su cabeza de oso polar y el reloj haciendo tictac. Cualquier final que tuvieran pensado los hombres para aquella muda representación al menos acabaría pronto. Aquél tenía que ser el final de ese malhadado error del Segundo Gran Carnaval Veneciano. Dejaría que acabasen los cánticos por sí solos, que la pantomima pagana acabase entre ebrios vítores de los hombres, y luego ordenaría que todos se quitaran los disfraces, que los marineros helados y borrachos volvieran a sus barcos y ordenaría a los aparejadores y organizadores que recogieran la vela y los aparejos inmediatamente, aquella misma noche, aunque se quedaran congelados del todo. Luego se las vería con Hickey, Manson, Aylmore y sus oficiales.

El oscilante y muy vitoreado almirante sin cabeza y su oscilante oso monstruoso entraron en la estancia color ébano.

El reloj negro de sir John empezó a tocar la medianoche.

La multitud de marineros extravagantemente vestidos detrás de la procesión empezó a presionar hacia delante, las filas posteriores ansiosas por meterse en aquella sala negra para ver la función, aunque ya los traperos, ratas, unicornios, basureros, piratas con una sola pierna, príncipes árabes y princesas egipcias, gladiadores, hadas y otras criaturas que estaban delante de la multitud habían cogido sitio y habían cruzado el umbral hacia la habitación negra, y empezaban a resistirse al avance, empujando hacia atrás, no demasiado seguros de querer permanecer en aquella oscuridad con el suelo cubierto de hollín y las paredes negras.

Crozier se abrió camino hacia delante con los codos, a través de la multitud, mientras la masa se echaba hacia delante y luego hacia atrás cuando los que iban delante se lo pensaron dos veces a la hora de entrar en la sala, seguro ahora de que si no podía resistir aquella farsa hasta el fin, al menos podría acortar el acto final.

Tan pronto había entrado en la oscuridad con veinte o treinta hombres de la parte delantera de la procesión, que también se había detenido nada más entrar, cuando sus ojos tuvieron que adaptarse, y el negro hollín del hielo le produjo una sensación terrible de estar cayendo en un negro vacío, y notó una ráfaga de aire frío contra el rostro. Era como si alguien hubiese abierto una puerta en el muro del iceberg que se alzaba por encima de todo. Hasta las figuras disfrazadas que había allí en la oscuridad cantaban todavía, pero el volumen real venía de la multitud que todavía empujaba desde la sala Violeta.

Rule, Britannia!
Britannia, rule the waves;
Brittons never, never, never, never, never shall be slaves!

Crozier sólo podía distinguir la blancura de la cabeza de oso sin cuerpo que surgía del hielo por encima del reloj de ébano. El carillón había tocado las seis ya, y resonaba terriblemente fuerte en aquel espacio oscuro, y entonces vio que bajo la forma alta, oscilante y monstruosa del oso blanco, Manson y Hickey encontraban difícil conservar el equilibrio en aquel hielo manchado de hollín, en la helada negrura con las paredes de lona del norte ondeando y chasqueando salvajemente al viento.

Crozier vio que había una «segunda» figura blanca y grande en la sala. También estaba de pie sobre los cuartos traseros. Estaba mucho más atrás que el brillo blancuzco del pellejo de oso de Manson y Hickey, en la oscuridad. Y era mucho más grande. Y más alta.

A medida que los hombres se quedaban silenciosos y el reloj daba las últimas cuatro campanadas, algo en la habitación rugió.

The muses, still with freedom found,
shall to thy happy coast repair;
blest isle! With matchless beauty crowned,
and manly hearts to guard the fair!

De pronto, los hombres de la sala Ébano se apretaban hacia atrás, contra la multitud de marineros que todavía empujaban, intentando meterse.

—¿Qué es eso, en nombre del Cielo? —preguntó el doctor McDonald.

Los cuatro cirujanos, todos vestidos con trajes de arlequín, pero con las máscaras colgando bajas, resultaban reconocibles a Crozier con el resplandor violeta que venía de la curva forrada de lona entre las salas.

Un hombre en la sala de Ébano chilló, lleno de terror. Luego se oyó un segundo rugido, muy distinto de todo lo que había oído Francis Rawdon Moira Crozier. Era algo que cuadraba más en una espesa selva de alguna era primordial que en el Ártico en pleno siglo XIX. El sonido se fue haciendo tan intenso en los bajos, tan reverberante, y emergía con tanta ferocidad, que el capitán del HMS *Terror* estuvo a punto de mearse en los pantalones allí mismo, delante de todos sus hombres.

La mayor de las dos siluetas blancas en la oscuridad cargó hacia delante.

Los hombres disfrazados chillaron, intentaron echarse atrás en la oleada de los curiosos que empujaban, y luego corrieron a izquierda y derecha en la oscuridad, chocando con los casi invisibles muros de lona teñidos de negro.

Crozier, desarmado, se quedó donde estaba. Notó que la masa enorme de la criatura pasaba rozándole en la oscuridad. Lo notó con la mente..., lo sintió en su cabeza. Hubo un súbito hedor a sangre antigua y luego a carroña.

Princesas y hadas arrojaban los disfraces y las ropas de abrigo a su alrededor en la oscuridad, agarrándose a los negros muros y buscando sus cuchillos en la oscuridad, en sus cinturones.

Crozier oyó un chasquido horripilante, de carne, cuando unas enormes garras del tamaño de una bandeja dieron en el cuerpo de un hombre. Algo crujió también de forma espantosa cuando unos dientes más largos que bayonetas mordieron un cráneo o hueso. En las salas exteriores los hombres todavía seguían cantando.

Rule, Britannia!
Britannia, rule the waves!
Brittons never, never, never, never, never shall be slaves!

El reloj de ébano acabó de dar las campanadas. Era medianoche. Estaban en 1848.

Los hombres usaron sus cuchillos para cortar las paredes teñidas de negro, y tiras de lona atormentada por el viento dieron al momento en las llamas de antorchas y trípodes que había fuera, en el hielo. Las llamas subieron hacia el cielo y casi de inmediato prendieron en los aparejos.

La forma blanca había salido hacia la habitación violeta. Los hombres que había allí chillaron y se desperdigaron, maldiciendo y empujando, algunos ya acuchillando las paredes en lugar de intentar hacer el largo recorrido a lo largo del laberinto de compartimentos, y Crozier empujó a los marineros a un lado, intentando seguir adelante. Ambos muros de la sala Ébano estaban ahora en llamas. Más hombres chillaban, y uno de ellos pasó junto a Crozier con su traje de arlequín y su gorro y el pelo llameando tras él como serpentinas de seda amarilla.

Cuando Crozier consiguió liberarse de la multitud de formas disfrazadas que huían, la sala Violeta ardía también y la criatura del hielo se había desplazado a la sala Blanca. El capitán oía los gritos de los hombres que corrían delante de la aparición blanca en una avalancha de brazos que se agitaban y de disfraces arrojados al aire. La red de jarcias bellamente aparejadas que unían la lona con los mástiles en el iceberg que dominaba todo el conjunto estaba ardiendo, y los dibujos de las llamas destacaban como runas de fuego garabateadas en la negra pizarra del cielo. El muro de hielo de treinta metros de alto reflejaba las llamas en sus mil facetas.

Los palos mismos, que se alzaban como costillas expuestas a lo largo de los muros ardientes de la sala Ébano, la sala Violeta y ahora también la sala Blanca, estaban también en llamas. Años de almacenamiento en aquel desierto de sequedad del Ártico habían eliminado toda humedad de la madera. Alimentaron las llamas como piezas de yesca de cuatrocientos cincuenta kilos.

Crozier abandonó toda esperanza de controlar la situación y corrió con los demás. Tenía que salir del laberinto en llamas.

La sala Blanca estaba ardiendo entera. Las llamas subían por los blancos muros, de las alfombras de lona sobre la nieve, de las mesas del banquete, envueltas en sábanas, y de los barriles, de las sillas y de la parrilla del señor Diggle. Alguien había volcado el ingenio mecánico que tocaba los discos en su huida aterrorizada, y el instrumento de roble y bronce reflejaba las llamas desde todas sus caras y curvas bellamente talladas.

Crozier vio que el capitán Fitzjames estaba de pie en la sala Blanca, la única figura no disfrazada y que no corría. Agarró al hombre inmóvil por la manga.

—¡Vamos, James! Tenemos que irnos.

El comandante del HMS *Erebus* volvió lentamente la cabeza y miró a su oficial superior como si no se conocieran. Fitzjames tenía otra vez en la cara aquella sonrisa ausente y enloquecida.

335

Crozier le dio una bofetada.

—¡Vamos!

Tirando y empujando al sonámbulo Fitzjames, Crozier pasó a trompicones por la sala Blanca que estaba en llamas y salió por la cuarta habitación, cuyos muros estaban más anaranjados por las llamas que por el tinte, y fue hacia la sala Verde, que también ardía. El laberinto parecía seguir y seguir eternamente. Figuras disfrazadas yacían en el hielo aquí y allá, algunos quejándose y con los trajes destrozados, un hombre desnudo y quemado, pero otros marineros se paraban ya a atenderlos y los sacaban afuera, llevándolos hacia delante. El mar de hielo que tenían bajo los pies, donde no había alfombras de lona ardiendo, estaba sembrado con jirones de trajes y ropa de abrigo abandonada. La mayor parte de aquellos harapos, o bien estaban en llamas, o a punto de arder.

—¡Salid! —repetía Crozier, tirando de un tambaleante Fitzjames, que iba tras él.

Un marinero yacía inconsciente en el hielo. Crozier vio que era el joven George Chambers, del *Erebus*, uno de los grumetes del barco, aunque ya tenía veintiún años, uno de los que tocaban el tambor en los primeros entierros en el hielo, y nadie parecía ocuparse de él. Crozier soltó a Fitzjames sólo lo justo para echarse a Chambers encima del hombro y luego agarró de nuevo la manga del otro capitán y empezó a correr justo cuando las llamas a cada lado explotaban hasta las jarcias que había arriba.

Crozier oyó un silbido monstruoso tras él.

Seguro de que la criatura había ido tras él en la confusión, quizás abriéndose paso entre el hielo impenetrable, dio la vuelta para enfrentarse a él sólo con su puño libre.

Todo el iceberg estaba humeando y chasqueando por el calor. Enormes trozos de hielo y pesados rebordes que sobresalían se rompían y caían en el suelo de hielo, siseando como serpientes mientras caían en el caldero de llamas que había sido el laberinto de lona. Aquella visión dejó a Crozier incapaz de moverse, arrobado, durante un minuto: las innumerables facetas del iceberg que reflejaban las llamas le hacían pensar en un castillo de cuento de hadas de cien pisos iluminado por una luz intensísima. Sabía en aquel instante que, por mucho que viviera, nunca vería nada parecido a aquello.

—Francis —susurró el capitán James Fitzjames—. Tenemos que irnos.

Los muros de la sala Verde se estaban desmoronando, pero en el hielo que había más allá sólo se veían más llamas. Las fisuras y los zarcillos y dedos del fuego, que avanzaban con rapidez, se habían extendido al fin hacia los dos compartimentos finales.

Tapándose la cara con la mano libre, Crozier cargó hacia delante a través de las llamas, llevándose a los últimos juerguistas que huían delante de él.

Afuera, atravesando la sala Morada en llamas, iban tambaleándose los supervivientes, y Crozier los dirigió hacia la sala Azul, que ardía. El viento del noroeste aullaba ahora con fuerza, uniéndose a los gritos y rugidos y siseos que quizás estuvieran sólo en la cabeza de Francis Crozier, por lo que sabía en aquel momento, y las llamas soplaban a través de la abertura de la sala Azul, creando una barrera de fuego.

Un grupito de una docena de hombres, algunos todavía envueltos en jirones de disfraces, se habían quedado parados ante aquellas llamas.

—¡Moveos! —rugió Crozier, aullando con su voz más imperiosa y profunda.

Un vigía en la cruceta del palo mayor, a unos sesenta metros por encima de la cubierta, habría oído claramente la orden con un viento de ochenta nudos y olas de unos doce metros estrellándose a su alrededor. Y habría obedecido. Aquellos hombres también obedecieron, saltando y chillando, y corrieron entre las llamas con Crozier justo detrás de ellos; todavía llevaba a Chambers cruzado encima del hombro derecho y tiraba de la manga de Fitzjames con la mano izquierda.

Una vez fuera, con las ropas humeantes, Crozier siguió corriendo y recogió al pasar a algunas docenas de hombres que se desperdigaban en todas direcciones en la noche. El capitán no vio de momento a la criatura blanca entre los hombres, pero todo estaba muy confuso allí fuera, aunque las llamas arrojaban luz y sombras a unos ciento cincuenta metros en todas direcciones, y luego estaba demasiado ocupado buscando a gritos a sus oficiales e intentando encontrar una plataforma de hielo en la cual dejar al inconsciente George Chambers.

De pronto, se oyó el pop, pop, pop del fuego de mosquetes.

Aquello era increíble, imposible, obsceno. Una fila de marines justo por fuera del círculo de luz de las llamas habían echado rodilla a tierra en el hielo y estaban disparando hacia los grupos de hombres que corrían. Aquí y allá una figura, todavía triste y absurdamente vestida con un disfraz, caía al hielo.

Tras soltar a Fitzjames, Crozier corrió hacia delante, metiéndose en la línea de fuego y agitando los brazos. Las balas de mosquete pasaron rozándole las orejas.

—¡Cesen el fuego! ¡Malditos sean sus ojos, sargento Tozer, le degradaré a soldado por esto y haré que le cuelguen si no hace que CESE DE INMEDIATO ESE MALDITO FUEGO!

Los disparos se espaciaron y cesaron.

Los marines se colocaron en posición de firmes, y el sargento Tozer gritó que la criatura blanca estaba allí fuera entre los hombres. La habían visto iluminada por las llamas. Se llevaba a un hombre entre las mandíbulas.

Crozier no le hizo el menor caso. Gritando y agrupando a los del *Terror* y los del *Erebus* por igual en torno al hielo, y tras enviar a los hombres que tenían graves heridas o quemaduras al barco de Fitzjames, más cercano, el capitán buscaba a sus oficiales o a los oficiales del *Erebus*, o a alguien a quien pudiera dar una orden y que llegase a los grupitos de hombres aterrorizados que todavía corrían por los seracs y las crestas de presión hacia la aullante oscuridad ártica.

Si aquellos hombres no volvían, se helarían hasta morir ahí fuera. O la cosa los encontraría. Crozier decidió que nadie iba a volver al *Terror* hasta que no se hubiesen calentado en la cubierta inferior del *Erebus*.

Sin embargo, primero Crozier tenía que hacer que se calmasen sus hombres, y que se ocupasen sacando a los heridos y los cuerpos de los muertos de lo que quedaba de los compartimentos quemados del carnaval.

En los primeros momentos sólo encontró al primer oficial del *Erebus*, Couch, y al segundo teniente Hodgson, pero luego apareció el teniente Little entre el humo y el vapor, pues los pocos centímetros de la parte superior del hielo se estaban fundiendo y formando un radio irregular en torno a las llamas, y enviaban una espesa niebla por el mar de hielo y hacia el bosque de seracs; saludó torpemente, con el brazo derecho quemado, y dispuesto para cumplir con su obligación.

Con Little a su lado, Crozier encontró mucho más fácil recuperar el control de los hombres, devolverlos al *Erebus* y empezar a evaluar los daños. Ordenó que los marines volvieran a cargar las armas y se colocaran en una línea defensiva entre la masa acumulada de hombres tambaleantes junto a la rampa de hielo del *Erebus* y aquel infierno que aún rugía.

—Dios mío —exclamó el doctor Harry D. S. Goodsir, que acababa de salir del *Erebus* y estaba de pie junto a él, quitándose su ropa de abrigo y su sobretodo—. Realmente hace mucho calor aquí, con las llamas.

—Sí, es verdad —dijo Crozier, notando el sudor en su cara y su cuerpo.

El fuego había elevado considerablemente la temperatura. Se preguntó ociosamente si el hielo se fundiría y acabarían por ahogarse todos.

—Vaya a ver al teniente Hodgson y dígale que empiece a calcular el número de muertos y heridos y que se los lleve a usted —le dijo a Goodsir—. Busque a los demás cirujanos y prepare la enfermería del *Erebus* en la sala Grande de sir John..., prepárela como les enseñan a ustedes los cirujanos cuando hay un combate en el mar. No quiero que los muertos se queden aquí fuera en el hielo, esa cosa anda todavía por ahí, en alguna parte..., de modo que dígale a sus marineros que los lleven al pique de proa en la cubierta inferior. Volveré a ver qué tal le va dentro de cuarenta minutos... Tenga una lista de bajas completa para mí por entonces.

—Sí, capitán —dijo Goodsir.

Cogiendo sus ropas exteriores, el cirujano corrió hacia el teniente Hodgson en la rampa de hielo del *Erebus*.

Las lonas, los aparejos, los mástiles introducidos en el hielo, los disfraces, las mesas, los barriles y otros muebles, en aquel infierno que habían sido las siete salas de colores, continuaron ardiendo toda la noche, y mucho después también, en la oscuridad de la mañana siguiente.

26

Goodsir

Latitud 70° 5′ N — Longitud 98° 23′ O
4 de enero de 1848

$\mathcal{D}$el diario privado del doctor Harry D. S. Goodsir:

Martes, 4 de enero de 1848

Soy el único que queda.

De los Cirujanos de la Expedición, soy el único que queda. Todos estamos de acuerdo en que hemos sido increíblemente Afortunados al perder sólo a Cinco ante el Horror y Conflagración del Gran Carnaval Veneciano, pero el hecho de que Tres de esos Cinco fueran mis Compañeros Cirujanos, es, cuando menos, Extraordinario.

Los dos Cirujanos en jefe, doctores Peddie y Stanley, murieron por las Quemaduras. El Ayudante de Cirujano del HMS *Terror*, el doctor McDonald, sobrevivió a las llamas y a la Bestia Furibunda sólo para acabar Abatido por una Bala de Mosquete de un Marine, al huir de las tiendas ardientes.

Las otras dos Bajas Mortales son también Oficiales. El Primer Teniente James Walter Fairholme del *Erebus* acabó con el pecho aplastado en la sala Ébano, presumiblemente por la criatura que había allí. Aunque el Cuerpo del Teniente Fairholme fue encontrado Quemado entre las ruinas y el hielo fundido de aquel Espantoso Laberinto de Tiendas, mi examen post mórtem mostraba que había Muerto Instantáneamente cuando su Caja Torácica aplastada le pulverizó el Corazón.

La última víctima mortal del Fuego y Tumulto de Año Nuevo fue el Primer Oficial del *Terror*, Frederick John Hornby, que fue Eviscerado en aquel Recinto de Lona al cual los hombres llamaban sala Blanca. La triste ironía de la muerte del señor Hornby es que el caballero había estado de Guardia a bordo del *Terror* la mayor parte de la noche, y fue relevado por el teniente Irving menos de una hora antes de que se desatara la Violencia.

El Capitán Crozier y el Capitán Fitzjames ahora se encuentran sin tres de sus Cuatro Cirujanos y sin el Consejo y los Servicios de dos de sus oficiales de mayor confianza.

Otros dieciocho hombres resultaron heridos, seis de gravedad, durante la Pesadilla del Carnaval Veneciano: el patrón del hielo señor Blanky, del *Terror*, el Oficial Carpintero Wilson, también de ese barco (los hombres le llaman con afecto «Wilson, *el Gordo*»), el marinero John Morfin, con quien yo había Viajado a la Tierra del Rey Guillermo hacía unos meses; el mozo del sobrecargo, señor William Fowler, el marinero Thomas Work, también del *Erebus*, y el contramaestre del *Terror*, el señor John Lane. Me complace informar de que todos ellos sobrevivirán (aunque es otra ironía que el señor Blanky, que había sufrido unas heridas menos graves por parte de la Misma Criatura menos de un Mes Atrás, heridas a las cuales los cuatro Cirujanos aplicamos todo nuestro tiempo y experiencia, no resultase quemado en el Tumulto del Carnaval, sino que recibiese una nueva herida en la pierna derecha, que fue desgarrada o mordida por la criatura del hielo, según cree él, aunque dice que él estaba saliendo a través de la Lona y Aparejos ardientes en aquel momento. Esta vez he tenido que amputarle la pierna derecha justo por debajo de la rodilla. El señor Blanky sigue estando notablemente animado para haber sufrido tantos daños en un Tiempo tan Breve).

Ayer, Lunes, todos los Supervivientes presenciamos los Azotamientos. Era el primer Castigo Corporal de la Marina que yo presenciaba, y ruego a Dios que no vuelva a ver ninguno más.

El Capitán Crozier, que se encontraba visiblemente consumido por una Ira Sin Palabras desde el Fuego del último Viernes por la noche, reunió a todos los Miembros Supervivientes de la Tripulación de ambos buques en la cubierta inferior del *Erebus* a las diez de la mañana de ayer. Los Marines Reales formaron una fila con los mosquetes colocados en posición vertical. Se tocaron los tambores.

El mozo de la santabárbara del *Erebus*, señor Richard Aylmore, y el ayudante de calafatero del *Terror*, Cornelius Hickey, así como el enorme marinero llamado Magnus Manson, fueron conducidos con la cabeza desnuda y vestidos sólo con pantalones y camisas hasta un lugar ante la Estufa del buque, donde se había colocado una Tapa de Escotilla de madera verticalmente. Uno por uno, empezando por el señor Aylmore, fueron Atados a aquella Escotilla.

Pero antes de eso, los hombres fueron obligados a permanecer de pie, Aylmore y Manson con la cabeza agachada, Hickey muy tieso y desafiante, mientras el Capitán Crozier leía los cargos.

Para Aylmore había cincuenta azotes por Insubordinación y Conducta Temeraria por poner en peligro el buque. Si el tranquilo mozo de la santabárbara hubiese llevado a cabo la idea de las salas de colores, simplemente, una idea que reconoció procedente de una Revista de

Historietas Fantásticas Americanas, el Castigo habría sido cierto, pero menos Severo. Pero además de ser el Principal Planificador del Gran Carnaval Veneciano, Aylmore había cometido el Error de disfrazarse él mismo de almirante decapitado..., una Impropiedad Gravísima, dadas las circunstancias que rodearon la muerte de Sir John, y que según todos comprendimos podía haber derivado en la horca para Aylmore. Todos habíamos oído relatos del testimonio privado de Aylmore ante los capitanes, en el cual éste describía cómo había Chillado y luego se había Desmayado en la sala Ébano al Darse cuenta de que la Criatura del Hielo estaba allí en la Oscuridad con los actores.

En cuanto a Manson y a Hickey, fueron cincuenta azotes por Coser y Ponerse las pieles de Osos Muertos, una violación de todas las Órdenes previas del Capitán Crozier de que no había que llevar Fetiches Paganos semejantes.

Se comprendía que había cincuenta hombres o más que eran Cómplices a la hora de Planificar, Aparejar, Teñir las Velas y Poner en Marcha todo el Gran Carnaval, y que Crozier podía haber condenado a un Número Igual de Azotes a todos ellos. En cierto sentido, esa Triste Trinidad de Aylmore, Manson y Hickey estaba recibiendo el Castigo por el mal juicio de la Tripulación Entera.

Cuando los tambores dejaron de sonar y los Hombres se situaron en fila ante las Tripulaciones Reunidas, el Capitán Crozier habló. Espero recordar exactamente sus palabras aquí:

—Estos hombres están a punto de Recibir Azotes por Violaciones del Reglamento del Buque por su Conducta Impropia, en la cual todos los hombres de a bordo participaron. Incluso yo mismo.

»Que se sepa y se recuerde por Todos los aquí Reunidos que la Responsabilidad Última por la locura que se ha llevado la vida de Cinco de nuestros Compañeros, la Pierna de Otro, y que dejará Cicatrices en un Puñado Más, es mía. Un capitán es responsable de todo lo que ocurre en su Buque. El líder de una Expedición es doblemente responsable. El hecho de que yo permitiera que estos planes tuvieran lugar sin mi Atención o Intervención ha sido Negligencia Criminal, y así lo admitiré durante mi Inevitable Consejo de Guerra..., inevitable, desde luego, si Sobrevivimos y escapamos de los hielos que nos Ligan. Estos azotes, y más, deberían ser para mí y «serán» para mí cuando caiga sobre mí el inevitable Castigo impuesto por mis superiores.

Entonces yo miré al capitán Fitzjames. Ciertamente, cualquier Culpa Propia que el Capitán Crozier quisiera arrojar sobre sí mismo también se aplicaría al comandante del *Erebus*, ya que fue él, y no Crozier, quien supervisó la mayor parte de los arreglos del Carnaval. El rostro de Fitzjames estaba impasible y Pálido. Su mirada parecía ausente. Sus pensamientos estaban en otro lugar.

—Hasta el día en que rinda cuentas por mi Responsabilidad —concluyó Crozier— procederemos con el Castigo de Estos Hombres, debidamente juzgados por los Oficiales del HMS *Erebus* y el *Terror* y Hallados Culpables de Violación del Reglamento de a Bordo y del Crimen Adicional de Poner en Peligro las vidas de sus Camaradas. Contramaestre Johnson...

Y allí Thomas Johnson, el contramaestre del HMS *Terror*, robusto y competente, antiguo Camarada de a Bordo del Capitán Crozier, habiendo servido cinco años en los Hielos del Polo Sur en el *Terror* con él, se adelantó e hizo una seña para que el primer hombre, Aylmore, fuese atado a la Rejilla.

El contramaestre Johnson entonces colocó encima de un barril una Caja forrada de cuero y abrió sus ornamentados cierres de latón. Curiosamente, el forro interior era de Terciopelo rojo. Colocado en su Adecuado Receptáculo en ese Forro de Terciopelo Rojo se encontraba el mango oscuro y aceitado y las colas bien dobladas del gato.

Mientras dos Marineros ataban con firmeza a Aylmore, el Contramaestre Johnson levantó el Gato y lo probó con un rápido Movimiento preparatorio de su gruesa Muñeca. No fue un Movimiento hecho para exhibirse, sino una verdadera preparación para el Castigo Espantoso que se avecinaba. Las nueve colas de piel, de las cuales había oído tantísima Bromas a Bordo, resonaban con chasquidos claros y Audibles. Había un pequeño nudo en el extremo de cada cola.

Yo apenas podía creer lo que estaba ocurriendo. Me parecía imposible que en aquella Oscuridad abarrotada y apestando a sudor de la Cubierta Inferior, con las bajas Vigas Superiores y las Cuadernas y otros Adminículos colgando tan bajos, Johnson pudiese manejar el Gato y aplicar algún Castigo. Había oído la frase «Aquí hay Gato Encerrado» desde que era niño, pero nunca lo había Comprendido hasta aquel Momento.

—Ejecute el castigo del señor Aylmore —dijo el capitán Crozier.

Los tambores empezaron a tocar brevemente y se detuvieron en seco.

Johnson miró a un lado, colocando los pies como un Boxeador en el Ring, luego echó atrás el Gato y luego hacia delante en un Violento, Repentino y Fluido Movimiento Lateral del Brazo, y las Colas anudadas pasaron a menos de treinta centímetros de las Filas Delanteras de los Hombres Reunidos.

El sonido de las colas del Gato golpeando la Carne es algo que nunca Olvidaré.

Aylmore chilló produciendo un Sonido más Inhumano, dijeron algunos más tarde, que el rugido que habían oído procedente de la criatura en la sala Ébano.

Unas Rayas de color Escarlata aparecieron inmediatamente en la delgada y pálida espalda del hombre, y unas gotas de Sangre salpicaron

343

los rostros de los hombres que estaban de pie más cerca de la Rejilla, yo incluido.

«Uno», contó Charles Frederick des Voeux, que había asumido los deberes de Primer Oficial del *Erebus* a la muerte del Oficial Robert Orme Sergeant, en diciembre. Era la Obligación de ambos Primeros Oficiales administrar aquel castigo.

Aylmore chilló de nuevo mientras el Gato se echaba hacia atrás, preparándose para otro golpe, casi con toda certeza en horrible anticipación de los Cuarenta y Nueve Azotes Más. Confieso que me balanceé sobre mis pies..., la Presión de los Cuerpos sin Lavar, el Hedor de la Sangre, la sensación de Estrechez en la Oscura y Apestosa Oscuridad de la Cubierta Inferior, todo ello hacía que la cabeza me diese vueltas. Desde luego, aquello era el Infierno. Y yo estaba en él.

El Mozo de la santabárbara se desmayó al Noveno Azote. El Capitán Crozier me hizo una señal para que averiguase si el hombre azotado todavía respiraba. Y era así. Normalmente, como se me hizo comprender más tarde, un Segundo Oficial habría arrojado un Cubo de Agua a la víctima de aquel castigo para revivirlo, de modo que Sufriera Plenamente los azotes que quedaban. Pero no había Agua Líquida en la Cubierta Inferior del HMS *Erebus* aquella mañana. Toda estaba helada. Hasta las gotas de Sangre Fresca de la espalda de Aylmore parecían congelarse y convertirse en bolitas color escarlata.

Aylmore seguía inconsciente, pero el Castigo continuó.

Después de Cincuenta Azotes, Aylmore fue desatado y llevado a Popa, al antiguo camarote de Sir John, ya que la sala Grande se usaba como Enfermería para los heridos del Carnaval. Había Ocho Hombres en unas cuchetas allí, incluyendo a David Leys, que seguía sin responder desde el ataque de la Cosa al señor Blanky, a principios de Diciembre.

Me dirigí a popa a atender a Aylmore, pero el Capitán Crozier silenciosamente me hizo un gesto para que volviera a mi sitio. Evidentemente, era protocolario que todos los miembros de la tripulación presenciasen la serie completa de Azotamientos, aunque Aylmore se desangrase hasta la muerte debido a mi ausencia.

Magnus Manson fue el siguiente. Ante aquel hombre enorme, los segundos oficiales que le ataban a la Rejilla parecían enanos. Si el Gigante hubiese decidido Resistirse en aquel momento, me caben Pocas Dudas de que el Caos y la Carnicería subsiguientes se habrían parecido mucho al tumulto de Año Nuevo en las Siete Salas de Colores.

Pero no se resistió. Por lo que puedo asegurar, el Contramaestre Johnson administró los interminables Azotes con la misma fuerza y Severidad que había usado con Aylmore, ni más ni menos. La sangre fluyó desde el primer Impacto. Manson no chilló. Hizo algo Infinitamente Peor. Desde el primer contacto del Látigo, se echó a llorar como un niño. Sollozaba. Pero después fue capaz de salir caminando entre dos Marineros, que le condujeron de vuelta a la Enfermería, aunque, como siempre, Manson tuvo que agacharse para que su cabeza no chocara con las Vigas que había en el techo. Al pasar junto a mí, observé las Tiras de Carne que colgaban sueltas en su espalda, entre las heridas cruzadas producidas por los Azotes del Gato.

Hickey, el más menudo de los tres hombres que fueron castigados, apenas emitió un sonido durante la larga Administración de los Azotes. Su estrecha Espalda se abrió con mucha mayor facilidad que la carne de los otros dos, pero no gritó. Ni tampoco se desmayó. El diminuto Ayudante de Calafatero pareció desplazar su mente a algo que estaba más allá de la Rejilla y de la Cubierta Superior, en las cuales su mirada, obviamente furibunda, estaba clavada firmemente, y su única reacción al Terrible Azotamiento fue un jadeo para respirar entre cada uno de los cincuenta azotes del Gato.

Se dirigió a popa, a la Enfermería provisional, sin aceptar ayuda alguna de los marineros situados a ambos lados.

El Capitán Crozier anunció que el castigo se había administrado convenientemente según el Reglamento de a Bordo y Despachó a la Compañía. Antes de dirigirme a popa, corrí brevemente a cubierta para observar la partida de los hombres del *Terror*. Bajaron por la rampa de hielo desde el buque e iniciaron su largo camino de vuelta al otro barco en la oscuridad, pasando junto a la zona carbonizada y parcialmente fundida donde había tenido lugar la Conflagración del Carnaval. Crozier y su primer oficial, el teniente Little, iban a retaguardia. Ninguno de los más de cuarenta hombres habían dicho una sola palabra cuando desaparecieron más allá del pequeño círculo de luz que irradiaba de las linternas de cubierta del *Erebus*. Ocho hombres se quedaron como una especie de Guardia de Acompañamiento para irse con Hickey y Manson cuando ambos estuvieran preparados para volver al *Terror*.

Corrí a popa, a la nueva Enfermería, para cuidar a mis nuevos pacientes. Aparte de Lavar y Vendar sus heridas, ya que el Gato había dejado un Espantoso amasijo de verdugones y boquetes en cada hombre, y algunas Cicatrices Permanentes, diría yo, poca cosa más podía hacer. Manson había dejado de Sollozar, y cuando Hickey abruptamente le ordenó que dejara de Lloriquear, el gigante lo hizo de inmediato. Hickey sufrió mis atenciones en silencio y bruscamente ordenó a Manson que se vistiera del todo y le siguiera al exterior de la Enfermería.

Aylmore, el mozo de la santabárbara, había quedado destrozado por el castigo. Desde el momento en que recuperó la consciencia, según el joven Henry Lloyd, mi actual Ayudante de Cirujano, Aylmore se había quejado y gritado en voz alta. Continuó haciéndolo mientras yo le Lavaba y Vendaba. Todavía se quejaba lastimeramente y parecía incapaz de andar por sí mismo cuando algunos de los contramaestres, el viejo John Bridgens, mozo de los Oficiales Subalternos, el señor Hoar, mozo del Capitán, el señor Bell, Contramaestre, y Samuel Brown, Segundo Contramaestre, llegaron para ayudarle a volver a su alojamiento.

Oí a Aylmore quejándose y gritando todo el camino de vuelta por la Escalera de Cámara, y por la Escalera Principal, mientras los otros hombres lo llevaban medio a cuestas al cubículo del mozo de santabárbara en el costado de estribor, entre el camarote vacío de William Fowler y el mío propio, y me imaginé que probablemente oiría los gritos de Aylmore a través de la delgada pared toda la noche.

—El señor Aylmore lee mucho —dijo William Fowler desde su coy en la Enfermería.

El Mozo del Sobrecargo había sufrido graves quemaduras y un Terrible Aplastamiento durante la noche de la Conflagración del Carnaval, pero ni una sola vez durante los últimos días de suturas o de eliminación de piel gritó Fowler. Con heridas y quemaduras tanto en la Espalda como en el Estómago, Fowler intentaba dormir de lado, pero ni una sola vez se había quejado ni a Lloyd ni a mí.

—Los hombres que leen mucho tienen una disposición más sensible —añadió Fowler—. Y si ese pobre tipo no hubiese leído esa estúpida historia escrita por un americano, no habría sugerido lo de los compartimentos de distintos colores para Carnaval, una idea que todos pensamos que era Maravillosa, en aquel momento, y no habría ocurrido nada de todo esto.

No supe qué decir al oír aquello.

—Quizá leer sea una especie de maldición, quiero decir —concluyó Fowler—. Quizás es mejor que un hombre se quede dentro de su propia mente.

—Amén. —Eso me pareció que debía decir, aunque no supe por qué.

Mientras escribo esto, me encuentro en el camarote del anterior cirujano del HMS *Terror*, el señor Peddie, ya que el Capitán Crozier me ha dado instrucciones de que pase de Martes a Jueves a bordo de este buque y el Resto de los Días de la Semana a bordo del *Erebus*. Lloyd vigila a mis seis pacientes que están convaleciendo en la enfermería del *Erebus;* yo me sentí muy Consternado al ver otros tantos hombres gravemente enfermos también aquí, a bordo del *Terror*.

Para muchos de ellos, ésta es la enfermedad que nosotros, los Doctores Árticos, llamamos primero Nostalgia, y luego Debilidad. Los primeros estadios graves de esta enfermedad, además de las encías sangrantes, Confusión de Pensamiento, debilidad en las Extremidades, magulladuras por todas partes y sangrado del Colon, a menudo incluye un Deseo tremendamente Sentimental de volver a casa. La Nostalgia, debilidad, confusión, Juicio Alterado, sangrado de Ano y Encías, Llagas abiertas y otros síntomas empeoran hasta que el paciente es incapaz de ponerse en pie o trabajar.

Otro nombre para la Nostalgia y la Debilidad, uno que todos los Cirujanos vacilamos a la hora de decirlo en voz alta, cosa que yo todavía no he hecho, es Escorbuto.

Mientras tanto, el Capitán Crozier se retiró a su Camarote Privado ayer y está muy enfermo. Oigo sus quejidos ahogados, ya que el camarote del difunto Peddie está junto al del capitán aquí, en el costado de estribor a popa del buque. Creo que el Capitán Crozier está mordiendo algo duro, quizás una Tira de Cuero, para evitar que se oigan esos gemidos. Pero siempre he tenido la Bendición (o Maldición) de contar con un oído muy fino.

El Capitán encargó la organización del Buque y los asuntos de la Expedición al teniente Little ayer, y de ese modo de forma discreta pero Firme entregó el Mando a Little, en lugar del Capitán Fitzjames, y me explicó que él, el Capitán Crozier, estaba luchando contra un brote recurrente de Malaria.

Pero es mentira.

No son los síntomas de la Malaria lo que oigo que está sufriendo el Capitán Crozier, y casi con toda certeza continuaré oyendo a través de las paredes hasta que vuelva al *Erebus*, el viernes por la mañana.

A causa de la debilidad de mi tío y mi padre, conozco los Demonios con los cuales está batallando el Capitán esta noche.

El Capitán Crozier es un hombre adicto a los Licores Fuertes, y o bien esos Licores se han agotado a bordo, o bien ha decidido librarse de ellos por su propia Voluntad durante esta Crisis. De cualquier modo, está sufriendo los Tormentos del Infierno, y continuará haciéndolo durante varios días más. Puede que su cordura no sobreviva. Mientras tanto, este buque y su Expedición se encuentran sin un Verdadero Líder. Sus quejidos ahogados, en un buque que desciende hacia la Enfermedad y la Desesperación, resultan Lastimosos en extremo.

Desearía poder ayudarle. Desearía ayudar a las docenas de Sufrientes, víctimas de heridas, aplastamientos, quemaduras, enfermedades, malnutrición incipiente y desesperación melancólica a bordo de este buque atrapado y su gemelo. Desearía poder ayudarme a mí mismo, porque ya estoy notando los síntomas tempranos de Nostalgia y Debilidad.

Pero poco puedo hacer yo o cualquier otro cirujano en el Año de nuestro Señor de 1848.

Que Dios nos ayude a todos.

27

Crozier

*N*o acabará nunca.

El dolor no acabará. La náusea no acabará. Los escalofríos no acabarán. El terror no acabará.

Crozier se retuerce entre las heladas mantas de su coy y quiere morir.

Durante sus momentos lúcidos de aquella semana, que son pocos, Crozier lamenta el acto más cuerdo que realizó antes de retirarse con sus demonios: entregar su pistola al teniente Little sin otra explicación que decirle a Edward que no se la devolviera hasta que él, el capitán, se la pidiera estando en cubierta y con el uniforme completo de nuevo.

Crozier pagaría lo que fuese ahora por esa arma cargada. El dolor es insoportable. Sus pensamientos son insoportables.

Su abuela por parte de su difunto y nada llorado padre, Memo Moira, había sido la marginada, la Crozier inmencionada e inmencionable. Ya con ochenta y tantos años, cuando Crozier todavía no era ni siquiera un adolescente, Memo vivía a dos pueblos de distancia, una distancia inmensa, inabarcable para un niño, y la familia de su madre ni la incluía en los acontecimientos familiares ni mencionaba su existencia.

Era papista. Era una bruja.

Crozier empezó a escaparse para ir a su pueblo, pidiendo que le llevasen en alguna carreta, cuando tenía diez años. Al cabo de un año iba con la anciana a aquella extraña iglesia papista del pueblo. Su madre, su tía y su abuela materna se habrían muerto si lo hubieran sabido. Habrían renegado de él, le habrían exiliado, le habrían despreciado tanto, esa rama de su familia angloirlandesa presbiteriana, como el Consejo Naval y el Consejo Ártico le habían despreciado todos aquellos años sólo por ser irlandés. Y plebeyo.

Memo Moira pensaba que él era especial. Le dijo que tenía clarividencia.

La idea no asustó al joven Francis Rawdon Moira Crozier. A él le encantaba la oscuridad y el misterio de la misa católica, ese alto sacerdote que se pavoneaba como un cuervo y pronunciaba conjuros mágicos en un lenguaje muerto, la magia inmediata de la eucaristía, que devolvía los muertos a la vida de modo que los creyentes podían devorar a Jesús y convertirse en Él, el olor del incienso y los cánticos místicos. Una vez, cuando tenía doce años, poco antes de huir al mar, le dijo a Memo que quería hacerse sacerdote, y la anciana se echó a reír con aquella salvaje y ronca risa suya y le dijo que se quitara esa locura de la cabeza.

—Ser sacerdote es tan corriente e inútil como ser un borracho irlandés. No lo hagas y usa tu don, joven Francis —le había dicho—. Usa la clarividencia que lleva en mi familia muchas generaciones. Te ayudará a ir a muchos sitios y a ver cosas que ninguna otra persona en este triste mundo ha visto jamás.

El joven Francis no creía en la clarividencia. Fue más o menos al mismo tiempo cuando se dio cuenta de que tampoco creía en Dios. Se fue al mar. Creía en todo lo que vio y aprendió allí, y algunas de esas imágenes y lecciones eran muy extrañas, realmente.

Crozier sube por una pendiente de dolor, envuelto en oleadas de náusea. Se despierta sólo para vomitar en el cubo que Jopson, su mozo, ha dejado allí y va cambiando cada hora. A Crozier le duele hasta la cavidad en el centro de su ser donde está seguro de que su alma ha resistido flotando en un mar de whisky a lo largo de las décadas. Durante días y noches de sudor frío en unas sábanas congeladas, sabe que cambiaría su rango, su honor, a su madre, a sus hermanas, el nombre de su padre y el recuerdo de la propia Memo Moira por un simple vaso de whisky.

El buque se queja, mientras continúa estrujado inexorablemente por aquel hielo incesante que se propone reducirlo a añicos. Crozier se queja mientras sus demonios continúan estrujándolo inexorablemente hasta reducirlo a añicos entre escalofríos, fiebre, dolor, náusea y arrepentimiento. Ha cortado una tira de unos quince centímetros de un cinturón viejo, y para evitar quejarse en voz alta la muerde en la oscuridad, pero, aun así, se queja.

Se lo imagina todo. Lo ve todo.

Lady Jane Franklin está en su elemento. Ahora, tras dos años y medio sin noticias de su marido, ella está en su elemento. Lady Franklin, la Indomable. Lady Franklin, la Viuda que se Niega a Ser una Viuda. Lady Franklin, la Santa Patrona del Ártico, que ha matado a su marido... Lady Franklin, que nunca aceptará un hecho semejante.

Crozier puede verla con tanta claridad como si tuviera clarividencia. Lady Franklin nunca ha parecido más hermosa que entonces, con toda su resolución, negándose a llorar, empecinada en que su marido está vivo y que hay que encontrar y rescatar a la expedición de sir John.

Han pasado más de dos años y medio. La Marina sabe que sir John había aprovisionado el *Erebus* y el *Terror* para tres años con raciones normales, pero esperaba salir al otro lado de Alaska el verano de 1846, y ciertamente, no más tarde de agosto de 1847.

Por aquel entonces, lady Jane habrá acosado a la letárgica Marina y al Parlamento para que emprendan acciones. Crozier la ve escribiendo cartas al Almirantazgo, cartas al Consejo Ártico, cartas a sus amigos y antiguos pretendientes del Parlamento, cartas a la Reina y, por supuesto, cartas a su amado esposo cada día, con su letra perfecta y sensata, contándole al difunto sir John que ella sabe que su amado todavía está vivo y que espera su inevitable reunión con él. La ve diciéndole al mundo lo que hace. La ve enviando fajos, pliegos de cartas para que salgan con los primeros buques de rescate, ya... Buques navales, por supuesto, pero también probablemente privados, contratados o con el dinero menguante de la fortuna privada de lady Jane, o bien mediante suscripciones de sus amigos ricos y preocupados.

Crozier, alejándose de sus visiones, intenta sentarse en el coy y sonreír. Los escalofríos hacen que se agite como un juanete en una borrasca. Vomita en el cubo ya casi lleno. Cae hacia atrás en su almohada empapada de sudor, oliendo a bilis, y cierra los ojos para cabalgar en las olas de su visión.

¿A quién podrían enviar para salvar el *Erebus* y el *Terror*? ¿A quién habrían enviado ya?

Crozier sabía que sir John Ross estaría impaciente por dirigir cualquier expedición de rescate al hielo, pero también ve que lady Jane Franklin ignorará al viejo (cree que es vulgar) y elegirá a cambio a su sobrino, James Clark Ross, con quien Crozier había explorado los mares en torno a la Antártida.

El joven Ross había prometido a su novia que nunca volvería a salir en una expedición marítima, pero Crozier ve que él no podrá negarse a esta petición de lady Franklin. Ross decidiría ir con dos buques. Crozier los ve navegando el próximo verano de 1848. Crozier ve los dos buques navegando hacia el norte de la isla de Baffin, al oeste por el estrecho de Lancaster, donde sir John había navegado con el *Terror* y el *Erebus* hacía tres años (casi podía leer en la proa los nombres de los buques de Ross), pero sir James encontrará la misma banquisa impenetrable más allá de la ensenada del Príncipe Regente, quizá más allá de la isla de Devon, que mantiene ahora a los buques de Crozier en sus garras. El verano que viene no habrá deshielo pleno de los estrechos y de las ensenadas por los que los patrones del hielo Reid y Blanky los habían conducido hacia el sur. Sir James Clark Ross nunca llegará a menos de quinientos kilómetros del *Terror* y del *Erebus*.

Crozier los ve volviendo a Inglaterra en el gélido inicio del otoño de 1848.

Llora y se queja y muerde fuerte su tira de cuero. Sus huesos se están congelando. Su carne arde. Las hormigas se pasean por todas partes, por encima y por debajo de su piel.

Con su clarividencia ve que enviarán otros barcos, otras expediciones de rescate ese año del Señor de 1848, algunas, con toda probabilidad, partidas al mismo tiempo o incluso antes que la expedición de búsqueda de Ross. La Marina Real reacciona despacio, es como un oso perezoso marítimo, pero una vez puesta en movimiento, como bien sabe Crozier, tiende a exagerar en todo lo que hace. El procedimiento habitual para la Marina, que Francis Crozier conoce desde hace cuatro décadas, son desdichados excesos después de un estancamiento interminable.

En su mente dolorida, Crozier ve al menos otra expedición naval más dirigiéndose hacia la bahía de Baffin en busca de los hombres perdidos de Franklin al verano siguiente, y probablemente incluso un tercer escuadrón naval enviado en torno al cabo de Hornos para reunirse, teóricamente, con los otros buques de las expediciones de búsqueda junto al estrecho de Bering, buscándolos en el Ártico occidental, al cual ni el *Erebus* ni el *Terror* se habían acercado ni a 1.500 kilómetros. Estas lentas y pesadas operaciones se extenderían hasta 1849 e incluso más.

Y están sólo al principio de la segunda semana de 1848. Crozier duda de que sus hombres vivan hasta el verano.

¿Habrá una expedición por tierra enviada desde Canadá, siguiendo el río Mackenzie hacia la costa ártica, y luego al este a la tierra de Wollaston y de Victoria en busca de sus barcos perdidos en algún lugar a lo largo del elusivo paso del Noroeste? Crozier está seguro de que sí. Las oportunidades de que tal expedición terrestre los encuentre, a unos cuarenta kilómetros en mar abierto hacia el noroeste de la isla del Rey Guillermo, son nulas. Tal expedición ni siquiera sabría que la isla del Rey Guillermo es, en efecto, una isla.

¿Anunciará el primer lord del Almirantazgo en la Cámara de los Comunes una recompensa por el rescate de sir John y sus hombres? Crozier cree que lo hará. Pero ¿de cuánto será? ¿Mil libras? ¿Cinco mil libras? ¿Diez mil? Crozier cierra los ojos con fuerza y ve, como si estuviera escrito en un pergamino que colgase ante él, la suma de 25.000 libras ofrecida a cualquiera «que pueda ayudar de una forma efectiva a salvar las vidas de sir John Franklin y su escuadrón».

Crozier se echa a reír de nuevo, y eso le lleva a vomitar otra vez. Tirita de frío y de dolor y ante las imágenes absurdas que tiene en la cabeza. Todo a su alrededor en el buque se queja y gime, cuando el hielo lo aplasta. El capitán ya no distingue los gemidos del buque de los suyos propios.

Ve una imagen de ocho buques (seis británicos, dos americanos) apelotonados a unos pocos kilómetros unos de otros en sus fondeaderos casi helados del todo y que a Crozier le recuerdan la isla de Devon, junto a Beechey, o quizá la isla de Cornwallis. Obviamente, se trata de un día a finales del verano ártico, quizás a finales de agosto, sólo unos días antes de que el súbito congelamiento pueda atraparlos a todos. Crozier tiene la sensación de que esa imagen se encuentra a dos o tres años en el futuro de su terrible realidad de ese momento, en 1848. Por qué ocho buques enviados para su rescate acaban amontonados así en un lugar, en lugar de peinar la zona en abanico a lo largo de miles de kilómetros de hielo ártico, para buscar señales del paso de Franklin es algo que no tiene ningún sentido para Crozier. Son los delirios de la locura tóxica.

Las embarcaciones oscilan en tamaño desde una pequeña goleta y una especie de yate demasiado endebles para los duros hielos árticos hasta dos buques americanos de 144 y 81 toneladas extraños a los ojos de Crozier y una pequeña lancha inglesa para el práctico de 90 toneladas, rudimentariamente preparado para la navegación ártica. Hay también varios barcos normales de la Marina Británica y unos vapores. En su mente dolorida, sus ojos ven los nombres de los buques: *Advance* y *Rescue*, éstos bajo bandera americana, y *Prince Albert* para la antigua lancha del práctico, así como el *Lady Franklin* a la cabeza del escuadrón británico anclado. También hay dos buques que Crozier asocia con el viejo John Ross, la pequeña goleta *Felix* y el diminuto yate *Mary*, completamente inadecuado. Finalmente, también hay dos buques auténticos de la marina Real, el *Assistance* y el *Intrepid*.

Como si los viera a través de los ojos de una golondrina ártica que planease muy alto, Crozier ve que los ocho buques están juntos a una distancia de unos sesenta y cinco kilómetros uno de otro, cuatro de las embarcaciones pequeñas británicas en la isla de Griffith, por encima del estrecho de Barrow, y cuatro de los restantes buques ingleses en la bahía de la Asistencia, en el extremo sur de Cornwallis, y los dos americanos mucho más al norte, en torno a la curva más oriental de la isla de Cornwallis, al otro lado del canal de Wellington del primer fondeadero invernal de sir John en la isla de Beechey. Ninguno está a menos de unos cuatrocientos kilómetros del lugar, mucho más al sudoeste, donde se encuentran atrapados el *Erebus* y el *Terror*.

Un minuto después, una niebla o nube se aclara, y Crozier ve seis de esos barcos anclados a menos de medio kilómetro unos de otros justo por fuera de la curva de la costa de una pequeña isla.

Crozier ve hombres que corren por la grava helada bajo un muro negro y vertical. Los hombres están alterados. Casi puede oír sus voces en el aire helado.

Están en la isla de Beechey, seguro. Han encontrado las lápidas de madera congeladas y las tumbas del fogonero John Torrington, del marinero John Hartnell y del soldado William Braine.

Se encuentre en el momento del futuro en el que se encuentre ese descubrimiento entrevisto en su sueño febril, Crozier lo sabe, no les servirá ni a él ni a los demás hombres del *Erebus* y el *Terror* absolutamente de nada. Sir John había dejado la isla de Beechey con una precipitación absurda, navegando a vela y a vapor el primer día que el hielo cedió lo suficiente para permitir que los barcos abandonaran su fondeadero. Después de nueve meses helados allí, la expedición Franklin no había dejado una sola nota diciendo en qué dirección navegaban.

Crozier había comprendido en aquel momento que sir John no creía necesario informar al Almirantazgo de que estaba obedeciendo sus órdenes de navegar hacia el sur. Sir John Franklin siempre obedecía las órdenes. Sir John suponía que el Almirantazgo confiaría en que había vuelto a hacerlo. Pero después de nueve meses en la isla, y después de construir un mojón adecuado e incluso dejar un hito con latas de comida Goldner llenas de guijarros como una especie de broma, el hecho era que el mojón de la isla de Beechey había quedado sin mensaje alguno, contrariamente a las órdenes de Franklin.

El Almirantazgo y el Servicio de Descubrimientos habían equipado la expedición Franklin con doscientos cilindros de latón estancos con el objetivo expreso de dejar mensajes de su paradero y destino a lo largo de todo el curso de su búsqueda del pasaje del Norte, y sir John había usado... uno, el cilindro inútil enviado a la Tierra del Rey Guillermo, unos cuarenta kilómetros al sudeste de su posición presente, escondido unos días antes de que sir John fuera asesinado en 1847.

En la isla de Beechey, nada.

En la isla de Devon, por la que habían pasado y explorado, nada.

En la isla de Griffith, donde habían buscado bahías, nada.

En la isla de Cornwallis, que habían circunnavegado, nada.

A lo largo de toda la extensión de la isla de Somerset y la isla del Príncipe de Gales y la isla Victoria, junto a la cual habían pasado navegando hacia el sur durante todo el verano de 1846, nada.

Y ahora, en su sueño, los rescatadores de los seis buques, ahora todos ellos a punto de verse atrapados por el hielo a su vez, buscaban al norte, por el mar abierto que quedaba en el canal de Wellington hacia el Polo Norte. La isla de Beechey tampoco revelaba pista alguna. Y Crozier podía ver desde su mágico punto de vista de gaviota ártica que el estrecho de Peel, hacia el sur, por el cual el *Erebus* y el *Terror* se habían abierto camino un año y medio antes, durante aquel breve deshielo veraniego, era entonces, en aquel verano futuro, una sábana de blancura sólida hasta la distancia que veían los hombres desde la isla de Beechey y navegando por el estrecho de Barrow.

Nunca se les ocurriría siquiera que Franklin pudiera haber seguido ese camino..., que pudiera haber obedecido las órdenes. Su intención durante los años venideros, ya que Crozier ve que se quedan ahora congelados en el estrecho de Lancaster, es buscar hacia el norte. Las órdenes secundarias de sir John eran que si no podía continuar su camino hacia el sur para encontrar el paso, debía encaminarse hacia el norte y navegar por el teórico aro de hielo que flotaba en el mar Polar Abierto, más teórico aún.

Crozier sabe, con el corazón encogido, que el capitán y los hombres de esos ocho buques de rescate han llegado a la conclusión de que Franklin ha ido hacia el norte..., precisamente la dirección opuesta a la que de hecho navegó.

Se despierta por la noche. Sus propios gemidos le despiertan. Hay luz, pero sus ojos no pueden soportarla, de modo que intenta comprender lo que está ocurriendo entre el contacto que quema y el estrépito del sonido. Dos hombres, su mozo, Jopson, y el cirujano,

Goodsir, le están quitando su asqueroso camisón empapado de sudor y le están lavando con un agua milagrosamente cálida, y le visten con mucho cuidado y le ponen un camisón limpio y unos calcetines. Uno de ellos trata de alimentarle con sopa mediante una cuchara. Crozier vomita las claras gachas, pero el contenido de su cubo de vómito lleno hasta el borde está completamente sólido, y es vagamente consciente de que los dos hombres limpian la cubierta. Le hacen beber un poco de agua y cae hacia atrás en sus frías sábanas. Uno de ellos extiende una cálida manta por encima de él (¡una manta caliente, seca, no helada!) y él quiere llorar de gratitud. También quiere hablar, pero vuelve a deslizarse hacia el torbellino de sus visiones y no puede ni encontrar ni ordenar las palabras antes de que todas las palabras se le vuelvan a escapar de nuevo.

Ve a un chico con el pelo negro y la piel verdosa acurrucado en posición fetal contra un muro de ladrillos de color orina. Crozier sabe que el chico es un epiléptico en un asilo, en un manicomio de algún sitio. El chico no mueve nada excepto los ojos oscuros, que parpadean sin cesar, como los de un reptil. «Esa forma soy yo.»

En cuanto piensa eso, Crozier sabe que ese miedo no es «suyo». Es una pesadilla de otro hombre. Ha estado brevemente en la mente de otro.

Sophia Cracroft entra en él. Crozier gime y muerde la tira de cuero.

La ve desnuda, apretándose contra él en el estanque del Ornitorrinco. La ve distante y desdeñosa en el banco de piedra de la Casa del Gobierno. La ve de pie y agitando la mano, aunque no le saluda a él, con un vestido de seda azul, en el muelle, en Greenhide, el día de mayo que el *Erebus* y el *Terror* zarparon. Ahora la ve como nunca antes la había visto, una Sophia Cracroft futura y presente, orgullosa, sufriente, secretamente feliz de sufrir, renovada y renacida como dama de compañía y compañera y amanuense a tiempo completo de su tía, lady Jane Franklin. Viaja por todas partes con lady Jane; dos mujeres indómitas, las llama la prensa; Sophia, casi tanto como su tía, siempre visiblemente seria, esperanzada, estridente, feminista, excéntrica y entregada a la tarea de convencer al mundo de que rescate a sir John Franklin. Ella nunca mencionará a Francis Crozier, ni siquiera en privado. Es, según comprende de inmediato, un papel perfecto para Sophia: valiente, intrépida, merecedora de respeto, capaz de hacerse la coqueta durante décadas con la excusa perfecta de evitar el compromiso o el amor de verdad. Nunca se casará. Viajará por el mundo con lady Jane, ve Crozier, sin abandonar jamás públicamente la esperanza de que se halle al desaparecido sir John, pero, mucho después de haber abandonado la esperanza real, disfrutando todavía del respeto, la simpatía, el poder y la posición que esa viudedad subrogada le permite.

Crozier intenta vomitar, pero su estómago lleva horas o días vacío. Sólo puede acurrucarse y aguantar los calambres.

Está en el salón oscuro de una granja americana, apretujado y amueblado de forma recargada, en Hydesdale, Nueva York, a unos treinta y dos kilómetros al oeste de Rochester. Crozier nunca ha oído hablar de Hydesdale ni de Rochester, Nueva York. Sabe que es la primavera de aquel año, 1848, quizá sólo dentro de unas pocas semanas en el futuro. Visible a través de una grieta entre las gruesas cortinas corridas, una tormenta eléctrica relampaguea. Los truenos sacuden la casa.

—¡Ven, mamá! —grita una de las dos niñas que están a la mesa—. Te prometemos que encontrarás esto muy edificante.

—Lo encontraré terrorífico —dice la madre, una mujer gris, de mediana edad, con una arruga perpetua en la frente que la parte en dos separando el moño muy tirante y gris de sus cejas espesas y fruncidas—. No sé por qué os permito que me metáis en esto.

Crozier se maravilla ante la chata fealdad del dialecto rural americano. La mayoría de los americanos a los que había conocido eran marineros desertores, capitanes de la Marina americana o balleneros.

—¡Corre, madre!

La niña que interpela así a su madre con un tono tan mandón es Margaret Fox, de quince años. Va modestamente vestida y es atractiva, aunque de una forma tonta y no especialmente inteligente, algo que Crozier ha observado a menudo en las pocas mujeres americanas a las que ha tratado socialmente.

La otra chica que está a la mesa es la hermana de Margaret, de once daños de edad; su nombre es Catherine. La niña más joven, con su pálido rostro sólo apenas visible a la luz parpadeante de la vela, se parece más a la madre, desde las cejas oscuras y el moño demasiado tirante a la incipiente arruga en la frente.

Los relámpagos iluminan el hueco entre las cortinas polvorientas.

La madre y las dos chicas unen las manos en torno a la mesa circular de roble. Crozier observa que el tapetito de encaje de la mesa ha amarilleado con el tiempo. Las tres mujeres tienen los ojos cerrados. Los truenos estremecen la llama de la única vela.

—¿Hay alguien ahí? —pregunta Margaret, de quince años.

Se oye un golpe estruendoso. No es un trueno, sino un estallido, como si alguien hubiese golpeado una madera con un martillo pequeño. Todas tienen las manos a la vista.

—¡Ay, Dios mío! —grita la madre, obviamente dispuesta a llevarse las manos a la boca, llena de terror. Las dos hijas la sujetan con fuerza e impiden que rompa el círculo. La mesa se tambalea por sus tirones.

—¿Eres nuestra guía esta noche? —pregunta Margaret.

Un fuerte golpe.

—¿Has venido a hacernos algún daño? —pregunta Katy.

Dos golpes mucho más fuertes aún.

—¿Lo ves, madre? —susurra Maggie. Cerrando los ojos de nuevo, dice con un susurro teatral—: Guía, ¿eres acaso el amable señor Splitfoot, que se comunicó con nosotros la noche pasada.

PAM.

—Gracias por convencerlos la última noche de que era real, señor Splitfoot —continúa Maggie, hablando casi como si estuviera en trance—. Gracias por contarle a madre los detalles sobre sus hijos, por decirle todas nuestras edades, y por recordarle al sexto hijo que murió. ¿Responderá nuestras preguntas esta noche?

PAM.

—¿Dónde está la expedición Franklin? —pregunta la pequeña Katy.

PAM PAM PAM pam pam pam pam PAM PAM pam PAM PAM... La percusión sigue durante medio minuto.

—¿Es éste el Telégrafo Espiritual del cual hablabais? —susurra su madre.

Maggie la hace callar. Cesan los golpes. Crozier percibe, como si pudiera traspasar la madera y ver a través de la lana y el algodón, que ambas niñas tienen las articulaciones flexibles y van chasqueando los dedos gordos de los pies por turno contra el segundo dedo. Es un sonido asombrosamente fuerte para unos dedos tan pequeños.

—El señor Splitfoot dice que sir John Franklin, que todos los periódicos dicen que anda buscando todo el mundo, está bien y está con sus hombres, que también están bien pero muy asustados, en sus barcos y en el hielo junto a una isla situada a cinco días de navegación al sur del frío lugar donde se detuvieron su primer año fuera —recita Maggie.

—Está muy oscuro en el lugar donde están —añade Katy.

Se oyen más golpes.

—Sir John le dice a su esposa, Jane, que no se preocupe —interpreta Maggie—. Dice que pronto la verá... en el otro mundo, si no en éste.

—¡Ay, Dios mío! —dice de nuevo la señora Fox—. Tenemos que ir a buscar a Mary Redfield y al señor Redfield, y a Leah, por supuesto, y al señor y la señora Duesler, y a la señora Hyde, y al señor y la señora Jewell...

—¡Chisttt! —sisea Katy.

PAM PAM PAM pampampampam, PAM.

—El guía no quiere que hables cuando se nos está dirigiendo —susurra Katy.

Crozier gime y muerde la tira de cuero. Los calambres que habían empezado en sus intestinos ahora sacuden todo su cuerpo. Se estremece de frío en un momento dado y se arranca las mantas al siguiente.

Hay un hombre vestido como un esquimal, con una parka de piel de animal, unas altas botas de pelo también, capucha de piel, como la de Lady Silenciosa. Pero ese hombre está de pie en un escenario de madera frente a unas candilejas. Hace mucho calor. Detrás del hombre, un telón de fondo pintado muestra hielo, icebergs, un cielo invernal. Nieve falsa recubre el escenario. También hay cuatro perros sofocados de calor, del tipo que usan los esquimales de Groenlandia, echados en el escenario, con la lengua colgando.

El hombre barbudo de la pesada parka está hablando desde el podio manchado de blanco.

—Os hablo hoy por humanidad, no por dinero —dice el hombrecillo. Su acento americano raspa en el dolorido oído de Crozier tan agudamente como el de las niñas—. Y he viajado a Inglaterra para hablar con la mismísima lady Franklin. Ella me desea buena fortuna para mi próxima expedición, que depende, por supuesto, de si conseguimos recaudar el dinero aquí en Filadelfia, en Nueva York y en Boston para organizar la expedición, y dice que se sentiría muy honrada si los hijos de Estados Unidos le devolvieran a su marido a casa. De modo que hoy apelo a vuestra generosidad, pero sólo por humanidad. Os lo pido en nombre de lady Franklin, en el nombre de su marido perdido, y en la esperanza segura de traer la gloria a los Estados Unidos de América...

Crozier ve de nuevo al hombre. El tipo barbudo se ha quitado la parka y está desnudo en la cama en el hotel Union en Nueva York con una mujer desnuda muy joven. Hace calor aquella noche, y han echado hacia abajo las ropas de la cama. No hay señal alguna de los perros de trineo.

—Sean cuales sean mis defectos —está diciendo el hombre, hablando bajito porque la ventana y el montante están abiertos a la noche de Nueva York—, al menos te he amado. Aunque fueras una emperatriz, mi querida Maggie, en lugar de una niñita sin nombre que sigue una profesión oscura y «ambigua», sería lo mismo.

Crozier se da cuenta de que la joven desnuda es Maggie Fox, sólo unos pocos años mayor. Todavía sigue siendo atractiva a su manera americana, simplona, aun sin ropa.

Maggie dice en un tono mucho más ronco que la voz imperiosa de niña que Crozier había oído antes:

—Doctor Kane, sabes que te amo.

El hombre menea la cabeza. Ha cogido una pipa de la mesilla de noche y ahora libera su brazo izquierdo de debajo de la chica para apretar el tabaco y encenderla.

—Maggie, querida, oigo salir todas esas palabras de tu pequeña y engañosa boquita, noto tu pelo que cae sobre mi pecho, y me gustaría creerte. Pero no puedes elevarte por encima de tu condición, querida. Tienes muchos rasgos que te colocan por encima de tu profesión, Maggie... Eres refinada y encantadora y, con una educación distinta, habrías sido inocente e ingenua. Pero ahora no eres merecedora de que te considere de forma permanente, señorita Fox.

—No soy merecedora —repite Maggie. Sus ojos, quizás el rasgo más bonito ahora que sus pechos llenos están cubiertos a la mirada de Crozier, parecen rebosantes de lágrimas.

—Me debo a un destino muy diferente, niña mía —dice el doctor Kane—. Recuerda que tengo mis propias y tristes vanidades que perseguir, aunque tú y tus insignificantes hermanos y madre persigáis las vuestras también. Estoy tan consagrado a mi vocación como tú, pobre niña, puedes estar a la tuya, si esa paparrucha de espiritismo teatral se puede llamar vocación. Recuerda pues, como una especie de sueño, que el doctor Kane de los mares árticos amó a Maggie Fox, la de los toques espiritistas.

Crozier se despierta en la oscuridad. No sabe dónde está ni cuándo. Su cubículo está oscuro. El barco parece oscuro. Las cuadernas gimen..., ¿o es el eco de sus propios quejidos de las últimas horas y días? Hace mucho frío. La manta cálida que parece recordar que Jopson y Goodsir le pusieron encima ahora está húmeda y congelada, como las demás ropas de cama. El hielo gime contra el barco. El barco continúa sus gemidos de respuesta que parten del roble oprimido y del hierro tenso por el hielo.

Crozier quiere levantarse, pero ve que está demasiado débil y demacrado para moverse. Apenas puede mover los brazos. El dolor y las visiones se abaten sobre él como una ola que rompe.

Rostros de hombres que ha conocido o ha visto en el servicio.

Allí está Robert McClure, uno de los hombres más astutos y ambiciosos que jamás ha conocido Francis Crozier, otro irlandés decidido a hacer fortuna en un mundo inglés. McClure está en la cubierta de un buque, en el hielo. Acantilados de hielo y rocas se alzan todo alrededor, a unos doscientos metros de altura. Crozier nunca ha visto nada semejante.

Está también el viejo John Ross en la cubierta de popa de un barquito pequeño, una especie de yate, dirigiéndose hacia el este. A casa.

También está James Clark Ross, más envejecido y gordo, y menos feliz de lo que jamás le había visto Crozier. El sol naciente brilla a través de los foques mientras su buque deja el hielo y se adentra en mar abierto. Vuelve a casa.

Está Francis Leopold M'Clintock, que Crozier, de alguna manera, sabe que buscó a Franklin con James Ross y ha vuelto por su cuenta en los últimos años. ¿Qué últimos años? ¿A qué distancia desde ahora? ¿Cuándo, en qué futuro?

Crozier ve que las imágenes revolotean como si estuvieran en una linterna mágica, pero no oye respuestas a sus preguntas.

Allí está M'Clintock en trineo, arrastrándolo, moviéndose con más rapidez y eficiencia que el teniente Gore o que ninguno de los hombres que tuvo jamás sir John o Crozier.

Allí está M'Clintock, de pie en un mojón, leyendo una nota que acaba de sacar de un cilindro de latón. ¿Es la nota que dejó Gore en la Tierra del Rey Guillermo hace siete meses? Crozier se lo pregunta. La grava helada y los cielos grises detrás de M'Clintock parecen indicarlo así.

De pronto ahí está M'Clintock, solo en el hielo y la grava, con su partida de trineo visible, acercándose a varios cientos de metros detrás de él en la nieve arremolinada. Está de pie frente al horror: un enorme bote atado y anclado encima de un trineo enorme improvisado con hierro y roble.

El trineo parece algo que podría construir el carpintero de Crozier, el señor Honey. Se ha preparado como si tuviera que durar un siglo. Todas las uniones demuestran un gran cuidado. La cosa es maciza, debe de pesar al menos 290 kilos. Encima hay un bote que pesa otras 360 kilos.

Crozier reconoce el bote. Es uno de los de veintiocho pies del *Terror*, una de las pinazas. Ve que se ha aparejado adecuadamente para navegar por el río. Las velas están arrizadas y atadas; con sus obenques y congeladas.

Trepando a una roca y mirando hacia el bote abierto, como si mirase por encima del hombro de M'Clintock, Crozier ve dos esqueletos. Los dientes de las dos calaveras parecen sonreír a M'Clintock y a Crozier. Uno de los esqueletos es apenas una pila de huesos visiblemente masticados y mordidos y parcialmente devorados, arrojados en un montón descuidado en la proa. La nieve ha desperdigado los huesos.

El otro esqueleto está intacto, sin alterar, y todavía vestido con los harapos de lo que parece un sobretodo de oficial, y capas y más capas de ropa de abrigo. La calavera tiene unos restos de gorro encima. Aquel cadáver está despatarrado en las bancadas traseras, y con las manos esqueléticas tendidas a lo largo de las bordas, hacia dos escopetas de doble cañón apoyadas allí. Ante los pies del cuerpo, calzados con botas, yacen pilas de mantas de lana y ropa de lona y un saco de arpillera parcialmente cubierto por la nieve lleno de cartuchos con pólvora. Colocado en el fondo de la pinaza, a mitad de camino entre las botas del hombre muerto, como un botín pirata que hay que conservar y atesorar, se encuentran cinco relojes de oro y lo que parecen ser trece, quizá dieciocho kilos de trozos de chocolate envueltos individualmente. También hay cerca veintiséis cubiertos de plata, y Crozier puede ver, y sabe que M'Clintock también lo ve, el emblema personal de sir John Franklin, el del capitán Fitzjames, los de seis oficiales más y el suyo, el de Crozier, en los diversos cuchillos, cucharas y tenedores. Ve también platos y dos bandejas de plata de servir que sobresalen del hielo y la nieve grabados de forma similar.

A lo largo de unos siete metros y medio del fondo del bote, separando los dos esqueletos, se encuentra un enorme revoltijo de chucherías que sobresalen de los pocos centímetros de nieve que se han acumulado: dos rollos de lámina metálica, una cubierta de lona para bote completa, ocho pares de botas, dos sierras, cuatro limas, un montón de clavos y dos cuchillos junto a la bolsa de cartuchos con pólvora que hay al lado del esqueleto de popa.

Crozier también ve remos, velas dobladas y rollos de cordel junto al esqueleto vestido. Más cerca del montón de huesos parcialmente devorados a proa se encuentra una pila de toallas, pastillas de jabón, varios peines y un cepillo de dientes, un par de zapatillas hechas a mano a pocos centímetros de los huesos de los pies y los metatarsos desperdigados, y seis libros, cinco Biblias y un ejemplar de *El Vi-*

cario de Wakefield, que ahora se encuentra en un estante en la sala Grande del HMS *Terror*.

Crozier quiere cerrar los ojos, pero no puede. Quiere apartarse de aquella visión, de todas las visiones, pero no tiene control sobre ellas.

De repente, el rostro vagamente familiar de Francis Leopold M'Clintock parece fundirse y colgar; luego se vuelve a formar y adopta el aspecto de un hombre más joven a quien Francis Crozier no conoce. Todo lo demás sigue igual. El hombre joven, un tal teniente Wiliam Hobson, a quien Crozier ahora conoce, aunque sin saber cómo lo conoce, está de pie en el mismo sitio desde donde M'Clintock atisbó el bote abierto, con la misma expresión de incredulidad que Crozier había visto en el rostro de M'Clintock un momento antes.

Sin previo aviso, el bote abierto y los dos esqueletos han desaparecido. Crozier se encuentra echado en una caverna de hielo junto a Sophia Cracroft desnuda.

No, no es Sophia. Crozier parpadea, sintiendo que la clarividencia de Memo Moira arde en el interior de su cerebro dolorido como un puño de fiebre, y ahora ve que está echado desnudo junto a Lady Silenciosa, también desnuda. Están rodeados de pieles y echados en una especie de repecho de nieve o de hielo. Su espacio lo ilumina una parpadeante lámpara de aceite. El techo curvado está formado por bloques de hielo. Los pechos de Silenciosa son morenos, y su pelo es largo y muy negro. Ella se apoya en un codo entre las pieles y mira a Crozier con gravedad.

«¿Tú sueñas mis sueños?», le pregunta ella, sin mover los labios ni abrir la boca. No ha hablado en inglés. «¿Estoy soñando yo los tuyos?»

Crozier la «nota» dentro de su mente y su corazón. Le produce la misma impresión que el mejor whisky que ha tomado jamás.

Y luego llega la pesadilla más terrible de todas.

Aquel extraño, esa mezcla de M'Clintock y de alguien llamado Hobson, no mira abajo al bote abierto con los dos esqueletos, sino que está contemplando al joven Francis Rawdon Moira Crozier, que asiste en secreto a una misa católica con su bruja papista, Memo Moira.

Fue uno de los secretos más profundos de la vida de Crozier haber hecho aquello, no sólo asistir al servicio prohibido con Memo Moira, sino participar de la herejía de la eucaristía católica, la muy ridiculizada y prohibida Sagrada Comunión.

Sin embargo, aquella forma medio M'Clintock medio Hobson está de pie como un monaguillo mientras un tembloroso Crozier, ora niño, ora hombre cincuentón lleno de cicatrices, se aproxima a la barandilla ante el altar, se arrodilla, echa atrás la cabeza, abre la boca y tiende la lengua para recibir la Hostia Prohibida, el Cuerpo de Cristo, puro canibalismo transustanciado para todos los demás adultos del pueblo, de la familia y la vida de Crozier.

Sin embargo, pasa algo extraño. El sacerdote de cabello gris que se alza ante él con su ropaje blanco está goteando agua en el suelo, y en el altar, y en la barandilla, y en el mismo Crozier. Y el sacerdote es demasiado grande incluso desde el punto de vista de un niño: enorme, húmedo, musculoso, pesado, arrojando una sombra por encima del comulgante arrodillado. No es humano.

Y Crozier está desnudo allí, arrodillado, echa la cabeza atrás, cierra los ojos y extiende la lengua para el sacramento.

El sacerdote que se alza ante él, chorreando, no lleva oblea alguna en la mano. No tiene manos. Por el contrario, la aparición goteando se inclina ante la barandilla del altar, demasiado cerca, y abre su propia mandíbula inhumana como si Crozier fuera la hostia que va a devorar.

—¡Jesucristo, Dios todopoderoso! —susurra la forma de M'Clintock-Hobson, que aguarda.

—¡Jesucristo, Dios todopoderoso! —susurra el capitán Francis Crozier.

—Ha vuelto con nosotros —dice el doctor Goodsir al señor Jopson.

Crozier gime.

—Señor —dice el cirujano a Crozier—, ¿se puede incorporar un poco? ¿Puede abrir los ojos y sentarse? Así, muy bien, capitán.

—¿Qué día es hoy? —grazna Crozier.

La débil luz que procede de la puerta abierta y la luz aún más débil de la lámpara de aceite amortiguada son como explosiones de dolorosa luz solar ante sus ojos sensibilizados.

—Es martes, 11 de enero, capitán —dice su mozo. Y Jopson añade—: Del año de nuestro Señor 1848.

—Ha estado muy enfermo una semana —dice el cirujano—. Varias veces en los últimos días estábamos seguros de que íbamos a perderle. —Goodsir le da un poco de agua para que beba.

—Estaba soñando —consigue decir Crozier después de beber el agua helada. Huele su propio hedor en el nido de ropa de cama helada que le envuelve.

—Ha estado quejándose muy fuerte las últimas horas —dice Goodsir—. ¿Recuerda alguno de los sueños de la malaria?

Crozier sólo recuerda la sensación de ingravidez y de volar de sus sueños, pero al mismo tiempo el peso, el horror, el humor y las visiones que han huido como jirones de niebla ante un fuerte viento.

—No —dice—. Por favor, señor Jopson, sea tan amable de traerme agua caliente para que me asee. Quizá tenga que ayudarme a afeitarme. Doctor Goodsir...

—¿Sí, capitán?

—¿Sería tan amable de ir a proa y decirle al señor Diggle que el capitán quiere tomar un desayuno muy abundante esta mañana?

—Son las seis campanadas de la noche, capitán —dice el cirujano.

—Es igual, deseo un desayuno muy abundante. Galleta. Las patatas que haya. Café. Cerdo también, de algún tipo..., beicon, si queda.

—Sí, señor.

—Y una cosa, doctor Goodsir... —dice Crozier al cirujano que ya sale—. ¿Sería también tan amable de pedirle al teniente Little que venga a popa a informarme de la semana que me he perdido y también de decirle que me devuelva mi... propiedad?

364

28

Peglar

Latitud 70° 5′ N — Longitud 98° 23′ O
29 de enero de 1848

𝓗arry Peglar lo había planeado de forma que recibió el encargo de llevar un mensaje al *Erebus* el día que volvió el sol. Quería celebrarlo, en la medida en que se podía celebrar algo aquellos días, con alguien a quien quería. Y alguien de quien había estado enamorado una vez.

El jefe de oficiales de mar Harry Peglar era capitán de la cofa de trinquete del *Terror*, elegido como líder de los gavieros, hombres cuidadosamente seleccionados que trabajaban en lo más alto de la obencadura y las vergas de gavia y juanete, ya fuera a plena luz del día o en la oscura noche, así como en alta mar y con el peor tiempo que se podía encontrar un buque de madera. Era una posición que requería fuerza, experiencia, liderazgo y, sobre todo, valor, y Harry Peglar era respetado por todos esos rasgos. Ahora tenía casi cuarenta y un años de edad y se había probado a sí mismo cientos de veces no sólo ante la tripulación del HMS *Terror*, sino también en una docena de buques en los cuales había servido en su larga carrera.

Era sólo levemente curioso, por tanto, que Harry Peglar hubiese sido analfabeto hasta convertirse en guardiamarina a los veinticinco años. Leer era ahora su placer secreto, y ya había devorado más de la mitad de los mil volúmenes que contenía en aquel viaje la sala Grande del *Terror*. Fue un simple mozo de la corbeta de exploración HMS *Beagle* quien transformó a Peglar en un hombre alfabetizado, y fue ese mismo mozo quien hizo que Harry Peglar reflexionara y pensara en qué consistía ser un hombre.

Ese mozo era John Bridgens. Ahora era el hombre más anciano de toda la expedición, de lejos. Cuando navegaban desde Inglaterra, la broma tanto en el castillo de proa del *Erebus* como del *Terror* era que John Bridgens, humilde mozo de los oficiales subordinados, era de la misma edad que el anciano sir John Franklin, pero veinte veces más sabio. Harry Peglar sabía perfectamente que eso era cierto.

Los ancianos por debajo del rango de capitán o almirante raramente podían alistarse en las expediciones del Servicio de Descubrimientos, así que las tripulaciones de ambos buques supieron con regocijo que la edad de John Bridgens en la lista oficial se había invertido, o bien por accidente, o por parte de un sobrecargo con sentido del humor, y figuraba como «26». Se le hicieron también muchas bromas al canoso Bridgens sobre su juventud e inmadurez, así como sobre supuestas proezas sexuales. El apacible mozo sonreía y no decía nada.

Fue Harry Peglar quien buscó a un Bridgens más joven a bordo del HMS *Beagle* durante su viaje de exploración científica alrededor del mundo bajo el mando del capitán FitzRoy, desde diciembre de 1831 a octubre de 1836. Peglar seguía a un oficial con el cual había servido en el HMS *Prince Regent,* un teniente llamado John Lort Stokes, desde el buque de línea de primera, de 120 cañones, al humilde *Beagle.* El *Beagle* era sólo un bergantín de clase *Cherokee* de diez cañones, adaptado como buque de investigación, y no era el tipo de barco que un gaviero ambicioso como el joven Peglar escogería normalmente, pero ya entonces Harry estaba interesado en el trabajo de investigación científica y exploración, y el viaje del pequeño *Beagle* bajo FitzRoy había representado para él una educación, en muchos sentidos.

El mozo Bridgens tenía entonces ocho años más que Peglar ahora, a finales de la cuarentena, pero ya era conocido como el contramaestre más sabio y leído de toda la flota. También era un sodomita confeso, hecho que no preocupaba a Peglar, entonces de veinticinco años. Había dos tipos de sodomitas en la Marina Real: los que buscaban su satisfacción sólo en tierra y nunca llevaban sus actividades a alta mar, y los que continuaban con sus hábitos en el mar, seduciendo a los jovencitos casi siempre presentes en los buques de la Marina Real. Bridgens, y todo el mundo en el castillo de proa del *Beagle* y en la Marina lo sabía, era de los primeros, un hombre a quien le gustaban los hombres cuando estaba en tierra, pero que nunca alardeaba de ello ni trasladaba sus inclinaciones sexuales al mar. Y, a diferencia del ayudante de calafatero del actual buque de Peglar, Bridgens no era ningún pederasta. La mayoría de sus compañeros de tripulación pensaban que un chico en el mar estaba más a salvo con el mozo de suboficiales John Bridgens que con el vicario de su parroquia en tierra.

Además, Harry Peglar vivía con Rose Murray cuando se embarcó en 1831. Aunque no se llegaron a casar formalmente, porque ella era católica y no pensaba casarse con Harry a menos que se convirtiera, cosa que él no se decidía a hacer, eran una pareja feliz cuando Peglar estaba en tierra, aunque el analfabetismo de Rose y su falta de curiosidad por el mundo reflejaban la vida del Peglar más joven, y no del hombre en quien más tarde se convertiría. Quizá se hubieran casado si Rose hubiese tenido hijos, pero ella no podía tenerlos, un estado al que se refería como «castigo de Dios». Rose murió mientras Peglar estaba embarcado en el largo viaje del *Beagle*. Él la amó, a su manera.

Pero también amó a John Bridgens.

Antes de que los cinco años de misión en el buque de exploración HMS *Beagle* hubiesen acabado, Bridgens, al principio aceptando con renuencia su papel de mentor, pero al final cediendo bajo la ansiosa insistencia del joven guardiamarina de la gavia, enseñó a Harry a leer y escribir no sólo en inglés, sino también en griego, latín y alemán. Le enseñó filosofía, historia e historia natural. Más aún: Bridgens enseñó a aquel joven inteligente a pensar.

Fue dos años después de aquel viaje cuando Peglar buscó al hombre mayor en Londres, ya que Bridgens había permanecido de permiso en tierra con la mayor parte del resto de la flota en 1838, y le pidió que le siguiera enseñando. Por entonces, Peglar ya era capitán de la cofa de trinquete del HMS *Wanderer*.

Durante aquellos meses de discusiones y enseñanza en tierra fue cuando la íntima amistad entre los dos hombres pasó a algo que se parecía mucho más a una relación de amantes. La revelación de que él era capaz de hacer una cosa semejante asombró a Peglar, consternándole al principio, pero luego haciendo que reconsiderase todos los aspectos de su vida: moral, fe y sentido del yo. Lo que descubrió le confundió, pero, para su asombro, no cambió su sensación básica de quién era Harry Peglar. Y le resultó mucho más asombroso aún ser él mismo quien instigara el contacto físico íntimo, y no el hombre mayor.

El aspecto íntimo de su amistad duró sólo unos meses, y acabó por decisión común, así como por las largas ausencias de Peglar, embarcado a bordo del *Wanderer* hasta 1844. Su amistad sobrevivió intacta. Peglar empezó a escribir largas cartas filosóficas al antiguo mozo deletreando las letras al revés, la última letra de la última palabra de cada frase ahora convertida en mayúscula e inicial. Sobre todo debido a la atroz ortografía del capitán de la cofa, Bridgens in-

367

dicaba en una carta de respuesta: «tu idea infantil de la codificación a la inversa de Leonardo, Harry, resulta casi ilegible». Peglar ahora llevaba un diario con el mismo código rudimentario.

Ninguno de los dos hombres le dijo al otro que se iba a presentar para el Servicio de Descubrimientos en la expedición de sir John Franklin al pasaje del Noroeste. Ambos se asombraron, pocas semanas antes de llegar el momento de embarcar, cuando vieron el otro nombre en la lista oficial. Peglar, que no se había comunicado con Bridgens desde hacía más de un año, viajó desde los barracones de Woolwich hasta el alojamiento del mozo, en el norte de Londres, para preguntarle si quería que se borrase de la expedición. Bridgens insistió en que debía de ser «él» quien quitase su nombre de la lista. Al final se pusieron de acuerdo en que ninguno de los dos debía perder la oportunidad de semejante aventura, en el caso de Bridgens ciertamente la última, debido a su avanzada edad (el sobrecargo del *Erebus*, Charles Hamilton Osmer, era desde hacía mucho tiempo amigo de Bridgens, y había ayudado a conseguir su alistamiento ante sir John y los oficiales, llegando incluso a ocultar la edad real del mozo al inscribirla como «26» en las listas oficiales). Ni Peglar ni Bridgens lo dijeron en voz alta, pero ambos sabían que el voto que tanto tiempo llevaba manteniendo el anciano de no trasladar sus deseos sexuales al mar sería honrado por ambos. Esa parte de su historia, y ambos lo sabían, estaba cerrada.

Y resultó que Peglar no había visto casi a su antiguo amigo durante el viaje, y en tres años y medio apenas tuvieron un minuto para estar a solas.

Todavía estaba oscuro, por supuesto, cuando Peglar llegó al *Erebus* en algún momento en torno a las once de aquella mañana de sábado, dos días antes del final de enero, pero ya se apreciaba un resplandor al sur que prometía ser, por primera vez en más de ochenta días, el brillo que precedía al amanecer. El ligero resplandor no disipó el mordisco de la temperatura de −54 grados, así que no se detuvo cuando las linternas del buque aparecieron a la vista.

La visión de los mástiles truncados del *Erebus* habría desanimado a cualquier capitán de cofa, pero dolió a Harry Peglar más que a la mayoría porque él, junto con su homólogo del *Erebus*, Robert Sinclair, había ayudado a supervisar el desmantelamiento y almacenamiento de los palos de ambos buques durante aquellos inviernos interminables. Era una visión fea en cualquier momento, y no la hacía más bella precisamente la rara inclinación a popa del *Erebus*, con la proa levantada en el hielo invasor.

Los hombres de guardia saludaron a Peglar, le invitaron a subir a bordo y él llevó su mensaje del capitán Crozier al capitán Fitzjames, que estaba sentado fumando en pipa en el comedor de oficiales de popa, ya que la sala Grande todavía se usaba como enfermería improvisada.

Los capitanes habían empezado a usar los cilindros de latón que estaban destinados a ir dejando informes para enviar sus mensajes escritos arriba y abajo. Los correos odiaban ese cambio, porque el metal frío les quemaba los dedos aunque llevasen unos gruesos guantes, y Fitzjames tuvo que ordenar a Peglar que abriese el cilindro con los guantes, ya que seguía estando demasiado frío para que el capitán lo tocase. Fitzjames no lo despachó, de modo que Peglar se quedó en la entrada del comedor de oficiales mientras el capitán leía la nota de Crozier.

—No hay mensaje de respuesta —dijo Fitzjames.

El capitán de la cofa se llevó la mano a la frente y salió de nuevo a cubierta. Una docena de hombres del *Erebus* había salido a contemplar el amanecer, y otros más se habían puesto sus ropas de abrigo abajo para hacer lo mismo. Peglar había observado que en la enfermería de la sala Grande había una docena de hombres en literas, más o menos el mismo número que en el *Terror*. El escorbuto estaba haciendo estragos en ambos buques.

Peglar vio la figura pequeña y familiar de John Bridgens de pie en el pasamanos del costado de babor a popa. Fue a verle y le dio con los dedos en el hombro.

—Ah, un leve toque de Harry en la noche —dijo Bridgens, antes incluso de volverse.

—No habrá noche durante mucho tiempo —dijo Peglar—. Y ¿cómo sabías que era yo, John?

Bridgens no llevaba pañoleta que le ocultase el rostro, y Peglar vio su sonrisa y sus ojos acuosos y azules.

—Las noticias de los visitantes viajan rápido en un barco atrapado en el hielo. ¿Tienes que volver enseguida al *Terror*?

—No. El capitán Fitzjames no tiene respuesta.

—¿Quieres dar un paseo?

—Pues claro —dijo Peglar.

Bajaron por la rampa de hielo de estribor y caminaron hacia el iceberg y la cresta de presión al sudoeste, como para tener una visión mejor del resplandor al sur. Por primera vez en meses, el HMS *Ere-*

369

bus estaba iluminado por detrás por algo que no era ni la aurora boreal ni las linternas ni las antorchas.

Antes de llegar a la cresta de presión pasaron por la zona llena de marcas y de hollín y parcialmente fundida donde había ardido el carnaval. La zona se había limpiado muy bien, siguiendo las órdenes del capitán la semana después del desastre, pero seguían allí los agujeros donde las duelas habían servido de postes para las tiendas, y algunos jirones de soga o de lona que se habían fundido con el hielo y se habían congelado. El rectángulo de la sala Negra todavía resultaba visible, a pesar de repetidos esfuerzos por eliminar el hollín y diversas nevadas.

—He leído a ese escritor americano —dijo Bridgens.

—¿Qué escritor americano?

—El tipo que hizo que el pequeño Dickie Aylmore recibiera cincuenta latigazos por sus imaginativos decorados para nuestro extinto carnaval, que nadie echará de menos. Un hombrecillo extraño que se llama Poe, si no me engaña la memoria. Unas cosas muy melancólicas y morbosas, con un toque de insalubridad macabra. No es muy bueno en conjunto, pero sí muy «americano», en un sentido indefinible. Sin embargo, he leído la fatídica historia que provocó los azotes.

Peglar asintió. Su pie tropezó con algo en la nieve, y se agachó a sacarlo del hielo.

Era la calavera de oso que colgaba encima del reloj de ébano de sir John, que no había sobrevivido a las llamas. La carne, piel y pelo del cráneo habían desaparecido y el hueso estaba ennegrecido por el fuego, con las cuencas de los ojos vacías, pero los dientes seguían siendo de color marfil.

—Ah, vaya, al señor Poe le encantaría esto, supongo —dijo Bridgens.

Peglar lo volvió a dejar caer en la nieve. Aquel objeto debía de estar escondido debajo de la nieve caída cuando trabajaron allí las partidas de limpieza. Él y Bridgens anduvieron otros cincuenta metros más hacia la cresta de presión más elevada de la zona y treparon por ella, Peglar dándole la mano repetidamente al hombre mayor para ayudarle a subir.

En una repisa plana de hielo en la cumbre, Bridgens jadeaba pesadamente. Hasta Peglar, normalmente tan en forma como uno de esos atletas olímpicos de la Antigüedad de los que había leído, respiraba más fuerte que de costumbre. Demasiados meses sin auténtico ejercicio físico, pensó.

El horizonte del sur relumbraba con un tono amarillo apagado y difuso, y la mayor parte de las estrellas de esa zona del cielo habían palidecido.

—Casi no puedo creer que vuelva —dijo Peglar.

Bridgens asintió.

De repente apareció ese disco de color rojo oro que se elevaba dubitativo por encima de las masas oscuras que parecían colinas, pero en realidad debían de ser nubes bajas a lo lejos, hacia el sur. Peglar oyó a los hombres de la cubierta del *Erebus*, unos cuarenta o así, lanzar tres hurras, y, como el aire era muy frío y estaba muy quieto, oyó un hurra mucho más débil procedente del *Terror* apenas visible a un par de kilómetros al este por encima del hielo.

—Llega la aurora con sus rosados dedos —dijo Bridgens en griego.

Peglar sonrió, ligeramente divertido al recordar la frase. Habían pasado varios años desde que leyó la *Iliada* o cualquier otra cosa en griego. Recordó la emoción de su primer encuentro con aquel idioma y con Troya y sus héroes, mientras el *Beagle* estaba anclado en São Tiago, una isla volcánica del archipiélago de Cabo Verde, casi diecisiete años antes.

Como si le leyera la mente, Bridgens dijo:

—¿Recuerdas al señor Darwin?

—¿El joven naturalista? —dijo Peglar—. ¿El interlocutor favorito del capitán FitzRoy? Por supuesto que sí. Cinco años en un barco pequeño con un hombre dejan huella, aunque él fuese un caballero y yo no.

—¿Y qué impresión te dejó, Harry? —Los pálidos ojos azules de Bridgens estaban más acuosos que antes, ya fuera por la emoción de ver el sol de nuevo o como reacción ante la luz inhabitual, por muy pálida que fuese. El disco rojo no había aclarado por completo las nubes oscuras antes de empezar a descender de nuevo.

—¿Del señor Darwin? —Peglar también entrecerraba los ojos, más para evocar el recuerdo del flaco y joven naturalista que por la iluminación del sol—. Le encontraba agradable, como suelen ser esos caballeros. Muy entusiasta. Ciertamente, hacía trabajar mucho a los hombres transportando y empaquetando todos esos malditos animales muertos, en un momento dado pensé que sólo con los pinzones iba a llenar toda la bodega, pero no se le caían los anillos por mancharse las manos. ¿Recuerdas cuando se puso a remar para ayudar a remolcar el viejo *Beagle* corriente arriba en el río? Y salvó un barco de la marea en otra ocasión. Y una vez, cuando las ballenas nos perseguían, en la costa de Chile, creo que era, me sorprendió ver que había subido él solo hasta las crucetas para tener una vista mejor. Tuve que ayudarle a bajar, pero no antes de que mirase por el catalejo a las ballenas durante más de una hora, con los faldones de la levita ondeando en la brisa.

Bridgens sonrió.

—Casi me puse celoso cuando te prestó aquel libro. ¿Qué era? ¿Lyell?

—*Principios de Geología* —dijo Peglar—. En realidad no lo entendí. O más bien, leí lo bastante para darme cuenta de lo peligroso que era.

—Por las teorías de Lyell sobre la edad de las cosas. Por la idea tan poco cristiana de que las cosas cambian lentamente a lo largo de enormes períodos de tiempo, en lugar de aparecer rápidamente debido a acontecimientos violentos.

—Sí. Pero el señor Darwin estaba muy entusiasmado con aquello. Parecía un hombre que hubiese experimentado una conversión religiosa.

—Creo que fue así, por decirlo de alguna manera —afirmó Bridgens. Sólo era visible ya el tercio superior del sol—. Menciono al señor Darwin porque amigos comunes me dijeron antes de que nos embarcásemos que está escribiendo un libro.

—Publicó varios ya —dijo Peglar—. ¿Recuerdas, John? Discutimos acerca de su *Diario de investigaciones de Geología e Historia Natural en los diversos países visitados por el HMS* Beagle, el año que fui a estudiar contigo, 1839. Yo no me lo podía permitir, pero tú decías que lo leerías. Y creo que publicó varios volúmenes de la vida animal y vegetal que vio.

—*Zoología del viaje del HMS* Beagle. Sí, compré ése también. No, yo quería decir que ha estado trabajando en un libro mucho más importante, por lo que dice mi querido amigo el doctor Babbage.

—¿Charles Babbage? —inquirió Peglar—. ¿Ese hombre que fabrica objetos extraños, como una especie de ingenio para contar?

—Ese mismo. Charles me dice que todos estos años el señor Darwin ha estado trabajando en un volumen muy interesante que trata de los mecanismos de la evolución orgánica. Al parecer, extrae su información de la anatomía comparativa, la embriología, la paleontología... Todos grandes intereses de nuestro antiguo naturalista de a bordo, como recordarás. Pero no sé por qué, el señor Darwin se resiste a publicarlo, y el libro quizá no vea la luz mientras viva, según Charles.

—¿La evolución orgánica? —repitió Peglar.

—Sí, Harry. La idea es que las especies, a pesar de lo que afirma toda la civilización cristiana en sentido contrario, no están fijadas desde su creación, sino que pueden cambiar y adaptarse a lo largo del tiempo..., mucho tiempo. Las cantidades de tiempo del señor Lyell.

—Ya sé lo que es la evolución orgánica. —Peglar intentó no demostrar su irritación al haber sido tratado de forma condescendiente. El problema de la relación entre alumno y profesor es que, se daba cuenta por vez primera, nunca cambia, mientras todo lo demás a su alrededor sí que lo hace—. He leído a Lamarck en este sentido. Y también a Diderot. Y a Buffon, creo.

—Sí, es una teoría antigua —exclamó Bridgens, y su tono sonaba divertido, pero también ligeramente apologético—. Montesquieu también ha hablado de este tema, igual que Maupertuis y los demás que has mencionado. Hasta Erasmo Darwin, el abuelo de nuestro antiguo compañero de expedición, lo propuso.

—Entonces, ¿por qué es tan importante el libro del señor Charles Darwin? La evolución orgánica es una idea antigua. Ha sido rechazada por la Iglesia y por otros naturalistas durante generaciones.

—Si hay que creer a Charles Babbage y a otros amigos que el señor Darwin y yo tenemos en común, este nuevo libro, si alguna vez se publica, ofrece pruebas de un mecanismo real de la evolución orgánica. Y contendría al menos un millar, o quizás incluso diez mil ejemplos sólidos de ese mecanismo en acción.

—¿Y qué mecanismo es ése? —preguntó Peglar.

El sol había desaparecido. Unas sombras rosadas se desvanecían en la palidez amarillenta que había precedido a su aparición. Ahora que el sol había desaparecido, Peglar no podía creer que lo hubiese visto.

—La selección natural, que surge de la competición «entre» las incontables especies —dijo el anciano mozo de suboficiales—. Una selección que consigue transmitir los rasgos ventajosos y descartar los que ofrecen desventajas, es decir, los que no añaden nada a la probabilidad de la supervivencia o de la reproducción, a lo largo de enormes cantidades de tiempo. Del tiempo de Lyell.

Peglar pensó en ello un momento.

—¿Por qué has sacado este tema, John?

—A causa de nuestro amigo depredador que está ahí fuera en el hielo, Harry. A causa de la calavera ennegrecida que has tirado donde antes resonaba el tictac del reloj de ébano de sir John.

—No lo comprendo —dijo Peglar. Solía decir eso con frecuencia cuando era alumno de John Bridgens, durante los cinco años de los aparentemente inacabables vagabundeos del *Beagle*. El viaje se había planeado como una aventura de dos años, y Peglar había prometido a Rose que volvería al cabo de dos años o menos. Ella había muerto de tisis durante el cuarto año del *Beagle* en el mar—. ¿Crees que el ser del hielo es de una especie que ha sufrido una adaptación evolutiva a partir del oso polar común que hemos encontrado con frecuencia aquí?

—Más bien al contrario —replicó Bridgens—. Me pregunto si podríamos haber encontrado uno de los últimos miembros de alguna antigua especie, algo de mayor tamaño, más listo, más rápido e infinitamente más violento que su descendiente, el oso polar más pequeño que vemos en tal abundancia.

Peglar pensó en ello.

—Algo de una era antediluviana —dijo al fin.

Bridgens lanzó una risita.

—En un sentido metafórico, al menos, Harry. Como recordarás, no defiendo la creencia literal en el Diluvio.

Peglar sonrió.

—Es peligroso andar contigo, John. —Siguió allí de pie en el hielo pensando unos momentos más. La luz se estaba desvaneciendo. Las estrellas llenaban de nuevo el cielo al sur—. ¿Crees que esa... cosa..., ese último ejemplar de su raza..., andaba ya sobre la Tierra cuando estaban aquí los grandes lagartos? Y si es así, ¿por qué no hemos encontrado fósiles?

Bridgens lanzó otra risita.

—No, no creo que nuestro depredador del hielo compitiese con los lagartos gigantes. Quizá mamíferos como el *Ursus maritimus* no coexistieran con los reptiles gigantes en absoluto. Como demostraba Lyell, y como nuestro señor Darwin parece comprender, el Tiempo... con mayúscula, Harry..., puede ser mucho más vasto que lo que tenemos la capacidad de asimilar.

Los dos hombres se quedaron silenciosos unos momentos. El viento había arreciado un poco y Peglar se dio cuenta de que hacía demasiado frío para estar allí fuera mucho rato. Veía que el anciano temblaba ligeramente.

—John —dijo—, ¿crees que comprender el origen del animal... o «ser», porque a veces parece demasiado inteligente para ser un animal, nos ayudará a matarlo?

Bridgens se echó a reír esta vez.

—No, en absoluto, Harry. Entre tú y yo, querido amigo, creo

que la criatura ya nos ha cogido. Creo que nuestros huesos serán fósiles mucho antes que los suyos..., aunque, cuando uno lo piensa, una criatura tan grande que vive casi completamente en el hielo polar, sin criar ni vivir en tierra como hacen los osos corrientes, evidentemente, incluso cazando al oso polar más corriente como fuente primordial de alimento, quizá no deje huellas, ni rastros ni fósiles..., al menos que seamos capaces de encontrar debajo de los mares polares helados con el estado actual de nuestra tecnología científica.

Empezaron a caminar hacia el *Erebus*.

—Dime, Harry, ¿qué está ocurriendo en el *Terror*?

—¿Has oído hablar de que casi hubo un motín hace tres días? —preguntó Peglar.

—¿Estuvo realmente tan cerca la cosa?

Peglar se encogió de hombros.

—Fue bastante feo. La pesadilla de cualquier oficial. El ayudante del calafatero, Hickey, y dos o tres agitadores más alteraron a todos los hombres. La mentalidad de la masa. Crozier los calmó con brillantez. Creo que nunca he visto a un capitán manipular a una masa con más delicadeza y seguridad que Crozier el miércoles.

—¿Y todo fue por esa mujer esquimal?

Peglar asintió; luego se ajustó más el gorro y la pañoleta. El viento era muy cortante ya.

—Hickey y gran parte de los hombres se enteraron de que la mujer había excavado un túnel a través del casco antes de Navidad. Hasta el día del carnaval, había entrado y salido a voluntad de su cubil en el pañol de cables de proa. El señor Honey y su carpintero arreglaron la brecha del casco y el señor Irving hizo que echaran abajo el túnel exterior el día después del fuego de carnaval, y corrió la voz.

—¿Y Hickey y los demás pensaron que ella tenía que algo que ver con el fuego?

Peglar se encogió de hombros una vez más. El movimiento, al menos, le mantenía caliente.

—Que yo sepa, pensaban que ella era la criatura del hielo. O al menos, su consorte. La mayoría de los hombres llevaban meses convencidos de que era una bruja pagana.

—La mayoría de la tripulación del *Erebus* está de acuerdo. —A Bridgens le castañeteaban los dientes. Los dos hombres volvieron a caminar hacia el buque inclinado.

—La multitud de Hickey tenía el plan de abordar a la chica cuando fuese a buscar la galleta y el bacalao, por la noche —dijo Peglar—, y cortarle el cuello. Quizá con alguna ceremonia formal.

—¿Y por qué no ocurrió así, Harry?

—Siempre hay alguien que habla. Cuando el capitán Crozier se enteró, posiblemente sólo unas horas antes del asesinato planeado, arrastró a la chica a la cubierta inferior y convocó una reunión con todos los oficiales y hombres. Incluso llamó a la guardia de abajo, cosa nunca vista.

Bridgens volvió su pálido rostro cuadrado hacia Peglar mientras caminaban. Estaba oscureciendo con rapidez y el viento soplaba desde el noroeste.

—Era justo a la hora de cenar —continuó Peglar—, pero el capitán hizo que se subieran de nuevo todas las mesas con los cabrestantes y que los hombres se sentaran en el suelo, sin barriles ni baúles, sólo el suelo desnudo. Y ordenó que los oficiales, armados con armas de mano, se quedasen de pie ante ellos. Cogió a la chica esquimal por el brazo, como si fuese una ofrenda que estuviese a punto de arrojar a los hombres. Como un trozo de carne para los chacales. En cierto sentido, eso fue lo que hizo.

—¿Qué quieres decir?

—Dijo a la tripulación que si iban a matarla, que tenían derecho a hacerlo entonces..., en aquel momento. Con los cuchillos. Allí mismo, en la cubierta inferior, donde comían y dormían. El capitán Crozier dijo que tendrían que hacerlo todos juntos, marineros y oficiales a la vez, porque el crimen en un buque es como un cáncer, y se extiende a menos que todo el mundo esté inoculado siendo cómplice.

—Qué extraño —dijo Bridgens—. Pero me sorprende que eso consiguiese disuadir a los hombres sedientos de sangre. La masa es algo sin cerebro.

Peglar asintió de nuevo.

—Entonces Crozier llamó al señor Diggle a proa desde su puesto en la estufa.

—¿El cocinero?

—El cocinero. Crozier le preguntó al señor Diggle qué había para cenar aquella noche... y durante todas las noches del mes siguiente. «Bacalao. Y las cosas enlatadas que no se hayan podrido o envenenado», dijo Diggle.

—Interesante —intervino Bridgens.

—Crozier entonces le preguntó al doctor Goodsir, que estaba en el *Terror* aquel día, cuántos hombres habían acudido a él por estar enfermos en los últimos tres días. «Veintiuno. Con catorce durmiendo en la enfermería hasta que usted los ha llamado para esta reunión, señor», dijo Goodsir.

Y entonces el que asintió fue Bridgens, como si pudiera ver adónde se encaminaba Crozier.

—Y entonces el capitán dijo: «Es el escorbuto, hombres». Era la primera vez que un oficial, cirujano, capitán, lo que sea, decía en voz alta aquella palabra a la tripulación en tres años —continuó Peglar—. «Vamos a caer todos con escorbuto, hombres del *Terror* —dijo el capitán—. Y todos conocéis los síntomas. O si no es así... o si no tenéis las pelotas de pensar en ello..., tenéis que escuchar.» Y entonces Crozier llamó al doctor Goodsir para que se adelantase y se colocase junto a la chica, e hizo que enumerase los síntomas del escorbuto. «Úlceras», dijo Goodsir. —Peglar continuó mientras se acercaban al *Erebus*—. «Úlceras y hemorragias por todo el cuerpo. Charcos de sangre debajo y a través de la piel. Que salen por todos los orificios antes de que la enfermedad siga su curso... La boca, los oídos, los ojos, el culo. Rictus de los miembros, que quiere decir que primero duelen los brazos y piernas, luego se ponen tiesos. No funcionan. Se vuelve uno tan torpe como un buey ciego. Luego se le caen a uno los dientes», dijo Goodsir, e hizo una pausa.

»Había tanto silencio, John, que no se podía oír ni la respiración de los cincuenta hombres, sólo los crujidos y gruñidos del buque en el hielo. «Y mientras se te caen los dientes —siguió el cirujano—, los labios se te ponen negros y se apartan de cualquier diente que os pudiera quedar. Como los labios de un muerto. Y las encías se hinchan... Y apestan. Y de ahí procede el terrible hedor del escorbuto. Las encías se pudren y se gangrenan desde dentro. Pero eso no es todo —siguió Goodsir—. La vista y el oído quedan dañados..., perjudicados..., igual que el juicio. De repente le parece a uno normal salir a pasear con cincuenta grados bajo cero, sin guantes ni sombrero. Se olvida uno de dónde está el norte o de clavar un clavo. Y no sólo te fallan los sentidos, sino que se vuelven contra ti. Si tuviéramos zumo de naranja fresco para vosotros cuando tuvierais el escorbuto, el olor de la naranja podría hacer que os retorcierais llenos de dolor o que os volvierais locos, literalmente. El sonido de un trineo sobre el hielo os haría caer de rodillas, llenos de dolor; el disparo de un mosquete podría ser fatal.»

»Entonces uno de los de Hyckey, en medio del silencio gritó: «¡Bueno, bueno!, ¡nosotros nos tomamos nuestro zumo de limón!»

»Goodsir meneó la cabeza, tristemente: «No nos durará mucho tiempo, y lo que tenemos ahora ya no vale demasiado. Por algún motivo que nadie comprende, los antiescorbúticos más sencillos, como el zumo de limón, pierden su potencia después de varios meses. Ahora que han pasado más de tres años casi ha desaparecido».

»Hubo un segundo silencio terrorífico entonces, John. Se podía oír la respiración allí dentro, y era entrecortada. Y un olor que salía de la multitud... Miedo, y algo peor. Muchos de los hombres que allí estaban, incluyendo a la mayoría de los oficiales, habían ido a ver al doctor Goodsir las dos últimas semanas con síntomas de escorbuto. De repente, uno de los compatriotas de Hickey gritó: «¿Y qué tiene que ver esto con librarnos de esa bruja maldita?».

»Crozier entonces dio un paso al frente, sujetando todavía a la chica como una cautiva, como si estuviera dispuesto a ofrecerla a la turba. «Hay muchos capitanes y cirujanos que intentan cosas distintas para aliviar o curar el escorbuto —dijo Crozier a los hombres—. Ejercicio violento, rezos, comida en lata... Pero ninguna de esas cosas funciona, a la larga. ¿Qué es lo único que funciona de verdad, señor Goodsir?»

»Todas las cabezas en la cubierta inferior se volvieron a mirar a Goodsir entonces, John. Hasta la chica esquimal. «Comida fresca —dijo el cirujano—. Especialmente, carne fresca. La deficiencia en nuestra alimentación que produce el escorbuto sólo se puede curar con carne fresca.»

»Todo el mundo miró a Crozier —prosiguió Peglar—. El capitán les echó encima a la chica: «Hay una persona en estos dos barcos moribundos que ha sido capaz de encontrar carne fresca este otoño e invierno —dijo—. Y está delante de vosotros. Esta chica esquimal..., apenas una niña..., pero que, de algún modo, sabe cómo encontrar y atrapar y matar focas y morsas y zorros, cuando los demás no somos capaces ni siquiera de encontrar un rastro en el hielo. ¿Y si tenemos que abandonar el barco..., nos encontramos ahí en el hielo y no nos quedan provisiones? Sólo hay una persona de las ciento nueve que quedamos vivas que sabe cómo conseguir carne fresca para sobrevivir..., y vosotros la queréis matar».

Bridgens enseñó sus propias encías sangrantes cuando sonrió. Estaban en la rampa de hielo del *Erebus*.

—El sucesor de sir John puede que sea un hombre común, con poca educación formal, pero nadie podría acusar al capitán Crozier, al menos delante de mí, de ser un estúpido. Y comprendo que ha cambiado desde su grave enfermedad, hace unas semanas.

—Ha sufrido una metamorfosis —dijo Peglar, usando ufano una expresión que le había enseñado Bridgens dieciséis años antes.

—¿Y cómo es eso?

Peglar se rascó la helada mejilla por encima de la pañoleta. El guante raspó su barba de días.

—Es difícil de describir. Yo creo que ahora el capitán Crozier está completamente sobrio por primera vez en treinta años o más. El whisky nunca pareció poner en entredicho la competencia del hombre, que es un buen marinero y oficial, pero colocaba... una barrera entre él y el mundo. Ahora, está más «aquí» que nunca. No se pierde nada. No sé de qué otra forma describirlo.

Bridgens asintió.

—Supongo que ya no se ha vuelto a hablar más de matar a la bruja.

—Ni una sola vez —dijo Peglar—. Los hombres le dieron galleta extra durante un tiempo, pero luego ella se fue..., se trasladó a algún lugar sobre el hielo.

Bridgens miró la rampa y luego se volvió. Cuando habló, su voz sonaba tan baja que ninguno de los hombres de guardia a bordo podía oírle.

—¿Qué opinas de Cornelius Hickey, Harry?

—Creo que es una rata traicionera —dijo Peglar, sin preocuparse de que pudieran oírle.

Bridgens asintió de nuevo.

—Es verdad. Yo le conocía desde hace años, antes de navegar en esta expedición con él. Solía aprovecharse de los jovencitos durante los viajes largos, convirtiéndolos en esclavos para sus necesidades. Los últimos años he oído decir que prefiere a hombres mayores a su servicio, como el idiota...

—Magnus Manson.

—Sí, como Manson. Si fuera sólo por el placer de Hickey, no tendríamos que preocuparnos. Pero ese hombrecito es mucho peor, Harry..., peor que el típico marinero amotinador o listillo. Ten cuidado con él. Vigílale, Harry. Temo que pueda hacernos mucho daño a todos. —Entonces Bridgens se echó a reír—. Fíjate lo que digo, «hacernos mucho daño». Como si no estuviésemos condenados de todos modos. Cuando te vuelva a ver, podemos estar ya abandonando los buques y viajando por el hielo, nuestro último y largo paseo. Cuídate mucho, Harry Peglar.

Peglar no dijo nada. El capitán de la cofa de trinquete se quitó el guante externo, luego el interno y levantó sus helados dedos hasta que rozaron la helada mejilla y la frente del mozo de suboficiales John Bridgens. El contacto fue muy ligero y ninguno de los hombres lo notó, debido a la congelación incipiente, pero de todos modos cumplió su objetivo.

Bridgens volvió a subir por la rampa. Sin mirar atrás, Peglar se metió los guantes e inició el frío camino de vuelta en la oscuridad hasta el HMS *Terror*.

29

Irving

Latitud 70° 5' N — Longitud 98° 23' O
6 de febrero de 1848

Era domingo, y el teniente Irving había hecho dos guardias seguidas en cubierta entre el frío y la oscuridad, una de ellas cubriendo a su amigo George Hodgson, que estaba enfermo y tenía síntomas de disentería, y se había perdido su cena caliente en el comedor de oficiales como consecuencia y, por tanto, sólo había tomado una pequeña porción congelada de cerdo salado y un trozo de galleta llena de gorgojos. Pero ahora tenía ocho benditas horas seguidas antes de volver al trabajo. Podía meterse bajo la cubierta, acurrucarse entre las heladas mantas del coy de su camarote, deshelarlas un poco con el calor de su cuerpo y dormir durante las ocho horas seguidas.

Por el contrario, Irving le dijo a Robert Thomas, el primer oficial que vino a relevarle como oficial de cubierta, que iba a salir a dar un paseo y que volvería enseguida.

Entonces Irving pasó por encima de la borda, bajó la rampa de hielo y se dirigió hacia la oscura banquisa.

Iba buscando a Lady Silenciosa.

Irving se había sentido tremendamente conmocionado semanas antes cuando apareció el capitán Crozier dispuesto a arrojar a la mujer a la turba que se estaba formando después de que los tripulantes escucharan las insidiosas incitaciones al motín del ayudante de calafatero, y otros empezaran a gritar que aquella mujer traía mala suerte y que había que matarla o desterrarla. Cuando Crozier salió ante ellos, agarrando el brazo de Lady Silenciosa, y la arrojó hacia delante, a los hombres furibundos, como un antiguo emperador romano hubiese arrojado a un cristiano a los leones, el teniente Irving no supo qué hacer. Como teniente subalterno, sólo podía mirar a su capitán, aunque aquello significase la muerte de Silenciosa. Como joven enamorado, Irving estaba dispuesto a adelantarse y salvarla, aunque le costara su propia vida.

Cuando Crozier se ganó a la mayoría de los hombres con el argumento de que Silenciosa podía ser la única persona a bordo que supiera cómo cazar y pescar en el hielo, si tenían que abandonar el barco, Irving dejó escapar un silencioso suspiro de alivio.

No obstante, la mujer esquimal se fue del barco el día después de aquel enfrentamiento, y volvía sólo a la hora de la cena cada dos o tres días en busca de galleta o de un regalo ocasional, como una vela, y luego desparecía de nuevo en el oscuro hielo. Dónde vivía o qué hacía allá afuera era un misterio.

El hielo no estaba demasiado oscuro aquella noche; la aurora bailaba y brillaba en el cielo, y la luna proyectaba la luz suficiente para arrojar unas sombras negras como la tinta detrás de los seracs. El tercer teniente John Irving no estaba, a diferencia de la primera vez que había seguido a Silenciosa, llevando a cabo aquella búsqueda por iniciativa propia. El capitán había sugerido de nuevo que Irving podía descubrir, sin ponerse a sí mismo en peligro, el escondite secreto de la muchacha esquimal en el hielo.

—Hablaba muy en serio cuando dije a los hombres que ella puede tener habilidades que nos mantengan vivos en el hielo —dijo Crozier bajito en la privacidad de su camarote, mientras Irving se acercaba mucho para oírle—. Pero no podemos esperar a estar todos en el hielo para averiguar dónde y cómo consigue la carne fresca que parece encontrar. El doctor Goodsir me dice que el escorbuto nos matará a todos si no encontramos una fuente de caza fresca antes del verano.

—Pero a menos que la espíe cazando, señor —susurró Irving—, ¿cómo puedo descubrir su secreto? Ella no habla.

—Use su iniciativa, teniente Irving. —Ésa fue la única respuesta que le dio el capitán Crozier.

Era la primera oportunidad que tenía Irving de usar su iniciativa desde aquella conversación.

En una bolsa de piel colgada al hombro, Irving llevaba algunos señuelos por si encontraba a Silenciosa y hallaba una forma de comunicarse con ella. Llevaba galletas mucho más frescas que aquella que había comido él mismo al mediodía, llena de gorgojos. Éstas iban envueltas en una servilleta, pero Irving también llevaba un precioso pañuelo oriental de seda que su rica novia londinense le había regalado poco antes de su... desagradable separación. Y la *pièce de résis-*

tance iba envuelta en ese atractivo pañuelo: un pequeño botecito con mermelada de melocotón.

El cirujano Goodsir atesoraba y repartía la mermelada como antiescorbútico, pero el teniente Irving sabía que los dulces eran una de las pocas cosas por las que la chica esquimal había mostrado entusiasmo a la hora de aceptar la comida del señor Diggle. Irving había visto que le brillaban los ojos oscuros cuando conseguía un poquito de mermelada en la galleta. Él había ido apurando sus propias raciones de mermelada una docena de veces, durante el mes anterior, para conseguir la preciosa cantidad que ahora llevaba en un diminuto botecito de porcelana que en tiempos había sido de su madre.

Irving había rodeado completamente el costado de babor del buque y ahora avanzaba por la llanura helada entre un laberinto de seracs y pequeños icebergs que se alzaban como una versión helada de un bosque de Birnam avanzando hacia Dunsinane, a unos doscientos metros al sur del barco. Sabía que estaba corriendo un gran riesgo de convertirse en la siguiente víctima del ser del hielo, pero durante las últimas cinco semanas no había habido señal alguna de la criatura, ni siquiera un avistamiento a distancia. No se había perdido ningún tripulante ante aquel ser desde la noche del carnaval.

«Pues así es —pensó Irving—, nadie más que yo ha salido por aquí fuera solo, sin linterna siquiera, deambulando por el bosque de seracs.»

Era muy consciente de que la única arma que llevaba era la pistola, bien hundida en el bolsillo de su abrigo.

Cuarenta minutos de búsqueda entre los seracs, en la oscuridad y a cuarenta y dos grados bajo cero y con viento, e Irving estaba a punto de decidir que ejercitaría su iniciativa otro día, preferiblemente al cabo de unas semanas, cuando el sol se quedase por encima del horizonte del sur durante algo más que unos pocos minutos.

Y entonces vio la luz.

Era una visión muy misteriosa; un montón de nieve acumulada durante una ventisca y situada en un barranco helado entre varios seracs parecía iluminarse con una luz divina desde dentro, como si dispusiera de una luz interior feérica.

O una luz de brujería.

Irving se acercó más, haciendo una pausa a la sombra de cada serac para asegurarse de que no era ninguna grieta en el hielo. El viento producía un sonido suave y susurrante entre las cumbres torturadas de los seracs y las columnas de hielo. La luz violeta de la aurora boreal danzaba por todas partes.

La nieve de la ventisca se había acumulado, o bien por efecto del viento o de las manos de Silenciosa, formando una baja cúpula lo bastante delgada para mostrar una débil luz amarilla y parpadeante que brillaba a su través.

Irving se dejó caer en el pequeño barranco de hielo, que en realidad era sólo una depresión entre dos placas de hielo empujadas por la presión y redondeadas por encima por la nieve, y se acercó a un pequeño agujero negro que parecía demasiado bajo para asociarlo con la cúpula situada más alta, a un lado del barranco.

La entrada, si es que era una entrada, apenas era igual de ancha que los hombros de Irving, envueltos en gruesas capas de ropa.

Antes de entrar se preguntó si debía sacar su pistola y amartillarla. «No sería un gesto muy amistoso de saludo», pensó.

Irving se introdujo en el agujero.

El estrecho pasaje bajaba a lo largo de la mitad de la longitud de su cuerpo, y luego formaba un ángulo hacia arriba durante dos metros y medio o más. Cuando la cabeza y los hombros de Irving surgieron por el extremo más lejano del túnel y a la luz, éste parpadeó, miró a su alrededor y abrió mucho la boca.

Lo primero que vio era que Lady Silenciosa estaba desnuda bajo sus ropas abiertas. Estaba echada en una plataforma formada en la nieve, a algo así como un metro y veinte centímetros del teniente Irving y de casi un metro de alto. Sus pechos eran bastante visibles y estaban bastantes desnudos: él podía ver el pequeño talismán de piedra del oso blanco que ella había retirado de su compañero muerto, colgando de una correa entre sus pechos, y ella no hizo esfuerzo alguno por cubrirse, mientras le miraba sin pestañear. No se había sobresaltado. Obviamente, le había oído llegar mucho antes de que él se introdujese por el pasaje de entrada a la cúpula de nieve. En la mano ella llevaba un cuchillo de piedra pequeño, pero muy afilado, que él había visto por primera vez en el pañol de cables de proa.

—Le ruego que me perdone, señorita —dijo Irving.

No sabía qué hacer a continuación. Los buenos modales exigían que retrocediera y se alejara del aposento de la dama, por muy extraña y desgarbada que pudiese resultar aquella acción, pero recordó que estaba allí con una misión.

No se escapó a la atención de Irving que, atrapado en la abertura de nieve como estaba, Lady Silenciosa podía acercarse a él con toda facilidad y cortarle la garganta con aquel cuchillo, y que él poco podría hacer por evitarlo.

Irving acabó de salir del pasaje de entrada, tiró de la bolsa de cuero que iba tras él, se puso de rodillas y luego de pie. Como el suelo de la casa de nieve se había excavado más bajo que la superficie de la nieve y el hielo exteriores, Irving tenía el espacio suficiente para permanecer de pie en el centro de la cúpula, y aún le sobraban varios centímetros. Se dio cuenta de que mientras la casa de nieve no parecía más que un montón de nieve de ventisquero resplandeciente desde el exterior, en realidad se había construido a base de bloques o losas de nieve en ángulo y arqueadas hacia dentro, con un diseño muy ingenioso.

Irving, educado en la mejor escuela de artillería de la Marina Real y siempre bueno en matemáticas, notó de inmediato la forma espiral ascendente que adoptaban los bloques y que cada bloque se inclinaba sólo ligeramente más que el anterior, hasta que se había colocado un bloque final de coronación en el vértice de la cúpula, empujándolo hasta meterlo en su sitio. Vio un agujerito diminuto para el humo, o chimenea, de no más de cinco centímetros, sólo a un lado de esa clave de bóveda.

Como matemático, Irving se dio cuenta al instante de que la cúpula no era una semiesfera perfecta, ya que una cúpula construida sobre un círculo se derrumbaría, sino que más bien era una catenaria: es decir, tenía la forma de una cadena sujeta por los extremos en ambas manos. John Irving, que era un caballero, sabía que estaba examinando el techo, los bloques, la estructura geométrica de aquel ingenioso alojamiento, todo con tal de no mirar los pechos y los hombros desnudos de Lady Silenciosa. Supuso que le había dado bastante tiempo para subirse las pieles y taparse, y volvió a mirar en dirección a la joven.

Pero sus pechos seguían desnudos. El amuleto de oso polar hacía que su piel morena pareciese mucho más morena todavía. Los ojos oscuros de la joven, concentrados y curiosos, pero no necesariamente hostiles, le seguían mirando sin parpadear. Tenía aún el cuchillo en la mano.

Irving suspiró y luego se sentó en la plataforma cubierta de pieles, al otro lado de la plataforma donde ella dormía, con el pequeño espacio central entre ambos.

Por primera vez se dio cuenta de que hacía calor dentro de aquella casa de nieve. No es que estuviera más caliente que la helada noche exterior, ni más caliente que la helada cubierta inferior del HMS *Terror*, sino «caliente» de verdad. En realidad, había empezado a sudar con sus muchas capas de ropa tiesa. Veía el sudor también en el suave pecho de la mujer, que estaba a poca distancia de él.

385

Apartándose de su mirada, Irving se desabrochó las ropas de abrigo y se dio cuenta de que la luz y el calor venían de una sola lata pequeña de queroseno que ella debía de haber robado del buque. Nada más pensar que ella había robado, se arrepintió. Sí, desde luego, era una lata de queroseno del *Terror*, pero vacía, una de los centenares de latas que habían arrojado por encima de la borda en la enorme zona de vertedero que habían excavado en el hielo, a menos de treinta metros del buque. La llama no ardía debido al queroseno sino a algún otro aceite..., no era aceite de ballena, lo podía afirmar por el olor. ¿Aceite de foca quizá? Un cordón hecho con un intestino de animal o tendón colgaba del techo, suspendía una tira de grasa de ballena encima de la lámpara de queroseno y dejaba caer el aceite en ella. Irving vio de inmediato que cuando el nivel del aceite bajase, la mecha, que parecía hecha de fibras de cáñamo procedentes de cable de ancla, se volvería más larga y la llama ardería más alto, fundiendo más grasa y dejando caer más aceite en la lámpara. Era un sistema muy ingenioso.

El contenedor de queroseno no era el único artefacto interesante en la casa de nieve. Por encima y a un lado de la lámpara, se alzaba un armazón muy elaborado que consistía en lo que parecían ser cuatro costillas de algo que podían ser focas (¿cómo habría capturado y matado Lady Silenciosa esas focas?, se preguntó Irving), colocadas verticalmente en la nieve de la repisa y conectadas mediante una compleja telaraña de tendones. Colgando de ese marco de hueso se encontraba una de las latas más grandes de comida Goldner, rectangular, también recogida, obviamente, del vertedero del *Terror*, con unos agujeros perforados en las cuatro esquinas. Irving comprendió que se trataba de una olla o una tetera perfecta que colgaba muy baja encima de la llama de aceite de foca.

Los pechos de Lady Silenciosa seguían sin cubrir. El amuleto de oso blanco se movía arriba y abajo con su respiración. La mirada de ella no abandonaba en ningún momento el rostro de él.

El teniente Irving se aclaró la garganta.

—Buenas noches, señorita... Silenciosa. Me disculpo por irrumpir de esta manera..., sin ser invitado. —Se detuvo.

¿No había parpadeado la mujer?

—El capitán Crozier le envía saludos. Me ha pedido que la busque para ver..., ejem..., cómo le va.

Irving nunca se había sentido más idiota. Estaba seguro de que a pesar de los meses que ella había pasado en el barco, la chica no entendía ni una sola palabra de inglés. Sus pezones, como no podía dejar de observar, se habían erizado con la breve ráfaga de aire frío que él había llevado consigo a la casa de nieve.

El teniente se quitó el sudor de la frente con la mano. Entonces se quitó los guantes externos y los internos, haciendo gestos con la cabeza como si le pidiera permiso a la señora de la casa para hacerlo. Luego se volvió a secar la frente. Era increíble lo caliente que podía ponerse aquel pequeño espacio debajo de una cúpula catenaria hecha de nieve, aprovechando el calor de una simple lámpara de aceite.

—Al capitán le gustaría... —empezó, pero se detuvo—. Ah, a la mierda.

Irving cogió su bolsa de cuero y de ella sacó las galletas envueltas en una vieja servilleta y el botecito de mermelada envuelto en el bonito pañuelo oriental de seda.

Colocó los dos paquetes en el espacio central ofreciéndoselos a ella con unas manos que todavía temblaban ligeramente.

—Por favor —dijo Irving.

Lady Silenciosa parpadeó un par de veces, se metió el cuchillo debajo de la ropa y cogió los pequeños bultos, colocándoselos a un lado del lugar donde estaba reclinada, en la plataforma. Al echarse de lado, la punta de su pecho derecho casi tocaba el pañuelo chino.

Irving miró hacia abajo y se dio cuenta de que él también estaba sentado en una gruesa piel de animal, colocada encima de la estrecha plataforma. «¿De dónde habrá sacado esta segunda piel de animal?», se preguntó, antes de recordar que más de siete meses antes ella había recibido la parka exterior del viejo esquimal. El hombre del pelo gris que había muerto en el barco después de recibir un disparo por parte de los hombres de Graham Gore.

Ella desató primero el viejo trapo de cocina, sin mostrar reacción alguna ante las cinco galletas de barco envueltas en ella. Irving había pasado mucho tiempo buscando las galletas menos infestadas de gorgojos. Se sintió un poco ofendido ante la falta de reconocimiento de sus desvelos por parte de ella. Cuando la joven desenvolvió el botecito de porcelana de su madre, sellado con cera en la parte superior, hizo una pausa y levantó el pañuelo de seda chino, con sus elaborados dibujos de colores intensos, rojo, verde y azul, y se lo llevó a la mejilla un momento. Luego lo dejó a un lado.

«Las mujeres son iguales en todas partes», fue el vago pensamiento de John Irving. Se dio cuenta de que aunque había disfrutado de la unión sexual con más de una joven, nunca había notado una sensación de... «intimidad» como la que sentía en aquel momento,

387

castamente sentado a la luz de la lámpara de aceite con aquella joven nativa medio desnuda.

Cuando quitó la cera y vio la mermelada, la mirada de Lady Silenciosa volvió de nuevo al rostro de Irving. Parecía examinarle atentamente.

Él, con toscos gestos, le indicó que extendiese la mermelada encima de las galletas y se las comiese.

Ella no se movió. Su mirada no se apartó.

Finalmente se inclinó hacia delante y extendió el brazo derecho como si fuera a tocarle al otro lado de la lámpara, e Irving retrocedió un poco antes de darse cuenta de que ella buscaba un nicho, sólo un pequeño hueco en el hielo, a la cabecera de su plataforma cubierta de pieles. Fingió no notar que las ropas de ella se habían deslizado y que ambos pechos oscilaban libremente al buscar.

Ella le ofreció algo blanco y rojo y que apestaba como un pez muerto y podrido. Se dio cuenta de que era un trozo de foca o de grasa de cualquier otro animal que estaba almacenado en el nicho de nieve para mantenerlo frío.

Lo aceptó, afirmó con la cabeza y lo sujetó entre las manos, encima de las rodillas. No tenía ni idea de lo que debía hacer con aquello. ¿Se suponía que tenía que llevárselo a casa, usarlo como parte de una lámpara de aceite de foca?

Los labios de Lady Silenciosa se retorcieron un momento y, por un instante, Irving casi pensó que había sonreído. Ella cogió su corto y agudo cuchillo e hizo gestos, moviendo la hoja rápida y repetidamente contra su labio inferior, como si fuese a cortarse el labio gordezuelo y rosado.

Irving la miraba y continuaba sujetando aquella masa blanda de grasa y piel.

Suspirando, la mujer se acercó a él, cogió la grasa, la sujetó con la boca y cortó pequeños fragmentos de la grasa con el cuchillo, tirando de la pequeña hoja hacia su propia boca entre sus blancos dientes con cada pedacito. Hizo una pausa para masticar un momento y luego le tendió a él la grasa y la correosa piel de foca, porque ahora él estaba casi seguro de que se trataba de foca.

Irving tuvo que trastear entre seis capas de abrigos, chaquetas, jerséis y chalecos para sacar su cuchillo, que llevaba envainado en el cinturón. Sujetó la hoja hacia arriba para mostrársela a ella, sintiéndose como un niño que busca la aprobación durante una lección.

Ella asintió, muy ligeramente.

Irving sujetó la apestosa, hedionda y goteante grasa junto a su boca abierta y tiró del cuchillo rápidamente como había hecho ella. Casi se corta la nariz. Se habría cortado todo el labio inferior si el cuchillo no se hubiese quedado enganchado en la piel de foca, si es que era foca, y suave carne y blanca grasa, y no se hubiese movido un poco hacia arriba. De todos modos, una solitaria gota de sangre cayó de su tabique nasal perforado.

Lady Silenciosa no hizo el menor caso de la sangre, meneó la cabeza ligeramente de nuevo y le tendió su propio cuchillo.

Él lo intentó de nuevo, notando el extraño peso del cuchillo de ella en su palma, y cortó con confianza hacia el labio mientras una gota de sangre le caía de la nariz a la grasa.

La hoja cortó sin esfuerzo alguno. Aquel pequeño cuchillito de piedra, algo increíble, estaba mucho más afilado que el suyo.

La tira de grasa le llenó la boca. Masticó, intentando imitar a la mujer y asentir con apreciación desde su tira levantada de grasa y su cuchillo.

Sabía como una carpa muerta hacía diez semanas y desenterrada del fondo del Támesis, más allá de la salida de las alcantarillas de Woolwich.

Irving notó una gran urgencia de vomitar, empezó a escupir el fragmento de grasa medio masticada en el suelo de la casa de nieve, decidió que eso no serviría al objetivo de su delicada misión diplomática y se lo tragó todo.

Sonriendo como apreciación de aquella exquisitez e intentando dominar su continua náusea, mientras se intentaba restañar disimuladamente la nariz, apenas pinchada, pero que sangraba sin cesar, con un helado guante como pañuelo, Irving se sintió horrorizado al ver que la mujer esquimal le hacía claras señas de que comiera más grasa.

Sonriendo todavía, él cortó y se tragó otro bocado. Pensó que aquello era exactamente lo que se debía de sentir al llenarse la boca con una masa gigantesca de moco nasal de otra criatura.

Sin embargo, sorprendentemente su vacío estómago gruñó, se acalambró y exigió más. Algo en aquella apestosa grasa parecía satisfacer alguna necesidad imperiosa que no sabía siquiera que sentía. Su cuerpo, aunque no su mente, deseaba más de aquello.

Los siguientes minutos transcurrieron en medio de una escena casi doméstica, pensó el teniente Irving: él sentado encima de la piel de oso blanca en su pequeña repisa de nieve, cortando y tragando rápida si no entusiásticamente tiras de grasa de foca, mientras Lady Silenciosa cortaba tiras de galleta del barco, las mojaba en el tarrito de su madre tan rápidamente como un marinero que mojase pan en la salsa, y devoraba la mermelada entre satisfechos gruñidos que parecían proceder de lo más hondo de su garganta.

«¿Qué pensaría mi madre si pudiese ver ahora a su hijo y su tarro?», se preguntaba Irving.

Cuando los dos acabaron, después de que Lady Silenciosa se hubiese comido todas las galletas y hubiese vaciado el bote de mermelada e Irving hubiese hecho un buen hueco en la grasa, él intentó secarse la barbilla y los labios con el guante, pero la mujer esquimal volvió a coger algo del nicho de nuevo y se lo ofreció: un puñado de nieve suelta. Como la elevada temperatura de la pequeña casita de nieve le hacía sentir que realmente estaban por encima del nivel de congelación, Irving se limpió concienzudamente la grasa de foca de la cara, se la secó con la manta y empezó a devolver la tira que quedaba de piel y grasa de foca a la chica. Ella le hizo un gesto hacia el hueco de almacenamiento y él metió la grasa allí, tan al fondo como pudo.

«Ahora viene la parte más difícil», pensó el teniente.

¿Cómo se comunica sólo con las manos y torpes gestos que hay más de cien hombres hambrientos amenazados por el escorbuto que necesitan los secretos de caza y pesca de otra persona?

Irving hizo un animoso intento. Con los ojos oscuros de Lady Silenciosa mirándole fijamente, representó a hombres que caminaban, se frotaban el estómago para demostrar que tenían hambre, los tres palos de cada buque, hombres que se ponían enfermos (sacó la lengua, cruzó los ojos, de una forma que solía preocupar a su madre, y fingió que se desmayaba encima de la piel de oso) y luego señaló a Lady Silenciosa y representó con energía su actividad de arrojar una lanza, sujetar una caña de pescar, poner una trampa. Irving señaló hacia la grasa que había guardado, de diversas formas, y luego vagamente más allá de la casa de nieve, se frotó de nuevo el estómago, puso los ojos bizcos y cayó y luego se volvió a frotar el estómago. Señaló hacia Lady Silenciosa y luchó por encontrar una forma en el lenguaje de los signos de expresar «enséñanos cómo hacerlo nosotros», y luego repitió la mímica de arrojar una lanza y pescar, mientras hacía una pausa para señalarla a ella, se señalaba a sí mismo con dedos torpes y se frotaba el estómago para especificar los receptores de sus enseñanzas.

Cuando acabó, el sudor brotaba de su frente.

Lady Silenciosa le miraba. Si había parpadeado en algún momento, él se lo había perdido entre sus gestos.

—¡Ah, maldita sea! —exclamó el tercer teniente Irving.

Al final, se limitó a abrocharse sus capas de ropa de nuevo, metió la servilleta del buque y el botecito de su madre de nuevo en su bolsa de cuero, y decidió despedirse. Quizás ella hubiese comprendido el mensaje, después de todo. Quizá nunca lo supiera. Quizá si volvía a menudo a la casita de nieve...

La especulación de Irving derivó en aquel momento hacia un terreno altamente personal, y tiró de sus propias riendas como si fuese un cochero con un testarudo tiro de caballos árabes.

Quizá si volvía a menudo... podría salir con ella durante una de sus expediciones nocturnas en busca de focas.

«Pero ¿y si la criatura del hielo todavía sigue dándole estas cosas?», se preguntaba. Después de ver lo que vio hacía muchas semanas, se había medio convencido de que no había visto lo que había visto. Pero la mitad más honrada de la memoria y la mente de Irving sabía que sí, que lo había visto. La criatura del hielo le había entregado a ella trozos de foca, o de zorro ártico, o de otra caza. Lady Silenciosa había dejado su lugar entre el hielo y los seracs aquella noche con carne fresca.

Y estaba luego el primer oficial del *Erebus*, Charles Frederick des Voeux, con esas historias de hombres y mujeres en Francia que se transformaban en lobos. Si eso era posible (y muchos de los oficiales y todos los tripulantes parecían creer que sí lo era), ¿por qué no se iba a poder convertir una mujer nativa con un talismán de oso blanco en torno al cuello en algo parecido a un oso gigante blanco, con la astucia y la malignidad de un ser humano?

No, él los había visto a los dos juntos en el hielo, ¿verdad?

Irving temblaba cuando acabó de abrocharse la ropa. Hacía mucho, muchísimo calor en aquella casa de nieve. Pero, curiosamente, a él le daba escalofríos. Notó que la grasa trabajaba ya en sus intestinos, y decidió que era el momento de irse. Sería muy afortunado si llegaba a tiempo a la letrina del *Terror*, porque no tenía ningún deseo de detenerse por ahí en el hielo para realizar tales funciones. Ya tenía bastante con que se le congelase la nariz...

Lady Silenciosa le había visto guardar la servilleta vieja y el botecito de su madre, artículos que, se dio cuenta él más tarde, quizás ella deseara muchísimo, pero al final se tocó la mejilla con el pañuelo de seda por última vez e intentó devolvérselo a él.

—No —dijo Irving—. Es un regalo mío. Una prenda de mi amistad y profunda estima. Debe quedárselo. Me ofendería mucho si no lo hiciera.

Entonces intentó expresar por señas lo que acababa de decir. Los músculos a ambos lados de la boca de la joven esquimal casi se retorcieron cuando él la miraba.

Él le empujó la mano para que se quedara el pañuelo, teniendo mucho cuidado de no tocar sus pechos desnudos al hacerlo. La blanca piedra del amuleto de oso entre sus pechos parecía brillar con un resplandor propio.

Irving se dio cuenta de que hacía mucho calor, demasiado calor. La habitación pareció emborronarse un poco ante sus ojos. Sus tripas se calmaban, luego se removían, se volvían a calmar.

—Adiosito —dijo, cuatro sílabas a las que daría vueltas y más vueltas durante las semanas que estaban por venir, encogiéndose en su litera por pura vergüenza, aunque ella no podía haber comprendido nunca la estupidez, el absurdo, la inadecuación de aquella palabra. Pero aun así...

Irving se tocó la gorra, se envolvió la pañoleta en torno al rostro y la cabeza, se puso los guantes, agarró la bolsa pegada al pecho y salió por el pasaje.

No silbó durante su camino de vuelta al barco, pero estuvo tentado de hacerlo. Había olvidado por completo la posibilidad de que hubiese algún devorador de hombres grandote acechando a la sombra de la luna en los seracs a tanta distancia del buque, pero si esa cosa hubiera observado y escuchado aquella noche, habría oído que el tercer teniente John Irving hablaba solo y que de vez en cuando se daba un golpe en la cabeza con la mano enguantada.

30

Crozier

*Latitud 70° 5′ N — Longitud 98° 23′ O
15 de febrero de 1848*

—*C*aballeros, es hora ya que de que pensemos en nuestras posibles vías de acción en los próximos meses —dijo el capitán Crozier—. Tengo que tomar decisiones.

Los oficiales y algunos suboficiales y otros especialistas, como los dos ingenieros civiles, los capitanes de la cofa del trinquete y los patrones del hielo, así como el único cirujano superviviente, habían sido convocados a aquella reunión en la sala Grande del *Terror*. Crozier había elegido el *Terror* no para incomodar al capitán Fitzjames y sus oficiales, que tenían que hacer la travesía durante la breve hora de luz diurna y esperaban volver de nuevo antes de que se hiciera oscuro, ni tampoco para destacar el cambio del buque insignia, sino porque había menos hombres de Crozier confinados a la enfermería. Había sido más fácil trasladar a aquellos pocos a una enfermería temporal en la proa para liberar la sala Grande para la reunión de oficiales; el *Erebus* tenía el doble de hombres con síntomas de escorbuto, y el doctor Goodsir había indicado que algunos de ellos estaban demasiado enfermos para moverlos.

Ahora, quince de los líderes de la expedición estaban apiñados en torno a la larga mesa que en enero se había cortado en trozos más pequeños para servir como mesas de operaciones para el cirujano, pero que ahora había vuelto a componer el señor Honey, el carpintero del *Terror*. Los oficiales y civiles habían dejado sus ropas impermeables, guantes, gorros y pañoletas en la base de la escala principal, pero seguían vestidos con todas las demás capas de ropa. La sala olía a lana húmeda y a cuerpos sin lavar.

El enorme camarote estaba helado, y ninguna luz atravesaba las claraboyas patentadas Preston que tenían encima de sus cabezas, porque la cubierta seguía teniendo casi un metro de nieve y la cubierta de lona de invierno. Las lámparas de aceite de ballena en los mamparos parpadeaban diligentemente, pero hacían poco para disipar la oscuridad.

La reunión en aquella mesa parecía una versión más lúgubre del consejo que había convocado sir John Franklin en verano, casi dieciocho meses antes, en el *Erebus*, pero ahora, en lugar de sir John a la cabecera de la mesa, en el costado de estribor, se encontraba sentado allí Francis Crozier. En el costado de popa de la mesa, a la izquierda de Crozier, estaban los siete oficiales y suboficiales del *Terror*, a los cuales se había pedido que estuvieran presentes. Su oficial ejecutivo, el primer teniente Edward Little, estaba a la izquierda inmediata de Crozier. A continuación se encontraba el segundo teniente George Hodgson, con el tercer teniente John Irving a su izquierda. Luego el ingeniero civil, con el estatus de contramaestre en la expedición, pero más delgado, pálido y cadavérico que nunca, James Thompson. A la izquierda de Thompson se encontraban el patrón del hielo Thomas Blanky, que parecía arreglárselas muy bien cojeando por ahí con su pierna de madera, y el capitán de la cofa de trinquete, Harry Peglar, el único cabo de mar al que había invitado Crozier. También estaba presente el sargento Tozer del *Terror*, que había caído en desgracia desde la noche de carnaval en la que sus hombres dispararon sobre los supervivientes del fuego, pero que seguía siendo el superviviente de mayor rango de su muy mermado grupo de casacas rojas, y que hablaba en nombre de los marines.

Al costado de babor de la larga mesa se sentaba el capitán Fitzjames. Crozier sabía que Fitzjames no se había molestado en afeitarse durante varias semanas, y se había dejado una barba rojiza sorprendentemente veteada de gris, pero había hecho el esfuerzo aquel día, o quizás había ordenado al señor Hoar, su mozo, que lo afeitase. Así sólo había conseguido que su rostro se viera más demacrado y pálido todavía, y ahora además estaba cubierto de innumerables pequeñas rozaduras y cortes. Aunque llevaba muchas capas de ropa puestas, era obvio que las prendas colgaban de su cuerpo, mucho más delgado todavía que antes.

A la izquierda del capitán Fitzjames, a lo largo del costado de proa de la larga mesa, se sentaban los seis hombres del *Erebus*. Inmediatamente a su izquierda estaba el único oficial naval superviviente, ya que sir John Franklin, el primer teniente Gore y el teniente James Walter Fairholme habían sido asesinados por la criatura del hielo; era el teniente H. T. D. Le Vesconte, el hombre con el diente de oro que brillaba las pocas veces que sonreía. Junto a Le Vesconte estaba Charles Frederick des Voeux, que se había hecho cargo de las funciones de primer oficial de Robert Orme Sergeant, asesinado por la cosa mientras supervisaba la reparación de los mojones con antorchas en diciembre.

Junto a Des Voeux se sentaba el único cirujano superviviente, el doctor Harry D. S. Goodsir. Aunque técnicamente era cirujano de Crozier y de la expedición, tanto los oficiales al mando como el propio cirujano creyeron que resultaba apropiado que se sentase con sus antiguos compañeros de tripulación del *Erebus*.

A la izquierda de Goodsir estaba el patrón del hielo James Reid y a su izquierda el único cabo de mar presente del *Erebus*, el capitán de la cofa de trinquete Robert Sinclair. Y sentado en la parte más a proa de la mesa se encontraba el ingeniero del *Erebus*, John Gregory, con un aspecto mucho más saludable que su homólogo del *Terror*.

Sirvieron té y galleta con gorgojos el señor Gibson, del *Terror*, y el señor Bridgens, del *Erebus*, ya que los mozos de los capitanes estaban ambos en la enfermería con síntomas de escorbuto.

—Discutamos las cosas por orden —dijo Crozier—. En primer lugar, ¿podemos permanecer en los barcos hasta un posible deshielo en verano? Y la respuesta a esta pregunta debe incluir otra: ¿podrán navegar los barcos en junio, julio o agosto, si hay deshielo? ¿Capitán Fitzjames?

La voz de Fitzjames era apenas una sombra hueca de la que fue, firme y confiada. Los hombres a ambos lados de la mesa se acercaron para oírle mejor.

—No creo que el *Erebus* dure hasta el próximo verano, y ésa es mi opinión... y la opinión de los señores Weekes y Watson, mis carpinteros, y del señor Brown, mi segundo contramaestre, del señor Ridgen, mi timonel, y del teniente Le Vesconte y del primer oficial Des Voeux, aquí presentes... Creen que se hundirá cuando se funda el hielo.

El aire frío de la sala Grande pareció enfriarse más aún, y oprimir mucho más a todos los presentes. Nadie habló durante medio minuto.

—La presión del hielo a lo largo de los dos inviernos pasados ha estrujado la estopa y la ha sacado de las junturas de las cuadernas del casco —continuó Fitzjames con su voz débil y áspera—. El eje principal de la hélice se ha retorcido de tal modo que es imposible repararlo..., y todos ustedes saben que estaba diseñado para retraerse hacia un túnel de hierro construido dentro de la bodega del sollado, para mantenerlo protegido de cualquier daño, pero ya no se puede retraer más allá de la parte inferior del casco, y no tenemos ejes de repuesto. La propia hélice ha quedado destrozada por el hielo, igual que nuestro timón. Aunque podríamos improvisar otro timón, el hielo ha desgarrado el fondo del casco y lo ha hecho astillas a lo largo de toda la quilla. Nos falta casi la mitad de nuestras planchas de hierro a lo largo de la proa y los costados.

»Y peor aún —prosiguió Fitzjames—, el hielo ha apretado el casco de modo que los refuerzos de hierro añadidos y los repuestos forjados en hierro para las articulaciones, o bien han saltado, o bien han perforado el casco en más de una docena de sitios. Si tuviéramos que flotar, aunque consiguiéramos tapar todas las brechas y reparar el problema del hueco para el eje de la hélice, de modo que no filtrase, no habría refuerzo interior contra el hielo. Y mientras los canales de madera añadidos a los costados para esta expedición han conseguido evitar que el hielo subiera por encima de las bordas elevadas, la presión hacia abajo de esos canales, resultante de su posición elevada en el hielo invasor, ha hecho que las cuadernas del casco se agrietasen en todas las costuras del canal.

Fitzjames pareció notar la atención con la que le escuchaban por primera vez. Su mirada imprecisa se abatió, y miró hacia abajo, como si se sintiera avergonzado. Cuando la levantó de nuevo, su voz sonaba casi contrita.

—Y lo peor de todo —añadió— es que la presión del hielo ha retorcido tanto la popa y arrancado de tal modo los extremos de las cuadernas que el *Erebus* ha quedado completamente desnivelado por la tensión. Las cubiertas ahora se inclinan hacia arriba..., lo único que las mantiene enteras es el peso de la nieve, y ninguno de nosotros cree que las bombas puedan compensar las vías de agua que habría, si se reflotara de nuevo. Dejaré hablar al señor Gregory ahora acerca del estado de la caldera, suministros de carbón y sistema de propulsión.

Todos los ojos se desviaron hacia John Gregory.

El ingeniero se aclaró la garganta y se humedeció los labios agrietados y sangrantes.

—No queda sistema de propulsión a vapor alguno en el HMS *Erebus* —dijo—. El eje principal está retorcido y clavado en el pozo de retracción, y por tanto necesitaríamos un astillero seco para repararlo. Tampoco nos queda el suficiente vapor para un solo día de navegación. A finales de abril nos quedaremos sin carbón para la calefacción del buque, aunque sigamos desplazando solamente cuarenta y cinco minutos de agua caliente por día, y sólo a partes de la cubierta inferior que seguimos intentando mantener habitables.

Crozier preguntó:

—Señor Thompson, ¿en qué situación se encuentra el *Erebus*, en términos de vapor?

El esqueleto viviente miró a su capitán durante un minuto largo y dijo con una voz sorprendentemente fuerte:

—No seríamos capaces de navegar a vapor durante más de una hora o dos, señor, si el *Terror* se reflotase esta misma tarde. El eje de la hélice se retractó correctamente hace un año y medio, y la hélice funciona, y además tenemos repuesto para ella, pero casi nos hemos quedado sin carbón. Si no transferimos lo que queda del carbón del *Erebus* aquí y nos limitamos a «calentar» el buque, podríamos mantener la caldera en funcionamiento y el agua caliente circulando dos horas al día hasta..., me atrevo a decir..., primeros de mayo. Pero no nos quedaría carbón para hacer vapor. Sólo con las reservas de combustible del *Terror*, tendremos que dejar de usar la calefacción a mediados o finales de abril.

—Gracias, señor Thompson —dijo Crozier. La voz del capitán era tranquila, y no traicionaba emoción alguna—. Teniente Little y señor Peglar, ¿serían tan amables los dos de informar de la navegabilidad del *Terror*?

Little asintió y miró en torno a la mesa antes de devolver la mirada a su capitán.

—No estamos tan mal como el *Erebus*, pero sí que ha habido daños por la presión del hielo en el casco, refuerzos exteriores, planchas exteriores, timón y refuerzos interiores. Algunos de ustedes ya saben que antes de Navidad, el teniente Irving descubrió no sólo que habíamos perdido gran parte de nuestro refuerzos de hierro a lo largo del costado de estribor a partir de la proa, sino que los veinticinco centímetros de roble y de olmo de la zona de la proa realmente habían hecho saltar las cuadernas en el pañol de cables de proa, en la cubierta del casco, y desde entonces hemos comprobado que los treinta y tres centímetros de roble sólido a lo largo del fondo han saltado o están en mal estado en veinte o treinta sitios. Las cuadernas de la proa fueron reemplazadas y reforzadas, pero no podemos llegar a toda la parte inferior a causa del agua helada que hay allí abajo.

»Creo que podríamos flotar y navegar, capitán —concluyó el teniente Little—, pero no puedo asegurar que las bombas sean capaces de compensar las vías. Especialmente ya que el hielo tiene otros cuatro o cinco meses para actuar. El señor Peglar puede explicar esto mejor que yo.

Harry Peglar se aclaró la garganta. Obviamente, no estaba acostumbrado a hablar ante tantos oficiales.

—Si flota, señores, los gavieros colocarán de nuevo los masteleros, los aparejos, la obencadura y las lonas dentro de las cuarenta y ocho horas desde momento en que den la orden. No puedo garantizar que la lona nos saque a través del hielo grueso como el que vimos viniendo del sur, pero si tenemos agua abierta debajo de nosotros y por delante, podríamos volver a convertirnos en un buque de vela. Y si no les importa que les dé una recomendación, señores..., yo sugiero que aparejemos los palos más pronto que tarde.

—¿No le preocupa que se forme hielo y el buque pueda volcar? —preguntó Crozier—. ¿O que nos caiga hielo cuando estemos trabajando en cubierta? Tenemos meses de ventiscas todavía ante nosotros, Harry.

—Sí, señor —dijo Peglar—. Y volcar siempre es una preocupación, aunque aquí sólo cayéramos sobre el hielo un poco, y el barco quedase torcido nada más. Pero, aun así, creo que deberíamos aparejar los palos y las jarcias, por si hay un súbito deshielo. Podríamos intentar navegar con un aviso de diez minutos. Y los gavieros necesitan ejercicio y trabajo, señor. En cuanto al tema de las caídas de hielo..., bueno, sería otra cosa que nos mantendría alerta y bien despiertos, allá afuera. Eso y el animal del hielo.

Varios hombres en torno a la mesa soltaron una risita. Los informes bastante positivos de Little y Peglar habían ayudado a aflojar un tanto la tensión. La idea de que al menos uno de los dos buques era capaz de flotar y navegar elevaba la moral. A Crozier le pareció que la temperatura en la sala Grande se había elevado... y quizá fuese así, porque muchos de los hombres parecían respirar de nuevo.

—Gracias, señor Peglar —dijo Crozier—. Parece que si queremos salir de aquí navegando, tendremos que hacerlo, ambas tripulaciones, a bordo del *Terror*.

Ninguno de los oficiales supervivientes presentes mencionó que eso era precisamente lo que Crozier había sugerido hacía casi dieciocho meses. Todos los oficiales presentes, al parecer, pensaban en ello.

—Hablemos ahora un minuto de esa criatura del hielo —dijo Crozier—. No parece que haya asomado recientemente.

—No he tenido que tratar a nadie por heridas desde el 1 de enero —dijo el doctor Goodsir—. Y no ha muerto o desaparecido nadie más desde carnaval.

—Pero sí que ha habido avistamientos —dijo el teniente Le Vesconte—. Algo grande moviéndose entre los seracs. Y los hombres de guardia han oído cosas en la oscuridad.

—Los hombres de guardia en el mar siempre oyen cosas en la oscuridad —dijo el teniente Little—. Ya en tiempos de los griegos.

—Quizá se haya ido —dijo el teniente Irving—. Haya emigrado. O se haya desplazado al sur. O al norte.

Todo el mundo se quedó callado ante aquella idea.

—Quizá se ha comido a bastantes de los nuestros para saber que no somos muy sabrosos —dijo el patrón del hielo Blanky.

Algunos de los hombres sonrieron al oír aquello. Nadie más podía haber dicho tal cosa y que se le disculpase por su humor negro, pero el señor Blanky, con su pierna de madera, se había ganado algunas prerrogativas.

—Mis marines han estado investigando, siguiendo las órdenes del capitán Crozier y del capitán Fitzjames —dijo el sargento Tozer—. Hemos disparado a algunos osos, pero ninguno de ellos parecía el grande..., el ser.

—Espero que sus hombres hayan disparado con mejor puntería que en la noche de carnaval —dijo Sinclair, capitán de la cofa del *Erebus*.

Tozer se volvió a la derecha y le miró.

—No hablaremos más de este tema —dijo Crozier—. De momento, debemos asumir que la criatura del hielo todavía sigue viva y que volverá. Cualquier actividad que se lleve a cabo fuera de los buques deberá incluir algún plan de defensa contra el ser. No tenemos los marines suficientes para acompañar a todas las partidas de trineo que se puedan organizar, especialmente si van armados y no tiran de los trineos, así que quizá la respuesta es armar todas las partidas en el hielo y hacer que los hombres extra, los que no tiren de los trineos, hagan turno para servir de centinelas y guardias. Aunque el hielo no se abra de nuevo este verano, será más fácil viajar con la luz del día constante.

—Perdone si lo planteo de una forma un tanto brusca, capitán —dijo el doctor Goodsir—, pero el tema es: ¿podemos permitirnos esperar hasta el verano para decidir si abandonamos los buques?

—¿Y podemos, doctor? —preguntó Crozier.

—No lo creo —dijo el cirujano—. Hay más comida enlatada contaminada o putrefacta de la que creíamos. Nos estamos quedando sin provisiones. La dieta de los hombres ya está por debajo de lo que necesitarían para el trabajo que están haciendo cada día en el buque o fuera, en el hielo. Todos estamos perdiendo peso y energía. Y a ello hay que añadir el aumento repentino de los casos de escorbuto y..., bueno, caballeros, sencillamente, no creo que muchos de nosotros, ni en el *Erebus* ni en el *Terror*, si los mismos buques duran hasta entonces, tenga la energía o la capacidad de concentración necesarias para llevar a cabo algún viaje en trineo, si esperamos a junio o julio para ver si hay deshielo o no.

La sala se quedó de nuevo silenciosa.

En el silencio, Goodsir añadió:

—O más bien: unos pocos hombres pueden tener la energía suficiente para tirar de los trineos en un intento de buscar rescate o de llegar a la civilización, pero tendrían que dejar a la inmensa mayoría de los demás atrás, muriéndose de hambre.

—Los más fuertes podrían ir a buscar ayuda y traer partidas de rescate de vuelta a los buques —dijo el teniente Le Vesconte.

Fue el patrón del hielo Thomas Blanky quien respondió.

—Cualquiera que se dirija al sur, digamos tirando de nuestros botes hacia el sur, a la boca del río del Gran Pez y luego corriente arriba, bastante más de dos mil kilómetros más al sur hacia el lago Gran Esclavo, donde hay otra avanzada, no conseguiría llegar allí hasta finales del otoño o del invierno en el mejor de los casos, y no podría volver con una partida de rescate por tierra hasta finales del verano de 1849. Todo el que hubiese quedado en los barcos habría muerto de escorbuto y de inanición, por entonces.

—Podríamos cargar trineos y dirigirnos todos al este, a la bahía de Baffin —dijo el primer oficial Des Voeux—. Allí es posible que haya balleneros. O incluso buques de rescate y partidas de trineo que ya pueden estar buscándonos.

—Sí —dijo Blanky—. Es una posibilidad. Pero tendríamos que tirar de los trineos a mano por encima de cientos de kilómetros de hielo abierto, con todas esas crestas de presión y quizá canales abiertos. O quizá seguir la costa..., y eso representaría casi dos mil kilómetros. Y entonces tendríamos que cruzar toda la península de Boothia, con todas sus montañas y obstáculos para llegar a la costa este, donde podrían estar los balleneros. Podríamos llevar los botes con nosotros para cruzar los canales, pero eso triplicaría el esfuerzo. Una cosa es segura: si el hielo se vuelve a abrir aquí, no estará abierto si nos dirigimos hacia el nordeste, hacia la bahía de Baffin.

—Sería muchísimo menos peso si sólo llevamos trineos con provisiones y tiendas hacia el nordeste, a través de Boothia —dijo el teniente Hodgson del *Terror*, al otro lado de la mesa—. Una de las pinazas puede pesar alrededor de doscientos setenta kilos.

—Más bien cerca de trescientos sesenta —dijo el capitán Crozier, apaciblemente—. Sin provisiones cargadas.

—Añada a eso más de casi doscientos setenta kilos para un trineo que pueda llevar un bote —dijo Thomas Blanky—, y estaremos arrastrando manualmente más de seiscientos kilos con cada partida, sólo el peso del bote y el trineo, sin contar comida, tiendas, armas, ropas y otras cosas que nos llevaríamos con nosotros. Nadie ha acarreado a mano todo ese peso durante más de, aproximadamente, mil quinientos kilómetros..., y gran parte sería en mar abierto además, si nos dirigimos a la bahía de Baffin.

—Pero un trineo con patines en el hielo y posiblemente una vela, especialmente si nos vamos en marzo o abril, antes de que el hielo se ponga líquido y pegajoso, sería mucho más fácil de conducir que llevar el equipo arrastrando por tierra o por la nieve medio derretida del verano —dijo el teniente Le Vesconte.

—Yo digo que dejemos los botes y que viajemos ligeros hacia la bahía de Baffin, sólo con unos trineos y unos equipos de supervivencia —dijo Charles des Voeux—. Si llegamos a la costa este de la isla de Somerset, al norte, antes de que acabe la estación de la caza de ballenas, podríamos conseguir que nos recogiera algún buque. Y yo apostaría a que allí hay buques de rescate de la Marina y partidas de trineo buscándonos.

—Si dejamos los botes —dijo el patrón del hielo Blanky—, una extensión abierta de agua nos detendría para siempre. Moriríamos allí, en el hielo.

—¿Por qué iban a estar los rescatadores en el costado este de la isla de Somerset y de la península de Boothia, ya de entrada? —preguntó el teniente Little—. Si nos buscan, ¿no seguirán nuestras huellas por el estrecho de Lancaster a las islas de Devon, Beechey y Cornualles? Saben cuáles son las órdenes de navegación de sir John. Presumirán que nos dirigimos a través del estrecho de Lancaster, ya que está abierto la mayoría de los veranos. No hay oportunidad alguna de que nos busquen tan lejos al norte.

—Quizás el hielo esté tan mal arriba en el estrecho de Lancaster este año como aquí —dijo el patrón del hielo Reid—. Eso mantendría las partidas de búsqueda mucho más al sur, en el lado este de la isla de Somerset y de Boothia.

—Quizás encuentren los mensajes que dejamos en los mojones, allí en Beechey, si pasan por allí —dijo el sargento Tozer—. Y en-

víen trineos o barcos al sur por el camino que seguimos nosotros.
El silencio descendió como un sudario.

—No se dejaron mensajes en Beechey —dijo el capitán Fitzjames, en medio del silencio.

En el vacío incómodo que siguió a esa afirmación, Francis Rawdon Moira Crozier encontró una llama extraña, cálida, pura, ardiendo en su pecho. Era una sensación como la del primer sorbo de un whisky después de días sin él, pero no se parecía en nada a eso, tampoco.

Crozier quería vivir. Así de sencillo. Estaba «decidido» a vivir. Iba a sobrevivir a aquel mal trago, en contra de todas las posibilidades y de los dioses dictando lo que podía y no podía hacer. Aquel fuego en su pecho estaba allí incluso en las horas más temblorosas y enfermas y en los dolorosos días después de emerger del abismo de su enfrentamiento con la muerte entre malaria y abstinencia, a principios de enero. La llama se hacía más fuerte cada día.

Quizá más que ninguno de los demás hombres sentados a aquella larga mesa en la sala Grande, aquel día, Francis Crozier comprendía la casi imposibilidad de las acciones que se discutían. Era una locura encaminarse hacia el sur por el hielo, hacia el río del Gran Pez. Una locura encaminarse hacia la isla de Somerset, a través de más de treinta mil kilómetros de hielo costero, crestas de presión, canales abiertos y una península desconocida. Una locura pensar que el hielo se abriría aquel verano y permitiría al *Terror*, abarrotado con dos tripulaciones y casi sin provisiones, navegar hacia la trampa sin esperanza en la que los había metido sir John.

Sin embargo, Francis Crozier estaba decidido a vivir. La llama ardía en él como el whisky irlandés, fuerte.

—¿Hemos abandonado la idea de navegar? —dijo Robert Sinclair.

James Reid, el patrón del hielo del *Erebus*, le respondió:

—Tendríamos que navegar a lo largo de casi quinientos kilómetros al norte del estrecho sin nombre que descubrió sir John, y luego por el estrecho de Barrow y de Lancaster, y luego al sur a través de la bahía de Baffin antes de que el hielo se volviera a cerrar en torno a nosotros. Teníamos la caldera de vapor y las chapas de hierro para ayudarnos a atravesar el hielo, al dirigirnos hacia el sur. Aunque el hielo disminuya hasta los niveles que tenía hace dos años, tendríamos graves dificultades para atravesar esa distancia sólo a vela. Y menos con nuestro debilitado casco de madera.

—El hielo puede ser considerablemente menor que en 1846 —dijo Sinclair.

—Y también me pueden salir ángeles del culo —dijo Thomas Blanky.

Como le faltaba una pierna, ninguno de los oficiales de la mesa regañó al patrón del hielo. Algunos incluso sonrieron.

—Podría haber otra opción... de navegación, quiero decir —dijo el teniente Edward Little.

Todos los ojos se volvieron en su dirección. Bastantes hombres habían ahorrado algunas raciones de tabaco, alargándolas añadiendo cosas inimaginables, de modo que media docena fumaban en pipa en torno a la mesa. El humo hacía más espesa si cabe la oscuridad al débil resplandor de las lámparas de grasa de ballena.

—El teniente Gore, el verano pasado, pensó que había avistado tierra al sur de la Tierra del Rey Guillermo —continuó Little—. Si lo hizo, debería ser la península de Adelaida, un territorio conocido, que a menudo tiene un canal de aguas abiertas entre el hielo costero y la banquisa. Si se abren los suficientes pasos para permitir al *Terror* navegar hacia el sur, sólo un poco más de ciento sesenta kilómetros, quizá, en lugar de los casi quinientos kilómetros de vuelta por el estrecho de Lancaster, podríamos seguir canales abiertos a lo largo de la costa hasta llegar al estrecho de Bering. Todo lo que hay más allá sería territorio conocido.

—El pasaje del Noroeste —dijo el tercer teniente John Irving. Sus palabras sonaron como un lastimero conjuro.

—Pero ¿tendríamos los suficientes marineros capacitados para tripular el barco, a finales del verano? —preguntó el doctor Goodsir, en voz baja—. En mayo, más o menos, el escorbuto puede haber hecho presa en todos nosotros. ¿Y qué nos quedaría para comer durante las semanas o meses de nuestro trayecto hacia el oeste?

—La caza puede ser mejor hacia el oeste —dijo el sargento de marines Tozer—. Bueyes almizclados, grandes ciervos, morsas, zorros blancos. Quizá comamos como pachás antes de llegar a Alaska.

Crozier casi esperaba que el patrón del hielo Thomas Blanky dijese: «Sí, hombre, y también me pueden salir bueyes almizclados del culo», pero el atolondrado patrón del hielo parecía perdido en sus propias ensoñaciones.

El que respondió fue el teniente Little.

—Sargento, nuestro problema es que aunque la caza volviese milagrosamente después de estar ausente dos veranos, ninguno de los que estamos a bordo parece capaz de darle a nada con los mosquetes..., excluidos sus hombres, claro está. Necesitaríamos más marines de los que han sobrevivido para cazar. Y parece que ninguno de

403

nosotros tiene experiencia en la caza de animales mayores que un pajarito. ¿Con las escopetas se podrá abatir la caza de la que está hablando?

—Si se acerca uno lo suficiente —dijo Tozer, hoscamente.

Crozier interrumpió aquella discusión.

—El doctor Goodsir ha hecho una observación excelente antes... Si esperamos hasta mediados del verano, o quizás incluso hasta junio, a ver si la banquisa se rompe o no, podemos estar demasiado enfermos y hambrientos para tripular el buque. Ciertamente, estaremos demasiado carentes de provisiones para iniciar un viaje en trineo. Y debemos imaginar tres o cuatro meses de viaje por el hielo hasta el río del Pez, de modo que si vamos a abandonar los buques y salir al hielo con la esperanza de llegar, o bien al Gran Lago Esclavo, o bien a la costa este de la isla de Somerset, o bien de Boothia antes de que el invierno llegue de nuevo, nuestra partida, obviamente, debe ser antes de junio. Pero ¿cuándo?

Hubo otro espeso silencio.

—Yo sugeriría que no más tarde del 1 de mayo —dijo el teniente Little, al fin.

—Antes, diría yo —intervino el doctor Goodsir—, a menos que encontremos fuentes de carne fresca pronto, y si la enfermedad continúa extendiéndose con tanta rapidez como hasta ahora.

—¿Cuánto antes? —preguntó el capitán Fitzjames.

—¿No más tarde de mediados de abril? —dijo Goodsir, dubitativo.

Los hombres se miraron unos a otros a través del humo de tabaco y del aire frío. Eso era al cabo de menos de dos meses.

—Quizá —dijo el cirujano, y su voz sonaba a la vez firme y vacilante a Crozier—, si las condiciones continúan empeorando.

—Pero ¿cómo podrían empeorar? —preguntó el segundo teniente Hodgson.

El joven, obviamente, lo había dicho como una broma destinada a aliviar la tensión, pero fue recompensado con miradas torvas y furibundas.

Crozier no quería que el consejo de guerra acabase con aquella última observación. Los oficiales, suboficiales, cabos de mar y civiles en la mesa habían planteado sus opciones y habían visto que eran tan débiles como Crozier sabía que iban a ser, pero no quería que la moral de los líderes de sus barcos se hundiera mucho más de lo que ya estaba.

—Por cierto —dijo Crozier, con tono coloquial—, el capitán Fitzjames ha decidido presidir un oficio religioso el próximo domingo en el *Erebus*. Nos dedicará un sermón especial que estoy muy interesado en oír, aunque sé de muy buena tinta que «no» será una lectura del *Libro del Leviatán*..., y yo pensaba que, ya que las compañías de ambos buques se reunirán de todos modos, deberíamos permitir raciones completas de grog y de comida, sólo por ese día.

Los hombres sonrieron y bromearon. Ninguno de ellos había esperado llevar consigo buenas noticias a su parte correspondiente de tripulación después de aquella reunión.

Fitzjames levantó una ceja muy ligeramente. Su «sermón especial» y aquel oficio religioso al cabo de cinco días, como sabía bien Crozier, era algo nuevo para él, pero Crozier pensaba que quizás haría bien al capitán, cada vez más escuálido, preocuparse de algo que fuese el centro de atención, para variar. Fitzjames asintió levemente.

—Muy bien entonces, caballeros —dijo Crozier con un poco más de formalidad—. Este intercambio de ideas e información ha sido muy útil. El capitán Fitzjames y yo consultaremos y quizás hablemos con algunos de ustedes de nuevo, uno a uno, antes de decidir el curso de acción. Les dejo a ustedes, los del *Erebus*, para que vuelvan a su barco antes del ocaso de mediodía. Vayan con Dios, caballeros. Los veré el domingo.

Los hombres salieron. Fitzjames se unió a él, se acercó mucho y susurró:

—Quizá le pida prestado ese *Libro del Leviatán*, Francis. —Y siguió a sus hombres a proa, donde estaban ya poniéndose la ropa de abrigo.

Los oficiales del *Terror* volvieron a sus obligaciones. El capitán Crozier se quedó unos minutos sentado en su silla a la cabecera de la mesa, pensando en todo lo que se había hablado. El fuego de la supervivencia ardía con más fuerza que nunca en su pecho.

—¿Capitán?

Crozier levantó la vista. Era el viejo mozo del *Erebus*, Bridgens, que había ayudado al servicio a causa de la enfermedad de los mozos de ambos capitanes. El hombre había ayudado a Gibson a limpiar los platos y tazas de peltre.

—Ah, puede retirarse, Bridgens —dijo Crozier—. Vaya con los demás. Gibson se encargará de todo esto. No quiero que vuelva caminando solo al *Erebus*.

—Sí, señor —dijo el mozo de los suboficiales—, pero me preguntaba si podría tener unas palabras con usted.

Crozier asintió. No invitó al mozo a sentarse. Nunca se sentía cómodo con aquel anciano, demasiado anciano para el Servicio de Descubrimientos. Si Crozier hubiera sido el responsable de tomar la decisión, hacía tres años, Bridgens nunca habría estado incluido en la lista, y ciertamente, jamás habría constado con la edad de «26 años» para engañar a la Marina... No obstante, a sir John le divertía tener a bordo un mozo mayor incluso que él mismo, y así estaban las cosas.

—No he podido evitar oír la discusión, capitán Crozier..., las tres opciones de quedarse con los barcos y esperar el deshielo, dirigirse al sur hacia el río del Pez o cruzar el hielo hacia Boothia. Si al capitán no le importa, me gustaría sugerirle otra opción.

Al capitán no le importaba, aunque hasta un irlandés igualitario como Francis Crozier torcía un poco el gesto al ver que un simple mozo daba opiniones sobre problemas de mando que podían considerarse de vida o muerte:

—Adelante —dijo.

El mozo se acercó a la pared de libros situados en el mamparo de proa y sacó dos grandes volúmenes, los colocó en la mesa y los dejó con un golpe.

—Sé que sabe usted, capitán, que en 1829 sir John Ross y su sobrino James navegaron con su buque *Victory* hacia el sur por la costa de Boothia Felix..., la península que descubrieron y que ahora llamamos península de Boothia.

—Lo sé perfectamente, señor Bridgens —dijo Crozier, fríamente—. Conozco a sir John y a su sobrino sir James muy bien. —Después de cinco años en los hielos de la Antártida con James Clark Ross, Crozier pensaba que lo conocía.

—Sí, señor —dijo Bridgens, asintiendo, pero nada avergonzado, al parecer—. Entonces, estoy seguro de que conocerá los detalles de su expedición, capitán Crozier. Pasaron «cuatro inviernos» en el hielo. El primer invierno, sir John fondeó el *Victory* en lo que llamó bahía Felix, en la costa este de Boothia..., casi completamente al este de nuestra posición de aquí.

—¿Estaba usted en aquella expedición, señor Bridgens? —preguntó Crozier, queriendo que el anciano siguiera ya.

—No tuve el honor, capitán. Pero he leído estos dos grandes volúmenes escritos por sir John, detallando esta expedición. Me preguntaba si usted habría hecho lo mismo, señor.

Crozier notó que su ira irlandesa le bullía dentro. El desparpajo de aquel viejo mozo bordeaba la impertinencia.

—Los he hojeado, por supuesto —dijo, fríamente—. No he tenido tiempo de leerlos cuidadosamente. ¿Adónde quiere ir a parar, señor Bridgens?

Cualquier otro oficial, suboficial, cabo de mar, marinero o marine bajo las órdenes de Crozier habría percibido el mensaje y se habría retirado de la sala Grande haciendo una profunda reverencia, pero Bridgens parecía no hacer caso de la irritación del comandante de su expedición.

—Sí, capitán —dijo el viejo—. El tema es que John Ross...

—Sir John —le interrumpió Crozier.

—Por supuesto. Sir John Ross tuvo el mismo problema que tenemos nosotros ahora, capitán.

—Tonterías. Él, James y el *Victory* se quedaron helados en el lado «este» de Boothia, Bridgens, precisamente adonde nos gustaría llegar con trineos, si tenemos tiempo y medios. A centenares de kilómetros al este de aquí.

—Sí, señor, pero a la misma latitud, aunque el *Victory* no tuvo que enfrentarse a esa maldita banquisa que bajaba desde el noroeste todo el tiempo, gracias a Boothia. Pero pasaron tres inviernos en el hielo, allí, capitán. James Ross fue en trineo casi mil kilómetros al oeste a través de Boothia y del hielo hacia la Tierra del Rey Guillermo, justo a cuarenta kilómetros al sudsudeste de nosotros, capitán. Llamó a ese lugar cabo Victoria... El mismo punto y mojón adonde llegó el pobre teniente Gore en trineo el verano pasado, antes de su desgraciado accidente.

—¿Y cree que no sé que sir James descubrió la Tierra del Rey Guillermo y la llamó cabo Victoria? —preguntó Crozier. Su voz sonaba tensa por la irritación—. También descubrió el maldito polo magnético durante esa expedición, Bridgens. Sir James es..., era... el hombre más destacado en los viajes en trineo de larga distancia de nuestra época.

Crozier se dio cuenta de que podía colgar a aquel hombre, pero no podría hacerlo callar. Frunció el ceño y escuchó.

—Sí, señor —dijo Bridgens. A Crozier le daban ganas de pegar al menudo mozo, que no paraba de sonreír. El capitán sabía, y lo había sabido antes de echarse a la mar, que aquel hombre era un sodomita reconocido, al menos en tierra firme. Después del amago de motín del ayudante de calafatero, el capitán Crozier estaba harto de los sodomitas—. Lo que quiero decir, capitán Crozier, es que después de tres inviernos en el hielo, con unos hombres tan enfermos de escorbuto como estarán los nuestros este verano, sir John decidió que nunca saldrían del hielo y hundió el *Victory* en diez brazas de agua, fuera de la costa de Boothia, al este de donde estamos nosotros, y se encaminaron hacia el norte a la bahía de Fury, donde el capitán Parry había dejado suministros y botes.

»Recordará, capitán, que los suministros de comida y botes de Parry estaban allí, en la playa de Fury. Ross cogió los botes y navegó hacia el norte a lo largo de la costa hacia el cabo Clarence, donde, desde los acantilados que hay allí, pudieron ver el norte hacia el estrecho de Barrow y el estrecho de Lancaster, donde esperaban encontrar buques balleneros..., pero el estrecho era de hielo sólido, señor. Aquel verano era tan malo como los últimos dos veranos que hemos pasado aquí, y como puede ser el que viene.

Crozier esperaba. Por primera vez desde su enfermedad mortal en enero, deseó tener un vaso de whisky.

—Volvieron a la playa de Fury y pasaron un cuarto invierno allí, capitán. Los hombres casi se murieron de escorbuto. Al siguiente mes de julio, cuatro años después de entrar en el hielo por ahí..., salieron con los botes pequeños hacia el norte y luego al este por el estrecho de Lancaster y pasaron la ensenada del Almirantazgo y la ensenada de la Marina, y la mañana del 25 de agosto, James Ross..., ahora sir James..., vio una vela. Le hicieron señas, gritaron y lanzaron cohetes. Pero la vela desapareció hacia el este, por encima del horizonte.

—Recuerdo que sir James mencionaba algo de eso —dijo Crozier, secamente.

—Sí, capitán, imagino que así fue —dijo Bridgens, con aquella irritante sonrisita suya tan pedante—. Pero el viento se calmó, y los hombres remaron como alma que lleva el diablo, señor, y consiguieron alcanzar al ballenero. Era el *Isabella*, capitán, el mismo buque que había mandado sir John en 1818.

»Sir John y sir James y la tripulación del *Victory* pasaron cuatro años en el hielo a nuestra latitud, capitán —continuó Bridgens—. Y sólo murió un hombre..., el carpintero, un tal señor Thomas, que tenía una disposición desagradable y dispéptica.

—¿Y adónde quiere ir a parar? —preguntó de nuevo Crozier. Su voz sonaba muy plana. Era demasiado consciente de que una docena de hombres habían muerto bajo su mando en aquella expedición.

—Todavía hay botes y provisiones en la playa de Fury —dijo Bridgens—. Y sospecho además que cualquier partida de rescate enviada a buscarnos, el último año o este verano mismo, dejará más botes y más provisiones allí. Es el primer lugar en el que pensará el Almirantazgo para dejarnos alijos a nosotros y a las futuras partidas de rescate. La supervivencia de sir John lo aseguraba.

Crozier suspiró.

—¿Tiene usted la costumbre de pensar como el Almirantazgo, mozo de suboficiales Bridgens?

—A veces, sí —dijo el anciano—. Es un hábito de décadas, capitán Crozier. Al cabo de un tiempo, la proximidad de los idiotas hace que uno piense como un idiota.

—Eso es todo, mozo Bridgens —exclamó Crozier.

—Sí, señor. Pero lea esos dos volúmenes, capitán. Sir John lo explica ahí todo... Cómo sobrevivir en el hielo. Cómo combatir el escorbuto. Cómo encontrar y usar a los nativos esquimales para que ayuden a cazar. Cómo construir casas con bloques de nieve...

—¡Eso es todo, mozo!

—Sí, señor. —Bridgens se llevó la mano a la frente y se retiró hacia la escala, no sin antes empujar los dos gruesos volúmenes más cerca de Crozier.

El capitán se quedó solo, sentado en la sala Grande, durante diez minutos más. Oyó a los del *Erebus* subir por la escala principal y pasear por la cubierta, arriba. Oyó los gritos cuando los oficiales del *Terror* en cubierta dijeron adiós a sus camaradas y les desearon una travesía segura por el hielo. El buque se quedó tranquilo, excepto por el bullir de los hombres que se acostaban después de cenar y de su grog. Crozier oyó cómo se subían las mesas en la zona de hamacas de la tripulación. Oyó a sus oficiales bajar la escala, colgar sus ropas de abrigo y pasar a popa para cenar. Parecían mucho más animados que para el desayuno.

Finalmente, Crozier se puso de pie, tieso de frío y con el cuerpo dolorido, levantó los dos pesados volúmenes y los volvió a colocar en su sitio en el estante del mamparo de popa, con mucho cuidado.

31

Goodsir

Latitud 70° 5′ N — Longitud 98° 23′ O
6 de marzo de 1848

*E*l cirujano se despertó oyendo gritos y chillidos.

Durante un minuto no sabía dónde estaba y luego recordó: la sala Grande de sir John, ahora enfermería del *Erebus*. Estaban en mitad de la noche. Todas las lámparas de grasa de ballena se habían apagado, y sólo una luz entraba por la puerta abierta a la escalera de la cámara. Goodsir se había quedado dormido en un coy que sobraba, y siete hombres gravemente enfermos con escorbuto y uno con piedras en el riñón dormían en los otros coys. El hombre con piedras había recibido opio.

Goodsir soñaba que aquellos hombres gritaban mientras se iban muriendo. Se morían, en su sueño, porque él no sabía cómo salvarlos. Educado como anatomista, Goodsir era menos hábil que los tres cirujanos muertos de la expedición en las responsabilidades primarias de un cirujano naval: dispensar píldoras, pociones, eméticos, hierbas y bolos. El doctor Peddie le había explicado una vez a Goodsir que la inmensa mayoría de los medicamentos eran inútiles para los padecimientos específicos de los marineros, y la mayoría se administraban simplemente para limpiar los intestinos y el vientre de una manera explosiva, porque cuanto más potente fuese el purgante, más efectivo pensaban los marineros que era el tratamiento. Era la «idea» del apoyo medicinal lo que ayudaba a los marineros a curarse, según el difunto Peddie. En la mayoría de los casos que no requerían cirugía, el cuerpo se curaba a sí mismo o el paciente moría.

Goodsir había soñado que todos ellos morían, y entre gritos.

Pero aquellos gritos eran reales. Parecían proceder de abajo y atravesar el suelo.

Henry Lloyd, ayudante de Goodsir, entró corriendo en la enfermería con los faldones de la camisa por fuera de los jerséis. Lloyd llevaba una linterna y Goodsir vio que iba descalzo. Debía de haber corrido directamente desde su hamaca.

—¿Qué pasa? —susurró Goodsir. Los enfermos no se habían despertado de su sueño por los gritos de abajo.

—El capitán quiere que vaya a proa por la escalera principal —dijo Lloyd. No hizo ningún intento de bajar la voz. El joven parecía aterrorizado.

—Chist —dijo Goodsir—. ¿Qué ocurre, Henry?

—La cosa está dentro, doctor —gritó Lloyd, entre los dientes castañeteantes—. Está abajo. Está matando a los hombres abajo.

—Vigile a estos hombres aquí —ordenó Goodsir—. Venga a buscarme si alguno se despierta o se pone peor. Y póngase las botas y la ropa.

Goodsir fue a proa a través de un atropellado amontonamiento de contramaestres y suboficiales que salían de sus cubículos y se ponían la ropa. El capitán Fitzjames estaba de pie con Le Vesconte junto a la escotilla abierta hacia las cubiertas inferiores. El capitán llevaba una pistola en la mano.

—Cirujano, tenemos hombres heridos abajo. Vendrá con nosotros cuando bajemos a buscarlos. Necesitará sus ropas de abrigo.

Goodsir asintió como atontado.

El primer oficial Des Voeux bajó por la escala desde la cubierta superior. El aire frío bajó con él, quitándole el aliento a Goodsir. Durante la semana anterior, el *Erebus* se había visto azotado por una ventisca y temperaturas bajas y fluctuantes, algunas llegaron incluso a −75 grados. El cirujano no había podido pasar el tiempo que le correspondía en el *Terror*. No había comunicación entre ambos buques desde que la ventisca se hizo más intensa.

Des Voeux se sacudió la nieve de la ropa.

—Los tres hombres de guardia no han visto nada fuera, capitán. Les he dicho que permanezcan atentos.

Fitzjames asintió.

—Necesitamos armas, Charles.

—Las tres escopetas que están en cubierta son todas las que tenemos esta noche —dijo Des Voeux.

Se oyó otro grito procedente de la oscuridad de abajo. Goodsir no podía precisar si venía de la cubierta del sollado o de más abajo, de la cubierta inferior de la bodega. Ambas escotillas parecían estar abiertas.

—Teniente Le Vesconte —ladró Fitzjames—, coja a tres hom-

411

bres y baje por la escotilla del comedor de oficiales hasta la sala de Licores, y coja tantos mosquetes y escopetas, así como cartuchos, pólvora y munición, como pueda. Quiero que todos los hombres de la cubierta inferior estén armados.

—Sí, señor. —Le Vesconte señaló a tres marineros, y los cuatro se dirigieron a popa, en la oscuridad.

—Charles —dijo Fitzjames al primer oficial Des Voeux—. Encienda unas linternas. Vamos a bajar. Collins, usted viene también; señor Dunn, señor Brown..., bajen con nosotros.

—Sí, señor —dijeron a coro el calafatero y su ayudante.

Henry Collins, el segundo oficial, dijo:

—¿Sin armas, capitán? ¿Quiere que bajemos ahí sin armas?

—Lleve su cuchillo —dijo Fitzjames—. Yo tengo esto. —Levantó la pistola de un solo tiro—. Quédense detrás de mí. El teniente Le Vesconte nos seguirá con una partida armada y traerá más armas. Cirujano, venga también detrás de mí.

Goodsir asintió vagamente. Se había puesto su ropa de abrigo, o la de alguien, y le costaba, como a un niño, meter el brazo izquierdo en la manga.

Fitzjames, con las manos desnudas y llevando sólo una astrosa chaqueta encima de la camisa, cogió una linterna a Des Voeux y bajó por la escala. Desde alguna parte de la cubierta inferior llegaron una serie de espantosos estruendos, como si alguien estuviese rompiendo maderas o mamparos. No hubo más gritos.

Goodsir recordó la orden del capitán de que permaneciera junto a él y se abrió camino hacia la oscura escala detrás de los dos hombres, pero olvido coger una linterna. No llevaba el maletín con el instrumental médico ni vendas. Brown y Dunn bajaron haciendo ruido tras él, y Collins a retaguardia, lanzando maldiciones.

La cubierta del sollado estaba poco más de dos metros por debajo de la cubierta inferior, pero parecía otro mundo. Goodsir casi nunca bajaba allí. Fitzjames y el primer oficial estaban de pie, apartados de la escala, moviendo las linternas. El cirujano se dio cuenta de que la temperatura allí abajo debía de ser al menos cuarenta grados inferior a la de la cubierta de arriba, donde comían y dormían, y eso que la temperatura media de esa cubierta aquellos días estaba por debajo de la congelación.

El estruendo había cesado. Fitzjames ordenó a Collins que dejara de maldecir y los seis hombres se quedaron de pie, en silencio y en círculo, en torno a la escotilla abierta hacia la cubierta de la bodega, por debajo de ellos. Todos excepto Goodsir llevaban linterna y la tendieron hacia allí, aunque las pequeñas esferas de luz parecían penetrar muy poco en el aire neblinoso y congelado. El aliento de los hombres brillaba ante ellos como ornamentos dorados. Los apresurados pasos que golpeaban las tablas de la cubierta inferior le parecía a Goodsir que procedían de kilómetros y kilómetros de distancia.

—¿Quién estaba de guardia aquí esta noche? —susurró Fitzjames.

—El señor Gregory y otro fogonero —replicó Des Voeux—. Cowie, creo. O quizá fuese Plater.

—Y el carpintero Weekes y su oficial Watson —susurró Collins, con urgencia—. Trabajaban de noche para reforzar la parte del casco rota de la carbonera de estribor, a proa.

Algo rugió tras ellos. El sonido era cien veces más intenso y más bestial que cualquier sonido animal que hubiese oído jamás Goodsir, peor incluso que el rugido de la sala Ébano aquella medianoche de carnaval. La fuerza de aquel rugido hizo eco en todas las maderas, los refuerzos de hierro y los mamparos de la cubierta del sollado. Goodsir estaba seguro de que los hombres de guardia, dos cubiertas por encima, en la noche aullante, podían oírlo como si la cosa estuviera en cubierta con ellos. Sus testículos se encogieron como si quisieran introducirse dentro de su cuerpo.

El rugido había procedido de abajo, de la bodega.

—Brown, Dunn, Collins —espetó Fitzjames—, vayan hacia delante, más allá de la sala del pan, y aseguren la escotilla de proa. Des Voeux, Goodsir, vengan conmigo.

Fitzjames se metió la pistola en el cinturón, levantó la linterna con la mano derecha y bajó por la escala, en la oscuridad.

Goodsir tuvo que usar toda su fuerza de voluntad para no mearse encima. Des Voeux bajó rápidamente la escala después, y sólo una abrumadora sensación de vergüenza ante la idea de «no» seguir a los otros hombres combinada con el terror de quedarse solo en la oscuridad puso en movimiento al tembloroso cirujano después del primer oficial. Notaba sus brazos, manos y piernas tan insensibles como si fueran de madera, pero sabía que era el miedo y no el frío lo que provocaba aquel efecto.

Al pie de la escalerilla, en una oscuridad y un frío mucho más espesos y terribles de lo que jamás le había parecido la oscuridad exterior del Ártico a Harry Goodsir, el capitán y el primer oficial levantaron sus linternas tan alto como pudieron. Fitzjames llevaba la pistola extendida y amartillada. Des Voeux llevaba un cuchillo normal. La mano del oficial temblaba. Nadie se movía ni respiraba.

413

Silencio. El estruendo, los golpes y los chillidos habían cesado. Goodsir quiso gritar. Notaba la presencia de algo allá abajo, en aquella bodega, con ellos. Algo enorme y no humano. Podía estar a unos tres metros y medio de distancia, justo detrás de los insignificantes círculos de resplandor de las linternas.

Junto con la presión de la certeza de que no estaban solos llegó un olor muy fuerte y metálico. Goodsir lo había percibido muchas otras veces. Sangre fresca.

—Por aquí —susurró el capitán, y dirigió el camino a popa, por el estrecho corredor de estribor.

Hacia la sala de la caldera.

La lámpara de aceite que siempre había ardido allí se había extinguido. El único resplandor que procedía de la puerta abierta era un parpadeo entre rojo y anaranjado de los pocos fragmentos de carbón que todavía ardían en el corazón de la caldera.

—¿Señor Gregory? —llamó el capitán. El grito de Fitzjames fue lo bastante alto y súbito para que Goodsir casi se orinase encima—. ¿Señor Gregory? —llamó el capitán por segunda vez.

No hubo respuesta. Desde su posición en el corredor, el cirujano sólo podía ver unos pocos metros cuadrados del suelo de la sala de la caldera, y algo de carbón desparramado. Había un olor extraño en el aire, como si alguien estuviese asando buey. Goodsir notó que salivaba a pesar del horror que se iba instalando en su interior.

—Quédense aquí —dijo Fitzjames a Des Voeux y Goodsir.

El primer oficial miró primero a proa y luego a popa, haciendo oscilar la linterna en círculo y manteniendo el cuchillo bien alto, esforzándose obviamente por ver más allá en el oscuro pasillo, más allá del pequeño círculo de luz. Goodsir no podía hacer nada salvo permanecer allí y apretar sus heladas manos hasta formar un puño. Tenía la boca llena de saliva ante el casi olvidado olor de la carne asada, y el estómago le rugía, a pesar del miedo.

Fitzjames dio un paso más allá de la puerta de la sala de calderas y desapareció de la vista.

Durante una eternidad, cinco o diez segundos, no se oyó ningún sonido. Luego la suave voz del capitán literalmente hizo eco en la habitación forrada de metal.

—Señor Goodsir. Venga, por favor.

Había dos cuerpos humanos en la habitación. Uno era reconocible: el ingeniero, John Gregory. Estaba destripado. Su cuerpo yacía en el rincón del mamparo de popa, pero algunas partes grises de sus intestinos se habían arrojado por la sala de la caldera, como si fueran serpentinas de una fiesta. Goodsir tenía que mirar con mucho cuidado por dónde pisaba. El otro cuerpo, un hombre grueso con un jersey azul oscuro, yacía de bruces con los brazos a los lados y las palmas hacia arriba, y con la cabeza y los hombros metidos en el horno de la caldera.

—Ayúdeme a sacarlo —dijo Fitzjames.

El cirujano agarró el brazo izquierdo del hombre y su jersey humeante; el capitán cogió la otra pierna y el brazo derecho, y juntos tiraron del cuerpo y lo retiraron de las llamas. La boca abierta del hombre se atascó en el reborde inferior de la rejilla de metal del horno durante un segundo, pero luego se soltó con un chasquido de los dientes.

Goodsir volvió el cadáver mientras Fitzjames le quitaba la chaqueta y con ella golpeaba las llamas que se elevaban de la cara y el cabello del hombre muerto.

Harry Goodsir notaba como si estuviera contemplando aquello desde una gran distancia. La parte profesional de su mente observaba con frío despego que el horno, por muy poco atizadas que estuvieran las llamas de carbón, había fundido los ojos del hombre, le había quemado la nariz y las orejas y había dejado su cara con la textura de una tarta de frambuesas requemada y burbujeante.

—¿Lo reconoce, señor Goodsir? —preguntó Fitzjames.

—No.

—Es Tommy Plater —jadeó Des Voeux, desde el lugar donde estaba de pie, junto a la puerta—. Lo reconozco por el jersey y el pendiente fundido en la mandíbula, donde tenía la oreja.

—Maldita sea, oficial —gruñó Fitzjames—. Permanezca de guardia en el corredor.

—Sí, señor —dijo Des Voeux, y salió.

Goodsir oyó el ruido de las arcadas en la escala de la cámara.

—Deberá usted observar... —empezó el capitán, hablando a Goodsir.

Entonces se oyó un estruendo, un desgarro y un golpe que resonó desde la dirección de la proa, tan fuerte que Goodsir estaba seguro de que el buque se había roto por la mitad.

Fitzjames cogió su linterna y salió en un segundo, tras dejar la chaqueta quemada en la sala de la caldera. Goodsir y Des Voeux le siguieron corriendo hacia delante, junto a barriles y cajas esparcidos y destrozados y luego se escurrieron entre los tanques de hierro que contenían el agua fresca y los pocos sacos de carbón que aún quedaban en el *Erebus*.

Pasaron junto a una negra abertura a una de las carboneras, y

Goodsir miró a su derecha y vio un brazo humano sin camisa que sobresalía por encima del borde de hierro del marco de la puerta. Hizo una pausa y se inclinó a ver quién estaba allí tirado, pero la luz se había alejado mientras el capitán y el primer oficial continuaban corriendo a proa con las linternas. Goodsir se quedó en la oscuridad más absoluta con lo que era, con toda seguridad, otro cadáver. Se incorporó y echó a correr para alcanzarlos.

Más estrépitos. Gritos que ahora procedían de la cubierta superior. Un disparo de mosquete o de pistola. Otro. Gritos. Varios hombres chillando.

Goodsir, fuera de los oscilantes círculos de luz de la linterna, salió al estrecho corredor en una zona abierta y oscura y se dio de cabeza con un grueso poste de roble. Cayó de espaldas en veinte centímetros de hielo y agua fundida y fangosa. No podía centrar la vista, las linternas por encima de él eran sólo unos borrones de color naranja; él luchaba por permanecer consciente, y todo, en aquel momento, apestaba a alcantarilla, a polvo de carbón y a sangre.

—¡La escala ha desaparecido! —gritó Des Voeux.

Sentado en aquel fango asqueroso, Goodsir pudo ir viendo mejor, a medida que las linternas se estabilizaron. La escala de proa, hecha de grueso roble y capaz de aguantar fácilmente el peso de varios hombres acarreando sacos de carbón de cuarenta y cinco kilos arriba y abajo, había quedado hecha astillas. Los fragmentos colgaban desde el marco de la escotilla abierta arriba.

Los chillidos procedían de la cubierta del sollado.

—¡Súbanme! —gritó Fitzjames, que se había metido la pistola en el cinturón y había dejado la linterna, y ahora estaba intentando sujetarse al astillado marco de la escotilla. Empezó a subir. Des Voeux fue a sujetarlo.

Las llamas explotaron de pronto arriba y a través de la abertura cuadrada.

Fitzjames lanzó una maldición y cayó de espaldas en el agua helada, sólo a unos metros de Goodsir. Parecía que toda la escotilla delantera y lo que había encima en la cubierta del sollado estaba en llamas.

«Fuego», pensó Goodsir. Un humo acre le llenó la nariz.

«No hay ningún sitio adonde huir.» Estaban a aproximadamente setenta y cinco grados bajo cero, y la ventisca rugía con fuerza. Si el barco ardía, todos morirían allí dentro.

—La escala principal —dijo Fitzjames, y se puso de pie, buscó la linterna y empezó a correr a popa.

Des Voeux le siguió.

Goodsir corrió a cuatro patas por entre el hielo y el agua, se puso de pie, se cayó de nuevo, anduvo a gatas y luego corrió detrás de las linternas.

Algo rugió en la cubierta del sollado. De allí vino el sonido de una descarga de mosquetes y el estampido de las escopetas.

Goodsir quería detenerse en la carbonera a ver si el hombre al que pertenecía el brazo estaba vivo o muerto, o unido al brazo que sobresalía, pero no había luz alguna cuando llegó allí. Corrió hacia delante en la oscuridad, golpeándose en los mamparos de hierro de los depósitos de carbón y de agua.

Las linternas ya desaparecían por la escala de la cubierta del sollado. El humo bajaba espeso.

Goodsir trepó hacia arriba, recibió una patada en la cara por parte de una bota que pertenecía al capitán o al primer oficial, y luego se encontró en la cubierta del sollado.

No podía respirar. No podía ver. Las linternas oscilaban a su alrededor, pero el aire estaba tan cargado de humo que no había iluminación alguna.

El impulso de Goodsir fue encontrar la escala hacia la cubierta inferior y seguir trepando, y trepando, hasta encontrarse arriba, al aire libre, pero había hombres que gritaban a su derecha, hacia la proa, de modo que cayó a cuatro patas. El aire era respirable allí. Apenas. Hacia la proa se veía un resplandor anaranjado, demasiado brillante para que fuesen linternas.

Goodsir gateó hacia delante, encontró la escala de babor a la izquierda de la sala del pan, siguió gateando. Ante él, en algún lugar entre el humo, había unos hombres golpeando las llamas con unas mantas. Las mantas se prendían también.

—¡Formen una cadena con cubos! —gritó Fitzjames desde algún lugar ante él, entre el humo—. ¡Bajen agua aquí!

—No hay agua, capitán —gritó una voz tan agitada que Goodsir ni siquiera la reconoció.

—¡Pues usen los cubos para mear! —La voz del capitán cortaba como una cuchilla entre el humo y los gritos.

—¡Están congelados! —gritó una voz que Goodsir sí que reconoció. Era John Sullivan, el capitán de la cofa mayor.

—Úselos de todos modos —gritó Fitzjames—. Y nieve. Sullivan, Sinclair, Reddington, Seeley, Pocock, Greater..., cojan a los hombres y formen una cadena de cubos desde la cubierta de aquí a la cubierta del sollado. Traigan toda la nieve que puedan. Arrójenla a las llamas. —Fitzjames tuvo que detenerse a toser violentamente.

Goodsir se puso de pie. El humo remolineaba a su alrededor como si alguien hubiese abierto una puerta o ventana. En un momento dado pudo ver a cuatro o seis metros por delante, los almacenes del carpintero y de los contramaestres, y veía claramente las llamas que lamían las maderas y las cuadernas, y al momento siguiente ya no vio ni a medio metro delante de él. Todo el mundo tosía y Goodsir se unió a ellos.

Los hombres le empujaron en su prisa por subir la escala, y Goodsir se apretó contra el mamparo, preguntándose si debía subir también a la cubierta inferior. Allí no hacía nada.

Recordó el brazo desnudo que sobresalía de la carbonera, debajo, en la cubierta de la bodega. La idea de bajar de nuevo allí le daba ganas de vomitar.

«Pero la cosa está en esta cubierta.»

Como para confirmar esa idea, cuatro o cinco mosquetes a menos de cuatro metros ante el cirujano dispararon a la vez. Las explosiones fueron ensordecedoras. Goodsir se llevó las palmas de las manos a los oídos y cayó de rodillas, recordando que había dicho a la tripulación del *Terror* que las víctimas del escorbuto podían morir por el simple sonido de un disparo de mosquete. Sabía que él tenía los primeros síntomas del escorbuto.

—¡Cesen esos disparos! —gritó Fitzjames—. ¡Retrocedan! Hay hombres ahí.

—Pero, capitán... —Era la voz del cabo Alexander Pearson, el de más alto rango de los cuatro marines reales supervivientes del *Erebus*.

—¡Le digo que retrocedan!

Goodsir veía al teniente Le Vesconte y a los marines silueteados ante las llamas. Le Vesconte estaba de pie, y los marines cada uno apoyado en una rodilla, recargando los mosquetes como si estuvieran en medio de una batalla. El cirujano pensó que los muros, las maderas, los barriles y las cajas sueltas hacia la proa estaban ya todos ardiendo. Los marineros golpeaban las llamas con mantas y rollos de lona. Las chispas volaban por todas partes.

La silueta ardiente de un hombre se destacó de las llamas hacia los marines y los marineros reunidos.

—¡No disparen! —gritó Fitzjames.

—¡No disparen! —repitió Le Vesconte.

El hombre ardiendo cayó en brazos de Fitzjames.

—¡Señor Goodsir! —llamó el capitán.

John Downing, el timonel, dejó de atizar el fuego con una manta en el corredor y golpeó las llamas que emanaban de las ropas ardientes del hombre herido.

Goodsir corrió hacia delante y recogió al hombre desmayado de brazos de Fitzjames. La parte derecha del rostro del hombre casi había desaparecido, no quemada, sino desgarrada. La piel y el ojo colgaban sueltos, tenía marcas paralelas por el lado derecho del cuerpo y los surcos de las garras habían penetrado hondamente a través de las ocho capas de tela y la carne. La sangre empapaba su chaleco. Al hombre le faltaba el brazo derecho.

Goodsir se dio cuenta de que estaba sujetando a Henry Foster Collins, el segundo oficial a quien Fitzjames había ordenado antes que fuera hacia delante, a la proa, con Brown y Dunn, el calafatero y su ayudante, para asegurar la escotilla de proa.

—Necesito ayuda para llevarlo a la enfermería —jadeó Goodsir.

Collins era un hombre corpulento, aun sin brazo, y sus piernas habían cedido al fin. El cirujano podía sujetarlo solamente porque estaba apoyado contra el mamparo de la sala del pan.

—¡Downing! —Fitzjames llamó a la silueta del robusto timonel, que había vuelto a luchar contra las llamas con su manta chamuscada.

Downing arrojó la manta a un lado y corrió por entre el humo. Sin hacer una sola pregunta, el timonel se pasó el brazo que le quedaba a Collins por encima del hombro y dijo:

—Después de usted, señor Goodsir.

Goodsir empezó a trepar por la escala, pero una docena de hombres con cubos intentaban bajar entre el humo.

—¡Dejen paso! —aulló Goodsir—. ¡Subimos con un hombre herido!

Las botas y rodillas se echaron atrás.

Mientras Downing subía al inconsciente Collins por la escala casi vertical, Goodsir subió a la cubierta inferior donde vivían todos ellos. Los marineros se reunieron a su alrededor y le miraron. El cirujano se dio cuenta de que debía de parecer una baja él también: tenía las manos, la ropa y la cara ensangrentadas por el golpe contra el poste, y también estaba negro de hollín.

—A popa, a la enfermería —ordenó Goodsir mientras Downing levantaba en sus brazos al hombre herido y destrozado.

El timonel tuvo que retorcerse de lado para conducir a Collins por el estrecho pasillo. Detrás de Goodsir, dos docenas de hombres tendían cubos hacia la escala desde la cubierta donde otros vertían nieve en las cubiertas humeantes y siseantes de la zona de las hamacas de los hombres, en torno a la estufa y la escotilla de proa. Si la cubierta se prendía el barco estaba perdido, eso lo sabía muy bien Goodsir.

Henry Lloyd salió de la enfermería con el rostro pálido y los ojos muy abiertos.

—¿Está preparado mi instrumental? —preguntó Goodsir.

—Sí, señor.

—¿Sierra de huesos?

—Sí.

—Bien.

Downing colocó al inconsciente Collins en la desnuda mesa quirúrgica, en medio de la enfermería.

—Gracias, señor Downing —dijo Goodsir—. ¿Sería tan amable de conseguir un marinero o dos y ayudar a llevar a esos dos hombres enfermos a alguna cama en un cubículo? Cualquier camarote vacío servirá.

—Sí, doctor.

—Lloyd, vaya a proa, adonde el señor Wall, y dígale al cocinero y sus ayudantes que necesitamos toda el agua caliente que la estufa pueda darnos. Pero primero encienda esas lámparas de aceite. Y luego venga aquí. Le necesito para que sujete una linterna.

Durante una hora, el doctor Harry D. S. Goodsir estuvo tan ocupado que la enfermería podía haber ardido y ni lo habría notado, sólo se habría alegrado de tener un poco más de luz.

Desnudó por completo la parte superior del cuerpo de Collins; las heridas abiertas humearon en el aire congelado, y les echó la primera olla de agua caliente para limpiarlas lo mejor que pudo, no por higiene, sino para despejar aunque fuera brevemente la sangre y ver lo profundas que eran, y decidió que las heridas de garras en sí mismas no amenazaban la vida del hombre de inmediato, y luego siguió trabajando en el hombro, cuello y rostro del segundo oficial.

El brazo había sido desgajado limpiamente. Era como si una guillotina enorme le hubiese cortado el brazo a Collins de un solo golpe. Acostumbrado a accidentes industriales y navales que hacían papilla y retorcían y desgarraban la carne en jirones, Goodsir estudió la herida con algo parecido a la admiración, o incluso la maravilla.

Collins se estaba desangrando, pero las llamas habían cauterizado la herida del hombro hasta cierto punto. Le habían salvado la vida. Al menos hasta el momento...

Goodsir veía el hueso del hombro, un bulto blanco y brillante, pero no quedaba hueso alguno del brazo que tuviera que recortar. Mientras Lloyd sujetaba tembloroso una linterna bien cerca, y a veces ponía el dedo donde le ordenaba Goodsir, a menudo en una arteria que soltaba surtidores de sangre, Goodsir, diestramente, fue ligando las diversas venas y arterias. Siempre se le había dado muy bien ese tipo de cosas, y sus dedos trabajaban casi solos.

Sorprendentemente, parecía haber poca tela o materias extrañas en la herida. Así se reducía mucho la posibilidad de una sepsis fatal, aunque seguían existiendo probabilidades. Goodsir limpió todo lo que pudo ver con la segunda olla de agua caliente que le trajo a popa Downing. Luego cortó los jirones de carne sobrantes y suturó donde pudo. Afortunadamente, quedaban colgajos de piel lo bastante grandes para que el cirujano pudiera doblarlos por encima de la herida y coserlos con amplias puntadas.

Collins se quejó y se removió.

Goodsir trabajó entonces lo más rápido que pudo, ya que quería acabar lo peor antes de que el hombre se despertara del todo.

El lado derecho de la cara de Collins colgaba sobre su hombro como una careta de carnaval suelta. A Goodsir le recordaba las muchas autopsias que había llevado a cabo, recortando la cara y doblándola por encima de la parte superior de la calavera como un trapo húmedo y tirante.

Hizo que Lloyd tirase del largo colgajo de piel facial tanto como pudo, lo más tirante posible (su ayudante se fue a vomitar en cubierta, pero volvió enseguida, limpiándose los dedos pegajosos en el chaleco de lana) y Goodsir rápidamente cosió la parte suelta del rostro de Collins a un grueso colgajo de piel y carne justo por detrás de la línea del cabello del hombre.

No pudo salvar el ojo del segundo oficial. Intentó volver a colocarlo en su lugar, pero el arco superciliar del hombre estaba hecho añicos. Había unas astillas de hueso por en medio. Goodsir recortó las astillas, pero el globo del ojo estaba demasiado dañado.

Cogió unas tijeras de las temblorosas manos de Lloyd y cortó el nervio óptico, arrojando el ojo en el cubo que ya estaba lleno de trapos ensangrentados y jirones de la carne de Collins.

—Sujete esa linterna más cerca —ordenó Goodsir—. Deje de temblar.

Milagrosamente, le quedaba algo de párpado. Goodsir tiró de él hacia abajo todo lo que pudo, y diestramente lo suturó a un colgajo de piel suelta que había debajo del ojo. Allí le dio los puntos mucho más apretados, porque tenían que durar años.

Si Collins sobrevivía.

Habiendo hecho todo lo posible en el rostro del segundo oficial por el momento, Goodsir volvió su atención a las quemaduras y heridas de garra. Las quemaduras eran superficiales. Las heridas de garras eran tan profundas que Goodsir podía ver la siempre sorprendente blancura de las costillas expuestas, aquí y allá.

Dio instrucciones a Lloyd de que aplicase bálsamo a las quemaduras con la mano izquierda, mientras sujetaba la linterna con la derecha, y Goodsir limpió y cerró los músculos desgarrados, cosió la carne superficial y volvió a cerrar la piel, en lo posible. La sangre seguía saliendo de la herida del hombro y el cuello de Collins, pero a un ritmo mucho más reducido. Si las llamas habían cauterizado sobradamente la carne y las venas, al segundo oficial le podía quedar la sangre suficiente para la supervivencia.

Ya traían a otros hombres, pero sólo sufrían quemaduras, algunas graves, pero que no suponían peligro para sus vidas, y ahora que había concluido la mayor parte de su trabajo con Collins, Goodsir colgó la linterna en el gancho de latón por encima de la mesa y ordenó a Lloyd que ayudase a los otros con ungüentos, agua y vendajes.

422

Estaba ya acabando con Collins, administrándole opio para que el hombre, que estaba despierto y chillaba, pudiese dormir, cuando se volvió y encontró al capitán Fitzjames de pie junto a él.

El capitán estaba tan cubierto de hollín y sangre como el cirujano.

—¿Vivirá? —preguntó Fitzjames.

Goodsir dejó un escalpelo y abrió y cerró las manos ensangrentadas como diciendo: Dios sabe.

Fitzjames asintió.

—El fuego está contenido —dijo el capitán—. Pensé que le alegraría saberlo.

Goodsir asintió. No había pensado en el fuego en absoluto en toda la hora anterior.

—Lloyd, señor Downing —dijo—, ¿serían tan amables de llevar al señor Collins a ese coy que hay cerca del mamparo de proa? Es el lugar más cálido.

—Hemos perdido todos los artículos almacenados por el carpintero en la cubierta del sollado —continuó Fitzjames—, y muchas de las provisiones que nos quedaban que estaban en cajas junto a la escotilla de proa y la zona de proa, y buena parte de los artículos de la sala del pan, también. Yo diría que un tercio de las provisiones en lata o en cajas que nos quedaban ha desaparecido. Y estamos seguros de que hay daños en la cubierta de la bodega, pero todavía no hemos podido bajar allá.

—¿Cómo empezó el fuego? —preguntó el cirujano.

—Collins o uno de sus hombres arrojó una linterna a la criatura cuando ésta subía por la escotilla hacia ellos —dijo el capitán.

—¿Y qué le ha ocurrido a la... criatura? —preguntó Goodsir. De repente estaba tan cansado que tuvo que agarrarse al borde de la ensangrentada mesa de operaciones para no caerse.

—Supongo que se ha ido por donde había venido —dijo Fitzjames—. Abajo por la escotilla de proa y luego afuera por algún lugar en la cubierta de la bodega. A menos que esté todavía ahí abajo, esperándonos. Tengo hombres armados en cada una de las escotillas. Hace tanto frío y hay tanto humo allá abajo, en la cubierta del sollado, que tendremos que cambiar la guardia cada media hora.

»Collins fue el que mejor lo vio. Por eso he subido..., a ver si puedo hablar con él. Los otros sólo vieron la forma a través de las llamas: ojos, dientes, garras, una masa blanca o una silueta negra. El teniente Le Vesconte ha hecho que los marines le dispararan, pero nadie ha visto si le habían dado o no. Hay sangre por toda la proa y el almacén del carpintero, pero no sabemos si pertenece o no a la bestia. ¿Puedo hablar con Collins?

Goodsir meneó la cabeza.

—Acabo de suministrarle un opiáceo al segundo oficial. Dormirá durante horas. No sé si llegará a despertarse o no. Las probabilidades están en contra.

Fitzjames volvió a asentir. El capitán parecía tan cansado como el cirujano.

—¿Y qué ha ocurrido con Dunn y Brown? —preguntó Goodsir—. Se habían ido adelante con Collins. ¿Los han encontrado?

—Sí —dijo Fitzjames, con voz apagada—. Están vivos. Se habían escapado al costado de estribor de la sala del pan cuando ha empezado el fuego y la cosa ha empezado a perseguir al pobre Collins. —El capitán tomó aliento—. El humo se está disipando abajo, de modo que necesitaría llevar a unos hombres a la bodega para retirar los cuerpos del ingeniero Gregory y del fogonero Tommy Plater.

—Ay, Dios mío —exclamó Goodsir. Le contó a Fitzjames lo del brazo desnudo que había visto sobresaliendo de la carbonera.

—Pues yo no lo he visto —dijo el capitán—. Estaba tan ansioso por llegar a la escotilla de proa que no he mirado hacia abajo, sólo hacia delante.

—Yo tendría que haber mirado también hacia delante —dijo el cirujano, arrepentido—. Me he dado un buen golpe con un poste o con un pilar.

Fitzjames sonrió.

—Sí, ya lo veo. Médico, cúrate a ti mismo. Tiene usted una laceración profunda desde la raíz del pelo hasta la frente, y un moretón enorme, del tamaño del puño de Magnus Manson.

—¿Ah, sí? —dijo Goodsir. Se tocó la frente con mucha precaución. Sus dedos ensangrentados quedaron más ensangrentados aún, aunque notaba la gruesa costra de sangre seca en la enorme contusión que tenía allí—. Ya me lo coseré con un espejo o haré que lo haga Lloyd más tarde —dijo, cansado—. Estoy listo, capitán. Vamos.

—¿Adónde, señor Goodsir?

—Abajo, a la bodega —dijo el cirujano, notando que sus tripas se retorcían llenas de náuseas ante la perspectiva—. A ver quién está allí caído en la carbonera. Igual está vivo.

Fitzjames le miró a los ojos.

—Nuestro carpintero, el señor Weekes, y su ayudante, Watson, han desaparecido, doctor Goodsir. Estaban trabajando en una carbonera a estribor, reforzando una brecha en el casco. Pero supongo que estarán muertos.

Goodsir oyó la palabra «doctor». Franklin y su comandante casi nunca habían llamado así a los cirujanos. Ellos (y Goodsir) casi siempre habían recibido el título inferior de «señor» por parte de sir John y del aristocrático Fitzjames.

Pero aquella vez no.

—Tenemos que bajar a ver —dijo Goodsir—. Tengo que bajar a ver. Puede que alguno todavía esté vivo.

—La criatura del hielo puede estar viva y esperándonos, también —dijo Fitzjames, bajito—. Nadie la ha oído salir ni irse.

Goodsir asintió cansadamente y cogió su maletín médico.

—¿Puedo llevarme al señor Downing conmigo? —preguntó—. Quizá necesite a alguien que me sujete la linterna.

—Yo iré con usted, doctor Goodsir —dijo el capitán Fitzjames. Cogió una lámpara extra que le había traído Downing—. Adelante, señor.

32

Crozier

— *T*eniente Little —dijo el capitán Crozier—, por favor, pase la orden de abandonar el barco.

—Sí, capitán.

Little se volvió y gritó la orden hacia la atestada cubierta. Los demás oficiales y el segundo oficial que quedaba estaban ausentes, de modo que John Lane, el segundo contramaestre, el hombre que había administrado los azotes a Hickey y a los otros dos hombres en enero, gritó la orden por la escotilla abierta antes de cerrarla finalmente.

No quedaba nadie abajo, por supuesto. Crozier y el teniente Little habían recorrido todas las cubiertas, mirando en todos los compartimentos, desde la fría sala de la caldera con sus hornos ya apagados hasta las carboneras de la bodega, ya vacías, hasta el diminuto pero vacío pañol de cables de proa y luego arriba, a través de las cubiertas. En la cubierta del sollado habían comprobado que la sala de Licores y la santabárbara estaban vacías de mosquetes, escopetas, pólvora y munición. Sólo unas filas de machetes y bayonetas quedaban en los estantes, brillando fríamente a la luz de la linterna. Dos oficiales habían comprobado que toda la ropa necesaria se fuese extrayendo del ropero a lo largo del mes y medio anterior, y luego fueron a la despensa del capitán y a la sala del pan, también vacía. En la cubierta de proa, Little y Crozier miraron todos los camarotes y alojamientos, observando lo limpios que habían dejado los oficiales sus literas y estantes y restantes posesiones, y vieron luego las hamacas de los marineros recogidas por última vez, sus baúles aligerados pero todavía en su sitio, como si esperasen la llamada para la cena, y luego fueron a popa y observaron los libros que faltaban en la sala

Grande, donde los hombres habían elegido y se habían llevado muchos al hielo, con ellos. Finalmente, de pie junto a la enorme estufa que estaba absolutamente fría por primera vez en casi tres años, el teniente Little y el capitán Crozier llamaron de nuevo a la escotilla de proa, asegurándose de que no quedaba nadie. Arriba harían un recuento, pero esto formaba parte del protocolo a la hora de abandonar un barco.

Entonces subieron a cubierta y dejaron la escotilla abierta tras ellos.

Los hombres que estaban firmes en cubierta no se sentían sorprendidos por la orden de abandonar el barco. Para eso los habían convocado y los habían reunido. Sólo quedaban veinticinco tripulantes del *Terror* aquella mañana; el resto estaban en el campamento Terror, a unos tres kilómetros al sur del cabo Victoria, o llevando en trineo materiales al campamento, o cazando, o haciendo reconocimientos del terreno junto al campamento Terror. Un número igual de tripulantes del *Erebus* esperaban abajo en el hielo, de pie junto a los trineos y pilas de material donde se habían colocado las tiendas de material y equipo del *Erebus* desde primeros de abril, cuando fue abandonado el buque.

Crozier vio a sus hombres bajar por la rampa de hielo, abandonar el buque para siempre. Finalmente, sólo quedaron él y Little de pie en la cubierta escorada. Los cincuenta y tantos hombres que estaban abajo en el hielo miraron hacia arriba con los ojos casi invisibles bajo los gorros y pañoletas de lana, todos guiñados en la luz fría de la mañana.

—Vaya delante, Edward —dijo Crozier, con delicadeza—. Yo pasaré después por encima de la borda.

El teniente saludó, levantó su pesado equipaje con sus posesiones personales y bajó primero la escala y luego la rampa de hielo, para unirse a los hombres de abajo.

Crozier miró a su alrededor. La leve luz de abril iluminaba un mundo de hielo torturado, enormes crestas de presión, incontables seracs y nieve arremolinada. Metiéndose más la gorra y guiñando hacia el este, intentó analizar lo que sentía en aquel momento.

Abandonar el buque era el punto más bajo en la vida de todo capitán. Era admitir el fracaso absoluto. En la mayoría de los casos se trataba del final de una larga carrera naval. Para la mayoría de los capitanes, muchos de ellos conocidos personales de Francis Crozier, era un golpe del cual nunca se recuperaban.

Crozier no sentía aquella desesperación. Todavía no. Era más importante para él, en aquel momento, la llama azul de la decisión que seguía ardiendo en su pecho, pequeña, pero insistente: «Viviré».

Quería que sus hombres sobrevivieran, o al menos que sobreviviera el máximo de hombres posible. Si existía la mínima esperanza de que algún hombre del HMS *Erebus* o del HMS *Terror* sobreviviese y pudiese volver a casa, a Inglaterra, Francis Rawdon Moira Crozier iba a seguir aquella esperanza sin mirar atrás.

Tenía que sacar a los hombres del barco. Y luego salir del hielo.

Dándose cuenta de que al menos cincuenta pares de ojos le miraban, Crozier dio unas palmaditas a la borda por última vez, bajó por la escala que habían colocado en el costado de estribor, ya que el buque había empezado a escorar más agudamente hacia babor en las últimas semanas, y luego bajó por la ya desgastada rampa de hielo hacia los hombres que esperaban.

Levantando su propio macuto y colocándose en línea junto a los hombres en los arneses del trineo que había más a retaguardia, miró por última vez el barco y dijo:

—Es bonito, ¿verdad, Harry?

—Sí que lo es, capitán —contestó el capitán de la cofa del trinquete, Harry Peglar.

Cumpliendo su palabra, él y los gavieros habían conseguido colocar los masteleros almacenados y las vergas y obencadura a lo largo de las últimas dos semanas, a pesar de las ventiscas, bajas temperaturas, tormentas eléctricas, presiones del hielo y fuertes vientos. El hielo brillaba por doquier en los restaurados masteleros del buque, ahora inestables, y en los palos y las jarcias. El buque parecía, a ojos de Crozier, engalanado con joyas.

Después del hundimiento del HMS *Erebus* el último día de marzo, Crozier y Fitzjames decidieron que aunque había que abandonar pronto el *Terror* si querían tener alguna oportunidad de caminar o de coger los botes con seguridad antes del invierno, el buque debía ser restaurado para que pudiera navegar. Si se quedaban atrapados en el campamento Terror, en la Tierra del Rey Guillermo, durante meses hasta que llegase el verano y el hielo se abría milagrosamente, en teoría podían coger los botes, volver al *Terror* e intentar navegar hasta la libertad.

Teóricamente.

—Señor Thomas —llamó a Robert Thomas, el segundo contramaestre y guía del primero de los cinco trineos—, salga cuando esté listo.

—Sí, señor —respondió el hombre, y se inclinó en el arnés.

427

Aun con siete hombres tirando del arnés, el trineo no se movió. Los patines se habían quedado helados en la nieve.

—¡Venga, Bob, dale! —dijo, riendo, Lawrence, uno de los marineros que iban con él en el arnés.

El trineo gruñó, los hombres gruñeron también, crujió el cuero, el hielo se rompió y el cargado trineo se movió hacia delante.

El teniente Little dio la orden de que partiera el segundo trineo, encabezado por Magnus Manson. Con el gigante ante los hombres, el segundo trineo, aunque iba más cargado que el de Thomas, partió de inmediato sólo con un mínimo crujido del hielo bajo los patines de madera.

Y lo mismo con los cuarenta y seis hombres, treinta y cinco de ellos tirando en la primera etapa y cinco caminando en reserva con escopetas o mosquetes, esperando para tirar a su vez; cuatro de los suboficiales de ambos barcos y los dos oficiales (el teniente Little y el capitán Crozier) caminaban a un lado, empujando de vez en cuando y tirando de algún arnés menos a menudo.

El capitán recordó que varios días antes, cuando el segundo teniente Hodgson y el tercer teniente Irving estaban preparándose para partir con otro viaje de trineo hacia el campamento Terror (a ambos oficiales se les ordenó entonces que cogieran hombres del campamento para cazar y hacer reconocimientos durante los días siguientes), Irving había sorprendido a su capitán pidiéndole que un par de los hombres asignados a su equipo se quedaran en el *Terror*. Crozier se había sorprendido al principio porque había calculado que el joven teniente era capaz de tratar con todos los marineros y hacer cumplir las órdenes que se le dieran, pero Crozier oyó los nombres de los implicados y lo entendió. El teniente Little había puesto a Magnus Manson y a Cornelius Hickey en el trineo de Irving y en los equipos de exploración de éste, e Irving pedía respetuosamente, sin dar motivo alguno, que uno u otro de esos dos hombres fuese asignado a otro equipo. Crozier había accedido de inmediato a aquella petición, reasignando a Manson al trineo del último día y permitiendo al pequeño ayudante del calafatero que siguiera adelante con el equipo del trineo del teniente Irving. Crozier no confiaba tampoco en Hickey, especialmente después del amago de motín de hacía unas semanas, pero sabía que el hombrecillo era mucho más traicionero cuando estaba con el enorme idiota de Manson a su lado.

Ahora, alejándose ya del buque y viendo a Manson, que tiraba del trineo a unos quince metros ante él, Crozier mantuvo la cara deliberadamente mirando al frente. Había decidido que no se volvería a mirar el *Terror* durante al menos las dos primeras horas de viaje.

Mirando a los hombres que se esforzaban ante él, el capitán era muy consciente de los ausentes.

Fitzjames estaba ausente aquel día, ya que servía como oficial al mando del campamento Terror, en la Tierra del Rey Guillermo, pero el auténtico motivo de su ausencia era el tacto. Ningún capitán quería abandonar su barco a plena vista de otro capitán, si ello era posible, y todos los capitanes eran sensibles a este hecho. Crozier, que había visitado el *Erebus* casi cada día desde el principio de su desmembramiento debido a la presión del hielo dos días después del fuego y la invasión de la criatura del hielo, a principios de marzo, había procurado escrupulosamente no estar allí el mediodía del 31 de marzo cuando Fitzjames tuvo que abandonar el buque. Fitzjames le había devuelto el favor aquella semana ofreciéndose voluntario para los deberes de mando lejos del *Terror*.

La mayoría de las otras ausencias se debían a un motivo mucho más trágico y deprimente. Crozier recordó sus rostros mientras caminaba junto al último trineo.

El *Terror* había tenido mucha más suerte que el *Erebus* en cuanto a la pérdida de oficiales y líderes. De sus principales oficiales, Crozier había perdido al primer oficial, Fred Hornby, atacado por la bestia durante el desastre de carnaval, al segundo oficial Gilles MacBean, también asesinado por la cosa durante un viaje en trineo el septiembre anterior, y a ambos cirujanos, Peddie y McDonald, también durante el carnaval de Año Nuevo. Pero su primer, segundo y tercer tenientes estaban vivos y razonablemente bien, así como su segundo oficial, Thomas, y Blanky, el patrón del hielo, y el indispensable señor Helpman, su amanuense.

Fitzjames había perdido a su oficial al mando, sir John, y a su primer teniente, Graham Gore, así como al teniente James Walter Fairholme, y al primer oficial Robert Orme Sergeant, todos asesinados por la criatura. También había perdido a su cirujano principal, el señor Stanley, y a Henry Foster Collins, el segundo oficial. Le quedaban sólo, por tanto, el teniente H. T. D. Le Vesconte, el segundo oficial Charles des Voeux, el patrón del hielo Reid, el cirujano Goodsir y el sobrecargo Charles Hamilton Osmer, como únicos oficiales. En lugar del atestado comedor de oficiales de sus dos primeros años (sir John, Fitzjames, Gore, Le Vesconte, Fairholme, Stanley, Goodsir y el sobrecargo Osmer, todos comiendo juntos), las últimas semanas sólo el capitán y el único teniente superviviente, el cirujano y el sobrecargo comían en la helada sala de oficiales. Y aun eso, en los últimos días,

429

según sabía Crozier, se había convertido en algo absurdo, a medida que el hielo escoraba el *Erebus* casi treinta grados a estribor. Los cuatro hombres se veían obligados a sentarse en el suelo con los platos en las rodillas y los pies bien agarrados en un listón.

Hoar, el mozo de Fitzjames, seguía enfermo de escorbuto, así que el pobre y anciano Bridgens era el único mozo que, escurriéndose como un cangrejo, tenía que servir a los oficiales agarrados a la cubierta ferozmente inclinada.

El *Terror* había tenido más suerte a la hora de conservar a sus suboficiales. El ingeniero de Crozier, el contramaestre principal y el carpintero seguían vivos aún, y activos. El ingeniero del *Erebus*, John Gregory, y su carpintero, John Weekes, quedaron destripados en marzo cuando la criatura del hielo entró a bordo por la noche. El otro suboficial que quedaba, el contramaestre Thomas Terry, fue descabezado por la criatura en noviembre. A Fitzjames no le quedaba vivo ni un solo suboficial.

De los veintiún cabos de mar del *Terror* (oficiales, timoneles, capitanes del castillo de proa, de la bodega y de la cofa, patrones, mozos, calafateros y fogoneros), Crozier sólo había perdido a un hombre: el fogonero John Torrington, el primer hombre que murió en la expedición, hacía mucho tiempo, el 1 de enero de 1846, allá en la isla de Beechey. Y eso, recordó Crozier, fue por una tisis que el joven Torrington ya había traído consigo a bordo desde Inglaterra.

Fitzjames había perdido a otro de sus cabos de mar, el fogonero Tommy Plater, aquel día de marzo en que la cosa arrasó con su furia asesina las cubiertas inferiores. Sólo Thomas Watson, el ayudante de carpintero, había sobrevivido al ataque de la cosa allá abajo en la cubierta de la bodega, aquella noche, y había perdido la mano izquierda.

Como habían enviado de vuelta a Inglaterra desde Groenlandia a Thomas Burt, el armero, antes incluso de encontrar auténtico hielo, eso dejaba al *Erebus* con veinte suboficiales vivos. Algunos de esos hombres, como el antiguo velero John Murray y el propio mozo de Fitzjames, Edmund Hoar, estaban demasiado enfermos de escorbuto para hacer nada. Algunos, como Thomas Watson, habían sufrido heridas demasiado graves para resultar de utilidad, y otros más, como el ayudante de la santabárbara Richard Aylmore, estaban demasiado resentidos para encomendarles cualquier tarea.

Crozier le dijo a uno de los hombres que parecía reventado que descansara un poco y fuese a caminar con la guardia armada mientras él, el capitán, cogía su turno en el arnés. Había seis hombres más tirando con él, pero aun así el terrible cansancio de arrastrar kilos y kilos de comida enlatada, armas y tiendas era un esfuerzo terrible para su debilitado organismo. Aun después de que Crozier cogiera el ritmo (llevaba desde marzo uniéndose a partidas de trineo, momento en el que empezó a despachar botes y material a la Tierra del Rey Guillermo, y conocía muy bien el ejercicio del arrastre), el dolor de las tiras en su pecho resentido, el peso de la mole y la incomodidad por el sudor helado, deshelado y vuelto a helar en la ropa fueron toda una conmoción.

Crozier deseó que hubiese más marineros y marines.

El *Terror* había perdido a dos de sus marineros, Billy Strong, cortado en dos por la criatura, y James Walker, buen amigo de Magnus Manson antes de que el gigante cayese completamente bajo el influjo del pequeño ayudante de calafatero con cara de rata. Fue el temor al fantasma de Jimmy Walker en la bodega, recordó Crozier, lo que llevó al descomunal Manson a su primer amago de motín, muchos meses antes.

Por una vez, el HMS *Erebus* había tenido más suerte que su compañero. El único marinero de primera que había perdido Fitzjames durante la expedición fue John Hartnell, también muerto de tisis y enterrado el invierno de 1846 en la isla de Beechey.

Crozier se apoyó en los arneses y pensó en las caras y los nombres: tantos oficiales muertos, tan pocos marineros, y gruñó mientras iba tirando, pensando que la criatura del hielo parecía ir deliberadamente tras los líderes de aquella expedición.

«No pienses eso —se ordenó Crozier a sí mismo—. Estás atribuyéndole al animal unos poderes de razonamiento que no tiene.»

«¿No los tiene?», preguntó otra parte de la mente de Crozier, más temerosa.

Uno de los marines se acercó, llevando un mosquete en lugar de una escopeta en el hueco del brazo. La cara del hombre estaba completamente escondida bajo gorros y envoltorios, pero por la forma de caminar algo encorvada Crozier supo que se trataba de Robert Hopcraft. El marine había quedado gravemente herido por la criatura un año antes, el día de junio que fue asesinado sir John; mientras las demás heridas de Hopcraft se habían curado, su clavícula destrozada le había dejado cierto encorvamiento hacia la izquierda, como si no pudiera mantener bien la línea recta. Otro marine que andaba con él era William Pilkington, el soldado que había recibido un tiro en el hombro en el aguardo, aquel mismo día. Crozier observó que Pilkington intentaba no forzar el hombro y el brazo aquel día.

El sargento David Bryant, el marine de más rango del *Erebus*, fue decapitado unos segundos antes de que la bestia se llevase a sir John bajo el hielo. Con el soldado William Braine muerto en la isla de Beechey en 1846 y el soldado William Reed desaparecido en el hielo el 9 de noviembre del otoño pasado, al llevar un mensaje al *Terror* (Crozier recordaba bien el dato, puesto que él había caminado desde el *Erebus* al *Terror* en la oscuridad aquel primer día de plena oscuridad invernal), el animal había reducido la guardia de Fitzjames a sólo cuatro: el cabo Alexander Pearson al mando, el soldado Hopcraft con su hombro estropeado, el soldado Pilkington con la herida de bala, y el soldado Joseph Healey.

El propio destacamento de marines de Crozier había perdido sólo al soldado William Heather por la criatura del hielo, la noche de noviembre en que la criatura subió a bordo y aplastó el cráneo del hombre mientras éste se hallaba de guardia. Pero, sorprendentemente, de forma increíble, Heather se negaba a morir. Después de yacer comatoso en la enfermería durante semanas, vacilando de una forma casi obscena entre la vida y la muerte, el soldado Heather fue transportado por sus compañeros marines a su hamaca a proa, en la zona de alojamiento de la tripulación, y ellos le alimentaban y le cuidaban y le llevaban a la letrina y le vestían cada día desde entonces. Era como si aquel hombre inmóvil y babeante fuese su mascota. Lo habían evacuado al campamento Terror la semana anterior, bien abrigado por los otros marines y colocado con mucho cuidado, casi de forma regia, en un trineo especial fabricado para él por Alex Wilson, *el Gordo*, el ayudante del carpintero. Los marineros no habían puesto objeción alguna a la carga extra, y se habían ofrecido voluntarios para hacer turnos y tirar del pequeño trineo de aquel cadáver viviente por encima del hielo y las crestas de presión hasta el campamento Terror.

Así que a Crozier le quedaban cinco marines: Daly, Hammond, Wilkes, Hedges y el sargento Soloman Tozer, de treinta y siete años de edad, un idiota sin instrucción pero que ahora era el oficial al mando del total de nueve marines supervivientes y funcionales de la expedición de sir John Franklin.

Después de las primeras horas al arnés, el trineo parecía correr con mayor facilidad, y Crozier cogió el ritmo de jadeos que pasaban por respiración mientras tiraban de aquel peso muerto por un hielo tan poco deslizante.

Y ésas eran todas las categorías de hombres muertos que se le ocurrían a Crozier.

Excepto los grumetes, claro, esos jóvenes voluntarios que se habían alistado en la expedición en el último minuto y fueron consignados en la lista como «grumetes», aunque tres de los cuatro eran ya hombres crecidos de dieciocho años de edad. Robert Golding tenía diecinueve cuando zarparon.

Tres de los cuatro «grumetes» sobrevivían, aunque el propio Crozier se había visto obligado a cargar al inconsciente George Chambers desde los compartimentos incendiados del carnaval, la noche del fuego. La única baja entre los grumetes era Tom Evans, el menor tanto en comportamiento como en edad; la criatura del hielo había arrebatado al muchacho literalmente de delante de las narices del capitán Crozier mientras estaban allí fuera en el hielo, buscando al perdido William Strong.

George Chambers, aunque recuperó la conciencia dos días después de carnaval, nunca volvió a ser el mismo. Antes de su violento encuentro con la criatura era un chico inteligente, pero la conmoción que sufrió le redujo a un nivel de inteligencia incluso por debajo del de Magnus Manson. George no era un cadáver viviente, como el soldado Heather (según el segundo contramaestre del *Erebus*, obedecía órdenes sencillas), pero apenas habló después de aquel terrible Año Nuevo.

Davey Leys, uno de los hombres con más experiencia de la expedición, era otro de los que había sobrevivido físicamente a dos encontronazos con la cosa blanca del hielo, pero que era tan inútil como el soldado Heather, literalmente descerebrado. Después de la noche que la cosa blanca dio con Leys y John Handford de guardia y persiguió al patrón del hielo Thomas Blanky por la oscuridad, Leys volvió a su antiguo estado de falta de respuesta y no salió ya de él. Fue transportado al campamento Terror, junto con los heridos más graves o aquellos demasiado enfermos para caminar, como el mozo de Fitzjames, Hoar, envuelto en mantas y metido en uno de los botes, colocado encima de un trineo. Había demasiados hombres enfermos con escorbuto, heridas o con la moral baja y que resultaban de poca utilidad para Crozier o para Fitzjames. Más bocas que alimentar, más cuerpos que arrastrar con ellos cuando los hombres estaban hambrientos, enfermos y apenas eran capaces de caminar.

Cansado, dándose cuenta de que en realidad llevaba dos noches enteras sin dormir, Crozier hizo un recuento de los muertos.

Seis oficiales del *Erebus*. Cuatro muertos del *Terror*.

Los tres contramaestres del *Erebus*. Ninguno del *Terror*.

Un cabo de mar del *Erebus*. Otro del *Terror*.

433

Sólo un marinero del *Erebus*. Cuatro del *Terror*.

Eso sumaba en total veinte muertos, sin contar a los tres marines y el grumete Evans. Veinticuatro hombres perdidos ya en aquella expedición. Unas pérdidas terribles..., mucho mayores de las que Crozier podía recordar de ninguna expedición ártica en la historia naval.

Pero allí había un número mucho más importante, en el cual intentó concentrarse Francis Rawdon Moira Crozier: ciento cinco hombres vivos que seguían a su cargo.

Ciento cinco hombres vivos, incluido él mismo, que aquel día se habían visto obligados a abandonar el HMS *Terror* y seguir por el hielo.

Crozier bajó la cabeza y se apoyó más en el arnés. El viento había arreciado y les echaba nieve encima, oscureciendo el trineo que tenían delante y ocultando a los marines que caminaban a su lado.

¿Estaba seguro de aquel recuento? ¿Veinte muertos, sin contar a los tres marines y un grumete? Sí, estaba seguro de que él y el teniente Little habían revisado bien la lista aquella mañana y confirmado que los ciento cinco hombres se repartían entre los trineos, el campamento Terror y el HMS *Terror*, aquella mañana... Pero ¿estaba seguro? ¿Había olvidado a alguien?

Francis Crozier quizá se hubiese confundido en el recuento durante un momento, porque llevaba dos, no, tres noches sin dormir, pero no se había olvidado de la cara o del nombre de un solo hombre. Ni se olvidaría jamás.

—¡Capitán!

Crozier salió del trance en el que había caído mientras tiraba del trineo. En aquel momento no hubiera sido capaz de decirle a nadie si llevaba con el arnés una hora o seis horas. El mundo se había convertido en el resplandor del frío sol en el cielo del sudeste, los cristales de hielo que llevaba el viento, el dolor que le causaba respirar, el dolor que sentía en el cuerpo, el peso compartido, tras él, la resistencia del mar de hielo y de la nieve reciente, y sobre todo, el cielo extrañamente azul, con jirones de nubes blancas enroscándose por todos lados, como si estuvieran caminando por un cuenco con un borde azul y blanco.

—¡Capitán! —Era el teniente Little el que gritaba.

Crozier se dio cuenta de que sus compañeros en los arneses se habían detenido. Todos los trineos estaban parados en el hielo.

Ante ellos, al sudeste, quizá kilómetro y medio más allá de la siguiente cresta de presión de hielo amontonado, un buque de tres palos se movía de norte a sur. Sus velas iban arrizadas y envueltas, y las vergas aparejadas para fondear, pero de todos modos se movían como por una fuerte corriente, deslizándose lenta y majestuosamente sobre lo que debía de ser una amplia avenida de agua abierta justo al otro lado del siguiente risco.

«Rescate. Salvación.»

La llama azul de esperanza que iluminaba el dolorido pecho de Crozier brilló con mucha más intensidad aún durante unos pocos y jubilosos segundos.

El patrón del hielo Thomas Blanky, con su pata de palo colocada en algo parecido a una bota de madera que le había inventado el carpintero Honey, se adelantó a Crozier y le dijo:

—Un espejismo.

—Por supuesto —dijo el capitán.

Había reconocido los típicos palos de bombardero y la obencadura del HMS *Terror* casi de inmediato, a través de aquel aire tembloroso y movible, y durante unos pocos segundos de confusión que bordeaban el vértigo, Crozier se había preguntado si de alguna manera no se habrían perdido, dado la vuelta y no se estarían dirigiendo en realidad hacia el noroeste, hacia el buque que habían abandonado unas horas antes.

435

No. Allí estaban las huellas antiguas de los trineos, algo borradas en algunos puntos, pero hondamente grabadas en el hielo por un mes de repetido paso arriba y abajo, dirigiéndose rectas desde la elevada cresta de presión con sus estrechos pasos abiertos por picos y palas. Y el sol seguía ante ellos y a su derecha, muy al sur. Más allá de las crestas de presión, los tres mástiles brillaron, se disolvieron brevemente y luego volvieron, más sólidos que nunca, sólo que boca abajo, con el casco del *Terror*, rodeado de hielo, mezclándose con un cielo lleno de cirros blancos.

Crozier, Blanky y tantos otros habían visto ese fenómeno muchas veces antes: cosas falsas en el cielo. Años atrás, en una bella mañana de invierno, atrapados en el hielo costero junto a la tierra que llamaban Antártida, Crozier había visto un volcán humeante, el mismísimo volcán que daba nombre a su barco, surgiendo de un mar sólido hacia el norte. Otra vez, en aquella misma expedición, la primavera de 1847, Crozier subió a la cubierta y encontró unas esferas negras flotando en el cielo del sur. Las esferas se convirtieron en sólidas figuras de ochos, luego se dividieron de nuevo en lo que parecía una progresión simétrica de bolas de ébano, y después, al cabo de un cuarto de hora, desaparecieron por completo.

Dos marineros del tercer trineo habían caído literalmente en las huellas y estaban de rodillas en la nieve llena de surcos. Un hombre sollozaba en voz alta, y otro había iniciado una retahíla de las maldiciones marineras más imaginativas que había oído jamás Crozier..., y el capitán llevaba oídas muchas, a lo largo de los años.

—¡Maldita sea! —gritó Crozier—. Ya habéis visto espejismos árticos antes. ¡Dejad esos gimoteos y esas maldiciones u os haré tirar de ese maldito trineo a vosotros solos y yo me sentaré encima con una bota en el culo de cada uno! ¡De pie, hombres, por Dios! Sois hombres, no monjitas debiluchas. ¡Obrad como tales, joder!

Los dos marineros se pusieron de pie y torpemente se limpiaron los cristales de hielo y la nieve. Crozier no pudo identificarlos de inmediato por sus ropas y gorros, pero tampoco quería hacerlo.

La fila de trineos se puso en marcha de nuevo con muchos gruñidos, pero sin maldición alguna. Todo el mundo sabía que la elevada cresta de presión que tenían delante, aunque había sido ya muy trabajada por incontables viajes anteriores en las últimas semanas, todavía seguía siendo un maldito laberinto. Tendrían que subir y luchar con aquellos pesados trineos por unas pendientes de al menos cuatro metros entre los peligrosos acantilados de dieciocho metros a cada lado. La amenaza de vuelco por parte de los trineos sería muy real.

—Es como si un dios oscuro quisiera atormentarnos —dijo Thomas Blanky, casi ilusionado. El patrón del hielo no tenía que tirar de los trineos y caminaba cojeando al lado de Crozier.

El capitán no le respondió, y al cabo de un minuto Blanky se quedó atrás y se puso a cojear junto a uno de los marines que iban de escolta. Crozier llamó a uno de los hombres extra para que ocupara su lugar en el arnés, algo que habían ensayado mucho sin tener que detener el movimiento de avance de los trineos, y cuando el otro le hubo reemplazado, se hizo a un lado de los surcos y comprobó su reloj. Llevaban casi cinco horas de viaje. Mirando atrás, Crozier vio que el auténtico *Terror* había permanecido oculto a la vista durante algún tiempo, al menos ocho kilómetros, y con varias crestas de presión tras ellos. La imagen del espejismo era como una ofrenda final de algún dios ártico malvado que parecía decidido a atormentarlos a todos.

Todavía líder de aquella fatídica expedición, Francis Rawdon Moira Crozier se dio cuenta por primera vez de que ya no era capitán de un buque del Servicio de Descubrimiento de la Marina Real de Su Majestad. Esa parte de su existencia, y la de marinero y oficial naval, que fue su vida desde niño, habían concluido para siempre. Como responsable de la pérdida de tantos hombres y de ambos barcos, sabía que el Almirantazgo nunca le volvería a dar otro mando. En términos de su larga carrera naval, como bien sabía Crozier, no era más que un cadáver ambulante.

Todavía estaban a dos duros días de camino del campamento Terror. Crozier fijó la vista en la alta cresta de presión que tenían delante y siguió caminando.

33

Goodsir

Latitud 69° 37' 42" N — Longitud 98° 41' O
22 de abril de 1848

*D*el diario privado del doctor Harry D. S. Goodsir:

22 de abril de 1848
Llevo cuatro Días en este lugar al que llaman campamento Terror. Creo que hace honor a su nombre.

El Capitán Fitzjames está a Cargo de sesenta hombres aquí, incluyéndome a Mí mismo.

Confieso que cuando llegué con el trineo a la vista de este lugar por primera vez, la semana pasada, la primera Imagen que me vino a la mente fue extraída de la *Iliada*, de Homero. El campamento está colocado a lo largo del borde de una ancha Ensenada a unos tres kilómetros al sur de un mojón erigido hace casi dos Décadas en el cabo Victoria por James Clark Ross. Está un poco más Abrigado del Viento y la Nieve que sopla fuera en la banquisa.

Quizá la escena de la *Iliada* me la sugirieron las 18 chalupas colocadas en hilera al borde del mar de hielo, 4 de ellas yaciendo de costado en la grava, las otras 14 atadas encima de trineos.

Detrás de los Botes se hallan 20 tiendas, que oscilan en tamaño desde las pequeñas tiendas Holland como las que usamos casi hace Un Año cuando yo acompañé al difunto Teniente Gore al Cabo Victoria (cada tienda Holland es lo bastante grande para que duerman dentro seis hombres, tres por saco, en los sacos de dormir de metro y medio de ancho de piel de zorro), hasta las tiendas algo mayores hechas por el velero, Murray, que incluyen tiendas para el Capitán Fitzjames y el Capitán Crozier y sus mozos personales, y las dos tiendas mayores, cada una más o menos del tamaño de la sala Grande del *Erebus* y del *Terror*, una sirviendo como *Enfermería* y la otra como Comedor de los Marineros. Hay otras tiendas que son comedores para los contramaestres, cabos de mar y los oficiales y sus Homólogos Civiles, como el Ingeniero Thompson y Yo mismo.

O quizás evoqué la *Ilíada* porque cuando uno se acerca al campamento Terror por la Noche, y todas las Partidas de Trineo que venían del HMS *Terror* al Campamento llegaron después del anochecer, el Tercer Día, uno se queda sorprendido por el número de hogueras y fuegos de campamento. No hay madera que quemar, por supuesto, excepto un poco de roble que hemos traído del aplastado *Erebus*, precisamente para este Fin, pero muchos de los Últimos Sacos restantes de Carbón se han traído por el hielo desde los Buques a lo largo del último mes, y muchos de esos Fuegos de carbón ardían cuando vi por primera vez el campamento Terror. Algunos estaban en unos Anillos de Fuego hechos de rocas; otros estaban en cuatro de los grandes Braseros salvados del Fuego de Carnaval.

El efecto era de llamas y luz, con ocasionales antorchas y linternas también.

Después de pasar varios días en el campamento Terror, creo que el lugar se parece más a cualquier Campamento Pirata que a los de Aquiles, Odiseo o Agamenón, o cualquier otro Héroe Homérico. Las ropas de los Hombres están harapientas, deshilachadas y reparadas innumerables veces. La mayoría están Enfermos o Cojean o ambas cosas. Sus rostros están Pálidos y a veces bajo Espesas Barbas. Los ojos están Hundidos en las Cuencas.

Se tambalean o van por ahí con sus Cuchillos colgando de unos cinturones rústicos colocados por encima de sus ropas de Abrigo, en unas Fundas hechas con Vainas de Bayoneta recortadas. Fue idea del Capitán Crozier, así como las Gafas improvisadas con Tela Metálica que los hombres llevan los días soleados para salvaguardarlos de la ceguera producida por el Sol. El efecto general es de un Variopinto grupo de Rufianes.

Y la mayoría de ellos muestran ahora síntomas de Escorbuto.

He estado muy ocupado en la Tienda destinada a Enfermería. Los equipos de los trineos han dedicado una Energía Extra para transportar una Docena de Coys por el hielo y por las Espantosas Crestas de Presión (más dos coys para las tiendas de sus Capitanes), pero de momento tengo 20 hombres en la Enfermería, de modo que de ellos están en Camastros hechos con Mantas y colocados sobre el frío suelo directamente. Tres lámparas de aceite nos proporcionan la Iluminación requerida durante las larguísimas noches.

La mayoría de los hombres que duermen en la Enfermería han caído presa del Escorbuto, pero no todos. El sargento Heather ha vuelto a mi cuidado, con el soberano de oro que el doctor Peddie le había atornillado al cráneo para reemplazar el hueso Arrancado junto con parte de su cerebro por la Criatura del Hielo. Los Marines han cuidado a Heather durante meses, y pensaban seguir haciéndolo igualmente aquí, en el campamento Terror (el Sargento fue transportado aquí en su Propio Trineo diseñado por el señor Honey), pero quizás el Frío sufrido durante los tres días y noches de la Travesía ha acabado en una Neumonía. Esta vez no espero que el Sargento de Marines, que ha resultado un increíble Milagro de Supervivencia, logre Sobrevivir mucho más.

También tenemos a David Leys, a quien sus compañeros de tripulación llaman Davey. Su estado catatónico no ha cambiado desde hace Meses, pero después de la Travesía de esta semana, que realizó con mi grupo, ya no ha podido deglutir ni la más Fina Papilla ni agua. Hoy es Sábado. No creo que Leys siga vivo hasta el Miércoles.

Debido al Gran Esfuerzo de tirar de los buques y de tal cantidad de Material desde el Buque a la Isla, por encima de crestas de presión que a mí me costaría Subir aun sin arnés alguno, he tenido que lidiar con la cuota suplementaria habitual de hematomas y Huesos Rotos. Éstos incluyen una fractura múltiple bastante grave del brazo del marinero Bill Shank. He mantenido al hombre aquí después de estabilizar los huesos, por miedo a la sepsis (la carne y la piel fueron desgarradas por fragmentos agudos de hueso en dos sitios).

Pero el Escorbuto sigue siendo el primer Asesino que se agazapa en esta tienda.

El señor Hoar, el Ayuda de Cámara Personal del Capitán Fitzjames, quizá sea el primer Hombre en Morir Aquí. Ya no está Consciente durante gran parte del día. Igual que Leys y Heather, tuvieron que traerle arrastrando los 40 kilómetros que separan nuestro sentenciado Buque de este campamento Terror.

Edmund Hoar es un ejemplo temprano, pero Típico, de la evolución de esta enfermedad. El Mozo del Capitán es un Hombre Joven: cumplirá 27 en poco más de dos semanas, el 9 de mayo. Si es que logra sobrevivir hasta entonces.

Para ser Mozo, Hoar es un hombre robusto, de metro ochenta de alto, y según todos los indicios tanto para el Cirujano Jefe Stanley como para mí se encontraba en un estado de salud perfecto cuando zarpó la Expedición. Era rápido, avispado, alerta, enérgico en el cumplimiento de sus Deberes, e inusualmente atlético para ser mozo. Durante las competiciones de carreras y tiro de trineos que se organizaron frecuentemente en el hielo en la isla de Beechey el invierno de 1845-1846, Hoar era ganador con frecuencia, y líder de diversos equipos.

Empezó a sufrir ligeros síntomas de Escorbuto ya el otoño pasado: cansancio, lasitud, confusión creciente... Pero la enfermedad se volvió más Pronunciada después del Desastre del Carnaval Veneciano. Él siguió al servicio del Capitán Fitzjames dieciséis horas al día y más aún en Febrero, pero finalmente su salud se vino abajo.

El Primer síntoma que hizo aparición en el señor Hoar es lo que los hombres del castillo de proa llaman la Corona de Espinas.

Empezó a salir sangre del cabello de Edmund Hoar. Y no sólo de la cabeza. Primero sus Gorros y luego sus Camisas interiores y luego su Ropa Interior se empezó a manchar de sangre cada día.

He observado esto cuidadosamente, y la sangre del Cuero Cabelludo procede de los propios folículos. Algunos de los Marineros intentaron evitar este Síntoma Temprano afeitándose la cabeza, pero, por supuesto, no sirvió de nada. Con los gorros, sombreros, pañuelos y ahora las almohadas también empapadas de sangre en el caso de la Mayoría de los hombres, los marineros y oficiales han empezado ya a llevar Toallas debajo de su ropa de abrigo, y apoyar la cabeza en ellas por la noche.

Eso, por supuesto, no Alivia la Incomodidad y Bochorno de sangrar por todos los Puntos que tienen vello corporal.

Empezaron a aparecer hemorragias bajo la piel del mozo Hoar en enero. Aunque las Competiciones en el Exterior eran sólo un Recuerdo lejano por entonces, y los deberes del señor Hoar raramente le llevaban fuera del Buque o le causaban Gran Agotamiento Físico, el menor Golpe o Rozamiento aparecía en su cuerpo como un hematoma enorme rojo y azul. Y no se curaba. Un arañazo pelando patatas o cortando Buey permanecía abierto y sangrante durante semanas.

A finales de enero, las piernas del señor Hoar se habían hinchado hasta alcanzar el Doble de su Tamaño Normal. Tuvo que pedir prestados unos Pantalones asquerosos a marineros mucho más gruesos que él, para poderse vestir al servir a su capitán. No podía dormir por el creciente Dolor en las Articulaciones. A principios de Marzo, cualquier movimiento era una Agonía para Edmund Hoar.

A lo largo del mes de Marzo, Hoar insistió en que no podía permanecer en la Enfermería del *Erebus,* en que tenía que volver a su alojamiento y servir y cuidar al Capitán Fitzjames. Su cabello rubio se veía empapado constantemente de sangre coagulada. Sus brazos, piernas y rostro hinchados ya parecían como una Masa pálida. Cada día que examinaba la piel, ésta había Perdido más Elasticidad; hacia la semana anterior al hundimiento del *Erebus,* si presionaba la carne de Edmund Hoar, el hoyo seguía allí, permanente, y el nuevo hematoma causado se extendía y formaba un derrame en una red de Hemorragias anteriores.

A mediados de Abril, todo el cuerpo de Hoar se había convertido en una masa Hinchada e Informe. Su rostro y sus manos estaban Amarillas por la Ictericia. Sus ojos eran de un Amarillo Intenso, más espantosos aún debido a la sangre que fluía de sus cejas.

A pesar de los esfuerzos que hacíamos mi ayudante y yo para dar la vuelta y mover al paciente varias veces al Día, cuando lo transportamos desde el moribundo *Erebus,* el paciente estaba cubierto de llagas que se habían convertido en úlceras de un color marrón amoratado y que no dejaban de supurar. Su rostro, especialmente a cada lado de la

441

Nariz y la Boca, también estaba ulcerado y rezumaba constantemente Pus y Sangre.

El Pus de una víctima del Escorbuto exhala un hedor extraordinariamente desagradable.

El día que trasladamos al señor Hoar al campamento Terror, había perdido todos los dientes excepto dos. Y era un hombre que, el día de Navidad, exhibía la sonrisa más saludable de todos los jóvenes de aquella Expedición.

Las encías de Hoar estaban ennegrecidas y habían retrocedido. Sólo estaba consciente unas pocas horas cada día, y con Terribles Dolores durante cada segundo de ese tiempo. Cuando le abríamos la boca para alimentarle, el Hedor era casi insoportable. Como no podíamos lavar las Toallas, habíamos forrado su Coy de tela de lona, que ahora está Negra de Sangre. Sus ropas congeladas y hediondas también están Quebradizas por la Sangre seca y el Pus incrustado.

Y por terrible que sea su Aspecto y su Sufrimiento, el Hecho más Terrible es que Edmund Hoar puede seguir así, Empeorando cada Día, durante Semanas, incluso Meses. El Escorbuto es un asesino Insidioso. Tortura durante largo tiempo antes de otorgar a su víctima el descanso final. Cuando uno muere de Escorbuto, ni siquiera un Pariente cercano es capaz de reconocer al Sufriente, y al Sufriente no le queda la suficiente mente sana como para reconocer al pariente.

Pero aquí eso no es ningún problema. Con Excepción de los hermanos que sirven juntos en esta Expedición, y Thomas Hartnell perdió a su hermano mayor en la isla de Beechey, no hay parientes que acudan al hielo o a esta Terrible Isla de viento, nieve, hielo, relámpagos y niebla. No hay nadie que pueda identificarnos cuando muramos, ni mucho menos Enterrarnos.

Doce de los hombres de la Enfermería se están muriendo de Escorbuto, y más de Dos Tercios de los 105 supervivientes, incluyéndome a mí mismo, tenemos un síntoma o más de la enfermedad.

Nos quedaremos sin zumo de limón, nuestro antiescorbútico más efectivo, aunque su Eficacia ha ido Declinando regularmente a lo largo del año pasado, en menos de una semana. La única Defensa que tendremos entonces es el Vinagre. Hace una semana, en la Tienda Almacén en el hielo, en el exterior del HMS *Terror*, yo personalmente presencié el trasvase del Vinagre que nos quedaba desde unos barriles repartido en 18 Barrilitos, uno por cada uno de los botes enviados en trineos al campamento Terror.

Los hombres odian el Vinagre. A diferencia del zumo de limón, cuya Acidez se puede disfrazar de algún modo con una dosis de Azúcar y Agua, o incluso de Ron, el Vinagre sabe a veneno a los hombres cuyos paladares ya se han visto estragados por el Escorbuto que se apodera de sus organismos.

Los oficiales que han comido más Alimentos Enlatados de Goldner que los marineros, que comían más bien su amadísimo aunque rancio Cerdo Salado y Buey hasta que los barriles quedaron vacíos, al parecer son más proclives a caer con síntomas avanzados de Escorbuto que los simples marineros.

Esto confirma la teoría del doctor McDonald de que falta algún Elemento vital (o sobra algún Veneno) en las carnes en lata, verduras y sopas, a diferencia de las vituallas estropeadas, pero antes frescas. Si existe alguna forma milagrosa de poder descubrir ese Elemento (ya sea veneno o antídoto) no sólo tendría una buena Oportunidad de salvar a estos hombres, posiblemente hasta al señor Hoar, sino que también tendría una excelente Oportunidad de ser nombrado Caballero cuando seamos rescatados o nos hallemos sanos y salvos por nosotros mismos.

Pero no hay forma de hacerlo, dadas nuestras habituales Condiciones y mi carencia de Aparatos Científicos. Lo mejor que puedo hacer es insistir en que los hombres coman toda la carne fresca que puedan conseguir nuestros cazadores. Hasta la grasa y las vísceras, creo, contra toda lógica, que pueden fortalecernos contra el Escorbuto.

Pero nuestros cazadores no han encontrado ningún ser vivo al que disparar. Y el hielo es demasiado espeso para intentar abrirlo y pescar.

La noche pasada, el Capitán Fitzjames vino como suele hacer al principio y final de cada uno de estos largos, larguísimos Días, y después de hacer su Ronda habitual ante los hombres dormidos, preguntándome los Cambios de Situación de cada uno de ellos; yo me sentí lo suficientemente Atrevido para plantearle la pregunta que me atormenta ya hace muchas semanas.

—Capitán —le dije—, comprendo que está usted demasiado ocupado para responder, si prefiere no hacerlo..., ya que sin duda es una perogrullada, no me cabe duda de ello, pero llevo mucho tiempo preguntándome..., ¿por qué dieciocho botes? Al parecer nos hemos traído Todos los Botes del *Erebus* y del *Terror*, pero sólo tenemos 105 hombres.

El Capitán Fitzjames dijo:

—Venga fuera conmigo si lo desea, doctor Goodsir.

Le dije a Henry Lloyd, mi Cansado Ayudante, que vigilase a los hombres, y seguí al Capitán Fitzjames al exterior. Yo había observado en la Tienda de la Enfermería que su Barba, que pensaba que se estaba volviendo Pelirroja, en realidad estaba sobre todo Gris y orlada de Sangre seca.

El capitán se había llevado una Linterna extra para la Enfermería, y abría el camino con ella hacia la Playa de grava.

No había Mar Color Vino que lamiese la Orilla de aquella Playa, por supuesto. Por el contrario, el amontonamiento de Enormes Icebergs costeros que formaban una Barrera entre nosotros y la Banquisa todavía se alineaban en la Costa.

El Capitán Fitzjames levantó la linterna ante la larga línea de botes.

—¿Qué ve usted, Doctor? —preguntó.

—Botes —aventuré yo, sintiéndome como un auténtico Perogrullo, tal y como yo mismo había denunciado.

—¿Puede observar la diferencia que hay entre ellos, Doctor Goodsir?

Yo los examiné con mucho cuidado a la luz de la linterna.

—Estos cuatro primeros no van sobre Trineos —dije.

Ya había notado aquello la primera noche que estuve aquí. No tenía ni idea de por qué sucedía tal cosa, cuando el señor Honey había puesto tanto Cuidado en hacer Trineos especiales para todos los que Quedaban. Me parecía un Flagrante Descuido.

—Sí, tiene usted razón —dijo el Capitán Fitzjames—. Esos Cuatro son las Balleneras del *Erebus* y el *Terror*. Nueve metros de largo. Más ligeras que las Demás. Muy fuertes. Seis remos cada una. Con dos extremos, como las canoas..., ¿lo ve?

Ahora sí que lo veía. Nunca había observado que las balleneras parecían tener dos proas, como una canoa.

—Si tuviéramos diez balleneras —continuó el capitán—, todo habría sido perfecto.

—¿Y eso por qué? —pregunté.

—Son fuertes, Doctor. Muy fuertes. Y ligeras, como he dicho. Y podríamos amontonar los suministros en ellas y arrastrarlas por el hielo sin tener la necesidad de construir Trineos como hemos hecho para las Demás. Si encontramos Agua Abierta, podríamos botarlas directamente desde el hielo.

Yo meneé la cabeza. Sabiendo que el Capitán Fitzjames pensaría que yo era un Completo Idiota en cuanto hiciese la pregunta, la hice de todos modos:

—Pero ¿por qué se pueden arrastrar las balleneras por el hielo y en cambio las otras no, capitán?

La voz del Capitán Fitzjames no mostraba impaciencia alguna cuando dijo:

—¿Ve usted el timón, Doctor?

Miré a ambos extremos pero no lo vi. Se lo confesé al capitán.

—Exacto —dijo él—. Las balleneras tienen una Quilla Poco Honda, y no tienen Timón fijo. Es un remero en la popa quien la gobierna.

—¿Y así va bien? —le pregunté.

—Sí, si lo que quiere es un barco ligero pero robusto, con una quilla poco honda y sin frágiles timones que se puedan romper cuando se va arrastrando —dijo el Capitán Fitzjames—. Perfecto para arrastrarlo por encima del hielo, aunque tiene 9 metros de largo y puede llevar a una Docena de Hombres, con espacio para los Suministros.

Yo asentí como si comprendiera. Casi lo hice..., pero estaba muy cansado.

—¿Ve su mástil, Doctor?

Volví a mirar de nuevo. Una vez más, no conseguí ver lo que se me pedía. Lo admití de inmediato.

—Es porque las balleneras tienen un solo mástil «abatible» —dijo el Capitán—. Está ahí doblado, debajo de la Lona que han Aparejado los hombres por encima de sus bordas.

—Ya había notado que hay lona y madera cubriendo todos los botes —dije yo, para demostrar que no era poco observador—. ¿Es para que no les caiga encima la nieve?

Fitzjames estaba encendiendo la pipa. Se había quedado sin Tabaco hacía mucho tiempo. No quise Imaginar qué era lo que quemaba en ella.

—Las Cubiertas de los Botes las han puesto para proteger a las Tripulaciones de los 18 Botes, aunque quizá sólo nos llevemos 10 —dijo, bajito.

La mayoría de los hombres del campamento estaban durmiendo. Los hombres de guardia caminaban llenos de frío hasta el borde de la luz de la linterna.

—¿Iremos «debajo» de esa lona cuando crucemos el Agua Abierta hacia la boca del Río del Pez Grande? —pregunté.

Nunca había imaginado que iríamos agachados debajo de Lona y madera. Siempre había supuesto que iríamos remando felices a la luz del Sol.

—Quizá no usemos los Botes en el Río —dijo, exhalando unas nubes aromáticas de algo que parecía excremento humano seco—. Si las Aguas a lo largo de la Costa se abren este Verano, el Capitán Crozier preferiría que Navegásemos hacia un lugar Seguro.

—¿Todo el camino hacia Alaska y San Petersburgo? —pregunté.

—Hasta Alaska al menos —dijo el capitán—. O quizá la Bahía de Baffin, si los Canales de la Costa se abren hacia el Norte —dio varios pasos e hizo oscilar la linterna más cerca de los Botes con Trineo—. ¿Conoce usted estos Botes, Doctor?

—¿Son distintos, Capitán? —Yo sentía una Fatiga tan terrible que era un Incentivo para la Sinceridad sin Bochorno alguno.

—Sí —dijo Fitzjames—. Estos dos siguientes unidos a los Trineos especiales del Señor Honey son nuestros Cúteres. Seguramente los vio cuando fueron colocados en Cubierta o en el hielo junto a los Barcos durante estos Tres Últimos Inviernos, ¿verdad?

—Sí, por supuesto —dije—. Pero ¿está diciendo que son diferentes de los primeros, de las balleneras?

—Muy diferentes —dijo el Capitán Fitzjames, tomándose el tiempo necesario para volver a encender la pipa—. ¿Observa usted algún mástil en estos botes, Doctor?

Aun a la débil luz de la linterna, yo veía dos mástiles que se elevaban de cada una de aquellas embarcaciones. La Lona había sido colocada de una forma muy Ingeniosa, cortada y Cosida en torno a ellos. Le comuniqué al Capitán mi observación.

—Sí, muy bien —dijo. No sonaba Condescendiente.

—¿Y estos mástiles abatibles no han sido abatidos por algún motivo especial? —pregunté, tanto para demostrar que antes había escuchado como por cualquier otro motivo.

—No son abatibles, Doctor Goodsir. Estos mástiles van Aparejados con velas al Tercio..., o también pueden conocerse como Cangrejas. Son permanentes. ¿Y ve los timones que van fijos en éstos? ¿Y la quilla más profunda?

Sí, en efecto, lo veía.

—¿Los Timones y las Quillas son los motivos por los cuales no se pueden arrastrar como las balleneras? —aventuré.

—Exacto. Ha Diagnosticado usted el Problema, Doctor.

—¿Y no se pueden quitar los Timones, Capitán?

—Posiblemente, Doctor Goodsir, pero las Quillas profundas... habrían quedado Enganchadas o Destrozadas por la primera Cresta de Presión, ¿no le parece?

Yo asentí de nuevo y coloqué mi mano enguantada en la borda.

—¿Es mi imaginación, o estos cuatro botes son ligeramente más cortos que las balleneras?

—Tiene usted buen Ojo, realmente, Doctor. Ocho metros y medio de largo, a diferencia de los 9 metros de las balleneras. Y más pesados..., los Cúteres son más Pesados. Y con la popa cuadrada.

Por primera vez observé que aquellos 2 Botes, a diferencia de las balleneras, decididamente tenían una Proa y una popa cuadrada. No se trataba de Canoas.

—¿Cuántos hombres pueden llevar los Cúteres? —pregunté.

—Diez. Y llevan 8 Remos. Tienen Espacio para unos cuantos Víveres, y también Espacio para que todos nosotros nos acurruquemos abajo, si hay Tormenta, incluso en Mar Abierto, y con los dos mástiles los Cúteres ofrecerían el doble de Lona al viento que las balleneras, pero los Cúteres no serían tan buenos como las Balleneras si tenemos que subir por el río del Gran Pez de Back.

—¿Y eso por qué? —pregunté, notando que ya tendría que saberlo, que él ya me lo había dicho.

—Por el calado más profundo, señor. Veamos los dos siguientes..., los esquifes.

—Parecen más largos que los cúteres —dije.

—Sí lo son, Doctor. Nueve metros de Largo cada uno. Igual que las balleneras. Pero más Pesados. Incluso más que los Cúteres. Una gran prueba, aun con sus Trineos de 400 kilos, arrastrarlos por el hielo hasta aquí nada menos..., se lo aseguro. El Capitán Crozier puede que decida que los dejamos aquí.

Yo le pregunté:

—Pero, entonces, ¿no deberíamos haberlos dejado atrás, en los barcos? Él meneó la cabeza.

—No. Debemos poder elegir los botes que mejor se adapten para permitir a 100 hombres sobrevivir durante varias semanas o meses en el mar, o incluso en el río. ¿Sabía usted que los Botes..., que todos esos Botes, deben ser Aparejados de forma distinta para navegar por mar o para captar el Viento río arriba, Doctor?

Me tocó a mí entonces menear la cabeza.

—No importa —dijo el Capitán Fitzjames—. Entraremos en las disquisiciones sobre la diferencia de aparejo de río y aparejo de mar en otra ocasión, preferiblemente un día Soleado y Cálido muy al Sur de aquí. Estos últimos 8 Botes..., los dos primeros son Pinazas, los Cuatro siguientes son Lanchas y los Dos últimos son Chinchorros.

—Los Chinchorros parecen mucho más cortos —dije yo.

El Capitán Fitzjames exhaló el humo de su execrable pipa y asintió como si yo le hubiese revelado alguna Perla de la Sabiduría de una Escritura Sagrada

—Sí —dijo tristemente—, los Chinchorros sólo tienen tres metros y medio de Largo, a diferencia de las Pinazas, que tienen ocho y medio, y de las Lanchas, que tienen seis y medio. Pero ninguno de ellos se puede aparejar para poner palos y navegar y todos ellos llevan unos Remos muy ligeros. Los hombres de esos Botes pasarían un Mal Rato si nos viéramos en Mar Abierto, me temo. No me sorprendería que el Capitán Crozier decidiera dejarlos.

Yo pensé: «¿mar abierto?». La idea de navegar de verdad en cualquiera de aquellas embarcaciones en algo más extenso que el río del Gran Pez de Back, que imaginaba más bien como el Támesis, nunca se me había ocurrido hasta aquella noche, aunque había estado presente en varios consejos de guerra en los que se discutían tales posibilidades. Me parecía, mirando aquellos Chinchorros pequeños y de aspecto más bien delicado y aquellas Lanchas atadas a sus Trineos, que los hombres que saliesen al mar en ellos estarían condenados a ver cómo se alejaban las Pinazas con sus Dos Mástiles y las Balleneras con su Único Mástil navegando hacia el horizonte.

Los hombres de los Botes más Pequeños estarían Condenados. ¿Cómo se elegirían las tripulaciones? ¿Habían sido elegidas ya en secreto, por los dos Capitanes?

¿Y qué bote y qué Destino me habían asignado a mí?

—Si cogemos los Botes más Pequeños, se sortearán —dijo el Capitán—. Las plazas en las pinazas, esquifes y balleneras se asignarán según equipos de tiro.

Yo debí de mirarle alarmado.

El Capitán Fitzjames se echó a reír, una risa que acabó en una ronca tos, y golpeó la pipa contra su Bota para quitar las cenizas. El viento había arreciado y era muy frío. Yo no tenía ni idea de la hora que era, algo después de Medianoche, suponía. Había oscurecido hacía al menos siete horas.

—No se preocupe, Doctor —dijo, con delicadeza—. No le leía la mente. Sólo la expresión. Como digo, se sortearán Lotes para los botes pequeños, pero quizá no tomemos los Botes Pequeños. En cualquier caso, no dejaremos atrás a nadie. Ataremos los buques para que vayan juntos en Aguas Abiertas.

Yo sonreí al oír aquello, esperando que el Capitán pudiera ver mi sonrisa a la luz de la linterna pero no mis Encías Sangrantes.

—No sabía que los buques a vela se podían atar a otros que no van a vela —dije, mostrando de nuevo mi ignorancia.

—La mayor parte de las veces no se puede —dijo el Capitán Fitzjames. Me tocó ligeramente en la espalda, un toque que yo no podía notar apenas a través de mis ropas de Abrigo—. Ahora que ya ha aprendido todos los Secretos Náuticos de los 19 Botes que pueden constituir nuestra pequeña Flota, Doctor, ¿volvemos? Hace bastante frío y tengo que Dormir un poco antes de levantarme a las Cuatro Campanadas para comprobar la Guardia.

Me mordí el labio: sabía a sangre.

—Tengo una última pregunta, Capitán, si no le importa.

—En absoluto.

—¿Cuándo elegirá el Capitán Crozier qué botes tomaremos y cuándo pondrá esos botes en el agua? —dije. Mi voz sonaba muy áspera.

El Capitán se movió ligeramente y quedó silueteado ante la luz de la hoguera que había junto a la Tienda Comedor de los Marineros. No le veía la cara.

—No lo sé, Doctor Goodsir —dijo al fin—. Dudo que el Capitán Crozier pueda decírselo tampoco. La Suerte puede estar con nosotros y el Hielo romperse dentro de unas pocas Semanas... Si es así, yo los conduciré hasta la isla de Baffin en persona. O bien podríamos botar algunas de estas embarcaciones contra la corriente, en la Boca del Río del Gran Pez dentro de tres meses... Se supone que todavía hay tiempo para llegar al Lago del Gran Esclavo, y el puesto de avanzada que hay allí antes de que llegue plenamente el Invierno, aunque nos cueste hasta Julio llegar al Río.

Dio unos golpecitos al costado curvado de la Pinaza que tenía más cerca. Yo noté un extraño orgullo al ser capaz de identificarla como Pinaza.

O quizá fuera uno de los 2 Esquifes.

Intenté no pensar en el estado de Edmund Hoar y en lo que predecía para todos los demás si no «empezábamos» la Excursión de 1.400 kilómetros al Río Back..., el río que también llaman del Gran Pez..., hasta al cabo de Tres Meses más. ¿Quién podía quedar Vivo si había algún Bote que llegaba al Lago del Gran Esclavo meses después de esa fecha?

—Ahora bien —dijo, con serenidad—, si la Suerte no nos acompaña, estos cascos y quillas quizá nunca vuelvan a sentir el agua.

No había nada que decir después de aquello. Era nuestra Sentencia de Muerte. Me volví apartándome de la luz y me dirigí hacia la Enfermería. Respetaba al Capitán Fitzjames y no quería que viese mi rostro en aquel Momento.

La mano del Capitán Fitzjames cayó en aquel momento sobre mi hombro y me detuvo:

—Si éste fuera el caso —dijo, con voz llena de orgullo—, lo único que tendríamos que hacer es irnos «andando» a casa, ¿verdad?

34

Crozier

Latitud 69° 37′ 42″ N — Longitud 98° 41′ O
22 de abril de 1848

*D*irigiéndose hacia el crepúsculo ártico, el capitán Crozier conoció las matemáticas de su purgatorio. Trece kilómetros aquel primer día en el hielo hacia el campamento Marítimo Uno. Más de catorce kilómetros el siguiente, si todo iba bien, llegando a medianoche al campamento Marítimo Dos. El tercer día, el último, trece kilómetros, incluyendo algunos de los más duros al pasar junto a la costa, donde había que levantar los trineos por encima de la barrera donde la banquisa se unía con el hielo costero. Y luego el refugio relativamente seguro del campamento Terror.

Ambas tripulaciones estarían juntas por primera vez. Si los equipos de trineo de Crozier sobrevivían a la travesía del hielo y mantenían la ventaja con respecto al ser que los seguía por el hielo, los 105 hombres acabarían juntos en la costa noroccidental de la isla, barrida por el viento.

Los primeros viajes en trineo a la Tierra del Rey Guillermo en marzo, la mayoría de ellos en plena oscuridad, habían hecho unos progresos tan lentos que a menudo los hombres con los trineos habían acampado la primera noche en el hielo a la vista del buque. Un día, con una tormenta procedente del sudeste y que les azotaba el rostro, el teniente Le Vesconte hizo menos de kilómetro y medio después de doce horas de esfuerzos constantes.

Sin embargo, era mucho más fácil a la luz del sol, con las huellas del trineo ya hechas, y el camino por encima de las crestas de presión reducido en dificultad, si no nivelado totalmente.

Crozier no quería acabar en la Tierra del Rey Guillermo. Sus visitas al cabo Victoria no le habían convencido, a pesar de la enorme reserva de comida y equipo que tenían allí y la preparación de las tiendas en círculo, de que los hombres consiguieran sobrevivir allí mucho tiempo. El viento soplaba casi siempre del noroeste y en invierno era asesino, atroz en primavera y en el breve otoño, y amenazaba la vida durante el verano. Las brutales tormentas eléctricas que padeció el difunto teniente Gore durante su primera visita a aquella masa de tierra en el verano de 1847 se habían repetido de nuevo aquel verano y a principios del otoño. Una de las primeras cosas que Crozier autorizó a llevar el verano anterior fueron los pararrayos extra que iban en el barco, junto con unas varillas de cortina de latón del alojamiento de sir John para improvisar más.

Hasta el hundimiento del *Erebus,* el último día de marzo, Crozier tenía esperanzas de partir hacia la costa este de la península de Boothia, hacia los posibles almacenes de víveres de la playa de Fury y el probable avistamiento de balleneros que viniesen de la bahía de Baffin. Como el viejo John Ross, podían caminar o ir en bote hacia el norte, a lo largo de la costa este de Boothia, y subir por la isla de Somerset, o incluso por la isla de Devon de nuevo, si era necesario. Tarde o temprano avistarían algún buque en el estrecho de Lancaster.

Y además había poblados esquimales en aquella dirección. Crozier lo sabía con toda seguridad: los había visto en su primer viaje al Ártico con William Edward Parry en 1819, cuando tenía veintidós años. Volvió a aquella zona de nuevo con Parry dos años después, buscando el paso, y dos años después otra vez, buscando también el paso del Noroeste, una búsqueda que acabó por matar a sir John Franklin veintiséis años después.

«Y que quizás acabe matándonos a todos», pensó Crozier, meneando la cabeza para deshacerse de aquella idea derrotista.

El sol estaba muy cerca del horizonte del sur. Justo antes de que se pusiera se pararían a comer algo frío. Luego volverían a poner los arneses y caminarían de seis a ocho horas más mientras la tarde iba cayendo, y llegase la noche, y alcanzarían el campamento Marítimo Uno a un poco más de una tercera parte del camino hacia la Tierra del Rey Guillermo y el campamento Terror.

No se oía sonido alguno excepto el jadeo de los hombres, el crujido del cuero y el roce de los patines. El viento había cesado por completo, pero el aire estaba mucho más frío debido a la desfalleciente luz del sol del atardecer. Los cristales de hielo del aliento quedaban suspendidos por encima de la procesión de hombres y trineos como esferas de oro que iban cayendo lentamente.

Andando junto a la parte delantera de la fila a medida que se aproximaban a la elevada cresta de presión, dispuesto a ayudar a tirar al principio, y levantar el trineo, y empujarlo, y maldecir suavemente, Crozier miró hacia el sol poniente y pensó en lo mucho que había intentado encontrar un camino hacia Boothia y los buques balleneros de la bahía de Baffin.

A la edad de 31 años, Crozier había acompañado al capitán Parry a aquellas aguas árticas por cuarta y última vez, en aquella ocasión para alcanzar el Polo Norte. Habían superado el récord de llegar «más hacia el norte» que nadie, récord que seguía vigente hasta aquel momento, pero se vieron detenidos al fin por la sólida banquisa que se extendía hacia los límites septentrionales del mundo. Francis Crozier no creía ya que hubiese un mar Polar Abierto: cuando alguien llegase por fin hasta el polo, seguramente lo haría en trineo.

Quizá tirado por perros, como preferían viajar los esquimales.

Crozier había visto a los nativos y sus ligeros trineos, que no se parecían en nada a los trineos normales de la Marina Real, sino que eran pequeños y muy ligeros, deslizándose detrás de esos extraños perros suyos en Groenlandia y a lo largo del lado este de la isla de Somerset. Se movían mucho más rápido de lo que podía conseguir el equipo de Crozier con todos sus hombres. Pero más importante para su plan de dirigirse hacia el este, si era posible, era el hecho de que los esquimales estaban allí en algún lugar al este, en Boothia o más allá. Y, como Lady Silenciosa, a quien habían visto dirigiéndose hacia el campamento Terror siguiendo a los equipos de trineo de los tenientes Hodgson e Irving aquella misma semana, esos nativos sabían cazar y pescar por sí mismos en aquel mundo blanco dejado de la mano de Dios.

Después de que Irving le informase a principios de febrero de su dificultad en seguir a Lady Silenciosa o comunicarse con ella para saber dónde y cómo conseguía la carne de foca y de pescado que Irving juraba que había visto en su posesión, Crozier contemplaba la posibilidad de amenazar de muerte a la joven con pistola o cuchillo para que le enseñara cómo conseguir carne fresca. Pero en su corazón sabía cómo acabaría una amenaza semejante: la boca sin lengua de la joven esquimal permanecería firmemente cerrada y sus enormes ojos oscuros mirarían sin pestañear a Crozier y sus hombres hasta que él tuviera que echarse atrás o cumplir su amenaza. No se conseguiría nada.

De modo que la dejó en la pequeña casita de nieve que Irving le había descrito y permitió que el señor Diggle le diera de vez en cuando galletas o sobras. El capitán había intentado sacarla de su mente. Que se sintiera conmocionado al recordar que todavía vivía cuando el vigía informó de que seguía unos pocos centenares de metros detrás de Hodgson e Irving en su viaje al campamento Terror, la semana anterior, demostraba a Crozier que había conseguido no pensar en absoluto en la muchacha. Pero sí que seguía soñando con ella.

Si Crozier no hubiera estado muy, muy cansado, se habría enorgullecido de alguna manera por el diseño y la resistencia de los diversos trineos que los hombres arrastraban ahora hacia el sudeste por encima del hielo.

A mediados de marzo, antes incluso de saber con certeza que el *Erebus* se desmembraba debido a la presión creciente, hizo que el señor Honey, el carpintero superviviente de la expedición, y sus ayudantes, Wilson y Watson, trabajasen día y noche para diseñar y construir unos trineos que pudieran llevar a los botes del buque, así como todo el equipo.

Tan pronto como el primer prototipo de trineo grande de roble y latón se acabó aquella primavera, Crozier hizo que los hombres lo probasen en el hielo y aprendiesen la mejor manera de conducirlo. Hizo que los aparejadores y suboficiales y hasta los gavieros probasen el diseño de los arneses para dar a los hombres el mejor nivel de tiro con la menor interrupción de movimiento y respiración. A mediados de marzo, los diseños de los trineos ya estaban decididos, se habían construido más y parecía que un diseño de arnés para once hombres para los trineos de mayor tamaño que llevaban los botes y otro de siete para los trineos más pequeños sería lo mejor.

Aquello fue para las travesías iniciales que llevaban suministros al campamento Terror, en la Tierra del Rey Guillermo. Crozier sabía que si salían al hielo más tarde, cuando algunos de los hombres estuviesen demasiado enfermos para tirar y quizás otros muertos ya, dieciocho botes y trineos cargados hasta las bordas con raciones de supervivencia y equipos que requerían el tiro de cien hombres, o menos, eso significaría que serían menos de once hombres tirando de cada carga. Más trabajo y cargas más pesadas aún para hombres que, posiblemente, estarían más sumidos aún en el pozo del escorbuto y del agotamiento, por aquel entonces.

Al llegar la última semana de marzo, mientras el *Erebus* lanzaba ya sus últimos estertores, ambas tripulaciones salieron al hielo, entre la oscuridad y la breve luz solar, compitiendo en concursos de tiro con los diferentes trineos, y averiguaron cuál era la combinación adecuada de hombres tirando; aprendieron las técnicas adecuadas y prepararon los mejores equipos compuestos por hombres de ambos buques y de todos los rangos. Competían por dinero, plata y oro, y aunque sir John había planeado comprar muchos recuerdos en Alaska, Rusia, Oriente y las islas Sándwich, y había baúles enteros llenos de chelines y guineas en la despensa privada del muerto, esas monedas fueron a parar al final al bolsillo de Francis Crozier.

Crozier estaba desesperado por encaminarse hacia la bahía de Baffin en cuanto los días se hicieran lo bastante largos para soportar los viajes por trineo a larga distancia. Sabía instintivamente, y por haber oído los relatos de sir John, y por lo que contaba George Back del ascenso de más de mil kilómetros del río del Gran Pez hasta el lago Gran Esclavo, hacía catorce años (el volumen estaba en la biblioteca del *Terror* y ahora en el equipaje personal de Crozier, en uno de los trineos) que las posibilidades de que cualquiera de ellos fuera capaz de acabar o sobrevivir al viaje eran muy bajas.

Los más de doscientos cincuenta kilómetros entre la posición del *Terror*, lejos de la Tierra del Rey Guillermo, y la boca del río del Gran Pez quizá no se pudieran atravesar, ni siquiera como preludio al arduo viaje río arriba. Allí se combinaba lo peor del hielo costero con la amenaza de canales abiertos que podían obligarlos a abandonar los trineos y, aunque no hubiese canales, la segura agonía de tirar de trineos y botes por encima de la grava helada de la isla misma, expuestos al mismo tiempo a las más terribles tormentas sobre la banquisa.

Una vez en el río, si es que llegaban al río en algún momento, se verían enfrentados a lo que Back había descrito como una violenta y tortuosa carrera de más de 560 kilómetros que corría por un paisaje estriado de hierro y sin un solo árbol en ninguna de sus orillas, y luego «no menos de 83 cascadas y rápidos». A Crozier le costaba imaginar a sus hombres, después de otro mes o más de tiro, lo suficientemente en forma o recuperados para enfrentarse a 83 cataratas, cascadas y rápidos, aunque fuese en botes muy resistentes. Sólo acarrearlas por tierra los mataría.

Una semana antes, antes de salir con los equipos de los trineos hacia el campamento Terror, el cirujano Goodsir le dijo a Crozier que el zumo de limón antiescorbútico, su única defensa ya contra el escorbuto, por muy débil que fuese, se acabaría al cabo de tres semanas o menos, dependiendo de cuántos hombres muriesen entre esas dos fechas.

Crozier sabía lo rápido que podía debilitarlos a todos el azote del escorbuto. Para aquellos, aproximadamente, cuarenta kilómetros hasta la Tierra del Rey Guillermo, con trineos ligeros y equipos completos, a medias raciones para la travesía, con una ruta para los patines que ya se había abierto en el hielo desde hacía más de un mes, tenían que cubrir un poco menos de trece kilómetros al día. En el terreno duro del hielo costero de la Tierra del Rey Guillermo y al sur, aquella distancia debería reducirse a la mitad o peor aún. Una vez el escorbuto empezase a cebarse en ellos, sólo podrían cubrir poco más de un kilómetro al día, y, si el viento se extinguía, quizá no fueran capaces de remolcar o mover a remo los pesados botes corriente arriba, contra la corriente del río Back. Un transporte por tierra de cualquier distancia en las semanas o meses siguientes pronto sería imposible.

Lo único que funcionaba a su favor en su ruta hacia el sur era la posibilidad muy remota de que una partida de rescate ya se estuviera dirigiendo hacia el norte desde el lago Gran Esclavo, buscándolos, y el simple hecho de que tendrían un poco más de calor si viajaban lejos hacia el sur. Al menos estarían siguiendo al deshielo.

Pero, aun así, Crozier habría preferido quedarse en las latitudes septentrionales y recorrer la distancia más larga al este y el norte de la península de Boothia y luego cruzarla. Sabía que sólo había un camino relativamente seguro para conseguirlo: llevar a los hombres a la Tierra del Rey Guillermo, cruzarla, después hacer la travesía relativamente corta por el hielo abierto, refugiados del peor viento y del clima del noroeste por la propia isla, hacia la costa suroccidental de Boothia, y luego seguir lentamente hacia el norte por el borde del hielo o incluso en la propia llanura costera, y finalmente atravesar las montañas hacia la bahía de Fury, esperando a cada paso encontrar a algún esquimal.

Era el camino más seguro. Pero era el más largo también: más de mil novecientos kilómetros, casi la mitad más largo que la ruta alternativa al sur en torno a la Tierra del Rey Guillermo y luego mucho más al sur, subiendo por el río de Back.

A menos que se encontrasen con esquimales amistosos pronto, después de cruzar Boothia, estarían todos muertos semanas o meses antes de poder completar ese viaje de algo menos de dos mil kilómetros.

Aun así, Francis Crozier habría preferido apostarlo todo a un recorrido recto por el hielo, al nordeste, por encima de la banquisa más dura, en un loco intento de repetir el asombroso viaje de casi mil kilómetros en un trineo con un pequeño grupo realizado por su amigo, James Clark Ross, dieciocho años antes, cuando el *Fury* se quedó atrapado en el lado opuesto de la península de Boothia. El viejo mozo (Bridgens) tenía toda la razón del mundo. John Ross había hecho la

455

mejor apuesta para la supervivencia, abriéndose camino hacia el norte a pie y en trineo y luego en botes que dejaron atrás en el estrecho de Lancaster, esperando que pasara algún ballenero. Y su sobrino, James Ross, demostró que era posible, sólo posible, viajar en trineo desde la Tierra del Rey Guillermo de vuelta a la playa de Fury.

El *Erebus* estaba todavía en sus diez últimos días de agonía cuando Crozier hizo separar a los mejores hombres de cada buque, los ganadores de los mejores premios y del último dinero que Francis Crozier tenía en el mundo, y les entregó el trineo mejor diseñado, y ordenó al señor Helpman y el señor Osmer, el sobrecargo, que equiparan a aquel equipo excepcional de hombres con todo lo que pudieran necesitar para seis semanas en el hielo.

Era un trineo con once hombres, encabezados por el segundo oficial del *Erebus*, Charles Frederick des Voeux; el líder al arnés era el gigante Manson. A cada uno de los otros nueve hombres se les pidió que se presentaran voluntarios. Y todos lo hicieron.

Crozier tenía que saber si era posible tirar de un trineo plenamente cargado por encima del hielo abierto y hacer ese viaje directo en busca de rescate. Los once hombres partieron a las seis campanadas del 23 de marzo, en la oscuridad, con la temperatura de treinta y ocho por debajo de cero, y recibieron tres hurras por parte de todos los tripulantes reunidos de ambos buques.

Des Voeux y sus hombres volvieron al cabo de tres semanas. Nadie había muerto, pero todos estaban exhaustos, y cuatro de los hombres habían sufrido graves congelaciones. Magnus Manson era el único del equipo de once hombres, incluyendo al aparentemente infatigable Des Voeux, que no parecía próximo a la muerte por el cansancio y las penalidades.

Al cabo de tres semanas habían conseguido viajar menos de cuarenta y cinco kilómetros en línea recta desde el *Terror* y el *Erebus*. Des Voeux estimó posteriormente que habían tirado del trineo durante más de doscientos cuarenta kilómetros para progresar sólo esos cuarenta y cinco, pero no se podía viajar en línea recta tan lejos en la banquisa. El tiempo de nordeste de su actual posición era más terrible que el Noveno Círculo Infernal donde habían estado atrapados dos años enteros. Las crestas de presión eran infinitas. Algunas alcanzaban una elevación de más de veinticuatro metros. Ni siquiera era posible orientarse en el camino, cuando las nubes tapaban el sol al sur y las estrellas se ocultaban durante varias noches inacabables, de dieciocho horas cada una. Las brújulas, por supuesto, resultaban inútiles tan cerca del polo norte magnético.

El equipo se había llevado cinco tiendas para mayor seguridad, aunque pensaban dormir en sólo dos de ellas. Las noches eran tan frías en el hielo expuesto que los once hombres durmieron las nueve noches, cuando consiguieron dormir algo, en una sola tienda. Pero al final tampoco tuvieron elección, porque cuatro de las resistentes tiendas se las llevó el viento o quedaron hechas jirones la duodécima noche en el hielo.

De alguna forma, Des Voeux consiguió mantenerlos en movimiento hacia el nordeste, pero cada día el tiempo empeoraba, las crestas de presión se acercaban más y más entre sí, las desviaciones necesarias de su rumbo se hacían más largas y traicioneras y el trineo había sufrido graves daños en su lucha hercúlea por elevarlo y empujarlo por las crestas irregulares. Perdieron dos días reparando el trineo, entre el aullido del viento y la nieve.

El oficial había decidido dar la vuelta la mañana decimocuarta en el hielo. Como sólo tenían una tienda, calculó que sus posibilidades de supervivencia eran bajas. Entonces intentaron seguir las huellas que ellos mismos habían dejado durante trece días para volver al barco, pero el hielo estaba demasiado activo: losas que se movían, icebergs que se desplazaban dentro de la banquisa y nuevas crestas de presión que surgían ante ellos, habían borrado sus huellas. Des Voeux, que era el mejor navegante de la expedición de Crozier, exceptuando al propio Crozier, cogía lecturas con el teodolito y el sextante los pocos momentos de claridad que encontraba a lo largo de días y noches, pero acabó estableciendo el rumbo basándose sobre todo en un cálculo a ojo. Les dijo a los hombres que sabía exactamente dónde estaban. Estaba seguro, confesó más tarde a Fitzjames y a Crozier, que se equivocaría al menos por treinta kilómetros.

Su última noche en el hielo, la tienda que les quedaba se desgarró y abandonaron los sacos de dormir y corrieron hacia el sudoeste ciegamente, tirando del trineo sólo para seguir con vida. Se deshicieron de la comida y ropa extra que les quedaba y continuaron tirando del trineo sólo porque necesitaban el agua, las escopetas, la munición y la pólvora. Algo muy grande vino siguiéndolos durante todo el viaje. Podían oír que los rodeaba cada interminable noche en la oscuridad.

Des Voeux y sus hombres fueron avistados en el horizonte del norte, todavía dirigiéndose hacia el oeste y sin darse cuenta de que el *Terror* estaba unos cinco kilómetros al sur de ellos, la mañana de su

457

vigésimo primer día en el hielo. Un vigía del *Erebus* los avistó, pero el buque mismo se deshizo por entonces, crujió, se desmembró y se hundió. Para Des Voeux y sus hombres fue una verdadera suerte que el vigía, el patrón del hielo James Reid, hubiese trepado al enorme iceberg que formaba parte del Gran Carnaval Veneciano justo antes de amanecer aquel día, y hubiese avistado a los hombres a través de su catalejo, con las primeras luces.

Reid, el teniente Le Vesconte, el cirujano Goodsir y Harry Peglar dirigieron la partida que fue a buscar al equipo de Des Voeux, llevándolos más allá de las aplastadas maderas, los mástiles caídos y las enmarañadas jarcias, que era todo lo que quedaba del buque hundido. Cinco de los miembros del equipo campeón de Des Voeux no fueron capaces de caminar el último kilómetro y medio hasta el *Terror*, y sus propios compañeros tuvieron que llevarlos en trineo. Los seis tripulantes del *Erebus* que estaban en el equipo del trineo, incluyendo a Des Voeux, lloraron al ver su hogar destruido al pasar junto a él.

Así que... el camino más corto al nordeste de Boothia ya no era posible. Después de que Des Voeux y los otros hombres exhaustos rindieran informe, tanto Fitzjames como Crozier estuvieron de acuerdo en que pocos de los ciento cinco supervivientes podrían dirigirse a Boothia, y la inmensa mayoría con toda seguridad perecería en el hielo bajo tales condiciones, aunque los días fuesen más largos, las temperaturas hubiesen aumentado ligeramente y hubiese más luz solar. La posibilidad de que hubiese canales abiertos era sólo un azar más.

Ahora, la decisión estaba entre quedarse en el barco o establecer un campamento en la Tierra del Rey Guillermo, con la opción de hacer un viaje hacia el sur, al río de Back.

Crozier empezó a planificar la evacuación al día siguiente.

Justo antes de anochecer y de que se detuvieran a cenar, la procesión de trineos dio con un agujero en el hielo. Se detuvieron, los cinco trineos y los hombres con arneses, y formaron un círculo en torno al hueco. El agujero negro que había muy por debajo de ellos era la primera agua abierta que habían visto en veinte meses.

—Esto no estaba aquí la semana pasada, cuando trajimos las pinazas al campamento Terror, capitán —dijo el marinero Thomas Tadman—. Ya puede ver lo cerca que pasan del agujero las huellas de los trineos. Lo habríamos visto, seguro. Aquí no había nada.

Crozier asintió. No era una *polynya* corriente (en ruso, uno de esos raros agujeros en la banquisa que siguen abiertos todo el año). El hielo tenía más de tres metros de espesor allí, mucho menos espeso que la banquisa congelada en torno al *Terror*, pero, aun así, lo bastante sólido para construir un edificio londinense entero encima, pero no había señal alguna de crestas de presión ni de grietas en torno al agujero. Era como si alguien o algo hubiese cogido una gigantesca sierra de hielo, como las que llevaban ambos buques, y hubiese cortado un círculo perfectamente redondo en el hielo.

Pero las sierras de hielo no cortaban tan limpiamente a través de tres metros de hielo.

—Podemos tomar aquí la cena —dijo Thomas Blanky—. Disfrutar de nuestros víveres a la orilla del mar, por decirlo así.

Los hombres afirmaron efusivamente. Crozier accedió. Se preguntaba si los otros sentían la misma incomodidad que él acerca del aquel círculo asombrosamente perfecto, el oscuro pozo y el agua negra.

—Seguiremos moviéndonos una hora, más o menos —dijo—. Teniente Little, haga que su trineo se ponga al frente, por favor.

Fue quizá veinte minutos después, cuando el sol se había puesto con una rapidez casi tropical y las estrellas brillaban y parpadeaban en el cielo frío, cuando los soldados Hopcraft y Pilkington, que iban a retaguardia, se acercaron a Crozier, que iba caminando junto al último trineo. Hopcraft susurró:

—Capitán, algo nos sigue.

Crozier sacó su catalejo de latón de la caja que iba atada encima del trineo y se quedó quieto en el hielo, con los dos hombres, durante un minuto, mientras los trineos iban siguiendo su camino junto a ellos en la creciente oscuridad.

—Allí, señor —dijo Pilkington, señalando con el brazo bueno—. Quizás haya salido de ese agujero del hielo, capitán. ¿No cree? Bobby y yo pensamos que probablemente ha sido así. Quizás estaba ahí abajo, en el agua negra debajo del hielo, esperando a que pasáramos nosotros y luego ha salido a buscarnos. O esperaba que nos quedáramos por allí. ¿No le parece, señor?

Crozier no respondió. Lo vislumbraba por el catalejo, apenas visible con la luz menguante. Parecía blanco, pero sólo porque lo había visto brevemente silueteado ante las nubes de tormenta que se iban formando en el cielo del noroeste, negro como la noche. A medida que la cosa pasaba ante seracs y losas de hielo que la procesión del trineo había recorrido trabajosamente sólo veinte minutos antes, era más fácil obtener una sensación de su enorme tamaño. Hasta el

459

hombro, aunque se estuviera moviendo a cuatro patas, tal y como hacía ahora, era más alto que Magnus Manson. Se movía con bastante agilidad, para ser tan grande. El movimiento le pareció más propio de un zorro que de un oso. Mientras Crozier luchaba por estabilizar el catalejo con el viento creciente, vio que la cosa se levantaba y empezaba a andar sobre dos patas. Se movía con un poco menos de rapidez de esa forma, pero aun así iba más rápido que los hombres que iban atados a unos trineos de novecientos kilos. Ahora se alzaba por encima de los seracs, cuya parte superior Crozier no podía haber alcanzado ni levantando del todo el brazo y con el catalejo extendido.

Luego oscureció más y ya no pudo verlo ante el fondo de crestas de presión y seracs. Volvió con los marines a la procesión de trineos y colocó su catalejo en la caja de almacenamiento, mientras los hombres que iban delante se inclinaban metidos en los arneses y gruñían y jadeaban al ir tirando.

—Quédense cerca de los trineos, pero sigan mirando a retaguardia, y con las armas preparadas —dijo bajito a Pilkington y Hopcraft—. Nada de linternas. Necesitarán ver todo lo posible en la oscuridad.

Las abultadas formas de los marines afirmaron y se movieron hacia retaguardia. Crozier observó que los guardias que iban delante del primer trineo habían encendido sus linternas. Ya no veía a los hombres, sólo los círculos de luz con sus halos de cristales de hielo.

El capitán llamó a Thomas Blanky. La pierna y el pie de madera del hombre le eximían de tirar de los trineos, aunque el pie había sido cuidadosamente provisto de clavos y listones para el hielo. La prótesis, sencillamente, no le daba a Blanky la fuerza y el equilibrio necesarios para aquel esfuerzo. Pero los hombres sabían que el patrón del hielo muy pronto, de manera figurada al menos, si no literal, llevaría la carga que le correspondía, o más aún. El conocimiento de las condiciones del hielo sería crucial si encontraban canales, y tenían que botar sus chalupas desde el campamento Terror en las semanas o meses que se avecinaban.

Entonces, Crozier usó a Blanky como mensajero.

—Señor Blanky, ¿sería usted tan amable de ir hacia delante y pasar la voz a los hombres que no estén tirando de los arneses de que no nos detendremos para cenar? Deben sacar el buey frío y las galletas de las cajas de los trineos y pasárselos a los marines. También a los hombres que tiran, junto con la orden de que todo el mundo coma en marcha y beba de las botellas de agua que llevan debajo de la ropa de abrigo. Y por favor, pida a nuestros guardias que se aseguren de que sus armas están listas. Quizá tengan que quitarse los guantes exteriores.

—Sí, capitán —dijo Blanky, y desapareció por delante, en la oscuridad.

Crozier oía el crujido de su pie de madera, erizado de clavos.

El capitán sabía que al cabo de diez minutos todos los hombres en marcha comprenderían que la criatura del hielo los estaba siguiendo y que estaba disminuyendo la ventaja.

35

Irving

Lat. 69° 37' 42" N — Long. 98° 40' 58" O
24 de abril de 1848

*E*xcepto por el hecho de que John Irving estaba enfermo y medio muerto de hambre, que le sangraban las encías y temía que dos dientes de un lado se le estuviesen soltando, y que estaba tan cansado que temía desmayarse en cualquier momento, era uno de los días más felices de su vida.

Todo aquel día y el día anterior, él y George Henry Hodgson, antiguos amigos del buque de entrenamiento de la artillería *Excellent* antes de su expedición, habían estado a cargo de equipos de hombres que se dedicaron a cazar y explorar como Dios manda. Por primera vez en los tres años que llevaban sentados y congelados en aquella maldita expedición, el tercer teniente John Irving era un «explorador» de verdad.

Cierto es que la isla que exploraba hacia el este, la misma Tierra del Rey Guillermo a la que había venido con el teniente Gore hacía un poco más de once meses, no valía ni una gota de orina de chino, porque era todo grava congelada y lomas bajas, ninguna de las cuales subía más de seis metros por encima del nivel del mar, habitada sólo por vientos aullantes y huecos profundos llenos de nieve y más y más grava, pero, aun así, Irving estaba explorando. Aquella mañana ya había visto cosas que ningún otro hombre blanco, y quizá ningún otro ser humano en todo el planeta, había visto jamás. Por supuesto, sólo eran lomas bajas de grava helada y más huecos llenos de nieve y hielo, y ni una sola huella de zorro ártico o de foca, pero, aun así, era «él» quien lo había descubierto: sir James Ross pasó en trineo en torno a la costa norte y llegó al cabo Victoria dos décadas atrás, pero fue John Irving, originario de Bristol y joven caballero habitante de Londres, el primer explorador del interior de la Tierra del Rey Guillermo.

Irving tenía medio pensado llamar al interior «Tierra de Irving». ¿Por qué no? Aquel cabo que no estaba lejos del campamento Terror llevaba el nombre de la esposa de sir John, lady Jane Franklin, ¿y qué había hecho ella para merecer el honor, excepto casarse con un tipo viejo, gordo y calvo?

Los distintos equipos de arneses empezaban a pensar en sí mismos como grupos diferentes. El día anterior, Irving dirigió al mismo grupo de seis hombres a una partida de caza, mientras George Hodgson llevaba a los suyos a reconocer la isla, siguiendo las instrucciones del capitán Crozier. Los cazadores de Irving no habían encontrado ninguna huella de animal en la nieve.

El teniente tuvo que admitir que, como todos sus hombres iban armados con escopetas o mosquetes el día anterior (el propio Irving llevaba una pistola metida en el bolsillo del abrigo, como hoy), hubo momentos en que sintió cierta preocupación por el hecho de que el ayudante de calafatero, Hickey, estuviera detrás de él llevando un arma. Pero no ocurrió nada, claro está. Con Magnus Manson a más de cuarenta kilómetros, en el barco, Hickey se mostraba no sólo cortés, sino realmente deferente con Hickey, Hodgson y los demás oficiales.

Esto le recordó a John Irving cómo solía separar su tutor a sus hermanos y a él durante las clases en su hogar de Bristol, cuando los chicos se ponían demasiado alborotadores durante los largos y aburridos días de clases. El tutor colocaba a los chicos en habitaciones distintas en la vieja mansión y les hacía dar las lecciones separados durante horas, y él se desplazaba desde una parte del segundo piso del ala vieja a la siguiente, con sus zapatos de hebillas y altos tacones resonando en los antiguos suelos de roble. John y sus hermanos, David y William, que armaban tanto alboroto alrededor del señor Candrieu cuando estaban juntos, se volvían casi tímidos frente a aquel tutor larguirucho, de cara pálida y rodillas huesudas, cuando estaban solos con él. Aunque al principio se resistió a pedirle al capitán Crozier que dejase aparte a Manson, Irving ahora se alegraba de habérselo dicho. Y se alegró mucho más aún de que el capitán no le obligara a darle un motivo. Irving no le había contado nunca al capitán lo que había visto entre el ayudante del calafatero y el enorme marinero aquella noche en la bodega, y no pensaba hacerlo.

Sin embargo, aquel día no había tensión por Hickey ni por ninguna otra cosa. El único miembro de su grupo de exploración que llevaba un arma, aparte de él mismo su pistola, era Edwin Lawrence, que iba armado con un mosquete. Las prácticas de tiro junto a la lí-

463

nea de botes montados sobre trineos, en el campamento Terror, había demostrado que Lawrence era el único hombre de su grupo capaz de disparar un mosquete con cierta efectividad, de modo que era su guardia y protector aquel día. El resto sólo llevaban bolsas de lona colgadas al hombro, como improvisados macutos que colgaban de un asa. Reuben Male, capitán del castillo de proa, que era un hombre ingenioso, había trabajado con el viejo Murray, el velero, e hicieron esas bolsas para todos los hombres, de modo que los hombres las llamaban bolsas Male. En las bolsas Male llevaban sus botellas para el agua de peltre o de plomo, algunas galletas y cerdo seco, una lata de comida enlatada de emergencia Goldner, algunas capas de ropa extra, las gafas de alambre que Crozier había ordenado que se hicieran para proteger los ojos de la ceguera del sol, algo más de pólvora y munición para cuando iban de caza y un saco de dormir con mantas, por si algo les impedía volver al campamento y tenían que hacer vivac por la noche.

Aquella mañana habían caminado tierra adentro durante más de cinco horas. El grupo permanecía en las ligeras elevaciones de grava cuando podía; el viento era más fuerte y frío allí, pero era más fácil andar que en las cañadas llenas de hielo y nieve. No habían visto nada que pudiera mejorar las posibilidades de supervivencia de todo el grupo: ni siquiera líquenes verdes o musgo anaranjado del que crece en las rocas. Irving sabía por los libros de la biblioteca de la sala Grande del *Terror*, incluyendo dos libros del propio sir John Franklin, que los hombres hambrientos pueden hacer una especie de sopa rascando mohos y líquenes. Hombres «muy» hambrientos.

Cuando su equipo de reconocimiento se detuvo a comer su almuerzo frío y a beber agua y a descansar adecuadamente, resguardados del viento, Irving cedió el mando temporal al capitán de la cofa de gavia, Thomas Farr, y se fue solo. Se dijo que los hombres estaban extenuados por los fatigosos recorridos tirando del trineo de las semanas pasadas, y que precisaban descanso; pero la verdad era que necesitaba soledad.

Irving le había dicho a Farr que volvería al cabo de una hora, y para asegurarse de no perderse, frecuentemente pasaba por trozos nevados y resguardados del viento para dejar huellas de botas para sí mismo y para que los demás le pudieran encontrar, si se le hacía tarde. Mientras caminaba hacia el este, maravillosamente solo, comió un poco de galleta dura, notando que los dos dientes estaban muy sueltos. Al apartar la galleta de la boca estaba manchada de sangre.

Aunque tuviera hambre, Irving comía poco aquellos días.

Se dirigió hacia otro fragmento de nieve sobre la grava congelada, y subió por la pendiente hasta otra loma baja barrida por los vientos, y luego se detuvo súbitamente.

Unas manchitas negras se movían en el amplio valle barrido por la nieve, ante él.

Irving se quitó los guantes con los dientes y trasteó en su bolsa Male buscando su preciada posesión, el bello catalejo de latón que le había regalado su tío al ingresar en la Marina. El artefacto metálico se le quedaría congelado y pegado a la mejilla y la frente si dejaba que le tocara, de modo que resultaba difícil obtener una imagen fija mientras lo sujetaba apartado de la cara, aunque lo hiciera con ambas manos. Le temblaban los brazos y las manos.

Lo que había pensado que era un pequeño rebaño de animales lanudos, en realidad, resultaron ser seres humanos.

«La partida de caza de Hodgson.»

No. Aquellas formas iban vestidas con gruesas parkas de piel como las que llevaba Lady Silenciosa. Y había diez figuras cruzando laboriosamente el valle nevado, caminando cerca, pero no en una sola fila. George sólo llevaba seis hombres. Y Hodgson había llevado a su partida de caza al sur a lo largo de la costa aquel día, y no tierra adentro.

Aquel grupo llevaba un pequeño trineo. La partida de caza de Hodgson no llevaba trineo. Y no había ningún trineo tan pequeño en el campamento Terror.

Irving intentó enfocar su amado catalejo y contuvo el aliento para evitar que el instrumento se moviera.

«Este trineo va tirado por un equipo de al menos seis perros.»

O bien eran rescatadores blancos con trajes esquimales, o bien esquimales.

Irving tuvo que bajar el catalejo; luego apoyó una rodilla en la grava congelada y bajó la cabeza un momento. El horizonte parecía dar vueltas. La debilidad física que había estado conteniendo durante semanas por pura fuerza de voluntad le inundó como círculos concéntricos de náuseas.

«Esto lo cambia todo», pensó.

Las figuras de abajo, que no parecían haberle visto aún, probablemente porque él había subido a la elevación y no sería muy visible allí, con su oscuro abrigo confundido con la oscura roca, podían ser cazadores que habían partido de algún desconocido poblado esquimal mucho más al norte, que no estuviera demasiado lejos. Si era así, los ciento cinco supervivientes del *Erebus* y del *Terror* casi con toda seguridad estaban salvados. Los nativos podrían alimentarlos o enseñarles cómo alimentarse allí, en aquella tierra sin vida.

O bien también existía la posibilidad de que los esquimales fueran una partida de guerra, y que las rústicas lanzas que Irving había captado en el catalejo estuvieran destinadas a los hombres blancos que sabían que estaban invadiendo su tierra.

De cualquier modo, el tercer teniente John Irving sabía que su trabajo consistía en bajar, reunirse con ellos y averiguarlo.

Cerró el catalejo, lo guardó cuidadosamente entre los jerséis extra que llevaba en la mochila y, levantando un brazo en lo que esperaba que los salvajes viesen como una señal de saludo y de paz, empezó a bajar la loma hacia los diez humanos que se habían detenido de repente.

36

Crozier

Latitud 69° 37' 42" N — Longitud 98° 41' O
24 de abril de 1848

*E*l tercer y último día en el hielo fue, de lejos, el más duro.

Crozier había hecho aquella travesía al menos dos veces antes en las últimas seis semanas, con algunas de las partidas más grandes y tempranas de trineos, pero aunque el camino estaba menos estabilizado, había sido mucho más fácil entonces. Él estaba más sano e infinitamente menos cansado.

Francis Crozier no era plenamente consciente de ello, pero desde la recuperación de su enfermedad casi fatal en enero, su grave melancolía le había convertido en insomne. Como marinero y luego capitán, Crozier siempre se había enorgullecido, como les ocurría a la mayoría de los capitanes, de necesitar muy poco sueño y despertarse del sueño más profundo ante cualquier modificación en la situación del barco: un ligero cambio de dirección, el viento que arreciaba en las velas, el sonido de demasiados pies corriendo por la cubierta de arriba, durante una guardia determinada, cualquier alteración en el sonido del agua moviéndose contra el casco del buque..., cualquier cosa.

Pero en las semanas recientes, Crozier dormía menos cada noche, hasta caer en el hábito de dormitar sólo una hora o dos en la parte media de la noche, y quizá dar una cabezada de treinta minutos o menos durante el día. Se decía a sí mismo que era el resultado de tener que supervisar tantos detalles y dar tantas órdenes aquellos últimos días y semanas antes de ponerse en camino en el hielo, pero la verdad es que la melancolía intentaba destruirle de nuevo.

Su mente estaba embotada la mayor parte del tiempo. Era un hombre inteligente cuya mente se hallaba estupidizada por los subproductos químicos de una fatiga constante.

Dormir en los campamentos marítimos, tanto en el Uno como en el Dos, había resultado casi imposible para ninguno de los hombres, las dos noches pasadas, por muy cansados que estuvieran. No había necesidad de erigir tiendas en ningún campamento, ya que se habían dejado permanentemente ocho tiendas Holland en las anteriores semanas, y los daños producidos por el viento o la nieve los podía reparar la siguiente partida que llegase.

Los sacos de dormir para tres de piel de reno eran mucho más cálidos que los sacos de mantas de la bahía de Hudson cosidas entre sí, y estos buenos sacos se habían adjudicado a suertes. Crozier ni siquiera había tomado parte en el sorteo, pero cuando, la primera vez que estuvo en el hielo, entró en la tienda que compartía con otros dos oficiales, encontró que su mozo, Jopson, había colocado un saco de piel de reno especialmente preparado para él. Ni el enfermo Jopson ni los hombres pensaban que fuera correcto que su capitán tuviera que compartir un saco con otros dos hombres que roncaban, daban patadas y se tiraban pedos, y Crozier se sentía demasiado cansado y agradecido para discutirlo.

Tampoco le dijo a Jopson ni a los demás que dormir en un saco para uno solo es mucho más frío que dormir en un saco de tres hombres. El calor de los cuerpos de los demás hombres es lo único que permite dormir a lo largo de la noche.

Sin embargo, Crozier ni siquiera había intentado dormir por la noche en ninguno de los dos campamentos marítimos.

Cada dos horas se levantaba y recorría el perímetro para asegurarse de que la guardia se había cambiado a su debido tiempo. El viento arreciaba durante la noche, y los hombres de guardia se cobijaban detrás de unas paredes de nieve erigidas a toda prisa. Como el viento y la nieve obligaban a los hombres a permanecer acurrucados detrás de sus barreras de nieve, la criatura del hielo sólo habría sido visible para ellos si hubiera pisado a uno de los hombres.

Pero no apareció aquella noche.

Durante los momentos de sueño inquieto que pudo conciliar Crozier, le visitaron de nuevo las pesadillas que tuvo durante su enfermedad en enero. Algunos de los sueños volvían tantas veces, y sobresaltaban al capitán y le despertaban tantas veces, que recordaba algunos fragmentos. Adolescentes que llevaban a cabo una sesión de espiritismo. M'Clintock y otro hombre que miraban dos esqueletos en un bote abierto, uno sentado y enteramente vestido con chaquetón y ropa de abrigo para la nieve, y el otro: una masa de huesos caídos y mordisqueados.

Crozier caminaba de día preguntándose si él sería uno de aquellos dos esqueletos.

No obstante, el peor de los sueños, con diferencia, era el sueño de la Comunión, en el cual él era un niño o una versión mucho más enferma y anciana de sí mismo y se arrodillaba desnudo ante el altar, en la iglesia prohibida de Memo Moira, mientras un sacerdote enorme e inhumano, que chorreaba agua desde unas vestiduras blancas hechas jirones a través de las cuales se veía la carne roja y cruda de un hombre horriblemente quemado, se alzaba ante él y se inclinaba mucho, echando un aliento de carroña en la cara levantada de Crozier.

Los hombres se levantaron todos en la oscuridad un poco después de las cinco de la mañana del 23 de abril. El sol no se levantaría hasta casi las diez de la mañana. El viento continuó soplando, haciendo aletear la lona marrón de las tiendas Holland y punzando en sus ojos mientras se acurrucaban a tomar el desayuno.

En el hielo, los hombres se supone que tenían que calentar la comida completamente en unas pequeñas latas etiquetadas «Aparato de Cocina (1)», usando unos pequeños fogones de alcohol que usaban como combustible pintas de éter transportadas en botellas. Aun sin viento, a menudo era difícil o casi imposible conseguir que las estufas de alcohol prendieran y se encendieran; con un viento como el de aquella mañana, era completamente imposible, aunque corrieran el riesgo de encender las estufas de alcohol dentro de las tiendas. Así que, tranquilizándose al pensar que las carnes y verduras de las latas Goldner ya habían sido cocinadas, los hombres se limitaban a comer a cucharadas la masa de comida congelada o casi congelada, directamente de las latas. Estaban hambrientos y tenían un día interminable de esfuerzo ante ellos.

Goodsir y los tres cirujanos muertos antes que él habían hablado a Crozier y a Fitzjames acerca de la importancia de calentar las comidas preparadas en lata Goldner, sobre todo la sopa. Las verduras y carnes, señalaba Goodsir, sí que estaban cocinadas en realidad, pero las sopas, sobre todo chirivías, zanahorias baratas y otras hortalizas de raíz, estaban «concentradas», y se suponía que había que diluirlas en agua y llevarlas a ebullición.

El cirujano no sabía cuáles eran los venenos que acechaban en las sopas sin hervir Goldner, y quizá también en las carnes y verduras, pero seguía reiterando la necesidad de calentar bien las comidas en lata, aunque fuera en la marcha en el hielo. Esa advertencia fue uno de los motivos principales de que Crozier y Fitzjames ordenasen que las pesadas estufas de hierro de las balleneras fuesen transportadas al campamento Terror por el hielo y las crestas de presión.

Pero no había estufas allí, en el campamento Marítimo Uno o en el campamento Marítimo Dos, la noche siguiente. Los hombres se comieron los alimentos directamente de la lata, cuando no se podían encender las estufas, y aunque el éter de las pequeñas estufas sí prendiera, sólo había el combustible suficiente para «fundir» las sopas congeladas, no para llevarlas a ebullición.

Y eso tendría que bastar, pensó Crozier.

En cuanto hubo acabado el desayuno, el vientre del capitán empezó a rugir de hambre de nuevo.

El plan había sido doblar las tiendas Holland en ambos campamentos y llevarlas al campamento Terror en los trineos, para que sirvieran de refuerzo por si los grupos tenían que salir de nuevo al hielo en breve. Pero el viento era demasiado intenso, y los hombres estaban demasiado cansados después de sólo un día y una noche en el hielo, en aquel viaje. Crozier lo discutió con el teniente Little y ambos decidieron que bastaría con llevarse tres tiendas de aquel campamento. Quizá les fuese mejor a la mañana siguiente, en el campamento Marítimo Dos.

Tres hombres desfallecieron en los arneses aquel segundo día en el hielo, el 23 de abril de 1848. Uno empezó a vomitar sangre en el hielo. Los otros dos sencillamente se desmoronaron y fueron incapaces de tirar del arnés el resto del día. Uno de esos dos tuvo que ser colocado en un trineo y transportado.

Como no querían reducir el número de piquetes armados que caminaban detrás, delante y a los lados de la procesión de trineos, Crozier y Little se colocaron los arneses y tiraron durante la mayor parte de aquel día interminable.

Las crestas de presión no eran tan altas en aquel día intermedio de la travesía, y las huellas previas de los trineos habían dejado casi una autopista en aquella extensión de hielo en mar abierto, pero el viento y la nieve eliminaban casi todas esas ventajas. Los hombres que tiraban del trineo no podían ver al precedente, cuatro metros y medio por delante de ellos. Los marines o marineros que llevaban armas y caminaban haciendo guardia no podían ver a nadie cuando estaban a unos seis metros o más de los trineos, y tenían que caminar a un metro o dos de las partidas de trineo para no perderse. Su efectividad como vigías era nula.

Varias veces durante el día, el trineo que iba en cabeza, normalmente el de Crozier o el del teniente Little, perdía las huellas y todo el mundo tenía que detenerse media hora mientras algunos hombres sin arnés, atados a una cuerda para no perderse entre la nieve aullante, iban caminando a derecha e izquierda de la ruta falsa, buscando las leves depresiones del auténtico rastro en una superficie que rápidamente se estaba cubriendo de nieve.

Perder la ruta a medio camino, tal como estaban, les costaría no sólo tiempo, sino que podía costarles también la vida.

Algunos de los equipos de trineo que llevaban unas cargas más pesadas, aquella primavera, habían recorrido aquellos algo más de catorce kilómetros de hielo marítimo en menos de doce horas, llegando al campamento Marítimo Dos después de ponerse el sol. El grupo de Crozier llegó mucho después de medianoche y casi no encuentran el campamento. Si Magnus Manson, cuyo agudo oído parecía tan extraordinario como su tamaño y su poca inteligencia, no hubiese oído el golpeteo de las lonas de la tienda muy lejos, hacia babor, habrían pasado de largo de su refugio y de la comida.

Resultó que el campamento Marítimo Dos había sido destruido casi por completo por los incesantes vientos del día. Cinco de las ocho tiendas habían desaparecido en la oscuridad, arrancadas por el viento, aunque estaban aseguradas mediante hondos tornillos en el hielo, o simplemente estaban hechas jirones. Los hombres, exhaustos y hambrientos, consiguieron montar dos de las tres tiendas que habían llevado consigo desde el campamento Marítimo Uno, y cuarenta y seis hombres que habrían estado cómodos pero justos en ocho tiendas se apretujaron en cinco.

Para los hombres que hicieron guardia aquella noche, dieciséis de los cuarenta y seis, el viento, la nieve y el frío fueron un auténtico infierno. Crozier hizo una de las guardias, de dos a cuatro de la mañana. Prefirió ser capaz de moverse, ya que su saco individual no le permitía calentarse lo suficiente para dormir, aunque había hombres amontonados como pilas de leña a su alrededor, en la agitada tienda.

El último día en el hielo fue el peor.

El viento se había detenido brevemente antes de que los hombres se despertaran a las cinco de la mañana, pero como macabra compensación por el don del cielo azul, la temperatura bajó considerablemente. El teniente Little tomó las mediciones aquella mañana: la temperatura a las seis de la mañana era de −53 grados.

«Sólo quedan trece kilómetros», seguía diciéndose Crozier a sí mismo aquel día, mientras tiraba del arnés. Sabía que los demás hombres estarían pensando lo mismo. «Sólo trece kilómetros hoy, un kilómetro y medio menos que la terrible etapa de ayer.» Como había más hombres inutilizados por enfermedad o cansancio, Crozier ordenó a los guardias acompañantes que guardaran sus rifles, mosquetes y escopetas en los trineos y tirasen de los arneses tan pronto como salió el sol. Todos los hombres que podían caminar se pusieron a tirar.

Como carecían de guardias, confiaron en la claridad del día. El borrón oscuro de la Tierra del Rey Guillermo era visible en cuanto salió el sol (el muro de elevados icebergs y hielo costero empujado a lo largo de su borde resultaba muy visible e inquietante, brillando distante bajo el sol frío como una barrera de cristales rotos), pero la luz clara aseguraba que no perderían las viejas huellas de trineos y que la criatura del hielo no podría sorprenderlos.

Sin embargo, la cosa seguía ahí fuera. Podían verla: un pequeño punto que corría tras ellos al sudoeste, moviéndose mucho más rápido de lo que ellos podían tirar. O correr, si llegaba el caso.

Varias veces durante el día, Crozier o Little se soltaron del arnés, retiraron sus catalejos de los trineos o sus bolsas Male y miraron a través de los kilómetros de hielo a la criatura.

Estaba al menos a tres kilómetros de distancia, y se movía a cuatro patas. Desde aquella distancia podía ser perfectamente otro oso polar más, del tipo de los que habían matado en abundancia en los últimos tres años. Es decir, hasta que la cosa se erguía sobre las patas traseras, se elevaba por encima de los bloques de hielo y pequeños icebergs que la rodeaban y olisqueaba el aire mientras miraba en su dirección.

«Sabe que hemos abandonado el barco», pensaba Crozier, mirando por su catalejo de latón, que estaba arañado y baqueteado por tantos años de uso en ambos polos. «Sabe adónde vamos. Está planeando llegar allí primero.»

Siguieron tirando todo el día, deteniéndose sólo a la puesta de sol, a mitad de la tarde, para comer unos trozos de comida helados de las latas frías. Sus raciones de cerdo salado y galleta rancia se habían acabado ya. Los muros de hielo que separaban la Tierra del Rey Guillermo de la banquisa resplandecían como una ciudad con mil lámparas de gas encendidas en los minutos anteriores a que la oscuridad se extendiese por el cielo como tinta derramada.

Todavía les quedaban seis kilómetros y medio. Ocho hombres iban ahora subidos a los trineos, tres de los marineros inconscientes.

Cruzaron la gran barrera de hielo que separaba la banquisa de la tierra en algún momento hacia la una de la madrugada. El viento seguía soplando poco, pero la temperatura iba bajando. Durante una pausa para aparejar de nuevo unas sogas para levantar los trineos por encima de un muro de hielo de unos nueve metros, que no se había visto facilitado por el paso de los trineos a lo largo de semanas, ya que el movimiento del hielo había hecho caer miles de nuevos bloques en su camino desde los icebergs altísimos que había a cada lado, el teniente Little tomó la temperatura de nuevo: –63 grados.

Crozier llevaba muchas horas trabajando y dando órdenes desde un profundo pozo de agotamiento. Al ponerse el sol, cuando finalmente miró hacia el sur y a la distante criatura que corría hacia ellos, y que ya estaba cruzando la barrera marina a grandes saltos, cometió el error de quitarse los guantes exteriores e interiores durante un momento para escribir algunas notas de posición en su bitácora. Olvidó ponerse los guantes antes de volver a levantar el catalejo y las yemas de los dedos y una palma se quedaron congelados al momento y pegados al metal. Al quitar las manos con rapidez se arrancó una capa de piel y algo de carne del pulgar derecho y de tres dedos de esa misma mano, y una tira de piel de la palma izquierda.

Tales heridas no se curan en el Ártico, especialmente después de que hayan hecho su aparición los primeros síntomas del escorbuto. Crozier se apartó de los demás y vomitó por el dolor. La horrible quemadura de los dedos y la palma izquierda empeoraron durante la larga noche tirando de los arneses, empujando, levantando y arrastrando el trineo. Tenía los músculos del hombro y el brazo llenos de hematomas y sangrando interiormente por la presión de las tiras del arnés.

Durante un rato, en la última barrera, en torno a la una y media de la mañana, con las estrellas y planetas resplandeciendo y titilando en el cielo clarísimo pero mortalmente frío, Crozier pensó, bobamente, en dejar todos los trineos y correr hacia el campamento Terror, que todavía se encontraba a casi dos kilómetros de distancia entre la grava helada y la nieve arremolinada. Otros hombres volverían con ellos al día siguiente y los ayudarían a llevar aquellos pesos imposibles durante los últimos metros de su travesía.

Todavía le quedaba a Francis Crozier la suficiente cordura e instintos de mando para rechazar de inmediato aquella idea. Claro que podía hacerlo, desde luego, abandonar los trineos, aunque sería la

473

primera partida en varias semanas en hacerlo, y asegurar su supervivencia corriendo tambaleantes por el hielo hacia la seguridad del campamento Terror sin su carga, pero perdería todo el liderazgo para siempre a los ojos de los 104 hombres y oficiales supervivientes.

Aunque el dolor de sus manos desgarradas le hacía vomitar con frecuencia y silenciosamente en las paredes heladas cuando iban tirando de los trineos (una parte distante de la mente de Crozier notaba que el vómito era líquido y rojo a la luz de la linterna), continuó dando órdenes y echando una mano mientras los treinta y ocho hombres que todavía estaban bien para continuar con la lucha conseguían hacer avanzar los trineos y a ellos mismos por encima de la barrera y luego por el hielo y la grava de la línea costera, que entorpecía el progreso de los patines.

Si no hubiera estado seguro de que el frío le desgarraría la piel de los labios, Crozier habría caído de rodillas en la oscuridad y habría besado el suelo firme cuando oyeron el sonido tan diferente de la grava y la piedra protestando bajo los patines del trineo, en la parte final.

Había antorchas ardiendo en el campamento Terror. Crozier estaba en el arnés delantero del trineo que iba en cabeza, cuando se iban aproximando. Todo el mundo intentaba permanecer erguido, o al menos tambalearse en una posición erguida, mientras iban tirando del peso muerto de los trineos y de los hombres inconscientes que iban en ellos, los últimos metros hacia el campamento.

Había hombres completamente vestidos con ropa de abrigo fuera de las tiendas, esperándolos. Al principio Crozier se sintió conmovido por su preocupación, seguro de que las dos docenas de hombres a los que vio a la luz de las antorchas estaban a punto de enviar un destacamento de rescate para su capitán y camaradas, que se habían retrasado.

Al inclinarse Crozier en el arnés, tirando los últimos seis metros aproximadamente a la luz de las antorchas, con las manos y los hematomas inflamados de dolor, preparó una pequeña broma para su llegada, algo así como declarar que era Navidad de nuevo y anunciar que todo el mundo podía dormir sin parar la semana siguiente, pero entonces el capitán Fitzjames y algunos oficiales se adelantaron a saludarlos.

Crozier les vio los ojos: vio los ojos de Fitzjames, de Le Vesconte, de Des Voeux, de Couch, de Hodgson, de Goodsir y de los demás. Y supo, ya fuera por la famosa clarividencia de Memo Moira, por su demostrado instinto de capitán o simplemente por la percepción clara y sin filtrar por pensamiento alguno de un hombre exhausto, «supo» que había pasado algo y que nada sería como él había planeado o esperado, y que quizá nunca volviera a serlo.

37

Irving

Latitud 69° 37' 42" N — Longitud 98° 40' 58" O
24 de abril de 1848

*A*llí se encontraban de pie ante él diez esquimales: seis hombres de edad incierta, uno muy viejo y sin dientes, un chico y dos mujeres. Una de las mujeres era vieja, con la boca hundida y un rostro que era una masa de arrugas, y la otra era muy joven. Irving pensó: «Quizá sean madre e hija».

Los hombres eran todos muy bajitos; la cabeza del más alto de ellos apenas llegaba a la barbilla del tercer teniente, que era un hombre alto. Dos llevaban las capuchas echadas hacia atrás, mostrando una salvaje mata de pelo negro y rostros sin arrugas, pero los otros hombres le miraban desde la profundidad de sus capuchas, algunos con las caras envueltas y rodeadas por una lujosa piel de pelo blanco que Irving supuso que sería de zorro ártico. El collar de otras capuchas era más oscuro e hirsuto, e Irving supuso que la piel sería de glotón.

Todos los varones, excepto el chico, llevaban un arma, ya fuera un arpón o un corto venablo con punta de piedra o de hueso, pero cuando Irving se acercó y les enseñó las manos vacías, ninguna de las lanzas estaba levantada ni apuntada hacia él. Los hombres esquimales (cazadores, supuso Irving) estaban de pie, con las piernas separadas, las manos en sus armas y el trineo sujeto por el hombre más anciano, que mantenía al chico a su lado. Llevaban seis perros enganchados con arneses al trineo, un vehículo mucho más corto y ligero que los trineos más ligeros del *Terror*. Los perros ladraron y gruñeron, mostrando unos caninos feroces, hasta que el hombre viejo les dio unos golpes para que se callaran con un bastón labrado que llevaba.

Mientras pensaba en una forma de comunicarse con aquella

gente tan extraña, Irving se maravillaba de su indumentaria. Las parkas de los hombres eran más cortas y oscuras que las de Lady Silenciosa y su difunto compañero varón, pero igual de peludas. Irving pensaba que la oscura piel podía ser de caribú o de zorro, pero los pantalones blancos que les llegaban hasta las rodillas, definitivamente, eran de oso polar. Algunas de las botas largas y peludas parecían de piel de caribú, pero otras eran mucho más flexibles y suaves. ¿Piel de foca? ¿O algún tipo de pellejo de caribú con el pelo vuelto hacia dentro?

Los guantes eran de piel de foca y parecían cálidos y mucho más flexibles que los del propio Irving.

El teniente miraba a los seis hombres más jóvenes para ver quién era el líder, pero no estaba claro. Aparte del anciano y del niño, sólo uno de los varones parecía destacar, y era uno de los de más edad, que iba con la cabeza descubierta y llevaba en el pelo una cinta muy elaborada de piel de caribú, un delgado cinturón del que colgaban muchas cosas raras y una especie de bolsa colgada en torno al cuello. Sin embargo, no era un simple talismán como el amuleto de piedra de Lady Silenciosa con el oso blanco.

«Silenciosa, cómo te echo de menos aquí», pensó John Irving.

—Saludos —dijo. Se tocó el pecho con la mano cubierta de guantes—. Tercer teniente John Irving, del buque de Su Majestad, el *Terror*.

Los hombres murmuraron entre ellos. Oyó palabras que le sonaron como: *kabloona* y *qavac* y *miagortok*; pero no tenía ni idea de lo que podían significar.

El hombre mayor con la cabeza desnuda que llevaba la bolsita y el cinturón señaló a Irving y dijo:

—*Piifixaaq!*

Algunos de los hombres más jóvenes menearon la cabeza al oír aquello. Si era un término peyorativo, Irving esperaba que los demás lo rechazasen.

—John Irving —dijo, tocándose de nuevo el pecho.

—*Sixam ieua?* —preguntó el hombre que tenía enfrente—. *Suingne!*

Irving no pudo hacer otra cosa que asentir al oír aquello. Se tocó de nuevo el pecho.

—Irving. —Señaló hacia el pecho del otro hombre, como preguntando.

El hombre miró a Irving entre el fleco peludo de su capucha.

Desesperado, el teniente señaló hacia el perro que iba delante,

477

que seguía ladrando y gruñendo mientras el hombre anciano junto al trineo lo sujetaba y le pegaba salvajemente.

—Perro —dijo Irving—. Perro.

El hombre esquimal que Irving tenía más cerca rio.

—*Qimmiq* —dijo claramente, señalando también al perro—. *Tunok*. —El hombre meneó la cabeza y soltó una risita.

Aunque se estaba helando, Irving notó un cálido resplandor. Había conseguido algo. La palabra que usaban los esquimales para el perro peludo era, o bien *qimmiq*, o bien *tunok*, o ambas. Señaló hacia el trineo.

—Trineo —dijo, con firmeza.

Los diez esquimales le miraron fijamente. La mujer joven se tapaba la cara con los guantes. La vieja abrió mucho la boca e Irving pudo observar que sólo le quedaba un diente.

—Trineo —volvió a decir.

Los seis hombres ante él se miraron entre sí. Finalmente, el interlocutor de Irving hasta aquel momento dijo:

—*Kamatik?*

Irving afirmó con alegría, aunque no tenía ni idea de si realmente habían empezado a comunicarse. Aquel hombre igual podía haberle preguntado si deseaba que le clavasen un arpón. Sin embargo, el joven teniente no podía dejar de sonreír. La mayoría de los hombres esquimales, con la excepción del chico, del viejo, que seguía pegando al perro, y del hombre con la cabeza descubierta y con la bolsa y el cinturón, le devolvieron la sonrisa.

—¿Hablan ustedes inglés, por casualidad? —preguntó Irving, dándose cuenta de que aquella pregunta llegaba un poco tarde.

Los hombres esquimales le miraron, sonrieron, fruncieron el ceño y se quedaron callados.

Irving repitió la pregunta en un francés escolar y en un atroz alemán.

Los esquimales siguieron sonriendo, mirándolo y frunciendo el ceño.

Irving se agachó y se quedó en cuclillas, los seis hombres que estaban más cerca de él se agacharon también. No pensaban sentarse en la helada grava, aunque cerca hubiese una roca o losa mayor. Después de tantos meses allí pasando frío, Irving comprendió. Seguía queriendo saber el nombre de alguien.

—Irving —dijo, tocándose de nuevo el pecho. Señaló al hombre que tenía más cerca.

—*Inuk* —dijo el hombre, tocándose el pecho. Se quitó el guante entre un relámpago de dientes blancos y levantó la mano derecha. Le faltaban los dos dedos más pequeños—. Tikerqat. —Volvió a sonreír.

—Encantado de conocerle, señor Inuk —dijo Irving—. O señor Tikerqat. Muy encantado de conocerle.

Decidió que cualquier comunicación posterior tendría que hacerse mediante el lenguaje de los signos, y señaló el lugar del que venía, hacia el noroeste.

—Tengo muchos amigos —dijo, confiado, como si diciendo aquello se pudiera sentir más seguro entre aquella gente salvaje—. Dos barcos grandes. Dos... barcos.

La mayoría de los esquimales miraron hacia el lugar donde señalaba Irving. El señor Inuk fruncía el ceño ligeramente.

—*Nanuk* —dijo el hombre, dulcemente, y pareció corregirse luego, meneando la cabeza—. *Tôrnârssuk*.

Los otros miraron a lo lejos o bajaron la cabeza al oír esta última palabra, casi como con reverencia o con miedo. Pero el teniente estaba seguro de que no era al pensar en los dos barcos o en un grupo de hombres blancos.

Irving se humedeció los labios ensangrentados. Sería mejor intentar negociar con aquella gente que enzarzarse en una larga conversación. Moviéndose con lentitud, para no sobresaltarlos, se quitó la mochila que llevaba al hombro para ver si le quedaba algo de comida o alguna chuchería que pudiera darles como regalo.

Nada. Se había comido el único cerdo salado y la galleta vieja que había llevado consigo para su ración diaria. Algo brillante e interesante, pues...

Sólo llevaba sus andrajosos jerséis, dos apestosos calcetines de recambio y un trapo para tirar después y que había llevado para sus funciones privadas al aire libre. En aquel momento, Irving lamentó amargamente haber regalado su muy estimado pañuelo oriental de seda a Lady Silenciosa..., que no sabía dónde podía estar. Se había desvanecido del campamento Terror al segundo día de llegar allí y no la habían vuelto a ver desde entonces. Sabía que a aquellos nativos les habría encantado el pañuelo de seda rojo y verde.

Entonces sus fríos dedos tocaron el latón curvado de su catalejo.

El corazón de Irving saltó, y luego se encogió, lleno de dolor. El catalejo era quizá su más preciada posesión, la última cosa que le había legado su tío antes de que aquel buen hombre muriese súbitamente debido a un problema de corazón.

Sonriendo lánguidamente a los esquimales que esperaban, lenta-

479

mente sacó el instrumento de su bolsa. Vio que los hombres de rostro moreno apretaban más su presa en las lanzas y arpones.

Diez minutos después, Irving tenía a toda la familia o clan o tribu de esquimales agolpada a su alrededor como colegiales agru-
pados en torno a un maestro especialmente querido. Todo el mundo, hasta el hombre desconfiado y bizco con la tira en la cabeza, la
bolsa y el cinturón, habían pasado por turno a mirar por el catalejo. Hasta las dos mujeres tuvieron su oportunidad también: Irving
permitió al señor Inuk Tikerqat, su nuevo colega embajador, que
tendiera el instrumento de latón a la joven que no paraba de lanzar
risitas y a la anciana. El anciano que sujetaba el trineo vino también
a echar un vistazo y lanzó una exclamación, mientras las mujeres
cantaban:

> ai yei yai ya na
> ye he ye ye yi yan e ya qana
> ai ye yi yat yana

El grupo disfrutó mirándose unos a otros por el catalejo, retrocediendo llenos de conmoción y risas cuando aparecían las caras enormes. Luego los hombres, que aprendieron enseguida cómo enfocar el
catalejo, enfocaron a rocas distantes, nubes y riscos. Cuando Irving
les enseñó que podían invertir el catalejo y hacer que las cosas parecieran diminutas, las risas y exclamaciones de los hombres hicieron
eco en el pequeño valle.

Él usó las manos y el lenguaje corporal, negándose finalmente a
coger de nuevo el catalejo y poniéndoselo en las manos al señor Inuk
Tikerqat, para hacerles saber que era un regalo.

Las risas se detuvieron y ellos le miraron con el rostro serio. Durante un minuto Irving se preguntó si no habría violado algún tabú
o les habría ofendido de alguna manera, pero luego tuvo el fuerte
presentimiento de que les había puesto en un dilema de protocolo:
les había regalado algo maravilloso, y ellos no tenían nada que darle
a cambio.

Inuk Tikerqat consultó con los otros cazadores y luego se volvieron a Irving y representaron una pantomima inconfundible, levantando la mano hacia la boca y luego frotándose el vientre.

Durante un terrible segundo, Irving pensó que su interlocutor le
pedía comida, que él no tenía, pero cuando intentó transmitir esa

idea, el esquimal sacudió la cabeza y repitió los gestos. Irving de repente se dio cuenta de que le estaban preguntando si «él» tenía hambre.

Con los ojos llenos de lágrimas por una ráfaga de aire o por puro y simple alivio, Irving repitió los gestos y asintió entusiásticamente. Inuk Tikerqat le agarró por el hombro congelado de su ropa y le llevó hacia el trineo. «¿Qué palabra era la que usaban para esto?», pensó Irving.

—*Kamatik?* —dijo en voz alta, recordándola al fin.

—*Ee!* —gritó el señor Tikerqat, aprobadoramente.

Dando unas patadas a los perros que aullaban a un lado, el hombre abrió un bulto cubierto de gruesas pieles que llevaba encima del trineo. Pila tras pila de carne fresca y congelada se amontonaban encima del *kamatik*.

Su anfitrión señalaba hacia distintos manjares. Señalando el pescado, Inuk Tikerqat dijo:

—*Eqaluk.* —Con los tonos lentos y pacientes que usa un adulto con un niño. Luego hacia los trozos de carne de foca y de grasa—: *Nat-suk.* —Por fin hacia unos pedazos más sólidamente congelados de una carne oscura—: *Oo ming-mite.*

Irving asintió. Se sentía abochornado al notar que la boca se le había llenado súbitamente de saliva. Como no estaba seguro de si tenía que admirar simplemente aquellas reservas de comida o elegir entre ellas, señaló tímidamente a la carne de foca.

—*Ee!* —dijo de nuevo el señor Tikerqat.

Cogió una tira de carne blanda y de grasa, buscó debajo de su corta parka, sacó un cuchillo de hueso muy afilado que llevaba al cinto y cortó una tira para Irving y otra para sí mismo. Le tendió a Irving su trozo antes de cortarse el suyo propio.

La anciana que estaba de pie junto a ellos emitió una especie de sonido quejumbroso.

—*Kaaktunga!* —gritó. Y como ninguno de los hombres le prestaba atención, volvió a gritar—: *Kaaktunga!*

Él hizo una mueca en dirección a Irving, como hace un hombre a otro cuando una mujer le pide algo en su presencia, y dijo:

—*Orssunguvoq!* —Pero le cortó a la mujer una tira de grasa de foca y se la arrojó como haría uno con un perro.

La vieja desdentada se echó a reír y empezó a masticar la grasa.

Inmediatamente el grupo se reunió en torno al trineo, los hombres con los cuchillos desenvainados, y todos empezaron a cortar y comer.

481

—*Aipalingiagpoq* —dijo el señor Tikerqat, señalando a la mujer vieja y riendo.

Los demás cazadores, el viejo y el niño, todos excepto el hombre mayor con la tira en el pelo y la bolsita, se unieron a las risas.

Irving sonrió ampliamente, aunque no tenía ni idea de cuál era la broma.

El hombre mayor con la cinta señaló hacia Irving y dijo:

—*Qavac... suingne! Kangunartuliorpoq!*

El teniente no necesitaba intérprete para saber que lo que había dicho el hombre no era ni laudatorio ni amable. El señor Tikerqat y varios de los demás cazadores menearon la cabeza mientras comían.

Todo el mundo, hasta la mujer joven, usaba el cuchillo de la misma forma que Lady Silenciosa en la casa de nieve, más de dos meses antes: cortaban la piel, carne y grasa hacia la boca, de modo que las agudas hojas quedaban apenas al grosor de un pelo de distancia de sus grasientos labios y de sus lenguas.

Irving lo cortó también de la misma forma, lo mejor que pudo, pero su cuchillo estaba más embotado y lo hizo con mucha mayor torpeza. Pero al menos no se cortó la nariz, como había hecho la primera vez con Lady Silenciosa. El grupo comió en amigable silencio, interrumpido sólo por educados eructos y ocasionales pedos. Los hombres bebían de vez en cuando de una especie de bolsa u odre de piel, pero Irving ya había sacado la botella que mantenía junto a su cuerpo para que el agua no se helase.

—*Kee-nah-oo-veet?* —dijo Tikerqat súbitamente. Se golpeó el pecho—. Tikerqat. —De nuevo el joven se quitó el guante y mostró los dedos que le quedaban.

—Irving —dijo el teniente, golpeándose su propio pecho.

—*Eh-vunq* —intervino el esquimal.

Irving sonrió por encima de la grasa. Señaló a su nuevo amigo.

—Inuk Tikerqat, *ee?*

El esquimal meneó la cabeza.

—*Ah-ka.* —El hombre hizo un gesto amplio con los brazos y manos, incluyendo a todos los demás esquimales, así como él mismo—. *Inuk* —dijo firmemente. Levantando su mano mutilada y agitando los dos dedos que le quedaban mientras escondía el pulgar, dijo de nuevo—: Tikerqat.

Irving interpretó que todo aquello significaba que «Inuk» no era el nombre del hombre, sino la descripción de los diez esquimales que estaban allí, quizá su nombre tribal, racial o de clan. Supuso que «Tikerqat» no era un apellido, sino el nombre completo de su interlocutor, y probablemente significaba «Dos Dedos».

—Tikerqat —dijo Irving, intentando pronunciarlo correctamente mientras todavía cortaba y comía grasa. El hecho de que la carne y la grasa estuviesen rancias, hediondas y crudas no significaba nada. Era como si su cuerpo ansiase aquella grasa por encima de todas las demás cosas—. Tikerqat —dijo de nuevo.

Allí siguió una presentación general, mientras cortaban y masticaban, todos en cuclillas.

Tikerqat empezó con las presentaciones y explicaciones representando las cosas para explicar el sentido del nombre, si es que los nombres tenían sentido, pero luego los otros hombres tomaron la vez y representaron sus propios nombres. El momento producía la misma sensación que un alegre juego infantil.

—*Taliriktug* —dijo Tikerqat lentamente, empujando hacia delante al joven de pecho amplio que tenía junto a él.

Dos Dedos cogió la parte superior del brazo de su compañero y lo apretó, haciendo un ruido como «*ah-yeh-I*», y luego flexionando sus propios músculos y comparándolos con los bíceps más gruesos del otro hombre.

—*Taliriktug* —repitió Irving, preguntándose si significaría «Musculitos», «Brazo Fuerte» o algo parecido.

El siguiente hombre, más bajito, tenía el nombre de *Tuluqag*. Tikerqat echó atrás la capucha de la parka del hombre, señaló hacia su pelo negro e hizo ruidos de chasqueo con la mano, imitando a un ave en pleno vuelo.

—*Tuluqag* —repitió Irving, afirmando educadamente hacia el hombre, mientras masticaba. Se preguntó si aquella palabra significaría «Cuervo».

El cuarto hombre se dio un golpe en el pecho, gruñó «*Amaruq*» y echó atrás la cabeza y aulló.

—*Amaruq* —repitió Irving, y asintió—. «Lobo» —dijo en voz alta.

El quinto cazador se llamaba *Mamarut*, y representó una pantomima que implicaba agitar los brazos y bailar. Irving repitió el nombre y asintió, pero no tenía ni idea de lo que podía significar.

El sexto cazador, un hombre joven de aspecto muy serio, fue presentado por Tikerqat como *Ituksuk*. Aquel hombre miró a Irving con unos ojos muy negros y profundos, pero no dijo ni representó nada. Irving asintió educadamente y siguió masticando su grasa.

El hombre mayor con la tira en el pelo y la bolsita fue presenta-

483

do por Tikerqat como *Asiajuk*, pero el hombre tampoco parpadeó ni reconoció de ningún modo la presentación. Era obvio que no le gustaba el tercer teniente John Irving y que no confiaba en él.

—Encantado de conocerle, señor Asiajuk —dijo Irving.

—*Afatkuq* —dijo bajito Tikerqat, señalando ligeramente en dirección al hombre mayor que no sonreía, con la tira en el pelo.

«¿Será una especie de hombre-medicina?», se preguntaba Irving. Mientras la hostilidad de Asiajuk siguiera sólo en el nivel de la sospecha silenciosa, el teniente pensó que las cosas irían bien.

El anciano del trineo fue presentado como *Kringmuluardjuk* al joven teniente. Tikerqat señaló hacia los perros que todavía gruñían, unió las manos como una especie de gesto minúsculo y se echó a reír.

Luego, el interlocutor de Irving, riendo aún, señaló al muchacho tímido, que parecía tener unos diez u once años, se señaló de nuevo hacia su propio pecho y dijo:

—*Irniq*. —Y a continuación—. *Qajorânguaq*.

Irving supuso que *Irniq* querría decir hijo o hermano. Probablemente lo primero, pensó. O quizás el nombre del muchacho fuese *Irniq*, y *Qajorânguaq* significase hijo o hermano. El teniente saludó respetuosamente, igual que había hecho con los cazadores mayores.

Tikerqat empujó a la vieja hacia delante. Su nombre parecía ser *Nauja*, y Tikerqat volvió a hacer el movimiento de un ave en vuelo. Irving repitió el nombre lo mejor que pudo, porque había un determinado sonido oclusivo que producían los esquimales y al cual él no podía aproximarse, y afirmó, respetuosamente. Se preguntaba si *Nauja* sería una golondrina de mar o gaviota, o algo más exótico aún.

La anciana lanzó una risita y se metió más grasa en la boca.

Tikerqat puso su brazo en torno a la mujer joven, que en realidad era apenas más que una niña, y dijo: «*Qaumaniq*». Luego el cazador sonrió ampliamente y dijo: «¡*Amooq*!».

La chica se retorcía en su abrazo, sonriendo, y todos los hombres excepto el posible hombre-medicina se rieron ruidosamente.

—*Amooq*? —preguntó Irving, y las risas subieron de volumen.

Tuluqaq y Amaruq escupieron la grasa que se estaban comiendo, tan fuerte se reían.

—*Qaumaniq... amooq* —dijo Tikerqat, e hizo un gesto con las dos manos y los dedos abiertos ante su propio pecho que era universal.

Pero para asegurarse de que entendía la cosa, el cazador cogió a su mujer, que se retorcía (porque Irving supuso que sería su mujer) y rápidamente le levantó la corta y oscura parka.

La chica iba desnuda bajo la piel del animal, y sus pechos, realmente, eran grandes..., muy grandes para una mujer tan joven.

John Irving notó que se ruborizaba desde la raíz del rubio pelo hasta el pecho. Bajó la mirada a la grasa que se estaba comiendo. Y en aquel momento habría apostado cincuenta a que *Amooq* era el equivalente en lengua esquimal a «Tetas Gordas».

Los hombres a su alrededor aullaban de risa. Los *Qimmiq*, los perros de trineo como lobos en torno al *kamatik* de madera, aullaban y saltaban tirando de sus cadenas. El viejo que estaba detrás del trineo, Kringmuluarjuk, se cayó en la nieve y el hielo, tan fuerte se reía.

De repente, Amaruq (¿Lobo?), que había estado jugando con el catalejo, señaló hacia el risco por el cual había descendido Irving hacia el valle y dijo lo que sonaba como:

—¡*Takuva-a... kabloona qukiuttina!*

El grupo se quedó callado inmediatamente.

Los perros como lobos empezaron a ladrar salvajemente.

Irving se puso en pie en el lugar donde había permanecido agachado y se tapó los ojos del sol. No quería pedir que le devolvieran el catalejo. Se veía el movimiento rápido de una forma humana con abrigo silueteada ante la parte superior del risco.

«¡Maravilloso!», pensó Irving. Mientras duraba el festín con la grasa y las presentaciones, había pensado cómo conseguir que Tikerqat y los demás fueran al campamento Terror con él. Temía no ser capaz de comunicarse lo bastante bien sólo con manos y gestos para persuadir a los ocho esquimales varones y las dos mujeres con sus perros y el trineo para que hicieran el viaje de tres horas de vuelta a la costa con él, de modo que intentó pensar en una forma de conseguir que sólo Tikerqat volviese con él.

Era cierto que el teniente no podía dejar que esos nativos simplemente se echaran a andar y volvieran al lugar de donde habían venido. El capitán Crozier estaría en el campamento al día siguiente, e Irving sabía por diversas conversaciones con el capitán que el contacto con los pueblos locales era precisamente lo que el exhausto y atribulado capitán más esperaba que pudiese ocurrir. «Las tribus del norte, lo que Ross llamaba tribus de las tierras altas del norte, raramente son guerreros», le había dicho Crozier a su tercer teniente una noche. «Si damos con un poblado de los suyos en nuestro camino hacia el sur, pueden alimentarnos lo suficientemente bien para que nos aprovisionemos adecuadamente para el largo trayecto río arriba hacia el lago Gran Esclavo. Al menos, podrían enseñarnos cómo vivir de la tierra.»

Y ahora, Thomas Farr y los demás habían venido a buscarle, siguiendo sus huellas por la nieve de aquel valle. La figura en el risco había vuelto a esconderse detrás y estaba fuera de la vista, ¿por la conmoción al ver a diez extraños en el valle o por la preocupación de espantarlos? Pero Irving había captado la silueta con el abrigo hinchado por el viento y la gorra y la pañoleta, y sabía que uno de sus problemas estaba resuelto.

Si podía persuadir a Tikerqat y a los demás para que volvieran con ellos, aunque podía ser un problema convencer al viejo Asiajuk, el chamán, Irving y unos pocos de su partida se quedarían con los esquimales allí en el valle, los convencerían de que se quedasen allí mediante conversación y otros regalos de algunas de las mochilas de los demás hombres, y, mientras, él enviaría al marinero más rápido corriendo de vuelta a la costa para traer al capitán Fitzjames y a muchos más hombres hasta aquel lugar.

«No puedo dejar que se vayan. Estos esquimales pueden ser la respuesta a nuestros problemas. Pueden ser nuestra salvación.»

Irving notaba que el corazón le golpeaba fuerte en las costillas.

—Está bien —dijo a Tikerqat y a los demás, hablando con el tono más tranquilo y confiado que pudo—. Son mis amigos. Pocos amigos. Buenos hombres. Nos os harán daño. Sólo tenemos un rifle, y no lo traeremos hasta aquí. Está bien. Sólo amigos míos, os gustará conocerlos.

Irving sabía que ellos no iban a entender una sola palabra de lo que les decía, pero siguió hablando con el mismo tono de voz tranquilizador que había usado en los establos de Bristol para calmar a un potro asustadizo.

Varios cazadores habían cogido sus venablos o arpones de la nieve y los tenían cogidos como al descuido, pero Amaruq, Tulugaq, Taliriktug, Ituksuk, el chico Qajorânguaq, el anciano Kringmuluardjuk y hasta el chamán desconfiado Asiajuk miraban a Tikerqat buscando guía. Las dos mujeres dejaron de comer grasa y silenciosamente fueron a refugiarse detrás de la fila de hombres.

Tikerqat miró a Irving. Los ojos del esquimal de repente le parecieron muy oscuros y extraños al joven teniente. El hombre parecía esperar alguna explicación.

—*Khat-seet?* —dijo, bajito.

Irving mostró las palmas abiertas con un gesto de calma y sonrió con la mayor tranquilidad que pudo.

—Sólo amigos —dijo, con el mismo tono suave que Tikerqat—. Unos amigos.

El teniente levantó la vista hacia el risco. Todavía seguía vacío, recortado contra el cielo azul. Temía que quienquiera que hubiese venido a buscarle se hubiese sentido alarmado por la congregación en el valle y pudiese retirarse. Irving no estaba seguro del tiempo que podría esperar allí..., de cuánto tiempo podría retener a Tikerqat y a su gente antes de que decidiesen huir.

Tomó aliento y se dio cuenta de que tendría que ir a buscar a aquel hombre, llamarle, contarle lo que había ocurrido y enviarle de vuelta a buscar a Farr y a los demás cuanto antes. Irving no podía esperar.

—Por favor, quedaos aquí —dijo Irving. Colocó su bolsa de cuero en la nieve junto a Tikerqat intentando demostrarle que iba a volver—. Por favor, esperad. Será un momento. No me apartaré de la vista. Por favor, quedaos.

Se dio cuenta de que estaba haciendo gestos con las manos como pidiéndoles a los esquimales que se sentaran, igual que hablaría a un perro. Tikerqat no se sentó, ni tampoco respondió, sino que se quedó donde estaba, de pie, mientras Irving retrocedía lentamente.

—Volveré enseguida —dijo el teniente.

Se volvió y echó a correr rápidamente por el empinado pedregal cubierto de hielo hasta la oscura grava y la cima del risco.

Sin apenas poder respirar por la tensión, se volvió en la cima y miró hacia atrás.

Las diez figuras, los perros que ladraban y el trineo estaban exactamente donde los había dejado.

Irving saludó, hizo gestos que demostraban que volvería, y corrió por encima de la cresta, dispuesto a gritar al marinero que se estuviese alejando.

Sin embargo, a seis metros por debajo del costado nordeste de la cresta Irving vio algo que le hizo parar en seco.

Un hombrecillo diminuto bailaba desnudo y sólo con las botas puestas en torno a un montón de ropa colocado en una piedra.

«Un duende», pensó Irving, recordando los cuentos del capitán Crozier.

La imagen no tenía sentido para el tercer teniente. Aquel día estaba lleno de imágenes extrañas.

487

Se acercó y vio que no era ningún duende el que bailaba, sino el ayudante del calafateo. El hombre tarareaba una cancioncilla de marineros y bailaba, haciendo piruetas. Irving no pudo evitar notar la palidez blancuzca de la piel del hombre, las costillas que sobresalían visiblemente, la piel de gallina que cubría su carne, el hecho de que estaba circuncidado, y lo absurdas que eran aquellas nalgas blancas cuando hacía piruetas.

Caminando hacia él y meneando la cabeza, incrédulo, sin sentirse de humor para reír, pero con el corazón todavía latiendo fuerte por la emoción de haber conocido a Tikerqat y los demás, Irving dijo:

—Señor Hickey, ¿se puede saber qué demonios está usted haciendo?

El ayudante del calafateo dejó de hacer piruetas. Se llevó un huesudo dedo a los labios como para hacer callar al teniente. Entonces hizo una reverencia y le enseñó el culo a Irving mientras se inclinaba hacia su pila de ropas, encima de la piedra.

«Este hombre se ha vuelto loco —pensó Irving—. No puedo dejar que Tikerqat y los demás le vean así.» Se preguntaba si podría hacer reaccionar al hombrecillo para que recuperase el sentido común y usarlo como mensajero para traer a Farr y a los demás allí con toda rapidez. Irving tenía unas hojas de papel y un trocito de lápiz con el cual podía escribir una nota, pero estaban en su bolsa, abajo, en el valle.

—Mire, señor Hickey... —empezó, muy serio.

El ayudante del calafateo se volvió de repente, con tanta rapidez y con el brazo completamente extendido que durante un segundo o dos Irving pensó que estaba bailando otra vez.

Pero llevaba un cuchillo muy afilado en aquella mano extendida.

Irving notó un súbito y agudo dolor en la garganta. Quiso hablar de nuevo, notó que no podía, se llevó ambas manos a la garganta y miró hacia abajo.

La sangre caía en cascada por encima de las manos y el pecho de Irving, chorreando sobre sus botas.

Hickey volvió a empuñar la hoja y formó un arco amplio, maligno.

Su golpe seccionó la tráquea del teniente. Éste cayó de rodillas y levantó el brazo derecho, señalando a Hickey desde una visión que súbitamente se había reducido a un estrecho túnel. John Irving estaba demasiado sorprendido incluso para sentir ira.

Hickey dio un paso más, todavía desnudo, con las rodillas huesudas, los muslos raquíticos y los tendones salientes, agachado como un gnomo pálido y en los huesos. Pero Irving había caído de lado en la fría grava, vomitó una cantidad de sangre imposible y estaba ya muerto antes de que Cornelius Hickey le quitara la ropa y empezara a usar el cuchillo en serio.

38

Crozier

*Latitud 69° 37' 42" N — Longitud 98° 41' O
24 de abril de 1848*

Sus hombres se derrumbaron en las tiendas y durmieron como muertos en cuanto llegaron al campamento Terror, pero Crozier no durmió en toda la noche del 24 de abril.

Primero fue a una tienda médica especial que se había preparado para que el doctor Goodsir pudiese hacer el examen post mórtem y preparar el cadáver para el entierro. El cuerpo del teniente Irving, blanco y congelado después de su largo viaje de vuelta al campamento en el trineo requisado a los salvajes, no parecía ya humano. Además de la herida abierta en la garganta, tan profunda que dejaba a la vista las vértebras blancas de su columna desde delante y dejaba colgar la cabeza como una bisagra suelta, el joven había sido emasculado y destripado.

Goodsir todavía estaba despierto y trabajando en el cuerpo cuando Crozier entró en la tienda. El cirujano estaba inspeccionando diversos órganos que había extraído del cuerpo y hurgándolos con un instrumento agudo. Levantó la vista y dirigió a Crozier una mirada extraña, reflexiva, casi culpable. Ninguno de los dos hombres dijo nada durante un largo rato, mientras el capitán permanecía de pie junto al cuerpo. Finalmente, Crozier apartó un mechón de pelo rubio que había caído encima de la frente de John Irving. El mechón casi tocaba los ojos azules abiertos, nublados, pero todavía fijos.

—Prepare el cuerpo para enterrarlo mañana al mediodía —dijo Crozier.

—Sí, señor.

Crozier se fue a su tienda, donde le esperaba Fitzjames.

Cuando el mozo de Crozier, Thomas Jopson, de treinta años, supervisó la carga y el transporte de la «tienda del capitán» al campamento Terror hacía unas semanas, Crozier se enfureció al saber que Jopson no sólo había hecho que le cosieran una tienda doble ex profeso, cuando el capitán había previsto una tienda marrón Holland normal y corriente, sino que también había hecho que los hombres transportaran un enorme coy y varias fuertes sillas de roble y de caoba de la sala Grande, así como un ornamentado escritorio que había pertenecido a sir John.

Ahora, Crozier se alegraba de tener aquellos muebles. Colocó el pesado escritorio entre la entrada de la tienda y la zona privada de la litera con las dos sillas detrás del escritorio y ninguna delante. La linterna que colgaba de la alta cúspide de la tienda apenas iluminaba el espacio vacío frente al escritorio, mientras que dejaba la zona de Fitzjames y Crozier en la semioscuridad. Parecía una sala de tribunal de una corte marcial.

Y eso es exactamente lo que quería Francis Crozier.

—Debería irse a la cama, capitán Crozier —dijo Fitzjames.

Crozier miró al capitán más joven. Ya no parecía joven. Fitzjames parecía un cadáver ambulante, pálido hasta el punto de que su piel parecía transparente, barbudo y con la sangre seca que exudaba de los folículos, las mejillas hundidas y los ojos con enormes ojeras. Crozier no se había mirado en un espejo desde hacía varios días, y había evitado el que colgaba en la parte trasera de aquella tienda suya, pero esperaba por todos los santos no tener un aspecto tan malo como el antiguo niño prodigio de la Marina Real, el comandante James Fitzjames.

—Usted mismo también necesita dormir, James —dijo Crozier—. Yo mismo puedo interrogar a esos hombres.

Fitzjames sacudió la cabeza, cansado.

—Ya les he hecho preguntas, por supuesto —dijo, con una monotonía mortal en la voz—, pero no he visitado el lugar de los hechos ni les he interrogado en profundidad. Sabía que querría hacerlo usted.

Crozier asintió.

—Quiero estar en el lugar de los hechos con la primera luz.

—Está a unas dos horas de camino rápido hacia el sudoeste —dijo Fitzjames.

Crozier volvió a asentir.

Fitzjames se quitó el gorro y se peinó el largo y grasiento cabello con los sucios dedos. Habían usado las estufas de los botes que habían transportado hasta allí para fundir algo de agua para beber y la suficiente para afeitarse, si un oficial quería afeitarse, pero no quedaba para bañarse. Fitzjames sonrió.

—El ayudante de calafatero Hickey preguntó si podía irse a dormir hasta que llegase el momento de informar.

—El ayudante del calafatero Hickey se joderá y se quedará despierto como todos los demás —dijo Crozier.

Fitzjames dijo, bajito:

—Es lo que le he dicho yo. Lo he puesto de guardia. El frío lo mantendrá bien despierto.

—O lo matará —dijo Crozier. Su tono sugería que ése no sería el peor giro que podían tomar los acontecimientos. En voz alta, gritando al soldado Daly, que hacía guardia junto a la puerta de la tienda, Crozier dijo—: Haga venir al sargento Tozer.

Sin saber cómo, el enorme y estúpido marine conseguía seguir gordo cuando todos los demás hombres se morían de hambre con sus raciones a un tercio. Se puso firmes, aun sin mosquete, mientras Crozier llevaba a cabo el interrogatorio.

—¿Cuál ha sido su impresión de los acontecimientos de hoy, sargento?

—Muy buena, señor.

—¿Buena? —Crozier recordó el estado de la garganta y el cuerpo del tercer teniente Irving echado en la tienda post mórtem, inmediatamente detrás de la tienda del propio Crozier.

—Sí, señor. El ataque, señor. Fue como un reloj. Como un reloj. Llegamos andando por encima de la colina grande, señor, con mosquetes y rifles y escopetas bajas, como si no tuviéramos ninguna mala intención en el mundo, señor, y ellos, los salvajes, nos veían venir. Abrimos fuego a menos de veinte metros y armamos la de Dios es Cristo entre sus filas de salvajes extraños, señor, eso se lo aseguro. La de Dios es Cristo.

—¿Estaban formados en filas, sargento?

—Bueno, no, capitán, no si tuviera que jurarlo sobre la Biblia, señor. Más bien estaban por ahí de pie como salvajes que eran, señor.

—¿Y sus disparos iniciales acertaron todos?

—Ah, sí, señor. Hasta las escopetas, a esa distancia. Fue algo para verlo, señor.

—¿Como disparar a los peces en un barril?

—Sí, señor —dijo el sargento Tozer, con una enorme sonrisa en su rostro bermellón.

—¿Opusieron alguna resistencia, sargento?

—¿Resistencia, señor? Pues, en realidad, no. Se podría decir que no, señor.

—Pero iban armados con cuchillos, lanzas y arpones.

—Ah, sí, señor. Un par de esos salvajes paganos arrojaron los arpones y uno tiró una lanza, pero el que la tiró estaba ya herido y no pudo hacer nada más que un arañazo en la pierna del joven Sammy Crispe, que cogió la escopeta y voló al salvaje que le había herido y lo mandó derechito al Infierno, señor. Derechito al Infierno.

—Pero dos de los esquimales consiguieron huir —dijo Crozier.

Tozer frunció el ceño.

—Sí, señor. Me disculpo por ello. Había mucha confusión, señor. Y dos de ellos que habían caído se levantaron cuando yo estaba disparando a esos perros comidos de pulgas, señor.

—¿Y por qué mató a los perros, sargento? —Fue Fitzjames quien hizo la pregunta.

Tozer pareció sorprendido.

—Pues porque nos ladraban y gruñían y nos atacaban, capitán. Eran más lobos que perros.

—¿No pensó, sargento, que nos podían ser útiles? —preguntó Fitzjames.

—Sí, señor. Como carne.

Crozier dijo:

—Describa a los dos esquimales que huyeron.

—Uno pequeño, capitán. El señor Farr dice que pensó que podía ser una mujer. O una niña. Llevaba sangre en la capucha, pero obviamente, no estaba muerta.

—Obviamente —dijo Crozier, muy seco—. ¿Y el otro que escapó?

Tozer se encogió de hombros.

—Un hombre bajito con una cinta en la cabeza, es lo único que sé, capitán. Había caído detrás del trineo, y todos pensábamos que estaba muerto. Pero se levantó y echó a correr con la chica cuando yo estaba ocupado disparando a los perros, señor.

—¿Y los persiguió?

—¿Perseguirlos? Ah, claro, sí... Corrimos perdiendo el cu..., corrimos tras ellos muy deprisa, capitán. Íbamos recargando y disparando mientras corríamos, señor. Creo que di otra vez a la perra esquimal, pero no bajó el ritmo ni un momento, señor. Iba demasiado rápido para nosotros. Pero no volverán por aquí, señor. Ya procuramos que no lo hicieran.

493

—¿Y sus amigos? —dijo Crozier, secamente.

—¿Perdón, señor? —Tozer sonreía de nuevo.

—Su tribu. Pueblo. Clan. Otros cazadores y guerreros. Esa gente vendría de algún sitio. No se habrán pasado todo el invierno fuera, en el hielo. Es posible que vuelvan a ese pueblo, si no están allí ya. ¿Ha pensado que los demás cazadores esquimales, hombres que matan todos los días, podrían tomarse a mal que matáramos a ocho de los suyos, sargento?

Tozer parecía confuso.

Crozier dijo:

—Puede retirarse, sargento. Envíe al segundo teniente Hodgson.

Hogdson parecía tan deprimido como complaciente se había mostrado Tozer. El joven teniente estaba, era obvio, deshecho por la muerte de su amigo más íntimo en la expedición, y enfermo por el ataque que había ordenado después de dar con el grupo de reconocimiento de Irving y que le condujesen ante el cadáver de éste.

—Descanse, teniente Hodgson —dijo Crozier—. Necesita una silla.

—No, señor.

—Díganos cómo se unió usted al grupo del teniente Irving. Las órdenes que había recibido del capitán Fitzjames eran de dirigirse en una expedición de caza al sur del campamento Terror.

—Sí, capitán. Y eso fue lo que hicimos por la mañana. No había ni una huella de conejo en la nieve a lo largo de la costa, y no podíamos salir hacia el mar por la altura de los icebergs apilados a lo largo del hielo de la costa. De modo que hacia las diez de la mañana volvimos tierra adentro, pensando que quizás hubiese huellas de algún caribú, de lobos, o de buey almizclado..., o algo.

—Pero ¿no las había?

—No, señor. Pero atravesamos las huellas de unas diez personas que llevaban botas de suela suave, de tipo esquimal. Eso y las huellas del trineo y de los perros.

—¿Y siguieron esas huellas hacia el noroeste, en lugar de seguir cazando?

—Sí.

—¿Quién tomó esa decisión, segundo teniente Hodgson? ¿Usted o el sargento Tozer, que era el segundo de su partida?

—Yo, señor. Yo era el único oficial allí. Yo tomé esa decisión y todas las demás.

—¿Incluyendo la decisión final de atacar a los esquimales?

—Sí, señor. Les espiamos un minuto desde el risco donde el pobre John había sido asesinado y destripado y..., bueno, ya sabe lo que le hicieron, capitán. Los salvajes parecía que se preparaban para irse, dirigiéndose hacia el sudoeste. Entonces decidimos atacarlos por la fuerza.

—¿Cuántas armas tenían, teniente?

—Nuestro grupo tenía tres rifles, dos escopetas y dos mosquetes, señor. El grupo del teniente Irving sólo tenía un mosquete. Ah, y una pistola que cogimos del bolsillo de John..., del bolsillo del abrigo del teniente Irving.

—¿Los esquimales le dejaron el arma en el bolsillo? —preguntó Crozier.

Hogdson hizo una pausa momentánea, como si no hubiese pensado en ello antes.

—Sí, señor.

—¿Había alguna otra señal de robo de sus pertenencias personales?

—Sí, señor. El señor Hickey nos informó de que había visto que los esquimales robaban a John..., al teniente Irving..., el catalejo y la bolsa de cuero antes de matarle en la cresta, señor. Cuando llegamos a la cresta, vi por nuestro propio catalejo que los nativos rebuscaban en su bolsa y se pasaban unos a otros el catalejo mirando por el valle donde supongo que se habían detenido después de asesinarle y... mutilarle.

—¿Había huellas?

—¿Perdón, señor?

—Huellas... de los esquimales, bajando desde la cresta donde usted encontró el cuerpo del teniente hasta el lugar donde examinaban sus pertenencias.

—Eh..., sí, señor, eso creo, capitán. Quiero decir que recuerdo una línea fina de huellas que yo pensaba que eran sólo de John, en aquel momento, pero debían de ser también de los demás. Debieron subir y bajar en fila, supongo, capitán. El señor Hickey dijo que estaban todos rodeándole allí en la cresta mientras le cortaban la garganta y... hacían las otras cosas, señor. Dijo que no estaban todos..., las mujeres y el niño no, quizá..., pero sí que había seis o siete de los paganos. Los cazadores, señor. Los jóvenes.

—¿Y el anciano? —preguntó Crozier—. Sé que había un hombre desdentado entre los cuerpos cuando acabaron.

Hodgson asintió.

—Le quedaba un diente, capitán. No recuerdo si el señor Hickey dijo que formaba parte del grupo que mató a John.

—¿Cómo dio usted con el grupo del señor Farr, la partida de reconocimiento del teniente Irving, si había estado siguiendo las huellas de los esquimales hacia el norte, teniente?

Hodgson asintió brevemente como viéndose aliviado al responder a una pregunta que podía contestar con total certeza.

—Perdimos las huellas de los nativos y las huellas de trineo a un par de kilómetros al sur de donde fue atacado el teniente Irving, señor. Debieron de moverse más al este por entonces, por encima de las crestas más bajas, donde había hielo, pero sobre todo roca, señor..., ya sabe, la grava helada. No encontramos las huellas de su trineo o de los perros ni huellas de pies en ninguna parte, por los valles, así que continuamos hacia el norte, por el camino que debían de haber seguido. Bajamos por una colina y encontramos el grupo de Thomas Farr, la partida de reconocimiento de John, justo acabando de comer. El señor Hickey había vuelto a informar de lo que acababa de ver hacía un minuto o dos, y supongo que nosotros asustamos a Thomas y sus hombres... Pensaban que eran los esquimales que venían a por ellos.

—¿Observó usted algo extraño en el señor Hickey? —preguntó Crozier.

—¿Extraño, señor?

Crozier esperó en silencio.

—Bueno —continuó Hodgson—, temblaba con fuerza. Como si le hubiera dado un ataque. Y su voz estaba muy agitada, casi chillona. Y él..., bueno, señor, se reía, más o menos. Lanzaba risitas. Pero era de esperar en un hombre que acababa de ver lo que había visto, ¿verdad, capitán?

—¿Y qué fue lo que vio, George?

—Bueno... —Hodgson miró hacia abajo para recuperar la compostura—. El señor Hickey le dijo al capitán de la cofa de gavia, Farr, y me lo repitió a mí, que había salido a ver dónde estaba el teniente Irving y que pasó por encima de una cresta justo a tiempo de ver a esos seis o siete esquimales que le robaban las pertenencias al teniente y lo apuñalaban y lo mutilaban. El señor Hickey dijo (todavía le temblaban las manos, señor, y se le veía muy alterado) que había visto cómo le cortaban las partes íntimas a John.

—Vio usted el cuerpo del teniente Irving justo unos pocos minutos después, ¿verdad, teniente?

—Sí, señor. Estaba a una distancia de veinticinco minutos andando del lugar donde comía el grupo de Farr.

—Pero usted no empezó a temblar incontrolablemente después de ver el cuerpo de Irving, ¿verdad, teniente? No siguió temblando veinticinco minutos o más, ¿verdad?

—No, señor —dijo Hodgson, obviamente sin comprender el motivo de la pregunta de Crozier—. Pero vomité, señor.

—¿Y cuándo decidió atacar al grupo de esquimales y matarlos a todos?

Hogdson tragó saliva audiblemente.

—Después de espiarlos desde la cresta por mi catalejo y ver que abrían la bolsa de John y miraban por su catalejo, capitán. En cuanto todos echamos un vistazo, el señor Farr, el sargento Tozer y yo mismo, y nos dimos cuenta de que los esquimales habían dado la vuelta al trineo y estaban dispuestos a largarse.

—¿Y dio usted la orden de no tomar prisioneros?

Hodgson bajó la vista de nuevo.

—No, señor. Realmente no pensé en ello ni en un sentido ni en otro. Yo simplemente estaba... furioso.

Crozier no dijo nada.

—Le dije al sargento Tozer que teníamos que preguntarle a alguno de los esquimales lo que había pasado, capitán —continuó el teniente—. Así que supongo que yo pensaba, antes de la acción, que alguno quedaría vivo después. Pero es que estaba tan... furioso...

—¿Quién dio la orden de disparar en realidad, teniente? ¿Usted o el sargento Tozer, o el señor Farr, o algún otro?

Hodgson parpadeó varias veces, muy deprisa.

—No lo recuerdo, señor. No estoy seguro de que en realidad se diera ninguna orden. Sólo recuerdo que estábamos a unos treinta metros, quizá menos, y vi a varios de los hombres esquimales coger sus arpones o lanzas o lo que tenían, y entonces todo el mundo entre los nuestros estaba disparando y recargando y disparando. Los nativos corrían y las mujeres chillaban... La vieja siguió chillando como..., bueno, como uno de esos espíritus antiguos de los que usted nos hablaba, capitán... Un chillido agudo, constante, como un trino... Aun después de que le dieran varias balas, seguía chillando de aquella forma espantosa. Luego el sargento Tozer se adelantó y se puso de pie junto a ella con la pistola de John y... todo ocurrió muy deprisa, capitán. Nunca me había visto involucrado en nada semejante.

—Ni yo tampoco —dijo Crozier.

Fitzjames no dijo nada. Él había sido el héroe de varias campañas en tierras salvajes durante las guerras del Opio. Su mirada estaba abatida y parecía vuelta hacia el interior.

—Si se cometieron errores, señores —dijo Hodgson—, yo asumo toda la responsabilidad. Era el oficial de mayor graduación de los dos grupos al estar Jo..., al estar muerto el teniente Irving. Todo es responsabilidad mía, señores.

Crozier le miró. El capitán notaba la mortal vacuidad de su propia mirada.

—Sí, usted era el único oficial presente, teniente Hodgson. Para bien o para mal, fue y es responsabilidad suya. Dentro de cuatro horas quiero dirigir una partida al lugar del asesinato y de los disparos. Llevaremos luz de linternas y seguiremos las huellas de su trineo de vuelta hasta el lugar, pero quiero estar allí cuando salga el sol. Usted y el señor Farr serán los únicos hombres implicados en los hechos de hoy que quiero que vengan con nosotros. Duerma un poco, aliméntese y dispóngase a partir a las seis campanadas.

—Sí, señor.

—Y mándeme al ayudante de calafatero Hickey.

39

Goodsir

Latitud 69° 37′ 42″ N. — Longitud 98° 41′ O
25 de abril de 1848

*D*el diario privado del doctor Harry D. S. Goodsir:

Martes, 25 de abril de 1848

Me gustaba mucho el Teniente Irving. Mi Impresión de él es que se trataba de un joven Honrado y Bondadoso. No le conocía Bien, pero a lo largo de estos Duros Meses, especialmente durante las muchas Semanas que pasé tanto tiempo en el *Terror* como en el *Erebus*, ni una sola vez vi al Teniente rehuir una obligación o hablar mal de los Hombres o tratarlos a ellos o a mí con nada que no fuera gentileza y Cortesía Profesional.

Sé que el Capitán Crozier está especialmente Destrozado por esa Pérdida. Su rostro estaba tan Pálido cuando vino a este campamento esta mañana, después de las 2, que yo habría apostado mi Reputación Profesional a la opinión de que no podía ponerse más pálido. Pero sí lo hizo al oír las Noticias. Hasta sus labios se volvieron tan blancos como la nieve de la banquisa que hemos estado mirando durante la mayor parte de estos tres años.

Pero por mucho que me gustase y que respetase al Teniente Irving, tengo que realizar mis Deberes Profesionales y dejar los recuerdos de nuestra Amistosa Relación a un lado.

Quité los restos de ropa del Teniente Irving, ya que todos los botones habían sido arrancados de todas las capas desde su Chaleco hasta su Ropa Interior, y la Sangre Coagulada se había helado convirtiendo la Tela en unas masas arrugadas duras como el hierro, e hice que mi ayudante, Henry Lloyd, me ayudase a bañar el cuerpo del Teniente Irving. El agua, procedente de hielo y nieve que los compañeros del señor Diggle fundieron usando parte del Carbón que trajimos de los Buques, es preciosa, pero era necesario que honrásemos al joven Irving de ese modo.

Por supuesto, no realicé mi habitual incisión en forma de Y invertida desde las caderas hasta el *umbilicus*, con la base de la Y invertida corriendo hasta el esternón, ya que los Asesinos del Teniente Irving ya lo habían hecho.

Tomé mis habituales Notas y Bocetos mientras procedía, con los Dedos doloridos por el Frío. La Causa de la Muerte no tiene ningún Misterio. La Herida en el Cuello del Teniente Irving fue causada por al menos dos tajos salvajes con una hoja no serrada, y se Desangró hasta la Muerte. Dudo seriamente de que quede una sola Pinta de sangre en el Desventurado cuerpo del joven Oficial.

La Tráquea y la Laringe han sido seccionadas y hay cortes de hoja en las vértebras cervicales expuestas.

La cavidad abdominal fue abierta mediante tajos repetidos con una Hoja Corta a través de la piel, la carne y los Tejidos relacionados, y la mayor parte de sus intestinos Gruesos y Delgados fueron cortados y eliminados. El bazo y los riñones del teniente Irving también fueron cortados y abiertos mediante un Objeto Agudo. Tampoco está el hígado.

El pene del teniente fue amputado aproximadamente tres centímetros por encima de la Base, y ha desaparecido. Su Escroto fue abierto a lo largo del Eje Central y se extrajeron los testículos. Se requirieron Repetidas Aplicaciones de la Hoja para cortar el saco escrotal, el *epididymis* y la *tunica vaginalis*. Es posible que la Hoja del Atacante se estuviese Embotando ya en ese momento.

Aunque los testículos han desaparecido, quedan restos del *vas deferens* y de la uretra y porciones importantes de tejido conectivo desde la base del pene hasta la cavidad corporal.

Aunque hay señales de múltiples Hematomas en el cuerpo del Teniente Irving, muchos de ellos Coherentes con una diagnosis de principios de Escorbuto, no hay ninguna otra Herida Grave visible en ninguna parte. Es muy interesante observar que no hay Cortes Defensivos en sus manos, antebrazos o palmas.

Parece evidente que al Teniente Irving lo cogieron completamente por Sorpresa. Su Asaltante o Asaltantes le cortaron la garganta antes de que tuviera la Menor Oportunidad de defenderse. Luego se tomaron cierto tiempo Destripándole y Despojándole de sus Partes Íntimas mediante repetidas Incisiones y Movimientos de Corte.

Al preparar el cuerpo del teniente para su funeral más tarde, le cosí el Cuello y la Garganta lo mejor que pude y, después de introducir sustancias No Originales pero sí de fibras que se descomponen (un jersey doblado de la propia mochila del teniente, de sus pertenencias personales) en la Cavidad Abdominal, para que no tuviese ese aspecto tan visiblemente vacío y hundido bajo el uniforme, cuando la vieran los hombres, me dispuse a coser de nuevo la Cavidad lo mejor que pude (había mucho tejido destruido o ausente).

Pero primero dudé un poco y Decidí hacer algo inusual.

Abrí el estómago del Teniente Irving.

No había Razón post mórtem auténtica para hacer aquello. No había duda de la Causa de la muerte del joven teniente. No había motivo para buscar ninguna Enfermedad o Alteración Crónica, ya que todos sufrimos de Escorbuto en una medida u otra, y todos nos estamos Muriendo de Hambre lentamente.

Pero, de todos modos, le abrí el Estómago. Parecía extrañamente Distendido, más de lo que la acción bacteriana y la Descomposición resultante sugeriría con este frío extremo, y ningún examen post mórtem sería completo sin una Inspección de esa Anomalía.

Su estómago estaba lleno.

Muy poco antes de la muerte del Teniente Irving, había ingerido Grandes Cantidades de Carne de Foca, algo de Piel de Foca y mucha Grasa. El Proceso Digestivo apenas había comenzado.

Los Esquimales le habían alimentado antes de Asesinarle.

O quizás el Teniente Irving había hecho un Trueque con su Catalejo, su bolsa y sus pocas posesiones personales de la Bolsa, a cambio de aquella Carne de Foca y Grasa.

Pero no es posible, ya que el Ayudante de Calafatero Hickey informó de que vio que los Esquimales Mataban y Robaban al Teniente.

La Carne de Foca y el Pescado estaban en el Trineo de los Esquimales que el señor Farr trajo de vuelta, usándolo para transportar el cuerpo del Teniente Irving. Farr informaba de que habían arrojado otros objetos fuera del Trineo: cestas, Cacharros de Cocina de algún tipo, cosas Atadas encima de la Carne de Foca y del Pescado, para situar mejor el cadáver del Teniente en el ligero trineo. «Queríamos que el Teniente Irving estuviese lo más cómodo posible», fue lo que dijo el Sargento Tozer.

De modo que los Esquimales debieron de ofrecerle primero su comida, le dieron tiempo para Comérsela (aunque no para Digerirla) y luego volvieron a guardar las cosas en su trineo, antes de Caer Sobre él con tal Salvajismo.

Acercarse a alguien como Amigo y luego Asesinarlo y Mutilarlo... ¿Se puede creer que exista una Raza tan Traicionera y Malévola y tan Bárbara?

¿Qué puede haber Provocado el súbito y Violento cambio de actitud por parte de los Nativos? ¿Pudo acaso el Teniente decir o hacer algo que violase sus Sagrados Tabúes? ¿O sencillamente querían Robarle? ¿Fue el Catalejo de latón el motivo de la Muerte terrible del Teniente Irving?

Existe otra posibilidad, pero es tan Abyecta e Improbable que apenas me atrevo a Consignarla aquí.

Los Esquimales no mataron al Teniente Irving.

Pero eso tampoco tiene sentido. El Ayudante del Calafatero Hickey declaró con toda rotundidad que VIO de seis a ocho Nativos atacando al Teniente. El les VIO robarle la bolsa, el catalejo y las demás posesiones..., aunque extrañamente no encontraron su Pistola ni le registraron los demás bolsillos. El Ayudante de Calafatero Hickey le ha dicho al Capitán Fitzjames hoy mismo (yo estaba presente durante la conversación) que él, Hickey, VIO desde la distancia cómo los Salvajes destripaban a nuestro amigo.

Hickey se Escondió y lo Vio todo tal y como pasó.

Está todavía muy oscuro y hace mucho Frío, pero el Capitán Crozier parte dentro de veinte Minutos con unos pocos hombres para recorrer los Varios Kilómetros distantes del Lugar del Crimen y de la Escaramuza Mortal de hoy con los Esquimales. Presumiblemente sus cuerpos todavía están Yaciendo en el Valle.

Acabo de completar las Suturas del Teniente Irving. Como estoy muy cansado, ya que no he dormido desde hace más de 24 horas, haré que Lloyd acabe de vestir al Teniente y haga los preparativos finales para su entierro, más tarde. Como si lo hubiera dispuesto la Providencia, Irving se trajo el Uniforme en su bolsa de posesiones personales del *Terror*. Con él le vestiremos.

Ahora voy a preguntarle al Capitán Crozier si puedo acompañarle a él, al Teniente Little, al señor Farr y a los demás al Lugar del Crimen.

40

Peglar

Latitud 69° 37' 42" N — Longitud 98° 40' 58" O
25 de abril de 1848

Cuando se levantó la niebla, algo que parecía un enorme cerebro humano sobresalía del suelo congelado: gris, intrincado, retorcido sobre sí mismo, brillante por el hielo.

Harry Peglar se dio cuenta de que estaba mirando las entrañas de John Irving.

—Éste es el lugar —dijo Thomas Farr, innecesariamente.

Peglar se sintió algo sorprendido cuando el capitán le ordenó que le acompañase en aquel viaje al lugar del crimen. El capitán de la cofa de trinquete no había ido en ninguna de las partidas, ni la de Irving ni la de Hodgson, implicadas en los incidentes del día anterior. Pero Peglar se había fijado entonces en los otros hombres elegidos para llevar a cabo la expedición investigadora previa al amanecer: el primer teniente Edward Little, Tom Johnson (el contramaestre de Crozier y antiguo compañero de expedición en el Polo Sur), el capitán de la cofa de gavia Farr, que sí estuvo allí el día anterior, el doctor Goodsir, el teniente Le Vesconte, del *Erebus*, el primer oficial Robert Thomas y una guardia de cuatro marines con armas: Hopcraft, Healey y Pilkington, bajo el mando del cabo Pearson.

Harry Peglar esperaba no ser demasiado presuntuoso al pensar que, por el motivo que fuese, el capitán Crozier había escogido a personas en las que confiaba para su salida. Los descontentos y los incompetentes habían quedado atrás, en el campamento Terror; el metomentodo Hickey encabezando una expedición para cavar la tumba del teniente Irving, para el entierro de aquella tarde.

La partida de Crozier había abandonado el campamento mucho antes de amanecer, siguiendo las huellas del día anterior y las huellas del trineo esquimal que llevó el cadáver al campamento del sudeste, a la luz de la linterna. Cuando las huellas desaparecían en los riscos rocosos, se encontraban fácilmente de nuevo en los valles nevosos que había más allá. La temperatura había subido al menos doce grados durante la noche, hasta dieciocho grados bajo cero o incluso más, y una espesa niebla lo cubría todo. Harry Peglar, veterano de todo tipo de tiempos en la mayoría de los mares y océanos del mundo, no tenía ni idea de cómo era posible que hubiese tanta niebla cuando no había agua líquida y sin congelar en cientos y cientos de kilómetros. Quizá fuesen nubes bajas que rozaban la superficie de la banquisa y colisionaban con aquella isla dejada de la mano de Dios, que se alzaba sólo unos pocos metros por encima del nivel del mar en el punto más elevado. El amanecer, cuando llegó, no fue amanecer en absoluto, sino sólo un vago resplandor amarillo entre las nubes remolineantes de niebla que los rodeaban, que parecían venir de todas direcciones.

Los doce hombres se quedaron de pie en silencio en el lugar del crimen durante unos pocos minutos. Había poco que ver. El gorro de John Irving había volado hasta una roca cercana, y Farr lo recuperó. Había sangre seca en las piedras congeladas, y el montón de intestinos humanos junto a aquella mancha oscura. Unos pocos jirones de tela desgarrada.

—Teniente Hodgson, señor Farr —dijo Crozier—, ¿vieron ustedes alguna señal de los esquimales aquí arriba, cuando el señor Hickey los condujo a este lugar?

Hodgson parecía confuso por la cuestión. Farr dijo:

—Aparte de su trabajo sangriento no, señor. Nos aproximamos a la cresta echados de bruces y miramos hacia el valle con el catalejo del señor Hodgson, y estaban allí. Todavía miraban por el catalejo de John y tenían otras cosas.

—¿Observó que se pelearan entre ellos? —preguntó Crozier.

Peglar no recordaba haber visto a su capitán, ni a ningún capitán bajo el que hubiese servido, tan cansado. Los ojos de Crozier se habían hundido visiblemente en las órbitas a lo largo de las últimas semanas. La voz de Crozier, que siempre era bronca e imperiosa, ahora era apenas un graznido. Parecía que los ojos estaban a punto de sangrarle.

Peglar sabía algo de ojos sangrantes. No se lo había dicho a su amigo John Bridgens todavía, pero el escorbuto le estaba afectando de mala manera. Sus músculos, de los que estaba orgulloso, se estaban atrofiando. Su carne estaba llena de hematomas. Había perdido dos dientes en los últimos diez días. Cada vez que se cepillaba los que le quedaban, el cepillo salía rojo. Y cada vez que se agachaba para aliviarse, cagaba sangre.

—¿Que si vi a los esquimales pelearse entre ellos? —repitió Farr—. Pues no, en realidad no, señor. Estaban dándose empujones y riendo. Y dos de los tíos usaban el excelente catalejo de latón de John.

Crozier asintió.

—Bajemos al valle, caballeros.

Peglar se sintió conmocionado por la sangre. Nunca había visto el lugar de una batalla en tierra, ni siquiera de una escaramuza pequeña como aquélla, y aunque estaba preparado para ver los cuerpos muertos, no se había imaginado lo roja que podía ser la sangre derramada sobre la nieve.

—Alguien ha estado aquí —dijo el teniente Hodgson.

—¿Qué quiere decir? —preguntó Crozier.

—Algunos de los cuerpos han sido movidos —dijo el joven teniente, señalando a un hombre y luego a otro, y luego a una anciana—. Y sus ropas exteriores, las ropas de piel, como las que lleva Lady Silenciosa, e incluso algunos de los guantes y de las botas han desaparecido. Y también varias armas..., arpones y lanzas. Mire, puede ver las huellas en la nieve donde estaban echados ayer. Han desaparecido.

—¿Recuerdos? —gruñó Crozier—. ¿Acaso nuestros hombres...?

—No, señor —dijo Farr, con rapidez y con firmeza—. Quitamos algunas cestas y cacharros de cocina y otra cosas del trineo para hacer espacio y llevar ese trineo colina arriba para cargar el cuerpo del teniente Irving. Todos estuvimos juntos desde entonces hasta que llegamos al campamento Terror. Nadie se retrasó.

—Algunos de los cacharros y cestas han desaparecido también —dijo Hodgson.

—Parece que hay huellas más nuevas aquí, pero es difícil decirlo, porque el viento soplaba la última noche —dijo el contramaestre Johnson.

El capitán iba de cadáver en cadáver, dándoles la vuelta cuando estaban boca abajo. Parecía estudiar el rostro de cada muerto. Peglar observó que no todos eran hombres: también había un niño. Uno de ellos era una anciana cuya boca abierta, como congelada por la Muerte en un grito silencioso, parecía un pozo negro. Había muchísima sangre. Uno de los nativos había recibido un disparo de escopeta de lleno, a una distancia que debía de ser muy corta, quizá después de haber sido alcanzado también por fuego de rifle o de mosquete. Toda la parte trasera de su cabeza había desaparecido.

505

Después de inspeccionar cada rostro como si esperase encontrar respuestas en ellos, Crozier se puso de pie. El cirujano, Goodsir, que también miraba los muertos cuidadosamente, dijo algo en voz baja al oído del capitán, apartándose la pañoleta mientras susurraba. Crozier dio un paso atrás, miró a Goodsir como si estuviera sorprendido, pero luego afirmó con la cabeza.

El cirujano se puso de rodillas junto a un esquimal muerto y sacó algunos instrumentos quirúrgicos de su bolsa, incluyendo un cuchillo muy largo, curvado y serrado que a Peglar le recordó las sierras de hielo que usaban para cortar trozos para los tanques de hielo o para el agua helada en la bodega del *Terror*.

—El doctor Goodsir tiene que examinar varios estómagos de los salvajes —dijo Crozier.

Peglar se imaginó que los otros nueve, igual que él, se preguntarían también por qué. Nadie hizo la pregunta. Los más aprensivos (incluyendo a tres de los marines) apartaron la vista mientras el pequeño cirujano abría las ropas de piel de animal y empezaba a serrar el abdomen del primer cadáver. El sonido de la sierra cortando la carne dura y congelada le recordó a Peglar a alguien serrando madera.

—Capitán, ¿quién cree usted que puede haber recogido las armas y la ropa? —preguntó el primer oficial Thomas—. ¿Uno de los dos que escapó?

Crozier asintió distraídamente.

—U otros de su pueblo, aunque es difícil imaginar un pueblo en esta isla abandonada. Quizás éstos formasen parte de un grupo de caza más grande que acampaba cerca.

—Este grupo llevaba mucha comida —dijo el teniente Le Vesconte—. Imagine cuánta puede llevar el grupo mayor de caza. Podríamos alimentarnos todos.

El teniente Little sonrió por encima del cuello de su abrigo, escarchado por su aliento.

—¿Querría ir usted andando a su pueblo o grupo de caza y pedirles amablemente algo de comida o consejos para la caza? ¿Ahora? ¿Después de esto? —Little hizo un gesto hacia los cuerpos tirados y congelados y las manchas rojas en la nieve.

—Creo que tenemos que irnos del campamento Terror y de esta isla ahora mismo —dijo el segundo teniente Hodgson. La voz del joven temblaba—. Van a matarnos mientras dormimos. Mire lo que le hicieron a John. —Se detuvo, visiblemente avergonzado.

Peglar examinó al teniente. Hodgson mostraba los mismos síntomas de inanición y de cansancio que los demás, pero no tantos de escorbuto. Peglar se preguntaba si él se quedaría tan acobardado al ver un espectáculo similar al que Hodgson había presenciado menos de veinticuatro horas antes.

—Thomas —dijo Crozier sosegadamente a su contramaestre—, ¿es tan amable de subir a la cresta siguiente y ver si allí hay algo? Sobre todo, huellas que conduzcan lejos de aquí... Y si es así, ¿cuántas y de qué tipo?

—Sí, señor. —El corpulento contramaestre subió colina arriba por la nieve espesa y se dirigió hacia la cresta oscura por la grava.

Peglar observó a Goodsir. El cirujano había abierto el estómago rosado y grisáceo, distendido, del primer hombre esquimal; luego se había dirigido a la anciana, y luego al niño. Era algo terrible de contemplar. En cada caso, Goodsir, con las manos desnudas, usaba un instrumento quirúrgico pequeño para abrir el estómago y sacar el contenido, y hurgaba entre los helados trozos como si buscara un premio. A veces, Goodsir deshacía el contenido del estómago en trocitos más pequeños con un audible crujido. Cuando acabó con los tres primeros cadáveres, Goodsir se limpió las manos desnudas en la nieve, se puso los guantes y susurró de nuevo al oído de Goodsir.

—Se lo puede usted decir a todo el mundo —dijo Crozier, en voz alta—. Quiero que todo el mundo lo oiga.

El menudo cirujano se humedeció los labios agrietados y sangrantes.

—Esta mañana he abierto el estómago del teniente Irving...

—¿Por qué? —gritó Hodgson—. ¡Era una de las pocas partes de John que esos malditos salvajes no mutilaron! ¿Cómo ha podido?

—¡Silencio! —aulló Crozier. Peglar observó que la antigua voz autoritaria había vuelto, al menos para esa orden. Crozier hizo una seña al cirujano—. Por favor, continúe, doctor Goodsir.

—El teniente Irving había comido tanta carne de foca y grasa que estaba literalmente lleno —dijo el cirujano—. Había comido más de lo que ninguno de nosotros hemos comido desde hace meses. Obviamente, provenía del alijo que llevaban los esquimales en su trineo. Yo tenía curiosidad por ver si los esquimales habían comido con él..., si los contenidos de sus estómagos mostrarían que habían comido también grasa de foca poco antes de morir. Con estos tres, obviamente es así.

—Compartieron el pan con él..., comieron su carne con él..., ¿y luego le mataron mientras se iba? —dijo el primer oficial Thomas, obviamente confuso por aquella información.

Peglar también estaba confuso. No tenía sentido..., a menos que aquellos salvajes fueran tan volubles y traicioneros en su temperamento como algunos nativos que había conocido en los mares del Sur, durante el viaje de cinco años del viejo *Beagle*. El capitán de la cofa de trinquete deseó que John Bridgens estuviese allí para darle su opinión de todo aquello.

—Caballeros —dijo Crozier, obviamente incluyendo hasta a los marines—, quería que todos ustedes oyesen esto porque puedo requerir su conocimiento de estos hechos en un futuro, pero no quiero que nadie más sepa ni una palabra de esto. No hasta que yo diga que puede ser de público conocimiento. Y quizá no lo haga nunca. Si alguno de ustedes se lo cuenta a alguien, a una sola persona, aunque sea un amigo muy íntimo, aunque lo murmure en sueños, juro por Dios que encontraré al que ha desobedecido mi orden de silencio y dejaré a ese hombre solo en el hielo sin un orinal para cagar en él. ¿Les ha quedado bien claro, caballeros?

Los otros hombres gruñeron afirmativamente.

Entonces volvió Thomas Johnson, resoplando y resollando colina abajo. Hizo una pausa y miró al grupo de hombres silenciosos como sin atreverse a preguntar.

—¿Qué ha visto, señor Johnson? —preguntó Crozier vivamente.

—Huellas, capitán —dijo el contramaestre—, pero antiguas. Se dirigían al sudoeste. Los dos que huyeron ayer... y quien quiera que volvió al valle para llevarse las parkas, las armas y los cacharros. Tuvieron que seguir esa huella mientras corrían. No he visto nada nuevo.

—Gracias, Thomas —dijo Crozier.

La niebla se arremolinaba a su alrededor. En algún lugar al este, Peglar oyó lo que sonaba como cañones grandes que disparasen en algún combate naval, pero ya lo había oído muchas veces a lo largo de los dos últimos veranos. Eran truenos distantes. En abril. Todavía muchos grados con la temperatura por debajo de la congelación.

—Caballeros —dijo el capitán—, debemos asistir a un entierro. ¿Volvemos?

En el largo camino de vuelta, Harry Peglar fue rumiando lo que habían visto: las entrañas congeladas de un oficial que le gustaba, los cuerpos y la sangre todavía de un color llamativo en la nieve, las parkas, armas y herramientas que faltaban, los macabros exámenes del doctor Goodsir, la frase que había pronunciado el capitán Crozier diciendo que podría «requerir su conocimiento de estos hechos en un futuro», como si los estuviera preparando para que actuasen como jurados en una corte marcial o de investigación en el futuro...

Peglar quería escribir todo aquello en la libreta donde anotaba todo desde hacía mucho tiempo. Y esperaba encontrar la oportunidad de hablar con John Bridgens después del servicio funeral, antes de que los grupos de hombres de ambos buques se fueran a sus propias tiendas, comedores y equipos de tiro. Quería saber lo que podía decir acerca de todo aquello su sabio y querido Bridgens.

509

41

Crozier

Latitud 69° 37' 42" N — Longitud 98° 41' O
25 de abril de 1848

—¡*O*h, muerte!, ¿dónde está tu aguijón? ¡Oh, tumba!, ¿dónde se halla tu victoria?

El teniente Irving era oficial de Crozier, pero el capitán Fitzjames tenía una voz mejor, una vez había desaparecido por completo su ceceo, y se le daba mucho mejor el tema de las Escrituras, así que Crozier se sintió agradecido de que él hiciera la mayor parte de las lecturas del funeral.

Todos los hombres del campamento Terror estaban allí, excepto los de guardia, los que estaban en la enfermería o los que realizaban servicios esenciales, como Lloyd en la enfermería y el señor Diggle y el señor Wall y sus ayudantes trabajando en las cuatro estufas de las balleneras, y cocinando algo de la carne y pescado de los esquimales para la cena. Al menos había ochenta hombres ante aquella tumba a unos cien metros del campamento, de pie como oscuros espectros entre la niebla, todavía presente.

—El aguijón de la muerte es el pecado; y la fortaleza del pecado es la ley. Pero gracias sean dadas al Señor, que nos dio la victoria a través de nuestro Señor Jesucristo. Por tanto, mis amados hermanos, permaneced firmes, inconmovibles, abundando siempre en la obra del Señor, sabiendo, como sabéis, que vuestras obras no son vanas ante el Señor.

Los otros oficiales supervivientes y dos segundos oficiales llevarían el cuerpo de Irving a la tumba. No había la suficiente madera en el campamento Terror para hacer un ataúd, pero el señor Honey, el carpintero, había encontrado la suficiente para formar una plataforma del tamaño de una puerta en la cual el cuerpo del señor Irving, ahora bien cosido dentro de una lona, pudiese ser transportado hasta bajarlo a la tumba. Aunque las ropas estaban situadas atravesando la tumba, siguiendo la tradición naval, como se haría en cualquier entierro en tierra firme, tampoco tendrían que bajar mucho el cuerpo. Hickey y sus hombres sólo habían sido capaces de cavar apenas un metro, ya que la tierra por debajo de ese nivel estaba congelada y era dura como la piedra, de modo que los hombres habían reunido muchas piedras grandes para colocarlas encima del cuerpo antes de apilar encima la tierra y la grava heladas, y luego más piedras encima del conjunto. Nadie tenía esperanza alguna de que eso mantuviese alejados a los osos polares a cualquier otro depredador del verano, pero al menos todos aquellos esfuerzos eran una señal del afecto que sentían por Irving la mayoría de los hombres.

«La mayoría de los hombres.»

Crozier echó un vistazo a Hickey, de pie junto a Magnus Manson, y al mozo de la santabárbara del *Erebus* que había sido azotado después de carnaval, Richard Aylmore. Había un grupito de descontentos en torno a esos hombres, algunos de los marineros del *Terror* que estaban más ansiosos de matar a Lady Silenciosa aunque costase un motín, allá por enero, pero, como todos los demás situados de pie en torno al patético agujero en el suelo, llevaban sus gorros bien metidos y las pañoletas subidas por encima de la nariz y los oídos.

511

El interrogatorio nocturno realizado por Crozier a Cornelius Hickey en la tienda de mando fue tenso y lacónico.

—Buenos días, capitán. ¿Quiere que le cuente lo que le conté al capitán Fitzjames y...?

—Quítese la ropa, señor Hickey.

—¿Perdón, señor?

—Ya me ha oído.

—Sí, señor, pero si quiere que le cuente cómo vi a esos salvajes asesinando al pobre señor Irving...

—Era «teniente» Irving, ayudante de calafatero. Ya he oído la historia que le contó al capitán Fitzjames. ¿Tiene algo que añadir, se retracta de algo? ¿Algo que cambiar?

—Eh..., no, señor.

—Quítese la ropa de abrigo. Los guantes también.

—Sí, señor. Pero, señor, ¿por qué esto? ¿Tengo que dejarlas en...?

—Déjelas en el suelo. Las chaquetas también.

—¿Las chaquetas, señor? Pero hace un frío del demonio aquí... Sí, señor.

—Señor Hickey, ¿por qué se ofreció usted voluntario para ir a buscar al teniente Irving cuando él no había faltado más de una hora? Nadie más estaba preocupado por él.

—Ah, no creo que yo me ofreciera, capitán. Recuerdo que el capitán Farr me pidió que fuera a buscarle...

—El señor Farr me ha informado de que usted le preguntó varias veces si el teniente Irving estaba perdido y se ofreció para ir a buscarlo usted mismo, mientras los demás se quedaban comiendo. ¿Por qué lo hizo, señor Hickey?

—Bueno, si el señor Farr lo dice..., pues supongo que estaba preocupado por él, capitán. Por el teniente, quiero decir.

—¿Por qué?

—¿Puedo volver a ponerme la chaqueta y los abrigos, capitán? Hace un frío que te congelas y...

—No. Quítese el chaleco y los jerséis. ¿Por qué estaba usted preocupado por el teniente Irving?

—Si le preocupa a usted..., o sea, si piensa que he resultado herido, capitán, pues no. Los salvajes no me vieron. No tengo heridas, señor. Se lo aseguro.

—Quítese también el jersey. ¿Por qué estaba usted preocupado por el teniente Irving?

—Bueno, los chicos y yo..., ya sabe, capitán.

—No.

—Estábamos preocupados, ya sabe, de que se perdiera uno de nuestra partida. Hacía mucho frío, señor. Estábamos sentados allí comiendo la comida fría que teníamos. Yo pensaba que caminando y siguiendo al teniente para asegurarme de que todo iba bien, al menos me calentaría un poco, señor.

—Enséñeme las manos.

—¿Perdón, capitán?

—Las manos.

—Sí, señor. Perdone que tiemble, señor. No he cogido calor en todo el día, y al quitarme toda la ropa menos la camisa y...

—Vuélvalas. Las palmas hacia arriba.

—Sí, señor.

—¿Es sangre eso que lleva debajo de las uñas, señor Hickey?

—Puede ser, capitán. Ya sabe lo que pasa.

—No. Cuéntemelo.

—Bueno, pues no tenemos agua para bañarnos desde hace meses, señor. Y con eso del escorbuto y la disentería, hay cierta cantidad de sangre cuando uno procura sus necesidades...

—¿Me está diciendo que un suboficial de la Marina Real de mi barco se limpia el culo con los dedos, señor Hickey?

—No, señor... Quiero decir..., ¿puedo ponerme la ropa, capitán? Ya puede ver que no tengo ninguna herida ni nada. Este frío le encoge a uno hasta...

—Quítese la camisa y la ropa interior.

—¿Lo dice en serio, señor?

—No me haga perder más tiempo, señor Hickey. No tenemos calabozo. Así que si mando a un hombre al calabozo, pasará el tiempo encadenado en una de las balleneras.

—Muy bien, señor. Ya está. En pelota, helándome entero. Si mi pobre mujer me pudiera ver ahora...

—No decía en sus documentos cuando se enroló que estuviera casado, señor Hickey.

—Ah, mi pobre Louisa murió hace siete años, capitán. De viruela. Que Dios acoja su alma.

—¿Por qué les dijo usted a algunos de los otros hombres de servicio que cuando llegase el momento de matar a los oficiales, el teniente Irving debía ser el primero?

—Nunca he dicho nada semejante, señor.

—Me han informado de que usted dijo eso e hizo otras afirmaciones tendentes al motín antes del carnaval en el hielo, señor Hickey. ¿Por qué destacó usted al teniente Irving? ¿Qué le había hecho ese oficial?

—Nada, señor. Y nunca dije una cosa semejante. Traiga al hombre que le ha dicho eso y se lo discutiré en su cara y le escupiré a los ojos.

—¿Qué le había hecho el teniente Irving, señor Hickey? ¿Por qué les dijo usted a otros hombres tanto del *Erebus* como del *Terror* que Irving era un rufián y un embustero?

—Le juro, capitán..., perdone que me castañeteen los dientes, capitán, pero Dios mío, la noche está muy fría para ir con la piel desnuda. Le juro que yo no dije nada semejante. Muchos de nosotros veíamos al pobre teniente Irving como a un hijo, capitán. Un hijo. Sólo fue mi preocupación por él lo que me hizo seguirle. Y menos mal que se me ocurrió, porque si no nunca habríamos cogido a los asesinos hijos de puta que...

—Póngase la ropa, señor Hickey.

—Sí, señor.

—No. Fuera. Salga de mi vista.

—El hombre que nace de mujer no tiene sino un breve tiempo de vida, y está colmado de sufrimientos —recitaba Fitzjames—. Llega su momento y es arrebatado, como una flor; huye como si fuese una sombra, y nunca permanece.

Hodgson y los demás portadores del féretro pusieron mucho cuidado en bajar la litera con el cuerpo de Irving envuelto en lona hasta las cuerdas sujetas en su lugar por encima del hueco. Lo hicieron algunos de los marineros más saludables. Crozier sabía que Hodgson y los demás amigos de Irving habían entrado un momento en la tienda post mórtem para presentar sus respetos antes de que el teniente fuese introducido en su sudario de lona y cosido por el Viejo Murray. Los visitantes llevaron diversas prendas de su afecto al cuerpo del teniente: el catalejo de latón recuperado, con la lente destrozada por el tiroteo, que el chico tanto estimaba, una medalla de oro con su nombre grabado y que había ganado en concursos en el buque de artillería HMS *Excellent,* y un billete de cinco libras, como si alguien hubiese pagado al fin alguna antigua apuesta. Por algún motivo (¿optimismo?, ¿ingenuidad juvenil?), Irving se había llevado su uniforme en la pequeña bolsa de pertenencias personales, y fue enterrado con él. Crozier se preguntó ociosamente si los botones dorados del uniforme, cada uno con la imagen de un ancla rodeada por una corona, seguirían allí cuando no quedase nada más que los huesos blanqueados del joven y la medalla de oro de la artillería sobreviviendo al largo proceso de descomposición.

—En medio de nuestra vida estamos en la muerte —recitaba Fitzjames de memoria, con voz cansada, pero adecuadamente resonante—, ¿a quién podemos recurrir para nuestro socorro sino a ti, Señor, que tan justamente disgustado estás por nuestros pecados?

El capitán Crozier sabía que había otro objeto introducido en la mortaja con Irving, uno que nadie más conocía. Estaba colocado debajo de su cabeza como una almohada.

Era un pañuelo de seda oriental dorado, verde, rojo y azul, y Crozier había sorprendido al donante entrando en la tienda post mórtem después de que Goodsir, Lloyd, Hodgson y los demás se hubiesen ido ya, justo antes de que el Viejo Murray, el velero, entrase para coser la mortaja que había preparado y sobre la cual ya se encontraba yaciendo Irving ceremoniosamente.

Lady Silenciosa estaba allí, inclinada sobre el cadáver, colocando algo bajo la cabeza de Irving.

El primer impulso de Crozier fue buscar su pistola en el bolsillo del abrigo, pero se quedó paralizado al ver los ojos y el rostro de la muchacha esquimal. Si no había lágrimas en aquellos ojos oscuros y apenas humanos, había al menos algo luminoso, con cierta emoción que él no podía identificar. ¿Dolor? El capitán no lo creía. Era más como una especie de reconocimiento implícito, al ver a Crozier. El capitán notó la misma sensación extraña en la cabeza que tan a menudo había notado con Memo Moira.

Pero la chica, obviamente, había colocado con mucho cuidado el pañuelo oriental en su lugar debajo de la cabeza del muchacho muerto como un gesto especial. Crozier sabía que el pañuelo pertenecía a Irving, lo había visto en ocasiones especiales ya desde el día en que zarparon, en mayo de 1845.

¿Lo había robado acaso la chica esquimal? ¿Lo acababa de quitar de su cuerpo muerto el día anterior?

Silenciosa había seguido a la partida de trineo de Irving desde el *Terror* al campamento Terror hacía más de una semana, y luego desapareció y no se unió a los hombres en el campamento. Casi todos, excepto Crozier, que todavía albergaba esperanzas de que ella los condujese hasta la comida, habían pensado que se alegraban. Pero durante aquella mañana terrible, Crozier se preguntaba si de alguna manera Lady Silenciosa habría sido responsable del crimen de su oficial allá en la cresta de grava barrida por el viento.

¿Había conducido ella a sus amigos cazadores esquimales hasta allí para que atacaran el campamento y se echaran sobre Irving de paso, dándose primero un festín con el hombre hambriento con carne y luego asesinándole a sangre fría para evitar que contase a los demás su encuentro? ¿Era Silenciosa la «mujer joven» que Farr y Hodgson y los demás habían entrevisto, huyendo con un hombre esquimal con una cinta en la cabeza? Ella podía haberse cambiado de parka, si había vuelto a su pueblo en la semana pasada, ¿y quién distingue a una joven esquimal de otra, de un simple vistazo?

Crozier pensó en todas aquellas cosas, pero mientras el tiempo se detenía y tanto él como la joven se quedaban inmovilizados durante largos segundos, el capitán la miró al rostro y supo, en su corazón o mediante lo que Memo Moira insistía en que era «clarividencia», que ella lloraba por dentro por John Irving, y que le estaba devolviendo el regalo del pañuelo de seda al hombre muerto.

Crozier supuso que el pañuelo se lo había regalado a ella durante la visita de febrero a la casa de nieve de los esquimales que Irving le había descrito diligentemente al capitán..., pero le había dado pocos detalles. Ahora Crozier se preguntaba si ambos habrían sido amantes.

515

Y entonces Lady Silenciosa desapareció. Se deslizó por debajo del faldón de la tienda y se fue sin emitir un solo sonido. Cuando Crozier más tarde interrogó a los hombres del campamento y a los de guardia preguntándoles si habían visto algo, nadie lo había hecho.

En aquel momento, en la tienda, el capitán se inclinó sobre el cuerpo de Irving, miró el rostro pálido y sin vida, más blanco aún debido a la almohada que formaba el pañuelo de vivos colores, y luego subió la lona sobre el cuerpo y el rostro del teniente, y llamó al Viejo Murray para que viniera a coser la lona.

—Sin embargo, oh, Señor Dios nuestro santificado, oh, Señor todopoderoso, oh, santo y misericordioso Salvador nuestro —decía Fitzjames—, no nos dejes caer en el amargo sufrimiento de la muerte eterna.

»Porque Tú conoces, Señor, los secretos de nuestros corazones; no cierres tus oídos misericordiosos a nuestras plegarias, y líbranos, oh, Dios Santísimo, oh Dios Todopoderoso, oh Santo y misericordioso Salvador, Juez eterno y sabio, y no nos dejes sufrir, en nuestra última hora, los dolores de la muerte apartándonos de ti.

La voz de Fitzjames se apagó. Retrocedió desde la tumba.

Crozier, sumido en sus ensoñaciones, se quedó de pie un momento hasta que un roce de pies le hizo darse cuenta de que había llegado el momento de su intervención en el servicio.

Se adelantó hasta la cabecera de la tumba.

—Aquí entregamos pues el cuerpo de nuestro amigo y oficial John Irving a las profundidades —gruñó, recitando también de memoria, una memoria demasiado clara por las innumerables repeticiones a pesar del velo de fatiga que nublaba su mente—, para que se convierta en corrupción, esperando la resurrección de los cuerpos y el momento en que el mar y la tierra nos devuelvan a sus muertos. —El cuerpo bajó el metro escaso. Crozier arrojó un puñado de helada tierra encima. La grava hizo un ruido extraño, áspero, al aterrizar en la lona encima del rostro de Irving y deslizarse a los lados—. Y la vida del mundo venidero, a través de nuestro Señor Jesucristo, que a su llegada transformará nuestro vil cuerpo mortal, y lo transformará para que sea como su glorioso cuerpo, según su voluntad omnipotente, ya que Él somete todas las voluntades a la suya.

El servicio había concluido. Las sogas se habían retirado.

Los hombres patalearon para descongelar los pies, se encasquetaron las gorras y los sombreros y se envolvieron con más fuerza las pañoletas, y desfilaron de vuelta entre la niebla hacia el campamento Terror para tomar su cena caliente.

Hodgson, Little, Thomas, Des Voeux, Le Vesconte, Blanky, Peglar y unos pocos oficiales más se quedaron, despidiendo al séquito de marineros que esperaba para enterrar el cuerpo. Los propios oficiales echaron tierra con las palas y empezaron a colocar la primera capa de piedras. Querían que Irving fuese enterrado lo mejor posible, dadas las circunstancias.

Cuando acabaron, Crozier y Fitzjames se alejaron de los demás. Tomarían su cena mucho más tarde, porque por ahora habían pensado caminar los cerca de tres kilómetros que había hasta el cabo Victoria, donde Graham Gore había dejado su cilindro de latón con un optimista mensaje en el antiguo mojón de James Ross, casi un año antes.

Crozier planeaba dejar escrito allí aquel mismo día cuál había sido el destino de su expedición en los últimos diez meses y medio, desde que se escribió la nota de Gore, y qué pensaban hacer a continuación.

Abriéndose camino cansadamente entre la niebla y oyendo una de las campanas del buque que llamaba para cenar en alguna parte detrás de ellos, porque, por supuesto, se habían llevado las campanas del *Erebus* y del *Terror* en las balleneras arrastradas por el mar helado cuando abandonaron los buques, Francis Crozier esperaba por lo más sagrado ser capaz de decidir qué curso de acción iban a seguir cuando Fitzjames y él llegasen al mojón. Y si no era capaz, pensó, temía que podía echarse a llorar.

517

42

Peglar

Latitud 69° 37' 42" N — Longitud 98° 41' O
25 de abril de 1848

*N*o había el suficiente pescado o foca en el trineo para servir como plato principal para noventa y cinco o cien hombres, ya que algunos estaban demasiado enfermos para comer nada sólido, y aunque el señor Diggle y el señor Wall tenían el récord de milagros de los panes y los peces con los limitados recursos del buque, en aquella ocasión no tuvieron éxito del todo, especialmente dado que parte de la comida del trineo esquimal estaba particularmente putrefacta, pero todos los hombres probaron un poco de la sabrosa grasa o de pescado junto con las sopas preparadas Goldner o los estofados o las verduras.

Harry Peglar disfrutó de la comida aunque temblaba de frío al comer y sabía que aquello sólo le provocaría una diarrea que le estaba destruyendo día a día.

Después de la comida y antes de iniciar sus deberes previstos, Peglar y el mozo John Bridgens salieron a caminar juntos con sus pequeños vasitos de té tibio. La niebla ahogaba sus propias voces, aunque parecía amplificar los sonidos más lejanos. Podían oír a los hombres discutiendo mientras jugaban a las cartas, en una de las tiendas del extremo más alejado del campamento Terror. Desde el noroeste, la dirección en la que se habían encaminado los dos capitanes antes de cenar, llegaba el retumbar como de artillería de los truenos allá fuera, en la banquisa. Ese ruido llevaba todo el día resonando, pero no había llegado ninguna tormenta.

Los dos hicieron una pausa ante la larga fila de botes y de trineos colocados encima del hielo caído que formaría la línea de costa de la ensenada si algún día se fundía el hielo.

—Dime, Harry —dijo Bridgens—, ¿cuál de estos botes nos llevaremos, cuando tengamos que ir de nuevo por el hielo?

Peglar bebió un poco de té y señaló.

—No estoy seguro del todo, pero creo que el capitán Crozier ha decidido llevarse diez de los dieciocho que hay. No tenemos hombres suficientes para más botes.

—Entonces, ¿por qué hizo que arrastraran los dieciocho botes hasta el campamento Terror?

—El capitán Crozier pensó en la posibilidad de que tuviéramos que quedarnos en el campamento Terror otros dos o tres meses, quizá dejando que se fundiera el hielo alrededor de esta zona. Cuantos más botes hubiera, mejor provistos estaríamos, manteniendo algunos en reserva incluso por si otros resultaban dañados. Y además podíamos cargar mucha más comida, tiendas y suministros en dieciocho botes. Con más de diez hombres en cada bote ahora ya estará condenadamente estrecho, y tendremos que dejar gran parte de las provisiones aquí.

—Pero ¿crees que nos iremos hacia el sur con sólo diez botes, Harry? ¿Y pronto?

—Espero que sí, por lo más sagrado —dijo Peglar.

Le dijo a Bridgens lo que había visto aquella mañana, lo que Goodsir había dicho de que los estómagos de los esquimales estaban llenos de carne de foca, igual que el de Irving, y que el capitán había tratado a los presentes, exceptuando quizás a los marines, como posible tribunal de investigación. Añadió que el capitán les había hecho jurar que guardarían el secreto.

—Creo —dijo John Bridgens— que el capitán Crozier no está convencido de que los esquimales matasen al teniente Irving.

—¿Cómo? ¿Quién pudo si no...?

Peglar se detuvo. El frío y la náusea que ahora le acompañaban siempre parecieron aumentar de pronto e invadirle. Tuvo que apoyarse contra una ballenera para evitar que se le doblaran las rodillas. No había pensado ni por un instante que otra persona que no fueran los salvajes pudiese haber hecho lo que había visto que le habían hecho a John Irving. Pensó en el montón de intestinos congelados en la cresta.

—Richard Aylmore va diciendo por ahí que los oficiales nos han traído a este desastre —dijo Bridgens, con una voz tan baja que apenas era un susurro—. Le dice a todo el mundo que sabe que no le denunciará que hay que matar a los oficiales y repartir las raciones extra de comida entre los hombres. Aylmore en nuestro grupo y el ayudante del calafatero en el tuyo dicen que debemos volver al *Terror* de inmediato.

—Volver al *Terror*... —repitió Peglar.

El hombre sabía que tenía la mente embotada por la enfermedad y el cansancio de aquellos días, pero la idea no tenía ningún sentido. El barco estaba atrapado en el hielo muy lejos, y seguiría allí durante muchos meses más, aunque aquel año el verano se dignara hacer su aparición.

—¿Por qué no me entero yo de esas cosas, John? No he oído esos comentarios sediciosos.

Bridgens sonrió.

—Porque no confían en ti para contártelo, mi querido Harry.

—¿Y en ti sí que confían?

—Claro que no. Pero yo lo oigo «todo», tarde o temprano. Los mozos son invisibles, como sabrás, ya que no son ni carne ni pescado, ni una cosa ni otra. Por cierto, hemos tomado una comida deliciosa, ¿verdad? Quizá la última comida relativamente fresca que comeremos ya.

Peglar no respondió. Su mente iba a toda velocidad.

—¿Qué podemos hacer para advertir a Fitzjames y a Crozier?

—Ah, ellos ya tienen esa información sobre Aylmore y Hickey y los demás —dijo el viejo mozo, despreocupadamente—. Nuestros capitanes tienen sus propias fuentes entre la marinería y conocen los rumores.

—Los rumores llevan tiempo bien congelados —dijo Peglar.

Bridgens soltó una risita.

—Parece una buena metáfora, Harry, y mucho más irónica debido a su literalidad. O al menos un eufemismo divertido.

Peglar meneó la cabeza. Todavía sentía náuseas ante la idea de que entre toda aquella enfermedad y terror, un hombre entre ellos pudiera volverse hacia otro.

—Dime, Harry —dijo Bridgens, dando unos golpecitos al casco invertido de la primera ballenera con su gastado guante—, ¿cuál de estos botes nos llevaremos y cuál dejaremos?

—Las cuatro balleneras vendrán, seguro —dijo Peglar, ausente, rumiando todavía las historias de motines y lo que había visto aquella mañana—. Los esquifes son igual de largos que las balleneras, pero son condenadamente pesados. Si yo fuera el capitán, quizá los dejaría y me llevaría los cuatro cúteres. Sólo tienen siete metros y medio de largo, pero son mucho más ligeros que las balleneras. Pero su calado igual es excesivo para el río del Gran Pez, si es que podemos llegar hasta allí. Los botes y chalupas más pequeños de los dos barcos son demasiado ligeros para mar abierto, y demasiado frágiles para sacarlos y meterlos y navegar por el río.

—De modo que las cuatro balleneras, cuatro cúteres y dos pinazas, ¿tú crees? —preguntó Bridgens.

—Sí —dijo Peglar, y tuvo que sonreír. A pesar de todos los años pasados en alta mar y los miles de volúmenes que llevaba leídos, el mozo de suboficiales John Bridgens seguía sabiendo muy poco de algunos temas náuticos—. Creo que serían esos diez, sí, John.

—En el mejor de los casos —dijo Bridgens—, si se recuperan la mayoría de los enfermos, eso nos deja sólo a diez de nosotros para tripular cada bote. ¿Podemos hacerlo, Harry?

Peglar meneó la cabeza.

—No será como la travesía del hielo desde el *Terror*, John.

—Bueno, gracias al Señor por esa pequeña bendición.

—No, quiero decir que casi con toda seguridad habrá que cargar esos botes por tierra en lugar de por hielo marino. Será mucho más pesado que la travesía desde el *Terror*, porque ahí arrastrábamos sólo dos botes cada vez, y podíamos poner tantos hombres en cada equipo como necesitábamos en las partes más duras. Y los botes ahora estarán mucho más cargados que antes con las provisiones y los enfermos. Sospecho que necesitaremos veinte o más en cada arnés por cada bote transportado. Aun así, tendremos que llevar los diez botes por etapas.

—¿Etapas? —dijo Bridgens—. Dios mío, nos costará una eternidad mover diez botes si hemos de retroceder y avanzar constantemente. Y cuanto más débiles y enfermos estemos, más despacio avanzaremos.

—Sí —dijo Peglar.

—¿Existe alguna oportunidad de que llevemos esos botes todo el camino hasta el río del Gran Pez y luego río arriba hasta el lago Gran Esclavo y el puesto que hay allí?

—Lo dudo —dijo Peglar—. Quizá si unos pocos sobrevivimos el tiempo suficiente para llevar los botes hasta la boca del río y son los botes adecuados y están aparejados perfectamente para la navegación fluvial y..., pero no, dudo de que exista ninguna posibilidad real.

—Entonces, ¿por qué demonios el capitán Crozier y Fitzjames nos han hecho soportar todo este trabajo y este sufrimiento si no hay posibilidades? —preguntó Bridgens. La voz del hombre no sonaba agraviada, ni ansiosa ni desesperada, sino simplemente curiosa.

Peglar había oído a John hacer mil preguntas sobre astronomía, historia natural, geología, botánica, filosofía y un montón de temas más con aquel mismo tono suave, ligeramente curioso. En la mayor parte de las demás preguntas, era el profesor quien sabía la respues-

521

ta e interrogaba a su alumno de una forma educada. Aquí, Peglar estaba seguro de que John Bridgens no sabía la respuesta a aquella pregunta.

—¿Qué alternativa había? —preguntó el capitán de la cofa de trinquete.

—Podíamos quedarnos aquí, en el campamento Terror —dijo Bridgens—. O incluso volver al *Terror*, una vez nuestro número hubiera... descendido.

—¿Y qué íbamos a hacer? —preguntó Peglar—. ¿Esperar la muerte?

—Esperar cómodamente, Harry.

—¿A morir? —dijo Peglar, dándose cuenta de que casi gritaba—. ¿Quién cojones quiere esperar cómodamente la muerte? Al menos podemos llevar los botes hasta la costa, cualquier bote, y alguno de nosotros puede tener una oportunidad. Podría haber agua abierta al este de Boothia. Y los que lo lograran al menos serían capaces de contar al resto de nuestros seres queridos lo que nos había ocurrido, dónde estábamos enterrados y que pensamos en ellos hasta el final.

—Pero tú eres mi ser querido, Harry —dijo Bridgens—. El único hombre, mujer o niño que queda en el mundo a quien le importa si yo estoy vivo o muerto, y lo que he pensado antes de caer o dónde están mis huesos.

Peglar, todavía furioso, notaba que el corazón le golpeaba en el pecho.

—Tú me vas a sobrevivir, John.

—Ah, a mi edad y con mis padecimientos y mi propensión a la enfermedad, no creo que...

—Me vas a sobrevivir, John —graznó Peglar. Se sorprendió a sí mismo por la intensidad de su voz. Bridgens parpadeó y se quedó callado. Peglar cogió la muñeca del hombre mayor—. Prométeme que harás una cosa por mí, John.

—Por supuesto.

No había ni rastro de las habituales bromas o ironías en la voz de Bridgens.

—Mi diario... no es gran cosa, incluso me cuesta pensar, y mucho más escribir, estos días... Estoy muy enfermo con ese maldito escorbuto, John, y al parecer me confunde el cerebro..., pero he seguido llevando el diario durante los últimos tres años. Mis pensamientos están todos en él. Todos los acontecimientos que hemos experimentado están ahí reflejados. Si puedes cogerlo cuando yo... te deje..., para llevártelo contigo a Inglaterra, te lo agradecería.

Bridgens se limitó a asentir.

—John —dijo Harry Peglar—, creo que el capitán Crozier pronto decidirá que nos pongamos en marcha. Muy pronto. Él sabe que cada día que esperamos aquí nos debilitamos más. Pronto no seremos capaces de mover los botes en absoluto. Empezaremos a morirnos a docenas aquí, en el campamento Terror, antes de que pase mucho tiempo, y no hará falta que venga la criatura del hielo para llevarnos o matarnos en nuestras camas.

Bridgens asintió de nuevo. Miraba hacia abajo, a sus manos enguantadas.

—No estamos en el mismo equipo de tiro, no compartiremos el mismo bote, y quizá no acabemos juntos, si los capitanes deciden intentar distintas vías de escape —continuó Peglar—. Quiero decirte adiós hoy y no tener que hacerlo nunca más.

Bridgens asintió, mudo. Se miraba las botas. La niebla flotaba encima de los botes y los trineos y se movía alrededor de ambos como el frío aliento de un dios extraño.

Peglar le abrazó. Bridgens se quedó quieto, muy tieso, durante un momento, y luego le devolvió el abrazo, ambos hombres torpes con sus muchas capas de ropas y abrigos congelados.

El capitán de la cofa de trinquete se dio la vuelta entonces y se alejó lentamente hacia el campamento Terror y su diminuta tienda circular Holland, con su grupo de hombres temblorosos y sucios que no estaban de servicio, apretujados en unos sacos de dormir inadecuados.

Cuando hizo una pausa y miró hacia atrás, a la fila de botes, no había señal alguna de Bridgens. Era como si la niebla se lo hubiese tragado sin dejar rastro.

523

43

Crozier

Latitud 69° 37' 42" N. — Longitud 98° 41' O
25 de abril de 1848

*S*e durmió mientras iban andando.

Crozier había ido hablando a Fitzjames de argumentos a favor y en contra de dejar que los hombres pasaran más días en el campamento Terror, mientras ambos caminaban los más de tres kilómetros al norte entre la niebla hacia el mojón de James Ross, cuando de repente Fitzjames le sacudió para despertarle.

—Estamos aquí, Francis. Es la roca grande y blanca junto al hielo de la costa. El cabo Victoria y el mojón deben de estar a nuestra izquierda. ¿Estaba durmiendo y andando al mismo tiempo, de verdad?

—No, claro que no —graznó Crozier.

—Entonces, ¿qué quería decir cuando ha dicho: «Cuidado con el bote abierto con los dos esqueletos»? ¿Y «Ojo con las niñas que dan golpecitos en la mesa»? No tenía sentido. Estábamos hablando de si el doctor Goodsir debía quedarse en el campamento Terror con los hombres más enfermos mientras los más fuertes se aventuraban hacia el lago Gran Esclavo con sólo cuatro botes.

—Sólo pensaba en voz alta —murmuró Crozier.

—¿Y quién es Memo Moira? —preguntó Fitzjames—. ¿Y por qué no debía mandarle a la Comunión?

Crozier se quitó el gorro y las pañoletas de lana, dejando que la niebla y el aire frío le diesen una bofetada en el rostro, al subir por la loma.

—¿Dónde demonios está el mojón? —espetó.

—Pues no lo sé —respondió Fitzjames—. Debería estar aquí. Hasta en un día claro y soleado, hay que andar desde la costa de esta ensenada hasta la roca blanca junto a los icebergs y luego a la izquierda al mojón del cabo Victoria.

—No podemos habérnoslo pasado —dijo Crozier—. Nos habríamos salido fuera, a la puta banquisa.

Les costó casi cuarenta y cinco minutos encontrar el mojón entre la niebla. En un momento dado, cuando Crozier dijo: «Esa maldita cosa blanca del hielo se lo ha llevado y lo ha escondido en algún sitio para confundirnos», Fitzjames se limitó a mirar a su oficial en jefe y no dijo nada.

Finalmente, abriéndose camino a tientas, juntos, como dos ciegos, sin arriesgarse a separarse debido a la espesa niebla y seguros de que no oirían siquiera las voces del otro entre el constante retumbar de los truenos que se acercaban, literalmente se dieron de bruces con el mojón.

—No está donde estaba —gruñó Crozier.

—Sí, eso parece —accedió el otro capitán.

—El mojón de Ross con la nota de Gore estaba en la parte superior de la subida y al final del cabo Victoria. Éste debe de estar a unos cien metros hacia el oeste de allí, casi en la parte baja del valle.

—Es muy extraño —dijo Fitzjames—. Francis, ha venido usted al Ártico muchas veces. ¿Es normal ese trueno y los relámpagos, si vienen, aquí, tan temprano?

—Nunca había visto u oído nada semejante antes de mediados del verano —dijo Crozier—. Y nunca así. Parece algo mucho peor.

—¿Qué puede ser peor que una tormenta a finales de abril con la temperatura todavía bajo cero?

—Fuego de cañón —dijo Crozier.

—¿De cañón?

—De los barcos de rescate que han bajado por los canales abiertos todo el camino desde el estrecho de Lancaster y por el estrecho de Peel y han encontrado el *Erebus* aplastado y el *Terror* abandonado. Llevan veinticuatro horas disparando sus cañones para llamar nuestra atención, antes de seguir navegando y alejarse.

—Por favor, Francis, basta —dijo Fitzjames—. Si continúa, vomitaré. Y ya he vomitado lo suficiente por hoy.

—Lo siento —dijo Crozier, hurgando en sus bolsillos.

—¿Existe alguna posibilidad de que disparen para que los oigamos? —preguntó el capitán más joven—. Es que parecen cañones...

—No existe ni la menor oportunidad en este infierno de sir John Franklin —dijo Crozier—. Esta banquisa es completamente sólida hasta Groenlandia.

—Entonces, ¿de dónde viene la niebla? —preguntó Fitzjames,

con la voz más curiosa que quejumbrosa—. ¿Está buscando en sus bolsillos algo en particular, capitán Crozier?

—Me he olvidado de coger el tubo de latón para mensajes que habíamos traído del *Terror* para colocar esta nota —admitió Crozier—. Notaba el bulto en la ropa durante el entierro, y pensaba que lo tenía, pero no es más que la maldita pistola.

—Al menos habrá traído papel...

—No. Jopson había preparado uno, pero me lo he dejado en la tienda.

—¿Y una pluma? ¿Tinta? Si no llevo la tinta en un botecito pegado al cuerpo, se hiela enseguida.

—No, ni pluma ni tinta —admitió Crozier.

—Muy bien —dijo Fitzjames—. Yo tengo las dos cosas en el bolsillo de mi chaleco. Podemos usar la nota de Graham Gore..., reescribirla.

—Si es que éste es el mismo maldito mojón —murmuró Crozier—. El mojón de Ross tenía dos metros de alto. Esto apenas me llega al pecho.

Ambos hombres trastearon y quitaron rocas de una parte del mojón bastante abajo, en el costado de sotavento. No querían deshacer todo el mojón y tener que reconstruirlo luego.

Fitzjames buscó en el agujero oscuro, tanteó un segundo y retiró un cilindro de latón, muy empañado, pero intacto.

—Bueno, que me condenen y me vistan con harapos —dijo Crozier—. ¿Es el de Graham?

—Tiene que ser —dijo Fitzjames. Quitándose el guante con los dientes, desenrolló torpemente la nota de pergamino y empezó a leer:

28 de mayo de 1847. HMS *Erebus* y *Terror*... Invernando en el hielo en lat. 70° 05′ N Long. 98° 23′ O, después de invernar en 1846-1847 en la isla de Beechey en lat. 74° 43′ 28″ N Long...

Fitzjames se interrumpió.

—Espere, esto no es correcto. Pasamos el invierno de 1845 a 1846 en Beechey, no el invierno del 46 al 47.

—Sir John se lo dictó a Graham Gore antes de que Gore saliera del buque —dijo Crozier—. Sir John debía de estar tan cansado y confuso entonces como estamos nosotros ahora.

—Nadie puede haber estado tan cansado y confuso como nosotros ahora —dijo Fitzjames—. Aquí, más tarde, sigue...: «sir John Franklin, comandante de la expedición. Todo bien».

Crozier no se rio. Ni lloró. Dijo:

—Graham Gore depositó la nota justo una semana antes de que la criatura del hielo matara a sir John.

—Y a un día de que el mismo Graham fuese asesinado por la cosa en el hielo —dijo Fitzjames—. «Todo bien.» Parece que se trata de otra vida, ¿verdad, Francis? ¿Puede recordar un momento en que alguno de nosotros fuera capaz de escribir algo así con la conciencia tranquila? Hay espacio suficiente en el borde del mensaje, si quiere escribir ahí.

Los dos se acurrucaron a un lado del mojón de piedra. La temperatura había caído y el viento había arreciado, pero la niebla continuaba arremolinada a su alrededor, como si no se viera afectada por el simple viento o la temperatura. Empezaba a oscurecer. Hacia el noroeste, el sonido de los cañones seguía retumbando.

Crozier echó el aliento al diminuto tintero para calentar un poco la tinta, mojó la pluma atravesando la fina capa de hielo, frotó la plumilla en su manga helada y empezó a escribir.

(25 de abril) — HMS *Terror* y *Erebus* fueron abandonados el 22 de abril 5 leguas al NNO de aquí, habiendo estado atrapados desde el 12 de septiembre de 1846. Los oficiales y tripulaciones, consistentes en 105 almas, bajo el mando del capitán F. R. M. Crozier, situados aquí, en lat. 69° 37' 42'' long. 98° 41'. Este papel fue encontrado por el ten. Irving bajo el mojón supuestamente construido por sir James Ross en 1831, a seis kilómetros y medio al norte, donde fue depositado por el difunto comandante Gore en junio de 1847. El mojón de sir James Ross no ha sido encontrado, y el papel se ha transferido a esta posición, que es aquella en la cual se erigió el mojón de sir J. Ross...

Crozier dejó de escribir. «Pero ¿qué demonios estoy poniendo?», pensó. Guiñó los ojos para volver a leer las últimas frases. «¿Bajo el mojón supuestamente construido por sir James Ross en 1831?» «¿El mojón de sir James Ross no ha sido encontrado?»

Crozier dejó escapar un suspiro cansado. La primera orden de John Irving después de transportar la primera carga de material desde el *Erebus* al *Terror* hacía mucho tiempo, el último agosto, para empezar el almacenaje de lo que se convertiría en el campamento Terror unos pocos kilómetros al sur, a lo largo de una ensenada mucho más recogida. Irving había señalado el mojón en sus primeros mapas, burdamente dibujados, a más de seis kilómetros del punto de escondite de los víveres, en lugar de los más de tres kilómetros reales, pero rápidamente descubrieron el error durante los viajes subsiguientes. Velada por la fatiga, la mente de Crozier seguía insistiendo en que el cilindro con el mensaje de Gore había sido trasladado de algún falso mojón de James Ross a aquel mojón real de James Ross.

Crozier meneó la cabeza y miró a Fitzjames, pero el otro capitán estaba descansando los brazos en sus rodillas elevadas, y la cabeza en los brazos. Roncaba dulcemente.

Crozier sujetó la hoja de papel, la pluma y el diminuto tintero en una mano y cogió nieve con la otra mano enguantada y se la frotó por la cara. La conmoción de aquel frío le hizo parpadear.

«Concéntrate, Francis. Por el amor de Dios, concéntrate.» Deseaba tener otra hoja de papel para empezar de nuevo. Guiñó los ojos para ver la letra apretujada en los márgenes del papel, las palabras andando como hormiguitas diminutas, ya que el centro del papel ya estaba lleno con la información oficial impresa que indicaba, oficiosamente: «A QUIENQUIERA que encuentre este documento se le ruega que lo entregue a la Secretaría del Almirantazgo», y luego varios párrafos repitiendo la instrucción en francés, alemán, portugués y otros idiomas, y luego con la letra de Gore encima de todo. Crozier no reconoció su propia letra. Parecía medio paralizada, acalambrada, endeble; obviamente, la escritura de un hombre aterrorizado, congelado o moribundo.

O las tres cosas.

«No importa —pensó—. De todos modos, nadie va a leer nunca esto, o lo leerán mucho después de que todos estemos muertos. No importa en absoluto. Quizá sir John siempre lo comprendió. Quizá por eso no dejó ninguno de los mensajes en cilindros de latón después de Beechey. Lo sabía.»

Mojó la pluma en la tinta que se estaba congelando rápidamente y escribió de nuevo:

> Sir John Franklin murió el 11 de junio de 1847, y las pérdidas totales por muertes en la expedición han sido hasta esta fecha de 9 oficiales y 15 hombres.

Crozier se detuvo de nuevo. ¿Era todo correcto? ¿Había incluido a John Irving en aquel total? No podía hacer el cálculo. Eran ciento cinco almas a su cuidado ayer... Ciento cinco al dejar el *Terror*, su buque, su hogar, su esposa, su vida... Lo dejaría así.

Boca abajo, en la parte inferior de la hoja, en el trocito de espacio blanco que quedaba, garabateó F. R. M. Crozier y después escribió: «Capitán y oficial de mayor graduación».

Dio con el codo a Fitzjames para despertarlo.

—James..., firme aquí con su nombre.

El otro capitán se frotó los ojos, miró el papel, pero no parecía leer nada; firmó con su nombre donde señalaba Crozier.

—Añada «capitán del HMS *Erebus*» —dijo Crozier.

Fitzjames lo hizo así.

Crozier dobló el papel, lo volvió a meter en el cilindro de latón, lo selló y dejó de nuevo el cilindro en el mojón. Se quitó el guante y volvió a colocar las piedras en su sitio.

—Francis, ¿les ha dicho adónde nos dirigimos y cuándo nos vamos?

Crozier se dio cuenta de que no lo había hecho. Empezó a explicar por qué..., por qué parecía una sentencia de muerte para los hombres, ya se quedasen o se fuesen; por qué no se había decidido todavía entre llevar los botes hacia la distante Boothia o hacia la el legendario pero terrible río del Gran Pez de George Back. Empezó a explicar a Fitzjames que estaban jodidos si se quedaban, y también si se iban, y que nadie iba a leer la puta nota, de todos modos, así que por qué no...

—¡Chist! —siseó Fitzjames.

Algo los estaba rodeando fuera de la vista, entre la niebla. Ambos hombres oyeron fuertes pisadas en la grava y en el hielo. Algo muy grande, que respiraba. Iba caminando a cuatro patas, a no más de cinco metros de donde estaban ellos, en la espesa niebla, y el sonido de unas garras enormes era audible por encima del estruendo lejano de los pesados truenos.

Uuuf, uuuf, uuuf.

Crozier oía las exhalaciones con cada pisada. Ahora estaba tras ellos, rodeando el mojón, rodeándolos.

Ambos hombres se pusieron de pie.

Crozier sacó su pistola. Se quitó el guante y amartilló el arma mientras los pasos y los resoplidos se detenían directamente ante ellos, pero aún fuera de la vista entre la niebla. Crozier estaba seguro de notar su aliento a pescado y a carroña.

Fitzjames, que todavía llevaba la pluma y el tintero que Crozier le había devuelto, y que no llevaba pistola, señaló hacia la niebla, al lugar donde pensaba que esperaba la cosa.

La grava crujió cuando la cosa se movió derecho hacia ellos.

Lentamente, una cabeza triangular se materializó entre la niebla, metro y medio por encima del suelo. Un húmedo pellejo blanco se mezclaba con la niebla. Unos ojos negros e inhumanos los examinaron desde dos metros de distancia.

Crozier apuntó la pistola a un punto justo por encima de aquella cabeza. Su mano era tan firme y tensa que ni siquiera tuvo que contener el aliento.

La cabeza se desplazó más cerca, flotando, como si no estuviese unida a ningún cuerpo. Luego los hombros gigantescos aparecieron a la vista.

Crozier disparó, asegurándose de hacerlo bien alto, para no dar en aquella cara.

El estruendo resultó ensordecedor, especialmente para unos sistemas nerviosos estragados por el escorbuto.

El oso blanco, que apenas era más que un cachorro, dejó escapar un sobresaltado «uf», retrocedió, dio la vuelta y echó a correr a cuatro patas: desapareció entre la niebla en cuestión de segundos. El ruido de las garras que corrían y rascaban la grava resultó audible durante un largo minuto después, dirigiéndose hacia el mar de hielo, al noroeste.

Crozier y Fitzjames se echaron a reír entonces.

Ninguno de los dos podía parar. Cada vez que uno de ellos iba disminuyendo las risas, el otro empezaba, y ambos quedaban atrapados de nuevo en una hilaridad loca y sin sentido.

Se agarraban los costados de dolor por las risas contra sus amoratadas costillas.

Crozier dejó caer la pistola y ambos hombres se echaron a reír más fuerte aún.

Se daban palmadas en la espalda entre sí, señalaban hacia la niebla y reían hasta que las lágrimas se les helaron en las mejillas y en la barba. Se agarraron el uno al otro buscando apoyo y rieron más fuerte aún.

Ambos capitanes cayeron en la grava y se apoyaron en el mojón, y esa simple acción hizo que las risas redoblaran su intensidad.

Al final, las carcajadas se convirtieron en risitas, y las risitas en jadeos abochornados, y los jadeos en unas pocas risas finales, y al final éstas acabaron buscando aire.

—¿Sabe por tener qué daría mi huevo izquierdo ahora mismo? —preguntó el capitán Francis Crozier.

—¿El qué?

—Un vaso de whisky. O sea, dos vasos. Uno para mí y otro para usted. Las bebidas correrían de mi cuenta, James. Le invitaría a una ronda.

Fitzjames asintió, quitándose el hielo de los párpados y recogiendo mocos helados de su rojizo mostacho y su barba.

—Gracias, Francis. Y yo haría el primer brindis a su salud. Nunca he tenido el honor de servir bajo un comandante mejor ni mejor persona.

—¿Podría devolverme la tinta y la pluma, por favor? —dijo Crozier.

Quitándose el guante, trasteó con las piedras, encontró la lata, la abrió, extendió la hoja de papel y la puso boca abajo en su rodilla, se volvió a poner el guante, rompió la tinta con la pluma y en el diminuto espacio que quedaba debajo de su firma añadió: «Salimos mañana, 26, hacia el río del Pez de Back».

531

44

Goodsir

Latitud 69° ¿?' ¿?" N — Longitud 98° ¿?' ¿?" O
Cala del Consuelo, 6 de junio de 1848

*D*el diario privado del doctor Harry D. S. Goodsir:

Martes, 6 de junio.
El capitán Fitzjames ha muerto al fin. Es una Bendición.
A diferencia de los otros que han muerto en las últimas Seis Semanas desde que empezamos a Tirar de los Botes hacia el sur (una
Ocupación que supone un Infierno Viviente del cual ni siquiera el
Único Cirujano Superviviente de los dos buques está exento), el Capitán, en mi opinión, no ha perecido del Escorbuto.
Sí, tenía Escorbuto, de eso no cabe ninguna Duda. Acabo de Completar el examen post mórtem de ese Buen Hombre, y los Hematomas
y Encías Sangrantes y Labios Ennegrecidos lo afirman sin lugar a dudas. Pero creo que el Escorbuto no ha sido su Asesino.
Los últimos tres días, el Capitán Fitzjames los ha pasado aquí, a
unos ciento treinta kilómetros al sur del campamento Terror, en un lugar helado, en una bahía barrida por los vientos, donde la masa de la
Tierra del Rey Guillermo se curva agudamente hacia el Oeste. Por primera vez en Seis Semanas, hemos desempaquetado Todas las Tiendas
(incluyendo las grandes) y usado algo de Carbón de los pocos sacos que
hemos traído y la Estufa de Hierro de la Ballenera que una tripulación
ha arrastrado hasta aquí. Casi todas nuestras comidas en las seis semanas pasadas han sido frías o Parcialmente Calentadas en las diminutas
estufas de alcohol. Durante las últimas dos noches hemos tenido comida caliente, nunca la suficiente, un tercio de las raciones que necesitamos para el Trabajo increíblemente Extenuante que estamos Llevando
a cabo, pero de todos modos, caliente. Por Dos Mañanas nos hemos
despertado en el mismo sitio. Los hombres llaman a este lugar la Cala
del Consuelo.
Sobre todo hemos parado para permitir al Capitán Fitzjames

Morir en Paz. Pero no ha habido Paz para el capitán en sus últimos días.

El pobre Teniente Le Vesconte había manifestado varios Síntomas idénticos a los del Capitán Fitzjames los últimos días. El Teniente Le Vesconte murió súbitamente el decimotercer día de este terrible Viaje al Sur, sólo a 29 kilómetros del campamento Terror, si recuerdo correctamente, y el mismo día que expiró el soldado Pilkington, pero los Síntomas de Escorbuto estaban más Avanzados en ambos, tanto el teniente como el soldado, y su Agonía Final fue menos espantosamente prolongada.

Confieso que no me acordaba de que el nombre de pila del Teniente Le Vesconte era Harry. Nuestra relación había sido siempre bastante Amistosa, pero también bastante Formal, y en la lista recuerdo que su nombre figuraba como H. T. D. Le Vesconte. Me preocupa ahora que seguramente debí de oír a los Demás Oficiales llamarle Harry de vez en cuando, cien veces quizá, pero siempre estaba demasiado atareado o preocupado para darme cuenta. Sólo después de la muerte del Teniente Le Vesconte me fijé en que los otros Hombres le llamaban por su nombre de Pila.

El nombre de Pila del soldado Pilkington era William.

Recuerdo aquel día, a principios de mayo, después del breve funeral conjunto de Le Vesconte y del soldado Pilkington, que uno de los hombres sugirió que llamásemos al pequeño espolón de tierra donde estaban enterrados «Cabo Le Vesconte», pero el Capitán Crozier vetó la idea, diciendo que si llamábamos a cada trozo de tierra donde uno de nosotros acababa enterrado con el nombre de la persona que quedaba allí, nos quedaríamos sin tierra antes de quedarnos sin nombres.

Esto Aturdió a los hombres, y Confieso que me Aturdió a mí también. Debió de ser un Intento de Humor, pero me conmocionó. Conmocionó también a los hombres y los dejó en Silencio.

Quizás ése era el Objetivo del Capitán Crozier. Acabar con las ideas de los hombres de poner el nombre de sus Oficiales Muertos a Accidentes Naturales.

El Capitán Fitzjames había mostrado un Restablecimiento General durante algunas semanas, antes incluso de dejar el campamento Terror, pero hace Cuatro días parece que fue Abatido por algo mucho más Súbito en su ataque, y mucho más Atroz en sus efectos.

El Capitán había venido sufriendo Problemas de Estómago y de Intestinos, pero, de repente, el 2 de Junio, Fitzjames se vino abajo.

Nuestro protocolo en la Marcha es no detenernos por los hombres enfermos, sino colocarlos en uno de los botes de mayor tamaño y llevarlos junto con los demás Suministros y peso muerto. El Capitán Crozier se aseguró de que el Capitán Fitzjames estaba lo más cómodo posible en nuestra Ballenera.

533

Como estamos haciendo nuestra Larga Marcha al Sur por etapas, trabajando Horas sin Fin para tirar de 5 de los 10 Pesados Botes sólo unos pocos cientos de metros por esta terrible grava y Nieve, siempre intentando quedarnos en Tierra en lo posible, en lugar de vernos obligados a lidiar con la Banquisa y las Crestas de Presión, a veces cubriendo apenas un kilómetro en un Día en el hielo y la grava reacios, yo he llegado a acostumbrarme a quedarme con los hombres más enfermos mientras los equipos de Tiro vuelven a por los otros 5 Botes. A menudo el señor Diggle y el señor Wall, preparándose animosamente para cocinar Comida Caliente para casi un centenar de Hombres Hambrientos en sus pequeñas estufas de alcohol, y unos pocos hombres con mosquetes para protegernos de la Criatura del Hielo o de los Esquimales son mis únicos compañeros durante esas horas.

Aparte de los Enfermos y los Moribundos.

Las náuseas, vómitos y diarrea del Capitán Fitzjames eran terribles. Constantes. Los Calambres le doblaban en Posición Fetal y hacían gritar en voz alta a aquel hombre tan fuerte y Valiente.

El Segundo Día intentó unirse a sus hombres para tirar de la ballenera, porque hasta los Oficiales tiran de vez en cuando, pero pronto se Desmayó de nuevo. Esta vez los vómitos y calambres eran Incesantes. Cuando dejaron la Ballenera en el Hielo aquella tarde, mientras los hombres más sanos volvían para traer hacia delante los 5 Botes que habían quedado atrás en el Primer Viaje, el Capitán Fitzjames me confesó que su Visión estaba terriblemente borrosa, y que con frecuencia veía Doble.

Le pregunté si había llevado las Gafas de Tela Metálica que usamos para protegernos del sol. Los hombres las Odian porque les Oscurecen la visión terriblemente, y las Gafas tienden a inducirles dolores de cabeza. El Capitán Fitzjames admitió que no las había llevado, pero señaló que el día había sido bastante Nublado. Ninguno de los demás hombres las llevaba tampoco. En aquel momento nuestra Conversación se detuvo porque se vio atacado por la diarrea y el vómito de nuevo.

Aquella misma noche, en la Tienda Holland donde yo le Atendía, Fitzjames me dijo entre jadeos que tenía problemas para tragar, ya que su Boca estaba constantemente Seca. Pronto tuvo problemas también para Respirar, y ya no pudo hablar. Al anochecer, la Parálisis se había desplazado a la parte superior de los brazos, hasta el punto de que no podía levantarlos ni usar las manos para Escribirme mensajes.

El Capitán Crozier hizo un Alto aquel día, el primero de un día entero que habíamos disfrutado desde que dejamos el campamento Terror, hacía casi seis semanas. Se montaron todas las tiendas. La Tienda Mayor destinada a Enfermería fue extraída por fin de la Ballenera de

Crozier. Costó casi Tres Horas montarla entre el viento y el frío (y los hombres además son mucho más Lentos ahora) y por primera vez en casi un mes y medio, todos los Enfermos se pusieron cómodos en un solo lugar.

El señor Hoar, el mozo del Capitán Fitzjames que tanto tiempo llevaba sufriendo, murió el segundo día de nuestra Marcha (habíamos recorrido apenas kilómetro y medio aquel primer y Terrible día de Tiro, y las reservas de Carbón, Estufas y otros bienes estaban todavía Horrible pero Plenamente Visibles detrás de nosotros, en el campamento Terror, aquella primera noche. Era como si no hubiésemos Conseguido Nada después de doce horas de Terribles Esfuerzos. Aquellos primeros días, pues nos costó Siete Días cruzar la estrecha y helada Ensenada al sur del campamento Terror y viajar sólo diez kilómetros, casi destruye nuestra Moral y Voluntad de seguir).

El soldado Heather, que había perdido un trozo de Cerebro meses antes, finalmente permitió Morir a su Cuerpo el Cuarto Día. Sus compañeros marines supervivientes tocaron la gaita sobre su tumba poco honda y excavada a toda prisa aquella misma tarde.

Y así ocurrió con los otros Enfermos, que murieron rápidamente, pero luego vino un Largo Período después de las muertes hermanadas del teniente Le Vesconte y el soldado Pilkington, al final de la Segunda Semana, en el cual nadie murió. Los hombres se Convencieron a sí mismos de que los verdaderamente Enfermos ya habían muerto, y sólo los Fuertes permanecían.

El colapso repentino del Capitán Fitzjames nos recordó que todos nos estábamos poniendo más Débiles. Ya no había nadie verdaderamente Fuerte entre nosotros. Excepto quizá el Gigante, Magnus Manson, que avanza pesadamente, imperturbable, y que nunca parece perder ni peso ni energía.

Para tratar los vómitos constantes del Capitán Fitzjames le administré dosis de asafétida, una resina gomosa usada para controlar los espasmos. Pero no sirvió de mucho. No era capaz de Retener ni alimentos sólidos ni líquidos. Le di también agua de lima para estabilizar el estómago, pero tampoco le sirvió.

Para las dificultades a la hora de tragar le administré Jarabe de Escillas, unas hierbas cortadas e introducidas en una solución de tanino que es un Expectorante Excelente. Normalmente es efectivo, pero pareció hacer poco a la hora de lubricar la Garganta del moribundo.

Cuando el Capitán Fitzjames perdió el Uso y Control primero de sus Brazos y luego de sus Piernas, intenté darle Vino de Coca Peruano, una adición muy potente de vino y cocaína, así como soluciones de cuerno de ciervo, una Medicina hecha con astas bien crecidas de ciervo rojo que huele fuertemente a amoniaco, así como Solución de Alcanfor. Estas Soluciones, a Media Dosis de lo que administré al capitán, suelen Detener e incluso Revertir la parálisis.

Pero no sirvieron de nada. La Parálisis se extendió por todas las extremidades del Capitán Fitzjames. Siguió Vomitando y Doblado en Dos por los Calambres mucho después de dejar de hablar y de hacer gestos.

Al menos el Entorpecimiento de su Aparato Vocal libró a los hombres del Suplicio de oír al Capitán del *Erebus* gritar de dolor. Pero yo vi sus convulsiones y vi su boca Abierta en silenciosos gritos aquel Último e Interminable Día.

El Cuarto y Último Día de Agonía del Capitán Fitzjames por la mañana sus pulmones empezaron a cerrarse cuando la parálisis alcanzó los músculos respiratorios. Luchó por respirar todo el día. Lloyd y yo, a veces ayudados por el Capitán Crozier, que pasó muchas horas con su Amigo al Final, colocábamos a Fitzjames en posición Sedente o le Sujetábamos Erguido, o hacíamos Caminar al hombre agarrotado por la Tienda, arrastrando sus Paralizados Pies calzados con las Medias por el suelo de Hielo y Grava, en un vano intento de ayudar a sus desfallecientes pulmones a Continuar funcionando.

Desesperado, he probado la Tintura de Lobelia, una solución de color whisky de tabaco Indio que era casi nicotina pura; se la he metido al Capitán Fitzjames por la garganta, y he masajeado sus músculos paralizados con los dedos desnudos. Era como alimentar a un Pajarillo moribundo. La Tintura de Lobelia era el mejor estimulante respiratorio que me quedaba en la agotada botica de Cirujano, un Estimulante ante el cual el doctor Peddie habría refunfuñado. «Habría levantado a Jesús de entre los muertos un día antes», solía decir Peddie, que blasfemaba cuando se había tomado unas copas.

Pero no le ha servido de nada.

Debo Recordar que yo soy un simple Cirujano, no un Físico.

Recibí instrucción en Anatomía; soy experto en Cirugía. Los Físicos prescriben; los Cirujanos cortan. Pero estoy haciendo todo lo que puedo con los suministros que me dejaron mis Colegas Muertos.

Lo más Terrible de las últimas horas del Capitán James Fitzjames ha sido que estaba Plenamente Consciente hasta el final: los vómitos, los Calambres, la Pérdida de la Voz y de la capacidad de Tragar, la Parálisis que iba en aumento, y las Terribles Horas Finales en las que sus pulmones fallaban. Yo veía el pánico y el terror en sus ojos. Su Mente estaba Plenamente Viva. Su Cuerpo se estaba Muriendo. Él no podía hacer Nada para evitar aquella Tortura, excepto Rogarme con los ojos. Y yo estaba impotente para ayudarle.

A veces, quería Administrarle una dosis letal de Coca pura sólo para poner Fin a sus Sufrimientos, pero mi Juramento Hipocrático y mis creencias Cristianas no me lo permitían.

Por el contrario, salía fuera y lloraba, procurando que ninguno de los Oficiales ni de los Hombres me viera.

El Capitán Fitzjames ha muerto 8 minutos después de las 3 de la tarde de hoy, Martes, Seis de Junio del Año de nuestro Señor Mil Ochocientos Cuarenta y Ocho.

Su tumba ya había sido Excavada. Las Rocas que debían Cubrirla estaban Preparadas y Apiladas. Todos los Hombres que podían estar de pie y vestirse han salido para asistir al Servicio. Muchos de aquellos que habían servido bajo el Capitán Fitzjames los últimos tres años lloraban. Aunque hacía calor hoy, de tres a seis grados por encima de la Congelación, un frío viento se ha levantado desde el Impacable Noroeste y ha congelado muchas lágrimas en las barbas o las mejillas o las pañoletas.

Los pocos marines que quedaban en nuestra Expedición han disparado una andanada al Aire.

Arriba en la colina, desde la Tumba, una perdiz blanca se ha elevado en el aire y ha volado hacia la Banquisa.

Un gran Quejido ha surgido de los hombres. No por el Capitán Fitzjames, sino por la pérdida de la Perdiz para el cocido de esta noche. Cuando los marines han vuelto a cargar sus mosquetes, el pájaro estaba ya a cien metros de distancia y muy lejos de su Alcance. (Y ninguno de aquellos marines podría haberle dado a un ave en el ala a cien metros, aunque estuviesen todos Bien y Calientes.)

Más tarde, hace sólo una hora, el Capitán Crozier se ha asomado a la Tienda de la Enfermería y me ha hecho señas de que saliera afuera al Frío.

—¿Ha sido el Escorbuto lo que ha matado al Capitán Fitzjames? —Ha sido su única pregunta.

Yo he admitido que no pensaba que fuera eso. Había sido algo mucho más Mortal.

—El Capitán Fitzjames pensaba que el mozo que les servía a él y a los otros oficiales desde la muerte de Hoar estaba envenenándole —ha susurrado el capitán—. ¿Es posible tal cosa?

—¿Bridgens? —Lo he dicho demasiado alto. Yo estaba terriblemente conmocionado. Siempre me había gustado aquel viejo Mozo tan Leído.

Crozier ha meneado la cabeza.

—Ha sido Richard Aylmore el que ha servido a los oficiales del *Erebus* las dos últimas semanas. ¿Puede haber sido veneno, doctor Goodsir?

Yo dudaba. Decir que sí significaría, ciertamente, que Aylmore sería fusilado al amanecer. El Mozo de la santabárbara era el hombre que había recibido Cincuenta Latigazos en Enero por su Imprevista participación en el Gran Carnaval Veneciano. Aylmore era también Amigo y

Frecuente Confidente del Diminuto y Taimado ayudante del calafatero del *Terror*. Aylmore, todos lo sabíamos, tenía un alma mezquina y resentida.

—Puede haber sido veneno —le he dicho a Crozier, no hace ni media hora—. Pero no necesariamente un veneno Administrado Deliberadamente.

—¿Y qué significa eso? —ha preguntado Crozier. El único capitán que nos queda parecía esta noche tan cansado que su piel blanca resplandecía a la luz de las estrellas.

Yo he dicho entonces:

—Quiero decir que los Oficiales han estado tomando las Raciones Más Grandes de las últimas Comidas Enlatadas Goldner que nos hemos traído. A veces hay un veneno paralizante Inexplicable pero Mortal en las comidas que se han puesto malas. Nadie lo comprende. Quizá sea algún Animalículo microscópico que no podemos Percibir con nuestras Lentes.

Crozier ha suspirado.

—¿No habrían olido mal las comidas enlatadas, si hubieran estado podridas?

Yo he negado con la cabeza y he cogido la manga del abrigo del capitán para recalcar más mi idea.

—No. Eso es lo más Terrible de ese Veneno que Paraliza primero la voz y luego el cuerpo entero. No se puede Ver ni Gustar. Es la Muerte invisible en sí misma.

Crozier se ha quedado pensando un largo rato.

—Ordenaré que todo el mundo deje de comer comidas enlatadas durante tres semanas —dijo al fin—. Con lo que queda de buey salado podrido y las escuálidas galletas debemos tener para todos, de momento. Lo comeremos frío.

—A los Hombres y oficiales no les gustará nada esto —he susurrado—. Las sopas y verduras en lata están más cerca que Nada de una Comida Caliente, en esta Marcha. Pueden Amotinarse si hay Más Privaciones con estas condiciones tan Duras.

Crozier ha sonreído, entonces. Era una imagen extrañamente escalofriante.

—Entonces no haré que todos dejen la comida enlatada —ha susurrado—. El Mozo de la santabárbara Aylmore continuará comiendo... de las mismas latas que ha servido a James Fitzjames. Buenas noches, Doctor Goodsir.

Yo he vuelto entonces a la Tienda de Enfermería, a atender a los enfermos que dormían, y me he metido en el Saco de Dormir con mi Escritorio Portátil de caoba en las rodillas.

Mi escritura es Difícil de leer en esta Página porque estoy Temblando. Y no sólo de Frío.

Cada vez que creo que Conozco a uno de estos hombres u Oficiales, averiguo que estoy equivocado. Un Millón de años de Progreso Medicinal en el Hombre nunca revelarán la Condición secreta y los Compartimentos sellados del Alma Humana.

Partiremos antes del Amanecer, mañana. Sospecho que no habrá más paradas como el lujo de estos Dos Días en la Cala del Consuelo.

45

Blanky

Lat. desconocida — Long. desconocida
18 de junio de 1848

Cuando la tercera y última pierna de Tom Blanky acabó por romperse, supo que aquello significaba el final.

Su primera pierna nueva daba gusto verla. Moldeada y tallada por el señor Honey, el competente carpintero del *Terror*, estaba formada de una sola pieza de sólido roble inglés. Era una obra de arte, y Blanky disfrutaba enseñándola. El patrón del hielo iba andando por alrededor del barco con su pata de palo como un jovial pirata, pero cuando Blanky tenía que salir al hielo, unía a la punta de la pata de palo un pie de madera perfectamente formado que se introducía en un hueco. El pie tenía mil clavos y tornillos en la suela, mejor para la tracción en el hielo que las tachuelas de las botas de invierno de los hombres, y el hombre con una sola pierna, aunque no podía tirar de los arneses, había sido capaz de mantener el paso durante su transferencia al campamento Terror desde el buque abandonado, y luego en el largo recorrido hacia el sur y ahora al este.

Pero ya no.

La primera pierna se había roto justo por debajo de la rodilla diecinueve días después de abandonar el campamento Terror, no mucho después de enterrar al pobre Pilkington y a Harry Le Vesconte.

Aquel día, Tom Blanky y el señor Honey, al cual se excusó de tirar del arnés, se subieron en una pinaza atada con correas a un trineo del que tiraban veinte hombres, mientras el carpintero le tallaba una nueva pierna y un pie al patrón del hielo con la madera de un remo sobrante.

Blanky no estaba seguro de si debía llevar o no el pie cuando iba avanzando con la procesión de botes y los hombres que juraban y juraban. Cuando finalmente se aventuraron a salir fuera, al mar de

hielo, como hicieron los primeros días al cruzar la ensenada congelada, al sur del campamento Terror y de nuevo en la bahía de la Foca,
y una vez más en la ancha bahía al norte del punto donde enterraron
a Le Vesconte, el pie con sus tornillos y clavos hacía maravillas sobre
el hielo. Pero la mayor parte de su marcha hacia el sur y luego al oeste y luego en torno al amplio cabo y ahora de vuelta al este de nuevo la hacían por tierra.

Cuando la nieve y el hielo de las rocas empezaba a fundirse, y se
estaba fundiendo con rapidez aquel verano, que era mucho más cálido que el verano perdido de 1847, la forma ovoide del pie de madera
de Tom Blanky resbalaba en las rocas, se metía en las grietas del hielo o se salía de su hueco con cualquier torsión inoportuna.

Cuando salieron al hielo, Blanky intentó mostrar solidaridad con
sus compañeros yendo todo el rato con los que tiraban de los arneses, y haciendo ambos viajes de ida y vuelta con los hombres esfor-
zados y sudorosos, llevando los pequeños artículos que podía, y ocasionalmente ofreciéndose voluntario para meterse en el arnés de
algún hombre exhausto. Pero todo el mundo sabía que no podía ni
siquiera con su propio peso.

Hacia la sexta semana y unos setenta y cinco kilómetros más
allá, en la cala del Consuelo donde había muerto tan terriblemente el
pobre capitán Fitzjames, Blanky ya iba por la tercera pierna, una sus-
tituta mucho más pobre y débil que la segunda, e intentaba viril-
mente cojear sobre su pata de palo por las rocas, las corrientes y el
agua, aunque ya no hacía el viaje de vuelta para la odiosa segunda
etapa, por las tardes.

Tom Blanky se dio cuenta de que se había convertido en un peso
muerto para los exhaustos y enfermos supervivientes, ahora ya sólo
noventa y cinco, sin incluir a Blanky, que debían arrastrar hacia el
sur con ellos.

Lo que mantenía en marcha a Blanky, aun cuando su tercera
pierna empezó a astillarse, y sabiendo que no quedaban ya remos extra para improvisar una cuarta, era su creciente esperanza de que sus
habilidades como patrón del hielo fueran necesarias cuando cogiesen
los botes.

Pero mientras la capa de hielo encima de las rocas y la costa yerma se fundían durante el día, a veces incluso llegando a una temperatura de cuatro grados, según el teniente Little, la banquisa más allá
de los icebergs costeros no mostraba señal alguna de ruptura. Blanky
intentó tener paciencia. Sabía mejor que cualquier otro hombre de la
expedición que el mar de hielo en aquellas latitudes quizá no mos-

541

trase canales abiertos, incluso en un verano «más normal» que aquél, hasta mediados de julio o más tarde incluso.

Sin embargo, no era sólo su utilidad lo que estaba decidiendo el hielo, sino su propia supervivencia. Si cogían los botes pronto, puede que viviera. No necesitaba la pierna para viajar en bote. Crozier había designado hacía tiempo a Thomas Blanky como patrón de su propia pinaza, al mando de ocho hombres, y una vez el patrón del hielo estuviera de nuevo en el mar, sobreviviría. Con mucha suerte, podían navegar con su flota de diez pequeños botes astillados y llenos de boquetes justo hasta la boca del río del Gran Pez de Back, hacer una pausa en la boca para aparejar de nuevo las embarcaciones para la navegación fluvial y, sólo con una ligera ayuda de los vientos del noroeste y los hombres a los remos, subir rápidamente corriente arriba. El transporte por tierra, como sabía muy bien Blanky, sería duro, especialmente para él, porque no podía apoyar apenas peso en su frágil tercera pierna, pero aquello sería un verdadero caramelo, después de la pesadilla de los arneses de las últimas ocho semanas.

Si duraba hasta que cogieran los botes, Thomas Blanky viviría.

Pero Blanky tenía un secreto que hacía que hasta su personalidad optimista vacilara: la criatura del hielo, el Terror mismo, iba tras él.

Lo habían avistado cada día o cada dos días, más o menos, a medida que la extenuante procesión de hombres iba rodeando el gran cabo y daba la vuelta hacia el este de nuevo, a lo largo de la costa, todos los días a primera hora de la tarde, cuando volvían a arrastrar los cinco botes que habían dejado atrás, cada anochecer, más o menos hacia las once de la noche, al derrumbarse en sus húmedas tiendas Holland para dormir unas cuantas horas.

La cosa todavía los acechaba. A veces, los oficiales la veían por sus catalejos al mirar hacia el mar. Ni Crozier, ni Little, ni Hodgson ni ninguno de los pocos oficiales que quedaban decía nunca a los hombres que tiraban de los arneses que habían visto a la bestia, pero Blanky, que tenía más tiempo que la mayoría para observar y pensar, los veía hablar en voz baja y lo sabía.

Otras veces, los que arrastraban los últimos botes podían ver claramente a la bestia, a simple vista y sin aparato alguno. A veces estaba detrás de ellos, a kilómetro y medio o menos, como una manchita negra ante el hielo blanco o una manchita blanca ante la roca negra.

«Es sólo uno de esos osos polares», le había dicho James Reid, el patrón del hielo del *Erebus,* de barba pelirroja, uno de los mejores amigos de Blanky ahora mismo. «Te comen si pueden, pero en general son bastante inofensivos. Las balas los matan. Esperemos que se acerque. Necesitamos algo de carne fresca.»

Pero Blanky sabía en aquel momento que no era uno de esos osos blancos que mataban para tener carne fresca de vez en cuando. Era «aquello», y aunque todos los hombres de la llamada Larga Marcha lo temían, especialmente de noche o, más bien, durante las dos horas de penumbra que pasaban ahora por noche, sólo Thomas Blanky sabía que primero vendría a por él.

La marcha se había cobrado su peaje para todo el mundo, pero para Blanky era una agonía constante: no por el escorbuto, que parecía afectarle menos que a la mayoría, sino por el dolor en el muñón de la pierna que le había arrancado la cosa. Caminar sobre el hielo y las rocas de la costa era tan difícil para él que a media mañana de cada día de dieciséis o dieciocho horas de marcha el muñón empezaba a chorrear sangre por la prótesis de madera y el arnés de cuero que la mantenía sujeta. La sangre empapaba sus gruesos pantalones de lona y corría por su pierna de madera hasta abajo, dejando un rastro oscuro tras él. También empapaba sus ropas hacia arriba, la ropa interior, los pantalones y la camisa.

Durante las primeras semanas de marcha, mientras todavía hacía frío, era una bendición que la sangre se congelase. Pero ahora, con ese calor tropical de los días de temperaturas más altas, algunas incluso por encima de la congelación, Blanky sangraba como un cerdo en el matadero.

La ropa larga y los abrigos también eran una bendición, porque ocultaban las pruebas más evidentes de la sangría de Blanky ante el capitán y los demás, pero a mediados de junio hacía demasiado calor para llevar los abrigos mientras tiraban de los arneses, de modo que toneladas de ropas empapadas de sudor y de capas de lana se apilaban en los botes de los que tiraban. Los hombres a menudo tiraban en mangas de camisa en los momentos más cálidos del día, y se iban poniendo más capas a medida que la temperatura de la tarde bajaba. Blanky había bromeado con ellos cuando le preguntaron por qué seguía llegando sus largos abrigos. «Yo soy de sangre fría, muchachos —decía, riendo—. Mi pata de palo me transmite el frío del suelo. No quiero que me veáis tiritar.»

Sin embargo, al final se tuvo que quitar el abrigo. Como Blanky se esforzaba tanto sólo por mantener la marcha y el dolor de su torturado muñón le hacía sudar aunque estuviese completamente quie-

543

to, no podía soportar ya el hielo y el deshielo sucesivos de todas esas capas de ropa.

Cuando los hombres vieron que le salía sangre no dijeron nada. Tenían sus propios problemas. La mayoría sangraban por el escorbuto.

Crozier y Little a menudo llamaban a Blanky y a James Reid a un lado, pidiéndoles a los patrones del hielo su opinión profesional sobre el hielo más allá de la barrera del iceberg o de la costa. Una vez que habían vuelto a dirigirse hacia el este, a lo largo de la costa sur de aquel cabo que sobresalía kilómetros hacia el oeste y al sur de la cala del Consuelo, probablemente añadiendo más de treinta kilómetros a su camino hacia el sur, Reid era de la opinión de que el hielo entre esa parte de la Tierra del Rey Guillermo y la tierra firme, ya estuviese la Tierra del Rey Guillermo conectada a la tierra firme o no, sería mucho más lenta de atravesar que la banquisa al noroeste, donde las condiciones eran más dinámicas llegado el deshielo veraniego.

Blanky era más optimista. Señaló que los icebergs amontonados a lo largo de aquella costa meridional se estaban volviendo más pequeños cada vez. Mientras antes eran una barrera importante que separaba la costa del mar de hielo, ese muro de icebergs ya no suponía un obstáculo mayor que un puñado de seracs bajos. El motivo, le dijo Blanky a Crozier, y Reid estuvo de acuerdo en ello, era que aquel cabo de la Tierra del Rey Guillermo estaba protegiendo aquel trecho de mar y de costa, o quizá de golfo y de costa, del río de hielo como un glaciar que había ido vertiéndose hacia el sur incesantemente desde el noroeste sobre el *Erebus* y el *Terror* e incluso por encima de la costa junto al campamento Terror. Aquella presión incesante del hielo, señaló Blanky, había ido fluyendo hacia abajo desde el mismísimo Polo Norte. Todo estaba mucho más abrigado allá, al sur del cabo más suroccidental de la Tierra del Rey Guillermo. Quizás el hielo se abriera pronto allí.

Reid le miró de una forma extraña cuando Blanky opinó de ese modo. Blanky sabía que el otro patrón del hielo estaba pensando: «Ya sea un golfo o un estrecho lo que conduzca a la ensenada de Chantrey y a la boca del río Back, el hielo normalmente se rompe en último lugar en un espacio confinado».

Reid habría tenido razón si hubiese expresado esa opinión en voz alta ante el capitán Crozier..., pero no lo había hecho, obviamente porque no quería contradecir a su amigo y compañero patrón del hielo, pero Blanky seguía mostrándose optimista. En realidad, Thomas Blanky había sido optimista de corazón y de espíritu todos los días desde aquella oscura noche del 5 de diciembre del invierno pasado en que se consideró un hombre muerto mientras la criatura del hielo le perseguía desde el *Terror* hacia el bosque de seracs.

Dos veces la criatura había intentando matarle. Y dos veces lo único que había perdido Thomas Blanky eran partes de una pierna.

Siguió cojeando, llevando bromas, animación y ocasionalmente alguna brizna de tabaco o una astilla de buey congelado a los hombres más cansados y deshechos. Sus compañeros de tienda valoraban su presencia, y él lo sabía. Hacía su turno de guardia en las noches, cada vez más breves, y llevaba una escopeta mientras iba cojeando dolorosamente junto a la procesión de botes de la mañana, como guardia, aunque Thomas Blanky sabía, mejor que cualquier otro ser viviente, que una simple escopeta no detendría jamás a la Bestia del Terror cuando finalmente se acercase a reclamar a su siguiente víctima.

Las torturas de la Larga Marcha iban en aumento. No sólo los hombres se iban muriendo lentamente de inanición, de escorbuto y de exposición a los elementos, sino que también hubo otras dos bajas por la terrible muerte por envenenamiento que se había llevado al capitán Fitzjames: John Cowie, el fogonero que había sobrevivido a la invasión de la cosa en el *Erebus* el 9 de marzo, murió chillando entre calambres y dolores y la silenciosa parálisis; fue el 10 de junio. Dos días más tarde, Daniel Arthur, el timonel del *Erebus*, de treinta y ocho años de edad, cayó con dolores abdominales y murió con los pulmones paralizados sólo ocho horas después. Sus cuerpos no se llegaron a enterrar propiamente, y la procesión sólo hizo una pausa suficiente para introducir ambos cadáveres en la poca lona que quedaba y para apilar unas piedras encima.

Richard Aylmore, objeto de gran especulación desde la muerte del capitán Fitzjames, casi no mostraba señal alguna de enfermedad. Los rumores decían que mientras a todos los demás se les había prohibido tomar comidas calientes de los artículos enlatados y sufrían el escorbuto mucho más por ese motivo, a Aylmore se le había ordenado que compartiese las raciones de su comida en lata con Cowie y Arthur. Aparte de la obvia respuesta del envenenamiento activo y deliberado, nadie podía imaginarse por qué las latas Goldner iban a matar de forma horrible a tres hombres y dejar a Aylmore intacto. Pero mientras todo el mundo sabía que Aylmore odiaba al capitán Fitzjames y al capitán Crozier, nadie veía el motivo para que el mozo de la santabárbara envenenase a unos compañeros suyos.

A menos que quisiera quedarse su parte de la comida al morir ellos.

Henry Lloyd, el ayudante del doctor Goodsir en la enfermería, era uno de los hombres que llevaban en los botes, aquellos días, ya que estaba muy enfermo de escorbuto, había vomitado sangre y sus propios dientes; de modo que, como Blanky era uno de los pocos hombres, aparte de Diggle y Wall, que seguían con los botes después del viaje de la mañana, intentaba ayudar al buen doctor.

Cosa rara, ahora que la temperatura era casi tropical de tan cálida, había más casos de congelación. Los hombres sudorosos que se habían quitado las chaquetas y guantes continuaban tirando de los arneses con el frío de la tarde interminable, con el sol colgado en el cielo casi hasta medianoche, ahora, y se sorprendían al ver que la temperatura había bajado a veintiséis bajo cero durante sus esfuerzos. Goodsir estaba tratando constantemente dedos y trozos de piel blancos por la congelación, o muertos y negros por la podredumbre.

La ceguera del sol o unos dolores de cabeza espantosos causados por el resplandor del sol afectaban a la mitad de los hombres. Crozier y Goodsir iban desplazándose arriba y abajo por las filas de los hombres con sus arneses durante la mañana, convenciéndolos para que se pusieran las gafas, pero los hombres odiaban aquellas monstruosidades de tela metálica. Joe Andrews, capitán de la bodega del *Erebus* y antiguo amigo de Tom Blanky, decía que llevar aquellas malditas gafas era tan difícil y cansado como intentar ver a través de unas bragas de mujer de seda negra, pero mucho menos divertido.

La ceguera del sol y los dolores de cabeza se estaban convirtiendo en un grave problema en la marcha. Algunos de los hombres pedían láudano al doctor Goodsir cuando les atacaba el dolor de cabeza, pero el cirujano les decía que no quedaba. Blanky, a quien enviaban a menudo a buscar medicinas al baúl cerrado del doctor, sabía que Goodsir mentía. Quedaba un pequeño frasco de láudano, sin marcar. El patrón del hielo sabía que el cirujano lo guardaba para alguna ocasión terrible..., ¿para aliviar las últimas horas del capitán Crozier? ¿O del propio cirujano?

Otros hombres sufrían los tormentos del infierno por las quemaduras solares. Todo el mundo llevaba las manos llenas de ampollas rojas. También tenían las caras y los cuellos rojos, pero algunos hombres que se habían quitado la camisa durante un período de tiempo, aunque fuese muy breve —en el intolerable calor del mediodía, cuando las temperaturas estaban por encima de la congelación—, aquella misma tarde veían que su piel, blanca como la leche después de tres años de oscuridad y encierro, ardía, se enrojecía y rápidamente se cubría de ampollas supurantes.

El doctor Goodsir reventaba las ampollas con su bisturí y trataba las llagas abiertas con un ungüento que a Blanky le olía a grasa de ejes.

Para el momento en que los noventa y cinco supervivientes se encaminaban hacia el este a lo largo de la costa sur del cabo, a mediados de junio, casi todos los hombres estaban a punto de desfallecer. Mientras algunos hombres tiraban de los trineos terriblemente pesados, con los botes encima de ellos y las balleneras completamente cargadas sin trineo, otros podían subirse a ellos brevemente, recuperarse un poco y unirse de nuevo a los que iban tirando al cabo de unas horas o unos días. Pero cuando hubiese demasiados enfermos y heridos para tirar, Blanky lo sabía muy bien, su huida tendría que concluir.

Y los hombres además estaban siempre tan sedientos que cualquier corriente o diminuto hilillo de agua era un motivo para detenerse y arrojarse a cuatro patas a lamer el agua como perros. Si no hubiera sido por el súbito deshielo, pensaba Blanky, todos ellos habrían muerto de sed hacía ya semanas. Las estufas de alcohol se habían quedado prácticamente sin combustible. Al principio, fundir nieve en la boca parecía aliviar un poco la sed, pero en realidad lo que hacía era consumir energía del cuerpo y dejarlo a uno más sediento aún. Cada vez que arrastraban los botes y se arrastraban ellos mismos a través de un arroyo (y había más arroyos y riachuelos líquidos, ahora), todo el mundo se detenía a llenar las botellas de agua que ya no tenían que llevar junto a la piel para evitar que se congelasen.

No obstante, aunque la sed no los mataría pronto, con toda seguridad, Blanky veía que los hombres estaban cayendo de otras cien maneras distintas. La inanición se cobraba su peaje. El hambre no dejaba dormir a los hombres exhaustos durante las cuatro horas de penumbra; si no tenían deberes de guardia, que Crozier les adjudicaba como tiempo para el sueño.

Montar y desmontar las tiendas Holland, unos actos sencillos que se habían realizado en veinte minutos hacía dos meses, en el campamento Terror, ahora costaban dos horas por la mañana y dos horas por la tarde. Cada día les costaba un poco más, a medida que los dedos se hinchaban más y se congelaban y se entorpecían.

Pocos de los hombres tenían la mente clara, ni siquiera Blanky en ocasiones. Crozier parecía el más alerta de todos ellos la mayor parte del tiempo, pero, a veces, cuando pensaba que nadie le veía, el rostro del capitán se convertía en una máscara mortal de fatiga y estupor.

Marineros que antes eran capaces de hacer complicados nudos entre la oscuridad rugiente a quince metros en un palo oscilante, unos sesenta metros por encima de la cubierta, en una noche tormentosa en el estrecho de Magallanes durante un huracán, no eran capaces de atarse los zapatos a plena luz del día. Como no había madera alguna en los casi quinientos kilómetros, aparte de la pierna de Blanky y los botes y palos y trineos que habían llevado consigo y los restos del *Erebus* y del *Terror*, prácticamente a ciento cincuenta kilómetros al norte, y como el suelo estaba todavía completamente congelado a escasos centímetros por debajo de la superficie, los hombres tenían que reunir pilas de piedras en cada parada para sujetar los bordes de las tiendas y anclar los tensores contra los inevitables vientos nocturnos.

Esta tarea se hacía interminable. Los hombres, con frecuencia, se quedaban dormidos de pie a la amortiguada luz del sol de medianoche con una piedra en cada mano. A veces sus compañeros ni siquiera los sacudían para despertarlos.

Así que cuando a última hora de la tarde del decimoctavo día de junio de 1848, mientras los hombres hacían el segundo turno de arrastre de botes aquel día, la tercera pierna de Blanky se rompió justo por debajo del muñón sangrante de su rodilla, se lo tomó como una señal.

El doctor Goodsir tenía poco trabajo para él aquella tarde, de modo que Blanky había vuelto cojeando junto a los botes en el segundo turno de arrastre de aquel día interminable, cuando el pie y la pierna quedaron atrapados entre dos rocas inamovibles y la pierna se rompió por arriba. Él se tomó aquella rotura y su inusual advenimiento casi al final de la marcha como una señal de los dioses, también.

Encontró una roca cercana, se puso lo más cómodo que pudo, sacó la pipa y metió en ella la última pizca de tabaco que llevaba semanas guardando.

Cuando algunos de los marineros se detuvieron en su camino para preguntarle qué estaba haciendo, Blanky dijo:

—Sólo me siento un poquito. Le doy un poco de descanso al muñón.

El sargento Tozer, que estaba a cargo de los marines de retaguardia aquel día soleado, preguntó cansadamente a Blanky por qué dejaba pasar a la procesión junto a él, y éste respondió:

—No se preocupe, Soloman. —Siempre le había gustado irritar al estúpido sargento usando su nombre de pila—. Siga adelante con los casacas rojas que le quedan y déjeme en paz.

Media hora después, cuando los últimos botes estaban a cientos de metros hacia el sur de donde él se encontraba, el capitán Crozier volvió hacia él con el carpintero, el señor Honey.

—¿Qué demonios cree que está haciendo, señor Blanky? —le espetó Crozier.

—Descansando un poquito, capitán. He pensado que podía pasar la noche aquí.

—No sea tonto —dijo Crozier. Miró la pierna de madera rota y se volvió hacia el carpintero—. ¿Podría arreglar esto, señor Honey? ¿Hacerle una nueva mañana por la tarde, si el señor Blanky se sube a uno de los botes hasta entonces?

—Sí, claro, señor —dijo Honey, guiñando los ojos al ver la pierna rota, como un artesano que se lamenta de un fallo de una creación suya (o del maltrato que ha sufrido)—. No nos queda mucha madera, pero hay un timón extra de un esquife que trajimos como repuesto para las pinazas, y puedo convertirlo en una pierna nueva con toda facilidad.

—¿Lo ha oído, señor Blanky? —preguntó Crozier—. Ahora, levante el culo de ahí y deje que el señor Honey le ayude a alcanzar el último bote del señor Hodgson. Rápido, vamos. Se lo tendremos arreglado para mañana al mediodía.

Blanky sonrió.

—¿Podría arreglar esto el señor Honey, capitán? —Quitó la parte de madera que se unía a la pierna y desabrochó el torpe arnés de cuero y latón.

—Ah, Dios mío, maldita sea —dijo Crozier.

Se acercó a mirar mejor el muñón en carne viva y sangrante con la carne negra que rodeaba el blanco bulto del hueso, pero rápidamente apartó la cara debido al hedor.

—Sí, señor —dijo Blanky—. Me sorprende que el doctor Goodsir no lo haya olido antes. Intento ponerme a favor del viento con respecto a él, cuando le ayudo en la enfermería. Los chicos de mi tienda ya saben lo que pasa, señor. No se puede hacer nada.

—Tonterías —dijo Crozier—. Goodsir podría... —Se detuvo.

Blanky sonrió. No fue una sonrisa sarcástica ni triste, sino fácil, llena de auténtico humor.

—¿Podría qué, capitán? ¿Cortarme la pierna por la cadera? Los trozos negros y rojos suben hasta arriba por el trasero y las partes íntimas, señor, si me disculpa que se lo retrate tan vivamente. Y si me operase, ¿cuántos días me quedaría echado en un bote como el soldado Heather, que Dios guarde el alma del pobre diablo, arrastrado por unos hombres que están tan cansados como yo mismo?

Crozier no dijo nada.

—No —continuó Blanky, que exhaló el humo de su pipa, contento—. Creo que es mejor que me quede aquí un rato a solas y simplemente me relaje y piense un poco en esto y en lo otro. Mi vida ha sido buena. Me gustaría pensar en ello un poco antes de que el dolor y el olor sean tan malos que me lo impidan.

Crozier suspiró, miró a su carpintero y luego al patrón del hielo, y suspiró de nuevo. Cogió una botella de agua que llevaba en el bolsillo de su abrigo.

—Tome esto.

—Gracias, señor. Lo haré. Con gratitud —dijo Blanky.

Crozier buscó en sus demás bolsillos.

—No tengo nada de comer. ¿Señor Honey?

El carpintero sacó una mohosa galleta y un trocito de algo más verde que marrón que había sido buey.

—No, gracias, John —dijo Blanky—. De verdad que no tengo hambre. Pero, capitán, ¿podría hacerme usted un gran favor?

—¿Cuál, señor Blanky?

—Mi gente vive en Kent, señor. Junto a Ightham Mote, al norte de Tonbridge Wells. O al menos mi Betty, mi Michael y mi vieja madre estaban allí cuando me hice a la mar, señor. Me preguntaba, capitán, quiero decir, si usted por su parte tiene suerte y tiene tiempo después...

—Si vuelvo a Inglaterra, juro que los buscaré y les diré que estaba usted fumando, sonriendo y sentado cómodamente en una roca como un caballero ocioso la última vez que le vi —dijo Crozier. Sacó una pistola de su bolsillo—. El teniente Little ha visto a la cosa por el catalejo..., va detrás de nosotros toda la mañana, Thomas. Al final llegará. Debería quedarse esto.

—No, gracias, capitán.

—¿Está seguro, señor Blanky? De quedarse atrás, quiero decir —dijo el capitán Crozier—. Aunque estuviera... con nosotros sólo una semana más o así, sus conocimientos del hielo podrían ser muy importantes para todos nosotros. ¿Quién sabe qué condiciones habrá en la banquisa, a treinta kilómetros al este de aquí?

Blanky sonrió.

—Si el señor Reid no estuviera todavía con ustedes, me tomaría eso muy a pecho, capitán. Desde luego que sí. Pero él es tan buen patrón del hielo como pueda desear. Como repuesto, quiero decir.

Crozier y Honey le estrecharon la mano. Luego se volvieron y echaron a correr para alcanzar el último bote que desaparecía por encima de una cresta distante, hacia el sur.

Era ya después de medianoche cuando vino.

Blanky se había quedado sin tabaco hacía horas, y el agua se había congelado en la botella donde él estúpidamente la había dejado, colocada en la roca junto a él. Le dolía un poco, pero no quería dormir.

Habían aparecido unas pocas estrellas en la penumbra. El viento del noroeste había arreciado, como solía hacer por la noche, y la temperatura probablemente había caído más de veinte grados desde su punto álgido a mediodía.

Blanky había mantenido la pierna de madera rota, la unión y las tiras de cuero en la piedra junto a él. Aunque su pierna gangrenada lo atormentaba y el estómago vacío le clavaba sus garras, el peor dolor que sentía aquella noche procedía de la parte inferior de la pierna, la pantorrilla y el pie..., el miembro fantasma.

De repente, la cosa estaba allí.

Se alzaba en el hielo, a menos de treinta pasos de él.

«Debe de haber salido por algún agujero invisible en el hielo», pensó Blanky. Recordó una feria en Tonbridge Wells que había visto de niño, con un destartalado escenario de madera y un mago vestido de seda morada que llevaba un sombrero muy alto en forma de cono, con planetas y estrellas bordados. Aquel hombre había aparecido así, saliendo por una trampilla entre los «oh» y los «ah» de la audiencia campesina.

—Bienvenido de nuevo —dijo Thomas Blanky a la sombreada silueta en el hielo.

La cosa se levantó sobre sus patas traseras, como una oscura masa de pelo, músculos y garras teñidas por el crepúsculo de un débil resplandor y dientes; más allá, de eso estaba seguro el patrón del hielo, de cualquier recuerdo racial de la humanidad de sus muchos depredadores. Blanky supuso que tenía más de tres metros y medio de alto, quizás un poco más.

Sus ojos, una negrura profunda ante la silueta negra, no reflejaban el sol moribundo.

—Llegas tarde —dijo Blanky. No pudo evitar que le castañetearan los dientes—. Llevo mucho tiempo esperándote. —Arrojó su pierna de madera y su arnés tintineante a la silueta.

La criatura no intentó evitar el burdo proyectil. Se quedó erguida durante un minuto y luego se abalanzó hacia delante con furia, las piernas ni siquiera visibles moviéndose para propulsarlo, una masa monstruosa que se deslizaba rápidamente hacia él por encima de las rocas y del hielo. La oscura y terrible solidez de la forma finalmente abrió los brazos y llenó toda la visión del patrón del hielo.

Thomas Blanky sonrió fieramente y apretó bien con los dientes la boquilla de su pipa.

46

Crozier

Lat. desconocida — Long. desconocida
4 de julio de 1848

Lo único que mantenía en movimiento a Francis Rawdon Moira Crozier, la décima semana de marcha con los botes, era la llamita azul que ardía en su pecho. Cuanto más cansado, más vacío, más enfermo y destrozado estaba su cuerpo, más ardiente y orgullosa ardía aquella llama. Él sabía que no era una simple metáfora de su decisión. Ni tampoco era optimismo. La llama azul de su pecho había escarbado en su corazón como una entidad ajena, se aferraba a él como una enfermedad, y le centraba como un núcleo casi no deseado de convicción de que haría lo que fuera necesario para sobrevivir. Cualquier cosa.

A veces Crozier casi rogaba para que la llama azul desapareciera, y poder así rendirse a lo inevitable, dejarse llevar y meterse debajo de la helada tundra como un niño que se va a dormir bajo una manta.

Aquel día se habían detenido, no tiraban de los trineos y los botes por primera vez desde hacía un mes. Y habían desempaquetado y montado torpemente la gran tienda de la enfermería, aunque no las tiendas de los comedores. Los hombres llamaban a aquel lugar, por otra parte completamente corriente, en una bahía pequeña a lo largo de la costa meridional de la Tierra del Rey Guillermo, «campamento Hospital».

En las dos últimas semanas habían atravesado el escarpado hielo de una enorme bahía que atravesaba la parte inferior del cabo y que parecía, después de semanas de arrastre, como si continuase sobresaliendo hacia el sudoeste eternamente. Pero ahora ya se dirigían de nuevo hacia el sudeste, paralelos a la costa a lo largo de la parte inferior de aquel cabo y luego hacia el este, la dirección correcta, si querían llegar al río Back.

Crozier se había llevado el sextante y el teodolito, y el teniente Little también tenía su sextante, así como el instrumento del difunto Fitzjames, como repuesto, pero ningún oficial había tomado mediciones de la estrellas o del sol durante semanas. Sencillamente, no importaba. Si la Tierra del Rey Guillermo era una península, como la mayoría de los exploradores árticos, incluyendo el antiguo comandante de Crozier, James Clark Ross, habían pensado, entonces esa línea costera los conduciría a la boca del río Back. Si era una isla (como era el pálpito del teniente Gore y también de Crozier), entonces, pronto verían la tierra firme hacia el sur, y cruzarían lo que debía de ser un estrecho muy pequeño hacia la boca del río Back.

De cualquier modo, Crozier, que se contentaba con seguir la línea de la costa ya que no tenían otra elección y establecer el rumbo a ojo, de momento, estimaba que estaban a unos ciento cincuenta kilómetros de la boca del río Back.

En esta marcha, habían completado sólo apenas un par de kilómetros diarios como promedio. Algunos días recorrían cinco o seis kilómetros, lo que le recordaba a Crozier la fantástica media de su travesía desde los buques al campamento Terror en la autopista de hielo que habían trazado; sin embargo, otros días, cuando había más roca que hielo bajo los patines, cuando tenían que vadear súbitas corrientes, o en un caso incluso un río auténtico, cuando se veían obligados a salir al torturado mar de hielo si la línea costera era demasiado rocosa, cuando el tiempo era malo, cuando más hombres de los habituales estaban demasiado enfermos para tirar de los arneses y acababan yendo en los botes ellos mismos, mientras sus compañeros acarreaban el peso extra, primero las dieciséis horas de arrastre de las cuatro balleneras y un cúter, y luego de vuelta a por los otros tres cúteres y las dos pinazas, entonces sólo cubrían unos pocos centenares de metros desde su anterior campamento nocturno.

El 1 de julio, después de semanas de tiempo más cálido, el frío y la nieve volvieron con crudeza. Soplaba una tormenta de nieve desde el sudeste, directamente hacia los ojos de los hombres que arrastraban los trineos. Sacaron las ropas de abrigo de los montones apilados en los botes. Extrajeron también las gorras de las maletas y bultos. La nieve añadía kilos y kilos al peso de los trineos y los botes que iban encima. Los hombres tan enfermos que había que llevarlos en los botes, echados encima de los suministros y de las tiendas dobladas, se cobijaban bajo las cubiertas de lona para protegerse.

Los hombres fueron tirando a lo largo de tres días de nevada continua hacia el este y sudeste. Por la noche restallaban los rayos, y los hombres se acurrucaban en los suelos de lona de sus tiendas.

Aquel día se habían detenido porque había demasiados hombres enfermos y Goodsir quería cuidarlos, y porque Crozier quería enviar partidas adelante para explorar, y partidas más grandes armadas hacia el norte, el interior y el sur del mar de hielo, a cazar.

Necesitaban comida con desesperación.

La buena noticia y la mala noticia era que finalmente se habían acabado las últimas latas de comida Goldner. Como el mozo Aylmore, que siguiendo órdenes del capitán había seguido comiendo y engordando con la comida envasada, no murió por los terribles síntomas que mataron al capitán Fitzjames (aunque sí murieron otros dos hombres que se suponía que no comían nada de las latas), todo el mundo volvió a comer de las latas para suplementar al poco cerdo salado que quedaba, el bacalao y la galleta.

El marinero Bill Closson, de 28 años, murió chillando silenciosamente y convulsionándose por dolores de vientre y parálisis, pero el doctor Goodsir no sabía qué podía haberle envenenado hasta que uno de sus compañeros, Tom McConvey, confesó que el muerto había robado y se había comido una lata Goldner de melocotones que no había compartido con nadie.

En el brevísimo funeral por Closson (su cuerpo quedó, sin mortaja de lona siquiera, bajo una pila de piedras sueltas, porque el Viejo Murray, el velero, había muerto de escorbuto y además no quedaba ya lona extra), el capitán Crozier no citó la Biblia que los hombres conocían, sino su legendario *Libro de Leviatán*.

—La vida es «solitaria, pobre, desagradable, brutal y corta» —entonó el capitán—. Y parece que es mucho más corta aún para aquellos que roban a sus compañeros.

El panegírico afectó mucho a los hombres. Aunque los diez botes que habían ido arrastrando y transportando sobre trineos durante más de dos meses tenían viejos nombres asignados de aquellos tiempos en que el *Erebus* y el *Terror* todavía surcaban los mares, los equipos de tiro de los marineros inmediatamente rebautizaron los tres cúteres y las dos pinazas que siempre transportaban en el período de arrastre de la tarde, la parte del día que más odiaban, ya que significaba desandar camino ya hecho con sudor durante la larga mañana. Los cinco botes se llamaban ahora oficialmente: Solitario, Pobre, Desagradable, Brutal y Corto.

Crozier sonrió al oír aquello. Significaba que los hombres no habían caído en el hambre y la desesperación hasta el punto de que su negro humor de marineros ingleses no tuviera todavía su chispa.

El motín, cuando llegó, se hizo oír en boca del último hombre sobre la tierra de quien Francis Crozier habría imaginado que podía oponerse a su mando.

Era mediodía y el capitán intentaba dormir unos minutos mientras la mayoría de los hombres estaban fuera del campamento haciendo labores de reconocimiento o de caza. Oyó el lento roce de muchas botas con tornillos en las suelas en la parte exterior de su tienda y supo inmediatamente que había problemas que iban más allá de las emergencias habituales diarias. El sonido furtivo de los pasos, mientras salía de su ligero sueño, le advirtió de que se enfrentaba a un desafío.

Crozier se puso el abrigo. Siempre llevaba una pistola cargada en el bolsillo derecho de la prenda, pero recientemente había empezado a llevar una pistola más pequeña, de dos tiros, también en el bolsillo izquierdo.

Había unos veinticinco hombres reunidos en la zona abierta entre la tienda de Crozier y la tienda de la enfermería, de mayor tamaño. La nieve que caía, las gruesas pañoletas y los gorros sucísimos hacían difícil identificar a algunos de ellos a primera vista, pero Crozier no se sorprendió nada de ver a Cornelius Hickey, Magnus Manson, Richard Aylmore y media docena de los más resentidos en la segunda fila.

Pero fue la primera fila la que le sorprendió.

La mayor parte de los oficiales estaban fuera, dirigiendo las partidas de caza y exploración repartidas por todas partes que Crozier había enviado aquella mañana. Crozier se dio cuenta demasiado tarde de su error, pues había enviado lejos a todos sus oficiales más leales, incluyendo al teniente Little y a su segundo oficial, Robert Thomas, a Tom Johnson, su fiel contramaestre, a Harry Peglar y a otros, todos a la vez, dejando a los hombres más débiles congregados allí, en el campamento Hospital. Pero ante todo aquel grupo estaba el joven teniente Hodgson. Crozier también se sintió conmocionado al ver a Reuben Male, el capitán del castillo de proa, y el capitán de la cofa de trinquete del *Erebus*, Robert Sinclair. Male y Sinclair siempre habían sido buena gente.

Crozier avanzó hacia los reunidos con tanta rapidez que Hodgson tuvo que dar dos pasos atrás y chocó contra el gigante idiota, Manson.

—¿Qué quieren, hombres? —gruñó Crozier. Deseando que su voz no sonase tan áspera, puso en ella todo el volumen y autoridad que pudo—. ¿Qué demonios está pasando aquí?

—Tenemos que hablar con usted, capitán —dijo Hodgson. La voz del joven temblaba por la tensión.

—¿De qué? —Crozier mantenía la mano derecha metida en el bolsillo.

Vio que el doctor Goodsir salía a la abertura de la tienda de la enfermería y miraba con sorpresa a la multitud reunida. Crozier contó veintitrés hombres en el grupo, y, a pesar de que llevaban las gorras bien metidas y los pañuelos subidos, supo quién era cada hombre. No lo olvidaría.

—De regresar —dijo Hodgson.

Los hombres que estaban tras él empezaron a murmurar y asentir, con ese murmullo que acompañaba siempre a los amotinados como un zumbido.

Crozier no reaccionó de inmediato. Una buena noticia era que si hubiesen querido amotinarse activamente, si todos los hombres incluidos Hodgson, Male y Sinclair se hubiesen puesto de acuerdo para tomar el control de la expedición por la fuerza, Crozier ya estaría muerto por aquel entonces. Habrían actuado en la oscuridad de la medianoche.

Y la única buena noticia aparte de aquélla era que mientras dos o tres de los marineros que había allí llevaban escopetas, todas las demás armas estaban fuera, con los sesenta y seis hombres que estaban cazando aquel día.

Crozier tomó nota mental de no permitir nunca más que todos los marines abandonasen el campamento al mismo tiempo. Tozer y los otros estaban ansiosos por cazar. El capitán estaba tan cansado que no se lo había pensado demasiado a la hora de darles permiso para ir.

El capitán miró a todos cara a cara. Algunos de los más débiles de la multitud bajaron la vista de inmediato, avergonzados de encontrarse con su mirada. Los más fuertes como Male y Sinclair le devolvieron la mirada. Hickey le miraba con unos ojos tan ocultos y fríos que podían haber pertenecido a uno cualquiera de los osos polares que habían encontrado..., o quizás a la propia criatura del hielo.

—¿Volver adónde? —exclamó Crozier.

—Al ca..., campamento Terror —tartamudeó Hodgson—. Allí hay comida enlatada y algo de carbón y las estufas. Y los botes que quedan.

—No sea idiota —dijo Crozier—. Estamos al menos a cien kilómetros del campamento Terror. Sería octubre, pleno invierno, antes de que llegasen, si lo consiguiesen.

Hodgson titubeó, pero el capitán de la cofa del trinquete del *Erebus* dijo:

—Estamos muchísimo más cerca del campamento que de ese río hacia el que nos estamos matando por llevar los botes.

—Eso no es cierto, señor Sinclair —gruñó Crozier—. El teniente Little y yo estimamos que la ensenada del río está a menos de ochenta kilómetros de aquí.

—La «ensenada» —dijo despectivamente un hombre llamado George Thompson. Aquel hombre era conocido por ser un borracho y un perezoso. Crozier no podía arrojarle la primera piedra por el tema de la bebida, pero despreciaba a los perezosos.

—La «boca» del río Back está a ochenta kilómetros al sur de la ensenada —continuó Thompson—. Más de ciento sesenta kilómetros desde aquí.

—Cuidado con su tono, Thompson —advirtió Crozier en un tono tan lento y mortífero que incluso aquel gañán parpadeó y bajó la vista. Crozier miró a la multitud de nuevo. Habló a todos los hombres—: No importa si está a sesenta y cinco kilómetros más abajo de la ensenada la boca del río Back o a ochenta kilómetros, hay muchas oportunidades de que haya agua abierta..., y entonces iremos «navegando» con los botes, no tirando de ellos. Y ahora vuelvan a sus obligaciones y olviden esta tontería.

Algunos hombres movieron los pies, pero Magnus Manson se quedó quieto como un dique de piedra, manteniendo en su lugar el lago de su desafío. Reuben Male dijo:

—Queremos volver al barco, capitán. Creemos que allí hay mejores oportunidades.

Entonces le tocó el turno de parpadear a Crozier.

—¿Volver al *Terror*? Pero por el amor de Dios, Reuben, si debe de haber más de ciento cuarenta kilómetros de vuelta al barco, por encima de la banquisa, igual que a través de ese territorio terrible que acabamos de recorrer. Los botes y los trineos nunca lo conseguirán.

—Sólo nos llevaríamos un bote —dijo Hodgson.

Los hombres murmuraron y afirmaron, tras él.

—¿De qué demonios está hablando, qué es eso de un bote?

—Un bote —insistió Hodgson—. Un bote y un trineo.

—Estamos hartos de esta mierda de ir arrastrando los botes

—dijo John Morfin, un marinero que había resultado gravemente herido durante el carnaval.

Crozier ignoró a Morfin y se dirigió a Hodgson:

—Teniente, ¿cómo piensa meter a veintitrés hombres en un bote? Aunque robe una de las balleneras, sólo cabrían doce de ustedes, con los suministros mínimos. ¿O piensa que diez o más de los de su partida morirán antes de llegar al campamento? Porque será así, ya lo sabe. Y más todavía.

—En el campamento Terror están los botes pequeños —dijo Sinclair, acercándose más y adoptando un aire agresivo—. Nos llevamos una ballenera y la usamos con los esquifes y las lanchas para transportarnos al *Terror*.

Crozier le miró un momento y luego se echó a reír.

—¿Cree que se ha abierto el hielo allí, al noroeste de la Tierra del Rey Guillermo? ¿Eso es lo que creen, locos?

—Sí, lo creemos —dijo el teniente Hodgson—. Hay comida en el buque. Queda muchísima comida en lata. Y podemos navegar hacia...

Crozier se echó a reír de nuevo.

—¿Apostarán sus vidas a que el hielo se ha abierto lo suficiente este verano para que el *Terror* esté a flote, y esperándoles para que saquen los botecitos y se vayan a remo? ¿Y que se han abierto completamente todos los canales hacia el sur? ¿Casi quinientos kilómetros de agua abierta? ¿En invierno cuando lleguen allí, si es que llegan?

—¡Es una apuesta mejor que ésta, creemos! —gritó el mozo de la santabárbara, Richard Aylmore. El rostro del hombrecillo moreno estaba contorsionado por la ira, el miedo, el resentimiento y algo que parecía júbilo, ahora que había llegado su hora al fin.

—Casi me gustaría ir con ustedes... —empezó Crozier.

Hodgson parpadeó con rapidez. Varios de los hombres se miraron entre sí.

—Sólo para ver sus caras cuando llegue el momento de cobrar la apuesta y lleguen, caminando encima del hielo y las crestas de presión, y averigüen que el *Terror* ha sido aplastado por el hielo igual que el *Erebus* en marzo.

Dejó que el efecto de aquella imagen penetrase durante unos pocos segundos antes de añadir, dulcemente:

—Por el amor de Dios, pregúntenle al señor Honey, al señor Wilson, al señor Goddard o al teniente Little cómo estaban sus refuerzos, cómo estaba el timón. Pregúntenle al primer oficial Thomas cómo habían empezado a ceder las costuras en abril... Y ahora estamos en julio. Si se ha fundido el hielo a su alrededor, aunque sólo sea un poco, existen muchas más posibilidades de que el viejo barco esté hundido que a flote. Y si no se ha hundido, ¿pueden decirme con toda sinceridad cómo pueden veintitrés de ustedes manejar todas las bombas mientras van navegando por el laberinto de canales..., ya que si vuelven en la mitad de tiempo que les costó llegar hasta aquí desde el campamento Terror, el frío del invierno ya lo habrá vuelto a congelar? ¿Y cómo van a encontrar el camino entre el hielo, si el barco puede flotar, si no se ha hundido, y si no mueren manejando las bombas día y noche?

Crozier miró de nuevo a la multitud.

—No veo aquí al señor Reid. Está fuera con el teniente Little, explorando nuestro camino hacia el sur. Sin patrón del hielo, les costará lo suyo encontrar el camino entre el hielo en bandejas, los gruñones, la banquisa y los icebergs. —Crozier meneó la cabeza ante lo absurdo de todo aquello, y emitió una risita, como si los hombres hubiesen ido a contarle una broma particularmente buena, en lugar de fomentar un motín—. Vuelvan a sus obligaciones... ahora —exclamó—. No olvidaré que han sido lo bastante idiotas como para venir a contarme esa idea, pero intentaré olvidar el tono que han usado, y el hecho de que realmente pareciesen una turba de amotinados, en lugar de miembros leales de la Marina Real de Su Majestad que quieren hablar con su capitán. Retírense ya.

—No —dijo Cornelius Hickey desde la segunda fila, con voz lo suficientemente alta y aguda para detener a los hombres que vacilaban—. El señor Reid vendrá con nosotros. Y los demás también.

—¿Y por qué iban a hacerlo? —preguntó Crozier, clavando su mirada en el hombrecillo con aire de hurón.

—Porque no les quedará más remedio —dijo Hickey. Tiró de la manga de Magnus Manson y los dos se adelantaron, pasando junto a Hodgson, que parecía alarmado.

Crozier decidió que primero mataría a Hickey. Tenía la mano ya en la pistola que llevaba en el bolsillo. Ni siquiera sacaría el arma del abrigo para el primer disparo. Dispararía a Hickey en el vientre cuando se acercase a menos de un metro, y luego sacaría la pistola e intentaría disparar al gigante en el centro de la frente. Ningún disparo en el cuerpo ofrecía garantías de detener a Manson.

Como si pensar en los disparos hiciera que se produjeran, se oyó el estampido de un disparo que venía de la dirección de la costa.

Todo el mundo, excepto Crozier y el ayudante del calafatero, se volvió a ver lo que ocurría. La mirada de Crozier no se apartó ni un segundo de los ojos de Hickey. Ambos hombres volvieron la cabeza solamente cuando empezaron los gritos.

—¡Agua abierta!

Era la partida del teniente Little, que venía desde la banquisa: el patrón del hielo Reid, el contramaestre John Lane, Harry Peglar y media docena más, todos armados con escopetas o mosquetes.

—¡Agua abierta! —gritó Little de nuevo. Agitaba ambos brazos al atravesar las rocas y el hielo de la costa, obviamente ignorante del drama que estaba teniendo lugar ante la tienda de su capitán—. ¡A no más de tres kilómetros al sur! Los canales se abren lo bastante para que entren los botes. ¡Van hacia el este durante kilómetros! ¡Agua abierta!

Hickey y Manson retrocedieron hacia las filas de los hombres que lanzaban vítores, donde hacía sólo treinta segundos había una multitud amotinada. Algunos de los hombres se empezaron a abrazar entre sí. Reuben Male parecía a punto de vomitar ante la idea de lo que pensaba hacer, y Robert Sinclair se sentó en una roca baja, como si toda la fuerza de sus piernas le hubiese abandonado. El capitán de la cofa de trinquete, antes lleno de fuerza, se puso a sollozar tapándose la cara con las manos mugrientas.

—Vuelvan a sus tiendas y a sus obligaciones —dijo Crozier—. Empezaremos a cargar los botes y a comprobar los palos y aparejos dentro de una hora.

47

Peglar

En algún lugar del estrecho entre la Tierra del Rey Guillermo
y la península de Adelaida.
9 de julio de 1848

*L*os hombres que esperaban en el campamento Hospital estaban ansiosos por salir diez minutos después de que la partida del teniente Little trajese las noticias de que había agua abierta, pero pasó otro día antes de que desmontaran el campamento, y dos más hasta que los cascos de los botes se pudieran deslizar realmente desde el hielo hasta el agua negra que había al sur de la Tierra del Rey Guillermo.

Primero tuvieron que esperar a que volviesen todas las demás partidas de caza y de reconocimiento, y algunas volvieron después de medianoche y entraron tambaleándose en el campamento en medio de la amarillenta penumbra ártica, y se desmoronaron en sus sacos de dormir sin oír siquiera la buena noticia. Habían cogido muy poca caza, pero el grupo de Robert Thomas había matado un zorro ártico y varios conejos blancos, y el equipo del sargento Tozer volvió con un puñado de perdices blancas.

La mañana del 5 de julio, miércoles, la tienda de la enfermería casi se vació, ya que todo aquel que podía permanecer de pie o tambaleándose quería echar una mano en los preparativos para hacerse a la mar.

John Bridgens había ocupado el lugar del difunto Henry Lloyd y de Tom Blanky como ayudante del doctor Goodsir las últimas semanas, y el mozo había asistido la tarde anterior al conato de amotinamiento de pie junto al cirujano, en la puerta de la tienda de la enfermería. Fue Bridgens quien le contó toda la escena a Harry Peglar, que se sintió mucho más enfermo de lo que ya estaba al saber que su homólogo, el capitán de la cofa del trinquete del *Erebus* Robert Sinclair, se había unido a aquel amago de motín. Él sabía que Reuben

Male siempre había sido un hombre íntegro, pero testarudo. Muy testarudo.

Peglar no sentía más que desprecio por Aylmore, Hickey y su coro de aduladores. A los ojos de Harry Peglar eran hombres con mentes mezquinas y ociosas y, salvo Manson, muy parlanchines, pero sin sentido alguno de la lealtad.

Aquel jueves 6 de julio estaban fuera, en la banquisa, por primera vez desde hacía más de dos meses. La mayoría había olvidado ya lo duro que era el arrastre por el hielo abierto, incluso allí, a sotavento de la Tierra del Rey Guillermo y el protuberante cabo que acababan de pasar. Todavía quedaban crestas de presión sobre las cuales tenían que pasar los diez botes. El mar de hielo se deslizaba mucho menos bajo los patines que la nieve y el hielo de la costa. No había vallecitos en los que abrigarse, ni crestas bajas ni rocas ocasionales tras las cuales resguardarse del viento. Allí fuera no había corrientes de agua de las que beber. La tormenta de nieve continuaba, y el viento se hizo mucho más intenso hacia el sudeste, soplando directamente en sus caras mientras iban arrastrando los botes los tres kilómetros, aproximadamente, que el grupo de caza del teniente Little había cubierto antes de encontrar el canal abierto.

La primera noche que pasaron fuera estaban tan cansados que ni siquiera montaron las tiendas Holland, sino que colocaron unos cuantos suelos de tienda como lonas impermeables detrás del costado de sotavento de los botes, y los botes sobre trineos; se acurrucaron encima del hielo las pocas horas de semioscuridad del verano ártico, en sus sacos de dormir para tres hombres.

A pesar de la tormenta, del viento y de las dificultades de la banquisa, estimulados por la emoción, cubrieron los tres kilómetros a media mañana del viernes 7 de julio.

El canal había desaparecido. Se había cerrado. Little señaló hacia el hielo más delgado, no más de siete a veinte centímetros de grosor, donde estaba antes.

Con el patrón del hielo James Reid dirigiéndolos, siguieron el camino en zigzag del canal recién helado de nuevo hacia el sudeste y luego hacia el este durante la mayor parte de aquel día.

Y entonces, además de su decepción y de su constante sufrimiento exacerbado por la nieve en el rostro y por sus ropas completamente empapadas, por primera vez en años experimentaron la tensión de caminar encima de un hielo demasiado fino.

Un poco después de mediodía de aquel día, el soldado James Daly, que era uno de los seis hombres enviados por delante para pro-

563

bar el hielo pinchándolo con unas picas largas, se cayó dentro. Sus camaradas lo sacaron enseguida, pero no antes de que se volviera literalmente azul. El doctor Goodsir hizo que desnudaran por completo a Daly en el hielo, lo envolvió en mantas Hudson y lo metió debajo de más mantas y la cubierta de lona de uno de los cúteres. Dos hombres tuvieron que echarse con él, uno a cada lado en la oscuridad amarillenta del cúter, para que el calor de sus cuerpos lo mantuviera con vida. Aun así el cuerpo del soldado Daly tiritaba, le castañeteaban incontrolablemente los dientes y se sumió en el delirio durante la mayor parte del resto del día.

El hielo, tan estable como un continente bajo sus pies durante dos años, ahora se alzaba, bajaba y se hinchaba de una forma que mareaba a todos; incluso hizo vomitar a algunos hombres. La presión hacía que hasta el hielo más espeso crujiese y gimiese con súbitas explosiones desde delante, ya fuese lejos o cerca, a ambos lados, detrás o incluso debajo de sus mismos pies. El doctor Goodsir les había explicado meses antes que uno de los síntomas del escorbuto avanzado era la aguda sensibilidad a los sonidos (dijo que el disparo de una escopeta podía matar a un hombre, incluso) y ahora la mayoría de los ochenta y nueve hombres que tiraban de los botes por el hielo reconocían aquellos síntomas en sí mismos.

Hasta un idiota casi total como Magnus Manson se daba cuenta de que si alguno o todos los botes caían a través del hielo, un hielo que no había conseguido sostener a un solo hombre depauperado y más flaco que un huso, como James Daly, no había la menor esperanza para los hombres que tiraban de los arneses. Se ahogarían antes incluso de congelarse.

Acostumbrados a su apiñada procesión por el hielo, a los hombres se les hacía raro aquel nuevo método de arrastre que consistía en mantener los botes muy separados y escalonados. A veces, en la tormenta de nieve, un grupo quedaba fuera de la vista de todos los demás, y la sensación de aislamiento era terrible. Cuando tiraban de los tres cúteres y las dos pinazas hacia delante no seguían sus antiguas huellas y tenía que preocuparse de que el nuevo hielo que pisaban los sostuviera.

Algunos de los hombres gruñían diciendo que seguramente no habían encontrado la ensenada que conducía hacia el sur, a la boca del río Back. Peglar había visto los mapas y las ocasionales lecturas del teodolito de Crozier y sabía que todavía estaban a mucha distancia al oeste, cincuenta kilómetros hasta la ensenada, como mínimo. Y luego otros más de cien kilómetros al sur, hasta la boca. Al ritmo que llevaban viajando por tierra, aunque apareciese comida y la salud de todos mejorase milagrosamente, no llegarían a la ensenada hasta agosto, y a la boca del río en septiembre, como muy temprano.

La promesa de agua abierta hacía que el corazón de Harry Peglar latiese más rápido. Por supuesto, su corazón latía erráticamente casi siempre, por aquel entonces. La madre de Harry siempre había estado preocupada por su corazón, ya que de niño había sufrido de fiebre escarlata y de frecuentes dolores en el pecho, pero él siempre le había dicho que tales preocupaciones no eran más que tonterías, que era capitán de la cofa del trinquete de uno de los mejores barcos del mundo y que ningún hombre con el corazón enfermo ocuparía aquella posición. De alguna manera le había convencido de que estaba bien, pero a lo largo de los años Peglar fue sintiendo ocasionales palpitaciones en el pecho y una sensación de opresión y un dolor en el brazo izquierdo que algunos días era tan fuerte que tenía que trepar a la cofa y a las vergas más altas usando sólo una mano. Los otros gavieros creían que lo hacía por lucirse.

Aquellas últimas semanas notaba palpitaciones con mucha mayor frecuencia. Había perdido el uso de los dedos de la mano izquierda hacía dos semanas, y el dolor no cedía nunca. Esto, junto con el bochorno y los inconvenientes de la diarrea constante, dado que Peglar siempre había sido un hombre reservado incluso a la hora de hacer sus cosas abiertamente por encima de la borda de un buque, cosa que a otros hombres no preocupaba nada, le había mantenido siempre estreñido y esperando la oscuridad o las letrinas.

Sin embargo, no había letrinas en aquella marcha. Ni siquiera un maldito arbusto o matojo o roca grande detrás de la cual esconderse. Los hombres del equipo de arrastre de Peglar se reían al ver que su suboficial tenía que quedarse atrás, casi fuera de la vista, arriesgándose a que se lo llevase la cosa, con tal de que no le vieran cagando.

No eran aquellas risas amistosas lo que preocupaba a Peglar en las últimas semanas; era la carrera para atrapar luego a su equipo y volver a ponerse el arnés. Estaba tan cansado por las hemorragias internas y la falta de comida y las palpitaciones del corazón que cada vez tenía más problemas para alcanzar a los botes que se iban alejando.

De modo que de los ochenta y nueve hombres, aquel viernes, Harry Peglar probablemente fue el único que dio la bienvenida a la nieve arremolinada y la niebla que llegó en cuanto empezó a menguar la nieve.

La niebla era un problema. Viajando tan separados por encima de aquel hielo tan traicionero habría resultado muy fácil para los equipos de arrastre perderse unos a otros. Incluso rehacer el camino para recoger los cúteres y pinazas que quedaban era un problema, y eso antes de que la niebla se fuera espesando a medida que se acercaba la noche. El capitán Crozier dio el alto para discutir el tema. Sólo quince hombres se pudieron congregar en una pequeña zona de hielo en un momento dado, y no demasiado cerca de un bote. Tiraban aquella noche con el mínimo de hombres indispensables para mover las enormes y pesadas masas de botes y trineos.

Los trineos iban a constituir un problema logístico, si llegaban al agua abierta prometida. Había muchas oportunidades de que no tuviesen que volver a cargar los cúteres de hondo calado y las pinazas con sus quillas y sus timones fijos de nuevo en trineos antes de llegar a la boca del río Back, de modo que podían abandonar sencillamente los destartalados vehículos en el hielo. Antes de partir el jueves, Crozier hizo la prueba de quitar los seis botes de los trineos, dejando que se desmontasen o rompiesen los pesados trineos tal y como se habían diseñado, y guardándolos adecuadamente en los botes. Costó horas.

Colocar de nuevo los botes encima de los trineos antes de seguir avanzando sobre la banquisa era una tarea que no estaba al alcance de las menguadas fuerzas y habilidades de los hombres. Los dedos, torpes por la fatiga y el escorbuto, se enredaban con los nudos más sencillos. Hasta los cortes más nimios sangraban sin parar. El menor roce les dejaba unos hematomas del tamaño de una mano, en los brazos sin fuerza y en la piel más fina por encima de las costillas.

Pero ahora sabían que podían hacerlo: descargar y volver a cargar los trineos y preparar los botes para echarlos al agua.

Si encontraban pronto el canal.

Crozier hizo que cada equipo pusiera linternas a proa y popa de los botes. Hizo volver a los marines que comprobaban el hielo con sus picas y no servían para nada y asignó al teniente Hodgson para que fuese en cabeza de un rombo de cinco botes, con una de las balleneras más pesadas llena de los artículos menos esenciales delante de las demás, en la niebla.

Todos los hombres sabían que era la recompensa del joven Hodgson por alinearse con los amotinados en potencia. Su equipo de arrastre iba encabezado por Magnus Manson, mientras Aylmore y Hickey también iban en el arnés, hombres que hasta ahora se habían asignado a equipos separados. Si aquel bote que iba en cabeza caía por el hielo, los demás oirían los gritos y sacudidas entre la pesada niebla, pero no podrían hacer otra cosa que dejarlos allí y coger otro camino más seguro.

El resto debía arriesgarse a seguir en procesión de cerca, permaneciendo lo bastante unidos para ver las linternas de los demás en la oscuridad.

En torno a las ocho de la noche se oyeron gritos procedentes del equipo en cabeza de Hodgson, pero no cayeron. Encontraron de nuevo agua abierta a unos dos kilómetros al este y al sur de donde Little había visto el canal el miércoles.

Los demás equipos enviaron hombres adelante con linternas, moviéndose con cuidado sobre lo que suponían que era un hielo muy fino, pero el hielo era firme y se estimaba que tenía más de treinta centímetros de grueso hasta el borde de aquel canal inexplicable.

La grieta de agua negra era sólo de unos nueve metros de ancho, pero se extendía lejos entre la niebla.

—Teniente Hodgson —ordenó Crozier—, haga sitio en su ballenera para seis hombres a los remos. Deje los suministros extra en el hielo por ahora. El teniente Little se hará cargo de la ballenera. Señor Reid, usted irá con el teniente Little. Seguirá usted por el canal dos horas, si es posible. No levante la vela, teniente. Sólo remos, pero haga que los hombres se esfuercen. Al cabo de dos horas, si es que puede ir tan lejos, vuelva remando y díganos si cree que vale la pena botar las chalupas. Usaremos las cuatro horas que usted esté fuera para descargarlo todo aquí y cargar los trineos en los botes que queden.

—Sí, señor —dijo Little, y empezó a repartir órdenes.

Peglar pensó que el joven Hodgson parecía a punto de llorar. Sabía lo duro que debía de ser tener veinte años y saber que tu carrera naval ha terminado. «Que le aproveche», pensó Peglar. Él había pasado décadas enteras en un sistema naval que colgaba a los hombres por motín y los azotaba sólo por «pensar» en un motín, y Harry Peglar nunca había estado en desacuerdo ni con la norma ni con el castigo.

Crozier se adelantó.

—Harry, ¿se siente lo bastante bien para ir con el teniente Little? Me gustaría que llevase usted el timón. El señor Reid y el teniente Little irán a proa.

—Ah, sí, capitán, me encuentro bien.

A Peglar le sorprendía que el capitán pensara que él parecía enfermo o actuaba como si lo estuviera. «¿Habré estado haciéndome el enfermo sin darme cuenta?» La simple idea de que pudiera haber pasado le ponía aún más enfermo.

—Necesito a un hombre bueno con la espadilla y una tercera opinión sobre si el canal es bueno o no —susurró Crozier—. Y necesito al menos un hombre a bordo que sepa nadar.

Peglar sonrió al oír aquello, aunque el escroto se le puso tenso sólo con la idea de meterse en aquella agua fría y helada. La temperatura del aire estaba por debajo de la de congelación, y el agua, aun con todo su contenido en sal, también lo estaría.

Crozier dio unas palmadas a Peglar en el hombro y se desplazó a hablar con otro «voluntario». Resultaba obvio para el capitán de la cofa del trinquete que Crozier estaba escogiendo cuidadosamente a los hombres que quería que fuesen en aquel viaje de exploración, manteniendo al mismo tiempo a otros, como el primer oficial Des Voeux, el segundo oficial Robert Thomas, el contramaestre y disciplinario del *Terror* Tom Johnson y los marines junto a él y alerta.

En treinta minutos ya tenían el bote preparado para flotar.

Era una expedición extrañamente equipada dentro de otra expedición. Se llevaron una bolsa con un poco de cerdo salado y galletas, así como unas botellas de agua por si se perdían o por si su misión de cuatro horas se prolongaba. Cada uno de los nueve hombres recibió un hacha o piqueta. Si encontraban un pequeño iceberg que sobresalía y bloqueaba el canal o una capa de hielo que les bloqueaba el camino, podían intentar romperlo y pasar a través. Peglar sabía que si les detenía una capa de hielo más gruesa acarrearían la ballenera hasta la siguiente franja de agua abierta, si podían. Esperaba que le quedase fuerza suficiente para cumplir con su parte a la hora de levantar, tirar y empujar el pesado bote durante cien metros o más.

El capitán Crozier tendió al teniente Little una escopeta de dos barriles y una bolsa de cartuchos. Los artículos quedaron almacenados en el bote.

Por si alguien se extraviaba por ahí fuera, como Peglar sabía bien, el equipo que llevaban a bordo incluía una tienda de tamaño doble y una lona impermeable para el suelo. Llevaban también tres sacos triples en el bote. Pero no pensaban quedarse perdidos por ahí.

Los hombres entraron y ocuparon sus sitios mientras la niebla se enroscaba en torno a ellos. El invierno anterior, Crozier y los demás oficiales y suboficiales habían discutido si hacer o no que el señor Honey (y el señor Weekes, antes de su muerte en el *Erebus*, en marzo) levantaran las bordas de todos los botes. La pequeña embarcación habría estado mejor preparada para navegar en mar abierto, de aquella manera. Pero al final se decidió mantener las bordas en su altura actual, para facilitar mejor la navegación fluvial. También con este fin Crozier había ordenado que todos los remos se recortasen en longitud, ya que así podían usarse más fácilmente en el río.

La tonelada, aproximadamente, de material y comida restante que iba en el fondo del bote hacía difícil sentarse; aquellos seis marineros que iban a los remos tenían que apoyar los pies en los sacos de lona y remarían con las rodillas tan altas como la cabeza, y Peglar, que iba llevando el timón, se encontró sentado en un montón de soga enroscada en lugar del banco de popa, pero todo el mundo cabía y había sitio para que el teniente Little y el señor Reid se colocasen a proa, con sus largas picas.

Los hombres estaban ansiosos por botar la embarcación. Se oyó un coro que decía: «Uno, dos, tres», y varios gritos de «¡Ahora!», y la pesada ballenera se deslizó por el hielo con la punta levantada, y cayó medio metro en el agua fría; los remos hendieron el hielo cercano mientras el señor Reid y el teniente Little se agachaban y se agarraban a las bordas, y los hombres en el hielo tiraron de nuevo y los remos mordieron en el agua, y ya empezaron a moverse entre la niebla: el primer bote del *Erebus* o del *Terror* que sentía el agua líquida bajo su casco desde hacía casi dos años y once meses.

Un grito de ánimo espontáneo surgió entonces, seguido por los tradicionales hurras.

Peglar dirigió el bote hacia el centro del estrecho canal, que nunca tenía más de seis metros de ancho, a veces con apenas espacio para que los remos acortados encontraran agua a ambos lados, y cuando miró por encima del hombro, todos los hombres en el hielo se habían perdido entre la niebla, a popa.

Las dos horas siguientes transcurrieron como un sueño. Peglar ya había conducido antes el timón de un bote pequeño entre los témpanos, porque había costado más de una semana ir avanzando entre las bahías y ensenadas cubiertas de icebergs antes de encontrar el lugar adecuado para echar el ancla los dos buques en la isla de Beechey, hacía dos otoños, y Peglar estuvo al mando de uno de aquellos pequeños botes durante días, pero esto no se parecía en nada a aquello. El canal seguía siendo estrecho, nunca más de nueve metros de ancho, y a veces tanto que impulsaban la ballenera mediante pértigas en el hielo que raspaba los costados, en lugar de remando, y el estrecho canal de agua abierta se iba curvando a la izquierda y a la derecha, pero nunca tanto que el bote no pudiera seguir aquella curva. Crestas de presión caídas ocultaban la vista a ambos lados, y la niebla continuaba cerrándose sobre ellos, luego se abrió un poco, luego se cerró más estrechamente aún. Los sonidos parecían ahogados y amplificados al mismo tiempo, y el efecto era inquietante: los hombres susurraban cuando tenían que comunicarse.

Dos veces encontraron trechos en los que el hielo flotante bloqueaba el camino, o el canal mismo estaba helado hasta el punto de que la mayoría de los hombres tenían que salir y empujar el hielo flotante hacia delante con las picas o cortar la helada superficie con las piquetas. Algunos de los hombres entonces se quedaban en el hielo, a ambos lados, tirando de unas sogas atadas a la proa y en las bancadas o cogiendo las bordas y empujando y tirando de la chirriante ballenera a través de aquella estrecha grieta. Cada vez el canal se ampliaba lo suficiente para que los hombres pudiesen subir de nuevo a bordo y empujar, remar y seguir adelante.

Fueron avanzando lentamente de ese modo casi durante casi las dos horas que tenían, cuando de repente el serpenteante canal se estrechó. El hielo rozaba ambos lados, pero usaron los remos para empujar mientras Peglar permanecía en la proa, con el timón completamente inútil. Entonces, de repente, salieron a lo que era, de lejos, el trecho más ancho de agua abierta que habían visto. Como para confirmar que sus problemas se habían terminado, la niebla se levantó, de modo que pudieron ver centenares de metros.

O bien habían alcanzado una auténtica agua abierta, o bien un enorme lago en el hielo. La luz del sol caía a raudales por un agujero entre las nubes, y teñía de azul el agua del mar. Unos pocos icebergs planos, del tamaño de un campo de críquet respetable, flotaban ante ellos, en el mar azul. Los icebergs reflejaban la luz como prismas y los hombres cansados tuvieron que protegerse los ojos con las manos de aquella maravilla de luz que dolía y resplandecía sobre nieve, hielo y agua.

Los seis hombres de los remos lanzaron un vítor espontáneo y estentóreo.

—Todavía no, hombres —dijo el teniente Little. Miraba por su catalejo de latón, con el pie apoyado en la proa de la ballenera—. No sabemos si esto sigue..., si hay una salida de este lago aparte de aquella por la que hemos venido. Asegurémonos de eso antes de volver atrás.

—Ah, sí, esto sigue —gritó el marinero llamado Berry desde su lugar en los remos—. Lo siento en los huesos. Es agua abierta y buenos vientos de aquí al río Back, claro que sí. Vamos a buscar a los otros, abramos las velas y estaremos allí mañana antes de cenar.

—Rezo para que tenga razón, Alex —dijo el teniente Little—. Pero debemos perder algo más de tiempo y sudar un poco más para estar seguros. No quiero llevar más que buenas noticias de vuelta al resto de los hombres.

El señor Reid, su patrón del hielo, señaló hacia atrás, al canal del cual acababan de salir.

—Hay una docena de ensenadas ahí. Quizá tengamos problemas para encontrar el canal bueno cuando volvamos, a menos que lo marquemos ahora. Hombres, volvamos a la abertura de ahí. Señor Peglar, ¿por qué no coge esa pica que sobra y la mete en la nieve y el hielo, ahí, en el borde, para que la veamos bien cuando volvamos? Así sabremos hacia dónde remar.

—Sí —dijo Peglar.

Con la vuelta ya marcada, remaron hacia el agua abierta. El enorme y plano iceberg estaba sólo a un centenar de metros de la abertura hacia la ensenada. Remaron cerca de él de camino hacia el agua abierta.

—Podríamos acampar encima y aún nos quedaría mucho sitio de sobra —dijo Henry Sait, uno de los marineros del *Terror* que iban a los remos.

—No queremos acampar —dijo el teniente Little desde la proa—. Ya hemos acampado lo suficiente para toda la puta vida. Lo que queremos es volver a casa.

Los hombres lanzaron vítores y se pusieron a remar con fuerza. Peglar, en el timón, empezó a canturrear un son cadencioso y todos los hombres le acompañaron. Era la primera vez que cantaban desde hacía meses.

Les costó tres horas, una hora entera más del tiempo que tenían marcado para volver, pero tenían que estar seguros.

El «agua abierta» era una ilusión: un lago en el hielo de un poco más de dos kilómetros de largo, y un poco más de un kilómetro de ancho. Docenas de supuestos «canales» se abrían desde los bordes irregulares del hielo al sur, al este y al norte del lago, pero eran falsas salidas, simples ensenadas.

En el extremo más meridional del lago ataron el bote a la superficie de hielo, metiendo una piqueta en el hielo, que tenía dos metros de espesor, y atándolo luego, y recortando después unos escalones en un lado, como si fuese un embarcadero. Todos los hombres bajaron del bote y miraron en la dirección en que esperaban que continuase el agua abierta.

Una superficie blanca, sólida y plana. Hielo, nieve y seracs. Y las nubes volvían de nuevo, arremolinándose, convertidas en niebla baja. Empezaba a nevar.

Después de que el teniente Little mirase en todas direcciones, subieron al hombre más menudo, Berry, a los hombros del hombre más grandote, Billy Wentzall, de treinta y seis años, e hicieron que Berry mirase por el catalejo. Recorrió todos los puntos cardinales, diciéndole a Wentzall cuándo debía volverse.

—No hay ni un puñetero pingüino —dijo. Era una antigua broma que hacía referencia al viaje del capitán Crozier al otro polo. Nadie se rio.

—¿Ves el cielo oscuro por alguna parte? —preguntó el teniente Little—. ¿Como cuando está por encima del agua abierta? ¿O la punta de algún iceberg más grande?

—No, señor. Y las nubes se acercan.

Little asintió.

—Volvamos, muchachos. Harry, ¿puede bajar el primero al bote y estabilizarlo, por favor?

Nadie dijo una sola palabra en el trayecto de noventa minutos en el que atravesaron el lago. La luz del sol desapareció y la niebla fue emborronando de nuevo el paisaje, pero antes de que pasara mucho rato, el iceberg del tamaño de un campo de críquet apareció entre la niebla y les demostró que estaban yendo en la dirección correcta.

—Casi estamos de vuelta en el canal —dijo Little, desde la proa. A veces la niebla era tan espesa que a Peglar, en la popa, le costaba ver al teniente—. Señor Peglar, un poco a babor, por favor.

—Sí, señor.

Los hombres de los remos ni siquiera levantaban la vista. Hasta el último de ellos parecía sumido en la amargura de sus pensamientos. La nieve caía de nuevo espesa sobre ellos, pero ahora desde el noroeste. Al menos los hombres de los remos le daban la espalda.

Cuando la niebla se aclaró un poco, estaban a menos de noventa metros de la ensenada.

—Ya veo la pica —dijo el señor Reid, con voz inexpresiva—. Un poco a estribor y lo habrá alineado a la perfección, Harry.

—Hay algo que no cuadra —dijo Peglar.

—¿Qué quiere decir? —exclamó el teniente.

Algunos de los marineros levantaron la vista desde los remos y miraron a Peglar ceñudos. De espaldas a la proa, no podían ver hacia delante.

—¿Ve ese serac o esa roca grande junto a la pica que dejé en la boca del canal?

—Sí —respondió el teniente Little—. ¿Qué pasa?

—Pues que no estaba ahí cuando hemos pasado antes —dijo Peglar.

—¡Remad ciando! —ordenó Little, innecesariamente, porque los hombres ya habían dejado de remar hacia delante y habían invertido el movimiento con presteza, pero el impulso de la pesada ballenera seguía conduciéndola hacia el hielo.

La roca de hielo se volvió.

48

Goodsir

Tierra del Rey Guillermo, lat. desconocida, long. desconocida
18 de julio de 1848

*D*el diario privado del doctor Harry D. S. Goodsir:

Martes, 18 de julio de 1848

Hace nueve días, cuando nuestro Capitán envió al Teniente Little y a ocho Hombres hacia delante en una Ballenera por el Canal en el Hielo, con órdenes de Volver al cabo de 4 Horas, el resto de nosotros Dormimos lo mejor que pudimos durante los Miserables Restos de aquellas cuatro Horas. Pasamos más de dos Horas cargando los Trineos en los Botes y luego, como no teníamos Tiempo para desempaquetar las Tiendas, intentamos dormir en nuestras Pieles de Reno y sacos de Mantas encima de unas lonas impermeables colocadas en el Hielo junto a los mismos Botes. Los días del Sol de Medianoche ya habían pasado a principios de Julio, y dormimos (o Intentamos Dormir) durante las pocas Horas de casi total Oscuridad. Estábamos muy cansados.

Después de que se acabasen las cuatro Horas Acordadas, el Primer Oficial Des Voeux despertó a los hombres, pero no había Señal alguna del Teniente Little. El Capitán permitió a la mayoría que se volvieran a Dormir.

Dos horas después, nos Despertaron a Todos y yo intenté echar una Mano lo mejor que pude, siguiendo las órdenes del Segundo Oficial Couch mientras los Botes se preparaban para Zarpar. (Como Cirujano, por supuesto, siempre siento cierto Temor de herirme en las Manos, aunque es Cierto que hasta el momento en este Viaje han Sufrido todo tipo de Agresiones excepto Congelaciones Graves y Amputaciones.)

Así sucedió que siete Horas después de que el Teniente Little, James Reid, Harry Peglar y los seis marineros hubiesen partido en su Reconocimiento, 80 de los que estábamos en el hielo preparamos nuestros botes para seguirlos. Debido al movimiento en el Hielo y a las temperaturas más bajas, el Canal se había estrechado algo durante las pocas horas de Oscuridad y pocas horas de Sueño, y hacer que los nueve Botes se colocasen adecuadamente y hacerlos zarpar correctamente costó algo de Habilidad. Finalmente, todos los botes (las tres balleneras con el Capitán Crozier a la cabeza, el Segundo Oficial Couch en segunda posición, conmigo a bordo) y luego los cuatro cúteres (comandados, respectivamente, por el Segundo Oficial Robert Thomas, el Contramaestre John Lane, el Segundo Contramaestre Thomas Johnson, y el Segundo Teniente George Hodgson), seguidas por las dos pinazas al mando del Segundo Contramaestre, Samuel Brown, y el Primer Oficial, Charles des Voeux (Des Voeux era el tercero al mando de nuestra Expedición conjunta, ahora por detrás del Capitán Crozier y del Teniente Little, y por tanto se le asignó la Responsabilidad de llevar la retaguardia).

El tiempo se había vuelto más frío y caía Algo de Nieve ligera, pero la Niebla se había levantado en gran medida y se había convertido en una Capa de Nubes que colgaban muy Bajas y se movían sólo a nueve metros o así por encima del hielo. Aunque esto nos permitía ver mucho más lejos que la niebla del Día anterior, el efecto era opresivo, como si todos nuestros Movimientos estuviesen teniendo lugar en una sala de Baile situada en una desierta Mansión Ártica con un Suelo de Mármol Blanco resquebrajado bajo los pies y un Techo Bajo y Gris con nubes de trampantojo encima de nuestras cabezas. En el momento en que la novena y Última de las Chalupas fue botada al agua y su Tripulación se subió a ella, hubo un débil y Triste Intento de lanzar un hurra por parte de los hombres, ya que era la primera vez que la mayoría de aquellos Marineros de Alta Mar estaban a flote desde hacía casi 2 Años, pero los Vítores murieron antes de nacer. La preocupación por el Destino de la Tripulación del Teniente Little era demasiado grande para permitir lanzar unos hurras Sinceros.

Durante la primera Hora y media, los únicos sonidos eran los Quejidos del Hielo que se Movía en torno a nosotros y los ocasionales Gruñidos de Respuesta de los Hombres que iban a los remos. Pero sentado junto a la proa del segundo bote como iba yo, en la Bancada de remo detrás de la cual se encontraba el señor Couch de pie en la proa, sabiendo que yo era Superfluo a todos los Efectos de Locomoción, un Peso Muerto similar al pobre y comatoso pero todavía vivo David Leys (a quien los hombres arrastraban en una de las pinazas sin Queja alguna desde hacía más de tres Meses, y a quien mi nuevo ayudante, el antiguo mozo John Bridgens, alimentaba y limpiaba su propia Inmundicia debidamente cada Noche en la tienda médica que compartíamos, como si estuviese cuidando a un Amado Abuelo Paralítico, irónico, ya que Bridgens tenía más de 60 años y en cambio el comatoso Leys sólo

40), mi posición así situado me permitía oír la Conversación Susurrada entre los Hombres que Remaban.

—Little y los Demás deben de haberse Perdido —susurraba un marinero llamado Coombs.

—No es posible que el Teniente Edward Little se haya Perdido —le respondía Charles Best—. Debe de estar Atrapado, no Perdido.

—¿Atrapado dónde? —susurró Robert Ferrier, en un Remo cercano—. Este Canal está abierto Ahora. Estaba abierto Ayer.

—Quizás el Teniente Little y el Señor Reid encontraron el camino de Salida hasta el Río Back y simplemente izaron la Vela y siguieron adelante —susurró Tom McConvey, desde la Fila posterior—. Creo que ya están ahí..., comiendo Salmones que le saltarán al bote y Cambiando cuentas a los nativos por Grasa.

Nadie dijo nada ante aquella Sugerencia tan improbable. La mención de los Esquimales causaba una Silenciosa Consternación desde la masacre del Teniente Irving y de 8 de los Salvajes, el 24 de Abril pasado. Creo que la mayoría de los Hombres, por muy desesperados que estuviesen por hallar Salvación procedente de cualquier Fuente, Temían más que Esperaban otro contacto con los Pueblos Nativos. La Venganza, como sugieren algunos filósofos naturales y respaldan los Marinos, es una de las motivaciones humanas más Universales.

Dos horas y media después de dejar nuestro campamento de la Noche Anterior, la ballenera del Capitán Crozier se abrió paso en el Estrecho Canal hacia un Tramo Abierto de agua. Los hombres que iban en el bote de cabeza y en el mío lanzaron gritos de júbilo. Como si lo hubiesen dejado atrás para Señalar el Camino, un bichero de bote bastante grande sobresalía muy Alto, clavado en la Nieve y el Hielo, al salir de aquel Canal. La nieve y la ventisca helada de la Noche habían pintado la cara noroccidental del bichero de Blanco.

Esos gritos también murieron apenas recién Nacidos, mientras nuestra Fila de Botes iba saliendo al Agua Abierta.

El agua estaba Roja allí.

En unas repisas de hielo a la Izquierda y la Derecha del Canal Abierto, unas vetas de color escarlata que sólo podían ser de Sangre manchaban el hielo plano, y las Caras Verticales de los bordes de hielo. Aquella Visión me provocó un Escalofrío y vi que otros hombres reaccionaban Abriendo la Boca.

—Tranquilos, hombres —murmuró el señor Couch desde la proa de nuestro Bote—. Esto indica que los Osos Blancos han cazado unas focas; hemos visto Sangre de Foca igual antes en Verano.

El Capitán Crozier, en el bote de cabeza, iba diciendo Cosas Similares a sus Marineros.

Un minuto después supimos que aquellas huellas Escarlata de Carnicería no eran el Residuo de ninguna Foca cazada por los Osos Blancos.

—¡Dios mío! —exclamó Coombs en su remo.

Todos los hombres dejaron de remar. Las Tres balleneras, cuatro cúteres y Dos pinazas flotaban en una especie de círculo, en el agua teñida de rojo.

La proa de la ballenera del Teniente Little surgía verticalmente del Mar. Su Nombre (uno de los 5 Nombres de bote que no se habían cambiado por el sermón del *Leviatán* del Capitán Crozier en Mayo), *The Lady J. Franklin*, era claramente Visible con Pintura negra. El bote había quedado Roto en Pedazos a poco más de un metro de distancia de la proa, de modo que sólo su Sección Delantera (el Extremo roto de las bancadas destrozadas y el Casco astillado apenas visible debajo de la superficie del Agua Oscura y Helada) flotaba allí.

Cuando el Marinero Ferrier usó un bichero para tirar de lo que parecía un trozo flotante de Chaquetón azul, súbitamente gritó lleno de Horror y casi deja caer el largo artefacto.

Allí flotaba el cuerpo de un hombre, un Cadáver sin Cabeza todavía Ataviado con Lana azul empapada, con los Brazos y Piernas sumergidos en el agua negra. El cuello era sólo un Muñón breve. Sus dedos, quizás hinchados por la muerte y el agua fría, pero extrañamente acortados y formando anchos muñones, parecían moverse en la Corriente, levantándose y cayendo con la Ligera Marea como Gusanos Blancos que se retorcieran. Era casi como si, al no tener Voz, el Cuerpo intentase decirnos algo mediante el Lenguaje de los Signos.

Ayudé a Ferrier y a McConvey a subir los Restos a bordo. Un pez o algún Depredador Acuático había mordisqueado las manos (los dedos habían desaparecido hasta la Segunda Articulación), pero el Frío Extremo había retardado los Procesos de hinchazón y descomposición.

El Capitán Crozier trajo su ballenera hasta que su proa tocaba nuestro costado.

—¿Quién es? —murmuró un marinero.

—Es Harry Peglar —gritó otro—, reconozco la chaqueta.

—Pero Harry Peglar no Llevaba un Chaleco verde —repuso otro.

—¡Sammy Crispe llevaba uno! —exclamó el Cuarto Marinero.

—¡Silencio! —aulló el Capitán Crozier—. Doctor Goodsir, sea tan Amable de rebuscar en los bolsillos de nuestro desgraciado Compañero de Viaje.

Así lo hice. Del bolsillo más grande del Chaleco Mojado saqué una Bolsita de Tabaco casi Vacía, hecha de piel roja.

—¡Ah, mierda! —dijo Thomas Tadman, sentado junto a Robert Ferrier en mi Bote—. Es el pobre señor Reid.

Así era. Todos los hombres recordaban que el Patrón de los Hielos Llevaba sólo la Chaqueta y el Chaleco Verde la tarde anterior, y todos le habíamos visto rellenar su Pipa mil veces con aquella vieja bolsita de piel roja.

Miramos al Capitán Crozier como si él pudiera explicar lo que les había Ocurrido a nuestros Compañeros, aunque en el interior de nuestras Almas todos lo sabíamos.

—Sujete el cuerpo del Señor Reid bajo la Cubierta del Bote —ordenó el capitán—. Vamos a buscar en la zona para ver si hay algún Superviviente. No remen ni se alejen fuera de la vista o del alcance de la voz.

Una vez más, los botes se abrieron en abanico. El señor Couch llevó nuestro bote de vuelta al hielo junto a la Abertura de la Ensenada, y Remamos Lentamente a lo largo la Repisa de hielo que se alzaba algo más de un metro por encima del Borde del agua abierta. Nos detuvimos ante cada mancha de Sangre en la superficie de los Témpanos y en la Cara Vertical, pero no había más cuerpos.

—Ah, maldita sea —gimió Francis Pocock, de 30 años, desde su lugar en la Espadilla a Popa de nuestro Bote—. Se ven los huecos ensangrentados de Dedos y Uñas de un hombre en la Nieve. La Cosa debió de arrastrarlo hacia abajo, al Agua.

—¡Cierra la bocaza y no digas Cosas semejantes! —gritó el señor Couch.

Sujetando el largo bichero con facilidad en una mano como un Auténtico Arpón de Ballenera, colocó un Pie con su Bota en la Proa de la ballenera mientras miraba hacia atrás, a los remeros. Los hombres se quedaron silenciosos.

Había tres Lugares Ensangrentados similares en el hielo en el Extremo Noroccidental del Agua Abierta. El Tercero mostraba dónde Alguien había sido Comido a unos tres metros del Borde del hielo. Quedaban unos pocos huesos de las piernas, algunas Costillas mordisqueadas, un Tegumento Desgarrado que podía ser Piel Humana, y algunas Tiras de Tela Rota, pero no había cráneo ni características identificables.

—Bájeme al hielo, señor Couch —dije yo—, y Examinaré los Restos.

Así lo hice. Si hubiese sido en cualquier lugar del Mundo en tierra firme excepto Allí, las moscas habrían revoloteado en torno a la Carne Roja y el Músculo que había quedado allí, sin mencionar los restos de Entrañas que parecían como la Madriguera de algún Roedor debajo de la delgada Cobertura de la Nieve de la última noche, pero allí sólo había Silencio y el suave Viento del noroeste y los Gemidos del Hielo.

Yo llamé de nuevo al Bote (los marineros apartaban los Rostros) y Confirmé que no era posible la identificación. Ni siquiera los Pocos Restos de Ropa Desgarrada me daban pista alguna. No había Cabeza, ni Botas, ni Manos, ni Piernas, ni siquiera un Torso, aparte de las Costillas mordidas, un trocito de columna llena de tendones y media Pelvis.

—Quédese donde está, Doctor Goodsir —me dijo Couch—. Voy a

enviar a Mark y a Tadman con usted con una bolsa vacía de municiones para que ponga ahí los restos del pobre hombre. El Capitán Crozier querrá enterrarlos.

Era un trabajo Terrible, pero se hizo con rapidez. Al final ordené a los dos Marineros Asqueados que recogieran sólo las Costillas y el trozo de Pelvis en la bolsa que serviría de Mortaja Funeraria. Las Vértebras se habían helado y fundido con el Témpano, y los otros restos eran demasiado Truculentos para hacer algo.

Acabábamos de bajar del hielo y estábamos explorando el lado Sur del Agua Abierta cuando vino un grito del Norte.

—¡Hemos encontrado un hombre! —gritó un Marinero. Y de nuevo—: ¡Un hombre!

Creo que todos notábamos el Corazón Latiendo con Fuerza mientras Coombs, McConvey, Ferrier Tadman, Mark y Johns remaban con fuerza, y Francis Pocock nos iba dirigiendo hacia un trozo de hielo flotante con el tamaño de un campo de críquet que había ido derivando hacia el centro de Aquellos Cientos de Acres de Agua Abierta, entre los Témpanos Flotantes. Todos queríamos (necesitábamos) encontrar a alguien con Vida del bote del Teniente Little.

Pero no iba a ser así.

El Capitán Crozier ya estaba en el Hielo y me llamó para que fuera hacia el Cuerpo que yacía allí. Confieso que me sentí un poco harto, como si ni siquiera el Capitán fuese capaz de Certificar una Muerte a menos que yo me viera obligado a Inspeccionar otro Cadáver que estaba Indudablemente Muerto. Me encontraba muy Fatigado.

Era Harry Peglar quien estaba allí echado, casi desnudo (ya que las únicas Ropas que le quedaban era Ropa Interior), Acurrucado en el Hielo, con las Rodillas Levantadas casi hasta la Barbilla, las Piernas cruzadas por los Tobillos, como si su última energía la hubiese gastado intentando mantenerse caliente y presionando su cuerpo Más y Más, con las Manos metidas bajo los Brazos mientras se Abrazaba y sufría lo que debieron de ser los Últimos y Violentos Temblores.

Sus ojos azules estaban abiertos y congelados. Tenía la carne también Azul y tan Dura al tacto como Mármol de Carrara.

—Debió de nadar hacia el Témpano, consiguió Trepar a él y se quedó congelado hasta morir aquí —sugirió con delicadeza el Señor Des Voeux—. La Criatura del Hielo no pudo coger a Harry ni atacarlo.

El Capitán Crozier se limitó a asentir. Yo sabía que el Capitán estimaba mucho a Harry Peglar y que contaba con él. A mí también me gustaba el capitán de la cofa del trinquete. Y a la mayoría de los hombres.

Entonces vi lo que miraba Crozier. Alrededor del Témpano de Hielo, en la nieve reciente (y especialmente en torno al Cadáver de Harry Peglar), se encontraban unas enormes huellas de pisadas, parecidas a las que produciría un Oso Blanco, con las garras bien visibles, pero Tres o Cuatro veces Más Grandes que las huellas que dejan las garras de un oso blanco.

La cosa había Rodeado a Harry muchas veces. ¿Observando al pobre Señor Peglar mientras éste yacía allí Temblando, Moribundo? ¿Disfrutando, quizá? ¿Había sido la última y temblorosa Imagen que presenciara Harry Peglar en esta Tierra la de esa Monstruosidad Blanca alzándose ante él y escrutándole con sus Ojos negros e inexpresivos? ¿Por qué no se había comido la cosa a nuestro Amigo?

—La Bestia iba andando a dos patas todo el tiempo que estuvo en el témpano. —Eso fue lo único que dijo el Capitán Crozier.

Otros hombres de los Botes se adelantaban ya con un trozo de Lona.

No había salida en el Lago del Hielo, excepto el Canal que Rápidamente se Cerraba y por el cual habíamos entrado. Dos circunnavegaciones del Cuerpo de Agua Abierta (cinco Botes remando en el sentido de las agujas del reloj, cuatro Botes remando en el sentido opuesto) ofrecieron el Descubrimiento único de ensenadas, Grietas en el Hielo y dos Rastros Sangrientos más en el Hielo, donde parecía como si la tripulación de una de nuestras balleneras de reconocimiento hubiese desembarcado y hubiese corrido, sólo para verse Cruelmente Interceptada y echada atrás. Gracias a Dios, quedaban algunos jirones de Lana azul, pero no se halló ningún otro resto más.

Por entonces ya había caído la Tarde y estoy seguro de que, como un solo Hombre, no teníamos más que un único Deseo: Apartarnos de aquel maldito Lugar. Pero teníamos los tres cuerpos de nuestros Compañeros (o al menos Parte de Algunos) y sentíamos también la Necesidad de Inhumarlos de una forma Honorable (muchos de nosotros suponíamos, me inclino a Creer, y tengo razón, según se ha demostrado, que aquéllos serían los últimos Servicios Funerarios Formales que los reducidos Restos de nuestra Expedición podrían permitirse el lujo de celebrar).

No se encontró ningún Desecho útil flotando en el lago de hielo salvo un Fragmento de Lona Empapada de una de las Tiendas Holland que se encontraban a bordo de la malhadada ballenera del Teniente Little. Éste se usó para inhumar el cuerpo de nuestro amigo Harry Peglar. Los restos parciales y Esqueléticos que yo había investigado junto al Canal quedaron en la bolsa de lona de munición. El torso del señor Reid fue introducido en un saco de dormir extra hecho con mantas.

Es costumbre en los Entierros en el Mar que se coloque una pieza o más de Munición de Artillería a los Pies del hombre que se Entrega a las Profundidades, asegurándose así de que el cuerpo se hundirá con Dignidad en lugar de quedar flotando de una forma Bochornosa, pero, por supuesto, no teníamos Munición de ese tipo aquel día. Los marineros rescataron un Garfio de la Proa flotante del *Lady J. Franklin* y algo de metal de las últimas latas Goldner vacías para poner lastre a las diversas mortajas.

Costó algo de tiempo sacar los Nueve Botes Restantes del agua negra y volver a colocar los cúteres y las pinazas encima de los Trineos. El Montaje de esos Trineos y la colocación de los Botes encima de ellos, con la correspondiente tarea de desmontar todo el equipaje y volverlo a montar, despojó a la esquelética tripulación de las últimas energías que les quedaban. Luego, los marineros se reunieron junto al borde del Hielo, de pie, formando una amplia Media Luna, para no cargar demasiado Peso en ningún punto de la Repisa de Hielo.

Nadie estaba de humor para un Largo Servicio y ciertamente tampoco para la Ironía Previamente Apreciada del legendario *Libro de Leviatán* del Capitán Crozier; de modo que, con cierta Sorpresa y algo de Emoción, oímos al Capitán recitar de Memoria el Salmo 90:

> Señor, tú has sido para nosotros un refugio de edad en edad.
> Antes que los montes fuesen engendrados, antes que naciesen tierra y orbe, desde siempre hasta siempre tú eres Dios.
> Tú al polvo reduces a los hombres, diciendo: «¡Tornad, hijos de Adán!».
> Porque mil años a tus ojos son como el ayer, que ya pasó, como una vigilia de la noche.
> Tú los sumerges en un sueño, a la mañana serán como hierba que brota;
> por la mañana brota y florece, por la tarde se mustia y se seca.
> Pues por tu cólera somos consumidos, por tu furor anonadados.
> Has puesto nuestras culpas ante ti, a la luz de tu faz nuestras faltas secretas.
> Bajo tu enojo declinan todos nuestros días, como un suspiro consumimos nuestros años.
> Los años de nuestra vida son unos setenta, u ochenta, si hay vigor; mas son la mayor parte trabajo y vanidad, pues pasan presto y nosotros nos volamos.
> ¿Quién conoce la fuerza de tu cólera, y, temiéndote, tu indignación?
> ¡Enséñanos a contar nuestros días, para que entre la sabiduría en nuestro corazón!
> Vuelve, oh, Señor, al fin, y ten piedad de tus siervos.
> Sácianos de tu amor por la mañana, que exultemos y cantemos toda nuestra vida.
> Devuélvenos en gozo los días que nos humillaste, los años en que la desdicha conocimos.

¡Que se vea tu obra con tus siervos, y tu esplendor sobre sus hijos! ¡La dulzura del Señor sea con nosotros! ¡Confirma Tú la acción de nuestras manos!

Gloria sea dada al Padre, al Hijo y al Espíritu Santo; como era en un principio, ahora y siempre, y en la vida eterna. Amén.

Y todos los temblorosos supervivientes respondimos: amén. Entonces hubo un gran Silencio. La nieve caía suavemente encima de Nosotros. El agua negra chapoteaba con un Sonido Hambriento. El hielo Gruñía y se Movía ligeramente bajo nuestros pies.

Todos nosotros, creo, estábamos Pensando que aquellas palabras eran un Panegírico y una Despedida para cada uno de nosotros. Hasta aquel Día y la pérdida del bote del teniente Little con todos sus hombres (incluyendo al irreemplazable señor Reid, y al señor Peglar, querido por todos), sospecho que muchos de nosotros todavía pensábamos que podíamos Sobrevivir. Entonces supimos que las oportunidades de que aquello ocurriese habían Desaparecido.

La largamente esperada y Universalmente Vitoreada Agua Abierta no era más que una Trampa maligna.

El Hielo no nos dejaba escapar.

Y la criatura del hielo no nos permitía salir.

El contramaestre Johnson exclamó:

—¡Compañía..., fuera los sombreros!

Nos quitamos nuestras variopintas y sucias coberturas de la cabeza.

—Sabed que nuestro Redentor vive —dijo el Capitán Crozier con aquel Susurro Ronco que ahora tenía por voz—. Y que permanecerá hasta el Último Día en la Tierra. Y aunque después de nuestro pecado los Gusanos destruyan nuestros cuerpos, en nuestra carne veremos al Señor: a Él solo veremos en nosotros mismos, y nuestros ojos sólo a Él contemplarán.

»Oh, Señor, acepta a tus Humildes Siervos el patrón del hielo James Reid, el capitán de la cofa del trinquete Harry Peglar y a su Desconocido Tripulante en tu Reino, y con los dos que podemos Nombrar, por favor, acepta también las Almas del Teniente Edward Little, el marinero Alexander Berry, el marinero Henry Sait, el Marinero William Wentzall, el Marinero Samuel Crispe, el Marinero John Bates y el Marinero David Sims.

»Cuando llegue el día de unirnos a Ellos, Señor, por favor, permite que nos reunamos con ellos en Tu Reino.

»Oye nuestras plegarias, oh, Señor, por nuestros Compañeros de Navegación y por Nosotros Mismos, y por todas Nuestras Almas. Y con tus oídos atiende a nuestra llamada: no permanezcas ajeno a nuestras lágrimas. Protégenos un poco más para que podamos recuperar nuestras fuerzas, antes de que nosotros les sigamos también y dejemos de existir.

»Amén.

—Amén —susurramos todos.

Los contramaestres levantaron los Sudarios de lona y los dejaron caer en el agua negra, donde se hundieron al cabo de unos Segundos. Unas burbujas blancas se alzaron como un Último Intento de Hablar por parte de nuestros Compañeros desaparecidos, y luego la superficie del lago volvió a quedar Negra y Tranquila.

El Sargento Tozer y dos Marines dispararon una sola andanada de sus mosquetes.

Vi que el Capitán Crozier miraba al lago negro con una expresión llena de Emociones contenidas.

—Ahora nos vamos —nos dijo Firmemente a todos, a aquella partida de hombres tristes y deprimidos, Mentalmente Derrotados—. Podemos tirar de estos trineos y botes más de un kilómetro antes de que llegue la hora de dormir. Nos dirigiremos hacia el sudeste, hacia la boca del río Back. Ese viaje será mucho más Fácil aquí en el hielo.

Resultó que el viaje era mucho más Difícil en el hielo. Al Final era Imposible, no por las habituales Crestas de Presión y las previsibles Dificultades de transportar los botes, aunque aquello cada vez era más Problemático debido a nuestra Hambre, Enfermedad y Debilidad, sino a causa del Hielo que se Rompía y a la Criatura del Agua.

Moviéndonos en Relevos como de Costumbre con Nueve Hombres Menos en nuestra Expedición aquella Larga Tarde Ártica del 10 de julio, Progresamos mucho menos de kilómetro y medio antes de detenernos a montar las tiendas en el Hielo y Dormir al fin.

Aquel sueño fue Interrumpido menos de Dos Horas después cuando el Hielo súbitamente empezó a crujir y romperse. Toda la masa de hielo se movía arriba y abajo. Era una Experiencia muy Perturbadora, y todos nos dirigimos a gatas hacia la salida de nuestras Respectivas Tiendas y hubo cierta Confusión. Los marineros empezaron a desmontar las tiendas y prepararnos para empaquetarlas en los Botes cuando el Capitán Crozier, el Señor Couch y el Primer Oficial Des Voeux les gritaron que se quedaran quietos. Los oficiales señalaron que no había señal alguna de grieta en el hielo cerca de nosotros y sólo aquel Movimiento.

Al cabo de unos quince minutos, el hielo se Aquietó, hasta que la Superficie del Mar Helado debajo de nosotros una vez más quedó firme como una Roca. Volvimos a introducirnos en las tiendas.

Una hora después empezó de nuevo el Movimiento y los Crujidos. Muchos de nosotros repetimos nuestro viaje apresurado afuera, hacia el Viento Impetuoso y la oscuridad, pero los Marineros más Valientes se quedaron en los sacos de dormir. Los que nos habíamos Asustado volvimos a entrar de nuevo en las Tiendas Pequeñas, Atestadas y Malolientes, llenas de Ronquidos, Exhalaciones de los durmientes y Cuerpos Apelotonados en unos Sacos Húmedos, y el Olor rancio de unos hombres que no se habían cambiado de Ropa desde hacía varios meses, con el rostro algo avergonzado. Afortunadamente, estaba demasiado Oscuro para que nadie lo notara.

Todo el día siguiente luchamos por arrastrar los Botes hacia delante, hacia el sudeste, por encima de una Superficie no más sólida que una piel muy tirante de caucho. Aparecían grietas, algunas de las cuales mostraban un grosor de hielo de seis pies y más aún entre la Superficie y el Mar, pero la sensación de estar atravesando una Llanura de Hielo había desaparecido, reemplazada por la Realidad de movernos de Témpano en Témpano, en un océano blanco y ondulante.

Debo consignar aquí que la Segunda Tarde después de abandonar el Lago de Hielo Interior, yo estaba cumpliendo mi Deber de hacerme cargo de las pertenencias personales de los Muertos, la mayor parte de las cuales se habían Dejado Atrás en nuestros Almacenes Generales, cuando el grupo de reconocimiento del Teniente Little abandonó nuestro grupo en su ballenera, y había cogido la pequeña mochila del Capitán de la Cofa del Trinquete Peglar que contenía algunas Ropas, unas Cartas, unos pocos objetos personales, como un Peine de Cuerno y algunos Libros, cuando mi Ayudante, John Bridgens, dijo:

—¿Podría quedarme algunas de estas cosas, Doctor Goodsir?

Me sorprendí. Bridgens indicaba el Peine y una gruesa Libreta encuadernada de Piel.

Yo ya había hojeado aquella Libreta. Peglar escribía en una especie de Código Rudimentario, deletreando las palabras al Revés, y poniendo en Mayúscula la última letra de la última palabra de cada Frase, como si fuese la primera, pero mientras el Resumen del Último Año de nuestra Expedición quizás hubiese tenido algún Interés para un Pariente, Tanto la escritura del capitán como la Estructura de sus frases, por no mencionar su ortografía, se habían hecho mucho más Rudimentarias y Trabajosas en los Meses inmediatamente anteriores y posteriores a nuestro Abandono de los Buques, hasta que había acabado casi por desintegrarse. En una entrada se podía leer: «Oh, muerte, dónde está tu agigón, la tunva de la Cala del Consuelo para qien tenga alguna duda de como... [aquí una línea ilegible, donde la libreta había resultado dañada por el agua]... el moribumdo dio...».

En la parte posterior de esta hoja, yo observé que Peglar había dibujado un círculo tembloroso y dentro había escrito: «el canpamento del terror abandonado». La fecha era ilegible, pero debía de haber sido en torno al 25 de abril. Otra página incluía fragmentos que decían:

«Como emos tenido un suelo mui duro para tirar..., qeremos un poco de grog para remogarnos el... fasil... todo mi corazon Tom porqe creo qe... tiempo... deveria prepararme i entonzes... la noche del 21, dezidio».

Yo Supuse al Ver aquello que Peglar había escrito aquella Entrada la Tarde del 21 de Abril, cuando el Capitán Crozier había dicho a las Tripulaciones Reunidas del *Terror* y del *Erebus* que los últimos que quedaban debían Abandonar el Barco a la mañana siguiente.

Aquéllos eran, en otras Palabras, los balbuceos de un Hombre semianalfabeto, y no un Reflejo Orgulloso de los conocimientos o la Habilidad de Harry Peglar.

—¿Y por qué quiere esas cosas? —le pregunté a Bridgens—. ¿Era amigo suyo Peglar?

—Sí, Doctor.

—¿Y necesita usted un Peine? —El viejo Mozo estaba casi calvo.

—No, Doctor, sólo es un Recuerdo de ese hombre. Con eso y esta Libreta tengo bastante.

Muy raro, pensé, porque todo el mundo estaba aligerando su Carga en aquel momento y no añadiendo Pesados Libros a lo que ya tenían que Transportar.

Pero le entregué a Bridgens el Peine y el Diario. Nadie necesitaba la Camisa de repuesto ni los Calcetines de Peglar, ni los Pantalones de Repuesto de Lana ni su Biblia, así que los dejé en el Montón de artículos descartados a la mañana siguiente. En conjunto, las Posesiones Finales Abandonadas de Peglar, Little, Reid, Berry, Crispe, Bates, Sims, Wentzall y Sait formaron un pequeño y triste Monumento a la Mortalidad.

A la mañana siguiente, 12 de julio, empezamos a Atravesar más Fragmentos Ensangrentados en el Hielo. Al principio los Hombres estaban Aterrorizados temiendo que aquello fueran más Rastros de nuestros Compañeros, pero el Capitán nos dirigió hacia las Zonas Manchadas de mayor tamaño y nos demostró que en el Centro de la Gran Salpicadura Escarlata estaba el Cuerpo Muerto de un Oso Blanco. Todas aquellas zonas Manchadas de Sangre eran de Osos Polares Muertos, a menudo con poco más que una Cabeza destrozada, un Pellejo Blanco Ensangrentado, unos Huesos Partidos o unas Garras que quedaban como rastro.

Al principio los hombres se Tranquilizaron. Y luego, claro, se les ocurrió la Pregunta Obvia: ¿qué era lo que estaba matando a aquellos Enormes Predadores antes de nuestra Llegada?

La respuesta era Obvia.

Pero ¿por qué mataba Osos Blancos? Esa respuesta también era Obvia: para privarnos de cualquier posible Fuente de Alimentos.

Hacia el 16 de julio, los hombres parecían Incapaces de seguir adelante. En un Día de Incesante Arrastre durante 18 horas, habíamos cubierto menos de kilómetro y medio en el Hielo. A Menudo podíamos ver el Montón de Ropa y Artículos Desechados de la noche anterior cuando acampábamos la Noche Siguiente. Habíamos encontrado más Osos Polares Descuartizados. La Moral estaba tan baja que si hubiésemos Votado aquella semana, la Mayoría habría decidido Rendirse, Echarse a Descansar y Morir.

Aquella noche del 16 de Julio, mientras los Demás Dormían y sólo Un Hombre permanecía de Guardia, el Capitán Crozier me pidió que fuese a su Tienda. Ahora él dormía en la misma tienda que Charles des Voeux, su sobrecargo, Charles Hamilton Osmer (que mostraba signos de neumonía), William Bell (el timonel del *Erebus*) y Phillip Reddington, el antiguo capitán del castillo de proa de Sir John y del Capitán Fitzjames.

El capitán hizo una seña y todo el mundo excepto el Primer Oficial Des Voeux y el Señor Osmer dejaron la tienda para que tuviéramos algo de Intimidad.

—Doctor Goodsir —empezó el Capitán—, necesito su consejo.

Yo Asentí y Escuché.

—Tenemos Ropa y Cobijo adecuados —dijo el Capitán Crozier—. Las botas de repuesto que hice que llevaran los Hombres que Tiraban de las Pinazas con los Suministros han salvado Muchos Pies de la Amputación.

—Estoy de acuerdo, Señor. —Aunque yo sabía que aquél no era el asunto sobre el cual se me pedía Consejo.

—Mañana por la mañana les voy a decir a los Hombres que debemos Dejar Una de las Balleneras y dos Cúteres y una Pinaza y que continuaremos sólo con los Cinco Botes Restantes —dijo el Capitán Crozier—. Esas dos balleneras, dos cúteres y pinaza están en Mejores Condiciones, y deberán bastar para el Agua Abierta, si es que la Encontramos antes de la Boca del Río Back, ya que nuestras Provisiones son tan Reducidas.

—Los Hombres se Alegrarán de Todo Corazón al oír eso, Capitán —dije yo.

Ciertamente, era así. Como yo había ayudado también a tirar de los botes, el Conocimiento de que los días de Espantosos Relevos habían concluido Literalmente me quitaba un Peso enorme de los hombros y de la espalda.

—Lo que me gustaría Saber, Doctor Goodsir —continuó el Capitán, con la voz convertida en un Áspero y Exhausto susurro, el rostro Solemne—, es si podemos recortar aún más las Raciones de los Hombres. O más bien si cuando tengamos que recortarlas los Hombres seguirán siendo Capaces de tirar de los Trineos. Necesito su Opinión Profesional, Doctor.

Yo miré al suelo de la Tienda. Una de las Sartenes del Señor Diggle, o quizás el Artefacto Portátil del Señor Wall para Calentar el Té, cuando todavía nos quedaban botellas de Éter para las Estufas de Alcohol, había formado un Agujero Redondo allí.

—Capitán, Señor Des Voeux —dije finalmente, sabiendo que no hacía otra cosa que Afirmar lo Obvio ante ellos—, los hombres ya no tienen suficiente Nutrición ahora mismo para cumplir los Requisitos de su Labor Cotidiana. —Tomé aliento—. Lo único que comen está Frío. Las últimas Comidas en Lata se Consumieron hace muchas Semanas. Las Estufas de Alcohol y las Lámparas de Alcohol se quedaron en el Hielo junto con la Última Botella Vacía de Éter Pirolígneo.

»Esta tarde, en la Cena, cada hombre tendrá una Galleta, un trocito de Cerdo Salado Frío, una Onza de chocolate, un Puñado de Té, menos de una Cucharadilla de Azúcar y su Sorbito Diario de Ron.

—Y la Pizca de Tabaco que hemos guardado para ellos —añadió el Señor Osmer.

Yo asentí.

—Sí, y su poquito de tabaco. Y les encanta el tabaco. Fue un golpe brillante dejar un poco escondido entre los Víveres. Pero no, Capitán, no puedo decir que los Hombres puedan aguantar con menos Cantidad de Comida que la actual, que ya es Inadecuada.

—Pero deben hacerlo —dijo el Capitán Crozier—. Nos quedaremos sin cerdo salado dentro de seis días. Y sin Ron dentro de diez.

El Señor Des Voeux se aclaró la garganta.

—Todo depende de si Encontramos y Matamos más focas en los Témpanos.

Por entonces yo sabía, como sabía todo el mundo en la Tienda, y todo el mundo en la Expedición, que habíamos matado y Disfrutado solamente de dos Focas desde que dejamos la cala del Consuelo, dos Meses antes.

—Estoy pensando —dijo el Capitán Crozier— que podría ser lo Mejor dirigirnos de nuevo hacia el Norte por la Costa de la Tierra del Rey Guillermo, quizás una travesía de Tres Días o de Cuatro. Es posible comer allí Musgo y Líquenes. Me han dicho que si se encuentran las Variedades adecuadas se puede hacer una sopa que resulta Casi Sabrosa. Si podemos encontrar las Variedades adecuadas de Musgo y Líquenes.

«Sir John Franklin —pensé yo, cansado—. El hombre que se comió sus zapatos.» Mi Hermano mayor me había contado Aquella Historia en los Meses anteriores a nuestra partida. Sir John habría sabido, por Triste Experiencia, precisamente qué Musgo y Líquenes elegir.

—Los Hombres se mostrarían muy felices de librarse del Hielo, Capitán. —Era lo único que podía Decir—. Y se sentirán inmensamente Felices al Saber que vamos a Arrastrar menos Botes.

587

—Gracias, Doctor —dijo el Capitán Crozier—. Eso es todo.

Yo bajé la cabeza en una especie de Patético Saludo, salí e hice la ronda de las peores víctimas del Escorbuto en sus Tiendas (porque ya no teníamos Enfermería, por supuesto, y Bridgens y yo cada noche íbamos de tienda en tienda para aconsejar y recetar a nuestros Pacientes). Luego fui tambaleándome hacia mi propia Tienda (compartida con Bridgens, el inconsciente David Leys, el moribundo Ingeniero, Thompson y el carpintero, el Señor Honey, gravemente enfermo) y caí Dormido al Instante.

Aquélla fue la noche en la que el Hielo se abrió y se tragó la tienda Holland en la que Dormían nuestros Cinco Marines: el Sargento Tozer, el Cabo Heges, el Soldado Wilkes, el Soldado Hammond y el Soldado Daly.

Sólo Wilkes salió de la Tienda antes de que se Hundiese en el mar Oscuro como el Vino, y fue rescatado de la Grieta del Hielo unos segundos antes de que ésta se Cerrase con un Estampido Ensordecedor.

Pero Wilkes estaba demasiado Helado, demasiado Enfermo y demasiado Aterrorizado para Recuperarse, aunque Bridgens y yo le envolvimos en las Últimas Ropas Secas que teníamos en nuestra Reserva y le pusimos entre los dos en nuestro Saco de Dormir. Murió antes de que Amaneciese.

Su Cuerpo lo dejamos en el hielo a la mañana siguiente junto con más Ropas y los Cuatro Botes Desechados y sus Trineos.

No hubo Servicio Funeral para él ni para los demás Marines.

No hubo hurras cuando el Capitán anunció que los cuatro Trineos y Botes ya no serían arrastrados más.

Nos dirigimos hacia el Norte, hacia la Tierra que estaba justo más allá del Horizonte. Ni la propia retirada de Moscú debió de producir una sensación de Derrota semejante.

Tres Horas Después, el Hielo se Agrietó de Nuevo, y nos enfrentamos a Canales y Lagos hacia el Norte, demasiado pequeños para justificar echar al agua los botes, pero demasiado grandes para permitirnos atravesar con ellos botes y trineos.

49

Crozier

Tierra del Rey Guillermo, lat. desconocida, long. desconocida.
26 de julio de 1848

Cuando Crozier se dormía, aunque sólo fuesen unos minutos, volvían los sueños. Los dos esqueletos en el bote abierto. Las dos insoportables niñas americanas chasqueando las articulaciones de los dedos de los pies para simular que un espíritu golpeaba la mesa en una habitación oscura. El doctor americano posando como explorador polar, y un hombre rechoncho vestido con una parka esquimal y muy maquillado en un escenario brillantemente iluminado con gas. Luego, de nuevo los dos esqueletos en el bote. La noche siempre acababa con el sueño que más alteraba a Crozier.

Él es un niño y está con Memo Moira en una enorme catedral católica. Francis está desnudo. Memo lo empuja hacia la barandilla del altar, pero él teme ir hacia delante. La catedral está muy fría; el suelo de mármol bajo los pequeños pies descalzos de Francis está muy frío, y hay hielo en los bancos blancos y de madera de la iglesia.

Arrodillándose ante la barandilla del altar, el joven Francis Crozier nota que Moira le vigila aprobadoramente desde algún lugar por detrás, pero está demasiado asustado para volver la cabeza. Algo se acerca.

El sacerdote parece surgir por una especie de trampilla del suelo de mármol, en el extremo opuesto de la barandilla del altar. El hombre es muy alto, demasiado alto, y sus vestiduras son blancas y chorrean agua. Huele a sangre, a sudor y a algo más rancio, y se alza delante del diminuto Francis Crozier.

Francis cierra los ojos y, como le ha enseñado Memo mientras se arrodillaba en la delgada alfombra de su salón, saca la lengua para recibir la eucaristía. Aunque este sacramento es muy importante y muy necesario, como él sabe perfectamente, Francis siente terror a recibir la hostia. Sabe que su vida nunca volverá a ser la misma después de recibir la eucaristía papista. Y también sabe que su vida acabará si no la recibe.

El sacerdote se acerca más y más, se inclina hacia él...

Crozier se despierta en el vientre de la ballenera. Como siempre cuando surge de esos sueños, aunque sólo haya dormido unos minutos, su corazón late con fuerza y tiene la boca seca de terror. Y tiembla intensamente, pero más de frío que de miedo o de recuerdo del miedo.

El hielo se había abierto en la parte del estrecho o golfo donde se encontraban el 17 y 18 de julio. Durante cuatro días después de aquello, Crozier había mantenido a los hombres unidos sobre el largo témpano de hielo donde se habían detenido, con los cúteres y las pinazas fuera de los trineos, y los cinco botes plenamente cargados, excepto las tiendas y los sacos de dormir, y aparejados para botarlos en agua abierta.

Cada noche, el balanceo de su enorme témpano y el crujido y fractura del hielo los acababa por echar de las tiendas, medio despiertos, seguros de que el mar se estaba abriendo debajo de ellos y estaba dispuesto a engullirlos como había engullido al sargento Tozer y a sus hombres. Cada noche, las explosiones como cañonazos del hielo que crujía acababan por calmarse y el salvaje balanceo se convertía en un ritmo más regular como de olas, y acababan por volver a sus tiendas.

Hacía más calor; algunos días incluso la temperatura subía por encima del punto de congelación; esas pocas semanas de finales de julio serían, ciertamente, el único atisbo de verano que verían aquel segundo año ártico gélido, pero los hombres sentían mucho más frío y desesperación que nunca. Algunos días incluso llovía. Cuando hacía demasiado frío para la lluvia, los cristales de hielo en el aire neblinoso empapaban su ropa de lana, ya que ahora hacía demasiado calor para llevar las ropas impermeables de invierno encima de los chaquetones y abrigos. El sudor del arrastre empapaba su apestosa ropa interior, sus apestosas camisas y calcetines, y sus pantalones harapientos y tiesos por el hielo. A pesar de que sus provisiones casi se habían terminado, los cinco botes que quedaban pesaban muchísimo más que los diez botes que habían arrastrado antes, porque además de Davey Leys, que seguía comiendo y respirando, aunque igual de comatoso, había que transportar a muchos más hombres enfermos. El doctor Goodsir informaba diariamente a Crozier de que cada vez había más pies, siempre empapados y metidos en calcetines húmedos en lugar de las botas de repuesto que Crozier había pensado llevar, que se iban macerando, más dedos de los pies y talones ennegrecidos, y más pies gangrenados y que había que amputar.

Las tiendas Holland estaban empapadas y no se secaban nunca. Los sacos de dormir que abrían por la noche y donde se metían cuando caía la oscuridad estaban empapados y helados por el interior y el exterior, y no se secaban tampoco. Los hombres se despertaban por la mañana después de unos pocos minutos robados de sueño sobresaltado. Por mucho que temblaran no conseguían calentarse. El interior de las tiendas circulares y piramidales estaba forrado con quince kilos de escarcha que caía y goteaba sobre las cabezas de los hombres, sobre sus hombros y sus rostros. Los hombres intentaban beberse el sorbito de té medio tibio que llevaban cada mañana a las tiendas el capitán Crozier, el señor Des Voeux y el señor Couch: una extraña metamorfosis de los oficiales en mozos que Crozier había instigado durante su primera semana en el hielo y que ahora los hombres ya daban por sentada.

El señor Wall, el cocinero del *Erebus*, se puso enfermo con algo que parecía tisis y yacía acurrucado en el fondo de uno de los cúteres la mayor parte del tiempo, pero el señor Diggle seguía siendo la misma figura enérgica, obscena, eficiente, aullante y tranquilizadora, de alguna manera, que había sido durante tres años en su puesto junto a la enorme estufa Frazer a bordo del HMS *Terror*. Ahora, con el combustible ya agotado y las estufas de alcohol y las pesadas estufas de carbón de las balleneras ya abandonadas, el único trabajo del señor Diggle consistía en cortar en raciones dos veces al día los diminutos trozos de cerdo salado frío y demás vituallas que quedaban, siempre bajo la atenta supervisión del señor Osmer y de otro oficial. Pero siempre optimista, Diggle había conseguido preparar una estufa rudimentaria con aceite de foca y una olla que estaba dispuesto a encender en el momento en que consiguieran cazar más focas.

Todos los días, Crozier enviaba partidas de caza para encontrar aquellas focas para la olla del señor Diggle, pero no se veía casi ninguna, y las pocas que avistaban se escapaban a sus agujeros o canales antes de que los cazadores consiguieran darles. Varias veces, o al menos eso informaban los hombres de las partidas de caza, las resbaladizas y negras focas habían sido alcanzadas por perdigones o incluso una bala de mosquete o rifle, pero siempre se las arreglaban para volver al agua negra y alejarse nadando antes de morir, dejando

591

sólo un rastro de sangre en la nieve. A veces los cazadores se arrodi-
llaban en la nieve para lamer aquella sangre.

Crozier había estado en las aguas de los veranos árticos muchas
veces antes, y sabía que a mediados de julio el agua y los témpanos
que se abren están repletos de vida: enormes morsas que toman el
sol encima de los témpanos y se sumergen con estruendo cayendo
hacia el agua, emitiendo unos ladridos que parecen más bien una serie de eructos; proliferan también las focas que se catapultan fuera y
dentro del agua como niños jugando, y aullando cómicamente al recorrer el hielo; ballenas beluga y narvales expulsan chorros de agua,
ruedan y se sumergen en los canales abiertos, llenando el aire con su
aliento de pescado; las osas blancas nadan en las aguas negras con sus
torpes cachorros y acechan a las focas encima de los témpanos, sacudiéndose el agua de sus extraños pelajes mientras suben del océano
al hielo, evitando a los machos más grandes y peligrosos, que se comerían a los oseznos y a la hembra si tuvieran el estómago vacío; finalmente, aves marinas vuelan por encima en una profusión capaz
de oscurecer el cielo azul y veraniego del Ártico; aves en la costa, en
los témpanos y alineadas en las crestas irregulares de los icebergs
como notas musicales en una partitura, mientras otras golondrinas
de mar, gaviotas y halcones gerifaltes acariciaban el aire por todas
partes.

Aquel verano, por segundo año consecutivo, casi ningún ser vivo
se movía por el hielo, sólo los hombres cada vez más agotados y más
menguados de Crozier jadeando con sus arneses y su incesante perseguidor, al que avistaban brevemente y de forma parcial y siempre
fuera del alcance de los rifles o de las escopetas. Algunas veces, por la
noche, los hombres oían el aullido de los zorros árticos y frecuentemente encontraban sus diminutas huellas en la nieve, pero ninguno
parecía tampoco querer dejarse ver por los cazadores. Cuando los
hombres veían u oían alguna ballena, estaban siempre a varios témpanos y pequeños canales de distancia, demasiado lejos para alcan-
zarlas aunque corrieran frenéticamente y a lo loco, arrojándose desde un témpano oscilante a otro antes de que los mamíferos marinos,
como al descuido, se sumergieran de nuevo y desaparecieran.

Crozier no tenía ni idea de si serían capaces de matar a un narval
o beluga con las pocas armas que llevaban, aunque pensaba que unas
cuantas balas en el cerebro podían matar a cualquier animal, excepto a la bestia que los acechaba (y que los marineros habían decidido
hacía mucho tiempo que no era ninguna bestia sino un dios iracun-
do salido del *Libro del Leviatán* del capitán); por otro lado, si de al-

guna manera tenían la fuerza suficiente para arrastrar a una ballena por el hielo y trocearla, el aceite podría hacer arder la estufa del señor Diggle durante semanas o meses, y comerían grasa y carne fresca hasta reventar.

Lo que más deseaba Crozier era matar a aquel ser. A diferencia de la mayoría de sus hombres creía que era mortal, y animal, nada más. Quizá más listo que el oso blanco, de una inteligencia terrible, pero, aun así, animal.

Si podían matar a aquella cosa, y Crozier lo sabía, el simple hecho de su muerte, el placer de la venganza por tantas y tantas muertes, aunque el resto de la expedición muriera igualmente más tarde de hambre y de escorbuto, levantaría temporalmente la moral de los supervivientes más que descubrir veinte galones de ron intactos.

La bestia no los había molestado, o al menos no había matado a ninguno de ellos, desde el episodio del lago rodeado de hielo donde murieron el teniente Little y sus hombres. Cada una de las partidas de caza que el capitán había enviado fuera tenía órdenes de volver inmediatamente si encontraban las huellas de la cosa en la nieve; Crozier se proponía llevar a todos los hombres que pudieran caminar y todas las armas que pudieran reunir para acosar a la bestia. Si no le quedaba más remedio, haría que los hombres golpearan cacharros y sartenes, y gritaran para alejar a aquella bestia, como si fuera un tigre escondido entre los matorrales de la India al que los batidores iban acorralando.

Sin embargo, Crozier sabía que aquello no funcionaría mejor que el aguardo del difunto sir John. Lo que necesitaban realmente para que se acercase aquella cosa era un cebo. Crozier no tenía duda alguna de que todavía les iba siguiendo el rastro, acercándose más durante las horas de oscuridad, que iban en aumento, y escondiéndose, quizá debajo del hielo, durante el día, y que se acercaría mucho más aún si le ponían un buen cebo. Pero no tenían carne fresca, y si tuviesen medio kilo de carne reciente, los hombres la devorarían y no la usarían como cebo para atrapar a la criatura.

Aun así, pensó Crozier, mientras recordaba el tamaño enorme e imposible y la masa de la cosa monstruosa en el hielo, allí había más de una tonelada de carne y de músculos, quizá varias toneladas, ya que los osos polares macho de mayor tamaño pesan más de seiscientos kilos y aquella cosa hacía que sus primos, los osos blancos, parecieran sólo perritos de caza junto a un hombre robusto, en comparación. De modo que comerían muchas, muchas semanas si conseguían asesinar a su asesino. Y con cada bocado, y Crozier lo sabía, mientras comiesen cada fragmento de carne de la cosa como se comían el cerdo salado en la marcha, estaría el placer de la venganza, aunque fuese un plato que tenía mucho más sabor si se servía frío.

Si hubiese funcionado, Francis Crozier se habría puesto él mismo en el hielo como cebo. «Si hubiese funcionado.» Si hubiese podido salvar y alimentar a algunos de sus hombres, aunque fuesen pocos, Crozier se habría ofrecido a sí mismo a la bestia como cebo y habría esperado a que sus hombres, que habían demostrado ser unos tiradores malísimos incluso antes de que el último de los marines del *Terror* muriese en el agua fría, pudiesen disparar al monstruo con la suficiente asiduidad, ya que no tenían puntería, para abatirlo, sobreviviese o no el cebo Crozier.

Con el recuerdo de los marines llegó, espontánea, la imagen del cuerpo del soldado Henry Wilkes, que había quedado atrás en uno de los botes abandonados, hacía una semana. Los hombres no se reunieron para el «no funeral» de Wilkes; sólo Crozier, Des Voeux y unos pocos de los amigos más íntimos de los marines dijeron unas pocas palabras ante el cuerpo, antes de amanecer.

«Deberíamos haber usado el cuerpo de Wilkes como cebo», pensó Crozier, echado en el fondo de la ballenera oscilante mientras los demás hombres dormían apiñados en torno a él.

Entonces se dio cuenta, y no por primera vez, de que tenían un cebo mucho más fresco con ellos. David Leys no había sido otra cosa que un peso muerto durante ocho meses, ya desde la noche de diciembre del año pasado en que la cosa dio caza al difunto patrón del hielo Blanky. Leys se quedó mirando al vacío desde aquella noche, indiferente, inútil, acarreado en el bote como sesenta kilos de ropa sucia durante casi cuatro meses; sin embargo, conseguía engullir su caldo de cerdo salado y su ración de ron cada tarde y tragar su cucharadita de té y azúcar cada mañana.

Hacía honor a los hombres que ninguno de ellos, ni siquiera los intrigantes Hickey o Aylmore, hubiesen sugerido dejar atrás a Leys, o a ninguno de los otros hombres enfermos que ya no podían andar. Pero todo el mundo debía de haber tenido el mismo pensamiento...

«Comérselos.»

«Comerse a Leys primero, y luego a los demás, cuando se mueran.»

Francis Crozier tenía tanta hambre que podía imaginarse incluso comer carne humana. No iba a matar a ningún hombre para devorarlo, todavía no, pero una vez muerto, ¿por qué dejar atrás aquella carne para que se pudriera al sol del verano ártico? O peor aún, ¿por qué dejarla para que se la comiera la cosa que iba tras ellos?

Cuando era un joven teniente de veintitantos años, Crozier había oído, como todos los marineros más tarde o más temprano, normalmente ya desde que son simples grumetes, la verdadera historia del capitán Pollard del bergantín US *Essex*, allá por 1820.

El *Essex* fue destrozado y hundido, tal y como explicaron los pocos supervivientes posteriormente, por un cachalote de unos veintiséis metros de largo. El bergantín se hundió en una de las zonas más vacías del Pacífico. Toda la tripulación de veinte hombres había salido a cazar ballenas en los botes en aquel momento; al volver vieron que el buque se hundía con rapidez. Recuperaron algunas herramientas, algunos instrumentos de navegación y una pistola del buque, y los supervivientes se instalaron en las tres balleneras. Sus únicas provisiones eran dos tortugas vivas que habían capturado en las Galápagos, dos barriles de galleta y seis barriles de agua fresca.

Dirigieron las balleneras hacia Sudamérica.

Primero, por supuesto, mataron y se comieron a las grandes tortugas, y se bebieron la sangre cuando se les acabó la carne. Luego consiguieron capturar a algún indefenso pez volador que saltó a los botes por accidente. Mientras los hombres habían conseguido cocinar un poco la carne de tortuga, como pudieron, el pescado se lo comieron crudo. Luego se sumergieron en el mar, rascaron los percebes que llevaban pegados a los cascos de sus tres botes y se los comieron.

Milagrosamente, los botes encontraron la isla de Henderson, uno de esos pocos puntitos en el azul sin límites que es el océano Pacífico. Durante cuatro días, los veinte hombres capturaron cangrejos y acecharon a las gaviotas y sus huevos. Pero el capitán Pollard sabía que no había los suficientes cangrejos, ni gaviotas ni huevos de gaviota en la isla para mantener a veinte hombres durante más de unas pocas semanas, de modo que diecisiete de los veinte votaron volver a los botes. Se hicieron pues a la mar y se despidieron de los tres compañeros que quedaban atrás el 27 de diciembre de 1820.

Hacia el 28 de enero, los tres botes se separaron unos de los otros por culpa de una tormenta, y la ballenera del capitán Pollard navegó hacia el este sola bajo el cielo infinito. Las raciones consistían en una onza y media de galleta por hombre al día, para los cinco hombres que iban en la ballenera. Por coincidencia, aunque no demasiada, ésa era precisamente la ración reducida que Crozier acababa de discutir secretamente con el doctor Goodsir y el primer oficial Des Voeux para cuando se les acabase el último cerdo salado, cosa que sucedería al cabo de unos pocos días.

El bocadito de galleta y los sorbitos de agua mantuvieron vivos durante semanas a los hombres de Pollard: su sobrino Owen Coffin, un liberto negro llamado Barzillai Ray y dos marineros.

Estaban todavía a más de dos mil quinientos kilómetros de tierra cuando se les acabó la galleta; al mismo tiempo se bebieron el último sorbo de agua. Crozier se imaginaba que si las galletas les duraban a sus hombres un mes más, estarían todavía a más de mil doscientos kilómetros de cualquier población humana en invierno cuando llegasen a la boca del río Back.

Pollard no tenía hombres recién muertos providencialmente en su bote, de modo que lo echaron a suertes con unas pajitas. El joven sobrino de Pollard, Owen Coffin, sacó la más corta. Luego echaron a suertes una vez más quién lo haría. Charles Ramsdell sacó la pajita más corta, en esta ocasión.

El chico dijo adiós con voz temblorosa a los demás hombres (Crozier siempre recordaba la sensación de horror que le oprimió el escroto la primera vez que oyó aquella parte de la historia mientras estaba de guardia con un hombre mayor, arriba, en el palo de mesana de un buque de guerra en aguas de Argentina, cuando el viejo marinero aterrorizó al teniente Crozier diciendo adiós con voz temblorosa, como el muchacho), y el joven Coffin apoyó la cabeza en la borda del bote y cerró los ojos.

El capitán Pollard, como más tarde testificó con sus propias palabras, le dio a Ramsdell su pistola y apartó la vista.

Ramsdell disparó al muchacho en la nuca.

Los otros cinco, incluyendo el capitán Pollard, tío del muchacho, se bebieron de inmediato la sangre, mientras todavía estaba caliente. Aunque salada, a diferencia del mar interminable que los rodeaba, se podía beber.

Entonces rebanaron la carne del chico, la separaron de los huesos y se la comieron cruda.

Luego abrieron los huesos de Owen Coffin y chuparon la médula hasta la última migaja.

El cadáver del grumete los mantuvo durante trece días, y cuando estaban pensando ya en volver a echarlo a suertes, el negro, Barzillai Ray, murió de sed y de cansancio. De nuevo bebieron la sangre, cortaron la carne, abrieron los huesos y chuparon la médula; se mantuvieron así hasta que fueron rescatados por el ballenero *Dauphin* el 23 de febrero de 1821.

Francis Crozier no conoció al capitán Pollard, pero siguió su carrera. El desgraciado americano había mantenido su rango y salió al mar sólo una vez más..., y una vez más naufragó. Después de ser rescatado por segunda vez nunca más se le confió el mando de ningún buque. Lo último que Crozier supo de él, sólo unos meses antes de que la expedición zarpase, tres años antes, en 1845, es que el capitán Pollard era vigilante en la ciudad de Nantucket, y le rehuían tanto sus conciudadanos como los balleneros que recalaban allí. Se decía que Pollard había envejecido prematuramente y que hablaba solo consigo mismo y con su sobrino, muerto hacía tanto tiempo, y que escondía galleta y cerdo salado en las vigas de su casa.

Crozier sabía que su gente podría tener que tomar una decisión y comerse a sus propios muertos al cabo de las siguientes semanas, o incluso de los siguientes días.

Los hombres se estaban acercando ya a un punto en que eran muy pocos y esos pocos estaban demasiado débiles para arrastrar los botes. Pero el descanso de cuatro días en el témpano de hielo, desde el 18 al 22 de julio, no había conseguido devolverles las energías. Crozier, Des Voeux, Couch (el joven teniente Hodgson, aunque técnicamente era el segundo al mando, no recibía ninguna autoridad por parte del capitán en aquellos momentos) despertaban a los hombres y les ordenaban que salieran a cazar, a reparar los patines de los trineos o a calafatear y reparar los botes, en lugar de dejarlos allí echados en sus sacos de dormir congelados y en sus tiendas chorreantes todo el día, pero esencialmente, lo único que podían hacer era quedarse sentados en sus témpanos unidos entre sí durante días, ya que les rodeaban demasiados canales diminutos, fisuras, pequeñas zonas de agua abierta y trozos de hielo delgado y podrido para permitir cualquier progreso hacia el sur, el este o el norte.

Crozier se negaba a volverse hacia el oeste y hacia el noroeste.

Pero los témpanos no se movían en la dirección en la que ellos querían ir, hacia el sudeste, hacia la boca del Gran Río del Pez de Back. Simplemente iban dando vueltas y girando sobre sí mismos como había hecho la banquisa que sujetaba el *Erebus* y el *Terror* durante dos largos inviernos.

Finalmente, la tarde del sábado 22 de julio, su propio témpano empezó a crujir tanto que Crozier ordenó que todos subieran a los botes.

Durante seis días flotaron, sujetos por unas sogas, en trozos y canales demasiado cortos o pequeños para poder remar o avanzar a vela por ellos. Crozier tenía el único sextante que les quedaba, ya que había dejado atrás el pesado teodolito, y mientras los demás dormían intentaba obtener las mejores lecturas que podía durante las ocasionales y breves aberturas en la cubierta de nubes. Calculaba que su posición era de unos ciento treinta y cinco kilómetros hacia el noroeste de la boca del río Back.

Esperando ver un estrecho istmo por delante de ellos en cualquier momento (la supuesta península que conectaba el bulbo que era la Tierra del Rey Guillermo con la península de Adelaida, ya cartografiada), Crozier se había despertado en el bote al amanecer de la mañana del miércoles 26 de julio y había encontrado el aire más frío, el cielo más azul y sin nubes, y atisbos de tierra que oscurecían el cielo a más de veinticinco kilómetros de distancia tanto del norte como del sur.

Llamando a los cinco botes para que se reunieran más tarde, Crozier se puso de pie en la proa de su ballenera, en vanguardia, y gritó:

—Hombres, la Tierra del Rey Guillermo es la «isla» del Rey Guillermo. Ahora estoy seguro de que hay mar todo el camino hacia el este y el sur del río Back, pero me apuesto mi última libra a que no hay tierra que conecte el cabo que veis lejos, al sudoeste de aquí, y la que se ve mucho más lejos al nordeste. Estamos en un estrecho. Y como tenemos que estar hacia el norte de la península de Adelaida, hemos completado el objetivo de la expedición de sir John Franklin. Éste es el pasaje del Noroeste. Por Dios que lo hemos conseguido.

Hubo un débil grito de alegría, seguido de algunas toses.

Si los botes y témpanos hubiesen derivado hacia el sur, semanas de arrastre o de navegación se habrían evitado. Pero los canales y zonas de agua abierta en las cuales flotaban seguían abriéndose sólo hacia el norte.

La vida en los botes era tan espantosa como la vida en los témpanos, en las tiendas. Los hombres estaban apiñados, demasiado juntos. Aunque las tablas y las bancadas les ofrecían un segundo nivel para dormir en aquellas balleneras y cúteres cuyas bordas habían sido elevadas por el señor Honey (los trineos desmontados también servían como cubierta en forma de T cruzada en la mitad de los botes, en los atestados cúteres y pinazas), los cuerpos cubiertos de lana húmeda se veían apretados contra otros cuerpos también húmedos día y noche. Los hombres tenían que asomarse por encima de la borda para defecar, un acontecimiento que se hacía cada vez menos necesario, hasta para los que padecían los peores efectos del escorbuto, a medida que la comida y el agua escaseaban; sin embargo, mientras todos los hombres habían perdido todo vestigio de decoro, una oleada repentina empapaba, a menudo, la piel desnuda y los pantalones bajados, provocando maldiciones, reniegos y largas noches de sufrimiento y temblores.

La mañana del viernes 28 de julio de 1848, el vigía del bote de Crozier, ya que el hombre más menudo de cada bote fue enviado arriba, al mástil poco elevado, con un catalejo, avistó un laberinto de canales que se abrían todo el camino hacia un punto de tierra al noroeste, quizás a unos cinco kilómetros de distancia.

Los hombres que estaban más capacitados en los cinco botes se pusieron a tirar, y cuando era necesario, a empujar con pértigas entre los bordes de hielo que se iban estrechando, y el hombre más sano a la proa iba cortando con las piquetas y empujando con los bicheros, y así durante dieciocho horas.

Desembarcaron en una playa de guijarros, en una oscuridad rota sólo por breves períodos de luz lunar cuando se separaban las nubes que volvieron, un poco después de las once, aquella noche.

Los hombres estaban demasiado fatigados para desmontar los trineos y levantar los cúteres y las pinazas encima de ellos. Estaban demasiado cansados para desempaquetar sus empapadas tiendas Holland y sus sacos de dormir.

Cayeron sobre las rugosas piedras allí donde habían dejado de arrastrar los botes, por encima del hielo de la costa y las rocas resbaladizas por la marea alta. Durmieron apelotonados en grupos, manteniéndose con vida sólo por el desfalleciente calor de los cuerpos de sus propios compañeros.

Crozier ni siquiera puso a nadie de guardia. Si la cosa quería cogerlos aquella noche, pues bueno, allí estaban. Pero antes de dormir pasó una hora entera intentando obtener una buena medición con el sextante y aclararse con las tablas y mapas de navegación que todavía llevaba consigo.

Por lo que pudo calcular, llevaban encima del hielo veinticinco días y habían arrastrado, empujado y remado durante un total de setenta y cuatro kilómetros hacia el este-sudeste. Habían vuelto a la Tierra del Rey Guillermo en alguna zona al norte del grueso de la península de Adelaida y ahora incluso más lejos de la boca del río Back de lo que habían estado hacía dos días: unos cincuenta y cinco kilómetros al noroeste, en la ensenada, al otro lado del estrecho sin nombre que no habían sido capaces de cruzar. Si cruzaban aquel estrecho, estarían a más de noventa y cinco kilómetros de la ensenada de la boca del río, a un total de más de mil cuatrocientos kilómetros del lago Gran Esclavo y de su salvación.

Crozier guardó cuidadosamente el sextante en su caja de madera, así como la caja en su bolsa de piel impermeabilizada; encontró una manta empapada de la ballenera y la echó encima de las piedras, junto a Des Voeux y tres hombres más que dormían. Al cabo de unos segundos, ya estaba durmiendo.

Soñó con Memo Moira, que le empujaba hacia delante, hacia la barandilla de un altar y hacia el sacerdote que esperaba con sus vestiduras mojadas.

En su sueño, mientras los hombres roncaban a la luz de la luna de aquella costa desconocida, Crozier cerró los ojos y extendió la lengua para recibir el cuerpo de Cristo.

50

Bridgens

Campamento del Río
29 de julio de 1848

John Bridgens siempre había comparado, en secreto, las distintas partes de su vida con las diversas obras literarias que la habían ido moldeando.

En su niñez y en sus años de estudiante, de vez en cuando pensaba en sí mismo identificado con algún personaje del *Decamerón*, de Boccaccio, o de los procaces *Cuentos de Canterbury*, de Chaucer, y no todos los personajes que elegía eran precisamente los heroicos, ni mucho menos. (Su actitud hacia el mundo durante algunos años fue: «que os den».)

A los veinte años, John Bridgens se identificaba sobre todo con Hamlet. El príncipe de Dinamarca, envejecido de una manera extraña (porque Bridgens estaba seguro de que el muchacho que era Hamlet se había hecho mayor mágicamente en unas pocas semanas teatrales hasta convertirse en un hombre que en el acto V tenía, al menos, treinta años), estaba indeciso entre el pensamiento y el acto, entre la intención y la acción, paralizado por una conciencia tan astuta e implacable que le hacía «pensar en todo, hasta en el propio pensamiento». El joven Bridgens fue víctima de esa conciencia y, como Hamlet, frecuentemente consideró la cuestión más esencial de todas: «¿continuar o no continuar?» (y el tutor de Bridgens en aquel momento, un elegante profesor universitario de Oxford en el exilio que era el primer sodomita declarado que el joven y futuro estudioso había conocido, le enseñó desdeñosamente que el famoso soliloquio del «ser o no ser» no era una disquisición sobre el suicidio; pero Bridgens tenía otra teoría. «Así la conciencia nos hace a todos cobardes», interpelaba directamente al alma del chico-hombre que era John Bridgens, muy desgraciado por el estado de su existencia y sus deseos antinaturales, desgraciado al fingir ser algo que no era, desgraciado cuando fingía y desgraciado cuando no fingía, y, sobre todo, desgraciado por ser capaz de «pensar» siquiera en acabar con su propia vida, porque el temor de que el pensamiento mismo pudiese continuar en otro lugar lejos de este velo mortal, «tal vez soñar», le impedía dirigirse efectivamente hacia un rápido y decidido autoasesinato a sangre fría).

Afortunadamente, ya desde muy joven y antes de convertirse en la persona que sería, John Bridgens tenía dos cosas, además de la indecisión, que le impidieron la autodestrucción: los libros y el sentido de la ironía.

En su edad madura, Bridgens pensó mucho en sí mismo como en Odiseo. No era sólo el hecho de recorrer el mundo lo que hacía adecuada la comparación con el aspirante a estudioso convertido en mozo de suboficiales, sino más bien la descripción que hacía Homero del viajero hastiado de la vida, una palabra griega que significaba «pícaro» o «astuto», por la cual le identificaban los contemporáneos de Odiseo (y mediante la cual, algunos, como Aquiles, decidían insultarle). Bridgens no usaba su habilidad para manipular a los demás, o raramente lo hacía, sino que la usaba más bien como uno de los escudos redondos de madera y cuero, o los más orgullosos de metal, detrás de los cuales los héroes homéricos se refugiaban cuando sufrían violentos ataques mediante venablos y lanzas.

Él usaba su habilidad para hacerse invisible y seguir siéndolo.

Una vez, hacía muchos años, en el viaje de cinco años en el HMS *Beagle*, durante el cual conoció a Harry Peglar, Bridgens mencionó su analogía con Odiseo. Sugirió que todos los hombres de un viaje semejante eran como Ulises modernos en cierto aspecto. Lo hizo ante el filósofo natural que había a bordo (ambos jugaban frecuentemente al ajedrez en el diminuto camarote del señor Darwin); el joven experto en aves de ojos tristes y mente aguda clavó en el mozo su mirada penetrante y dijo: «Pero ¿por qué dudo de que tenga usted una Penélope esperándole en casa, señor Bridgens?».

El mozo, después de aquello, se mostró mucho más reservado. Había aprendido, como Odiseo después de unos años de vagabundeo, que su astucia no era adecuada para el mundo y que el orgullo desmedido siempre acababa castigado por los dioses.

En sus últimos días, John Bridgens notaba que el personaje literario con el cual tenía más en común, tanto en punto de vista como en sentimientos, recuerdos, futuro y tristeza, era el rey Lear.

Y ya era el momento del acto final.

Y

Llevaban dos días en la boca del río que desembocaba en el estrecho sin nombre al sur de la Tierra del Rey Guillermo, que ahora se sabía que era la isla del Rey Guillermo. El río allí, a finales de julio, corría libremente en algunos lugares y les permitía llenar sus cantimploras, pero nadie había visto ni había pescado un solo pez en él. Ningún animal parecía interesado en bajar a beber de él..., ni siquiera un zorro blanco ártico. Lo mejor que se podía decir de aquel campamento era que la ligera hendidura del valle del río los protegía del viento más fuerte y les permitía cierta paz mental durante las tormentas eléctricas que se desencadenaban cada noche.

Las dos mañanas en aquel campamento, los hombres, llenos de esperanza, rezando, colocaron las tiendas, los sacos de dormir y toda la ropa de la que podían prescindir encima de las rocas para secarla a la luz del sol. Pero no hubo luz del sol, claro. Varias veces cayó llovizna. El único día con el cielo azul que habían visto durante el mes y medio anterior fue su último día en los botes, y después de aquel día, la mayoría de los hombres tuvieron que ir a ver al doctor Goodsir para que les curase las quemaduras del sol.

A Goodsir, como Bridgens sabía muy bien, porque era su ayudante, le quedaban muy pocas medicinas en la caja que había reunido a partir de los suministros de sus colegas muertos y de los suyos. Quedaban todavía algunos purgantes en el arsenal del buen doctor (sobre todo aceite de castor y tintura de jalapa, hecha de semillas de campanilla) y algunos estimulantes para los casos de escorbuto; había alcanfor y bicarbonato de amonio solamente, ya que había usado con liberalidad la tintura de lobelia en los primeros meses de síntomas de escorbuto, algo de opio como sedante, un poquito de mandrágora y polvo de Dover para los dolores sordos, y sólo el sulfato de cobre y plomo suficientes para desinfectar heridas o tratar las quemaduras de sol que habían formado ampollas. Obedeciendo las órdenes del doctor Goodsir, Bridgens había administrado casi todo el sulfato de cobre y plomo a los hombres quejumbrosos que se habían desgarrado las camisas al remar y habían añadido a sus desgracias nocturnas una grave quemadura solar.

Sin embargo, ya no había luz solar que secase las tiendas o las ropas o las bolsas. Los hombres seguían húmedos día y noche, y se quejaban, temblaban de frío y ardían de fiebre.

El reconocimiento de sus compañeros más saludables y que caminaban más rápido había mostrado que mientras tenían la tierra

603

fuera de la vista, en los botes, habían pasado por una bahía muy honda menos de veinticinco kilómetros al noroeste de este río, donde finalmente habían acabado en la costa. Y lo más asombroso de todo era que los exploradores informaban de que toda la isla se curvaba hacia el nordeste apenas algo más de quince kilómetros por delante de ellos, hacia el este. Si eso era cierto, estaban muy cerca del extremo sudeste de la isla del Rey Guillermo, su aproximación más cercana a la punta sudeste de la ensenada del río Back.

El río Back, su destino, se encontraba al sudeste yendo por el estrecho, pero el capitán Crozier había dejado que los hombres supieran que planeaba continuar arrastrando los botes hacia el este por la isla del Rey Guillermo hasta el punto en que la costa de la isla cesara su sesgo actual hacia el sudeste. Allí, en el punto final de la tierra, establecerían de nuevo un campamento en el lugar más elevado posible y vigilarían el estrecho. Si el hielo se rompía en las dos semanas siguientes, subirían a los botes. Si no era así, intentarían arrastrarlos hacia el sur por el hielo hacia la península de Adelaida y, tras tocar tierra allí, se dirigirían hacia el este los veinticinco kilómetros o menos que Crozier estimaba que quedaban antes de alcanzar la ensenada que dirigía hacia el sur, al río Back.

El final del juego siempre había sido la parte más débil de las habilidades ajedrecísticas de John Bridgens. No solía disfrutarlo.

La noche antes de que tuvieran previsto dejar el campamento del Río al amanecer, Bridgens empaquetó todos sus objetos personales, incluyendo el grueso diario que había llevado todo el año anterior (había dejado cinco mucho más largos en el *Terror*, el anterior 22 de abril), y los colocó en su saco de dormir con una nota en la que decía que cualquier cosa útil fuera compartida por sus compañeros. Cogió el diario de Harry Peglar y su peine, añadió un cepillo de ropa viejo que Bridgens había llevado consigo muchos años, lo puso todo en el bolsillo de su chaquetón y fue a la pequeña tienda médica del doctor Goodsir a decirle adiós.

—¿Qué quiere decir eso de que va a salir de paseo y de que quizá no haya vuelto cuando salgamos mañana? —preguntó Goodsir—. ¿Qué está diciendo, Bridgens?

—Lo siento, doctor, es que siento un fuerte deseo de salir a dar un paseo.

—Un paseo —repitió Goodsir—. ¿Por qué, señor Bridgens? Es usted treinta años mayor que el promedio de los marineros supervivientes de esta expedición, pero está usted diez veces más sano.

—Siempre he sido afortunado en lo que respecta a la salud, señor —dijo Bridgens—. Todo debido a la herencia, me temo. No por ninguna sabiduría que pueda haber mostrado a lo largo de los años.

—¿Entonces por qué...? —empezó el cirujano.

—Sencillamente, porque ya es hora, doctor Goodsir. Confieso que pensé en subir al escenario hace muchísimos años, cuando era joven. Una de las pocas cosas que aprendí de esa profesión es que los grandes actores saben cómo hacer un buen mutis antes de abusar de su crédito o de que se les vaya la mano en una escena.

—Parece usted un estoico, señor Bridgens. Un seguidor de Marco Aurelio. Si el emperador estaba disgustado con uno, se iba a casa, tomaba un baño caliente...

—Ah, no, señor —dijo Bridgens—. Aunque admito que siempre he admirado la filosofía estoica, la verdad es que siempre he tenido mucho miedo a los cuchillos y a las espadas. El emperador me habría quitado la cabeza, la familia y las tierras, eso seguro, porque soy un verdadero cobarde en lo que respecta a los objetos afilados. Sólo quiero salir a dar un paseo esta noche. Quizás echar un sueñecito.

—«¿Tal vez soñar?» —dijo Goodsir.

—Sí, ése es el dilema —admitió el mozo. El lamento, la ansiedad y quizás el miedo que se transparentaban en su voz eran reales.

—¿Cree usted realmente que no tenemos ninguna oportunidad de conseguir ayuda? —preguntó el cirujano. Parecía sinceramente curioso, y sólo un poco triste.

Bridgens no respondió durante un minuto. Finalmente, dijo:

—Pues realmente, no lo sé. Quizá dependa todo de si han enviado ya un destacamento de rescate hacia el norte, al lago del Gran Esclavo o a alguno de los otros puestos de avanzada. Me inclino a pensar que sí, ya que llevamos tres años sin contacto alguno, y si es así, quizás haya alguna oportunidad. Sé que si alguien en nuestra expedición puede llevarnos a casa ese hombre es el capitán Francis Rawdon Moira Crozier. Nunca ha sido debidamente apreciado por el Almirantazgo, en mi humilde opinión.

—Dígaselo usted mismo, hombre —dijo Goodsir—. O al menos dígale que se va. Eso se lo debe.

Bridgens sonrió.

—Lo haría, doctor, pero usted y yo sabemos que el capitán no me dejaría ir. Él es un hombre estoico, creo, pero no en ese sentido. Quizá me cargue de cadenas para obligarme a seguir... adelante.

—Sí —accedió Goodsir—. Pero me hará usted un gran favor si se queda, Bridgens. Tengo que llevar a cabo unas cuantas amputaciones que requerirán su mano firme.

—Hay otros hombres más jóvenes que pueden ayudarle, señor, y que tienen las manos mucho más firmes que yo..., y más fuertes.

—Pero ninguno es tan inteligente como usted —dijo Goodsir—. No puedo hablar con ninguno de ellos como con usted. Valoro mucho su consejo.

—Gracias, doctor —dijo Bridgens, y sonrió de nuevo—. No quería decírselo, señor, pero siempre me ha mareado el dolor y la sangre. Desde que era niño. He apreciado mucho la oportunidad de trabajar con usted estas últimas semanas, pero todo esto va en contra de mi naturaleza, que es básicamente aprensiva. Siempre he estado de acuerdo con san Agustín cuando decía que el único pecado auténtico es el dolor humano. Si se avecinan algunas amputaciones, es mejor que me vaya. —Le tendió la mano—. Adiós, doctor Goodsir.

—Adiós, Bridgens. —El doctor cogió la mano del anciano con las dos suyas, para estrechársela.

Bridgens se dirigió hacia el nordeste del campamento, trepó para salir del valle del río poco hondo, ya que como en todo lo demás en la isla del Rey Guillermo ningún risco o colina era más alto de unos cuatro o seis metros por encima del nivel del mar. Encontró un risco rocoso libre de nieve y lo siguió, alejándose del campamento.

El atardecer llegó en algún momento en torno a las diez de la noche, pero John Bridgens había decidido que no seguiría caminando hasta la oscuridad. A unos cinco kilómetros del campamento del Río encontró un lugar seco en el risco, se sentó, sacó un trozo de galleta, su ración diaria, del bolsillo del chaquetón, y se la comió despacio. Estaba completamente rancia, pero era una de las cosas más deliciosas que había comido jamás. No se había acordado de llevar agua, pero cogió un poco de nieve con la mano y dejó que se le fundiese en la boca.

El crepúsculo hacia el sudoeste era muy hermoso. Durante un instante, el sol surgió por el hueco entre una nube baja y gris y la grava alta y gris; allí quedó colgado un momento como una bola de color naranja: un ocaso como el que habría visto y disfrutado Odiseo, y no Lear, y luego desapareció.

El día y el aire se pusieron grises y apacibles, aunque la temperatura, que se había mantenido durante todo el día pocos grados bajo cero, estaba cayendo con mucha rapidez. El viento soplaría pronto. Bridgens prefería estar dormido antes de que el viento de la noche aullase desde el noroeste o las tormentas eléctricas nocturnas asolasen la tierra y el estrecho del hielo.

Buscó en su bolsillo y sacó los tres últimos objetos que llevaba en él.

Primero estaba el cepillo de ropa que John Bridgens había usado como mozo durante más de treinta años. Tocó las pelusas que todavía llevaba, sonrió ante alguna ironía que sólo él comprendía y se lo metió en el otro bolsillo.

Luego estaba el peine de cuerno de Harry Peglar. Unos pocos cabellos de un castaño claro todavía estaban enredados en los dientes. Bridgens sujetó el peine ligeramente en su fría mano desnuda por un momento, y luego se lo metió en el bolsillo del abrigo con el cepillo de la ropa.

Lo último era la libreta de notas de Peglar. La abrió al azar.

«Oh, muerte, dónde está tu agigon, la tunva en la Cala del Consuelo para qien tenga alguna duda de... el moribumdo dio.»

Bridgens meneó la cabeza. Sabía que la última palabra tenía que ser «dijo», fuera lo que fuese lo que había escrito en la parte mojada e ilegible del mensaje. Había enseñado a leer a Peglar, pero nunca había conseguido enseñarle ortografía. Bridgens sospechaba, ya que Harry Peglar era uno de los seres humanos más inteligentes que había conocido jamás, que debía de haber algún problema en la constitución del cerebro del hombre, algún lóbulo o protuberancia o zona gris desconocida a los avances médicos que controlaba la ortografía. Aun después de haber aprendido a descodificar el alfabeto y leer los libros más difíciles con una perspicacia y comprensión de erudito, Harry era incapaz de escribir hasta la nota más breve a Bridgens sin invertir las letras o escribir mal las palabras más sencillas.

«Oh, muerte dónde está tu aguijón...»

Bridgens sonrió por última vez, puso el diario en el bolsillo delantero de su chaquetón, donde estaría a salvo de los pequeños carroñeros, porque él se echaría encima, y se tumbó de lado en la grava, apoyando la mejilla en el dorso de sus manos desnudas.

Se movió sólo una vez, para subirse el cuello del abrigo y bajar la gorra. El viento arreciaba ya y venía muy frío. Luego volvió a su posición yacente.

John Bridgens estaba ya dormido antes de que la última penumbra gris muriese por el sur.

51

Crozier

Campamento de Rescate
13 de agosto de 1848

*A*rrastraron los botes durante dos semanas hacia el extremo más suroriental de la isla, el punto en el cual la línea de la costa de la isla del Rey Guillermo empezaba a curvarse abruptamente hacia el norte y el este, y luego se detuvieron para montar las tiendas, enviar fuera a las partidas de caza, recuperar el aliento mientras esperaban y buscar aberturas en el estrecho de hielo hacia el sur. El doctor Goodsir le había dicho a Crozier que necesitaba tiempo para tratar a los enfermos y heridos que iban arrastrando en sus cinco botes. Llamaban a aquel campamento «Fin del Mundo».

Cuando Crozier recibió el informe de Goodsir de que al menos cinco de los hombres tenían que sufrir amputaciones durante aquella parada, cosa que significaba, como sabía muy bien, que esos hombres nunca irían más allá de ese punto, porque ya ni los marineros que podían moverse tenían la fuerza suficiente para arrastrar el peso muerto de los hombres de los botes, el capitán rebautizó aquel punto azotado por los vientos como «campamento de Rescate».

La idea, discutida hasta el momento entre Goodsir y él mismo, aunque fue Goodsir quien la sugirió, era que el cirujano se quedase con los hombres que se estuviesen recuperando de las amputaciones. Cuatro habían sido operados ya, y hasta el momento no habían muerto. El último, el señor Diggle, iba a ser operado aquella mañana. Otros marineros, demasiado enfermos o cansados para continuar, podían optar por quedarse con Goodsir y los amputados, mientras Crozier, Des Voeux, Couch, el segundo oficial de confianza de Crozier, Johnson y algunos otros con la fuerza suficiente seguirían navegando hacia el sur, por la ensenada, cuando el hielo volviera a ceder..., si es que lo hacía. Entonces, aquel pequeño grupo, viajando ligero, podría subir por el río Back, volver con un destacamento de rescate desde el lago Gran Esclavo en primavera, o, con ayuda de algún milagro, al cabo de un mes o dos, antes de que llegase el invierno, suponiendo que dieran con algún destacamento de rescate que fuera por el norte, a lo largo del río.

Crozier sabía que las oportunidades de que aquel milagro en particular ocurriese eran tan bajas que casi se reducían a cero, y que la posibilidad de que alguno de los hombres enfermos sobreviviese en el campamento de Rescate hasta la siguiente primavera sin ayuda ni siquiera valía la pena contemplarla. No hubo casi caza que se encontrase fácilmente durante todo aquel verano de 1848, y agosto no resultaba distinto. El hielo era demasiado espeso para pescar a su través en todas partes excepto en los pequeños canales y las raras *polynyas* que duraban todo el año, y no habían cogido ningún pez allí, mientras iban en los botes. ¿Cómo iban a sobrevivir Goodsir y un puñado de ayudantes durante el invierno? Crozier sabía que el cirujano había firmado su sentencia de muerte ofreciéndose a quedarse allí con los hombres condenados, y Goodsir sabía también que su capitán lo sabía. Ninguno de los dos hombres habló de ello.

Pero ése seguía siendo el plan, a menos que Goodsir cambiase de opinión aquella mañana u ocurriese un auténtico milagro y el hielo se abriese casi todo el camino hacia la costa aquella segunda semana de agosto, lo que permitiría que todos se hiciesen a la vela en dos destartaladas balleneras, dos destartalados cúteres y una sola y destrozada pinaza, llevándose consigo en los botes a los amputados, los heridos, los hambrientos, los que estaban demasiado débiles para andar y los casos más graves de escorbuto.

«¿Como posible comida?», pensó Crozier.

Ése era el siguiente tema que debía tratar.

El capitán llevaba dos pistolas en el abrigo cada vez que salía de su tienda: el revólver grande de fulminante en el bolsillo derecho, como siempre, y la pistola pequeña de dos cañones en el izquierdo (lo que el capitán americano que se la vendió, hacía unos años, llamaba «un revólver de tahúr fluvial»). No había repetido el error de enviar a sus mejores hombres (Couch, Des Voeux, Johnson y algunos más) fuera del campamento al mismo tiempo y dejar a todos los descontentos como Hickey, Aylmore y el idiota gigante de Manson. Ni tampoco había vuelto a confiar Francis Crozier en el teniente George Henry Hodgson, su capitán del castillo de proa Reuben Male o el capitán de la cofa del trinquete del *Erebus*, Robert Sinclair, desde el día en que casi se amotinan allí en el campamento Hospital, hacía más de un mes.

La imagen que ofrecía el campamento de Rescate era deprimente. El cielo era una masa compacta de nubes bajas desde hacía dos semanas, y Crozier no había podido usar su sextante. El viento había empezado a soplar fuerte desde el noroeste de nuevo, y el aire era más frío de lo que había sido desde hacía dos meses. El estrecho hacia el sur seguía siendo una masa sólida de hielo, pero no el hielo plano interrumpido por ocasionales crestas de presión como el que habían atravesado al salir del *Terror* hacia el campamento Terror, hacía mucho, mucho tiempo. El hielo en aquel estrecho al sur de la isla del Rey Guillermo era un laberinto de enormes icebergs desmontados, crestas de presión atravesadas, ocasionales *polynyas* perpetuas mostrando el agua negra a más de tres metros por debajo del nivel del hielo, pero que no conducían a ninguna parte, e incontables seracs afilados como navajas y rocas de hielo inmensas. Crozier no creía que ningún hombre del campamento de Rescate, incluyendo al gigante Manson, estuviera en condiciones para tirar de un solo bote por encima de aquel bosque de hielo y de aquellas cordilleras montañosas de hielo.

Los gruñidos, explosiones, chasquidos, estampidos y rugidos que ahora llenaban sus días y sus noches eran su única esperanza. El hielo estaba agitado y se torturaba a sí mismo. De vez en cuando, allá lejos, se abrían diminutos canales que a veces duraban unas horas. Luego se cerraban con un estruendo. Las crestas de presión alcanzaban una altura de nueve metros en cuestión de segundos. Horas después se derrumbaban igual de rápido que otras crestas nuevas surgían de pronto. Los icebergs explotaban por la presión del hielo tenso en torno a ellos.

«Sólo estamos a 13 de agosto», se decía Crozier. El problema de pensar así, por supuesto, era que en lugar de ser «sólo» 13 de agosto, la estación había avanzado ya tanto que era hora de pensar: «ya estamos a 13 de agosto». El invierno se aproximaba con rapidez. El *Erebus* y el *Terror* habían quedado congelados fuera de la Tierra del Rey Guillermo en septiembre de 1846, y después no hubo ya respiro alguno.

«Sólo estamos a 13 de agosto», se repetía a sí mismo Crozier. Un tiempo suficiente, si se les concediese un pequeño milagro, para navegar y remar a través del estrecho, probablemente llevando a pulso los botes algunos breves trechos sobre el hielo, los más de cien kilómetros que estimaba que había hasta la boca del río Back, y allí volver a aparejar los maltratados botes para viajar río arriba. Con un poco de suerte, la propia ensenada, más allá de aquel laberinto visible de hielo, quedaría libre de hielo, a causa del inevitable flujo alto de verano del río del Gran Pez de Back hacia el norte, y su agua más cálida, durante noventa y cinco kilómetros aproximadamente. Después, en el río mismo, correrían en contra del invierno que se aproximaba al sur cada día, mientras luchaban por abrirse camino corriente arriba. Pero el viaje era posible. Al menos en teoría.

«En teoría.»

Aquella mañana, domingo, si el cansado Crozier no había perdido la cuenta, Goodsir estaba llevando a cabo las últimas amputaciones con la ayuda de su nuevo ayudante, Thomas Hartnell, y luego Crozier quería convocar a los hombres para una especie de oficio religioso conjunto.

Se anunciaría que Goodsir se iba a quedar con los impedidos y con los enfermos de escorbuto y él plantearía abiertamente sus planes de llevarse a algunos de los hombres más sanos y al menos dos botes hacia el sur la semana siguiente, se abriese el hielo o no.

Si Reuben Male, Hodgson, Sinclair o los conspiradores de Hickey querían ofrecer sus planes alternativos sin desafiar su autoridad, Crozier estaba dispuesto no sólo a discutirlos, sino incluso a acceder a ellos. Cuantos menos hombres se quedasen en el campamento de Rescate, mejor, especialmente si eso implicaba librarse de las manzanas podridas.

Empezaron a oírse los chillidos en la tienda quirúrgica cuando el doctor Goodsir empezó a operar el pie y tobillo izquierdo gangrenosos del señor Diggle.

Con una pistola en cada bolsillo, Crozier fue a buscar a Thomas Johnson para decirle que reuniese a los hombres.

El señor Diggle, el hombre más querido de toda la expedición, el excelente cocinero al que Francis Crozier había conocido y con quien había trabajado durante años en expediciones a ambos polos, murió debido a la pérdida de sangre y a las complicaciones surgidas inmediatamente después de la amputación de su pie, y pocos minutos antes de que fueran convocados todos los hombres a la reunión.

Cada vez que los supervivientes pasaban más de dos días en un campamento, los contramaestres pasaban un palito por la grava y la nieve en un lugar relativamente abierto y plano y creaban la silueta aproximada de la cubierta superior e inferior del *Erebus* y del *Terror*. Así los hombres sabían dónde colocarse cuando eran llamados a reunión, y les daba cierto sentido de familiaridad. Durante los primeros días en el campamento Terror, y después, las posiciones estaban muy cercanas unas a otras, hasta crear confusión, ya que había más de cien hombres de los dos barcos apiñados en la huella de la cubierta de un solo barco, pero ahora las bajas habían llegado a un punto en que la reunión era adecuada para un solo barco.

En el silencio posterior al pase de lista y antes de la breve lectura de las Escrituras por parte de Crozier (y en el silencio más profundo que siguió a los gritos del señor Diggle), el capitán miró a aquellos hombres reunidos, harapientos, barbudos, pálidos, sucios, con los ojos hundidos, inclinándose hacia delante con una pose como de simio cansado, que quería ser la posición de firmes.

De los trece oficiales originales del HMS *Erebus* habían muerto nueve: sir John, el comandante Fitzjames, el teniente Graham Gore, el teniente H. T. D. Le Vesconte, el teniente Fairholm, el primer oficial Sergeant, el segundo oficial Collins, el patrón del hielo Reid y el jefe de cirujanos Stanley. Los oficiales supervivientes eran el primer y segundo oficial, Des Voeux y Couch, el ayudante de cirujano Goodsir (que se unía más tarde a la reunión, con la postura mucho más hundida que la de los otros hombres y los ojos bajos por el cansancio y la derrota) y el sobrecargo, Charles Hamilton Osmer, que había sobrevivido a un brote grave de neumonía, pero que ahora estaba postrado en la tienda con escorbuto.

No se le escapaba a la atención del capitán Crozier que todos los oficiales comisionados de la Marina del *Erebus* estaban muertos, y que los supervivientes no eran más que auxiliares o civiles a los que se había otorgado el título honorífico de oficial a efectos de distribución.

Los tres suboficiales del *Erebus*, el ingeniero John Gregory, el contramaestre Thomas Terry y el carpintero John Weekes estaban muertos.

El *Erebus* había dejado Groenlandia con veintiún cabos de mar y, en la reunión de aquel día, quince de ellos vivían aún, aunque algunos (como el mozo del sobrecargo, William Fowler, que no había acabado de recuperarse nunca de sus quemaduras en el carnaval) apenas eran algo más que bocas que alimentar durante la marcha.

Si hubieran pasado lista a los marineros útiles del *Erebus* el día de Navidad de 1845, habrían respondido diecinueve hombres. Quince de ellos vivían aún.

De los siete marines que originalmente respondían a la lista del *Erebus* habían sobrevivido tres hasta aquel momento de agosto de 1848: el cabo Pearson y los soldados Hopcraft y Healey, pero todos estaban demasiado enfermos de escorbuto para hacer guardia o para cazar, y mucho menos para tirar de un bote. Pero aquella mañana estaban firmes, apoyados en sus mosquetes, entre las otras siluetas harapientas y desmayadas.

De los dos grumetes del *Erebus*, en realidad hombres de dieciocho años ya cuando zarparon ambos buques, tanto David Young como el joven George Chambers habían sobrevivido, pero Chambers quedó tan gravemente conmocionado por la criatura del hielo durante el carnaval que apenas era más que un idiota desde la noche del fuego. Aun así, era capaz de tirar de un arnés cuando se le pedía, de comer cuando se le decía y de seguir respirando por iniciativa propia.

Así que, según la lista que acababan de pasar, treinta y nueve tripulantes del *Erebus* de la dotación de sesenta y cinco almas inicial todavía vivían el 13 de agosto de 1848.

A los oficiales del HMS *Terror* les había ido un poco mejor que a los del *Erebus*, al menos en el sentido de que quedaban dos oficiales navales: el capitán Crozier y el segundo teniente Hodgson. El segundo oficial Robert Thomas y el señor E. J. Helpman, amanuense y ayudante de Crozier, y otro civil que servía en la expedición con rango de oficial eran los otros oficiales que quedaban.

Faltaban por responder a la lista aquel día los tenientes Little e Irving, de la tripulación de Crozier, así como el primer oficial Hornby, el patrón del hielo Blanky, el segundo oficial MacBean y los dos cirujanos, Peddie y McDonald.

Cuatro de los once oficiales originales del *Terror* vivían todavía.

Crozier había empezado la expedición con tres suboficiales: el ingeniero James Thompson, el contramaestre John Lane y el maestro carpintero Thomas Honey, y los tres vivían aún, aunque el ingeniero estaba reducido a un esqueleto con los ojos hundidos, demasiado débil para ponerse en pie y mucho menos para tirar, y el señor Honey no sólo mostraba signos avanzados de escorbuto, sino que la noche anterior le habían tenido que amputar los dos pies. Increíblemente, cuando se celebró aquella asamblea, el carpintero todavía estaba vivo e incluso consiguió gritar «¡presente!» desde su tienda cuando pronunciaron su nombre.

El *Terror* llevaba veintiún cabos de mar, tres años antes, y vivían aún dieciséis aquella mañana nubosa de agosto. Stoker, John Torrington, el capitán de la cofa del trinquete Harry Peglar y los contramaestres Kenley y Rhodes habían sido las únicas bajas en aquel grupo hasta unos momentos antes, hasta que el cocinero John Diggle se unió a las filas de los muertos.

Cuando antes diecinueve marineros de primera contestaban a la lista del *Terror*, ahora lo hacían sólo diez, aunque habían sobrevivido once: David Leys seguía comatoso e indiferente en la tienda del doctor Goodsir.

Del contingente de seis marines reales del HMS *Terror*, ninguno había sobrevivido. El soldado Heather, que había permanecido meses con el cráneo partido, finalmente murió el día después de abandonar el campamento del Río, y su cuerpo quedó en la grava sin funeral ni comentario alguno.

En el buque se consignaban dos «grumetes» en su lista original, y ahora sólo uno, Robert Golding, de casi veintitrés años y desde luego ya mayorcito, aunque crédulo como un niño, respondía al pronunciar su nombre.

De la dotación original de sesenta y dos almas del HMS *Terror*, habían sobrevivido treinta y cinco para asistir a aquel oficio religioso en el campamento de Rescate, el 13 de agosto de 1848.

Quedaban treinta y nueve del *Erebus* y treinta y cinco del *Terror*, un total de setenta y cuatro hombres de los ciento veintiséis que habían zarpado de Groenlandia en el verano de 1845.

Pero cuatro de aquellos hombres habían sufrido la amputación de un pie o de los dos en las últimas veinticuatro horas, y al menos otros veinte estaban demasiado enfermos, heridos, hambrientos o agotados en cuerpo y alma para seguir adelante. Un tercio de la expedición había alcanzado su límite.

Era el momento de considerarlo.

—Señor todopoderoso —entonó Crozier, con su voz áspera y cansada—, con quien vivimos los espíritus de aquellos que han partido de aquí hacia el Señor, y con quien las almas de los creyentes, después de verse liberadas de la carga de la carne, se hallan en alegría y felicidad: te damos gracias, Señor, porque has querido librar a nuestro hermano John Diggle, de treinta y nueve años, de las miserias de este mundo pecador; te imploramos, Señor, que si lo deseas, oh, graciosa majestad, reúnas pronto el número de los elegidos y de todos nosotros, si eso te complace, y te apresures a llevarnos a tu reino; que nosotros, con todos aquellos que han partido en la verdadera fe de tu santo nombre, hallen la perfecta consumación de su deleite, tanto en cuerpo como en alma, en la gloria eterna e imperecedera; a través de Cristo, nuestro Señor, amén.

—Amén —graznaron los sesenta y dos hombres que todavía eran capaces de permanecer en pie.

—Amén —llegaron también unas pocas voces de los otros doce que yacían en las tiendas.

Crozier no intentó dispersar a los hombres reunidos.

—Hombres del HMS *Erebus* y del HMS *Terror*, miembros de la expedición del Servicio Descubrimiento de John Franklin, compañeros —dijo en voz muy alta—. Hoy debemos decidir qué camino seguiremos. Todos vosotros estáis bajo mi mando, tanto por el Reglamento Naval como por el Reglamento del Servicio Real de Descubrimientos que firmasteis con vuestros juramentos de honor, y continuaréis así hasta que yo os libere de ese juramento. Habéis seguido a sir John, al capitán Fitzjames y a mí hasta aquí, y os habéis portado bien. Muchos de nuestros amigos y compañeros de tripulación han partido al seno de Jesucristo, pero setenta y cuatro de nosotros hemos perseverado. Estoy decidido en lo más hondo de mi corazón a que todos los hombres que estáis aquí, en el campamento de Rescate, hoy, sobreviváis y volváis a ver Inglaterra, el hogar y vuestras familias de nuevo, y Dios es testigo de que he hecho todo lo posible para asegurarme de que ése sea el resultado de nuestros esfuerzos. Pero hoy os quiero dejar libres para que decidáis vuestro propio camino con el cual alcanzar ese objetivo.

Los hombres murmuraron unos a otros. Crozier dejó que siguieran así durante unos segundos y luego continuó.

—Ya sabéis lo que estamos haciendo: el doctor Goodsir piensa quedarse aquí con aquellos que estén demasiado enfermos para viajar, y los hombres más sanos continuaremos hacia el río Back. ¿Hay alguno entre vosotros que desee intentar otra forma de rescate?

Hubo un silencio y los hombres miraron al suelo y movieron los pies en la grava, pero George Hodgson fue quien se adelantó cojeando.

—Señor, algunos de nosotros sí, señor. Queremos volver, capitán Crozier.

El capitán miró al joven oficial largo rato. Sabía que Hodgson no era más que una marioneta de Hickey, de Aylmore y de algunos más de los marineros más rebeldes e impertinentes que habían estado azuzando a los hombres con su resentimiento desde hacía meses, pero se preguntaba si el joven Hodgson lo sabía.

—¿Volver adónde, teniente? —preguntó Crozier al fin.

—Al barco, señor.

—¿Cree usted que el *Terror* sigue todavía allí, teniente? —Como para reforzar su pregunta, el mar de hielo al sur explotó en una serie de estallidos como disparos de escopeta y temblores de terremoto. Un iceberg a cientos de metros de la costa se deshizo y cayó.

Hogdson se encogió de hombros, como un niño.

—El campamento Terror sí que seguirá allí, capitán, esté o no esté el barco. Allí dejamos comida, carbón y unos botes.

—Sí —dijo Crozier—. Eso es verdad. Y a todos nos vendría muy bien tener algo de comida, ahora mismo..., incluso de la comida enlatada que mató a algunos de nosotros de una manera tan horrible. Pero, teniente, fue a unos ciento treinta o ciento cincuenta kilómetros de distancia de aquí, y hace casi cien días de que abandonamos el campamento Terror. ¿Creen usted y los demás realmente que pueden caminar o tirar de algún bote de vuelta allí, en las garras del invierno? Sería a finales de noviembre cuando llegasen al campamento. Oscuridad total. Y recordará las temperaturas y las tormentas del último noviembre.

Hogdson asintió y no dijo nada.

—No vamos a caminar hasta finales de noviembre —dijo Cornelius Hickey, adelantándose entre las filas y colocándose junto al joven y desangelado teniente—. Creemos que el hielo está abierto a lo largo de la costa, por donde hemos venido. Navegaremos y remaremos alrededor de ese maldito cabo por el que pasamos los cinco botes como esclavos egipcios y estaremos en el campamento Terror dentro de un mes.

Los hombres reunidos murmuraron furtivamente entre ellos.

Crozier asintió.

—Sí, quizás esté abierto para usted, señor Hickey. O quizá no. Pero aunque lo esté, son cientos de kilómetros de vuelta a un barco que quizás esté destrozado, y con toda seguridad helado desde la última vez que estuvieron allí. Estamos al menos cincuenta kilómetros más cerca de la boca del río Back desde aquí, y las oportunidades de que la ensenada esté libre de hielo al sur de aquí, junto al río, son mucho mayores.

—No nos va a convencer de que dejemos esto, capitán —dijo Hickey, con firmeza—. Lo hemos hablado mucho entre nosotros y vamos a ir.

Crozier miró al ayudante de calafatero. Su instinto normal de capitán de reprimir cualquier insubordinación de inmediato y mediante gran fuerza y decisión se elevaba en su interior, pero recordó que esto precisamente era lo que quería. Ya era hora más que sobrada de librarse de los descontentos y de salvar a los que confiaban en su buen juicio. Además, a aquellas alturas del verano y en su intento de huida, el plan de Hickey quizás hasta fuese factible. Todo dependía de por dónde se rompía el hielo..., si es que se rompía por algún lado antes de que cuajase el invierno. Los hombres merecían elegir su propia y última oportunidad.

—¿Cuántos van con usted, teniente? —preguntó Crozier, hablando a Hodgson como si él fuese realmente el jefe del grupo.

—Bueno... —empezó al joven.

—Magnus sí que viene —dijo Hickey, señalando al gigante—. Y el señor Aylmore.

El huraño mozo de la santabárbara se adelantó, con la cara desafiante y un visible desprecio hacia Crozier.

—Y George Thompson... —continuó el ayudante de calafatero.

Crozier no se sintió sorprendido de que Thompson quisiera formar parte de la conspiración de Hickey. Aquel marinero siempre había sido insolente y perezoso, y mientras duró el ron, se emborrachaba siempre que le era posible.

—Yo también voy..., señor —dijo John Morfin, adelantándose con los demás.

William Orren, que acababa de cumplir 26, se adelantó también con los demás.

Luego James Brown y Francis Dunn, el calafatero y el ayudante del calafatero del *Erebus*, se unieron también al grupo.

—Creemos que es nuestra mejor oportunidad, capitán —dijo Dunn, y bajó la vista.

Esperando que Reuben Male y Robert Sinclair declararan sus intenciones, y dándose cuenta de que si la mayoría de los hombres que estaban allí de pie pasando lista se unían a aquel grupo, sus propios planes de huida hacia el sur se habían esfumado para siempre, Crozier se sorprendió al ver que William Gibson, el mozo de suboficiales del *Terror*, y el fogonero Luke Smith se adelantaban lentamente también. Eran hombres buenos a bordo del buque, y fornidos para el arrastre.

Charles Best, un marinero cabal del *Erebus*, que siempre había sido leal al teniente Gore, se adelantó también con otros cuatro marineros tras él: William Jerry, Thomas Work, que había quedado gravemente herido en el carnaval, el joven John Strickland y Abraham Seeley.

Los dieciséis hombres quedaron allí de pie.

—¿Es todo, pues? —preguntó Crozier, notando una hueca sensación de alivio que le roía el vientre como el hambre que siempre estaba con él, entonces. Había dieciséis hombres allí ante él. Necesitarían un bote, pero dejaban a los suficientes hombres leales para dirigirse al río Back con él, y los suficientes también para que cuidaran a los enfermos allí, en el campamento de Rescate—. Les daré la pinaza —le dijo a Hodgson.

El teniente asintió, agradecido.

—La pinaza está hecha polvo y aparejada para navegar por río, y el trineo es una birria y se arrastra muy mal —dijo Hickey—. Nos llevaremos una ballenera.

—No, se llevarán la pinaza —dijo Crozier.

—Y queremos también a George Chambers y a Davey Leys —dijo el ayudante de calafatero, cruzando los brazos y separando las piernas ante sus hombres, como un Napoleón de barrio.

—Ni hablar —dijo Crozier—. ¿Por qué quiere llevarse a dos hombres que no son capaces de cuidarse?

—George puede tirar —dijo Hickey—. Y nosotros hemos cuidado de Davey, y queremos seguir haciéndolo.

—No —dijo el doctor Goodsir, adelantándose en el espacio tenso entre Crozier y los hombres de Hickey—, ustedes no han cuidado del señor Leys, y no quieren a George Chambers y a él como compañeros de viaje. Los quieren como comida.

El teniente Hodgson parpadeó, incrédulo, pero Hickey cerró los puños e hizo un gesto a Magnus Manson. El hombre bajito y el gigante dieron un paso al frente.

—¡Quietos exactamente donde están! —aulló Crozier. Detrás de él, los tres marines supervivientes, el cabo Pearson, el soldado Hopcraft y el soldado Healey, aunque visiblemente enfermos y temblorosos, habían levantado sus largos mosquetes.

Y también el primer oficial Des Voeux, el oficial Edward Couch, el contramaestre John Lane y el segundo contramaestre Tom Johnson empuñaban sus escopetas.

Cornelius Hickey gruñó.

—Nosotros también tenemos armas.

—No —dijo el capitán Crozier—, no las tienen. Mientras estaban aquí pasando lista, el primer oficial Des Voeux ha reunido todas las armas. Si se van pacíficamente mañana, se llevarán una escopeta y algunos cartuchos. Si dan un paso más ahora mismo, les dispararé a todos en la cara.

—Todos vais a morir —dijo Cornelius Hickey señalando con su

dedo huesudo a los hombres que estaban silenciosos y reunidos, moviendo el brazo en semicírculo como una escuálida veleta—. Vais a seguir a Crozier y a esos otros idiotas y vais a morir.

El ayudante del calafatero se volvió hacia el cirujano.

—Doctor Goodsir, le perdonamos lo que ha dicho de por qué queremos salvar a George Chambers y Davey Leys. Venga con nosotros. No puede salvar a los hombres que se quedan aquí.

Hickey hizo un gesto de desdén hacia las tiendas húmedas donde estaban los enfermos.

—Ya están muertos, sólo que no lo saben —continuó Hickey, con la voz muy fuerte y profunda para provenir de un cuerpo tan pequeño—. Nosotros vamos a vivir. Venga con nosotros y volverá a ver a su familia, doctor Goodsir. Si se queda aquí o si sigue a Crozier, es hombre muerto. Venga con nosotros.

Goodsir no se había dado cuenta de que llevaba las gafas puestas, no se había dado cuenta de que no se las había quitado al salir de la tienda quirúrgica, y entonces se las quitó y empezó a limpiar sin prisa la humedad que las cubría, usando la punta ensangrentada de su chaleco como trapo. Goodsir, un hombre menudo, con labios gruesos como de niño y la barbilla huidiza, sólo parcialmente oculta bajo la barba rizada que le había crecido debajo de las patillas, parecía completamente tranquilo. Se puso de nuevo las gafas y miró a Hickey y a los hombres que éste tenía detrás.

—Señor Hickey —dijo con serenidad—, aunque agradezco su infinita generosidad al ofrecerse a salvarme la vida, debe saber que no me necesita para hacer lo que está planeando hacer con respecto a la disección de los cuerpos de sus compañeros de tripulación para proporcionarse a sí mismo una buena despensa de carne.

—Yo no... —empezó Hickey.

—Hasta un aficionado puede aprender anatomía de disección rápidamente —le interrumpió Goodsir, con voz lo suficientemente alta para sobreponerse a la del ayudante de calafatero—. Cuando uno de esos otros caballeros que se lleva usted como despensa privada de comida muera (o le ayude usted a morir), lo único que tiene que hacer es afilar bien un cuchillo hasta obtener un borde como el de un escalpelo y empezar a cortar.

—Pero nosotros no vamos a... —gritó Hickey.

—Pero yo le recomiendo calurosamente que se lleve una sierra —dijo Goodsir, más alto—. Una de las sierras de carpintero del señor Honey le irá estupendamente. Aunque se puede cortar la carne de las pantorrillas, los dedos y los muslos y la carne del vientre de sus

619

compañeros con el cuchillo, casi con toda seguridad requerirá una buena sierra para separar los brazos y las piernas.

—¡Maldito sea! —chilló Hickey. Quiso adelantarse con Manson, pero se detuvo cuando los contramaestres y los marines levantaron las escopetas y los mosquetes de nuevo.

Imperturbable, sin mirar siquiera a Hickey, el cirujano señaló hacia la enorme forma de Magnus Manson como si el hombre fuese el cartel de un anatomista colgado de una pared.

—No es muy distinto de trinchar un ganso de Navidad, cuando uno sabe cómo hacerlo. —Hizo unas marcas verticales en el aire hacia el torso de Manson y una horizontal justo por debajo de su cintura—. Sierre los brazos por las articulaciones del hombro, claro, pero debe serrar a través de los huesos pélvicos para cortarle las piernas.

Los tendones del cuello de Hickey se tensaron y su rostro se fue poniendo rojo, pero no habló más mientras continuaba Goodsir.

—Yo usaría mi sierra metacarpiana más pequeña para cortar las piernas por la rodillas y, claro está, los brazos por el codo, y luego procedería con un buen escalpelo a despiezar las partes elegidas: muslos, nalgas, bíceps, tríceps, deltoides, la parte carnosa debajo de las espinillas. Sólo entonces debe comenzar a despiezar en serio los pectorales, los músculos del pecho, y sacar toda la grasa que ustedes, caballeros, hayan conservado cerca de los omoplatos o a lo largo de los costados y parte lumbar. No hay mucha grasa allí, claro, ni tampoco músculo, pero estoy seguro de que el señor Hickey no querrá que se desperdicie ninguna parte de ustedes.

Uno de los marineros que estaba en la parte posterior del grupo, detrás de Crozier, cayó de rodillas y empezó a hacer arcadas en la grava.

—Tengo un instrumento llamado tenáculo para abrir el esternón y quitar las costillas —dijo Goodsir, apaciblemente—, pero me temo que no se lo podré prestar. Un buen martillo y cincel de carpintero, hay uno en cada bote, como habrán observado, servirá igual de bien para ese fin.

»Recomiendo que desgarre primero la carne y que deje a un lado, para más tarde, la cabeza, las manos, los pies y los intestinos de sus amigos, todo el contenido del saco abdominal.

»Y le advierto: es mucho más difícil de lo que cree abrir los huesos largos para chupar la médula. Necesitará alguna herramienta que sirva para rascar, como la gubia para tallar madera del señor Honey. Y observe que la médula será grumosa y roja cuando se extraiga del centro de los huesos... y mezclada con fragmentos de huesos y astillas, de modo que no es demasiado saludable para comerla cruda. Recomiendo que pongan la médula de los huesos de la otra persona en un cacharro para cocinarla un poco y la hiervan a fuego lento, antes de intentar digerir a sus amigos.

—Que le jodan —gruñó Cornelius Hickey.

El doctor Goodsir asintió.

—Ah —añadió el cirujano—, si piensa el comerse el cerebro de otra persona, eso sí que es sencillo. No tiene más que serrar la mandíbula inferior, quitar los dientes de abajo y usar cualquier cuchillo o cuchara para hacer un hueco a través del paladar blando y entrar en la bóveda craneana. Si lo desean, pueden poner la calavera del revés y sentarse alrededor e ir sirviéndose cucharadas de cerebro, como si fuera el budín de Navidad.

Durante un minuto no se alzó ninguna voz, sólo el viento y los gruñidos, chasquidos y crujidos del hielo.

—¿Alguien más quiere irse mañana? —exclamó el capitán Crozier.

Reuben Male, Robert Sinclair y Samuel Honey, el capitán del castillo de proa del *Terror*, el capitán de la cofa del trinquete del *Erebus* y el herrero del *Terror*, respectivamente, se adelantaron.

—¿Quieren irse con Hickey y Hodgson? —preguntó Crozier. No quiso demostrar la conmoción que sentía.

—No, señor —dijo Reuben Male, meneando la cabeza—. No vamos con ellos. Pero queremos intentar volver caminando al *Terror*.

—No necesitamos bote, señor —dijo Sinclair—. Vamos a intentar ir andando a campo través, como si dijéramos. Recto por en medio de la isla. Quizás encontremos algún zorro y cosas así tierra adentro, lejos de la costa.

—La orientación será difícil —dijo Crozier—. Las brújulas no valen para nada por aquí, y no puedo darles uno de mis sextantes.

Male meneó la cabeza.

—No se preocupe, capitán. Simplemente, lo calcularemos a ojo. La mayor parte del tiempo, si el puto viento te da de lleno en la cara, y perdone la expresión, señor, es que vas en la dirección correcta.

—Yo era marinero antes de ser herrero, señor —dijo Samuel Honey—. Todos somos marineros. Si no podemos morir en el mar, al menos quizá podamos morir a bordo de nuestro barco.

—Está bien —dijo Crozier, hablando a todos los hombres que todavía estaban allí de pie y asegurándose de que su voz llegaba hasta las tiendas también—. Vamos a reunirnos a las seis campanadas y

621

repartiremos todas las galletas, el licor, el tabaco y otras vituallas que tengamos aún. Todos los hombres. Hasta los que han sido operados la noche pasada u hoy, todos entrarán en el reparto. Todo el mundo verá lo que tenemos, y todo el mundo recibirá una parte igual. A partir de ese momento, cada hombre, excepto aquellos a quien cuide y alimente el doctor Goodsir, estarán encargados de su propio racionamiento.

Crozier miró fríamente a Hickey, a Hodgson y a su grupo.

—Ustedes, hombres, bajo la supervisión del señor Des Voeux, vayan a preparar su pinaza para la partida. Saldrán mañana al amanecer; excepto para el reparto de la comida y otros artículos a las seis campanadas, no quiero volver a ver sus caras.

52

Goodsir

Campamento de Rescate
15 de agosto de 1848

Durante los dos días posteriores a las amputaciones, a la muerte del señor Diggle y a la reunión de los hombres, y después de oír los planes del señor Hickey y el patético reparto de la comida, el cirujano no tuvo estómago para continuar su diario. Arrojó la manchada libreta de cuero en su maletín médico de campaña y lo dejó allí.

La Gran División, como ya la llamaba para sí Goodsir, fue un asunto triste y al parecer interminable, que se prolongó hasta la menguada tarde del Ártico. Pronto resultó obvio que, al menos en lo que respectaba a la comida, nadie confiaba en nadie. Todo el mundo parecía albergar la profunda e íntima sospecha de que los demás escondían comida, acaparaban comida, escatimaban comida o negaban comida a todos los demás. Costó horas deshacer todos los equipajes de los botes, vaciar todas las reservas, registrar todas las tiendas, examinar las despensas del señor Diggle y del señor Wall, con representantes de cada una de las clases de hombres del buque: oficiales, suboficiales, cabos de mar y marineros compartiendo las tareas de búsqueda y distribución, mientras los demás miraban con ojos ávidos.

Thomas Honey murió durante la noche después de la Gran División. Goodsir envió a Thomas Hartnell a informar al capitán y luego ayudó a colocar el cuerpo del carpintero en su saco de dormir. Dos marineros lo llevaron a un ventisquero a unos cien metros del campamento, donde el cuerpo del señor Diggle todavía yacía, congelado. El grupo había empezado a renunciar a entierros y funerales, no porque hubiese algún edicto por parte del capitán o alguna votación, sino por simple y silencioso consenso.

«¿Estamos conservando los cuerpos en el ventisquero para que no se estropeen, como futura comida?», se preguntó el cirujano.

No podía responder a su propia pregunta. Lo único que sabía era que mientras estaba explicando a Hickey y a los demás hombres reunidos, con bastante deliberación, porque había hablado al capitán Crozier de la táctica antes de la asamblea, los detalles anatómicos para desmembrar el cuerpo humano y que sirviera como sustento, Harry D. S. Goodsir se sintió horrorizado al notar que salivaba.

Y se dio cuenta de que seguramente no habría sido el único en tener aquella reacción, al pensar en carne fresca..., viniera de donde viniese.

Sólo un puñado de hombres habían salido al amanecer, la mañana siguiente, lunes 14 de agosto, para ver a Hickey y a sus quince compañeros partir del campamento con su pinaza atada encima del baqueteado trineo. Goodsir había vuelto para verlos salir después de asegurarse de que el señor Honey era secretamente enterrado en el ventisquero.

Más temprano, se perdió la partida de los tres hombres que salían a pie: el señor Male, el señor Sinclair y Samuel Honey, sin relación alguna con el fallecido carpintero, que habían partido antes de amanecer para el viaje a pie que se proponían llevar a cabo a través de la isla hasta el campamento Terror, llevándose con ellos sólo las mochilas, los sacos de dormir de mantas, algunas galletas, agua y una escopeta con cartuchos. No tenían ni siquiera una tienda Holland para cobijarse, y pensaban hacer cuevas en la nieve si el tiempo invernal más duro los alcanzaba antes de que ellos llegasen al campamento Terror. Goodsir se imaginó que ya debían de haberse despedido de sus amigos la noche anterior, porque los tres hombres salieron del campamento antes de que la primera luz grisácea tocase siquiera el horizonte del sur. El señor Couch le dijo más tarde al doctor Goodsir que la partida se dirigía hacia el norte, hacia tierra adentro y alejándose directamente de la costa, y planeaban girar hacia el noroeste al segundo o tercer día.

Como contraste, el cirujano se sintió muy sorprendido al ver lo pesadamente que habían cargado su bote los hombres que partían en el grupo de Hickey. Hombres de todo el campamento, incluyendo a Male, Sinclair y Samuel Honey, habían ido abandonando los objetos más inútiles: cepillos del pelo, libros, toallas, escritorios, peines... Fragmentos de civilización que habían arrastrado durante cien días; ahora se negaban a seguir arrastrándolos más allá, pero, por algún motivo inexplicable, Hickey y sus hombres habían recogido muchos de esos objetos rechazados en su pinaza, junto con las tiendas, artículos para dormir y la necesaria comida. Una de las bolsas llevaba 105 trozos de chocolate envueltos uno a uno, que era la acumulación de la asignación de los dieciséis hombres encontrada en una despensa secreta y acarreada hasta el momento como sorpresa por el señor Diggle y el señor Wall: seis piezas y media de chocolate por hombre.

El teniente Hodgson estrechó la mano a Crozier y algunos de los otros hombres se despidieron torpemente de antiguos compañeros; pero Hickey, Manson, Aylmore y los más resentidos del grupo no dijeron nada. Entonces el segundo contramaestre Johnson entregó a Hodgson la escopeta descargada y una bolsa de cartuchos y observó cómo el joven teniente la guardaba en el bote, ya pesadamente cargado. Con Manson en cabeza y al menos una docena de hombres sujetos al trineo y al bote por los arneses, dejaron el campamento en silencio roto sólo por el roce de los patines en la grava, luego en la nieve, luego de nuevo en la roca, y luego otra vez en el hielo y la nieve. Al cabo de veinte minutos estaban fuera de la vista, por encima de la ligera elevación del oeste del campamento de Rescate.

—¿Está usted pensando si lo conseguirán o no, doctor Goodsir? —preguntó el oficial Edward Couch, que estaba de pie junto al cirujano, observando su silencio.

—No —dijo Goodsir. Estaba tan cansado que sólo podía responder con total honradez—. Yo pensaba en el soldado Heather.

—¿En el soldado Heather? —dijo Couch—. Pero si dejamos su cuerpo... —Se detuvo.

—Sí —dijo Goodsir—. El cadáver del soldado yace bajo una cubierta de lona junto a las huellas de nuestro trineo, a este lado del campamento del Río, a menos de doce días al oeste de aquí..., mucho menos tiempo al ritmo que el extenso equipo de Hickey tira de una sola pinaza.

—Ay, Dios mío —susurró Couch.

Goodsir asintió.

—Sólo espero que no encuentren el cuerpo de mozo de suboficiales. Me gustaba John Bridgens. Era un hombre muy digno, y se merece algo mejor que ser devorado por gente como Cornelius Hickey.

Aquella tarde, Goodsir se dirigió a una reunión junto a los cuatro botes a lo largo de la costa: las dos balleneras estaban invertidas como siempre, los cúteres todavía estaban boca arriba encima de sus trineos, pero sin cargar, y ellos estaban donde los hombres que cumplían con sus obligaciones o dormían en sus tiendas no podían oírlos. Se encontraba allí el capitán Crozier, el primer oficial Des Voeux, el primer oficial Robert Thomas, el oficial Couch, el segundo contramaestre Johnson, el contramaestre John Lane y el cabo de marines Pearson, que estaba demasiado débil para mantenerse en pie y tenía que apoyarse a medias en el casco astillado de una ballenera vuelta del revés.

—Gracias por venir con tanta rapidez, doctor —dijo Crozier—. Estamos aquí para discutir alguna forma de protegernos por si vuelve el grupo de Cornelius Hickey, y para contemplar sus opciones a lo largo de las semanas que se avecinan.

—Claro, capitán —dijo el cirujano—. ¿Espera que vuelvan aquí Hickey, Hodgson y los demás?

Crozier levantó las manos enguantadas y se encogió de hombros. La nieve ligera azotaba a los hombres y pasaba a su alrededor.

—Todavía puede querer a David Leys. O los cuerpos del señor Diggle y el señor Honey. O incluso a usted, doctor.

Goodsir meneó la cabeza y compartió sus ideas acerca de los cuerpos, empezando con el soldado Heather, que se encontraban a lo largo del camino de regreso al campamento Terror como escondites de comida congelada.

—Sí —dijo Charles des Voeux—, hemos pensado ya en eso. Probablemente es la razón principal por la cual Hickey pensó en volver hacia el *Terror*. Pero vamos a montar una guardia permanente aquí, en el campamento de Rescate, durante unos pocos días, y a enviar al segundo contramaestre Johnson afuera con un hombre o dos para que sigan al grupo de Hickey durante tres o cuatro días..., sólo para asegurarnos.

—Y en cuanto a nuestro futuro aquí, doctor Goodsir —dijo Crozier roncamente—, ¿qué cree usted?

Entonces le tocó al cirujano encogerse de hombros.

—El señor Jopson, el señor Helpman y el ingeniero Thompson no vivirán más que unos pocos días —dijo serenamente—. En cuanto a los otros quince pacientes de escorbuto o así, sencillamente, no lo sé. Unos pocos puede que sobrevivan... al escorbuto, quiero decir. Especialmente, si encontramos carne fresca para darles. Pero de los dieciocho hombres que pueden quedarse aquí conmigo, en el campamento de Rescate, ya que, por cierto, Thomas Hartnell se ha ofrecido voluntario para quedarse conmigo como ayudante, sólo tres, quizá cuatro, serían capaces de salir a cazar focas en el hielo o zorros tierra adentro. Y no durante mucho tiempo. Presumo que el resto de los que se queden aquí habrán muerto de inanición no más tarde del 15 de septiembre. La mayoría, antes incluso.

Quedó sin decir que algunos podían sobrevivir un poco más comiéndose los cuerpos de los muertos. Tampoco mencionó que él, el doctor Harry D. S. Goodsir, había decidido que no se volvería caníbal para sobrevivir, ni ayudaría a aquellos que considerasen necesario hacerlo. Sus instrucciones de disección del día anterior en la asamblea eran las últimas palabras que pensaba pronunciar sobre ese tema. Pero tampoco emitiría juicio alguno sobre los hombres que, ya fuese allí en el campamento de Rescate o en la expedición al sur, acabasen comiendo carne humana para durar un poquito más. Si algún hombre de la expedición Franklin comprendía que el cuerpo humano no era más que un simple recipiente animal para el alma (y sólo carne cuando el alma había partido) era el cirujano y anatomista superviviente, el doctor Harry Goodsir. No prolongar su propia vida unas semanas o incluso meses consumiendo aquella carne muerta era una decisión suya, por sus propios motivos morales y filosóficos. Nunca había sido un cristiano demasiado bueno, pero prefería morir como tal, de todos modos.

—Podemos tener una alternativa —dijo Crozier, bajito, casi como si estuviera leyendo los pensamientos de Goodsir—. He decidido esta mañana que la partida del río Back puede quedarse aquí, en el campamento de Rescate, una semana más, quizá diez días, dependiendo del tiempo, con la esperanza de que se rompa el hielo y que podamos partir todos en botes..., incluso los moribundos.

627

Goodsir frunció el ceño dubitativo ante los cuatro botes que los rodeaban.

—¿Podemos meternos todos en estas pocas embarcaciones? —dijo.

—No olvide, doctor —dijo Edward Couch—, que somos diecinueve menos, después de la partida de los descontentos esta mañana. Y dos muertos más desde ayer por la mañana. Quedamos en total sólo cincuenta y tres almas para cuatro buenos botes, todos incluidos.

—Y, como dice usted —dijo Thomas Johnson—, unos cuantos más morirán la semana que viene.

—Y casi no tenemos ya comida para arrastrar los botes —dijo el cabo Pearson desde el lugar donde se encontraba, echado encima de la ballenera invertida—. Desearía por lo más sagrado que fuese de otro modo.

—Y yo he decidido además dejar las tiendas —dijo Crozier.

—¿Y cómo nos refugiaremos si hay una tormenta? —preguntó Goodsir.

—Bajo los botes, en el hielo —dijo Des Voeux—. Bajo las cubiertas de los botes, en agua abierta. Yo lo hice así cuando intentaba llegar a la península de Boothia en marzo pasado, en medio del invierno, y se está mucho más caliente debajo de los botes que en esas malditas tiendas... Perdón por mi lenguaje, capitán.

—Perdonado —dijo Crozier—. Además, las tiendas Holland pesan tres o cuatro veces más que cuando empezamos este viaje. Nunca se secan. Deben de haberse empapado con la mitad de la humedad de todo el Ártico.

—Igual que nuestra ropa interior —dijo el oficial Robert Thomas.

Todo el mundo se rio más o menos. Dos acabaron las risas entre toses.

—También pienso dejar todos los barriles de agua, excepto tres de los mayores —dijo Crozier—. Dos de ellos estarán vacíos cuando salgamos. Cada bote tendrá sólo uno de los barriles pequeños para almacenamiento.

Goodsir meneó la cabeza.

—¿Cómo quiere que los hombres sacien la sed cuando estén en las aguas del estrecho o en el hielo?

—Cuando «estemos», doctor —dijo el capitán—. Si el hielo se abre, recuerde que usted y los enfermos vendrán con nosotros, y no los dejaremos aquí para morir. Y rellenaremos los barriles regularmente cuando lleguemos al agua fresca del río Back. Hasta entonces, tengo que confesar una cosa: nosotros, los oficiales, guardamos una cosa que no dijimos ayer en el reparto. Un poquito de combustible para la estufa de alcohol escondido debajo del falso fondo de uno de los últimos barriles de ron.

—Fundiremos hielo y nieve para beber en el hielo —intervino Johnson.

Goodsir afirmó lentamente. Se había reconciliado de tal manera con la certeza de su propia muerte en los días o las semanas venideros que hasta el pensamiento de la posible salvación era casi doloroso. Se resistió a la urgencia de permitir que sus esperanzas se elevaran de nuevo. Existía la abrumadora posibilidad de que todos, el grupo de Hickey, los tres aventureros del señor Male, el grupo de remo de Crozier hacia el sur, acabaran muertos al cabo de un mes.

De nuevo, como si le leyera el pensamiento, Crozier le dijo a Goodsir:

—¿Qué necesitamos, doctor, para tener una oportunidad de sobrevivir al escorbuto y a la debilidad durante los tres meses que nos puede costar remar río arriba hasta el lago Gran Esclavo?

—Comida fresca —dijo el cirujano, con toda sencillez—. Estoy convencido de que podemos frenar la enfermedad en algunos de los hombres si conseguimos comida fresca. Si no verduras y frutas, que ya sé que es imposible por aquí arriba, al menos carne fresca, especialmente grasa. Incluso la sangre de algún animal ayudaría.

—¿Por qué la carne y la grasa detienen o curan esa dolencia tan terrible, doctor? —preguntó el cabo Pearson.

—No tengo ni idea —dijo Goodsir, meneando la cabeza—, pero estoy tan seguro de ello como lo estoy de que todos moriremos de escorbuto si no comemos carne fresca..., incluso antes de que nos mate el hambre.

—Si Hickey o los demás alcanzan el campamento Terror —dijo Des Voeux—, ¿servirá la comida en lata Goldner para el mismo propósito?

Goodsir volvió a encogerse de hombros.

—Posiblemente, aunque estoy de acuerdo con mi difunto colega, el ayudante de cirujano McDonald, en que había al menos dos tipos de veneno en las latas Goldner, uno lento y nefando, y el otro, como recordará por el pobre capitán Fitzjames y otros, muy rápido y terrible. De cualquier modo, será mejor que busquemos y encontremos carne o pescado frescos, antes de poner nuestras esperanzas en unas latas caducas procedentes del suministrador Goldner.

—Esperamos —dijo el capitán Crozier— que una vez afuera, en el agua abierta de la ensenada, entre los témpanos sueltos y flotantes, habrá focas y morsas disponibles en grandes cantidades, antes de que llegue el auténtico invierno. Una vez en el río, podemos bajar de vez en cuando para cazar ciervos, zorros o caribúes, pero quizá nuestra mayor esperanza esté en capturar peces..., una probabilidad bastante real, según exploradores como George Back y nuestro propio sir John Franklin.

—Sir John también se comió sus zapatos —dijo el cabo Pearson.

Nadie regañó al hambriento marine, pero tampoco se rieron ni respondieron nada hasta que Crozier dijo, con su ronca voz totalmente seria:

—Ése es el motivo auténtico por el que he traído cientos de botas extra. No sólo para mantener los pies de los hombres secos, cosa que, como ha visto, doctor, es completamente imposible, sino para tener cuero que comer durante la penúltima etapa de nuestro viaje hacia el sur.

629

Goodsir se le quedó mirando.

—¿Tendremos sólo un barril de agua pero cientos de botas de la Marina Real para comer?

—Sí —dijo Crozier.

De repente, los ocho hombres se echaron a reír tan fuerte que no podían parar; cuando los demás paraban, alguien empezaba a reírse de nuevo y todo el mundo se unía a él.

—¡Chist! —dijo Crozier al final, como un maestro que regaña a unos niños pero que se ríe con ellos.

Los hombres que estaban realizando sus tareas en el campamento, a unos veinte metros de distancia, miraron con la curiosidad pintada en sus pálidos rostros, desde debajo de sus pelucas galesas y sus gorras.

Goodsir tuvo que secarse las lágrimas y el moco antes de que se le helasen en la cara.

—No vamos a esperar a que el hielo se abra todo el camino a la costa —dijo Crozier en el súbito silencio que siguió en el grupo—. Mañana, mientras el segundo contramaestre Johnson sigue en silencio al grupo de Hickey hacia el noroeste a lo largo de la costa, el señor Des Voeux tomará a un grupo de hombres de los más capacitados y se dirigirá al sur por el hielo, desplazándose sólo con unas mochilas y unos sacos de mantas, con suerte viajando casi tan rápido como Reuben Male y sus dos amigos, y se dirigirán al menos a quince kilómetros hacia el estrecho, quizá más allá, para ver si hay agua abierta. Si se abre un canal en un radio de ocho kilómetros de este campamento, nos vamos todos.

—Los hombres no tienen fuerzas... —empezó Goodsir.

—Las tendrán si saben con toda seguridad que sólo hay un día o dos de arrastre entre ellos y el agua abierta y el camino hacia el rescate —dijo el capitán Crozier—. Los dos hombres supervivientes a los que ha habido que amputar los dos pies se pondrán de pie sobre los muñones si hace falta, y tirarán como locos si saben que el agua está ahí esperándonos.

—Y con un poco de suerte —dijo Des Voeux—, mi grupo traerá unas focas y morsas y algo de grasa.

Goodsir miró hacia fuera, al laberinto de hielo que crujía, que se movía y formaba crestas de presión al sur, debajo de unas nubes bajas y grises de nieve.

—¿Podrá traer las focas y morsas entre esa pesadilla blanca? —preguntó.

Des Voeux se limitó a sonreír ampliamente como respuesta.

—Tenemos que agradecer una cosa —dijo el segundo contramaestre Johnson.

—¿Cuál es, Tom? —preguntó Crozier.

—Nuestro amigo del hielo al parecer ha perdido el interés en nosotros, y se ha ido —dijo el contramaestre, todavía musculoso—. No le hemos visto ni le hemos oído, con seguridad, desde antes del campamento del Río.

Los ocho hombres, incluyendo Johnson, se acercaron de repente a uno de los botes cercanos y dieron con los nudillos en la madera.

53

Golding

Campamento de Rescate
17 de agosto de 1848

*R*obert Golding, de veintidós años, irrumpió en el campamento de Rescate justo después de anochecer el jueves 17 de agosto, agitado, tembloroso y demasiado alterado para hablar. El primer oficial Robert Thomas le interceptó en el exterior de la tienda de Crozier.

—Golding, pensaba que estaba con el grupo del señor Des Voeux en el hielo.

—Sí, señor, estoy, señor Thomas, quiero decir que estaba.

—¿Ha vuelto ya el señor Des Voeux?

—No, señor Thomas. El señor Des Voeux me ha enviado de vuelta con un mensaje para el capitán.

—Puede decírmelo a mí.

—Sí, señor. Quiero decir que no, señor. El señor Des Voeux ha dicho que informe directamente al capitán. Sólo al capitán, lo siento, señor. Gracias, señor.

—¿Qué demonios es todo este escándalo de ahí fuera? —preguntó Crozier, saliendo de su tienda.

Golding repitió sus instrucciones del segundo oficial de informar sólo al capitán, se disculpó, tartamudeó un poco y luego Crozier lo apartó del anillo de tiendas.

—Y ahora dígame qué pasa, Golding. ¿Por qué no está usted con el señor Des Voeux? ¿Le ha ocurrido algo a él y al grupo de reconocimiento?

—Sí, señor. Quiero decir... no, capitán. Quiero decir que sí ha ocurrido algo, señor, allá afuera, en el hielo. Yo no estaba allí cuando ha ocurrido, porque nos habíamos quedado atrás para cazar focas, señor, Francis Pocock y Josephus Greater y yo, mientras el señor Des Voeux seguía hacia el sur con Robert Johns, Bill Mark y Tom Tadman y los otros, ayer, pero esta noche han vuelto sólo el señor Des Voeux y otros dos, quiero decir, una hora después de que oyéramos los disparos de escopeta.

—Cálmate, muchacho —dijo Crozier, colocando firmemente las manos en los hombros temblorosos del chico—. Dime cuál es el mensaje del señor Des Voeux, palabra por palabra. Y luego dime lo que viste.

—Estaban los dos muertos, capitán. Los dos. Vi a la una primero, porque el señor Des Voeux tenía su cuerpo encima de una manta, señor, y todo destrozado, pero no he visto al otro.

—¿El cuerpo de quién, Golding? —exclamó Crozier, aunque el uso del femenino ya le había contado parte de la verdad.

—Lady Silenciosa y la cosa, capitán. Esa zorra esquimal y la cosa del hielo. Yo he visto el cuerpo de ella. El del otro no lo he visto aún. El señor Des Voeux decía que estaban al lado de una polilla a un par de kilómetros o así más allá de donde nosotros estábamos disparando a las focas, y yo tengo que llevarles a usted y al doctor para que los vean, señor.

—¿Una polilla? —dijo Crozier—. Querrás decir una *polynya*. Uno de esos laguitos pequeños de agua abierta en el hielo, ¿no?

—Sí, capitán. No la he visto aún, pero allí es donde está el cadáver de la cosa, según el señor Des Voeux y Wilson, *el Gordo*, que estaba con él y tiraba de la manta como si fuese un trineo, señor. La Silenciosa estaba en la manta, toda destrozada y muerta. El señor Des Voeux dice que los lleve a usted, al doctor y a nadie más, y que yo tampoco se lo cuente a nadie más, si no hará que el señor Johnson me azote cuando vuelva.

—¿Y por qué el doctor? —dijo Crozier—. ¿Está herido alguno de los suyos?

—Pues es posible, capitán. No estoy seguro. Están todavía allí fuera en la..., en el agujero en el hielo; el señor Pocock y Greater se fueron con el señor Des Voeux y Alex Wilson, *el Gordo*, como dijo el señor Des Voeux que hicieran, pero él me ha enviado aquí y me ha dicho que los lleve a usted y al doctor, y a nadie más. Y que no se lo diga a nadie más, tampoco. Ah..., y que el cirujano lleve todo su equipo con cuchillos y cosas de ésas y a lo mejor unos cuchillos más grandes para cortar la carne de la cosa. ¿No ha oído los disparos de escopeta esta mañana, capitán? Pocock, Greater y yo los hemos oído, y estábamos a más o menos dos kilómetros de distancia de la polaina.

—No. No podemos oír aquí ningún disparo de escopeta desde

esa distancia, con los crujidos y ruidos constantes del hielo aquí
—dijo Crozier—. Piénsalo bien, Golding. ¿Por qué ha dicho el señor
Des Voeux exactamente que debíamos ir solamente el doctor Goodsir y yo a ver... lo que sea?

—Ha dicho que es casi seguro que la cosa está muerta, pero el señor Des Voeux ha dicho que no era lo que pensábamos que era, capitán. Ha dicho que es..., se me han olvidado las palabras que ha usado.
Pero el señor Des Voeux dice que esto lo cambia todo, señor. Quiere
que usted y el doctor vayan a verlo y sepan lo que ha ocurrido allí antes de que nadie más del campamento lo sepa.

—Pero ¿qué ha ocurrido allí? —insistió Crozier.

Golding meneó la cabeza.

—No lo sé, capitán. Pocock, Greater y yo estábamos cazando focas, señor... Hemos disparado a una, capitán, pero se ha escurrido por
el agujero del hielo y no hemos podido cogerla. Lo siento, señor. Entonces hemos oído los disparos de escopeta hacia el sur. Y algo después, una hora quizá, el señor Des Voeux ha aparecido con George
Cann, que sangraba por la cara, y Wilson, *el Gordo*, y Wilson llevaba el cuerpo de Lady Silenciosa en un manta que iba arrastrando, y
ella estaba toda rota en pedazos, sólo que... debemos volver enseguida, capitán. Mientras la luna está todavía arriba.

En realidad la noche era extraña y clara después de un atardecer
también singular, claro y rojo. Crozier había sacado su sextante de la
caja para conseguir una medición de las estrellas cuando oyó la conmoción, y una luna llena, enorme y de un azul blanquecino acababa
de surgir por encima de los icebergs y del laberinto de hielo hacia el
sudeste.

—¿Por qué esta noche? —preguntó Crozier—. ¿No puede esperar esto hasta mañana?

—El señor Des Voeux ha dicho que no podía esperar, capitán. Ha
dicho que le envía sus saludos y que si es tan amable de llevar consigo al doctor Goodsir y venir a unos tres kilómetros (no se tarda más
de dos horas a pie, señor, aun con todas las paredes de hielo), para
que vean lo que hay allí en la polaina.

—Está bien —dijo Crozier—. Ve a decirle al doctor Goodsir que
le necesito y que traiga su maletín con equipo médico; y que se abri-
gue bien. Me reuniré con los dos en los botes.

Golding encabezaba el grupo de cuatro hombres por el hielo, ya
que Crozier había ignorado el mensaje de Des Voeux de acudir sólo

con el cirujano y ordenó al contramaestre John Lane y al capitán de la bodega William Goddard que fueran también con sus escopetas, y luego se adentraron en el laberinto de icebergs y de rocas heladas, y luego por encima de las tres crestas de presión, y finalmente a través de los bosques de seracs donde las huellas de Golding de ida al campamento estaban marcadas no sólo por las huellas de sus botas en la nieve que soplaba, sino también por las varitas de bambú que se habían llevado del *Terror*. El grupo de Des Voeux llevaba las varitas dos días antes para marcar con ellas su camino de vuelta y señalar el mejor camino por el hielo, por si encontraban agua abierta y querían que los demás los siguieran con los botes. La luz de la luna era tan intensa que arrojaba sombras. Incluso las finas varitas de bambú eran como cuadrantes en la luna, arrojando cuchilladas de sombra en el hielo de un blanco azulado.

Durante la primera hora sólo se oyó el sonido de la respiración jadeante, de las botas que crujían sobre la nieve y el hielo, y de los crujidos y gemidos a su alrededor. Luego Crozier dijo:

—¿Está seguro de que ella está muerta, Golding?

—¿Quién, señor?

La frustrada exhalación del capitán se convirtió en una nube pequeña de cristales de hielo que brillaban a la luz de la luna.

—¿Cuántas «ellas» hay por aquí alrededor, maldita sea? Lady Silenciosa.

—Ah, sí, señor. —El chico lanzó una risita—. Ella está muerta, sí, señor. Tenía las tetas todas desgarradas.

El capitán miró al muchacho mientras trepaba otra cresta de presión y pasó hacia la sombra de un iceberg alto, azul y reluciente.

—Pero ¿estás seguro de que era Silenciosa? ¿No podría ser otra mujer nativa?

Golding pareció perplejo por aquella pregunta.

—¿Hay más mujeres esquimales por aquí, capitán?

Crozier meneó la cabeza e hizo un gesto al chico de que continuara dirigiéndolos.

Llegaron a la «polaina», como seguía llamándola Golding, más o menos una hora y media después de haber abandonado el campamento.

—Pensaba que habías dicho que estaba más lejos —dijo Crozier.

—Yo ni siquiera había llegado tan lejos —dijo Golding—. Había vuelto aquí de cazar focas cuando el señor Des Voeux había encontrado a la cosa. —Hizo un gesto vago hacia detrás y a la izquierda de donde se encontraban de pie, junto a la abertura en el hielo.

—¿No has dicho que algunas personas estaban heridas? —preguntó el doctor Goodsir.

—Sí, señor. Alex Wilson, *el Gordo*, tenía sangre en la cara.

—Pensaba que habías dicho que era George Cann quien tenía la cara ensangrentada —dijo Crozier.

Golding meneó la cabeza con énfasis.

—No, no, capitán. El que tenía sangre era Alex, *el Gordo*.

—¿Y era sangre suya o de alguna otra persona? —preguntó Goodsir.

—Pues no lo sé —replicó Golding, con voz casi enfurruñada—. El señor Des Voeux sólo me ha dicho que trajera usted los utensilios de cirujano. Me he imaginado que había alguien herido, si el señor Des Voeux quería que usted le curase.

—Bueno, pues por ahí no hay nadie —dijo el contramaestre John Lane, caminando con mucho cuidado en torno al borde de hielo de la *polynya*, que no tenía más de siete metros y medio de diámetro, y mirando primero abajo, hacia el agua oscura, dos metros y medio más baja que el hielo, y luego de vuelta hacia el bosque de seracs, a ambos lados—. ¿Dónde están? El señor Des Voeux llevaba a ocho hombres con él, además de ti, cuando salió, Golding.

—No lo sé, señor Lane. Aquí es donde me ha dicho que los trajera.

El capitán de la bodega Goddard se colocó las manos ahuecadas en torno a la boca y gritó:

—¡Hoooola! ¿Señor Des Voeux? ¡Hoooola!

Llegó un disparo como respuesta de su derecha. La voz era indistinguible, ahogada, pero sonaba alterada.

Echando a Golding atrás, Crozier dirigió el camino a través del bosque de seracs de hielo de tres metros y medio de alto. El viento que pasaba en torno a las torres esculpidas formaba un sonido quejumbroso, como un lamento, y todos sabían que los bordes del serac eran tan afilados como hojas de cuchillo, y más fuertes que la mayoría de los cuchillos que llevaban a bordo.

Ante ellos, a la luz de la luna, en el centro de un claro en el hielo pequeño y plano, entre los seracs, estaba de pie la oscura silueta de un solo hombre.

—Si ése es Des Voeux —susurró Lane a su capitán—, le faltan ocho hombres.

Crozier asintió.

—John, William, vayan ustedes delante, despacio..., mantengan las escopetas preparadas y medio amartilladas. Doctor Goodsir, por favor, sea tan amable de venir conmigo detrás. Golding, espera aquí.

—Sí, señor —susurró William Goddard.

Él y John Lane se quitaron los guantes externos con los dientes para poder levantar las armas y amartillar sus pesadas escopetas de dos cañones; se dirigieron hacia delante cautelosamente, hacia el claro iluminado por la luna más allá del bosque de seracs.

Una enorme sombra salió de detrás del último serac y golpeó el cráneo de Lane con el de Goddard. Los dos hombres cayeron fulminados como reses bajo el mazo de un matadero.

Otra figura oscura golpeó a Crozier en la parte posterior de la cabeza, le sujetó los brazos a la espalda cuando intentó levantarse y le apoyó un cuchillo en el cuello.

Robert Golding agarró a Goodsir y apretó una larga hoja de cuchillo en su garganta.

—No se mueva, doctor —susurró el chico—, o yo también le haré una pequeña operación de cirugía.

La enorme sombra levantó a Goddard y Lane por el cuello de sus abrigos y los arrastró fuera del claro en el hielo. Las puntas de sus botas formaron unos surcos en la nieve. Un tercer hombre vino por detrás de los seracs, cogió las escopetas de Goddard y Lane, le tendió una a Golding y se quedó otra para sí.

—Salgamos de aquí —dijo Richard Aylmore, haciendo un gesto con los cañones de la escopeta.

Con un cuchillo todavía apoyado en su garganta por una sombra oscura que Crozier reconocía ahora por el olor como el vago de George Thompson, el capitán avanzó trastabillando, a empujones, y salió de las sombras del serac, dirigiéndose hacia el hombre que esperaba a la luz de la luna.

637

Magnus Manson dejó caer los cuerpos de Lane y de Goddard frente a su amo, Cornelius Hickey.

—¿Están vivos? —gruñó Crozier.

Thompson todavía mantenía los brazos del capitán cogidos por detrás, pero ahora que las bocas de dos escopetas apuntaban hacia él, la hoja del cuchillo ya no se apoyaba en su garganta.

Hickey se inclinó hacia delante como para inspeccionar a los hombres y, con dos suaves y fáciles movimientos, cortó la garganta a ambos con un cuchillo que había aparecido repentinamente en su mano.

—Ahora ya no están vivos, señor Arrogante Crozier —dijo el ayudante del calafatero.

La sangre vertida en el hielo parecía negra a la luz de la luna.

—¿Es ésa la técnica que usaste para asesinar a John Irving? —preguntó Crozier, con la voz temblorosa de ira.

—Jódete —dijo Hickey.

Crozier miró a Robert Golding.

—Espero que consigas tus treinta monedas de plata.

Golding lanzó una risita.

—George —dijo el ayudante del calafatero a Thompson, que estaba de pie detrás del capitán—, Crozier lleva una pistola en el bolsillo derecho del abrigo. Sácala. Dickie, tú tráeme la pistola. Si Crozier se mueve, mátalo.

Thompson sacó la pistola mientras Aylmore mantenía la escopeta robada apuntando hacia él. Entonces Aylmore se acercó, cogió la pistola y la caja de munición que había encontrado Thompson y retrocedió, con la escopeta levantada de nuevo. Cruzó el breve espacio iluminado por la luna y tendió la pistola a Hickey.

—Con todo el sufrimiento natural que padecemos —dijo el doctor Goodsir de repente—, ¿por qué tenéis que añadir más aún vosotros, hombres? ¿Por qué nuestra especie siempre tiene que hacerse cargo de la inmensa medida del sufrimiento, el terror y la mortalidad infligidas por Dios y empeorarlas aún más? ¿Puede responderme a eso, señor Hickey?

El ayudante del calafatero, Manson, Aylmore, Thompson y Golding miraron al cirujano como si hubiese empezado a hablar en arameo.

Lo mismo hizo el otro hombre vivo que había allí, Francis Crozier.

—¿Qué es lo que quiere, Hickey? —preguntó Crozier—. Aparte de matar a hombres buenos para que sirvan de carne para su viaje.

—Quiero que te calles de una puta vez y que te mueras muy despacio y con mucho dolor —dijo Hickey.

Robert Golding lanzó una risotada de demente. Los cañones de la escopeta que empuñaba se incrustaban como un tatuaje en la nuca de Goodsir.

—Señor Hickey —dijo Goodsir—, se da usted cuenta de que yo jamás serviré a sus propósitos diseccionando a mis compañeros, ¿verdad?

Hickey mostró sus pequeños dientes a la luz de la luna.

—Sí que lo hará, cirujano. Le aseguro que lo hará. O si no, ya verá cómo le iremos cortando a «usted» a trocitos, poco a poco, y se los haremos tragar.

Goodsir no dijo nada.

—Tom Johnson y los otros le van a encontrar —dijo Crozier, sin apartar la vista de la cara de Cornelius Hickey.

El ayudante de calafatero se echó a reír.

—Johnson ya nos encontró, Crozier. O más bien le encontramos nosotros a él.

El ayudante del calafatero buscó detrás de él y cogió una bolsa de arpillera de la nieve.

—¿Por qué siempre hacía llamar a Johnson, en privado, «rey»? ¿Era su brazo derecho? Pues tome. —Le arrojó un brazo derecho ensangrentado y desnudo, cortado justo por encima del codo, con el hueso blanco brillando en el aire, y lo vio aterrizar a los pies de Crozier.

Crozier no bajó la vista para mirarlo.

—Tú, patético escupitajo de mierda, no eres nada, nunca has sido nada.

La cara de Hickey se contorsionó como si la luz de la luna le estuviera convirtiendo en algo no humano. Sus delgados labios se apartaron mucho de los dientes de una forma que los demás sólo habían visto en las víctimas del escorbuto en sus últimas horas. Sus ojos mostraban algo que iba más allá de la locura, más allá del simple odio.

—Magnus —dijo Hickey—, estrangula al capitán. Despacio.

—Sí, Cornelius —dijo Magnus Manson, y se adelantó, arrastrando los pies.

Goodsir intentó abalanzarse hacia delante, pero el chico, Golding, le sujetó rápido con una mano mientras apoyaba la escopeta en su cabeza con la otra.

Crozier no movió ni un solo músculo cuando el gigante se inclinó hacia él. Cuando la sombra de Manson cayó sobre el capitán y George Thompson, que le sujetaba, al mismo tiempo, el propio Thompson se encogió un poquito, Crozier se echó hacia atrás, luego se impulsó hacia delante, se soltó el brazo izquierdo y metió la mano en el bolsillo izquierdo de su abrigo.

Golding casi tira del gatillo de la escopeta, y por tanto casi le vuela la cabeza a Goodsir por accidente, tanto se sobresaltó cuando el bolsillo del abrigo del capitán estalló en una llamarada y se oyó el doble estampido de una explosión que pasó junto a ellos y rebotó en los seracs, produciendo eco.

—Uf —dijo Magnus Manson, llevándose lentamente las manos al vientre.

—Maldita sea —dijo Crozier con calma. Sin darse cuenta había disparado ambos cañones de una pistola de dos tiros.

—¡Magnus! —gritó Hickey, y se abalanzó hacia delante, hacia el gigante.

—Creo que el capitán me ha disparado, Cornelius —dijo Manson. El hombretón parecía confuso y un poco desconcertado.

—¡Goodsir! —gritó Crozier entre la confusión. El capitán se dio la vuelta, dio un golpe a Thompson en los testículos con la rodilla y se soltó—. ¡Corra!

El cirujano lo intentó. Tiró, empujó y casi consiguió quedar libre antes de que el joven Golding le pusiera la zancadilla, le golpeara en el vientre, apretara la rodilla con todo su peso en la espalda de Goodsir y metiera los dos cañones de la escopeta con toda su fuerza en la nuca de Goodsir.

Crozier trotaba hacia los seracs.

Tranquilamente, Hickey cogió la escopeta de Richard Aylmore, apuntó y disparó ambos cañones.

La parte superior del serac se desmenuzó y cayó al mismo tiempo que Crozier se veía arrojado hacia delante de cara, resbalando por el hielo y sobre su propia sangre.

Hickey devolvió la escopeta, desabrochó los abrigos y chalecos de Manson, luego las camisas del hombretón y su asquerosa camiseta interior.

—Trae aquí al puto cirujano —gritó a Golding.

—No me duele mucho, Cornelius —murmuró Magnus Manson—. Cosquillas, más bien.

Golding empujó y arrastró a Goodsir hasta allí. El cirujano se puso las gafas e inspeccionó las heridas gemelas.

—No estoy seguro, pero no creo que las balas de pequeño calibre hayan penetrado en la capa de grasa subcutánea del señor Manson, y mucho menos en el músculo. Son sólo dos pinchazos sin importancia, me temo. Ahora, ¿puedo ir a atender al capitán Crozier, señor Hickey?

Hickey se echó a reír.

—¡Cornelius! —gritó Aylmore.

Crozier, dejando un rastro de sangre y de ropa desgarrada, se había puesto de rodillas y luego había empezado a gatear hacia los seracs y las sombras de éstos. Ahora, con gran sufrimiento, se estaba poniendo de pie. Se tambaleaba como ebrio dirigiéndose hacia las columnas de hielo.

Golding se rio y levantó la escopeta.

—¡No! —gritó Hickey. Sacó la gran pistola de fulminante de Crozier del bolsillo de su abrigo y apuntó con mucho cuidado.

Seis metros más allá, desde los seracs, Crozier miró hacia atrás por encima del hombro.

Hickey disparó.

La bala hizo girar a Crozier, que cayó de rodillas. Su cuerpo se dobló, pero él agitó una mano y la puso en el hielo, intentando levantarse.

Hickey dio cinco pasos adelante y volvió a disparar.

Crozier quedó echado hacia atrás, de espaldas, con las rodillas al aire.

Hickey dio más pasos, apuntó y disparó de nuevo. Una de las piernas de Crozier se abatió hacia un lado y hacia abajo cuando la bala penetró en la rodilla o en el músculo que hay justo debajo. El capitán no emitió sonido alguno.

—Cornelius, cariño. —La voz de Magnus Manson tenía el tono de un niño herido—. Me está empezando a doler el estómago.

Hickey dio la vuelta en redondo.

—Goodsir, dele algo para el dolor.

El cirujano asintió. Su voz, cuando habló, sonó muy débil e inexpresiva.

—He traído una botella entera de polvo de Dover, hecho sobre todo con un derivado de la planta de la coca, a veces llamada cocaína. Le daré eso. Todo, si quiere. Con un poquito de mandrágora, láudano y morfina. Eso eliminará el dolor. —Buscó en su maletín médico.

Hickey levantó la pistola y apuntó al ojo izquierdo del cirujano.

—Si se te ocurre darle dolor de estómago a Magnus, o si sacas la puta mano del maletín con un bisturí o cualquier otra cosa que corte, te juro por Dios que te disparo en las pelotas y te dejo vivo el tiempo suficiente para que te las comas. ¿Me has entendido, cirujano?

—Sí, lo he entendido —dijo Goodsir—. Pero el juramento hipocrático es lo que determina mi siguiente actuación. —Sacó una botellita, una cuchara y vertió un poquito de morfina líquida en esta última—. Bebe esto —dijo al gigante.

—Gracias, doctor —dijo Magnus Manson. Sorbió ruidosamente.

—¡Cornelius! —gritó Thompson, señalando hacia fuera.

Crozier había desaparecido. Unos rastros sangrientos conducían hacia los seracs.

—Ah, maldita sea —dijo el ayudante de calafatero, con un suspiro—. Ese gilipollas da más problemas de lo que vale. Dickie, ¿has recargado? —Hickey estaba recargando la pistola mientras hacía la pregunta.

—Sí —dijo Aylmore, levantando la escopeta.

—Thompson, coge la escopeta extra que he traído y quédate aquí con Magnus y con el cirujano. Si el bueno del doctor hace cualquier cosa que no te guste, aunque sea tirarse un pedo, le vuelas sus partes.

Thompson asintió. Golding se rio de nuevo. Hickey con su pistola, y Golding y Aylmore con sus escopetas avanzaron lentamente por encima del hielo iluminado por la luna; luego, vacilantes, en fila india, hacia el bosque de seracs y sombras.

—No puede ser difícil de encontrar por aquí —susurró Aylmore mientras iban pasando por las zonas de luz de luna y de oscuridad.

—No creo —dijo Hickey, y señaló el ancho rastro de sangre que conducía recto hacia delante entre las columnas, como un código telegráfico de puntos y rayas negros entre las sombras.

—Aún tiene la pistola pequeña —susurró Aylmore, moviéndose precavido de serac a serac.

—Que le jodan y que se joda su pistola —dijo Hickey, caminando a grandes zancadas con las botas un poco resbaladizas en la sangre y el hielo.

Golding se echó a reír en voz alta.

—Que le jodan y que se joda su pistola —canturreó como si fuera un soniquete, y volvió a reír de nuevo.

El rastro de sangre acababa a unos doce metros, en la negra *polynya*. Hickey corrió hacia delante y miró hacia abajo, al lugar donde los rastros horizontales se convertían en rayas verticales en un lado del escalón de hielo de dos metros y medio. Algo había bajado al agua por allí.

—¡Maldita sea, maldita sea, joder! —gritó Hickey, caminando arriba y abajo—. Yo quería meterle una última bala en la puta cara de señorito chulo mientras él me veía, maldito sea. No me ha dejado.

—Mire, señor Hickey, señor —dijo Golding, lanzando una risita. Señaló hacia lo que podía ser un cuerpo flotando boca abajo en el agua oscura.

—Es sólo el puto abrigo —dijo Aylmore, que había aparecido cautelosamente entre las sombras con la escopeta levantada.

—Sólo el puto abrigo —repitió Robert Golding.

—Así que está muerto ahí abajo —dijo Aylmore—. ¿Podemos

salir de aquí antes de que Des Voeux o alguien venga al oír el sonido de todos esos disparos? Hay dos días de marcha hasta alcanzar a los otros, y todavía tenemos que cortar los cuerpos antes de salir.

—Nadie se va a ninguna parte aún —dijo el ayudante del calafatero—. Crozier podría estar vivo.

—¿Con todos esos tiros, sin abrigo? —preguntó Aylmore—. Y mira el abrigo, Cornelius. La escopeta lo ha hecho pedazos.

—Podría estar vivo, aun así. Vamos a asegurarnos de que no lo está. Y quizás el cuerpo salga flotando a la superficie.

—¿Y qué vas a hacer? —preguntó Aylmore—. ¿Disparar a su cadáver?

Hickey dio la vuelta en redondo hacia el hombre y le miró, haciendo que Aylmore, que era mucho más alto que él, retrocediera.

—Sí —dijo Cornelius Hickey—. Eso es precisamente lo que voy a hacer. —Y a Golding le gritó—: Ve y trae a Thompson, a Magnus y al cirujano. Ataremos al doctor a uno de esos seracs mientras Aylmore, Thompson y yo vamos a buscarlo. Tú vigilarás a Magnus y cortarás a Lane y Goddard en pedazos pequeños para poderlos llevar fácilmente.

—¿Que yo los corte? —gritó Golding—. Me habías dicho que por eso íbamos a coger a Goodsir, Cornelius. Se suponía que era él quien tenía que cortarlos, no yo.

—En el futuro lo hará Goodsir, Bobby —dijo Hickey—. Esta noche tendrás que hacerlo tú. No podemos confiar todavía en el doctor Goodsir..., hasta que volvamos con nuestra gente y estemos a muchos kilómetros de aquí. Sé buen chico y ve a traer al doctor y átale a un serac, bien fuerte, con los mejores nudos que sepas, y dile a Magnus que traiga aquí los cadáveres para que puedas cortarlos. Y coge cuchillos del equipo de Goodsir y los grandes y la sierra del carpintero que he traído en la bolsa.

—Bueno, de acuerdo —dijo Golding—. Pero yo preferiría ir a buscar. —Fue saliendo con dificultad del campo de seracs.

—El capitán debe de haberse dejado la mitad de la sangre entre el lugar donde le has disparado y éste, Cornelius —dijo Aylmore—. Si no se ha caído al agua, no puede esconderse en ningún sitio sin dejar un rastro.

—Cierto, precisamente, mi querido Dickie —dijo Hickey con una sonrisa extraña—. Si no está en el agua podría ir a gatas, pero no puede dejar de perder sangre con unas heridas como ésas. Vamos a buscar hasta que estemos seguros de que no está bajo el agua ni acurrucado por aquí en los seracs donde podría esconderse y desangrarse hasta morir. Tú empezarás por ahí, en el lado sur de la *polynya*, y yo miraré por el norte. Iremos en el sentido de las agujas del reloj. Si ves alguna señal, aunque sea una simple gota de sangre o una marca en la nieve, grita y quédate quieto. Yo iré a reunirme contigo. Y ten mucho cuidado. No queremos que ese condenado hijo de puta moribundo salga de las sombras de repente y nos coja una de las escopetas, ¿verdad?

Aylmore parecía sorprendido y alarmado.

—¿Crees de verdad que podría tener la fuerza suficiente para hacer eso? ¿Con tres balas y todas esas postas de escopeta en el cuerpo? Sin abrigo se helará hasta morir en unos pocos minutos, de todos modos. Hace demasiado frío, y el viento es cada vez más fuerte. ¿Crees realmente que está ahí esperándonos, Cornelius?

Hickey sonrió y asintió, señalando hacia el estanque negro.

—No. Creo que está muerto y ahogado, ahí abajo. Pero vamos a asegurarnos de todos modos, joder. No vamos a irnos de aquí hasta que estemos seguros, aunque tengamos que buscar hasta que salga ese maldito sol piojoso.

Al final buscaron tres horas a la luz de la luna, que fue subiendo y luego bajando de nuevo. No había señal alguna junto a la *polynya* ni entre los seracs ni en los campos de hielo abiertos más allá de los seracs en todas direcciones, ni en las crestas de presión más altas hacia el norte y el sur y el este: ni sangre, ni huellas ni marcas de arrastre.

A Robert Golding le costó las tres horas enteras cortar a John Lane y a William Goddard en pedazos relativamente pequeños, como le había pedido Hickey; aun así, el chico organizó un revoltijo espantoso. Costillas, cabezas, manos, pies y trozos de médula espinal yacían en torno a él, por todos lados, como si hubiese explotado por los aires un matadero. Y el joven Golding mismo estaba tan cubierto de sangre que parecía un actor de pantomima embadurnado de pintura cuando Hickey y los demás volvieron. Aylmore, Thompson e incluso Magnus Manson se quedaron muy afectados al ver el aspecto del joven aprendiz, pero Hickey se rio mucho y largo rato.

Los sacos de arpillera y de lona que tenían se llenaron de carne envuelta en unas telas impermeables que habían traído. Sin embargo, las bolsas seguían chorreando.

Desataron a Goodsir, que temblaba violentamente por el frío o por la conmoción.

—Es hora de irnos, cirujano —dijo Hickey—. Los otros nos esperan a unos quince kilómetros hacia el oeste de aquí, en el hielo, para darnos la bienvenida a casa.

Goodsir dijo:

—El señor Des Voeux y los demás vendrán a por vosotros.

—No —replicó Cornelius Hickey con una voz que mostraba su absoluta certeza—, no vendrán. No, porque saben que ahora tenemos al menos tres escopetas y una pistola. Y eso si averiguan que hemos estado aquí, cosa que no creo que hagan. —A continuación, se dirigió a Golding—: Dale a nuestro nuevo compañero un saco de carne para que lo lleve, Bobby.

Cuando Goodsir se negó a aceptar el abultado saco de Golding, Magnus Manson le golpeó y le tiró al suelo, y casi rompió las costillas al cirujano. Al cuarto intento de hacerle coger el chorreante saco, después de dos fuertes golpes más, el cirujano lo cogió.

—Vamos —dijo Hickey—. Aquí hemos terminado.

54

Des Voeux

Campamento de Rescate
19 de agosto de 1848

*E*l primer oficial Charles des Voeux no pudo evitar sonreír mientras él y sus ocho hombres volvían al campamento de Rescate la mañana del sábado 19 de agosto. Para variar, sólo tenía buenas noticias que dar a su capitán y a los hombres.

La banquisa se había abierto y convertido en témpanos y canales navegables sólo a seis kilómetros y medio de distancia, y Des Voeux y sus hombres habían pasado un día más siguiendo los canales hacia el sur, hasta que el estrecho se convirtió en agua abierta todo el camino hasta la península de Adelaida, y casi con toda seguridad hasta la ensenada del río Back, mucho más al este y en torno a esa península. Des Voeux había «visto» las bajas colinas de la península de Adelaida a unos veinte kilómetros de agua abierta de distancia de un iceberg al que habían trepado en su excursión más hacia el sur en la banquisa. No podían ir más allá sin un bote, cosa que hacía sonreír ampliamente al primer oficial Des Voeux entonces, y sonreír mucho más ahora.

Todo el mundo podría abandonar el campamento de Rescate. Todo el mundo tenía una oportunidad de supervivencia.

Una noticia casi mejor que traía era el hecho de que había pasado dos días disparando a unas focas en los témpanos en el borde del nuevo mar abierto, allá en el estrecho. Durante dos días con sus noches, Des Voeux y sus hombres se habían regodeado con la carne y la grasa de foca, ya que sus cuerpos ansiaban tanto la grasa que aunque aquella comida tan fuerte les ponía enfermos, después de semanas enteras comiendo sólo galleta y trocitos de cerdo salado, vomitarles daba más hambre aún, y se reían y empezaban a comer de nuevo, casi de inmediato.

Cada uno de los ocho hombres llevaba un cadáver de foca tras él ahora, mientras seguían las varitas de bambú colocadas a lo largo de los últimos dos kilómetros de hielo costero hasta el campamento. Los cuarenta y seis hombres del campamento de Rescate comerían bien aquella noche, igual que lo harían de nuevo los ocho triunfantes exploradores.

En conjunto, pensó Des Voeux mientras caminaban por la playa de guijarros y pasaban junto a los botes, saludando y lanzando vítores para atraer la atención del campamento, aparte de que aquel mequetrefe de Golding se había vuelto atrás solo el primer día por un dolor de vientre, la expedición había sido casi perfecta. Por primera vez en meses (¡en años!), el capitán Crozier y los demás tendrían alguna noticia que celebrar.

Volvían a casa todos. Si salían aquel mismo día, los más sanos arrastrando a los más enfermos en los botes sólo los seis kilómetros y medio de serpenteante camino entre las crestas de presión que Des Voeux había cartografiado cuidadosamente, estarían a flote al cabo de tres o cuatro días, hacia la boca del río del Gran Pez al cabo de una semana. Y era probable que los canales abiertos hubiesen avanzado más aún hacia la costa, por aquel entonces.

Unas criaturas sucias, harapientas y encorvadas salieron de las tiendas y abandonaron sus desganadas tareas del campamento para contemplar la llegada de Des Voeux.

Los vítores de los hombres de Des Voeux, Alex Wilson, *el Gordo*, Francis Pocock, Josephus Greater, George Cann, Robert Johns, Thomas Tadman, Thomas McConvey y William Mark murieron al ver las agrias e inmóviles caras con los ojos angustiados de los hombres que estaban frente a ellos. Los hombres del campamento veían las focas que arrastraban, pero al parecer eso no motivó ninguna reacción.

Los oficiales Couch y Thomas salieron de sus tiendas y caminaron por la playa, colocándose ante la fila de espectros del campamento de Rescate.

—¿Ha muerto alguien? —preguntó Charles Frederick des Voeux.

El segundo oficial Edward Couch, el primer oficial Robert Thomas, el primer oficial Charles des Voeux, el capitán de la bodega del *Erebus* Joseph Andrews y el capitán de la cofa mayor del *Terror*, Thomas Farr, estaban apiñados en la enorme tienda que había usado como hospital el doctor Goodsir. Los amputados, según le dijeron a Des Voeux, o bien habían muerto en los cuatro días que él llevaba ausente, o bien los habían trasladado a tiendas más pequeñas, compartidas con los otros enfermos.

Aquellos cinco que estaban en la tienda aquella mañana eran los últimos oficiales con cierta autoridad de mando que quedaban vivos, o al menos en el campamento de Rescate, y que podían andar, de toda la expedición de John Franklin. Les quedaba el tabaco suficiente para que cuatro de los cinco (ya que Farr no fumaba) tuvieran las pipas encendidas. El interior de la tienda estaba lleno de humo azul.

—¿Están seguros de que no fue la criatura del hielo la que cometió la carnicería que encontraron allá fuera? —preguntó Des Voeux.

Couch meneó la cabeza.

—Pensábamos que podía ser el caso, al principio... De hecho, eso era lo que suponíamos, pero los huesos y las cabezas y los trozos de carne que encontramos... —Se detuvo y mordió con fuerza la boquilla de la pipa.

—Tenían marcas de cuchillo —acabó Robert Thomas—. Lane y Goddard fueron descuartizados por un ser humano.

—No, un ser humano no —dijo Thomas Farr—. Un ser repugnante en forma de hombre.

—Hickey —dijo Des Voeux.

Los demás asintieron.

—Tenemos que ir tras él y los asesinos que le acompañan —dijo Des Voeux.

Nadie habló durante un momento. Luego Robert Thomas dijo:

—¿Por qué?

—Para llevarlos ante la justicia.

Cuatro de los cinco hombres se miraron entre sí.

—Ahora tienen tres escopetas —dijo Couch—. Y casi con toda seguridad la pistola de fulminante del capitán.

—Tenemos más hombres..., armas..., pólvora, municiones, cartuchos —dijo Des Voeux.

—Sí —accedió Thomas Farr—. ¿Y cuántos de ellos morirían en una batalla contra Hickey y sus quince caníbales? Thomas Johnson no volvió, ya lo sabe. Y su cometido consistía sólo en «seguir» a la banda de Hickey, asegurarse de que se iban, tal y como habían dicho.

—No puedo creerlo —dijo Des Voeux, quitándose la pipa de la boca y apretando la cazoleta—. ¿Y el capitán Crozier y el doctor

Goodsir? ¿Vamos a abandonarles, sin más? ¿Dejarlos al capricho de Cornelius Hickey?

—El capitán ya no está vivo —dijo el capitán de la bodega, Andrews—. Hickey no tiene motivo alguno para dejarlo con vida..., a menos que sea para torturarlo y atormentarlo.

—Más motivo aún para enviar una partida de rescate tras ellos —insistió Des Voeux.

Los otros no respondieron durante un momento. El humo azul formó volutas a su alrededor. Thomas Farr desató la puerta de la tienda y la abrió para dejar entrar algo de aire y salir algo de humo.

—Han pasado casi dos días desde que ocurrió lo que fuera que ocurriese en el hielo —dijo Edward Couch—. Pasarán varios días más hasta que cualquier partida que enviemos pueda alcanzar el grupo de Hickey y luchar contra ellos, eso siempre que seamos capaces de encontrarlos. Y ese demonio lo único que tiene que hacer es viajar más y más lejos en el hielo o tierra adentro para deshacerse de nosotros. El viento borra las huellas al cabo de unas horas..., hasta las de los trineos. ¿Cree de verdad que Francis Crozier, si está vivo ahora mismo, cosa que dudo, estará vivo o en posición de ser rescatado dentro de cinco días o de una semana?

Des Voeux mordió la boquilla de su pipa.

—Entonces el doctor Goodsir. Necesitamos al cirujano. La lógica dicta que Hickey le mantendrá «vivo», porque quizá sea Goodsir el motivo de que Hickey y sus cómplices volvieran.

Robert Thomas meneó la cabeza.

—Cornelius Hickey puede que necesite al doctor Goodsir para sus propósitos infernales, pero nosotros ya no lo necesitamos.

—¿Qué quiere decir?

—Quiero decir que la mayoría de las pociones e instrumental de nuestro buen cirujano quedaron atrás... Él se trajo sólo el maletín médico portátil —dijo Farr—. Y Thomas Hartnell, que ha sido ayudante suyo, sabe qué pociones administrar y en qué cantidad y para qué dolencias.

—¿Y la cirugía? —preguntó Des Voeux.

Couch sonrió tristemente.

—Joven, ¿de verdad cree que alguien que necesite cirugía de cualquier tipo, a partir de este momento del viaje, podrá sobrevivir después?

Des Voeux no respondió.

—¿Y si Hickey y sus hombres no se van a ningún sitio? —preguntó Andrews—. ¿Y si nunca pensaron hacerlo? Ha vuelto para matar al capitán, secuestrar a Goodsir y coger al pobre John Lane y a Bill Goddard y cortarlos a trozos como animales. Nos ve a todos nosotros como ganado. ¿Y si está esperando ahí fuera, detrás del risco más cercano, esperando a atacar el campamento entero?

—Parece que han convertido ustedes al ayudante del calafatero en el coco —dijo Des Voeux.

—Él mismo es quien lo ha hecho —dijo Andrews—. Pero no es ningún coco, sino el demonio. El demonio de verdad. Él y su monstruo amaestrado, Magnus Manson. Han vendido sus almas, malditos sean, y han recibido algún oscuro poder a cambio. Fíjese en lo que le digo.

—Yo creía que con un solo monstruo de verdad ya bastaba para una expedición al Ártico —dijo Robert Thomas.

Nadie se rio.

—Es que sólo hay un auténtico monstruo —dijo Edward Couch, al final—. Y no es nuevo para nuestra raza.

—Entonces, ¿qué sugieren? —preguntó Des Voeux tras otro intervalo de silencio—. ¿Que salgamos huyendo por un demonio de ayudante de calafatero de metro y medio de altura y nos dirijamos hacia el sur con los botes mañana?

—Yo digo que nos vayamos hoy —dijo Joseph Andrews—. En cuanto carguemos los botes con las pocas cosas que pensamos llevarnos. Tirar durante la noche. Con suerte, habrá la luz suficiente para guiarnos, cuando salga la luna. Si no es así, usaremos algunas de las linternas de combustible que hemos guardado. Usted mismo dijo, Charles, que las varitas están todavía ahí fuera, marcando el camino. Y en cuanto sople la primera tormenta algo fuerte, ya no estarán.

Couch meneó la cabeza.

—Los hombres de Des Voeux están cansados. Nuestra gente está totalmente desmoralizada. Dejemos que coman esta noche, que se coman las ocho focas que ha traído, Charles, y nos vamos mañana por la mañana. Todos nos sentiremos mucho más esperanzados después de una buena comida, de poder cocinar e iluminarnos con el aceite de foca, y de una buena noche de sueño.

—Pero con hombres de guardia esta noche —dijo Andrews.

—Ah, sí —dijo Couch—. Yo mismo me quedaré de guardia. No tengo tanta hambre.

—Y está el asunto del mando —dijo Thomas Farr, mirando de un rostro a otro a la débil luz que se filtraba por la lona.

Varios de los hombres suspiraron.

—Charles tiene el mando conjunto —dijo el primer oficial Robert Thomas—. El propio sir John le promovió a primer oficial del buque insignia cuando Graham Gore murió, de modo que es el oficial de mayor graduación.

—Pero usted era primer oficial del *Terror*, Robert —dijo Farr a Thomas—. Y tiene más antigüedad.

Thomas movió negativamente la cabeza, firmemente.

—El *Erebus* era el buque insignia. Cuando Gore vivía, se daba por sentado que él tenía el mando conjunto de la expedición después de mí. Charles es quien ocupa ahora el cargo de Gore. Él está a cargo. No me importa. El señor Des Voeux es mucho mejor líder que yo, y vamos a necesitar liderazgo.

—No puedo creer que el capitán Crozier no esté —dijo Andrews.

Cuatro de los cinco hombres fumaron con más intensidad. Nadie hablaba. Podían oír a los hombres fuera hablando de las focas, alguno riendo incluso y, más allá, los crujidos y detonaciones de la rotura del hielo.

—Técnicamente —dijo Thomas Farr—, el teniente George Henry Hodgson está a cargo de la expedición ahora.

—Ah, que le den al teniente George Hodgson y le metan un atizador al rojo por el culo —dijo Joseph Andrews—. Si esa comadreja aparece por aquí otra vez, le estrangularé con mis propias manos y luego me mearé en su cadáver.

—Dudo mucho que el teniente Hodgson esté todavía con vida —dijo Des Voeux, bajito—. ¿Está decidido entonces que yo estoy al mando conjunto de la expedición ahora, con Robert como segundo al mando y Edwards tercero?

—Sí —dijeron los otros cuatro hombres de la tienda.

—Entonces, deben comprender que voy a consultar con los cuatro cuando tengamos que tomar decisiones —dijo Des Voeux—. Siempre he querido ser capitán de mi propio barco..., pero no de esta manera tan horrorosa. Voy a necesitar su ayuda.

Todos asintieron detrás de la pantalla de humo de pipa.

—Tengo una pregunta antes de que salgamos y les digamos a los hombres que se preparen para el festín de hoy y para partir mañana —dijo Couch.

Des Voeux, que iba con la cabeza desnuda debido al calor de la tienda, levantó las cejas.

—¿Qué pasa con los hombres enfermos? Hartnell me dice que hay seis que no pueden andar, ni aunque sus vidas dependieran de ello. Están demasiado graves con el escorbuto. Como Jopson, el mozo del capitán, por ejemplo. El señor Helpman y nuestro ingeniero,

Thompson, han muerto, pero Jopson sigue resistiendo. Hartnell dice que no puede ni levantar la cabeza para beber, que hay que ayudarle, pero todavía sigue vivo. ¿Le llevamos con nosotros?

Des Voeux miró a Couch y luego a los otros tres rostros buscando una respuesta no dicha, pero no vio nada.

—Y si nos llevamos a Jopson y a los demás moribundos —continuó Couch—, ¿en calidad de qué nos los llevaríamos?

Des Voeux no tuvo que preguntar a qué se refería el segundo oficial. «¿Nos los llevamos como compañeros o como comida?»

—Si los dejamos aquí —dijo—, seguro que se los comerán si vuelve Hickey, como algunos piensan que hará.

Couch meneó la cabeza.

—No es eso lo que pregunto.

—Ya lo sé —dijo Des Voeux. Aspiró aire con fuerza, casi tosiendo por el espeso humo de la pipa—. De acuerdo —dijo—. Ésta es mi primera decisión como nuevo comandante de la expedición Franklin. Cuando arrastremos los botes al hielo por la mañana, cualquier hombre que pueda caminar hasta los botes y ponerse el arnés (o incluso meterse en un bote) se vendrá con nosotros. Si muere de camino, decidiremos entonces si nos llevamos su cuerpo más allá o no. Yo lo decidiré. Pero mañana por la mañana, sólo aquellos que puedan andar hasta los botes abandonarán el campamento de Rescate.

Ninguno de los demás hombres dijo nada, pero algunos asintieron con la cabeza. Nadie miró directamente a Des Voeux.

—Se lo diré a los hombres después de comer —dijo Des Voeux—. Cada uno de ustedes cuatro elija a un hombre fiable para que se una a ustedes en la guardia de esta noche. Edward preparará el horario. No dejen que esos hombres coman hasta perder el sentido. Necesitamos estar muy conscientes, al menos algunos de nosotros, hasta que lleguemos al agua abierta y estemos a salvo.

Los cuatro asintieron al oír aquello.

—De acuerdo, vaya y dígale a sus hombres lo del festín —dijo Des Voeux—. Ya hemos terminado.

55

Goodsir

20 de agosto de 1848

*D*el diario privado del doctor Harry D. S. Goodsir:

Sábado, 20 de agosto de 1848

El Demonio, Hickey, parece tener la Buena Surte que se le negó a Sir John, al Comandante Fitzjames y al Capitán Crozier durante tantos Meses y Años.

No saben que yo sin darme cuenta introduje mi Diario en mi Equipo Médico, o más bien quizá lo sepan, ya que Registraron completamente el maletín dos noches después de hacerme Cautivo, pero no les Importa. Yo duermo Solo en una tienda, excepto por el Teniente Hodgson, que está tan Cautivo como yo, y a él no le importa que yo escriba en la oscuridad.

Parte de mi ser aún no puede creer el Asesinato de mis camaradas, Lane, Goddard y Crozier, y de no haber Presenciado con mis propios Ojos el Festín de Carne Humana que medio grupo de Hickey celebró el pasado Viernes por la noche después de nuestro regreso a este Campamento de los trineos en el Hielo no lejos del antiguo Campamento del Río, seguiría sin Creer semejante Barbarie.

No toda la Infernal Legión de Hickey ha sucumbido, sin embargo, a la Atracción del Canibalismo. Hickey, Manson, Thompson y Aylmore son Entusiastas participantes, por supuesto, igual que han resultado serlo el Marinero William Orren, el Mozo William Gibson, el Fogonero Luke Smith, Golding, el Calafatero James Brown y su Ayudante Dunn.

Pero otros se abstienen igual que yo: Morfin, Best, Jerry, Work, Strickland, Seeley y, por supuesto, Hodgson. Todos ellos subsisten con mohosas galletas. De esos Compañeros Abstemios, sospecho que sólo Strickland o Morfin y el Teniente seguirán Resistiendo mucho tiempo. La Gente de Hickey ha conseguido coger sólo una Foca en su viaje al Oeste por la costa, pero ha bastado para encender una estufa con su Aceite, y el olor de Carne Humana Asada es Horriblemente Tentador.

Hickey no me ha hecho Daño todavía. Ni en las últimas Dos Noches cuando me negué a compartir la Comida o a Cortar Otros Cuerpos cuando llegue el momento. Hasta el momento, la Carne del Señor Lane y el Señor Goddard han saciado su apetito y me han Liberado de tener que decidir entre convertirme en Chef de Caníbales o que me dejen Lisiado y me Devoren a mí.

Pero a nadie se le permite Tocar las Escopetas aparte de al Señor Hickey, al Señor Aylmore o al Señor Thompson, estos Dos Últimos convertidos en tenientes del Nuevo Bonaparte que es nuestro Diminuto Ayudante de Calafatero, y Magnus Manson es un arma por sí mismo que sólo Un Hombre, si es que se le puede considerar aún humano, puede Apuntar y Disparar.

Pero cuando hablo de la Suerte de Hickey no hablo sólo de la Suerte de sus Oscuras Maquinaciones que le han proporcionado una fuente de carne fresca. Más bien me refiero a la Revelación de hoy cuando, sólo unos tres kilómetros al noroeste y fuera de la costa de nuestro Antiguo Campamento del Río donde se perdió el Señor Bridgens, hemos dado con Canales Abiertos que se extienden hacia el Oeste, a lo largo de la Costa.

La Depravada Tripulación de Hickey ha desmontado los trineos, ha cargado y ha botado la pinaza casi de inmediato, y hemos ido Navegando y Remando rápidamente hacia el Oeste, desde entonces.

Uno se Podría Preguntar cómo es posible que 17 Hombres quepan en un Bote Abierto de menos de nueve metros y que está preparado para llevar sólo de 8 a una Docena de hombres cómodamente.

La Respuesta es que vamos Espantosamente apiñados unos encima de otros, y aunque sólo llevamos Tiendas, armas, cartuchos, barriles de agua, a nosotros mismos y nuestro terrible Suministro de Comida, vamos tan Pesadamente Cargados que el Mar se eleva casi hasta las Bordas por cada lado, especialmente cuando la anchura de los Canales nos permite hacer una bordada en el viento sin el Uso de los Remos.

He oído a Hickey y Aylmore susurrando después de desembarcar para montar las Tiendas esta Noche, porque han hecho pocos esfuerzos para bajar la Voz.

Alguien tendrá que irse.

El Agua está Abierta por delante, el Camino está Libre, quizá todo el camino hasta el campamento Terror, o incluso hasta el propio *Terror*, tal como insistía el Profeta Cornelius durante su enfrentamiento con Crozier en la bahía sin nombre en julio, cuando sólo se evitó el motín por los gritos de Agua Abierta..., y puede muy bien Ocurrir que Hickey y aquellos que Queden con Él vuelvan al campamento Terror y al buque en tres días de Fácil Navegación, en lugar de los Tres Meses y Medio de Brutal Arrastre que nos costó recorrer la misma Distancia en la Dirección Opuesta.

Pero ahora que no necesitan hombres que tiren, ¿a quién Sacrificarán para la Reserva de Comida de modo que el bote quede Aligerado para la Navegación de mañana?

Hickey, su Gigante, Aylmore y los otros líderes van Caminando a Través del Campamento mientras escribo, llamándonos para que salgamos urgentemente Fuera de las Tiendas, aunque la Hora es Tardía, y la noche es Oscura.

Si estoy Vivo mañana, escribiré más.

56

Jopson

Campamento de Rescate
20 de agosto de 1848

*L*e trataban como a un anciano y le abandonaban porque pensaban que era un anciano, agotado, moribundo incluso, pero eso era ridículo. Thomas Jopson sólo tenía treinta y un años. Aquel día, 20 de agosto, cumplía treinta y un años. Era su cumpleaños, y nadie excepto el capitán Crozier, que había dejado de ir a verle a su tienda de enfermo por algún motivo que desconocía, sabía siquiera que era su cumpleaños. Le trataban como a un anciano porque se le habían caído casi todos los dientes por culpa del escorbuto, y también la mayor parte del pelo por algún motivo que él no comprendía, y le sangraban las encías y los ojos y la raíz del pelo y el ano, pero desde luego, no era ningún anciano. Tenía treinta y un años, y le iban a abandonar el día de su cumpleaños.

Jopson oyó el jolgorio de la tarde y de la noche anterior, recordaba gritos, risas, olor de carne asada, cosas inconexas, porque había ido saliendo y entrando de una conciencia febril todo el día anterior, pero se despertó en penumbra y vio que alguien le había llevado un plato con un fragmento de piel de foca grasienta, unas tiras de grasa blanca y goteante y un trozo de carne de foca roja y casi sangrante que apestaba a pescado. Jopson vomitó sin expulsar nada, porque no había comido desde hacía uno o varios días, apartó aquel plato ofensivo de despojos y lo sacó por la puerta de la tienda.

Comprendió que le dejaban allí cuando todos sus compañeros de tripulación, uno tras otro, pasaron por su tienda más tarde, aquella noche, sin decir nada, sin asomar la cara siquiera, pero cada uno de ellos metió una galleta o dos verdosas y duras como una piedra y se las pusieron al lado, como otras tantas piedras blancas en preparación para su entierro. Estaba demasiado débil para protestar entonces, y demasiado preocupado con sus sueños, pero sabía que aquellos miserables restos de harina medio cocida y rancia eran todo lo que iba a recibir por sus años de fiel servicio a la Marina, al Servicio de Descubrimientos y al capitán Crozier.

Lo iban a abandonar.

Aquel domingo por la mañana se despertó con la cabeza más despejada que nunca desde hacía días, quizá semanas, y oyó los preparativos de sus compañeros para abandonar el campamento de Rescate para siempre.

Se oían gritos junto a los botes al preparar las dos balleneras; mientras los dos cúteres se colocaban en sus trineos y se cargaban los cuatro botes.

«¿Cómo pueden abandonarme?» A Jopson le costaba creer que pudieran hacerlo, que fueran a hacerlo. ¿Acaso no había permanecido él cien veces junto al capitán Crozier, cuando éste se encontraba enfermo y malhumorado y en baja forma y con tremendos ataques de borrachera? ¿Acaso no había limpiado calladamente, sin quejarse, como el buen mozo que era, los cubos llenos de vómito del camarote del capitán en mitad de la noche, acaso no le había limpiado el culo a aquel irlandés borrachín cuando se cagaba encima en sus delirios febriles?

«Quizá por eso el muy hijo de puta me deja para que me muera.»

Jopson se esforzó por abrir los ojos e intentó darse la vuelta en su empapado saco de dormir. Era muy difícil. La debilidad que irradiaba desde su centro le consumía. La cabeza amenazaba con estallarle por el dolor cada vez que abría los ojos. La tierra tiraba de él con tanta firmeza como cualquier buque en el que hubiese navegado jamás doblando el cabo de Hornos, con mala mar. Le dolían los huesos.

«¡Esperadme!», gritó. Pensó que lo había gritado, pero la verdad es que sólo lo había pensado en silencio. Tendría que hacerlo mejor..., alcanzarlos mientras empujaban los botes fuera del hielo..., demostrarles que podía tirar de los arneses como el que más. Podía incluso engañarlos si era capaz de tragar a la fuerza un poco de aquella carne de foca podrida y apestosa.

Jopson no podía creer que le estuvieran tratando como si estuviera muerto. Era un ser humano vivo, con un expediente naval excelente y muchísima experiencia como mozo personal, y que tenía una vida privada impecable como ciudadano leal de Su Majestad, como cualquier otro hombre de la expedición, por no mencionar una familia y un hogar en Portsmouth (si es que Elisabeth y su hijo,

Avery, todavía vivían y no los habían desahuciado de la casa que habían alquilado con el adelanto de la paga del Servicio de Descubrimientos de Thomas Jopson, que consistía en veintiocho libras, a cuenta del salario del primer año de su expedición, sesenta y cinco libras).

El campamento de Rescate parecía vacío, excepto por unos quejidos que podían proceder de las tiendas adyacentes o bien del viento incesante. El habitual crujido de las botas en la grava, las maldiciones en voz baja, alguna risa escasa, la charla insustancial de los hombres que entraban o salían de la guardia, los gritos entre las tiendas, los ecos de martillos o de sierras, el olor de tabaco de pipa..., todo se hallaba ausente, excepto unos sonidos débiles y menguantes en dirección a los botes. Los hombres se iban de verdad.

Thomas Jopson no pensaba quedarse allí y morir en aquel gélido campamento temporal en el culo del mundo.

Usando toda la fuerza que tenía y alguna que no sabía que tenía, Jopson tiró del saco de dormir hecho con mantas Hudson Bay, lo bajó por debajo de sus hombros y empezó a salir. La operación no se veía simplificada precisamente por el hecho de que tenía que soltar los hilos de sudor, sangre y otros fluidos corporales congelados de su carne y de la lana antes de poder salir del saco y dirigirse hacia la abertura de la tienda.

Desplazándose sobre los codos lo que le parecieron kilómetros enteros, Jopson avanzó hacia la abertura de la tienda y jadeó al notar lo frío que estaba el aire del exterior. Se había acostumbrado tanto a la luz tenue filtrada por la lona y al aire viciado de su tienda como un útero que aquella inmensidad y aquel resplandor hacían que sus pulmones sufrieran y llenaban de lágrimas sus ojos guiñados.

Jopson se dio cuenta muy pronto de que el resplandor del sol era ilusorio; en realidad, la mañana era oscura y cubierta por una niebla espesa, con zarcillos de vapor helado moviéndose entre las tiendas como espíritus de aquellos hombres muertos que habían dejado en el camino. Al mozo del capitán le recordó la espesa niebla del día que enviaron al teniente Little, al patrón del hielo Reid, Harry Peglar y los demás adelante, por el primer canal abierto en el hielo.

«A la muerte», pensó Jopson.

Arrastrándose por encima de las galletas y de la carne de foca, que le habían llevado como si fuese un maldito ídolo pagano o como una ofrenda de sacrificio a los dioses, Jopson tiró de sus piernas, insensibles, que no le respondían, y pasó a través de la abertura circular de la tienda.

Vio dos o tres tiendas que permanecían montadas cerca, y durante un segundo se sintió lleno de esperanza de que la ausencia de hombres desplazándose por allí fuera temporal, de que estuviesen ocupados haciendo algo junto a los botes y pronto volviesen. Pero luego Jopson vio que faltaba la mayoría de las tiendas Holland.

«No, no faltan.» A medida que su vista se adaptaba a la difusa luz que se filtraba entre la niebla, vio que la mayoría de las tiendas del extremo sur del campamento, junto a los botes y la costa, estaban caídas, con piedras arrojadas encima para evitar que volasen. Jopson se sentía confuso. Si se fuesen definitivamente, ¿no se habrían llevado las tiendas? Era como si hubiesen planeado salir al hielo, pero volver pronto. ¿Adónde? ¿Y por qué? Nada de todo aquello tenía sentido para el mozo enfermo y sus alucinaciones.

Luego, la niebla se movió, se levantó y pudo ver a unos cincuenta metros de distancia el lugar donde los hombres iban tirando, empujando y arrastrando los costados de los botes, subiéndolos al hielo. Jopson estimó que había al menos diez hombres por bote, cosa que significaba que todos o casi todos los supervivientes del campamento le estaban abandonando a él y a los demás enfermos.

«Pero ¿cómo puede dejarme así el doctor Goodsir?», se preguntaba Jopson. Intentó recordar la última vez que fue el cirujano quien le levantó la cabeza y los hombros para alimentarle con caldo o limpiarle. El día anterior había sido el joven Hartnell, ¿verdad? ¿O fue hace más días? Realmente no recordaba la última vez que el cirujano le había visitado o le había llevado alguna medicina.

—¡Esperad! —gritó.

Sólo que no fue un grito. Apenas fue un gemido. Jopson se dio cuenta de que llevaba muchos días sin hablar en voz alta, quizá semanas, y que el ruido que acababa de hacer había quedado ahogado y sordo, hasta para sus propios oídos.

—¡Esperad! —No fue mejor en este caso. Se dio cuenta de que tenía que agitar el brazo y moverlo en el aire, hacer que le vieran, hacer que volvieran a buscarle.

Thomas Jopson no podía levantar los brazos. Sólo con intentarlo se cayó hacia delante, con la cara en la grava.

No había manera... Tendría que arrastrarse hacia ellos hasta que le vieran y retrocedieran. No dejarían atrás a un compañero lo bastante sano como para arrastrarse un centenar de metros tras ellos en el hielo.

Jopson luchó por avanzar sobre sus destrozados codos otro metro y se derrumbó boca abajo en la helada grava, de nuevo. La niebla se

659

arremolinaba a su alrededor, oscureciendo incluso su propia tienda, a pocos pasos tras él. El viento gemía, o quizás eran más almas abandonadas que se quejaban en las pocas tiendas que aún permanecían en pie, y el frío helador del día se introducía bajo su hedionda camisa de lana y sus manchados pantalones. Se dio cuenta de que si seguía arrastrándose y alejándose de su tienda, quizá no tuviese fuerzas para volver atrás: moriría entre el frío y la humedad, allá fuera.

—¡Esperad! —gritó.

Su voz era tan débil y lloriqueante como la de un gatito recién nacido.

Se arrastró, luchó y se retorció, un metro, un poco más..., y se quedó echado, jadeando, como una foca arponeada. Sus brazos y manos debilitadas ya no servían mucho más que las aletas del animal..., incluso menos.

Jopson intentó clavar la barbilla en la tierra helada para impulsarse hacia delante medio metro, unos centímetros más. Inmediatamente se partió uno de los últimos dientes que le quedaban, pero aun así siguió clavando la barbilla para intentarlo de nuevo. Su cuerpo, simplemente, pesaba demasiado. Parecía unido a la tierra por grandes lastres.

«Sólo tengo treinta y un años», pensó orgullosamente, furioso. «Hoy es mi cumpleaños.»

—Esperad..., esperad..., esperad... —Cada palabra sonaba más débil que la anterior.

Jadeando, ahogándose, con los mechones de pelo que le quedaban salpicando vetas escarlata en las piedras redondeadas, Jopson se quedó echado de cara, con los brazos muertos a ambos lados, el cuello dolorosamente retorcido, y apoyó la mejilla en la fría tierra, de modo que podía ver hacia delante.

—Esperad...

La niebla formó un remolino y luego se elevó.

Veía a un centenar de metros, más allá del extraño vacío donde antes se encontraban alineados los botes, más allá de la playa de guijarros y la grava y el montón de hielo de la costa, afuera, hacia el propio hielo, donde unos cuarenta y tantos hombres y cuatro botes («¿dónde está el quinto?») luchaban por dirigirse hacia el sur adentrándose más en el hielo, y la debilidad de los hombres, aun a aquella distancia, resultaba evidente, y su progreso no era ni mucho más eficiente ni más elegante de lo que había sido la lucha de Jopson por recorrer cinco metros.

—¡Esperad! —Aquel grito postrero le había costado perder la penúltima onza de energía que le quedaba.

Jopson notaba que todo su calor iba fluyendo hacia fuera, hacia el suelo helado que tenía debajo. Pero surgió con más fuerza que cualquier palabra que hubiese dicho jamás.

—¡Esperad! —gritó al fin. Era una voz de hombre, no el maullido de un gatito ni el gemido de un moribundo.

Pero era demasiado tarde. Los hombres de los botes estaban a un centenar de metros de distancia y desaparecían con rapidez, ya eran unas simples siluetas negras y tambaleantes ante un fondo eterno gris y más gris, y los quejidos y crujidos del hielo y del viento, que habrían apagado el sonido de un disparo de rifle, ahogaron con mayor facilidad aún la voz solitaria de un hombre abandonado.

Durante un instante la niebla se alzó un poco más y una luz benévola lo iluminó todo, como si el sol viniera a fundir el hielo por todas partes y a traer verdes zarcillos y cosas vivas y esperanza donde antes no existía ninguna, pero luego la niebla se cerró de nuevo y formó remolinos en torno a Jopson, cegándole y vendándole con sus dedos húmedos, fríos y grises.

Y luego hombres y botes desaparecieron.

Como si nunca hubieran existido.

57

Hickey

En el extremo sudoeste de la isla del Rey Guillermo
8 de septiembre de 1848

*E*l ayudante de calafatero Cornelius Hickey odiaba a reyes y reinas. Pensaba que no eran más que parásitos que chupaban la sangre, situados en el culo del cuerpo que era el politiqueo.

Pero se dio cuenta de que no le parecía mal «ser» rey él mismo.

Su plan de navegar y remar todo el camino de vuelta hacia el campamento Terror o hacia el *Terror* mismo se había ido a paseo cuando la pinaza (que ya no estaba tan atestada) dio la vuelta al cabo sudoeste de la Tierra del Rey Guillermo y se encontraron con la banquisa que avanzaba. El agua abierta se estrechó hasta formar unos canales que no conducían a ninguna parte o que se cerraban ante ellos ya mientras su bote intentaba abrirse camino por la costa que ahora se extendía hacia delante, al nordeste.

Había agua abierta de verdad mucho más hacia el oeste, pero Hickey no podía permitir que la pinaza estuviese fuera de la vista de tierra por el simple motivo de que no quedaba nadie vivo en su bote que supiera cómo navegar en el mar.

El único motivo de que Hickey y Aylmore hubiesen sido tan generosos para dejar que George Hodgson fuera con ellos, o en realidad habían convencido al joven teniente de que él quería ir con ellos, era que el muy idiota había recibido formación, como todos los tenientes de la Marina, en la navegación celeste. Pero el primer día de arrastre saliendo del campamento de Rescate, Hodgson admitió que no era capaz de fijar su posición ni de orientarlos de vuelta al *Terror* en el mar sin un sextante, y el único sextante que quedaba todavía seguía en manos del capitán Crozier.

Uno de los motivos por los que Hickey, Manson, Aylmore y Thompson habían dado la vuelta y atraído a Crozier y Goodsir al hielo era para conseguir de alguna manera uno de esos malditos sextantes, pero ahí la natural astucia de Cornelius Hickey le había fallado. Él y Dickie Aylmore no consiguieron encontrar ninguna razón convincente para que su Judas particular, Bobby Golding, le pidiera a Crozier que se llevase el sextante con él al hielo, de modo que pensaron en la posibilidad de torturar a aquel bastardo irlandés para que, de algún modo, mandase una nota pidiendo que le enviasen el instrumento fuera del campamento, pero al final, viendo a su torturador de rodillas, Hickey había decidido matarle sin más.

De modo que cuando encontraron agua abierta, el joven Hodgson resultaba inútil incluso para tirar de los arneses, así que Hickey pronto tuvo que eliminarle de una manera limpia y misericordiosa.

Ayudaba mucho tener la pistola de Crozier y sus cartuchos extra para tal propósito. Los primeros días después de volver con Goodsir y reservas de comida, Hickey había permitido a Aylmore y a Thompson que se quedaran las dos escopetas más que habían conseguido, ya que Hickey mismo había cogido la tercera que les dio Crozier el día que salieron del campamento de Rescate, pero pronto reconsideró el hecho de que aquellas armas anduviesen por ahí e hizo que Magnus las arrojara al mar. Así era mejor: el rey, Cornelius Hickey, tenía la pistola y el control de la única escopeta y sus cartuchos, y a Magnus Manson a su lado. Aylmore era un conspirador nato, afeminado y ratón de biblioteca, como bien sabía Hickey, y Thompson era un patán borracho en el que no se podía confiar del todo. Hickey sabía todas esas cosas por instinto y a causa de su inteligencia superior innata. Así que cuando el suministro de comida que era Hodgson empezó a escasear, en torno al tercer día de septiembre, Hickey envió a Magnus a que diera un golpe a ambos hombres en la cabeza, los atara y los arrastrara sin sentido ante la docena de hombres reunidos, y allí Hickey celebró una breve corte marcial y declaró a Aylmore y Thompson culpables de sedición y de conspirar contra su líder y sus compañeros, y los despachó con una sola bala en la cabeza a cada uno.

En los tres sacrificios por el bien común (Hodgson, Aylmore y Thompson), el maldito cirujano, Goodsir, se negó a cumplir su papel como Diseccionador General.

Así que por cada negativa el comandante Hickey se vio obligado a administrar un castigo al recalcitrante cirujano. Hubo tres castigos de esa índole, de modo que Goodsir ciertamente tenía muchos más problemas para andar, ahora que se veían obligados a volver a la costa.

663

Cornelius Hickey creía en la suerte, en su propia suerte, y siempre había sido un hombre afortunado, pero cuando la suerte le abandonaba, siempre estaba dispuesto a forjársela él mismo.

En aquel caso, cuando llegaron alrededor del enorme cabo en el extremo suroccidental de la Tierra del Rey Guillermo, navegando cuando podían, remando duro cuando los canales se volvían más estrechos, cerca de la costa, y vieron la banquisa sólida ante ellos, Hickey ordenó llevar el bote a tierra y volvieron a cargar de nuevo la pinaza en el trineo.

No necesitaba recordarles a los hombres lo afortunados que eran. Mientras los hombres de Crozier estaban casi con toda seguridad muertos o moribundos allá en el campamento de Rescate, o muriendo en la banquisa en el estrecho al sur de allí, los Pocos Elegidos de Hickey habían hecho más de dos tercios y posiblemente casi tres cuartos del camino de vuelta al campamento Terror, y a todos los suministros escondidos allí.

Hickey había decidido que un líder de su estatura (el rey de la expedición Franklin) no podía verse obligado a tirar de los arneses. Los hombres, ciertamente, se alimentaban bien gracias a él (y sólo a él), y no se quejaban de enfermedad o de falta de energía, de modo que aquella parte final del viaje había decidido ir sentado en la proa de la pinaza, encima del trineo, y permitir que la docena de hombres supervivientes, excepto el cojeante Goodsir, tirasen de él por encima del hielo, la grava y la nieve, mientras iban bordeando la curva norte del cabo.

Durante los siguientes días, Magnus Manson había ido también subido a la pinaza con él, no sólo para que todo el mundo comprendiera que Magnus era el consorte del rey, así como gran inquisidor y ejecutor. El pobre Magnus sufría dolores de estómago de nuevo.

La razón principal por la que el doctor Goodsir iba cojeando pero todavía seguía vivo era que Cornelius Hickey tenía un miedo horrible a la enfermedad y al contagio. La enfermedad de los otros hombres allá en el campamento de Rescate y antes (sobre todo el escorbuto sangrante) asqueaban y aterrorizaban al ayudante de calafatero. Necesitaba un médico que le atendiera, aunque todavía no hubiese mostrado el menor signo de la enfermedad que tanto afectaba a hombres inferiores.

El equipo del trineo de Hickey (Morfin, Orren, Brown, Dunn, Gibson, Smith, Best, Jerry, Work, Seeley y Strickland) tampoco había mostrado señales de escorbuto, ahora que su dieta consistía en carne fresca o casi fresca de nuevo.

Sólo Goodsir parecía enfermo y actuaba como tal, y eso era porque el muy idiota insistía en seguir comiendo sólo las pocas galletas que quedaban y agua. Hickey sabía que pronto tendría que intervenir e «insistir» en que el cirujano compartiese una dieta antiescorbútica más sana, las partes más carnosas, como el muslo, la pantorrilla y el brazo y antebrazo eran las mejores, de modo que Goodsir no muriese a causa de su propia y perversa tozudez. Un médico, después de todo, tendría que saberlo. Las galletas de barco rancias y un poco de agua pueden mantener a una rata, si no hay nada mejor, pero no es dieta para un hombre.

Para asegurarse de que el doctor Goodsir vivía, Hickey había quitado hacía mucho tiempo al cirujano todas las medicinas de su maletín, vigilándolas él mismo y permitiendo a Goodsir que se las administrase a Magnus y a otros sólo bajo cuidadosa supervisión. También se aseguró de que el cirujano no tuviera acceso a cuchillos, y cuando estaban afuera, en el mar, siempre asignaba a uno de sus hombres para que se asegurase de que Goodsir no se arrojaba por la borda.

Hasta el momento, el cirujano no había mostrado señal alguna de elegir el suicidio.

El dolor de estómago de Magnus era más grave, de modo que el gigante se veía obligado a subir en la pinaza colocada encima del trineo con Hickey durante el día, y además le mantenía despierto algunas noches. Hickey nunca había visto que su amigo tuviese problemas para dormir.

Las dos diminutas heridas de bala eran la causa, por supuesto, y Hickey obligó a Goodsir a atenderlas diariamente. El cirujano insistía en que las heridas eran superficiales y que la infección no se había extendido. Mostró tanto a Hickey como al inocente Magnus (que se levantaba los faldones de la camisa para contemplar alarmado su propio vientre) que la carne en torno al estómago estaba rosada y saludable.

—¿Y por qué le duele? —insistía Hickey.

—Es como cualquier hematoma, especialmente uno de un músculo profundo —decía el cirujano—. Puede que siga doliéndole durante semanas. Pero no es grave ni hay riesgo de muerte, en absoluto.

—¿Puede quitar las bolas? —preguntó Hickey.

—Cornelius —se quejó Magnus—, yo no quiero que me quiten las bolas.

—Me refería a los proyectiles, cariño —dijo Hickey, acariciando

665

el enorme antebrazo del gigante—. Esas balas pequeñas que tienes en la barriga.

—Quizá —dijo Goodsir—. Pero sería mejor que no lo intentase. Al menos, mientras seguimos en marcha. La operación requeriría cortar un músculo que ya ha curado en gran parte. El señor Manson podría tener que estar recuperándose varios días, echado..., y siempre existiría el riesgo grave de sepsis. Si decidimos eliminar las balas, me sentiría mucho más cómodo haciéndolo en el campamento Terror, o cuando lleguemos de nuevo al buque. Así el paciente podría quedarse en cama convaleciente durante varios días, o más.

—No quiero que me duela la tripa —gruñó Magnus.

—No, claro que no —dijo Hickey, frotando el enorme pecho y hombros de su compañero—. Dele un poco de morfina, Goodsir.

El cirujano asintió y preparó una dosis de analgésico en una cuchara.

A Magnus le gustaban las cucharadas de morfina y se quedaba sentado en la proa de la pinaza, sonriendo dulcemente durante una hora o más. Luego se quedaba dormido, después de que le dieran su dosis.

De modo que aquel viernes, 8 de septiembre, todo estaba bien en el mundo del rey Hickey. Sus once animales de tiro (Morfin, Orren, Brown, Dunn, Gibson, Smith, Best, Jerry, Work, Seeley y Strickland) estaban bien, no tenían enfermedades, y tiraban muy duro cada día. Magnus estaba feliz la mayor parte del tiempo, disfrutaba yendo en la proa como un oficial, mirando el paisaje que iban recorriendo. Había la suficiente morfina y láudano en las botellas para aguantar hasta que llegasen al campamento Terror o al propio *Terror*. Goodsir estaba vivo e iba cojeando junto con la caravana y asistiendo al rey y a su consorte. El tiempo era bueno, aunque cada vez más frío, y no había señal alguna en absoluto de la criatura que los había atacado en los meses anteriores.

Hasta con su dieta vigorosa, les quedaban suficientes reservas de Aylmore y Thompson para hacer buen estofado los días siguientes. Habían averiguado que la grasa humana ardía como combustible de una manera similar a la grasa de ballena, aunque de forma menos eficiente y por períodos más cortos. Hickey tenía el plan de organizar un sorteo si necesitaban más sacrificios antes de llegar al campamento Terror.

Podían acortar un poco las raciones, por supuesto, pero Cornelius Hickey sabía que un sorteo con la paja más corta instilaría terror en los corazones de sus once animales de tiro, ya bastante sumisos, y reafirmaría la idea de que él era el rey de aquella expedición. Hickey siempre había tenido el sueño muy ligero, pero ahora dormía con un ojo abierto y la mano en la pistola de fulminante, pero un último sacrificio público, y quizá luego la administración por parte de Magnus del cuarto castigo público a Goodsir por resistirse, rompería cualquier atisbo de voluntad de oposición que pudiera quedar en los corazones traicioneros de aquellas bestias de carga.

Mientras tanto el viernes era hermoso, con temperaturas agradables que se movían en torno a los seis grados bajo cero, y un cielo cada vez más azul hacia el norte, por la línea de su desplazamiento. El pesado bote estaba colocado alto encima del trineo, mientras los patines de madera rozaban y gruñían al deslizarse por encima del hielo y la grava. En la proa, Magnus, recién medicado, sonreía, sujetándose el vientre con ambas manos y canturreando bajito una melodía.

Faltaban menos de cincuenta kilómetros para el campamento Terror y la tumba de John Irving junto al cabo Victoria, todos lo sabían muy bien, y menos de la mitad de eso para la tumba del teniente Le Vesconte, en la costa. Como los hombres estaban fuertes, estaban cubriendo de tres a cinco kilómetros cada día, y probablemente lo harían mejor aún si mejoraba su dieta de nuevo.

Con ese fin, Hickey acababa de arrancar una página en blanco de una de las múltiples Biblias que Magnus había insistido en reunir y cargar en la pinaza cuando dejaron el campamento del Rescate, aunque aquel buen idiota no sabía leer, y ahora estaba rompiendo aquella página en once tiras de papel iguales.

Hickey, por supuesto, estaba exento del sorteo que se avecinaba, igual que Magnus y el condenado cirujano. Pero aquella noche, cuando se detuvieran a preparar algo de té y el estofado de la noche, Hickey haría que cada hombre escribiera su nombre y pusiera su señal en una de las tiras de papel y todo estaría preparado para el sorteo. Hickey haría que Goodsir examinara las tiras de papel y confirmase públicamente que cada hombre había firmado con su nombre verdadero o su auténtico signo.

Entonces metería los nombres en el bolsillo del chaquetón del rey, preparándose para la solemne ceremonia que se avecinaba.

667

58

Goodsir

Cabo del sudoeste de la isla del Rey Guillermo
5 de octubre de 1848

$\mathcal{D}$el diario personal del doctor Harry D. S. Goodsir

6, 7 o quizá 8 de octubre de 1848

He tomado ya mi Bebedizo Final. Pasarán unos Pocos Minutos antes de Notar Todo su Efecto. Hasta entonces, intentaré Poner al Día mi diario.

Estos Últimos Días he recordado los Detalles de cómo el joven Hodgson confió en mí y me Susurró en la tienda hace unas Semanas la Última Noche, antes de que el Señor Hickey le disparara.

El Teniente susurró:

—Me disculpo por Molestarle, Doctor, pero tengo que decirle a Alguien que lo Siento.

Yo repliqué, también entre susurros:

—No es usted un Papista, Teniente Hodgson. Y yo No soy su Confesor. Váyase a Dormir y déjeme Dormir a mí.

Hodgson Insistió:

—Me disculpo de nuevo, Doctor. Pero tengo que contarle a alguien lo mucho que Siento haber Traicionado al Capitán, que siempre fue Bueno Conmigo, y Permitir que el Señor Hickey le cogiese a usted Cautivo de este Modo. Lo Lamento sinceramente y lo Siento Muchísimo.

Yo me quedé Echado en Silencio, sin Decir nada, sin Darle nada al chico.

—Ya desde que mataron a John —insistió Hodgson—. Quiero decir, el Teniente Irving, mi Querido Amigo de la Escuela de Artillería, yo estaba Convencido de que el Ayudante de Calafatero Hickey cometió ese Crimen y me sentí Aterrorizado por Él.

—¿Y por qué Apostó usted a Favor del Señor Hickey, si pensaba que era un Monstruo? —susurré en la Oscuridad.

—Porque... tenía Miedo. Quería estar de Su Lado porque era Terrible —susurró Hodgson. Y entonces el chico se echó a Llorar.

Yo dije:

—Debería darle vergüenza.

Pero le pasé el Brazo en torno al Hombro y le di unas palmaditas en la Espalda mientras él Lloraba hasta que se quedó Dormido.

A la Mañana Siguiente, el Señor Hickey reunió a Todos e hizo que Magnus Manson obligase al Teniente Hodgson a arrodillarse ante Él, mientras el Ayudante de Calafatero blandía su Pistola y Anunciaba que Él (El Señor Hickey) no Toleraría ningún Haragán, explicando de nuevo que los Buenos Hombres entre Nosotros comerían y vivirían, y los Haraganes Morirían.

Entonces apoyó el Arma de largo cañón en la base del cráneo de George Hodgson y le voló el Cerebro en la Grava.

Tengo que decir que el Muchacho fue Valiente al final. No mostró Temor en absoluto aquella mañana. Sus últimas palabras antes de la Descarga Explosiva de la Pistola fueron: «puedes irte al Infierno».

Sólo deseo que mi Final sea igual de Valeroso. Pero sé con Certeza que No lo Será.

Los Histrionismos del Señor Hickey no Acabaron con la Muerte del Teniente Hodgson, ni cuando Magnus Manson Desnudó el cuerpo del Muchacho y dejó su Cadáver Yacente ante la Asamblea.

Aquella Imagen me dolió en el Pecho. Hablando como Hombre de Medicina, el pobre Hodgson estaba más Delgado de lo que yo habría Pensado que fuese Posible en algún Ser Humano Recientemente Vivo. Sus Brazos eran simples Fundas de Piel a lo largo de los Huesos. Sus Costillas y Pelvis sobresalían hacia Afuera con tanta Fuerza a través de la Piel que amenazaban con Salirse. Y por Todas Partes la carne del Muchacho estaba Manchada con Hematomas.

Sin embargo, el Señor Hickey me Llamó y me tendió un Par de Cizallas, e insistió en que Empezase a Diseccionar al Teniente frente a los Hombres Reunidos.

Yo me negué.

El Señor Hickey, con Amabilidad en la voz, me lo pidió de Nuevo.

Yo me volví a negar.

Entonces el Señor Hickey ordenó al Señor Manson que cogiera las Cizallas de mis manos y que me Desnudase por completo como el Cadáver que teníamos a los Pies.

Una vez yo estaba Sin Ropa, el Señor Hickey fue andando arriba y abajo por delante de los hombres y Señaló hacia las Desnudas Partes de mi cuerpo. El Señor Manson estaba cerca, con las Cizallas en la mano.

—No hay Sitio para los Haraganes en nuestra Hermandad —dijo el Señor Hickey—. Y aunque necesitamos a este Cirujano (porque yo Quiero Cuidar de la salud de vosotros, mis Queridos Hombres, de cada

Uno de vosotros), él debe ser Castigado cuando se niega a Servir al Bien Común. Dos veces se ha Negado esta Mañana. Le quitaremos Dos Apéndices no esenciales como Señal de Nuestra Desaprobación.

Y con eso, el Señor Hickey Procedió a pinchar Diferentes Partes de mi Anatomía con el Cañón de la Pistola: mis Dedos, mi Nariz, mi Pene, mis Testículos, mis Orejas.

Luego Levantó mi Mano.

—Un Cirujano necesita los Dedos, si tiene que sernos de alguna Utilidad —anunció Teatralmente, y se Rio—. Esos los guardaremos para el Final.

La Mayoría de los Hombres se Rieron.

—No necesitará la Picha ni los Huevos, sin embargo —dijo el Señor Hickey, pinchando las Partes Mencionadas con el Cañón de su Pistola, que estaba Muy Frío.

Los Hombres se echaron de nuevo a Reír. Supongo que había mucha Expectación.

—Pero hoy nos sentimos Misericordiosos —dijo el Señor Hickey. Entonces ordenó al Señor Manson que me cortara Dos dedos de los Pies.

—¿Cuáles, Cornelius? —preguntó el gigantesco Idiota.

—Elige tú, Magnus —dijo nuestro Maestro de Ceremonias.

Los Hombres Reunidos se rieron de Nuevo. Yo podía Notar su Decepción ante el hecho de que me Cortaran algo tan banal como unos simples Dedos de los Pies; sin embargo, puedo Decir también que disfrutaban viendo a Magnus Manson como Dueño de mi Destino Digital. No era Culpa suya. Los Marineros Corrientes que allí se encontraban no tenían Educación Formal Alguna y les Desagradaba cualquier persona que la tuviera.

El Señor Manson eligió Ambos Dedos Gordos.

La Audiencia se reía y aplaudía.

Aplicaron las Cizallas con rapidez y la Gran Fuerza del Señor Manson trabajó a mi Favor en el Procedimiento.

Hubo más Risas (y mucho Interés) cuando me trajeron el Maletín Médico y todo el mundo me miró mientras yo Ligaba las Arterias necesarias, Restañaba la Sangre lo Mejor que podía (mientras me sentía casi Desmayado) y aplicaba los Vendajes Preliminares a mis Heridas.

El Señor Manson recibió la orden de Llevarme a la Tienda de nuevo; sus Atenciones fueron tan Amables como las de una Madre a un Niño Enfermo.

Ése fue también el Día en que el Señor Hickey pensó en Sustraerme mis Botellas Medicinales más Efectivas. Pero antes de aquella Mañana, yo ya había Vertido la Mayor parte de la Morfina, Opio, Láudano, Polvo de Dover, Calomelanos de mercurio venenosos y Mandrágora en una sola Botellita Opaca y de Aspecto Inocente marcada como

Azúcar de Plomo y escondida en Otro Lugar de mi Botiquín Médico. Entonces usé agua para aumentar los Niveles Visibles de Morfina, Opio y Láudano hasta la Altura Previa.

La Ironía es que cada vez que Medico al Señor Manson para sus «Dolores de Barriga», está recibiendo más de Ocho Partes de agua por Dos Pequeñas partes de morfina. El Gigante no parece notar la Pérdida de Eficacia, cosa que me recuerda la Importancia de la Creencia en todo el proceso Médico.

Desde aquel Día del Fallecimiento del Teniente Hodgson, yo me Negué otra vez hasta la Suma Total de Ocho Dedos de los Pies, Una Oreja y el Prepucio.

Esta Última Operación causó mucho Regocijo entre los Hombres Reunidos, a pesar de los Cadáveres recientes que tenían delante, de modo que uno habría Pensado que había llegado el Circo para Actuar ante ellos.

Sé por qué el Señor Hickey nunca ha hecho Honor a sus repetidas Amenazas de privarme de mi Miembro Masculino o los Testículos. El Ayudante de Calafatero ha visto las suficientes Heridas a Bordo para saber que la Hemorragia de esas heridas a menudo no se puede Detener, especialmente si el Cirujano es el que sangra y es Bastante Probable que esté inconsciente o en estado de Conmoción cuando hay que realizar la Operación de forma Necesaria, y el Señor Hickey no quiere que yo muera.

Caminar me resulta muy Difícil desde que me Quitaron los dedos Séptimo a Décimo de los pies. Nunca había Comprendido realmente lo Esenciales que son nuestros Dedos para el Equilibrio. Y el Dolor, por supuesto, a lo largo de todo el Mes pasado, no ha sido Insignificante.

Creo que Cometería el Pecado del Orgullo, para no mencionar el de la Mentira, si dijese Aquí que no había pensado en Beber mi botellita oculta de Morfina, Opio y Láudano (y otras materias médicas), todo mezclado en la botellita escondida en la que Pienso desde hace muchas Semanas como mi Bebedizo Final.

Pero nunca he sacado la Botellita de su escondite.

No, hasta este Momento.

Confieso que pensaba que el Efecto sería mucho más Rápido de lo que está Resultando.

Ya no me Siento los Pies (cosa que es una Bendición) y las Piernas se han Entumecido por encima de la Rótula. Pero a este Ritmo, pasarán otros Diez Minutos o Más antes de que la Poción alcance y Paralice mi Corazón y otros Órganos Vitales.

He dado otro trago al Bebedizo Final. Sospecho que he sido un Cobarde por no habérmelo Bebido todo de Una Sola Vez al principio.

Confieso aquí (por simples Motivos Científicos, por si alguien, algún día, descubre este Diario) que la Combinación no sólo es Muy Potente, sino también Bastante Embriagadora. Si hubiera alguna otra persona viva en esta oscura y tormentosa tarde, excepto el Señor Hickey y posiblemente el Señor Manson subidos en su Trono de Pinaza, verían que paso mis Últimos Momentos Moviendo la Cabeza y Sonriendo como un Borracho.

Pero no Recomiendo que nadie Repita este Experimento, salvo para los Propósitos medicinales más Serios.

Y esto me conduce a una verdadera Confesión.

Por Primera y Única Vez en mi Carrera y Vida Médica, no he Servido a un Paciente con toda mi Habilidad.

Hablo, por supuesto, del pobre Señor Magnus Manson.

Mi Diagnóstico Inicial de las Heridas gemelas de Pistola era una Mentira. Las Balas eran de pequeño calibre, sí, eso es Cierto, pero la Diminuta Pistola debía de llevar una Buena Carga de Pólvora, porque ambos Proyectiles, como resultaba Obvio desde mi primer Examen, habían penetrado a través de la piel, carne, capas musculares y pared estomacal del Idiota Gigante.

Desde mi primer Examen, yo sabía que las Balas estaban en el Vientre, Bazo, Hígado o algún otro Órgano Vital del Señor Manson, y que su Supervivencia Dependía de una Cirugía Exploratoria y de luego de la Extracción.

Y Mentí.

Si hay un Infierno, en el cual ya no Creo, porque esta Tierra y algunas de las Personas que están en ella son ya Infierno bastante para cualquier Universo, debería ser Arrojado a la Bolgia más Espantosa de los Círculos Inferiores.

No me Importa.

Debería decir aquí... ahora tengo el Pecho Frío y los Deds...

ls deDSo se están poniendo Fríos...

Cuando la tormenta nos actac hace un Mez di grcs a Dio.

Me pareci en aquel Momeno que en Reldad íbams al Campntmto Terrorrr. Me Parció que El Señor Hickey había ganado. Estábamos (creía yo) a mens de Treinta kilmetrs de aqurll Campamneto y Progrssano 5 ó 6 kilómetrs al Día en casi Perfciion cuando llego la Primr de las Tormsntas casi Intmernlbaes.

Si hay un Dio... Yo... Gracs... quirido Dis.

Nieve. Oosucridad. Vientos terribls Día y Noce.

Hsta los hoHmbes que podin Andar no podíia Tirar. Los Arsnses se abndonarn. Las tiendas slron volndo. L a temperur cayó muchísmos dgrdos.

El Inverno golpaba cmo el Marllto de Diso, y el Sorr Hickey no podi ahcer nada sól poner losnas imprmeabls al lado de su tronopinaz y Matr a Mitad d los hombrs para Aliementr a la otr Mitd.

Alsunos homsbr corriron haciaa ls tormsntas y Muriron.

Alsuns hombrs se qeedaron y les disparon.

Algsn hombr se helarn y muriron.

Algus hombrs se comiron a los otros hombrs muriron tmben.

El ssñor Hickey y el snr Masnson se sentron alli en Su Bote al Vento, creo, pero no lo Se, ya que el srñor Msnson ya No Esst Vivo.

Yoi le msate.

Yo mat a los hmbrs que Deje en el Campmento Rscate.

Lo Siento.

Lo Siento.

Toda mi vid, mi herman yo deseara mi hermnoo stuviera aqu ahora, Thmoash sabe, toda mi via me ha gustodo Platón y los Dilosgos de Sócrats.

Como el grigo Sócrts poero no grego yo el vneno muy mereciod sube por mi trorso y Mta mis Membros y vuelve mis Dedols de cirjuano como palitoss tesos y

me alergro

escribi la nota ahora sujta a mi psecho antes asi

COMETE STOS RSTOS MORTALS DEL DOR HARRY D.S. GOODSIRFFIF SI QUIERS EL VNEENO DENTR SUS HEUSOSS Y CARN TE MATARARA A TI TMBEN

Los hmbsr coms c

Thomnas, si encutrn esto en mi y rt

lo sento

hice l qu pude pro nunca se

sr mss herid NO PUED

Qu dio scuid LO HOMrbe

59

Hickey

Cabo al sudoeste de la isla del Rey Guillermo
18 de octubre de 1848

*E*n algún momento de los últimos días o semanas, Cornelius Hickey se dio cuenta de que había dejado de ser un rey.

Ahora era un dios.

De hecho lo sospechaba, no estaba seguro todavía, pero sospechaba muchísimo, estaba casi seguro de ello: Cornelius Hickey se había convertido en Dios.

Otros morían a su alrededor y, sin embargo, él vivía. Ya no notaba el frío. Ya no notaba el hambre, ni la sed, ni mucho menos la necesidad de saciar aquellos apetitos anteriores. Veía en la creciente oscuridad aunque las noches se iban haciendo más largas y tendían al absoluto, y ni la nieve que caía ni el viento aullante entorpecían sus sentidos.

Los simples hombres mortales habían requerido colocar una lona impermeable cayendo desde el bote y el trineo, cuando las tiendas se rompieron y el viento se las llevó, y se acurrucaron como ovejas con sus grupas lanudas vueltas hacia el viento hasta que murieron, pero Hickey estaba bastante cómodo en su trono, en la popa de la pinaza.

Cuando, después de más de tres semanas sin ser capaces de moverse debido a las ventiscas, a los huracanes y a las temperaturas que caían en picado, sus bestias de carga gemían y pedían comida, Hickey descendió entre ellos como un dios y les proporcionó sus panes y sus peces.

Mató a Strickland para alimentar a Seeley.

Mató a Dunn para alimentar a Brown.

Mató a Gibson para alimentar a Jerry.

Mató a Best para alimentar a Smith.

Mató a Morfin para alimentar a Orren..., o quizá fuese al revés. La memoria de Hickey no podía verse entorpecida por temas triviales.

Pero ahora aquellos a los que había alimentado con tanta generosidad estaban muertos, helados y duros bajo sus sacos de dormir de mantas o retorcidos en las garras de sus estertores finales. Él recordaba vagamente haber cortado las partes más selectas de más hombres de los que había matado para alimentar a los demás en la última semana o dos, cuando todavía necesitaba comer. O quizás había sido sólo un sueño. No recordaba bien los detalles. No importaba.

Cuando cesaran las tormentas, y Hickey sabía que ahora él podía ordenarles que cesaran en cualquier momento, si le placía hacerlo así, probablemente volvería a traer a varios hombres de la muerte para que acabasen de conducirlos a Magnus y a él al campamento Terror.

El maldito cirujano estaba muerto, envenenado y congelado en su propia tienda de lona, a algunos metros de la pinaza y la lona impermeable que era la fosa común, pero Hickey decidió ignorar aquel hecho desagradable, sólo le provocaba una leve irritación. Hasta los dioses tienen fobias, y Cornelius Hickey siempre había sentido un miedo terrible del veneno y de la contaminación. Después de echarle un vistazo y dispararle una bala al cadáver desde la entrada de la tienda de lona, para asegurarse de que el maldito cirujano no fingía estar muerto, el nuevo dios Hickey volvió atrás y dejó aquella cosa envenenada y su mortaja contaminada.

Magnus estuvo quejándose y lloriqueando durante semanas desde su lugar de honor en la proa, pero hacía un día o dos que se había quedado extrañamente quieto. Su último movimiento, durante una calma entre las ventiscas, cuando una apagada luz invernal iluminó la pinaza y la lona cubierta de nieve junto a ésta y la baja loma en la que estaban y la playa congelada hacia el oeste y los interminables campos de hielo más allá, fue abrir la boca como si fuera a hacer una petición a su amante y dios.

Pero en lugar de palabras o quejas, lo que surgió fue sangre caliente, primero en un hilillo, luego a chorro, desde la boca abierta de Magnus, cayó por su barbilla barbuda y cubrió todo el vientre del hombretón y se deslizó suavemente por sus manos unidas, acabando en un charco en el fondo del bote, junto a sus botas. La sangre todavía estaba allí, pero helada y convertida en olas y arrugas, muy parecida a la barba oscura de un profeta bíblico, aunque cubierta de hielo. Magnus no había vuelto a hablar desde entonces.

La breve «siesta de muerte» de su compañero no alteró a Hickey, porque sabía que él podía traer de vuelta a Magnus cuando lo decidiera, pero los ojos abiertos, que miraban sin cesar, y la boca abierta y la congelada cascada de sangre empezaron a alterar los nervios del dios al cabo de un día o dos. Era especialmente duro verlo nada más despertarse. Sobre todo, después de que los ojos se cubriesen de escarcha y se convirtiesen en dos blancas esferas heladas que jamás parpadeaban.

Hickey se apartó entonces de su trono en la popa y se dirigió hacia delante, más allá de la escopeta apoyada y la bolsa de cartuchos de pólvora, por encima de las bancadas centrales, más allá de los montones de chocolate envuelto (que quizá se dignase comer si el hambre volvía alguna vez), y más allá de las sierras y clavos y rollos de lámina de plomo, pasando por encima de las toallas y los pañuelos de seda apilados con mucho cuidado junto a los pies ensangrentados de Magnus, y finalmente dando una patada a las Biblias que su amigo había tenido a su lado los últimos días, apilándolas como un pequeño muro entre Hickey y él mismo.

Pero la boca de Magnus no se cerraba (Hickey ni siquiera podía despegar o quitar el espeso río de sangre congelada) ni tampoco lo hacían sus ojos.

—Lo siento, cariño —susurró—. Pero ya sabes lo mucho que odio que me miren.

Usó el cuchillo para extraer los globos oculares congelados y los arrojó lejos, hacia la oscuridad. Arreglaría aquello más tarde, cuando volviese a traer de vuelta a Magnus.

Finalmente, siguiendo sus órdenes, la tormenta aminoró y acabó por amainar del todo. El aullido cesó. La nieve estaba apilada a una altura de metro y medio hacia el oeste, a barlovento de la pinaza, y muy por encima del trineo, y había llenado gran parte del espacio bajo la lona de la muerte, por el costado de sotavento.

Hacía muchísimo frío y la vista sobrenatural de Hickey podía ver más nubes oscuras que se movían desde el norte, pero por aquella noche, el mundo estaba tranquilo. Vio que el sol se ponía hacia el sur, y supo que pasarían dieciséis o dieciocho horas hasta que volviera a alzarse de nuevo, también por el sur, y que pronto no saldría en absoluto. Entonces llegaría la Era de la Oscuridad (diez mil años de oscuridad), pero aquello convenía perfectamente a los propósitos de Cornelius Hickey.

Sin embargo, aquella noche era fría y suave. La estrellas brillaban, y Hickey sabía los nombres de algunas de las constelaciones invernales que salían, pero aquella noche tenía problemas incluso para localizar la Osa Mayor, y se contentó con quedarse sentado a la popa de su bote, con el chaquetón y la gorra manteniéndole perfectamente caliente, sus manos enguantadas en las bordas, la mirada fija hacia delante, en dirección al campamento Terror, e incluso el buque distante que podría alcanzar cuando decidiese devolver a la vida a sus bestias de carga y a su consorte. Pensaba en los meses y años pasados y se maravillaba ante el inevitable milagro de su propia trascendencia.

Cornelius Hickey no sentía arrepentimiento alguno por ningún acto de su anterior vida mortal. Había hecho lo que tenía que hacer. Había correspondido a aquellos arrogantes hijos de puta que habían cometido el error de mirarle por encima del hombro alguna vez, y había mostrado a los demás un atisbo de su divina luz.

De pronto, notó movimiento hacia el oeste. Con alguna dificultad, porque hacía mucho frío, Hickey volvió la cabeza hacia la izquierda para mirar hacia el mar helado.

Algo se movía hacia él. Quizá fuese su oído, tan sobrenatural y maravilloso como todos los demás sentidos afinados y aumentados ahora, que había detectado primero el movimiento en el hielo roto.

Algo grande caminaba hacia él sobre dos patas.

Hickey vio brillar la luz de las estrellas en el pelaje de un blanco azulado. Sonrió. Daba la bienvenida a la visita.

La criatura del hielo ya no era algo que temer. Hickey sabía que ahora no venía como depredador, sino como adorador. Él y la criatura no eran iguales en ese punto; Cornelius Hickey podía ordenarle la no existencia o desterrarlo hasta el lugar más lejano de todo el universo con un simple movimiento de su mano enguantada.

Y la cosa llegó, a veces cayendo a cuatro patas y saltando hacia delante, y más a menudo alzándose sobre dos enormes patas y dando zancadas como un hombre, aunque no se moviera en absoluto como un hombre.

Hickey notó que una extraña inquietud alteraba su profunda paz cósmica.

La cosa desapareció de su vista cuando se acercó mucho a la pinaza y al trineo. Hickey podía oírla moviéndose alrededor junto a la lona, bajo la lona, moviendo los cuerpos congelados con sus largas garras, con sus dientes del tamaño de grandes cuchillos, echando el aliento de vez en cuando, pero no podía verle. Se dio cuenta de que tenía miedo de volver la cabeza.

Miraba hacia delante, hacia la mirada de Magnus con las cuencas vacías.

Entonces, de repente, la cosa apareció allí, por encima de la borda, con la parte superior del cuerpo alzándose unos dos metros por encima de un bote que a su vez estaba elevado otro tanto por encima del trineo y la nieve.

Hickey notó que el aliento de la cosa le daba en el pecho.

A la luz de las estrellas, con la visión nueva y mejorada de Hickey, la cosa era mucho más terrible que nunca, más terrible de lo que jamás podía haber imaginado. Igual que él, Cornelius Hickey, aquella criatura había sufrido una maravillosa y terrible transformación.

La criatura inclinaba su enorme cuerpo por encima de las bordas. Husmeó entre la niebla de cristales de hielo suspendida en el aire entre Hickey y la proa, y el ayudante del calafatero inhaló el aliento a carroña y a mil siglos de muerte.

Hickey podía haber caído de rodillas y haber adorado a la criatura en aquel momento si hubiese tenido la opción del movimiento, pero estaba literalmente congelado e inmóvil. Ni siquiera podía volver la cabeza.

La cosa olisqueó el cuerpo de Magnus Manson, con el hocico largo e imposible volviendo una y otra vez a la cascada de sangre oscura que cubría la parte delantera de Magnus. Su enorme lengua lamió delicadamente la cascada congelada de sangre marrón. Hickey quería explicarle que aquél era el cuerpo de su amado consorte, y que había que conservarlo para que Él, no Hickey, el ayudante de calafatero, sino aquel «Él» en el cual se había convertido, pudiera restaurar los ojos a su amado y algún día insuflarle de nuevo la vida.

Abruptamente, casi como por casualidad, la cosa mordió la cabeza de Magnus.

El crujido fue tan terrible que Hickey se habría tapado los oídos si hubiese sido capaz de levantar sus manos enguantadas de las bordas. No podía moverlas.

La cosa levantó un brazo cubierto de pelaje mucho más grueso de lo que había sido el enorme muslo de Magnus y golpeó el pecho del hombre muerto, de modo que las costillas y la columna vertebral explotaron hacia fuera formando una lluvia de fragmentos blancos de hueso. Hickey se dio cuenta de que la cosa no había «roto» a Magnus como Hickey había visto a Magnus romper un puñado de espaldas y costillas de hombres inferiores a él, sino que había hecho añicos a Magnus como un hombre haría añicos una botella o una muñeca de porcelana.

«Buscando un alma que devorar», pensó Hickey, y no sabía por qué había pensado aquello.

Hickey ya no podía mover la cabeza ni siquiera un centímetro, de modo que no tenía elección y debía mirar a la criatura del hielo mientras ésta iba extrayendo todas las partes internas de Magnus Manson y se las comía, masticando todos los trocitos con sus enormes dientes y luego desgarrando la carne helada de Magnus y separándola de los huesos helados, y luego desperdigaba los huesos por toda la proa de la pinaza, pero sólo después de abrirlos todos y chupar la médula. El viento vino y aulló en torno a la pinaza y el trineo, creando unas notas musicales y claras. Hickey imaginó un dios loco salido del Infierno con un abrigo de piel blanca, tocando una flauta de hueso.

Después la cosa fue a por él.

Primero cayó a cuatro patas, fuera de su vista (cosa mucho más terrorífica que cuando era capaz de verlo) y luego, con un movimiento vertical como el de una cresta de presión que se alzase, se elevó por encima de la borda y llenó todo el campo de visión de Hickey. Sus ojos negros, fijos, inhumanos, sin expresión alguna, estaban sólo a centímetros de los ojos abiertos del ayudante de calafatero. Su aliento caliente le envolvió.

—Oh —dijo Cornelius Hickey.

Fue la última palabra que pronunció, aunque en realidad no era una palabra, sino una larga, aterrorizada y muda exhalación. Hickey notó que su último aliento cálido fluía fuera de él, salía de su pecho, luego le subía por la garganta, luego a través de su boca abierta y forzada, luego pasaba susurrando entre sus dientes astillados, pero al instante se dio cuenta de que no era el «aliento» lo que le abandonaba, sino el espíritu, el alma.

La cosa la absorbió.

Pero entonces la criatura resopló, bufó, retrocedió, meneó la enorme cabeza como si algo sucio le hubiese mancillado. Cayó de cuatro patas y dejó el campo de visión de Cornelius Hickey para siempre.

«Todo» había abandonado para siempre el campo de visión de Cornelius Hickey. Las estrellas bajaron del cielo y se pegaron a sus ojos abiertos en forma de cristales de hielo. El Cuervo descendió en forma de oscuridad hacia él, y devoró lo que el *Tuunbaq* no se había dignado tocar. Finalmente, los ojos ciegos de Hickey estallaron debido al frío, pero él no parpadeó.

Su cuerpo quedó sentado muy rígido y erguido en la popa, con las piernas extendidas, las botas firmemente apoyadas en el montón de relojes de oro que había saqueado y el montón de ropa que había arrebatado a los hombres muertos, y las manos enguantadas heladas y pegadas a las bordas, con los dedos helados de su mano derecha a sólo unos centímetros de los cañones de la escopeta cargada.

A la mañana siguiente, antes de amanecer, llegó el frente tormentoso y el cielo empezó a aullar de nuevo, y todo el día siguiente y la noche siguiente la nieve se apiló encima de la boca muy abierta del ayudante del calafatero y cubrió su chaquetón azul, su gorro, su rostro aterrorizado y destrozado, sus ojos abiertos, con un fino sudario blanco.

60

Crozier

Qué bello es estar muerto, ahora él lo sabe, no hay dolor ni sensación del yo.

Lo malo de estar muerto, y también lo sabe ahora, es, como había temido muchas veces cuando pensaba en matarse y rechazaba la idea por ese motivo, que hay sueños.

Lo bueno de lo malo es que los sueños no son propios.

Crozier flota en ese mar cálido y optimista de no existencia y escucha los sueños que no son suyos.

Si alguno de sus poderes analíticos de ser viviente y mortal hubiese sobrevivido a la transición a ese placentero flotar después de la muerte, el antiguo Francis Crozier podía haberse sorprendido ante esa idea de «escuchar» sueños, pero es cierto que esos sueños son más bien como escuchar una salmodia entonada por otra persona, aunque no implica lenguaje alguno, ni palabras, ni música, ni canto, en lugar de «ver» cosas, como eran los sueños cuando estaba vivo. Aunque hay imágenes muy concretas relacionadas con la escucha del sueño, las formas y colores no se parecen a nada que Francis Crozier haya visto jamás al otro lado del velo de la Muerte, y es esa «no voz», esa narración «no cantada», la que llena los sueños de su muerte.

Hay una bella joven esquimal llamada Sedna. Vive sola con su padre en una casa de nieve, muy al norte de los pueblos normales de los esquimales. La fama de la belleza de la joven se extiende y varios jóvenes recorren un largo trayecto a pie sobre los témpanos de hielo y las tierras áridas para rendir homenaje al canoso padre y cortejar a Sedna.

El corazón de la joven no se ve conmovido por ninguna de las palabras ni rostros ni formas de los pretendientes, y a finales de la primavera de aquel año, cuando el hielo se está rompiendo, se va sola entre los témpanos para evitar otra cosecha anual de pretendientes con cara de luna.

Como esto ocurrió en la época en que los animales todavía tenían voces que la gente comprendía, un pájaro vuela por encima del hielo que se abre y corteja a Sedna con su canción: «Ven conmigo a la tierra de las aves, donde todas las cosas son bellas como mi canción», canta el ave. «Ven conmigo a la tierra de las aves donde no hay hambre, donde tu tienda estará hecha siempre de las pieles de caribú más bellas, donde yacerás sólo en las pieles de oso más finas, y en pieles de caribú, y donde tu lámpara estará siempre llena de aceite. Mis amigos y yo te llevaremos todo lo que pueda desear tu corazón, y tú irás vestida a partir de aquel día con nuestras plumas más bellas.»

Sedna cree al pretendiente-ave, se casa con él siguiendo la tradición de la gente real y viaja con él muchas leguas por mar y por hielo hacia la tierra de la gente ave.

Pero el ave había mentido.

Su hogar no está hecho de las pieles finas de caribú, sino que es un habitáculo triste y apedazado con pieles de pescado podrido cosidas entre sí. El viento frío sopla a su través con toda libertad, y se ríe de ella por su crédula inocencia.

Ella no duerme sobre las más finas pieles de oso, sino encima de miserables pellejos de foca. No hay aceite para la lámpara. La otra gente ave no le hace caso y ella tiene que llevar la misma ropa con la que se casó. Su nuevo marido sólo le trae pescado frío para comer.

Sedna sigue insistiendo ante su indiferente marido-ave en que echa de menos a su padre, de modo que finalmente el ave le permite a su padre que venga de visita. Para hacerlo el anciano tiene que viajar muchas semanas en su frágil embarcación.

Cuando llega su padre, Sedna finge gran alegría hasta que están a solas en la oscuridad de la tienda que apesta a pescado, y entonces se echa a llorar y le cuenta a su padre que su marido la maltrata y que lo ha perdido todo (juventud, belleza, felicidad) casándose con el ave, en lugar de casarse con uno de los jóvenes de la gente real.

El padre se siente horrorizado al oír aquella historia y ayuda a Sedna a concebir un plan para matar a su marido. Al día siguiente, cuando el marido-ave vuelve con pescado frío para Sedna, para desayunar, el padre y la chica caen encima del ave con el arpón y el remo del kayak del padre y lo matan. Luego, padre e hija huyen de la tierra de la gente ave.

Durante días y días viajan al sur hacia la tierra de la gente real, pero cuando la familia y amigos del marido-ave lo encuentran muerto, se llenan de ira y vuelan hacia el sur con un batir de alas tan fuerte que la gente real puede oírlo a mil leguas de distancia.

La distancia por mar que a Sedna y su padre les costó una semana de navegar, la cubren los miles de pájaros en vuelo en unos pocos minutos. Se abalanzan sobre el barquito como una nube oscura y furiosa de picos, garras y plumas. El aleteo de sus alas provoca una terrible tempestad que levanta las olas y amenaza con engullir el pequeño barquito.

El padre decide devolver a su hija a las aves como ofrenda, y la arroja por la borda.

Sedna se agarra al bote con desesperación. Su presa es fuerte.

El padre saca el cuchillo y le corta las primeras falanges de los dedos. Cuando caen en el mar, los trocitos de dedos se convierten en las primeras ballenas. Las uñas se convierten en las barbas de las ballenas que se encuentran en las playas.

Pero Sedna todavía se agarra. El padre le corta la segunda falange de los dedos.

Estas partes de los dedos caen en el mar y se convierten en las focas.

Pero Sedna sigue agarrándose. Cuando el aterrorizado padre le corta los últimos muñones de dedos, éstos caen en los témpanos que pasan y en el agua, y se convierten en las morsas.

Como ya no le quedan dedos, sino sólo unos muñones de hueso curvados, como las garras de ave de su difunto marido en el lugar de las manos, Sedna finalmente cae al mar y se hunde hasta el fondo del océano. Y reside allí hasta el día de hoy.

Sedna es la señora de todas las ballenas, morsas y focas. Si la gente real la complace, ella les envía animales y les dice a las focas, morsas y ballenas que se dejen coger y matar. Si la gente real la disgusta, ella se guarda las ballenas, morsas y focas en la profunda oscuridad, y la gente real sufre y pasa hambre.

«¿Qué demonios es todo esto?», piensa Francis Crozier. Es su propia voz la que interrumpe el flujo lento de la escucha del sueño.

Y como si lo hubiese convocado, irrumpe entonces el dolor.

683

61

Crozier

«¡ℳis hombres!», grita. Pero está demasiado débil para gritar. Está demasiado débil para decirlo en voz alta. Está demasiado débil incluso para recordar qué significan esas dos palabras. «¡Mis hombres!», grita de nuevo. Y surge un gemido.

Ella le está torturando.

Crozier no se despierta de golpe, sino que más bien se va despertando mediante una serie de penosos intentos de abrir los ojos, uniendo entre sí fragmentos separados de intentos de conciencia que se extienden a lo largo de horas, incluso días, siempre extraídos del sueño-muerte por el dolor, y por dos palabras que nada significan: «¡mis hombres!», hasta que al final adquiere la conciencia suficiente para recordar quién es y ver dónde está y darse cuenta de con quién está.

Ella le está torturando.

La joven esquimal a la que había conocido como Lady Silenciosa sigue cortándole en el pecho, los brazos, el costado, la espalda y la pierna con un cuchillo afilado y caliente. El dolor es incesante e intolerable.

Él está echado junto a ella en un espacio pequeño, no una casa de nieve, como la que había descrito Irving a Crozier, sino una especie de tienda hecha con pieles estiradas por encima de unos palitos o huesos, con una luz vacilante que procede de varias lámparas pequeñas de aceite y que ilumina la parte superior del cuerpo de la chica, desnudo; cuando mira hacia abajo, ve su propio pecho, sus brazos y su vientre, desgarrados y sangrantes. Piensa que está rebanándolo en tiras pequeñas.

Crozier intenta gritar, pero de nuevo se da cuenta de que está demasiado débil para chillar. Intenta apartar el brazo y la mano del cuchillo con la que ella le tortura, pero no tiene fuerzas para levantar su propio brazo, y no digamos ya para apartar el de ella.

Los ojos castaños de la joven se clavan en los de él, dándose cuenta de que ha revivido de nuevo; luego vuelve a examinar el daño que está haciendo su cuchillo al cortar la carne, apuñalar y torturar.

Crozier emite un gemido muy débil. Luego vuelve a caer en la oscuridad, pero no vuelve a escuchar sueños ni al agradable no-ser que ahora sólo recuerda a medias, sino sólo a las oleadas negras de un mar de dolor.

Ella le alimenta con una especie de caldo con una de las latas Goldner vacías, que seguramente ha robado del *Terror*. El caldo sabe a sangre de algún animal marino. Ella entonces corta tiras de carne de foca y grasa usando una hoja extrañamente curva con mango de marfil, sujeta el trozo de carne entre sus dientes y lo rebana peligrosamente cerca de los labios, cortando hacia abajo; luego mastica bien el trocito y al final lo mete entre los labios agrietados y heridos de Crozier. Él intenta escupir aquello, porque no quiere que le alimenten como si fuera un pajarito sin plumas, pero ella recupera los trozos de grasa y se los vuelve a meter en la boca. Derrotado, incapaz de luchar con ella, él encuentra la energía suficiente para masticar y tragar.

Entonces vuelve a caer en un sueño mecido por los aullidos del viento, pero pronto se despierta. Se da cuenta de que está desnudo y metido entre una ropa de cama de piel (sus ropas, las múltiples capas de ropa, no están en el pequeño espacio de la tienda) y que ella ahora le ha puesto boca abajo, colocando una especie de fina piel de foca debajo para evitar que la sangre de su pecho lacerado manche las suaves pieles que cubren el suelo de la tienda. Ella está cortando y hurgando en su espalda con una hoja larga y recta.

Demasiado débil para resistirse o darse la vuelta, lo único que puede hacer Crozier es quejarse. Se imagina que ella le está cortando a trocitos y luego cocinando y comiéndose esos trozos. Nota que ella coloca unas hebras apretadas de algo húmedo y pegajoso encima y dentro de las múltiples heridas de su espalda.

En algún momento de la tortura se queda dormido de nuevo.

«¡Mis hombres!»

Sólo después de varios días de ese dolor y de perder y recuperar constantemente la conciencia y pensar que Lady Silenciosa está cortándole a trocitos, Crozier recuerda que le han disparado.

Se despierta y la tienda está oscura, sólo se filtra una mínima cantidad de luz de luna o de estrellas a través de los pellejos bien tirantes de la tienda. La chica esquimal duerme junto a él, compartiendo el calor del cuerpo de él y ofreciéndole el suyo, y ambos están desnudos. Crozier no nota ni el menor asomo de pasión o interés físico aparte de su necesidad animal de calor. Le duele demasiado.

«¡Mis hombres! ¡Debo volver con mis hombres! ¡Advertirlos!»

Por primera vez recuerda a Hickey, la luz de la luna, los disparos de escopeta.

El brazo de Crozier está cruzado encima de su pecho y ahora obliga a su mano a tocar más arriba, donde las postas de escopeta le dieron en el pecho y el hombro. La parte superior de su torso es una masa de verdugones y heridas, pero parece que todas las postas de la escopeta y cualquier fragmento de tela que se hubiese introducido en la carne con ellas han sido cuidadosamente extraídos. Hay algo suave, como musgo humedecido o algas, apretado contra las heridas más graves, y aunque Crozier siente el impulso de quitárselo y arrojarlo lejos, no tiene fuerzas para hacerlo.

La parte superior de la espalda le duele más todavía que su lacerado pecho, y Crozier recuerda la tortura que le infligía Silenciosa hurgando allí con su cuchillo. También recuerda el sonido como de succión después de que Hickey apretara el gatillo, pero antes de que salieran disparados los cartuchos de la escopeta. La pólvora se había humedecido y era antigua, y ambos disparos probablemente habían hecho ignición con mucha menos potencia explosiva de lo que les correspondía. Pero también recordaba el impacto de la parte exterior de la nube de postas que se iba dispersando, y que le había arrojado de cara en el hielo. Le habían disparado una vez por la espalda con la escopeta a una distancia muy grande, y una vez también de frente.

«¿Habrá sacado todas las postas la chica esquimal? ¿Todos los trocitos de tela sucia que se me debieron de meter dentro?»

Crozier parpadea en la oscuridad. Recuerda haber visitado la enfermería del doctor Goodsir y las pacientes explicaciones del cirujano de cómo en las batallas navales, así como en la mayoría de las heridas sufridas en su expedición, no era normalmente la herida inicial la que mataba, sino la sepsis de las heridas contaminadas que se producía posteriormente.

Desplaza su mano lentamente del pecho al hombro. Recuerda ahora que después de los disparos de la escopeta, Hickey le había disparado varias veces con la propia pistola de Crozier, y que la primera bala había dado... allí. Crozier respinga cuando sus dedos encuentran un profundo surco en la carne de la parte superior del bíceps. Está tapado con aquella cosa mohosa y viscosa. El dolor que le produce el contacto le deja mareado y enfermo.

Hay otro surco producido por una bala a lo largo de su costilla izquierda. Tocar ése (y sólo llevarse la mano hasta allí le deja exhausto) le hace emitir un jadeo en voz alta y le deja sin conocimiento durante un momento.

Cuando recupera un poco la consciencia, Crozier se da cuenta de que Silenciosa le ha sacado una bala de la carne en aquel costado, y que también ha vendado su herida con la misma especie de cataplasma pagana que le ha aplicado en otras partes del cuerpo. Por el dolor que siente al respirar y por la hinchazón y el dolor de la espalda, cree que esa bala le rompió al menos una costilla del lado izquierdo, rebotó y luego se alojó bajo la piel, junto al omóplato izquierdo. Lady Silenciosa se la ha debido de extraer de ahí.

Le cuesta incontables minutos y el resto de su escasa energía bajar la mano para tocar la herida que más le duele.

Crozier no recuerda que le disparasen en la pierna izquierda, pero el dolor del músculo, justo por encima y por debajo de la rodilla, le convence de que una bala ha debido de atravesar ese punto. Nota el agujero de entrada y el de salida bajo sus dedos temblorosos. Cinco centímetros más arriba y la bala le habría costado la rodilla, y la rodilla le habría costado la pierna, y la pierna casi con toda seguridad le habría costado la vida. También ahí lleva una compresa con una cataplasma, y aunque nota costras, parece que no hay flujo de sangre nueva.

«No es raro que esté ardiendo de fiebre. Me estoy muriendo de sepsis.»

Entonces se da cuenta de que el calor que nota no puede ser fiebre. Esas ropas aíslan muy bien, y el cuerpo de Lady Silenciosa junto al suyo desprende tanto calor que él está completamente caliente por primera vez desde hace... ¿cuánto? ¿Meses? ¿Años?

Con gran esfuerzo, Crozier aparta la parte superior de la manta que los cubre a ambos, permitiendo que entre un poco de aire fresco.

Silenciosa se mueve, pero no se despierta. Mirándola a la débil luz de la tienda, él piensa que en realidad parece una niña..., quizá como una de las hijas adolescentes más jóvenes de su primo Albert.

Con esa idea in mente, recordando haber jugado al críquet en un césped muy verde en Dublín, Crozier se queda dormido otra vez.

ϒ

Ella lleva la parka puesta y está arrodillada ante él, con las manos a escasos centímetros de distancia y un cordón hecho con un tendón o tripa de animal bailando entre sus dedos y pulgares separados. Está usando los dedos para jugar al juego infantil de la cunita, con tendones en lugar de cordón.

Crozier la mira sin ánimo.

Aparecen repetidamente dos modelos en el complicado cruce del cordón de tendones. El primero comprende tres bandas de cordones que crean dos triángulos en la punta, justo en sus pulgares, pero con una doble lazada de cordón en la parte inferior y central del modelo que muestra una cúpula picuda. El segundo modelo, con la mano derecha muy apartada y sólo dos hilos corriendo casi hasta su mano izquierda donde el cordón forma una lazada, en torno al pulgar y al dedo meñique, muestra una compleja lazada pequeña de cordón doblado que parece una figura caricaturesca con cuatro patitas o aletas ovales y una cabeza formada por otra lazada.

Crozier no tiene ni idea de lo que significan aquellas formas. Menea la cabeza lentamente para hacerle saber a ella que no quiere jugar.

Lady Silenciosa le mira durante un momento, con los ojos oscuros clavados en los de él. Entonces deshace el motivo con un gracioso movimiento de sus manos y coloca el cordón en el cuenco de marfil del que él bebe el caldo. Un segundo después sale a gatas a través de los múltiples faldones de la puerta de la tienda.

Conmocionado por el aire frío que penetra durante unos segundos, Crozier intenta gatear también hacia la abertura. Necesita ver dónde está. Unos gemidos y crujidos de fondo sugieren que todavía están en el hielo, quizá muy cerca del lugar donde él recibió los disparos. Crozier no sabe cuánto tiempo ha pasado desde que Hickey les tendió una emboscada a los cuatro (él mismo, Goodsir, el pobre Lane y Goddard), pero tiene la esperanza de que hayan pasado sólo unas pocas horas, un día, dos como mucho. Si se va ahora, todavía podría avisar a los hombres en el campamento de Rescate antes de que Hickey, Manson, Thompson y Aylmore aparezcan por allí para hacer más daño.

Crozier puede levantar la cabeza y los hombros unos centímetros, pero está demasiado débil para salir de debajo de las pieles, y mucho menos para gatear y salir por entre los faldones de piel de caribú de la tienda. Se vuelve a dormir.

En algún momento, más tarde, sin saber si es el mismo día o si Lady Silenciosa ha salido y entrado varias veces desde que cayó dormido, la mujer le despierta. La débil luz que pasa a través de las pieles es la misma; el interior de la tienda está iluminado por las mismas lámparas de aceite. Hay un trozo de grasa de foca fresco colocado en un nicho en el suelo, que ella usa como despensa, y Crozier ve que ella acaba de quitarse la pesada parka exterior y que sólo lleva una especie de pantalones cortos con la piel hacia dentro. La suave piel exterior es de un color más claro que la piel oscura de Silenciosa. Sus pechos oscilan mientras se arrodilla ante Crozier de nuevo.

De pronto, el cordón baila nuevamente entre sus dedos. Esta vez el pequeño dibujo de un animal junto a la mano izquierda aparece primero, luego suelta el cordón, lo vuelve a trenzar y aparece a continuación el dibujo de la cúpula ovalada y acabada en punta en el centro.

Crozier menea la cabeza negativamente. No entiende nada.

Lady Silenciosa arroja de nuevo el cordón en el cuenco, coge su cuchillo corto y semicircular con el mango de marfil que parece el mango de un gancho de estibador y empieza a cortar el trozo de carne de foca.

689

—Tengo que encontrar a mis hombres —susurra Crozier—. Tienes que ayudarme a encontrar a mis hombres.

Lady Silenciosa le mira.

El capitán no sabe cuántos días pueden haber pasado desde que se despertó por primera vez. Duerme mucho. Sus pocas horas de vigilia las pasa bebiéndose el caldo y comiendo la carne y grasa de foca que Silenciosa ya no tiene que masticar previamente para él, pero que todavía le lleva a los labios, y ella le va cambiando las cataplasmas y lo limpia. Crozier se siente mortificado más allá de lo imaginable por tener que atender a sus necesidades de eliminación mediante otra lata Goldner colocada en la nieve y que puede alcanzar a través de un hueco entre la ropa de dormir que hay debajo de él, y que sea precisamente «esa chica» la que regularmente tenga que sacar la lata para vaciarla en algún lugar allá afuera, en los témpanos. No sirve de ningún consuelo a Crozier que el contenido de la lata se congele rápidamente, y que casi no huela en el interior de la pequeña tienda, que ya huele tan intensamente a pescado, a foca y a su propio sudor y presencia humana.

—Tienes que ayudarme a llegar hasta mis hombres —vuelve a decir, con voz ronca.

Sabe que existen muchas posibilidades de que todavía estén cerca de la *polynya* donde Hickey les tendió la emboscada, a no más de tres kilómetros por el hielo del campamento de Rescate.

Tiene que avisar a los demás.

Le confunde que cada vez que se despierta la luz tenue que pasa a través de las pieles de la tienda parezca ser la misma. Quizá, por algún motivo que sólo el doctor Goodsir podría explicar, se despierte sólo de noche. Quizá Silenciosa le esté drogando con esa sopa de sangre de foca para mantenerle durmiendo durante el día. Para evitar que escape.

—Por favor —susurra.

Puede esperar que, a pesar de su mudez, la salvaje haya aprendido un poco de inglés durante sus meses a bordo del HMS *Terror*. Goodsir había confirmado que Lady Silenciosa podía oír, aunque no tuviera lengua con la cual hablar, y el propio Crozier la había visto sobresaltarse al oír un ruido súbito, cuando era huésped de su barco.

La Silenciosa sigue mirándole.

«Es tan idiota como salvaje», piensa Crozier. No piensa volver a suplicar más a esa pagana nativa. Tendrá que seguir comiendo, recuperándose, cogiendo fuerzas, y un día echarla a un lado y volver andando al campamento él solo.

Lady Silenciosa parpadea y se vuelve a cocinar el trozo de carne de foca encima de su pequeño fogón de grasa.

Se despierta otro día, o más bien otra noche, porque la luz es tan oscura como siempre, y encuentra a Silenciosa arrodillada ante él y jugando de nuevo con el cordón.

El primer dibujo que forman sus dedos muestra de nuevo la forma con cúpula puntiaguda. Sus dedos bailan. Aparecen dos formas con lazadas verticales, pero con dos patas o aletas, en lugar de cuatro. Ella aparta mucho los dedos y de alguna manera los dibujos se mueven, deslizándose desde la mano derecha de ella hacia la izquierda, y las lazadas en forma de globo se van desplazando. Ella deshace ese dibujo, sus dedos vuelan y aparece de nuevo la cúpula oval en el centro, pero, según se va dando cuenta Crozier poco a poco, no es exactamente la misma forma. El pico de la cúpula ha desaparecido y ahora es una pura curva catenaria como las que había estudiado como guardiamarina, al examinar atentamente ejemplos de geometría y de trigonometría.

Él menea la cabeza negativamente.

—No lo entiendo —dice ásperamente—. Este juego no tiene sentido, maldita sea.

La Silenciosa le mira, parpadea, arroja el cordón a una bolsa de piel de animal y empieza a sacarle de las pieles donde duerme.

Crozier todavía no tiene fuerzas para resistirse a ella, pero tampoco usa la poca fuerza que ha recuperado para ayudarla. Lady Silenciosa le incorpora y le pone una chaquetilla ligera de caribú como ropa interior y luego encima una gruesa parka de piel en la parte superior del cuerpo. Crozier se sorprende al ver lo ligeras que son las dos capas, ya que las capas de algodón y lana que llevaba para trabajar fuera los tres años anteriores pesaban más de trece kilos «antes» de quedar inevitablemente empapadas de sudor y de hielo, pero duda de que la parte superior del traje esquimal pese más de tres kilos y medio. Nota lo sueltas que quedan ambas capas encima de su torso, pero que al mismo tiempo se ajustan perfectamente por el cuello y las muñecas, allí donde podría escapar el calor.

Abochornado, Crozier intenta ayudar a ponerse los ligeros pantalones de caribú encima del cuerpo desnudo (una versión más larga de los pantalones cortos que es lo único que lleva Silenciosa dentro de la tienda), y luego unas largas medias de caribú, pero sus dedos estorban más que ayudar. Lady Silenciosa le aparta las manos y acaba por vestirle con una economía de esfuerzos muy impersonal, que sólo usan las madres y las enfermeras.

Crozier mira mientras Silenciosa le pone unas fundas que parecen estar hechas de hierba entretejida en los pies y se las ajusta muy bien encima de los pies y los tobillos. Presumiblemente sirven como aislamiento, y él es incapaz de imaginar el tiempo que le habrá costado a ella, o a alguna otra mujer, tejer la hierba hasta conseguir unos calcetines tan altos y ajustados. Las botas de piel, cuando Lady Silenciosa se las pone encima de los calcetines de hierba, se superponen a sus medias de piel, y él nota que las suelas de estas botas están hechas del pellejo más grueso de todas sus ropas.

Durante las primeras horas que pasó despierto en la tienda, Crozier se maravillaba ante la profusión de ropa, parkas, pieles, pellejos de caribú, ollas, tendones, las lámparas de aceite de foca hecha de lo que parecía esteatita, el cuchillo curvado y otras herramientas, pero luego se dio cuenta de lo obvio: fue Lady Silenciosa la que saqueó los cuerpos y equipajes de los ocho esquimales que mataron los tenientes Hodgson y Farr. El resto del material (latas Goldner, cucharas, cuchillos, costillas de mamíferos marinos, trozos de madera, marfil, incluso lo que parecían ser viejas duelas de barril, ahora usadas como parte del armazón de la tienda) debió de recogerlos del *Terror* o del abandonado campamento Terror, o durante los meses que ella pasó sola en la nieve.

Cuando está vestido, Crozier se deja caer sobre un codo y jadea.

—¿Me vas a llevar ahora de vuelta con mi pueblo? —pregunta.

Lady Silenciosa se pone unos guantes en las manos, se sube la capucha con el borde de piel de oso, agarra con fuerza la piel de oso que hay debajo de él y la arrastra hacia fuera a través de los faldones de la tienda.

El aire frío hiere los pulmones de Crozier y le hace toser, pero al cabo de un momento se da cuenta de lo caliente que está el resto de su cuerpo. Nota el calor de su propio cuerpo que fluye en torno a él, en el espacio que crea su ropa, obviamente no porosa. Lady Silenciosa se afana de aquí para allá durante un minuto, incorporándole hasta dejarle sentado encima de una pila de pieles dobladas. Él supone que ella no quiere que esté echado en el hielo, aunque sea encima de una piel de oso, ya que se está más caliente con esas extrañas ropas esquimales cuando se está sentado y se deja que el aire calentado por el propio cuerpo circule por la piel.

Como para confirmar su teoría, Silenciosa retira la piel de oso en el hielo, la dobla y la añade a la pila que está junto a la que él se sienta. Asombrosamente, aunque los pies de Crozier estaban fríos siempre que subía a cubierta o salía al hielo, durante los tres últimos años, y llevaban «fríos y húmedos» cada momento desde que abandonó el *Terror*, ni el frío del hielo ni la humedad parecen penetrar allí las gruesas suelas de piel y las botas de hierba que lleva ahora.

Mientras Silenciosa empieza a desmontar la tienda con unos pocos movimientos firmes, Crozier mira a su alrededor.

Es de noche.

«¿Por qué ha querido sacarme de noche? ¿Acaso hay alguna emergencia?»

La tienda de caribú que ella desmonta con rapidez está, como él había intuido por los ruidos, en la banquisa, situada entre seracs e icebergs y crestas de presión que reflejan la poca luz que arrojan unas cuantas estrellas asomadas entre nubes bajas. Crozier ve el agua oscura de una *polynya* a menos de nueve metros de donde se encontraba echado en la tienda, y el corazón le late más deprisa.

«No hemos abandonado la zona donde Hickey nos tendió la emboscada, a unos tres kilómetros del campamento de Rescate. Sé volver desde aquí.»

Entonces se da cuenta de que esa *polynya* es mucho más pequeña que aquella a la cual les había conducido Robert Golding: este
fragmento de agua negra y abierta mide menos de dos metros y medio de largo, y sólo la mitad de ancho. Tampoco los icebergs helados
que los rodean en la banquisa tienen el mismo aspecto. Son mucho
más altos y numerosos que los del lugar de la emboscada de Hickey.
Y las crestas de presión son más altas.

Crozier guiña los ojos y mira hacia el cielo, captando sólo algún
atisbo de las estrellas. Si las nubes se separasen y tuviera el sextante, las tablas y una carta, podría fijar su posición...

Sí..., sí..., podría...

El único fragmento de estrellas reconocible que ve parece más
bien una constelación invernal que una que estuviera en aquella parte del cielo ártico a mediados o finales de agosto. Él sabe que le dispararon la noche del 17 de agosto; ya había anotado su entrada diaria en la bitácora antes de que Robert Golding viniera corriendo al
campamento, y no puede imaginar que hayan pasado más que unos
pocos días desde la emboscada.

Mira como loco hacia los horizontes cubiertos de hielo, intentando ver un resplandor que apunte hacia un crepúsculo reciente o
una inminente aurora, hacia el sur. Sólo se ve la noche y el viento
aullante y las nubes, y unas pocas estrellas temblorosas.

«Dios mío..., ¿dónde está el sol?»

Crozier sigue sin tener frío, pero ahora tiembla y tirita tanto que
tiene que usar la poca fuerza que le queda para agarrarse a la pila de
pieles dobladas para no caerse.

Lady Silenciosa está haciendo una cosa muy extraña.

Ha dejado caer la tienda de piel y los huesos con unos pocos movimientos eficientes (aun a aquella luz débil, Crozier ve que las cubiertas exteriores de la tienda están hechas de piel de foca) y ahora
se arrodilla ante una de las cubiertas de piel de foca de la tienda; con
su cuchillo en forma de media luna la está rajando por la mitad.

Entonces lleva las dos mitades de la piel de foca hacia la *polynya*
y, con un palo curvado para bajar las pieles hacia el agua, las hume-
dece completamente. Volviendo hacia el lugar donde estaba la tienda
sólo hace unos momentos, coge peces congelados de la zona de almacenaje que había recortado en el hielo, en su mitad de la tienda, y
velozmente coloca una hilera de pescados, uno tras otro, a lo largo de
un lado de cada mitad de la cubierta de la tienda, que se está congelando rápidamente.

Crozier no tiene ni la menor idea de qué es lo que está haciendo

693

la chica. Es como si estuviera realizando alguna especie de malsano ritual religioso pagano allá fuera, en el viento de la noche, bajo las estrellas. Pero el problema, piensa Crozier, es que ha cortado la cubierta de piel de foca de la tienda. Aunque reconstruya la tienda con las pieles estiradas encima de los palitos curvados, las costillas y los huesos, ya no conseguirá protegerlos del viento y del frío.

Ignorándole, Silenciosa enrolla ambas mitades de la cubierta de piel de foca muy tensas alrededor de las dos hileras de pescados, tirando de la piel de foca húmeda para que quede más tirante aún. A Crozier le divierte ver que ha dejado la mitad de un pescado sobresaliendo de un extremo en ambos trozos de piel de foca enrollados, y ahora se concentra en doblar hacia arriba la cabeza de cada pescado, ligeramente.

Al cabo de dos minutos puede levantar los dos envoltorios de más de dos metros de largo con el pescado rodeado de piel de foca, cada uno de ellos congelado y sólido, como una estrecha y dura pieza de roble con una cabeza de pescado sobresaliendo por cada punta, y los coloca paralelos en el hielo.

Ahora, ella se pone un trocito de piel debajo de las rodillas y se arrodilla, y usando trozos de tendón y correas de piel, ata trozos cortos de astas de caribú y de marfil (el antiguo armazón de la tienda) conectando ambos envoltorios de pescado de más de dos metros de largo.

—Madre de Dios —jadea Francis Crozier. «Los pescados envueltos en piel de foca húmeda con los patines. Las astas son las piezas transversales»—. Estás construyendo un maldito trineo —susurra.

Su aliento deja colgando cristales en el aire de la noche, mientras su regocijo se convierte en pánico. «No hacía tanto frío el 17 de agosto o antes, ni se acercaba de lejos a este frío, aunque fuese en mitad de la noche.»

Crozier supone que a Silenciosa le ha costado media hora, o menos aún, hacer el trineo con patines de pescado y astas de caribú, pero se queda sentado en su pila de pieles durante una hora y media o más, porque calibrar el paso del tiempo es difícil sin su reloj de bolsillo, y sigue cayendo en un sueño ligero, aun estando sentado, mientras la mujer trabaja en los patines del trineo.

Primero saca algo que parece una mezcla de barro y musgo de una bolsa de lona que procede del *Terror*. Trayendo agua en latas Goldner desde la *polynya*, da forma a aquel barro-musgo y lo convierte en bolas del tamaño de un puño, y luego coloca la masa a lo largo de los patines, dando palmaditas y extendiéndola de forma regular con las manos desnudas. Crozier no tiene ni idea de por qué no se le quedan las manos congeladas a pesar de sus frecuentes interrupciones para meterse las manos bajo la parka, apretadas sobre el vientre desnudo.

Lady Silenciosa alisa bien el barro congelado con el cuchillo, moldeándolo como un escultor moldearía una maqueta de arcilla. Entonces trae más agua de la *polynya* y la vierte encima de la capa de barro congelado, creando una envoltura de hielo. Finalmente, salpica puñados de agua en una tira de piel de oso y frota ese pellejo húmedo arriba y abajo por el barro congelado, a lo largo de cada patín, hasta que el recubrimiento de hielo queda completamente suave. A la luz de las estrellas, a Crozier le parece que los patines a lo largo del trineo invertido (sólo pescado y tiras de piel de foca dos horas antes) están recubiertos de cristal.

Silenciosa vuelve el trineo, comprueba las correas y los nudos, apoya su peso en las astas de caribú, firmemente atadas, y en las pequeñas piezas de madera; después, ata las astas que quedan, dos largas y curvadas, que habían sido los soportes principales de la tienda, en la parte trasera del trineo, para formar un manillar rudimentario.

Entonces coloca varias capas de pieles de foca y de oso encima de las astas cruzadas y va a ayudar a Crozier a ponerse en pie; le ayuda a subirse al trineo.

Él aparta el brazo de la mujer e intenta caminar solo.

No recuerda caer desmayado de cara en la nieve, pero cuando recobra la visión y el oído, Silenciosa le está subiendo al trineo, poniéndole las piernas rectas, apoyando su espalda firmemente contra una pila de pieles amontonadas y apoyadas en el manillar de astas, y colocando varias pieles gruesas encima de él.

Él ve que ella ha atado unas largas tiras de cuero en la parte delantera del trineo y ha tejido los finales formando una especie de arnés que pasa en torno a su cintura. Piensa en sus juegos con los cordeles y comprende lo que ella le ha estado diciendo: la tienda (forma oval acabada en pico) desmontada, ellos dos que se van (las figuritas que caminan por los trocitos de cordón deslizante, aunque Crozier, ciertamente, no va a andar aquella noche), hacia otra forma oval sin pico. (¿Otra tienda en forma de cúpula? ¿Una casa de nieve?)

Una vez todo empaquetado (las pieles extra y las bolsas de lona, las ollas envueltas en pieles, las lámparas de aceite de foca, todo colocado encima y alrededor de Crozier), Silenciosa se coloca el arnés y empieza a tirar de él por encima del hielo.

Los patines se deslizan con eficiencia de cristal, mucho más si-

695

lenciosos y suaves que los trineos de los botes del *Terror* y del *Erebus*. Crozier se siente sorprendido al ver que todavía está caliente; dos horas o más sentado allí, quieto, encima de un témpano, no le han producido frío alguno, excepto en la punta de la nariz.

Las nubes son espesas por encima de ellos. No hay asomo de amanecer en el horizonte, en ninguna dirección. Crozier no tiene ni idea de adónde le llevará la mujer: ¿de vuelta a la isla del Rey Guillermo? ¿Al sur, a la península de Adelaida? ¿Hacia el río Back? ¿Más lejos aún en el hielo?

—Mis hombres —le dice. Se esfuerza por elevar la voz y hacerse oír por encima del susurro del viento, el silbido de la nieve y los gruñidos del espeso hielo que tienen debajo—. Tengo que volver con mis hombres. Me estarán buscando. Señorita..., señora... Lady Silenciosa, por favor. Por el amor de Dios, por favor, lléveme de vuelta al campamento de Rescate.

Silenciosa no se vuelve. Él no ve más que la parte trasera de su capucha y el borde de piel de oso que brilla bajo la débil luz de las estrellas. No tiene ni idea de cómo puede orientarse ella con esa oscuridad, y cómo una chica tan menuda puede tirar de su peso y el del trineo con tanta facilidad.

Se deslizan silenciosamente hacia la oscuridad, en el laberinto de hielo que tienen ante ellos.

62

Crozier

Sedna, en el fondo del mar, decide si enviar las focas a la superficie para ser cazadas por otros animales y por la gente real, pero, en un sentido real, es la foca misma quien se deja matar o no.

En otro sentido, no existe más que una sola foca.

Las focas son como la gente real en el sentido de que cada una tiene dos espíritus, un espíritu vital que muere con el cuerpo, y un espíritu permanente que se separa del cuerpo en el momento de la muerte. Esta alma de mayor duración, el *tarnic*, se esconde en la foca como una diminuta burbuja de aire y de sangre que un cazador puede encontrar en las tripas de la foca y que tiene la misma forma que la propia foca, pero mucho más pequeña.

Cuando muere una foca, su espíritu permanente se aleja y vuelve exactamente en la misma forma en una foca recién nacida que desciende de la foca que ha decidido dejarse matar y comer.

La gente real sabe que un cazador, a lo largo de toda su vida, irá capturando y matando a la misma foca o la misma morsa u oso o ave muchas veces.

Precisamente, lo mismo ocurre con el espíritu permanente de un miembro de la gente real cuando su espíritu vital muere con el cuerpo. El *inua* (el alma-espíritu permanente) viaja, con todos los recuerdos y habilidades intactos, tan sólo escondido, hasta un niño o una niña del linaje de la persona muerta. Ése es uno de los motivos por los cuales la gente real nunca riñe a sus hijos, por muy alborotadores o incluso impertinentes que se pongan. Además del alma de niño, en ese niño reside el *inua* de un adulto, de un padre, tío, abuelo, bisabuelo, madre, tía, abuela o bisabuela, con toda su sabiduría de cazador, matriarca o chamán, y no hay que reprenderle.

La foca no se rinde fácilmente ante cualquier cazador de la gente real. El cazador debe ganársela, no sólo a través de la astucia, del acecho y de la habilidad, sino también mediante la calidad del propio valor y el *inua* del cazador.

Esos *inua* o espíritus de la gente real, focas, morsas, osos, caribúes, aves, ballenas, existían como espíritus antes que la Tierra, y la Tierra es vieja.

Durante el primer período del universo, la Tierra era un disco flotante debajo de un cielo apoyado en cuatro columnas. Debajo de la Tierra había un lugar oscuro donde habitaban los espíritus, y donde siguen viviendo la mayoría, hasta el día de hoy. Esta Tierra temprana estaba debajo del agua la mayor parte del tiempo, sin seres humanos. No había gente real ni oros, hasta que dos hombres, Aakulujjuusi y Uumaaniirtuq, surgieron de unos montículos en la tierra. Esos dos se convirtieron en la primera gente real.

En aquella época no había estrellas, ni luna ni sol, y los dos hombres y sus descendientes tenían que vivir y cazar en la oscuridad total. Como no había chamanes que guiasen a la gente real en su conducta, los seres humanos tenían muy poco poder y sólo podían cazar a los animales más pequeños, liebres, perdices blancas, algún cuervo, y no sabían cómo vivir adecuadamente. Su único adorno era llevar un *aanguaq* de vez en cuando, un amuleto hecho con caparazones de erizos de mar.

Las mujeres se habían unido a los dos hombres de la Tierra en los primeros tiempos (venían de los glaciares, igual que los hombres habían venido de la Tierra), pero eran estériles, y pasaban todo el tiempo caminando por las costas, mirando hacia el mar o cavando en el suelo en busca de niños.

El segundo ciclo del universo apareció después de una larga y amarga lucha entre un zorro y un cuervo. Entonces aparecieron las estaciones, y luego la vida y la muerte mismas; poco después llegaron las estaciones, y empezó una nueva era en la cual el espíritu vital de los seres humanos moriría con los cuerpos y el espíritu-*inua* podría viajar a cualquier parte.

Entonces los chamanes aprendieron algunos secretos del orden cósmico y pudieron ayudar a la gente real a aprender cómo vivir adecuadamente, creando unas normas que prohibían el incesto y casarse fuera de la familia o el crimen u otras conductas que van contra el orden de las cosas. Los chamanes también podían ver retrospectivamente, incluso en el tiempo en que Aakulujjuusi y Uumaaniirtuq salieron de la tierra, y explicar a los seres humanos los orígenes de los grandes espíritus del universo (los *inuat*) como el espíritu de la Luna, o Naarjuk, el espíritu de la Consciencia misma, o

Sila, el espíritu del Aire, que también es la más vital de todas las fuerzas antiguas. Es Sila quien crea, impregna y da energía a todas las cosas, y quien expresa su ira a través de tormentas y ventiscas.

También en ese momento la gente real supo de Sedna, conocida en otros lugares fríos como Uinigumauituq o Nuliajuk. Los chamanes explicaban que todos los seres humanos (la gente real, los seres humanos nativos con la piel más roja que vivían mucho más al sur de la gente real, los espíritus del caribú *Ijirait*, e incluso la gente pálida que apareció mucho más tarde) habían nacido de Sedna-Uinigumauituq-Nuliajuk emparejada con un perro. Eso explica por qué los perros pueden tener nombres, y nombres del alma, e incluso comparten el *inua* de su amo.

El *inua* de la Luna, Aningat, cometió incesto, o bien abusó de su hermana, Siqniq, el *inua* del Sol. A la esposa de Aningat, Ulilarnaq, le gustaba destripar a sus víctimas, ya fuesen animales o gente real, y tanto le disgustaba que los chamanes se mezclasen en temas espirituales que los castigaba haciéndolos reír incontrolablemente. Desde ese día, los chamanes pueden verse atacados por una risa incontrolable y frecuentemente mueren de ella.

A la gente real le gusta saber cosas de esos tres espíritus más poderosos del cosmos: el espíritu del Aire, que todo lo invade; el espíritu del Mar, que controla a todos los animales que viven en el mar o dependen del mar; y el miembro final de su trinidad, el espíritu de la Luna; sin embargo, esos tres *inuat* originales son demasiado poderosos para prestar atención a la gente real (o a los seres humanos de cualquier tipo), ya que esos *inuat* supremos están muy por encima de los demás espíritus, y esos espíritus menores están por encima de los seres humanos, de modo que la gente real no adora a esa trinidad. Los chamanes raramente intentan contactar con esos espíritus tan poderosos, como Sedna, y se contentan con asegurarse de que la gente real no rompe los tabúes que podrían enfurecer al espíritu del Mar, el espíritu de la Luna o el espíritu del Aire.

Pero lentamente, a lo largo de muchas generaciones, los chamanes, conocidos como *angakkuit* entre la gente real, han ido conociendo más secretos del universo oculto y de los espíritus *inuat* más inferiores. A lo largo de muchos siglos, algunos de los chamanes han adquirido el don que Memo Moira llamaba «clarividencia» o «segunda visión». La gente real llama a esas habilidades *qaumaniq* o *angakkua*, dependiendo de cómo se manifiesten. Igual que los seres humanos amaestraron antes a sus espíritus-primos, los lobos, para que se convirtieran en perros que compartieran el *inua* de sus amos, del mismo modo actuaron los *angakkuit* con los dones de oír o enviar pensamientos, y aprendieron a amaestrar, a domesticar y a controlar a los espíritus inferiores que se les aparecían. Estos espíritus serviciales se llamaban *tuurngait*, y no sólo ayudaban a los chamanes a ver el mundo espiritual invisible y a retroceder a tiempos anteriores a los seres humanos, sino que también les permitían mirar dentro de las mentes de otros seres humanos para ver los fallos cometidos por la gente real cuando rompían las leyes del orden universal. Los espíritus serviciales *tuurngait* ayudaban a los chamanes a restablecer el orden y el equilibrio. Enseñaron a los *angakkuit* su lenguaje, el lenguaje de los espíritus pequeños, que se llama *irinaliutit*, de modo que los chamanes pudiesen dirigirse directamente a sus propios antepasados y a las fuerzas *inuat* más poderosas del universo.

Una vez los chamanes hubieron aprendido el lenguaje *irinaliutit* de los espíritus serviciales *tuurngait*, pudieron ayudar a los seres humanos a confesar sus malas acciones y sus faltas, a curar enfermedades y a restablecer el orden en la confusión de los asuntos humanos, y restaurar así el orden del propio mundo. Este sistema de normas y tabúes que se fue transmitiendo por medio de los chamanes era tan complejo e intrincado como el entramado de cordones que crean entre los dedos las mujeres de la gente real, hasta el día de hoy.

Los chamanes también actuaban como protectores.

Algunos espíritus malignos inferiores vagaban entre la gente real, persiguiéndolos y llevándoles el mal tiempo, pero los chamanes habían aprendido a crear y consagrar un cuchillo sagrado y matar a aquellos *tupilait*.

Para detener las propias tormentas, los *angakkuit* encontraban y empuñaban un gancho especial que podía cortar la *silagiksaqtuq* o vena del viento.

Los chamanes también sabían volar y actuaban como mediadores entre la gente real y los espíritus, pero también podían traicionar (y con frecuencia lo hacían) la confianza de sus propios poderes y hacer daño a los seres humanos usando el *ilisiiqniq*, un hechizo poderoso que arrojaban para causar celos y rivalidad y que incluso podía provocar el odio suficiente para obligar a la gente real a matar a otros sin motivo alguno. Frecuentemente un chamán pierde el control de sus espíritus serviciales *tuurngait*, y cuando esto ocurre, si no se arregla enseguida, ese chamán incompetente es como una enorme roca metálica que llama a los rayos veraniegos, y la gente real no puede hacer gran cosa, salvo atar a ese chamán y abandonarlo o matarlo, cortarle la cabeza y separarla del cuerpo, de modo que el chamán no pueda volver a la vida y perseguirlos.

La mayoría de los chamanes con cierto poder saben volar, curar a las personas, a familias y a pueblos enteros (en realidad ayudando a la gente a curarse a sí mismos recuperando el equilibrio, después de confesar sus faltas); dejan que sus cuerpos viajen hacia la Luna o hasta el fondo del mar (donde podrían morar los espíritus *inuat* más poderosos) y, después de los encantamientos chamánicos *irinaliutit* adecuados, cánticos y redobles de tambores, pueden convertirse en animales como el oso blanco.

Mientras la mayoría de los espíritus no contenidos en alma alguna se contentan con morar en el mundo espiritual, hay criaturas que llevan los espíritus *inua* de monstruos.

Algunos de los monstruos más pequeños se llaman *tupilek* y los trajeron a la vida de forma efectiva unas personas llamadas *ilisituk*, hace cientos o miles de años. Esos *ilisituk* no eran chamanes, sino más bien ancianos y ancianas malvados que habían aprendido los poderes de los chamanes pero los usaban para jugar con la magia, en lugar de para la curación y para la fe.

Todos los humanos, especialmente la gente real, viven de comer almas, eso lo saben muy bien. ¿Qué es la caza sino un alma que busca a otra alma y la somete a la sumisión suprema de la muerte? Cuando una foca, por ejemplo, accede a dejarse matar por un cazador, ese cazador debe honrar el *inua* de la foca que ha accedido a morir, después de su muerte, pero antes de comerla, ya que es una criatura del agua, dándole a beber ceremonialmente un poco de agua. Algunos de los cazadores de la gente real llevan pequeños vasitos con un palo para ese propósito, pero algunos de los cazadores más ancianos y mejores pasan el agua de su propia boca a la boca de la foca muerta.

Todos somos comedores de almas.

Pero los ancianos y ancianas malvadas *ilisituk* eran ladrones de almas. Usaban sus conjuros para controlar a los cazadores, que a menudo se llevaban a sus familias a otros lugares y vivían y morían muy lejos en el hielo o en las montañas interiores. Los descendientes de estas víctimas del robo de almas eran conocidos como *qivitok*, y siempre eran mucho más salvajes que humanos.

Cuando las familias y los pueblos empezaban a sospechar de la maldad del viejo *ilisituk*, los hechiceros solían crear pequeños animales malignos, los *tupilek*, para que acecharan, hiriesen o incluso matasen a sus enemigos. Los *tupilek* empezaban como cosas inertes y sin vida, tan pequeñas como piedrecillas, pero después de ser animados por la magia de los *ilisituk*, crecían hasta alcanzar el tamaño que ellos querían y adoptaban formas terribles e innombrables. Pero como tales monstruos eran víctimas fáciles de localizar y de los que se podía huir a la luz del día, los furtivos *tupilek* solían elegir la forma aproximada de algún ser viviente, como una morsa o quizás un oso blanco. Entonces el cazador desprevenido, que había sido maldito por el *ilisituk* maligno, se convertía en presa. Los seres humanos raramente escapaban a los *tupilek* asesinos, una vez éstos eran enviados a cometer su crimen.

Pero hoy en día quedan muy pocos hechiceros ancianos y malignos *ilisituk*. Un motivo para este hecho es que si los *tupilek* no conseguían matar a su víctima asignada, si intervenía un chamán o si el cazador era tan astuto que conseguía escapar por sus propios medios, el *tupilek* invariablemente volvía a asesinar a su creador. Uno a uno, los viejos *ilisituk* cayeron víctimas de sus propias y terribles creaciones.

Luego llegó un tiempo, hacía muchos miles de años, en que Sedna, el espíritu del Mar, se puso furiosa con sus compañeros espíritus, el espíritu del Aire y el espíritu de la Luna.

Para matar a esas otras dos partes de la Trinidad que se habían convertido en fuerzas básicas del universo, Sedna creó su propio *tupilek*.

Esa máquina de matar animada por el espíritu era tan terrible que tenía un nombre del alma propio, y se convirtió en una cosa llamada *Tuunbaq*.

El *Tuunbaq* era capaz de moverse libremente entre el mundo espiritual y el mundo terrestre de los seres humanos, y podía tomar cualquier forma que eligiese. Cualquier forma que adoptase era tan terrible que ni siquiera un espíritu puro podía mirarlo directamente sin enloquecer. Su poder, concentrado por Sedna en el único objetivo de causar la destrucción y la muerte, era el puro terror. Además, Sedna había otorgado a su *Tuunbaq* el poder de dirigir a los *ixitqusiqjuk*, los innumerables espíritus malignos más pequeños que andaban por ahí.

Por sí mismo, uno a uno, el *Tuunbaq* podría haber matado al espíritu de la Luna o a Sila, el espíritu del Aire.

No obstante, el *Tuunbaq*, aunque era terrible en todos los aspectos, no era un ser tan furtivo como el *tupilek*, más pequeño.

Sila, el espíritu del Aire, cuya energía llena el universo, notó su presencia asesina cuando la perseguía a través del mundo de los espíritus. Sabiendo que podía ser destruida por el *Tuunbaq* y sabiendo también que si era destruida el universo quedaría de nuevo sumido en el caos, Sila llamó al espíritu de la Luna para que la ayudara a derrotar a la criatura.

El espíritu de la Luna no estaba interesado en ayudarla. Ni tampoco estaba preocupado por el destino del universo.

Entonces Sila rogó a Naarjuk, el espíritu de la Conciencia y uno de los espíritus profundos *inua* más antiguos (que, como Sila, había aparecido cuando el caos del cosmos fue separado del fino pero creciente y vivo junco verde del orden, hacía muchísimo tiempo), que la ayudara.

Naarjuk accedió.

Juntos, en una batalla que duró diez mil años y que dejó cráteres, rasgaduras y vacíos en la tela del mundo espiritual en sí mismo, Sila y Naarjuk derrotaron el terrible ataque del *Tuunbaq*.

Como cualquier *tupilek* que hubiese fracasado en su intento de asesinato estaba destinado a hacer, el *Tuunbaq* entonces se volvió a destruir a su creadora..., Sedna.

Pero Sedna, que había aprendido la lección duramente ya antes incluso de que su propio padre la traicionara, hacía mucho tiempo, comprendió el peligro que suponía para ella el *Tuunbaq* antes de crearlo, de modo que activó en ese momento una debilidad secreta que había puesto en el *Tuunbaq*, pronunciando sus propios conjuros *irinaliutit* del mundo de los espíritus.

Al instante, el *Tuunbaq* quedó desterrado a la superficie de la Tierra, y no fue capaz de volver al mundo espiritual, ni tampoco al seno más profundo del mar ni tampoco de mantener su forma puramente espiritual en ninguno de los dos sitios. Sedna estaba a salvo.

La Tierra y sus moradores, por otra parte, ya no estaban a salvo.

Sedna había desterrado al *Tuunbaq* a la parte más fría y vacía de la atestada Tierra: la región perpetuamente helada junto al Polo Norte. Había elegido el norte lejano en lugar de otras zonas distantes y heladas porque sólo el norte, el centro de la Tierra de los muchos dioses *inuat*, tenía chamanes con cierto historial en el trato de espíritus malignos y furiosos.

El *Tuunbaq*, privado de su monstruosa forma espiritual pero todavía monstruoso en esencia, pronto cambió de forma, como hacen todos los *tupilek*, y se convirtió en la cosa viviente más terrible que se podía encontrar en toda la Tierra. Eligió la forma y la sustancia del depredador más astuto, furtivo y mortal de la Tierra, el oso polar blanco, pero era al oso en tamaño y astucia como el oso mismo a uno de los perros de la gente real. El *Tuunbaq* mataba y se comía a los fe-

703

roces osos blancos, devorando sus almas, con la misma facilidad que la gente real caza una perdiz blanca.

Cuanto más complicada es el alma *inua* de un ser viviente, más deliciosa resulta para un depredador de almas. El *Tuunbaq* pronto aprendió que disfrutaba más comiendo hombres que comiendo *nanuq*, los osos, y que disfrutaba mucho más comiendo almas de hombres que comiendo almas de morsas, y que disfrutaba más comiendo hombres incluso que devorando la enorme, gentil e inteligente alma *inuat* de la orca.

Durante generaciones, el *Tuunbaq* se regodeó con los seres humanos. Gran parte de nevado norte que en tiempos estaba repleto de poblados, zonas del mar que antes veían flotas enteras de kayaks, y lugares abrigados que habían oído las risas de miles de personas de la gente real, pronto quedaron abandonados, y los seres humanos huyeron al sur.

Pero no se podía escapar al *Tuunbaq*. El supremo *tupilek* de Sedna podía nadar más rápido, correr más velozmente, pensar mejor, acechar mejor y luchar mejor que cualquier ser humano vivo. Dirigía a los malos espíritus *ixitqusiqjuk* para que moviesen los glaciares más al sur, haciendo que los propios glaciares siguieran a los seres humanos que habían huido hacia tierras más verdes, de modo que el *Tuunbaq* con su pellejo blanco estuviera cómodo y oculto en el frío mientras continuaba comiendo almas humanas.

Los pueblos de la gente real enviaron a centenares de cazadores para que mataran a aquel ser, y ninguno de los hombres volvió vivo. A veces, el *Tuunbaq* se burlaba de los familiares de los cazadores muertos devolviéndoles trozos de sus cadáveres, a veces dejando las cabezas y las piernas, los brazos y los torsos de varios cazadores todos mezclados, para que las familias ni siquiera pudieran llevar a cabo las ceremonias de enterramiento adecuadas.

El monstruo comedor de almas de Sedna parecía que se iba a comer el alma de todos los seres humanos de la Tierra.

Pero, como esperaba Sedna, los chamanes de los centenares de grupos de la gente real, reunidos en torno a la periferia del frío norte, enviaron mensajes verbales y luego se reunieron en los enclaves chamánicos *angakkuit* y hablaron, rezaron a sus espíritus amistosos, consultaron con sus espíritus serviciales y al final dieron con un plan para tratar con el *Tuunbaq*.

No podían matar a aquel Dios Que Camina Como Un Hombre, porque ni siquiera Sila, espíritu del Aire, ni Sedna, espíritu del Mar, podían matar al *tulipek Tuunbaq*.

Pero podían contenerlo. Podían evitar que llegase al sur y matase a todos los seres humanos y toda la gente real.

El mejor de los mejores chamanes (el *angakkuit*) eligió a los mejores hombres y mujeres entre ellos con habilidades chamánicas de clarividencia, que podían oír los pensamientos y enviar los pensamientos, y mezclaron a esos hombres con las mejores mujeres, de la misma forma que la gente real hoy en día mezcla a los perros de trineo para crear generaciones mejores aún, más fuertes e inteligentes.

Llamaron a esos niños clarividentes, más allá de lo chamánico, *sixam ieua*, o «espíritus-que-gobiernan-el-cielo», y los enviaron hacia el norte con sus familias para que evitaran que el *Tuunbaq* asesinara a la gente real.

Esos *sixam ieua* eran capaces de comunicarse directamente con el *Tuunbaq*, no mediante el lenguaje de los espíritus serviciales *tuurngait*, como habían intentado los simples chamanes, sino tocando directamente el alma vital y la mente del *Tuunbaq*.

Los espíritus-que-gobiernan-el-cielo aprendieron a invocar al *Tuunbaq* con los cantos de su garganta. Dedicados por entero a comunicarse con el *Tuunbaq*, accedieron a permitir que la criatura celosa y monstruosa les privase de su capacidad de hablar con sus compañeros humanos. A cambio de que la criatura asesina *tupilek* no cazase más almas humanas, los espíritus-que-gobiernan-el-cielo prometieron al Dios Que Camina Como Un Hombre que ellos, los seres humanos y la gente real, no establecerían nunca más sus lugares de residencia en aquel dominio nevado al norte. Prometieron al Dios Que Camina Como un Hombre que le honrarían no volviendo a pescar o a cazar dentro de su reino sin el permiso de la criatura monstruosa.

Prometieron que todas las generaciones futuras ayudarían a alimentar el apetito voraz del Dios Que Camina Como un Hombre, y los *sixam ieua* y los otros de la gente real cazarían y le llevarían pescado, morsas, focas, caribúes, liebres, ballenas, lobos e incluso a los primos pequeños del *Tuunbaq*, los osos blancos, para que se diera un festín con ellos. Le prometieron que ningún bote ni kayak de ningún ser humano traspasaría los dominios marítimos del Dios Que Camina Como un Hombre, a menos que fuera para llevarle comida o para cantar los cantos de la garganta que aplacaban a la bestia o para rendir homenaje al ser asesino.

Los *sixam ieua* sabían por sus pensamientos adelantados que cuando el dominio del *Tuunbaq* fuera invadido al fin por la gente pálida, los *kabloona*, sería el principio del Fin de los Tiempos. Envene-

nado por las pálidas almas de los *kabloona*, el *Tuunbaq* enfermaría y
moriría. La gente real olvidaría su aspecto y su lenguaje. Sus hogares se llenarían de embriaguez y desesperación. Los hombres olvida-
rían su amabilidad y golpearían a sus mujeres. Los *inua* de los niños
se volverían confusos, y la gente real perdería sus buenos sueños.

Cuando el *Tuunbaq* muriese a causa de la enfermedad de los *kabloona*, los espíritus-que-gobiernan-el-cielo sabían que su frío y
blanco dominio empezaría a calentarse, fundirse y deshelarse. Los
osos blancos ya no tendrían el hielo como hogar, y sus cachorros
morirían. Las ballenas y morsas no tendrían ningún sitio donde alimentarse. Las aves volarían en círculo y chillarían llamando al Cuervo, porque habrían desaparecido los lugares donde se alimentaban.

Ése es el futuro que vieron.

Los *sixam ieua* sabían que por muy terrible que fuese el *Tuunbaq*, este futuro sin él, y sin su frío mundo, sería mucho peor.

Pero en los tiempos anteriores a que eso pudiera pasar, y como
los jóvenes hombres y mujeres clarividentes que eran espíritus-que-
gobiernan-el-cielo hablaban al *Tuunbaq* como sólo Sedna y los demás espíritus podían hablar, nunca con voces, sino directamente,
mente con mente, el Dios Que Camina Como un Hombre, todavía
vivo, escuchó sus propuestas y sus promesas.

Al *Tuunbaq*, como a todos los grandes espíritus *inuat*, le gustaba
que le halagasen, de modo que accedió. Se comería sus ofrendas, en
lugar de sus almas.

A lo largo de las generaciones, los *sixam ieua* clarividentes siguieron reproduciéndose sólo con otros seres humanos con la misma habilidad. A una edad temprana, todos los niños *sixam ieua* re-
nuncian a su capacidad de hablar con los demás seres humanos para
demostrar al Dios Que Camina Como un Hombre que están dedicados a hablar sólo con él, con el *Tuunbaq*.

A lo largo de las generaciones, las pequeñas familias de los *sixam
ieua* que vivían mucho más al norte que los otros pueblos de la gente real (que siguen todavía aterrorizados del *Tuunbaq*), y siempre
formaban sus hogares en la tierra permanentemente cubierta de
nieve y glaciares y en la banquisa, empezaron a ser conocidos como
la gente del Dios Que Camina, y hasta la lengua de sus familiares
que hablaban se convirtió en una extraña mezcla de las lenguas del
resto de la gente real.

Por supuesto, los *sixam ieua* mismos no hablaban ningún lenguaje, excepto la lengua clarividente de los *qaumaniq* y los *angakkua*, pensamientos enviados y recibidos. Pero seguían siendo huma-

nos, amaban a su familia y pertenecían a grupos familiares mucho más extensos, de modo que para hablar con otros miembros de la gente real, los hombres de los *sixam ieua* usaban una lengua de signos especial, y las mujeres de los *sixam ieua* tendían a usar los juegos de cordones que sus madres les habían enseñado.

Antes de abandonar nuestro pueblo,
y salir al hielo
para encontrar al hombre con quien debo casarme,
el hombre con quien soñaba mi padre,
cuando los remos estaban limpios,
mi padre cogió una piedra oscura, *aumaa*,
y con ella marcó cada remo.

Sabía que nunca volvería
vivo del hielo,
había visto en nuestros sueños *sixam ieua*,
los únicos sueños ciertos,
que él, mi amado Aja,
moriría allá fuera,
a manos de una persona pálida.

Desde que salimos del hielo
he buscado esa piedra
en las colinas,
en los lechos de los ríos,
pero no la he encontrado.

A mi regreso con mi pueblo
encontraré el remo en el cual la *aumaa*
hizo su marca gris.
El nacimiento era una línea breve
en la hoja.
Pero más larga, por encima de ella
la muerte estaba trazada, paralela.

«¡Ven de nuevo!», grita el Cuervo.

63

Crozier

Crozier se despierta con un dolor de cabeza lacerante.

Casi todas las mañanas, aquellos días, se despierta con un dolor de cabeza lacerante. Se podría pensar que con la espalda, el pecho, los brazos y los hombros repletos de heridas de escopeta y no menos de tres heridas de bala en el cuerpo podía notar otros dolores antes de despertarse, pero aunque esos sufrimientos le invaden con bastante rapidez, es el terrible dolor de cabeza lo que nota primero.

Eso le recuerda a Crozier todos los años que bebía whisky cada noche y lo lamentaba después cada mañana.

A veces se despierta, como esta mañana, con sílabas sin sentido y retahílas de palabras absurdas haciendo eco en su dolorido cráneo. Las palabras tienen un sonido rítmico, como los niños que emiten sonidos de vocales siguiendo solamente el número de sílabas adecuadas para una canción mientras saltan a la comba, pero parece que «significan» algo en esos breves y dolorosos segundos que transcurren antes de despertarse del todo. Crozier se siente mentalmente cansado todo el tiempo, aquellos días, como si hubiese pasado las noches leyendo a Homero en griego. Francis Rawdon Moira Crozier nunca en su vida ha intentado leer en griego. Ni se le ha ocurrido. Siempre le había dejado ese tipo de cosas a los estudiosos y a esa pobre gente obsesionada por los libros, como el viejo mozo amigo de Peglar, Bridgens.

Esa mañana oscura se despierta en su casa de nieve junto a Lady Silenciosa, que está usando las formas de cordón movibles entre sus dedos para decirle que ya es hora de salir a cazar focas de nuevo. Ella ya está vestida con la parka y desaparece por el túnel de la entrada en cuanto ha acabado de comunicarse con él.

De mal humor al ver que no hay desayuno (no queda ni un poquito de grasa de foca fría de la cena de la noche anterior), Crozier se viste, poniéndose la parka y los guantes al final de todo, y sale a gatas colina abajo a través del pasadizo de la entrada que da al sur, a espaldas del viento.

Fuera, en la oscuridad, Crozier va poniendo los pies con cuidado (el pie izquierdo todavía se niega a aceptar su peso por las mañanas, a veces) y mira a su alrededor. La casa de nieve resplandece ligeramente por la lámpara de aceite que han dejado ardiendo para mantener la temperatura en el interior, aunque ellos salgan. Crozier recuerda con claridad el largo viaje en trineo que los llevó hasta aquel lugar. Recuerda haber contemplado, empaquetado entre las pieles en el trineo y tan indefenso como estaba hace semanas, con algo parecido a la reverencia, a Silenciosa, que pasó horas enteras excavando y luego construyendo aquella casa de nieve.

Desde entonces, la mente matemática de Crozier ha pasado largas horas echado debajo de la ropa en ese espacio pequeño y acogedor, admirando la curva catenaria y la absoluta precisión, al parecer conseguida sin esfuerzo alguno, con la cual la mujer cortó los bloques de nieve, a la luz de las estrellas, y la casi total perfección de las paredes que fue elevando, inclinadas hacia el interior, hechas con esos bloques.

Mientras él la observaba desde debajo de las pieles, aquella larga noche o día oscuro, pensó: «Soy tan inútil como las tetas de un jabalí», y también: «Esto se va a caer». Los bloques superiores estaban casi horizontales. Los últimos que ella había cortado eran trapezoidales, y en realidad el bloque final, la clave de bóveda, la había introducido hacia fuera desde dentro, y luego había igualado los bordes y había colocado en posición desde el interior de la nueva casa de nieve. Finalmente, Silenciosa salió fuera y trepó por encima de la catenaria de la cúpula hecha de bloques de hielo, gateó hasta la parte superior, saltó una y otra vez y bajó resbalando por los lados.

Al principio, Crozier pensó que ella estaba actuando como una niña, cosa que a veces parecía, pero luego se dio cuenta de que estaba probando la fuerza y estabilidad de su nuevo hogar.

Al día siguiente, otro día sin luz solar, la mujer esquimal usó su lámpara de aceite para fundir la superficie interior de la casa de nieve y luego dejó que las paredes se congelasen de nuevo, cubriéndolo todo con una capa fina pero muy dura de hielo. Ella entonces descongeló las pieles de foca que había usado primero para la tienda y luego para el trineo y las tensó con unos cordones hechos de tendones clavados a las paredes y al techo de la casa de nieve, colgando las pieles a unos centímetros de distancia de los muros interiores para proporcionar un forro interior. Crozier vio inmediatamente que así se protegían de los goteos, aunque subiera la temperatura del interior de su vivienda.

Crozier se sentía asombrado de lo cálida que parecía aquella casa de nieve: debía de estar siempre a muchos grados más que la temperatura exterior, y con frecuencia lo suficientemente caliente para que los dos no tuviesen que llevar nada más que los pantalones cortos de piel de caribú, cuando salían de debajo de las ropas. Había una zona para cocinar en la repisa de nieve a la derecha de la entrada, y el marco de astas y de madera colocado allí no sólo podía suspender sus diversas ollas de cocina encima de unas llamas de aceite de foca, sino que también se usaba como estructura para secar las ropas. En cuanto Crozier pudo gatear y salir fuera con ella, Silenciosa le explicó mediante su lenguaje de cordones y sus gestos que era imprescindible que siempre secasen su ropa exterior al volver a entrar en la casa de nieve.

Además de la plataforma para cocinar a la derecha de la entrada y un banco para sentarse a la izquierda, estaba la amplia plataforma para dormir al fondo de la casa de nieve. Bordeada con la poca madera que había traído Silenciosa (reutilizada de la tienda y luego para el trineo), aquella madera, congelada y situada en su lugar, evitaba que la plataforma se desgastara. Lady Silenciosa había repartido el último musgo que le quedaba en su bolsa de lona encima de la plataforma, presumiblemente como material aislante, y luego había extendido con mucho cuidado las diversas pieles de caribú y de oso blanco en la superficie. Luego le mostró a él cómo debían dormir, con las cabezas hacia la puerta y la ropa, ya seca, doblada y colocada como almohada. «Toda» la ropa.

Durante los primeros días y semanas, Crozier insistió en llevar los pantalones cortos de caribú debajo de las mantas, aunque Lady Silenciosa dormía desnuda todas las noches, pero pronto él encontró que aquello le daba tanto calor que estaba incómodo. Todavía debilitado por sus heridas hasta el punto de que la pasión no significaba una tentación, pronto se acostumbró a meterse desnudo bajo las mantas y colocarse los pantalones y otras prendas libres de sudor sólo cuando se levantaba, por la mañana.

Cuando Crozier se despertaba desnudo y caliente bajo aquellas mantas junto a Silenciosa, por la noche, intentaba recordar todos los meses a bordo del *Terror*, cuando siempre tenía frío, siempre estaba húmedo y la cubierta inferior siempre estaba oscura y goteante y cubierta de hielo y apestando a parafina y a orina. Las tiendas Holland eran todavía más incómodas.

Ya fuera, se sube la capucha con su borde de piel hacia delante, para mantener alejado el frío del rostro, y mira a su alrededor.

Está oscuro, por supuesto. A Crozier le ha costado mucho tiempo aceptar que de alguna manera pasó inconsciente (¿o muerto?) muchas semanas desde el momento en que le dispararon hasta su primera sensación consciente de estar con Silenciosa, pero sólo se veía un brillo muy breve y apagado hacia el sur durante su viaje en trineo hasta aquel lugar, de modo que no había ninguna duda de que estaban en noviembre como muy pronto. Crozier había intentado calcular los días desde que llegaron a la casa de nieve, pero con la oscuridad perpetua a su alrededor y sus extraños ciclos de sueño y vigilia desde entonces (supone que a veces duerme doce horas o más de un tirón), no podría estar seguro de cuántas semanas han pasado desde que llegó a este lugar. Y las tormentas del exterior a menudo les obligan a permanecer dentro días y noches incontables, subsistiendo con el pescado y la foca que almacenan en frío.

Las constelaciones que ve ahora, ya que el cielo está muy claro y el día por tanto es muy frío, son constelaciones invernales, y el aire es tan frío que las estrellas bailan y tiemblan en el cielo, igual que todos esos años que Crozier las veía desde la cubierta del *Terror* o desde algún otro buque que hubiese dirigido al Ártico.

La única diferencia ahora es que no tiene frío y que no sabe dónde está.

Crozier sigue las huellas de Silenciosa en torno a la casa de nieve y hacia la playa y el mar congelado. En realidad no tiene que seguir sus huellas, porque sabe que la playa cubierta de nieve está a unos cien metros hacia el norte de la casa de nieve, y que ella siempre va al mar a cazar focas.

Pero aun sabiendo las direcciones más o menos, eso no le indica dónde están.

Desde el campamento de Rescate y los otros campamentos de su tripulación a lo largo de la costa sur de la isla del Rey Guillermo, los estrechos helados estaban siempre al sur. Él y Silenciosa podrían estar ahora en la península de Adelaida, al sur de los estrechos de la isla del Rey Guillermo, o incluso en la misma isla del Rey Guillermo, pero en algún lugar a lo largo de sus costas este o nordeste sin cartografiar, donde nunca ha estado ningún hombre blanco.

Crozier no recuerda que Silenciosa le transportase al lugar de la tienda después de que le disparasen, ni cuántas veces puede haber movido ella la tienda antes de volver él al mundo de los vivos, y sólo tiene un recuerdo muy vago de lo que duró el viaje en trineo con los patines de pescado antes de que ella construyera la casa de nieve.

Aquel lugar podría estar en cualquier parte.

No tienen por qué encontrarse en la isla del Rey Guillermo, en absoluto, aunque ella los haya conducido a ambos hacia el norte; podrían estar en una de las islas del estrecho de James Ross, en alguna parte hacia el nordeste de la isla del Rey Guillermo, o en alguna isla sin cartografiar hacia la costa este u oeste de Boothia. En las noches de luna, Crozier ve unas colinas tierra adentro desde el lugar de su casa de nieve, no montañas, sino colinas algo mayores que ninguna de las que el capitán ha visto en la isla del Rey Guillermo, y su propio lugar de acampada está mucho más abrigado del viento que ningún lugar que él o sus hombres hubieran encontrado nunca, incluyendo el campamento Terror.

Mientras Crozier va avanzando por la nieve y la grava de la playa, y luego por el mar de hielo, piensa en los cientos de veces en las semanas pasadas que ha intentado comunicar a Lady Silenciosa su necesidad de partir, de encontrar a sus hombres, de volver con sus hombres.

Ella siempre le ha mirado inexpresiva.

Él ha llegado a creer que sí le entiende, aunque no sus palabras en inglés, sí las emociones que se ocultan detrás de sus ruegos; pero nunca responde, ni con su expresión ni con las señales de los cordones.

La comprensión que ella tiene de las cosas, y su propia y creciente comprensión de las complejas ideas que subyacen tras los diseños danzantes del cordón trenzado entre sus dedos, bordea, según piensa Crozier, lo increíble. A veces se siente tan cercano a la extraña joven nativa que se despierta por las noches sin saber qué cuerpo es el suyo y cuál el de ella. Otras veces él la oye gritar allá en el hielo oscuro y decirle que vaya rápido, o que le lleve un arpón más, o una cuerda, o una herramienta..., aunque ella no tiene lengua y nunca ha emitido un sonido en su presencia. Ella comprende muchas cosas, y a veces él cree que son los sueños de ella los que sueña él cada noche, y se pregunta si ella también compartirá su pesadilla del sacerdote con vestiduras blancas que se alza ante él mientras espera la comunión.

Pero ella no le conduce de vuelta con sus hombres.

Tres veces Crozier se ha ido solo, gateando por el pasadizo cuando ella está dormida o fingiendo dormir, llevándose sólo una bolsa con grasa de foca para mantenerse y un cuchillo con el cual defenderse, y tres veces se ha perdido, dos veces en el interior de la tierra donde están y una vez fuera, en el mar de hielo. Las tres veces Crozier ha caminado hasta no poder más, quizá durante días enteros, y luego se ha desmayado, aceptando la muerte como justo castigo por abandonar a sus hombres.

Cada vez Silenciosa le ha encontrado. Cada vez ella le ha envuelto en una piel de oso, le ha colocado ropas encima y silenciosamente ha tirado de él durante kilómetros entre el frío, de vuelta a la casa de nieve, donde le ha calentado las heladas manos y los pies con su vientre desnudo bajo las mantas, y no le ha mirado mientras él lloraba.

Ahora la encuentra a unos centenares de metros afuera, en el hielo, inclinada encima del agujero de respiración de una foca.

Por mucho que lo intente (y lo ha intentado), Crozier no puede encontrar nunca esos malditos agujeros de respiración. Duda de que pudiera encontrarlos ni siquiera en verano, a plena luz del día, y mucho menos a la luz de la luna, las estrellas o con oscuridad total, como hace Silenciosa. Las apestosas focas son tan listas y tan taimadas que no le sorprende que él y sus hombres sólo pudieran matar a un puñado en todos los meses que pasaron sobre el hielo, y nunca a través de uno de esos agujeros de respiración.

Mediante los cordones que hablan, Crozier ha llegado a comprender que una foca puede contener el aliento debajo del agua durante sólo siete u ocho minutos, quizá quince, como máximo (Lady Silenciosa explicaba esas unidades de tiempo con latidos del corazón, pero Crozier cree que ha conseguido traducirlas con éxito). Evidentemente, si comprende bien los cordones de Silenciosa, una foca tiene unas fronteras territoriales, como un perro, un lobo o un oso blanco. Aun en invierno, la foca debe defender esas fronteras, de modo que para asegurarse de tener el aire suficiente dentro de su reino bajo el hielo, la foca encuentra el hielo más fino del entorno y excava un agujero de respiración en forma de cúpula lo suficientemente grande para que albergue a su cuerpo entero, dejando sólo un agujerito lo más pequeño posible que perfore el hielo superior, muy fino, a través del cual respirar. Silenciosa le ha enseñado las garras agudas y aptas para excavar en la aleta de una foca muerta, y ha rascado el hielo con ellas para demostrarle lo bien que trabajan.

Crozier cree a Lady Silenciosa cuando ella le cuenta con el cordón que hay docenas de cúpulas de respiración semejantes dentro del territorio de una sola foca, pero que le jodan si puede encontrar-

713

las. Las cúpulas que ella le enseña con tanta claridad en los cordones, y que encuentra con tanta facilidad aquí entre el hielo, son invisibles entre los seracs, las crestas de presión, los bloques de hielo, los pequeños icebergs y las grietas. Él está seguro de que ha tropezado con un centenar de esas malditas cosas y nunca ha visto ninguna excepto como una irregularidad en el hielo.

Ella está agachada junto a una de ellas. Cuando Crozier se encuentra a una docena de metros de distancia, ella le hace señas de que se quede quieto.

Según dice Silenciosa con las formas de cordones que trenza entre sus manos, la foca es una de las criaturas vivas más precavidas y desconfiadas, de modo que el silencio y el sigilo son la esencia de la caza de focas. Aquí, Lady Silenciosa hace honor a su nombre.

Antes de aproximarse a un agujero para respirar (¿cómo sabía ella que estaba allí?), va colocando unos trocitos de piel de caribú que retira después de cada paso, colocando su pie con la gruesa bota de caribú cuidadosamente encima de ellos para no producir ni el más leve crujido en la nieve y el hielo. Una vez junto a la cúpula del agujero de respiración en la oscuridad, moviéndose a cámara lenta, suavemente, mete algunas astas bifurcadas en la nieve y coloca su cuchillo, arpón, sedal y otros elementos de caza encima, para poder cogerlos sin hacer ruido.

Antes de dejar la casa de nieve, Crozier ha atado unos tendones en torno a sus brazos y piernas como le ha enseñado Silenciosa, para evitar que sus ropas produzcan el menor roce. Pero él sabe que si se acerca un poco más al agujero hará tanto ruido, con su torpeza de hombre blanco, como una montaña de latas que cae con estrépito ante la foca que está debajo, si es que hay una foca debajo, de modo que se esfuerza por mirar la superficie de hielo que tiene ante él y saca los inevitables cuadritos de piel de caribú de medio metro por medio metro que Silenciosa le ha dejado, y lentamente, con mucho cuidado, se arrodilla encima de ellos.

Crozier sabe que antes de que él llegase, después de que ella encontrase el agujero de respiración, la chica había quitado lenta y silenciosamente la nieve de encima del agujero con el cuchillo y había ampliado el pequeño agujero con un pincho de hueso colocado en la punta de la hoja de su arpón. Luego ella había inspeccionado el agujero para confirmar que estaba directamente encima de un profundo canal en el hielo. Si no era así, las posibilidades de un buen golpe con el arpón eran escasas, él lo comprendía. Luego, ella había reconstruido de nuevo el pequeño montículo. Como caía ya la nieve, ella había puesto una piel muy fina por encima del agujero para evitar que quedase tapado. Luego había cogido un trocito de hueso muy pequeño atado con un trozo bastante largo de cuerda de tripa a la punta de otro hueso, y había metido ese indicador en el agujero, colocando el otro extremo en una de las astas.

Ahora, espera. Crozier observa.

Pasan horas.

El viento arrecia. Las nubes empiezan a oscurecer las estrellas; la nieve sopla por encima del hielo desde la tierra que tienen detrás. Lady Silenciosa está de pie allí, agachada ante el agujero de respiración, su parka y su capucha se están cubriendo lentamente de una película de nieve; tiene el arpón con su punta de marfil en la mano derecha, su peso apoyado en la parte de atrás por el asta bifurcada clavada en la nieve.

Crozier la ha visto cazar focas con otros métodos. En uno de ellos, ella excava dos agujeros en el hielo y, con la ayuda de Crozier, usando uno de los arpones, literalmente engatusa a la foca para que vaya hacia ella. Le ha enseñado que aunque la foca es la personificación de la precaución en el reino animal, su talón de Aquiles es la curiosidad. Si Crozier coge la punta de ese arpón especialmente preparado junto al agujero de Silenciosa, debajo del hielo, mueve el arpón arriba y abajo muy ligeramente, haciendo que los dos huesos pequeños aparejados con unos mangos con plumas partidas junto a la cabeza del arpón se pongan a vibrar. Finalmente, la foca no puede resistir la curiosidad y sale a investigar.

A la luz de la luna, Crozier se ha quedado boquiabierto al ver a Silenciosa atravesar el hielo echada de bruces, fingiendo ser una foca y moviendo los brazos como aletas. Esas veces él ni siquiera veía la cabeza de la foca sobresaliendo de un agujero en el hielo hasta percibir el súbito movimiento del brazo de ella, y luego la veía retirando el arpón unido a su muñeca con un cordón largo. Muy a menudo había una foca muerta en el otro extremo.

Pero esta noche oscura sólo hay un agujero de respiración de una foca que vigilar, y Crozier está encima de su almohadilla de piel horas y horas, viendo a Silenciosa de pie, inclinada sobre la cúpula casi indistinguible. Cada media hora, aproximadamente, ella retrocede lentamente hasta las astas clavadas y coge un pequeño instrumento, un trocito curvo de madera de unos veinticinco centímetros de largo con tres garras de ave unidas, y rasca tan ligeramente la capa de hielo encima del agujero de respiración que él ni siquiera oye el ruido, a pocos metros de distancia. Pero la foca sí que debe de oírlo con claridad. Aunque el animal esté en otro agujero de respiración, quizás a cientos de metros de distancia, parece, finalmente, vencido por la curiosidad que lo condenará.

Por otra parte, Crozier no tiene ni idea de cómo Silenciosa ve la foca para arponearla. Quizás a la luz del sol, en verano, a finales de la primavera o en otoño, su sombra sea visible bajo el hielo, su morro visible debajo de la diminuta abertura de la respiración. Pero ¿a la luz de las estrellas? Para cuando el dispositivo de advertencia que ha montado ella se ponga a vibrar, la foca puede haber dado la vuelta y haberse sumergido de nuevo. ¿Acaso huele su presencia ella, cuando se levanta? ¿Puede notarlo de alguna otra manera?

Él está medio congelado, como resultado de estar echado en la almohadilla de caribú, en lugar de sentarse erguido, y se había quedado adormilado cuando vibra el pequeño indicador de huesos y plumas de Silenciosa.

Se despierta al instante mientras ella se lanza a la acción. La mujer levanta el arpón de su lugar de descanso y lo introduce recto hacia abajo a través del agujero de respiración en menos tiempo del que le cuesta a Crozier despertarse. Luego ella se echa hacia atrás, tirando fuerte del grueso cordón que desaparece por el hielo.

Crozier se pone en pie al momento (la pierna izquierda le duele abominablemente, y se niega a sostener su peso) y corre al lado de ella tan rápido como puede. Sabe que ésta es una de las partes más arriesgadas de la caza de la foca: tirar del cuerpo antes de que pueda librarse de la hoja del arpón, de marfil con barbas, si está sólo herida, o quedarse atrapada en el hielo o hundirse en las profundidades si está muerta. La rapidez, como nunca se han cansado de decirle en la Marina Real, es la esencia.

Juntos luchan por sacar el pesado animal fuera, a través del agujero: Silenciosa tirando de la cuerda con un brazo sorprendentemente fuerte y cortando el hielo con su cuchillo con la otra mano, para agrandar el agujero.

La foca está muerta pero es más resbaladiza que nada de lo que ha visto Crozier en su vida. Él le coloca la mano enguantada por debajo de una aleta, cuidando de evitar las garras como cuchillas de afeitar al final, y tira del animal muerto hasta colocarlo encima del hielo. Todo el rato jadea, maldice y se ríe, aliviado de su obligación de permanecer callado, y Silenciosa, por supuesto, está callada, y sólo se oye ocasionalmente el suave silbido de su aliento.

Cuando la foca está a salvo en el hielo él se echa atrás, sabiendo lo que pasará a continuación.

La foca, apenas visible a la escasa luz de las estrellas que se dejan ver entre las nubes que corren veloces y bajas, yace con los ojos negros inmóviles, mirándolos con un vago aire de censura; su boca abierta deja escapar sólo un hilillo de sangre que parece negra en la nieve de un blanco azulado.

Jadeando un poco por el esfuerzo, Lady Silenciosa se pone de rodillas en el hielo, luego de cuatro patas, y luego echada de bruces, con el rostro junto al de la foca muerta.

Crozier da otro paso silencioso hacia atrás. Extrañamente, ahora se siente igual que cuando era niño, en la iglesia de Memo Moira.

Buscando debajo de su parka, Silenciosa saca un frasquito diminuto con su tapón hecho de marfil y se llena la boca del agua que contiene. Ha guardado el frasquito pegado a sus pechos desnudos, debajo de la piel, para mantener el agua líquida.

Se inclina hacia delante y coloca sus labios encima de los de la foca, en una extraña parodia de beso, abriendo incluso la boca de la manera que Crozier ha visto que hacen las putas con hombres de al menos cuatro continentes.

«Pero ella no tiene lengua», recuerda.

Ella pasa el agua líquida de su boca a la boca de la foca.

Crozier sabe que si el alma viviente de la foca, que no se ha separado todavía del todo de su cuerpo, está complacida con la belleza y la habilidad del arpón y la punta de lanza de marfil con barbas que la ha matado, y está complacida también con el acecho y la paciencia de Silenciosa y sus demás métodos de caza, y especialmente si disfruta el agua de su boca, irá a decirles a las demás almas de foca que deberían ir a esa cazadora para tener la oportunidad de beber un agua tan limpia y clara.

Crozier no sabe cómo sabe todo esto, porque Silenciosa nunca le ha hecho signos con cordones sobre esto, ni tampoco se lo ha sugerido mediante otros gestos, pero sabe que es verdad. Es como si el conocimiento viniese de los dolores de cabeza que le acosan cada mañana.

Una vez concluido el ritual, Lady Silenciosa se pone de pie, se sacude la nieve de sus pantalones y de su parka, recoge sus preciosos instrumentos y su arpón, y juntos arrastran a la foca muerta los doscientos metros que hay más o menos hasta su casa de nieve.

Y

Se pasan toda la tarde comiendo. Parece que Crozier nunca pueda hartarse de grasa y carne. Los dos están tan grasientos como el culo de un cerdo engrasado al final de la tarde, y él señala hacia su propio rostro y hacia la cara igual de grasienta de ella, y se echa a reír.

Lady Silenciosa nunca se ríe, claro, pero Crozier cree ver un ligerísimo atisbo de sonrisa y luego ella sale gateando por el pasadizo de la entrada y vuelve, desnuda excepto por sus pantalones cortos de caribú, con puñados de nieve limpia para que se limpien la cara, y luego se la frotan con pieles suaves de caribú.

Beben agua helada, calientan y comen más foca, vuelven a beber de nuevo, salen fuera a aliviarse en lugares separados, colocan su ropa húmeda por encima de la estructura de secado, encima de la llama de aceite que arde despacio, se lavan de nuevo la cara y las manos, se limpian los dientes con los dedos y con unas ramitas envueltas en cordel y se meten desnudos bajo las mantas.

Crozier acaba de adormilarse cuando se despierta notando la manita de Silenciosa en su muslo y en sus partes íntimas.

Él reacciona de inmediato, se le pone tiesa y erguida. No ha olvidado su anterior dolor físico, sus escrúpulos acerca de tener relaciones con la chica esquimal. Esos detalles, sencillamente, no están en su mente mientras los dedos de ella, menudos pero insistentes, se colocan en torno a su pene.

Ambos respiran con fuerza. Ella le pasa la pierna por encima del muslo y empieza a frotarse arriba y abajo. Él le coge los pechos en las manos (qué cálidos) y pasa la mano por detrás del cuerpo de ella, y coge su redondeado trasero y aprieta la entrepierna con más fuerza hacia la pierna de ella. Tiene la polla tan dura y pulsátil que casi resulta absurdo, con la punta hinchada y vibrante como las plumas que avisan de la presencia de la foca, ante cada leve contacto de la piel cálida de ella. El cuerpo de él es como la foca curiosa que sube a la superficie de las sensaciones, en contra de sus instintos más sensatos.

Lady Silenciosa arroja a un lado la ropa de dormir que los cubre y se coloca a horcajadas encima de él, bajando con un movimiento tan rápido como el que hizo al arrojar el arpón, y le agarra, le coloca bien y le introduce en su interior.

—Ah, madre mía... —jadea él, cuando empiezan a convertirse en una sola persona. Él nota la resistencia contra su polla tensa, nota que se adapta al movimiento de ambos y se da cuenta, con profunda conmoción, de que se está acostando con una virgen. O una virgen se está acostando con él—. Ay Dios mío... —consigue decir, cuando empiezan a moverse con más violencia.

Él la atrae por los hombros e intenta besarla, pero ella vuelve la cara, apoyándola en la mejilla de él y en su cuello. Crozier había olvidado que las mujeres esquimales no saben besar... Es lo primero que le explican los veteranos a cualquier explorador ártico inglés.

Pero no importa.

Él explota en el interior de ella al cabo de un minuto o menos. Cuánto tiempo hacía...

Lady Silenciosa se queda quieta encima de él un rato, con sus pequeños pechos aplastados y sudorosos contra su pecho, igual de sudoroso. Él nota los rápidos latidos de su corazón, y sabe que ella también debe de notar los suyos.

Cuando al fin puede pensar, se pregunta si habrá sangre. No querría manchar las bonitas mantas blancas.

Pero Silenciosa ya está moviendo de nuevo las caderas. Se sienta erguida ahora, todavía a horcajadas encima de él, con la mirada oscura clavada en la suya. Sus oscuros pezones parecen un par de ojos fijos que también le observan. Él todavía está duro en el interior de ella, y sus movimientos, cosa imposible, que nunca le había ocurrido a Francis Crozier en sus encuentros con prostitutas en Inglaterra, Australia, Nueva Zelanda, Sudamérica o cualquier otro lugar, le están haciendo revivir de nuevo, ponerse cada vez más duro, empezar a mover sus propias caderas como respuesta al lento movimiento circular de ella.

Ella echa la cabeza atrás y coloca su fuerte mano apretada contra el pecho de él.

Hacen el amor así durante horas. Una vez, ella deja la plataforma de dormir, pero sólo el tiempo suficiente para volver con agua para beber para los dos, nieve fundida de la pequeña lata Goldner que dejan suspendida encima de la llama, y ella entonces con toda naturalidad se limpia las escasas manchas de sangre de los muslos cuando han acabado de beber.

Luego se echa de espaldas, abre las piernas y tira de él hasta colocarle encima, con una fuerte mano en su hombro.

No hay amanecer, de modo que Crozier nunca sabrá si han hecho el amor durante toda la larga noche ártica o quizás han pasado días y noches sin dormir, sin parar (o eso le parece cuando al fin se duermen), pero el caso es que al final se duermen. La humedad de su sudor y su aliento gotea de las partes expuestas de los muros de la casa de nieve, y hace tanto calor en su hogar que durante la primera media hora o así, después de caer dormidos, se quedan destapados encima del lecho.

64

Crozier

Después de hacer la Tierra,
cuando el mundo todavía estaba oscuro,
Tulunigraq, el Cuervo, oyó a los Dos Hombres soñar con la luz.
Pero no había luz.
Todo estaba oscuro, como había ocurrido siempre.
No había sol. Ni luna. Ni estrellas. Ni fuegos.

El Cuervo voló tierra adentro hasta que encontró una casa de nieve
donde un anciano vivía con su hija.
Él sabía que estaban escondiendo la luz,
atesorando un poco de luz,
así que entró.
Gateó por el pasadizo.
Miró hacia arriba a través del *katak*.
Dos bolsas de piel colgaban allí,
una contenía la oscuridad,
y la otra contenía la luz.

La hija del hombre estaba sentada y despierta,
mientras su padre dormía.
Ella era ciega.
Tulunigraq le envió sus pensamientos
para hacer que la hija quisiera jugar.
«¡Déjame jugar con la pelota!», gritó la hija,
despertando al anciano.
El hombre se despertó y descolgó la bolsa que contenía
la luz del día.
La luz estaba envuelta en piel de caribú
calentada por la luz del día que estaba dentro
y quería salir.

El Cuervo envió sus pensamientos para hacer
que la joven empujase la pelota-luz del día hacia el *katak*.
«¡No!», gritó el padre.
Demasiado tarde.
La pelota bajó por el *katak*, rebotó
por el pasadizo.

Tulunigraq estaba esperando.
Él cogió la pelota.
Corrió por el pasadizo hacia fuera,
corrió con la pelota de luz de día.

El Cuervo usó el pico.
Desgarró la pelota de piel.
Dejó escapar la luz del día.
El hombre de la casa de nieve
le perseguía por entre los sauces
y el hielo, pero el hombre de la luz del día no era un hombre.
El hombre era un halcón.
«*Pitqiktuak!* —chilló el Peregrino—.
¡Yo te mataré, Embaucador!»

Bajó en picado volando hacia el Cuervo,
pero no llegó antes de que el Cuervo abriera la piel de la pelota.
Y surgió el amanecer.
La luz se expandió por todas partes.
«*Quagaa Sila!*» ¡Surgió el amanecer!

«*Uunukpuaq! Uunukpuagmun!* ¡Oscuridad!*»,
chilló el Halcón.
«*Quagaa!* ¡Luz por todas partes!»,
gritó el Cuervo.

«¡Noche!»
«¡Luz!»
«¡Oscuridad!»
«¡Luz!»
«¡Noche!»
«¡Luz!»

Los dos siguieron gritando.
El Cuervo chilló:
«¡Luz para la tierra!»
«¡Luz para la gente real!»
No sería bueno
si tuviéramos una y la otra no.

De modo que el Cuervo llevó la luz del día a algunos lugares.
Y el Peregrino mantuvo la oscuridad en otros lugares.
Pero los animales lucharon.
Los Dos Hombres lucharon.
Se arrojaron la luz y la oscuridad el uno al otro.
El día y la noche llegaron a equilibrarse.

El invierno sigue al verano.
Dos mitades.
La luz y la oscuridad se completan la una a la otra.
La vida y la muerte se completan la una a la otra.
Tú y yo nos completamos el uno al otro.
Fuera, el *Tuunbaq* camina en la noche.
Donde nosotros tocamos,
allí hay luz.

Todo está equilibrado.

723

65

Crozier

*P*arten en el largo viaje en trineo poco después de que el sol haga su primera aparición vacilante, al mediodía, y sólo durante unos minutos, en el horizonte del sur.

Sin embargo, Crozier comprende que no es el regreso del sol lo que ha determinado el momento de su acción, y el tiempo de su decisión; es la violencia en los cielos las otras veintitrés horas y media de cada día lo que ha convencido a Silenciosa de que ha llegado el momento. Mientras se alejan de su casa de nieve en trineo para siempre, bandas resplandecientes de luces coloreadas se retuercen encima de ellos como dedos que se abren en un puño. La aurora boreal es mucho más intensa cada día y cada noche en el cielo oscuro.

El trineo para aquel largo viaje es un artefacto mucho más robusto. Casi dos veces más largo que el trineo de dos metros de largo improvisado con unos patines de peces que usó Lady Silenciosa para transportarle cuando él no podía andar, este vehículo tiene unos patines hechos de pequeñas piezas cuidadosamente formadas de madera recuperada, mezclada con marfil de morsa. Usa unas zapatas de hueso de ballena y marfil aplanado en lugar de una sola capa de pasta de musgo en los patines, aunque Silenciosa y Crozier siguen aplicando una capa de hielo a los patines varias veces al día. Los travesaños están hechos de astas y los últimos trocitos de madera que les quedan, incluyendo la plataforma para dormir. Los manillares traseros son de astas muy bien atadas y de marfil de morsa.

Las tiras de cuero ahora están aparejadas para que tiren los dos, ya que nadie viaja en el trineo a menos que esté herido o enfermo, pero Crozier sabe bien que Silenciosa ha construido ese trineo con gran cuidado con la esperanza de que pueda ser arrastrado por un equipo de perros antes de que acabe el año.

Ella está embarazada. No se lo ha dicho a Crozier, ni con los cordones ni mediante una mirada ni por cualquier otro medio visible, pero él lo sabe, y ella sabe que él lo sabe. Si todo va bien, estima que el niño nacerá en el mes que antes llamaba julio.

El trineo lleva todas sus pieles, ropas, utensilios de cocina, herramientas y latas Goldner tapadas con pieles para llevar el agua una vez deshelada, y un suministro de comida congelada, pescado, foca, morsa, zorro, liebre y perdiz blanca. Pero Crozier sabe que parte de esta comida es para un tiempo que quizá nunca llegue, al menos para él. Y parte de ella también será para regalos, dependiendo de lo que él decida y de lo que ocurra allá fuera, en el hielo. Él sabe que, según lo que él decida, ambos estarán pronto ayunando como preparación, aunque según lo entiende, él sería el único que tendría que ayunar. Lady Silenciosa se uniría a su ayuno sencillamente porque ahora es su esposa, y si él no come, ella tampoco. Pero si él muere, ella se llevará la comida y el trineo y volverá a la tierra a vivir su vida y a continuar cumpliendo con sus obligaciones.

Durante días viajan hacia el norte a lo largo de la línea costera, bordeando acantilados y colinas muy elevadas. Unas pocas veces la severa topografía les obliga a salir al hielo, pero no quieren estar allá fuera demasiado tiempo. Todavía no.

El hielo se está rompiendo aquí y allá, pero sólo se forman pequeños canales. No se detienen a pescar en esos canales ni a hacer pausas en las *polynyas*, sino que siguen adelante, viajando diez horas al día o más, y volviendo a la tierra en cuanto pueden continuar el arrastre por allí, aunque eso signifique que tienen que renovar con mayor frecuencia el hielo de los patines.

Por la tarde de la octava noche, hacen una pausa en una colina y miran hacia abajo, a un grupo de cúpulas de nieve iluminadas.

Silenciosa ha tenido mucho cuidado de aproximarse a ese pequeño poblado desde la dirección del viento, pero, aun así, uno de los perros atados a una estaca en el hielo o la tierra de abajo empieza a ladrar como un loco. Pero los demás no se unen a él.

Crozier mira las estructuras iluminadas: una es una cúpula múltiple formada por al menos una casa grande y cuatro pequeñas conectadas por unos pasajes comunes. Sólo la idea de una comunidad semejante, aunque mucho menos la visión, hace que Crozier sienta un dolor en su interior.

Desde muy abajo, ahogadas por los bloques de nieve y las pieles de caribú, llegan unos sonidos de risas humanas.

Podría bajar ahora, lo sabe muy bien, y pedir a ese grupo que le ayudase a encontrar su camino hacia el campamento de Rescate e intentar encontrar a sus hombres. Crozier sabe que éste es el poblado del grupo al que pertenecía el chamán que escapó a la masacre de los ocho esquimales al otro lado de la isla del Rey Guillermo, y que también es de la extensa familia de Silenciosa, como los ocho hombres y mujeres asesinados.

Podría bajar y pedirles que le ayudasen, y sabe que Silenciosa le seguiría y traduciría con sus señales de cordones. Ella es su esposa. También sabe que existen muchas posibilidades de que a menos que él haga lo que se le ha pedido que haga en el hielo (sea marido de Silenciosa o no, y sea cual sea la reverencia, el respeto y el amor que sienta hacia ella), estos esquimales seguramente le saludarán con sonrisas, asentimientos y risas, y luego, cuando esté comiendo o dormido o descuidado, le atarán unas correas muy tirantes en las muñecas y le pondrán una bolsa de piel en la cabeza y le apuñalarán una y otra vez, las mujeres y los cazadores por igual, hasta que esté muerto. Ha soñado con su sangre roja manchando la nieve blanca.

O quizá no. Quizá Lady Silenciosa no sepa lo que va a ocurrir. Si ella ha soñado ese futuro en particular, no le ha mostrado por señas el resultado, ni tampoco ha compartido con él tales sueños.

Él no quiere averiguarlo, de todos modos. Ese pueblo, esa noche, mañana, antes de que haya decidido lo otro, no es su futuro inmediato, sea cual sea su futuro y su destino.

Él asiente en la oscuridad y se apartan del pueblo, y siguen con el trineo hacia el norte, a lo largo de la costa.

Durante los días y las noches de viaje, cuando montan sólo una piel de caribú de protección colgando encima de ellos desde las astas del trineo y se acurrucan debajo de las pieles para dormir unas pocas horas, Crozier tiene mucho tiempo para pensar.

En los últimos meses, quizá debido a que no tiene nadie con quien hablar, o al menos ningún interlocutor que le responda con palabras reales en voz alta, ha aprendido a dejar que las distintas partes de su mente y de su corazón hablen en su interior como si fueran almas distintas, con sus propios argumentos. Un alma, la más antigua y cansada que tiene, sabe que ha sido un fracaso en todo aquello en que puede medirse un hombre. Sus hombres, los hombres que confiaban en que los condujese hacia la seguridad, están todos muertos o dispersos. Su mente espera que algunos hayan sobrevivido, pero en su corazón, en el alma de su corazón, sabe que los hombres tan desperdigados en tierras del *Tuunbaq* están ya muertos y sus huesos blanqueándose en alguna playa sin nombre o en algún témpano flotante. Les ha fallado a todos.

Al menos, al final, podría seguirlos.

Crozier no sabe todavía dónde se encuentra, aunque sospecha cada día más que han pasado el invierno en la costa occidental de una enorme isla al nordeste de la isla del Rey Guillermo, en un punto con casi la misma latitud que el campamento Terror y que el *Terror* mismo, aunque esos sitios podrían estar a centenares de kilómetros hacia el oeste de allí, al otro lado del mar congelado. Si él quisiera volver al *Terror* tendría que viajar al oeste por aquel mar y quizá por más islas, y luego hacia el norte de la isla del Rey Guillermo y luego cuarenta kilómetros más hacia fuera, hacia el hielo, hasta alcanzar el barco que abandonó hace más de diez meses.

Pero no quiere volver al *Terror*.

Crozier ha aprendido lo suficiente sobre la supervivencia en los últimos meses para creer que podría encontrar el camino de vuelta al campamento de Rescate e incluso al río Back si tiene el tiempo suficiente, cazando mientras avanza, construyendo casas de nieve o tiendas de piel cuando lleguen las inevitables tormentas. Puede buscar a sus hombres dispersos aquel verano, diez meses después de abandonarlos, y encontrar algún rastro de ellos, aunque le cueste años.

Silenciosa le seguirá, si decide seguir ese camino, sabe que será así, aunque eso signifique la muerte de todo lo que ella es, y todo aquello para lo que vive allí.

Pero él no podría pedirle tal cosa. Si se dirigiera hacia el sur en busca de su tripulación, él se iría solo porque sospecha que, a pesar de todos sus nuevos conocimientos y habilidades, moriría en aquella búsqueda. Si no muriese en el hielo, sería por algún daño sufrido en el río que tendría que seguir hacia el sur. Si el río, o alguna herida o enfermedad a lo largo del camino no consiguieran matarle, podría encontrarse con grupos de esquimales hostiles o con los indios más salvajes aún, al sur. Los ingleses, especialmente los avezados en el Ártico, quieren creer que los esquimales son pueblos primitivos pero pacíficos, de ira lenta, siempre reacios a la guerra y a los conflictos. Pero Crozier ha visto la verdad en sus sueños: son seres humanos, tan impredecibles como cualquier otra raza de hombres, y a menudo se enzarzan en guerras y crímenes, y, en los tiempos duros, incluso practican el canibalismo.

Una ruta mucho más corta y segura de rescate que ir hacia el sur, como sabe, sería dirigirse hacia el este desde allí por el hielo antes de que la banquisa se abra para el verano, si es que llega a abrirse, cazando y poniendo trampas mientras avanza, y luego cruzando la península de Boothia hacia su costa oriental, viajando luego al norte de la bahía de Fury o los antiguos lugares de la expedición de por allí. Una vez en la playa de Fury, podría esperar un ballenero o un buque de rescate. Las oportunidades de su supervivencia y rescate en esa dirección son excelentes.

Pero ¿qué pasará si regresa a la civilización, de vuelta a Inglaterra? Solo. Siempre será el capitán que dejó morir a todos sus hombres. La corte marcial será inevitable, su resultado ya estará determinado de antemano. Sea cual sea el castigo del tribunal, la vergüenza será una sentencia de por vida.

Pero no es eso lo que le disuade de dirigirse hacia el este o hacia el sur.

La mujer que tiene a su lado lleva dentro un hijo suyo.

De todos sus fracasos, el de Francis Crozier como hombre es el que más le duele y le atormenta.

Tiene casi cincuenta y tres años y sólo ha amado una vez antes de ahora, y propuso matrimonio a una niña mimada, una niña-mujer de espíritu mezquino que se burló de él y le usó para su propio placer, como los marineros usan a las prostitutas de los puertos. «No —piensa él—, de la forma que yo usaba a las prostitutas de los puertos.»

Ahora cada mañana, y a menudo por la noche, se despierta junto a Silenciosa después de compartir sus sueños, sabiendo que ella ha compartido los de él, notando su calor contra su cuerpo, notando que responde a ese calor. Cada día salen al frío y luchan juntos por la vida, usando las habilidades y conocimientos de ella para cazar otras almas, y comerse otras almas, de modo que sus dos almas vitales puedan seguir vivas un poco más.

«Lleva en su interior a mi hijo. Mi hijo.»

Pero eso es irrelevante ante la decisión que debe tomar en los siguientes días.

Tiene casi cincuenta y tres años y ahora se le pide que crea en algo tan ridículo que sólo con pensarlo se echa a reír. Se le ha pedido (si comprende bien los cordones y los sueños, y cree que es así, al final) que haga algo tan terrible y doloroso que si la experiencia no lo mata, puede volverlo loco.

Tiene que «creer» que esa locura contraria a toda intuición es lo que debe hacer, lo correcto. Tiene que «creer» que sus sueños, que no son más que sueños, y que su amor por esta mujer pueden hacerle abandonar una vida entera de racionalidad para convertirse...

¿Convertirse en qué?

En alguien distinto, en algo distinto.

Tirando del trineo junto a Lady Silenciosa, bajo un cielo lleno de colores violentos, recuerda que Francis Rawdon Moira Crozier no cree en nada.

O más bien, que si cree en algo, es en el *Leviatán*, de Hobbes. «La vida es solitaria, pobre, desagradable, brutal y corta.»

Esto no lo puede negar ningún hombre racional. Francis Crozier, a pesar de sus sueños, sus dolores de cabeza y su extraña y nueva voluntad de creer, sigue siendo un hombre racional.

Si un hombre vestido con un batín en la biblioteca de su casa de Londres iluminada por un fuego de carbón puede comprender que la vida es solitaria, pobre, desagradable, brutal y corta, ¿cómo se lo puede negar un hombre tirando de un trineo repleto de carne congelada y pieles por una isla sin nombre, en plena noche ártica, bajo un cielo enloquecido, dirigiéndose hacia un mar helado a miles de kilómetros de cualquier fuego civilizado?

Y hacia un destino demasiado espantoso para imaginarlo siquiera.

El quinto día de arrastre por la costa llegan al final de la isla, y Silenciosa los conduce hacia el nordeste, hacia el hielo. El viaje es más lento allí, porque se encuentran con las inevitables crestas de presión y los témpanos flotantes, y tienen que trabajar mucho más duro. Usan la cocina de aceite para fundir nieve, y así poder beber agua, pero no se detienen a capturar carne fresca, aunque hay muchos agujeros de respiración que Silenciosa le indica en el hielo.

Ahora el sol brilla durante treinta minutos, aproximadamente, cada día. Crozier no está seguro del tiempo. Su reloj desapareció con toda su ropa cuando Hickey le disparó, y después de que le rescatara Lady Silenciosa..., no sabe por qué. Ella nunca se lo ha dicho.

«Ésa fue la primera vez que morí», piensa.

Ahora se le pide que muera de nuevo, que muera tal y como era para poder convertirse en algo distinto.

Pero ¿cuántos hombres tienen una segunda oportunidad? ¿Cuántos capitanes que han visto morir o desaparecer a ciento veinticinco hombres de su expedición la querrían?

«Podría desaparecer.»

Crozier ha visto la masa de cicatrices que tiene en el brazo, el pecho, el vientre y la pierna cada noche, cuando se desnuda para meterse debajo de las mantas para dormir, y puede notar e imaginar lo terribles que deben de ser las cicatrices de bala y de postas de escopeta que tiene en la espalda. Podrían ser una explicación y una excusa para un silencio total acerca de su pasado.

Puede caminar hacia el este hacia Boothia, pescar y cazar en las ricas y cálidas aguas de la costa oriental que hay allí, esconderse de la Marina Real y de otros buques de rescate ingleses, y esperar a algún buque ballenero americano. Si le cuesta dos o tres años antes de que llegue alguno, puede sobrevivir. Ahora está seguro de ello.

Y entonces, en lugar de irse a casa, a Inglaterra (¿acaso Inglaterra ha sido alguna vez su casa?) podría decir a sus rescatadores americanos que no recuerda en absoluto lo que le ocurrió, ni el buque al que pertenecía, y enseñarles sus terribles heridas como prueba, e irse a América con ellos al final de la estación de las ballenas. Y allí empezar una nueva vida.

¿Cuántos hombres tienen la oportunidad, a su edad, de empezar una nueva vida? Muchos hombres lo desearían.

¿Se iría con él Lady Silenciosa? ¿Soportaría ella las miradas y las risas de los marineros, y las miradas mucho más duras y los susurros de los americanos «civilizados» en alguna ciudad de Nueva Inglaterra o incluso de Nueva York? ¿Cambiaría ella sus pieles por vestidos de percal y corsés de ballena, sabiendo que sería siempre una completa extraña en una tierra completamente extraña?

Sí, lo haría.

Crozier lo sabe con tanta seguridad como lo sabe todo.

Ella le seguiría hasta allí. Y moriría allí, incluso..., y moriría pronto. De pena por la extrañeza de todos esos pensamientos malvados, insignificantes, extraños y desenfrenados que entrarían en ella como el veneno de las latas Goldner penetró en Fitzjames: sin ser vistos, de una manera sigilosa, mortal.

Él lo sabe muy bien.

Pero Crozier podría educar a su hijo en América y tener una nueva vida en ese país casi civilizado, quizá como capitán de algún buque allí. Había sido un fracaso total como capitán de la Marina Real y del Servicio de Descubrimientos, y como oficial y como caballero (aunque en realidad nunca fue un caballero), pero nadie en América tendría por qué saber nunca aquello.

No, no, un buque de vela podría llevarle a lugares y puertos donde podían conocerle. Si le reconocía algún oficial naval inglés, sería colgado como desertor. Pero un buque pequeño, de pesca..., en algún pueblecito pesquero de Nueva Inglaterra, quizá con una mujer americana esperándole en el puerto para educar a su hijo después de que muriera Silenciosa...

«¿Una mujer americana?»

Crozier contempla a Lady Silenciosa, que se esfuerza en el arnés del trineo a su derecha, tirando con él. La luz escarlata, roja, morada y blanca de la aurora por encima de ella pinta su capucha de piel y sus hombros. Ella no le mira. Pero él está seguro de que sabe lo que está pensando. O si no lo sabe, lo sabrá cuando se acurruquen juntos más tarde, por la noche, y sueñen.

Él no puede irse a Inglaterra. No puede irse a América.

Pero la alternativa...

Tiembla y se sube la capucha hacia delante para que la piel de oso polar que hay a cada lado de su cara pueda capturar mejor la calidez de su aliento y de su cuerpo.

Francis Crozier no cree en nada. «La vida es solitaria, pobre, desagradable, brutal y corta.» No tiene plan alguno, ni objetivo ni misterios ocultos que compensen las obvias miserias y banalidades. Nada de lo que ha aprendido en los seis últimos meses le ha persuadido de lo contrario.

¿O sí?

Juntos, tiran del trineo y salen más aún hacia la banquisa.

731

Al octavo día, se detienen.

Aquel lugar no parece distinto de la mayoría de los demás lugares en la banquisa que han cruzado la semana anterior, un poco más plano quizá, unos pocos bloques de hielo y unas crestas de presión algo mayores, quizá; pero, en general, banquisa, nada más. Crozier cree ver unas pequeñas *polynyas* en la distancia, con su agua oscura como imperfecciones en el hielo blanco, y el hielo se ha roto aquí y allá en varios canales pequeños, efímeros, que no conducen a ninguna parte. Si la rotura de primavera no está sucediendo dos meses antes este año, la verdad es que lo parece bastante. Pero Crozier ha visto falsas primaveras como ésa muchas veces antes, en su experiencia del Ártico, y sabe que la rotura auténtica de la banquisa no empezará hasta finales de abril o más tarde.

Mientras tanto, tienen fragmentos de agua abierta y agujeros de respiración de focas en cantidad, quizás incluso la oportunidad de cazar alguna morsa o narval si aparecen, pero Silenciosa no está interesada en la caza.

Ambos salen de sus arneses y miran a su alrededor. Han dejado de tirar en el breve interludio de penumbra meridional hacia el sur que pasa por día.

Silenciosa se coloca ante Crozier, le quita los guantes y ella se quita los suyos. El viento es muy frío y no deberían dejar las manos expuestas durante más de un minuto, pero en ese minuto ella le coge las manos con las suyas y le mira. Desplaza la mirada hacia el este, luego hacia el sur; luego le mira otra vez.

La pregunta está clara.

Crozier nota que su corazón late con fuerza. No recuerda ningún otro momento en su vida adulta (desde luego, no la noche de la emboscada de Hickey) en que se sintiera tan aterrorizado.

—Sí —dice.

Lady Silenciosa le vuelve a poner los guantes y empieza a desempacar el trineo.

Mientras Crozier le ayuda a sacar las cosas al hielo y luego a desmontar partes del propio trineo, se pregunta de nuevo cómo habrá encontrado ella aquel sitio. Él ha aprendido que mientras ella a veces usa las estrellas o la luna para orientarse, a menudo simplemente presta atención al paisaje. Incluso en un terreno nevado aparentemente árido, ella cuenta las crestas de presión matemáticamente precisas, y los montículos de nieve creados por el viento, observando también hacia dónde se desplazan. Como Silenciosa, Crozier ha empezado a medir el tiempo no tanto por días como por sueños: cuántas veces se han parado a dormir, fuera cual fuese el momento del día o de la noche.

Allá fuera en el hielo él es más consciente que nunca, es decir, que ha compartido parte de la conciencia de Silenciosa, de las sutilezas del hielo que forma montículos, del hielo antiguo invernal y de las crestas de presión nuevas, y de la banquisa más gruesa, y del hielo nuevo y peligroso. Ahora puede ver un canal a muchos kilómetros de distancia sólo por el ligero oscurecimiento de las nubes por encima de él. Ahora evita las fisuras peligrosas, pero casi invisibles, y el hielo podrido sin notar realmente que lo está haciendo.

Pero ¿por qué aquel sitio? ¿Cómo sabe ella venir aquí para hacer lo que están a punto de hacer?

«No, lo que estoy a punto de hacer yo», se dice él, y su corazón late con mucha más intensidad.

Pero todavía no.

A la luz que desfallece rápidamente, conectan algunos de los listones del trineo y los postes verticales desatados y forman un rudimentario armazón para una tienda pequeña. Estarán allí sólo unos pocos días (a menos que Crozier se quede para siempre), de modo que no intentan buscar un ventisquero para construir una casa de nieve, ni tampoco gastan energía alguna en hacer una tienda especial. Sólo servirá como cobijo.

Algunas de las pieles están colocadas en la pared exterior de la tienda, la mayoría irán dentro.

Mientras Crozier está arreglando las pieles del suelo y las de dormir, Silenciosa se queda fuera, cortando bloques de hielo rápida y eficientemente de un témpano cercano y construyendo un muro bajo en el lado de sotavento de la tienda. Eso ayudará un poco.

Una vez dentro, ella ayuda a Crozier a preparar la lamparita de aceite para cocinar y el marco de astas en el vestíbulo de piel de caribú de la tienda, y empiezan a fundir algo de nieve para beber. También usarán el marco y la llama para secar su ropa externa. El viento arroja nieve en torno al abandonado y vacío trineo, que ahora es apenas algo más que unos patines.

Durante tres días, ambos ayunan. No comen nada, sólo beben agua en un intento de aplacar los rugidos de su vientre; dejan la tienda durante largas horas cada día, aun cuando llega la nieve, para hacer ejercicio y aliviar la tensión.

Crozier se turna arrojando ambos arpones y ambas lanzas a un bloque grande de hielo y nieve; Lady Silenciosa recuperó ambos de miembros de su familia muertos en el lugar de la masacre y preparó un arpón pesado con su larga cuerda y una lanza más ligera para cada uno de los dos, unos meses atrás.

Ahora, él arroja el arpón con tanta fuerza que éste se hunde más de veinte centímetros dentro del bloque de hielo.

Lady Silenciosa se acerca y se quita la capucha; le mira a la cambiante luz de la aurora.

Él sacude la cabeza e intenta sonreír.

No tiene señal alguna para indicar: «¿No es esto lo que haces con tus enemigos?». Así que la tranquiliza con un torpe abrazo para indicar que no piensa irse ni planea tampoco usar el arpón contra nada ni contra nadie en ningún momento próximo.

Él no había visto nunca una aurora como aquélla.

Todo el día y toda la noche, las cortinas de color que caen en cascadas bailan de horizonte a horizonte, con el centro de las exposiciones justo por encima de sus cabezas. En todos sus años de expediciones junto al Polo Norte o junto al Polo Sur, Crozier no ha visto nada ni remotamente parecido a esa explosión de luz. La hora de pálida luz del día casi no hace nada por menguar la intensidad de esa exhibición aérea.

Y también hay un amplio acompañamiento acústico a los fuegos artificiales visuales.

En torno a ellos el hielo gruñe, cruje, se queja y rechina por la presión, y se oyen largas series de explosiones bajo el hielo, como fuego de artillería dispersa, que van aumentando rápidamente hasta convertirse en un cañoneo incesante.

Nervioso por la anticipación, Crozier se siente profundamente conmovido por el ruido y el movimiento de la banquisa debajo de ellos. Duerme ahora con la parka (maldita sea la transpiración) y sale de la tienda al hielo media docena de veces durante cada período de sueño, seguro de que su amplio témpano se está rompiendo.

No ocurre nunca, aunque se abren grietas aquí y allá a cincuenta metros de su tienda y provocan fisuras que corren más rápido que un hombre sobre un hielo aparentemente sólido. Entonces las grietas se cierran con un crujido y desaparecen. Pero las explosiones continúan, y la violencia del cielo.

En la última noche de su vida, Crozier duerme sobresaltado (el hambre del ayuno le provoca un frío que ni siquiera el calor corporal de Silenciosa puede compensar) y sueña que ella está cantando.

734

Las explosiones en el hielo se convierten en redobles de tambores incesantes que sirven como fondo para su voz aguda, dulce, triste, perdida:

> *¡Ayaa, yaa, yapape!*
> *¡Ayaa, yaa, yapape!*
> *Ajâ-jâ, ajâ-jâ-jâ...*
> *Aji, jai, jâ...*
> Dime, ¿es tan bella la vida en la Tierra?
> Aquí estoy muy alegre.
> Cada vez que la aurora aparece sobre la tierra.
> Y el gran sol
> se desliza por el cielo.
> Pero allí donde tú estás
> yo tiemblo y tengo miedo
> de los gusanos y alimañas
> o criaturas del mar sin alma
> que comen el hueco de mi clavícula
> y me perforan los ojos.
> *Aji, jai, jâ...*
> *Ajâ-jâ, ajâ-jâ-jâ...*

¡Ayaa, yaa, yapape!
¡Ayaa, yaa, yapape!

Crozier se despierta temblando. Ve que Silenciosa ya está despierta y que le mira con sus ojos oscuros sin parpadear, y en un momento de terror más profundo que el propio terror, se da cuenta de que no ha sido su voz la que acaba de oír cantando la canción del hombre muerto..., literalmente, la canción de un hombre muerto a su antiguo ser viviente, sino la voz de su hijo no nacido.

Crozier y su esposa se levantan y se visten en un silencio ceremonial. Fuera, aunque quizá sea por la mañana, aún es de noche, pero una noche de mil colores atrevidos pintados sobre las estrellas temblorosas.

El hielo chasqueante sigue resonando como un tambor.

735

66

*L*os únicos caminos que quedan ahora son la rendición o la muerte. O ambas.

Toda su vida, el chico y el hombre que fue y ha sido durante cincuenta años preferían morir a rendirse. El hombre que es «ahora» preferiría morir a rendirse.

Pero ¿qué es la muerte, sino la rendición suprema? La llama azul de su pecho no aceptará otra elección.

En su casa de hielo, las semanas anteriores, bajo sus ropa de dormir, él ha aprendido otro tipo de rendición. Una especie de muerte. Un cambio de ser uno a ser algo más que no es ni el yo ni el no-yo.

Si dos personas distintas que no tuvieran palabras en común pudieran soñar los mismos sueños, entonces quizá, aun dejando a un lado todos los sueños y las demás creencias ignoradas, podrían surgir también otras realidades.

Él está muy asustado.

Dejan la tienda vestidos sólo con botas, pantalones cortos, medias y las delgadas faldas de piel de caribú que llevan a veces debajo de las parkas. Hace mucho frío aquella noche, pero el viento ha muerto desde el breve atisbo de sol del mediodía.

Él no tiene ni idea de la hora que es. El sol se ha puesto hace muchas horas, y no han dormido todavía.

El hielo se rompe bajo la presión con el ruido constante de los tambores. Nuevos canales se abren cerca.

La aurora arroja cortinas de luz desde el cénit estrellado hasta el horizonte del hielo blanco, enviando brillos hacia el norte, este y sur, y también al oeste. Todas las cosas, incluyendo al hombre blanco y la mujer morena, se ven teñidas alternativamente de escarlata, violeta, amarillo y azul.

Él se pone de rodillas y levanta la cara.

Ella se pone de pie ante él, inclinándose levemente, como si contemplara el agujero de respiración de una foca.

Como le han enseñado, él mantiene los brazos pegados al costado, pero ella le agarra firmemente por la parte superior de los brazos. Las manos de ella están desnudas a pesar del frío.

Ella baja la cabeza y abre la boca. Él abre también la suya. Sus labios casi se tocan.

Ella inhala profundamente, cierra con su boca la boca de él, y empieza a soplar en su boca abierta, por su garganta.

En este punto, que han practicado durante la larga oscuridad invernal, él tiene muchos problemas. Respirar el aliento de otra persona es como ahogarse.

Con el cuerpo tenso, él se concentra con intensidad en reprimir sus arcadas, en no apartarse. Piensa: «rendición».

Kattajjaq. Pirkusirtuk. Nipaquhiit. Todos esos nombres resonantes que medio recuerda de sus sueños. Nombres que la gente real en torno al círculo del hielo del norte aplica a lo que están haciendo ellos ahora.

Ella empieza con una serie corta y rítmica de notas.

Ella está tocando con sus cuerdas vocales como si fuera un bancal de juncos, como instrumentos de viento.

Las notas bajas se elevan en el hielo y se mezclan con los crujidos de la presión y la luz pulsátil de la aurora.

Ella repite el motivo rítmico, pero esta vez deja un hueco de silencio entre las notas.

Él toma aliento en los pulmones, añade el suyo propio y sopla en la boca de ella.

Ella no tiene lengua, pero sus cuerdas vocales están intactas. Las notas que produce él con su aliento las hacen vibrar altas y puras.

Ella hace música con la garganta de él. Él hace música con la garganta de ella. El motivo rítmico inicial se hace más rápido, se superpone, se apresura. La gama de notas se vuelve más compleja, tanto flauta como oboe, tan claramente humana como cualquier voz, la voz de la garganta se puede oír a kilómetros de distancia, a través del hielo pintado por la aurora.

Cada tres minutos en la primera media hora hacen una pausa y cogen aliento. Muchas veces en la práctica se han echado a reír en ese momento, y él comprende por los signos del cordón de ella que ésa era la parte de diversión, cuando se trataba sólo de un juego de mujeres, hacer que la garganta del otro cantor se riese, pero no puede haber risas esta noche.

Las notas empiezan de nuevo.

La canción adopta la calidad de una sola voz humana cantando, simultáneamente baja y alta como una flauta. Pueden moldear palabras respirando a través de las cuerdas vocales del otro, de esa forma, y ella lo hace entonces: pronuncia palabras en la canción, en medio de la noche; ella juega con su garganta y con sus cuerdas vocales como si fuera un complejo instrumento; las palabras toman forma.

Improvisan. Cuando uno cambia de ritmo, el otro debe seguirle siempre. En ese sentido, y él se da cuenta, se parece mucho a hacer el amor.

Él encuentra el espacio secreto para respirar entre sonidos de modo que pueden seguir mucho más rato y emitir unas notas mucho más profundas y puras. El ritmo se acelera hacia un punto de clímax, luego se vuelve más lento, luego se acelera de nuevo. Es como seguir al líder, adelante y atrás, uno cambiando el tempo y el ritmo, el otro siguiéndole como un amante que responde, y luego el otro tomando la iniciativa. Cantan cada uno en la garganta del otro de esa manera durante una hora, luego dos horas, a veces durante veinte minutos seguidos o más sin pararse a respirar.

Le duelen los músculos del diafragma. Tiene la garganta en carne viva. Las notas y el ritmo ahora son tan complicados como los creados por una docena de instrumentos, tan entremezcladas, complejas y ascendentes como el crescendo de una sonata o sinfonía.

Él le deja dirigir. La voz única que forman los dos, los sonidos y palabras que ambos pronuncian son de ella, a través de él. Él se rinde.

Finalmente ella se detiene y cae de rodillas junto a él. Ambos están demasiado cansados para levantar la cabeza. Jadean y resuellan como perros después de correr diez kilómetros.

El hielo ha dejado de emitir sonidos. El viento ha dejado de silbar. La aurora vibra mucho más lentamente en el cielo.

Ella se toca el rostro, se pone de pie y se aleja de él, cerrando el faldón de la tienda tras ella.

Él encuentra la fuerza suficiente para ponerse de pie y quitarse el resto de la ropa. Desnudo, no siente el frío.

Se ha abierto un canal a nueve metros del lugar donde ellos hacían su música, y ahora él camina hacia allí. Su corazón no baja el ritmo de los latidos.

A menos de dos metros del borde del agua, él cae de rodillas de nuevo y levanta el rostro hacia el cielo y cierra los ojos.

Oye a la criatura que sale del agua a menos de metro y medio de donde él está, y oye el ruido de sus garras en el hielo y el jadeo de su aliento al salir del agua hacia el hielo, y oye el quejido del hielo bajo su peso, pero no baja la cabeza ni abre los ojos para mirar. Todavía no.

El agua que ha salpicado la criatura al salir del mar le salpica las rodillas desnudas y amenaza con dejarle congelado en el hielo, allí donde está arrodillado. Él no se mueve.

Nota el olor del pelo húmedo, de la carne húmeda, el hedor del fondo del océano que trae consigo, y nota la sombra que proyecta ante la aurora y cae sobre él, pero todavía no abre los ojos para mirar. Aún no.

Sólo cuando se le eriza la piel y se le pone carne de gallina ante la masiva presencia que parece rodearle, y sólo cuando su aliento carnívoro le envuelve abre los ojos.

La piel chorreante como las vestiduras húmedas y pegadas de un sacerdote. Unas cicatrices de quemaduras en carne viva entre el blanco. Dientes. Ojos negros a menos de un metro de los suyos, mirándole profundamente, unos ojos de depredador que buscan su alma..., buscan a ver si tiene alma. La cabeza enorme y triangular que oscila y baja y le tapa el cielo pulsátil.

Rindiéndose sólo al ser humano con el que quiere estar, y al ser humano en el que quiere convertirse (y nunca al *Tuunbaq*, o al universo que extinguiría la llama azul en su pecho) cierra de nuevo los ojos, echa atrás la cabeza, abre la boca y saca la lengua exactamente igual que le enseñó a hacer Memo Moira para recibir la sagrada comunión.

739

67

Taliriktug

Lat. 68° 30' N — Long. 99° O
28 de mayo de 1851

$\mathcal{L}$a primavera del año que nació su segundo hijo, una niña, estaban visitando a la familia de Silna en el grupo de la gente del Dios Que Camina, liderada por el viejo chamán Asiajuk. Entonces llegaron noticias de un cazador visitante llamado Inupijuk, según las cuales un grupo de la gente real que había llegado muy al sur había recibido *aituserk* o regalos de madera, metal y otros objetos preciosos de los *kabloona* muertos, hombres blancos.

Taliriktug hizo signos a Asiajuk, que tradujo los signos para Inupijuk. Parecía que el tesoro podía consistir en cuchillos, tenedores y otros artefactos de los barcos *Erebus* y *Terror*.

Asiajuk susurró a Taliriktug y a Silna que Inupijuk era un *qavac* (literalmente un «hombre del sur», pero también un término en inuktitut que denotaba estupidez). Taliriktug asintió, comprendiendo, pero siguió haciendo preguntas por signos que el agrio chamán fue pasando al cazador estúpidamente sonriente. Parte de la incomodidad social de Inupijuk, según se enteró Taliriktug, procedía de que el cazador del sur nunca había estado antes en presencia de espíritus gobernantes *sixam ieua*, y no estaba muy seguro de si Taliriktug y Silna eran seres humanos o no.

Parecía que lo de los objetos era verdad. Taliriktug y su esposa volvieron al *iglu* de sus huéspedes, donde ella alimentó al bebé y pensó en todo aquello. Cuando él levantó la vista, ella estaba haciendo signos con los cordones.

«Deberíamos ir al sur», dijo ella con los cordones entre sus dedos. «Si quieres.»

Él asintió.

Al final, Inupijuk accedió a guiarlos al poblado del sudeste y

Asiajuk decidió ir con ellos, cosa muy inusual, ya que el viejo chamán apenas viajaba ya en aquellos días. Asiajuk se llevó a su mejor esposa, Gaviota (la joven Nauja de los grandes pechos *amooq*), que también llevaba sus cicatrices por el encuentro letal del grupo con los *kabloona*, tres años antes. Ella y el chamán fueron los únicos supervivientes de aquella masacre, pero la joven no mostraba resentimiento hacia Taliriktug. Ella sentía curiosidad por el destino de los últimos *kabloona*, que todo el mundo sabía que se habían dirigido hacia el sur por el hielo, hacía tres veranos.

Tampién quisieron ir seis cazadores de la gente del Dios Que Camina, sobre todo por curiosidad y por ir cazando por el camino, ya que el hielo se estaba rompiendo muy pronto en el estrecho, aquella primavera, de modo que al final partieron en varios botes, ya que los canales estaban abiertos a lo largo de la costa.

Taliriktug, Silna y sus dos niños decidieron viajar, igual que cuatro de los cazadores, en su largo *qayaq* doble, pero Asiajuk era demasiado viejo y tenía demasiada dignidad para ir remando en un *qayaq*. Se sentó con Nauja en el centro de un espacioso *umiak* abierto mientras dos de los cazadores más jóvenes remaban por él. A nadie le importaba esperar al *umiak* cuando no había viento para sus velas, ya que la embarcación de nueve metros de largo llevaba bastante comida fresca, de modo que apenas tenían que detenerse a cazar o pescar, a menos que quisieran hacerlo. De esa forma pudieron llevar también su propio trineo *kamatik*, por si necesitaban viajar por tierra. Inupijuk, el cazador del sur, iba en el *umiak*, igual que seis perros o *Qimmiq*.

Aunque Asiajuk generosamente ofreció a Silna y a sus niños que viajaran en el atestado *umiak*, ella le comunicó mediante los cordones que no quería que ningún hijo suyo (y desde luego no Kanneyuk, la que tenía sólo dos meses) estuvieran tan cerca de los despiadados perros, en un espacio tan pequeño. Su hijo de dos años, Tuugaq («Cuervo») no tenía miedo alguno a los perros, pero tampoco podía elegir. Iba metido en el hueco del *qayaq* entre Taliriktug y Silna. El bebé, Kanneyuk (cuyo nombre secreto *sixam ieua* era Arnaaluk) iba en el *amoutiq* de Silna, una enorme capucha para llevar a los niños.

La mañana que salieron hacía frío pero estaba clara, y al salir de la playa de grava los quince miembros que se quedaban del grupo del Dios Que Camina entonaron su canción de despedida y de pronto regreso:

741

Ai yei yai ya na
Ye he ye ye yi yan e ya quana
Ai ye yi yai yana.

La segunda noche, la última antes de remar y navegar hacia el sur por los canales desde la *angilak qikiqtaq* o «isla mayor», que James Ross había llamado Tierra del Rey Guillermo hacía muchísimo tiempo, ignorando el hecho de que los nativos que le habían hablado de ella la llamaban constantemente *qikiqtaq, qikiqtaq, qikiqtaq,* acamparon a menos de un kilómetro del campamento de Rescate.

Taliriktug se acercó allí andando solo.

Ya había vuelto antes. Hacía dos veranos, sólo unas semanas antes de que naciera Cuervo, él y Silna fueron allí. Sólo fue un poco más de un año después de que el hombre que antes era Taliriktug fuese traicionado, cayese en una emboscada y le disparasen como a un perro, pero ya había pocas señales de que allí hubiese habido un campamento grande para más de sesenta ingleses. Excepto unos pocos jirones de lona congelada en la grava, las tiendas Holland fueron destrozadas y se las llevó el viento. Lo único que quedaba eran unas señales circulares donde estaban los fuegos y algunas sujeciones de piedra de las tiendas.

Y algunos huesos.

Encontró huesos largos, trozos de vértebras masticadas, una sola calavera, a la que faltaba la mandíbula inferior. Sujetando la calavera en sus manos, dos veranos antes, rogó a Dios que aquélla no fuese la calavera del doctor Goodsir.

Aquellos huesos dispersos y mordidos por los *nanuq* los había recogido y enterrado con la calavera en una sencilla tumba de piedra, colocando un tenedor que había encontrado entre las piedras encima del montón de rocas, igual que le gustaba hacer a la gente real, e incluso la gente del Dios Que Camina con la que había pasado el verano, enviando herramientas útiles y posesiones queridas por los muertos al mundo espiritual, junto con ellos.

Mientras lo hacía, se dio cuenta de que los inuit habrían pensado que era un obsceno desperdicio de preciado metal.

Entonces intentó pensar en una silenciosa oración que pronunciar.

Las plegarias en inuktitut que había oído en los tres meses anteriores no eran adecuadas. Pero en su torpe intento por aprender el lenguaje, aunque nunca sería capaz de pronunciar una sola sílaba de él en voz alta, había jugado a un juego aquel verano intentando traducir la Plegaria del Señor al inuktitut.

Aquella noche, de pie junto al mojón que contenía los huesos de sus compañeros, intentó recordar la plegaria.

Nâlegauvît kailaule. Pijornajat pinatuale nuname sorlo kilangme...
(Oh, Padre nuestro, que estás en los Cielos, bendito sea tu nombre.)

Era lo máximo que había conseguido hacía dos veranos, pero le pareció que ya bastaba.

Ahora, casi dos años después, volviendo adonde estaba su esposa desde un campamento de Rescate que todavía estaba más vacío (el tenedor había desaparecido y el mojón lo había abierto y saqueado la gente real del sur, y hasta los huesos estaban dispersos y no pudo encontrarlos), Taliriktug tuvo que sonreír al darse cuenta de que aunque le concedieran el bíblico tiempo de «siete veces siete» años, no sería capaz de dominar la lengua de esa gente.

Cada palabra (hasta el nombre más sencillo) parecía tener una infinidad de variantes, y las sutilezas de la sintaxis estaban más allá de la capacidad de un hombre de mediana edad que se había echado a la mar de niño y que nunca había aprendido ni siquiera latín. Gracias a Dios nunca tendría que hablar aquella lengua en voz alta. Esforzarse por comprender el flujo de chasquidos que producía le daba ese tipo de dolor de cabeza que solía tener cuando Silna empezó a compartir sus sueños con él.

El Gran Oso, por ejemplo. El oso blanco normal y corriente. La gente del Dios Que Camina y los demás de la gente real que había conocido en los últimos dos años lo llamaban *nanuq*, que era una palabra bastante sencilla, pero también había oído variantes que se podrían transcribir (en otros idiomas, ya que la gente real no tenía lengua escrita) como *nanoq, näuuvak, nannuraluk, takoaq, pisugtooq* y *ayualunaq*. Y ahora, por Inupijuk, aquel cazador del sur (que según sabía ahora no era tan estúpido como decía Asiajuk), había sabido que al Gran Oso muchos de los grupos del sur de la gente real también lo llamaban *Tôrnârssuk*.

Durante un período de unos pocos y penosos meses (entonces todavía se estaba curando y aprendiendo a comer y a tragar de nuevo), se sintió perfectamente satisfecho sin tener ningún nombre. Cuando el grupo de Asiajuk empezó a llamarle Taliriktug («Brazo Fuerte») por un incidente durante la caza de un oso aquel primer verano, al sacar él con una sola mano el cadáver de un oso del agua, cuando un equipo de perros y tres cazadores no lo habían conseguido (no fue por fuerza sobrehumana, y él lo sabía, sino sólo porque había sido el único en ver dónde se había enganchado la cuerda del arpón en un saliente del hielo), no le importó que le dieran aquel nuevo nombre, aunque era feliz sin tener ninguno. Asiajuk le dijo que ahora llevaba el recuerdo del alma de otro «Brazo Fuerte» que había muerto a manos de los *kabloona*.

Meses antes, cuando él y Lady Silenciosa habían llegado al poblado *iglu* para que ella pudiera recibir la ayuda de las mujeres durante el nacimiento de Cuervo, él no se sorprendió nada al saber que el nombre Inuktitut de la gente real de su esposa era Silna. Veía perfectamente que ella encarnaba el espíritu tanto de Sila, diosa del aire, como de Sedna, la diosa del mar. Su nombre secreto de espíritu que gobierna *sixam ieua*, ella no quería o no podía compartirlo con él en sus conversaciones con los cordones o en sueños.

Él sabía su propio nombre secreto. Aquella primera noche de gran sufrimiento después de que el *Tuunbaq* le arrebatara la lengua y su vida anterior, él soñó con su nombre secreto. Pero nunca se lo diría a nadie, ni siquiera a Silna, a quien todavía llamaba Silenciosa en sus pensamientos enviados, cuando hacían el amor y en sueños.

El pueblo se llamaba Taloyoak y estaba formado por unas sesenta personas y más tiendas esparcidas que casas de nieve. Incluso había algunas casas de tierra cubiertas de nieve sobresaliendo de los acantilados que tendrían los tejados de hierba en el verano.

La gente que vivía allí se llamaban oleekatalik, que según creía él significaba «hombres con capa», aunque las pieles exteriores que llevaban encima de los hombros se parecían más a las pañoletas de lana inglesas que a auténticas capas. El dirigente era de la edad de Taliriktug, más o menos, y bastante guapo, aunque no le quedaba ningún diente, cosa que le hacía parecer más viejo de lo que era. El hombre se llamaba Ikpakhuak, y Asiajuk le dijo que significaba «el Sucio», aunque por lo que podía ver y oler Taliriktug, Ikpakhuak no era ni más ni menos sucio que los demás, e incluso más limpio que algunos.

La esposa más joven de Ikpakhuak se llamaba Higilak, que Asiajuk, con una sonrisita, le explicó que significaba «casa de hielo». Pero los modales de Higilak no eran fríos hacia los extranjeros, en absoluto. Ella ayudó a su marido a dar la bienvenida al grupo de Taliriktug con mucha calidez y gran despliegue de comida caliente y regalos.

Él se daba cuenta de que jamás acabaría de comprender a esa gente.

Ikpakhuak, Higilak y su familia les sirvieron *umingmak,* bistec de buey almizclero, como carne principal del festín, que Taliriktug disfrutó mucho, pero que Silna, Asiajuk, Nauja y el resto de su grupo tuvieron que comer a la fuerza, porque ellos eran *netsilik,* «gente de la foca». Después de las ceremonias de bienvenida y comidas, consiguió mediante sus signos traducidos desplazar la conversación hacia los regalos de los *kabloona.*

Ikpakhuak reconoció que la gente de la Capa tenía tales tesoros, pero antes de mostrárselos a sus invitados, pidió que Silna y Taliriktug mostrasen a todo el mundo en el pueblo su magia. Los oleekatalik nunca habían visto *sixam ieua* a lo largo de la vida de la mayoría de los habitantes, aunque Ikpakhuak sí que había conocido al padre de Silna, Aja, hacía unas décadas... Entonces Ikpakhuak pidió educadamente a Silna y Taliriktug si podían volar alrededor del pueblo un poquito, o quizá convertirse en focas, no en osos, por favor.

Silna explicó (a través del lenguaje de signos interpretado por Asiajuk) que los dos gobernadores-de-espíritus-del-aire preferían no hacer aquello, pero que ambos mostrarían a los hospitalarios oleekataliks el lugar donde los *Tuunbaq* les habían quitado la lengua, y que su marido *kabloona sixam ieua* les concedería el raro favor de contemplar sus cicatrices, sufridas en una terrible batalla con los malos espíritus hacía años.

Esto satisfizo por completo a Ikpakhuak y a su gente.

Después de que acabó la exhibición circense de las cicatrices, Taliriktug consiguió que Asiajuk sacase de nuevo el tema de los regalos de los *kabloona.*

Ikpakhuak, al instante, asintió, dio unas palmadas y envió a unos chicos a buscar los tesoros. Los pasaron de mano en mano por el círculo.

Había varias piezas de madera, una de ellas un trozo del mango de un punzón.

Había botones dorados que llevaban el motivo naval del ancla del Servicio de Descubrimientos.

Había un trozo de chaleco de hombre con un bonito bordado.

Había un reloj de oro, la cadena del cual debía de colgar y un puñado de monedas. Las iniciales en la tapa del reloj eran «CFdV»: Charles des Voeux.

Había una funda de plata para un lápiz, con las iniciales «EC» en su interior.

Había una mención a la medalla de oro regalada a sir John Franklin por el Almirantazgo.

Había tenedores y cucharas de plata que llevaban los escudos de los diversos oficiales de Franklin.

Había una bandejita de porcelana con el nombre SIR JOHN FRANK-LIN escrito en el esmalte de colores.

Había un bisturí de cirujano.

Había un escritorio portátil de caoba que el hombre que ahora tenía en las manos reconoció porque había sido suyo.

«¿Realmente acarreamos todas estas mierdas centenares de kilómetros en nuestros barcos? —pensó Crozier—. Y antes de eso, ¿miles de kilómetros desde Inglaterra? ¿En qué estábamos pensando?» Notó que sentía ganas de vomitar y tuvo que cerrar los ojos hasta que pasó la náusea.

Silenciosa le tocó la muñeca. Ella había notado la vacilación y el movimiento de él. Él la miró a los ojos para asegurarle que aún seguía allí, aunque no era verdad. No del todo.

Fueron remando a lo largo de la costa hacia el oeste, hacia la boca del río Back.

Los oleekatalik de Ikpakhuak se habían mostrado vagos, evasivos incluso, acerca del lugar donde habían encontrado sus tesoros *kabloona*. Algunos decían que eran de un lugar llamado Keenuna, que parecía una serie de islotes en el estrecho al sur de la isla del Rey Guillermo, pero la mayoría de los cazadores decían que habían dado con aquellos tesoros al oeste de Taloyoak, en un lugar llamado Kugluktuk, que Asiajuk tradujo como «Lugar del Agua que Cae».

A Crozier le pareció que era la primera cascada pequeña de la que había leído algo y que Back había dicho que estaba río arriba desde la boca del río del Gran Pez de Back.

Pasaron una semana buscando por allí. Asiajuk y su mujer y tres de los cazadores se quedaron con el *umiak* en la boca del río, pero Crozier y Silenciosa con sus niños, el cazador Inupijuk, aún curioso, y los demás cazadores fueron remando con sus *qayaqs* río arriba los cinco kilómetros que había hasta la primera cascada.

Allí encontró algunas duelas de barril. Una suela de bota de cuero con agujeros donde habían metido los tornillos. Enterrado en la arena y el fango de la orilla, descubrió un trozo de roble curvado que antes estaba pulido, de unos dos metros y medio de largo, y que formaba parte de una borda de uno de los cúteres (para los oleekatalik habría sido un auténtico tesoro). Nada más.

Se iban ya decepcionados, remando corriente abajo hacia la costa, cuando dieron con un hombre viejo, sus tres esposas y sus cuatro hijos mocosos. Su tienda y sus pieles de caribú iban a espaldas de las mujeres, y habían salido al río, según dijo el hombre, a pescar. Nunca había visto a un *kabloona*, y mucho menos a dos espíritus que gobiernan *sixam ieua* sin lengua, y estaba muy asustado, pero uno de los cazadores que iba con Crozier calmó sus miedos. El viejo se llamaba Puhtoorak y era miembro del grupo qikiqtarqjuaq de la gente real.

Después de intercambiar comida y bromas, el viejo preguntó qué hacían tan lejos de las tierras norteñas de la gente del Dios Que Camina, y cuando uno de los cazadores le explicó que buscaban *kabloona* vivos o muertos que hubiesen podido ir por aquel camino, o sus tesoros, Puhtoorak les dijo que él no había oído hablar de *kabloona* alguno en su río, pero dijo entre trozo y trozo de su regalo de carne de foca:

—El invierno pasado vi un barco *kabloona* enorme, tan grande como un iceberg, con tres palos que sobresalían, metido en el hielo justo al lado de Utjulik. Creo que había *kabloona* muertos en su estómago. Algunos de nuestros hombres más jóvenes se subieron a la cosa (tuvieron que usar sus hachas de mierda de estrellas para hacer un agujero en el costado), pero dejaron todos los tesoros de madera y metal donde estaban, porque decían que la casa de los tres palos estaba embrujada.

Crozier miró a Silenciosa.

«¿Lo habré entendido correctamente?»

«Sí», asintió ella. Kanneyuk se echó a llorar. Silna se apartó la parka de verano y le dio el pecho al bebé.

Crozier estaba de pie en un acantilado y miraba al barco en el hielo. Era el HMS *Terror*.

Le había costado ocho días de viaje llegar desde la boca del río Back hasta aquella parte de la costa de Utjulik. A través de los cazadores de la gente del Dios Que Camina que comprendían sus signos, Crozier ofreció propinas a Puhtoorak si el viejo accedía a llevar a su familia con él e ir a enseñarles el camino hacia el barco de los *kabloona* con los tres palos que salían del techo, pero el viejo qikiqtarqjuaq no quería tener nada que ver con la casa embrujada *kabloona* con sus tres palos. Aunque no había entrado con los jóvenes el último invierno, había visto que la cosa estaba contaminada con *piifixaaq*, el tipo de espíritu-fantasma malsanos que embrujaban un mal sitio.

Utjulik era el nombre inuit de lo que Crozier había conocido en los mapas como costa occidental de la península de Adelaida. Los canales en agua abierta habían acabado no muy al oeste de la ensenada que conducía al sur, hacia el río Back (el estrecho era de hielo sólido allí), de modo que tuvieron que salir a la playa y esconder los *qayaqs* y el *umiak* de Asiajuk y continuar con los seis perros tirando del pesado y sólido *kamatik* de cuatro metros. Orientándose a ojo tierra adentro, de una forma que Crozier sabía que nunca podría dominar, Silenciosa les condujo los aproximadamente cuarenta kilómetros recto hacia el interior de la península, hacia la zona de la costa oeste donde Puhtoorak había dicho que había visto el barco... Incluso se había paseado por su cubierta, confesó.

Asiajuk no había querido abandonar su confortable bote cuando llegó el momento de dirigirse a campo través. Si Silna, una de las más reverenciadas gobernantes de espíritus de la gente del Dios Que Camina, no le hubiera pedido por signos con la mayor seriedad que los acompañara (y una petición de un *sixam ieua* era una orden hasta para el más hosco de los chamanes), Asiajuk habría ordenado a sus cazadores que le devolvieran a casa. Pero al final iba bien envuelto en pieles y subido en el *kamatik,* e incluso ayudaba de vez en cuando arrojando guijarros a los perros que se esforzaban, y gritando:

«!Jo! ¡Jo! ¡Jo!», cuando quería que fueran a la izquierda, y «¡Chi! ¡Chi! ¡Chi!», cuando quería que fuesen a la derecha. Crozier se preguntaba si el viejo chamán estaría descubriendo el placer juvenil de viajar en trineo con un equipo de perros.

Estaban a última hora de la tarde del octavo día, y miraban al HMS *Terror*. Hasta Asiajuk parecía intimidado y fascinado.

La mejor descripción de Puhtoorak de la ubicación precisa era la de que la casa de tres palos «estaba congelada en el hielo junto a una isla a unos ocho kilómetros al oeste» de un punto determinado, y que él y su partida de caza tuvieron que andar unos cinco kilómetros al norte por un hielo liso hasta alcanzar el barco, después de cruzar varias islas en su camino desde el cabo. Entonces pudieron ver el barco desde un acantilado en el extremo norte de la isla mayor.

Por supuesto, Puhtoorak no había usado las palabras «lilómetros» ni «barco», ni siquiera «cabo». Lo que había dicho el anciano era que la casa *kabloona* con tres palos y casco de *umiak* estaba a un determinado número de horas andando al oeste del Tikerqat, que significa «Dos Dedos», y que era como llamaba la gente real a dos estrechas puntas a lo largo de aquella extensión de la costa de Utjulik, y luego en algún lugar cerca del extremo norte de una isla grande que había allí.

Crozier y su grupo de diez personas (el cazador del sur, Inupijuk, pensaba quedarse con ellos hasta el final) habían caminado hacia el oeste por un hielo muy escarpado desde los Dos Dedos, y cruzaron dos islas pequeñas antes de llegar a una mucho mayor. Encontraron un acantilado que caía casi treinta metros en la banquisa en el extremo norte de aquella gran isla.

A cuatro o cinco kilómetros allá fuera, en el hielo, los tres mástiles del HMS *Terror* se alzaban en un ángulo inclinado hacia las nubes bajas.

Crozier deseó tener su antiguo catalejo, pero no lo necesitaba para indicar los mástiles de su antiguo buque.

Puhtoorak tenía razón: el hielo de aquella última parte de la caminata era mucho más suave que el laberinto de la costa y la banquisa entre la tierra firme y las islas. El ojo de capitán de Crozier apreció por qué: allí se encontraba un rosario de pequeñas islas que iban del este al norte, que creaban una especie de muro marino natural que protegía aquel fragmento de mar de alrededor de treinta kilómetros de los vientos dominantes fuera del noroeste.

Cómo podía haber acabado allí el *Terror*, casi a unos trescientos kilómetros al sur de donde se quedó congelado cerca del *Erebus* durante casi tres años, era algo que superaba todos los poderes de especulación de Crozier.

Pero no tendría que especular mucho más.

La gente real, incluidos la gente del Dios Que Camina, que vivían a la sombra de un monstruo vivo un año sí y otro no, se acercaban al barco con obvia ansiedad. Todos aquellos comentarios de Puhtoorak de fantasmas acechantes y malos espíritus habían hecho su efecto sobre ellos, incluso en Asiajuk, Nauja y los cazadores que no habían oído los comentarios del anciano. El mismo Asiajuk iba murmurando conjuros, invocaciones para expulsar a los fantasmas y plegarias para permanecer a salvo durante su paseo por el hielo, que no añadían ninguna sensación de seguridad. Cuando un chamán se pone nervioso, como bien sabía Crozier, todo el mundo se pone nervioso.

La única persona que iba caminando junto a Crozier a la cabeza de la procesión era Silenciosa, que llevaba a sus dos niños.

El *Terror* estaba escorado unos veinte grados a babor, con la proa apuntando hacia el nordeste y los palos inclinados hacia el noroeste, y demasiado casco del costado de estribor asomando por encima del hielo. Sorprendentemente, había un ancla echada. El ancla de la proa del costado de babor, con la guindaleza desapareciendo en el espeso hielo. Crozier se sorprendió porque suponía que el fondo estaría allí al menos a veinte brazas, quizá mucho más aún, y porque había pocas ensenadas a lo largo de las curvas septentrionales de las islas que tenía tras él. Al final, a menos que hubiese alguna tormenta, un capitán prudente buscando refugio seguro habría llevado al buque hacia el estrecho del costado este de la gran isla por la que acababan de pasar caminando, y habría echado el ancla entre la isla mayor, cuyos acantilados habrían bloqueado el viento, y las tres islas más pequeñas, ninguna de más de tres kilómetros de largo, al este de allí.

Pero el *Terror* estaba allí, a unos cuatro kilómetros hacia fuera del extremo norte de aquella isla grande, con el ancla sumergida en el agua profunda. Todo expuesto a las inevitables tormentas del noroeste.

Un paseo en torno al buque y una mirada hacia su inclinada cubierta desde el lado más bajo del noroeste resolvió el misterio de por qué el grupo de caza de Puhtoorak se había visto obligado a abrirse camino con hachas a través del casco del costado de estribor, que estaba elevado, probablemente un casco astillado, maltratado y ya casi abierto, para poder entrar: todas las escotillas de cubierta estaban cerradas y selladas.

Crozier volvió hacia el agujero del tamaño de un hombre que aquel grupo había abierto en el casco expuesto y desgastado. Pensó que podría introducirse dentro. Recordó que Puhtoorak decía que los jóvenes cazadores habían usado sus hachas de mierda de estrellas para abrirse camino hasta allí, y tuvo que sonreír a pesar del aluvión de emociones dolorosas que estaba experimentando.

«Mierda de estrellas» era como llamaba la gente real a las estrellas que caían y el metal que usaban procedente de esas estrellas caídas, que encontraban en el hielo. Crozier había oído hablar a Asiajuk de la *uluriak anoktok*, «mierda de estrellas que cae del cielo».

Crozier deseó entonces llevar una hoja o hacha de mierda de estrellas. La única arma que llevaba era un cuchillo de trabajo sencillo con una hoja hecha de marfil de morsa. Había arpones en el *kamatik*, pero no eran suyos (él y Silenciosa habían dejado los suyos con su *qayaq* hacía una semana), y él no quería pedir uno prestado sólo para entrar en el barco con él.

En el trineo, a unos doce metros por detrás de ellos, los *Qimmiq* (grandes perros con ojos extraños azules y amarillos, y almas que compartían con sus amos) ladraban, gruñían, aullaban y se lanzaban mordiscos unos a otros y a cualquiera que se les acercase. No les gustaba nada aquel sitio.

Crozier hizo una señal a Silenciosa: «Dile a Asiajuk por señas que les pregunte si alguien quiere entrar conmigo».

Ella lo hizo rápidamente sólo con los dedos, sin cordón. Aun así, el viejo chamán siempre la comprendía mucho más rápidamente a ella que los torpes signos de Crozier.

Ninguno de la gente real quería pasar a través de aquel agujero.

«Te veré dentro de unos pocos minutos», dijo Crozier a Silenciosa por señas.

Ella sonrió.

«No seas tonto —le dijo por señas—. Tus hijos y yo entraremos contigo.»

Él se introdujo por el hueco y Silenciosa le siguió un segundo después, llevando a Cuervo en brazos y a Kanneyuk en el portabebés de piel suave que a veces llevaba sujeto con unas correas al pecho. Ambos niños dormían.

Estaba muy oscuro.

Crozier se dio cuenta de que los jóvenes cazadores de Puhtoorak se habían abierto paso en la cubierta del sollado. Era una suerte para ellos, porque si lo hubiesen intentado un poco más abajo en la mitad del buque, habrían dado con el hierro de los bidones de carbón y los tanques de almacenamiento de agua de la bodega, y nunca habrían podido entrar, por muchas hachas de mierda de estrellas que llevasen.

A tres metros y medio desde el agujero del casco en el interior ya estaba demasiado oscuro para ver nada, de modo que Crozier buscó el camino de memoria, sujetando la mano de Silenciosa mientras caminaban hacia delante por la cubierta inclinada y luego se dirigían a popa.

A medida que sus ojos se adaptaban a la oscuridad, vieron que se filtraba la luz suficiente para que Crozier comprobase que la puerta a la sala de Licores y a la santabárbara más a popa, con pesados candados, estaban abiertas. No tenía ni idea de si había sido obra de los hombres de Puhtoorak, pero lo dudaba. Esas puertas se habían dejado cerradas con candados por algún motivo, y eran el primer lugar al que querría acceder cualquier hombre blanco que volviese al *Terror*.

Los barriles de ron, porque tenían tanto ron que en realidad tuvieron que dejar barriles atrás cuando se fueron al hielo, estaban vacíos. Pero los barriles de pólvora sí que seguían allí, así como las cajas y barriles de municiones, sacos de lona de cartuchos y casi la longitud de dos mamparos de mosquetes, todavía en sus huecos, ya que tenían demasiados para llevárselos todos, y doscientas bayonetas que todavía colgaban de sus soportes a lo largo de las vigas.

El metal de aquella habitación solamente habría convertido al grupo de Asiajuk, de la gente real, en los hombres más ricos del mundo.

El resto de la pólvora y de las municiones alimentaría a una docena larga de grupos de la gente real durante veinte años, y los convertiría en señores indiscutibles del Ártico.

Silenciosa le tocó la muñeca desnuda. Estaba demasiado oscuro para hacer señas, de modo que ella le envió su pensamiento. «¿Lo notas?»

Crozier se sintió asombrado al oír que, por primera vez, los pensamientos que compartía con ella estaban en inglés. O bien ella había soñado sus sueños con mucha más profundidad de lo que él había imaginado, o bien había estado muy atenta durante sus meses a bordo de aquel buque. Era la primera vez que compartían pensamientos en palabras estando despiertos.

«Ii», pensó él a su vez. «Sí.»

Aquel lugar era malo. Los recuerdos lo impregnaban como un mal olor.

Para aliviar la tensión, él la condujo de nuevo hacia delante, señaló hacia la proa y le envió la imagen mental del pañol de guindalezas de proa, en la cubierta que había debajo.

«Siempre te estuve esperando», le envió ella. Las palabras estaban tan claras que él pensó que quizá las había pronunciado en voz alta en la oscuridad, excepto por el hecho de que ninguno de los dos niños se despertó.

Su cuerpo empezó a temblar de emoción al pensar en lo que ella acababa de decirle.

Subieron por la escala principal a la cubierta inferior.

Allí había mucha más luz. Crozier se dio cuenta de que, finalmente, la luz del día entraba de verdad a través de las claraboyas patentadas Preston que perforaban la cubierta que tenían por encima. El cristal curvo estaba opaco por el hielo, pero, por una vez, no estaba cubierto de nieve ni de lonas.

La cubierta parecía vacía. Todas las hamacas de los hombres habían sido cuidadosamente dobladas y almacenadas, sus mesas de comedor se habían subido entre las vigas hacia la cubierta superior, y sus baúles empujados a un lado y almacenados con cuidado. La enorme estufa patentada Frazer en el centro del alojamiento de proa estaba oscura y fría.

Crozier intentó recordar si el señor Diggle estaba todavía vivo cuando él, el capitán, fue atraído hacia el hielo y le dispararon. Era la primera vez que pensaba en aquel nombre, «señor Diggle», desde hacía mucho tiempo.

«Es la primera vez que pienso en mi lengua desde hace mucho tiempo.»

Crozier tuvo que sonreír al pensar aquello. «En mi propia lengua.» Si realmente había una diosa como Sedna que gobernaba el mundo, su auténtico nombre era Puta Ironía.

El silencio le llevó hacia popa.

Los camarotes y el comedor de los oficiales que miraron al pasar estaban vacíos. Crozier se preguntaba qué hombres podían haber alcanzado el *Terror* y navegado hacia el sur.

¿Des Voeux y los hombres del campamento de Rescate?

Sintió con casi total certeza que el señor Des Voeux y los demás habrían continuado hacia el sur, en los botes, hacia el río del Gran Pez.

¿Hickey y sus hombres?

Esperaba que fuera así por el bien del doctor Goodsir, pero no lo creía. Excepto el teniente Hodgson, y Crozier sospechaba que no habría sobrevivido mucho en compañía de esos asesinos, apenas había algún otro hombre de aquel grupo que supiera navegar, y mucho menos orientar el *Terror*. Dudaba de que hubiesen sido capaces siquiera de echar a la vela y establecer un rumbo con el bote pequeño que les había dado.

Eso dejaba a los tres hombres que habían abandonado el campamento de Rescate y habían salido caminando por tierra: Reuben Male, Robert Sinclair y Samuel Honey. ¿Podían un capitán del castillo de proa, un capitán de la cofa de trinquete y un herrero navegar con el HMS *Terror* unos trescientos kilómetros hacia el sur, entre un laberinto de canales?

Crozier se sintió mareado y con un poco de náuseas al pensar en los hombres y las caras de aquellos hombres de nuevo. Casi podía oír sus voces. Sí, «podía» oír sus voces.

Puhtoorak tenía razón: aquel lugar era ahora albergue de *piifixaaq*: fantasmas resentidos que habían quedado atrás para perseguir a los vivos.

Y

Había un cadáver en el coy de Francis Rawdon Moira Crozier. Por lo que podía asegurar sin lámparas que le iluminasen y sin bajar a la bodega o a la cubierta del sollado, aquél era el único cadáver a bordo.

«¿Por qué decidió morir en mi coy?», se preguntaba Crozier.

Era un hombre de la altura de Crozier, más o menos. Sus ropas, porque había muerto debajo de las mantas con chaquetón, gorra y pantalones de lana, cosa muy extraña, porque debían de estar navegando en pleno verano, no daban pista alguna acerca de su identidad. Crozier no tenía deseo alguno de registrar sus bolsillos.

Las manos del hombre, las muñecas a la vista y el cuello estaban marrones y momificados, resecos y arrugados, pero su rostro hizo que Crozier deseara que la claraboya patentada Preston que tenían por encima de la cabeza no permitiera entrar tanta luz.

Los ojos del muerto eran canicas marrones. Su pelo y barba eran tan largos y frondosos que parecía que hubiesen continuado creciendo durante meses después de la muerte del hombre. Sus labios se habían arrugado y habían desaparecido; se habían apartado de los dientes y de las encías al contraerse los tendones.

Eran los dientes lo más inquietante. En lugar de caerse por el escorbuto, los dientes delanteros eran muy anchos, de un amarillo marfil y de una longitud imposible, unos siete centímetros al menos, como los de un conejo o una rata, que siguen creciendo a menos que se desgasten royendo algo sólido, se curvan y acaban cortando la propia garganta de la criatura.

Los dientes de roedor de aquel hombre eran imposibles, pero Crozier los estaba viendo a la luz clara y gris de la tarde que entraba por la claraboya abovedada de su propio camarote. Se dio cuenta de que no era la primera cosa imposible que había visto o experimentado en los últimos años. Sospechaba que tampoco sería la última.

«Vámonos», le dijo mediante señas a Silenciosa. No quería enviar pensamientos allí, donde podía haber alguien escuchando.

Tuvo que usar un hacha para el fuego para abrirse camino a través de la escotilla principal, sellada y claveteada. En lugar de preguntarse quién la habría sellado y por qué, o si el cadáver de abajo sería un hombre vivo cuando la escotilla se cerró de forma tan contundente por encima de él, arrojó el hacha a un lado, subió y ayudó a Silenciosa a trepar por la escala.

Cuervo se estaba despertando, pero Silenciosa le acunó un poco y el niño empezó a roncar suavemente otra vez.

«Espera aquí», le dijo él por señas, y volvió abajo de nuevo.

Primero sacó el pesado teodolito y algunos de sus antiguos manuales, tomó una rápida lectura del sol y anotó sus mediciones en el margen de un libro manchado de sal. Luego llevó el teodolito y los libros abajo y los arrojó a un lado, sabiendo que fijar la posición de aquel buque por última vez era quizá lo más inútil que había hecho en una larga vida de cosas inútiles. Pero también sabía que tenía que hacerlo.

Igual que tenía que hacer lo siguiente.

En la oscura sala de Almacenamiento de la bodega del sollado, abrió tres barrilitos de pólvora sucesivamente; vertió los contenidos del primero en la cubierta del sollado y luego por la escala abajo hacia la bodega (no pensaba bajar allí), y el contenido del segundo por la cubierta inferior, especialmente dentro de su camarote con la puerta abierta, y el contenido del tercer barril en un rastro negro a lo largo de la cubierta inclinada del buque donde esperaba Silenciosa con sus niños. Asiajuk y los demás en el hielo se habían congregado en torno al costado de babor y ahora le miraban desde treinta metros de distancia. Los perros seguían aullando y tirando, queriendo irse, pero Asiajuk o uno de los cazadores los había atado a una estaca en el hielo.

Crozier quería quedarse al aire libre, aunque la luz de la tarde ya se desvanecía, pero haciendo un esfuerzo bajó de nuevo a la cubierta del sollado. Con el último barrilito de aceite de lámpara que quedaba en el buque, vertió un rastro en las tres cubiertas, cuidando muy bien de empapar la puerta y el mamparo de su propio camarote. Su única duda fue a la entrada de la sala Grande, donde cientos y cientos de lomos de libros le miraban.

«Dios mío, ¿acaso haría algún mal que cogiera sólo unos pocos para ayudarme a pasar los oscuros inviernos que me esperan?»

Pero ahora esos libros llevaban el oscuro *inua* del buque de la muerte en su interior. Casi sollozando, echó aceite de la lámpara hacia ellos.

Cuando acabó de verter el último combustible en la cubierta, arrojó el barril vacío hacia fuera, al hielo.

«Un último viaje abajo», le prometió a Silenciosa con los dedos. «Vete al hielo ahora con nuestros hijos, amada mía.»

Las cerillas Lucifer estaban justo donde las había dejado, en el cajón de su escritorio, tres años antes.

Durante un segundo le pareció que podía oír crujir el mamparo y removerse el nido de mantas congeladas mientras la cosa momificada que tenía a la espalda intentaba cogerle. Oía los secos tendones del brazo muerto que se estiraban y chasqueaban, y la mano marrón, con sus largos dedos y sus uñas amarillas y demasiado largas se alzaba lentamente.

Crozier no se volvió a mirar. No corrió. No miró atrás. Con las cerillas en la mano, salió de su camarote lentamente, pasando por encima de las rayas de pólvora negra y las tablas de cubierta manchadas con el aceite de ballena. Tuvo que bajar por la escala principal para arrojar la primera cerilla. El aire era tan rancio allí que la cerilla casi se negó a arder. Entonces la pólvora se incendió con un «bum», y prendió en un mamparo que había empapado de aceite, y corrió hacia proa y popa en la oscuridad, por su propio camino de fuego.

Sabiendo que sólo con el fuego de la cubierta del sollado habría bastado, ya que aquellas maderas estaban secas y eran como yesca después de seis años en aquel desierto ártico, se tomó el tiempo, aun así, de prender las líneas de pólvora de la cubierta inferior y de la superior.

Luego saltó los tres metros hasta la rampa del hielo en el costado occidental del buque y lanzó una maldición al notar el dolor en la pierna izquierda, que nunca se le acabaría de recuperar. Tenía que haber bajado por las escalas de cuerda que había allí, como había hecho Silenciosa, obviamente, con gran sentido común.

Cojeando como un anciano, algo que seguramente pronto sería, Crozier salió caminando al hielo para reunirse con los demás.

El buque ardió durante casi una hora y media, antes de hundirse.

Fue una conflagración increíble. El día de Guy Fawkes en el Círculo Polar Ártico.

Definitivamente, no habría sido necesario utilizar la pólvora ni la lámpara de aceite, y se dio cuenta al mirar el fuego. Las maderas y lonas y tablas estaban tan despojadas de humedad que todo el barco se incendió como uno de los proyectiles incendiarios de mortero que había sido diseñado para lanzar, tantas décadas atrás.

El *Terror* se habría hundido de todos modos, tan pronto como el hielo se hubiese fundido allí, al cabo de unas pocas semanas o meses. El agujero de hacha en el costado habría sido su herida de muerte.

Pero no lo había quemado por eso. Si le hubiesen preguntado

(cosa que nunca sucedería) no habría sabido explicar por qué había que quemarlo. Sabía que no quería que ningún «rescatador» de un barco británico entrarse en el buque abandonado, llevando a casa cuentos que aterrorizarían a los ciudadanos morbosos de Inglaterra y espolearían al señor Dickens o al señor Tennyson a crear nuevas cimas de elocuencia lacrimógena. También sabía que no serían sólo historias lo que esos rescatadores llevarían consigo de vuelta a Inglaterra, con ellos. Lo que había tomado posesión del barco era tan violento como la peste. Lo había visto con los ojos del alma; lo había olido con todos sus sentidos de humano y de *sixam ieua*.

La gente real lanzó vítores cuando los mástiles ardientes cayeron al fin.

Se habían visto obligados a retroceder unos centenares de metros. El *Terror* abrió su propia tumba en el hielo, y poco después de caer los mástiles y la obencadura en llamas, el barco en llamas empezó a dirigirse hacia las profundidades, siseando y burbujeando.

El ruido del fuego despertó a los niños; las llamas calentaron tanto el aire allí en el hielo que todos ellos (su mujer, Asiajuk, con cara de pocos amigos; Nauja, la de las tetas grandes; los cazadores, Inupijuk, que sonreía feliz; incluso Taliriktug) se quitaron sus parkas exteriores y las apilaron en el *kamatik*.

Cuando se acabó el espectáculo y el buque se hundió y el sol seguía escondiéndose hacia el sur, de modo que sus sombras lamían el hielo grisáceo, todavía se quedaron un rato más a disfrutar el vapor que subía y celebrar los trocitos de materia ardiente que se iban desperdigando aún por aquí y por allá, en el hielo.

Luego, el grupo acabó por volver hacia la gran isla y después hacia las islas más pequeñas, planeando cruzar el hielo hacia tierra adentro antes de tener que acampar para pasar la noche. La luz del sol que brillaba hasta después de medianoche ayudó en su marcha. Todos ellos querían estar fuera del hielo y lejos de aquel lugar antes de que llegasen las escasas horas de penumbra y la oscuridad total. Hasta los perros dejaron de ladrar y de gruñir, y parecieron tirar mucho más rápido cuando pasaron por la isla pequeña, de camino de nuevo hacia tierra. Asiajuk se había quedado dormido y roncaba bajo las mantas en el trineo, pero los dos bebés estaban muy despiertos y deseando jugar.

Taliriktug cogió a Kanneyuk, que se agitaba, en el brazo izquierdo, y pasó el derecho en torno a Silna-Silenciosa. Cuervo, que todavía iba en brazos de su madre, intentaba soltarse, muy enfurruñado, y obligarla a dejarle en el suelo para poder caminar solo.

757

Taliriktug se preguntó, no por primera vez, cómo iban a disciplinar un padre y una madre sin lengua a un niño cabezota. Luego recordó, no por primera vez, que ahora pertenecía a una de las pocas culturas en el mundo que no se molestan en disciplinar a sus niñas o niños testarudos. Cuervo ya tenía el *inua* de algún adulto valioso en su interior. Su padre sólo tenía que esperar a ver lo valioso que era.

El *inua* de Francis Crozier, que todavía estaba vivo y bien en Taliriktug, no se hacía ilusiones acerca de que la vida fuese otra cosa que pobre, desagradable, brutal y corta.

Pero quizá no tenía por qué ser solitaria.

Con el brazo en torno a Silna, intentando ignorar los sonoros ronquidos del chamán y el hecho de que la pequeña Kanneyuk se acababa de mear en la mejor parka de verano de su padre, ignorando también los enfurruñados empujones y sonidos lloriqueantes de su inquieto hijo, Taliriktug y Crozier continuaron caminando hacia el este por el hielo, hacia la tierra firme.

Agradecimientos

Quiero dar las gracias a las fuentes que menciono a continuación por proporcionarme información a la hora de escribir *El Terror*.

La idea de escribir acerca de esta era de la exploración ártica procede de un comentario breve, casi una nota al pie, sobre la expedición Franklin, que encontré en *Race to the Pole: Tragedy, Heroism and Scott's Antarctic Quest*, de sir Ranulph Fiennes (Hyperion, 2004; en español, *Capitán Scott*, Juventud, 2004). El polo que se perseguía en esta ocasión era el sur.

Tres libros especialmente importantes para mí en las primeras fases de la investigación fueron: *Ice blink: the tragic fate of sir John Franklin's lost polar expedition*, de Scott Cookman (John Wiley & Sons, Inc., 2000); *Frozen in time: the fate of the Franklin expedition*, de Owen Beattie y John Geiger (Greystone Books, Douglas & McIntyre, 1987), y *The arctic grail: the quest for the Northwest Passage and the North Pole, 1818-1909*, de Pierre Berton (Second Lyons Press Edition, 2000).

Estos libros me condujeron a algunas de sus inestimables fuentes, como *Narrative of a journey to the shores of the Polar Sea* (John Murray, 1823) y *Narrative of a second expedition to the shores of the Polar Sea* (John Murray, 1828), ambos de sir John Franklin; *Sir John Franklin's last arctic expedition*, de Richard Cyriax (ASM Press, 1939); *The bomb Vessel*, de Chris Ware (Naval Institute Press, 1994); *A narrative of the discovery of the fate of Sir John Franklin*, de F. L. M'Clintock (John Murray, 1859), *In quest of the Northwest Passage* (Longmans, Green & Co, 1958); *Journal of a voyage in Baffin's Bay and Barrow Straits, in the years 1850-51, performed by H.M. Ships «Lady Franklin» and «Sophia» under the command of Mr. William Penny, in search of the missing crew of H.M. Ships «Erebus» and «Terror»*, de Peter Sutherland (Longman, Grown, Green and Longmans, 1852), y *Arctic expeditions in search of Sir John Franklin*, de Elisha Kent Kane (T. Nelson & Sons, 1898).

Otras fuentes que he consultado frecuentemente son: *Prisoners of the North: portraits of five arctic immortals*, de Pierre Berton (Carroll & Graff, 2004); *Ninety degrees north: the quest for the North Pole*, de Fergus Fleming (Grove Press, 2001; en español *La conquista del Polo Norte*, Tusquets, 2007); *The last voyage of the Karluk: a survivor's memoir of arctic disaster*, de William Laird McKinlay (St. Martin's Griffin Edition, 1976); *A sea of words: a lexicon and companion for Patrick O'Brian's seafaring tales*, por Dean King (Henry Holt & Co., 1995); *The ice master: the doomed 1913 voyage of the Karluk*, de Jennifer Niven (Hyperion, 2000); *Rowing to latitude: journeys along the arctic's edge*, de Jill Fredston (North Point Press, Division of Fartar, Straus and Giroux, 2001); *Weird and tragic shores: the story of Charles Francis Hall, explorer*, de Chauncey Loomis (Modern Library Paperbak Edition, 2000); *The crystal desert: summers in antarctica*, de David G. Campbell (Mariner Books, Houghton Mifflin, 1992); *The last place on earth: Scott and Amundsen's race to the South Pole*, de Roland Huntford (The Modern Library, 1999; en español, *El último lugar de la Tierra: la carrera de Scott y Amundsen hacia el Polo Sur*, Península, 2002); *North to the night: a spiritual odyssey in the Arctic*, por Alvah Simon (Broadway Books, 1998); *In the land of white death: an epic story of survival in the siberian Arctic*, de Valerian Albanov (Modern Library, 2000; en español, *En el país de la muerte blanca*, RBA, 2001); *End of the earth: voyages to Antarctica*, de Peter Matthiessen (National Geographic, 2003); *Fatal passage: the story of John Rae, the arctic hero time forgot*, de Ken McGoogan (Carrol & Graf, 2001); *The worst journey in the world*, de Apsley Cherry-Garrard (National Geographic, 1992 y 2000; en español, *El peor viaje del mundo*, Ediciones B, 1999 y 2007), y *Shackleton*, de Roland Huntford (Fawcett Columbine, 1985).

Otras fuentes consultadas fueron *The inuit*, de Nancy Bonvillain (Chelsea House Publications, 1995); *Eskimos*, de Kaj Birket-Smith (Crown, 1971); *The fourth world*, de Sam Hall (Knopf, 1987); *Ancient land: sacred whale – the inuit hunt and its rituals*, de Tom Lowenstein (Farrar, Straus and Giroux, 1993); *The igloo*, de Charlotte y David Yue (Houghton Mifflin, 1988); *Arctic crossing*, de Jonathan Waterman (Knopf, 2001); *Hunters of the Polar North – the eskimos*, de Wally Herbert (Time-Life Books, 1981); *The eskimos*, de Ernest S. Burch Jr. (University of Oklahoma Press, 1988), e *Inuit: when words take shape*, de Raymond Brousseau (Editions Glénat, 2002).

Mi agradecimiento más sincero a Karen Simmons por encontrar (y luego devolver) muchas de estas últimas fuentes.

Las fuentes de Internet son demasiadas para hacer una lista, pero incluyen el Aujaqsquittuq Project: Documenting Arctic Climate Change; Spiritism On Line; The Franklin Trial; Enchanted Learning; Animals – Polar Bear *(Ursus martimus);* Collections Canada; Digital Library Upenn; Radiworks.cbe; Wordgumbo – Canadian Inuit-English Dictionary; Alaskool English to Iñupia; Inuktitut language Phrases; Darwin Wars; Cangeo.ca Special Feature – Sir John Franklin Expedition, y SirJohnFranklin.com.

Internet fue también mi principal vía de acceso a materiales de primera mano, como la Francis Crozier Collection, que se conserva en el Scott Polar Research Institute, Universidad de Cambridge; la Sophia Cracroft Collection *(ibíd.);* la correspondencia de Sophia Cracroft, las notas para las Memorias de Jane Franklin. También incluyen detalles de las listas de los buques, fechas y documentos oficiales del Registro del Almirantazgo Británico, Fuerzas Navales y Marines Reales; archivos también del Ministerio del Interior (Reino Unido) y documentos legales concernientes a la investigación sobre las irregularidades de la comida enlatada Goldner del Tribunal Supremo de la Judicatura (Reino Unido).

Ilustraciones y mapas útiles proceden del *Harper's Weekly* (abril de 1851), *The Athenaeum* (febrero de 1849), *Blackwood's Edinburgh Magazine* (noviembre de 1855) y otras fuentes.

La carta del doctor Harry D. S. Goodsir a su tío del 2 de julio de 1845 está en la colección de la Real Sociedad Geográfica Escocesa, y fue citada en *Frozen in time: the fate of the Franklin expedition* por Owen Beattie y John Geiger.

Finalmente, mi más sincero agradecimiento a mi agente, Richard Curtis, a mi primer editor en Little, Brown, Michael Mezzo, a mi actual editor, Reagan Arthur y, como siempre, a Karen y Jane Simmons por animarme a partir y luego por esperarme mientras yo mismo estaba embarcado en esta expedición ártica especialmente larga.

761

Este libro utiliza el tipo Aldus, que toma su nombre
del vanguardista impresor del Renacimiento
italiano Aldus Manutius. Hermann Zapf
diseñó el tipo Aldus para la imprenta
Stempel en 1954, como una réplica
más ligera y elegante del
popular tipo
Palatino

* * *

* *

*

El Terror se acabó de imprimir
en un día de primavera de 2008,
en los talleres de Egedsa
calle Rois de Corella, 12-16
Sabadell
(Barcelona)

* * *

* *

*